btb

HONORÉ DE BALZAC

Die Menschliche Komödie

IV

HONORÉ DE BALZAC

Die Menschliche Komödie

Gesamtausgabe in zwölf Bänden mit Anmerkungen
und biographischen Notizen über die Romangestalten

Herausgegeben und eingeleitet von Ernst Sander

HONORÉ DE BALZAC

Eugénie Grandet
Pierrette

u. a.

btb

Diese Ausgabe folgt der von Balzac bestimmten Anordnung der ›Comédie humaine‹

Eine Übersicht über die Gesamtausgabe befindet sich am Ende dieses Bandes.
Je ein Register nach den deutschen und französischen Titeln und ein Verzeichnis aller in der ›Menschlichen Komödie‹ auftretenden Personen enthält Band XII.

Umwelthinweis:
Alle bedruckten Materialien dieses Buches sind chlorfrei und umweltschonend.

btb Taschenbücher erscheinen im Goldmann Verlag, einem Unternehmen der Verlagsgruppe Bertelsmann.

1. Auflage
Genehmigte Taschenbuchausgabe Dezember 1998

Unveränderter Nachdruck der Goldmann-Gesamtausgabe in zwölf Bänden
Umschlaggestaltung: Design Team München
Umschlagmotiv: Pierre Auguste Renoir »Madame Monet«
KR · Herstellung: Augustin Wiesbeck
Made in Germany
ISBN 3-442-72443-0

INHALT

SITTENSTUDIEN

Szenen aus dem Privatleben

Eugénie Grandet 7
Anmerkungen und biographische Notizen 200

Die Ehelosen

Pierrette 211
Anmerkungen und biographische Notizen 367

Der Pfarrer von Tours 377
Anmerkungen und biographische Notizen 453

Dic ›Fischerin im Trüben‹ 459
Anmerkungen und biographische Notizen 775

Die Pariser in der Provinz

Der berühmte Gaudissart 797
Anmerkungen und biographische Notizen 842

Die Muse des Départements 851
Anmerkungen und biographische Notizen 1041

Eugénie Grandet

Übertragung von Ernst Sander

Der Roman ›Eugénie Grandet‹ ist, nach Balzacs Angabe, in Paris im September 1833 entstanden. In Wirklichkeit ist das Werk zwar im September jenes Jahres begonnen, aber erst Anfang Dezember vollendet worden. Der Anfang des Romans wurde am 19. September 1833 in ›L'Europe littéraire‹ abgedruckt; aber obwohl die Fortsetzung mehrmals angekündigt wurde, ist sie in jener Zeitschrift nie veröffentlicht worden; vielmehr erschien die erste Buchausgabe im Dezember 1833 als erster Band der ›Scènes de la Vie de Province‹, vordatiert auf 1834. Die Widmung ›Für Maria‹ wurde 1839 der zweiten Ausgabe hinzugefügt. In der dritten Ausgabe (1843) wurde auf die bisherige Einteilung in sieben Kapitel verzichtet. Das Manuskript übergab Balzac am 24. Dezember 1833 Mme Hanska in Genf als Weihnachtsgeschenk.

Über die Widmungsempfängerin ›Maria‹ ist lange gerätselt worden; erst neuerdings wurde festgestellt, daß es sich um Marie-Louise-Françoise du Fresnay, geborene Daminois, handelt, die 1833 eine der Geliebten Balzacs war; er hielt sich sogar, wahrscheinlich zu Unrecht, für den Vater ihrer Tochter. In einem Brief an seine Schwester Laure vom 12. Oktober 1833 führt Balzac den berühmt gewordenen Ausspruch Marias an: »Liebe mich ein Jahr! Ich will dich mein Leben lang lieben.« Aus den Widmungszeilen geht hervor, daß Maria das Urbild der Eugénie Grandet gewesen ist. Sie lauten: »Sie, deren Bildnis der schönste Schmuck dieses Werkes ist: Möge Ihr Name hier sein wie ein geweihter Buchsbaumzweig, von dem man nicht weiß, von welchem Baum er herrührt, den jedoch der Glaube gewißlich geheiligt hat und der, immer grün, durch fromme Hände erneuert wird, auf daß er das Haus schütze.«

In gewissen Provinzstädten finden sich Häuser, deren Anblick eine Schwermut gleich derjenigen einflößt, die die düstersten Kreuzgänge hervorrufen, die ödesten Heidelandschaften oder die traurigsten Ruinen. Vielleicht herrschen in jenen Häusern gleichzeitig das Schweigen des Kreuzgangs, die unfruchtbare Dürre der Heideflächen und das Knochige der Ruinen. Leben und Treiben verlaufen darin so ruhig, daß ein Fremder sie für unbewohnt halten könnte, wenn er nicht plötzlich dem blassen, kalten Blick einer unbeweglichen Gestalt begegnete, deren halb mönchisches Antlitz beim Erschallen unbekannter Schritte sich über der Fensterbank erhebt. Jene Grundzüge der Schwermut bestehen in der Physiognomie eines in Saumur am Ende der gehügelten Straße, die durch die Oberstadt zum Schloß hinaufführt, gelegenen Hauses. Diese jetzt wenig belebte Straße, die im Sommer heiß, im Winter kalt und stellenweise düster ist, zeichnet sich durch das Klingen ihres Kopfsteinpflasters aus, das immer sauber und trokken ist; ferner durch die Enge ihrer gewundenen Fahrbahn, durch das Friedsame ihrer Häuser, die der Altstadt angehören und von den Wällen überragt werden. Drei Jahrhunderte alte Wohnstätten sind dort noch wohlerhalten, obwohl sie aus Holz gebaut sind, und ihr unterschiedliches Aussehen trägt zu der Eigenart bei, die diesen Teil von Saumur der Aufmerksamkeit der Altertumsforscher und Künstler empfiehlt. Schwerlich wird man an jenen Häusern vorübergehen, ohne die riesigen Balken zu bewundern, deren Enden groteske, geschnitzte Gesichter bilden und bei den meisten das Erdgeschoß mit einem schwarzen Basrelief bekrönen. Hier sind schräge Balken mit Schiefer verkleidet und zeichnen blaue Linien auf die gebrechlichen Wände eines Gebäudes, das in ein Dach mit Ständerwerk ausläuft; die Jahre haben es eingedrückt, und die verfaulten Schindeln sind durch die wechselnde Einwirkung von Regen und Sonne in sich verdreht. Dort bieten sich dem Blick abgewetzte, geschwärzte Fensterbänke dar, deren zierliche Schnitzereien kaum noch erkennbar sind und die anmuten, als seien sie zu leicht für den braunen Tontopf, aus dem die Nelken oder Rosenstöcke einer armen Arbeiterin hervorlugen. Etwas weiter gewahrt man mit riesigen Nägeln verzierte Haustore, auf denen der bildnerische Geist unserer Vorfahren hieroglyphische Hausmarken angebracht hat; ihr Sinn wird nie wieder enträtselt werden. Bald hat ein Protestant das Zeichen seines Glaubens eingeritzt, bald ein Parteigänger der Liga [1] einen Fluch gegen Heinrich IV. Irgendein Bürger hat dort die Insignien seiner ›Noblesse de cloches‹[2] eingegraben, den Glanz seines in Vergessenheit geratenen Schöffenamts. Die ganze französische Geschichte findet sich dort. Neben dem wackligen Fachwerkhaus, an dem der Handwerker seinen Hobel verewigt hat, erhebt sich das Stadtpalais eines Edelmanns; auf dem Rundbogen des steinernen Tors sind noch ein paar Überbleibsel seines Wappens zu erkennen; es ist durch die verschiedenen Revolutionen zerschlagen worden, die seit 1789 das Land durchtobt haben. In dieser Straße sind die Erdgeschosse der Kaufleute weder Kramläden noch große Geschäfte; die Freunde des Mittelalters können dort die Werkstätten unserer Väter in all ihrer naiven Schlichtheit wiederfinden. Jene niedrigen Hallen, die weder Schaufenster noch Auslagen noch Verglasungen haben, sind tief, dunkel und außen wie innen ohne jeden Zierat. Die Tür besteht aus zwei massiven, plump mit Eisenwerk beschlagenen Teilen, deren oberer nach innen geht und deren unterer, mit einer an einer Feder angebrachten Schelle versehener, beständig auf- und zuklappt. Luft und Licht dringen in diese Art feuchter Grotte entweder durch den oberen Teil der Tür ein oder durch den Zwischenraum, der sich zwischen der Wölbung, der Decke und der kleinen Mauer in Höhe der Fensterbank befindet, in die verläßliche Laden eingefügt worden sind; sie werden morgens abgenommen und abends wieder eingesetzt und mit Eisenlatten verrammelt. Jene Mauer dient dazu, die Waren des Händlers auszulegen. Da gibt es keine Marktschreierei. Je nach Art des Gewerbebetriebes bestehen die dargebotenen Proben aus ein paar Kübeln voller Salz oder Kabeljau, aus ein paar Ballen Segelleinen, Seilwerk, Messinggeräten, die von den Deckenbalken herabhängen, an den Mauern lehnenden Radreifen oder ein paar Stücken Tuch auf Regalen. Wollen wir eintreten? Ein sauberes, jugendfrisches Mädchen mit weißem Brusttuch und roten Armen legt ihr Strickzeug beiseite, ruft den Vater oder die Mutter, und einer von beiden kommt und verkauft einem, was man wünscht, phlegmatisch, liebenswürdig, arrogant, je nach dem Charakter, sei es Ware für zwei Sous, sei es für zwanzigtausend Francs. Man kann einen Händler mit Faßdaubenholz vor seiner Tür sitzen sehen; er dreht die Daumen und schwatzt mit einem Nachbarn; dem Anschein nach besitzt er nichts als schlechte Bretter für Flaschenkästen oder ein paar Bündel Latten; aber sein volles Holzlager am Hafen versorgt alle Böttcher des Anjou; er weiß auf ein Brett genau, wieviel Fässer er liefern kann, wenn die Ernte gut ist; ein Sonnentag macht ihn reich, ein Regenguß ruiniert ihn; an einem einzigen Vormittag können die Ohmfässer[3] elf Francs wert sein oder auf sechs fallen. In diesem Lande, wie in der Touraine, beherrscht der Wechsel der Witterung das Handelsleben. Winzer, Grundbesitzer, Holzhändler, Böttcher, Gastwirte, Schiffer, alle liegen auf der Lauer nach einem Sonnenstrahl; sie zittern, wenn sie sich abends schlafen legen, ob sie am anderen Morgen feststellen müssen, daß es während der Nacht gefroren hat; sie fürchten den Regen, den Wind, die Dürre und verlangen, wie sie es wünschen, Wasser, Wärme oder Wolken. Es findet ein ständiger Zweikampf zwischen dem Himmel und den irdischen Interessen statt. Das Barometer macht abwechselnd die Gesichter traurig, glatt und heiter. Von einem Ende dieser Straße, der alten Grand' Rue von Saumur, zum anderen wandern als Losung die Worte: »Dies Wetter ist Goldes wert!« von Tür zu Tür. Daher antwortet jeder dem Nachbarn: »Es regnet Goldstücke«, da er weiß, was ein Sonnenstrahl, was ein günstiger Regenguß ihm einbringt. Samstags kann man in der schönen Jahreszeit bei diesen wackeren Gewerbetreibenden vom Mittag an auch nicht für einen Sou Ware erstehen. Jeder hat dort seinen Rebberg, sein eingezäuntes Gärtchen, und verlebt zwei Tage auf dem Lande. Da alles im voraus berechnet ist, Kauf, Verkauf, Gewinn, sehen die Kaufleute sich imstande, zehn von zwölf Stunden mit fröhlichen Spielen, Beobachtungen, Bemerkungen, beständigem Auskundschaften hinzubringen. Keine Hausfrau kauft ein Rebhuhn, ohne daß die Nachbarn den Ehemann fragen, ob es auch richtig gar gebraten worden sei. Kein junges Mädchen steckt den Kopf zum Fenster hinaus, ohne von sämtlichen Müßiggängergruppen gesehen zu werden. Dort liegen also die Gewissen offen zutage, und ebenso bergen die unzugänglichen, schwarzen, stummen Häuser keine Geheimnisse. Nahezu immer vollzieht sich das Leben im Freien: jede Familie sitzt vor der Tür, ißt dort zu Mittag, zu Abend oder zankt sich. Keiner geht über die Straße, ohne genau gemustert zu werden. Wenn daher früher ein Fremder in einer Provinzstadt anlangte, wurde er von Tür zu Tür durchgehechelt. Daraus ergaben sich die guten Geschichten, daher stammt der Spitzname ›die Reichlichen‹ für die Bewohner von Angers, die sich in dergleichen Stadtspott glänzend hervortaten. Die ehemaligen Adelspaläste der Altstadt liegen im oberen Teil jener Straße, die früher von den Edelleuten des Ortes bewohnt wurde. Das schwermutträchtige Haus, in dem die Geschehnisse dieser Geschichte sich abgespielt haben, war just eins jener Bauwerke, jener ehrwürdigen Reste eines Jahrhunderts, da Dinge und Menschen noch den Charakter der Schlichtheit trugen, den die französischen Sitten von Tag zu Tag mehr einbüßen. Ist man den malerischen Windungen dieses Weges gefolgt, dessen geringste Einzelheiten Erinnerungen wecken und dessen Gesamtwirkung dazu neigt, einen in eine Art mechanischer Träumerei zu versenken, so gewahrt man eine zurückspringende, ziemlich düstere Fassade, in deren Mitte sich die Tür von ›Monsieur Grandets eigenem Haus‹ befindet. Die Gewichtigkeit dieses Provinzausdrucks kann unmöglich verstanden werden, ohne daß wir eine Lebensbeschreibung Monsieur Grandets geben.

Monsieur Grandet genoß in Saumur ein Ansehen, dessen Ursachen und Wirkungen im vollen Umfang von niemandem begriffen werden können, der nicht mehr oder weniger in der Provinz gelebt hat. Monsieur Grandet, der von manchen Leuten noch Papa Grandet genannt wurde – die Zahl jener Alten nahm merklich ab –, war im Jahre 1789 ein überaus wohlhabender Böttchermeister gewesen, der lesen, schreiben und rechnen konnte. Als die Französische Republik im Arrondissement Saumur die kirchlichen Besitztümer verkaufen ließ, hatte der damals vierzigjährige Böttcher gerade die Tochter eines reichen Holzhändlers geheiratet. Grandet, mit seinem Barvermögen und der Mitgift versehen, versehen also mit zweitausend Goldlouis, ging zum Bezirksamt, wo er mittels der zweihundert Doppellouis, die sein Schwiegervater dem wilden Republikaner, der den Verkauf der Nationalgüter überwachte, zugesteckt hatte, für ein Butterbrot auf legale, wenngleich nicht legitime Weise die schönsten Rebberge des Arrondissements erstand, eine alte Abtei und ein paar Meierhöfe. Da die Einwohner von Saumur wenig revolutionär gesonnen waren, galt Papa Grandet als ein wagemutiger Mann, ein Republikaner, ein Patriot, ein Kopf, der den neuen Ideen anhing, während es dem Böttcher ganz einfach um die Rebberge zu tun gewesen war. Er wurde zum Mitglied der Bezirksverwaltung ernannt, und sein beruhigender Einfluß machte sich im Politischen und im Kommerziellen bemerkbar. Im Politischen schützte er die Ci-devants[4] und verhinderte mit aller Macht den Verkauf der Güter der Emigranten; als Kaufmann lieferte er den republikanischen Armeen ein- bis zweitausend Stückfaß Weißwein und ließ sich in herrlichen Wiesen bezahlen; sie gehörten zu einem Frauenkloster, das für einen letzten Verkauf aufgespart worden war. Unter dem Konsulat wurde der biedere Grandet Bürgermeister, waltete klug und weise seines Amtes und winzerte noch besser; unter dem Kaiserreich wurde er Monsieur Grandet. Napoleon mochte keine Republikaner: er ersetzte Monsieur Grandet, von dem es hieß, er habe die rote Mütze getragen, durch einen Großgrundbesitzer, einen Herrn mit der Adelspartikel, einen künftigen Baron des Kaiserreichs. Monsieur Grandet schied aus den Ehren des Amtes und der Stadtverwaltung ohne das mindeste Bedauern aus. Er hatte, im Interesse der Stadt, vortreffliche Wege bauen lassen, die zu seinen Besitzungen führten. Sein Haus und sein Landbesitz waren äußerst vorteilhaft beim Katasteramt eingetragen worden und also nur mit mäßigen Steuern belastet. Seit der Klassifizierung seiner verschiedenen Weinberge waren seine Reben dank beständiger Pflege zur ›Krone der Gegend‹ geworden; das ist ein landläufiger technischer Ausdruck zur Bezeichnung der Lagen, die erstklassigen Wein hervorbringen. Er hätte um das Kreuz der Ehrenlegion einkommen können. Er erhielt es 1806. Monsieur Grandet war damals siebenundfünfzig Jahre alt, und seine Frau etwa sechsunddreißig. Eine einzige Tochter, die Frucht ihrer legitimen Liebe, zählte zehn Jahre. Monsieur Grandet, den die Vorsehung wohl über sein Mißgeschick im Verwaltungsdienst trösten wollte, beerbte während jenes Jahres nacheinander Madame de La Gaudinière, geborene de La Bertellière, die Mutter seiner Frau; dann den alten Monsieur La Bertellière, den Vater der Verstorbenen; und dann noch Madame Gentillet, die Großmutter mütterlicherseits: drei Erbschaften, von deren Bedeutsamkeit niemand wußte. Die drei alten Leute waren von einem so leidenschaftlichen Geiz besessen gewesen, daß sie lange Zeit hindurch ihr Geld angehäuft hatten, um es heimlich betrachten zu können. Der alte Monsieur La Bertellière hatte eine Kapitalanlage als Verschwendung bezeichnet, da ihm der Anblick des Goldes größeren Zinsgenuß gewährte als die Erträgnisse des Wuchers. Die Stadt Saumur berechnete den Wert der Ersparnisse nach den Einkünften aus offen daliegenden Gütern. Monsieur Grandet erhielt damals den neuen Adelstitel, den unsere Gleichmachemanie niemals austilgen wird: er wurde der Höchstbesteuerte des Arrondissements. Er bebaute hundert Morgen Rebland, die ihm in ergiebigen Jahren sieben- bis achthundert Ohmfaß Wein lieferten. Er besaß dreizehn Meierhöfe, eine alte Abtei, an der er aus Sparsamkeitsgründen die Fenster, die Torbogen, die Kirchenfenster hatte zumauern lassen, wodurch sie erhalten blieben; und hundertsiebenundzwanzig Morgen Weideland, auf dem dreitausend 1793 gepflanzte Pappeln wuchsen und gediehen. Überdies war das von ihm bewohnte Haus sein Eigentum. Dies alles stellte sein sichtbares Vermögen dar. Was nun sein Kapital betraf, so konnten lediglich zwei Menschen dessen Größe einigermaßen abschätzen: der eine war Monsieur Cruchot, ein mit Monsieur Grandets wucherischen Geldanlagen betrauter Notar; und der andere war Monsieur des Grassins, der reichste Bankier von Saumur, an dessen Spekulationen sich der Winzer nach Gutdünken und in aller Heimlichkeit beteiligte. Obwohl der alte Cruchot und Monsieur des Grassins die tiefe Verschwiegenheit besaßen, die in der Provinz Vertrauen und Vermögen erzeugt, bezeigten sie in der Öffentlichkeit Monsieur Grandet einen so großen Respekt, daß Menschen mit offenen Augen den Umfang der Kapitalien des ehemaligen Bürgermeisters nach der geflissentlichen Ehrerbietung abschätzen konnten, deren Gegenstand er war. Es gab in Saumur niemanden, der nicht überzeugt gewesen wäre, daß Grandet einen geheimen Schatz besitze, ein Versteck voller Goldstücke, und daß er sich nicht bei Nacht dem unaussprechlichen Genuß hingebe, den der Anblick einer großen Menge Geldes bereitet. Die Geizkragen besaßen darüber etwas wie eine Gewißheit, wenn sie die Augen des Biedermanns ansahen; das gelbe Metall schien ihnen seine Färbung übermittelt zu haben. Der Blick eines Mannes, der es gewohnt ist, aus seinem Kapital riesige Zinsen zu ziehen, bekommt notwendigerweise, wie der eines Wollüstigen, eines Spielers oder Höflings, gewisse undefinierbare Eigentümlichkeiten, flüchtige, gierige, geheimnisvolle Bewegungen, die seinen Mitgläubigen schwerlich entgehen. Diese Geheimsprache bildet gewissermaßen die Freimaurerei der Leidenschaften. Grandet flößte somit die ehrerbietige Hochachtung ein, auf die ein Mann ein Anrecht besaß, der niemals irgend jemandem etwas geschuldet hatte; der, als alter Böttcher und alter Winzer, mit der Genauigkeit eines Astronomen berechnete, ob er für seine Weinernte tausend oder nur fünfhundert Ohmfässer anfertigen mußte, dem keine einzige Spekulation fehlschlug; der stets Fässer zu verkaufen hatte, wenn das Faß mehr wert war als die zu herbstende Ernte; der seine Ernte in seinen Kellern lagern lassen und den Augenblick abwarten konnte, da sich sein Ohmfaß für zweihundert Francs verkaufen ließ, während die kleineren Weinbauern das ihre für fünf Louis losschlugen. Seine berühmte Ernte von 1811, die er klüglich zurückgehalten und langsam verkauft hatte, hatte ihm mehr als zweihundertvierzigtausend Francs eingebracht. Als Finanzmann hielt Grandet es mit dem Tiger und der Boa: er verstand, sich hinzukauern, sich zu ducken, sein Opfer lange im Auge zu behalten, es anzuspringen, und dann machte er den Rachen seiner Börse auf, schlang eine Ladung Taler hinunter und legte sich ruhig schlafen, wie die Schlange, die ungerührt, kalt und methodisch verdaut. Niemand sah ihn ohne ein Gefühl der Bewunderung vorübergehen, in das sich Respekt und Schrecken mischten. Hatte nicht jeder in Saumur gespürt, wie er von seinen stählernen Klauen höflich zerfleischt worden war? Diesem hatte Notar Cruchot das zum Ankauf eines Gutes nötige Geld verschafft, freilich zu elf Prozent; jenem hatte Monsieur des Grassins Wechsel diskontiert, aber mit einem erschreckenden Vorabzug von Zinsen. Kaum je verging ein Tag, ohne daß Grandets Name genannt worden wäre, sei es auf dem Markt, sei es auf Abendgesellschaften, bei den Unterhaltungen der Städter. Für manche Leute war das Vermögen des alten Winzers Gegenstand patriotischen Stolzes. Deswegen sagten mehr als ein Händler, mehr als ein Gastwirt den Fremden mit einer gewissen Selbstzufriedenheit: »Monsieur, wir haben hier ein paar millionenschwere Familien; was nun aber Monsieur Grandet betrifft, so weiß er selber nicht, wie groß sein Vermögen ist!« Im Jahre 1816 schätzten die geschicktesten Rechner von Saumur den Grundbesitz des Alten auf etwa vier Millionen; da er jedoch durchschnittlich von 1793 bis 1817 pro Jahr hunderttausend Francs aus seinen Ländereien gezogen haben mußte, besaß er mutmaßlich in Geld eine Summe, die dem Wert seiner Liegenschaften fast gleichkam. Wenn man daher nach einer Bostonpartie oder bei einem Gespräch über die Rebberge auf Grandet zu sprechen kam, sagten kluge Leute: »Papa Grandet . . .? Papa Grandet muß fünf bis sechs Millionen haben.« – »Da sind Sie klüger als ich; ich habe nämlich nie die Gesamtsumme herausbekommen können«, antworteten dann Cruchot oder des Grassins, wenn sie solche Bemerkungen hörten. Erwähnte ein Pariser die Rothschilds oder Laffitte[5], so fragten die Saumurer, ob sie ebenso reich seien wie Grandet. Wenn ihnen der Pariser lächelnd mit einer verächtlichen Bejahung aufwartete, schauten sie einander kopfschüttelnd mit ungläubiger Miene an. Ein so großes Vermögen deckte alles, was dieser Mann tat, mit einem goldenen Mantel zu. Hatten früher gewisse Besonderheiten seiner Lebensführung Anlaß zum Lachen und zum Spott gegeben, so hatten Spott und Lachlust sich inzwischen abgenutzt. Auch beim Geringsten, was er unternahm, hatte Grandet die Autorität des Unumstößlichen für sich. Sein Wort, seine Kleidung, seine Gesten, sein Augenzwinkern galten in der Stadt als Gesetz, der Stadt, wo jeder, nachdem er sich eingehend mit ihm beschäftigt hatte, wie ein Naturwissenschaftler die Äußerungen des Instinkts bei den Tieren studiert, die tiefe, stumme Weisheit seiner geringfügigsten Betätigungen hatte erkennen können. »Der Winter wird hart«, wurde gesagt, »Papa Grandet hat seine pelzgefütterten Handschuhe angezogen. Wir müssen ans Herbsten denken.« – »Papa Grandet kauft viel Daubenholz; dieses Jahr wird ein Weinjahr.« Monsieur Grandet kaufte niemals weder Fleisch noch Brot. Seine Pächter brachten ihm wöchentlich einen ausreichenden Vorrat an Kapaunen, Hähnchen, Eiern und Weizen als Naturalabgaben. Er besaß eine Mühle, deren Pächter, über die Pachtzulage hinaus, noch ein gewisses Quantum Weizen abholen und Kleie und Mehl wiederbringen mußte. Die Große Nanon, seine einzige Dienstmagd, backte selber, obwohl nicht mehr die jüngste, jeden Samstag das im Haushalt benötigte Brot. Grandet hatte sich mit den Gemüsegärtnern, seinen Mietern, dahingehend geeinigt, daß sie ihn mit Gemüse versahen. Was nun das Obst anbelangt, so erntete er davon solche Mengen, daß er den Großteil auf dem Markt verkaufen ließ. Sein Feuerholz wurde in seinen Hecken geschnitten oder aus den alten, halb verfaulten Stubben gewonnen, die er an den Rainen seiner Felder entfernen ließ, und seine Pächter karrten es ihm kleingehackt ins Haus, stapelten es aus Gefälligkeit in seinem Schuppen auf und erhielten sein Dankeswort. Die einzigen seiner Ausgaben, um die man wußte, waren die für geweihtes Brot, die Toiletten seiner Frau und seiner Tochter und die Kosten ihrer Kirchenstühle; ferner die für Beleuchtung, den Lohn der Großen Nanon, das Verzinnen seiner Kasserollen, die Steuern, die Reparaturen an seinen Gebäuden und die Betriebskosten. Unlängst hatte er sechshundert Morgen Wald gekauft, die er durch den Forsthüter eines Nachbarn überwachen ließ; er versprach ihm dafür eine Entschädigung. Erst seit dieser Erwerbung aß er Wild. Die Umgangsformen dieses Mannes waren sehr schlicht. Er sprach wenig. Im allgemeinen drückte er seine Gedanken in kleinen, sentenziösen, mit leiser Stimme gesprochenen Sätzen aus. Seit der Revolution, der Zeit, da er die Blicke auf sich gelenkt hatte, stotterte der Alte auf eine erbärmliche Weise, sobald er lange zu reden oder eine Diskussion im Fluß zu halten hatte. Dies Gestammel, die Zusammenhanglosigkeit seiner Worte, der Redeschwall, in dem er seine Gedanken ertränkte, sein offenbarer Mangel an Logik wurden seiner Unbildung zugeschrieben; sie waren jedoch gekünstelt und werden durch einige Begebnisse dieser Geschichte hinlänglich erklärt werden. Im übrigen dienten ihm vier Redensarten, die exakt waren wie algebraische Formeln, für gewöhnlich dazu, allen Schwierigkeiten im Leben und im Geschäftlichen zu begegnen und sie zu lösen: »Ich weiß nicht, ich kann nicht, ich will nicht, wir werden schon sehen.« Er sagte niemals Ja oder Nein und gab nichts schriftlich. Und wenn er angeredet wurde? Dann hörte er kaltblütig zu, lehnte das Kinn in die rechte Hand, stützte den rechten Ellbogen auf den Rücken der linken und bildete sich von der ganzen Angelegenheit eine Meinung, von der er nie wieder abwich. Über die kleinsten Geschäftsabschlüsse dachte er lange nach. Wenn nach einer klüglich geführten Unterhaltung sein Gegner ihm das Geheimnis seiner Forderung preisgegeben hatte, im Glauben, es bei sich behalten zu haben, antwortete er ihm: »Ich kann nichts abschließen, ohne meine Frau befragt zu haben.« Seine Frau, die er sich bis zum völligen Helotentum unterworfen hatte, war ihm bei geschäftlichen Dingen der bequemste Wandschirm. Nie machte er Besuche und wollte weder jemanden bei sich empfangen noch zum Abendessen einladen; nie schlug er Lärm; er schien an allem sparen zu wollen, sogar an seinen Bewegungen. Bei anderen Leuten ließ er alles, wie es war, aus ständigem Respekt vor dem Eigentümer. Nichtsdestoweniger setzten trotz seiner sanften Stimme, trotz der Bedachtsamkeit seines Gehabens Redeweise und Gewohnheiten des Böttchers sich durch, vor allem, wenn er daheim war, wo er sich weniger Zwang auferlegte als anderswo. Was das Physische betraf, so war Grandet fünf Fuß hoch, untersetzt, stämmig, mit Waden von zwölf Zoll Umfang, knotigen Knien und breiten Schultern; sein Gesicht war rund, sonnengebräunt und pockennarbig; sein Kinn war gerade, seine Lippen waren ohne Kurvung und seine Zähne weiß; seine Augen hatten den ruhigen, schlingenden Ausdruck, den das Volk den Basilisken zuschreibt; seiner an Querfalten reichen Stirn fehlten nicht die bedeutsamen Höcker; sein gelblichgraues Haar wirkte wie Silber und Gold, sagten ein paar junge Leute, die nicht das Schwergewicht eines über Monsieur Grandet gemachten Scherzes kannten. Seine vorn dicke Nase trug eine geäderte Geschwulst, von der der Volksmund nicht ohne Grund sagte, sie sei mit Tücke gefüllt. Dieses Gesicht kündete von gefährlicher Schlauheit, von Rechtschaffenheit ohne Wärme, von der Selbstsucht eines Mannes, der es gewohnt ist, seine Gefühle auf den Genuß seines Geizes und auf das einzige Wesen zu konzentrieren, das ihm etwas bedeutete, auf seine Tochter Eugénie, seine einzige Erbin. Haltung, Gehaben, Gang, alles an ihm zeugte überdies von dem Glauben an sich selbst, wie ihn die Gewohnheit verleiht, in allen Unternehmungen Erfolg gehabt zu haben. So besaß Grandet, wenngleich er ein umgängliches, lässiges Wesen zur Schau trug, einen ehernen Charakter. Stets war er auf die gleiche Weise gekleidet; wer ihn heute sah, der sah ihn so, wie er seit 1791 ging. Seine klobigen Schuhe wurden mit Ledersenkeln zugeschnürt; er trug zu jeder Jahreszeit Strümpfe aus gewalkter Wolle, eine kurze Hose aus dickem, maronenbraunem Tuch mit Silberschnallen, eine abwechselnd gelb und flohfarben gestreifte Samtweste, einen breiten, maronenbraunen Frack mit großen Schößen, eine schwarze Halsbinde und einen Quäkerhut. Seine

Handschuhe waren derb wie die der Gendarmen; sie hielten bei ihm zwanzig Monate, und um sie sauber zu halten, legte er sie mit einer abgemessenen Geste auf den Hutrand, immer auf dieselbe Stelle. Weiter wußte Saumur nichts über diese Persönlichkeit.

Nur sechs Mitbürger besaßen das Recht, in jenes Haus zu kommen. Der angesehenste unter den ersten drei war Cruchots Neffe. Seit seiner Ernennung zum Präsidenten des Gerichts erster Instanz zu Saumur hatte jener junge Herr dem Namen Cruchot noch den Namen de Bonfons angefügt, und er strebte danach, Bonfons über Cruchot obsiegen zu lassen. Er unterzeichnete bereits C. de Bonfons. War der Kläger so schlecht beraten, daß er ihn lediglich mit ›Monsieur Cruchot‹ anredete, so merkte er bei der Verhandlung bald seine Dummheit. Der Richter nahm sich derer an, die ihn ›Herr Präsident‹ nannten; mit dem liebenswürdigsten Lächeln jedoch begünstigte er diejenigen, die ›Monsieur de Bonfons‹ zu ihm sagten. Der Herr Präsident war dreiunddreißig Jahre alt und besaß das Gut Bonfons (Boni Fontis), das siebentausend Francs Einkünfte abwarf; er wartete auf die Erbschaft seines Onkels, des Notars, und auf die seines anderen Onkels, des Abbés Cruchot, Würdenträger im Kapitel von Saint-Martin-de-Tours; beide galten für ziemlich wohlhabend. Diese drei Cruchots wurden von einer ansehnlichen Zahl von Vettern gestützt, waren mit zwanzig Familien der Stadt verwandt und bildeten eine Partei wie ehedem in Florenz die Medici[6]; und, wie die Medici, hatten die Cruchots ihre Pazzi[7]. Madame des Grassins, Mutter eines dreiundzwanzigjährigen Sohns, kam überaus geflissentlich zum Kartenspielen zu Madame Grandet; sie hoffte, ihren lieben Adolphe mit Mademoiselle Eugénie zu verheiraten. Monsieur des Grassins, der Bankier, begünstigte nachdrücklich die Manöver seiner Frau durch unablässige Gefälligkeiten, die er heimlich dem alten Geizkragen erwies, und erschien stets zur rechten Zeit auf dem Schlachtfeld. Diese drei des Grassins' hatten gleichfalls ihre Anhänger, ihre Vettern, ihre getreuen Verbündeten. Auf der Seite der Cruchots machte der Abbé, der Talleyrand[8] der Familie, trefflich unterstützt von seinem Bruder, dem Notar, der Bankiersgattin das Feld streitig und trachtete danach, die reiche Erbschaft seinem Neffen, dem Präsidenten, zu sichern. Der geheime Kampf zwischen den Cruchots und den des Grassins', dessen Preis die Hand Eugénie Grandets war, beschäftigte die unterschiedlichen Gesellschaftskreise von Saumur leidenschaftlich. Würde Mademoiselle Grandet den Herr Präsidenten oder Adolphe des Grassins heiraten? Auf diese Rätselfrage antworteten die einen, Grandet werde seine Tochter weder dem einen noch dem anderen geben. Der frühere, von Ehrgeiz zernagte Böttcher, sagten sie, suche als Schwiegersohn irgendeinen Pair von Frankreich, der gegen dreihunderttausend Francs Jahreseinkünfte sämtliche früheren, gegenwärtigen und künftigen Fässer der Familie Grandet in Kauf nehmen würde. Andere wieder entgegneten, Monsieur und Madame des Grassins seien adlig, ungeheuer reich, und Adolphe sei ein recht schmucker Kavalier; und falls sie nicht etwa einen Neffen des Papstes aus dem Ärmel schüttelten, müsse doch eine so anständige Partie Leute zufriedenstellen, die aus dem Nichts stammten; denn ganz Saumur habe doch Grandet mit dem Bandmesser[9] in der Hand gesehen, und außerdem habe er die rote Jakobinermütze getragen. Die Gescheitesten gaben zu bedenken, Monsieur Cruchot de Bonfons habe jederzeit im Hause Zutritt, wogegen sein Nebenbuhler dort nur sonntags empfangen werde. Die einen blieben bei der Meinung, daß Madame des Grassins, die enger mit den Damen der Familie Grandet befreundet war als die Cruchots, ihnen gewisse Gedanken einimpfen könne, die früher oder später zum Erfolg führen würden. Die anderen entgegneten, der Abbé verstehe sich einzuschmeicheln wie niemand sonst auf Erden und daß bei ›Frau gegen Mönch‹ das Spiel gleich zu gleich stehe. »Totes Rennen«, sagte ein Saumurer Schöngeist. Die alten Leute der Stadt, die besser unterrichtet waren, behaupteten, die Grandets seien viel zu gescheit, als daß sie ihr Vermögen aus der Familie herausließen: Mademoiselle Eugénie Grandet aus Saumur werde mit dem Sohn des Monsieur Grandet aus Paris verheiratet werden, des reichen Weingroßhändlers. Darauf erwiderten die Cruchotiner und die Grassinisten: »Erstens haben die beiden Brüder einander seit einem Menschenalter keine zweimal gesehen. Zweitens hegt Monsieur Grandet in Paris für seinen Sohn ehrgeizige Pläne. Er ist Bürgermeister eines Arrondissements, Abgeordneter, Oberst der Nationalgarde, Richter am Handelsgericht; er verleugnet die

Grandets in Saumur und beansprucht, sich mit einer Herzogsfamilie von Napoleons Gnaden zu verbinden.« Was wurde nicht alles über eine Erbin vorgebracht, von der auf zwanzig Meilen in der Runde geredet wurde, sogar die Postkutschen von Angers nach Blois eingeschlossen! Zu Beginn des Jahres 1818 errangen die Cruchotiner über die Grassinisten einen auffälligen Vorteil. Das Gut Froidfond, bemerkenswert durch seinen Park, sein wundervolles Schloß, seine Pachthöfe, Bäche, Teiche und Wälder, alles drei Millionen wert, wurde durch den jungen Marquis de Froidfond, der sein Kapital flüssigmachen mußte, zum Verkauf ausgeboten. Notar Cruchot, Präsident Cruchot und Abbé Cruchot, die von ihren Anhängern unterstützt wurden, brachten es fertig, bei dem Verkauf die Aufteilung in Parzellen zu verhindern. Der Notar schloß mit dem jungen Herrn einen goldeswerten Vertrag, indem er ihn davon überzeugte, er werde zahllose Prozesse gegen diejenigen anstrengen müssen, die den Zuschlag erhalten hätten, ehe er zu seinem Geld für die Einzelparzellen komme; es sei besser, alles ungeteilt an Monsieur Grandet zu verkaufen, einen solventen Mann, der außerdem imstande sei, das Gut in bar zu bezahlen. So wurde denn also das schöne Marquisat Froidfond Monsieur Grandet in den Schlund geworfen, und zum großen Erstaunen von ganz Saumur bezahlte er es nach Erledigung der Formalitäten bar mit Skonto. Dieser Handel fand Widerhall bis nach Nantes und Orléans hin. Monsieur Grandet besichtigte sein Schloß, als sich ihm Gelegenheit bot, einen nach dort zurückfahrenden Karren zu benutzen. Er warf einen Herrenblick auf sein Besitztum und kehrte nach Saumur zurück, überzeugt, sein Geld fünfprozentig angelegt zu haben, und es kam ihm der großartige Gedanke, das Marquisat Froidfond dadurch abzurunden, daß er seinen gesamten Landbesitz damit vereinigte. Um seinen nahezu geleerten Kassenschrank wieder aufzufüllen, entschloß er sich alsdann, seine Wälder und Forsten kahlschlagen zu lassen und die Pappeln auf seinen Wiesen zu Geld zu machen.

Jetzt ist es leicht, die ganze Bedeutung des Ausdrucks ›Monsieur Grandets eigenes Haus‹ zu begreifen: es war ein fahles, kaltes, schweigsames Haus oben in der Stadt, und es lag im Schutz der zerfallenden Wälle. Die beiden Pfeiler und der Bogen, die die Türumrahmung bildeten, waren, wie das Haus, aus Tuffstein errichtet worden, einem weißen, dem Loireufer eigentümlichen Stein; er ist so weich, daß seine mittlere Haltbarkeit kaum zweihundert Jahre beträgt. Die zahlreichen, ungleich großen Löcher, die die Unbill des Klimas auf bizarre Weise hineingebohrt hatte, ließen den Bogen und die Stützpfeiler der Türumrahmung aussehen, als seien sie aus den Steinen mit wurmlinigen Mustern errichtet worden, wie die französische Architektur sie benützt; daher rührte eine gewisse Ähnlichkeit mit einem Zuchthauseingang. Oberhalb des Torbogens hob sich ein langes Basrelief aus hartem, gemeißeltem Stein ab, die vier Jahreszeiten darstellend; die Gestalten waren bereits zerfressen und ganz schwarz. Jenes Basrelief wurde von einer vorspringenden Plinthe überdacht, auf der mehrere jener Pflanzen gediehen, die der Zufall herweht, gelber Mauerpfeffer, Wicken, Winden, Wegerich, und ein kleiner, schon ziemlich hoch aufgeschossener Kirschbaum. Die Tür bestand aus massivem Eichenholz; sie war braun, ausgedörrt, hatte überall Risse, wirkte gebrechlich, wurde indessen verläßlich zusammengehalten durch die systematisch angeordneten Beschläge, die ein symmetrisches Muster bildeten. In der Mitte der eigentlichen, eingefügten Tür befand sich ein quadratisches Gitter, zwar klein, aber aus engen, rostroten Stäben bestehend; es diente sozusagen als Aufforderung, einen Klopfer zu betätigen, der darunter an einem Ring befestigt war und auf den grimassierenden Kopf eines dicken Nagels schlug. Der Klopfer war länglich und von der Art, die unsere Vorfahren als ›Jaquemart‹ [10] bezeichneten; er ähnelte einem dicken Ausrufungszeichen; hätte ein Altertumsforscher ihn aufmerksam betrachtet, so würde er die Spuren eines typischen Narrengesichts wahrgenommen haben, das er ehemals gebildet hatte und das durch den langen Gebrauch fast unkenntlich geworden war. Durch das kleine Gitter, das in den Zeiten der Bürgerkriege dazu gedient hatte, Freunde zu erkennen, konnten die Neugierigen hinten in einem dunklen, grünlichen Gewölbe ein paar ausgetretene Stufen erblicken, auf denen man zu einem Garten hinaufstieg, den dicke, feuchte Mauern voller Ausschwitzungen und Büscheln kränklicher Kräuter malerisch umgaben. Jene Mauern waren die der Stadtbefestigung, auf der sich die Gärten einiger benachbarter Häuser ausbreiteten. Im Erdgeschoß des Hauses war der Hauptraum ein ›Saal‹, dessen Eingang sich unter der Wölbung hinter dem Torweg befand. Nur wenige Leute wissen um die Bedeutung eines Saals in den kleinen Städten des Anjou, der Touraine und des Berry. Der Saal ist gleichzeitig Flur, Wohnzimmer, Arbeitszimmer, Boudoir und Eßzimmer; er ist die Bühne des häuslichen Lebens, der Gemeinschaftsraum; dort schnitt der Friseur des Stadtviertels Monsieur Grandet zweimal alljährlich das Haar; dort traten die Pächter ein, der Pfarrer, der Unterpräfekt, der Müllerknecht. Jener Raum, dessen beide Fenster auf die Straße hinausgingen, war getäfelt; graue Panneaux mit altertümlichem Schnitzwerk verkleideten ihn von oben bis unten; die Decke bestand aus sichtbaren, gleichfalls grau gestrichenen Balken, deren Zwischenräume mit weißem, gelb gewordenem Kalkbewurf versehen waren. Eine alte, messingne Uhr mit inkrustierten Schildpattornamenten schmückte den aus weißem Stein bestehenden, schlecht gemeißelten Kaminsims; darüber war ein grünliches Spiegelglas angebracht, dessen Kanten schräg abgeschliffen waren, damit gesehen werden konnte, wie dick es sei; jene Kanten warfen einen dünnen Lichtstrahl auf einen gotischen Spiegel aus damasziertem Stahl. Die beiden Armleuchter aus vergoldetem Messing, die jede der Ecken des Kaminsimses zierten, erfüllten einen doppelten Zweck: denn hob man die Rosen heraus, die als Leuchtereinsatz für die Kerzen dienten und deren Hauptzweig in dem Fußgestell aus bläulichem Marmor mit Verzierungen aus altem Messing steckte, so konnte jenes Fußgestell als Leuchter für die Dämmerstunden dienen. Die Sessel waren von altertümlicher Form und trugen Gobelinbezüge, die die Fabeln La Fontaines darstellten; aber das mußte man wissen, um die Themen zu erkennen, so schwierig waren sie bei den verblichenen Farben und den oftmals ausgebesserten Gestalten herauszulesen. In den vier Winkeln des Saales standen Eckschränke in der Art von Anrichten, die in schmutzige Etageren ausliefen. Ein alter Spieltisch mit Einlegearbeit, dessen Platte ein Schachbrett darstellte, stand vor der Wandfläche, die die beiden Fenster trennte. Über jenem Tisch hing ein ovales Barometer mit schwarzem Rahmen; es wurde durch Bänder aus vergoldetem Holz belebt; darauf hatten die Fliegen sich in aller Stille so mutwillig herumgetrieben, daß die Vergoldung recht fragwürdig geworden war. An der Wand dem Kamin gegenüber lagen zwei Pastellporträts der Bestimmung ob, den Großvater der Madame Grandet, den alten Monsieur de La Bertellière, als Leutnant der Leibgarde, und die verstorbene Madame Gentillet als Schäferin darzustellen. Die beiden Fenster waren mit Vorhängen von dikkem, rotem Tuch aus Tours drapiert; sie wurden durch seidene Kordeln mit Kirchenquasten gerafft. Diese luxuriöse Dekoration, die so wenig im Einklang mit Grandets Lebensgewohnheiten stand, war beim Kauf des Hauses mitübernommen worden, genauso wie der Pfeilerspiegel, die Uhr, die Gobelinsessel und die Rosenholzschränke. In der Nische des der Tür am nächsten befindlichen Fensters stand ein Strohstuhl, dessen Füße durch Holzklötze verlängert worden waren, damit Madame Grandet so hoch saß, daß sie die Vorübergehenden sehen konnte. Ein Nähtisch aus verblichenem Kirschbaumholz füllte die Fensternische aus, und Eugénie Grandets kleiner Sessel stand dicht daneben. Seit fünfzehn Jahren waren für Mutter und Tochter alle Tage friedlich und bei beständiger Arbeit an diesem Platz hingegangen, wenigstens vom April bis zum November. Am ersten Tag des letzteren Monats konnten sie ihre Winterplätze am Kamin beziehen. Erst an jenem Tage erlaubte Grandet, daß im Saal Feuer angezündet wurde, und am 31. März ließ er es löschen, ohne Rücksichtnahme auf die ersten Fröste des Frühlings oder die des Herbstes. Ein Fußwärmer, der mit der Glut vom Küchenfeuer gespeist wurde – die Große Nanon bewahrte sie ihnen unter einem Aufwand von Geschicklichkeit auf –, half Madame und Mademoiselle Grandet über die kühlsten Morgen und Abende des Aprils oder des Oktobers hinweg. Mutter und Tochter hielten die ganze Wäsche des Hauses in Ordnung und nützten ihre Tage für diese wahre Näherinnenarbeit so gewissenhaft aus, daß Eugénie, wenn sie für ihre Mutter einen Kragen sticken wollte, genötigt war, dafür ihre Schlummerstunden zu verwenden und dabei den Vater zu überlisten, daß sie Licht brannte. Schon seit langem teilte nämlich der Geizhals seiner Tochter und der Großen Nanon die Kerzen zu, gerade wie er morgens das Brot und den täglichen Bedarf an Lebensmitteln austeilte.

Die Große Nanon war vielleicht das einzige Menschenwesen,

das befähigt war, den Despotismus ihres Herrn und Meisters willig zu ertragen. Die ganze Stadt beneidete das Ehepaar Grandet um sie. Die Große Nanon, so geheißen, weil sie fünf Fuß acht Zoll maß[11], gehörte Grandet seit fünfunddreißig Jahren. Obwohl sie nur sechzig Francs Lohn bekam, galt sie als eine der reichsten Dienstmägde in Saumur. Jene sechzig Francs, die von ihr seit fünfunddreißig Jahren auf die hohe Kante gelegt worden waren, hatten es ihr ermöglicht, vor kurzem bei Notar Cruchot viertausend Francs in Leibrenten anzulegen. Dies Ergebnis der langen, beharrlichen Sparsamkeit der Großen Nanon wirkte gigantisch. Jedes Hausmädchen, nun es sah, daß die arme Sechzigjährige Brot für ihre alten Tage hatte, war neidisch auf sie, ohne die harte Fron zu bedenken, durch die es erworben worden war. Als Zweiundzwanzigjährige hatte das arme Mädchen bei niemandem eine Stellung finden können, so abstoßend mutete ihr Gesicht an; und dabei war dieses Urteil höchst ungerecht; ihr Gesicht wäre bewundert worden, hätte es auf den Schultern eines Gardegrenadiers gesessen; aber es heißt ja: alles am rechten Ort. Als sie von einem abgebrannten Pachthof, wo sie die Kühe gehütet hatte, fort mußte, kam sie nach Saumur, wo sie nach einer Stellung suchte; ein robuster, vor nichts zurückschreckender Mut trieb sie dazu an. Papa Grandet plante damals zu heiraten und wollte seinen Hausstand schon vorher einrichten. Er wurde des Mädchens gewahr, das an jeder Tür abgewiesen wurde. In seiner Eigenschaft als Böttcher kannte er sich in körperlicher Kraft aus; er erriet den Nutzen, der sich aus einem weiblichen Wesen ziehen ließ, das wie ein Herkules gebaut war, auf den Füßen stand wie eine sechzigjährige Eiche auf ihren Wurzeln, starke Hüften hatte, einen breiten Rücken, die Hände eines Fuhrknechts und eine so ausgeprägte Rechtschaffenheit besaß, wie ihre Tugend intakt war. Weder Nanons Warzen, die ihr martialisches Gesicht zierten, noch der ziegelfarbene Teint noch die sehnigen Arme noch ihre Lumpen schreckten den Böttcher ab, der sich noch in dem Alter befand, da das Herz erbebt. Also versah er das arme Mädchen mit Kleidung, Schuhzeug, Nahrung, gab ihr Lohn und Beschäftigung, ohne allzu grob mit ihr umzuspringen. Als die Große Nanon sich so aufgenommen sah, weinte sie heimlich Freudentränen und schloß sich rückhaltlos an den Böttcher an, der sie übrigens auf lehnsherrliche Weise ausbeutete. Nanon tat alles: sie kochte, sie wusch, spülte die Wäsche in der Loire, trug sie auf den Schultern heim; sie stand vor Tage auf und ging spät zu Bett; sie kochte während des Herbstens für alle Winzer Essen und sah denen auf die Finger, die Nachlese hielten; wie ein treuer Hund verteidigte sie das Eigentum ihres Herrn; kurzum, sie war von blindem Vertrauen zu ihm erfüllt und gehorchte, ohne zu murren, seinen albernsten Launen. In dem berühmten Jahr 1811, als die Weinlese ungeheure Mühe kostete, entschloß sich Grandet, Nanon nach zwanzig Dienstjahren seine alte Taschenuhr zu schenken; es war die einzige Gabe, die sie je von ihm erhielt. Obgleich er ihr seine alten Schuhe abtrat (sie konnte sie tragen), konnte man unmöglich den Vierteljahrsgewinn aus Grandets Schuhen als ein Geschenk ansehen, so abgetragen waren sie. Die Not machte das arme Mädchen so geizig, daß Grandet sie schließlich gern hatte, wie man einen Hund gern hat, und Nanon hatte sich ein Stachelhalsband umlegen lassen, dessen Stacheln sie nicht mehr stachen. Wenn Grandet das Brot allzu knausrig bemaß, so erhob sie keinen Einwand; heiter nahm sie an den hygienischen Vorteilen teil, die das strenge Leben im Haus mit sich brachte; niemand war dort je krank. Schließlich gehörte Nanon ganz zur Familie: sie lachte, wenn Grandet lachte, war mit ihm betrübt, fror, erhitzte sich, arbeitete mit ihm. Wie viele gute Vergeltungen barg diese Gleichheit! Nie machte der Herr der Magd Vorwürfe, wenn sie bei der Nachlese Trauben oder Weinbergpfirsiche naschte oder von den abgefallenen Pflaumen oder Nektarinen aß. »Los, Nanon, laß es dir schmecken«, sagte er zu ihr in den Jahren, da die Zweige sich unter der Last der Früchte bogen und die Pächter sie an die Schweine verfüttern mußten. Für ein Landmädchen, das in seiner Jugend nichts als schlechte Behandlung erfahren hatte, für ein aus Mitleid aufgenommenes armes Wesen war Papa Grandets zweideutiges Lachen ein wahrer Sonnenstrahl. Überdies konnten Nanons schlichtes Herz und enges Hirn nur *ein* Gefühl und *einen* Gedanken fassen. Seit fünfunddreißig Jahren sah sie sich nach wie vor, wie sie barfuß, in Lumpen, auf Papa Grandets Holzlagerplatz angekommen war; nach wie vor hörte sie den Böttcher zu ihr sagen: »Na, was willst du, mein Herzchen?« Und ihre Dankbarkeit war jung geblieben. Manchmal, wenn

Grandet in den Sinn kam, daß dies arme Geschöpf nie im Leben auch nur das geringste Schmeichelwort gehört habe, daß sie nichts von den holden Gefühlen wisse, die die Frau einflößt, und daß sie eines Tages keuscher als sogar die Jungfrau Maria vor Gott hintreten könne, überkam ihn Mitleid, und wenn er sie ansah, sagte er wohl: »Die arme Nanon!« Diesem Ausruf folgte stets ein undefinierbarer Blick, den ihm die alte Magd zuwarf. Jene Bemerkung, die dann und wann fiel, bildete seit langem ein neues Glied in einer ununterbrochenen Freundschaftskette. Diesem Mitleid im Herzen Grandets, das von der alten Jungfer wohlgefällig entgegengenommen wurde, wohnte etwas Grausiges inne. Das abscheuliche Mitleid des Geizhalses, das im Innern des alten Böttchers tausend Lustempfindungen wachrief, bedeutete für Nanon ihren Anteil am Glück. Wer hätte da nicht ebenfalls gesagt: »Die arme Nanon!« Sicherlich erkennt Gott seine Engel am Stimmklang und an ihren geheimnisvollen Sehnsüchten. Es gab in Saumur eine beträchtliche Zahl von Haushalten, in denen die Dienstboten besser behandelt wurden, und dennoch wurde die Herrschaft nicht zufriedengestellt. Daher rührte eine weitere Bemerkung: »Was mögen die Grandets nur mit ihrer Großen Nanon anstellen, daß sie so an ihnen hängt? Sie ginge für sie durchs Feuer!« Ihre Küche, deren Gitterfenster auf den Hof hinausgingen, war stets sauber, blitzblank, kalt, die richtige Geizhalsküche, in der nichts umkommen durfte. Wenn Nanon ihr Geschirr abgewaschen, die Essensreste weggeschlossen und ihr Herdfeuer gelöscht hatte, dann kam sie aus ihrer Küche heraus, die vom Saal durch einen Flur getrennt war, und hechelte an der Seite ihrer Herrschaft Hanf. Eine einzige Kerze genügte der Familie für den Abend. Die Magd schlief am Ende jenes Flurs in einem Verschlag, der durch ein Notfenster sein Licht erhielt. Ihre robuste Gesundheit ließ sie unbeschadet diese Art von Loch bewohnen, von wo aus sie in Anbetracht der tiefen Stille, die Tag und Nacht im Haus herrschte, das geringste Geräusch zu vernehmen vermochte. Wie eine Dogge im Polizeidienst durfte sie nur mit einem Ohr schlafen und sich im Wachen ausruhen.

Die Schilderung der anderen Räumlichkeiten des Hauses soll mit den Geschehnissen dieser Erzählung verknüpft werden; und überdies läßt ja die Skizze des Saals, in dem der ganze Luxus des

Haushalts glänzte, schon im voraus die Kahlheit der oberen Stockwerke ahnen.

Im Jahre 1819, zu Abendbeginn, Mitte November, zündete die Große Nanon zum erstenmal Feuer an. Der Herbst war sehr schön gewesen. Dieser Tag war ein den Cruchotinern und Grassinisten wohlbekannter Festtag. Daher schickten die sechs Antagonisten sich an, in voller Kriegsrüstung zu kommen, um sich im Saal zu versammeln und einander an Freundschaftsbekundungen zu überbieten. Am Morgen hatte ganz Saumur Madame und Mademoiselle Grandet in Nanons Begleitung zur Pfarrkirche gehen sehen, wo sie die Messe hören wollten, und da war jedermann eingefallen, daß Mademoiselle ja heute Geburtstag habe. Daher berechneten sich Notar Cruchot, Abbé Cruchot und Monsieur C. de Bonfons die Stunde, da das Abendessen vorüber sein mußte, und beeilten sich, vor den Grassins einzutreffen, um Mademoiselle Grandet zu beglückwünschen. Alle drei trugen riesige Sträuße, die sie in ihren kleinen Treibhäusern gepflückt hatten. Die Stiele der Blumen, die der Präsident zu überreichen gedachte, waren sinnigerweise von einem weißen Seidenband mit Goldfransen umwunden. Wie es sein Brauch an allen Geburts- und Namenstagen Eugénies war, hatte Grandet sie schon morgens im Bett überrascht und ihr feierlich sein väterliches Geschenk dargeboten; es bestand seit dreizehn Jahren aus einer seltenen Goldmünze. Madame Grandet bedachte die Tochter für gewöhnlich, je nach den Umständen, mit einem Winter- oder Sommerkleid. Jene beiden Kleider, die Goldstücke, die sie auch zu Neujahr und zum Namenstag des Vaters erhielt, bildeten für sie eine Einnahme von etwa hundert Talern, und Grandet wußte es zu schätzen, daß sie sparte. Hieß das nicht sein Geld von einer Kasse in die andere legen und sozusagen durch Freundlichkeiten bei seiner Erbin den Geiz züchten? Manchmal verlangte er von ihr Abrechnung über ihren Schatz, der früher auch durch die La Bertellières vergrößert worden war, und dabei sagte er stets zu ihr: »Das wird einmal dein Heirats-Dutzend.« Das ›Dutzend‹ ist ein alter Brauch, der noch in einigen Gegenden Mittelfrankreichs im Schwange ist und fromm bewahrt wird. Wenn ein junges Mädchen im Berry oder im Anjou heiratet, muß ihr ihre Familie oder die ihres Gatten eine Börse schenken, in der sich, je nach den

Vermögensumständen, zwölf oder zwölf Dutzend oder zwölfhundert Gold- oder Silberstücke befinden. Die ärmste Hirtin würde nicht ohne ihr ›Dutzend‹ heiraten, und bestehe es nur aus dicken Soustücken. Noch heute wird in Issoudun von irgendeinem ›Dutzend‹ geredet, das einer reichen Erbin dargeboten wurde und hundertvierundvierzig Gold-Portugaleser enthalten hatte. Papst Clemens VII., der Oheim der Katharina von Medici, schenkte dieser, als er sie mit Heinrich II. vermählte, ein Dutzend antiker Goldmedaillen von allergrößtem Wert. Während des Abendessens hatte der Vater, hochbeglückt, daß seine Eugénie in ihrem neuen Kleid noch schöner aussah, ausgerufen: »Wenn nun heute Eugénie schon mal Geburtstag hat, dann wollen wir heizen. Das ist dann ein gutes Vorzeichen.«

»Mademoiselle heiratet in diesem Jahr, das steht fest«, sagte die Große Nanon und trug die Reste einer Gans hinaus, des Fasans der Böttcher.

»Ich wüßte für sie in Saumur keine Partie«, antwortete Madame Grandet und schaute ihren Mann mit schüchterner Miene an, was, in Anbetracht ihres Alters, von der absoluten Ehesklaverei zeugte, unter der die arme Frau ächzte.

Grandet musterte seine Tochter und rief aufgeräumt: »Heute wird sie dreiundzwanzig, die Kleine, wir müssen uns bald mit ihr befassen.«

Eugénie und ihre Mutter warfen einander stumm einen Blick des Einverständnisses zu.

Madame Grandet war eine verdorrte, magere Frau, gelb wie eine Quitte, linkisch, langsam; eine der Frauen, die dazu geschaffen scheinen, tyrannisiert zu werden. Sie hatte starke Knochen, eine dicke Nase, eine plumpe Stirn und hervorquellende Augen und besaß auf den ersten Blick eine unbestimmte Ähnlichkeit mit holzigen Früchten, die weder Saft noch Süße haben. Ihre spärlichen Zähne waren schwarz, der Mund rissig, und ihr Kinn war aufwärts gekrümmt; es bildete eine sogenannte ›Galosche‹. Sie war eine vortreffliche Frau, eine echte La Bertellière. Der Abbé Cruchot hatte ein paarmal Gelegenheit gefunden, ihr zu sagen, sie sei einmal ein recht hübsches Mädchen gewesen, und sie hatte es geglaubt. Eine engelhafte Sanftmut, die Schicksalsergebenheit eines Insekts, das von Kindern gequält wird, eine seltene Frömmigkeit, eine unerschütterliche Seelenruhe und ein gutes Herz waren die Ursachen, daß sie überall bedauert und hochgeachtet wurde. Ihr Mann gab ihr nie mehr als sechs Francs auf einmal als Taschengeld. Diese Frau wirkte zwar durch ihr Äußeres lächerlich, aber durch ihre Mitgift und ihre Erbschaften hatte sie Papa Grandet mehr als dreihunderttausend Francs eingebracht; allein stets hatte sie sich so tief gedemütigt gefühlt durch eine Abhängigkeit und ein Sklaventum, dagegen sich aufzulehnen ihre sanfte Seele ihr verbot, daß sie niemals einen Sou erbeten und nie eine Bemerkung über die Urkunden gemacht hatte, die Notar Cruchot ihr zum Unterzeichnen vorlegte. Dieser dumme, geheime Stolz, dieser beständig von Grandet verkannte und verletzte Seelenadel leiteten das Verhalten dieser Frau. Madame Grandet trug unausgesetzt ein Kleid aus grünlicher Halbseide, das fast ein Jahr lang hielt; sie trug ein großes Brusttuch aus weißem Baumwollstoff, einen gesäumten Strohhut und behielt fast immer eine weiße Taftschürze um. Da sie das Haus kaum je verließ, verbrauchte sie wenig Schuhwerk. Und letztlich wollte sie nie etwas für sich selber. Daher überkamen Grandet manchmal Gewissensbisse, wenn ihm einfiel, daß schon längere Zeit seit dem Tage vergangen sei, da er seiner Frau sechs Francs gegeben hatte; und deswegen stiftete er ihr stets ein Nadelgeld aus dem Erlös seiner Jahresernten. Die vier oder fünf Goldstücke, die durch den Holländer oder Belgier, der Grandets Weinernte aufgekauft hatte, für sie abfielen, bildeten den Hauptteil der jährlichen Einkünfte der Madame Grandet. Wenn sie indessen ihre fünf Louis erhalten hatte, sagte ihr Mann, wie wenn sie gemeinsame Kasse führten, oftmals zu ihr: »Kannst du mir wohl ein paar Sous leihen?« Und die arme Frau, glücklich, etwas für einen Mann tun zu können, den ihr Beichtvater ihr als ihren Herrn und Meister hingestellt hatte, erstattete ihm im Laufe des Winters ein paar Taler von ihrem Nadelgeld zurück. Wenn Grandet das Hundertsoustück aus der Tasche zog, das er als Taschengeld, für Zwirn, Nadeln und Garderobe seiner Tochter ausgesetzt hatte, verfehlte er nie, nachdem er seine Hosentasche zugeknöpft hatte, zu sagen: »Willst du auch was, Mutter?«

»Mein Lieber«, antwortete Madame Grandet in einer Aufwallung mütterlicher Würde, »das werden wir sehen.«

Vergeudetes Zartgefühl! Grandet hielt sich seiner Frau gegenüber für sehr großzügig. Sind die Philosophen, die einer Nanon, einer Madame Grandet, einer Eugénie begegnen, nicht im Recht, wenn sie meinen, daß die Ironie der Urgrund des Charakters der Vorsehung sei? Nach jenem Abendessen, bei dem zum erstenmal die Rede von Eugénies Verheiratung gewesen war, sollte Nanon aus Monsieur Grandets Schlafzimmer eine Flasche Johannisbeerlikör holen und wäre beim Hinabsteigen der Treppe beinah gefallen.

»Du Rindvieh«, sagte ihr Herr zu ihr, »kommst auch du wie die erste beste zu Fall?«

»Es liegt an Ihrer wackligen Treppenstufe, Monsieur.«

»Sie hat recht«, sagte Madame Grandet. »Du hättest sie schon längst ausbessern lassen sollen. Gestern hätte sich Eugénie beinahe den Fuß verstaucht.«

»Na ja«, sagte Grandet zu Nanon, als er sah, daß sie ganz blaß geworden war, »weil Eugénie heute Geburtstag hat und weil du beinahe hingefallen wärst, sollst du ein Gläschen Johannisbeerlikör bekommen, damit du dich erholst.«

»Mein Gott, das habe ich auch verdient«, sagte Nanon. »Viele Leute hätten, wenn ihnen das passiert wäre, die Flasche zerbrochen; aber ich hätte mir lieber den Ellbogen zerstoßen, nur um sie hochzuhalten.«

»Die arme Nanon!« sagte Grandet und goß ihr den Likör ein.

»Hast du dir weh getan?« fragte Eugénie und blickte sie teilnahmsvoll an.

»Nein, weil ich mich dadurch gehalten habe, daß ich mich auf den Hintern setzte.«

»Na schön«, sagte Grandet, »weil Eugénie heute Geburtstag hat, will ich euch die Stufe reparieren. Ihr versteht es eben nicht, mit dem Fuß in die Ecke zu treten, auf die Stelle, wo sie noch hält.«

Grandet nahm den Leuchter, ließ seine Frau, seine Tochter und seine Magd lediglich beim Licht des Kaminfeuers zurück, das in hellen Flammen loderte, und ging ins Waschhaus, um Bretter, Nägel und sein Werkzeug zu holen.

»Soll ich Ihnen helfen?« rief Nanon, als sie ihn auf der Treppe hämmern hörte.

»Ach was! Darauf versteh' ich mich«, antwortete der ehemalige Böttcher.

Während Grandet eigenhändig seine wurmstichige Treppe reparierte und dabei in Erinnerung an seine jungen Jahre laut vor sich hinpfiff, klopften die drei Cruchots an die Haustür.

»Sind Sie es, Monsieur Cruchot?« fragte Nanon und schaute durch das kleine Gitterfenster.

»Ja«, antwortete der Präsident.

Nanon machte die Tür auf, und der Widerschein des Kaminfeuers unter dem Gewölbe ermöglichte es den drei Cruchots, den Eingang zum Saal wahrzunehmen.

»Aha, Sie kommen als Gratulanten«, sagte Nanon zu ihnen, als sie die Blumen roch.

»Entschuldigen Sie«, rief Grandet, der die Stimmen seiner Freunde erkannt hatte, »ich komme gleich! Ich bin nicht stolz, ich bessere selber eine Stufe meiner Treppe aus.«

»Nur zu, nur zu, Monsieur Grandet, im eigenen Haus ist jeder Kohlenbrenner Bürgermeister«, sagte der Präsident sentenziös und lachte ganz allein über seine Anspielung, die niemand verstand.

Madame und Mademoiselle Grandet standen auf. Der Präsident nahm die Dunkelheit wahr und sagte zu Eugénie: »Gestatten Sie mir, Mademoiselle, Ihnen heute, am Tag, da Sie das Licht der Welt erblickten, eine Reihe glücklicher Jahre zu wünschen und den Fortbestand der Gesundheit, deren Sie sich erfreuen?«

Er überreichte ihr einen dicken Strauß in Saumur seltener Blumen; dann nahm er die Erbin bei den Ellbogen und küßte sie mit einem Wohlbehagen auf beide Seiten des Halses, das in Eugénie Scham aufsteigen ließ. Der Präsident, der aussah wie ein langer, rostiger Nagel, glaubte, auf diese Weise sein Werben anzudeuten.

»Genieren Sie sich nicht«, sagte der eintretende Grandet. »Wie Sie sich an Festtagen ins Zeug legen, Herr Präsident!«

»Mit Mademoiselle«, antwortete der mit seinem Strauß bewaffnete Abbé Cruchot, »würden für meinen Neffen alle Tage Festtage sein.«

Der Abbé küßte Eugénie die Hand. Notar Cruchot jedoch küßte das junge Mädchen ganz einfach auf beide Wangen und sagte: »Wie so etwas wächst und gedeiht! Jedes Jahr zwölf Monate weiter.«

Grandet stellte das Licht vor die Uhr; er kam niemals von einem Scherz los und wiederholte ihn, wenn er ihm komisch vorkam, bis zum Überdruß: »Wenn Eugénie nun schon mal Geburtstag hat, wollen wir illuminieren!«

Er hob behutsam die Rosenzweige der Armleuchter ab, steckte in jeden Leuchterfuß den Lichthalter, nahm aus Nanons Händen je eine neue, mit einem Fetzchen Papier umwickelte Kerze entgegen, drückte sie in das Loch, bis sie festsaß, steckte sie an, nahm neben seiner Frau Platz und schaute abwechselnd seine Freunde, seine Tochter und die beiden Kerzenflammen an. Der Abbé Cruchot, ein rundliches, fettes Männlein mit fuchsroter, flacher Perücke und dem Gesicht einer spielsüchtigen alten Frau, streckte die in guten, derben Schuhen mit Silberschnallen steckenden Füße aus und fragte: »Sind die Grassins nicht gekommen?«

»Noch nicht«, sagte Grandet.

»Aber sie kommen doch?« fragte der alte Notar und verzog sein wie ein Schaumlöffel durchlöchertes Gesicht.

»Ich glaube«, antwortete Madame Grandet.

»Sind Sie mit dem Herbsten fertig?« fragte Präsident de Bonfons Grandet.

»Überall!« sagte der alte Winzer, stand auf, ging im Saal auf und ab und reckte den Oberkörper mit einer Bewegung, die stolz war wie seine Äußerung, »überall!« Da sah er durch die Tür des zur Küche führenden Flurs die Große Nanon, die bei einer Kerze vor ihrem Herdfeuer saß und sich anschickte, dort Flachs zu spinnen, weil sie sich nicht unter die Festgesellschaft mischen wollte. – »Nanon«, sagte er und trat in den Flur, »willst du wohl mal dein Feuer und dein Licht ausmachen und zu uns kommen? Zum Donnerwetter! Der Saal ist doch groß genug für uns alle.«

»Aber es kommt doch hoher Besuch!«

»Bist du nicht genau dasselbe? Die stammen aus Adams Rippe, ganz wie du auch.«

Grandet trat wieder zum Präsidenten und fragte ihn: »Haben Sie Ihre Ernte verkauft?«

»Nein, Gott behüte, ich behalte sie. Wenn der Wein jetzt gut ist, dann ist er in zwei Jahren noch besser. Die Weinbergbesitzer, das wissen Sie ja, haben sich geschworen, die vereinbarten Preise zu halten, und dieses Jahr sollen die Belgier uns nicht übers Ohr hauen. Wenn sie weggehen, dann mögen sie es tun; sie werden schon wiederkommen.«

»Ja, aber wir müssen bei der Stange bleiben«, sagte Grandet in einem Tonfall, der den Präsidenten zusammenzucken ließ.

»Ob er schon verhandelt?« dachte Cruchot.

In diesem Augenblick verkündete das Anschlagen des Klopfers das Nahen der Familie des Grassins, und ihr Kommen unterbrach ein Gespräch, das zwischen Madame Grandet und dem Abbé begonnen hatte.

Madame des Grassins war eine der kleinen, lebhaften, molligen, weiß- und rosahäutigen Frauen, die dank der klösterlichen Kargheit in der Provinz und der Gepflogenheiten eines tugendsamen Lebens sich noch mit vierzig Jahren jung erhalten haben. Sie sind wie die letzten Rosen im Nachsommer, deren Anblick Freude macht, aber deren Blütenblättern etwas Kaltes innewohnt und deren Duft abnimmt. Sie kleidete sich recht gut, ließ ihre Garderobe aus Paris kommen, war in der Stadt Saumur tonangebend und gab Abendgesellschaften. Ihr Mann, ein ehemaliger Quartiermeister in der Kaiserlichen Garde, bei Austerlitz schwer verwundet und in den Ruhestand versetzt, hatte ungeachtet seiner Wertschätzung Grandets die zur Schau getragene Freimütigkeit der Offiziere beibehalten.

»Tag, Grandet«, sagte er und bot dem Winzer die Hand, was mit einer Art gut gespielter Überlegenheit geschah, die die Cruchots stets zu Boden schmetterte. – »Mademoiselle«, sagte er zu Eugénie, nachdem er Madame Grandet begrüßt hatte, »Sie sind immer schön und klug, ich weiß wahrhaftig nicht, was man Ihnen wünschen könnte.« Dann überreichte er ein Kästchen, das sein Diener getragen hatte und das eine Kap-Heidepflanze enthielt, eine erst neuerdings nach Europa importierte, sehr seltene Blume.

Madame des Grassins küßte Eugénie überaus herzlich auf beide Wangen, drückte ihr die Hand und sagte: »Adolphe hat es übernommen, Ihnen mein kleines Geschenk zu übergeben.«

Ein hochgewachsener, blonder, blasser und schwächlicher junger Herr von recht guten Umgangsformen, der dem Anschein nach schüchtern war, der jedoch unlängst in Paris, wo er Jura studierte, acht- oder zehntausend Francs über seine Wechsel hinaus verpulvert hatte, trat auf Eugénie zu, küßte sie ebenfalls auf beide Wangen und überreichte ihr ein Nähkästchen, dessen sämtliche Utensilien aus vergoldetem Silber waren; im Grunde war es Schund, obwohl das Schildchen mit dem in gotischen Lettern recht annehmbar gravierten Monogramm E. G. den Eindruck einer sehr gepflegten Arbeit zu erwecken vermochte. Als Eugénie es öffnete, widerfuhr ihr eine der unverhofften, reinen Freuden, bei denen junge Mädchen, je nachdem, rot werden, zusammenzucken oder erzittern. Sie richtete die Augen auf ihren Vater, als wolle sie erfahren, ob es ihr erlaubt sei, dies Geschenk anzunehmen, und Grandet sagte: »Nimm es nur, Kind!«, und zwar in einem Tonfall, der einen Schauspieler berühmt gemacht hätte. Die drei Cruchots standen verdutzt da, als sie sahen, mit welch einem freudigen, erregten Blick die Erbin, die solche Reichtümer etwas Unerhörtes dünkten, Adolphe des Grassins bedachte. Monsieur des Grassins bot Grandet eine Prise an, nahm selber eine, schüttelte die auf das Band der Ehrenlegion, das er im Knopfloch seines blauen Fracks trug, gefallenen Krümchen ab und schaute dann Cruchot mit einer Miene an, die zu besagen schien: »Könnt ihr mir diesen Hieb parieren?« Madame des Grassins blickte zu den blauen, bauchigen Glasgefäßen hin, in denen die Sträuße der Cruchots standen, und suchte mit der gespielten Naivität einer spottsüchtigen Frau nach deren Geschenken. Bei dieser heiklen Situation löste sich der Abbé Cruchot aus der Gesellschaft, die im Halbkreis vor dem Kamin saß, und wanderte mit Grandet hinten im Saal auf und ab. Als die beiden alten Herren in der am weitesten von den des Grassins entfernten Fensternische angelangt waren, flüsterte der Priester dem Geizhals zu: »Diese Leute werfen ihr Geld zum Fenster hinaus.«

»Was macht das, wenn es in meinen Keller fällt?« entgegnete der Winzer.

»Wenn Sie Ihrer Tochter goldene Scheren schenken wollten, hätten Sie selber wohl die Mittel dazu«, sagte der Abbé.

»Ich schenke ihr Besseres als Scheren«, antwortete Grandet.

»Mein Neffe ist eine Flasche«, dachte der Abbé und sah zu dem Präsidenten hinüber, dessen struppiges Haar das Anmutlose seines braunen Gesichts noch steigerte. »Hätte er sich nicht irgendeinen kleinen Unsinn ausdenken können, der geschätzt worden wäre?«

»Jetzt könnten wir eigentlich mit Ihrem Spielchen anfangen, Madame Grandet«, sagte Madame des Grassins. »Wir sind ja alle beisammen, da können wir zwei Tische ...«

»Da Eugénie nun mal heute Geburtstag hat, spielt doch euer Lotto gemeinsam«, sagte Papa Grandet; »die beiden Kinder machen mit.« Der ehemalige Böttcher, der sich nie an irgendeinem Spiel beteiligte, deutete auf seine Tochter und Adolphe. – »Los, Nanon, rück die Tische zurecht.«

»Wir wollen Ihnen helfen, Mademoiselle Nanon«, sagte Madame des Grassins fröhlich; sie war hocherfreut über die Freude, die sie Eugénie bereitet hatte.

»Mein Lebtag habe ich mich nicht so gefreut«, sagte die Erbin zu ihr. »Nie habe ich etwas so Hübsches zu sehen bekommen.«

»Adolphe hat es aus Paris mitgebracht und selber ausgesucht«, tuschelte Madame des Grassins ihr zu.

»Nur zu, mach nur so weiter, du verdammte Intrigantin!« sagte sich der Präsident. »Wenn du oder dein Mann jemals einen Prozeß zu führen haben, geht eure Sache schwerlich gut aus.«

Der in seiner Ecke sitzende Notar musterte mit ruhiger Miene den Abbé und sagte sich: »Die des Grassins mögen tun, was sie wollen; mein Vermögen, das meines Bruders und das meines Neffen betragen zusammen elfhunderttausend Francs. Die des Grassins haben allerhöchstens halb soviel, und sie haben eine Tochter: sollen sie doch schenken, was sie wollen! Erbin und Geschenke, all das gehört eines Tages uns.«

Abends um halb neun waren die beiden Tische aufgestellt. Der hübschen Madame des Grassins war es gelungen, ihren Sohn neben Eugénie zu setzen. Die Darsteller dieser interessanten, wenngleich anscheinend alltäglichen Szene waren mit bunten, bezifferten Pappstückchen und Spielmarken aus blauem Glas versehen und schienen den Scherzreden des alten Notars zu lauschen, der keine Nummer zog, ohne dabei eine Bemerkung zu machen; alle jedoch dachten an Monsieur Grandets Millionen. Der alte Böttcher betrachtete wohlgefällig den Federschmuck und die duftige Toilette der Madame des Grassins, den martialischen Kopf des Bankiers, den Adolphes, den Präsidenten, den Abbé, den Notar und sagte sich: »Sie sind meiner Taler wegen da. Sie kommen und langweilen sich hier um meiner Tochter willen. Hehe, meine Tochter bekommt keiner von ihnen, und alle diese Leute dienen mir als Angelhaken!«

Diese Heiterkeit im Familienkreis, in dem alten, grauen, von zwei Kerzen unzulänglich erleuchteten Salon; dies vom Gesurr des Spinnrades der Großen Nanon begleitete Lachen war nur auf den Lippen Eugénies oder ihrer Mutter echt; diese an so große Interessen geknüpfte kleinliche Gemeinheit; dies junge Mädchen, das, gleich den Vögeln, den Opfern des hohen Preises, den man ihnen beimißt und von dem sie nichts wissen, von Freundschaftsbeweisen umgarnt und umdrängt wurde, von denen sie zum Narren gehalten wurde; all das trug dazu bei, diese Szene auf eine traurige Weise komisch zu gestalten. Ist es übrigens nicht eine Szene, wie sie zu allen Zeiten und an allen Orten gespielt wird, freilich auf ihren einfachsten Ausdruck reduziert? Die Gestalt Grandets, der die geheuchelte Anhänglichkeit der beiden Familien ausbeutete und riesigen Nutzen daraus zog, beherrschte das Drama und setzte es ins rechte Licht. Verkörperte er nicht den einzigen neuzeitlichen Gott, an den man glaubt, das Geld in seiner Allmacht, ausgeprägt in einem einzigen Antlitz? Die zarteren Gefühle des Lebens galten dort nur als zweitrangig; sie beseelten drei reine Herzen, nämlich das Nanons, Eugénies und das ihrer Mutter. Aber wieviel Ahnungslosigkeit war in ihrer Naivität! Eugénie und ihre Mutter wußten nichts von Grandets Vermögen; sie werteten die Dinge des Lebens nach dem Schein der blassen Vorstellungen und hegten weder Achtung noch Verachtung für das Geld, da sie daran gewöhnt waren, es zu entbehren. Ihre ohne ihr Wissen unterdrückten, aber lebendigen Gefühle, das Geheimnis ihres Daseins, machten sie zu merkwürdigen Ausnahmen in diesem Beieinander von Leuten, deren Leben gänzlich aus Materiellem bestand. Abscheuliche Bedingtheit des Menschen! Es gibt keine einzige unter seinen Beglückungen, die nicht irgendeiner Ahnungslosigkeit entstammte. In dem Augenblick, da Madame Grandet einen Einsatz von sechzehn Sous gewann, dem höchsten, der je in diesem Saal gespielt worden war, und da die Große Nanon wohlgefällig lachte, als sie Madame diese Riesensumme einstecken sah, erscholl an der Haustür das Anschlagen des Klopfers, und es dröhnte so laut, daß die Frauen von ihren Sesseln aufsprangen.

»Keiner aus Saumur klopft so«, sagte der Notar.

»So drauflos zu klopfen«, sagte Nanon. »Wollen die etwa unsere Tür einschlagen?«

»Wer, zum Teufel, mag das sein?« rief Grandet.

Nanon nahm einen der beiden Leuchter und ging öffnen, von Grandet begleitet.

»Mann! Mann!« rief seine Frau und stürzte, von einem vagen Angstgefühl getrieben, zur Saaltür.

Sämtliche Spieler blickten einander an.

»Wollen wir nicht ebenfalls hingehen?« fragte Monsieur des Grassins. »Dieser Klopferschlag scheint mir nichts Gutes zu verheißen.«

Monsieur des Grassins vermochte kaum das Gesicht eines jungen Mannes zu erkennen, und neben ihm den Gepäckträger des Postwagenunternehmens, der mit zwei riesigen Koffern beladen war und zwei Reisetaschen schleppte. Grandet drehte sich brüsk zu seiner Frau um und sagte zu ihr: »Frau, mach, daß du an dein Lotto kommst. Laß mich mit dem Herrn reden.« Dann machte er hastig die Tür des Saales zu, in dem die aufgeregten Spieler wieder Platz genommen hatten, freilich ohne mit dem Spiel fortzufahren.

»Ist es jemand aus Saumur?« fragte Madame des Grassins ihren Mann.

»Nein, ein Fremder.«

»Dann kann er nur aus Paris kommen. Tatsächlich«, sagte der Notar; er hatte seine alte, zwei Finger dicke Taschenuhr gezogen, die wie ein holländisches Schiff aussah, »es ist neun. Donnerwetter, ja! Der Postwagen vom Grand Bureau hat nie Verspätung.«

»Ist es ein junger Herr?« fragte der Abbé Cruchot.

»Ja«, antwortete Monsieur des Grassins. »Er bringt Gepäck mit, das mindestens dreihundert Kilo wiegt.«

»Nanon kommt ja gar nicht wieder«, sagte Eugénie.

»Es kann nur einer Ihrer Verwandten sein«, sagte der Präsident.

»Wir wollen lieber die Einsätze machen«, schlug Madame Grandet leise vor. »An der Stimme meines Mannes habe ich gemerkt, daß ihm etwas nicht recht ist, vielleicht wird er ärgerlich, wenn er merkt, daß wir von seinen Angelegenheiten reden.«

»Mademoiselle«, sagte Adolphe zu seiner Nachbarin, »es wird wohl Ihr Vetter Grandet sein; ein hübscher junger Mann, den ich auf einem Ball bei Monsieur de Nucingen kennengelernt habe.« Adolphe verstummte, da seine Mutter ihm auf den Fuß trat, worauf sie ihn laut um zwei Sous für ihren Einsatz bat und ihm zuflüsterte: »Willst du wohl den Mund halten, du Riesenkamel?«

In diesem Augenblick kam Grandet ohne die Große Nanon wieder herein, deren Schritte mit denen des Gepäckträgers auf den Treppenstufen dröhnten; dem Böttcher folgte der Fremde, der seit ein paar Minuten so sehr die Neugier gereizt und die Phantasie aller so lebhaft beschäftigt hatte, daß man seine Ankunft in diesem Haus und sein Hineinplatzen in diese Gesellschaft am ehesten mit dem Fall einer Schnecke in ein Raupennest oder dem Auftauchen eines Pfaus in einem ordinären dörflichen Hühnerhof vergleichen konnte.

»Setzen Sie sich an den Kamin«, sagte Grandet zu ihm.

Bevor er Platz nahm, hatte der junge Fremde die Gesellschaft überaus anmutig gegrüßt. Die Herren waren aufgestanden und hatten mit einer höflichen Verbeugung geantwortet, und die Damen hatten zeremoniös genickt.

»Es ist Ihnen doch sicher kalt«, sagte Madame Grandet; »Sie kommen vielleicht aus ...«

»Da sieht man mal wieder die Frauen!« sagte der alte Winzer und unterbrach die Lektüre eines Briefs, den er in der Hand hielt. »Laß doch den Herrn sich verschnaufen.«

»Aber Vater, vielleicht braucht der Herr irgend etwas«, sagte Eugénie.

»Er hat ja einen Mund«, erwiderte der Winzer streng.

Einzig der Unbekannte war verdutzt ob dieser Szene. Die übrigen Anwesenden waren an die despotischen Umgangsformen des Alten gewöhnt. Dennoch stand der Unbekannte auf, als diese beiden Fragen und Antworten erfolgt waren, bot den Rükken dem Kaminfeuer dar, hob einen seiner Füße, um sich die Stiefelsohle zu wärmen und sagte zu Eugénie: »Liebe Kusine, vielen Dank, ich habe in Tours zu Abend gegessen. Und«, fügte er mit einem Blick auf Grandet hinzu, »ich brauche nichts, ich bin sogar nicht einmal müde.«

»Kommt der Herr aus der Hauptstadt?« fragte Madame des Grassins.

Als Monsieur Charles, so hieß der Sohn des Pariser Grandet, hörte, daß ihm eine Frage gestellt wurde, nahm er ein kleines Lorgnon, das an einer um seinen Hals geschlungenen Kette hing, hielt es ans rechte Auge, um das auf dem Tisch Liegende und die daran sitzenden Personen zu mustern, lorgnettierte recht dreist Madame des Grassins, und als er alles gesehen hatte, sagte er zu ihr: »Ja, Madame. – Sie spielen Lotto, liebe Tante«, fuhr er fort, »bitte, fahren Sie damit fort, es ist viel zu amüsant, als daß man damit aufhören könnte . . .«

»Ich war überzeugt, daß es der Vetter sei«, dachte Madame des Grassins und warf ihm verstohlene Blicke zu.

»Siebenundvierzig«, rief der alte Abbé. »Passen Sie doch auf, Madame des Grassins, das ist doch Ihre Nummer!«

Monsieur des Grassins legte eine Spielmarke auf die Karte seiner Frau, die, von traurigen Vorgefühlen bedrängt, abwechselnd zu dem Pariser Vetter und zu Eugénie hinsah, ohne an das Lottospiel zu denken. Von Zeit zu Zeit warf die Erbin flüchtige Blicke auf ihren Vetter, und die Bankiersgattin konnte in ihnen leicht ein Crescendo[12] des Staunens oder der Neugier wahrnehmen.

Monsieur Charles Grandet, ein gutaussehender junger Herr von zweiundzwanzig Jahren, bot in diesem Augenblick einen seltsamen Kontrast zu den guten Provinzlern, die bereits seine aristokratischen Manieren einigermaßen empörten und den alle genau beobachteten, um sich über ihn lustig zu machen. Das bedarf einer Erklärung. Mit zweiundzwanzig Jahren sind junge Leute der Kindheit noch so nahe, daß sie sich in Kindereien gehen lassen. Daher kommen vielleicht auf hundert unter ihnen neunundneunzig, die sich aufgeführt hätten wie Charles Grandet. Ein paar Tage vor jenem Abend hatte sein Vater ihn geheißen, für ein paar Monate zu seinem Bruder in Saumur zu reisen. Vielleicht hatte der Pariser Grandet an Eugénie gedacht. Charles, der zum erstenmal in die Provinz geriet, beabsichtigte, dort mit der Überlegenheit eines modernen jungen Herrn aufzutreten, das Arrondissement durch seinen Luxus außer sich zu bringen, Aufsehen zu erregen und dort die Errungenschaften des Pariser Lebens einzuführen. Kurzum, um es mit einem Wort zu sagen: er wollte in Saumur noch mehr Zeit als in Paris damit hinbringen, sich die Fingernägel zu polieren, und dort durch ungemeine Gesuchtheit der Kleidung auffallen, die ein junger, eleganter Herr bisweilen gegen eine des Reizes nicht ermangelnde Nachlässigkeit vertauscht. Deswegen hatte Charles das hübscheste Jagdkostüm mitgebracht, das hübscheste Gewehr, das hübscheste Waidmesser, dazu die hübscheste Scheide, die er in Paris hatte auftreiben können. Er hatte seine geistvollste Westensammlung mitgebracht: es gab darunter graue, weiße, schwarze, skarabäenfarbene mit Goldreflexen, paillettierte, buntgewebte, gefütterte, mit Schalkragen, steifen Kragen, umgeklappten Kragen, bis obenhin mit Goldknöpfen geschlossene Westen. Er hatte sämtliche Arten von Kragen und Halsbinden mitgebracht, wie sie zu jener Zeit in Mode waren. Er hatte zwei von Buisson[13] gefertigte Fräcke mitgebracht sowie seine feinste Wäsche. Auch sein goldnes Toilette-Necessaire hatte er mitgebracht, ein Geschenk seiner Mutter. Ferner den einem Dandy unentbehrlichen Firlefanz, ohne das entzückende kleine Schreibzeug zu vergessen, ein Geschenk der liebenswürdigsten aller Frauen, für ihn wenigstens, einer großen Dame, die er Annette nannte und die mit ihrem Ehemann gelangweilt Schottland bereiste, Opfer irgendeines Argwohns, dem er für eine Weile sein Glück opfern mußte; alsdann über die Maßen hübsches Papier, auf dem er ihr alle vierzehn Tage einen Brief schrieb. Kurzum, es war eine ganze Schiffsladung von Pariser Kinkerlitzchen in erdenklicher Vollständigkeit; es fanden sich darin von der Reitpeitsche, die ein Duell einleitet, bis zu den schönen, ziselierten Pistolen, die es beenden, sämtliche Gerätschaften, die ein junger, müßiger Mensch zum Beackern der Gefilde des Lebens braucht. Da sein Vater ihm gesagt hatte, er solle allein und bescheidentlich reisen, war er im für ihn reservierten Sonderabteil, dem ›Coupé‹, der Postkutsche hergekommen und war es durchaus zufrieden, daß er den köstlichen Reisewagen nicht zu verderben brauchte, den er bestellt hatte, um vor seiner Annette herzufahren, der großen Dame, die ... usw. und die er im nächsten Juni in Baden-Baden wiedertreffen sollte. Charles hatte damit gerechnet, bei seinem Onkel hundert Leuten zu begegnen, Parforcejagden in den Wäldern seines Onkels zu reiten, bei ihm ein Schloßherrenleben zu führen; er war nicht darauf gefaßt gewesen, ihn in Saumur vorzufinden, wo er sich nach ihm lediglich erkundigt hatte, um den Weg nach Froidfond zu erfragen; als er jedoch erfahren hatte, der Onkel sei in der Stadt, hatte er gemeint, ihn in einem Palais anzutreffen. Um sich bei seinem Onkel geziemend einzuführen, sei es in Saumur, sei es in Froidfond, hatte er die koketteste Reisekleidung angelegt, die auf das schlichteste raffinierte, die göttlichste, um das Wort zu gebrauchen, das zu jener Zeit die besonderen Vollkommenheiten einer Sache oder eines Menschen kurz zusammenfaßte. In Tours hatte ihm ein Friseur sein schönes, kastanienbraunes Haar frisch gelockt, er hatte die Wäsche gewechselt und eine Krawatte aus schwarzer Seide umgelegt, die mit einem runden Kragen kombiniert war, wodurch sein hellhäutiges, heiteres Gesicht auf das angenehmste eingerahmt wurde. Ein halb zugeknöpfter Reiseüberrock zwängte ihm die Taille ein und ließ eine locker sitzende Kaschmirweste sehen, unter der er eine zweite, weiße Weste trug. Seine betont nachlässig in eine Tasche gesteckte Uhr war mit einer kurzen Goldkette an einem der Knopflöcher befestigt. Seine graue Hose wurde an den Seiten zugeknöpft; in schwarzer Seide gestickte Ornamente zierten die Nähte. Gewandt handhabte er einen Spazierstock, dessen getriebener Goldknauf die Sauberkeit seiner grauen Handschuhe nicht beeinträchtigte. Seine Mütze endlich zeugte von vortrefflichem Geschmack. Einzig ein Pariser, ein Pariser aus der höchsten Gesellschaftsschicht, konnte sich so ausstaffieren, ohne lächerlich zu wirken, und all diesen Nichtigkeiten eine geckenhafte Harmonie verleihen; sie betonte übrigens eine selbstbewußte Miene, die Miene eines jungen Herrn, der schöne Pistolen hat, eine sichere Hand und Annette. Um die gegenseitige Überraschung der Saumurer und des jungen Parisers richtig zu verstehen, um sich völlig den Glanz zu vergegenwärtigen, den die Eleganz des Reisenden mitten in die grauen Schatten des Saals und der Gesichter warf, aus denen das Familienbild sich zusammensetzte, möge man jetzt versuchen, sich die Cruchots vorzustellen. Alle drei schnupften, und sie dachten seit langem nicht daran, sich die Nasentropfen oder die schwarzen Krümel abzuwischen, mit denen der Einsatz ihrer rötlichgelben Hemden mit den zerknautschten Kragen und den gelblichen Falten übersät war. Ihre weichen Halsbinden rollten sich zu Stricken, sobald sie sie sich umgebunden hatten. Ihrem riesigen Wäschevorrat, der es ihnen erlaubte, nur alle Halbjahr große Wäsche zu veranstalten und das Schmutzige ruhig unten in ihren Schränken liegenzulassen, prägte die Zeit graue, alte Farbtöne auf. Es herrschte zwischen ihnen ein vollkommenes Einvernehmen von schlechtem Geschmack und Greisenhaftigkeit. Ihre Gesichter waren ebenso welk wie ihre Fräcke abgetragen, ebenso faltig wie ihre Hosen; sie wirkten verbraucht, verschrumpft und fratzenhaft. Die allgemeine Vernachlässigung ihrer übrigen Anzüge, bei deren jedem etwas fehlte und die nie gebügelt wurden, wie es eben bei der Kleidung in der Provinz häufig der Fall ist, wo man unmerklich dahingelangt, sich nicht mehr füreinander anzuziehen und vor dem Preis eines Paars Handschuhe zurückzuschrekken, paßte gut zu der Ungepflegtheit der Cruchots. Der Abscheu vor der Mode war der einzige Punkt, über den zwischen den Grassinisten und Cruchotinern vollkommene Einigkeit herrschte. Sobald der Pariser sein Lorgnon genommen hatte, um die seltsame Ausstattung des Saals zu mustern, die Deckenbalken, den Farbton des Wandgetäfels oder die Punkte, die die Fliegen daraufgedrückt hatten und deren Zahl genügt hätte, die ›Encyclopédie méthodique‹[14] und den ›Moniteur‹[15] mit Punktzeichen zu versehen, hoben die Lottospieler die Nasen und blickten ihn mit der gleichen Neugier an, die sie für eine Giraffe bekundet haben würden. Monsieur des Grassins und sein Sohn, denen die Gestalt eines Modegecken doch nicht unbekannt war, beteiligten sich nichtsdestoweniger am Staunen der anderen Tischgäste, sei es, daß sie dem unerklärlichen Einfluß eines allgemeinen Gefühls unterlagen, sei es, daß sie es billigten, indem sie ihren Mitbürgern durch ein ironisches Zwinkern zu verstehen gaben: »Da könnt ihr mal sehen, wie sie in Paris sind.« Übrigens konnten alle Charles nach Herzenslust betrachten, ohne das Mißfallen des Hausherrn fürchten zu müssen. Grandet war in die Lektüre des langen Briefs vertieft, den er in der Hand hielt, und um ihn lesen zu können, hatte er den einzigen Leuchter vom Tisch genommen, unbekümmert um seine Gäste und deren Vergnügen. Eugénie, der der Inbegriff einer solchen Vollkommenheit in Kleidung wie Persönlichkeit gänzlich unbekannt war, glaubte in ihrem Vetter ein Wesen zu erblicken, das aus einer seraphischen Sphäre herabgestiegen war. Voller Entzücken schnupperte sie die Düfte ein, die seinem glänzenden, anmutig gewellten Haar entströmten. Nur zu gern hätte sie das helle Leder der hübschen, dünnen Handschuhe berührt. Sie beneidete Charles um seine kleinen Hände, seinen Teint, die Unverbrauchtheit und Zartheit seiner Züge. Kurzum: sofern ein Bild die Eindrücke zusammenzufassen vermag, die der junge Elegant auf ein ahnungsloses Mädchen ausübte, das sich in einem fort damit befaßte, Strümpfe zu stopfen und die Garderobe ihres Vaters zu flicken, ein Mädchen, dessen Leben zwischen diesen schmutzigen Wandverkleidungen hingeflossen war, ohne daß sie in dieser stillen Straße stündlich mehr als einen Vorübergehenden gesehen hätte, so löste der Anblick des Vetters in ihrem Inneren die Regungen desselben zarten Wollustgefühls aus, die bei einem jungen Mann durch die phantastischen Frauengestalten verursacht werden, wie sie Westall[16] für die englischen Keepsakes[17] zeichnet, und die von den Findens[18] mit so geschicktem Griffel nachgestochen worden sind, daß man, wenn man auf das Velinpapier haucht, Angst hat, jene himmlischen Gestalten möchten entschweben. Charles entnahm seiner Tasche ein von der großen Dame, die in Schottland reiste, gesticktes Taschentuch. Als Eugénie diese hübsche Handarbeit sah, die voller Liebe in den Stunden gefertigt worden war, die nicht der Liebe dienen konnten, schaute sie zu, weil sie wissen wollte, ob er sich ihrer tatsächlich bedienen werde. Charles' Umgangsformen, seine Gesten, die Art, wie er sein Lorgnon handhabte, seine vorgetäuschte Dreistigkeit, seine Verachtung für das Nähkästchen, das der reichen Erbin eben noch soviel Freude gemacht hatte und das er augenscheinlich als wertlos oder lächerlich erachtete; kurzum, alles, was die Cruchots und des Grassins' vor den Kopf stieß, gefiel ihr so sehr, daß sie sich vor dem Einschlafen lange in träumerischem Sinnen über diesen Phönix unter den Vettern ergehen mußte.

Die Nummern wurden sehr langsam gezogen, und bald wurde mit dem Lottospiel aufgehört. Die Große Nanon kam herein und sagte laut: »Madame, Sie müssen mir die Laken herausgeben, damit ich dem Herrn da das Bett machen kann.«

Madame Grandet ging mit Nanon hinaus. Da sagte Madame des Grassins leise: »Wir wollen unsere Sous lieber behalten und mit dem Lotto Schluß machen.« Jeder nahm seine zwei Sous aus der alten, schadhaften Untertasse, in die er sie gelegt hatte; dann erhob sich die ganze Gesellschaft zugleich und vollführte eine Viertelschwenkung zum Kamin hin.

»Seid ihr denn schon fertig?« fragte Grandet, ohne sich von seinem Brief abzuwenden.

»Ja, ja«, antwortete Madame des Grassins, die gerade neben Charles Platz genommen hatte.

Eugénie, der einer der Gedanken zu schaffen machte, wie sie im Herzen junger Mädchen aufsprießen, wenn sich darin zum erstenmal ein Gefühl einnistet, verließ den Saal, um der Mutter und Nanon zu helfen. Wäre sie durch einen gewandten Beichtvater ausgefragt worden, so hätte sie ihm wohl gestanden, daß sie weder an ihre Mutter noch an Nanon denke, aber daß sie von dem brennenden Wunsch heimgesucht sei, das Zimmer ihres Vetters in Augenschein zu nehmen, um sich darin für ebenjenen Vetter zu betätigen, um darin irgend etwas zurechtzurücken, um nachzusehen, ob auch nichts vergessen worden sei, um für alles Vorkehrungen zu treffen, um es nach Möglichkeit elegant und sauber herzurichten. Eugénie glaubte sich bereits ganz allein befähigt, die Neigungen und Anschauungen des Vetters zu verstehen. Tatsächlich kam sie gerade zur rechten Zeit, um der Mutter und Nanon, die im Glauben, sie hätten alles getan, schon auf dem Rückweg waren, zu beweisen, daß alles erst noch zu tun sei. Sie schlug der Großen Nanon vor, die Laken mit Glut vom Kaminfeuer zu wärmen; sie deckte eigenhändig eine Serviette über den alten Tisch und schärfte Nanon nachdrücklich ein, allmorgendlich jene Serviette durch eine neue zu ersetzen. Sie überzeugte die Mutter von der Notwendigkeit, im Kamin ein gutes Feuer anzuzünden, und bestimmte Nanon, sie möge, ohne dem Vater etwas davon zu sagen, einen großen Stapel Holz in den Korridor hinauftragen. Schnell holte sie aus einem der Eckschränke im Saal ein altes Lacktablett, das der Erbschaft des seligen alten Monsieur de La Bertellière entstammte, nahm gleichfalls aus jenem Schrank ein sechskantiges geschliffenes Kristallglas mit, einen Teelöffel mit verblichener Vergoldung, eine altertümliche Parfümflasche mit eingravierten Amoretten und stellte das alles triumphierend auf eine Ecke des Kaminsimses. Innerhalb einer Viertelstunde waren ihr mehr Einfälle gekommen, als sie gehabt hatte, seit sie auf der Welt war.

»Mama«, sagte sie, »schwerlich kann mein Vetter den Geruch eines Talglichts ertragen. Wollen wir nicht Wachskerzen kaufen ...?« Leicht wie ein Vogel hüpfte sie davon und entnahm ihrer Börse das Hundert-Sous-Stück, das sie für ihre monatlichen Ausgaben bekommen hatte. »Da, Nanon«, sagte sie, »mach schnell!«

»Aber was wird denn dein Vater dazu sagen?« Dieser schreckliche Einwand wurde von Madame Grandet erhoben, als sie sah, daß die Tochter eine Zuckerdose aus altem Sèvres-Porzellan in der Hand hielt, die Grandet aus Schloß Froidfond mitgenommen hatte. »Und woher willst du Zucker nehmen? Bist du toll?«

»Mama, Nanon kann doch ebensogut Zucker wie Kerzen kaufen.«

»Und dein Vater?«

»Wäre es nicht ungehörig, wenn sein Neffe nicht einmal ein Glas Zuckerwasser trinken könnte? Außerdem merkt er es wohl überhaupt nicht.«

»Deinem Vater entgeht nichts«, sagte Madame Grandet kopfschüttelnd. Nanon zögerte; sie kannte ihren Herrn.

»Aber so lauf doch, Nanon! Schließlich ist heute mein Geburtstag!«

Nanon mußte schallend auflachen, als sie den ersten Scherz hörte, den ihre junge Herrin je gemacht hatte, und gehorchte ihr. Während Eugénie und ihre Mutter sich bemühten, das von Monsieur Grandet seinem Neffen zugedachte Zimmer wohnlich herzurichten, war Charles das Ziel von Madame des Grassins' Liebenswürdigkeiten; sie neckte ihn herausfordernd.

»Sie sind sehr tapfer«, sagte sie zu ihm, »daß Sie den Freuden der Hauptstadt mitten im Winter den Rücken kehren und nach Saumur übersiedeln. Aber wenn wir Ihnen nicht allzu viel Angst einflößen, werden Sie schon sehen, daß man sich auch hier amüsieren kann.«

Sie bedachte ihn mit einem Äugeln, das echteste Provinz war; denn dort sind die Frauen daran gewöhnt, soviel Zurückhaltung und Vorsicht in ihre Blicke zu legen, daß sie ihnen die gleiche eigenartige, lüsterne Begehrlichkeit zuteilwerden lassen, wie sie den Geistlichen innewohnt, für die dem Anschein nach jede Freude ein Diebstahl oder eine Sünde ist. Charles kam sich in diesem Saal so heimatlos vor, so weit entfernt von dem geräumigen Schloß und dem üppigen Dasein, wie er es bei seinem Onkel vermutet hatte, daß er, als er Madame des Grassins aufmerksam anschaute, endlich ein halb verwischtes Bild von Pariser Gesichtern an ihr wahrnahm. Liebenswürdig ging er auf die Art Einladung ein, die an ihn gerichtet worden war, und verstrickte sich, wie es nicht anders sein konnte, in eine Unterhaltung, in deren Verlauf Madame des Grassins nach und nach die Stimme senkte, um sie in Einklang mit der Natur ihrer Bekenntnisse zu bringen. Zwischen ihr und Charles obwaltete ein gleiches Bedürfnis nach Vertrauen. Daher vermochte die gewandte Provinzlerin nach einem kurzen, koketten Geplauder und nach ernsten Scherzen zu ihm zu sagen, ohne daß sie vermeinte, die anderen, die über den Weinverkauf sprachen, mit dem sich zu jener Zeit ganz Saumur befaßte, könnten sie hören: »Monsieur, wenn Sie uns die Ehre eines Besuchs erweisen, werden Sie ganz sicher meinem Mann eine ebenso große Freude bereiten wie mir. Unser Salon ist der einzige in Saumur, in dem Sie die Großkaufmannschaft und den Adel antreffen: wir gehören beiden Gesellschaftskreisen an, und die wollen einander nur bei uns begegnen, weil man sich da amüsiert. Mit Stolz kann ich sagen, daß mein Mann von beiden gleichermaßen geschätzt wird. Daher möchten wir versuchen, in die Langweiligkeit Ihres hiesigen Aufenthalts einige Abwechslung zu bringen. Wenn Sie bei Monsieur Grandet bleiben, was soll dann aus Ihnen werden, du lieber Himmel! Ihr Onkel ist ein Knauser, der nichts als seine Rebstecklinge im Kopfe hat; Ihre Tante ist eine Betschwester und kann nicht zwei Gedanken miteinander verknüpfen, und Ihre Kusine ist ein ungebildetes Dummchen, banal, ohne Mitgift, und sie bringt ihr Dasein damit hin, alte Lumpen zusammenzuflicken.« – »Die Frau ist in Ordnung«, sagte sich Charles Grandet, während er auf das gezierte Gerede der Madame des Grassins antwortete.

»Mir scheint, Frau, du willst den Herrn gänzlich mit Beschlag belegen«, sagte lachend der dicke, große Bankier.

Auf diese Bemerkung hin taten der Notar und der Präsident mehr oder weniger boshafte Äußerungen; der Abbé jedoch schaute sie mit durchtriebener Miene an, nahm eine Prise, bot seine Tabaksdose der ganzen Runde an und faßte ihre Gedanken in den Worten zusammen: »Wer könnte dem Herrn die Honneurs von Saumur besser erweisen als Madame?«

»Haha! Was verstehen Sie darunter, Herr Abbé?« fragte Monsieur des Grassins.

»Ich verstehe es im günstigsten Sinne für Sie, Monsieur, für Madame, für die Stadt Saumur und für Monsieur selber«, fuhr der abgefeimte alte Herr fort und wandte sich Charles zu.

Ohne der Unterhaltung zwischen Charles und Madame des Grassins dem Anschein nach die mindeste Aufmerksamkeit zu zollen, hatte der Abbé es verstanden, deren Sinn zu erraten.

»Monsieur«, sagte schließlich Adolphe zu Charles, und zwar mit einer Miene, die harmlos wirken sollte, »ich weiß nicht, ob Sie sich meiner noch erinnern; ich hatte die Freude, auf einem Ball des Barons de Nucingen Ihr Gegenüber zu sein, und ...«

»Freilich, freilich«, antwortete Charles, den es wunderte, daß er der Gegenstand von jedermanns Liebenswürdigkeit war.

»Ist der Herr Ihr Sohn?« fragte er Madame des Grassins.

Der Abbé bedachte die Mutter mit einem boshaften Blick.

»Ja«, sagte sie.

»Dann sind Sie also recht jung nach Paris gekommen?« fuhr Charles fort und wandte sich dabei Adolphe zu.

»Nichts zu machen, Monsieur«, sagte der Abbé, »wir schicken sie nach Babylon, sobald sie entwöhnt sind.«

Madame des Grassins warf dem Abbé einen fragenden, tief erstaunten Blick zu. – »Man muß in die Provinz kommen«, sprach er weiter, »um Frauen von dreißig und einigen Jahren zu finden, die so jugendfrisch wie Madame sind und dabei Söhne haben, die demnächst Lizentiaten der Jurisprudenz sind. Mir ist, als stiegen auch heutzutage noch die jungen Herren und Damen auf Stühle, um Sie beim Ball tanzen zu sehen, Madame«, fügte der Abbé hinzu und blickte seinen weiblichen Widersacher an. »Für mich sind Ihre Erfolge wie von gestern ...«

»Oh, der alte Schuft!« dachte Madame des Grassins. »Sollte er mich durchschaut haben?«

»Anscheinend werde ich in Saumur große Erfolge haben«, sagte sich Charles und knöpfte seinen Überrock auf, schob die Hand in die Weste und ließ den Blick in die Weite schweifen; er wollte die Pose nachahmen, in der Chantrey [19] Lord Byron dargestellt hat.

Die Unaufmerksamkeit Papa Grandets, oder, besser gesagt, das Versunkensein, in das ihn die Lektüre seines Briefes getaucht hatte, war weder dem Notar noch dem Präsidenten entgangen; sie versuchten, dessen Inhalt aus dem kaum wahrnehmbaren Mienenspiel des Alten zu mutmaßen, dessen Gesicht jetzt von der Kerzenflamme voll beleuchtet war. Der Winzer bewahrte mühsam die gewöhnliche Ruhe seiner Züge. Übrigens kann sich jedermann ein Bild von der zur Schau getragenen Fassung dieses Mannes machen, wenn er den nachstehenden, fatalen Brief liest:

»Lieber Bruder, jetzt sind es bald dreiundzwanzig Jahre, daß wir einander nicht gesehen haben. Der Anlaß unseres letzten Beisammenseins war meine Eheschließung; danach haben wir dann beide voneinander fröhlich Abschied genommen. Freilich hätte ich nie vorausahnen können, daß Du eines Tages die einzige Stütze der Familie sein würdest, deren Wohlstand Du damals Beifall zolltest. Wenn Du diesen Brief in Händen hältst, bin ich nicht mehr. In der Stellung, die ich innehatte, habe ich die Schmach eines Konkurses nicht überleben wollen. Bis zum letzten Augenblick habe ich mich am Rand des Abgrunds festgeklammert, in der Hoffnung, oben bleiben zu können. Jetzt muß ich hinabstürzen. Die gleichzeitig erfolgten Bankrotte meines Wechselmaklers und meines Notars Roguin rauben mir meine letzten Hilfsmittel und lassen mir nichts. Zu meinem Kummer habe ich fast vier Millionen Schulden, ohne mehr als fünfundzwanzig Prozent Aktiva anbieten zu können. Die Weine in meinem Lager bekommen in diesem Augenblick die vernichtende Baisse zu spüren, die der Überfluß und die Qualität Eurer Ernten herbeigeführt haben. In drei Tagen wird Paris sagen: ›Grandet war ein Gauner!‹ Ich, der redliche Mann, muß mich in ein Leichentuch von Schande betten. Ich raube meinem Sohn seinen

Namen, den ich beflecke, und das Vermögen seiner Mutter. Er weiß nichts von alledem, der unglückliche Junge, den ich abgöttisch liebhabe. Wir haben einander zärtlich Lebewohl gesagt. Zum Glück hat er nicht gewußt, daß die letzten Fluten meines Lebens in diesem Lebewohl verströmt sind. Wird er mir wohl eines Tages gleichen? Bruder, lieber Bruder, der Fluch unserer Kinder ist etwas Furchtbares; gegen den unseren können sie Berufung einlegen, aber der ihre ist unwiderruflich. Grandet, Du bist mein älterer Bruder, Du schuldest mir Deinen Schutz: sorg dafür, daß Charles mir kein bitteres Wort aufs Grab wirft! Lieber Bruder, wenn ich Dir mit Blut und Tränen schriebe, wären darin nicht so viele Schmerzen, wie ich sie diesem Brief einverleibe; denn ich würde dann weinen, ich würde bluten, ich würde sterben, ich würde nicht länger leiden; aber ich leide nun einmal und sehe dem Tod trockenen Auges entgegen. Sei Du jetzt also Charles' Vater! Er hat keine Verwandten mütterlicherseits, Du weißt, warum. Warum bin ich den gesellschaftlichen Vorurteilen nicht gefolgt? Warum habe ich der Liebe nachgegeben? Warum habe ich die natürliche Tochter eines großen Herrn geheiratet? Charles hat keine Familie mehr. O mein unglücklicher Sohn! Mein Sohn! Höre, Grandet, ich bin nicht gekommen, um Dich um meinetwillen anzuflehen; überdies ist Dein Vermögen vielleicht nicht beträchtlich genug, um eine Belastung von drei Millionen zu vertragen; aber ich bitte Dich um meines Sohnes willen! Stell Dir vor, Bruder, daß meine flehenden Hände im Denken an Dich gefaltet sind. Grandet, ich, der Sterbende, vertraue Dir Charles an. Jetzt endlich kann ich meine Pistole ohne Schmerz anschauen, weil ich glaube, daß Du ihm ein Vater sein wirst. Charles hat mich sehr lieb gehabt; ich bin gut zu ihm gewesen, ich habe ihm nie etwas abgeschlagen: er wird mir nicht fluchen. Überdies wirst Du ja sehen; er ist gutartig, er ist nach seiner Mutter geartet, er wird Dir niemals Kummer bereiten. Der arme Junge! Er ist an die Genüsse des Luxus gewöhnt, er kennt keine der Entbehrungen, die uns beiden unsere anfängliche Notlage auferlegte ... Und jetzt ist er ruiniert und steht allein da. Ja, alle seine Freunde werden sich von ihm abwenden, und die Ursache seiner Demütigungen bin ich. Ach, ich wollte, ich verfügte über Arme, die stark genug wären, ihn mit einem Schlage in den Himmel zu seiner Mutter zu schicken. Wahnwitz! Ich komme wieder auf mein Unglück, auf Charles' Unglück zurück. Ich habe ihn also zu Dir geschickt, damit Du ihn auf geziemende Weise von meinem Tod unterrichtest, und davon, was in Zukunft sein Los ist. Sei ihm ein Vater, aber ein guter Vater. Entreiße ihn nicht mit einem Schlag seinem müßigen Leben; damit würdest Du ihn umbringen. Ich bitte ihn auf den Knien, auf die Schuldforderung zu verzichten, die er als der Erbe seiner Mutter gegen mich geltend machen könnte. Aber das ist eine überflüssige Bitte; er hat Ehre im Leibe, er wird wohl fühlen, daß er sich nicht meinen Gläubigern zugesellen darf. Laß ihn rechtzeitig auf meine Erbfolge verzichten. Leg ihm die Lebensbedingungen dar, die ich ihm schaffe; und wenn er mir dann seine Liebe bewahrt, dann sag Du ihm in meinem Namen, daß noch nicht alles für ihn verloren sei. Ja, die Arbeit, die uns beiden geholfen hat, kann ihm das Vermögen wiedererstatten, das ich ihm nehme; und wenn er auf die Stimme seines Vaters hören will, der für ihn am liebsten für eine kurze Weile seinem Grab entsteigen möchte, dann soll er ins Ausland gehen, nach Indien! Lieber Bruder, Charles ist ein junger, rechtschaffener, beherzter Mensch: versieh ihn mit einer kleinen Summe, er würde eher sterben, als Dir nicht zurückzahlen, was Du ihm für den Anfang leihst; Du wirst ihm etwas leihen, Grandet, denn sonst würdest Du Dir Gewissensbisse aufladen. Ach, wenn mein Junge bei Dir weder Hilfe noch Liebe fände, würde ich bis in alle Ewigkeit von Gott Rache für Deine Härte erbitten. Hätte ich einige Werte retten können, so würde ich wohl das Recht haben, ihm einen Betrag auf das Vermögen seiner Mutter zukommen zu lassen; aber meine Zahlungen zum Monatsende haben meine sämtlichen Mittel erschöpft. Ich wäre lieber nicht im Zweifel über das Schicksal meines Jungen gestorben; ich hätte lieber heilige Gelöbnisse in der Wärme Deiner Hand verspürt, die auch mich wieder erwärmt hätte; doch es fehlt mir dazu an Zeit. Während Charles unterwegs ist, muß ich meine Bilanz aufstellen. Ich versuche, durch den guten Glauben, mit dem ich meine Geschäfte geleitet habe, zu beweisen, daß bei meiner Katastrophe weder Verschulden noch Unredlichkeit obgewaltet haben. Sorge ich auf diese Weise nicht für Charles? Leb wohl, Bruder. Möge Dir aller Segen Gottes für die großherzige Vormundschaft gewährt werden, die ich Dir anvertraue und die Du übernimmst; daran zweifle ich nicht. Es wird unablässig eine Stimme für Dich beten in der Welt, in die wir alle eines Tages eingehen müssen und in der ich schon bin.

Victor-Ange-Guillaume Grandet.«

»Unterhaltet ihr euch?« fragte Papa Grandet, faltete den Brief sorgfältig in die gleichen Kniffe und schob ihn in seine Westentasche. Er schaute den Neffen mit einer demütigen, ängstlichen Miene an, hinter der er seine Erschütterung und seine Berechnungen verbarg. – »Ist dir wieder warm?«

»Tadellos, lieber Onkel.«

»Nanu, wo sind denn unsere Damen?« fragte der Onkel; er hatte bereits vergessen, daß der Neffe bei ihm übernachtete. In diesem Augenblick kamen Eugénie und Madame Grandet wieder herein. – »Ist oben alles in Ordnung?« fragte der Alte; er hatte seine Ruhe wiedergefunden.

»Ja, Vater.«

»Na, schön; wenn du müde bist, Neffe, kann Nanon dich auf dein Zimmer bringen. Weiß Gott, eine piekfeine Unterkunft ist es nicht gerade! Aber du mußt Nachsicht mit armen Winzersleuten haben, die kaum je einen Sou ihr eigen nennen. Die Steuern verschlingen alles.«

»Wir wollen nicht länger stören, Grandet«, sagte der Bankier. »Sie wollen sich doch sicher mit Ihrem Neffen unterhalten, wir wünschen Ihnen einen guten Abend. Bis morgen.«

Bei diesen Worten stand die Gesellschaft auf, und jeder verabschiedete sich seiner Art entsprechend. Der alte Notar holte sich vom Eingangstor seine Laterne, zündete sie an und erbot sich, die des Grassins' heimzubegleiten. Madame des Grassins hatte den Zwischenfall nicht vorausgesehen, der den Abend vor der Zeit beendete, und ihr Diener war noch nicht gekommen.

»Wollen Sie mir die Ehre erweisen, meinen Arm zu nehmen, Madame?« fragte der Abbé Cruchot Madame des Grassins.

»Danke, Herr Abbé. Mein Sohn ist ja da«, antwortete sie trocken.

»Damen würden sich mit mir schwerlich kompromittieren«, sagte der Abbé.

»Nimm doch Monsieur Cruchots Arm«, sagte ihr Mann zu ihr.

Der Abbé führte die hübsche Dame so geschickt, daß er sich mit ihr ein paar Schritte vor der Karawane befand.

»Netter Mensch, dieser junge Herr«, sagte er und drückte ihr den Arm. »›Lebt wohl, ihr Körbe, die Lese ist aus!‹ Sie müssen sich nun wohl von Mademoiselle Grandet verabschieden, Eugénie bekommt den Pariser. Sofern jener Vetter nicht bis über beide Ohren in eine Pariserin verschossen ist, hat Ihr Sohn Adolphe in ihm einen Nebenbuhler, der ...«

»Lassen Sie doch, Herr Abbé. Der junge Herr wird nur zu bald herausfinden, daß Eugénie eine Gans ist, ein Mädchen ohne alle Jugendlichkeit. Haben Sie sie einmal genauer angesehen? Heute abend war sie quittengelb.«

»Vielleicht haben Sie den Vetter bereits darauf hingewiesen.«

»Und habe mir dabei keinerlei Zwang auferlegt ...«

»Halten Sie sich nur stets in Eugénies Nähe auf, Madame; dann brauchen Sie nämlich dem jungen Herrn nicht allzu viel gegen seine Kusine zu sagen; er wird von sich aus einen Vergleich anstellen, der ...«

»Zunächst hat er mir versprochen, übermorgen zum Abendessen zu mir zu kommen.«

»Ach, wenn Sie nur wollten, Madame ...«, sagte der Abbé.

»Und was wollen Sie, daß ich wollen soll, Herr Abbé? Beabsichtigen Sie, mir auf solcherlei Weise schlechte Ratschläge zu geben. Ich bin nicht neununddreißig Jahre alt geworden, Gott sei Dank mit einem makellosen Ruf, um ihn zu kompromittieren, auch wenn es sich um das Reich des Groß-Moguls handelte. Wir, Sie und ich, sind beide in einem Alter, in dem man weiß, was ein geäußertes Wort bedeutet. Für einen Geistlichen haben Sie tatsächlich recht ungehörige Gedanken. Pfui! So etwas ist des Faublas[20] würdig.«

»Dann haben Sie also Faublas gelesen?«

»Nein, Herr Abbé, ich hatte sagen wollen ›Die gefährlichen Liebschaften‹[21].«

»Oh, das Buch ist freilich unendlich viel moralischer«, sagte der Abbé lachend. »Aber Sie stellen mich als so verderbt hin, wie es ein moderner junger Mensch ist. Dabei wollte ich Sie ganz einfach ...«

»Wagen Sie nur, mir zu behaupten, es sei Ihnen nicht im

Traum eingefallen, mir üble Dinge anzuraten. Ist das nicht sonnenklar? Wenn dieser junge Herr, der sehr nett ist, wie ich zugebe, mir den Hof gemacht hätte, würde er nicht an seine Kusine denken. In Paris, ich weiß es, opfern sich einige gute Mütter auf diese Weise für Glück und Vermögen ihrer Kinder auf; wir jedoch sind in der Provinz, Herr Abbé.« – »Ja, Madame.«

»Und«, fuhr sie fort, »ich möchte nicht einmal, und auch Adolphe selber würde es nicht wollen, hundert Millionen um diesen Preis erkaufen ...«

»Madame, ich habe keineswegs von hundert Millionen gesprochen. Solch eine Versuchung würde vielleicht über unser beider Kraft gehen. Die Sache ist lediglich die, daß ich glaube, eine anständige Frau könne sich in allen Ehren kleine Koketterien ohne Folgen erlauben; die machen doch einen Teil ihrer gesellschaftlichen Pflichten aus, und sie ...«

»Glauben Sie?«

»Müssen wir nicht versuchen, Madame, uns einander angenehm zu machen ...? Erlauben Sie, daß ich mir die Nase putze. – Ich versichere Ihnen, Madame«, fuhr er fort, »daß er Sie durch sein Lorgnon mit einer etwas schmeichelhafteren Miene gemustert hat, als die es war, mit der er mich ansah; aber ich verzeihe ihm, daß er der Schönheit mehr Ehre als dem Alter erweist ...«

»Es ist klar«, sagte der Präsident mit seiner ungefügen Stimme, »daß der Pariser Grandet seinen Sohn mit ausgesprochenen Heiratsabsichten nach Saumur geschickt hat ...«

»Aber dann wäre der Vetter doch nicht wie eine Bombe hereingeplatzt«, antwortete der Notar.

»Das würde nichts besagen«, sagte Monsieur des Grassins, »der Alte ist nun mal ein Geheimniskrämer.«

»Lieber Mann«, sagte Madame des Grassins, »ich habe ihn zum Abendessen eingeladen, den jungen Herrn. Du mußt das Ehepaar de Larsonnière dazu bitten und die du Hautoys, selbstverständlich mit ihrer schönen Tochter; hoffentlich zieht sie sich an jenem Tag gut an! Ihre Mutter kleidet sie aus Eifersucht so schlecht! Ich hoffe doch, meine Herren, daß Sie uns die Ehre erweisen, ebenfalls zu kommen«, fügte sie hinzu, wobei sie ihren Begleiter zum Stehenbleiben veranlaßte, als sie sich zu den beiden Cruchots umwandte.

»Damit wären wir bei Ihnen angelangt, Madame«, sagte der Notar.

Die drei Cruchots verbeugten sich vor den drei des Grassins' und begaben sich auf den Heimweg, wobei sie die Begabung zur Analyse, über die alle Provinzler verfügen, weidlich ausnützten, um das große Ereignis dieses Abends von allen Seiten zu betrachten; es veränderte ja doch die beiderseitigen Stellungen der Cruchotiner und der Grassinisten. Der wunderbare gesunde Menschenverstand, der alles Tun dieser großen Rechner leitete, ließ die einen wie die anderen die Notwendigkeit eines zeitweiligen Bündnisses gegen den gemeinsamen Feind spüren. Mußten sie nicht einmütig verhindern, daß Eugénie ihren Vetter liebte und daß Charles Gedanken an seine Kusine nachhing? Konnte der Pariser den perfiden Einflüsterungen, den zuckersüßen Verleumdungen, den mit Lobesworten getarnten üblen Nachreden, den unverhohlenen Ableugnungen widerstehen, die beständig um ihn kreisen würden, um ihn hinters Licht zu führen?

Als die vier Verwandten sich allein im Saal befanden, sagte Grandet zu seinem Neffen: »Jetzt muß schlafen gegangen werden. Es ist zu spät, um noch über die geschäftlichen Dinge zu sprechen, die dich herführen; dazu können wir morgen einen geeigneten Augenblick wahrnehmen. Wir frühstücken hier um acht. Mittags essen wir etwas Obst, ein Stück Brot aus der Hand und trinken ein Glas Weißwein; dann essen wir, wie die Pariser, um fünf zu Abend. Das ist die Hausordnung. Wenn du dir die Stadt oder die Umgegend ansehen willst, hast du volle Freiheit dazu. Du mußt mich allerdings entschuldigen, wenn meine Geschäfte mir nicht immer Zeit lassen, dich zu begleiten. Vielleicht wirst du alle Leute hier sagen hören, ich sei reich: ›Monsieur Grandet hier, Monsieur Grandet da!‹ Ich lasse sie reden; ihr Geschwätz schadet meinem Kredit in keiner Weise. Aber ich habe nun mal kein Geld, und ich arbeite in meinem Alter wie ein junger Bursche, der als ganzen Besitz nichts als ein armseliges Böttchermesser und zwei gute Arme hat. Du wirst vielleicht bald selber ermessen, was ein Taler wert ist, wenn man ihn sich erschwitzen muß. Los, Nanon, wo bleiben die Leuchter?« – »Hoffentlich, lieber Neffe, findest du alles, was du brauchst«, sagte Madame Grandet. »Und wenn dir etwas fehlen sollte, kannst du ja Nanon rufen.«

»Das wird kaum nötig sein, liebe Tante, ich habe, wie ich glaube, alle meine Sachen mitgebracht! Laß mich dir gute Nacht wünschen, und ebenso meiner jungen Kusine.«

Charles nahm aus Nanons Händen eine brennende Wachskerze entgegen, eine gelbgetönte Wachskerze aus dem Anjou, einen Ladenhüter, und einer Talgkerze so ähnlich, daß Grandet, der ihr Vorhandensein im Hause nicht ahnte, nichts von dieser verschwenderischen Pracht merkte.

»Ich will dir den Weg zeigen«, sagte der Alte.

Anstatt aus der in das Eingangsgewölbe führenden Saaltür hinauszugehen, schritt Grandet feierlich durch den Flur, der zwischen dem Saal und der Küche gelegen war. Eine Klapptür mit einer großen, ovalen Glasscheibe schloß jenen Flur nach der Treppenseite hin ab, um die sich dort ansammelnde Kälte abzuhalten. Aber deshalb pfiff im Winter der Wind dort nicht weniger ungestüm, und trotz der Filzwülste an den Türen des Saals hielt sich die Kälte darin kaum auf einer erträglichen Gradzahl. Nanon verriegelte die Haustür, schloß den Saal ab und löste im Stall die Kette eines großen Wolfshundes, dessen Stimme zerborsten klang, als habe er ein Kehlkopfleiden. Das Tier war von ungemeiner Wildheit und kannte nur Nanon. Die beiden vom Lande stammenden Geschöpfe verstanden einander.

Als Charles die gelblichen, verräucherten Wände des Treppenhauses gewahrte, dessen wurmstichige Stufen unter dem wuchtigen Schritt des Onkels erzitterten, ging es mit seiner Ernüchterung rinforzando[22]. Er kam sich wie auf einer Hühnersteige vor. Seine Tante und seine Kusine, nach denen er sich mit einem fragenden Blick in ihre Gesichter umwandte, waren an diese Treppe so sehr gewöhnt, daß sie die Ursache seiner Verwunderung nicht errieten, sie für einen Ausdruck der Freundlichkeit hielten und darauf mit einem netten Lächeln antworteten, das ihn zur Verzweiflung brachte. – »Warum, zum Teufel, schickt mein Vater mich hierher?« dachte er. Auf dem ersten Treppenabsatz erblickte er drei in Etruskisch-Rot gestrichene, rahmenlose Türen in der staubigen Wand; sie waren mit hervortretenden eisernen Beschlägen verbarrt, die flammenförmig ausliefen; dasselbe war an den langen Schlüssellöchern der Fall. Die eine jener Türen, und zwar die an der Treppe, die zu dem oberhalb der

Küche gelegenen Zimmer führte, war anscheinend zugemauert. Es konnte tatsächlich nur durch das Schlafzimmer Grandets hindurch betreten werden, dem jener Raum als Arbeitszimmer diente. Das einzige Fenster, durch das es sein Licht erhielt, war nach dem Hof hin durch mächtige Eisenstangen vergittert. Niemandem, nicht einmal Madame Grandet, war gestattet, es zu betreten; der Alte wollte dort alleinbleiben wie ein Alchimist mit seinem Schmelzofen. Dort war wohl sehr geschickt ein Versteck eingebaut worden, dort wurden die Besitzurkunden aufbewahrt, dort hingen die Waagen zum Abwiegen der Goldstücke, dort wurden bei Nacht und insgeheim Quittungen, Empfangsbestätigungen ausgefertigt und Berechnungen angestellt; auf diese Weise konnten die Geschäftsleute, die Grandet stets auf alles vorbereitet fanden, annehmen, es stehe ihm eine Fee oder ein Teufel zur Verfügung. Dort ging wohl, wenn Nanon schnarchte, daß die Balken zitterten, wenn der Wolfshund im Hof wachte und gähnte, wenn Madame und Mademoiselle Grandet fest schliefen, der alte Böttcher hinein und liebkoste und streichelte sein Gold, betrachtete es mit zärtlichen Blicken, mischte es durcheinander und stapelte es zu Säulchen auf. Die Wände waren dick, die Laden verschwiegen. Er allein besaß den Schlüssel zu diesem Laboratorium, wo er, wie es hieß, die Lagepläne durchsah, auf denen seine Obstbäume eingetragen waren, und wo er seine Erträge bezifferte, auf einen Rebsetzling, ein Reisigbündel genau. Der Eingang zu Eugénies Zimmer lag jener zugemauerten Tür gegenüber. Am Ende des Treppenabsatzes kamen dann die Räume des Ehepaares; sie nahmen die ganze Vorderseite des Hauses ein. Madame Grandets Schlafzimmer stieß an das Eugénies, das durch eine Glastür betreten werden konnte. Das Schlafzimmer des Hausherrn wurde von dem seiner Frau durch eine eingezogene Wand getrennt und von dem geheimnisvollen Kabinett durch eine dicke Mauer. Papa Grandet hatte seinen Neffen im zweiten Stock einquartiert, in der hohen Mansarde über seinem Schlafzimmer, so daß er ihn hören konnte, falls er es sich einfallen ließ, wegzugehen und wiederzukommen. Als Eugénie und ihre Mutter auf der Mitte des Treppenabsatzes anlangten, gaben sie einander den Gutenachtkuß; dann sagten sie Charles ein paar Abschiedsworte, die auf den Lippen kühl, im Herzen des jungen

Mädchens jedoch gewißlich voller Wärme waren, und begaben sich in ihre Schlafzimmer.

»Hier sollst du also wohnen, Neffe«, sagte Papa Grandet zu Charles, als er ihm seine Tür aufmachte. »Wenn du mal 'raus mußt, dann mußt du Nanon rufen. Ohne sie, Prost Mahlzeit, würde der Hund dich, ohne Laut zu geben, auffressen. Schlaf gut. Gute Nacht. Haha! Die Damen haben dir Feuer gemacht«, fuhr er fort. In diesem Augenblick erschien die Große Nanon mit einem Bettwärmer. – »Und da kommt noch eine weitere Wärmequelle!« sagte Grandet. »Haltet ihr meinen Neffen für eine Frau im Wochenbett? Schaff sofort deine Herdglut wieder weg, Nanon.«

»Aber die Laken sind doch feucht, und der Herr ist wirklich zart wie eine Frau.«

»Na, dann los, weil du es dir mal in den Kopf gesetzt hast«, sagte Grandet und schob sie an den Schultern vorwärts, »aber paß auf, daß nichts Feuer fängt.« Dann stieg der Geizhals die Treppe hinab und brummelte Unverständliches vor sich hin.

Verdutzt stand Charles inmitten seiner Koffer da. Nachdem er den Blick über die Wände der Mansardenkammer hatte schweifen lassen, die mit einer gelben Tapete mit Blumensträußen beklebt waren, wie man sie in kleinen Landhäusern hat, über einen Kamin aus hartem, feinkörnigem Kalkstein, bei dessen Anblick allein schon es einen durchschauerte, über die gelben Holzstühle mit lackiertem Rohrsitz, die mehr als vier Kanten zu haben schienen, über einen offenen Nachttisch, in dem ein kleiner Plänklerunteroffizier hätte Platz finden können, über den dürftigen Flickenteppich, der unten vor einem Himmelbett lag, dessen mottenzerfressene Tuchvorhänge zitterten, als wollten sie herunterfallen, sah er mit ernster Miene die Große Nanon an und fragte sie: »Hören Sie mal, liebes Kind, bin ich tatsächlich bei Monsieur Grandet, dem ehemaligen Bürgermeister von Saumur, dem Bruder von Monsieur Grandet in Paris?«

»Ja, Monsieur, und noch dazu bei einem sehr netten, sehr freundlichen, ganz vortrefflichen Herrn. Soll ich Ihnen beim Auspacken Ihrer Koffer helfen?«

»Ja, gern, Sie alter Kommißknochen! Haben Sie nicht bei der Kaiserlichen Marinegarde gedient?«

»Hohohoho!« sagte Nanon, »die marinierte Garde? Ist das was Salziges? Geht das aufs Wasser?«

»Na, kramen Sie mir mal meinen Schlafrock heraus, er ist in dem Koffer da. Hier ist der Schlüssel.«

Nanon sperrte beim Anblick eines grünseidenen, goldgeblümten und mit antiken Mustern verzierten Schlafrocks Mund und Nase auf.

»Das wollen Sie zum Schlafen anziehen?« fragte sie.

»Ja.«

»Heilige Jungfrau! Was für eine schöne Altardecke würde das für die Pfarrkirche abgeben. Aber lieber, hübscher junger Herr, schenken Sie das doch der Kirche, dann retten Sie Ihre Seele; sie gerät durch so was ins Verderben. Oh, wie nett sehen Sie darin aus. Ich will Mademoiselle holen, damit sie Sie so sieht.«

»Halt und stop, Nanon, wenn Sie nun schon Nanon heißen, wollen Sie wohl still sein! Lassen Sie mich zu Bett gehen, meine Sachen packe ich morgen aus; und wenn Ihnen mein Schlafrock so gut gefällt, dann können Sie Ihre Seele damit retten. Ich bin ein zu guter Christ, um ihn Ihnen vorzuenthalten, wenn ich wieder abreise; dann können Sie damit machen, was Sie wollen.«

Nanon stand wie angewurzelt da, starrte Charles an und konnte seinen Worten keinen Glauben schenken.

»Mir diesen schönen Staat schenken!« sagte sie beim Hinausgehen. »Er träumt schon, der Herr. Gute Nacht.«

»Gute Nacht, Nanon.«

»Was soll ich eigentlich hier?« fragte Charles sich beim Einschlafen. »Mein Vater ist nicht auf den Kopf gefallen; meine Reise muß einen Zweck haben. Pah! Die ernsten Dinge kommen erst morgen dran, hat irgendein griechischer Einfaltspinsel gesagt.«

»Heilige Jungfrau, wie hübsch ist doch mein Vetter!« dachte Eugénie und unterbrach ihre Gebete; sie wurden an diesem Abend nicht zu Ende gesprochen.

Madame Grandet dachte an überhaupt nichts, als sie schlafen ging. Durch die Verbindungstür mitten in der Trennwand hörte sie den Geizhals in seinem Schlafzimmer auf und ab gehen. Gleich allen eingeschüchterten Frauen kannte sie sich in dem Charakter ihres Herrn und Meisters aus. Wie die Möwe das Gewitter voraussieht, hatte sie aus unmerklichen Anzeichen den inneren Sturm erahnt, der in Grandet tobte, und nun stellte sie sich tot, um einen Ausdruck anzuwenden, dessen sie sich bediente. Grandet schaute die auf der Innenseite mit Eisenblech verkleidete Tür seines Kabinetts an und sagte sich: »Komischer Einfall meines Bruders, mir seinen Sohn zu vermachen! Nette Erbschaft! Ich habe keine zwanzig Taler zu verschenken. Aber was sind zwanzig Taler für diesen Windhund, der durch sein Lorgnon mein Barometer angestarrt hat, als wolle er damit Feuer machen?«

Als Grandet die Folgen dieses schmerzgeborenen Vermächtnisses überdachte, war er vielleicht noch aufgeregter als sein Bruder bei dessen Niederschrift.

»Ich soll diesen goldenen Rock haben ...?« sagte Nanon, die mit ihrer Altardecke bekleidet einschlief und zum erstenmal in ihrem Leben von Blumen, Teppichen und Damast träumte wie Eugénie von Liebe.

Im reinen, einförmigen Leben der jungen Mädchen kommt einmal eine köstliche Stunde, da die Sonne ihre Strahlen ihnen in die Seele sendet, da die Blume ihnen Gedanken schenkt, da das Pochen des Herzens dem Gehirn seine warme Befruchtungskraft mitteilt und das Denken umschmilzt in ein zielloses Begehren; ein Tag voll unschuldiger Melancholie und lieblich-schnurriger Fröhlichkeit! Wenn die Kinder zu sehen beginnen, lächeln sie; wenn das junge Mädchen das Gefühl ihres Weibtums überkommt, lächelt sie, wie es als Kind lächelte. Wenn das Licht die erste Liebe des Lebens ist, ist dann die Liebe nicht das Licht des Herzens? Für Eugénie war der Augenblick gekommen, da sie sich der Erdendinge klar bewußt wurde. Wie alle jungen Mädchen in der Provinz war sie Frühaufsteherin; also erhob sie sich beizeiten, betete und machte sich an ihre Toilette, welche Betätigung für sie von jetzt an sinnvoll wurde. Zunächst kämmte sie ihr kastanienbraunes Haar, wand sich überaus sorgfältig die dicken Zöpfe um den Kopf, wobei sie achtgab, daß sich kein Haar aus den Flechten löste, und gab ihrer Frisur eine Symmetrie, die die schüchterne Reinheit ihres Gesichtes noch mehr hervorhob, weil sie die Schlichtheit des Zusätzlichen mit der Naivität der Züge übereinstimmen ließ. Während sie sich mehrmals die Hände in klarem Wasser wusch, das ihr die Haut härtete und rötete, beschaute sie ihre schönen runden Arme und überlegte, wie ihr Vetter es wohl anstelle, daß er so weiche, weiße Hände und so wohlgepflegte Nägel habe. Sie zog neue Strümpfe und ihre hübschesten Schuhe an. Sie schnürte sich sorgsam, ohne ein einziges Loch auszulassen. Und da sie zum erstenmal in ihrem Leben wünschte, vorteilhaft auszusehen, wußte sie das Glück zu schätzen, ein neues, gutgemachtes Kleid zu haben, das ihr gut stand. Als sie mit ihrer Toilette fertig war, hörte sie die Uhr der Pfarrkirche schlagen und wunderte sich, daß sie nur sieben Schläge zählte. Das Verlangen, die erforderliche Zeit zu haben, um sich gut anziehen zu können, hatte sie viel zu früh aufstehen lassen. Da Eugénie die Kunst fremd war, eine Haarlocke zehnmal anders zu legen und die Wirkung zu prüfen, verschränkte sie einfach die Arme, setzte sich ans Fenster und blickte auf den Hof hinaus, auf den schmalen Garten und die hohe Terrasse, die ihn überragte; es war eine melancholische, begrenzte Aussicht, aber sie war nicht der geheimnisvollen Schönheit bar, die einsamen Stätten oder der sich selbst überlassenen Natur eigentümlich ist. Dicht bei der Küche war ein von einem Mäuerchen eingefaßter Brunnen, dessen Rolle in einem eisernen Bogen hing; daran hatte sich eine Rebe mit welken, geröteten, von der Jahreszeit verdorrten Blättern emporgerankt. Von dort aus gelangte das gewundene Weinstockgewächs an die Mauer, klammerte sich daran fest, zog sich am Haus entlang und endete auf einem Holzschuppen, in dem das Holz mit der gleichen regelmäßigen Sorgsamkeit aufgeschichtet lag, wie ein Bibliophile seine Bücher aufstellt. Das Hofpflaster bot seine schwärzlichen Farbtöne dar, die gemeinsam mit der Zeit Moos, Gras und seltenes Betreten hervorgebracht hatten. Die dicken Mauern stellten ihre grüne Gewandung zur Schau; lange braune Spuren durchwellten sie. Die acht Treppenstufen schließlich, die sich hinten im Hof deutlich abhoben und zur Gartenpforte führten, waren aus den Fugen geraten und unter hohen Pflanzen begraben wie das Grab eines Ritters, den seine Witwe zur Zeit der Kreuzzüge bestattet hat. Über einer Schicht völlig verwitterter Steine erhob sich ein morscher Holzzaun, der vor Alter zur Hälfte eingestürzt war, aber an dem Kletterpflanzen, wie sie wollten, durcheinander emporwuchsen. An jeder Seite der dünnvergitterten Tür ragten die gewundenen Äste zweier verkrüppelter Apfelbäume hervor. Drei parallele, mit Sand bestreute, durch Beete, deren Erde durch eine Buchsbaumkante zusammengehalten wurde, getrennte Beete bildeten diesen Garten, der am Fuß der Terrasse durch ein Dach von Linden abgeschlossen wurde. Auf der einen Seite Himbeersträucher; auf der anderen ein riesiger Nußbaum, dessen Zweige sich bis zum Arbeitszimmer des Böttchers hinabneigten. Ein klarer Tag und die schöne Sonne, wie sie im Herbst an den Ufern der Loire etwas Selbstverständliches ist, begannen den Reif zu schmelzen, mit dem die Nacht die pittoresken Gegenstände, die Mauern und die Pflanzen, die diesen Garten und den Hof einnahmen, überzogen hatte. Eugénie fand ganz neue Reize im Anblick dieser Dinge, die sie früher so alltäglich gedünkt hatten. Tausend verworrene Gedanken entsprossen ihrer Seele und wuchsen darin im gleichen Maße wie draußen die Sonnenstrahlen. Schließlich überkam sie ein vages, unerklärliches Wonnegefühl, das das seelische Sein umhüllt, wie eine Wolke das physische Sein umhüllen könnte. Ihre unwillkürlichen Gedanken stimmten sich auf die Einzelheiten dieser eigenartigen Landschaft ab, und die Harmonien ihres Herzens vermählten sich mit den Harmonien der Natur. Als die Sonne ein Mauerstück erreichte, wo Venushaar[23] mit dicken, in Taubenhalsfarben schillernden Blättern herabfiel, erleuchteten für Eugénie himmlische Hoffnungsstrahlen die Zukunft; fortan betrachtete sie besonders gern jenes Mauerstück, seine blassen Blüten, seine blauen Glöckchen und seine verwelkten Gräser; mit alledem vermischte sich eine Erinnerung, die voller Liebreiz war wie die der Kindheit. Das Geräusch, das in diesem hallenden Hof jedes Blatt verursachte, wenn es sich von seinem Zweige löste, gab eine Antwort auf die geheimen Fragen des jungen Mädchens, das den ganzen Tag über dort hätte sitzen können, ohne sich der fliehenden Stunden bewußt zu werden. Dann kamen die stürmischen Regungen der Seele. Sie stand mehrmals auf, trat vor ihren Spiegel und betrachtete sich darin, wie ein ehrlicher Künstler sein Werk betrachtet, um sich zu kritisieren und sich Grobheiten zu sagen.

»Ich bin nicht schön genug für ihn.« Das war Eugénies Gedanke, ein demütiger, an Schmerzen fruchtbarer Gedanke. Das arme Mädchen wurde sich nicht gerecht; aber die Bescheidenheit, oder besser die Scheu, ist eine der ersten Tugenden der Liebe. Zwar gehörte Eugénie dem Typus der kräftig gebauten Kinder an, wie man ihm in Kleinbürgerkreisen begegnet, einem Typus, dessen Schönheit vulgär anmutet; doch wenn sie der Venus von Milo ähnelte, so waren ihre Formen durch die Lieblichkeit des christlichen Fühlens geadelt, das der Frau eine den antiken Bildhauern unbekannte Vornehmheit verleiht. Sie hatte einen sehr großen Kopf, die männliche, aber zarte Stirn des Zeus des Phidias[24] sowie graue Augen, denen ihr keusches Leben, das sich darin ganz enthüllte, ein hervorschießendes Leuchten lieh Die Züge ihres runden, ehemals frischen, rosigen Gesichts waren durch eine Blatternerkrankung angeschwollen, die so leicht gewesen, daß sie keine Spuren hinterlassen, aber die die Samtigkeit der Haut zerstört hatte; diese war ehedem so weich und fein gewesen, daß der reine Kuß ihrer Mutter darauf einen schnell wieder weichenden roten Fleck hinterlassen hatte. Ihre Nase war ein bißchen zu kräftig, aber sie harmonierte mit einem mennigroten Mund, dessen Lippen mit ihren Tausenden von Fältchen von Liebe und Güte erfüllt waren. Der Hals war von vollkommener Rundung. Ihre sorgfältig verhüllte gewölbte Brust lockte den Blick an und löste Träume aus; aber es fehlte ihr ein wenig von der Anmut, die der Toilette zu verdanken ist; doch für Kenner mußte die Straffheit dieser hohen Brust etwas sehr Reizvolles sein. Eugénie war groß und stark und besaß also nichts von der Hübschheit, die der Masse gefällt; wohl aber war sie von der so leicht erkennbaren Schönheit, in die sich einzig Künstler verlieben. Der Maler, der hienieden eine Verkörperung der himmlischen Reinheit der Maria sucht, der vom ganzen weiblichen Geschlecht die auf bescheidene Weise stolzen Augen verlangt, die Raffael enträtselt hat, die jungfräulichen Linien, die oft nur den Zufällen der Konzeption zu verdanken sind, aber einzig ein christliches, keusches Leben bewahren oder erwerben lassen kann; jener auf ein so seltenes Modell versessene Maler hätte unvermittelt in Eugénies Antlitz den angeborenen Adel entdeckt, der von sich selbst nichts weiß; er hätte unter einer ruhigen Stirn eine Welt an Liebe wahrgenommen; und im Schnitt der Augen, in der Stellung der Lider etwas Göttliches. Ihre Züge, die Konturen ihres Kopfes, die der Ausdruck der Lust nie verändert oder ermüdet hatte, ähnelten den Linien des Horizontes, die in der Ferne sanft von stillen Seen durchschnitten werden. Dieses ruhige, farbig gehöhte, wie eine hübsche, erblühte Blume von Licht umsäumte Gesicht ließ die Seele ausruhen, teilte den Zauber des inneren Gefühls mit, das sich darin spiegelte, und beherrschte den Blick. Eugénie befand sich noch an dem Gestade des Lebens, wo man mit Entzückungen, von denen man später nichts mehr weiß, Margueriten pflückt. Daher sagte sie sich, als sie sich im Spiegel betrachtete, noch ohne zu wissen, was Liebe sei: »Ich bin zu häßlich; er wird mich nicht beachten.«

Dann öffnete sie ihre zur Treppe führende Schlafzimmertür und reckte den Hals vor, um auf die Geräusche im Haus zu lauschen. – »Er steht noch nicht auf«, dachte sie, als sie Nanons morgendliche Husterei hörte, und wie die Magd kam und ging, den Sand ausfegte, ihr Feuer ansteckte, den Hund an die Kette legte und zu ihren Kühen im Stall sprach. Sogleich ging Eugénie hinunter und lief zu Nanon, die beim Melken war.

»Nanon, gute Nanon, bereite doch Rahm für meines Vetters Kaffee.«

»Aber Mademoiselle, der hätte doch gestern abgeschöpft werden müssen«, sagte Nanon und lachte schallend. »Ich kann keinen Rahm machen. Ihr Vetter ist reizend, reizend, aber wirklich ganz reizend. Sie haben ihn nicht in seinem Schlafrock aus Seide und Gold gesehen. Aber ich, ich habe ihn gesehen. Er trägt so feine Wäsche wie das Chorhemd vom Herrn Pfarrer.«

»Nanon, back uns doch Fladen.«

»Und wer gibt mir das Holz für den Backofen, und Mehl, und Butter?« fragte Nanon, die bisweilen in ihrer Eigenschaft als Grandets Premierminister in den Augen Eugénies und ihrer Mutter gewaltige Bedeutung gewann. »Soll ich etwa den Herrn bestehlen, damit Ihr Vetter was Gutes bekommt? Bitten Sie ihn um Butter, um Mehl, um Holz, er ist Ihr Vater, er kann Ihnen was geben. Da kommt er ja gerade herunter, um nach den Vorräten zu sehen ...«

Eugénie lief erschrocken in den Garten, als sie die Treppe unter den Schritten ihres Vaters knarren hörte. Sie verspürte bereits die Wirkungen der tiefen Scham und des eigenartigen Glücksbewußtseins, das uns, vielleicht nicht ohne Grund, glauben läßt, unsere Gedanken ständen uns auf der Stirn geschrieben und müßten jedermann in die Augen springen. Als sie sich dann der kalten Kahlheit des väterlichen Hauses bewußt wurde, empfand das arme Mädchen etwas wie Verdruß, daß sie es nicht in Einklang mit der Eleganz ihres Vetters bringen könne. Sie verspürte ein leidenschaftliches Verlangen, etwas für ihn zu tun: aber was? Es fiel ihr nichts ein. Da sie harmlos und wahr war, überließ sie sich ihrer engelhaften Natur, ohne ihren Eindrücken oder Empfindungen zu mißtrauen. Der bloße Anblick des Vetters hatte in ihr die natürlichen Neigungen der Frau erweckt, und diese mußten sich um so lebhafter entfalten, als sie, die jetzt Dreiundzwanzigjährige, in der Vollkraft ihrer Intelligenz und ihres Begehrens stand. Zum erstenmal flößte der Anblick des Vaters ihrem Herzen Schrecken ein; sie sah in ihm den Herrn ihres Schicksals und glaubte sich eines Vergehens schuldig, weil sie ihm ein paar Gedanken verschwieg. Sie begann hastiger einherzuschreiten und wunderte sich, reinere Luft zu atmen, die Sonnenstrahlen als belebender zu empfinden und daraus eine seelische Wärme, ein neues Leben zu schöpfen. Während sie über einen Kunstgriff nachsann, durch den sie den Fladen erlangen konnte, erhob sich zwischen der Großen Nanon und Grandet eine der Streitigkeiten, die zwischen ihnen so selten vorkamen wie Schwalben im Winter. Seine Schlüssel in der Hand, war der Alte heruntergekommen, um die für den Tagesverbrauch erforderlichen Lebensmittel zuzumessen.

»Noch Brot von gestern übriggeblieben?« fragte er Nanon.

»Keine Krume.«

Grandet nahm ein dickes, rundes, gut mit Mehl bestäubtes Brot, das in einem der flachen Körbe geformt worden war, wie sie im Anjou zum Backen benutzt werden, und wollte es gerade durchschneiden, als Nanon zu ihm sagte: »Wir sind heute fünf.«

»Stimmt«, antwortete Grandet, »aber dein Brot wiegt sechs Pfund, es wird etwas übrigbleiben. Nebenbei gesagt, diese jungen Leute aus Paris, du wirst schon sehen, so einer ißt kein Brot.«

»Dann ißt also so einer nur die Frippe«, sagte Nanon.

Im Anjou bezeichnet die ›Frippe‹, ein Wort aus der Volkssprache, das, was zum Brot hinzukommt, von der auf die

Schnitte gestrichenen Butter, der gewöhnlichen Frippe, bis zur Pfirsichkonfitüre, der vornehmsten Frippe; und alle, die als Kinder den Aufstrich abgeleckt und das Brot übriggelassen haben, werden die Bedeutung von Nanons Ausdruck verstehen.

»Nein«, antwortete Grandet, »die essen weder Frippe noch Brot. Die sind sozusagen wie Mädchen vor der Heirat.«

Nachdem er knausrig die Speisenfolge des Tages festgelegt hatte, wollte der Alte sich nach seinem Obstkeller begeben, freilich nicht, ohne zuvor die Schränke seiner ›Speisekammer‹ abzuschließen; da jedoch hielt Nanon ihn fest und sagte zu ihm: »Herr, geben Sie mir dann doch Mehl und Butter, ich kann ja für die Kinder einen Fladen backen.«

»Du wirst doch nicht etwa meines Neffens wegen das Haus ausplündern?«

»Ich habe an Ihren Neffen genausowenig wie an Ihren Hund gedacht, nicht mehr, als Sie selber an ihn denken. Haben Sie etwa nicht nur sechs Stücke Zucker 'rausgerückt, wo ich doch acht brauche?«

»Na, aber, Nanon, so habe ich dich ja noch nie gesehen. Was ist denn in dich gefahren? Bist du hier die Herrin? Du bekommst nur sechs Stücke Zucker.«

»Meinetwegen, aber womit soll sich dann Ihr Neffe den Kaffee süßen?«

»Mit zwei Stücken; ich selber verzichte darauf.«

»Sie in Ihrem Alter wollen auf Zucker verzichten? Dann kaufe ich lieber welchen aus der eigenen Tasche.«

»Kümmere dich um das, was dich angeht.«

Trotz des gesunkenen Preises war der Zucker in den Augen des Böttchers nach wie vor die kostbarste aller Kolonialwaren; für ihn war er noch immer sechs Francs das Pfund[25] wert. Der Zwang, sparsam damit umzugehen, dem er unter dem Kaiserreich hatte folgen müssen, war ihm zur unerschütterlichsten seiner Gewohnheiten geworden. Alle Frauen, sogar die dümmsten, wissen Listen anzuwenden, um zum Ziel zu gelangen; und so ließ Nanon von der Zuckerfrage ab, um den Fladen zu erlangen.

»Mademoiselle«, rief sie durchs Fenster, »nicht wahr, Sie wollten doch einen Fladen haben?«

»Nein, nein«, antwortete Eugénie.

»Na, dann los«, sagte Grandet, als er die Stimme seiner Tochter vernahm. »da, nimm.« Er machte die Lade auf, in der das Mehl war, gab ihr ein Maß voll und tat noch ein paar Unzen[26] Butter zu dem Stück, das er schon abgeschnitten hatte.

»Ich brauche auch noch Holz zum Heizen des Backofens«, sagte die unerbittliche Nanon.

»Na, schön, davon kannst du nehmen, soviel du brauchst«, antwortete er mit leidender Miene, »aber dann kannst du uns einen Obstkuchen backen, und das ganze Essen kochst du im Backofen; auf diese Weise brauchst du nicht zweimal Feuer zu machen.«

»Unsinn!« rief Nanon. »Das brauchen Sie mir nicht erst zu sagen.« Grandet bedachte seinen getreuen Minister mit einem fast väterlichen Blick. – »Mademoiselle«, rief die Köchin, »wir bekommen einen Fladen.« Mit seinem Obst beladen, kam Papa Grandet wieder und stellte einen ersten Teller voll auf den Küchentisch. – »Sehen Sie mal«, sagte Nanon zu ihm, »was für hübsche Stiefel Ihr Neffe hat. Was für ein Leder, und es riecht so gut. Womit müssen die wohl geputzt werden? Muß ich Ihre Eierwichse nehmen?«

»Nanon, ich glaube, das Ei würde solchem Leder schaden. Außerdem kannst du ihm sagen, du wüßtest nicht, wie Maroquin gewichst werden müßte; ja, es ist Maroquin; er kann selber in Saumur etwas zum Blankmachen seiner Stiefel kaufen und es dir geben. Ich habe gehört, daß Zucker in die Wichse gemischt wird, damit sie Glanz gibt.«

»Dann müssen sie ja gut schmecken«, sagte die Magd und hob die Stiefel an die Nase. »Wahrhaftig, sie riechen wie Madames Eau de Cologne. Nein, ist das komisch!«

»Komisch!« sagte der Hausherr. »Findest du es etwa komisch, an seine Stiefel mehr Geld zu wenden, als der wert ist, der sie trägt?«

»Monsieur«, sagte sie bei der zweiten Wanderung ihres Herrn, der den Obstkeller abgeschlossen hatte, »soll es nicht ein- oder zweimal die Woche einen Pot-au-feu[27] geben, weil doch Ihr ...«

»Ja.«

»Dann muß ich zur Metzgerei gehen.«

»Kommt nicht in Frage; du machst uns einfach eine Geflügelsuppe; die Pächter werden dich schon mit dem Nötigen versorgen. Aber ich kann ja auch zu Cornoiller sagen, er soll mir Raben schießen. Die ergeben die beste Bouillon der Welt.«

»Stimmt; aber die fressen doch Leichen?«

»Du bist blöd, Nanon! Sie fressen, wie jeder, was sie finden. Leben wir Menschen etwa nicht von Leichen? Was ist denn eine Erbschaft anderes?« Da Papa Grandet keine Weisungen mehr zu geben hatte, zog er seine Uhr; und da er sah, daß er noch vor dem Frühstück über eine halbe Stunde verfügen könne, nahm er seinen Hut, ging und küßte seine Tochter und sagte zu ihr: »Willst du einen Spaziergang am Loireufer über meine Wiesen machen? Ich habe da etwas zu erledigen.«

Eugénie setzte den gesäumten, mit rosa Taft gefütterten Strohhut auf; dann gingen Vater und Tochter die gewundene Straße bis zum Marktplatz hinab.

»Wo soll's denn schon so früh am Morgen hingehen?« fragte Notar Cruchot, der Grandet begegnete.

»Will mir etwas ansehen«, antwortete der Alte, ohne sich von seinem Freund über seinen Morgenspaziergang aushorchen zu lassen.

Wenn Papa Grandet sich etwas ansehen wollte, wußte der Notar aus Erfahrung, daß mit ihm stets etwas zu verdienen war. Also begleitete er ihn dann immer.

»Kommen Sie mit, Cruchot?« fragte Grandet den Notar. »Sie sind einer meiner Freunde, und ich will Ihnen beweisen, was für eine Dummheit es ist, Pappeln auf guten Boden zu pflanzen ...«

»Dann gelten Ihnen wohl die sechstausend Francs für nichts, die sie für die eingesäckelt haben, die auf Ihren Wiesen an der Loire standen?« fragte Notar Cruchot und riß seine blöden Augen auf. »Haben Sie damit nicht Glück gehabt ...? Ihre Bäume gerade in dem Augenblick zu fällen, da es in Nantes an Weißholz fehlte, und sie für dreißig Francs zu verkaufen!«

Eugénie hörte zu, ohne zu wissen, daß sie dem ernstesten Augenblick ihres Lebens nahe war und daß der Notar im Begriff stand, über sie einen väterlichen, oberherrlichen Richterspruch zu verkünden. Grandet war auf den prächtigen Wiesen angelangt, die er am Loireufer besaß; dort waren dreißig Arbeiter damit beschäftigt, die Stellen, an denen früher die Pappeln gestanden hatten, zu säubern, aufzuschütten und einzuebnen.

»Da können Sie sehen, Cruchot, wieviel Boden eine Pappel beansprucht«, sagte er zu dem Notar. »Jean«, rief er einem Arbeiter zu, »ni ... ni ... nimm mal deinen Maßstab und miß in al ... al ... allen Richtungen!«

»Viermal acht Fuß«, antwortete der Arbeiter, als er fertig war.

»Zweiunddreißig Fuß Verlust«, sagte Grandet zu Cruchot. »In dieser Reihe habe ich dreihundert Pappeln gehabt, nicht wahr? Also haben mir ... dreihu ... hu ... hundertmal zweiunddrei... dreißig Fuß fü ... fünfhundert Heu we ... we ... weggefressen; rechnen Sie doppelt soviel an den Seiten hinzu, so ergibt das fünfzehnhundert; die Mittelseiten ebensoviel. Wir können also sa ... sa ... sagen: tausend Bund Heu.«

»Na, schön«, sagte Cruchot, der seinem Freunde helfen wollte, »tausend Bund Heu von diesem Heu sind etwa sechshundert Francs wert.«

»Sa ... sa ... sagen Sie zwö ... zwö ... zwölfhundert wegen der drei- bis vierhundert für das Grummet. Gut. Re ... re ... rechnen Sie aus, was wä ... wä ... während vierzig Jahren zwölfhundert Francs jährlich er ... er ... ergeben, die Zi ... Zi ... Zinsen, die Sie kennen, mi ... mi ... mit gerechnet.«

»Also etwa sechzigtausend Francs«, sagte der Notar.

»Einverstanden! Mö ... mö ... mögen es also nur sechzigtausend Francs sein ... Gut und schön«, fuhr der Winzer fort und stotterte jetzt nicht mehr, »zweitausend Pappeln in vierzig Jahren würden mir keine fünfzigtausend Francs einbringen. Das ist ein Verlust. Das hab' ich ganz allein herausgefunden«, sagte Grandet stolz und trotzig. »Jean«, fuhr er fort, »du schüttest die Löcher zu, bis auf die längs der Loire; da pflanzt du die Pappeln, die ich gekauft habe. Wenn man sie an den Fluß setzt, nähren sie sich auf Kosten der Regierung«, fügte er, an Cruchot gewandt, hinzu und vollführte mit dem Gewächs auf seiner Nase eine leichte Bewegung, die dem ironischen Lächeln gleichkam.

»Na, klar: Pappeln darf man nur auf mageren Boden pflanzen«, sagte Cruchot, den Grandets Berechnungen verblüfften.

»Tja, tja, tja«, antwortete der Böttcher ironisch.

Eugénie hatte sich die köstliche Loirelandschaft angeschaut, ohne den Berechnungen ihres Vaters zuzuhören; sie horchte jedoch auf, als sie Cruchot zu seinem Klienten sagen hörte: »Na, jetzt haben Sie sich ja einen Schwiegersohn aus Paris kommen lassen; in ganz Saumur ist nur von Ihrem Neffen die Rede. Ich muß wohl demnächst einen Ehekontrakt aufsetzen, Papa Grandet.«

»Si . . . si . . . sind Sie so früh . . . früh . . . früh aufgestanden, um mir das zu sagen?« entgegnete Grandet und begleitete diese Bemerkung mit einem Zucken seines Nasengewächses. »Passen Sie auf, alter Kameraaad, ich will offen sprechen und Ihnen sagen, was Sie wissen wollen. Ich würde lieber, se . . . se . . . sehen Sie, meine To... To... Tochter in die Loire werfen als sie ihrem Ve . . . Ve . . . Vetter geben: das kö . . . kö . . . können Sie überall herumerzählen. Ach was, lassen Sie die Leu . . . Leute lieber schwatzen.«

Diese Antwort machte Eugénie schwindlig. Die entrückten Hoffnungen, die in ihrem Herzen gekeimt hatten, blühten plötzlich auf, nahmen Gestalt an und bildeten ein Büschel Blumen, von denen sie sah, daß sie abgeschnitten waren und am Boden lagen. Seit dem Vorabend hatte sie sich Charles mit allen Banden des Glücks verbunden, die die Seelen vereinen; fortan mußten also Leiden sie festigen. Gehört es nicht zu der edlen Bestimmung der Frau, daß sie tiefer vom Trauergepräge des Elends ergriffen wird als vom Glanz des Glücks? Wieso hatte das Vatergefühl in der Herzenstiefe des Vaters erlöschen können? Welches Verbrechen hatte Charles auf sich geladen? Geheimnisvolle Fragen! Schon wurde ihre eben geborene Liebe, an sich schon ein so tiefes Geheimnis, in Geheimnisse verstrickt. Mit zitternden Knien kam sie wieder zu sich, und als sie in der alten, düsteren Straße anlangte, die sie so fröhlich gedünkt hatte, fand sie sie traurig aussehend; sie atmete darin die Melancholie, die die Zeit und die Dinge dieser Stätte aufgeprägt hatten. Keines der Kennzeichen der Liebe blieb ihr erspart. Ein paar Schritte vor dem Haus überholte sie den Vater, klopfte und wartete an der Tür auf ihn. Aber Grandet, der in der Hand des Notars eine noch im Streifband befindliche Zeitung gesehen hatte, hatte ihn gefragt: »Wie stehen die Staatspapiere?«

»Sie wollen nicht auf mich hören, Grandet«, antwortete ihm

Cruchot. »Kaufen Sie schleunigst welche, man kann noch innerhalb von zwei Jahren zwanzig Prozent daran verdienen, außer den hohen Zinsen, fünftausend Francs Rente für achtzigtausend Francs. Die Papiere stehen auf achtzig Francs fünfzig Centimes.«

»Wir werden sehen«, antwortete Grandet und rieb sich das Kinn.

»Mein Gott!« rief der Notar.

»Na, was ist denn los?« fragte Grandet, als Cruchot ihm die Zeitung vor die Nase hielt und zu ihm sagte:

»Lesen Sie diesen Artikel.«

> »Monsieur Grandet, einer der angesehensten Pariser Geschäftsleute, hat sich gestern erschossen, nachdem er, wie gewöhnlich, auf der Börse erschienen war. Er hatte dem Präsidenten der Abgeordnetenkammer seinen Rücktritt eingereicht und sich gleichzeitig von seinem Amt als Richter am Handelsgericht entbinden lassen. Die Konkurse seines Notars Roguin und seines Wechselmaklers Souchet haben ihn ruiniert. Die hohe Achtung, die Monsieur Grandet genoß, und sein Kredit waren dennoch so geartet, daß er sicherlich Hilfe auf dem Pariser Geldmarkt gefunden haben würde. Es ist bedauerlich, daß dieser Ehrenmann einem ersten Augenblick der Verzweiflung unterlegen ist, usw.«

»Ich hab's gewußt«, sagte der alte Winzer zu dem Notar.

Dieser Ausspruch ließ den Notar Cruchot zu Eis erstarren; trotz seiner Abgebrühtheit als Notar fühlte er, wie es ihm bei dem Gedanken kalt über den Rücken lief, der Pariser Grandet habe vielleicht vergebens die Millionen des Saumurer Grandet angefleht.

»Und sein Sohn, der gestern so guter Dinge . . .«

»Er weiß noch nichts«, antwortete Grandet mit derselben Ruhe.

»Adieu, Monsieur Grandet«, sagte Cruchot, der alles durchschaute und nun den Präsidenten Bonfons beruhigen ging.

Beim Heimkommen fand Grandet das Frühstück bereit. Madame Grandet, die Eugénie um den Hals fiel und die sie mit dem jähen Überströmen des Herzens küßte, das ein heimlicher Kummer in uns auslöst, saß schon auf ihrem Sessel mit den verlängerten Beinen und strickte Pulswärmer für den Winter.

»Fangen Sie getrost mit dem Frühstück an«, sagte Nanon, die, Stufen überschlagend, die Treppe hinuntergeeilt war, »der Junge schläft wie ein Cherubin. Wie hübsch er mit geschlossenen Augen ist! Ich bin hineingegangen und habe ihn angerufen. Aber er hat sich nicht gemuckst.« – »Laß ihn schlafen«, sagte Grandet, »er wacht heute noch früh genug auf, um böse Neuigkeiten zu erfahren.«

»Was ist denn?« fragte Eugénie und tat sich die beiden nur ein paar Gramm wiegenden Zuckerstückchen in den Kaffee, die der Alte in seinen müßigen Stunden selber zurechtschnitt. Madame Grandet, die diese Frage nicht zu stellen gewagt hatte, sah ihren Mann an.

»Sein Vater hat sich eine Kugel durch den Kopf geschossen.«

»Mein Onkel . . .?« fragte Eugénie.

»Der arme junge Mensch!« rief Madame Grandet.

»Ja, arm ist er«, entgegnete Grandet, »er besitzt keinen Sou.«

»Und dabei schläft er, wie wenn er der König der Erde wäre«, sagte Nanon mit gerührter Stimme.

Eugénie hörte auf zu essen. Ihr Herz krampfte sich zusammen, wie es sich zusammenkrampft, wenn zum erstenmal das Mitleid, das das Unglück des Geliebten erregt, den ganzen Körper einer Frau durchströmt. Das arme Mädchen weinte.

»Du hast deinen Onkel doch gar nicht gekannt, warum heulst du?« fragte sie der Vater und warf ihr einen seiner Blicke zu, die wie die eines ausgehungerten Tigers waren; den gleichen Blick warf er wahrscheinlich auf seine Goldhaufen.

»Aber wer hätte denn kein Mitleid mit dem armen jungen Mann«, sagte die Magd, »der wie ein Holzklotz schläft und nichts von seinem Schicksal ahnt?«

»Du bist nicht gefragt, Nanon! Halt den Mund!«

Eugénie lernte in diesem Augenblick, daß eine liebende Frau stets ihre Gefühle verbergen muß. Sie gab keine Antwort.

»Bis ich wieder da bin, wird ihm nichts gesagt, das will ich hoffen, Frau«, fuhr der alte Mann fort. »Ich muß den Graben für meine Wiesen an der Landstraße abstecken lassen. Um zwölf, zum zweiten Frühstück, bin ich wohl wieder hier; dann rede ich mit meinem Neffen über seine Angelegenheit. Was dich betrifft,

Eugénie, wenn du um diesen Windhund weinst, dann mach jetzt Schluß damit, mein Kind. Er haut ab, Tempo, Tempo, nach Ostindien. Du siehst ihn nie wieder ...«

Der Vater nahm seine Handschuhe von der Hutkrempe, zog sie mit der gewohnten Ruhe an, schob sie sich zurecht, indem er die Finger ineinandersteckte, und ging.

»O Mama, ich ersticke«, rief Eugénie, als sie mit der Mutter allein war. »Nie zuvor habe ich so gelitten.« Madame Grandet sah die Tochter erbleichen, machte das Fenster auf und ließ sie die frische Luft atmen. – »Mir ist besser«, sagte Eugénie nach einer Weile.

Diese Nervenerschütterung bei einem bislang stillen und kühlen Wesen machte Eindruck auf Madame Grandet; sie blickte die Tochter mit der verständnisvollen Einfühlung an, mit der Mütter gegenüber denen, die sie liebhaben, begabt sind, und erriet alles. Denn wirklich, das Leben der berühmten ungarischen Zwillingsschwestern, die durch einen Irrtum der Natur aneinandergewachsen waren, konnte nicht inniger sein als das Eugénies und ihrer Mutter, die stets in jener Fensternische beisammensaßen, zusammen zur Kirche gingen und gemeinsam beim Schlafen die gleiche Luft atmeten.

»Mein armes Kind!« sagte Madame Grandet, nahm Eugénies Kopf und zog ihn an ihre Brust.

Bei diesen Worten schaute das junge Mädchen auf, richtete auf die Mutter einen fragenden Blick, ergründete die geheimen Gedanken und sagte zu ihr: »Warum soll er nach Indien geschickt werden? Er ist unglücklich; darf er nicht hierbleiben? Er ist doch unser nächster Verwandter!«

»Ja, mein Kind, das wäre das Natürliche; aber dein Vater hat seine Gründe, und die müssen wir achten.«

Mutter und Tochter saßen schweigend da, die eine auf ihrem erhöhten Stuhl, die andere in ihrem kleinen Sessel; und beide machten sich wieder an die Arbeit. Überwältigt von Dankbarkeit für das wundervolle Herzensverständnis, das die Mutter ihr bezeigt hatte, küßte Eugénie ihr die Hand und sagte: »Wie gütig du doch bist, meine liebe Mama!« Diese Worte ließen das alte Muttergesicht aufstrahlen, das lange Leiden hatten welk werden lassen. – »Findest du ihn nett?« fragte Eugénie.

Madame Grandet antwortete nur durch ein Lächeln; dann sagte sie nach einer kurzen Schweigepause leise: »Du liebst ihn also schon? Das wäre schlimm.«

»Schlimm?« entgegnete Eugénie, »warum denn? Er gefällt dir, er gefällt Nanon, warum sollte er nicht auch mir gefallen? Komm, Mama, wir wollen ihm den Frühstückstisch decken.« Sie warf ihre Flickarbeit hin; die Mutter tat ebenso und sagte: »Du bist toll!« Aber sie gefiel sich darin, die Tollheit ihrer Tochter dadurch zu rechtfertigen, daß sie sie teilte. Eugénie rief Nanon.

»Was ist denn nun schon wieder los, Mademoiselle?«

»Nanon, zu Mittag hast du doch wohl Rahm?«

»Oh, zu Mittag, ja«, antwortete die alte Magd.

»Schön, dann setz ihm ganz starken Kaffee vor, ich habe gehört, wie er zu Monsieur des Grassins sagte, in Paris werde der Kaffee sehr stark getrunken. Gieß viel auf.«

»Und woher soll ich ihn nehmen?«

»Kauf welchen.«

»Und wenn der Herr mir dabei begegnet?«

»Er ist auf seinen Wiesen.«

»Dann will ich mich beeilen. Aber Monsieur Fessard hat mich schon gefragt, ob die Heiligen Drei Könige bei uns eingekehrt seien, als er mir die Wachskerze gab. Die ganze Stadt wird von unserem Leichtsinn erfahren.«

»Wenn dein Vater etwas merkt«, sagte Madame Grandet, »bringt er es fertig, uns zu verprügeln.«

»Dann soll er uns doch verprügeln; wir nehmen seine Schläge auf den Knien entgegen.«

Madame Grandet hob statt einer Antwort die Augen zum Himmel auf; Nanon griff nach ihrer Haube und ging. Eugénie legte ein Tischtuch auf und holte dann einige der Trauben, die sie zum Zeitvertreib an Leinen auf dem Speicher aufgehängt hatte; mit leichten Schritten ging sie den Flur entlang, um ihren Vetter nicht zu wecken; aber sie konnte nicht umhin, an seiner Tür auf seine Atemzüge zu lauschen, die in gleichmäßigem Abstand von seinen Lippen kamen. – »Das Unglück wacht, während er schläft«, dachte sie. Sie nahm die grünsten Blätter des Rebstocks, legte ihre Rosinen so zierlich hin, wie ein alter Küchenchef sie hätte anordnen können, und stellte sie triumphierend auf den

Tisch. In der Küche stahl sie ein paar der von ihrem Vater gezählten Birnen und schichtete daraus zwischen den Blättern eine Pyramide auf. Sie ging, kam, trabte, hüpfte. Am liebsten hätte sie ihr ganzes Vaterhaus geplündert; aber der Vater hielt ja alles unter Verschluß. Nanon kam mit zwei frischen Eiern wieder. Als sie die Eier sah, wäre Eugénie ihr am liebsten um den Hals gefallen.

»Der Pächter von La Lande hatte welche in seinem Korb, ich habe ihn darum gebeten, da hat er sie mir geschenkt, um mir eine Freundlichkeit zu erweisen, der nette Mensch.«

Nach zwei Stunden der Mühewaltung, in denen Eugénie an die zwanzigmal von ihrer Arbeit weggelaufen war, um beim Aufbrühen des Kaffees zuzusehen, um auf die Geräusche zu lauschen, die der Vetter beim Aufstehen vollführte, gelang es ihr, ein Frühstück zu bereiten, das zwar überaus bescheiden und billig war, aber auf erschreckende Weise von den eingewurzelten Gewohnheiten des Hauses abwich. Dort wurde der Mittagsimbiß im Stehen eingenommen. Jeder verzehrte ein Stück Brot, eine Frucht oder Butter und trank ein Glas Wein. Als Eugénie den vor den Kamin gerückten Tisch sah, einen der Sessel vor dem Gedeck des Vetters, die beiden Teller mit Obst, die Flasche Weißwein, das Brot und den auf einer Untertasse aufgehäuften Zucker, zitterte sie an allen Gliedern beim bloßen Gedanken an den Blick, den der Vater ihr zuschleudern würde, wenn er in diesem Augenblick zufällig hereinkäme. Daher schaute sie oft zur Uhr, um sich auszurechnen, ob der Vetter vor der Rückkehr des Alten gefrühstückt haben könne.

»Sei nur ruhig, Eugénie, wenn dein Vater kommt, nehme ich alles auf mich«, sagte Madame Grandet.

Eugénie konnte einer Träne nicht wehren.

»Ach, du gute Mutter«, rief sie, »nie habe ich dich lieb genug gehabt!«

Nachdem Charles an die tausendmal vor sich hinträllernd in seinem Zimmer umhergegangen war, kam er endlich herunter. Zum Glück war es noch nicht elf. Dieser Pariser! Er hatte soviel Koketterie auf seine Toilette verwandt, als hätte er sich im Schloß der adligen Dame befunden, die in Schottland reiste. Er kam mit der freundlichen, lachenden Miene herein, die der Jugend so wohl ansteht und die Eugénie mit einer schmerzlichen Freude erfüllte. Er hatte den Einsturz seiner Luftschlösser von der heiteren Seite genommen und redete seine Tante äußerst wohlgelaunt an.

»Hast du gut geschlafen, liebe Tante? Und du ebenfalls, Kusine?«

»Recht gut, und du?« fragte Madame Grandet.

»Ich? Tadellos.«

»Du mußt Hunger haben, Vetter«, sagte Eugénie; »komm zu Tisch.«

»Aber ich frühstücke immer erst um zwölf, wenn ich aufstehe. Allein ich habe unterwegs so kümmerlich gelebt, daß ich mich füge. Übrigens ...« Er zog die kostbarste flache Taschenuhr, die Bréguet[28] je gefertigt hat. »Sieh mal einer an, es ist ja erst elf, ich bin ein Frühaufsteher gewesen.«

»Ein Frühaufsteher ...?« fragte Madame Grandet.

»Ja, ich hatte meine Sachen auspacken wollen. Na, also, ich möchte ganz gern etwas essen, nur eine Kleinigkeit, ein bißchen Geflügel, ein Rebhuhn.«

»Heilige Mutter Gottes!« rief Nanon, als sie das hörte.

»Ein Rebhuhn«, sagte sich Eugénie, die am liebsten ihre ganzen Ersparnisse für ein Rebhuhn geopfert hätte.

»Setz dich doch«, sagte seine Tante zu ihm.

Der Dandy nahm in dem Sessel wie eine hübsche Frau Platz, die sich auf ihrem Diwan niederläßt. Eugénie und ihre Mutter nahmen Stühle und setzten sich neben ihn vor den Kamin.

»Lebt ihr immer hier?« fragte sie Charles; er fand den Saal bei Tageslicht noch häßlicher als bei künstlicher Beleuchtung.

»Immer«, antwortete Eugénie und sah ihn an, »nur während der Weinernte nicht. Da müssen wir Nanon helfen und wohnen alle in der Abtei von Noyers.«

»Geht ihr denn nie spazieren?«

»Manchmal sonntags nach der Vesper, wenn schönes Wetter ist«, sagte Madame Grandet. »Dann gehen wir auf die Brücke oder schauen beim Heumachen zu.«

»Gibt es hier ein Theater?«

»Ins Theater gehen?« rief Madame Grandet. »Komödianten ansehen? Aber weißt du denn nicht, daß das eine Todsünde ist?«

»Da, lieber Herr«, sagte Nanon, als sie die Eier auftrug, »wir bringen Ihnen die Hühnchen weichgekocht in der Schale.«

»Oh, frische Eier«, sagte Charles, der, wie alle an Luxus Gewöhnten, wohl schon lange nicht mehr an sein Rebhuhn dachte. »Aber das ist ja köstlich; hätten Sie wohl noch ein bißchen Butter? Wie ist es damit, liebes Kind?«

»Was, Butter? Dann wollen Sie also keinen Fladen?« fragte die Magd.

»Aber so bring doch Butter, Nanon!« rief Eugénie.

Das junge Mädchen beobachtete den Vetter, wie er sich seine Tunkschnittchen zurechtschnitt, und hatte genausoviel Freude daran wie die gefühlvollste Pariser Grisette, die ein Melodram spielen sieht, in dem die Unschuld triumphiert. Freilich hatte Charles, der von seiner anmutigen Mutter erzogen worden war und von einer Frau von Welt den letzten Schliff erhalten hatte, kokette, elegante, zierliche Bewegungen wie die eines Modedämchens. Mitleid und Zärtlichkeit eines jungen Mädchens besitzen einen wahrhaft magnetischen Einfluß. Daher vermochte Charles, als er sich als Gegenstand der Liebenswürdigkeiten seiner Kusine und seiner Tante sah, sich nicht den Auswirkungen der Gefühle zu entziehen, die sich ihm zuwandten und ihn sozusagen überfluteten. Er warf Eugénie einen vor Güte und Schmeichelei strahlenden Blick zu, einen Blick, der wie ein Lächeln war. Als er Eugénie betrachtete, wurde er sich der erlesenen Harmonie der Züge dieses reinen Gesichts bewußt, ihrer unschuldigen Haltung, der magischen Klarheit ihrer Augen, in denen junge Liebesgedanken schimmerten und deren Verlangen nichts von der Wollust wußte.

»Wirklich, liebe Kusine, wenn du in der großen Loge und in großer Toilette in der Oper säßest, könntest du sicher sein, daß meine Tante ganz recht hätte: du würdest bei den Männern der Anlaß zu vielen Sünden des Begehrens sein und bei den Frauen der Eifersucht.«

Bei diesem Kompliment zog Eugénies Herz sich zusammen und klopfte vor Freude stärker, obgleich sie nichts davon verstanden hatte.

»Aber lieber Vetter, du willst dich wohl über eine arme kleine Provinzlerin lustigmachen!«

»Wenn du mich kenntest, liebe Kusine, dann wüßtest du, daß aller Spott mir verhaßt ist; er verdorrt das Herz und tötet alle Empfindungen ab ...« Und er verschlang mit großem Behagen seine mit Butter bestrichene Brotschnitte. »Nein, ich habe wahrscheinlich nicht genug Geist, um mich über andere lustigzumachen, und dieser Mangel schafft mir viel Schaden. In Paris findet man Mittel und Wege, einen Mann zu erledigen, indem man von ihm sagt: ›Er hat ein gutes Herz.‹ Dieser Satz besagt: ›Der arme Kerl ist dumm wie ein Rhinozeros.‹ Aber da ich reich bin und dafür bekannt, daß ich beim ersten Schuß auf dreißig Schritt mit jeder Art Pistole auf freiem Feld eine Puppe herunterschieße, macht der Spott vor mir halt.«

»Was du da sagst, Neffe, zeugt aber von einem guten Herzen.«

»Du hast da einen recht hübschen Ring«, sagte Eugénie, »darf ich ihn mir wohl einmal ansehen?«

Charles streckte die Hand aus und zog sich den Ring ab; und Eugénie wurde rot, als sie mit den Fingerspitzen die rosigen Nägel des Vetters streifte.

»Sieh nur, Mutter, die schöne Arbeit.«

»Oh, das ist aber dickes Gold«, sagte Nanon, die den Kaffee brachte.

»Was ist denn das?« fragte Charles lachend.

Und er deutete auf einen länglichen Topf aus glasiertem braunem Ton, der einen Fayenceeinsatz hatte und von einem Aschenkranz umgeben war; der Kaffee sank darin nieder und stieg wieder zur Oberfläche der kochenden Flüssigkeit empor.

»Das ist aufgebrühter Kaffee«, sagte Nanon.

»Ach, liebe Tante, dann hinterlasse ich wenigstens eine wohltätige Spur bei meiner Durchreise hier. Ihr seid sehr im Rückstand! Ich will euch beibringen, guten Kaffee in einer Kaffeemaschine à la Chaptal [29] zu bereiten.«

Er versuchte, das System der Kaffeemaschine à la Chaptal zu erklären.

»Ach, wenn das soviel Umstände macht«, sagte Nanon, »dann bringt man ja sein ganzes Leben damit hin. Niemals mache ich den Kaffee so. Ganz bestimmt nicht! Und wer sollte unsere Kuh füttern, während ich den Kaffee mache?«

»Dann mache ich ihn eben«, sagte Eugénie.

»Kind«, sagte Madame Grandet und sah die Tochter an.

Nach diesem Wort, das an den Kummer erinnerte, der sich bald über den unglücklichen jungen Menschen ergießen sollte, verstummten die drei Frauen und schauten ihn mit mitleidigen Mienen an; das machte ihn stutzig.

»Was hast du nur, Kusine?«

»Pst!« sagte Madame Grandet zu Eugénie, die gerade sprechen wollte. »Du weißt doch, Tochter, daß dein Vater es übernommen hat, mit dem Vetter zu sprechen ...«

»Sag doch Charles zu mir«, sagte der junge Grandet.

»Oh, du heißt Charles? Das ist ein hübscher Name«, rief Eugénie.

Geahntes Unglück tritt fast immer ein. Nanon, Madame Grandet und Eugénie, die nicht ohne Schaudern an die Rückkehr des alten Böttchers dachten, hörten jetzt einen Schlag des Klopfers, dessen Dröhnen ihnen wohlbekannt war.

»Vater kommt«, sagte Eugénie.

Sie nahm die Untertasse mit dem Zucker weg und ließ nur ein paar Stücke auf dem Tischtuch liegen. Nanon trug den Teller mit den Eiern hinaus. Madame Grandet spitzte die Ohren wie ein erschrecktes Reh. Es entstand ein panischer Schrecken, über den Charles sich wunderte, ohne ihn sich erklären zu können.

»Nanu? Was ist denn in euch gefahren?« fragte er.

»Aber mein Vater kommt doch«, sagte Eugénie.

»Na, und ...?«

Grandet kam herein, warf einen scharfen Blick auf den Tisch, auf Charles, sah alles.

»Haha! Ihr gebt euerem Neffen ein Fest, gut, sehr gut, vortrefflich!« sagte er, ohne zu stottern. »Wenn die Katze nicht zu Haus ist, tanzen die Mäuse auf dem Tisch herum.«

»Fest ...?« fragte sich Charles; er war außerstande, die Lebensweise und die Gepflogenheiten dieses Hauses auch nur zu mutmaßen.

»Gib mir mein Glas, Nanon!« sagte der Alte.

Eugénie brachte das Glas. Grandet zog ein Hornmesser mit breiter Klinge aus der Hosentasche, schnitt sich eine Scheibe Brot ab, nahm ein bißchen Butter, strich sie sorgfältig darauf und begann im Stehen zu essen. Gerade tat Charles Zucker in seinen

Kaffee. Vater Grandet sah die Zuckerstücke, blickte seine Frau an, die blaß wurde, und tat drei Schritte; er beugte sich zum Ohr der armen Frau nieder und sagte zu ihr: »Wo hast du eigentlich all den Zucker hergenommen?«

»Nanon hat bei Fessard welchen geholt; es war keiner da.«

Unmöglich läßt sich die tiefe Anteilnahme schildern, mit der die drei Frauen diese stumme Szene verfolgten: Nanon war aus ihrer Küche gekommen und schaute in den Saal; sie wollte sehen, wie die Dinge sich entwickelten. Charles hatte seinen Kaffee gekostet, ihn zu bitter gefunden und suchte den Zucker, den Grandet schon weggenommen hatte.

»Was willst du, Neffe?« fragte ihn der Alte.

»Den Zucker.«

»Gieß Milch hinein«, sagte der Hausherr, »dann wird dein Kaffee süßer.«

Eugénie langte nach der Untertasse mit dem Zucker, die Grandet schon beiseite gestellt hatte, und setzte sie wieder auf den Tisch, wobei sie den Vater mit ruhiger Miene musterte. Ganz sicher: die Pariserin, die, um die Flucht ihres Geliebten zu erleichtern, mit ihren schwachen Armen eine seidene Strickleiter hält, bezeigt nicht mehr Mut, als Eugénie ihn entfaltete, als sie den Zucker wieder auf den Tisch stellte. Aber der Geliebte wird seine Pariserin, die ihm stolz einen schönen, zerfleischten Arm zeigt, belohnen, indem er jede verletzte Ader mit Tränen, mit Küssen badet und sie durch die Lust heilt; wogegen Charles niemals in das Geheimnis der tiefen Unruhe eindringen sollte, die im Herzen seiner Kusine brandete, als der Blick des alten Böttchers sie niederschmetterte.

»Ißt du nichts, Frau?«

Die arme Helotin trat vor, schnitt sich ängstlich ein Stück Brot ab und nahm eine Birne. Eugénie bot dem Vater kühn Rosinen an, wobei sie zu ihm sagte: »Probier doch mal meine getrockneten Trauben, Papa! Vetter, auch du mußt davon essen, nicht wahr? Ich habe die Trauben eigens für dich geholt.«

»Ho! Wenn man denen nicht Einhalt gebietet, dann plündern sie Saumur um deinetwillen aus, Neffe. Wenn du fertig bist, wollen wir zusammen in den Garten gehen; ich habe dir Dinge zu sagen, die nicht gerade zuckerig sind.«

Eugénie und ihre Mutter warfen einen Blick auf Charles, über dessen Ausdruck der junge Mensch sich nicht täuschen konnte.

»Was willst du damit sagen, Onkel? Seit dem Tod meiner armen Mutter ... (bei diesen beiden Worten wurde seine Stimme weich) ist für mich kein Unglück mehr denkbar ...«

»Neffe, wer vermag sich in den Heimsuchungen auszukennen, mit denen Gott uns prüfen will?« fragte die Tante ihn.

»Ta! ta! ta! ta!« machte Grandet. »Jetzt geht es los mit den Dummheiten. Mit Kummer, lieber Neffe, sehe ich deine hübschen weißen Hände.« Er zeigte ihm die Art von Hammelschultern, die die Natur ihm am Ende der Arme befestigt hatte. »So müssen Hände aussehen, die dazu geschaffen sind, Taler zusammenzuraffen! Du bist dazu erzogen worden, deine Füße in das Leder zu stecken, aus dem die Brieftaschen angefertigt werden, in denen wir die Wechsel aufheben. Schlimm, schlimm!«

»Was willst du damit sagen, Onkel? Ich will gehängt werden, wenn ich auch nur ein einziges Wort verstehe.«

»Komm mit«, sagte Grandet.

Der Geizhals ließ die Klinge seines Messers einschnappen, trank den Rest seines Weißweins aus und machte die Tür auf.

»Mut, Vetter!«

Der Stimmklang des jungen Mädchens ließ Charles einen eiskalten Schauer empfinden; er folgte, von tödlicher Unruhe gepackt, seinem schrecklichen Verwandten. Eugénie, deren Mutter und Nanon gingen in die Küche; in ihnen war eine unbezwingliche Neugier, die beiden Darsteller der Szene zu belauschen, die sich in dem kleinen, feuchten Garten abspielen sollte; zunächst ging der Onkel schweigend neben dem Neffen her. Es brachte Grandet in keinerlei Verlegenheit, Charles den Tod von dessen Vater mitzuteilen; allein er verspürte etwas wie Mitleid, weil er wußte, daß der Neffe keinen Sou sein eigen nannte, und er suchte nach Formeln, um die Verkündung dieser grausamen Wahrheit zu mildern. »Du hast deinen Vater verloren!« Damit war nichts gesagt. Väter pflegen vor den Söhnen zu sterben. Aber: »Du stehst völlig mittellos da!« In diesen Worten war alles Unglück der Erde zusammengefaßt. Und der Alte schritt zum drittenmal den mittleren Gartenweg hinab, dessen Sand unter seinen Füßen knirschte. Bei den bedeutsamen Geschehnissen des Lebens klammert sich unsere Seele fest an die Stätten, wo Freud und Leid über uns hereingebrochen sind. Daher schaute Charles sich mit ganz besonderer Aufmerksamkeit die Buchsbaumkanten dieses Gärtchens an, die blassen, niederfallenden Blätter, die schadhaften Stellen an den Mauern, die verkrümmten Obstbäume, pittoreske Einzelheiten, die in seiner Erinnerung haftenbleiben sollten, auf ewige Zeit durch eine den Leidenschaften eigentümliche Mnemotechnik mit dieser denkwürdigen Stunde verknüpft.

»Es ist recht heiß, recht schönes Wetter«, sagte Grandet und atmete eine gehörige Portion Luft ein.

»Ja, Onkel; aber warum ...«

»Na, gut, mein Junge«, fuhr der Onkel fort, »ich habe böse Nachrichten für dich. Deinem Vater geht es sehr schlecht ...«

»Warum bin ich dann hier?« fragte Charles. »Nanon!« rief er, »Postpferde! Einen Wagen werde ich wohl in der Stadt auftreiben«, fügte er hinzu, zu seinem Onkel gewendet, der unbeweglich dastand.

»Pferde und Wagen erübrigen sich«, antwortete Grandet und sah Charles an, der verstummte und dessen Augen starr wurden. – »Ja, mein armer Junge, du kannst es dir denken. Er ist tot. Aber das ist noch nicht das Schlimmste, er hat sich nämlich erschossen ...«

»Mein Vater?«

»Ja. Aber das ist noch nicht das Schlimmste. Die Zeitungen glossieren es, als wenn sie das Recht dazu hätten. Da, lies.«

Grandet, der sich die Zeitung von Cruchot geliehen hatte, hielt Charles den verhängnisvollen Artikel unter die Augen. Da zerschmolz der arme junge Mensch, der noch ganz kindlich war, noch in dem Alter, wo die Gefühle sich unverhohlen äußern, in Tränen.

»Na, da haben wir's«, sagte sich Grandet. »Seine Augen machten mir Angst. Er weint, also ist er gerettet ... Das ist immer noch nicht das Schlimmste, mein armer Neffe«, fuhr Grandet laut fort, ohne zu wissen, ob Charles ihm zuhöre, »das ist nichts, darüber kommst du hinweg, aber ...«

»Nie! Nie! Mein Vater! Mein Vater!«

»Er hat dich ruiniert; du stehst mittellos da.«

»Was geht das mich an? Wo ist mein Vater, mein Vater?«

Das Weinen und Aufschluchzen hallte zwischen den Mauern grausig wider und wurde vom Echo zurückgeworfen. Die drei Frauen, von Mitleid überwältigt, weinten: Tränen sind genauso ansteckend, wie das Lachen es sein kann. Ohne den Onkel länger anzuhören, lief Charles in den Hof, fand die Treppe, ging in sein Zimmer hinauf, warf sich quer über sein Bett, barg das Gesicht in den Laken und weinte sich fern von seinen Verwandten aus.

»Wir müssen den ersten Platzregen vorübergehen lassen«, sagte Grandet, als er wieder in den Saal kam, wo Eugénie und ihre Mutter in aller Hast ihre Plätze eingenommen hatten und mit zitternden Händen arbeiteten, nachdem sie sich die Augen getrocknet hatten. »Aber dieser junge Mensch ist zu nichts tauglich; er kümmert sich mehr um Tote als ums Geld.«

Eugénie durchschauerte es, als sie hörte, daß ihr Vater sich so über den heiligsten unter allen Schmerzen äußerte. Von dieser Minute an begann sie, ihren Vater zu beurteilen. Obwohl gedämpft, hallte Charles' Schluchzen durch das hellhörige Haus; und seine abgründige Klage, die aus der Tiefen der Erde zu kommen schien, wurde allmählich schwächer und hörte erst gegen Abend auf.

»Der arme junge Mensch!« sagte Madame Grandet.

Unheilvoller Ausruf! Papa Grandet sah seine Frau, Eugénie und den Zuckerteller an; er mußte an das üppige Frühstück denken, das für den unglücklichen Verwandten bereitet worden war, und pflanzte sich mitten in der Halle auf.

»Hört mal zu«, sagte er mit seiner gewöhnlichen Ruhe, »ich hoffe, daß jetzt mit der Verschwendung Schluß ist, Frau. Ich gebe dir *mein* Geld nicht, um diesen jungen Laffen mit Zucker vollzustopfen.«

»Mutter kann nichts dafür«, sagte Eugénie. »Ich selber habe ...«

»Willst du mir etwa widersprechen, weil du volljährig bist?« unterbrach Grandet die Tochter. »Bedenke, Eugénie ...«

»Vater, der Sohn deines Bruders sollte bei dir nicht vergeblich ...«

»Tatatata!« sagte der Böttcher in vier chromatischen Tönen, »der Sohn meines Bruders hier, mein Neffe da. Charles bedeutet uns nicht das mindeste, er hat weder Heller noch Pfennig; sein

Vater hat Pleite gemacht, und wenn dieser Zieraffe sich ausgeheult hat, wird er von hier verschwinden; ich will nicht, daß er mein Haus rebellisch macht.«

»Was heißt das eigentlich: Pleite machen, Vater?« fragte Eugénie.

»Pleite machen«, versetzte der Vater, »das heißt: die ehrloseste Handlung begehen, die einen Mann entehren kann.«

»Das muß eine große Sünde sein«, sagte Madame Grandet, »und dein Bruder kommt sicher in die Hölle.«

»Nun fängst du wieder mit deinen Litaneien an«, sagte er achselzuckend zu seiner Frau. »Pleite machen, Eugénie«, fuhr er fort, »ist ein Diebstahl, den das Gesetz leider unter seinen Schutz nimmt. Irgendwelche Leute haben Guillaume Grandet auf seinen Ruf als ein ehrlicher, rechtschaffener Mann hin ihre Waren geliefert, dann hat er ihnen alles genommen und läßt ihnen nichts als ihre Augen, damit sie weinen können. Ein Straßenräuber ist mehr wert als ein Bankrotteur: der greift einen an, man kann sich verteidigen, er riskiert seinen Kopf; der andere dagegen . . . Kurz und gut: Charles ist entehrt.«

Diese Worte hallten im Herzen des armen Mädchens wider und lasteten darin mit all ihrer Wucht. Da sie redlich war, wie eine im Waldesdunkel erblühte Blume zart ist, kannte sie nichts von den Regeln der Welt, nichts von deren arglistigen Klügeleien, nichts von deren Sophismen: sie nahm also die überharte Erklärung hin, die ihr Vater ihr über einen Bankrott gegeben hatte, ohne sie über den Unterschied aufzuklären, der zwischen einem ungewollten Bankrott und einem künstlich herbeigeführten besteht.

»Ja, Vater, hättest du denn diese Katastrophe nicht verhindern können?«

»Mein Bruder hat mich nicht um Rat gefragt; überdies hatte er vier Millionen Schulden.«

»Was ist das, eine Million, Vater?« fragte sie mit der Harmlosigkeit eines Kindes, das da glaubt, es könne sogleich alles haben, was es sich wünscht.

»Eine Million?« fragte Grandet, »na, das ist eine Million Zwanzig-Sous-Stücke, und fünf Zwanzig-Sous-Stücke muß man haben, damit sich fünf Francs ergeben.«

»Mein Gott! Mein Gott!« rief Eugénie aus, »wie hat mein Onkel da ganz für sich allein vier Millionen haben können? Lebt noch jemand anders in Frankreich, der so viele Millionen haben könnte? (Papa Grandet rieb sich das Kinn, lächelte, und sein Nasengewächs schien sich zu blähen.) – Aber was soll aus meinem Vetter Charles werden?«

»Der reist nach Ostindien, und da soll er, dem Wunsch seines Vaters entsprechend, versuchen, zu Vermögen zu kommen.«

»Aber hat er denn Geld, um dorthin zu gelangen?«

»Ich bezahle ihm die Reise ... bis ... na ja, bis Nantes.«

Eugénie sprang auf und fiel dem Vater um den Hals.

»Ach, Vater! Wie gut du bist!«

Sie küßte ihn auf eine Weise ab, daß Grandet sich fast geschämt hätte; sein Gewissen schlug ihm ein wenig.

»Dauert es lange, bis man eine Million zusammenhat?« fragte sie.

»Ei weih!« sagte der Böttcher. »Du weißt doch, was ein Napoleon ist. Na, schön, davon braucht man fünfzigtausend, damit sich eine Million ergibt.«

»Mama, wir wollen neuntägige Andachten für ihn abhalten lassen.«

»Daran habe ich auch schon gedacht«, antwortete die Mutter.

»Da haben wir's: immer das Geld zum Fenster 'rauswerfen!« schrie der Vater. »Glaubt ihr etwa, wir hätten hier Hunderte und Tausende?«

In diesem Augenblick erscholl ein dumpfer Klagelaut, der noch unheimlicher war als die bisherigen, in den Speicherräumen und ließ Eugénie und ihre Mutter vor Entsetzen erstarren.

»Nanon, geh 'rauf und sieh nach, ob er sich nicht umbringt«, sagte Grandet. »Na, ihr beiden?« fuhr er, an Frau und Tochter gewendet, fort, die auf seine Äußerung hin erblaßt waren, »keine Dummheiten! Ich lasse euch jetzt allein. Ich muß um unsere Holländer herumstreichen, die reisen nämlich heute ab. Dann gehe ich zu Cruchot, um über all das mit ihm zu reden.«

Er ging. Als er die Tür hinter sich zugezogen hatte, atmeten Eugénie und ihre Mutter erleichtert auf. Vor diesem Morgen hatte das Mädchen in Gegenwart des Vaters nie Beklemmungen verspürt; aber seit ein paar Stunden wandelten sich ihre Gefühle und Gedanken alle Augenblicke.

»Mama, wieviel Louis bekommt man für ein Stückfaß Wein?«

»Dein Vater verkauft die seinen für hundert bis hundertfünfzig, manchmal für zweihundert Francs, habe ich sagen hören.«

»Wenn er dann also vierzehnhundert Stückfässer erntet . . .«

»Mein Gott, Kind, ich weiß nicht, was das ergibt; dein Vater spricht mit mir nie über seine geschäftlichen Angelegenheiten.«

»Aber dann muß Papa doch reich sein.«

»Vielleicht. Aber Cruchot hat mir gesagt, er habe vor zwei Jahren Froidfond gekauft. Das beengt ihn wohl etwas.«

Eugénie, die nichts mehr vom Vermögen des Vaters begriff, gab ihre Berechnungen auf.

»Nicht mal angesehen hat er mich, der liebe Junge!« sagte die zurückkommende Nanon. »Wie ein geschlachtetes Kalb liegt er auf seinem Bett und weint wie eine büßende Magdalena; es ist die reinste Überschwemmung! Welch einen Kummer macht der arme, nette junge Mann durch!«

»Komm, laß uns ihn recht schnell trösten; und wenn es an der Haustür klopft, gehen wir wieder hinunter.«

Madame Grandet war wehrlos gegenüber dem Wohlklang der Stimme ihrer Tochter. Eugénie war himmlisch; sie war Frau. Mit klopfendem Herzen stiegen sie beide hinauf in Charles' Zimmer. Die Tür stand offen. Der junge Mensch sah und hörte nichts. Er war in Tränen gebadet und stieß unartikulierte Klagelaute aus.

»Wie lieb er seinen Vater hat!« sagte Eugénie leise.

Schwerlich konnten im Tonfall dieser Worte die Hoffnungen eines Herzens mißverstanden werden, das ohne sein Wissen leidenschaftlich entflammt war. Deshalb warf auch Madame Grandet der Tochter einen von mütterlicher Innigkeit durchtränkten Blick zu und flüsterte ihr ganz leise ins Ohr: »Hüte dich, sonst liebst du ihn noch.«

»Ihn lieben!« entgegnete Eugénie. »Ach, wenn du wüßtest, was mein Vater gesagt hat!«

Charles drehte sich um und gewahrte seine Tante und seine Kusine.

»Ich habe meinen Vater verloren, meinen armen Vater! Hätte er mir das Geheimnis seines Unglücks anvertraut, so hätten wir beide gearbeitet, um es wiedergutzumachen. Mein Gott, mein guter Vater! Ich habe mich so fest darauf verlassen, ihn wiederzusehen, daß ich, wie ich glaube, ihn zum Abschied nur ganz kalt geküßt habe.«

Die Schluchzer schnitten ihm das Wort ab.

»Wir wollen für ihn beten«, sagte Madame Grandet. »Füge dich dem Willen Gottes.«

»Lieber Vetter«, sagte Eugénie, »fasse Mut! Dein Verlust ist unersetzlich: also denk jetzt daran, deine Ehre zu retten ...«

Mit diesem instinktiven Hinweis, diesem klugen Feingefühl der Frau, die in allen Dingen intelligent ist, sogar wenn sie tröstet, wollte Eugénie den Vetter über seinen Schmerz hinwegtäuschen und ihn mit sich selbst beschäftigen.

»Meine Ehre ...?« rief der junge Mensch und strich sich mit einer jähen Geste das Haar zurück, richtete sich im Bett auf und kreuzte die Arme. – »Ach ja, richtig. Mein Vater hat, wie mein Onkel sagte, Konkurs gemacht.« Er stieß einen schrillen Schrei aus und verbarg das Gesicht in den Händen. – »Laß mich, Kusine, laß mich allein! Mein Gott! Mein Gott! Verzeih meinem Vater, er muß so sehr gelitten haben.«

Es lag etwas grauenhaft Bannendes im Anschauen dieses jungen, unverstellten, des Berechnenden baren, von Hintergedanken freien Schmerzes. Es war ein keuscher Schmerz, den die schlichten Herzen Eugénies und ihrer Mutter verstanden, als Charles sie durch eine Handbewegung bat, ihn sich selbst zu überlassen. Sie gingen hinunter, nahmen schweigend wieder ihre Plätze am Fenster ein und arbeiteten etwa eine Stunde, ohne auch nur ein Wort miteinander zu sprechen. Durch einen flüchtigen Blick, den Blick junger Mädchen, die sogleich alles erfassen, den Eugénie auf die Reiseausrüstung des jungen Herrn geworfen, hatte sie all die hübschen Kleinigkeiten seiner Toilettenartikel wahrgenommen, seine Scheren, sein vergoldetes Rasierzeug. Dieser Ausblick auf den Luxus durch den Schmerz hindurch hatte ihr Charles als der Anteilnahme noch werter erscheinen lassen, vielleicht durch den Gegensatz. Nie zuvor hatte ein so ernstes Geschehnis, ein so dramatisches Schauspiel die Phantasie dieser beiden Geschöpfe betroffen, die bislang unaufhörlich in Ruhe und Einsamkeit versenkt gewesen waren.

»Mama«, sagte Eugénie, »wir müssen um den Onkel Trauer tragen.«

»Das entscheidet dein Vater«, erwiderte Madame Grandet.

Abermals saßen sie schweigend da. Eugénie machte ihre Stiche mit regelmäßigen Bewegungen; sie hätten einem Beobachter die fruchtbaren Gedanken ihres Grübelns enthüllt. Der erste Wunsch dieses anbetenswerten Mädchens war es, die Trauer des Vetters zu teilen. Gegen vier hallte ein dröhnender Klopferschlag in Madame Grandets Herz wider.

»Was mag dein Vater haben?« fragte sie die Tochter.

Der Winzer kam fröhlich herein. Er zog sich die Handschuhe aus und rieb sich danach die Hände, daß die Haut hätte abgewetzt werden können, wäre die Haut nicht gegerbt gewesen wie Juchtenleder, freilich ohne den Geruch nach Lärchenholz und Weihrauch. Er ging auf und ab, er schaute nach der Uhr. Schließlich entschlüpfte ihm sein Geheimnis.

»Frau«, sagte er, ohne zu stottern, »ich habe sie alle übers Ohr gehauen. Unser Wein ist verkauft! Die Holländer und Belgier wollten heute vormittag abfahren; ich bin auf dem Marktplatz vor ihrem Hotel herumgelaufen und habe mich dumm gestellt. Die Sache, von der du ja weißt, hat ganz von selber geklappt. Die Besitzer aller guten Rebberge behalten ihre Ernte und wollen warten; ich habe sie nicht daran gehindert. Unser Belgier hat sich die Haare gerauft. Das habe ich kommen sehen. Der Handel ist abgeschlossen, er übernimmt unsere Ernte für zweihundert Francs das Stückfaß, die Hälfte in bar. Ich bin in Gold bezahlt worden. Die Wechsel sind ausgefertigt; da hast du sechs Louis. In drei Monaten sinken die Weinpreise.«

Diese letzten Worte wurden mit ruhiger Stimme gesprochen, aber mit so tiefer Ironie, daß die Leute von Saumur, die zu dieser Zeit in Gruppen auf dem Marktplatz standen, niedergeschmettert von der Nachricht, daß Grandet verkauft habe, gezittert und gebebt haben würden, hätten sie sie vernommen. Ein panischer Schreck hätte die Weinpreise um fünfzig Prozent fallen lassen.

»Dieses Jahr hast du tausend Stückfaß, nicht wahr, Vater?«

»Ja, Töchterlein.«

Dieses Wort war der höchste Ausdruck der Freude des alten Böttchers.

»Das macht also zweitausend Zwanzig-Sous-Stücke?«

»Richtig, Mademoiselle Grandet.«

»Na, Vater, dann fällt es dir ja nicht schwer, Charles zu helfen.«

Das Erstaunen, der Zorn, die Verblüffung Belsazars, als er das Mene-Tekel-Upharsin[30] erblickte, sind nichts im Vergleich zu der kalten Wut Grandets, der schon gar nicht mehr an seinen Neffen gedacht und ihn nun im Herzen und in den Berechnungen seiner Tochter wiederfand.

»Das ist denn doch! Seit dieser Zierbengel den Fuß in *mein* Haus gesetzt hat, geht darin alles verquer. Ihr spielt euch auf, indem ihr Zuckerzeug kauft und Schlemmereien und Festgelage veranstaltet. Von so was will ich nichts wissen. In meinem Alter weiß ich doch vielleicht, wie ich mich zu verhalten habe! Überdies habe ich mir weder von meiner Tochter noch von sonst jemandem gute Lehren erteilen zu lassen. Ich tue für meinen Neffen, was angemessen ist; ihr habt eure Nasen da nicht hineinzustecken. Und du, Eugénie«, sagte er eigens zu ihr, »du redest mir nicht mehr von ihm, sonst schicke ich dich mit Nanon in die Abtei von Noyers, damit du mich kennenlernst, und zwar schon morgen, wenn du bockig bist. Wo ist er denn, der Lümmel? War er schon unten?«

»Nein, mein Lieber«, antwortete Madame Grandet.

»Na, und was treibt er?«

»Er beweint seinen Vater«, antwortete Eugénie.

Grandet musterte die Tochter und wußte nicht, was er sagen sollte. Auch er war ein bißchen Vater. Er ging ein paarmal im Saal auf und ab und stieg dann unvermittelt hinauf in sein Arbeitszimmer, um dort über eine Geldanlage in Staatspapieren nachzudenken. Seine zweitausend Morgen kahlgeschlagenen Waldes hatten ihm sechshunderttausend Francs eingebracht; kamen zu dieser Summe das Geld für seine Pappeln, die Einkünfte des letzten Jahres und die des laufenden hinzu sowie des weiteren die zweihunderttausend Francs aus dem vorhin abgeschlossenen Handel, so konnte er den Gesamtbetrag von neunhunderttausend Francs zusammenbringen. Die zwanzig Prozent, die binnen kurzer Zeit mit den Staatspapieren zu gewinnen waren, die auf siebzig Francs standen, lockten ihn. Er rechnete seine Spekulation auf dem Rand der Zeitung aus, in der der Tod seines Bruders gemeldet worden war, und vernahm dabei, ohne es zu hören, das Stöhnen und Seufzen seines Neffen. Nanon klopfte an die Wand; sie wollte ihren Herrn zum Herunterkommen auffordern, das Abendessen stand auf dem Tisch. Unter dem Eingangsgewölbe und auf der letzten Treppenstufe sagte Grandet zu sich selbst: »Da ich acht Prozent kriege, mache ich dies Geschäft. In zwei Jahren kann ich mir in Paris fünfzehnhunderttausend Francs in gutem Gold auszahlen lassen.«

»Na, wo ist denn mein Neffe?«

»Er sagt, er wolle nichts essen«, antwortete Nanon. »Das ist ungesund.«

»Aber ebenso sparsam«, antwortete ihr Herr.

»Freilich, ja«, sagte sie.

»Bah! Er wird nicht ewig weinen. Der Hunger treibt den Wolf aus dem Wald.«

Das Essen verlief befremdlich schweigsam.

»Lieber Mann«, sagte Madame Grandet, als das Tischtuch abgedeckt wurde, »wir müssen Trauerkleidung tragen.«

»Wahrhaftig, Frau, du weißt gar nicht, was du dir alles ausdenken sollst, um Geld zu vergeuden. Man trauert im Herzen und nicht durch die Kleidung.«

»Aber Trauerkleidung für einen Bruder ist unerläßlich, und die Kirche befiehlt uns, zu ...«

»Kauf dir für deine sechs Louis Trauerkleidung. Mir gebt ihr einen Flor, das genügt für mich.«

Eugénie schlug stumm die Augen zum Himmel auf. Zum erstenmal in ihrem Leben wurde ihre Neigung zur Freigebigkeit, die geschlummert hatte und zurückgedämmt, aber jetzt plötzlich erwacht war, in einem fort verletzt. Dem Anschein nach war dieser Abend wie tausend Abende ihres einförmigen Daseins, aber er war sicherlich von allen der grausigste. Eugénie arbeitete, ohne den Kopf zu heben; sie bediente sich dabei mitnichten des Nähkästchens, das Charles am Abend zuvor mit verächtlichen Blicken bedacht hatte. Madame Grandet strickte ihre Pulswärmer. Grandet drehte vier Stunden lang die Daumen; er war in Berechnungen vertieft, über deren Ergebnisse Saumur am nächsten Tag Mund und Nase aufsperren sollte. An diesem Tage besuchte niemand die Familie. Zu dieser Stunde hallte die ganze Stadt wider von Grandets Gewaltstreich, vom Konkurs seines Bruders und der Ankunft seines Neffen. Alle Rebbergbesitzer der hohen und mittleren Gesellschaftskreise von Saumur gehorchten dem Bedürfnis, sich über ihre gemeinsamen Interessen auszusprechen, und waren bei Monsieur des Grassins, wo schreckliche Verwünschungen gegen den ehemaligen Bürgermeister laut wurden. Nanon spann, und das Summen ihres Spinnrades war das einzige Geräusch, das unter den grauen Balken des Saals vernehmlich war.

»Wir schonen unsere Zungen«, sagte sie und zeigte ihre weißen Zähne, die dick wie geschälte Mandeln waren.

»Alles muß geschont werden«, antwortete der aus seinen Grübeleien erwachende Grandet. Er hatte Aussicht auf acht Millionen innerhalb von drei Jahren und schwamm auf diesem langen Goldstrom. – »Laßt uns zu Bett gehen. Ich sage meinem Neffen in aller Namen gute Nacht und frage ihn, ob er noch etwas zu sich nehmen will.«

Madame Grandet blieb auf dem Treppenabsatz des ersten Stocks stehen; sie wollte der Unterhaltung lauschen, die zwischen Charles und dem Alten stattfinden mußte. Eugénie war beherzter als ihre Mutter; sie stieg zwei Stufen hinauf.

»Hör mal zu, Neffe, du hast Kummer. Ja, weine nur, das ist ganz natürlich. Vater ist Vater. Aber wir müssen unser Leid in Geduld tragen. Ich befasse mich mit dir, indessen du weinst. Ich bin ein guter Verwandter, siehst du. Also Mut! Willst du ein Gläschen Wein trinken? Wein kostet nichts in Saumur; da wird einem Wein angeboten wie in Indien eine Tasse Tee. – Aber«, fuhr Grandet fort, »du hast ja kein Licht. Schlimm, schlimm! Man muß bei allem, was man tut, klar sehen.« Grandet trat zum Kamin. – »Nanu?« rief er aus, »da steht ja eine Wachskerze! Wo zum Teufel sie die wohl aufgetrieben haben? Die Weiber reißen mir noch das Dachgebälk meines Hauses ein, um dem Jungen da Eier zu kochen.«

Als Mutter und Tochter diese Worte hörten, gingen sie in ihre Schlafzimmer und schlüpften mit der Geschwindigkeit von erschreckten Mäusen, die in ihre Löcher huschen, in die Betten.

»Frau, hast du eigentlich einen Schatz ausgebuddelt?« fragte der Mann, als er ins Schlafzimmer seiner Frau trat.

»Lieber, ich bete gerade, bitte warte«, antwortete die arme Mutter mit veränderter Stimme.

»Hol' der Teufel deinen lieben Gott!« antwortete Grandet brummelnd.

Geizige glauben nicht an ein künftiges Leben; die Gegenwart bedeutet ihnen alles. Diese Erwägung wirft ein grausiges Licht auf die Gegenwart, wo mehr als zu jeder anderen Zeit das Geld die Gesetze, die Politik und die Sitten beherrscht. Einrichtungen, Bücher, Menschen und Doktrinen, alles hat sich verschworen, den Glauben an ein künftiges Leben zu unterhöhlen, auf den sich das Gebäude der Gesellschaft seit achtzehnhundert Jahren gestützt hat. Jetzt ist der Sarg ein wenig gefürchteter Übergang. Die Zukunft, die unser nach dem Requiem wartete, ist in die Gegenwart transponiert worden. Ins irdische Paradies des Luxus und der eitlen Genüsse per fas et nefas[31] zu gelangen, sich das Herz zu versteinern und den Körper um vergänglichen Besitzes willen zugrunde zu richten, wie man ehedem das Martyrium des Lebens im Hinblick auf ewige Güter erlitt, ist der allgemeine Gedanke! Übrigens ein Gedanke, der überall schriftlich festgelegt wird, bis in die Gesetze hinein, die den Gesetzgeber fragen: »Was zahlst du?« anstatt zu ihm zu sagen: »Was denkst du?« Wenn diese Lehre von der Bourgeoisie erst auf das Volk übergegangen ist, was soll dann aus unserem Lande werden?

»Bist du jetzt fertig, Frau?« fragte der alte Böttcher.

»Ich bete für dich.« – »Nett von dir. Gute Nacht. Wir können morgen früh miteinander reden.«

Die arme Frau schlief ein wie ein Schuljunge, der seine Lektion nicht gelernt und Angst hat, beim Erwachen das zornige Gesicht des Lehrers vor sich zu sehen. Gerade als sie sich vor Furcht in ihre Bettücher wickelte, um nichts zu hören, schlüpfte Eugénie im Hemd und barfuß zu ihr und küßte sie auf die Stirn.

»Ach, liebe Mutter, morgen sage ich ihm, daß ich schuld bin.«

»Nein; dann schickt er dich nach Noyers. Laß mich nur machen; er wird mich schon nicht auffressen.«

»Hörst du, Mama?«

»Was denn?«

»Ach, *er* weint noch immer.«

»Geh doch zu Bett, Tochter. Du bekommst kalte Füße. Die Fliesen sind feucht.«

So verlief der feierliche Tag; er sollte auf dem ganzen Leben der reichen, armen Erbin lasten, deren Schlaf nie wieder so tief und so rein werden sollte, wie er es bislang gewesen war. Es geschieht recht häufig, daß gewisse Handlungsweisen im menschlichen Leben, literarisch gesprochen, als unwahrscheinlich anmuten, obgleich sie wahr sind. Aber rührt das nicht daher, daß man es nahezu stets unterläßt, über unsere spontanen Entschlüsse eine Art psychologisches Licht auszubreiten, und daß man sich nicht die auf geheimnisvolle Weise konzipierten Gründe erklärt, die jene Handlungsweise notwendig gemacht haben? Vielleicht müßte Eugénies tiefe Leidenschaft in ihren zartesten Faserungen analysiert werden; denn sie wurde, wie Spötter sagen würden, zu einer Krankheit und beeinflußte ihr ganzes Dasein. Viele Menschen möchten lieber die Lösung des Knotens leugnen als die Kraft der Bande, der Bindungen, der Verknüpfungen ermessen, die in der moralischen Ordnung insgeheim eine Tatsache an eine andere löten. Hier also muß, für Beobachter der menschlichen Natur, Eugénies Vergangenheit als Bürgschaft für die Naivität ihrer Unüberlegtheit und die Plötzlichkeit des Überströmens ihrer Seele dienen. Je ruhiger ihr Leben gewesen war, desto lebhafter entfaltete sich in ihrem Innern das weibliche Mitleid, das hellsichtigste der Gefühle. In ihrer Verstörtheit über die Geschehnisse des Tages erwachte sie daher mehrmals und horchte zu ihrem Vetter hin; sie glaubte die Seufzer gehört zu haben, die seit dem Vorabend in ihrem Herzen widerhallten: bald sah sie ihn vor Kummer vergehen, bald träumte sie, er sterbe vor Hunger. Gegen Morgen vernahm sie mit voller Gewißheit einen schrecklichen Aufschrei. Sogleich zog sie sich an und lief in der Dämmerung leichtfüßig zu ihrem Vetter hinein, der seine Tür offengelassen hatte. Die Kerze war im Lichthalter des Leuchters niedergebrannt. Von der Natur überwältigt, schlief Charles angekleidet; er saß in einem Sessel, seinen Kopf schräg auf das Bett gelegt; er träumte, wie Menschen mit leerem Magen eben träumen. Eugénie konnte nach Herzenslust weinen; sie konnte das junge, schöne Gesicht bewundern, das der Schmerz mit Streifen durchzogen hatte, die vom Weinen geschwollenen Augen, die auch im Schlafe noch Tränen zu vergießen schienen. Charles empfand sympathetisch die Anwesenheit seiner Kusine, schlug die Augen auf und sah, wie sie gerührt vor ihm stand.

»Verzeih, Kusine«, sagte er; offenbar wußte er nicht, wie spät es war, noch wo er sich befand.

»Es gibt hier Herzen, die dich verstehen, Vetter, und *wir* haben geglaubt, du könntest etwas nötig haben. Du solltest zu Bett gehen; wenn du so hocken bleibst, erschöpfst du dich nur.«

»Da hast du recht.« – »Ja, nicht wahr? Adieu.«

Sie eilte davon, beschämt und glücklich, daß sie gekommen sei. Nur die Unschuld wagt solcherlei Verwegenheiten. Ist die Tugend erst wissend, so wird sie genauso berechnend wie das Laster. Eugénie, die, als sie vor ihrem Vetter stand, nicht gezittert hatte, konnte sich kaum auf den Beinen halten, als sie wieder in ihrem Zimmer war. Ihr Leben in Unschuld hatte plötzlich geendet, sie überlegte, sie machte sich tausend Vorwürfe. »Was wird er jetzt von mir denken? Er muß glauben, ich liebte ihn.« Gerade das war es, was sie am meisten wünschte, daß er es glaube. Unverhohlene Liebe hat ihr Ahnungsvermögen und weiß, daß Liebe Liebe erzeugt. Welch ein Ereignis für dies innerlich einsame junge Mädchen, daß es heimlich zu einem jungen Mann ins Zimmer gegangen war! Gibt es nicht Gedanken und Handlungen in der Liebe, die für gewisse Seelen einem heiligen Verlöbnis gleichkommen? Eine Stunde danach ging sie zu ihrer Mutter hinein und half ihr beim Anziehen, wie sie es gewohnt war. Dann setzten sie sich beide auf ihre Plätze vor dem Fenster und warteten auf Grandet mit den Ängsten, die das Herz eiskalt oder heiß machen, die es sich zusammenkrampfen oder flattern lassen, je nach den Charakteren, wenn man einen Auftritt, eine Bestrafung fürchtet; dies Gefühl ist, nebenbei gesagt, etwas so Natürliches, daß sogar die Haustiere es in einem Maß empfinden, daß sie bei dem kleinen Schmerz einer Züchtigung schreien, wogegen sie doch stumm bleiben, wenn sie sich versehentlich verletzen. Der Alte kam herunter, aber er sprach mit zerstreuter Miene zu seiner Frau, küßte Eugénie, setzte sich an den Tisch und schien nicht an seine Drohungen vom Vorabend zu denken.

»Was macht eigentlich mein Neffe? Er stört uns nicht gerade, der Junge.«

»Er schläft, Herr«, antwortete Nanon.

»Um so besser, da verbrennt er keine Wachskerzen«, sagte Grandet, als sei das ein Scherz.

Diese unverhoffte Milde, diese bittere Heiterkeit machten Madame Grandet betroffen; sie schaute ihren Mann sehr aufmerksam an. Der Alte . . . Hier ist es vielleicht angebracht, darauf hinzuweisen, daß in der Touraine, im Anjou, im Poitou und in der Bretagne die Bezeichnung ›der Alte‹ oder ›der Biedermann‹, die Grandet schon so oft zuteil geworden ist, auf die rohesten wie auf die gutmütigsten Menschen angewandt wird, sobald sie in ein gewisses Alter gelangt sind. Der Ausdruck sagt nichts über die individuelle Sanftmut aus. Der Alte oder der Biedermann nahm also seinen Hut, seine Handschuhe und sagte: »Ich will auf dem Marktplatz ein bißchen herumbummeln; vielleicht begegne ich unseren Cruchots.«

»Eugénie, dein Vater hat ganz bestimmt etwas vor.«

Tatsächlich benutzte Grandet, der wenig schlief, die Hälfte seiner Nächte zu vorläufigen Berechnungen, die seinen Ansichten, seinen Bemerkungen, seinen Plänen die erstaunliche Richtigkeit gaben und ihm das ständige Gelingen sicherten, über das die Saumurer Mund und Nase aufsperrten. Alle menschliche Macht ist ein Kompositum von Geduld und Zeit. Mächtige Menschen wollen und wachen. Das Leben des Geizigen ist eine beständige Ausübung der menschlichen Macht im Dienst der Persönlichkeit. Er stützt sich nur auf zwei Gefühle: Eigenliebe und Eigennutz; aber da der Eigennutz gewissermaßen eine verläßliche, richtig verstandene Eigenliebe ist, die fortgesetzte Bekundung einer tatsächlich vorhandenen Überlegenheit, sind Eigenliebe und Eigennutz die beiden Teile eines Ganzen: des Egoismus. Daher rührt vielleicht das gewaltige Interesse, das geschickt dargestellte Geizhälse erregen. Jeder hängt durch einen Faden mit diesen Gestalten zusammen, die sich an alle menschlichen Gefühle heranwagen, indem sie alle zusammenfassen. Wo ist ein wunschloser Mensch, und welcher Wunsch im Gesellschaftsgefüge ließe sich ohne Geld erfüllen? Grandet hatte tatsächlich etwas vor, ganz wie seine Frau gesagt hatte. Wie in allen Geizhälsen waltete in ihm ein beständiges Verlangen, mit anderen Menschen ein Spiel zu spielen, ihnen auf legale Weise ihre Taler abzugewinnen. Andere zu hintergehen hieß das nicht eine Macht ausüben, sich beständig das Recht zuerkennen, diejenigen zu verachten, die, als zu schwach, sich hienieden verschlingen lassen? Ach, wer hat es wohl richtig verstanden, das friedlich zu Gottes Füßen liegende Lamm, das rührende Sinnbild aller irdischen Opfer, das ihrer Zukunft, mithin die Verklärung des Leidens und der Schwachheit? Eben dieses Lamm läßt der Geizige fett werden, er mästet es, schlachtet es, brät es, ißt es und verachtet es. Die Nahrung der Geizigen setzt sich aus Geld und Verachtung zusammen. Während der Nacht hatten die Gedanken des Alten eine andere Richtung eingeschlagen: daher seine Milde. Er hatte ein Netzwerk ausgeheckt, um sich über gewisse Pariser lustigzumachen, um sie zu würgen, zu hetzen, zu kneten, sie kommen und gehen zu lassen, schwitzen, hoffen, erbleichen; und zwar nur, damit er, der ehemalige Böttcher, hinten in seinem grauen Saal sich über sie amüsieren konnte, wenn er die wurmstichige Treppe seines Hauses in Saumur hinaufstieg. Sein Neffe hatte ihm zu denken gegeben. Er wollte die Ehre seines toten Bruders retten, ohne daß es ihn oder seinen Neffen einen Sou kostete. Seine Kapitalien würden für drei Jahre festgelegt sein; er brauchte sich nur noch um seine Güter zu kümmern; daher bedurfte er der Nahrung für seinen boshaften Tätigkeitsdrang, und die hatte er im Konkurs des Bruders gefunden. Er verspürte zwischen seinen Tatzen nichts, das er hätte zerquetschen können, und so wollte er die Pariser zu Charles' Nutzen kleinkriegen und sich auf billige Weise als ein guter Bruder erweisen. Die Familienehre hatte mit seinem Plan so wenig zu schaffen, daß sein guter Wille mit der Begierde verglichen werden kann, die Spieler verspüren, wenn sie einer gutgespielten Partie zusehen, bei der sie nicht beteiligt sind. Und dazu brauchte er die Cruchots; und er wollte nicht zu ihnen gehen, er hatte beschlossen, sie dahin zu bringen, daß sie in sein Haus kamen, und dort wollte er am gleichen Abend noch mit der Komödie beginnen, deren Plan er gerade ausgeheckt hatte, um anderntags, ohne daß es ihn einen Heller gekostet hätte, Gegenstand der Bewunderung seiner Heimatstadt zu sein. – Während der Abwesenheit des Vaters war Eugénie glücklich, daß sie sich ungehindert mit ihrem vielgeliebten Vetter beschäftigen, ohne Furcht die Schätze ihres Mitleids über ihn ausschütten konnte, was eine der wundervollen Überlegenheiten der Frau ist, die einzige, die sie spüren lassen will, die einzige, bei der sie dem Mann verzeiht, daß sie sie über ihn ausüben darf. Drei- oder viermal ging Eugénie und belauschte den Atem des Vetters, um zu erkunden, ob er schlafe, ob er wach sei; als er dann aufgestanden war, kümmerte sie sich um Rahm, Kaffee, Eier, Obst, die Teller, das Glas, um alles, was zum Frühstück gehörte. Behend stieg sie die alte Treppe hinauf und horchte auf die Geräusche, die der Vetter machte. Zog er sich an? Weinte er noch? Sie ging bis zu seiner Tür.

»Vetter?«

»Kusine?«

»Willst du im Saal frühstücken oder in deinem Zimmer?«

»Wo du willst.«

»Wie fühlst du dich?«

»Liebe Kusine, ich schäme mich dessen: aber ich habe Hunger.«

Diese Unterhaltung durch die Tür hindurch war für Eugénie eine ganze Romanepisode.

»Ja, dann wollen wir dir das Frühstück ins Zimmer bringen, damit mein Vater sich nicht ärgert.« Mit der Leichtigkeit eines Vogels hüpfte sie in die Küche hinunter. – »Nanon, mach doch sein Zimmer.«

Diese Treppe, die Eugénie so oft herauf- und hinabgestiegen war, auf der das kleinste Geräusch widerhallte, schien ihr den Charakter der Altersschwäche verloren zu haben; sie kam ihr strahlend hell vor, sie schien zu reden, sie war jung wie Eugénie selber, jung wie die Liebe, der sie diente. Schließlich wollte ja auch ihre Mutter, ihre gute, nachsichtige Mutter, willfährig den Eingebungen ihrer Liebe Beistand leisten, und als Charles' Zimmer gemacht war, leisteten sie beide dem armen Kerl Gesellschaft: befahl das christliche Mitleid nicht, ihn zu trösten? Die beiden Frauen schöpften aus der Religion eine ganze Reihe kleiner Sophismen, um ihre Verstöße gegen die Regeln zu rechtfertigen. Charles Grandet sah sich also mit der herzlichsten und zärtlichsten Fürsorglichkeit betreut. Sein kummervolles Herz spürte wohlig das Tröstende dieser samtigweichen Freundschaft, dieser köstlichen Sympathie, die diese beiden stets eingezwängten Seelen zu entfalten wußten, nun sie für eine kurze Weile in der Region der Schmerzen, ihrer natürlichen Sphäre, frei waren. Die Verwandtschaft ermächtigte Eugénie dazu, und so machte sie sich daran, die Wäsche und die Toilettengegenstände, die der Vetter mitgebracht hatte, zu ordnen, und dabei konnte sie nach

Herzenslust jede der luxuriösen Spielereien bewundern, Kinkerlitzchen aus getriebenem Silber oder Gold, die ihr in die Finger gerieten und die sie unter dem Vorwand, sie wolle sie sich genau ansehen, lange in der Hand behielt. Nicht ohne tiefe Rührung sah Charles die großherzige Anteilnahme, die seine Tante und seine Kusine ihm entgegenbrachten; er kannte die Pariser Gesellschaft zur Genüge und wußte also, daß er in seiner Lage nur gleichgültige und kalte Herzen gefunden haben würde; so erschien ihm Eugénie im vollen Glanz ihrer eigenartigen Schönheit, und er bewunderte fortan die Unschuld der Sitten, die er tags zuvor noch verspottet hatte. Als daher Eugénie aus Nanons Händen die mit Rahmkaffee gefüllte Fayenceschale entgegennahm, um sie dem Vetter in aller Unbefangenheit des Gefühls zu reichen, wobei sie ihm einen liebevollen Blick zuwarf, wurden die Augen des Parisers tränenfeucht; er nahm ihre Hand und küßte sie.

»Aber was hast du denn nun schon wieder?« fragte sie.

»Ach, es sind Tränen der Dankbarkeit«, antwortete er.

Eugénie wandte sich jäh dem Kamin zu und nahm die Leuchter.

»Da, Nanon, trag sie hinunter«, sagte sie.

Als sie den Vetter anschaute, war sie noch immer rot; aber wenigstens ihre Blicke konnten lügen und verrieten nichts von der ungemeinen Freude, die ihr Herz überflutete; ihrer beider Augen jedoch drückten ein gleiches Gefühl aus, gerade wie ihrer beider Seelen im gleichen Gedanken zerschmolzen: die Zukunft gehörte ihnen. Diese süße Regung war für Charles inmitten seines unermeßlichen Kummers um so köstlicher, als sie die am wenigsten erwartete war. Ein Schlag des Klopfers berief die beiden Frauen auf ihre Plätze zurück. Zum Glück konnten sie schnell genug die Treppe hinunterhasten, so daß sie bei ihrer Arbeit saßen, als Grandet eintrat; wäre er ihnen im Eingangsgewölbe begegnet, so hätte es nur dessen bedurft, seinen Argwohn zu erregen. Nach dem Mittagessen, das der Alte im Stehen zu sich nahm, kam der Feldhüter von Froidfond, dem die versprochene Entschädigung noch immer nicht ausgezahlt worden war, und brachte einen Hasen und Rebhühner, die im Park geschossen worden waren, sowie Aale und zwei Hechte, die die Müller gefangen hatten.

»Hehe, der gute Cornoiller, der kommt ja wie gerufen. Ist das da schon eßbar?«

»Ja, lieber gnädiger Herr, vor zwei Tagen geschossen.«

»Los, Nanon, die Beine in die Hand genommen! Nimm das hier mit, es soll fürs Abendessen sein; ich habe zwei der Cruchots eingeladen.«

Nanon riß verständnislos die Augen auf und sah einen nach dem anderen an.

»Gut und schön«, sagte sie. »Aber wo nehme ich Speck und Gewürze her?«

»Frau«, sagte Grandet, »gib Nanon sechs Francs und erinnere mich, daß ich in den Keller gehe und guten Wein 'raufhole.«

»Na, und dann noch etwas, Monsieur Grandet«, setzte der Feldhüter an; er hatte sich eine Rede zurechtgelegt, um die Frage seines Gehaltes zu regeln, »also Monsieur Grandet . . .«

»Tatatata«, antwortete Grandet, »ich weiß schon, was du sagen willst, du bist ein guter Kerl, wir wollen morgen darüber reden, heute habe ich es zu eilig. – Frau, gib ihm hundert Sous«, sagte er zu Madame Grandet.

Er beeilte sich wegzukommen. Die arme Frau war viel zu glücklich darüber, daß sie sich für elf Francs den Frieden erkaufen konnte. Sie wußte: Grandet würde vierzehn Tage lang nichts sagen, nachdem er ihr auf diese Weise Stück für Stück das Geld abgeluchst, das er ihr geschenkt hatte.

»Da, Cornoiller«, sagte sie und steckte ihm zehn Francs in die Hand, »eines Tages werden wir schon belohnen, was du für uns tust.«

Cornoiller hatte dagegen nichts einzuwenden. Er ging.

»Madame«, sagte Nanon, die ihre schwarze Haube aufgesetzt und ihren Korb genommen hatte, »ich brauche nur drei Francs, behalten Sie den Rest. Lassen Sie nur, es geht auch so.«

»Mach ein gutes Abendessen, Nanon, mein Vetter kommt herunter«, sagte Eugénie.

»Ganz bestimmt geht hier was Ungewöhnliches vor«, sagte Madame Grandet. »Es ist das drittemal seit unserer Hochzeit, daß dein Vater ein Abendessen gibt.«

Gegen vier, als Eugénie und ihre Mutter gerade mit dem Decken des Tischs für sechs Personen fertig waren und als der Hausherr ein paar Flaschen der erlesenen Weine heraufgeholt hatte, die die Provinzler so liebevoll aufbewahren, kam Charles in den Saal. Der junge Herr war blaß. Seine Gesten, seine Haltung, seine Blicke und sein Stimmklang waren von einer anmutigen Traurigkeit. Er heuchelte keinen Schmerz, er litt wirklich, und der Schleier, den das Leid über sein Gesicht gebreitet hatte, lieh ihm das interessante Aussehen, das den Frauen so gefällt. Eugénie liebte ihn deswegen nur um so mehr. Vielleicht hatte auch das Unglück ihn ihr näher gebracht. Charles war nicht länger der reiche, schöne junge Herr in einer für sie unbetretbaren Sphäre, sondern ein in eine schreckliche Notlage geratener Verwandter. Elend schafft Gleichheit. Die Frau hat das eine mit dem Engel gemeinsam, daß leidende Geschöpfe ihr gehören. Charles und Eugénie verstanden einander und sprachen zueinander einzig mit den Augen; der arme, gescheiterte Dandy, der Verwaiste setzte sich in eine Ecke und verhielt sich stumm, ruhig und stolz; aber immer wieder leuchtete der weiche, streichelnde Blick seiner Kusine zu ihm hinüber und zwang ihn, sich von seinen kummervollen Gedanken abzuwenden, sich mit ihr in die Gefilde der Hoffnung und der Zukunft aufzuschwingen, die sie so gern mit ihm betreten hätte. Die Stadt Saumur war zu dieser Stunde noch weit erregter über das Abendessen, zu dem Grandet die Cruchots geladen hatte, als sie es tags zuvor über den Verkauf seiner Weinernte gewesen war, der der Winzerschaft gegenüber das Verbrechen des Hochverrats darstellte. Hätte der weltkluge Winzer sein Abendessen aus demselben Gedanken heraus gegeben, der den Hund des Alkibiades[32] den Schwanz kostete, so hätte er vielleicht als ein großer Mann dagestanden; aber da er einer Stadt, der er unablässig Streiche spielte, viel zu überlegen war, maß er Saumur kein Gewicht bei. Die des Grassins' hatten nur zu bald von dem gewaltsamen Tod und dem vermutlichen Bankrott von Charles' Vater erfahren; sie beschlossen, noch am selben Abend zu ihrem Klienten zu gehen, um ihm ihre Teilnahme zu bezeigen und ihm Bekundungen ihrer Freundschaft zukommen zu lassen und sich gleichzeitig über die Motive zu unterrichten, die ihn dazu bewogen hatten, unter solcherlei Umständen die Cruchots zum Abendessen einzuladen. Punkt fünf Uhr erschienen der Präsident C. de Bonfons und sein Onkel, vom

Scheitel bis zur Sohle festlich gekleidet. Die Gäste setzten sich zu Tisch und langten wacker zu. Grandet war ernst, Charles schweigsam, Eugénie stumm, Madame Grandet sprach nicht mehr als gewöhnlich, so daß das Essen zu einem wirklichen Trauermahl gedieh. Als von Tische aufgestanden wurde, sagte Charles zu seiner Tante und seinem Onkel: »Erlaubt mir, daß ich mich zurückziehe. Ich muß mich mit dem Schreiben langer, trauriger Briefe befassen.« – »Tu das, Neffe.«

Als Charles verschwunden war und der Alte annehmen konnte, der Neffe könne nichts hören und sei in seine Schreiberei vertieft, blickte er seine Frau heimlich an.

»Frau, was wir zu besprechen haben, würde für dich Latein sein; es ist halb acht, ihr solltet in die Klappe gehen. Gute Nacht, Tochter.«

Er küßte Eugénie, und die beiden Frauen gingen. Und jetzt begann die Szene, in der Papa Grandet mehr als in irgendeinem anderen Augenblick seines Lebens die Geschicklichkeit bezeigte, die er sich im Umgang mit Menschen erworben und die ihm von seiten derer, denen er etwas gar zu gröblich das Fell gezaust, den Spitznamen ›gerissener Hund‹ eingetragen hatte. Hätte der Bürgermeister von Saumur seinen Ehrgeiz höher geschraubt, hätten glückliche Umstände ihn in die oberen Sphären der Gesellschaft gelangen lassen und ihn zu Kongressen geschickt, wo die Belange der Nation ausgehandelt werden, und hätte er sich dort des Genies bedient, mit dem sein persönliches Interesse ihn begabt hatte, so hätte er sicherlich auf eine glorreiche Weise für Frankreich sehr nützlich werden können. Nichtsdestoweniger wäre es gleichfalls möglich, daß der Alte außerhalb von Saumur nur eine jämmerliche Figur gespielt hätte. Vielleicht gibt es Geister, die, wie gewisse Tiere, nicht mehr zeugungsfähig sind, wenn sie aus dem Klima, in dem sie geboren werden, verpflanzt werden.

»He ... He ... He ... Herr Prä ... Prä ... Präsident, Sie ha ... ha ... ha ... haben gesagt, daß der Kon ... Kon ... kurs ...«

Das von dem Alten seit so langer Zeit vorgetäuschte Gestotter, das als natürlich galt, gerade wie die Taubheit, über die er bei Regenwetter klagte, wurde bei dieser Unterredung für die beiden Cruchots so ermüdend, daß sie, während sie dem Winzer zuhörten, ohne ihr Wissen Gesichter schnitten und sich bemühten, die Worte zu Ende zu sprechen, bei denen er sich aus purem Vergnügen verhedderte. Vielleicht ist es nicht unangebracht, hier die Geschichte von Grandets Stottern und Taubheit einzufügen. Niemand in Anjou hörte besser und konnte das angevinische[33] Französisch besser aussprechen als der durchtriebene Winzer. Trotz seiner Abgefeimtheit war er einmal von einem Israeliten übers Ohr gehauen worden, der im Gespräch die Hand als Hörrohr ans Ohr legte, weil er dann besser hören könne, und der beim Suchen nach Worten so trefflich ein unverständliches Geräusch hervorbrachte, daß Grandet, Opfer seiner Menschlichkeit, sich verpflichtet glaubte, dem boshaften Juden die Worte und Gedanken zu suggerieren, nach denen dieser zu suchen schien, von sich aus die Erwägungen des besagten Juden zu vollenden, zu sprechen, wie der verflixte Jude hätte sprechen müssen, und schließlich der Jude und nicht mehr Grandet zu sein. Der Böttcher ging aus diesem bizarren Kampf mit dem einzigen Geschäftsabschluß hervor, den er während seines kaufmännischen Lebens zu bedauern hatte. Aber wenn er auch in pekuniärer Hinsicht etwas eingebüßt, hatte er moralisch eine gute Lehre erhalten, deren Früchte er später erntete. So war der Alte schließlich dahin gelangt, den Juden zu segnen, der ihn gelehrt hatte, seinen geschäftlichen Gegner ungeduldig zu machen und ihn dadurch, daß er ihn damit beschäftigte, die Gedanken des anderen auszusprechen, beständig die eigenen aus den Augen verlieren ließ. Nun aber erforderte kein Geschäft mehr als dasjenige, um das es sich jetzt handelte, den Einsatz der Taubheit, des Stotterns, der unverständlichen Weitläufigkeiten, in die Grandet seine Gedanken einwickelte. Erstens wollte er nicht die Verantwortlichkeit für seine Gedankengänge übernehmen, und zweitens wollte er Herr seiner Worte bleiben und seine wahren Absichten im Zweifel lassen.

»Monsieur de Bon ... Bon ... Bonfons ...« Zum zweitenmal seit drei Jahren nannte Grandet den Neffen Cruchots Monsieur de Bonfons. Der Präsident konnte glauben, der arglistige Alte habe ihn bereits zum Schwiegersohn auserkoren. – »Siesiesie ha ... ha ... hatten gesagt, daß Konkonkonkurse in gewissen Fä ... Fä ... Fällen verhindert werden kö ... kö ... könnten durch ...«

»Durch die Handelsgerichte selber. Das kommt alle Tage vor«, sagte Monsieur C. de Bonfons, indem er Papa Grandets Gedanken aufgriff oder zu erraten glaubte und ihn ihm liebenswürdig erklären wollte. »Passen Sie mal auf.«

»Ich papasse auf«, antwortete demütig der Alte und verhielt sich wie ein boshafter Junge, der seinen Lehrer innerlich auslacht und dabei tut, als lausche er ihm mit der größten Aufmerksamkeit.

»Wenn ein achtbarer und geachteter Mann, wie es beispielsweise Ihr verstorbener Herr Bruder in Paris war ...«

»Meimein Bruder, ja.«

»Von einer Zahlungsunfähigkeit bedroht wird ...«

»Sosososowas nennt sich Za ... Za ... Zahlungsunfähigkeit?«

»Ja. So daß sein Konkurs unvermeidlich wird, ist das Handelsgericht, dem er untersteht (folgen Sie gut), befähigt, für das betreffende Handelshaus Liquidatoren zu ernennen. Liquidieren heißt nicht: Bankrott machen, verstehen Sie? Macht er Bankrott, so ist ein Mann entehrt; aber wenn er liquidiert, bleibt er ein Ehrenmann.«

»Das ist ganz was a ... a ... anderes, wenn es nicht mehr ko ... ko ... kostet«, sagte Grandet.

»Aber eine Liquidation kann immer noch durchgeführt werden, auch ohne Hilfe des Handelsgerichts. Denn«, fragte der Präsident und nahm eine Prise, »wie wird ein Bankrott erklärt?«

»Ja, darüber ha ... ha ... habe ich niemals nachgeda ... da ... dacht«, antwortete Grandet.

»Erstens«, fuhr der Justizbeamte fort, »durch die Hinterlegung der Bilanz in der Gerichtskanzlei durch den betreffenden Kaufmann selber oder durch seinen ordnungsgemäß eingetragenen Bevollmächtigten. Zweitens auf Ersuchen der Gläubiger hin. Wenn nun aber weder der Kaufmann eine Bilanz vorlegt noch ein Gläubiger vom Gericht ein Urteil erwirkt, das den besagten Kaufmann als in Konkurs befindlich erklärt, was tritt dann ein?«

»Ja ... ja ... ja, was da ... da ... dann?«

»Dann liquidieren die Familie des Verstorbenen, seine Vertreter, seine Erben oder der Kaufmann selber, wenn er noch am Leben ist. Vielleicht wollen Sie das Geschäft Ihres Bruders liquidieren?« fragte der Präsident.

»Ja, Grandet«, rief der Notar, »das wäre gut. Hier hinten in unserer Provinz gibt es noch Ehre. Wenn Sie seinen guten Namen retteten, denn es ist ja auch Ihr Name, dann wären Sie ein Mann.«

»Ein schlechthin erhabener Mann«, fiel der Präsident seinem Onkel ins Wort.

»Gegewiß«, entgegnete der alte Winzer, »meimein Bru . . . Bru . . . Bruder hi . . . hi . . . hieß Grandet wie ich. Da . . . da . . . das ist si . . . si . . . sicher und gewiß. Ich strei . . . strei . . . streite es nicht ab. Und diese Li . . . Li . . . Liquidation könnte auf a . . . a . . . alle Fälle und in je . . .je . . .jeder Beziehung sehr vor . . . vor . . . vorteilhaft im Interesse meines Neneneffen sein; den ha . . . ha . . . habe ich nämlich lieb. Aber das muß überlegt werden. Ich kekekenne mich in den Schuschuften in Paris nicht aus. Ich bin in Sau . . . Sau . . . Saumur, sehen Sie! Meine Stecklinge, meine Grä . . . Grä . . . Gräben, und schließlich habe ich auch meine Geschäfte. Ich habe niemals We . . . We . . . Wechsel ausgestellt. Was ist eigentlich ein Wechsel? Ich habe vie . . vie . . . viele bekommen, aber nie welche un . . . un . . . unterzeichnet. Die werden kakakassiert, die werden di . . . di . . . diskontiert. Wei . . . wei . . . weiter weiß ich nichts darüber. Ich ha . . . ha . . . habe sagen hören, man könne We . . . We . . . Wechsel zurückkaufen . . .?«

»Richtig«, sagte der Präsident, »man kann Wechsel auf der Börse aufkaufen, gegen soundsoviel Prozent. Verstehen Sie?«

Grandet machte aus seiner Hand ein Hörrohr, legte es ans Ohr, und der Präsident wiederholte ihm seinen Satz.

»Aber«, antwortete der Winzer, »kokommt man denn dabei auf seine Ko . . . Ko . . . Kosten? Ich in meinem A . . . A . . . Alter verstehe nichts von all diesen Di . . . Di . . . Dingen. Ich muß hihihierbleiben und auf meinen Weiweiweizen aufpassen. Der Weizen, der wä . . . wä . . . wächst, und mit Weizen bezahlt man. Vor allem mumuß man auf die Weinernte aufpassen. Ich habe wiwiwichtige Geschäfte in Froidfond, und in . . . in . . . interessante. Ich kann meinem Haus nicht den Rü . . . Rü . . . Rücken kehren wegen dieser verteuteuteufelten Verzwicktheiten, von denen ich nininichts verstehe. Sie sagen, um zu lililiquidieren, müsse ich in Pa . . . Pa . . . Paris sein, um die Konkurserklärung zu verhihihindern. Man kann nicht gleichzeitig an zweizwei Orten sein, wenn man kein Vövöglein ist . . . Und . . .«

»Und ich verstehe Sie schon«, rief der Notar. »Na, alter Freund, Sie haben doch Freunde, alte Freunde, die gern etwas für Sie tun werden.«

»Also los«, dachte der alte Winzer, »entschließt euch doch!«

»Und wenn nun jemand nach Paris reist, den Hauptgläubiger Ihres Bruders Guillaume aufsucht und ihm sagt . . .«

»Au . . . Au . . . Augenblick mal«, entgegnete der Alte, »ihm also sagt. Was denn? Etetwa: ›Monsieur Grandet in Saumur hihihier, Monsieur Grandet in Saumur dadada. Er hat seinen Bruder lililieb, er hat seinen Neneneffen lieb. Grandet ist ein guter Verwandter, er hat die bebesten Absichten. Er hat seine Weiweiweinernte gut verkauft. Erklären Sie keinen Konkonkurs, setzt euch zusammen, ernennt Lililiquidatoren. Dadannn wird Grandet schon sehen. Ihr steht euch viel bebebesser, wenn ihr liquidiert, als wenn ihr die Leute vom Gegericht ihre Nanase 'reinstecken laßt . . .‹ So? nicht wahr?«

»Genauso!« sagte der Präsident.

»Aber, sehen Sie, Monmonsieur de Bon . . . Bon . . . Bonfons, man muß überlegen, ehe man sich ententscheidet. Wer nicht kann, der kann eben nicht. Bei jedem schwieschwierigen Geschäft muß man die Hihilfsquellen und die Verpflipflichtungen kennen, wenn man sich nicht ruiruinieren will. Nicht wahr?«

»Freilich«, sagte der Präsident. »Ich bin der Ansicht, daß man, wenn erst ein paar Monate hingegangen sind, die Schuldforderungen gegen eine gewisse Summe zurückkaufen und nach Übereinkunft auf Heller und Pfennig bezahlen könnte. Haha! Man kann Hunde recht weit locken, wenn man ihnen ein Stück Speck zeigt. Wenn keine Konkurserklärung erfolgt ist und Sie die Schuldpapiere in der Hand haben, werden Sie weiß wie Schnee.«

»Wie Schneeschneeschnee«, wiederholte Grandet und machte abermals aus seiner Hand ein Hörrohr.

»Aber«, rief der Präsident, »hören Sie mir doch zu!«

»Tutu' ich, tutu' ich ja.«

»Ein Wechsel ist eine Ware, die ihre Hausse und Baisse haben kann. Das ist eine Deduktion aus der Lehre Jeremy Benthams[34] über den Wucher. Dieser Publizist hat bewiesen, daß das Vorurteil, das die Wucherer der Mißbilligung aussetzte, eine Dummheit ist.«

»Eiwei!« sagte der Alte.

»Wenn man, nach Bentham, grundsätzlich annimmt, daß Geld eine Ware ist und daß, was Geld darstellt, gleichfalls zur Ware wird«, fuhr der Präsident fort, »und wenn offenkundig ist, daß gemäß den üblichen Schwankungen, die die Geschäftslage beherrschen, die Ware ›Wechsel‹, die diese oder jene Unterschrift trägt wie diese oder jene Ware ihre Kennmarke, an der Börse im Überfluß vorhanden ist oder knapp, daß sie also teuer ist oder auf den Nullpunkt fällt, befiehlt das Gericht ... (ach, ich bin dumm, Verzeihung!) ich bin der Ansicht, daß Sie Ihren Bruder mit fünfundzwanzig Prozent freikaufen können.«

»Siesiesie sagten: Jeremy Ben ...«

»Bentham, ein Engländer.«

»Dieser Jeremias könnte uns im Geschäftsleben mancherlei Jeremiaden ersparen«, sagte der Notar lächelnd.

»Diedie Engländer haben manchmal gesunden Menschenverstand«, sagte Grandet. »Wenn also, nach Ben ... Ben ... Bentham die Wechsel meines Bruders etwas wewert sind und doch nichts wewert sind. Wenn! Ich sasage das bloß so, nicht wahr? Scheint mir ganz klar ... Die Gläubiger würden dann ... Nein, sie würden nicht. Ich verstehe schon.«

»Lassen Sie mich Ihnen die ganze Sache erklären«, sagte der Präsident. »Von rechtswegen schulden Ihr Bruder oder seine Erben, wenn Sie sämtliche Schuldverschreibungen der Firma Grandet besitzen, niemandem etwas. Gut.«

»Gut«, wiederholte der Alte.

»Folglich also, wenn die Wechsel Ihres Bruders an der Börse gehandelt werden (gehandelt, ist Ihnen der Ausdruck klar?), und zwar mit soundsoviel Prozent Verlust, und wenn einer Ihrer Freunde hingereist wäre und sie aufgekauft hätte, wobei die Gläubiger ja durch keinen Gewaltakt zu ihrer Herausgabe gezwungen worden wären, dann wäre die Hinterlassenschaft des verstorbenen Pariser Grandet gesetzmäßig schuldenfrei.«

»Stimmt; Gegegeschäft ist Geschäft«, sagte der Böttcher. »Zugegeben ... Aber trotzdem, Sie verstehehen, das ist schwieschwierig. Ich habe kein Gegeld, keine Zeit, weder Zeit noch ...«

»Ja, Sie können sich nicht die Mühe machen. Gut also: ich erbiete mich Ihnen, nach Paris zu fahren (für die Reisekosten kommen Sie auf, das ist eine Bagatelle). Dort gehe ich zu den Gläubigern, rede mit ihnen, erlange Prolongation, und alles läßt sich durch eine zusätzliche Zahlung regeln, die Sie der Liquidationssumme hinzufügen, um in den Besitz der Schuldtitel zu gelangen.«

»Das wiwird sich finden; ich kakann mich zu nichts verpflichten, ohne daß ... Wer nicht kakann, der kann nicht. Verstehen Sie?«

»Nichts dagegen zu sagen.«

»Mir platzt der Kokopf von allem, was Sie da gesagt hahahaben. Es ist das erstemal in meinem Leleleben, daß ich nananachdenken muß, wie ich ...«

»Ja, Sie sind kein Jurist.«

»Ich bin ein a ... a ... armer Winzer, und ich weiß ninichts von alledem, was Sie da eben gesasasagt haben; ich muß mich damit genaunauer befassen.«

»Na, schön«, sagte der Präsident und warf sich in die Brust, als wolle er das Gesagte resümieren.

»Aber Neffe ...!« unterbrach ihn der Notar vorwurfsvoll.

»Was denn, Onkel?« antwortete der Präsident.

»Laß Monsieur Grandet dir doch seine Absichten darlegen. Es handelt sich in diesem Augenblick um ein wichtiges Mandat. Unser guter Freund muß dir genauestens auseinandersetzen ...«

Ein Klopferschlag verkündete die Ankunft der Familie des Grassins; ihr Eintreten und ihre Begrüßungen hinderten Cruchot daran, seinen Satz zu vollenden. Der Notar freute sich über diese Unterbrechung; schon hatte ihn Grandet schief angesehen, und das Gewächs auf seiner Nase hatte ein inneres Gewitter verkündet. Aber zunächst hielt der vorsichtige Notar es nicht für schicklich, daß ein Präsident eines Gerichts erster Instanz nach Paris reiste, um irgendwelche Gläubiger zur Kapitulation zu veranlassen und die Hände zu Börsenmachenschaften zu leihen, die die Gesetze strenger Redlichkeit verletzen; und alsdann hatte er noch nicht vernommen, daß Papa Grandet auch nur die geringste Willensschwäche geäußert hätte, etwas zu bezahlen, was auch immer, und er schrak instinktiv davor zurück, seinen Neffen in diese Angelegenheit verstrickt zu sehen. Daher nahm er den Augenblick des Eintretens der des Grassins' wahr, packte den Präsidenten beim Arm und zog ihn in die Fensternische.

»Du hast zur Genüge Bereitwilligkeit bezeigt, Neffe; aber jetzt muß es mit dergleichen Freundschaftsbezeigungen genug sein. Das Verlangen, die Tochter zu bekommen, macht dich blind. Den Teufel auch! Du darfst nicht vorgehen wie die Krähe, die Nüsse herunterwirft. Laß mich jetzt den Nachen steuern und hilf mir bloß beim Manövrieren. Kommt es dir etwa zu, deine Beamtenwürde zu kompromittieren durch eine solche ...«

Er sprach nicht zu Ende; er hörte, wie Monsieur des Grassins dem alten Böttcher sagte, wobei er ihm die Hand hinstreckte: »Grandet, wir haben von dem furchtbaren Unglück gehört, das Ihre Familie betroffen hat, dem Zusammenbruch der Firma Guillaume Grandet und dem Tod Ihres Bruders; wir möchten Ihnen alle Teilnahme aussprechen, die wir an diesem traurigen Geschehnis nehmen.«

»Ein Unglück ohne Beispiel«, unterbrach der Notar den Bankier, »ist dieser Tod des jüngeren Monsieur Grandet. Und er hätte sich wohl gar nicht umzubringen brauchen, wenn er auf den Einfall gekommen wäre, seinen Bruder um Hilfe zu bitten. Unser alter Freund, der, zu seiner Ehre sei es gesagt, Ehrgefühl bis in die Fingerspitzen hat, rechnet damit, die Schulden der Pariser Firma Grandet zu liquidieren. Mein Neffe, der Präsident, erbietet sich zwecks Vermeidung aller für Grandet mit einer rein juristischen Angelegenheit verbundenen Verdrießlichkeiten, auf der Stelle nach Paris zu reisen, um sich mit den Gläubigern zu vergleichen und sie in angemessener Weise zu befriedigen.«

Diese Worte, die durch das Verhalten des Winzers, der sich das Kinn rieb, bestätigt wurden, überraschten die drei des Grassins' ungemein; sie hatten unterwegs in aller Ruhe über Grandets Geiz geredet und ihn fast des Brudermords geziehen.

»Ach, ich habe es ja gewußt!« rief der Bankier und blickte seine Frau an. »Was habe ich dir unterwegs gesagt, Frau? Grandet ist ein Ehrenmann vom Scheitel bis zur Sohle; er wird es nicht dulden, daß sein Name auch nur den leichtesten Flecken erhält! Geld ohne Ehre ist eine Krankheit. Es gibt noch Ehre bei uns in der Provinz! Das ist schön, sehr schön, Grandet. Ich bin ein alter Offizier, ich kann meine Gedanken nicht tarnen; ich sage derb heraus: das ist, bei Gottes Donner, erhaben.«

»Dann ist das Erererhabene aber ziezieziemlich teuer«, antwortete der Alte, während der Bankier ihm herzlich die Hand schüttelte.

»Aber dies alles, mein wackerer Grandet, möge es dem Herrn Präsidenten nicht mißfallen, ist eine rein kommerzielle Angelegenheit und bedarf eines gewiegten Kaufmanns. Muß man sich dabei nicht etwa in Rückwechseln, Vorschüssen und Zinsberechnungen auskennen? Ich muß in eigenen Geschäftssachen ohnehin nach Paris reisen; könnte ich es da nicht übernehmen, zu . . .«

»Wiwir müßten also verververversuchen, uns a . . . a . . . alle beide über die rerealen Möglichkeiten zu verständigen, und zwar, ohne daß ich mich zu etwas verpflipflipflichte, das ich vielleicht nicht tututun möchte«, stotterte Grandet. »Weil, müssen Sie wissen, der Herr Präsident mich natürlich um die Reisekosten gebeten hat.«

Die letzten Worte stotterte der Alte nicht mehr.

»Oh!« meinte Madame des Grassins, »es ist doch eine Freude, mal in Paris zu sein. Ich würde gern draufzahlen, um hinfahren zu können.«

Und sie gab ihrem Mann einen Wink, um ihn zu ermuntern, den Auftrag ihren Gegnern, koste es, was es wolle, vor der Nase wegzuschnappen; dann schaute sie überaus ironisch die beiden Cruchots an, die eine klägliche Miene aufsetzten. Da faßte Grandet den Bankier an einem seiner Frackknöpfe und zog ihn in eine Ecke.

»Ich habe zu Ihnen sehr viel mehr Vertrauen als zu dem Präsidenten«, sagte er zu ihm. »Außerdem steckt noch etwas dahinter«, fügte er hinzu, und sein Nasengewächs bewegte sich. »Ich will in das Staatsrentengeschäft einsteigen; ich will für ein paar tausend Francs Rentenpapiere kaufen und nicht mehr als achtzig Francs zahlen. Das Zeug fällt an jedem Monatsende, heißt es. Sie kennen sich darin aus, nicht wahr?«

»Das kann man schon sagen! Na, dann soll ich also wohl für ein paar tausend Francs Staatsrenten für Sie erstehen?«

»Nicht allzu viele für den Anfang. Halt! Ich will mich auf dies Spiel einlassen, ohne daß irgend jemand davon erfährt. Sie können für mich einen Kauf zum Monatsende abschließen; aber sagen Sie den Cruchots nichts davon, es würde sie ärgern. Und da Sie ohnehin nach Paris reisen, können wir da gleichzeitig für meinen armen Neffen nachsehen, welche Farbe Trumpf ist.«

»Gut, einverstanden. Ich reise morgen mit der Post«, sagte des Grassins laut, »und spreche bei Ihnen vor, um mir die letzten Instruktionen zu holen ... Wann paßt es Ihnen?«

»Um fünf, vor dem Abendessen«, sagte der Winzer und rieb sich die Hände.

Beide Parteien blieben noch ein Weilchen da. Nach einer Pause schlug des Grassins Grandet auf die Schulter und sagte: »Feine Sache, wenn man so gute Verwandte hat ...«

»Ja, ja, ohne daß es so aussieht«, antwortete Grandet, »bin ich ein guter Ververververwandter. Ich habe meinen Bruder liebgehabt, und ich werde es auch beweisen, sofern das nichts ...«

»Wir wollen gehen, Grandet«, sagte der Bankier zu ihm; glücklicherweise war er ihm ins Wort gefallen, ehe er seinen Satz vollendet hatte. »Da ich meine Abreise vorverlege, muß ich noch einiges ordnen.«

»Gut, gut. Ich selber will mich, Sie wissen schon, weswegen, in mein Bebeberatungszimmer zurückziehen, wie der Präsident Cruchot immer sagt.«

»Die Pest! Jetzt bin ich nicht mehr Monsieur de Bonfons«, dachte traurig der Justizbeamte, dessen Gesichtsausdruck zu dem eines Richters bei einem langweiligen Plädoyer wurde.

Die Oberhäupter der beiden rivalisierenden Familien gingen gemeinsam fort. Keiner von ihnen dachte mehr an den Verrat, dessen sich Grandet am Morgen der Winzerstadt gegenüber schuldig gemacht hatte; sie sondierten vielmehr einander, um herauszubekommen, was sie über die wahren Absichten des Alten bei diesem neuen Geschäft dachten.

»Kommen Sie mit uns zu Madame d' Orsenval?« fragte des Grassins den Notar.

»Wir gehen später hin«, antwortete der Präsident. »Wenn mein Onkel nichts dagegen hat, habe ich Mademoiselle de Gribeaucourt versprochen, noch kurz bei ihr hereinzuschauen, und also gehen wir erst zu ihr.«

»Dann also auf Wiedersehen«, sagte Madame des Grassins. Und als die des Grassins' sich ein paar Schritte von den Cruchots entfernt hatten, sagte Adolphe zu seinem Vater: »Die haben 'ne Stinkwut, was?«

»Sei still, Junge«, entgegnete ihm seine Mutter, »sie können uns noch hören. Außerdem ist, was du da gesagt hast, recht geschmacklos; ein richtiger Studentenausdruck.«

»Da hast du es, Onkel«, rief der Justizbeamte, als er die des Grassins' weit genug weg sah, »anfangs war ich der Präsident de Bonfons und nachher bloß noch ein Cruchot.«

»Ich habe wohl gemerkt, daß dich das ärgerte; aber der Wind war den des Grassins' günstig. Wie dumm du doch bei all deinem Verstand bist . . .! Laß sie sich nur auf einem ›Wir werden schon sehen‹ des Papa Grandet einschiffen und verhalt dich ruhig, mein Junge: Eugénie wird dennoch deine Frau.«

Innerhalb weniger Minuten hatte sich die Neuigkeit von Grandets großherzigem Entschluß in drei Häusern zugleich verbreitet, und in der ganzen Stadt war von nichts anderem mehr die Rede als von dieser brüderlichen Treue. Jedermann verzieh Grandet seinen Weinverkauf unter Mißachtung des beschworenen Gelöbnisses unter den Rebbergbesitzern und rühmte seine Großzügigkeit, der man ihn nicht für fähig gehalten hatte. Es liegt nun einmal im französischen Charakter, sich zu begeistern, sich zu erzürnen, sich leidenschaftlich für den Meteor des Augenblicks zu ereifern, für die oben schwimmenden Korken der Aktualität. Haben Kollektivwesen, Völker, eigentlich kein Gedächtnis?

Als Papa Grandet seine Haustür verschlossen hatte, rief er Nanon.

»Mach den Hund nicht los und leg dich nicht schlafen, wir haben zusammen was zu erledigen. Um elf soll Cornoiller mit der Halbberline[35] aus Froidfond vor meiner Tür sein. Horch, bis er kommt, damit er nicht klopft, und sag ihm, er solle leise hereinkommen. Die Polizeiverfügungen verbieten nächtliche Ruhestörung. Überdies braucht das Stadtviertel nicht zu wissen, daß ich verreise.«

Als er das gesagt hatte, stieg Grandet in sein Laboratorium hinauf, wo Nanon ihn kramen, wühlen, hin und her gehen hörte, freilich sehr behutsam. Offenbar wollte er weder seine Frau noch seine Tochter aufwecken und vor allem nicht die Aufmerksamkeit seines Neffen erregen, den zu verfluchen er bereits angesetzt hatte, als er noch Licht in dessen Zimmer sah. Mitten in der Nacht glaubte die unaufhörlich um ihren Vetter besorgte Eugénie das Aufstöhnen eines Sterbenden gehört zu haben, und für sie war jeder Sterbende Charles: sie hatte ihn so bleich, so verzweifelt verlassen! Vielleicht hatte er sich etwas angetan. Rasch hüllte sie sich in einen Umhang, eine Art Pelerine mit Kapuze, und wollte hinausgehen. Zunächst machte ihr ein heller, durch seine Türspalten dringender Lichtschein Angst, es sei Feuer ausgebrochen; dann beruhigte sie sich bald, als sie Nanons schwere Schritte und ihre Stimme vernahm, die sich in das Wiehern mehrerer Pferde mischte.

»Will mein Vater etwa meinen Vetter entführen?« dachte sie und machte äußerst vorsichtig, um sie am Knarren zu hindern, spaltbreit ihre Tür auf, um zu sehen, was auf dem Flur vor sich gehe.

Plötzlich erblickte ihr Auge das ihres Vaters, dessen Blick, obwohl er ins Leere gerichtet und ohne Argwohn war, sie vor Schreck erstarren ließ. Der Alte und Nanon waren durch einen dicken Knüppel miteinander verbunden, dessen Ende auf ihrer rechten Schulter lag; daran hing an einem Strick ein kleines Faß wie die, die Papa Grandet, wenn er nichts anderes zu tun hatte, zu seinem Vergnügen in seiner Backstube anfertigte.

»Heilige Jungfrau! Das drückt!« sagte Nanon leise.

»Ein Jammer, daß es nichts als dicke Soustücke sind!« antwortete der Alte. »Paß auf, daß du nicht den Leuchter umstößt.«

Diese Szene wurde nur durch ein einziges Talglicht beleuchtet; es stand zwischen zwei Stäben des Treppengeländers.

»Cornoiller«, sagte Grandet zu seinem Feldhüter in partibus[36]. »Hast du deine Pistolen mitgenommen?«

»Nein. Warum auch? Was gibt's denn für Ihre dicken Soustücke zu fürchten?«

»Ach, nichts«, sagte Papa Grandet.

»Übrigens fahren wir schnell«, fuhr der Feldhüter fort, »Ihre Pächter haben für Sie ihre besten Pferde ausgesucht.«

»Gut, gut. Du hast ihnen doch nicht gesagt, wohin ich reise?«

»Weiß ich doch selber nicht.«

»Gut. Ist der Wagen verläßlich?«

»Der, Herr? Der trägt seine dreitausend. Was wiegen eigentlich Ihre blödsinnigen Fäßchen?«

»Da haben wir's!« sagte Nanon. »Ich hab's ja gewußt! Sie wiegen fast achtzehnhundert.«

»Willst du wohl das Maul halten, Nanon! Du sagst zu meiner Frau, ich sei über Land gefahren. Zum Abendessen sei ich wieder da. Fahr tüchtig zu, Cornoiller, ich muß vor neun in Angers sein.«

Der Wagen fuhr ab. Nanon verriegelte das Haustor, kettete den Hund los, ging mit schmerzender Schulter zu Bett, und niemand im Stadtviertel ahnte etwas von Grandets Abreise oder dem Ziel seiner Fahrt. Der Alte verstand sich aufs Stillschweigen. Kein Mensch hatte je in diesem Haus, das voller Gold steckte, auch nur einen Sou zu sehen bekommen. Der alte Winzer hatte am Morgen aus Gesprächen am Hafen erfahren, daß infolge der zahlreichen Schiffsausrüstungen in Nantes der Preis des Goldes auf das Doppelte gestiegen sei und daß Spekulanten nach Angers gekommen seien, um welches aufzukaufen, und so hatte er sich einfach dadurch, daß er von seinen Pächtern Pferde lieh, in den Stand gesetzt, hinzufahren, das seine dort zu verkaufen und die für die Erwerbung von Rentenpapieren erforderliche Summe in Wechseln des Generalsteuereinnehmers, vermehrt um das Agio, heimzubringen.

»Mein Vater fährt weg«, sagte Eugénie, die oben vom Treppenabsatz her alles gehört hatte. Es herrschte wieder Stille im Haus, und das ferne Rollen des Wagens, das nach und nach immer schwächer geworden war, hallte schon nicht mehr durch das schlafende Saumur. In diesem Augenblick hörte Eugénie mit dem Herzen, noch ehe sie es mit dem Ohr zu hören vermochte, einen Klagelaut, der die trennenden Wände durchdrang und aus dem Zimmer ihres Vetters kam. Ein Lichtstreif, dünn wie eine Säbelschneide, glitt durch den Türspalt und durchschnitt horizontal das Geländer der alten Treppe. – »Er leidet«, sagte sie und klomm zwei Stufen hinauf. Ein zweites Ächzen ließ sie bis zum Treppenabsatz vor dem Zimmer weitergehen. Die Tür war nur angelehnt, sie stieß sie vollends auf. Charles schlief mit über den alten Lehnsessel hinausgelehntem Kopf; seine Hand hatte die Schreibfeder fallen lassen und rührte fast an den Boden. Das stoßweise Atmen, das durch die Körperlage des jungen Menschen bedingt war, hatte Eugénie plötzlich erschreckt, und so war sie ohne weiteres eingetreten. – »Er muß sehr erschöpft sein«, sagte sie sich und blickte auf etwa zehn versiegelte Briefe, deren Adressen sie las: »An die Herren Farry, Breilman[37] und Co., Wagenbauer. – An Herrn Schneidermeister Buisson[38], usw. –« » Er hat wohl alle seine geschäftlichen Angelegenheiten geregelt, um Frankreich bald verlassen zu können«, dachte sie. Ihr Blick fiel auf zwei offene Briefe. Die Worte, mit denen der eine begann: »Meine liebe Annette...«, verursachten ihr einen Schwindelanfall. Ihr Herz pochte heftig, ihre Füße waren wie am Boden angenagelt. Seine liebe Annette, er liebt, er wird geliebt! Keine Hoffnung mehr! Was mag er ihr wohl schreiben? Diese Gedanken streiften ihr durch Kopf und Herz. Sie las jene Worte überall in Flammenschrift, sogar auf den Fensterscheiben. – »Jetzt schon auf ihn verzichten! Nein, ich will diesen Brief nicht lesen. Ich muß weggehen. Aber wenn ich ihn nun dennoch läse?« Sie schaute Charles an, nahm behutsam seinen Kopf, legte ihn auf die Rückenlehne des Sessels, was er mit sich geschehen ließ wie ein Kind, das auch im Schlaf seine Mutter erkennt und sich, ohne aufzuwachen, deren Fürsorglichkeit und Küsse gefallen läßt. Wie eine Mutter hob Eugénie die niederhängende Hand auf, und wie eine Mutter küßte sie ihm leise das Haar. »Liebe Annette!« Ein böser Geist rief ihr diese Worte in die Ohren. – »Ich weiß, daß ich vielleicht Böses tue, aber ich will diesen Brief lesen«, sagte sie. Eugénie wandte den Kopf ab, ihre noble Rechtschaffenheit schalt sie aus. Zum erstenmal in ihrem Leben war Gut und Böse in ihrem Herzen gegenwärtig. Bislang hatte sie über nichts, was sie getan, zu erröten brauchen. Leidenschaft und Neugier rissen sie hin. Bei jedem Satz schwoll ihr das Herz noch mehr, und die aufreizende Glut, die während dieser Lektüre ihr Leben anfeuerte, ließ sie die Freuden der ersten Liebe als noch begehrenswerter empfinden.

»Meine liebe Annette, nichts hätte uns trennen können, wäre nicht das Unglück geschehen, das über mich hereingebrochen ist und das keine menschliche Klugheit hätte voraussehen können. Mein Vater hat sich das Leben genommen, sein Vermögen und das meine sind ganz und gar verloren. Ich bin Waise in einem Alter, in dem ich, durch die Art meiner Erziehung, noch als ein Kind gelten könnte; und dennoch muß ich mich wie ein Mann aus dem Abgrund herausarbeiten, in den ich gestürzt bin. Ich habe einen Teil dieser Nacht damit hingebracht, meine Berechnungen durchzuführen. Wenn ich Frankreich als ehrlicher Mensch verlassen will, und das steht außer Zweifel, so besitze ich keine hundert Francs für den Versuch, in Indien oder Amerika ein neues Leben zu beginnen. Ja, arme, liebe Anne, ich will in einem mörderischen Klima das Glück suchen. Unter solcherlei Himmeln, ist mir gesagt worden, ist es sicher und schnell zu erlangen. Bliebe ich in Paris, so wüßte ich nicht, was ich anfangen sollte. Weder mein Inneres noch mein Äußeres sind danach geschaffen, die Beleidigungen, die Kälte, die Verachtung zu ertragen, die einen ruinierten Mann, den Sohn eines Bankrotteurs, erwarten! Du großer Gott! Zwei Millionen Schulden ...? Schon in der ersten Woche würde ich im Duell fallen. Also werde ich keinesfalls dorthin zurückkehren. Nicht einmal Deine Liebe, die zärtlichste und opferwilligste, die je ein Menschenherz adelte, vermöchte mich nach dort zu locken. Ach, meine Heißgeliebte, ich habe nicht das Geld, dorthin zu reisen, wo Du bist, um einen letzten Kuß zu geben und zu empfangen, einen Kuß, aus dem ich die Kraft zu dem schöpfen könnte, was ich unternehmen möchte.«

»Der arme Charles! Ich habe recht daran getan, zu lesen! Ich habe Geld, ich will es ihm schenken«, sagte Eugénie.

Sie wischte sich die Tränen ab und fuhr mit Lesen fort.

»Ich habe bislang noch nie über die Nöte der Armut nachgedacht. Wenn ich die zur Überfahrt unbedingt erforderlichen hundert Louis zusammenbekomme, habe ich keinen Sou mehr, um einen Warenvorrat mitzunehmen. Doch nein, ich werde weder hundert Louis noch einen einzigen zusammenbringen; ich weiß nicht, was mir nach der Regelung meiner Pariser Schulden an Geld bleiben wird. Behalte ich nichts übrig, dann gehe ich getrost nach Nantes, lasse mich als einfacher Matrose anheuern und fange ganz von unten an, wie alle Männer von Energie angefangen haben, die in ihrer Jugend kein Geld hatten und reich aus Indien heimgekehrt sind. Seit heute morgen sehe ich meiner Zukunft kalt ins Auge. Sie ist schrecklicher für mich als für jeden anderen, für mich, der ich von meiner Mutter verhätschelt worden bin, die mich vergötterte; der ich vom besten aller Väter geliebt worden bin; der ich, sowie ich in die Gesellschaft eingeführt worden war, der Liebe einer Anna begegnete! Nur die Blumen des Lebens habe ich kennengelernt; ein solches Glück konnte nicht von Dauer sein. Dennoch, liebe Annette, habe ich mehr Mut, als ein sorgloser junger Mensch ihn eigentlich haben dürfte, vor allem ein junger Mensch, der an die Liebkosungen der entzückendsten Frau von Paris gewöhnt ist, den die Annehmlichkeiten des Familienlebens gewiegt haben, dem daheim alles zugelächelt hat und dessen Wünsche für einen Vater Gesetze waren . . . Ach, mein Vater, Annette, er ist tot . . . Nun, ich habe über meine Lage nachgedacht, und auch über die Deine. Innerhalb von vierundzwanzig Stunden bin ich sehr viel älter geworden. Liebe Anna, auch wenn Du, um mich in Paris zu behalten, auf sämtliche Genüsse Deines Luxus verzichten würdest, Deine Toiletten, Deine Loge in der Oper, gelangten wir noch nicht zu der Summe, die mein bisheriges, aufwendiges Leben erfordert hat; überdies könnte ich so viele Opfer nicht annehmen. Wir müssen also heute für alle Zeit voneinander Abschied nehmen.«

»Er verläßt sie! Heilige Jungfrau! O welch ein Glück . . .«

Eugénie tat einen Freudensprung. Charles regte sich; es durchfuhr sie ein kalter Schreck; aber zum Glück für sie wachte er nicht auf. Sie las weiter:

»Wann ich zurückkomme? Ich weiß es nicht. Das Klima in Indien läßt einen Europäer rasch altern, und zumal einen Europäer, der arbeitet. Sagen wir: heute in zehn Jahren. In zehn Jahren ist Deine Tochter achtzehn; dann ist sie Deine Gefährtin, Deine Spionin. Die Welt wird Dir gegenüber grausam sein, Deine Tochter vielleicht noch mehr. Wir haben zur Genüge Beispiele von Verurteilungen durch die Gesellschaft und von der Undankbarkeit junger Mädchen erlebt; seien wir klug und ziehen wir Nutzen daraus. Bewahre die Erinnerung an diese vier Jahre des Glücks im tiefsten Seelengrund, wie ich es tun will, und bleib, wenn Du es über Dich bringst, Deinem armen Freunde treu. Fordern kann ich es keinesfalls, denn, siehst Du, meine liebe Annette, ich muß mich meiner Lage anpassen, das Leben bürgerlich anschauen und es im wahrsten Sinne des Wortes als ein Rechenexempel betrachten. Also muß ich an eine Heirat denken; sie wird für mein neues Dasein zur Notwendigkeit; und ich muß Dir gestehen, daß ich hier in Saumur bei meinem Onkel eine Kusine gefunden habe, deren Umgangsformen, deren Gesicht, Geist und Herz Dir gefallen würden und überdies, so scheint es mir, für mich . . .«

»Er muß sehr erschöpft gewesen sein, daß er aufgehört hat, ihr zu schreiben«, sagte sich Eugénie, als sie sah, daß der Brief mitten im Satz abbrach.

Sie rechtfertigte ihn! Aber war es denn zu jener Zeit nicht auch unmöglich, daß dieses unschuldige Mädchen die Kälte gespürt hätte, die aus diesem Brief sprach? Den fromm, ahnungslos und rein erzogenen jungen Mädchen ist alles Liebe, sobald sie den Fuß in die von der Liebe verzauberten Bereiche setzen. Dort schreiten sie einher, umwogt von dem himmlischen Licht, das ihre Seele ausstrahlt und das in Strahlen auf ihren Geliebten überspringt; sie leihen ihm Farbe durch die Flammen ihres eigenen Gefühls und schreiben ihm ihre schönsten Gedanken zu. Die Irrtümer der Frau rühren fast alle von ihrem Glauben an das Gute her oder von ihrem Vertrauen auf das Wahre. Für Eugénie hallten Worte wie »Meine liebe Annette, meine Heißgeliebte« im Herzen wider wie die lieblichste Ausdrucksweise der Liebe und umschmeichelten ihre Seele, wie in ihrer Kindheit die göttlichen Klänge des Venite adoremus[39], die die Orgel wiederholten, ihr Ohr umschmeichelt hatten. Überdies verkündeten die Tränen, die Charles' Augen noch feuchteten, ihr allen Adel des Herzens, von dem ein junges Mädchen verführt werden muß. Konnte sie wissen, daß, wenn Charles seinen Vater so sehr geliebt und so unverstellt beweint hatte, diese Liebe weniger in der Güte seines Herzens als in den väterlichen Gütebezeigungen ihren Ursprung hatte? Monsieur und Madame Guillaume Grandet hatten jede Laune ihres Sohnes befriedigt, hatten ihm alle Freuden gespendet, die ein großes Vermögen zu verschaffen vermag, hatten es ihm erspart, die gräßlichen Berechnungen anzustellen, deren sich in Paris mehr oder weniger die meisten Kinder schuldig machen, wenn sie angesichts der Pariser Genüsse Wünsche hegen und Pläne schmieden, die sie zu ihrem Kummer immer wieder dadurch verweigert und hinausgeschoben sehen, daß ihre Eltern am Leben sind. Die Freigebigkeit des Vaters war also so groß gewesen, daß sie im Herzen des Sohnes eine echte, kindliche Liebe ohne Hintergedanken gesät hatte. Dennoch war Charles ein Pariser Junge, durch die Pariser Sitten, sogar durch Annette selber daran gewöhnt, alles zu berechnen: er war bereits ein alter Mann unter der Maske des Jünglings. Er hatte die furchtbare Erziehung jener Gesellschaft genossen, in der an einem einzigen Abend in Gedanken und Worten mehr Verbrechen begangen werden, als die Justiz sie beim Schwurgericht bestraft, in der Wortspiele die großen Gedanken morden, in der man nur insoweit als intelligent gilt, wie man den richtigen Blick hat; und den richtigen Blick haben heißt dort an nichts glauben, weder an Gefühle noch an Menschen und nicht einmal an Tatsachen; dort werden falsche Tatsachen geschaffen. Dort muß man, um den richtigen Blick zu haben, jeden Morgen die Börse eines Freundes wiegen, sich weltgewandt über alles zu erheben wissen, was eintritt; einstweilig nichts bewundern, weder Kunstwerke noch edle Taten, und als Beweggrund aller Dinge den persönlichen Nutzen hinstellen. Nach tausend Torheiten hatte die große Dame, die schöne Annette, Charles zu ernstem Denken genötigt; sie hatte ihm von seiner künftigen Stellung gesprochen, wobei sie ihm mit parfümierter Hand durchs Haar strich; wenn sie ihm eine Locke zurechtlegte, hatte sie ihn das Leben berechnen lassen: sie hatte ihn verweichlicht und zum Materialisten gemacht. Das war eine doppelte Verderbnis, aber eine elegante und kluge, eine, die geschmackvoll war.

»Sie sind ein Kindskopf, Charles«, hatte sie zu ihm gesagt. »Es wird mich viel Mühe kosten, Sie die Welt kennen zu lehren. Sie haben Monsieur des Lupeaulx sehr schlecht behandelt. Ich weiß, daß er nicht eben ein Ehrenmann ist; aber warten Sie, bis er machtlos ist, dann können Sie ihn nach Herzenslust verachten. Wissen Sie, was Madame Campan[40] uns immer gesagt hat? ›Kinder, solange ein Mann dem Ministerium angehört, betet ihn an; wird er gestürzt, so helft, ihn auf den Schindanger zu schleppen. Hat er Macht, so ist er eine Art Gott; ist er vernichtet, so steht er noch tiefer als Marat[41] in seiner dreckigen Badewanne, denn er lebt, und Marat war tot. Das Leben ist eine Reihe von Kombinationen, und über die muß man sich genau unterrichten, denen muß man folgen, damit es einem gelingt, sich immer in guter Lage zu befinden.‹«

Charles war allzu sehr ein aufs Äußere bedachter Mensch; er war viel zu sehr von seinen Eltern verwöhnt und von der Gesellschaft verhätschelt worden, als daß er tiefe Gefühle hätte haben können. Das Goldkorn, das seine Mutter ihm ins Herz gesenkt hatte, war durch das Pariser Zieheisen zu einem dünnen Draht ausgedehnt worden, er hatte damit seine Oberfläche umsponnen, und es mußte sich durch Reibung abnutzen. Aber Charles war ja erst zweiundzwanzig. In diesem Alter scheint die Frische der Jugend untrennbar von der Reinheit der Seele zu sein. Die Stimme, der Blick, das Gesicht scheinen im Einklang mit den Gefühlen zu stehen. Daher zögern sogar der härteste Richter, der ungläubigste Anwalt, der schwierigste Wucherer stets, an die Greisenhaftigkeit des Herzens, an die Verderbtheit der Berechnungen zu glauben, wenn in den Augen noch ein reines Fluidum schwimmt und auf der Stirn noch keine Falten vorhanden sind. Nie hatte Charles Gelegenheit gehabt, die Maximen der Pariser Moral anzuwenden, und bis zu diesem Tage war er schön aus Unerfahrenheit gewesen. Doch ohne sein Wissen war ihm der Egoismus eingeimpft worden. Die Keime der Staatswirtschaftslehre für den Pariser Gebrauch, die noch verborgen in seinem Herzen lagen, mußten schleunigst erblühen, sobald er aus dem müßigen Zuschauer zum Handelnden im Drama des wirklichen Lebens wurde. Nahezu alle jungen Mädchen werden von den süßen Verheißungen von solcherlei Äußerlichkeiten hingerissen; aber auch wenn Eugénie eine so kluge Beobachterin gewesen wäre, wie es in der Provinz manche Mädchen sind, wie hätte sie ihrem Vetter mißtrauen können, da doch bei ihr noch die Gepflogenheiten, die Worte und Taten den Eingebungen des Herzens entsprechen? Ein für sie verhängnisvoller Zufall ließ sie die letzten Ausflüsse echten Gefühls zunichte machen, die noch in jenem jungen Herzen lebten, und sie sozusagen noch die letzten Seufzer des Gewissens anhören. Also legte sie den Brief weg, der, für sie, von Liebe erfüllt war, und machte sich daran, wohlgefällig den schlafenden Vetter anzuschauen: für sie spielten auf jenem Antlitz noch die jungen Illusionen des Lebens; als erstes gelobte sie sich, ihn ewig zu lieben. Dann richtete sie den Blick auf den anderen Brief, ohne jener Indiskretion besondere Wichtigkeit beizumessen; und wenn sie ihn zu lesen begann, geschah es, um neue Beweise für noble Eigenschaften zu erhalten, die sie, wie alle Frauen, dem zuerkannte, den sie sich erkoren hatte.

»Mein lieber Alphonse, in der Stunde, da Du diesen Brief liesest, habe ich keine Freunde mehr; aber ich gestehe Dir, daß ich, so sehr ich auch an den Gesellschaftsmenschen zweifle, die es gewohnt sind, mit diesem Worte verschwenderisch umzugehen, nie an Deiner Freundschaft gezweifelt habe. Also beauftrage ich Dich mit dem Ordnen meiner Angelegenheiten und rechne damit, daß Du aus allem, was ich besitze, soviel wie möglich herausschlägst. Jetzt sollst Du meine Lage erfahren. Ich habe nichts mehr, und ich will nach Indien gehen. Ich habe gerade an alle Leute geschrieben, denen ich einiges Geld schuldig zu sein glaube; Du findest anliegend eine so genaue Aufstellung, wie aus dem Gedächtnis zu machen mir möglich ist. Meine Bibliothek, meine Möbel, meine Pferde usw. dürften, wie ich glaube, zur Bezahlung meiner Schulden genügen. Ich will für mich nur die wertlosen Kleinigkeiten behalten, die etwa geeignet sind, für mich den Ansatz zu einer Warenladung zu bilden. Mein lieber Alphonse, ich werde Dir von hier aus für jenen Verkauf eine ordnungsgemäße Vollmacht schicken, für den Fall, daß ein Einspruch erfolgt. Bitte schick mir alle meine Waffen. Briton behalte für Dich. Niemand würde zahlen, was dies wundervolle Pferd wert ist; da schenke ich es lieber Dir wie den üblichen Ring, den ein Sterbender seinem Testamentsvollstrecker hinterläßt. Bei Farry, Breilman u. Co. wird ein sehr behaglicher Reisewagen für mich angefertigt; aber sie haben ihn noch nicht geliefert, setz doch bei ihnen durch, daß sie ihn behalten, ohne von mir eine Entschädigung zu verlangen; wenn sie diese Regelung ablehnen, vermeide alles, was in den Umständen, in denen ich mich jetzt befinde, ein schlechtes Licht auf meine Loyalität werfen könnte. Ich habe sechs Louis Spielschulden bei dem Insulaner; versäume nicht, sie ihm . . .«

»Lieber, lieber Vetter«, sagte Eugénie und legte den Brief weg; mit kleinen Schritten und einer der brennenden Kerzen ging sie in ihr Zimmer. Dort zog sie nicht ohne eine lebhafte Regung der Freude das Schubfach einer alten Eichenkommode auf, eins der schönsten Werke aus dem ›Renaissance‹ genannten Zeitalter, auf dem noch, halb ausgelöscht, der berühmte königliche Salamander zu sehen war. Sie entnahm dem Schubfach eine dicke Börse aus rotem Samt mit goldenen Quasten, die mit verschlissener Goldstickerei eingefaßt war und dem Nachlaß ihrer Großmutter entstammte. Dann wog sie voller Stolz jene Börse und machte sich freudig daran, den vergessenen Betrag ihrer kleinen Barschaft festzustellen. Zuerst sonderte sie zwanzig noch ganz neue Portugaleser aus, die 1725 unter der Regierung Johanns V. geprägt worden waren; sie hatten den tatsächlichen Wechselwert von fünf Lissabonnern, oder jeder den von hundertachtundsechzig Francs und vierundsechzig Centimes, wie ihr Vater ihr gesagt hatte; ihr Konventionswert betrug indessen hundertachtzig Francs, in Anbetracht der Schönheit und Seltenheit dieser Stücke, die wie Sonnen glänzten. Item [42] fünf Genueser oder Hundertpfundstücke aus Genua, eine ebenfalls seltene Münze mit siebenundachtzig Francs Wechselwert; aber Liebhaber von Goldmünzen zahlten dafür hundert Francs. Der alte Monsieur La Bertellière hatte sie ihr geschenkt. Item drei spanische Goldquadrupeln [43] Philipps V., 1729 geschlagen, ein Geschenk der Madame Gentillet, die, wenn sie sie ihr überreichte, stets denselben Satz sagte: »Dieser niedliche Kanarienvogel, dieser kleine Gelbling, ist achtundneunzig Francs wert! Heb ihn gut auf, mein Liebling, er wird einmal die Zierde deiner Sammlung sein.« Item das, was ihr Vater am höchsten schätzte (das Gold dieser Stücke hatte dreiundzwanzigundeinen Bruchteil Karat), hundert holländische Dukaten, 1756 geprägt, jeder fast dreizehn Francs wert. Item eine große Seltenheit ...! eine Art von Medaillon, wie sie Geizhälsen kostbar sind, drei Rupien [44] mit dem Zeichen der Waage und fünf Rupien mit dem Zeichen der Jungfrau, alle aus reinem, vierundzwanzigkarätigem Gold, das herrliche Geld des Groß-Moguls [45], von dem jedes Stück, dem Gewicht nach, siebenunddreißig Francs vierzig Centimes wert war; aber mindestens fünfzig Francs für Kenner, die gern Gold betasten. Item der Napoleon zu vierzig Francs, den sie vorgestern bekommen und nachlässig in ihre rote Börse gesteckt hatte. Dieser Schatz bestand aus neuen, nicht im Umlauf gewesenen Stücken, wahren Kunstwerken, nach denen Papa Grandet sich manchmal erkundigte und die er immer wieder ansehen wollte, um die Tochter auf die wesentlichen Vorzüge hinzuweisen, als da sind Schönheit der Ränder, Prägeglanz, die Vollkommenheit der Lettern, deren scharfe Grate noch nicht abgeschliffen waren. Sie jedoch dachte nicht an den Seltenheitswert oder die Manie ihres Vaters oder die Gefahr, die sie lief, wenn sie sich dieses dem Alten so teuren Schatzes entäußerte; nein, sie dachte an ihren Vetter, und schließlich, nach einigen Rechenfehlern, gelangte sie zu der Feststellung, daß sie etwa fünftausendachthundert Francs dem Nominalwert nach besitze, die nach dem Konventionalwert für fast zweitausend Taler zu verkaufen waren. Beim Anblick dieser Reichtümer klatschte sie sich Beifall wie ein Kind, das sein Übermaß an Freude durch naive Körperbewegungen abreagieren muß. So hatten Vater und Tochter beide ihr Vermögen gezählt: er, um sein Gold zu verkaufen; Eugénie, um das ihre in einen Ozean der Liebe zu werfen. Sie legte die Münzen wieder in die alte Börse, nahm diese und ging ohne Zögern abermals nach oben. Der geheime Kummer ihres Vetters ließ sie Nacht und Schicklichkeit vergessen; überdies war sie stark durch ihr Gewissen, ihren Opferwillen und ihr Glück. Als sie auf der Türschwelle erschien, in der einen Hand den Leuchter, in der anderen ihre Geldbörse, wachte Charles auf, gewahrte seine Kusine, und die Überraschung machte ihn sprachlos. Eugénie trat vor, stellte die Kerze auf den Tisch und sagte mit bewegter Stimme: »Vetter, ich muß dich für ein großes Unrecht, das ich dir gegenüber begangen habe, um Verzeihung bitten; aber Gott wird sie mir vergeben, diese Sünde, wenn du sie auslöschen willst.«

»Worin besteht sie denn?« fragte Charles und rieb sich die Augen.

»Ich habe die beiden Briefe hier gelesen.«

Charles wurde rot.

»Wie das geschehen ist?« fuhr sie fort. »Warum ich heraufgekommen bin? Wirklich, das weiß ich jetzt nicht mehr. Aber ich fühle mich nicht allzu sehr versucht, zu bedauern, daß ich die Briefe gelesen habe; sie haben mich dein Herz kennen gelehrt, deine Seele und ...«

»Und was?« fragte Charles.

»Und deine Pläne und daß du notwendig einer Summe bedarfst ...«

»Liebe Kusine ...«

»Leise, leise, Vetter, nicht so laut, wir dürfen niemanden aufwecken. Hier«, sagte sie und öffnete die Börse, »die Ersparnisse eines armen Mädchens, das nichts braucht. Charles, nimm sie. Heute morgen habe ich noch nicht gewußt, was Geld bedeutet; du hast mich gelehrt, daß es nur ein Mittel ist, und weiter nichts. Ein Vetter ist fast wie ein Bruder; also kannst du dir getrost aus der Börse deiner Schwester etwas leihen.«

Eugénie war im gleichen Maße Frau wie junges Mädchen; sie hatte keine Weigerung vorausgesehen, und ihr Vetter blieb stumm.

»Ja, weist du es denn zurück?« fragte sie, und ihr Herzklopfen war in der tiefen Stille vernehmlich.

Das Zögern des Vetters demütigte sie; aber die Notlage, in der er sich befand, stellte sich ihr desto lebhafter dar, und sie sank auf die Knie.

»Ich stehe nicht eher wieder auf, als bis du dieses Gold genommen hast«, sagte sie. »Bitte, bitte, Vetter, antworte doch ...! Damit ich weiß, daß du mich achtest, daß du großherzig bist, daß ...«

Als Charles den Aufschrei einer noblen Verzweiflung vernahm, ließ er Tränen auf die Hände der Kusine fallen; er umfaßte sie, um sie am Niederknien zu hindern. Als sie diese heißen Hände spürte, sprang sie zu ihrer Börse hin und schüttete sie vor ihm auf dem Tisch aus.

»Also ja, nicht wahr?« fragte sie und weinte vor Freude. »Fürchte nichts, Vetter, du wirst reich werden. Dies Gold wird dir Glück bringen; eines Tages gibst du es mir wieder; außerdem können wir ja einen Vertrag schließen; kurzum, ich bin zu allen Bedingungen bereit, die du mir auferlegst. Aber du darfst dies Geschenk nicht allzu hoch bewerten.«

Endlich konnte Charles ausdrücken, was er fühlte.

»Ja, Eugénie, ich hätte eine allzu kleine Seele, wenn ich nicht annähme. Allein: Gleiches gegen Gleiches, Vertrauen gegen Vertrauen.«

»Was meinst du damit?« fragte sie erschrocken.

»Hör zu, Kusine, ich habe da . . .« Er unterbrach sich und zeigte auf ein auf der Kommode stehendes Kästchen in schwarzem Lederfutteral. – »Da, siehst du, steht etwas, das mir ebensoviel gilt wie das Leben. Jenes Kästchen ist ein Geschenk meiner Mutter. Seit heute morgen habe ich gedacht, daß sie, wenn sie aus dem Grab emporsteigen könnte, selber das Gold verkaufen würde, das ihre Liebe an dies Necessaire verschwendet hat; aber wenn ich es täte, würde diese Handlung mir wie eine Entweihung vorkommen.« Eugénie drückte, als sie diese Worte hörte, dem Vetter krampfhaft die Hand. – »Nein«, fuhr er nach einer kleinen Pause fort, in der beide einander feuchte Blicke zuwarfen, »nein, ich will es weder abstoßen noch auf meinen Reisen Gefahren aussetzen. Liebe Eugénie, du sollst es aufbewahren. Nie zuvor hat ein Freund seinem Freunde etwas Heiligeres anvertraut. Urteile selber.« Er nahm das Kästchen, zog es aus der Lederhülle, klappte es auf und zeigte der erstaunten Kusine ein Reisenecessaire, bei dem die kunstvolle Arbeit dem Gold einen weit höheren Preis verlieh als den des Gewichts. – »Was du bewunderst, ist nichts«, sagte er und drückte auf eine Feder, die einen doppelten Boden aufspringen ließ. »Dies hier wiegt für mich die ganze Erde auf.« Er nahm zwei Porträts heraus, zwei Meisterwerke der Madame de Mirbel[46], reich in Perlen gerahmt.

»Oh, die schöne Frau! Ist das wohl die Dame, der du geschrie . . .?«

»Nein«, sagte er lächelnd. »Diese Frau ist meine Mutter, und dies hier ist mein Vater, deine Tante also und dein Onkel. Eugénie, ich müßte dich auf den Knien anflehen, daß du mir diesen Schatz aufbewahrst. Wenn ich umkäme und dabei dein kleines Vermögen verlöre, würde dies Gold dich entschädigen; aber diese beiden Porträts kann ich nur dir hinterlassen; denn du bist würdig, sie aufzubewahren; aber vernichte sie, damit sie nicht in andere Hände gelangen . . .« Eugénie schwieg. – »Ja, nicht wahr, das tust du?« fügte er bittend hinzu.

Beim Anhören der Worte, die der Vetter soeben zu seiner Kusine gesagt hatte, warf sie ihm den Blick einer liebenden Frau zu, einen jener Blicke, in denen fast ebensoviel Koketterie wie Tiefe enthalten ist; er nahm ihre Hand und küßte sie.

»Engel an Reinheit! Nicht wahr, unter uns soll Geld niemals

etwas bedeuten ... Einzig das Gefühl, das daraus etwas macht, soll fortan alles sein.«

»Du siehst deiner Mutter ähnlich. Hat sie eine ebenso weiche Stimme wie du gehabt?«

»Ach, eine viel weichere ...«

»Ja, für dich«, sagte sie und senkte die Lider. »Aber jetzt, Charles, mußt du zu Bett gehen, ich will es, du bist müde. Bis morgen!«

Sacht löste sie die Hand aus denen des Vetters; er geleitete sie hinaus und leuchtete ihr. Als sie beide auf der Schwelle standen, sagte er:

»Ach, warum bin ich ruiniert?«

»Pah! Ich glaube, mein Vater ist reich«, antwortete sie.

»Armes Kind«, entgegnete Charles, trat mit einem Fuß ins Zimmer und lehnte sich an die Wand, »dann hätte er den meinen nicht umkommen lassen, er würde dich nicht ein so armseliges Leben führen lassen, kurzum: er würde ein anderes Dasein führen.«

»Aber er hat doch Froidfond?«

»Und was ist Froidfond wert?«

»Das weiß ich nicht; aber er hat doch auch noch Noyers.«

»Diesen armseligen Hof?«

»Und Rebberge und Wiesen ...«

»Bagatellen«, sagte Charles mit geringschätziger Miene. »Wenn dein Vater nur vierundzwanzigtausend Francs Einkünfte hätte, würdest du dann in diesem kalten, kahlen Zimmer hausen?« fügte er hinzu und setzte den linken Fuß vor. – »Dort also werden meine Schätze liegen«, sagte er; er wollte seine Gedanken verbergen und zeigte auf die alte Truhe.

»Geh schlafen«, sagte sie und hinderte ihn am Betreten ihres unaufgeräumten Zimmers.

Charles trat zurück, und sie sagten einander durch ein wechselseitiges Lächeln gute Nacht. Beide entschlummerten im gleichen Traum, und Charles begann fortan, einige Rosen auf seine Trauer zu werfen.

Am anderen Morgen sah Madame Grandet ihre Tochter schon vor dem Frühstück mit Charles spazierengehen. Der junge Herr war noch immer trüb gestimmt, wie es ein Unglücklicher sein muß, der sozusagen in die Urgründe seines Kummers hinabgestiegen ist und der im Ermessen der Tiefe des Abgrunds, in den er stürzte, die ganze Schwere seines künftigen Lebens empfunden hat.

»Mein Vater kommt erst zum Abendessen wieder«, sagte Eugénie, als sie sah, welche Unruhe sich auf dem Gesicht der Mutter abzeichnete.

Es war leicht, aus Eugénies Gehaben, aus ihrem Gesicht und aus der eigenartigen Weichheit, die ihre Stimme angenommen hatte, eine Übereinstimmung ihrer Gedanken mit denen des Vetters zu entnehmen. Ihrer beider Seelen hatten sich glühend vereint, vielleicht, noch ehe sie die Stärke der Gefühle richtig erprobt hatten, die sie miteinander verbanden. Charles blieb im Saal, und seine traurige Stimmung wurde dort respektiert. Jede der drei Frauen hatte zu tun. Da Grandet seine Geschäfte unbeachtet gelassen hatte, kam eine ziemlich große Zahl von Leuten. Der Dachdecker, der Blechner, der Maurer, die Erdarbeiter, der Zimmermann, Rebbergarbeiter, Pächter, die einen, um Vereinbarungen über Reparaturen abzuschließen, die anderen, um die Pachtsummen zu entrichten oder um Geld ausgezahlt zu erhalten. Madame Grandet und Eugénie mußten daher immerfort in Bewegung sein, auf die endlosen Redereien der Handwerker und der Landleute antworten. Nanon nahm in ihrer Küche die Naturalabgaben in Empfang. Sie wartete stets auf die Weisungen ihres Herrn, was davon für den Haushalt behalten und was auf dem Markt verkauft werden sollte. Es war des Alten Gewohnheit, und auch die einer großen Zahl von Landedelleuten, seinen schlechten Wein selber zu trinken und sein schadhaftes Obst selber zu essen. Gegen fünf Uhr nachmittags kam Grandet aus Angers zurück; er hatte vierzehntausend Francs seines Goldes hingeschafft und brachte in seiner Brieftasche gute königliche Schatzanweisungen heim, die ihm bis zu dem Tag Zinsen bringen würden, da er seine Rentenpapiere bezahlen mußte. Cornoiller hatte er in Angers gelassen, damit er für die erschöpften Pferde sorgte und sie langsam heimführte, nachdem er sie sich hatte ausruhen lassen.

»Ich komme aus Angers, Frau«, sagte er. »Ich habe Hunger.«

Nanon rief ihm von der Küche her zu:

»Soll das heißen, daß Sie seit gestern nichts gegessen haben?«

»Nichts«, antwortete der Alte.

Nanon brachte die Suppe. Als die Familie sich gerade zu Tisch gesetzt hatte, kam des Grassins; er wollte die Ordres seines Klienten entgegennehmen. Seinen Neffen hatte Papa Grandet überhaupt nicht beachtet.

»Essen Sie ruhig weiter, Grandet«, sagte der Bankier. »Wir können dabei reden. Wissen Sie, was in Angers das Gold wert ist? Es soll da welches für Nantes aufgekauft werden. Ich will was hinschicken.«

»Tun Sie das nicht«, sagte der Alte, »es ist schon genügend da. Wir sind zu gute Freunde, als daß ich Ihnen nicht einen Zeitverlust ersparen müßte.«

»Aber das Gold wird dort mit dreizehn Francs fünfzig Centimes bewertet.«

»Sagen Sie: wurde.«

»Wie, zum Teufel, ist es dazu gekommen?«

»Ich bin diese Nacht in Angers gewesen«, antwortete Grandet leise.

Überrascht zuckte der Bankier zusammen. Dann entspann sich zwischen beiden eine geflüsterte Unterhaltung; dabei blickten des Grassins und Grandet mehrmals zu Charles hinüber. In dem Augenblick, da der ehemalige Böttcher wohl dem Bankier sagte, er solle für ihn für hunderttausend Francs Rentenpapiere kaufen, ließ des Grassins sich abermals eine Geste des Erstaunens entschlüpfen.

»Monsieur Grandet«, sagte er zu Charles, »ich reise nach Paris; und wenn Sie mir Aufträge zu geben hätten . . .«

»Keine. Ich danke Ihnen«, antwortete Charles.

»Danke dem Herrn ruhig ein bißchen herzlicher, Neffe. Er fährt nämlich hin, um die Angelegenheiten der Firma Guillaume Grandet in Ordnung zu bringen.«

»Besteht denn da noch irgendwelche Hoffnung?« fragte Charles.

»Aber«, rief der Böttcher mit gutgespieltem Stolz, »bist du etwa nicht mein Neffe? Deine Ehre ist die unsrige. Heißt du nicht ebenfalls Grandet?«

Charles sprang auf, umarmte Papa Grandet, küßte ihn, wurde blaß und ging hinaus. Eugénie musterte bewundernd den Vater.

»Also dann auf Wiedersehen, mein lieber des Grassins, alles Gute, und beschwatzen Sie mir die Leute da ordentlich!« Die beiden Diplomaten schüttelten einander die Hände, der ehemalige Böttcher begleitete den Bankier zur Haustür; als er sie geschlossen hatte, kam er zurück, ließ sich tief in seinen Sessel fallen und sagte zu Nanon: »Gib mir Johannisbeerschnaps!« Aber er war zu aufgeregt, um sitzen bleiben zu können, und so sprang er auf, schaute Monsieur de La Bertellières Porträt an, vollführte das, was Nanon Tanzschritte nannte, und fing an zu singen:

»In der französischen Garde,
Da hatt' ich 'nen guten Papa.«

Nanon, Madame Grandet und Eugénie blickten einander stumm an. Die Aufgekratztheit des Winzers, wenn sie auf den Höhepunkt gelangte, flößte ihnen immer Angst ein. Der Abend gelangte bald zum Abschluß. Erstens wollte Papa Grandet frühzeitig zu Bett gehen; und wenn er sich schlafen legte, dann mußte in seinem Hause alles schlafen gehen, gerade wie, wenn August trank, ganz Polen bezecht wurde.[47] Zweitens waren Nanon, Charles und Eugénie nicht minder müde als der Hausherr. Was indessen Madame Grandet betraf, so schlief, aß, trank und war sie auf den Beinen, wie ihr Mann es wünschte. Dennoch war der Böttcher während der beiden der Verdauung zugestandenen Stunden aufgeräumter denn je und ließ eine ganze Reihe der für ihn bezeichnenden Redensarten vom Stapel, von denen bereits eine einzige einen Maßstab für seine Geistesart geben dürfte. Als er seinen Likör getrunken hatte, sah er das Glas an.

»Kaum hat man die Lippen an ein Glas gesetzt, da ist es auch schon leer! So geht es uns Menschen nun mal! Man kann nicht sein und gewesen sein. Die Taler können nicht rollen und zugleich in unserer Geldtasche bleiben, sonst wäre das Leben zu schön.«

Er wurde jovial und milde. Als Nanon mit ihrem Spinnrad hereinkam, sagte er zu ihr: »Du mußt müde sein. Laß deinen Hanf.«

»Ach, was . . .! Sonst langweile ich mich bloß«, antwortete die Magd.

»Arme Nanon! Willst du einen Schnaps?«

»Oh, da sage ich nicht nein; Madame macht ihn besser als die Apotheker. Der, den die verkaufen, ist Schund.«

»Sie tun zuviel Zucker hinein, dann schmeckt er nach nichts mehr«, sagte der Alte.

Als die Familie am anderen Morgen um acht beim Frühstück beisammen saß, bot sie das Bild der ersten Szene eines wahrhaft guten Einvernehmens. Das Unglück hatte rasch Madame Grandet, Eugénie und Charles einander angenähert; sogar Nanon sympathisierte mit ihm, ohne es recht zu wissen. Alle vier begannen, einen Familienkreis zu bilden. Und was nun den alten Winzer betraf, dessen Habgier befriedigt war, so machte ihn die Gewißheit, er werde den Stutzer bald verduften sehen, ohne ihm mehr bezahlen zu müssen als die Fahrt nach Nantes, beinahe gleichgültig gegen das Vorhandensein des Neffen im Hause. Er ließ den beiden Kindern, wie er Charles und Eugénie nannte, die Freiheit, zu tun und zu lassen, was sie wollten, freilich unter den Augen der Madame Grandet, zu der er, nebenbei gesagt, volles Vertrauen in allem besaß, was die öffentliche Moral und die Frömmigkeit betraf. Die Planierung seiner Wiesen und das Abstecken der Gräben längs der Landstraße, seine Pappelpflanzungen an der Loire und die Winterarbeiten in seinen Rebbergen und in Froidfond beschäftigten ihn ausschließlich. Von nun an begann für Eugénie ein Liebesfrühling. Seit der nächtlichen Szene, in deren Verlauf die Kusine dem Vetter ihren Schatz übereignet hatte, war ihr Herz jenem Schatz gefolgt. Beide waren Verschworene des gleichen Geheimnisses; ihre Blicke waren der Ausdruck eines gegenseitigen Einverständnisses, das ihre Empfindungen vertiefte und sie ihnen beiden zu etwas Gemeinsamem machte, zu etwas Intimerem, weil es sie sozusagen in eine Sphäre außerhalb des gewöhnlichen Lebens versetzte. Gestattete die Verwandtschaft nicht eine gewisse Sanftheit im Stimmklang, eine Zärtlichkeit der Blicke? Daher gefiel Eugénie sich darin, die Leiden ihres Vetters durch die kindlichen Freuden einer anhebenden Liebe einzulullen. Gibt es nicht liebliche Ähnlichkeiten zwischen den Anfängen einer Liebe und denen des Lebens? Wird nicht das Kind mit sanften Weisen und liebevollen Blicken eingewiegt? Werden ihm nicht wundersame Geschichten erzählt, die ihm die Zukunft vergolden? Entfaltet für es die Hoffnung nicht unausgesetzt ihre strahlenden Fittiche? Vergießt es nicht abwechselnd Tränen der Freude und des Kummers? Wird es nicht böse um Nichtigkeiten, um die Steine, aus denen es sich einen vergänglichen Palast zu bauen versucht, und die Blumensträuße, die ebenso schnell vergessen wie gepflückt werden? Ist es nicht begierig, die Zeit zu erraffen, weiter ins Leben hineinzuschreiten? Die Liebe ist unsere zweite Verwandlung. Kindheit und Liebe waren für Eugénie und Charles ein und dasselbe: es war die erste Leidenschaft mit all ihren Kindereien, und sie war desto schmeichlerischer für ihrer beider Herzen, als diese von Melancholie umhüllt waren. Da diese Liebe sich bei ihrer Geburt durch Trauerflöre hatte hindurchkämpfen müssen, stand sie überdies desto mehr im Einklang mit der provinziellen Schlichtheit dieses im Verfall begriffenen Hauses. Wenn Charles am Brunnenrand in diesem stummen Hof ein paar Worte mit seiner Kusine wechselte; wenn er im Gärtchen verblieb, auf einer Moosbank, bis zu der Stunde, da die Sonne zur Rüste ging, wo beide sich damit beschäftigten, einander große Nichtigkeiten zu sagen, oder sich in die Stille versenkten, die zwischen der Wallmauer und dem Hause herrschte, wie es einem unter den Arkaden einer Kirche geschieht, dann begriff er die Heiligkeit der Liebe; denn seine große Dame, seine geliebte Annette, hatte ihn nur deren gewittrige Wirrnisse kennengelehrt. In diesem Augenblick gab er der koketten, eitlen, blendenden Pariser Leidenschaft um der reinen, wahren Liebe willen den Laufpaß. Er liebte dieses Haus, dessen Sitten ihn nun nicht mehr lächerlich dünkten. Schon früh am Morgen kam er herunter, damit er ein paar Minuten mit Eugénie plaudern konnte, ehe Grandet kam und die Lebensmittel austeilte; und wenn der Schritt des Alten auf den Treppenstufen dröhnte, lief er schleunigst in den Garten. Das kleine Verbrechen dieses morgendlichen Beieinanderseins, von dem nicht einmal Eugénies Mutter etwas wußte und bei dem Nanon tat, als merke sie es nicht, prägte der unschuldigsten Liebe der Welt die Heftigkeit verbotener Lüste auf. Wenn dann nach dem Frühstück Papa Grandet weggegangen war, um seine Besitzungen und seine Kulturen zu inspizieren, verblieb Charles bei Mutter und Tochter und empfand unbekannte Entzückungen, wenn er ihnen die Hände zum Abwickeln des Garns hinhielt, ihnen bei der Arbeit zuschaute und sie miteinander schwatzen hörte. Die Schlichtheit dieses beinahe klösterlichen Lebens, das ihm die Schönheit dieser Seelen enthüllte, die von Welt und Gesellschaft nichts wußten, machte ihn tief betroffen. Er hatte solcherlei Sitten für in Frankreich unmöglich gehalten; er hatte geglaubt, es gebe sie nur in Deutschland, sofern sie nicht überhaupt Fabel seien und nur in den Romanen August Lafontaines[48] vorkämen. Bald wurde Eugénie für ihn die ideale Verkörperung von Goethes Gretchen, ohne den Fehltritt. Schließlich bedrängten seine Blicke, seine Worte das arme Mädchen von Tag zu Tag mehr; sie überließ sich voller Entzücken der Strömung der Liebe; sie langte nach ihrer Glückseligkeit, wie ein Schwimmer nach dem Weidenzweig langt, um sich aus dem Fluß zu ziehen und am Ufer auszuruhen. Erfüllten nicht schon die Kümmernisse einer bevorstehenden Trennung die fröhlichsten Stunden dieser fliehenden Tage mit Traurigkeit? Jeden Tag gemahnte sie ein kleines Geschehnis an den nahen Abschied. So wurde Charles drei Tage nach der Abreise der des Grassins' von Grandet vor das Gericht erster Instanz geführt, und zwar mit der Feierlichkeit, die die Menschen in der Provinz solcherlei Handlungen beimessen, um dort eine Verzichterklärung auf die Erbschaft seines Vaters zu unterzeichnen. Es war ein schreckliches ›Nein‹, eine Art privater Abtrünnigkeit. Er ging zu Notar Cruchot und ließ zwei Vollmachten ausstellen, die eine für des Grassins, die andere für den Freund, den er mit dem Verkauf des Mobiliars beauftragt hatte. Dann mußte er die für die Ausfertigung seines Passes für das Ausland notwendigen Formalitäten erfüllen. Und als schließlich die schlichten Trauerkleider angekommen waren, die Charles in Paris bestellt hatte, ließ er einen Saumurer Schneider kommen und verkaufte ihm seine überflüssige Garderobe. Daß er das tat, gefiel Papa Grandet ausnehmend.

»Ja, jetzt siehst du aus wie ein Mann, der sich einschiffen muß und zu Vermögen gelangen will«, sagte er, als er ihn in einem Überrock aus grobem, schwarzem Tuch sah. »Gut, sehr gut!«

»Bitte glaub mir«, antwortete Charles ihm, »daß ich mich meiner Lage anzupassen weiß.«

»Was ist denn das da?« fragte der Alte, dessen Augen beim Anblick einer Handvoll Gold aufleuchteten, die Charles ihm zeigte.

»Ich habe meine Knöpfe, meine Ringe, alle Überflüssigkeiten, die ich besitze und die vielleicht einigen Wert haben, zusammengesucht; aber da ich niemanden in Saumur kenne, will ich dich heute morgen bitten . . .«

»Dir dies abzukaufen?« unterbrach ihn Grandet.

»Nein, Onkel, sondern mir einen ehrlichen Mann zu nennen, der . . .«

»Gib es mir, Neffe; ich will es oben für dich abschätzen und dann wiederkommen und dir sagen, was es wert ist, auf den Centime genau. Schmuckgold«, sagte er und prüfte eine lange Kette, »sechzehn bis neunzehn Karat.«

Der Alte streckte seine breite Hand aus und trug den Haufen Gold weg.

»Kusine«, sagte Charles, »erlaub mir, daß ich dir diese beiden Knöpfe schenke; du kannst damit Seidenbänder an deinen Handgelenken befestigen. Solche Armbänder sind gegenwärtig große Mode.«

»Ich nehme sie ohne Zögern an, Vetter«, sagte sie und warf ihm einen Blick des Einverständnisses zu.

»Tante, hier, der Fingerhut meiner Mutter; ich habe ihn sorgsam in meinem Reisenecessaire aufbewahrt«, sagte Charles und bot Madame Grandet einen zierlichen goldenen Fingerhut dar; sie wünschte sich seit zehn Jahren einen.

»Dafür gibt es gar keine Dankesworte, Neffe«, sagte die alte Mutter, deren Augen Tränen feuchteten. »Abends und morgens will ich meinen Gebeten unter allen das glühendste für dich hinzufügen. Wenn ich sterbe, soll Eugénie dir dies Kleinod aufbewahren.«

»Die Sachen sind neunhundertneunundachtzig Francs fünfundsiebzig Centimes wert, Neffe«, sagte Grandet, als er die Tür aufmachte. »Aber um dir die Mühe des Verkaufs zu sparen, will ich dir das Geld dafür aufzählen . . . in Livres.«

›In Livres‹ bedeutet im Küstengebiet der Loire, daß die Sechs-Livres-Taler für sechs Francs ohne Abzug angenommen werden müssen.

»Ich habe nicht gewagt, es dir vorzuschlagen«, antwortete Charles; »aber es widerstrebte mir, meine Schmucksachen in der Stadt loszuschlagen, in der du wohnst. ›Seine schmutzige Wäsche muß man innerhalb der Familie waschen‹, hat Napoleon gesagt. Ich danke dir also für deine Gefälligkeit.« Grandet kratzte sich hinter dem Ohr, und es entstand eine Schweigepause. – »Lieber Onkel«, fuhr Charles fort und sah ihn mit beunruhigter Miene an, als fürchte er, sein Zartgefühl zu verletzen, »meine Kusine und meine Tante haben sich bereit gefunden, ein kleines Erinnerungsstück an mich anzunehmen; würdest du deinerseits ein Paar Manschettenknöpfe entgegennehmen, die für mich überflüssig geworden sind: sie sollen dich an einen armen Jungen erinnern, der, fern von euch, sicherlich derer gedenken wird, die fortan seine ganze Familie bilden.«

»Mein Junge! Mein Junge! Du darfst dich noch nicht so berauben ... Was hast du denn bekommen, Frau?« fragte er und wandte sich gierig ihr zu, »ach so, einen goldenen Fingerhut. Und du, Töchterlein? Sieh mal an, Diamantagraffen. Also, ich nehme deine Knöpfe, mein Junge«, fuhr er fort und drückte Charles die Hand. »Aber ... du mußt mir dann erlauben ... daß ich dir ... ja ... deine Überfahrt nach Indien bezahle. Ja, ich will dir deine Überfahrt bezahlen. Um so mehr, siehst du, mein Junge, als ich beim Abschätzen deiner Schmucksachen nur das rohe Gold berechnet habe; vielleicht läßt sich noch etwas für die Goldschmiedearbeit herausschlagen. Also, ein Mann, ein Wort. Ich gebe dir fünfzehnhundert Francs... in Livres; Cruchot wird sie mir schon leihen; denn ich selber habe keinen roten Liard im Hause, es sei denn, daß Perrotet, der mit seinem Pachtzins im Rückstand ist, ihn mir bezahlt. Gut, gut, ich will mal zu ihm gehen.«

Er nahm seinen Hut, zog sich die Handschuhe an und ging.

»Du reist also wirklich ab?« fragte Eugénie und warf Charles einen bekümmerten Blick zu, in den sich Bewunderung mischte.

»Es muß sein«, sagte er und senkte den Kopf.

Seit ein paar Tagen waren Charles' Haltung, Benehmen und Ausdrucksweise zwar zu denjenigen eines tief betrübten Menschen geworden, der indessen, da er gewaltige Verpflichtungen auf sich lasten fühlt, neuen Mut aus seinem Unglück schöpft. Er seufzte nicht mehr, er war zum Manne geworden. Daher hatte Eugénie den Charakter ihres Vetters nie günstiger beurteilt, denn als sie ihn in seinem groben, schwarzen Tuchanzug hatte herunterkommen sehen, der zu seinem blassen Gesicht und seinem düsteren Gehaben so gut paßte. An jenem Tag hatten auch die beiden Frauen Trauer angelegt; sie hatten zusammen mit Charles dem Requiem beigewohnt, das in der Pfarrkirche für die Seele des verstorbenen Guillaume Grandet gefeiert worden war.

Beim Mittagessen bekam Charles Briefe aus Paris und las sie.

»Bist du mit deinen Angelegenheiten zufrieden, Vetter?« fragte Eugénie leise.

»Solche Fragen darfst du nie stellen, Kind«, entgegnete ihr Grandet. »Den Teufel auch, ich spreche doch niemals von den meinen, warum steckst du die Nase in die deines Vetters? Laß ihn doch in Ruhe, den Jungen.«

»Oh, ich habe keine Geheimnisse!« sagte Charles.

»Tatata, Neffe, du wirst schon noch lernen, daß man im Geschäftsleben die Zunge im Zaum halten muß.«

Als die beiden Liebenden allein im Garten waren, zog Charles Eugénie zu der alten Bank, wo sie sich im Schatten des Nußbaums niedersetzten, und sagte zu ihr: »Ich habe Alphonse richtig eingeschätzt, er hat sich wunderbar verhalten. Alle meine Angelegenheiten hat er klug und loyal geregelt. Ich habe in Paris keine Schulden mehr, meine Möbel sind günstig verkauft worden, und er schreibt mir, er habe, auf den Rat eines Kapitäns mit Patent für große Fahrt hin, für dreitausend Francs, die ihm verblieben waren, eine kleine Ladung aus europäischen Kuriositäten gekauft, die man in Indien vorteilhaft verkaufen könne. Er hat meine Kiste nach Nantes geleitet; dort liegt ein Schiff zum Auslaufen nach Java bereit. In fünf Tagen, Eugénie, müssen wir einander Lebewohl sagen; vielleicht für immer, aber zumindest doch für lange Zeit. Meine Warenladung und zehntausend Francs, die mir zwei meiner Freunde schicken, sind ein recht bescheidener Anfang. Ich kann erst nach mehreren Jahren an meine Rückkehr denken. Liebe Kusine, leg nicht dein Leben und das meine auf die Waagschale, ich kann umkommen, vielleicht bietet sich dir eine reiche Heirat . . .«

»Hast du mich lieb . . .?« fragte sie.

»O ja, recht sehr«, antwortete er mit einer Tiefe des Tons, die die gleiche Tiefe seines Gefühls verkündete.

»Ich will warten, Charles. – Mein Gott, mein Vater steht an seinem Fenster«, sagte sie und stieß den Vetter zurück, der an sie herangetreten war, um sie zu küssen.

Sie eilte in den Hauseingang, wohin Charles ihr folgte; als sie ihn sah, wich sie bis an den Fuß der Treppe zurück und machte die Klapptür auf; dann befand sie sich, ohne recht zu wissen, wohin sie gegangen sei, dicht bei Nanons Verschlag, der dunkelsten Stelle des Flurs; dort ergriff Charles, der ihr nachgegangen war, ihre Hand, legte sie auf sein Herz, faßte Eugénie um die Taille und zog sie sanft an sich. Sie sträubte sich nicht mehr, sie empfing und gab den reinsten, köstlichsten, aber auch unbedingtesten aller Küsse.

»Liebe Eugénie, ein Vetter ist besser als ein Bruder, er kann dich heiraten«, sagte Charles zu ihr.

»Amen!« rief Nanon und machte die Tür ihres Verschlags auf.

Erschrocken hasteten die beiden Liebenden in den Saal, wo Eugénie sich wieder an ihre Arbeit machte und wo Charles im Meßbuch der Madame Grandet die Gebete an die heilige Jungfrau zu lesen begann.

»Na ja!« sagte Nanon, »jeder betet auf seine Art.«

Sobald Charles seine Abreise angekündigt hatte, tat Grandet, was in seinen Kräften stand, um den Glauben zu erwecken, er nehme großen Anteil an ihm; er bezeigte sich freigebig in allem, was nichts kostete, machte sich anheischig, einen Packer für ihn aufzutreiben, und sagte, dieser Mann verlange für seine Kiste viel zuviel Geld; dann wollte er sie ihm mit aller Gewalt selber anfertigen und nahm dazu alte Bretter; er stand früh am Morgen auf und hobelte, paßte zusammen, glättete, nagelte seine Schindelbretter zusammen und brachte daraus sehr schöne Kisten zustande, in denen er Charles' sämtliche Habseligkeiten verpackte; er übernahm es, sie per Schiff die Loire hinabzuschicken, sie zu versichern und sie zur gegebenen Zeit nach Nantes zu befördern.

Seit dem Kuß im Flur entflohen für Eugénie die Stunden mit

erschreckender Schnelligkeit. Bisweilen wollte sie dem Vetter folgen. Wer die zwingendste aller Leidenschaften durchlebt hat, diejenige, deren Dauer jeden Tag verringert wird durch das Alter, die Zeit, eine tödliche Krankheit, durch dieses oder jenes der menschlichen Verhängnisse, der wird Eugénies Qualen verstehen. Sie weinte häufig, wenn sie sich im Garten erging, der jetzt für sie viel zu eng war, gerade wie der Hof, das Haus, die Stadt: sie schwang sich schon im voraus über die weite Fläche der Meere. Endlich kam der Vorabend der Abreise heran. Am Morgen, als Grandet und Nanon abwesend waren, wurde das kostbare Behältnis, in dem sich die beiden Porträts befanden, feierlich in dem einzigen Schubfach der Truhe untergebracht, das sich verschließen ließ und in dem auch die jetzt leere Börse lag. Die Verwahrung dieses Schatzes ging nicht ohne eine beträchtliche Anzahl von Küssen und Tränen vonstatten. Eugénie verbarg den Schlüssel in ihrem Ausschnitt; sie brachte es nicht über sich, es Charles zu verwehren, daß er die Stelle küßte.

»Da wird er immer bleiben, Lieber.«

»Auch mein Herz soll immer dort sein.«

»Ach, Charles, es ist nicht gutgetan«, sagte sie mit leisem Vorwurf.

»Sind wir denn nicht verheiratet?« entgegnete er. »Ich habe dein Wort, nimm du das meine.«

»Dein für immer und ewig!« wurde zweimal von beiden Seiten gesagt.

Kein Gelöbnis auf dieser Erde war reiner: Eugénies Unschuld hatte für den Augenblick Charles' Liebe geheiligt. Das Frühstück am anderen Morgen verlief traurig. Ungeachtet des goldenen Schlafrocks und eines Jeannettenkreuzes[49], das Charles ihr geschenkt, hatte sogar Nanon, der es freistand, ihren Gefühlen Ausdruck zu geben, eine Träne im Auge.

»Der arme, nette Herr, nun muß er übers Meer fahren. Möge Gott ihn geleiten.«

Um halb elf machte die Familie sich auf den Weg, um Charles an die Postkutsche nach Nantes zu begleiten. Nanon hatte den Hund losgekettet und die Haustür verschlossen; sie wollte Charles' Mantelsack tragen. Alle Kaufleute der alten Straße standen auf der Schwelle ihrer Läden, um den Zug vorbeikommen zu sehen; auf dem Marktplatz schloß sich ihm Notar Cruchot an.

»Daß du mir ja nicht weinst, Eugénie«, sagte die Mutter zu ihr.

»Lieber Neffe«, sagte Grandet in der Einfahrt des Gasthofs und küßte Charles auf beide Wangen, »arm reist du ab, kehre reich zurück, dann wirst du die Ehre deines Vaters gerettet finden. Dafür verbürge ich mich, ich, Grandet; denn dann hängt es nur von dir ab, daß du ...«

»Ach, Onkel, du versüßt die Bitterkeit meines Scheidens. Ist das nicht das schönste Geschenk, das du mir machen kannst?«

Charles hatte den alten Böttcher unterbrochen, ohne dessen Worte verstanden zu haben; er benetzte das lohfarbene Gesicht des Onkels mit Tränen der Dankbarkeit, während Eugénie mit aller Kraft die Hand des Vetters und die des Vaters drückte. Einzig der Notar lächelte und bewunderte die Schläue Grandets, denn nur er hatte den Alten richtig verstanden. Die vier Saumurer, denen sich noch mehrere andere zugesellt hatten, blieben vor dem Wagen stehen, bis er anfuhr; als er dann über die Brücke verschwand und sein Rollen nur noch in der Ferne vernehmlich war, sagte der Winzer: »Gute Reise!« Zum Glück war Notar Cruchot der einzige, der diesen Ausruf hörte. Eugénie und ihre Mutter waren an eine Stelle des Kais gegangen, von der aus sie die Postkutsche noch sehen konnten; sie schwenkten ihre weißen Taschentücher, auf welches Zeichen hin Charles dadurch antwortete, daß er das seine entfaltete.

»Mutter, ich möchte für einen Augenblick die Macht Gottes besitzen«, sagte Eugénie, als sie Charles' Taschentuch nicht mehr sah.

Um den Lauf der Geschehnisse, die sich im Schoß der Familie Grandet vollzogen, nicht zu unterbrechen, ist es notwendig, einen vorausschauenden Blick auf die Operationen zu werfen, die der Alte durch des Grassins' Mittlerschaft in Paris ins Werk setzte. Einen Monat nach der Abreise des Bankiers war Grandet im Besitz einer Eintragung auf hunderttausend Francs Staatsrentenpapiere, die er zum Kurs von achtzig Francs netto erstanden hatte. Die Auskünfte, die bei seinem Tode sein Inventarverzeichnis gab, haben nie das mindeste Licht auf die Mittel werfen können, die sein Mißtrauen ihm einflößte, um den Preis der Eintragung gegen die Stücke selber auszutauschen. Notar Cruchot meinte, daß Nanon ohne ihr Wissen das getreue Werkzeug bei der Übertragung der Renten gewesen ist. Um jene Zeit war die Magd fünf Tage dem Hause fern, unter dem Vorwand, sie müsse auf Froidfond etwas regeln, als ob der Alte es fertiggebracht hätte, dort irgend etwas in Unordnung geraten zu lassen. Was nun die Angelegenheit der Firma Guillaume Grandet betraf, so wurde alles Wirklichkeit, was der Böttcher vorausgesehen hatte.

Auf der Bank von Frankreich befinden sich, wie jedermann weiß, die genauesten Aufzeichnungen über die großen Vermögen in Paris und in den Départements. Die Namen des Grassins' und Félix Grandets in Saumur waren dort bekannt und genossen die Achtung, die den Berühmtheiten der Finanzwelt gezollt wird und die sich auf riesigen, nicht durch Hypotheken belasteten Grundbesitz stützt. Die Ankunft des Saumurer Bankiers, von dem es hieß, er sei damit beauftragt, eine ehrenhafte Liquidation der Pariser Firma Grandet zuwege zu bringen, genügte also, dem Schatten des Verstorbenen die Schande von Wechselprotesten zu ersparen. Die Siegel wurden in Gegenwart der Gläubiger abgenommen, und der Notar der Familie begann, eine regelrechte Inventaraufnahme des Nachlasses vorzunehmen. Bald danach berief des Grassins eine Versammlung der Gläubiger ein, die einstimmig den Bankier aus Saumur zum Liquidator erwählten, zusammen mit François Keller, dem Chef eines reichen Bankhauses, einem der Hauptinteressenten; sie vertrauten ihm alle notwendigen Vollmachten an, um zugleich die Ehre der Familie zu retten und die Schulden zu tilgen. Der Kredit des Saumurer Grandet, die Hoffnung, die er durch des Grassins' Stimme in den Herzen der Gläubiger entfachte, erleichterten die Transaktionen; unter den Gläubigern fand sich kein einziger, der Widerspruch erhoben hätte. Niemand dachte daran, seine Schuldforderung auf Verlustkonto zu buchen, und jeder sagte sich: »Der Saumurer Grandet wird schon bezahlen!« Sechs Monate vergingen. Die Pariser hatten die im Umlauf befindlichen Wechsel eingelöst und bewahrten sie in der Tiefe ihrer Brieftaschen auf. Das war das erste Ergebnis, das der Böttcher hatte erlangen wollen. Neun Monate nach der ersten Versammlung verteilten die beiden Liquidatoren an jeden Gläubiger siebenundvierzig Prozent. Diese Summe war durch den Verkauf der Werte, Besitztümer, Güter und aller Dinge im allgemeinen, die dem verstorbenen Guillaume Grandet gehört hatten, zustande gekommen, ein Verkauf, der mit peinlichster Gewissenhaftigkeit durchgeführt worden war. Es wurde bei dieser Liquidation mit allerstrengster Rechtlichkeit vorgegangen. Die Gläubiger erkannten willig das bewundernswerte, unantastbare Ehrgefühl der Brüder Grandet an. Als diese Lobreden eine angemessene Zeitlang im Umlauf gewesen waren, verlangten die Gläubiger den Rest ihres Geldes. Sie mußten deswegen einen gemeinsamen Brief an Grandet schreiben.

»Da wären wir also so weit«, sagte der ehemalige Böttcher und warf den Brief ins Feuer. »Nur Geduld, ihr Lieben.«

Als Antwort auf die in jenem Brief enthalten gewesenen Vorschläge verlangte der Saumurer Grandet, daß alle Schuldforderungen gegen den Nachlaß seines Bruders bei einem Notar deponiert würden, zusammen mit einer Quittung über die schon geleisteten Zahlungen, unter dem Vorwand, daß die Abrechnungen ins reine gebracht und der Stand des Nachlasses korrekt festgestellt werden solle. Diese Hinterlegung stieß auf tausend Schwierigkeiten. Im allgemeinen ist der Gläubiger so etwas wie ein Besessener. Heute ist er zu einem Abschluß bereit, morgen will er alles in Feuer und Blut untergehen lassen; dann wieder bezeigt er sich als über die Maßen gutmütig. Heute ist seine Frau guter Laune, sein Jüngster bekommt Milchzähne, im Haus geht alles glatt, er wird keinen Sou verlieren; morgen regnet es, er kann nicht ausgehen, er ist melancholisch, er sagt Ja zu allen Vorschlägen, die eine Unterhandlung zum Abschluß bringen können; übermorgen muß er unbedingt Garantien haben; am Monatsende droht er mit der Pfändung, dem Henker! Der Gläubiger ähnelt dem frei umherflatternden Sperling, dem die kleinen Kinder Salz auf den Schwanz zu streuen versuchen sollen; nur daß der Gläubiger dieses Bild auf seinen Wechsel anwendet, aus dem er nichts herausholen kann. Grandet hatte die Witterungswechsel in der Stimmung von Gläubigern beobachtet, und die seines Bruders entsprachen vollauf seinen Berechnungen. Die einen erbosten sich und protestierten rundheraus gegen die Hinterlegung. – »Gut! Die Sache klappt«, sagte Grandet und rieb sich die Hände beim Lesen der Briefe, die des Grassins ihm in diesem Zusammenhang schrieb. Ein paar andere erklärten sich mit der Hinterlegung nur unter der Bedingung einverstanden, daß ihre Rechte ausdrücklich anerkannt wurden, daß sie auf kein einziges verzichteten; sie behielten es sich sogar vor, den Konkurs erklären zu lassen. Neuer Schriftwechsel, auf den hin der Saumurer Grandet auf alle verlangten Vorbehalte einging. Auf Grund dieser Nachgiebigkeit bemühten sich die langmütigeren Gläubiger, den starrköpfigen Vernunft zu predigen. – »Dieser biedere Alte«, wurde zu des Grassins gesagt, »macht sich über Sie und über uns lustig.« Dreiundzwanzig Monate nach Guillaume Grandets Tod hatten viele der vom Auf und Ab des Pariser Geschäftslebens beanspruchten Kaufleute ihre Forderungen an Grandet vergessen, oder sie dachten nur noch daran, indem sie sich sagten: »Ich glaube, die siebenundvierzig Prozent sind alles, was ich aus dieser Geschichte herauskriege.« Der Böttcher hatte mit der Macht der Zeit gerechnet, die, wie er sagte, ein gutartiger Teufel ist. Gegen Ende des dritten Jahres schrieb des Grassins an Grandet, er habe die Gläubiger dahin gebracht, daß sie ihm gegen zehn Prozent der zwei Millionen vierhunderttausend Francs, die die Firma Grandet noch als Restsumme schuldig war, ihre Schuldtitel ausliefern wollten. Grandet antwortete, daß ja der Notar und der Wechselmakler, deren schreckliche Konkurse den Tod seines Bruders verursacht hatten, noch am Leben seien; sie ihrerseits konnten ja zahlungsfähig geworden sein, und sie müßten belangt werden, um aus ihnen etwas herauszuholen und das Defizit zu vermindern. Gegen Ende des vierten Jahres wurde das Defizit schlecht und recht auf die Summe von zwölfhunderttausend Francs festgesetzt. Es hatten deswegen Besprechungen zwischen den Liquidatoren und den Gläubigern und zwischen Grandet und den Liquidatoren stattgefunden. Kurzum, der heftig zur Entscheidung gedrängte Saumurer Grandet antwortete etwa im neunten Monat jenes Jahres den Liquidatoren, daß sein Neffe, der es in Indien zu Vermögen gebracht, die Absicht bekundet habe, die Schulden seines Vaters gänzlich zu bezahlen; er könne es nicht auf sich nehmen, sie nur zum Teil zu begleichen, ohne ihn vorher befragt zu haben; er erwarte eine Antwort. Um die Mitte des fünften Jahres wurden die Gläubiger noch immer durch das Wort ›gänzlich‹ in Schach gehalten, das der raffinierte Böttcher von Zeit zu Zeit fallen ließ; er lachte sich ins Fäustchen und sprach nie ohne ein schlaues Lächeln und einen Fluch die Worte aus: »Diese Pariser!« Die Gläubiger jedoch erwartete ein Schicksal, wie es in den Annalen der Handelswelt noch nicht dagewesen war. Sie werden sich noch zu dem Zeitpunkt in der gleichen Lage befinden, in die Grandet sie gebracht hatte, da die Ereignisse dieser Geschichte sie zwingen werden, aufs neue darin zu erscheinen. Als die Rentenpapiere auf 115 gestiegen waren, verkaufte Papa Grandet, zog aus Paris vierhunderttausend Francs in Gold ein, die sich in seinem Fäßchen mit den sechshunderttausend Francs angesammelter Zinsen vereinigten, die ihm seine Staatsschuldscheine eingebracht hatten. Des Grassins war in Paris geblieben. Und zwar aus folgenden Gründen: Erstens war er zum Abgeordneten ernannt worden; zweitens hatte er sich, obwohl Familienvater, den aber das öde Leben in Saumur langweilte, bis über beide Ohren in Florine verliebt, eine der hübschesten Schauspielerinnen am Théâtre de Madame[50], und so war bei dem Bankier der Quartiermeister wieder zum Durchbruch gekommen. Es erübrigt sich, über seine Verhaltensweise zu reden; sie wurde in Saumur als durch und durch unmoralisch betrachtet. Seine Frau war nur zu glücklich, daß sie Gütertrennung vereinbart hatte und klug genug gewesen war, das Bankhaus in Saumur zu leiten, dessen Geschäfte unter ihrem Namen weitergeführt wurden; so konnten die Lücken wieder aufgefüllt werden, die ihrem Vermögen durch Monsieur des Grassins' Narrheiten zugefügt worden waren. Die Cruchotiner übertrieben die heikle Situation der quasi Witwe so trefflich, daß sie ihre Tochter sehr schlecht verheiratete und auf die Eheschließung zwischen Eugénie Grandet und ihrem Sohn verzichten mußte. Adolphe zog zu seinem Vater nach Paris und wurde dort, so hieß es, ein recht übler Taugenichts. Die Cruchots triumphierten.

»Ihr Mann hat nicht die Spur von gesundem Menschenverstand«, sagte Grandet, als er Madame des Grassins eine Summe lieh, natürlich gegen Sicherheiten. »Sie tun mir sehr seid, Sie sind eine gute kleine Frau.«

»Ach«, erwiderte die arme Dame, »wer hätte glauben können, daß er an dem Tage, da er sich von Ihnen verabschiedete und nach Paris reiste, ins Unglück rennen würde?«

»Der Himmel ist mein Zeuge, Madame, daß ich bis zum letzten Augenblick alles getan habe, um ihn daran zu hindern. Der Herr Präsident hatte dort mit aller Gewalt an seine Stelle treten wollen; aber wenn er so großen Wert darauf legte, hinzureisen, dann wissen wir ja jetzt den Grund.«

Auf diese Weise hatte Grandet keinerlei Verpflichtungen gegenüber des Grassins.

In jeder Lebenslage haben die Frauen mehr Ursache zu Kümmernissen als der Mann und leiden mehr als er. Der Mann hat seine Kraft und kann seine Macht ausüben: er handelt, er geht, er beschäftigt sich, er denkt, er überschaut die Zukunft und findet darin Tröstungen. So tat auch Charles. Aber die Frau bleibt, wo sie ist, sie verharrt Auge in Auge mit dem Kummer, von dem nichts sie ablenkt, sie steigt bis in die letzte Tiefe des Abgrunds hinab, den er ihr aufgetan hat, ermißt ihn und füllt ihn oft mit ihren Wünschen und ihren Tränen. So tat auch Eugénie. Sie weihte sich ihrem Schicksal. Fühlen, lieben, leiden, sich aufopfern: das wird stets das Lebensthema der Frauen sein. Eugénie sollte ganz Frau sein, ohne das, was die Frau tröstet. Ihr Glück war, nach Bossuets[51] wundervollem Ausspruch, wie über eine Wand verteilte Nägel und sollte ihr eines Tages nicht einmal die hohle Hand füllen. Kümmernisse lassen nie auf sich warten, und für sie kamen sie nur zu bald. Am Morgen nach Charles' Abreise hatte das Haus Grandets für alle wieder sein gewöhnliches Aussehen angenommen, nur nicht für Eugénie, der es plötzlich recht leer vorkam. Sie wollte, daß Charles' Zimmer ohne Wissen des Vaters in dem Zustand verblieb, wie er es verlassen hatte. Madame Grandet und Nanon gaben sich willig zu Mitschuldigen dieses status quo[52] her.

»Wer weiß, ob er nicht weit eher wiederkommt, als wir glauben?« fragte sie.

»Ach, ich wollte, er wäre erst wieder hier«, antwortete Nanon. »Ich hatte mich so schön an ihn gewöhnt! Er war ein so freundlicher, so untadelhafter Herr, ein gewissermaßen hübscher, und lockig wie ein Mädchen.« Eugénie blickte Nanon an. – »Heilige

Jungfrau, Mademoiselle, Ihre Augen sehen aus, als wollten Sie Ihre Seele in die Verdammnis stürzen! So dürfen Sie die Leute nicht ansehen.«

Seit jenem Tage wurde Mademoiselle Grandets Schönheit neuer, anderer Art. Die ernsten Liebesgedanken, die sich langsam ihrer Seele bemächtigten, und die Würde der Frau, die geliebt wird, gaben ihren Zügen jenen Glanz, den die Maler durch den Heiligenschein darstellen. Vor der Ankunft des Vetters hatte Eugénie mit der Heiligen Jungfrau vor der Empfängnis verglichen werden können, nach seiner Abreise ähnelte sie der mütterlichen Madonna: sie hatte Liebe empfangen. Diese beiden Marien, die von einigen spanischen Malern so verschieden und so trefflich dargestellt worden sind, bilden eine der herrlichsten Gestalten des daran überreichen Christentums. Auf dem Heimweg von der Messe, die sie am Tag nach Charles' Abreise besucht und bei der sie gelobt hatte, täglich hinzugehen, kaufte sie beim Buchhändler der Stadt eine Weltkarte, die sie neben ihrem Spiegel annagelte, um dem Vetter auf seiner Reise nach Indien folgen zu können, um sich abends und morgens ein wenig auf das Schiff zu begeben, das ihn nach dort brachte; um ihn zu sehen, um tausend Fragen an ihn zu richten, ihn zu fragen: »Geht es dir gut? Leidest du auch nicht? Denkst du wohl an mich, wenn du den Stern siehst, dessen Schönheit und Nutzen du mich kennengelehrt hast?« Morgens blieb sie lange gedankenversunken unter dem Nußbaum sitzen, auf der wurmzernagten, mit zierlichen grauen Flechten bewachsenen Bank, wo sie einander so viele gute Dinge gesagt, wo sie die Luftschlösser ihres hübschen Haushalts gebaut hatten. Sie gedachte der Zukunft, wenn sie den Himmel durch die kleine Lücke betrachtete, die die Mauern ihr zu überschauen gestatteten; dann sah sie zu dem alten Mauerstück hinüber und zu dem Dach, unter dem Charles' Zimmer lag. Mit einem Wort: es war die einzelgängerische Liebe, die wahre, die ausdauert, die in alle Gedanken einschlüpft und zur Substanz wird oder, wie unsere Väter gesagt hätten, zum Stoff des Lebens. Wenn Papa Grandets sogenannte Freunde abends zum Spiel kamen, war sie fröhlich, verstellte sie sich; doch den ganzen Vormittag über plauderte sie mit der Mutter und Nanon über Charles. Nanon war sich darüber klar geworden, daß sie an den Leiden ihrer jungen Herrin teilnehmen konnte, ohne wider ihre Pflichten gegenüber ihrem alten Dienstherrn zu verstoßen; sie, die zu Eugénie gesagt hatte: »Hätte ich einen Mann gehabt, ganz für mich allein, dann wäre ich ihm ... in die Hölle gefolgt. Ich hätte ihn ... ich weiß nicht, was alles. Kurz und gut, ich wäre für ihn gestorben; aber ... nichts, gar nichts. Ich werde sterben, ohne zu wissen, was das Leben ist. Ob Sie mir wohl glauben, Mademoiselle, daß der alte Cornoiller, der aber trotzdem ein guter Mensch ist, mir um den Rock herumstreicht, natürlich meiner Zinsen wegen, wie alle, die hierher kommen und Ihnen den Hof machen, weil sie Monsieurs Schätze wittern? Ich merke das, weil ich noch eine feine Nase habe, wenn ich auch dick wie ein Turm bin; na schön, Mam'zelle, und es macht mir Spaß, obwohl es mit Liebe nichts zu tun hat.«

So verrannen zwei Monate. Das ehedem so eintönige häusliche Leben wurde jetzt durch die ungeheure Wichtigkeit des Geheimnisses bunter, das die drei Frauen noch intimer miteinander verknüpfte. Für sie weilte Charles nach wie vor unter dem grauen Gebälk dieses Saales und kam und ging. Abends und morgens öffnete Eugénie das Necessaire und betrachtete das Porträt ihrer Tante. Eines Morgens, als sie damit beschäftigt war, in den Zügen des Bildnisses nach denen Charles' zu suchen, wurde sie von ihrer Mutter überrascht. So wurde Madame Grandet in das fürchterliche Geheimnis des Austauschs eingeweiht, den der Reisende gegen Eugénies Schatz vollzogen hatte.

»Alles hast du ihm gegeben?« fragte die erschrockene Mutter. »Was willst du nun deinem Vater an Neujahr sagen, wenn er dein Geld sehen will?«

Eugénies Blick wurde starr, und die beiden Frauen verblieben den halben Vormittag über in tödlicher Angst. Sie waren so durcheinander geraten, daß sie das Hochamt versäumten und nur zur kurzen Messe gingen. In drei Tagen ging das Jahr 1819 zu Ende. In drei Tagen sollte eine schreckliche Handlung beginnen, eine bürgerliche Tragödie ohne Gift und Dolch und Blutvergießen; aber bezüglich der Darsteller grausamer als alle Dramen, die sich in der erlauchten Familie der Atriden[53] abgespielt haben.

»Was soll nur aus uns werden?« fragte Madame Grandet die Tochter und ließ ihr Strickzeug auf ihre Knie sinken.

Die arme Mutter litt seit Monaten unter einer solchen Unruhe, daß die wollenen Pulswärmer, die sie doch für den Winter so nötig brauchte, noch immer nicht fertig waren. Dieses dem Anschein nach nichtige häusliche Ereignis hatte für sie traurige Folgen. Da sie keine Pulswärmer hatte, packte der Frost sie auf eine tückische Weise mitten in einem Schweißausbruch, den ein furchtbarer Wutanfall ihres Mannes ausgelöst hatte.

»Ich denke, mein armes Kind, wenn du mir dein Geheimnis anvertraut hättest, dann hätten wir genügend Zeit gehabt, nach Paris an Monsieur des Grassins zu schreiben. Er hätte uns den deinen ähnliche Goldstücke schicken können; und wenn der Vater sie auch gut kennt, vielleicht ...«

»Aber woher hätten wir denn soviel Geld nehmen sollen?«

»Ich hätte mein Vermögen verpfändet. Übrigens hätte Monsieur des Grassins uns wohl ...«

»Dazu ist jetzt keine Zeit mehr«, unterbrach Eugénie mit dumpfer, völlig veränderter Stimme die Mutter. »Müssen wir nicht morgen früh in sein Schlafzimmer gehen und ihm ein gutes neues Jahr wünschen?«

»Aber, mein Kind, warum sollte ich mich nicht an die Cruchots wenden?«

»Nein, nein, das hieße, mich ihnen ausliefern und uns von ihnen abhängig machen. Überdies habe ich meinen Entschluß gefaßt. Ich habe recht getan, und ich mache mir keine Vorwürfe. Gott wird mich schützen. Sein heiliger Wille möge geschehen. – Ach, hättest du Charles' Brief gelesen, Mutter, dann hättest du nur an ihn gedacht.«

Am nächsten Morgen, dem 1. Januar 1820, gab die verständliche Angst, in deren Bann Mutter und Tochter standen, ihnen die natürliche Entschuldigung ein, nicht feierlich in Grandets Schlafzimmer zu gehen. Der Winter 1819/20 war einer der strengsten des Jahrhunderts. Der Schnee lag dick auf den Dächern.

Sobald Madame Grandet hörte, daß ihr Mann sich in seinem Zimmer rührte, rief sie ihm zu: »Mann, laß doch von Nanon bei mir ein bißchen Feuer machen; es friert so stark, daß ich unter meiner Decke zu Eis erstarre. Ich bin jetzt in einem Alter, wo ich Schonung nötig habe. Überdies«, fuhr sie nach einer kleinen Pause fort, »soll Eugénie sich bei mir anziehen. Das arme Mädchen könnte sich eine Krankheit holen, wenn sie bei solchem Wetter in ihrer Kammer Toilette macht. Wir wünschen dir dann nachher im Saal am Kamin ein gutes neues Jahr.«

»Tatatata, was redest du da? Wie fängst du das Jahr an, Frau? Soviel auf einmal hast du noch nie gesprochen. Dabei hast du gar kein in Wein getunktes Brot gegessen, meine ich.« Er schwieg einen Augenblick. »Na schön«, fuhr der Alte dann fort, dem der Vorschlag seiner Frau wohl gelegen kam, »ich will dir deinen Willen lassen. Du bist wirklich eine gute Frau, und ich will nicht, daß dir, wo du nun älter wirst, etwas zustößt, obwohl ja im allgemeinen die La Bertellières aus altem Zement gemacht sind. Oder etwa nicht?« rief er nach einer Pause. »Na, wir haben ja schließlich von ihnen geerbt, ich verzeihe ihnen.« Und er hustete.

»Du bist heute morgen fröhlich«, sagte die arme Frau ernst.

»Ich? Ich bin immer lustig . . .

Lustig, lustig, Böttcher du,
Flick den Bottich ohne Ruh'!«

fügte er hinzu und kam fertig angezogen in das Schlafzimmer seiner Frau. »Ja, bei diesem und jenem, es ist wahrhaftig wacker kalt. Wir wollen gut frühstücken, Frau. Des Grassins hat mir eine getrüffelte Gänseleberpastete geschickt! Ich will sie von der Poststelle abholen. Sicher hat er einen doppelten Napoleon für Eugénie mit hineingepackt«, flüsterte der Böttcher ihr ins Ohr. »Ich habe nämlich kein Gold mehr, Frau. Ich hatte zwar noch ein paar alte Stücke, dir kann ich es ja sagen; aber ich habe sie für die Geschäfte 'rausrücken müssen.« Und zur Feier des Neujahrstages küßte er sie auf die Stirn.

»Eugénie«, rief die gute Mutter, »ich weiß nicht, mit welchem Fuß dein Vater zuerst aufgestanden ist; aber er hat heute morgen gute Laune. – Paß auf, wir ziehen uns aus der Affäre.«

»Was ist denn nur in unseren Herrn gefahren?« sagte Nanon, als sie ins Zimmer ihrer Herrin kam, um das Feuer anzustecken. »Eben hat er zu mir gesagt: ›'n Morgen, Prost Neujahr, altes Rindvieh! Mach Feuer bei meiner Frau, es friert sie.‹ Was hab' ich für'n dummes Gesicht gemacht, als ich sehe, daß er mir die Hand hinhält und mir einen Taler zu sechs Francs, einen funkelnagelneuen, schenkt! Da, Madame, sehen Sie ihn sich bloß mal an! Ach, der brave Mann. Trotz alledem ist er ein feiner Kerl. Es gibt welche, die werden immer härter, je älter sie werden; aber er – er wird milde wie Ihr Johannisbeerlikör, und immer besser. Er ist ein Prachtkerl, ein guter Mensch . . .«

Das Geheimnis von Grandets Fröhlichkeit lag in dem völligen Gelingen seiner Spekulation. Monsieur des Grassins hatte dem Böttcher nach Abzug der Beträge für die Diskontierung der hundertfünfzigtausend Francs holländischer Wechsel und des Zuschusses, den er ihm vorgestreckt hatte, damit das für den Kauf der hunderttausend Francs Rentenpapiere erforderliche Geld zusammenkam, mit der Eilpost dreißigtausend Francs in Talern geschickt, den Rückstand seiner Halbjahrszinsen, und ihm eine Hausse der Staatspapiere in Aussicht gestellt. Sie standen damals auf 89, die berühmtesten Kapitalisten kauften sie Ende Januar zu 92. Grandet gewann innerhalb zweier Monate zwölf Prozent auf sein Kapital; er hatte seine Rechnungen ins reine gebracht und konnte fortan alle Halbjahr fünfzigtausend Francs einstreichen, ohne Steuern oder sonstige Abgaben zahlen zu brauchen. Er hatte endlich durchschaut, was es mit den Staatsrenten auf sich hatte, gegen die die Provinzler einen unüberwindlichen Widerwillen bekunden, und er sah sich nach fünf Jahren als Besitzer eines um sechs Millionen ohne große Mühe vergrößerten Kapitals; kam der Territorialwert seiner Liegenschaften hinzu, so ergab das ein kolossales Vermögen. Die sechs Francs, die er Nanon geschenkt hatte, waren vielleicht der Lohn für einen ungeheuren Dienst, den die Magd ohne ihr Wissen ihrem Herrn geleistet hatte.

»Nanu, nanu? Wo läuft denn Papa Grandet heute morgen hin, als wenn es brennte?« sagten sich die Kaufleute, die dabei waren, ihre Geschäfte zu öffnen. Als sie ihn dann vom Kai zurückkommen sahen, gefolgt vom Gepäckträger der Posthalterei, der einen Karren mit vollen Geldbeuteln schob, sagte der eine: »Das Wasser läuft stets in den Fluß, der Alte ist seinen Talern nachgelaufen.« – »Die bekommt er aus Paris, aus Froidfond und aus Holland«, sagte ein anderer. – »Der kauft noch mal ganz Saumur«, rief ein dritter. – »Der macht sich nichts aus der Kälte, der ist immer beim Geschäft«, sagte eine Frau zu ihrem Manne. – »Heda, heda, Monsieur Grandet, wenn es Ihnen zu schwer ist«, sagte ein Tuchhändler, sein nächster Nachbar, zu ihm, »dann nehme ich Ihnen gern etwas ab.«

»Ach, es sind bloß Soustücke«, antwortete der Winzer.

»Silber«, sagte der Gepäckträger leise.

»Wenn du willst, daß ich dir was gebe, dann zügele dein Maulwerk«, sagte der Alte zu dem Träger und machte die Haustür auf.

»Haha, der alte Fuchs! Ich dachte, er sei taub«, dachte der Gepäckträger. »Anscheinend kann er bei Frostwetter hören.«

»Da hast du zwanzig Sous als Neujahrsgeld, und jetzt hau ab! Verschwinde!« sagte Grandet zu ihm. »Deinen Karren bringt Nanon dir zurück. – Nanon, sind die Hänflinge in der Messe?«

»Ja.«

»Dann los, hoch die Pfoten, an die Arbeit«, rief er und packte ihr Geldbeutel auf. Im Handumdrehen waren die Taler in sein Zimmer befördert, wo er sich einschloß. »Wenn das Frühstück fertig ist, klopfst du an die Wand. Bring die Karre zur Posthalterei zurück.«

Die Familie frühstückte erst um zehn.

»Hier wird der Vater dich schwerlich bitten, ihm dein Geld zu zeigen«, sagte Madame Grandet zu ihrer Tochter, als sie von der Messe heimkamen. »Außerdem mußt du recht verfroren tun. Dann haben wir Zeit, deinen Schatz bis zu deinem Geburtstag wieder aufzufüllen . . .«

Grandet stieg die Treppe hinab und dachte dabei, daß er schleunigst seine Pariser Taler in gutes Gold verwandeln müsse, und er dachte auch an seine großartige Spekulation in Staatsrentenpapieren. Er hatte beschlossen, seine Einkünfte auf diese Weise anzulegen, bis die Renten auf hundert standen. Das war eine für Eugénie unheilvolle Überlegung. Sowie er hereinkam, wünschten die beiden Frauen ihm ein gutes neues Jahr; die Tochter fiel ihm dabei um den Hals und schmeichelte ihm, Madame Grandet blieb ernst und würdig.

»Haha, mein Kind«, sagte er und küßte die Tochter auf beide Wangen, »ich arbeite für dich, siehst du das ein . . .? Ich will dein Glück. Zum Glücklichsein gehört Geld. Ohne Geld, Prost Mahlzeit! Da, sieh, ein ganz neuer Napoleon, hab' ich aus Paris kommen lassen. Verdammt noch mal, hier im Haus ist kein Gran Gold. Zeig mir dein Gold, Töchterlein.«

»Ach was, es ist viel zu kalt, laß uns frühstücken«, antwortete Eugénie.

»Na ja, dann nachher, was? Das hilft uns dann bei der Verdauung. – Der dicke des Grassins, der hat uns das hier trotz alledem geschickt«, fuhr er fort. »Also eßt, Kinder, es kostet uns ja nichts. Des Grassins, der kommt gut weiter, ich bin mit ihm zufrieden. Dieser Seehecht tut etwas für Charles, und noch dazu gratis. Er bringt die Angelegenheiten meines armen toten Bruders tadellos in Ordnung. – Oha, oha!« sagte er nach einer Pause mit vollem Munde, »das schmeckt gut! Iß doch, Frau! Das nährt einen mindestens für zwei Tage.«

»Ich habe keinen Hunger, ich habe einen schwachen Magen, du weißt es ja.«

»Ach was, du kannst dich getrost vollstopfen und brauchst keine Angst zu haben, daß dir dein Koffer platzt; du bist eine La Bertellière, eine Frau, die was verträgt. Du bist zwar bloß ein gelbes Krümchen, aber ich mag nun mal alles Gelbe.«

Das Warten auf einen schmachvollen, öffentlichen Tod ist für einen Verurteilten vielleicht weniger grauenhaft, als es für Madame Grandet und ihre Tochter das Warten auf die Ereignisse war, die dieses Familienfrühstück abschließen sollten. Je fröhlicher der alte Winzer einherredete und aß, desto mehr krampften die Herzen der beiden Frauen sich zusammen. Dennoch hatte die Tochter in dieser Lage einen Halt: sie schöpfte Kraft aus ihrer Liebe.

»Für ihn, für ihn«, sagte sie sich, »würde ich tausend Tode erleiden.«

Als sie das dachte, warf sie der Mutter vor Mut flammende Blicke zu.

»Räum das alles ab«, sagte Grandet zu Nanon, als gegen elf das Frühstück beendet war; »aber laß uns den Tisch stehen. Jetzt können wir uns in aller Ruhe deinen kleinen Schatz ansehen«, sagte er zu Eugénie und sah sie an. »Klein? Nein, wahrhaftig, das ist er nicht. Du hast, nach dem eigentlichen Wert, fünftausendneunhundertneunundfünfzig Francs, dazu die vierzig von heute morgen, das macht sechstausend Francs weniger einen. Na schön, diesen einen Franc, den schenke ich dir, damit es eine runde Summe wird; denn siehst du, Töchterlein . . . Na? Was horchst du da, Nanon? Mach dich auf die Socken und geh an deine Arbeit«, sagte der Alte. Nanon verschwand. – »Hör mal zu, Eugénie, du mußt mir dein Gold geben. Das wirst du doch deinem Papachen nicht ablehnen, nicht wahr, Töchterlein, Kleines, was?« Die beiden Frauen saßen stumm da. – »Ich habe nämlich kein Gold mehr. Ich hatte was, aber jetzt habe ich keins mehr. Ich gebe dir sechstausend Francs in Livres, und die legst du dann an, wie ich es dir sage. Wenn ich dich verheirate, und das soll bald geschehen, suche ich dir einen Mann aus, der dir das schönste ›Dutzend‹ bieten kann, von dem je in der Provinz geredet worden ist. Hör doch, Töchterlein. Es bietet sich eine schöne Gelegenheit: du kannst deine sechstausend Francs bei der Regierung anlegen, dann bekommst du alle Halbjahr etwa zweihundert Francs Zinsen, ohne Steuern, ohne Abgaben, ohne Hagel, Frost, Ebbe und Flut oder was sonst die Einkünfte verringert. Du scheust dich vielleicht, dich von deinem Gold zu trennen, was, Töchterlein? Aber bring es mir trotzdem her. Ich sammle wieder Goldstücke für dich, Holländer, Portugaleser, Mogul-Rupien, Genueser, und mit denen, die du von mir an Festtagen bekommst, hast du in drei Jahren die Hälfte deines hübschen kleinen Goldschatzes wieder beisammen. Was sagst du dazu, Töchterlein? Los, hoch die Nase. Also geh und hol ihn, den Goldschatz. Eigentlich müßtest du mich auf die Augen küssen, weil ich dir einfach so die Geheimnisse und Mysterien vom Leben und Tod der Taler anvertraue. Die Taler leben nämlich und wimmeln genau wie die Menschen: das geht, das kommt, das schwitzt, das vermehrt sich.«

Eugénie stand auf, tat ein paar Schritte nach der Tür hin, drehte sich jäh um, blickte dem Vater ins Gesicht und sagte: »Ich habe *mein* Gold nicht mehr.«

»Du hast dein Gold nicht mehr?« schrie Grandet und bäumte sich wie ein Pferd, das zehn Schritt von sich entfernt einen Kanonenschuß hört.

»Nein, ich habe es nicht mehr.«

»Du irrst dich, Eugénie.«

»Nein.«

»Beim Rebmesser meines Vaters!«

Wenn der Böttcher diesen Fluch ausstieß, zitterten die Balken.

»Du großer Gott und alle Heiligen! Madame wird ganz blaß«, rief Nanon.

»Mann, dein Zorn bringt mich ins Grab«, sagte die arme Frau.

»Tatatata, in eurer Familie stirbt man nicht so leicht! – Eugénie, was hast du mit deinen Goldstücken gemacht?« schrie er und stürzte auf sie zu.

»Vater«, sagte die Tochter und kniete neben Madame Grandet nieder, »meine Mutter ist sehr krank. Sieh nur, bring sie nicht um.«

Grandet erschrak über die Blässe seiner Frau, die sich über ihr sonst gelbes Gesicht gebreitet hatte.

»Nanon, hilf mir ins Bett«, sagte die Mutter mit schwacher Stimme. »Ich sterbe.«

Sogleich gab Nanon ihrer Herrin den Arm, Eugénie tat dasselbe, und nur mit unendlicher Mühe konnten sie sie in ihr Zimmer schaffen, weil sie bei jeder Stufe in Ohnmacht fiel. Grandet blieb allein. Doch nach ein paar Minuten stieg er sieben oder acht Stufen hinauf und rief: »Eugénie, wenn deine Mutter im Bett liegt, kommst du 'runter.«

»Ja, Vater.«

Nachdem sie ihre Mutter beschwichtigt hatte, kam sie sofort.

»Tochter«, sagte Grandet zu ihr, »sag mir jetzt, wo dein Schatz ist.«

»Vater, wenn du mir Geschenke machst, über die ich nicht frei verfügen kann, dann nimm sie zurück«, antwortete Eugénie kalt, nahm den Napoleon vom Kaminsims und hielt ihn ihm hin.

Grandet langte hastig nach dem Napoleon und steckte ihn in die Hosentasche.

»Das glaub' ich, daß ich dir nichts mehr schenken werde: nicht mal das!« sagte er und klopfte mit dem Daumennagel an seinen Schneidezahn. »Du verachtest also deinen Vater, du hast also kein Vertrauen zu ihm, du weißt nicht, was ein Vater ist. Wenn er dir nicht alles bedeutet, dann bedeutet er dir überhaupt nichts. Wo ist dein Gold?«

»Vater, ich liebe und achte dich, trotz deines Zornes; aber ich gebe dir in aller Demut zu bedenken, daß ich dreiundzwanzig Jahre alt bin. Du hast mir viel zu oft gesagt, ich sei volljährig, als daß ich es nicht wüßte. Ich habe mit meinem Geld getan, was mir beliebte, und du kannst sicher sein, daß es gut angelegt ist...«

»Wo?«

»Das ist ein unverbrüchliches Geheimnis«, sagte sie. »Hast du nicht ebenfalls deine Geheimnisse?«

»Bin ich nicht das Familienoberhaupt, kann ich nicht meinen Geschäften nachgehen?«

»Dies ist eben *mein* Geschäft.«

»Es muß ein recht schlechtes Geschäft sein, wenn du es deinem Vater nicht sagen kannst, Mademoiselle Grandet.«

»Es ist ausgezeichnet, und dennoch kann ich es meinem Vater nicht sagen.«

»Aber doch wenigstens, *wann* du dein Gold weggegeben hast?« Eugénie schüttelte den Kopf. – »An deinem Geburtstag hast du es doch noch gehabt, was?« Eugénie, die die Liebe ebenso gewitzt gemacht hatte, wie ihren Vater der Geiz, verneinte abermals durch ein Kopfschütteln.

»Hat man je eine solche Bockigkeit, eine solche Dieberei erlebt?« sagte Grandet mit einem Crescendo[54] der Stimme, die nach und nach das Haus erdröhnen ließ. »Was? Hier, in meinem eigenen Haus, in meiner Wohnung, soll dir jemand dein Gold abgenommen haben? Das einzige Gold, das hier vorhanden war, und ich soll nicht erfahren, wer? Gold ist etwas sehr Kostbares. Die anständigsten Mädchen können Fehltritte begehen, wer weiß was verschenken, das kommt in den besten Familien vor, und sogar in bürgerlichen; aber Gold verschenken? Denn du hast es natürlich jemandem geschenkt, was?« Eugénie blieb unbeweglich. »Hat man je solch eine Tochter gesehen? Bin ich dein Vater oder nicht? Wenn du es angelegt hast, dann mußt du eine Quittung haben ...«

»Hat es mir freigestanden, damit zu machen, was mich gut dünkte, ja oder nein? Hat es mir gehört?«

»Aber du bist doch ein Kind.«

»Volljährig.«

Grandet war durch die Logik seiner Tochter zu Boden geschmettert; er wurde blaß, stampfte mit dem Fuß auf, fluchte; endlich fand er die Sprache wieder und schrie: »Verfluchte Schlange von Tochter! Ach, du böse Brut, du weißt ganz genau, daß ich dich liebhabe, und du treibst damit Mißbrauch. Sie erwürgt ihren Vater! Bei Gott, wahrscheinlich hast du diesem Barfüßer in Maroquinstiefeln unser Vermögen vor die Füße geworfen. Beim Rebmesser meines Vaters, enterben kann ich dich nicht, bei allen Weinfässern! Aber ich verfluche dich, dich, deinen Vetter und deine Kinder! Du wirst schon sehen, daß bei alledem nichts Gutes herauskommt, hast du verstanden? Wenn du es Charles gegeben hättest ... Ach, Unsinn, das ist nicht möglich. Was? Dieser elende Zierbengel sollte mich ausgeplündert haben ...?« Er starrte die Tochter an, die stumm und kalt dastand. – »Sie rührt sich nicht, sie zuckt nicht mit der Wimper, sie ist mehr Grandet, als ich es bin. Du hast doch hoffentlich dein Gold nicht für nichts und wieder nichts weggegeben? Na, sag es doch!« Eugénie warf dem Vater einen ironischen Blick zu, der ihn beleidigte. »Eugénie, du bist in meinem Haus, bei deinem Vater. Wenn du hierbleiben willst, mußt du dich meinen Befehlen unterwerfen. Die Priester befehlen dir, mir zu gehorchen.« Eugénie senkte den Kopf. »Du beleidigst mich im Teuersten, das ich besitze«, fuhr er fort, »ich will dich mir gefügig machen. Geh in dein Zimmer. Darin bleibst du, bis ich dir erlaube, es zu verlassen. Nanon bringt dir Brot und Wasser. Hast du mich verstanden? Weg mit dir!«

Eugénie brach in Tränen aus und eilte zu ihrer Mutter. Nachdem Grandet einigemal in seinem verschneiten Garten umhergegangen war, ohne sich der Kälte bewußt zu werden, ahnte er, daß seine Tochter zu seiner Frau gelaufen sein müsse; und da es ihn entzückte, sie bei der Nichtbefolgung seiner Befehle zu ertappen, klomm er mit der Behendigkeit eines Katers die Treppen hinauf und erschien in dem Augenblick in Madame Grandets Zimmer, als diese Eugénies Haar streichelte; Eugénie hatte das Gesicht in den mütterlichen Schoß geschmiegt.

»Tröste dich, armes Kind; dein Vater wird sich schon beruhigen.«

»Sie hat keinen Vater mehr«, sagte der Böttcher. »Stammt eine so ungehorsame Tochter wie die da tatsächlich von dir und mir, Frau? Schöne Erziehung, und vor allem schöne Frömmigkeit! Was? Du bist nicht in deinem Zimmer? Marsch, ins Gefängnis, ins Gefängnis, Mademoiselle!«

»Willst du mich meiner Tochter berauben?« fragte Madame Grandet, ihr Gesicht war fiebergerötet.

»Wenn du sie bei dir behalten willst, dann nimm sie mit, macht beide, daß ihr aus dem Hause kommt. Zum Donnerwetter, wo ist das Gold, was ist aus dem Gold geworden?«

Eugénie stand auf, warf dem Vater einen stolzen Blick zu und ging in ihr Schlafzimmer, das der Alte abschloß.

»Nanon«, rief er, »lösch das Feuer im Saal.« Und damit setzte er sich in einen Sessel am Kamin seiner Frau und sagte zu ihr: »Sicher hat sie es dem elenden Verführer, diesem Charles, geschenkt; der hatte es ja bloß auf unser Geld abgesehen.«

Madame Grandet brachte in der Gefahr, die ihre Tochter bedrohte, und in ihrer Liebe zu ihr genügend Kraft auf, dem Anschein nach kalt, stumm und taub zu bleiben.

»Von alledem weiß ich nichts«, antwortete sie und drehte sich nach der Wand hin, damit sie nicht die funkelnden Blicke ihres Mannes zu ertragen brauchte. »Ich leide so sehr unter deiner Heftigkeit, daß ich, wenn ich meinen trüben Ahnungen Glauben schenke, nur mit den Füßen voran dieses Zimmer verlasse. Du hättest gerade jetzt auf mich Rücksicht nehmen müssen, auf mich, die ich dir nie Kummer bereitet habe, wie ich wenigstens glaube. Deine Tochter hat dich lieb, ich halte sie für so unschuldig wie ein neugeborenes Kind; also tu ihr nicht weh, widerruf dein Urteil. Es herrscht sehr strenge Kälte, du könntest schuld daran werden, daß sie ernstlich erkrankt.«

»Ich will sie weder sehen noch mit ihr sprechen. Sie bleibt bei Wasser und Brot in ihrem Zimmer, bis sie ihren Vater zufriedengestellt hat. Zum Teufel, ein Familienoberhaupt muß doch wissen, wo das Gold in seinem Haus hinkommt. Sie hat vielleicht die einzigen Rupien besessen, die es in Frankreich gab, und dann die Genueser, die holländischen Dukaten.«

»Mann, Eugénie ist unser einziges Kind, und sogar, wenn sie sie ins Wasser geworfen hätte ...«

»Ins Wasser?« schrie der Alte, »ins Wasser! Du bist verrückt, Frau. Was ich gesagt habe, das habe ich gesagt, das weißt du. Wenn du Frieden im Haus haben willst, dann nimm deine Tochter ins Gebet, zieh ihr die Würmer aus der Nase! Frauen unter sich verstehen sich darauf besser als wir Männer. Was sie auch getan haben mag: ich werde sie schon nicht auffressen. Hat sie Angst vor mir? Und wenn sie ihren Vetter von Kopf bis Füßen vergoldet hätte: er ist auf hoher See, haha, wir können ihm nicht nachlaufen ...«

»Na, und, Mann?« Der Scharfblick der Madame Grandet, der

durch die Nervenkrise, in der sie sich befand, oder durch das Unglück der Tochter, das ihre Liebe und ihre Klugheit gesteigert hatte, angeregt worden war, ließ sie im Nasengewächs ihres Mannes eine schreckliche Bewegung wahrnehmen, als sie ihm gerade antworten wollte; also änderte sie ihren Gedankengang, ohne den Tonfall zu ändern. – »Na, und, Mann? Habe ich etwa mehr Gewalt über sie als du? Sie hat mir nichts gesagt; sie ist nach dir geartet.«

»Du lieber Himmel! Was für ein Mundwerk du heute morgen hast! Tatatata, ich glaube, du führst mich an der Nase herum. Vielleicht steckst du mit ihr unter einer Decke.«

Er sah seine Frau starr an.

»Wahrhaftig, Mann, wenn du mich ins Grab bringen willst, dann brauchst du bloß so weiterzumachen. Ich sage dir, Mann, und sollte es mich das Leben kosten, ich sage es immer wieder: du hast deiner Tochter gegenüber unrecht; sie ist vernünftiger als du. Das Geld hat ihr gehört, sie hat nur guten Gebrauch davon machen können, und einzig Gott darf um unsere guten Werke wissen. Mann, ich flehe dich an, sei wieder gut zu Eugénie . . .! Dann milderst du die Wirkung des Schlages, den deine Wut mir versetzt hat, und du rettest mir vielleicht das Leben. Meine Tochter, Mann, gib mir meine Tochter wieder!«

»Ich räume das Feld«, sagte er. »Mein Haus wird mir unerträglich; Mutter und Tochter halten kluge Reden und sprechen, als ob . . . Brrr! Puh! Ihr habt mir ein schönes Neujahrsgeschenk gemacht! – Eugénie!« rief er. »Ja, ja, heule nur! Was du getan hast, das wirst du noch bereuen, hast du verstanden? Was kommt dabei heraus, wenn du alle Vierteljahr sechsmal zur Kommunion gehst, wenn du deines Vaters Gold heimlich einem Nichtstuer gibst, der dir noch dein Herz aufessen wird, wenn du ihm nichts anderes mehr zu bieten hast? Du wirst schon sehen, was dein Charles mit seinen Maroquinstiefeln und seiner Rührmichnichtan-Miene wert ist. Er hat weder Herz noch Seele, wenn er es wagt, ohne Einwilligung der Eltern mit dem Schatz eines armen Mädchens auf und davon zu gehen.«

Als die Tür nach der Straße hin ins Schloß gefallen war, kam Eugénie aus ihrem Zimmer und setzte sich zu ihrer Mutter. – »Du hast für deine Tochter viel Mut aufgebracht«, sagte sie zu ihr.

»Siehst du jetzt, Kind, wohin verbotene Dinge führen ...? Du hast mich eine Lüge sagen lassen.«

»Oh, ich will Gott bitten, daß er nur mich dafür bestraft.«

»Ist es denn wahr?« rief die verstörte Nanon, als sie hereinkam, »Mademoiselle soll den Rest ihrer Lebenstage bei Wasser und Brot verbringen?«

»Was macht das schon aus, Nanon?« fragte Eugénie ruhig.

»Ach, nie wieder will ich ›Frippe‹ essen, wenn die Tochter des Hauses trockenes Brot ißt. Nein, nein.«

»Kein Wort mehr über all das, Nanon«, sagte Eugénie.

»Gut, ich halte den Mund, aber Sie werden schon sehen.«

Zum erstenmal seit vierundzwanzig Jahren aß Grandet allein zu Abend.

»Jetzt sind Sie also Witwer«, sagte Nanon zu ihm. »Muß schauderhaft sein, wenn man Witwer ist und zwei Frauen im Hause hat.«

»Ich rede nicht mit dir. Halt die Klappe, oder ich setze dich vor die Tür. Was hast du eigentlich in der Kasserolle, die ich da auf dem Herd brodeln höre?« – »Ich lasse Fett aus.«

»Heute abend kommt Besuch, steck das Feuer an.«

Die Cruchots, Madame des Grassins und deren Sohn kamen um acht und staunten, daß sie weder Madame Grandet noch ihre Tochter zu Gesicht bekamen.

»Meiner Frau ist nicht ganz wohl. Eugénie ist bei ihr«, sagte der alte Winzer; sein Gesicht verriet keinerlei Bewegung.

Nach einer Stunde gleichgültigen Hinundhergeredes kam Madame des Grassins, die nach oben gegangen war, um Madame Grandet zu besuchen, wieder herunter; alle fragten sie: »Wie geht es Madame Grandet?«

»Na, ganz und gar nicht gut, ganz und gar nicht«, antwortete sie. »Ihr Zustand kommt mir wirklich besorgniserregend vor. In ihrem Alter ist größte Vorsicht geboten, Papa Grandet.«

»Das werden wir schon sehen«, antwortete der alte Winzer mit zerstreuter Miene.

Alle verabschiedeten sich. Als die Cruchots auf der Straße waren, sagte Madame des Grassins zu ihnen: »Bei den Grandets muß irgend etwas vorgefallen sein. Die Mutter ist sehr krank, ohne daß sie es ahnt. Die Tochter hat rote Augen, wie jemand, der lange geweint hat. Ob sie sie gegen ihren Willen verheiraten wollen?«

Als der Winzer zu Bett gegangen war, kam Nanon auf Strümpfen zu Eugénie geschlichen und brachte ihr eine Pastete, die sie in der Kasserolle bereitet hatte.

»Da, Mademoiselle«, sagte das gute Mädchen, »Cornoiller hat mir einen Hasen geschenkt. Sie essen so wenig, daß diese Pastete wohl acht Tage vorhalten wird; und bei dem Frost wird sie schon nicht verderben. Da brauchen Sie wenigstens kein trockenes Brot zu essen. Das ist nämlich ganz und gar nicht gesund.«

»Arme Nanon«, sagte Eugénie und drückte ihr die Hand.

»Ich habe sie besonders gut gemacht, ganz delikat, und *er* hat überhaupt nichts gemerkt. Ich habe Speck genommen, Lorbeer, alles für meine sechs Francs; darüber kann ich doch wohl verfügen.« Dann beeilte sich die Magd, wegzukommen; sie glaubte Grandet zu hören.

Ein paar Monate lang besuchte der Winzer zu unterschiedlichen Tageszeiten beständig seine Frau, ohne den Namen der Tochter auszusprechen, ohne sie zu sehen, ohne auch nur im mindesten auf sie anzuspielen. Madame Grandet verließ ihr Zimmer nie, und ihr Zustand verschlimmerte sich von Tag zu Tag. Nichts machte den alten Böttcher nachgiebig. Er blieb unerschütterlich, hart und kalt wie ein Granitpfeiler. Er fuhr damit fort, zu kommen und zu gehen, wie er es gewohnt war; aber er stotterte nicht mehr, er sprach weniger und bezeigte sich bei seinen Geschäften schroffer denn je. Oft unterlief ihm in seinen Zahlen ein Irrtum. – »Bei den Grandets ist etwas passiert«, sagten die Cruchotiner und die Grassinisten. – »Was mag nur in der Familie Grandet geschehen sein?« war eine gängige Frage, die man ganz allgemein auf allen Abendgesellschaften in Saumur einander stellte. Eugénie ging unter dem Geleit Nanons zum Gottesdienst. Wenn beim Verlassen der Kirche Madame des Grassins ein paar Worte an sie richtete, antwortete sie ausweichend und ohne deren Neugier zu stillen. Dennoch war es nach Ablauf zweier Monate unmöglich, den drei Cruchots oder Madame des Grassins das Geheimnis von Eugénies Zimmerarrest zu verbergen. Es kam ein Augenblick, da es an Vorwänden mangelte, ihre beständige Abwesenheit zu rechtfertigen. Und die ganze Stadt erfuhr, ohne daß zu erfahren gewesen wäre, wer das Geheimnis verraten hatte, Mademoiselle Grandet werde seit dem Neujahrstage auf Befehl ihres Vaters bei Wasser und Brot und ohne Heizung in ihrem Zimmer eingeschlossen gehalten; Nanon bereite ihr Leckerbissen und trage sie ihr zur Nachtzeit hinauf; und man wußte sogar, daß das junge Mädchen ihre Mutter nur aufsuchen und pflegen konnte, wenn ihr Vater nicht daheim war. Grandets Verhalten wurde damals sehr streng beurteilt. Die ganze Stadt erklärte ihn sozusagen in die Acht, gedachte seiner Verrätereien, seiner Härte und exkommunizierte ihn. Wenn er vorüberging, wurde mit dem Finger auf ihn gezeigt und getuschelt. Wenn seine Tochter die gewundene Straße hinab zur Messe ging, von Nanon begleitet, traten alle Einwohner an die Fenster und musterten neugierig die Haltung der reichen Erbin und ihr Gesicht, in dem sich engelhafte Schwermut und Sanftheit abzeichneten. Ihr Gefangensein, die Ungnade ihres Vaters bedeuteten ihr nichts. Sah sie nicht die Weltkarte, die kleine Bank, das Mauerstückchen, spürte sie nicht immer von neuem den Honig auf den Lippen, den die Küsse der Liebe dort hinterlassen hatten? Eine Zeitlang wußte sie nichts von den Gesprächen, deren Gegenstand sie in der Stadt war, gerade wie ihr Vater nichts davon wußte. Da sie vor Gott fromm und rein war, halfen ihr Gewissen und ihre Liebe ihr, geduldig den väterlichen Zorn, die väterliche Rachsucht zu ertragen. Doch ein tiefer Schmerz ließ alle anderen Schmerzen verstummen. Ihre Mutter, dies süße, zärtliche Geschöpf, das durch den Glanz immer schöner wurde, den ihre Seele ausstrahlte, je näher sie dem Grabe kam, ihre Mutter schwand von Tag zu Tag mehr hin. Oftmals machte Eugénie sich Vorwürfe, daß sie die unschuldige Ursache der grausamen, der langsamen Krankheit sei, die die Mutter verzehrte. Obwohl diese Gewissensbisse durch die Mutter beschwichtigt wurden, knüpften sie Eugénie nur noch fester an ihre Liebe. Jeden Morgen, sobald der Vater das Haus verlassen hatte, kam sie ans Lager der Mutter, und dorthin brachte Nanon ihr das Frühstück. Aber die arme, bekümmerte Eugénie, die die Schmerzen der Mutter mitlitt, zeigte mit einer stummen Geste auf deren Gesicht, weinte und wagte nicht, von ihrem Vetter zu sprechen. Madame Grandet war als die erste genötigt, sie zu fragen: »Wo ist *er*? Warum schreibt *er* nicht?«

Mutter und Tochter hatten keine Ahnung von Entfernungen.

»Wir wollen an ihn denken, Mutter«, antwortete Eugénie, »und nicht von ihm sprechen. Du hast Schmerzen, du vor allem.«

›Alles‹ – das war *er*.

»Kind«, sagte Madame Grandet, »mich verlangt nicht nach dem Leben. Gott hat seine Hand über mich gehalten, weil er mich mit Freuden dem Ende meiner Leiden entgegensehen läßt.«

Alle Worte dieser Frau waren heiligmäßig und christlich. War ihr Mann zur Frühstückszeit bei ihr und ging in ihrem Zimmer auf und ab, so sagte sie ihm während der ersten Monate des Jahres immer dasselbe; sie wiederholte es mit engelhafter Geduld, aber mit der Festigkeit einer Frau, der ein naher Tod den Mut gegeben, der ihr im Leben gefehlt hatte.

»Mann, ich danke dir für den Anteil, den du an meiner Gesundheit nimmst«, antwortete sie, wenn er die banalste aller Fragen an sie gerichtet hatte; »aber wenn du mir meine letzten Augenblicke weniger bitter machen und meine Schmerzen lindern willst, dann wende unserer Tochter wieder deine Liebe zu; bezeig dich als Christ, Gatte und Vater.«

Wenn Grandet diese Worte vernahm, setzte er sich zu ihr ans Bett und verhielt sich wie jemand, der einen Platzregen kommen sieht und sich ruhig in den Schutz einer Toreinfahrt begibt: schweigend hörte er seine Frau an und erwiderte kein Wort. Waren die rührendsten, zärtlichsten, frömmsten Flehbitten an ihn gerichtet worden, so sagte er: »Du bist heute ein bißchen bläßlich, meine arme Frau.« Völliges Vergessen seiner Tochter schien auf seiner steingutharten Stirn, auf seinen gepreßten Lippen geschrieben zu stehen. Nicht einmal die Tränen gingen ihm nahe, die seine unbestimmten Antworten, deren Wortlaut sich kaum je änderte, über das weiße Gesicht seiner Frau rinnen ließen.

»Gott möge dir verzeihen«, sagte sie, »wie ich selber dir verzeihe. Eines Tages wirst du Nachsicht nötig haben.«

Seit der Erkrankung seiner Frau hatte er nicht mehr gewagt, sich seines schrecklichen ›Tatatata‹ zu bedienen. Aber sein Despotismus war durch diesen Engel an Sanftmut nicht entwaffnet worden, dessen Häßlichkeit von Tag zu Tag mehr hinschwand; der Ausdruck der seelischen Werte, die auf ihrem Antlitz erblüht waren, hatte sie vertrieben. Sie war ganz Seele. Der gute Geist des Gebets schien die gröbsten Züge ihres Gesichts zu reinigen und zu verfeinern, und er ließ es leuchten. Wer hätte nicht das Phänomen einer solchen Verklärung auf frommen Gesichtern beobachtet, in denen die Gewohnheiten der Seele schließlich über die am rohesten gezeichneten Züge triumphieren, indem sie ihnen die besondere Belebung aufprägen, die dem Adel und der Reinheit aufwärts strebender Gedanken eigen sind? Der Anblick dieser Verklärung, die von Schmerzen vollbracht wurde, die die irdischen Fetzen des menschlichen Seins dieser Frau verzehrten, wirkte sich auch, wenngleich schwach, auf den alten Böttcher aus, dessen Charakter ehern blieb. Seine Redeweise war nicht länger verächtlich; sein Verhalten beherrschte ein unerschütterliches Schweigen, durch das er seine Überlegenheit als Familienvater bewahrte. Erschien seine getreue Nanon auf dem Markte, so pfiffen ihr plötzlich ein paar Kalauer, ein paar Schmähworte gegen ihren Herrn um die Ohren; aber obgleich die öffentliche Meinung Papa Grandet laut verurteilte, verteidigte die Magd ihn aus Stolz auf die Familie.

»Na, was denn?« sagte sie zu denen, die über den Alten herzogen, »werden wir alle nicht im Alter härter? Warum soll ausgerechnet dieser Mann nicht ein bißchen verknöchern? Haltet doch eure Lügenmäuler. Mademoiselle lebt wie eine Königin. Sie ist allein, na, was denn, das mag sie nun mal. Außerdem hat meine Herrschaft ihre guten Gründe.«

Endlich, eines Abends gegen Frühlingsende, vertraute Madame Grandet, die noch mehr vom Kummer als durch die Krankheit aufgerieben wurde, ihr geheimes Leid den Cruchots an.

»Ein dreiundzwanzigjähriges Mädchen nur mit Wasser und Brot ernähren . . .?« rief der Präsident de Bonfons, »und noch dazu ohne Grund? Aber das ist ja widerrechtliche Mißhandlung; dagegen kann sie Protest einlegen, und ebenso gegen . . .«

»Komm, Neffe, laß dein Gerichtskauderwelsch. Seien Sie getrost, Madame, ich sorge dafür, daß mit dieser Zimmerhaft ab morgen Schluß ist.«

Als Eugénie hörte, daß von ihr die Rede war, kam sie aus ihrem Zimmer heraus.

»Meine Herren«, sagte sie und trat mit einer stolzen Bewegung vor, »ich bitte Sie, sich nicht mit dieser Angelegenheit zu befassen. Mein Vater ist Herr in seinem Hause. Solange ich darin wohne, muß ich ihm gehorchen. Sein Verhalten unterliegt nicht der Billigung oder Mißbilligung von Welt und Gesellschaft; einzig Gott ist er Rechenschaft schuldig. Ich verlange von Ihrer Freundschaft in diesem Zusammenhang tiefstes Schweigen. Meinen Vater schmähen heißt unser Ansehen verletzen. Ich bin Ihnen dankbar für die Anteilnahme, die Sie mir bezeigen; aber Sie würden mich Ihnen noch mehr verpflichten, wenn Sie den beleidigenden Gerüchten ein Ende machten, die in der Stadt im Umlauf sind; ich habe durch Zufall davon gehört.«

»Sie hat recht«, sagte Madame Grandet.

»Mademoiselle, das beste Mittel, die Leute am Schwatzen zu hindern, wäre, Ihnen die Freiheit wiederzugeben«, antwortete ihr respektvoll der alte Notar, den die Schönheit betroffen gemacht hatte, die Zurückgezogenheit, Schwermut und Liebe Eugénie aufgeprägt hatten.

»Doch, Kind, überlaß es Monsieur Cruchot, diese Sache zu ordnen; er verbürgt sich ja doch für den Erfolg. Er kennt deinen Vater und weiß, wie man ihn anpacken muß. Wenn ich während der kurzen Zeit, die zu leben mir noch bleibt, glücklich sein soll, dann müßt ihr, dein Vater und du, euch versöhnen.«

Am anderen Morgen machte Grandet der Gewohnheit entsprechend, die er seit Eugénies Einschließung angenommen hatte, ein paar Rundgänge durch seinen kleinen Garten. Er hatte für diese Gänge die Zeit ausgewählt, da Eugénie sich kämmte. Wenn der Alte an den dicken Nußbaum kam, versteckte er sich hinter dem Stamm, blieb ein paar Augenblicke stehen und betrachtete das lange Haar der Tochter, und sicherlich schwankte er zwischen den Gedanken, die die Zähigkeit seines Charakters ihm eingaben, und dem Verlangen, sein Kind zu umarmen und zu küssen. Oft saß er auf der kleinen, vermoderten Holzbank, wo Charles und Eugénie einander ewige Liebe geschworen hatten, und während dieser Zeit betrachtete sie den Vater verstohlen oder in ihrem Spiegel. Wenn er aufstand und seinen Rundgang abermals begann, setzte sie sich willfährig ans Fenster und schaute nach dem Mauerstück hinüber, an dem die hübschesten Blumen herunterhingen, zwischen den Rissen hervor sproßten Venushaar, Winden und eine gelbe oder weiße Fettpflanze, ein Sedum, das in den Rebbergen von Saumur und Tours sehr häufig ist. Notar Cruchot kam beizeiten und fand den alten Winzer an einem schönen Junitag auf der kleinen Bank sitzen, den Kopf an die Grenzmauer gelehnt und damit beschäftigt, zu seiner Tochter hinaufzusehen.

»Was steht zu Diensten, Notar Cruchot?« fragte er, als er ihn erblickte.

»Ich habe mit Ihnen Geschäftliches zu besprechen.«

»Haha! Wollen Sie bei mir ein bißchen Gold gegen Taler einwechseln?«

»Nein, nein, es handelt sich nicht um Geld, sondern um Ihre Tochter Eugénie. Alle Welt redet von ihr und von Ihnen.«

»Warum mischen sich die Leute da ein? Jeder ist Herr im eigenen Haus.«

»Richtig, jeder hat auch das Recht zum Selbstmord, oder, was noch schlimmer ist, das Recht, sein Geld zum Fenster hinauszuwerfen.«

»Wieso?«

»Na, Ihre Frau ist doch schwerkrank, lieber Freund. Sie sollten sogar Bergerin konsultieren; sie schwebt in Lebensgefahr. Wenn sie sterben sollte, ohne richtig behandelt worden zu sein, dann würden Sie, wie ich glaube, nie Ihre Ruhe wiederfinden.«

»Tatatata! Wissen Sie denn, was meine Frau hat? Diese Ärzte, wenn die erst mal den Fuß ins Haus gesetzt haben, dann kommen sie täglich fünf- bis sechsmal.«

»Also, Grandet, halten Sie das, wie Sie wollen. Wir sind alte Freunde; in ganz Saumur gibt es keinen Menschen, der an allem, was Sie betrifft, mehr Anteil nähme als ich; also habe ich Ihnen das sagen müssen. Und jetzt möge kommen, was da wolle, Sie sind großjährig. Sie wissen, wie Sie sich zu verhalten haben, und damit gut. Nicht das hat mich übrigens hergeführt. Es handelt sich um etwas, das, vielleicht, für Sie noch gewichtiger ist. Schließlich haben Sie keine Lust, Ihre Frau unter die Erde zu bringen; dazu ist sie Ihnen viel zu nützlich. Denken Sie also einmal über die Situation nach, in der Sie sich Ihrer Tochter gegenüber befinden würden, wenn Ihre Frau stürbe. Sie schulden Eugénie Abrechnungen, da Sie in Gütergemeinschaft mit Ihrer Frau leben. Ihre Tochter hat das Recht, von Ihnen die Teilung Ihres Vermögens zu beanspruchen, Froidfond verkaufen zu lassen. Mit einem Wort, sie tritt die Erbfolge ihrer Mutter an, die Sie nicht beerben können.«

Diese Worte waren ein Donnerschlag für den Alten, der in der Gesetzeskunde nicht so erfahren war, wie er es in Geschäftsdingen sein konnte. Eine Teilungsmöglichkeit war ihm nie in den Sinn gekommen.

»Also lege ich Ihnen nahe, Eugénie freundlich zu behandeln«, sagte Cruchot abschließend.

»Aber wissen Sie denn, was sie getan hat, Cruchot?«

»Was denn?« fragte der Notar; er war begierig, von Papa Grandet eine vertrauliche Mitteilung zu empfangen und die Ursache des Zerwürfnisses kennenzulernen.

»Sie hat ihr Gold verschenkt.«

»Na, hat es etwa nicht ihr gehört?« fragte der Notar.

»Das sagen mir alle!« sagte der Alte und ließ mit einer tragischen Bewegung die Arme niederfallen.

»Hören Sie mal«, fuhr Cruchot fort, »wollen Sie um einer solchen Bagatelle willen Hindernisse für die Zugeständnisse errichten, die Sie von ihr erbitten müssen, wenn ihre Mutter stirbt?«

»So? Sechstausend Francs in Gold bezeichnen Sie als eine Bagatelle?«

»Na, alter Freund, wissen Sie, was die Inventarisierung und die Teilung der Erbschaft Ihrer Frau kosten werden, wenn Eugénie darauf besteht?« – »Was denn?«

»Vielleicht zwei-, drei- oder vierhunderttausend Francs! Schließlich muß doch subhastiert und verkauft werden, um den wirklichen Wert festzustellen! Wogegen, wenn Sie sich miteinander verständigen . . .«

»Beim Rebmesser meines Vaters!« rief der Winzer, setzte sich und wurde ganz blaß, »das werden wir ja sehen, Cruchot.«

Nach einem Augenblick des Schweigens oder der Todesnot schaute der Alte den Notar an und sagte: »Das Leben ist sehr hart! Es bringt viele Schmerzen mit sich. – Cruchot«, fuhr er feierlich fort, »Sie wollen mich doch nicht hinters Licht führen, schwören Sie mir bei Ihrer Ehre, daß alles, was Sie mir da vorgeredet haben, gesetzlich begründet ist. Zeigen Sie mir das Gesetzbuch, ich will das Gesetzbuch sehen!«

»Armer Freund«, antwortete der Notar, »verstehe ich etwa mein Handwerk nicht?«

»Dann ist es also tatsächlich wahr. Ich werde von meiner Tochter ausgeplündert, verraten, gemordet, verschlungen.«

»Sie ist die Erbin ihrer Mutter.«

»Wozu sind Kinder dann nütze? Ach, meine Frau, ich habe sie doch lieb. Zum Glück ist sie kräftig. Sie ist eine La Bertellière.«

»Sie hat keinen Monat mehr zu leben.«

Der Böttcher schlug sich an die Stirn, ging weg, kam wieder, warf einen angstvollen Blick auf Cruchot und fragte: »Was ist da zu tun?«

»Eugénie könnte schlecht und recht auf die Erbschaft ihrer Mutter verzichten. Sie wollen sie nicht enterben, nicht wahr? Aber damit es zu einem sogearteten Vergleich kommt, dürfen Sie nicht hart mit ihr umspringen. Was ich Ihnen da sage, alter Freund, verstößt gegen mein eigenes Interesse. Worin besteht denn mein Beruf . . .? In Liquidationen, Inventaraufnahmen, Versteigerungen, Vergleichen . . .«

»Wir werden sehen, wir werden sehen. Schluß jetzt mit alledem, Cruchot. Mein ganzes Eingeweide gerät durcheinander. Haben Sie Gold einkassiert?«

»Nein; aber ich habe ein paar alte Louis, so etwa zehn, die will ich Ihnen geben. Lieber Freund, schließen Sie Frieden mit Eugénie. Sie wissen ja: ganz Saumur wirft Steine auf Sie.«

»Diese Idioten!«

»Dies noch: die Staatsrenten stehen auf 99. Seien Sie doch wenigstens einmal im Leben zufrieden.«

»Auf 99, Cruchot?«

»Ja.«

»Hehe! 99!« sagte der Alte und geleitete den bejahrten Notar bis zur Haustür. Er war viel zu aufgeregt durch das, was er eben gehört hatte, um im Hause bleiben zu können, und so stieg er zu seiner Frau hinauf und sagte zu ihr: »Also, Mutter, du kannst den ganzen Tag mit deiner Tochter verbringen, ich fahre nach Froidfond. Seid alle beide vergnügt. Es ist unser Hochzeitstag, meine gute Frau: hier hast du noch zehn Taler für deinen Altar zum Fronleichnamsfest. Du hast schon seit so langer Zeit einen aufstellen wollen, also leiste es dir! Amüsiert euch, seid fröhlich, laßt es euch gut gehen. Es lebe die Freude!« Er warf die zehn Taler zu je sechs Francs auf das Bett seiner Frau, nahm ihren Kopf und küßte sie auf die Stirn. – »Gute Frau, es geht dir besser, nicht wahr?«

»Wie kannst du daran denken, in deinem Haus den Gott zu empfangen, der verzeiht, solange du deine Tochter aus deinem Herzen verbannt hältst?« fragte sie bewegt.

»Tatatatata«, sagte der Vater mit liebkosender Stimme, »das werden wir ja sehen.«

»Grundgütiger Himmel! Eugénie!« rief die Mutter und wurde vor Freude rot, »komm, küß deinen Vater! Er verzeiht dir!«

Aber der Alte war verschwunden. Er lief, so schnell er konnte, in seine Weinberge und versuchte, seine verworrenen Gedanken zu ordnen. Grandet begann um jene Zeit sein sechsundsiebzigstes Lebensjahr. Zumal seit zwei Jahren hatte sein Geiz sich gesteigert, wie alle beharrlichen Leidenschaften des Menschen sich steigern. Gemäß einer Beobachtung, die über Geizhälse, Ehrgeizlinge, über alle Leute, die ihr Leben einer beherrschenden Idee geweiht haben, angestellt worden ist, hatte sein Gefühl sich auf ganz besondere Weise an das Symbol seiner Leidenschaft geheftet. Der Anblick des Goldes, der Besitz von Gold war bei ihm monomanisch geworden. Seine Herrschsucht war im gleichen Maße wie sein Geiz gewachsen, und die Abtretung auch nur des geringeren Teils seiner Habe beim Tode seiner Frau dünkte ihn etwas Widernatürliches. Seiner Tochter Einblick in seine Vermögensverhältnisse zu gewähren, seinen gesamten mobilen und immobilen Besitz inventarisieren zu lassen, damit er dann gerichtlich versteigert wurde ...? – »Das hieße sich den Hals abschneiden«, sagte er laut mitten in einem Weinberg, während er die Reben musterte. Endlich hatte er seinen Entschluß gefaßt und kam um die Stunde des Abendessens zurück nach Saumur, in der festen Absicht, sich vor Eugénie zu beugen, ihr zu schmeicheln, sie zu verwöhnen, damit er königlich sterben und bis zum letzten Seufzer die Zügel seiner Millionen in der Hand behalten könne. Gerade als der Alte, der zufällig seinen Hauptschlüssel mitgenommen hatte, unhörbaren Schrittes die Treppe hinaufstieg, um zu seiner Frau zu gehen, hatte Eugénie das schöne Necessaire der Mutter ans Bett gebracht. Wenn Grandet nicht daheim war, machten sich beide die Freude, im Beschauen des Porträts von Charles' Mutter das seine anzusehen.

»Ganz und gar seine Stirn und sein Mund!« sagte Eugénie in dem Augenblick, da der Winzer die Tür öffnete. Bei dem Blick, den ihr Mann auf das Gold warf, schrie Madame Grandet auf: »Herrgott, sei uns gnädig!«

Der Alte stürzte sich auf das Necessaire wie ein Tiger auf ein schlafendes Kind. – »Was ist denn das?« fragte er, nahm den Schatz und trat damit ans Fenster. – »Gutes Gold! Gold!« rief er. »Viel Gold! Das wiegt seine zwei Pfund. Haha! Das hat dir Charles für deine schönen Goldstücke gegeben! Was? Warum hast du mir nichts davon gesagt? Ein gutes Geschäft, Töchterlein! Du bist dennoch meine Tochter, daran erkenne ich dich.« Eugénie zitterte an allen Gliedern. – »Nicht wahr, es gehört Charles?« fuhr der Alte fort.

»Ja, Vater, ihm und nicht mir. Das Kästchen ist ein heiliges Pfand.«

»Tatatata! Er hat dein Vermögen genommen, dein kleiner Schatz muß wieder aufgefüllt werden.«

»Vater . . .?«

Der Vater wollte mit seinem Messer eine der Goldplatten abheben und mußte deswegen das Necessaire auf einen Stuhl stellen. Eugénie sprang vor, um es an sich zu raffen; aber der Böttcher, der seine Tochter und das Kästchen im Auge behalten hatte, stieß sie mit vorschnellendem Arm so heftig zurück, daß sie auf das Bett ihrer Mutter fiel.

»Mann! Mann!« rief die Mutter und richtete sich im Bett auf.

Grandet hatte sein Messer gezogen und schickte sich an, das Gold abzuheben.

»Vater!« schrie Eugénie, warf sich auf die Knie und rutschte mit erhobenen Händen auf den Alten zu, »Vater, im Namen aller Heiligen und der Jungfrau, im Namen Christi, der am Kreuz gestorben ist, im Namen deiner ewigen Seligkeit, Vater, im Namen meines Lebens, rühr dies nicht an! Dies Necessaire gehört weder dir noch mir, sondern einem unglücklichen Verwandten, der es mir anvertraut hat; ich muß es ihm unangetastet zurückgeben.«

»Warum hast du es angesehen, wenn es ein Pfand ist? Ansehen ist schlimmer als anrühren.«

»Vater, beschädige es nicht, oder du entehrst mich. Vater, hörst du?«

»Gnade, Mann!« sagte die Mutter.

»Vater!« schrie Eugénie mit so gellender Stimme, daß die erschrockene Nanon heraufkam. Eugénie sprang auf ein Messer zu, das in ihrer Reichweite lag, und bewaffnete sich damit.

»Na, und?« sagte Grandet kaltblütig und lächelte eisig.

»Mann, Mann, du bringst mich um!« sagte die Mutter.

»Vater, wenn dein Messer nur ein winziges Stück dieses Goldes ritzt, durchsteche ich mich mit diesem hier. Meine Mutter hast du schon todkrank gemacht, jetzt tötest du auch noch deine Tochter. Nur zu, Wunde um Wunde.«

Grandet hielt sein Messer über dem Necessaire und blickte zögernd seine Tochter an.

»Brächtest du das fertig, Eugénie?« fragte er.

»Ja, Mann«, sagte die Mutter.

»Sie würde tun, wie sie gesagt hat«, rief Nanon. »Seien Sie doch einmal in Ihrem Leben vernünftig, Herr.« Eine kleine Weile sah der Böttcher abwechselnd das Gold und seine Tochter an. Madame Grandet sank in Ohnmacht. – »Da, sehen Sie, lieber Herr, jetzt stirbt Madame!« rief Nanon.

»Na, Tochter, wir wollen uns um ein Kästchen nicht verzanken. Nimm es doch!« rief der Böttcher heftig und warf das Necessaire auf das Bett. – »Du, Nanon, holst sofort Doktor Bergerin. – Komm, Mutter«, sagte er und küßte die Hand seiner Frau, »ist ja schon alles gut, laß nur: wir haben Frieden geschlossen. Nicht wahr, Töchterlein? Kein trockenes Brot mehr, du kannst essen, was du willst. Ach, sie schlägt die Augen auf. Na also, Mutter, Mütterlein, Mutti, komm doch! Da, sieh, ich gebe Eugénie einen Kuß. Sie hat ihren Vetter lieb, sie mag ihn heiraten, wenn sie will, sie soll ihm das Kästchen aufbewahren. Aber du mußt noch lange leben, meine arme Frau. Komm, beweg dich doch mal! Paß auf, du bekommst den schönsten Fronleichnamsaltar, der je in Saumur aufgebaut worden ist.«

»Mein Gott, wie kannst du nur Frau und Kind so behandeln!« sagte Madame Grandet mit schwacher Stimme.

»Ich tu' es nie, nie wieder«, rief der Böttcher. »Du sollst es erleben, meine arme Frau!« Er ging in sein Arbeitszimmer und kam mit einer Handvoll Louis wieder, die er auf das Bett warf. – »Da, Eugénie, da, Frau, alles für euch«, sagte er und fuhr mit der Hand über die Münzen. »Komm, freu dich doch, Frau; laß es dir gut gehen, es soll dir an nichts fehlen, und Eugénie auch nicht. Da, hundert Louis in Gold für sie. Die gibst du aber nicht wieder weg, Eugénie, nicht wahr?«

Madame Grandet und ihre Tochter schauten einander erstaunt an.

»Nimm sie wieder an dich, Vater; wir brauchen nichts als deine Liebe.«

»Na, schön, machen wir«, sagte er und säckelte die Louis ein, »wir wollen als gute Freunde leben. Jetzt gehen wir alle 'runter in den Saal, essen zu Abend und spielen jeden Abend Lotto zu zwei Sous. Treibt eure Possen! Was, Frau?«

»Ach, ich täte es so gern, wenn es dir Freude macht«, sagte die Sterbende, »aber ich kann ja nicht aufstehen.«

»Arme Mutter«, sagte der Böttcher, »du weißt gar nicht, wie lieb ich dich habe. Und dich auch, Tochter.« Er drückte sie an sich, er küßte sie. »Oh, wie schön ist es, seine Tochter nach einem Zank zu küssen! Mein Töchterlein! Da, siehst du, Mütterlein, jetzt sind wir wieder ein Herz und eine Seele. Nimm doch das da an dich«, sagte er zu Eugénie und deutete auf das Kästchen. »Nur zu, keine Angst. Ich werde es dir gegenüber nie und nimmer wieder erwähnen.«

Bergerin, der berühmteste Arzt von Saumur, kam bald. Nach der Untersuchung erklärte er Grandet rundheraus, es gehe seiner Frau sehr schlecht, aber große innere Ruhe, leichte Kost und peinlich genaue Pflege könnten den Zeitpunkt ihres Todes bis zum Herbstende hinauszögern.

»Kostet das viel?« fragte der Alte. »Ist Medizin nötig?«

»Wenig Medizin, aber viel Pflege«, antwortete der Arzt und konnte ein Lächeln nicht unterdrücken.

»Also kurz und gut, Monsieur Bergerin«, antwortete Grandet, »Sie sind ein Ehrenmann, nicht wahr? Ich verlasse mich auf Sie; kommen Sie und sehen Sie nach meiner Frau, sooft Sie es für angebracht halten. Erhalten Sie mir meine gute Frau; ich habe sie sehr lieb, müssen Sie wissen, ohne daß es den Anschein hat, weil sich nämlich bei mir alles im Innern abspielt und mir in der Seele rumort. Ich habe Kummer. Der Kummer ist mit dem Tode meines Bruders in mich eingegangen; ich vergeude für ihn in Paris Unsummen . . . die Augen aus dem Kopf, mit einem Wort! Und das nimmt kein Ende. Guten Abend, Herr Doktor, und wenn meine Frau gesund gemacht werden kann, dann machen Sie sie gesund, auch wenn ich dafür hundert oder zweihundert Francs ausgeben müßte.«

Trotz der glühenden Wünsche Grandets, daß seine Frau gesunden möge, deren unentschiedene Erbfolge für ihn einen ersten Tod bedeutete; trotz des Entgegenkommens, das er bei jeder Gelegenheit für die geringfügigsten Wünsche der erstaunten Mutter und Tochter bezeigte, ging Madame Grandet rasch dem Tode entgegen. Mit jedem Tag wurde sie schwächer; sie schwand hin wie die meisten Frauen, die in diesem Alter erkranken. Sie war kraftlos wie die Blätter der Bäume im Herbst. Die Himmelsstrahlen ließen sie aufleuchten wie jene Blätter, die die Sonne durchscheint und vergoldet. Es war ein ihres Lebens würdiger, ein vollauf christlicher Tod; muß er nicht als erhaben bezeichnet werden? Im Oktober 1822 traten ihre guten Eigenschaften, ihre Engelsgeduld und ihre Liebe zu ihrer Tochter, besonders deutlich hervor; sie erlosch, ohne die leiseste Klage verlauten zu lassen. Als ein makelloses Lamm ging sie in den Himmel ein, und sie bedauerte hienieden nur die sanfte Gefährtin ihres freudlosen Daseins; ihre letzten Blicke schienen ihr tausend Leiden vorherzusagen. Sie zitterte, weil sie dieses Lämmchen, das weiß war wie sie, allein inmitten einer selbstsüchtigen Welt zurücklassen mußte, die ihr sein Vlies, ihre Schätze, entreißen wollte.

»Mein Kind«, sagte sie, ehe sie starb, »nur im Himmel gibt es Glück; eines Tages wirst du es erfahren.«

Am Tage nach diesem Tode fand Eugénie neue Gründe, sich an dieses Haus zu binden, in dem sie geboren worden war, wo sie soviel gelitten hatte, wo ihre Mutter verschieden war. Sie konnte das Fenster und den erhöhten Stuhl im Saal nicht anschauen, ohne Tränen zu vergießen. Sie glaubte, die Seele ihres alten Vaters verkannt zu haben, als sie sich als Gegenstand seiner zärtlichsten Fürsorge gewahrte: er kam zu ihr und bot ihr den Arm, um sie zum Frühstück hinabzuführen, er betrachtete sie ganze Stunden lang mit fast gütigen Augen; mit einem Wort: er hegte sie, als sei sie pures Gold. Der alte Böttcher glich sich selbst so wenig, er zitterte so sehr vor seiner Tochter, daß Nanon und die Cruchotiner, die Zeugen seiner Schwäche, sie seinem hohen Alter zuschrieben und also ein Schwächerwerden seiner Geisteskräfte befürchteten; an dem Tage jedoch, da die Familie Trauerkleidung anlegte, nach dem Abendessen, zu dem Notar Cruchot geladen worden war, der als einziger das Geheimnis seines Klienten kannte, kam die Erklärung für das Verhalten des Alten ans Licht.

»Liebes Kind«, sagte er zu Eugénie, als der Tisch abgeräumt und alle Türen sorgsam geschlossen worden waren, »jetzt bist du die Erbin deiner Mutter, und du und ich haben miteinander ein paar kleine geschäftliche Formalitäten zu regeln. Nicht wahr, Cruchot?«

»Ja.«

»Müssen wir uns denn unbedingt schon heute damit befassen, Vater?«

»Ja, ja, Töchterlein. Ich kann die Ungewißheit, in der ich bin, nicht ertragen. Ich glaube doch nicht, daß du mir weh tun willst.«

»Aber Vater!«

»Na schön, dann muß das alles heute abend geregelt werden.«

»Was soll ich denn tun?«

»Aber Töchterlein, das ist nicht meine Sache. Sagen Sie es ihr doch, Cruchot.«

»Mademoiselle, Ihr Herr Vater möchte seinen Besitz weder teilen noch verkaufen noch die riesigen Gebühren für das Bargeld entrichten, das er vielleicht besitzt. Deswegen müßte also davon abgesehen werden, eine Inventarisierung des Gesamtvermögens vorzunehmen, das heute noch nicht zwischen Ihnen und Ihrem Herrn Vater geteilt ist ...«

»Cruchot, sind Sie alles dessen ganz sicher, daß Sie so vor einem Kinde davon sprechen?«

»Lassen Sie mich doch ausreden, Grandet.«

»Ja, schon gut, mein Freund. Weder Sie noch meine Tochter wollen mich ausplündern. Nicht wahr, Töchterlein?«

»Aber Monsieur Cruchot, was muß ich denn tun?« fragte Eugénie ungeduldig.

»Tja«, sagte der Notar, »es müßte dies Schriftstück unterzeichnet werden, durch das Sie auf das Erbe Ihrer Frau Mutter verzichten und Ihrem Vater die Nutznießung aller zwischen Ihnen nicht geteilten Güter überlassen werden, deren Eigentum ohne Nutznießung er Ihnen zusichert . . .«

»Ich verstehe nicht das mindeste von allem, was Sie mir da sagen«, antwortete Eugénie; »geben Sie mir das Schriftstück und zeigen Sie mir die Stelle, wo ich unterschreiben muß.«

Papa Grandet sah abwechselnd das Schriftstück und seine Tochter, seine Tochter und das Schriftstück an; er empfand dabei eine so heftige Gemütsbewegung, daß er sich ein paar Schweißtropfen abwischen mußte, die ihm auf die Stirn getreten waren.

»Töchterlein«, sagte er, »wenn du, anstatt dieses Schriftstück zu unterzeichnen, dessen Eintragung einen Haufen Geld kosten wird, ganz einfach und ohne Vorbehalt auf die Erbschaft deiner armen, lieben, toten Mutter verzichten und dich, was sie betrifft, für die Zukunft mir anvertrauen willst, dann wäre mir das lieber. Dann setze ich dir allmonatlich eine schöne, fette Rente von hundert Francs aus. Sieh, dann könntest du für alle, für wen du willst, soviel Messen lesen lassen, wie du möchtest . . . Was? Jeden Monat hundert Francs, in Livres!«

»Ich tue alles, was du möchtest, Vater.«

»Mademoiselle», sagte der Notar, »es ist meine Pflicht, Sie darauf hinzuweisen, daß Sie sich berauben . . .«

»Ach, mein Gott, was macht mir das aus?«

»Halt den Mund, Cruchot. Zugesagt ist zugesagt«, rief Grandet, nahm die Hand seiner Tochter und schlug mit der seinen hinein. »Eugénie, du nimmst doch dein Wort nicht zurück, du bist doch ein ehrenhaftes Mädchen, nicht wahr?«

»Ach, Vater . . .!«

Er küßte sie überschwenglich und schloß sie in die Arme, daß sie fast erstickt wäre.

»Fein, mein Kind, du schenkst deinem Vater das Leben; aber damit gibst du ihm wieder, was er dir gegeben hat: wir sind quitt. So müßten alle Geschäfte geregelt werden. Das Leben ist ein Geschäft. Ich segne dich! Du bist eine tugendsame Tochter, eine, die ihren Papa sehr lieb hat. Tu jetzt, was du willst. Bis morgen also, Cruchot«, sagte er und sah den verblüfften Notar an. »Sie achten darauf, daß das Dokument der Verzichterklärung auf der Gerichtskanzlei gut vorbereitet wird.«

Am folgenden Tage, gegen Mittag, wurde die Erklärung unterzeichnet, durch die Eugénie sich selber beraubte. Der alte Böttcher hatte indessen ungeachtet seines Versprechens am Ende des ersten Jahres noch keinen Sou von den monatlichen hundert Francs herausgerückt, die er seiner Tochter so feierlich zugesagt hatte. Daher konnte er einem Erröten nicht wehren, als Eugénie ihn einmal im Scherz darauf hinwies; hastig stieg er in sein Arbeitszimmer hinauf, kam wieder und bot ihr etwa ein Drittel der Schmuckstücke dar, die er seinem Neffen abgenommen hatte.

»Da, Kleines«, sagte er in einem Tonfall voller Ironie, »willst du das statt deiner zwölfhundert Francs haben?«

»O Vater! Wirklich, schenkst du sie mir?«

»Genausoviel davon bekommst du nächstes Jahr«, sagte er und schüttete sie ihr in die Schürze. »Auf diese Weise hast du binnen kurzer Zeit alle seine Schmuckstücke«, fügte er hinzu und rieb sich die Hände, glücklich, daß er mit dem Gefühl seiner Tochter spekulieren konnte.

Dennoch verspürte der alte Mann, obwohl er noch sehr rüstig war, die Notwendigkeit, seine Tochter in die Geheimnisse des Haushalts einzuweihen. Während der beiden folgenden Jahre ließ er sie in seiner Gegenwart den Speisezettel der Familie aufstellen und die Pachtgelder in Empfang nehmen. Er brachte ihr langsam, der Reihe nach, die Namen und den Umfang seiner Weinberge und Pachthöfe bei. Um das dritte Jahr hatte er sie so gut an alle Formen seines Geizes gewöhnt, hatte sie ihr selbst so offenbar zur Gewohnheit gemacht, daß er ihr unbesorgt die Schlüssel der Vorratskammer anvertraute und sie im Haus als Herrin einsetzte.

So vergingen fünf Jahre, ohne daß irgendein Ereignis sich in dem monotonen Dasein Eugénies und ihres Vaters abzeichnete. Immer wurde dasselbe mit der chronometrischen Regelmäßigkeit der alten Uhr getan. Mademoiselle Eugénies tiefe Melancholie war für niemanden ein Geheimnis; aber wenngleich jeder deren Ursache zu ahnen vermochte: niemals rechtfertigte eine Äußerung von ihr den Argwohn, den in Saumur alle Gesellschaftskreise über den Herzenszustand der reichen Erbin hegten. Ihr einziger Umgang bestand in den drei Cruchots und deren Freunden, die sie unmerklich in das Haus eingeführt hatten. Sie hatten sie gelehrt, Whist zu spielen, und kamen allabendlich zu einer Partie. Im Jahre 1827 spürte ihr Vater die Beschwerden seiner Altersgebrechen; er war gezwungen, sie in die Geheimnisse seines in Grundbesitz angelegten Vermögens einzuweihen, und er sagte ihr, für den Fall von Schwierigkeiten solle sie sich an den Notar Cruchot wenden, um dessen Redlichkeit er wußte. Dann wurde der Alte, er war jetzt zweiundachtzig, gegen Ende des Jahres von einer Paralyse befallen, die rasche Fortschritte machte. Grandet wurde von Bergerin aufgegeben. Da Eugénie dachte, sie werde bald ganz allein auf Erden sein, schloß sie sich sozusagen noch enger an den Vater an und machte das letzte Kettenglied der Zuneigung noch stärker. In ihrem Denken, wie in dem aller liebenden Frauen, war die Liebe die ganze Welt, und Charles war nicht da. Sie war wundervoll in ihrer Fürsorglichkeit und ihren Gefälligkeiten für den alten Vater, dessen Geisteskräfte zu schwinden begannen, aber dessen Geiz instinktiv fortdauerte. Daher unterschied das Sterben dieses Mannes sich in nichts von seinem Leben. Früh am Morgen ließ er sich zwischen den Kamin seines Schlafzimmers und die Tür seines Arbeitskabinetts rollen, das wahrscheinlich voll Gold war. Dort blieb er reglos sitzen; doch er blickte ängstlich abwechselnd auf die, die ihn besuchten, und auf die eisenbeschlagene Tür. Er ließ sich über die geringsten Geräusche berichten, die er vernahm; und zur höchsten Verwunderung des Notars hörte er das Gähnen seines Hundes im Hof. Er erwachte aus seinem augenscheinlichen Stumpfsinn an dem Tage und zu der Stunde, da die Pachtgelder entgegengenommen und die Abrechnungen mit den Weinbergarbeitern gemacht oder die Quittungen ausgestellt werden mußten. Dann bewegte er hastig seinen Rollstuhl, bis er vor der Tür seines Kabinetts anlangte. Er ließ es von seiner Tochter öffnen und paßte auf, daß sie selber heimlich die Geldsäcke aufeinanderschichtete und dann die Tür abschloß. Darauf rollte er stumm auf seinen Platz zurück, sobald sie ihm den kostbaren Schlüssel wieder eingehändigt hatte; er bewahrte ihn stets in seiner Westentasche auf und betastete ihn dann und wann. Sein alter Freund übrigens, der Notar, der das Gefühl hatte, die reiche Erbin würde unbedingt seinen Neffen, den Präsidenten, heiraten, wenn Charles Grandet nicht wiederkäme, verdoppelte seine Fürsorge und seine Aufmerksamkeiten: er kam täglich und stellte sich Grandets Weisungen zur Verfügung, er besuchte auf seinen Befehl Froidfond, die Felder, die Wiesen, die Weinberge, verkaufte die Ernten und verwandelte alles in Gold und Silber, das sich dann heimlich den im Kabinett aufgestapelten Säcken hinzugesellte. Endlich kamen dann die Tage des Todeskampfes, in denen der kräftige Körper des Alten der Vernichtung anheimfiel. Er wollte an seinem Kamin, vor der Tür seines Arbeitsraums, sitzen bleiben. Er zog alle Decken, die auf ihn gelegt wurden, an sich heran und wickelte sich hinein, wobei er zu Nanon sagte: »Steck sie fest, steck sie ganz fest, damit ich nicht bestohlen werde.« Wenn er die Augen öffnen konnte, in die sich sein ganzes Leben hineingeflüchtet hatte, wandte er sie sofort der Tür des Kabinetts zu, in dem seine Schätze lagerten, und sagte zu seiner Tochter: »Sind sie drin? Sind sie drin?«, und aus seiner Stimme klang etwas wie panische Angst. – »Ja, Vater.«

»Wach über das Gold, leg Gold vor mich hin.«

Eugénie breitete vor ihm auf einem Tisch Louis aus, und er saß ganze Stunden lang da, die Augen auf die Louis geheftet, wie ein Kind, das, wenn es zu sehen anfängt, stumpfsinnig immer denselben Gegenstand anschaut; und wie ein Kind lächelte er mühsam.

»Das wärmt mich!« sagte er manchmal, und auf seinen Zügen erschien ein Ausdruck der Glückseligkeit.

Als der Pfarrer des Kirchspiels kam, um ihn zu versehen, belebten sich seine dem Anschein nach seit einigen Stunden erstorbenen Augen beim Anblick des Kruzifixes, der Leuchten, des silbernen Weihwasserkessels, auf den er starrte, und sein Nasengewächs bewegte sich zum letztenmal. Als der Priester seinen Lippen das vergoldete Kruxifix näherte, damit er das Abbild Christi küsse, tat er eine schreckliche Geste, um es an sich zu reißen, und diese letzte Anstrengung kostete ihn das Leben; er rief nach Eugénie, die er nicht sehen konnte, obwohl sie vor ihm kniete und seine schon erkaltete Hand mit Tränen feuchtete.

»Vater, segnest du mich . . .?« fragte sie.

»Gib gut auf alles acht. Du schuldest mir drüben Rechenschaft darüber«, sagte er und bewies durch dieses letzte Wort, daß das Christentum die Religion der Geizigen sein müsse.

Eugénie Grandet war also jetzt allein auf der Welt in jenem Hause; außer Nanon hatte sie niemanden mehr, dem sie in der Gewißheit, erhört und verstanden zu werden, einen Blick zuwerfen konnte, Nanon, das einzige Wesen, von dem sie um ihrer selbst willen geliebt wurde und mit dem sie von ihrem Kummer sprechen konnte. Die Große Nanon war für Eugénie eine Vorsehung. Dabei war sie auch keine Magd mehr, sondern eine demütige Freundin. Nach ihres Vaters Tod erfuhr Eugénie durch Notar Cruchot, daß sie Einkünfte in Höhe von dreihunderttausend Francs aus Liegenschaften im Arrondissement Saumur besaß, ferner sechs Millionen, die in dreiprozentigen Staatspapieren bei einem Kurs von sechzig angelegt worden waren und jetzt auf siebenundsiebzig standen; alsdann zwei Millionen in Gold und hunderttausend Francs in Silber, ungerechnet die noch rückständigen Zinsen. Die Gesamtschätzung ihres Besitzes ergab siebzehn Millionen.

»Wo mag nur mein Vetter sein?« fragte sie sich.

An dem Tag, da Notar Cruchot seiner Klientin eine Aufstellung der Erbmasse eingehändigt hatte, die überschaubar und greifbar geworden war, saß Eugénie mit Nanon allein, jede an einer Kaminseite, in dem so leer gewordenen Saal, wo alles Erinnerung war, vom Stuhl mit den verlängerten Beinen, auf dem ihre Mutter immer gesessen, bis zu dem Glas, aus dem ihr Vater getrunken hatte.

»Nanon, wir sind allein ...«

»Ja, Mademoiselle; und wenn ich wüßte, wo er ist, der nette junge Herr, ich würde zu Fuß hingehen und ihn holen.«

»Zwischen uns liegt das Meer«, sagte sie.

Während so die arme Erbin zusammen mit ihrer alten Magd in diesem kalten, dunklen Hause weinte, das für sie ein ganzes Weltall bildete, war von Nantes bis Orléans von nichts als den siebzehn Millionen der Mademoiselle Grandet die Rede. Eine ihrer ersten Handlungen bestand darin, daß sie Nanon eine Leibrente von zwölfhundert Francs schenkte; Nanon besaß bereits eine weitere von sechshundert Francs, und so wurde sie eine gute Partie. Noch war kein Monat vergangen, da wechselte sie vom Mädchen zur Frau über, und zwar unter dem Schutz Antoine Cornoillers, der zum Oberaufseher der Ländereien und des sonstigen Grundbesitzes der Mademoiselle Grandet ernannt wurde. Madame Cornoiller besaß vor ihren Altersgenossinnen gewaltige Vorzüge. Obwohl sie neunundfünfzig war, wirkte sie kaum älter als vierzig. Ihre groben Züge hatten den Verheerungen durch die Zeit standgehalten. Dank der schmalen Kost ihres klösterlichen Lebens spottete sie des Alters durch eine frische Gesichtsfarbe und eine eiserne Gesundheit. Vielleicht hatte sie nie so gesund ausgesehen wie an ihrem Hochzeitstage. Sie genoß die Segnungen ihrer Häßlichkeit; sie wirkte groß, dick und stark, und auf ihrem unverwüstlichen Gesicht lag ein Ausdruck von Glück, der ein paar Leute mit Neid auf Cornoiller, seines Loses wegen, erfüllte. – »Die ist farbecht«, sagte der Tuchhändler. – »Die ist imstande, noch Kinder zu kriegen«, sagte der Salzhändler; »sie hat sich gehalten, als habe sie, mit Verlaub, in Salzlake[55] gelegen.« – »Sie ist reich, und dieser Bursche Cornoiller macht einen guten Fang«, sagte ein anderer Nachbar. Als Nanon, die die ganze Nachbarschaft sehr gern hatte, aus dem alten Haus heraustrat und die gewundene Straße hinabschritt, um sich zur Pfarrkirche zu begeben, empfing sie nichts als Glückwünsche. Von Eugénie bekam sie als Hochzeitsgeschenk drei Dutzend Gedecke. Der von solcher Freigebigkeit und Pracht ganz verdutzte Cornoiller sagte mit Tränen in den Augen von seiner Herrin: er würde sich für sie in Stücke hacken lassen. Madame Cornoiller, die Eugénies Vertrauensperson geworden war, genoß fortan das für sie ebenso große Glück, einen Ehemann zu haben. Endlich hatte sie selber eine Speisekammer, die sie öffnen und schließen, und Lebensmittel, die sie morgens austeilen konnte, wie ihr verstorbener Gebieter es getan hatte. Zudem hatte sie über zwei Dienstboten zu regieren, eine Köchin und eine Zofe, der es oblag, die Wäsche des Hauses auszubessern und Mademoiselles Kleider zu machen. Cornoiller vereinigte in sich die Funktionen eines Aufsehers und Verwalters. Es erübrigt sich, zu bemerken, daß die Köchin und die Zofe, die Nanon ausgesucht hatte, wahre Perlen waren. Auf diese Weise hatte Mademoiselle Grandet vier Untergebene, deren Beflissenheit grenzenlos war. Die Pächter merkten somit gar nichts vom Tode des Alten, so streng hatte dieser Bräuche und Gewohnheiten seines Verwaltungssystems festgelegt; es wurde von dem Ehepaar Cornoiller sorglich beibehalten.

Mit dreißig Jahren kannte Eugénie noch keine einzige der Glückseligkeiten des Lebens. Ihre blasse, freudlose Kindheit war an der Seite einer Mutter hingegangen, deren verkanntes, mißhandeltes Herz immer nur gelitten hatte. Als jene Mutter freudig ihr Erdendasein verließ, hatte sie die Tochter bedauert, daß sie weiterleben müsse, und ihr in der Seele leichte Gewissensbisse und ewige Sehnsucht hinterlassen. Eugénies erste, einzige Liebe war für sie ein Anlaß zur Schwermut. Sie hatte den Geliebten kaum ein paar Tage lang oberflächlich gekannt; sie hatte ihm zwischen zwei flüchtig gegebenen und empfangenen Küssen ihr Herz geschenkt; dann war er von dannen gezogen und hatte eine ganze Welt zwischen sie und sich gelegt. Jene Liebe, die ihr Vater verfluchte, hatte sie fast die Mutter gekostet und ihr nur Schmerzen gebracht, in die sich zerbrechliche Hoffnungen mischten. So hatte sie bislang dem Glück entgegengestrebt und dabei ihre Kräfte eingebüßt, ohne etwas dafür einzutauschen. Im Innenleben wie im körperlichen waltet ein Ein- und Ausatmen: die Seele hat das Verlangen, die Gefühle einer anderen Seele in sich aufzunehmen, sie zu verarbeiten und sie bereichert zurückzuerstatten. Ohne dieses schöne menschliche Phänomen ist kein Leben im Herzen; dann fehlt es ihm an Luft, es leidet, es verkümmert. Eugénie begann zu leiden. Für sie war Geldbesitz weder eine Macht noch ein Trost; nur durch die Liebe, die Religion, ihren Glauben an die Zukunft konnte sie existieren. Die Liebe deutete ihr die Ewigkeit. Ihr Herz und das Evangelium zeigten ihr zwei Welten, auf die es zu warten galt. Tag und Nacht tauchte sie in die Tiefe zweier unendlicher Gedanken, die für sie vielleicht nur einen einzigen bildeten. Sie zog sich in sich selber zurück, indem sie liebte und sich geliebt glaubte. Seit sieben Jahren hatte ihre Leidenschaft alles überschwemmt. Ihr Kostbarstes waren nicht die Millionen, deren Erträge sich anhäuften, sondern Charles' Kästchen sowie die beiden Bildnisse, die über ihrem Bett hingen, und die Schmuckstücke, die sie von ihrem Vater zurückgekauft hatte und die prunkend auf einem Wattepolster in einem Fach der Truhe ausgebreitet lagen; den Fingerhut ihrer Tante jedoch, den ihre Mutter benutzt hatte, setzte sie alle Tage andächtig auf, um an einer Stickerei zu arbeiten, einem Penelope-Werk, das einzig unternommen worden war, damit sie das bißchen mit Erinnerungen gefüllte

Gold an den Finger stecken konnte. Es schien wenig wahrscheinlich, daß Mademoiselle Grandet während der Trauerzeit heiraten wolle. Ihre echte Frömmigkeit war bekannt. Daher begnügte sich die Familie Cruchot, deren Verhalten von dem alten Abbé klüglich geleitet wurde, damit, die Erbin dadurch einzukreisen, daß sie sie mit der herzlichsten Fürsorge umgab. Allabendlich füllte sich der Saal von Eugénies Haus mit einer Gesellschaft, die aus den wärmsten und treuesten Cruchotinern der Stadt bestand; sie bemühten sich, das Lob der Hausherrin in allen Tonarten zu singen. Sie hatte ihren Leibarzt, ihren Großalmosenier, ihren Kammerherrn, ihre Erste Hofdame, ihren Ministerpräsidenten und vor allem ihren Kanzler, einen Kanzler, der ihr alles bedeuten wollte. Hätte die Erbin sich einen Schleppenträger gewünscht, so wäre einer für sie ausfindig gemacht worden. Sie war eine Königin, und zwar diejenige unter allen, der am geschicktesten gelobhudelt wurde. Schmeichelei geht nie von großen Seelen aus; sie ist die Apanage kleiner Geister, die es fertigbringen, sich sogar noch kleiner zu machen, damit sie besser in die Lebenssphäre der Person eindringen können, um die sie kreisen. Hinter der Schmeichelei steckt immer ein selbstsüchtiges Interesse. Daher gelang es den Leuten, die jeden Abend in Mademoiselle Grandets Saal zusammenkamen – sie wurde von ihnen Mademoiselle de Froidfond genannt –, aufs trefflichste, sie mit Lobesworten zu überhäufen. Dieser Lobeschor war für Eugénie etwas Neues und ließ sie anfangs erröten; aber unmerklich, und so plump die Komplimente auch sein mochten, gewöhnte sich ihr Ohr so gut daran, ihre Schönheit preisen zu hören, daß, wenn ein Neuankömmling sie häßlich gefunden hätte, dieser Vorwurf sie viel tiefer getroffen haben würde als vor acht Jahren. Schließlich gelangte sie sogar dahin, diese zuckersüßen Schmeicheleien gern zu haben; heimlich legte sie sie ihrem Idol zu Füßen. Nach und nach gewöhnte sie sich daran, als Herrscherin behandelt zu werden und alle Abende ihren gesamten Hofstaat um sich versammelt zu sehen. Der Herr Präsident de Bonfons war der Herr dieses kleinen Kreises, in dem sein Geist, seine Persönlichkeit, seine Bildung, seine Liebenswürdigkeit unaufhörlich gerühmt wurden. Der eine wies darauf hin, daß der Präsident in sieben Jahren sein Vermögen beträchtlich vergrößert habe; daß Bonfons Jahreserträge von mindestens zehntausend Francs abwerfe und, wie alle Güter der Cruchots, eine Enklave in den ausgedehnten Ländereien der Erbin bilde. – »Wissen Sie, Mademoiselle«, sagte ein Stammgast, »daß die Cruchots ganz allein vierzigtausend Francs Zinsen haben?« – »Und dazu noch ihre Ersparnisse«, fuhr eine alte Cruchotine, Mademoiselle de Gribeaucourt, fort. »Neulich ist ein Herr aus Paris gekommen und hat Monsieur Cruchot zweihunderttausend Francs für seine Praxis geboten. Er muß sie verkaufen, wenn er zum Friedensrichter ernannt werden will.« – »Er will der Nachfolger Monsieurs de Bonfons als Gerichtspräsident werden und trifft seine Maßnahmen«, antwortete Madame d'Orsonval, »denn der Herr Präsident wird Rat und dann Parlamentsrat; er hat zuviel Mittel und Wege, um nicht voranzukommen.« – »Ja, er ist ein hervorragender Mensch«, sagte ein anderer. »Finden Sie nicht auch, Mademoiselle?« Der Herr Präsident hatte versucht, sich in die Rolle einzuleben, die er spielen wollte. Trotz seiner vierzig Jahre, trotz seines braunen, abstoßenden Gesichtes, das welk aussah wie fast alle Richtergesichter, gab er sich als ein junger Herr, spielte mit einem Stöckchen, schnupfte bei Mademoiselle de Froidfond nie, kam stets mit einer weißen Halsbinde zu ihr und mit einem Hemd, dessen grobfaltiges Jabot ihm eine gewisse Familienähnlichkeit mit Exemplaren aus der Gattung Puter lieh. Er sprach ungezwungen mit der schönen Erbin und nannte sie »unsere liebe Eugénie«. Kurzum, abgesehen von der Zahl der Anwesenden und der Ersetzung des Lottos durch das Whist, und wenn man sich die Gesichter des Ehepaars Grandet wegdenkt, war die Szene, mit der diese Geschichte anfängt, fast genauso wie die jetzige spätere. Noch immer verfolgte die Meute Eugénie und ihre Millionen; aber die Meute war jetzt zahlreicher, bellte besser und kreiste ihre Beute geschlossen ein. Wäre Charles jetzt aus dem tiefsten Indien angelangt, so hätte er dieselben Gestalten und dieselben Interessen vorgefunden. Madame des Grassins, der gegenüber Eugénie eitel Freundlichkeit und Güte war, fuhr hartnäckig damit fort, die Cruchots zu quälen. Aber jetzt wie ehemals hätte Eugénies Antlitz das Bild beherrscht; wie ehemals wäre Charles der Herr und Gebieter gewesen. Dennoch war ein Fortschritt zu verzeichnen. Der Strauß, den der Präsident ehedem Eugénie an ihrem Geburtstag überreicht hatte, war zu einer ständigen Einrichtung geworden. Alle Tage brachte er der reichen Erbin einen dicken, prächtigen Strauß, den Madame Cornoiller mit betonter Deutlichkeit in eine Vase stellte und den sie heimlich in einen Winkel des Hofes warf, sobald die Besucher gegangen waren. Zu Beginn des Frühlings versuchte Madame des Grassins das Glück der Cruchotiner dadurch zu stören, daß sie Eugénie vom Marquis de Froidfond erzählte, dessen Verarmung behoben werden könne, wenn die Erbin ihn durch einen Ehekontrakt wieder in den Besitz seines Gutes bringe. Madame des Grassins sprach in den höchsten Tönen von der Pairschaft, vom Titel ›Marquis‹, und da sie Eugénies verächtliches Lächeln für eine Zustimmung hielt, redete sie überall herum, die Heiratspläne des Herrn Präsidenten Cruchot seien noch nicht so weit gediehen, wie man geglaubt habe. – »Obgleich Monsieur de Froidfond schon fünfzig ist«, sagte sie, »wirkt er nicht älter als Monsieur Cruchot; er ist Witwer, er hat Kinder, das stimmt zwar; aber er ist Marquis, er wird Pair von Frankreich, und wo ließe sich in Zeiten wie den unseren eine solche Heiratsmöglichkeit finden? Ich weiß aus allerbester Quelle, daß der Papa Grandet, als er seinen gesamten Landbesitz mit dem Gut Froidfond vereinigte, die Absicht hatte, sich mit den Froidfonds zu liieren. Er hat es mir oft genug gesagt. Er war gerissen, der Alte.«

»Wie kommt es nur, Nanon«, sagte Eugénie eines Abends beim Zubettgehen, »daß er mir in sieben Jahren kein einziges Mal geschrieben hat . . .?«

Während dies alles sich in Saumur ereignete, gelangte Charles in Indien zu Vermögen. Zunächst hatte er seinen Warenvorrat sehr günstig verkauft. Binnen kurzem hatte er die Summe von sechstausend Dollar beisammen. Durch die Äquatortaufe verlor er viele Vorurteile; er durchschaute, daß das beste Mittel, zu Vermögen zu gelangen, in den tropischen Zonen wie in Europa, das sei, Menschen zu kaufen und zu verkaufen. Also ging er an die afrikanischen Küsten und trieb Negerhandel, wobei er seinen Menschenschacher mit dem derjenigen Waren vereinigte, die sich auf den verschiedenen Märkten, zu denen seine Unternehmungen führten, am vorteilhaftesten absetzen ließen. Er bezeigte bei seinen Geschäften eine Tätigkeit, die ihm keinen Augenblick der Muße ließ. Er war von der Idee beherrscht, in Paris im vollen

Glanz eines sehr großen Vermögens wiederzuerscheinen und sich eine noch glänzendere Stellung zu verschaffen als die, aus der er abgesunken war. Da er gezwungen war, sich zwischen vielerlei Menschen und Ländern umherzutreiben, deren widersprüchliche Sitten zu beobachten, wandelte sich sein Denken, und er wurde skeptisch. Er hatte keine festen Ansichten über Recht und Unrecht mehr, als er merkte, daß in dem einen Lande als Verbrechen galt, was in dem anderen eine Tugend war. Da es beständig der Gewinnsucht ausgesetzt war, erkaltete sein Herz, schrumpfte zusammen und verdorrte. Das Blut der Grandets ließ ihn bei seinem Schicksal nicht im Stich. Charles wurde hart, beutegierig. Er verkaufte Chinesen, Neger, Schwalbennester[56], Kinder, Künstler; er trieb Wucher im großen. Die Gewohnheit, die Zollrechte zu umgehen, machte ihn in bezug auf die Menschenrechte noch weniger skrupulös. Er fuhr nach St. Thomas und kaufte dort zu Spottpreisen die von den Piraten geraubten Waren auf und brachte sie nach Plätzen, wo daran Mangel herrschte. Zwar begleitete ihn auf seiner ersten Reise das edle, reine Antlitz Eugénies wie das Bild der Madonna, das die spanischen Seeleute an ihren Schiffen anbringen, und er schrieb seine ersten Erfolge dem magischen Einfluß der Wünsche und Gebete jenes holden Mädchens zu; aber später löschten Negerinnen, Mulattinnen, weiße Frauen, Javanesinnen, orientalische Tänzerinnen, seine Orgien jeder Schattierung und die Abenteuer, die er in unterschiedlichen Ländern hatte, die Erinnerung an seine Kusine, an Saumur, an das Haus, die Gartenbank, die Küsse im Flur gänzlich aus. Er dachte nur an das von alten Mauern umgebene Gärtchen zurück, weil dort sein gewagtes Schicksal begonnen hatte; aber er verleugnete seine Familie; sein Onkel war ein alter Hund, der ihm seine Schmuckstücke abgegaunert hatte; Eugénie nahm weder in seinem Herzen noch in seinen Gedanken einen Platz ein, sondern lediglich in seinen Geschäften als Gläubigerin einer Summe von sechstausend Francs. Dieses Verhalten und diese Denkart bilden die Erklärung von Charles Grandets Schweigen. In Indien, auf St. Thomas, an der afrikanischen Küste, in Lissabon und den Vereinigten Staaten hatte der Spekulant, um seinen Namen nicht zu kompromittieren, das Pseudonym Sepherd angenommen. Carl Sepherd konnte sich überall gefahrlos als unermüdlich, tollkühn, habgierig bezeigen, als ein Mann, der den Entschluß gefaßt hat, quibuscumque viis[57] zu Vermögen zu gelangen, und sich beeilt, mit der Gemeinheit fertig zu werden, um für den Rest seiner Tage ein anständiger Mensch zu bleiben. Mit diesem System erwarb er sich schnell ein glänzendes Vermögen. Im Jahre 1827 kehrte er also auf der ›Marie-Caroline‹[58], einer schmucken Brigg, die einem royalistischen Handelshaus gehörte, nach Bordeaux zurück. Er besaß neunzehnhunderttausend Francs in drei fest bereiften Tonnen Goldstaub, den er mit einem Gewinn von sieben oder acht Prozent in Paris zu Geld zu machen gedachte. Auf jener Brigg befand sich auch der Kammerherr S. M. König Karls X., Monsieur d'Aubrion, ein freundlicher alter Herr, der die Narrheit begangen hatte, eine vielbegehrte Dame der Gesellschaft zu heiraten, und dessen Vermögen auf den Antillen angelegt war. Um einen Ausgleich für die Verschwendungssucht seiner Frau zu schaffen, war er nach dort gereist und hatte seine Besitzungen verkauft. Monsieur und Madame d'Aubrion, aus dem Geschlecht d'Aubrion de Buch, dessen letzter Captal[59] vor 1789 gestorben war, mußten mit etwa zwanzigtausend Francs Einkünften auskommen; sie hatten eine ziemlich häßliche Tochter, die ihre Mutter ohne Mitgift verheiraten wollte, da ihr Vermögen kaum zum Leben in Paris ausreichte. Das war ein Unterfangen, dessen Erfolg allen Leuten der Gesellschaft recht problematisch vorgekommen wäre, trotz der Gewandtheit, die sie solcherlei Damen nachsagen. Daher verzweifelte Madame d'Aubrion selber beinahe, wenn sie ihre Tochter ansah, sie jemandem, wem auch immer, aufladen zu können, und sei es sogar ein auf Adel förmlich Versessener. Mademoiselle d'Aubrion war lang wie ein Insekt, dessen Namen sie trug, mager und schwächlich; sie hatte einen verachtenden Mund, auf den eine zu lange, an der Spitze verdickte Nase herabhing, die für gewöhnlich gelblich war, aber nach den Mahlzeiten völlig rot, ein pflanzliches Phänomen, das in ihrem blassen, gelangweilten Gesicht noch unangenehmer wirkte als in jedem anderen. Kurzum, sie war so, wie eine achtunddreißigjährige Mutter sie sich nur wünschen konnte, die selber noch schön war und noch Ansprüche erhob. Um indessen ein Gegengewicht gegen so viele Nachteile zu schaffen, hatte die Marquise d'Aubrion ihrer Tochter ein sehr vornehmes Gehaben beigebracht, hatte sie einer Hygiene unterworfen, die die Nase vorerst in einem vernünftigen Fleischton erhielt, hatte sie die Kunst gelehrt, sich geschmackvoll anzuziehen, hatte ihr angenehme Manieren beigebracht und sie die melancholischen Blicke gelehrt, die einem Mann interessant vorkommen und ihn glauben lassen, er werde endlich dem vergebens gesuchten Engel begegnen; sie hatte ihr das Fußmanöver gezeigt, das darin besteht, ihn im rechten Augenblick vorzustellen und seine Kleinheit bewundern zu lassen, dann nämlich, wenn die Nase die Impertinenz besaß, rot zu werden; mit einem Wort: sie hatte aus ihrer Tochter etwas recht Befriedigendes gemacht. Mittels breiter Ärmel, lügnerischer Mieder, bauschiger, sorgsam verzierter Kleider und eines Hochdruckkorsetts hatte sie so seltsame weibliche Produkte zuwege gebracht, daß sie sie zwecks Unterrichtung der Mütter in einem Museum hätte zur Schau stellen müssen. Charles schloß sich eng an Madame d'Aubrion an, die sich ausgerechnet mit ihm liieren wollte. Mehrere Leute behaupten sogar, die schöne Madame d'Aubrion habe während der Seefahrt kein Mittel verabsäumt, sich einen so reichen Schwiegersohn zu kapern. Nach der Landung in Bordeaux im Juni 1827 logierten Monsieur, Madame und Mademoiselle d'Aubrion und Charles in demselben Hotel und reisten gemeinsam weiter nach Paris. Das Stadtpalais d'Aubrion war mit Hypotheken belastet, Charles sollte es freimachen. Die Mutter hatte bereits davon gesprochen, wie glücklich sie sein würde, wenn sie ihr Erdgeschoß an Schwiegersohn und Tochter abtreten könne. Sie teilte die Vorurteile ihres Mannes bezüglich des Adels nicht, und so hatte sie Charles Grandet versprochen, von dem guten König Karl X. eine Verfügung zu erlangen, die ihn, Grandet, ermächtigte, den Namen d'Aubrion zu führen, deren Wappen anzunehmen und vermöge der Errichtung eines Majorats mit sechsunddreißigtausend Francs Einkünften Aubrions Nachfolger in den Titeln Captal von Buch und Marquis d'Aubrion zu werden. Legten sie ihr Vermögen zusammen und lebten in gutem Einvernehmen, so würden sie, falls Sinekuren hinzukämen, für das Leben im Stadtpalais d'Aubrion hundertundeinigetausend Francs an Einkünften zusammenbekommen. – »Und wenn man hunderttausend Francs zu verzehren hat, dazu einen Namen, eine Familie, wenn man bei Hofe verkehrt, denn ich werde Sie zum

Kammerherrn ernennen lassen, dann wird man alles, was man werden will«, sagte sie zu Charles. »Sie können dann, ganz nach Ihrem Belieben, Sachbearbeiter der Bittschriften im Staatsrat, Präfekt, Gesandtschaftssekretär oder Gesandter werden. Karl X. hat meinen Mann sehr gern; sie kennen sich seit ihrer Kindheit.«

Charles geriet durch diese Frau in einen Rausch des Ehrgeizes; und so hatte er während der Überfahrt alle diese Hoffnungen geliebkost, die ihm von geschickter Hand in Gestalt vertraulicher Bekenntnisse dargeboten wurden, gewissermaßen von Herz zu Herz. Im Glauben, die geschäftlichen Angelegenheiten seines Vaters seien durch seinen Onkel geregelt worden, sah er sich unversehens im Faubourg Saint-Germain vor Anker gehen, in das zu jener Zeit jedermann hineingelangen wollte, wo er dann im Schatten der blauen Nase der Mademoiselle Mathilde als Graf d'Aubrion wiedererscheinen wollte, wie die Dreux[60] eines Tages in Brézé wiedererschienen waren. Geblendet von der gedeihlichen Entwicklung der Restauration, die bei seinem Abschied alles andere als gefestigt gewesen war, überwältigt vom Glanz der aristokratischen Gedanken, hielt sein Rauschzustand, der an Bord eingesetzt hatte, in Paris an, und er beschloß, alles zu tun, um zu der hohen Stellung zu gelangen, die seine egoistische Schwiegermutter ihm vorgegaukelt hatte. Seine Kusine war für ihn somit nur noch ein Pünktchen im Raum dieser glänzenden Aussichten. Er sah Annette wieder. Als Frau von Welt riet Annette ihrem alten Freund aufs dringlichste, diese Ehe zu schließen, und versprach ihm bei all seinen ehrgeizigen Unternehmungen ihren Beistand. Annette war entzückt, Charles' Heirat mit einem häßlichen und langweiligen Mädchen zu betreiben; denn ihn hatte sein Aufenthalt in Indien überaus verführerisch gemacht: seine Gesichtsfarbe war gebräunt, sein Gehaben war entschlossen und kühn geworden, wie das von Männern, die es gewohnt sind, energische Maßregeln zu treffen, zu herrschen, Erfolg zu haben. In Paris atmete Charles leichter, als er merkte, daß er dort eine Rolle spielen könne. Als des Grassins von seiner Rückkehr, seiner bevorstehenden Heirat und seinem Reichtum hörte, ging er zu ihm, um mit ihm über die dreihunderttausend Francs zu sprechen, mit denen er die Schulden seines Vaters begleichen könne. Er traf Charles bei einer Besprechung mit einem Juwelier, bei dem er

Schmuckstücke als Brautgeschenk für Mademoiselle d'Aubrion bestellt hatte und der ihm die Entwürfe zeigte. Trotz der prächtigen Diamanten, die Charles aus Indien mitgebracht hatte, sollten die Fassungen, das Tischsilber und die Schmuckstücke des jungen Paares für große und kleine Gelegenheiten noch mehr als zweihunderttausend Francs kosten. Charles empfing des Grassins, den er nicht wiedererkannte, mit der Impertinenz eines jungen Herrn à la mode, der in Indien bei verschiedenen Duellen vier Männer getötet hatte. Monsieur des Grassins hatte schon dreimal vorgesprochen; Charles hörte ihn kaltlächelnd an; dann antwortete er, ohne ihn recht verstanden zu haben: »Die geschäftlichen Angelegenheiten meines Vaters sind nicht die meinen. Ich bin Ihnen verpflichtet für die Mühewaltung, die Sie haben auf sich nehmen wollen, aus der ich jedoch keinen Nutzen ziehen kann. Ich habe nicht im Schweiße meines Angesichts fast zwei Millionen zusammengerafft, um sie den Gläubigern meines Vaters in den Hals zu werfen.«

»Und wenn Ihr Herr Vater in einigen Tagen als bankrott erklärt würde?«

»In einigen Tagen, Monsieur, heiße ich Graf d'Aubrion. Sie verstehen wohl, daß mir jene Bankrotterklärung völlig gleichgültig ist. Überdies wissen Sie besser als ich, daß der Vater eines Mannes, der über hunderttausend Francs Einkünfte verfügt, niemals bankrott gemacht hat«, fügte er hinzu und schob Monsieur des Grassins höflich zur Tür.

Anfang August jenes Jahres saß Eugénie auf der kleinen Holzbank, auf der ihr Vetter ihr ewige Liebe geschworen hatte und auf der sie bei schönem Wetter zu frühstücken pflegte. Das arme Mädchen gefiel sich in dieser Stunde, am kühlsten, heitersten Morgen, darin, in ihrer Erinnerung die großen, kleinen Geschehnisse ihrer Liebe vorüberziehen zu lassen und die Katastrophen, die ihr gefolgt waren. Die Sonne beleuchtete das hübsche, völlig zerborstene Mauerstück, das fast am Einstürzen war, aber das anzurühren durch die wunderliche Erbin verboten worden war, obgleich Cornoiller seiner Frau oftmals wiederholte, eines Tages werde jemand davon erschlagen werden. Da klopfte der Briefträger und händigte Madame Cornoiller einen Brief ein; sie kam in den Garten gelaufen und rief: »Mademoiselle, ein Brief!« Sie übergab ihn ihrer Herrin und fragte: »Ob es der ist, auf den Sie warten?«

Diese Worte hallten genauso heftig in Eugénies Herz wider wie in Wirklichkeit zwischen den Mauern von Hof und Garten.

»Paris! Also von ihm. Er ist wiedergekommen.«

Eugénie erblaßte und behielt den Brief eine Weile in der Hand. Sie zitterte allzu stark, um seine Siegel aufbrechen und ihn lesen zu können. Die Große Nanon stand vor ihr, die Hände in die Hüften gestemmt, und die Freude schien wie eine Rauchwolke aus den Falten ihres braunen Gesichts aufzusteigen.

»Lesen Sie doch, Mademoiselle ...«

»Ach, Nanon! Warum kommt er über Paris zurück, wenn er über Saumur weggereist ist?«

»Lesen Sie, dann erfahren Sie es.«

Eugénie öffnete zitternd den Brief. Es fiel eine Zahlungsanweisung auf das Bankhaus Madame des Grassins und Corret in Saumur heraus. Nanon hob sie auf.

»Meine liebe Kusine ...«

»Ich bin nicht mehr Eugénie«, dachte sie, und ihr Herz krampfte sich zusammen.

»Sie ...«

»Er hat doch *du* zu mir gesagt!«

Sie kreuzte die Arme, wagte nicht weiterzulesen, und dicke Tränen traten ihr in die Augen.

»Ist er tot?« fragte Nanon.

»Dann würde er nicht geschrieben haben«, sagte Eugénie.

Sie las den ganzen Brief; er lautete folgendermaßen:

»Meine liebe Kusine, Sie werden, denke ich, mit Vergnügen vernehmen, daß meine Unternehmungen Erfolg gehabt haben. Sie haben mir Glück gebracht, ich bin reich geworden, ich bin den Ratschlägen meines Onkels gefolgt, dessen Tod sowie den meiner Tante ich soeben durch Monsieur des Grassins erfahren habe. Der Tod unserer Eltern ist ein Naturgesetz, und wir müssen ihnen folgen. Ich hoffe, daß Sie heute getröstet sind. Nichts widersteht der Zeit, ich erfahre es an mir. Ja, liebe Kusine, zu meinem Unglück ist die Zeit der Illusionen vorbei. Es hilft nun einmal nichts! Bei meinen Reisen durch zahlreiche Länder habe ich über das

Leben nachgedacht. Aus dem Kinde, das ich bei meiner Abreise war, bin ich, nun ich zurückgekehrt bin, zum Manne geworden. Heute erwäge ich vielerlei Dinge, an die ich früher nicht im Traum gedacht habe. Sie sind frei, Kusine, und ich bin noch frei; dem Anschein nach steht nichts der Verwirklichung unserer kleinen Pläne entgegen; aber ich bin ein zu lauterer Charakter, um Ihnen zu verhehlen, wie meine Angelegenheiten stehen. Ich habe nicht vergessen, daß ich nicht mir selbst gehöre; stets habe ich mich auf meinen langen Seereisen der kleinen Holzbank erinnert . . .«

Eugénie sprang auf, als habe sie auf glühenden Kohlen gesessen, und setzte sich auf eine der Stufen des Hofs.

». . . der kleinen Holzbank erinnert, auf der wir geschworen haben, wir wollten einander allezeit lieben, des Flurs, des grauen Saals, meines Mansardenzimmers und der Nacht, da Sie mir durch Ihre zartfühlende Güte meine Zukunft leichter gemacht haben. Ja, diese Erinnerungen haben meinen Mut gestärkt, und ich habe mir gesagt, Sie dächten immer zu der verabredeten Stunde an mich, wie ich oft an Sie gedacht habe. Ob Sie wohl um neun Uhr die Wolken angeschaut haben? Ja, nicht wahr? Daher will ich eine mir heilige Freundschaft nicht verraten; nein, ich darf Sie keinesfalls täuschen. Es handelt sich in diesem Augenblick für mich um eine Verbindung, die allen Gedanken genugtut, die ich mir über die Ehe gemacht habe. Liebe in der Ehe ist eine Chimäre. Heute sagt mir meine Erfahrung, daß man allen gesellschaftlichen Gesetzen gehorchen und alle Konventionen, die die Welt verlangt, berücksichtigen muß, wenn man heiratet. Nun aber besteht bereits zwischen uns ein Altersunterschied, der, vielleicht, sich mehr auf Ihre Zukunft auswirken würde, liebe Kusine, als auf die meine. Ich will nichts über Ihre Gepflogenheiten sagen, über Ihre Bildung, Ihre Lebensgewohnheiten, die keinerlei Beziehung zum Pariser Leben haben und die schwerlich mit meinen späteren Plänen übereinstimmen würden. Ich habe unter anderem vor, ein großes Haus zu führen, viele Leute bei mir zu empfangen, und ich glaube mich zu erinnern, daß Sie ein stilles, ruhiges Leben lieben. Nein, ich will freimütiger sein und Sie zum Schiedsrichter über meine Lage machen; es steht Ihnen zu, darüber im Bilde zu sein, und Sie haben das Recht, sie zu beurteilen. Ich verfüge heute über achtzigtausend Francs Einkünfte. Dieses Vermögen gestattet es mir, mich mit der Familie d'Aubrion zu verbinden, deren Erbin, eine junge Dame von neunzehn Jahren, mir ihren Namen mit in die Ehe bringt, einen Titel, das Amt eines Kammerherrn Seiner Majestät und eine glänzende Stellung. Ich muß Ihnen gestehen, liebe Kusine, daß ich Mademoiselle d'Aubrion nicht im mindesten liebe; aber durch die Ehe mit ihr sichere ich meinen Kindern eine gesellschaftliche Stellung, deren Vorteile eines Tages unschätzbar sein werden: der monarchische Gedanke gewinnt von Tag zu Tag mehr an Boden. Also kann in einigen Jahren mein Sohn, wenn er Marquis d'Aubrion geworden ist und ein Majorat mit vierzigtausend Francs Einkünften besitzt, im Staat jede Stellung einnehmen, die ihm beliebt. Wir sind uns unseren Kindern schuldig. Sie sehen, Kusine, wie vertrauensvoll ich Ihnen den Zustand meines Herzens, meine Hoffnungen und meine Vermögensumstände darlege. Es ist möglich, daß Sie Ihrerseits nach sieben Jahren des Fernseins unsere Kindereien vergessen haben; ich jedoch habe weder Ihre Güte noch meine Worte vergessen; ich erinnere mich aller, auch der am leichtesten hingesprochenen, die, an die ein weniger gewissenhafter junger Mensch als ich, einer mit einem weniger jungen und redlichen Herzen, überhaupt nicht mehr denken würde. Wenn ich Ihnen sage, daß ich nichts anderes im Sinn habe, als eine Vernunftheirat einzugehen, und daß ich noch immer an unsere Kinderliebe zurückdenke, befehle ich mich dann nicht völlig Ihrer Verschwiegenheit an, mache Sie zur Herrin meines Schicksals und sage Ihnen, daß ich, falls ich auf meinen gesellschaftlichen Ehrgeiz verzichten muß, mich gern mit dem schlichten, reinen Glück begnügen werde, das Sie mir in so rührenden Bildern geboten haben . . .«

»Tan, ta, ta. – Tan, ta, ti. – Tinn, ta, ta. – Tuhn! – Tuhn, ta ti. – Tinn, ta, ta . . . usw.«, hatte Charles Grandet nach der Melodie von ›Non più andrai‹[61] gesungen, als er unterzeichnete:

»Ihr sehr ergebener Vetter
Charles.«

»Donnerwetter! Das heißt Lebensart bezeigen«, hatte er sich gesagt. Und dann hatte er die Zahlungsanweisung geholt und folgende Zeilen hinzugefügt:

»P. S. Ich lege meinem Brief eine Zahlungsanweisung in Höhe von achttausend Francs auf Ihre Order an das Bankhaus des Grassins bei, zahlbar in Gold; sie stellt Zinsen und Kapital der Summe dar, die mir zu leihen Sie die Güte hatten. Ich erwarte aus Bordeaux eine Kiste, in der sich ein paar Dinge befinden, die Ihnen anzubieten Sie mir als Zeugnis meiner ewigen Dankbarkeit gestatten wollen. Mein Necessaire können Sie mit der Post ins Palais d'Aubrion, Rue Hillerin-Bertin[62], schicken.«

»Mit der Post!« sagte Eugénie. »Etwas, für das ich tausendmal mein Leben hingegeben hätte!«

Grausige, vollkommene Verzweiflung. Das Schiff war gescheitert und hatte auf dem weiten Ozean der Hoffnungen weder ein Tau noch eine Planke zurückgelassen. Es gibt Frauen, die, wenn sie sich verlassen sehen, den Geliebten aus den Armen der Nebenbuhlerin reißen, sie töten und ans Ende der Welt fliehen, aufs Schafott oder ins Grab. Sicherlich ist das schön; der Beweggrund eines solchen Verbrechens ist eine erhabene Leidenschaft, die der menschlichen Justiz imponiert. Andere Frauen neigen das Haupt und leiden schweigend: sie leben weiter, den Tod im Herzen und schicksalsergeben, sie weinen und verzeihen, beten und denken zurück bis zum letzten Seufzer. Das ist die Liebe, die wahre Liebe, die Liebe der Engel, die stolze Liebe, die von ihrem Schmerz lebt und daran stirbt. So empfand Eugénie, als sie jenen grausigen Brief gelesen hatte. Sie warf Blicke gen Himmel und gedachte dabei der letzten Worte ihrer Mutter, die, wie manche Sterbende, einen durchdringenden, hellsichtigen Blick in die Zukunft getan hatte; dann gedachte Eugénie jenes Sterbens und jenes prophetischen Lebens und ermaß mit einem einzigen Blick ihr ganzes Schicksal. Ihr blieb nichts, als ihre Fittiche zu entbreiten, dem Himmel zuzustreben und im Gebet zu leben bis zum Tage ihrer Befreiung.

»Meine Mutter hat recht gehabt«, sagte sie weinend. »Leiden und sterben.«

Langsamen Schrittes ging sie aus dem Garten in den Saal. Gegen ihre Gewohnheit ging sie nicht durch den Flur; aber die Erinnerung an den Vetter stieg ihr in dem alten, grauen Wohnraum auf, auf dessen Kamin nach wie vor eine gewisse Untertasse stand, deren sie sich allmorgendlich beim Frühstück bediente, wie auch der Zuckerdose aus altem Sèvres-Porzellan. Dieser Morgen sollte für sie feierlich und erfüllt von Geschehnissen sein. Nanon meldete ihr den Pfarrer des Kirchspiels. Dieser Pfarrer, ein Verwandter der Cruchots, verfocht die Interessen des Präsidenten de Bonfons. Vor ein paar Tagen hatte der alte Abbé ihn dazu gebracht, mit Mademoiselle Grandet in rein religiösem Sinne über ihre Verpflichtung, sich zu verehelichen, zu sprechen. Als Eugénie ihren Seelenhirten erblickte, glaubte sie, er wolle die tausend Francs holen, die sie monatlich den Armen spendete, und sie sagte zu Nanon, sie solle sie holen; aber der Pfarrer lächelte.

»Heute komme ich, um mit Ihnen über ein armes Mädchen zu sprechen, an dem ganz Saumur Anteil nimmt und das, aus Mangel an Mildherzigkeit mit sich selbst, nicht christlich lebt.«

»Mein Gott, Herr Pfarrer. Sie kommen in einem Augenblick zu mir, da es mir unmöglich ist, an meinen Nächsten zu denken; ich bin ganz und gar mit mir selbst beschäftigt. Ich bin sehr unglücklich, ich habe keine andere Zuflucht als die Kirche; ihr Schoß ist weit genug, um alle unsere Schmerzen aufzunehmen, und ihre Liebe quillt so reichlich, daß wir daraus schöpfen können, ohne befürchten zu müssen, sie versiege.«

»Gut, gut, wenn wir uns mit jenem Mädchen beschäftigen, dann beschäftigen wir uns mit Ihnen. Hören Sie zu. Wenn Sie zum Heil gelangen wollen, gibt es für Sie nur zwei Wege: entweder Welt und Gesellschaft den Rücken zu kehren oder aber, ihren Gesetzen zu folgen. Entweder Ihrem irdischen Schicksal zu gehorchen oder Ihrem himmlischen Schicksal.«

»Ach, Ihre Stimme spricht zu mir in der Stunde, da ich eine Stimme hatte hören wollen. Ja, Gott schickt Sie her. Ich will der Welt Lebewohl sagen und in der Stille und Zurückgezogenheit einzig für Gott leben.«

»Solch ein gewaltsamer Entschluß muß reiflich überlegt werden. Die Ehe ist ein Leben, der Schleier ein Tod.«

»Ja, den Tod, einen schnellen Tod, Herr Pfarrer«, sagte sie mit erschreckender Lebhaftigkeit.

»Den Tod! Aber Sie haben doch der Gesellschaft gegenüber große Verpflichtungen zu erfüllen, Mademoiselle. Sind Sie nicht die Mutter der Armen, denen Sie Kleidung geben, und Feuerholz im Winter und Arbeit im Sommer? Ihr großes Vermögen ist ein Darlehen, das zurückerstattet werden muß, und so haben Sie es auch fromm entgegengenommen. Sich in einem Kloster begraben wäre Egoismus; und eine alte Jungfer bleiben, das dürfen Sie nicht. Vor allem: könnten Sie denn Ihr riesiges Vermögen allein verwalten? Vielleicht würden Sie es dann einbüßen. Sie würden bald tausend Prozesse am Halse haben, und Sie würden in unlösbare Schwierigkeiten verstrickt. Glauben Sie Ihrem Seelenhirten: ein Gatte wäre Ihnen von Nutzen, Sie müssen bewahren, was Gott Ihnen gegeben hat. Ich spreche zu Ihnen als einem geliebten Beichtkind. Sie lieben Gott zu ehrlich, um nicht auch inmitten der Welt zum Heil zu gelangen, der Welt, zu deren schönsten Zierden Sie gehören und der Sie fromme Beispiele geben.«

In diesem Augenblick ließ Madame des Grassins sich melden. Sie wurde von der Rache hergeführt, und von tiefer Verzweiflung.

»Mademoiselle«, sagte sie. »Ach, da ist ja der Herr Pfarrer! Da bin ich lieber still; ich hatte Geschäftliches mit Ihnen bereden wollen, und ich sehe, daß Sie bei einer wichtigen Besprechung sind.«

»Madame«, sagte der Pfarrer, »ich räume Ihnen das Feld.«

»O Herr Pfarrer«, sagte Eugénie, »kommen Sie doch in ein paar Minuten wieder, ich bedarf gegenwärtig Ihres Zuspruchs.«

»Ja, Sie armes Kind«, sagte Madame des Grassins.

»Was meinen Sie damit?« fragten Mademoiselle Grandet und der Pfarrer.

»Weiß ich etwa nichts von der Rückkehr Ihres Vetters und von seiner Heirat mit Mademoiselle d'Aubrion . . .? Eine Frau ist stets im Bilde.«

Eugénie wurde rot und blieb stumm; aber sie beschloß, in Zukunft den unzugänglichen Gleichmut zu bezeigen, den ihr Vater zur Schau zu tragen gewußt hatte.

»Nein, Madame«, antwortete sie ironisch, »ich bin leider nicht im Bilde, ich verstehe Sie nicht. Reden Sie, reden Sie getrost in Gegenwart des Herrn Pfarrers; Sie wissen ja, daß er mein Beichtvater ist.«

»Schön. Dies hier hat mir mein Mann geschrieben. Lesen Sie ...«

Eugénie las folgenden Brief:

»Liebe Frau, Charles Grandet ist aus Indien zurück, seit einem Monat ist er in Paris ...«

»Seit einem Monat!« dachte Eugénie und ließ die Hand sinken. Nach einer Pause las sie weiter.

». . . Ich habe zweimal antichambrieren müssen, ehe ich den künftigen Vicomte d'Aubrion sprechen konnte. Obgleich ganz Paris von seiner Heirat redet und obwohl das Aufgebot schon erfolgt ist ...«

»Also hat er mir in dem Augenblick geschrieben, da ...«, dachte Eugénie. Sie vollendete den Gedanken nicht; sie rief nicht, wie eine Pariserin getan hätte: »Der liederliche Kerl!« Aber auch wenn ihre Verachtung unausgesprochen blieb, war sie deswegen nicht geringer.

»Mit dieser Heirat hat es noch gute Wege; der Marquis d'Aubrion wird seine Tochter schwerlich dem Sohn eines Bankrotteurs geben. Ich bin zu ihm gegangen, um ihm von der Mühe zu berichten, die sein Onkel und ich uns bei der Regelung der geschäftlichen Angelegenheiten seines Vaters gegeben haben, und von den geschickten Manövern, durch die es uns gelang, die Gläubiger bis zum heutigen Tag zum Stillhalten zu bringen. Hat doch dieser kleine Frechdachs die Stirn gehabt, mir zu antworten, mir, der ich mich seit fünf Jahren Tag und Nacht für seine Interessen und seine Ehre aufgeopfert habe, zu antworten, die geschäftlichen Angelegenheiten seines Vaters seien nicht die seinen. Ein Rechtsbeistand wäre berechtigt, ihm dreißig- bis vierzigtausend Francs, nämlich ein Prozent der Schuldsumme, abzufordern. Aber Geduld, er schuldet den Gläubigern nach Recht und Gesetz zwölfhunderttausend Francs, und ich werde seinen Vater bankrott erklären lassen. Ich bin in dies Geschäft nur auf das Wort des alten Grandet hin eingestiegen und habe im Namen der Familie Versprechungen gemacht. Wenn der Herr Vicomte d'Aubrion sich so wenig Sorgen um seine Ehre macht, so bin ich an der meinen sehr interessiert. Daher werde ich den Gläubigern meine Stellungnahme auseinandersetzen. Dennoch hege ich für

Mademoiselle Eugénie, mit der wir uns in glücklicheren Zeiten verwandtschaftlich zu verbinden gedacht hatten, viel zuviel Hochachtung, als daß ich Schritte unternehmen möchte, ohne daß du mit ihr über diese Dinge gesprochen hättest ...«

An dieser Stelle gab Eugénie den Brief kalt zurück, ohne ihn zu Ende zu lesen.

»Ich danke Ihnen«, sagte sie zu Madame des Grassins, »wir werden schon sehen ...«

»Eben haben Sie völlig die Stimme Ihres verstorbenen Vaters gehabt«, sagte Madame des Grassins.

»Madame, Sie haben uns achttausendeinhundert Francs in Gold auszuzahlen«, sagte Nanon zu ihr.

»Ja, richtig; haben Sie die Güte, mit mir zu kommen, Madame.«

»Herr Pfarrer«, sagte Eugénie mit einer noblen Kaltblütigkeit, die ihr der Gedanke lieh, den sie aussprechen wollte, »würde es eine Sünde sein, in der Ehe im Stand der Jungfräulichkeit zu bleiben?«

»Das ist eine Gewissensfrage, deren Lösung mir unbekannt ist. Wenn Sie wissen wollen, wie der berühmte Sanchez[63] in seiner Abhandlung ›De Matrimonio‹ darüber denkt, könnte ich es Ihnen morgen sagen.«

Der Pfarrer verabschiedete sich, Mademoiselle Grandet stieg in das Arbeitskabinett ihres Vaters hinauf und verbrachte dort den ganzen Tag allein; nicht einmal zum Abendessen wollte sie herunterkommen, trotz der Bitten Nanons. Sie erschien erst am Abend, als die Stammgäste ihres Kreises sich einfanden. Niemals war der Wohnraum der Grandets so voll gewesen wie an jenem Abend. Die Nachricht von Charles' Rückkehr und törichter Treulosigkeit hatte sich in der ganzen Stadt herumgesprochen. Aber so gespannt auch die Neugier der Gäste war, sie wurde nicht befriedigt. Eugénie, die nichts anderes erwartet hatte, ließ ihrem ruhigen Antlitz nichts von den grausamen Wallungen anmerken, die sie durchtobten. Sie brachte es fertig, eine lachende Miene zur Schau zu tragen; das war ihre Antwort an diejenigen, die durch Blicke oder bedauernde Worte ihre Teilnahme bezeigen wollten. Mit einem Wort: sie verstand sich darauf, ihr Unglück mit den Schleiern der Höflichkeit zu bedecken. Gegen neun waren die

Partien beendet; die Spieler standen von ihren Tischen auf, bezahlten einander und diskutierten über die letzten Stiche und gesellten sich der Gruppe der Plaudernden zu. Als die ganze Gesellschaft sich erheben und gehen wollte, geschah ein Theatereffekt, der in ganz Saumur, von dort aus im Arrondissement und in den vier umliegenden Präfekturen Widerhall fand.

»Bleiben Sie, Herr Präsident«, sagte Eugénie zu Monsieur de Bonfons, als sie sah, daß er nach seinem Spazierstock griff.

Bei diesem Wort gab es niemanden in der zahlreichen Versammlung, der nicht einen inneren Druck verspürt hätte. Der Präsident erblaßte und mußte sich setzen.

»Der Präsident bekommt die Millionen«, sagte Mademoiselle de Gribeaucourt.

»Na, klar, der Präsident de Bonfons heiratet Mademoiselle Grandet«, rief Madame d'Orsonval.

»Das war der beste Stich des Spiels«, sagte der Abbé.

»Ein schöner Schlemm«, sagte der Notar.

Jeder sagte sein Sprüchlein, jeder machte seinen Witz, alle sahen die Erben auf ihren Millionen thronen wie auf einem Piedestal. Das vor neun Jahren begonnene Drama hatte seine Lösung gefunden. Angesichts von ganz Saumur zu dem Präsidenten zu sagen, er möge bleiben, hieß das nicht verkünden, sie wolle ihn zu ihrem Ehemann machen? In Kleinstädten werden die gesellschaftlichen Regeln so streng beobachtet, daß ein sogearteter Bruch das feierlichste Versprechen darstellt.

»Herr Präsident«, sagte Eugénie mit bewegter Stimme, als sie allein waren, »ich weiß, was Sie an mir mögen. Schwören Sie mir, mir mein Leben lang Freiheit zu lassen, mich an keins der Rechte zu erinnern, die die Ehe Ihnen über mich einräumt, und meine Hand gehört Ihnen. Oh!« fuhr sie fort, als sie sah, daß er in die Knie sank, »ich habe noch nicht alles gesagt. Ich darf Sie nicht täuschen. In meinem Herzen lebt eine unauslöschbare Liebe. Freundschaft ist das einzige Gefühl, das ich meinem Mann gewähren kann: ich will ihn weder kränken noch den Gesetzen meines Herzens zuwiderhandeln. Aber Sie werden meine Hand und mein Vermögen nur um den Preis eines sehr großen Dienstes besitzen.«

»Sie sehen mich zu allem bereit«, sagte der Präsident.

»Hier sind fünfzehnhunderttausend Francs, Herr Präsident«, sagte sie und zog aus dem Ausschnitt einen Depositionsschein über hundert Aktien der Bank von Frankreich, »reisen Sie nach Paris, nicht morgen, nicht diese Nacht, sondern noch in diesem Augenblick. Begeben Sie sich zu Monsieur des Grassins, lassen Sie sich von ihm die Namen aller Gläubiger meines Onkels sagen, rufen Sie sie zusammen, bezahlen Sie alles, was auf seiner Erbmasse noch an Schulden lastet, Kapital und fünf Prozent Zinsen vom Tage der Entstehung der Schuldsumme bis zu dem der Rückzahlung; und sorgen Sie schließlich dafür, daß eine formgerechte, notariell beglaubigte Quittung darüber ausgestellt wird. Sie sind Richter, ich vertraue mich Ihnen in dieser Angelegenheit an. Sie sind ein loyaler Mensch, ein Ehrenmann; ich schiffe mich im Vertrauen auf Ihr Wort ein, um die Gefahren des Lebens unter dem Schutz Ihres Namens zu durchqueren. Wir müssen einander beide Nachsicht bezeigen. Wir kennen uns seit so langer Zeit, wir sind beinahe Verwandte; Sie werden mich nicht unglücklich machen wollen.«

Der Präsident fiel der reichen Erbin zu Füßen und zitterte vor Freude und Angst.

»Ich will Ihr Sklave sein!« sagte er.

»Wenn Sie die Quittung haben«, fuhr sie fort und warf ihm einen kalten Blick zu, »dann bringen Sie sie mit allen Schuldtiteln meinem Vetter Grandet und übergeben ihm diesen Brief. Bei Ihrer Rückkehr löse ich mein Wort ein.«

Der Präsident erkannte, daß er Mademoiselle Grandet einer enttäuschten Liebe verdanke; daher beeilte er sich, ihre Weisungen mit der größten Schnelligkeit auszuführen, damit es nicht zu einer Aussöhnung zwischen den Liebenden komme.

Als Monsieur de Bonfons gegangen war, sank Eugénie in ihren Sessel und brach in Tränen aus. Jetzt war alles vollbracht. Der Präsident nahm den Postwagen und war am nächsten Abend in Paris. Am Morgen des Tages nach seiner Ankunft ging er zu des Grassins. Der Richter berief die Gläubiger in das Büro des Notars, bei dem die Schuldtitel aufbewahrt wurden, und keiner ließ diesen Ruf unbeachtet. Obwohl es sich um Gläubiger handelte, muß man ihnen Gerechtigkeit widerfahren lassen: sie waren pünktlich. Dort zahlte der Präsident de Bonfons im Namen der Mademoiselle Grandet ihnen das geschuldete Kapital nebst den Zinsen aus. Die Bezahlung auch der Zinsen war für die Pariser Geschäftswelt eines der erstaunlichsten Ereignisse jener Zeit. Als die Quittung ausgefertigt und des Grassins für seine Mühewaltung die Summe von fünfzigtausend Francs bezahlt worden war, die Eugénie ihm bewilligt hatte, begab der Präsident sich in das Stadtpalais d'Aubrion und traf dort Charles in dem Augenblick an, da er in seine Gemächer zurückkehrte, völlig niedergeschmettert durch seinen Schwiegervater. Der alte Marquis hatte ihm gerade erklärt, seine Tochter solle ihm nicht eher angehören, als bis sämtliche Gläubiger Guillaume Grandets befriedigt seien.

Zunächst übergab der Präsident ihm folgenden Brief:

»Lieber Vetter, der Herr Präsident de Bonfons hat es übernommen, Ihnen die Quittung über alle von meinem Onkel geschuldeten Summen auszuhändigen, durch die ich anerkenne, sie von Ihnen empfangen zu haben. Es ist mir etwas von einer Bankrotterklärung gesagt worden . . .! Ich habe gemeint, der Sohn eines Bankrotteurs könne vielleicht nicht Mademoiselle d'Aubrion heiraten. Ja, Vetter, Sie haben meine Intelligenz und meine Gepflogenheiten richtig beurteilt: ich habe wahrlich nichts von der großen Welt an mir, ich kenne weder deren Berechnungen noch Umgangsformen, und ich könnte Ihnen darin nicht die Freuden zuteil werden lassen, die Sie darin finden wollen. Seien Sie glücklich, den gesellschaftlichen Konventionen gemäß, denen Sie unsere junge Liebe opferten. Um Ihr Glück vollkommen zu machen, kann ich Ihnen nichts darbringen als die Ehre Ihres Vaters. Leben Sie wohl; Sie werden stets eine getreue Freundin haben an Ihrer Kusine
Eugénie.«

Der Präsident lächelte über den Ausruf, den der Ehrgeizling nicht zu unterdrücken vermochte, als er das authentische Dokument empfing.

»Wir können uns gegenseitig unsere Heiratsanzeigen schicken«, sagte er zu Charles.

»Ach, Sie heiraten Eugénie? Na, das freut mich, sie ist ein gutes Mädchen. Aber«, fuhr er fort, von einem jähen Gedankenblitz durchzuckt, »ist sie denn reich?«

»Sie hatte«, antwortete der Präsident mit spöttischer Miene, »vor vier Tagen etwa neunzehn Millionen; aber heute hat sie nur noch siebzehn.«

Charles blickte den Präsidenten verblüfft an.

»Siebzehn . . . Mil . . .«

»Ja, siebzehn Millionen. Wir haben, Mademoiselle Grandet und ich, siebenhundertfünfzigtausend Francs Einkünfte, wenn wir heiraten.«

»Lieber Vetter«, sagte Charles, der seine Selbstsicherheit halbwegs wiedererlangt hatte, »dann können wir einander ja gegenseitig weiterhelfen.«

»Einverstanden«, sagte der Präsident. »Hier ist außerdem noch ein Kästchen, das ich Ihnen ebenfalls aushändigen soll«, sprach er weiter und stellte die Schatulle auf den Tisch, die das Necessaire enthielt.

»Hören Sie, lieber Freund«, sagte die Frau Marquise d'Aubrion, die hereinkam, ohne Cruchot zu beachten, »kümmern Sie sich nicht um das, was mein armer Mann Ihnen gesagt hat; die Herzogin von Chaulieu hat ihm neuerdings den Kopf verdreht. Ich sage es Ihnen noch einmal: nichts soll Ihre Heirat verhindern . . .«

»Nichts, Madame«, antwortete Charles. »Die drei Millionen, die mein Vater früher einmal an Schulden gehabt hat, sind gestern bezahlt worden.«

»In bar?« fragte sie.

»Vollkommen, Zinsen und Kapital, und ich werde sein Andenken rehabilitieren.«

»Was für eine Dummheit!« rief die Schwiegermutter. – »Wer ist der Herr da?« fragte sie flüsternd ihren Schwiegersohn, als sie Cruchot bemerkte.

»Mein Sachwalter«, antwortete er leise.

Die Marquise grüßte Monsieur de Bonfons herablassend und ging.

»Wir helfen einander schon jetzt weiter«, sagte der Präsident und nahm seinen Hut. »Adieu, Vetter.«

»Er macht sich über mich lustig, dieser Kakadu aus Saumur. Ich habe Lust, ihm sechs Zoll Eisen in den Wanst zu rennen.«

Der Präsident war schon gegangen. Drei Tage später gab der

nach Saumur zurückgekehrte Monsieur de Bonfons seine Heirat mit Eugénie bekannt. Sechs Monate später wurde er zum Rat am königlichen Gericht zu Angers ernannt. Bevor Eugénie Saumur verließ, ließ sie das Gold der Schmucksachen, die ihrem Herzen so lange teuer gewesen waren, einschmelzen und stiftete es, wie auch die achttausend Francs ihres Vetters, für eine goldene Monstranz, die sie der Pfarrkirche schenkte, in der sie so oft für *ihn* zu Gott gebetet hatte! Übrigens teilte sie ihre Zeit zwischen Angers und Saumur. Ihr Mann, der bei einer politischen Angelegenheit seine Regierungstreue bewiesen hatte, wurde Senatspräsident und nach einigen Jahren Oberpräsident. Voller Ungeduld sah er der allgemeinen Neuwahl entgegen, um einen Sitz in der Abgeordnetenkammer zu erhalten. Es gelüstete ihn schon nach der Pairswürde, und dann ...

»Und dann ist der König sein Vetter«, sagte Nanon, die Große Nanon, Madame Cornoiller, Bürgerin von Saumur, als ihre Herrin ihr verkündete, bis zu welchen Höhen sie noch aufsteigen könne. Dennoch gelangte der Herr Präsident de Bonfons (er hatte endlich seinen Vatersnamen Cruchot abgelegt) nicht dazu, seine ehrgeizigen Pläne zu verwirklichen. Acht Tage nach seiner Ernennung zum Abgeordneten von Saumur starb er. Gott, der alles sieht und niemals den Falschen trifft, hatte ihn wohl für seine Berechnungen und die juristische Geschicklichkeit bestraft, mit der er, der alles bedenkende Cruchot, seinen Ehekontrakt aufgesetzt hatte, demgemäß die beiden Ehegatten einander für den Fall, daß sie keine Kinder hätten, das Gesamt ihrer mobilen und immobilen Güter schenkten, ohne davon irgend etwas auszunehmen oder sich vorzubehalten, als uneingeschränktes Eigentum, sogar unter Verzicht auf die Formalität einer Inventaraufnahme, ohne daß gegen besagte Unterlassung einer Inventaraufnahme von ihren Erben oder sonstigen Rechtsnachfolgern Einspruch erhoben werden könne, so daß besagte Schenkung, usw. Diese Klausel vermag den tiefen Respekt zu erklären, den der Präsident beständig gegenüber dem Willen, dem Einsamkeitsverlangen seiner Frau bezeigte. Die Frauen führten den Herrn Oberpräsidenten als das Musterbild eines ungemein zartfühlenden Mannes an, bedauerten ihn und gingen so weit, daß sie oftmals Eugénie deren Schmerz und Leidenschaft zum Vorwurf machten, natürlich so, wie eine Frau Vorwürfe zu machen weiß, mit der grausamsten Schonung.

»Die Frau Präsidentin de Bonfons muß recht leidend sein, daß sie ihren Mann allein läßt. Die arme kleine Frau! Ob sie bald wieder gesund ist? Was mag sie nur haben? Ein Magenleiden? Krebs? Warum zieht sie keinen Arzt zu Rate? Seit einiger Zeit wird sie ganz gelb; sie sollte doch die Pariser Kapazitäten konsultieren. Wie ist es nur möglich, daß sie sich kein Kind wünscht? Sie hat ihren Mann sehr lieb, heißt es; warum schenkt sie ihm bei seiner Stellung keinen Erben? Wissen Sie, so etwas ist doch abscheulich; und wenn es aus einer Laune heraus geschähe, wäre es verdammenswürdig. Der arme Präsident!«

Eugénie war mit dem feinen Takt begabt, den der Einsame durch seine beständigen Meditationen und durch die besondere Sehfähigkeit in sich ausbildet, mit der er die Dinge wahrnimmt, die in seine Sphäre fallen; durch das Unglück und die letzte schlimme, erziehende Erfahrung war sie es gewohnt, alles zu erraten, und so wußte sie, daß der Präsident ihren Tod wünschte, um in den Besitz des ungeheuren Vermögens zu gelangen, das durch die Erbschaften seines Notar-Onkels und seines Abbé-Onkels noch vermehrt worden war, die zu sich zu rufen Gott sich hatte einfallen lassen. Der armen Einsiedlerin tat der Präsident leid. Die Vorsehung rächte sie für die Berechnungen und die infame Gleichgültigkeit eines Gatten, der, als die stärkste aller Bürgschaften, die hoffnungslose Leidenschaft respektierte, von der Eugénie sich nährte. Einem Kind das Leben schenken, hieß das nicht die egoistischen Hoffnungen, die Freuden des Ehrgeizes abtöten, denen der Oberpräsident anhing? Gott überschüttete also seine Gefangene mit Massen Goldes, sie, der das Gold gleichgültig war und die den Himmel erstrebte, die fromm und gütig in heiligen Gedanken lebte, die ohne Unterlaß heimlich den Unglücklichen half. Madame de Bonfons wurde mit dreiunddreißig Jahren Witwe; sie besaß Einkünfte in Höhe von achthunderttausend Francs; sie war noch schön, aber von der Schönheit einer Frau, die sich den Vierzig nähert. Ihr Antlitz ist weiß, ausgeruht, still. Ihre Stimme ist sanft und gesammelt, ihr Gehaben schlicht. Sie besitzt allen Adel des Schmerzes, die Heiligkeit eines Menschen, der seine Seele nicht durch die Berührung mit Welt und

Gesellschaft besudelt hat, aber auch die Steifheit der alten Jungfer und die kleinlichen Gewohnheiten, die das enge Provinzdasein mit sich bringt. Trotz ihrer achthunderttausend Francs Einkünfte lebt sie, wie die arme Eugénie Grandet gelebt hat, steckt in ihrem Schlafzimmer nur an den Tagen Feuer an, da ehedem ihr Vater ihr erlaubt hatte, im Saal Feuer zu machen, und löscht es gemäß dem Programm, das in ihren jungen Jahren in Kraft gewesen war. Das Haus in Saumur, ein Haus ohne Sonne, ohne Wärme, immer im Schatten, voller Schwermut, ist das Abbild ihres Lebens. Bedachtsam häuft sie ihre Einkünfte an, und vielleicht würde sie knausrig wirken, wenn sie nicht die üble Nachrede durch einen noblen Gebrauch ihres Vermögens Lügen strafte. Fromme, mildtätige Stiftungen, ein Altersheim und christliche Schulen für Kinder, eine reich dotierte öffentliche Bibliothek legen alljährlich Zeugnis ab wider den Geiz, den gewisse Leute ihr vorwerfen. Die Kirchen von Saumur danken ihr einige Verschönerungen. Madame de Bonfons, die aus Spott ›Mademoiselle‹ genannt wird, flößt allgemein fromme Scheu ein. Dies edle Herz, das nur für die zärtlichsten Gefühle geschlagen hatte, sollte also den Berechnungen menschlichen Eigennutzes unterworfen werden. Das Geld sollte seine kalten Farbtöne auf dieses himmlische Leben werfen und einer Frau, die ganz Gefühl war, Mißtrauen gegen alle Gefühle einflößen.

»Nur du hast mich lieb«, sagte sie zu Nanon.

Die Hand dieser Frau spendet Balsam für die geheimen Wunden aller Familien. Eugénie zieht in Begleitung eines Zuges von Wohltaten dem Himmel entgegen. Die Größe ihrer Seele mildert die Unzulänglichkeiten ihrer Bildung und die Angewohnheiten ihrer jungen Jahre. Das ist die Geschichte dieser Frau, die inmitten der Welt nicht von dieser Welt ist, die dazu geschaffen war, eine herrliche Gattin und Mutter zu sein, und weder einen Mann noch Kinder noch Familie hat. Die Leute in Saumur befassen sich mit ihr und dem Herrn Marquis de Froidfond, dessen Familie die reiche Witwe einzukreisen beginnt, wie es ehedem die Cruchots getan hatten. Nanon und Cornoiller seien, so heißt es, im Interesse des Marquis tätig; aber nichts ist falscher. Weder die Große Nanon noch Cornoiller sind intelligent genug, um die Verderbtheit von Welt und Gesellschaft zu verstehen.

Anmerkungen

Eugénie Grandet

1 Die Heilige Liga (Bündnis, Allianz) wurde 1576 von den Katholiken vorgeblich gegen die Hugenotten geschlossen; ihr Oberhaupt war der Herzog von Guise. In Wahrheit war der Sturz Heinrichs III. und die Thronerhebung der Guises geplant. Indem Heinrich IV. 1593 zum Katholizismus übertrat, besiegelte er das Ende der Liga, die in der öffentlichen Meinung durch ihr Bündnis mit Philipp II. von Spanien bereits an Geltung verloren hatte.

2 Noblesse de cloches = Glockenadel. So wurde unter dem Ancien Régime die Abkömmlinge von Bürgermeistern und Schöffen in denjenigen Städten bezeichnet, in denen diese Ämter den Adel verliehen.

3 Fässer, die ein Ohm (etwa 150 Liter) Wein fassen.

4 Die ›Vormaligen‹ – Spottname des Adels während der Revolution.

5 Jacques Laffitte (1767–1844), Sohn eines Zimmermanns, war zunächst kleiner Angestellter in der Firma des Bankiers Perregaux, der ihn 1800 zu seinem Teilhaber machte. 1814 wurde er zum Leiter der Bank von Frankreich ernannt und 1816 zum Abgeordneten gewählt und seither ständig wiedergewählt. Er gehörte der Linken an, bekämpfte alles, was die Ministerien der Restauration unternahmen, und rief im Juli 1830 zum Widerstand gegen die Ordonnanzen auf. Die Führer des Aufstandes kamen in seinem Hause zusammen; er war es, der dem Herzog von Orléans zunächst die Regentschaft, dann den Thron anbot. Deswegen gehörte er Louis-Philippes erstem Ministerium an, dessen Präsidium er am 3. November übernahm. Er vertrat die Politik der ›Bewegung‹, das heißt: die fortschrittlichsten Ideen. Das mißfiel dem von Charakter ziemlich autoritären König, auf dessen Betreiben hin das Kabinett Laffitte am 13. März 1831 gestürzt wurde. Die Revolution von 1830 und die ihr folgenden Wirren verursachten Laffitte beträchtliche Geldverluste, die er nie wieder hat wettmachen können.

6 Berühmtes florentinisches Geschlecht, das durch Handelsunternehmungen zu Reichtum gelangte und schon im 13. Jahrhundert hervortrat. Als Führer der Volkspartei wurde Cosimo de M. 1434 das Haupt der Republik, schmückte Florenz mit öffentlichen Bauten und förderte Künstler und Gelehrte; er war ein umsichtiger Staatsmann und Politiker. Sein Enkel Lorenzo I. il Magnifico (der Prächtige; 1449–1492) schützte die Republik gegen Sixtus IV.; er war ein Freund der Künste und Wissenschaften und selber Dichter.

Infolge der unklugen Haltung seines Sohnes Piero wurden die Medici 1494 aus Florenz vertrieben und durften erst 1512 zurückkehren. Pieros Sohn Lorenzo II. (1492–1519) wurde von Leo X. zum Herzog von Urbino ernannt; er ist der Vater der Katharina von Medici (siehe Balzac, ›Katharina von Medici‹). Sein natürlicher Sohn Alessandro, 1527 vertrieben, wurde 1531 von Kaiser Karl V. als erblicher Herzog eingesetzt, herrschte als Tyrann und wurde 1537 von seinem Vetter Lorenzino ermordet (siehe Mussets Tragödie ›Lorenzaccio‹). Sein Nachfolger Cosimo I., einer jüngeren Linie entstammend, Gründer der Akademie zu Florenz, wurde 1569 von Pius V. zum Großherzog ernannt. Der letzte Sprößling der regierenden Linie war Giovanni Gastone († 1737).

7 Ghibellinisches Florentiner Geschlecht, berühmt geworden durch eine Verschwörung gegen die Medici im Jahre 1478, die fehlschlug.

8 Charles-Maurice Herzog von Talleyrand-Périgord (1754–1838), bedeutender französischer Diplomat, 1788 Bischof von Autun, in der Nationalversammlung Wortführer der Reformpartei, setzte die Zivilkonstitution des Klerus durch, wurde 1791 von Pius VI. mit dem Bann belegt, legte seine Bischofswürde nieder, lebte während der Schreckensherrschaft in Nordamerika, übernahm nach dem Staatsstreich vom 18. Fructidor (1797) das Außenministerium, war am Staatsstreich des 18. Brumaire (Errichtung des Konsulats) beteiligt, wurde Minister des Ersten Konsuls (Napoleons), nach Errichtung des Kaiserreichs Oberkammerherr, 1806 zum Fürsten von Benevent ernannt, fiel 1809 in Ungnade und zog sich auf sein Landgut zurück. Seit 1812 unterhielt er Verbindungen mit den Bourbonen, an deren Wiedereinsetzung 1814 er wesentlichen Anteil hatte. Er wurde abermals Außenminister, verfocht auf dem Wiener Kongreß klug und erfolgreich die Interessen Frankreichs, trat indessen im September 1815 zurück. Der König von Neapel entschädigte ihn für das Fürstentum Benevent durch eine reiche Donation und ernannte ihn zum Herzog von Dino; Ludwig XVIII. ernannte ihn zum erblichen Pair von Frankreich und 1817 zum Herzog von Périgord. 1830 wurde er französischer Botschafter in London, brachte den Viererbund zwischen Frankreich, England, Spanien und Portugal zustande und zog sich 1835 ins Privatleben zurück.

9 In der Böttcherei benutztes Werkzeug.

10 Geharnischter Stundenschläger auf Uhren oder holzgeschnitzte menschliche Gestalt, nach der geschossen wurde.

11 Etwa 1,85 m.

12 Italienisch: Anwachsen, Stärkerwerden, Sichsteigern.

13 Balzacs oftmals von ihm erwähnter Schneider und großzügiger Gläubiger.

14 Ein aus 166 Bänden bestehendes Sammelwerk (1781–1832), nicht mit der berühmten ›Encyclopédie‹ von 1751–1766 zu verwechseln.

15 Die ›Gazette nationale ou le Moniteur universel‹ (das Wort ›Moniteur‹ bedeutet Ratgeber, Anzeiger, aber auch Vorturner), 1789 gegründet, war von Anfang an eine opportunistische Zeitung, die es jedem recht machen wollte, offiziös und Freund aller Regierungen war, vor allem jedoch ein Informationsblatt. Auf diese Weise überstand der ›Moniteur‹ alle politischen Stürme. Einer der Gründe für seinen Erfolg waren die Sitzungsberichte aller politischen Versammlungen der Revolution. Nach seinem Staatsstreich vom 18. Brumaire machte Bonaparte den ›Moniteur‹ zum offiziellen Regierungsblatt. Die Restauration, Louis-Philippe und Napoleon III. behielten ihn bei. In der ersten Hälfte des 19. Jahrhunderts hatte neben dem politischen auch der literarische und wissenschaftliche Teil große Bedeutung.

16 Richard Westall (1765–1836), Zeichner, Aquarellmaler und Radierer, hat in Boningtons Manier Aquarelle geschaffen, die großen Erfolg hatten. Im besonderen widmete er sich der Illustration von Werken Miltons, Shakespeares, George Crabbes und Thomas Moores.

17 Englisch: kleines Album mit Porträt- oder Landschaftsstichen, zu Balzacs Zeit als Freundschaftsgeschenk beliebt.

18 William Finden (1787–1852), englischer Kupferstecher, schuf nach Zeichnungen von Smirke eine Don-Quijote-Ausgabe sowie die Serien ›Byron-Galerie‹ und ›Galerie der englischen Kunst‹, z. T. unter Mitarbeit seiner Söhne.

19 Francis Chantrey (1782–1841), englischer Bildhauer, Schüler Ramsays, brach schon in seinen Anfängen mit dem Akademismus, der damals bei allem Kunstunterricht üblich war. Er schuf Büsten aller berühmten Zeitgenossen und Kolossalstatuen, darunter die Wellingtons zu Pferde.

20 ›Les Amours du Chevalier de Faublas‹, ein 1787–1790 erschienener Roman von Louvet de Couvray (1760–1797), eine zwar etwas schlüpfrige, aber elegante Schilderung der Pariser Gesellschaft vor der Revolution.

21 ›Les Liaisons dangereuses‹, 1782 erschienener Roman (deutsch u. a. von Heinrich Mann 1922) von Pierre-Ambroise-François Choderlos de Laclos (1741–1803). Es handelt sich um einen recht frivolen

Briefroman, der bei den Zeitgenossen große Entrüstung auslöste. Der Roman, ausgezeichnet durch psychologische Analysen und Raffinesse des Stils, was ihn zu einem Kunstwerk von hohem Rang macht, führte Rousseaus Bejahung der natürlichen Leidenschaft ad absurdum. – Nicht unerwähnt bleibe, daß Choderlos de Laclos es war, der Robespierres Reden ausarbeitete.

22 Italienisch: stärker werdend; in der Musik gebräuchliche dynamische Bezeichnung.

23 Adiantum Capillus Veneris, auch Frauenhaar oder Krullfarn, Haarfarn genannt, Pflanzengattung der Polypodiaceen.

24 Phidias (um 500–nach 438 v. Chr.), griechischer Bildhauer, Hauptmeister der hochklassischen attischen Kunst. Seine Hauptwerke sind die Kultbilder des Olympischen Zeus im Zeustempel zu Olympia und der Athena Parthenos, 438 im Parthenon in Athen aufgestellt. Vom Olympischen Zeus sind Abbildungen des Kopfes auf Münzen bekannt.

25 Durch die von Napoleon mit dem Ziel der Schädigung des englischen Handels verhängte Kontinentalsperre (ab 21. November 1806) waren Frankreich und die von ihm besetzten oder mit ihm verbündeten Gebiete des europäischen Festlands nahezu gänzlich der Kolonialwaren entblößt. Der Zucker wurde damals noch ausschließlich aus Zuckerrohr gewonnen und vornehmlich aus Westindien eingeführt. Der Anbau von Runkelrüben zur Zuckergewinnung setzt erst im ersten Drittel des 19. Jahrhunderts ein.

26 Unze: etwa 30 Gramm.

27 Ein aus Karotten, Porree, Ochsenfleisch und Suppenhuhn bereitetes, sehr wohlschmeckendes Gericht.

28 Abraham-Louis Bréguet (1747–1823), Uhrmacher der Marine, Mitglied des Schiffahrtsamtes und der Akademie der Wissenschaften, entwickelte nicht nur die zeitgenössische Uhrmacherei weiter, sondern konstruierte eine Fülle nautischer und astronomischer Präzisionsinstrumente.

29 Jean-Antoine Chaptal, Graf de Chanteloup (1756–1832), Chemiker, Agronom, Ingenieur und Verwaltungsbeamter, leistete in allen diesen Eigenschaften sämtlichen Regierungen von Ludwig XVI. bis Louis-Philippe vortreffliche Dienste. Mittels seiner Kaffeemaschine wurde der Kaffee gefiltert.

30 Im Buch Daniel die von Geisterhand an die Wand geschriebenen Warnworte, die den nahen Sturz Belsazars von Babylon verkündeten. Die Deutung in Daniel 5, 25–28.

31 Lateinisch: auf gerechte und ungerechte Weise; mit allen Mitteln.

32 Alkibiades (450–404 v. Chr.), Sohn des Kleinias, Lieblingsschüler des Sokrates, glänzend begabter Redner und Feldherr, aber ehrgeizig und leichtfertig. Da er darauf erpicht war, das Augenmerk der Öffentlichkeit auf sich zu lenken, ließ er einen besonders schönen Hund, der ihn 7000 Drachmen gekostet hatte und den ganz Athen bewunderte, durch Abschneiden des Schwanzes verstümmeln.

33 Im Anjou gebräuchlich.

34 Jeremy Bentham (1748–1832), englischer Rechtsgelehrter, Begründer des Utilitarismus.

35 Kutschwagen ohne Vordersitz.

36 Lateinisch: in Ländern (der Ungläubigen). Bezeichnung eines Bischofs, der lediglich ehrenhalber, ohne weitere Befugnisse, den Titel trägt. Ironisch als Bezeichnung für einen Beamten, der keine Funktion ausübt.

37 Jene aus englischen und deutschen Teilhabern bestehende Wagenbaufirma hat tatsächlich existiert; ihr Verdienst ist es, die modernen englischen Wagenfedern in Frankreich eingeführt zu haben.

38 Balzacs Schneider, der ihm jahrelang Kredit gewährte, ihm gelegentlich sogar mit kleinen Beträgen aushalf und zum Dank dafür häufig in Balzacs Romanen erwähnt wurde, was natürlich eine großartige Reklame war.

39 Lateinisch: Kommt, lasset uns beten.

40 Jeanne-Louise-Henriette Genêt (1752–1822) war schon mit vierzehn Jahren ein Wunder an Intelligenz. Schon früh wurde sie die Vorleserin der Töchter Ludwigs XV., dann Kammerfrau der Marie-Antoinette, die sie mit M. Campan verheiratete. Nach dem 9. Thermidor, der sie vor dem Schafott bewahrte, eröffnete sie in Saint-Germain ein Mädchenpensionat, dem Mme de Beauharnais ihre Tochter Hortense anvertraute, die spätere Königin von Holland und Mutter Napoleons III. Auch Caroline Bonaparte, die jüngste Schwester Napoleons, genoß bis zu ihrer Verlobung mit Murat die Erziehung der Mme Campan. Das Ziel des Kaisers und der Mme Campan war es, die ihnen zugewiesenen Zöglinge zu ›Müttern‹ zu erziehen. Das geschah in Ecouen, dem Erziehungshaus der Ehrenlegion. Als die Restauration Ecouen aufhob, zog Mme Campan sich nach Mantes zurück, wo sie starb. Sie hat interessante Memoiren über Marie-Antoinette hinterlassen.

41 Jean-Paul Marat (1744–1793), berüchtigter Revolutionär, in der Schweiz geboren, studierte Medizin, war auf Reisen, dann Arzt in

Paris, veröffentlichte philosophische und physikalische Schriften, trat bei Ausbruch der Revolution als Demagoge hervor, wurde Redakteur des ›Ami du Peuple‹ (›Volksfreund‹), Vertreter der Pöbelherrschaft, schamloser Denunziant, Anstifter der Septembermorde; als Mitglied des Konvents forderte er Massenhinrichtungen, befürwortete aufs gröbste die Hinrichtung des Königs und wurde von Charlotte Corday in der Badewanne erstochen.

42 Lateinisch: ferner; ein von Balzac auch in seinen Briefen bei Aufzählungen häufig benutztes Wort.

43 Ehemalige spanische Münze, vierfache Pistole, Wert etwa 62 Mark.

44 Ostindische Gold- und Silbermünze.

45 Titel der Herrscher der von Babur 1505 in Ostindien gegründeten mohammedanischen Dynastie mongolischer Abkunft. Das Reich ging 1788 an die Engländer verloren; seither bezogen die Herrscher von England ein Jahresgehalt. Der letzte Groß-Mogul wurde wegen Beteiligung am indischen Aufstand von 1857 zur Kettenstrafe und Verbannung nach Rangun verurteilt, wo er 1862 starb. 24 seiner Söhne und Enkel wurden hingerichtet.

46 Lizinska de Mirbel, geborene Aimée-Zoé Rue (1796–1849), Schülerin des Miniaturenmalers Augustin, debütierte 1819 mit einem Bildnis Ludwigs XVIII., das große Beachtung fand. Sie erhielt daraufhin den Hofmalertitel. Bis gegen die Mitte des Jahrhunderts stellte sie Miniaturporträts von Angehörigen der höchsten Gesellschaft aus, die die Feinheit und Korrektheit ihrer Zeichnung, die Ähnlichkeit des Dargestellten und die Leichtigkeit der Ausführung schätzte. Mme de Mirbel wohnte 1820 Rue Saint-Dominique-Saint-Germain 92.

47 »Quand Auguste buvait, la Pologne était ivre.« Diesen Alexandrider, den Voltaire seiner ›Epître à Catharine II‹ einfügte, hat er einer Versepistel Friedrichs II. entnommen, dessen dilettantische Reimereien er sonst verachtete und verspottete. Es handelt sich um eine Anspielung auf Friedrich-August III., Kurfürsten von Sachsen und König von Polen (1696–1763).

48 August Heinrich Julius Lafontaine (1758–1831), einer französischen Refugié-Familie entstammend und nicht mit dem großen Dichter der ›Fabeln‹ zu verwechseln, in Braunschweig geboren, studierte in Helmstedt Theologie, wurde Hauslehrer, später Hofmeister, dann Feldprediger und zog sich dann auf ein kleines Gut bei Halle zurück. Als Günstling Friedrich Wilhelms III. erhielt er eine Domherrnpfründe am Magdeburger Domkapitel. Er schrieb mehr als

160 Bände trivial-sentimentaler Liebes- und Familienromane; die traurigen Schicksale seiner Liebespaare gingen ihm so nahe, daß ihn einmal seine Frau beim Schreiben schluchzend antraf: »Sie sind ja so unglücklich!« rief er. »Dann mach sie doch glücklich!« lautete die Antwort – was dann auch geschah.

49 Kleines, goldenes Kreuz, wie es die Bäuerinnen um den Hals tragen.

50 Diesen Namen führte damals das Théâtre de la Gaîté.

51 Jaques-Bénigne Bossuet (1627–1704), Bischof von Condom, später von Meaux, berühmter Kanzelredner, zumal seiner Trauerreden auf fürstliche Frauen seiner Zeit wegen. Er war Erzieher des Dauphin, für den er mehrere Traktate schrieb; in ihnen verteidigte er das göttliche Recht der Könige. Sein Werk über die Wandlungen der evangelischen Kirchen erweist ihn als einen großen, gelehrten und kritischen Historiker. Bis in seine letzten Tage bekämpfte er den Quietismus in der Gestalt Fénelons. – Der von Balzac erwähnte Ausspruch ist in der ›Méditation sur la Brièveté de la Vie‹ enthalten und lautet: »Es ist wie Nägel, die in eine lange Wand geschlagen sind, aus einiger Entfernung gesehen; ihr werdet sagen, sie nähmen viel Raum ein; doch zieht sie heraus: sie füllen euch nicht einmal die Hand.«

52 Lateinisch: bisheriger Zustand.

53 Atreus, Sohn des Pelops, Enkel des Tantalos und Bruder des Thyestes, wurde Herrscher von Mykenä, wo Thyestes seine Gemahlin verführte. Damit begann jene Reihe von Greueltaten, die antiken und modernen Tragikern reichen Stoff geboten haben. Die Söhne des Atreus sind Agamemnon und Menelaos.

54 Siehe Anmerkung 12.

55 Wortspiel mit dem Namen der Stadt Saumur und saumère = Salzlake, Mutterlauge.

56 Die aus dem zähen, an der Luft schnell erhärtenden Speichel gebauten Nester der Vogelgattung Collacalia, einer schwalbenähnlichen Art der Segler; die Nester kleben in Gruppen an Felsen und ergeben abgekocht eine würzige Suppe.

57 Lateinisch: auf welchen Wegen auch immer.

58 Name der Königin von Neapel (1752–1814), Tochter der Kaiserin Maria Theresia, Schwester der Marie-Antoinette.

59 Im Mittelalter in der Gascogne gleichbedeutend mit Capitaine, Landeshauptmann.

60 Henri-Evrard Marquis de Dreux-Brézé (1766–1829), Großzeremonienmeister unter Ludwig XVIII. Wahrscheinlich bezieht sich Balzacs Andeutung auf die Emigration und Rückkehr des Marquis.

61 Arie aus der Oper ›Die Hochzeit des Figaro‹ von W. A. Mozart (Text nach Beaumarchais von Da Ponte).

62 Diese Straße, die von der Rue de Grenelle zur Rue de Varenne führte, wurde 1850 mit der Rue de Bellechasse verschmolzen.

63 Tomaso Sanchez (1550–1610), spanischer Jesuit, Verfasser der ›Disputationes de Sancto Matrimonii sacramento‹, eines für Beichtväter bestimmten Werks über die Ehe.

Biographische Notizen über die Romangestalten

Eugénie Grandet

GRANDET, Charles, heiratete tatsächlich Mathilde d'Aubrion und erhielt die Erlaubnis, den Titel eines Grafen d'Aubrion zu führen (›Das Bankhaus Nucingen‹).

GRANDET, Victor-Ange-Guillaume, hatte 1815, vor der Schlacht bei Waterloo, hundertfünfzigtausend Flaschen Champagner an Frédéric de Nucingen verkauft, die dieser mit enormem Gewinn nach der Besetzung von Paris an die Alliierten weiterverkaufte (›Das Bankhaus Nucingen‹).

Die Ehelosen

1. Pierrette

2. Der Pfarrer von Tours

3. Die ›Fischerin im Trüben‹

Pierrette

Übertragung von Ernst Sander

Der Roman ›Pierrette‹ ist nach Balzacs Angabe im November 1839 entstanden; freilich schrieb er bereits im Juni jenes Jahres an Mme Hanska, daß er daran arbeite. Der Vorabdruck erfolgte vom 14. bis 27. Januar 1840 in ›Le Siècle‹; im gleichen Jahr erschien die zweibändige Buchausgabe, die auch die Novelle ›Pierre Grassou‹ enthielt. 1843 wurde das Werk den ›Szenen aus dem Provinzleben‹ eingefügt, wo es zusammen mit ›Der Pfarrer von Tours‹ und ›Die ‚Fischerin im Trüben'‹ die Gruppe ›Die Ehelosen‹ (›Les Célibataires‹) bildet. Der Titel ›Les Célibataires‹ war ursprünglich (1832) derjenige der Novelle ›Der Pfarrer von Tours‹.

Der Roman ist Anna Hanska (1828–1915) gewidmet worden, der einzigen Tochter des gräflichen Paars Hanski und später die Stieftochter Balzacs, der sie väterlich liebte. Sie heiratete 1846 in Wiesbaden den Grafen Georg Mniszech; Balzac war ihr Trauzeuge. 1881 verlor sie ihren Mann, 1882 ihre Mutter, deren großes Vermögen durch ein aufwendiges Leben nahezu aufgebraucht war (siehe den Einleitungsband dieser Ausgabe). Anna zog sich in das Kloster Zum Kreuz in der Rue de Vaugirard zurück und trat nur noch einmal 1907 mit Artikeln in ›Le Temps‹ an die Öffentlichkeit, als Octave Mirbeau bei einer Schilderung der letzten Augenblicke Balzacs das Andenken ihrer Mutter verunglimpft hatte.

Im Oktober 1827 blieb um die Morgenröte ein junger Mann von etwa sechzehn Jahren, dessen Kleidung das verriet, was die moderne Phraseologie so unverfroren einen Proletarier nennt, auf einem kleinen Platz stehen, der sich in der Unterstadt von Provins[1] befindet. Zu jener Stunde konnte er, ohne beobachtet zu werden, die verschiedenen Häuser betrachten, die an diesem Platz gelegen sind; er bildet ein Rechteck. Die Mühlen an den Flußläufen von Provins waren schon im Gange. Ihr von den Echos der Oberstadt wiederholtes Klappern stand im Einklang mit der scharfen Luft, mit der stutzerhaften Helle des Morgens und betonte noch die Tiefe der Stille, die es ermöglichte, daß das Rattern eines Postwagens, der eine Meile weit entfernt auf der Landstraße fuhr, zu hören war. Die beiden längsten Häuserzeilen, die ein Blätterdach von Linden trennte, bestehen aus naiven Bauwerken, aus denen das friedliche, in sich geschlossene Leben der Bürgersleute zu ersehen ist. An dieser Stelle gibt es keine Geschäfte. Kaum sah man dort die luxuriösen Einfahrtstore reicher Leute! Sofern es überhaupt welche gab, drehten sie sich nur selten in ihren Angeln, ausgenommen die Monsieur Marteners, eines Arztes, der sein Kabriolett halten und es benutzen mußte. Manche Fassaden zierte eine Rebranke, andere wieder schmückten Rosen, die bis zum ersten Stock hinaufrankten, wo ihre Blüten in dicken, weit auseinanderstehenden Tuffen in die Fenster hineindufteten. Ein Ende jenes Platzes reicht beinahe bis an die Hauptstraße der Unterstadt. Das andere Ende wird von einer mit der Hauptstraße parallel laufenden Straße eingenommen, deren Gärten sich bis zu einem der beiden Flüsse erstrecken, die das Tal von Provins bewässern.

An diesem Ende, dem stillsten des Platzes, erkannte der junge Handwerker das Haus, das ihm bezeichnet worden war: eine Fassade aus weißem Stein, die hohle Linien durchzogen, um Steinlagen anzudeuten; die Fenster mit schmächtigen Eisenbalkons mit gelb gestrichenen Rosetten haben graue Jalousien, die stets geschlossen sind. Oberhalb der Fassade, die aus einem Erdgeschoß und einem ersten Stock besteht, durchlöchern drei Mansardenluken ein schiefergedecktes Dach, auf dessen einem Giebel sich eine neue Wetterfahne dreht. Diese moderne Wetterfahne stellt einen auf einen Hasen schießenden Jäger dar. Zu der mittelgroßen Haustür steigt man auf drei Steinstufen hinan. An der einen Seite der Tür speit ein Stück Bleirohr das Spülwasser über eine kleine Rinne; dort liegt also die Küche; an der anderen lassen zwei sorgsam mit grauen Laden geschlossene Fenster mit herzförmigen Ausschnitten ein wenig Tageslicht herein; sie scheinen zum Eßzimmer zu gehören. Durch die mittels dreier Stufen gewonnene Erhöhung liegen die Kellerluken unter jedem Fenster; sie sind durch kleine, getünchte Eisenblechfenster geschlossen, die anspruchsvoll eingestanzte Löcher haben. Damals war alles neu. In diesem wiederhergestellten Hause, dessen noch frischer Glanz sich von dem alten Äußern der anderen abhob, hätte ein Beobachter auf der Stelle die kleinliche Gedankenwelt und die völlige Selbstzufriedenheit eines kleinen Ladenbesitzers erraten können, der sich zur Ruhe gesetzt hat. Der junge Mensch musterte alle diese Einzelheiten mit einem Ausdruck der Lust, in die sich Kümmernis mischte; seine Augen wanderten von der Küche zur Mansarde, mit einer Bewegung, die von einem gerade gefaßten Entschluß kündete. Die rosigen Lichtschimmer der Sonne ließen an einem der Speicherfenster einen Kalikovorhang erkennen, der bei den anderen Luken fehlte. Da wurden die Züge des jungen Mannes ganz heiter; er trat ein paar Schritte zurück, lehnte sich gegen eine Linde und sang in dem schleppenden Ton, wie er Leuten in Westfrankreich eigen ist, jenes bretonische Lied, das von Bruguière[2] veröffentlicht worden ist, einem Komponisten, dem wir reizende Melodien verdanken. In der Bretagne singen die jungen Dorfleute dieses Lied dem Brautpaar am Hochzeitstag.

Zur Hochzeit wünschen wir euch alles, alles Glück,
Dem jungen Herrn Gemahl,
Und auch der Braut zumal.

Man hat Euch grad vereint, Frau Braut und jetzt Vermählte,
Mit einem Band goldrot,
Das erst zerreißt der Tod.

Ihr geht nicht mehr zum Tanz, zu unsern frohen Festen,
Ihr hütet jetzt das Haus,
Wir aber ziehn hinaus.

Habt Ihr auch recht erfaßt, wie Ihr Euch müßt verhalten,
Dem Gatten stets getreu,
Ihn lieben wie Euch selbst?

Empfanget jetzt den Strauß, den meine Hand Euch reicht.
Ach, Eure eitle Ehr'
Wird schwinden wie die Blüten.

Diese nationale Musik, die ebenso köstlich ist wie die, der Chateaubriand sein »Mein Schwesterlein, gedenkst du noch . . .« angepaßt hat, mußte, wenn sie mitten in einer Kleinstadt der Brie erklang, für eine Bretonin gebieterisch eine Fülle von Erinnerungen auslösen, so getreu sind die Sitten, die Gutmütigkeit, die

Landschaften dieser alten, edlen Gegend. Es herrscht dort etwas von der Schwermut, die durch den Anblick des wirklichen Lebens verursacht wird und die einen tief ergreift. Ist diese Macht, eine Welt ernster, sanfter und trauriger Dinge durch einen vertrauten und oftmals heiteren Rhythmus zu erwecken, nicht bezeichnend für jene Volkslieder, die der Aberglauben der Musik sind, sofern man bereit ist, in dem Wort ›Aberglauben‹ den Inbegriff alles dessen zu erblicken, was nach dem Untergang der Völker übrigbleibt und ihre Revolutionen überdauert? Gegen Ende der ersten Strophe gewahrte der Arbeiter, der nicht aufgehört hatte, zu dem Vorhang der Mansarde hinzuschauen, dort keinerlei Bewegung. Während er die zweite sang, rührte der Kaliko sich. Als die Worte: »Empfanget jetzt den Strauß ...« erklangen, erschien das Gesicht eines jungen Mädchens. Behutsam öffnete eine kleine Hand das Fenster, und das junge Mädchen grüßte durch ein Neigen des Kopfes den Wanderer, als er mit dem schwermütigen Gedanken endete, dem die beiden schlichten Verse

»Ach, Eure eitle Ehr'
Wird schwinden wie die Blüten«

Ausdruck gaben.

Plötzlich zog der Handwerker aus seinem Kittel den goldgelben Blütenzweig einer Pflanze hervor, die in der Bretagne sehr verbreitet ist und die er wohl auf den Feldern der Brie gefunden hatte, wo sie selten ist: es war blühender Stechginster.

»Bist du's wirklich, Brigaut?« fragte das junge Mädchen mit leiser Stimme.

»Ja, Pierrette, ja. Ich lebe in Paris, ich bin auf Wanderschaft; aber ich brächte es sehr wohl fertig, mich hier niederzulassen, da du hier bist.«

In diesem Augenblick knirschte im Schlafzimmer des ersten Stocks, das unter dem Pierrettes gelegen war, ein Fensterriegel. Die Bretonin bezeigte heftigste Furcht und sagte zu Brigaut: »Lauf weg!« Wie ein erschrockener Frosch sprang der Handwerker auf die Ecke zu, die eine Mühle an jener Straße bildet; sie mündet in die Hauptstraße ein, die Verkehrsader der Unterstadt; aber trotz seiner Eile hallten seine eisenbeschlagenen Sohlen auf dem Kopfsteinpflaster von Provins und verursachten einen

Klang, der leicht vom Geklapper der Mühle zu unterscheiden war und den die Person, die das Fenster aufmachte, hören konnte.

Jene Person war eine Frau. Kein Mann entreißt sich dem wohligen Morgenschlummer, um einem bekittelten Troubadour zu lauschen, einzig ein Mädchen erwacht bei einem Liebeslied. Es war auch tatsächlich eine Jungfer, und zwar eine alte Jungfer. Als sie mit der Bewegung einer Fledermaus ihre Laden geöffnet hatte, schaute sie nach allen Richtungen und hörte die Schritte des flüchtenden Brigaut nur noch undeutlich. Gibt es etwas Grauenvolleres als das morgendliche Auftauchen einer häßlichen alten Jungfer an ihrem Fenster? Ist so etwas nicht das unangenehmste unter all den grotesken Antlitzen, an denen die Wanderer sich beim Durchqueren kleiner Städte erfreuen? Es ist zu traurig, zu abstoßend, als daß man darüber lachte. Jene alte Jungfer mit dem gespitzten Ohr zeigte sich ohne all die Kunstmittel, die sie sonst anwandte, um sich zu verschönern: sie trug weder ihre Perücke noch ihre Halskrause. Sie hatte jenen häßlichen schwarzen Taftsack auf, mit dem alte Frauen ihren Hinterkopf bedecken; er lugte unter der Nachthaube hervor, die sich bei den Bewegungen, die man im Schlaf vollführt, verschoben hatte. Diese Unordnung verlieh jenem Kopf den drohenden Ausdruck, den die Maler Hexen zuteil werden lassen. Schläfen, Ohren und Nacken waren kaum verhüllt und zeigten sich in ihrer dürren Magerkeit; die tiefen Falten traten durch rötliche, dem Auge wenig angenehme Tönungen hervor und wurden noch durch die gewissermaßen weiße Farbe der Nachtjacke betont, die am Hals durch gedrehte Schnüre zusammengehalten wurde. Im klaffenden Spalt jener halboffenen Nachtjacke waren die Brüste zu sehen; sie waren wie die einer alten Bauersfrau, der die eigene Häßlichkeit gleichgültig ist. Der entfleischte Arm wirkte wie ein mit Stoff überzogener Stock. Sah man jenes weibliche Wesen in seinem Fenster, so wirkte es groß durch die Kraft und Breite des Gesichts; es gemahnte an die unerhörte Ausdehnung gewisser Schweizer Gesichter. Ihre Physiognomie, deren Züge durch Unzusammengehörigkeit sündigten, hatte als Hauptmerkmal eine Trockenheit der Linien, eine Schärfe der Töne, eine Fühllosigkeit, die einen Physiognomiker mit Abscheu erfüllt hätten. All dieses trat jetzt deutlich zu Tage; aber für gewöhnlich wurde es durch eine Art kaufmännisches Lächeln, durch eine kleinbürgerliche Dummheit getarnt, die so trefflich Gutartigkeit vortäuschte, daß die Leute, die mit dieser Demoiselle zusammenlebten, sie sehr wohl für eine gute Frau halten konnten. Das Haus gehörte ihr gemeinsam mit ihrem Bruder. Der Bruder schlief in seinem Zimmer so ruhig, daß nicht einmal das Orchester der Großen Oper ihn aufgeweckt hätte, und dabei ist die Klangpracht dieses Orchesters berühmt! Die alte Demoiselle steckte den Kopf aus dem Fenster, richtete ihre kleinen, blaßblauen, kalten Augen mit den kurzen, in einen fast immer geschwollenen Lidrand gesteckten Wimpern hinauf nach der Mansarde und versuchte, Pierrette zu erblicken; doch nachdem sie erkannt hatte, daß dieses Vorhaben unnütz sei, trat sie mit der Bewegung einer Schildkröte, die den Kopf einzieht, nachdem er aus dem Panzer hervorgekommen war, zurück in ihr Schlafzimmer. Die Laden wurden geschlossen, und die Stille des Platzes wurde nur noch durch die ankommenden Bauern oder durch Frühaufsteher unterbrochen. Wenn sich in einem Haus eine alte Jungfer befindet, erübrigen sich Wachhunde; es geschieht darin nichts, was sie nicht bemerkt, nicht kommentiert und woraus sie nicht jede erdenkliche Folgerung zieht. Daher mußte diese heutige Wahrnehmung der Anlaß zu gewichtigen Vermutungen werden und eins der düsteren Dramen anbahnen, die sich im Familienkreis abspielen und die, auch wenn sie geheim bleiben, deswegen nicht minder schrecklich sind, sofern es überhaupt gestattet ist, den Ausdruck Drama auf diese Interieur-Szene anzuwenden.

Pierrette ging nicht wieder zu Bett. Für sie bedeutete Brigauts Kommen ein übergroßes Ereignis. Während der Nacht, dem Eden aller Unglücklichen, entrann sie den Verdrießlichkeiten, den Scherereien, die sie tagsüber zu erdulden hatte. Gleich dem Helden irgendeiner deutschen oder russischen Ballade schien der Schlaf ihr ein glückliches Leben zu sein und der Tag ein böser Traum. Zum erstenmal seit drei Jahren war ihr ein glückliches Erwachen widerfahren. Erinnerungen an die Kindheit hatten ihr ihre Poesie melodisch in die Seele gesungen. Die erste Strophe hatte sie im Traum gehört, die zweite hatte sie auffahren lassen, bei der dritten hatte sie gezweifelt: die Unglücklichen sind nun einmal Schüler des heiligen Thomas. Bei der vierten Strophe war sie im Hemd und barfuß ans Fenster geeilt und hatte Brigaut wiedererkannt, den Freund aus Kindertagen. Ach, es war tatsächlich der derbe Kittel mit den unvermittelt abgeschnittenen Schößen, dessen Taschen an den Lenden niederbaumelten, der für die Bretagne typische blaue Tuchkittel, die Weste aus dickem, buntem Rouenner Baumwollstoff, das mit einem goldenen Herzen geschlossene Leinenhemd, der große Umlegekragen, die Ohrringe, die dicken Schuhe, die Hose aus blau gefärbtem Rohleinen, die je nach der Länge der Fäden ungleichmäßig ausgeblichen war, kurzum: all die schlichten, kräftigen Dinge, die die Kleidung eines armen Bretonen bilden. Die dicken, weißen Hornknöpfe des Kittels und die Weste hatten Pierrettes Herz höher schlagen lassen. Beim Anblick des Stechginsterstraußes hatten Tränen ihre Augen gefeuchtet; dann zerdrückte ein grausiges Erschrecken in ihrer Seele die Blüten ihrer Erinnerung, die sich für eine Sekunde entfaltet hatten. Sie mußte daran denken, daß ihre Kusine sie vielleicht hätte hören können, als sie aufgestanden und an ihr Fenster getreten war; und sie hatte Brigaut verängstigte Zeichen gegeben, denen der arme Bretone schleunigst gehorcht hatte, ohne es zu begreifen. Ist diese instinktive Unterwürfigkeit nicht der Beweis für eine unschuldige, bedingungslose Liebe, wie es sie durch die Jahrhunderte hindurch auf dieser Erde gibt, wo sie blüht wie die Aloen der Isola Bella[3], zwei- oder dreimal im Verlauf von hundert Jahren? Wer Brigaut beobachtet hätte, als er von dannen hastete, der würde den naivsten Heroismus des naivsten Gefühls bewundert haben. Jacques Brigaut war der Pierrette Lorrain würdig, die gerade ihr vierzehntes Lebensjahr vollendet hatte: zwei Kinder! Pierrette konnte nicht umhin zu weinen, als sie sah, wie er sich im Erschrecken ob ihrer Geste auf die Beine gemacht hatte. Dann fiel es ihr ein, sich auf einen schäbigen Lehnstuhl zu setzen, vor einen kleinen Tisch, über dem ein Spiegel hing. Sie stützte die Ellbogen auf, lehnte den Kopf in die Hände und saß wohl eine Stunde lang nachdenklich da; sie war damit beschäftigt, an den Marais zurückzudenken, an den Marktflecken Pen-Hoël, an die gefährlichen Fahrten auf einem Teich in einem Boot, das der kleine Jacques für sie von einem alten Weidenbaum losgemacht hatte, dann an die alten Gesichter ihrer Großmutter, ihres Großvaters, den schmerzenden Kopf ihrer Mutter, die schönen Züge des Majors Brigaut, kurzum: eine ganze, sorglose Kindheit! Es war abermals ein Traum: lichtvolle Freuden auf grauem Grunde. Ihr schönes, aschblondes Haar lag wirr unter einem während des Schlafs zerknitterten Häubchen, einem Häubchen aus Perkal mit Rüschen; sie selber hatte es sich genäht. Zu beiden Seiten der Schläfen kamen Locken hervor, die sich aus den grauen Papierwickeln gelöst hatten. Hinten am Kopf hing ihr ein dicker, im Aufgehen abgeplatteter Zopf herunter. Die ungemeine Weiße ihres Gesichts deutete auf eine der schrecklichen Jungmädchenkrankheiten hin, der die Medizin den anmutigen Namen Chlorose, Bleichsucht, gegeben hat; sie beraubt den Körper seiner natürlichen Farbe, nimmt den Appetit und ist ein Anzeichen von schweren Störungen im Organismus. Der wachsbleiche Ton zeigte sich am ganzen Körper. Hals und Schultern waren blaß wie verkümmertes Gras und bildeten dadurch eine Erklärung für die Magerkeit der vorgestreckten, übereinandergelegten Arme. Pierrettes Füße wirkten schwächlich, wie verkleinert durch die Krankheit. Ihr Hemd reichte nur bis zur Hälfte der Beine und ließ erschöpfte Muskeln, bläuliche Adern, jämmerliche Fleischtöne sehen. Die Kälte, der sie ausgesetzt war, hatte ihre Lippen mit einem schönen Violett gefärbt. Das traurige Lächeln, das die Winkel ihres recht zart gezeichneten Mundes verzog, ließ kleingeformte Zähne von feinem Elfenbein sehen, hübsche, schimmernde Zähne, die gut zu ihren zierlichen Ohren, ihrer ein wenig spitzigen, aber eleganten Nase, zum Schnitt ihres Gesichts paßten, das trotz seiner vollkommenen Rundung niedlich war. Leben erhielt dieses reizende Gesicht durch die Augen, deren Iris von der Farbe spanischen Tabaks und mit schwarzen Pünktchen durchsetzt war; sie leuchteten in goldenen Reflexen in einem tiefen, lebendigen Augapfel. Pierrette hätte fröhlich sein müssen, war aber traurig. Sie hatte ihre Heiterkeit eingebüßt; diese bestand nur noch in der Lebhaftigkeit des Konturs ihrer Augen fort, in der unschuldigen Anmut ihrer Stirn und in den Flächen ihres kurzen Kinns. Ihre langen Wimpern zeichneten sich wie Pinselhaare über den durch die Krankheit hervortretenden Bakkenknochen ab. Die übergroße Blässe machte übrigens die Linien und Einzelheiten ihres Gesichts zu etwas sehr Reinem. Das Ohr war ein kleines Meisterwerk der Bildhauerkunst: man hätte meinen können, es sei aus Marmor. Pierrette hatte auf mancherlei Weise zu leiden. Daher will man vielleicht ihre Geschichte vernehmen? Sie möge hier folgen.

Pierrettes Mutter war eine Demoiselle Auffray, aus Provins, eine Stiefschwester der Madame Rogron, der Mutter der gegenwärtigen Besitzer jenes Hauses.

Auffray hatte zum erstenmal mit achtzehn geheiratet und war dann als Neunundsechzigjähriger eine zweite Ehe eingegangen. Aus seiner ersten Ehe war lediglich eine ziemlich häßliche Tochter hervorgegangen, die mit sechzehn Jahren an einen Gastwirt in Provins namens Rogron verheiratet worden war.

Der zweiten Ehe des wackeren Auffray entsproß abermals ein Mädchen, aber ein sehr hübsches. Auf diese Weise bestand durch einen recht grotesken Zufall ein riesiger Altersunterschied zwischen den beiden Auffray-Töchtern: die aus erster Ehe war fünfzig, als die aus zweiter Ehe geboren wurde. Als ihr alter Vater ihr eine Schwester schenkte, hatte Madame Rogron bereits zwei mündige Kinder.

Die Tochter des verliebten alten Herrn wurde mit achtzehn Jahren, ihrer Neigung entsprechend, mit einem bretonischen Offizier namens Lorrain verheiratet, einem Hauptmann der Kaiserlichen Garde. Liebe macht bisweilen ehrgeizig. Der Hauptmann, der rasch Oberst werden wollte, ließ sich in ein Linienregiment versetzen. Während der Bataillonschef und seine Frau, glücklich über die Rente, die das Ehepaar Auffray ihnen ausgesetzt hatte, in Paris glänzten oder je nach den Schlachten und Friedensschlüssen des Kaisers durch Deutschland zogen, starb der alte Auffray, der ehemalige Provinser Krämer, im achtundachtzigsten Lebensjahr, ohne Zeit gehabt zu haben, testamentarische Verfügungen zu treffen. Die Erbfolge des Alten wurde durch den ehemaligen Gastwirt und dessen Frau so geschickt durchgeführt, daß der größte Teil an sie fiel; der Witwe des alten Auffray fielen lediglich das Haus des Verstorbenen an dem kleinen Platz und ein paar Morgen Land zu. Jene Witwe, die Mutter der kleinen Madame Lorrain, war beim Tode ihres Mannes erst achtunddreißig Jahre alt. Wie zahlreiche Witwen kam sie auf den unglücklichen Einfall, wieder zu heiraten. Sie verkaufte an ihre

Stieftochter, die alte Madame Rogron, die Ländereien und das Haus, die ihr auf Grund ihres Ehekontrakts zugefallen waren, damit sie einen jungen Arzt namens Néraud heiraten konnte, der ihr Vermögen durchbrachte. Zwei Jahre später starb sie vor Kummer im Elend.

Der Anteil, der Madame Lorrain aus der Erbmasse Auffray hätte zufallen können, war also zum größten Teil verschwunden und auf etwa achttausend Francs zusammengeschrumpft. Der Major Lorrain starb bei Montereau[4] und hinterließ seiner einundzwanzigjährigen Witwe, der die Betreuung einer vierzehn Monate alten kleinen Tochter oblag, nichts als die Pension, auf die sie Anspruch hatte, und die Aussicht auf die Erbschaft des Ehepaars Lorrain, Handelsleuten in Pen-Hoël, einem Marktflecken in der Vendée, in der ›Marais‹ genannten Landschaft. Jene Lorrains, die Eltern des gefallenen Offiziers und Großeltern väterlicherseits der Pierrette Lorrain, verkauften Bauholz, Schiefer, Ziegel, Firstziegel, Rohre usw. Sei es durch Unfähigkeit, sei es durch Unglück: ihr Geschäft ging schlecht und warf kaum das Lebensnotwendige ab. Der Konkurs der berühmten Firma Collinet in Nantes, der durch die Ereignisse von 1814 verursacht wurde, durch die jähe Preissenkung der Kolonialwaren, brachte sie um vierundzwanzigtausend Francs, die sie dort deponiert hatten. Deswegen wurde die Schwiegertochter gut aufgenommen. Die Majorswitwe brachte eine Pension von achthundert Francs mit, eine für Pen-Hoël enorme Summe. Die achttausend Francs, die ihr Schwager und und ihre Schwester Rogron ihr nach tausend Formalitäten, wie die Entfernung sie mit sich brachte, geschickt hatten, vertraute sie den Lorrains an, nahm aber auf alle Fälle eine Hypothek auf ein kleines Haus, das sie in Nantes besaßen; es war für hundert Taler vermietet und war knapp zehntausend Francs wert.

Madame Lorrain die Jüngere starb drei Jahre nach der zweiten, verhängnisvollen Eheschließung ihrer Mutter im Jahre 1819, beinahe gleichzeitig mit ihr. Die Tochter des alten Auffray und seiner jungen Frau war zart, klein und schwächlich: die feuchte Luft des Marais bekam ihr nicht. Die Familie ihres Mannes hatte ihr, um sie bei sich zu behalten, eingeredet, an keinem anderen Ort der Erde würde sie eine gesündere und angenehmere

Gegend finden als im Marais, der Stätte der Heldentaten Charettes[5]. Sie wurde so sehr gehätschelt, betreut und verwöhnt, daß ihr Tod den Lorrains die größte Ehre machte. Manche Leute behaupten, daß Brigaut, ein alter Vendéer, einer der eisernen Männer, die unter Charette, unter Mercier[6], unter dem Marquis de Montauran[7] und unter dem Baron du Guénic[8] in den Kriegen gegen die Republik gedient hatten, viel zu der Fügsamkeit der Madame Lorrain der Jüngeren beigetragen habe. Wenn dem so war, so war es sicherlich einer äußerst liebevollen, opferbereiten Seele entsprungen. Übrigens hatte ganz Pen-Hoël mitangesehen, daß Brigaut, der respektvoll ›der Major‹ genannt wurde, entsprechend seinem Dienstgrad in den katholischen Armeen, seine Tage und Abende zusammen mit der Witwe des kaiserlichen Majors verbrachte. Zuletzt hatte der Pfarrer von Pen-Hoël sich einige Vorstellungen bei der alten Madame Lorrain gestattet: er hatte sie gebeten, ihre Schwiegertochter zu veranlassen, daß sie Brigaut heirate; dabei hatte er versprochen, durch die Protektion des Vicomte de Kergarouët den Major zum Friedensrichter des Kreises Pen-Hoël ernennen zu lassen. Der Tod der armen jungen Frau machte den Vorschlag zunichte. Pierrette blieb bei ihren Großeltern, die ihr jährlich vierhundert Francs Zinsen schuldeten und diese natürlich für ihren Unterhalt aufbrauchten. Die alten Leute, die immer ungeeigneter für das Geschäftsleben wurden, hatten einen tatkräftigen, tüchtigen Konkurrenten, dem sie Übles nachredeten, ohne daß sie versucht hätten, sich zur Wehr zu setzen. Der Major, ihr Berater und Freund, starb ein halbes Jahr nach seiner Freundin, vielleicht aus Kummer und vielleicht an seinen Wunden: er hatte deren siebenundzwanzig davongetragen. Als guter Geschäftsmann wollte der böse Nachbar seine Gegner ausschalten, um jede Konkurrenz aus der Welt zu schaffen. Er ließ die Lorrains sich gegen Wechsel Geld leihen, in der Voraussicht, daß sie sie nicht würden einlösen können, und zwang sie auf ihre alten Tage zur Brankrotterklärung. Pierrettes Hypothek wurde dabei als rechtsgültige Hypothek ihrer Großmutter bewertet, die sich auf ihre Rechte berief, um ihrem Mann ein Stück Brot zu erhalten. Das Haus in Nantes wurde für neuntausendfünfhundert Francs verkauft, und die Unkosten beliefen sich auf fünfzehnhundert Francs. Die übrigbleibenden achttausend Francs fielen an Madame Lorrain, die sie in einer Hypothek anlegte, um in Nantes in einer Art ›Beginenhaus‹ unterkommen zu können, einem Sainte-Périne[9] in Paris ähnlichen; es hieß Saint-Jacques, und dort konnten zwei alte Leute gegen ein bescheidenes Kostgeld wohnen und essen. Da sie unmöglich ihre mittellose kleine Enkeltochter bei sich behalten konnten, erinnerten sich die alten Lorrains an Pierrettes Onkel und Tante Rogron und schrieben ihnen. Die Provinser Rogrons waren inzwischen gestorben. Der Brief der Lorrains an die Rogrons schien also unzustellbar geworden zu sein. Aber wenn irgend etwas hienieden an die Stelle der Vorsehung zu treten vermag, dann ist es sicherlich die Post. Die Findigkeit der Post, die unvergleichlich höher steht als die der Öffentlichkeit und dabei nicht soviel einbringt, übertrifft die Erfindungskraft der geschicktesten Romanschriftsteller. Wenn die Post im Besitz eines Briefes ist, der für sie einen Wert von drei bis zehn Sous hat, und nicht sogleich den oder die ausfindig machen kann, denen er zuzustellen ist, so entfaltet sie eine Sorgfalt, die ein Gegenstück nur in derjenigen der unerbittlichsten Gläubiger zu finden vermag. Die Post kommt, geht und stöbert in den 86 Departements herum. Die Schwierigkeiten stacheln das Genie der Beamten an, die häufig Literaten sind und die sich dann mit dem Eifer der Mathematiker im Schiffahrtsamt auf die Suche nach den Unbekannten machen. Beim spärlichsten Hoffnungsschimmer setzen die Pariser Postbüros sich in Bewegung. Oftmals sperrt man Mund und Nase auf, wenn man die Kritzeleien entziffert, die Vorder- und Rückseite des Briefes kreuz und quer bedecken, glorreiche Bekundungen der behördlichen Beharrlichkeit, mit der die Post sich betätigt hat. Wenn ein Einzelmensch unternähme, was die Post hier zuwege gebracht hat, so würde er zehntausend Francs für Reisen, an Zeit und Unkosten darangewandt haben müssen, um zwölf Sous wiederzuerlangen. Die Post hat entschieden noch mehr Geist, als sie befördert. Der von den Lorrains an den seit einem Jahr verstorbenen Monsieur Rogron in Provins gerichtete Brief wurde von der Post an dessen Sohn Monsieur Rogron geschickt, Besitzer eines Kaufladens in der Rue Saint-Denis in Paris. In so etwas offenbart sich leuchtend der Geist der Post. Ein Erbe wird stets mehr oder minder davon geplagt, Gewißheit zu erlangen, ob er auch alles aus einer Erbmasse zusammengerafft, ob er nicht ausstehende Schulden oder ein paar alte Lumpen vergessen hat. Der Fiskus ergründet alles, sogar die Charaktere. Ein an den alten, toten Rogron in Provins adressierter Brief mußte die Neugier von Rogron Sohn in Paris oder die von dessen Schwester Mademoiselle Rogron reizen, seinen beiden Erben. Auf diese Weise bekam der Fiskus seine sechzig Centimes.

Die Rogrons, denen die alten Lorrains voller Verzweiflung, sich von ihrer Enkelin trennen zu müssen, flehende Hände hingestreckt hatten, sollten also über das Schicksal der Pierrette Lorrain entscheiden. Deswegen ist es unerläßlich, ihr Vorleben und ihre Charaktere darzulegen.

Der Vater Rogron, der Gastwirt in Provins, dem der alte Auffray seine Tochter aus erster Ehe zur Frau gegeben hatte, war eine Persönlichkeit mit entzündetem Gesicht, einer von Äderchen durchzogenen Nase, und auf seinen Backen hatte Bacchus seine roten, knospigen Weinreben eingezeichnet. Obwohl er dick, kurz und bebaucht war sowie fette Beine und dicke Hände hatte, war er mit der Durchtriebenheit der Schweizer Gastwirte begabt, denen er ähnelte. Sein Gesicht glich ungefähr einem großen, verhagelten Weinberg. Freilich, schön war er nicht, aber seine Frau sah ihm ähnlich. Nie zuvor hat ein Ehepaar besser zueinander gepaßt. Rogron aß gern gut und ließ sich dabei von hübschen Mädchen bedienen. Er gehörte der Sekte der Egoisten mit brutalen Umgangsformen an, die ihren Lastern nachgeben und auch im Angesicht Gottes auf ihrem Willen beharren. Er war habsüchtig, geldgierig, ziemlich taktlos, nur darauf bedacht, seinen Launen zu frönen; er aß auf, was er verdiente, bis zu dem Tag, da er keine Zähne mehr hatte. Der Geiz jedoch blieb ihm. Auf seine alten Tage verkaufte er sein Gasthaus, raffte, wie man es gesehen hat, fast die ganze Erbschaft seines Schwiegervaters an sich und zog sich in das kleine Haus am Platz zurück, das er für ein Butterbrot der Witwe des alten Auffray, der Großmutter Pierrettes, abgekauft hatte. Rogron und seine Frau besaßen etwa zweitausend Francs Einkünfte; sie entstammten der Verpachtung von siebenundzwanzig Landstücken rings um Provins und den Zinsen vom Preis ihres Gasthauses, das für zwanzigtausend Francs verkauft worden war. Das Haus des alten

Auffray befand sich in sehr schlechtem Zustand; dennoch wurde es von den ehemaligen Gastwirtsleuten bewohnt, wie es war; sie scheuten es wie die Pest, daran zu rühren: alte Ratten mögen nun einmal Mauerspalten und Ruinen. Der ehemalige Gastwirt fand Geschmack am Gärtnern und verwandte seine Ersparnisse auf die Vergrößerung des Gartens; er dehnte ihn bis zum Flußufer aus und machte daraus ein langes Rechteck, das zwischen zwei Mauern eingepfercht lag und mit einer Steinablagerung endete; dort war es feucht, und die sich selbst überlassene Natur entfaltete die Reichtümer ihrer Flora. Zu Beginn ihrer Ehe hatten die Rogrons im Abstand von je zwei Jahren eine Tochter und einen Sohn bekommen: da alles degeneriert, waren ihre Kinder schauderhaft häßlich. Die unglücklichen Kinder wurden gegen ein geringes Kostgeld zu einer Amme aufs Land gegeben; als sie wiederkamen, hatten sie die gräßliche Dorferziehung genossen und lange, oftmals nach der Brust ihrer Amme, geschrien, die aufs Feld ging und sie während dieser Zeit in eine der dunklen, feuchten, niedrigen Kammern einschloß, die dem französischen Bauern als Wohnstatt dienen. Durch diese Behandlung vergröberten sich die Züge der Kinder, und ihre Stimmen wurden hart; sie schmeichelten der Eigenliebe der Mutter nur mäßig; sie versuchte, ihnen ihre schlechten Gewohnheiten durch eine Strenge abzugewöhnen, der gegenüber die des Vaters sich wie Zärtlichkeit ausnahm. Sie durften sich in den Höfen, den Ställen und Nebengebäuden des Gasthofs herumtreiben oder in der Stadt umherstrolchen; manchmal wurden sie verprügelt, manchmal zu ihrem Großvater Auffray geschickt, der sich recht wenig aus ihnen machte. Diese Ungerechtigkeit war einer der Gründe, die die Rogrons dazu veranlaßten, sich den Löwenanteil an der Erbschaft jenes ›alten Schufts‹ anzueignen. Indessen schickte Papa Rogron seinen Sohn zur Schule und kaufte ihm einen Ersatzmann, einen seiner Kärrner, um ihn vor der Einberufung zu bewahren. Sobald seine Tochter Sylvie dreizehn war, schickte er sie als Lehrling in eine Pariser Firma. Zwei Jahre danach expedierte er seinen Sohn Jérôme-Denis auf demselben Wege. Wenn seine Freunde, die Rollkutscher und Stammgäste, den alten Rogron fragten, was er aus seinen Kindern zu machen gedenke, setzte er sein Erziehungssystem mit einer Kürze auseinander, die vor dem jenigen der meisten Väter den Vorzug der Unverblümtheit hatte. »Wenn sie alt genug sind, mich zu verstehen, bekommen sie einen Tritt; Sie wissen schon, wohin; und dabei sage ich ihnen: ›Geh und verdien dir dein Geld!‹«, antwortete er, trank oder wischte sich die Lippen mit dem Handrücken ab. Dann sah er seinen Gesprächspartner augenzwinkernd und mit durchtriebener Miene an und fügte hinzu: »Haha! Sie sind nicht dümmer als ich. Mein Vater hat mir drei Fußtritte versetzt, ich gebe ihnen bloß einen; er hat mir einen Louis in die Hand gedrückt, von mir bekommen sie zehn: also sind sie weit besser dran als ich. So muß es gemacht werden. Gut und schön, wenn ich tot bin, wird schon etwas für sie übriggeblieben sein; die Notare verstehen sich darauf, es für sie ausfindig zu machen. Das wäre ja komisch, sich für seine Kinder etwas abzudarben ...! Meine danken mir das Leben, ich habe sie ernährt, ich verlange nichts von ihnen; da haben sie doch freie Hand, was, Nachbar? Ich habe als Fuhrknecht angefangen, und das hat mich nicht gehindert, die Tochter dieses alten Schufts, des Papa Auffray, zu heiraten.«

Gegen ein Kostgeld von hundert Talern wurde Sylvie Rogron zu Kaufleuten in der Rue Saint-Denis in die Lehre geschickt, die aus Provins stammten. Zwei Jahre danach war sie ›au pair‹: zwar verdiente sie nichts, aber ihre Eltern bezahlten auch nichts mehr für ihre Unterkunft und ihr Essen. Das wird in der Rue Saint-Denis als ›au pair sein‹ bezeichnet. Nach weiteren zwei Jahren – ihre Mutter hatte ihr währenddessen hundert Francs für ihren Unterhalt geschickt – bekam Sylvie hundert Taler Gehalt. Auf diese Weise war Mademoiselle Sylvie Rogron mit neunzehn Jahren unabhängig. Mit zwanzig war sie zweite Verkäuferin in der Firma Julliard, einem Seidenhaus, das ›Ver-Chinois‹[10] hieß, ebenfalls in der Rue Saint-Denis. Die Lebensgeschichte der Schwester wurde auch die des Bruders. Der kleine Jérôme-Denis Rogron trat bei einem der größten Kurzwarenhändler in der Rue Saint-Denis ein, in die Firma Guépin; sie hieß ›Les Trois-Quenouilles‹[11]. Wenn Sylvie mit einundzwanzig Jahren erste Verkäuferin mit tausend Francs Gehalt war, so hatte Jérôme-Denis, dem die Umstände günstiger gesonnen waren, es mit achtzehn Jahren zum ersten Kommis und zwölfhundert Francs Gehalt bei den Guépins gebracht; diese stammten gleichfalls aus

Provins. Bruder und Schwester sahen einander alle Sonn- und Festtage; sie verbrachten sie mit sparsamen kleinen Freuden, aßen außerhalb von Paris und sahen sich Saint-Cloud, Meudon, Belleville und Vincennes an. Gegen Ende des Jahres 1815 legten sie ihr im Schweiß ihres Angesichts verdientes Kapital zusammen, ungefähr zwanzigtausend Francs, und kauften Madame Guénée den berühmten Laden ›La Sœur-de-Famille‹[12] ab, eins der angesehensten Geschäfte für Kurzwaren im Kleinverkauf. Die Schwester saß an der Kasse und erledigte die Buchführung und alle Schreibereien. Der Bruder war zugleich Chef und erster Kommis, wie Sylvie eine Zeitlang ihre eigene erste Verkäuferin war. 1821 war nach fünf Jahren guten Verdienens die Konkurrenz im Kurzwarengeschäft so groß und so lebhaft geworden, daß die Geschwister kaum ihr Warenlager und den alten Ruf des Geschäfts aufrechterhalten konnten. Obwohl Sylvie Rogron damals erst vierzig war, ließen ihre Häßlichkeit, ihre unausgesetzte Plackerei und eine gewisse verdrießliche Miene, die die Beschaffenheit ihrer Züge und die Sorgen ihr liehen, sie wie eine Fünfzigjährige erscheinen. Jérôme-Denis Rogron bot mit achtunddreißig Jahren das dümmste Gesicht dar, das jemals der Kundschaft über den Ladentisch hinweg gezeigt worden ist. Seine niedrige, von der Erschöpfung zusammengedrückte Stirn war von drei tiefen Furchen gezeichnet. Sein kurzgeschnittenes dünnes graues Haar gab der unsagbaren Stumpfsinnigkeit der Kaltblütler Ausdruck. Der Blick seiner blaßblauen Augen barg weder Feuer noch Gedanken. Sein rundes, flaches Gesicht erweckte keinerlei Sympathie und brachte nicht einmal ein Lachen auf den Lippen derjenigen hervor, die es sich angelegen sein lassen, die Varianten der Pariser zu studieren: es stimmte traurig. Er war wie sein Vater dick und kurz; seine Körperformen ließen jedoch die aufdringliche Fettleibigkeit des Gastwirts vermissen und verrieten in allen Einzelheiten eine lächerliche Schlappheit. Die übertriebene Buntheit der Gesichtsfarben des Vaters war bei ihm durch die kraftlose, bleifahle Blässe ersetzt worden, wie sie Leuten eigentümlich ist, die in luftlosen Räumen hinter dem Laden leben, in den ›Kassen‹ genannten Gitterverschlägen, immerfort damit beschäftigt, Garn auf- und abzuwickeln, Geld auszuzahlen oder einzunehmen, die Angestellten anzuschnauzen oder den Kunden immer dieselben Dinge zu sagen. Das bißchen Geist, über das die Geschwister verfügten, war völlig durch die gemeinschaftliche Führung ihres Geschäfts, durch Soll und Haben, durch die Kenntnis der Gewerbegesetze und des in Paris Üblichen absorbiert worden. Garn, Nadeln, Bänder, Stecknadeln, Knöpfe, Schneidereibedarf, kurzum, die riesige Menge von Artikeln, die den Pariser Kurzhandel ausmachen, hatten ihr Gedächtnis aufgezehrt. Die zu schreibenden und zu beantwortenden Briefe, die Rechnungen, die Inventaraufnahmen hatte alle ihre geistigen Fähigkeiten beansprucht. Über ihr Fach hinaus wußten sie absolut nichts, sie kannten nicht einmal Paris. Paris war für sie irgend etwas, das sich rings um die Rue Saint-Denis erstreckte. Ihr enger Charakter hatte als Betätigungsfeld ihren Laden gehabt. Sie verstanden sich trefflich darauf, ihre männlichen und weiblichen Angestellten zu schikanieren und ihnen überall die Schuld zu geben. Ihr Glück bestand darin, alle Hände wie Mausepfoten über die Ladentische huschen zu sehen, wenn die Ware auseinandergebreitet oder wieder zusammengefaltet wurde. Wenn sie die sieben oder acht Stimmen der Verkäuferinnen oder der jungen Verkäufer hörten, die die geheiligten Phrasen herunterrasselten, mit denen die Angestellten auf die Bemerkungen der Käufer zu antworten pflegen, dann war es ein schöner Tag, dann war gutes Wetter! Wenn Ätherbläue Paris auffrischte, wenn die Pariser spazierengingen und sich nur um die Kurzwaren kümmerten, die sie auf dem Leibe trugen, dann sagte der schwachsinnige Chef: »Schlechtes Verkaufswetter!« Die große Kunst, die Rogron zum Gegenstand der Bewunderung der Angestellten machte, bestand in seiner Fertigkeit, ein Paket zu umschnüren, wieder aufzuschnüren, es nochmals zu umschnüren und fertigzumachen. Rogron konnte ein Paket packen und dabei aufpassen, was auf der Straße geschah, oder seinen Laden in dessen Tiefe im Auge behalten; er hatte alles gesehen, wenn er es der Kundin reichte und dabei sagte: »Bitte, Madame; kann ich Ihnen noch mit etwas anderem dienen?« Ohne seine Schwester wäre dieser Kretin erledigt gewesen. Sylvie besaß gesunden Menschenverstand und eine geniale Verkaufsbegabung. Sie beaufsichtigte den Bruder bei seinen Käufen in den Fabriken und schickte ihn erbarmungslos bis in den letzten Winkel Frankreichs, damit er dort einen Sou Rabatt mehr auf einen Artikel herausschlug. Da die Verschmitztheit, über die jede Frau mehr oder weniger verfügt, bei ihr nicht im Dienste des Herzens stand, hatte sie sie der Spekulation zuteil werden lassen. Eine Lieferung muß bezahlt werden! Dieser Gedanke war der Kolben, der diese Maschinerie in Gang brachte und ihr eine überraschende Wirksamkeit verlieh. Rogron war erster Kommis geblieben, er konnte das Gesamt seines Geschäfts nicht überblicken: der persönliche Vorteil, das stärkste Vehikel des Geistes, hatte ihn um keinen Schritt weitergebracht. Er sperrte Mund und Nase auf, wenn seine Schwester das Ende einer Mode voraussah und anordnete, ein Artikel solle mit Verlust verkauft werden; und später bewunderte er dann seine Schwester Sylvie auf dümmliche Weise. Er urteilte weder falsch noch richtig, er war außerstande, etwas zu beurteilen; aber er war so vernünftig, sich seiner Schwester unterzuordnen, und er ordnete sich ihr aus einer Erwägung heraus unter, die mit dem Geschäftlichen nichts zu tun hatte: »Sie ist älter als ich«, pflegte er zu sagen. Vielleicht vermag ein ständig einsames, auf die Befriedigung des Notwendigen reduziertes, während der Jugend des Geldes und der Liebesfreuden bares Leben den Psychologen und den Denkern den stumpfsinnigen Ausdruck dieses Gesichts, die gehirnliche Schwäche, das alberne Verhalten dieses Kurzwarenhändlers zu erklären. Seine Schwester hatte ihn stets am Heiraten gehindert, vielleicht, weil sie fürchtete, ihren Einfluß in der Firma einzubüßen: sie erblickte in einer Frau, die unbedingt jünger und sicherlich weniger häßlich als sie wäre, eine Ursache zu Geldverschwenden und zum Ruin. Die Dummheit hat zwei Bekundungsformen: sie schweigt oder sie schwatzt. Stumme Dummheit ist erträglich, aber Rogrons Dummheit war schwatzhaft. Dieser Detailhändler hatte es sich zur Gewohnheit werden lassen, seine Angestellten anzuschnauzen, ihnen die Tricks des Kurzwarengeschäfts zwischen Klein- und Großhandel dadurch zu erklären, daß er sie mit faulen Witzen ausstattete, wie sie nun einmal zum ›Bagout‹ der Ladenbesitzer gehören. Dieses Wort, das ehedem die Neigung zu stereotypen Entgegnungen bezeichnete, ist durch den Landsknechtsausdruck ›Blague‹ entthront worden. Rogron, dem eine kleine, zum Betrieb gehörende Schar gezwungenermaßen zuhören mußte, war dazu gelangt, sich eine private Phraseologie zuzulegen. Dieser Schwätzer hielt sich für einen Redner. Die Notwendigkeit, den Kunden begreiflich zu machen, was sie wollen, ihre Wünsche zu sondieren, ihnen das Verlangen nach etwas einzuflößen, das sie gar nicht wollen, löst dem Detailhändler die Zunge. Der kleine Kaufmann gelangt schließlich zu der Fähigkeit, Phrasen vom Stapel zu lassen, in denen die Worte keinerlei gedanklichen Inhalt besitzen und die dennoch erfolgreich sind. Er setzt den Kunden wenig bekannte Herstellungsverfahren auseinander; dadurch gewinnt er für den Augenblick eine Überlegenheit über den Käufer; aber sobald er über die tausendundein Erklärungen hinaus ist, die seine tausendundein Artikel erfordern, ist er wie ein Fisch auf Stroh und in der Sonne. Rogron und Sylvie, diese beiden unter der Hand getauften Marionetten, besaßen weder im Keim noch im Tun die Gefühle, die dem Herzen sein eigenes Leben verleihen. Daher waren diese beiden Naturen über die Maßen faserig und trocken, verhärtet durch Arbeit, durch Entbehrungen, durch die Erinnerung an ihre Leiden wähend einer langen, harten Lehrlingszeit. Beide bejammerten nie irgendein Unglück. Nicht, daß sie fühllos gewesen wären; aber sie waren teilnahmslos gegenüber Menschen, die sich in bedrängter Lage befanden. Für sie bestanden Tugend, Ehre, Rechtlichkeit, alle menschlichen Gefühle darin, daß man regelmäßig seine Rechnungen bezahlte. Bruder und Schwester waren zänkisch, seelenlos und von schmutziger Sparsamkeit, und so genossen sie unter den Kaufleuten der Rue Saint-Denis einen schrecklichen Ruf. Ohne ihre Verbindungen nach Provins, das sie dreimal jährlich in den Zeiten aufsuchten, da sie ihr Geschäft ein paar Tage lang schließen konnten, hätten sie weder Verkäufer noch Ladenmädchen bekommen. Aber der Vater Rogron schickte alle Unglückswürmer, die von ihren Eltern für den Kaufmannsberuf bestimmt worden waren, zu seinen Kindern; er engagierte für sie männliche und weibliche Lehrlinge in Provins, wo er sich aus Eitelkeit des Glücks und des Vermögens seiner Kinder rühmte. Jeder, den die Aussicht köderte, seine Tochter oder seinen Sohn in guter Ausbildung und sorglicher Überwachung zu wissen, ferner die Möglichkeit, sie eines Tages die Nachfolge von ›Rogron Sohn‹ antreten zu sehen, schickte den Sprößling, der ihm daheim lästig war, in die von den beiden Unverehelichten geleitete Firma. Aber sowie der männliche oder weibliche Lehrling, für den hundert Taler Pension gezahlt wurde, Mittel und Wege zum Verlassen dieser Galeere fand, floh er glückstrahlend, was die schreckliche Berühmtheit der Rogrons noch steigerte. Der unermüdliche Gastwirt machte immer neue Opfer für sie ausfindig. Sylvie Rogron, die es seit ihrem fünfzehnten Lebensjahr gewohnt war, sich beim Verkaufen zu verstellen, hatte zwei Masken: die liebenswürdige Physiognomie der Verkäuferin und die natürliche Physiognomie der vertrockneten alten Jungfer. Die Physiognomie, die sie sich zugelegt hatte, verfügte über eine wunderbare Mimik: alles darin war eitel Lächeln; ihre süße, nach dem Munde redende Stimme übte auf die Kundschaft einen kommerziellen Zauber aus. Ihr wahres Gesicht war das, was zwischen den beiden spaltbreit geöffneten Fensterladen zum Vorschein gekommen war; sie hätte damit die beherztesten der Kosaken von 1815 in die Flucht geschlagen, obgleich diese eine Schwäche für Französinnen jeder Art hatten.

Als der Brief der Lorrains anlangte, hatten die Rogrons, die um ihren Vater Trauer trugen, das Haus geerbt, das Pierrettes Großmutter so ungefähr gestohlen worden war, und überdies die Landstücke, die der ehemalige Gastwirt erworben hatte; hinzu kamen gewisse Kapitalien, die aus wucherischen, als Hypotheken auf die Landkäufe von Bauern eingetragenen Darlehen stammten, die der alte Trunkenbold zu enteignen gehofft hatte. Ihre jährliche Inventaraufnahme lag hinter ihnen. Auf ›La Sœur-de-Famille‹ lasteten keine Schulden mehr. Die Rogrons besaßen ein Warenlager im Wert von etwa sechzigtausend Francs, an die vierzigtausend Francs in der Kasse oder in der Brieftasche und den Kaufwert ihres Ladens. Die Geschwister saßen nebeneinander auf dem mit grün gestreiftem Utrechter Plüsch bespannten Bänkchen in einer Nische hinter dem Ladentisch, dem gegenüber genau derselbe Ladentisch für die erste Verkäuferin stand, und besprachen, was jetzt geschehen sollte. Jeder Kaufmann strebt ins Großbürgerliche. Wenn die Geschwister ihren Laden verkauften, würden sie ungefähr hundertfünfzigtausend Francs besitzen, die väterliche Erbschaft ungerechnet. Wenn sie die verfügbaren Kapitalien ins Staatsschuldbuch eintragen ließen, würde jeder von ihnen eine Rente von drei- oder viertausend Francs erhalten, auch wenn sie den Erlös für den Laden, der ihnen sicherlich an den Verfallsdaten gezahlt wurde, für die Instandsetzung des väterlichen Hauses verwendeten. Sie konnten also zusammen in Provins in einem Hause wohnen, das ihr Eigentum war. Ihre erste Verkäuferin war die Tochter eines reichen Pächters aus Donnemarie, der neun Kinder auf dem Halse hatte; er hatte jedes einen Beruf erlernen lassen müssen, denn hätte er sein Vermögen in neun Teile geteilt, so wäre auf jedes nur wenig gefallen. Innerhalb von fünf Jahren hatte jener Pächter sieben von seinen Kindern verloren; jene erste Verkäuferin war somit zu einem so begehrenswerten Wesen geworden, daß Rogron, allerdings vergeblich, versucht hatte, sie zu seiner Frau zu machen. Jene Verkäuferin bekundete gegen ihren Chef eine Abneigung, die jeden diesbezüglichen Schritt vereitelte. Zudem hatte Mademoiselle Sylvie wenig dafür übrig gehabt; sie hatte sich sogar den Heiratsplänen des Bruders widersetzt; sie wollte aus dem geschäftstüchtigen Mädchen ihre Nachfolgerin machen. So vertagte sie denn Rogrons Heirat bis nach ihrer beider Übersiedelung nach Provins.

Niemand unter den Vorübergehenden kann die Kryptogamen-Existenz gewisser Ladeninhaber begreifen; man schaut sie an, man fragt sich: »Wovon und warum leben sie? Was wird aus ihnen? Woher kommen sie?« Man verliert sich ins Nichts, wenn man über sie Klarheit gewinnen will. Um das bißchen Poesie wahrzunehmen, das in diesen Köpfen keimt und diese Existenzen belebt, muß man sich in sie hineinwühlen; doch nur zu bald stößt man dann auf den Tuffstein, auf dem alles ruht. Der Pariser Ladeninhaber nährt sich von einer Hoffnung, die mehr oder weniger zu verwirklichen ist und ohne die er offenbar eingehen würde: der eine träumt davon, zu bauen oder ein Theater zu leiten; ein anderer strebt nach der Ehre, Bürgermeister zu werden; dieser hat sein Landhaus drei Meilen von Paris entfernt, mit einem sogenannten Park, in dem er Statuen aus bemaltem Gips aufstellt, in dem er Quellen anlegt, die fadendünn sprudeln, und auf den er tolle Summen verschwendet; ein anderer träumt von hohen Kommandostellen in der Nationalgarde. Provins, dieses irdische Paradies, entfachte in den beiden Kurzwarenhändlern den Fanatismus, den alle hübschen Städte Frankreichs ihren Bewohnern einflößen. Sagen wir es zum Ruhm der Champagne: jene Liebe ist berechtigt. Provins, eine der reizendsten Städte Frankreichs, rivalisiert mit Frangistan und dem Tal von Kaschmir; es birgt nicht nur die Poesie Saadis, des persischen Homer, sondern es bietet überdies noch der medizinischen Wissenschaft pharmazeutische Tugenden dar. Kreuzritter hatten die Rosen von Jericho in dieses köstliche Tal mitgebracht, wo sie durch Zufall neue Eigenschaften entfalteten, ohne dabei an Farbenpracht einzubüßen. Provins ist nicht nur das französische Persien, es könnte auch Baden-Baden, Aix und Bath sein; es hat nämlich Heilquellen! Das ist die Landschaft, die, von Jahr zu Jahr wiedergesehen, dann und wann vor den beiden Kurzwarenhändlern auf dem schmutzigen Pflaster der Rue Saint-Denis als Gaukelbild auftauchte. Hat man die grauen Ebenen durchquert, die sich zwischen La Ferté-Gaucher und Provins befinden, eine wahre, aber ertragreiche Wüste, eine Weizen-Wüste, so gelangt man auf einen Hügel. Plötzlich erblickt man zu seinen Füßen eine von zwei Flüssen bewässerte Stadt: unterhalb des Felsens erstreckt sich ein grünes Tal mit beglückenden Linienzügen, mit fliehenden Weiten. Kommt man von Paris, sieht man Provins der Länge nach, mit der ewigen französischen Landstraße, die unten am Hang entlangführt und in ihn eingeschnitten ist, mit ihren Blinden, ihren Bettlern, die einen mit ihren kläglichen Stimmen begleiten, wenn man beabsichtigt, diese unerwartete, malerische Ortschaft zu besichtigen. Kommt man von Troyes, so gelangt man durch das flache Land hinein. Die Burg, die alte Stadt und ihre ehemaligen Befestigungen staffeln sich auf dem Hügel. Die neue Stadt breitet sich unten aus. Es gibt ein oberes und ein unteres Provins: zunächst eine luftige Stadt mit steilen Straßen, schönen Durchblicken, umgeben von Hohlwegen und Schluchten, mit Nußbäumen bepflanzt; sie durchlöchern mit ihren breiten Rinnen den scharfen Grat des Hügels; es ist eine stille, reinliche, feierliche Stadt, und sie wird von den imposanten Ruinen der Burg überragt; dann kommt eine Stadt mit Mühlen, die an der Voulzie und dem Durtain liegen, zwei schmalen, langsam strömenden, tiefen Flüssen der Brie; eine Stadt der Gasthöfe, der Geschäfte, der Rentner; sie wird von Postkutschen, von Kaleschen und Frachtfuhrwerken durchfahren. Diese beiden Städte oder vielmehr diese Stadt mit ihren historischen Erinnerungen, der Schwermut ihrer Ruinen, der Heiterkeit ihres Tals, ihren köstlichen Schluchten von struppigen Hecken und Blumen, ihren von Gärten eingekerbten Fluß reizt ihre Kinder so sehr an, sie liebzuhaben, daß sie sich benehmen wie die Auvergnaten, die Savoyarden und die Franzosen: wenn sie Provins verlassen, um zu Vermögen zu gelangen, kehren sie immer wieder dorthin zurück. Das Sprichwort: im eigenen Loch sterben, das für die Kaninchen und für treue Seelen geschaffen worden ist, scheint der Wahlspruch der Provinois, der Bewohner von Provins, zu sein. Deswegen dachten die beiden Rogrons an nichts als an ihr geliebtes Provins! Wenn der Bruder Zwirn verkaufte, sah er die Oberstadt vor sich. Wenn er Knopfkarten aufstapelte, hatte er das Tal vor Augen. Wenn er Padou[13] auf- oder abwickelte, folgte er dem schimmernden Lauf der Flüsse. Blickte er seine Regale an, so stieg er in Gedanken die Hohlwege hinauf, wohin er ehedem vor dem Zorn seines Vaters geflüchtet war und wo er dann Nüsse gegessen und Maulbeeren gefuttert hatte. Der kleine Platz in Provins vor allem nahm sein ganzes Denken ein; er erwog die Verschönerung des Hauses, er erträumte sich die Fassade, die er neu bauen wollte, die Schlafzimmer, das Wohnzimmer, das Billardzimmer, das Eßzimmer und den Gemüsegarten, aus dem er einen Garten im englischen Stil mit Rasenflächen, Grotten, Quellen, Statuen usw. zu machen gedachte. Die Zimmer, in denen Bruder und Schwester im zweiten Stock des sechsstöckigen, dreifenstrigen, hohen, gelben Hauses, wie es deren so viele in der Rue Saint-Denis gibt, schliefen, hatten nur das unbedingt notwendige Mobiliar; aber niemand in Paris besaß eine reichere Möbelausstattung als dieser Kurzwarenhändler. Wenn er durch die Stadt ging, blieb er in der Haltung der Theriakverkäufer stehen, schaute die schönen, ausgestellten Möbel an und musterte die Draperien, mit denen er sein Haus füllte. War er wieder daheim, so sagte er zu seiner Schwester: »Ich habe in dem und dem Laden ein gewisses Salonmöbel gesehen, das ganz das Richtige für uns wäre!« Am nächsten Tag kaufte er dann ein anderes, und so ging es weiter! Im Lauf des Monats stieß er dann im vorigen Monat gekaufte Möbel wieder ab. Seine Einkünfte hätten für seine architektonischen Umbaupläne nicht gereicht: er wollte alles und gab stets den letzten Errungenschaften den Vorzug. Wenn er die Balkone der unlängst erbauten Häuser betrachtete, wenn er sich eingehend die schüchternen Versuche an äußerem Schmuckwerk ansah, fand er die Gesimse, den plastischen Schmuck, die Ornamente fehl am Ort. – »Ach«, sagte er sich. »all diese schönen Dinge würden sich in Provins weit besser machen als dort!« Wenn der Kurzwarenhändler auf der Stufe seiner Ladentür sein Mittagessen verdaute, den Rücken gegen seinen Schaukasten gelehnt, starren Auges, dann sah er ein phantastisches Haus vor sich, das die Sonne seines Traums vergoldete, dann lustwandelte er in seinem Garten, hörte den Quellenstrahl in glänzenden Perlen auf eine runde, feinkörnige Kalksteinplatte niedersprudeln. Er spielte an seinem Billard, er pflanzte Blumen! Wenn seine Schwester mit der Feder in der Hand dasaß, grübelte und darüber vergaß, die Angestellten anzufahren, gefiel sie sich darin, die Bürger von Provins bei sich zu empfangen; sie trug wundervolle Hauben und beschaute sich in den Spiegeln ihres Salons. Die Geschwister begannen, die Luft in der Rue Saint-Denis ungesund zu finden; und der Gestank der Markthallenabfälle ließ sie sich den Duft der Provinser Rosen wünschen. Sie empfanden zugleich Heimweh und eine diesem entgegengesetzte Monomanie durch den Zwang, ihre letzten Endchen Garn, ihre letzten Rollen Stickseide und Knöpfe verkaufen zu müssen. Das Land der Verheißung, das Tal von Provins lockte diese Hebräer um so mehr an, als sie tatsächlich lange Zeit hindurch gelitten und keuchend die Sandwüsten des Kurzwarenhandels durchquert hatten.

Der Brief der Lorrains langte mitten in einer Grübelei an, die diese schöne Zukunft ihnen eingegeben hatte. Die Kurzwarenhändler kannten ihre Kusine Pierrette Lorrain kaum. Das Unterhandeln um die Erbschaft Auffray, das der alte Gastwirt seit langem hinschleppte, hatte in der Zeit stattgefunden, da sie sich selbständig machten, und Rogron hatte nur sehr selten über sein Vermögen gesprochen. Bruder und Schwester waren so frühzeitig nach Paris geschickt worden, daß sie sich ihrer Tante Lorrain kaum erinnerten. Es bedurfte einer Stunde genealogischer Diskussionen, bis sie sich ihrer Tante entsannen, der Tochter aus der zweiten Ehe ihres Großvaters Auffray, der Stiefschwester ihrer Mutter. Sie entdeckten die Mutter der Madame Lorrain in Madame Néraud, die vor Kummer gestorben war. Daraus folgerten sie, daß die zweite Ehe ihres Großvaters für sie etwas Verhängnisvolles gewesen sei; ihr Resultat war die Aufteilung der Erbmasse Auffray in zwei Familienzweige gewesen. Überdies hatten sie ein paar Beschuldigungen von seiten ihres Vaters aufgeschnappt, der stets ein bißchen den spöttischen Witzbold in dem Gastwirt herauskehrte. Die beiden Kurzwarenhändler erwogen den Brief der Lorrains durch solcherlei Erinnerungen hindurch, die Pierrettes Sache wenig günstig waren. Sich mit einem Waisenkind belasten, einem Mädchen, einer Kusine, die trotz allem für den Fall, daß keiner von ihnen beiden heiratete, ihre Erbin sein würde, das gab Stoff zu Überlegungen. Die Frage wurde von allen Seiten genau geprüft. Erstens hatten sie Pierrette nie gesehen. Alsdann würde es mißlich sein, auf ein junges Mädchen Obacht haben zu müssen. Nahmen sie zugleich mit ihr nicht Verpflichtungen auf sich? Sie zurückzuschicken, wenn sie ihnen nicht gefiel, war unmöglich; und mußte sie nicht schließlich gar verheiratet werden? Und wenn Rogron unter den Erbinnen von Provins den Schuh fand, der für seinen Fuß paßte, war es da nicht besser, das ganze Vermögen für seine Kinder zu bewahren? Sylvie war der Meinung, der beste Schuh für den Fuß ihres Bruders sei ein dummes, reiches, häßliches Mädchen, das sich von ihr gängeln lassen würde. Die beiden Kaufleute entschlossen sich zu einer Ablehnung. Sylvie übernahm die Antwort. Der Geschäftsgang indessen war so beträchtlich, daß der Brief dadurch hinausgezögert wurde; er schien ja auch nicht so dringlich zu sein, und der alten Jungfer fiel er erst wieder ein, als die erste Verkäuferin sich bereit fand, über das Geschäft ›La Sœur-de-Famille‹ zu unterhandeln. Vier Jahre vor dem Tage, da das Kommen Brigauts soviel Unruhe in Pierrettes Leben bringen sollte, waren Sylvie Rogron und ihr Bruder nach Provins abgereist. Aber das Tun dieser beiden Leute in der Provinz bedarf einer Darlegung, die ebenso unumgänglich ist wie die ihres Daseins in Paris; denn Provins sollte für Pierrette nicht minder verhängnisvoll werden als die kommerzielle Vergangenheit ihrer Verwandten.

Wenn der kleine Kaufmann aus der Provinz nach Paris gegangen ist und von Paris in die Provinz zurückkehrt, bringt er stets irgendwelche Ideen mit; dann jedoch verliert er sie wieder in den Gewohnheiten des Provinzlebens, in das er eintaucht und in dem seine Anwandlungen von Neuerungssucht untersinken. Daher rühren die kleinen, langsamen, allmählichen Wandlungen, die Paris schließlich dennoch in die Oberfläche der Département-Städte ritzt und die ganz besonders bezeichnend für den Übergang des ehemaligen Ladenbesitzers zum verstärkten Provinzler sind. Jener Übergang stellt eine wahre Krankheit dar. Kein Kleinhändler wechselt ungestraft aus seinem beständigen Schwatzen ins Schweigen über und aus der Pariser Geschäftigkeit in die starre, provinzielle Reglosigkeit. Wenn diese wackeren Leute zu ein bißchen Vermögen gelangt sind, vergeuden sie einen gewissen Teil davon für ihre lange gehegte Leidenschaft und leiten die letzten Schwingungen einer Bewegung hinein, die nicht willkürlich zum Innehalten gebracht werden kann. Die keine fixe Idee gehätschelt haben, gehen auf Reisen oder stürzen sich in politische Betätigungen innerhalb des Gemeinwesens. Diese gehen auf die Jagd oder angeln oder schikanieren ihre Pächter oder ihre Mieter. Jene werden Wucherer wie der alte Rogron oder Aktionäre wie so viele Unbekannte. Das Hauptanliegen der Geschwister kennt man bereits: sie hatten ihr königliches Verlangen zu stillen, die Maurerkelle schwingen zu lassen, sich ein reizendes Haus zu bauen. Dieser fixen Idee verdankt der Platz in der Unterstadt von Provins die Fassade, die Brigaut sich gerade angeschaut hatte, die Verteilung der Innenräume jenes Hauses und sein luxuriöses Mobiliar. Der Bauunternehmer schlug keinen Nagel ein, ohne die Rogrons zu befragen, ohne sie die Zeichnungen und Kostenanschläge unterzeichnen zu lassen, ohne ihnen ausführlich bis in alle Einzelheiten die Natur des in Frage kommenden Gegenstands zu erklären, wo er angefertigt werde, und die Preisunterschiede. Was die ungewöhnlichen Dinge betraf, so waren sie bei Monsieur Tiphaine oder bei der jüngeren Madame Julliard oder bei Monsieur Garceland, dem Bürgermeister, zur Verwendung gelangt. Eine wie auch immer beschaffene Ähnlichkeit mit dem bei einem der reichen Bürger von Provins Vorhandenen beendete stets den Kampf zugunsten des Bauunternehmers.

»Wenn Monsieur Garceland so etwas in seinem Hause hat,

dann bringen Sie es getrost an!« sagte Mademoiselle Rogron. »Dann kann es nicht anders als gut sein; er hat Geschmack.«

»Sylvie, er schlägt uns Ovale im Kranzgesims des Korridors vor.«

»So was nennen Sie Ovale?«

»Ja, Mademoiselle.«

»Warum denn? Komischer Name! Hab' ich nie gehört.«

»Aber gesehen haben Sie welche!«

»Freilich.«

»Können Sie Latein?« – »Nein.«

»Na, es bedeutet also Eier, Oves sind Eier.«

»Was seid ihr für spaßige Leute, ihr Architekten!« rief Rogron. »Deswegen laßt ihr euch wohl auch nicht in die Karten gucken!«

»Lassen wir den Korridor ausmalen?« fragte der Unternehmer.

»Du großer Gott, nein«, rief Sylvie, »das kostet ja weitere fünfhundert Francs!«

»Oh, das Wohnzimmer und die Treppe sind viel zu hübsch, als daß nicht auch der Korridor seinen Schmuck erhalten müßte«, sagte der Bauunternehmer. »Die kleine Madame Lesourd hat ihren letztes Jahr ausmalen lassen.«

»Dabei wird ihr Mann, als Staatsanwalt, doch schwerlich in Provins bleiben.«

»Oh, der wird eines Tages Gerichtspräsident«, sagte der Bauunternehmer.

»Ja, und was wird dann aus Monsieur Tiphaine?«

»Monsieur Tiphaine hat eine hübsche Frau, um den ist mir nicht bange: Monsieur Tiphaine geht sicher nach Paris.«

»Soll der Korridor nun ausgemalt werden?«

»Ja. Dann können die Lesourds wenigstens sehen, daß wir genausoviel wert sind wie sie!« sagte Rogron.

Das erste Jahr nach der Übersiedelung der Rogrons nach Provins verging gänzlich mit solcherlei Erörterungen, mit der Freude, die Arbeiter am Werk zu sehen, mit den Überraschungen und Belehrungen aller Art, die sich daraus ergaben, und mit den von den Geschwistern unternommenen Versuchen, in Verbindung mit den wichtigsten Familien der Stadt zu treten.

Die Rogrons hatten nie gesellschaftlichen Verkehr gehabt, sie waren nie aus ihrem Laden herausgekommen; sie kannten in Paris keine Menschenseele, es verlangte sie nach den Freuden der Geselligkeit. Bei ihrer Rückkehr fanden die Auswanderer zunächst Monsieur und Madame Julliard vom ›Ver-Chinois‹ mitsamt ihren Kindern und Enkeln wieder vor; alsdann die Familie Guépin, oder besser die Sippe Guépin, deren Enkel noch immer die ›Trois-Quenouilles‹ leitete; und schließlich Madame Guénée, die ihnen die ›Sœur-de-Famille‹ verkauft hatte und deren drei Töchter in Provins verheiratet waren. Diese drei großen Geschlechter, die Julliards, die Guépins und die Guénées, breiteten sich über die Stadt aus wie Quecken über ein Rasenstück. Der Bürgermeister Monsieur Garceland war Monsieur Guépins Schwiegersohn. Der Pfarrer, der Abbé Péroux, war der leibliche Bruder der Madame Julliard, einer geborenen Péroux. Tiphaine, der Gerichtspräsident, war der Bruder der Madame Guénée, deren Unterschrift ›geborene Tiphaine‹ lautete.

Die Königin der Stadt war die schöne Madame Tiphaine die Jüngere, die einzige Tochter der Madame Roguin, der vermögenden Frau eines ehemaligen Pariser Notars, von dem niemals gesprochen wurde. Mélanie Roguin war zart, hübsch und geistvoll gewesen und von ihrer Mutter, die sie nicht hatte bei sich haben wollen und sie erst ein paar Tage vor der Hochzeit aus ihrem Pensionat genommen hatte, absichtlich in der Provinz verheiratet worden; sie kam sich in Provins wie im Exil vor und benahm sich dort bewundernswert gut. Da sie reich begütert war, hatte sie noch schöne Hoffnungen. Was nun Monsieur Tiphaine betraf, so hatte dessen alter Vater seiner ältesten Tochter, Madame Guénée, so viel Vorschüsse auf die Erbschaft gegeben, daß ein Landbesitz mit Einkünften in Höhe von achttausend Francs, der fünf Meilen von Provins entfernt gelegen war, dem Präsidenten zufallen mußte. Auf diese Weise konnten die Tiphaines, die mit einem Einkommen von zwanzigtausend Francs, das Gehalt und das Haus des Präsidenten nicht mitgerechnet, geheiratet hatten, eines Tages weitere zwanzigtausend Francs an Einkünften erwarten. – »Denen geht es nicht übel«, hieß es. Die große, die einzige Herzensangelegenheit der schönen Madame Tiphaine war es, ihren Mann zum Abgeordneten ernennen zu lassen. Der Abgeordnete würde Richter in Paris werden; und vom Gericht, das hatte sie sich vorgenommen, sollte er schnellstens an den königlichen Hof gelangen. Daher rang sie alle Eigenliebe nieder und war bemüht, sich beliebt zu machen. Und, was schwieriger war, es gelang ihr! Zweimal wöchentlich empfing sie die gesamte gehobene Bürgerschaft von Provins in ihrem schönen Haus in der Oberstadt. Die junge, zweiundzwanzigjährige Frau hatte auf dem schlüpfrigen Gelände, auf das sie sich begeben hatte, noch keinen falschen Schritt getan. Sie befriedigte alle Eitelkeiten, sie schmeichelte dem Steckenpferd eines jeden: sie war ernsthaft mit den Ernsthaften, junges Mädchen mit den jungen Mädchen, ganz und gar Mutter mit den Müttern, heiter mit den Frauen und geneigt, ihnen zu helfen, freundlich zu allen; kurzum: eine Perle, ein Schatz, der Stolz von Provins. Sie hatte darüber noch kein Wort geäußert, aber alle Wähler von Provins warteten, daß ihr lieber Präsident das erforderliche Alter habe, um ihn als Kandidaten vorzuschlagen. Jeder von ihnen war seiner Begabung sicher und machte aus ihm seinen Mann, seinen Gönner. Ach, Monsieur Tiphaine würde vorankommen, Justizminister werden, sich mit Provins befassen!

Jetzt soll gesagt werden, durch welche Mittel die glückliche Madame Tiphaine dazu gelangt war, über die kleine Stadt Provins zu herrschen. Nachdem Madame Guénée, die Schwester Tiphaines, ihre erste Tochter mit dem Staatsanwalt Lesourd verheiratet hatte, die zweite mit dem Arzt Martener, die dritte mit dem Notar Auffray, hatte sie sich in zweiter Ehe mit dem Steuereinnehmer Galardon vermählt. Die Damen Lesourd, Martener, Auffray und deren Mutter Madame Galardon erblickten im Präsidenten Tiphaine den reichsten und fähigsten Mann der Familie. Der Staatsanwalt als Tiphaines angeheirateter Neffe war nur zu sehr daran interessiert, seinen Onkel nach Paris zu treiben, weil er selber dann Präsident in Provins werden konnte. Daher bildeten die vier Damen (Madame Galardon vergötterte ihren Bruder) einen Hofstaat um Madame Tiphaine und nahmen von ihr in allen Dingen Warnungen und Ratschläge entgegen. Julliard, der älteste Sohn des Alten, der die einzige Tochter eines reichen Pächters geheiratet hatte, wurde von einer jähen, geheimen und selbstlosen Leidenschaft für die Präsidentin gepackt, diesen aus dem Pariser Himmel herabgestiegenen Engel. Die durchtriebene Mélanie, außerstande, sich durch einen Julliard in Ungelegenheiten bringen zu lassen, aber nur zu sehr imstande, ihn im Zustand eines Amadis[14] zu erhalten und seine Dummheit auszubeuten, gab ihm den Rat, eine Zeitung zu gründen, der sie dann als Egeria[15] dienen wolle. So hatte denn Julliard im Banne seiner romantischen Leidenschaft für Provins eine Zeitung und eine Postwagenlinie ins Leben gerufen. Die Zeitung hieß ›La Ruche‹[16], Zeitung von Provins, und enthielt literarische, archäologische und medizinische Artikel, die im Familienkreis geschrieben wurden. Die Anzeigen des Arrondissements brachten die Kosten auf. Die Abonnenten, zweihundert an der Zahl, bildeten den Reingewinn. Es erschienen darin melancholische, im Brie unverständliche Stanzen, alle »An SIE!!!« mit drei Ausrufungszeichen gerichtet. Auf diese Weise hatte das junge Ehepaar Julliard, das das Lob der Tugenden der Madame Tiphaine sang, die Sippe Julliard mit der Sippe Guénée vereinigt. Seither war der Salon des Präsidenten natürlich der erste der Stadt geworden. Das bißchen Aristokratie, das es in Provins gibt, bildet einen eigenen Salon in der Oberstadt, im Haus der alten Gräfin de Bréautey.

Während des ersten halben Jahrs nach ihrer Übersiedelung wurden die Rogrons, denen dabei ihre alten Beziehungen zu den Julliards, den Guépins und den Guénées zustatten kamen und die sich auf ihre Verwandtschaft mit dem Notar Auffray berufen hatten, dem Urgroßneffen ihres Großvaters, zuerst von Madame Julliard Mutter und von Madame Galardon empfangen; dann gelangten sie nach ziemlich großen Schwierigkeiten in den Salon der schönen Madame Tiphaine. Jeder wollte sich die Rogrons erst einmal genauer anschauen, ehe er sie einlud. Kaufleute aus der Rue Saint-Denis, die in Provins geboren worden und nun nach dort zurückgekehrt waren, um ihre Zinsen zu verzehren, *nicht* einzuladen: das wäre schwierig gewesen. Dennoch wird es stets das Ziel jeder Gesellschaft sein, Leute zusammenzubringen, die einander an Vermögen, Erziehung, Manieren, Bekanntschaften und Charakteren gleich sind. Nun aber gehörten die Guépins, die Guénées und die Julliards einer höheren Gesellschaftsschicht an und waren älter eingesessene Bürger als die Rogrons, die Sprößlinge eines wucherischen Gastwirts, der sich sowohl in bezug auf sein Privatleben wie auch hinsichtlich der Erbschaft Auffray ehedem mancherlei vorzuwerfen gehabt hatte. Der Notar Auffray, der Schwiegersohn der Madame Galardon, der geborenen Tiphaine, wußte, woran er sich zu halten hatte: jene Dinge waren von seinem Vorgänger geregelt worden. Jene ehemaligen Kaufleute, die seit zwölf Jahren wieder daheim waren, hatten sich, was Bildung, Lebensart und Lebensführung betrifft, dem Niveau jenes Gesellschaftskreises angepaßt, dem Madame Tiphaine ein gewisses Air von Eleganz, einen gewissen Pariser Firnis gegeben hatte; dort war alles homogen: dort verstand man sich, jeder wußte sich so zu verhalten und auszudrücken, daß er allen angenehm war. Sie kannten alle einer des anderen Eigenheiten und hatten sich aneinander gewöhnt. Als die Rogrons einmal beim Herrn Bürgermeister Garceland empfangen worden waren, schmeichelten sie sich, daß sie binnen kurzem mit der besten Gesellschaft der Stadt auf bestem Fuße stehen würden. Sylvie lernte damals Boston spielen. Rogron, der außerstande war, irgendein Spiel zu erlernen, drehte die Daumen und schluckte an seinen Phrasen, sobald er damit fertig war, über sein Haus zu reden; aber seine Phrasen waren wie Medizin: sie schienen ihm viel Qual zu bereiten, er stand auf, es hatte den Anschein, als wolle er etwas sagen, bekam es mit der Schüchternheit, setzte sich wieder und bekam ein komisches Lippenzucken. Sylvie enthüllte auf naive Weise ihren Charakter beim Spiel. Zänkisch, wie sie war, ächzte und stöhnte sie immer, wenn sie verlor, bezeigte unverschämte Freude, wenn sie gewann, war händelsüchtig und bissig, machte ihre Partner und Partnerinnen ungeduldig und wurde zur Geißel des geselligen Kreises. Die Geschwister Rogron wurden von einem dummen, offen zur Schau getragenen Neid verzehrt und erhoben den anmaßenden Anspruch, eine Rolle in einer Stadt zu spielen, über die zwölf Familien ein engmaschiges Netz gebreitet hatten, in der sämtliche Interessen, sämtliche Eitelkeiten ein Parkett bildeten, auf dem Neuankömmlinge sich gut halten mußten, um nicht anzustoßen oder auszurutschen. Auch wenn angenommen wird, daß die Instandsetzung ihres Hauses die Geschwister dreißigtausend Francs gekostet habe, besaßen sie zusammen noch zehntausend Francs an Einkünften. Sie kamen sich sehr reich vor, fielen jenem Kreis mit Redereien über ihren künftigen Luxus zur Last und lieferten den Maßstab für ihre Kleinlichkeit, ihre krasse Unbildung und ihren dummen Neid. An dem Abend, da sie der schönen Madame Tiphaine vorgestellt wurden, die sie bereits bei Madame Garceland, bei ihrer Schwägerin Galardon und bei Madame Julliard Mutter beobachtet hatte, sagte die Königin der Stadt vertraulich zu Julliard Sohn, der, als alle gegangen waren, noch ein paar Augenblicke mit ihr und dem Präsidenten allein geblieben war: »Sie sind wohl alle recht eingenommen von diesen Rogrons?«

»Ich?« sagte der Amadis von Provins. »Meine Mutter langweilen sie, meine Frau bringen sie zur Verzweiflung; und schon als Mademoiselle Sylvie vor dreißig Jahren bei meinem Vater in die Lehre gegangen ist, hat er sie nicht ausstehen können.«

»Und ich hätte die größte Lust«, sagte die hübsche Präsidentin und setzte ihren kleinen Fuß auf das Gitter ihres Kaminvorsetzers, »ihnen anzudeuten, daß mein Salon kein Gasthaus ist.«

Julliard hob die Augen zur Zimmerdecke, als wolle er sagen: »Mein Gott! dieser Geist, diese Raffinesse!«

»Ich möchte einen gewählten Umgang; und wenn ich Leute wie die Rogrons bei mir sähe, würde er es nicht mehr sein.«

»Sie haben weder Herz noch Geist noch Manieren«, sagte der Präsident. »Wenn man, nachdem man zwanzig Jahre lang Zwirn verkauft hat, wie es zum Beispiel meine Schwester getan hat ...«

»Lieber Freund, Ihre Schwester wäre in keinem Salon fehl am Platz«, warf Madame Tiphaine ein.

»Wenn man so dumm ist, dann nach wie vor Kurzwarenhändler zu bleiben«, fuhr der Präsident fort, »wenn man sich nicht abschleift, wenn man die Grafen[17] der Campagne mit Rechnungen über gelieferten Wein verwechselt, wie diese Rogrons es heute abend getan haben, dann soll man daheim bleiben.«

»Sie riechen schlecht«, sagte Julliard. »Anscheinend soll es nur noch *ein* Haus in Provins geben. Sie wollen uns alle ausstechen. Dabei haben sie knapp das Lebensnotwendige.«

»Handelte es sich wenigstens nur um den Bruder«, fuhr Madame Tiphaine fort, »den könnte man noch ertragen, der ist harmlos. Wenn man dem ein Rätsel aufgäbe, würde er ganz ruhig in einem Winkel bleiben. Er würde einen ganzen Winter lang damit zu tun haben, eine Lösung zu finden. Aber Mademoiselle Sylvie: was hat die für eine Stimme! Wie eine erkältete Hyäne! Und diese Hände! Wie Hummerscheren! Behalten Sie das für sich, Julliard.«

Als Julliard gegangen war, sagte die kleine Frau zu ihrem Mann: »Mein Lieber, ich muß ohnehin schon genug Einheimische empfangen; auch noch diese beiden, das wäre mein Tod; wenn es dir recht ist, verzichten wir auf sie.«

»Du bist natürlich in deinem Haus die Herrin«, sagte der Präsident; »aber dadurch machen wir uns Feinde. Die Rogrons werden sich der Opposition anschließen, und die hat bislang in Provins noch keinen Boden unter den Füßen. Dieser Rogron hat bereits den Baron Gouraud und den Advokaten Vinet besucht.«

»Nun«, sagte Mélanie lächelnd, »dann tun sie dir also einen Gefallen. Wo es keine Feinde gibt, gibt es auch keinen Triumph. Eine liberale Verschwörung, eine illegale Verschwörung, irgendein Kampf würde die Aufmerksamkeit auf dich lenken.«

Der Präsident blickte seine junge Frau mit einer Art ängstlicher Bewunderung an.

Am anderen Tag flüsterte man einander bei Madame Garceland zu, die Rogrons seien bei Madame Tiphaine abgeblitzt; deren witzige Anspielung auf das Gasthaus hatte riesigen Erfolg. Erst nach Ablauf eines Monats erwiderte Madame Tiphaine Mademoiselle Sylvie deren Besuch. Eine solche Unverschämtheit ist in der Provinz etwas sehr Auffälliges. Sylvie hatte bei Madame Tiphaine beim Bostonspiel eine unangenehme Auseinandersetzung mit der ehrenwerten Madame Julliard Mutter gehabt; es hatte sich um eine großartige ›Misère‹[18] gehandelt, die ihre ehemalige Chefin sie, wie sie sagte, boshafterweise und absichtlich habe verlieren lassen. Sylvie, die gern anderen schlechte Streiche spielte, begriff nie, daß man ihr mit gleicher Münze heimzahlen könne. Madame Tiphaine gab ein Beispiel dafür, indem sie die Spielenden vor der Ankunft der Rogrons einteilte, so daß Sylvie nichts übrigblieb, als von Tisch zu Tisch zu gehen und dem Spiel der anderen zuzuschauen, die sie verstohlen mit neckischen Blicken bedachten. Bei Madame Julliard Mutter wurde angefangen, Whist zu spielen, ein Spiel, das Sylvie nicht kannte. Schließlich merkte die alte Jungfer, daß sie in Acht und Bann getan worden sei, freilich ohne die Gründe dafür zu begreifen. Sie glaubte, alle Welt sei auf sie neidisch. Bald wurden die Rogrons von niemandem mehr eingeladen; aber sie versteiften sich darauf, ihre Abende in der Stadt zu verbringen. Die geistvollen Leute machten sich über sie lustig, ohne Bosheit, ganz freundlich, indem sie sie dazu brachten, hanebüchene Tölpeleien über die ›Oves‹ in ihrem Hause und über einen gewissen Likörkeller zu reden, der in Provins nicht seinesgleichen habe. Inzwischen wurde das Haus der Rogrons fertig. Natürlich gaben sie ein paar üppige Abendessen, sowohl um die ihnen erwiesenen Höflichkeiten zu erwidern als auch um ihren Luxus zur Schau zu stellen. Nur aus Neugier wurde hingegangen. Das erste Abendessen wurde für die wichtigsten Persönlichkeiten veranstaltet, nämlich für das Ehepaar Tiphaine, bei dem indessen die Rogrons nur ein einziges Mal gespeist hatten; ferner für die Ehepaare Julliard Vater und Sohn, Mutter und Schwiegermutter; ferner für Monsieur Lesourd, den Herrn Pfarrer und das Ehepaar Galardon. Es wurde eins der Provinzessen, bei denen von fünf bis neun bei Tische geblieben wird. Madame Tiphaine hatte den großen Stil von Paris in Provins eingeführt, wo Leute, die etwas auf sich halten, nach dem Kaffee den Salon verlassen. Sie hatte in ihrem Haus abendliche Gäste und wollte sich drükken; aber die Rogrons folgten dem Ehepaar bis auf die Straße, und als sie wieder hereinkamen, ganz bestürzt, daß sie den Herrn Präsidenten und die Frau Präsidentin nicht zum Bleiben hatten bewegen können, machten die anderen Gäste ihnen klar, daß Madame Tiphaine sehr geschmackvoll gehandelt habe, und taten mit einer für die Provinz grausamen Schnelligkeit wie sie.

»Nun sehen sie unseren Salon nicht bei Licht«, sagte Sylvie, »und das Licht ist doch sein Schönheitsmittel.«

Die Rogrons hatten für ihre Gäste eine Überraschung aufgespart. Es war niemandem gestattet worden, dieses berühmt gewordene Haus zu besichtigen. Daher warteten alle Stammgäste des Salons der Madame Tiphaine ungeduldig auf deren Urteil über die Wunder des Palais Rogron.

»Na?« fragte die kleine Madame Martener. »Sie haben sich ja den Louvre angeschaut; schildern Sie uns doch alles ganz genau!«

»Es wird schon so sein wie das Abendessen: nicht viel dran.«

»Wie ist es denn?«

»Also: die Haustür, an der wir natürlich die schmiedeeisernen, vergoldeten Fensterstäbe haben bewundern müssen, die Sie ja kennen«, sagte Madame Tiphaine, »geht auf einen langen Korridor, und der teilt das Haus in zwei ziemlich ungleiche Hälften; denn rechts ist nach der Straße hin nur ein Fenster, links dagegen befinden sich zwei. Nach der Gartenseite hin endet der Korridor mit der Glastür der Freitreppe, und die führt auf eine Rasenfläche, eine Rasenfläche, die ein Sockel ziert, auf dem sich die Gipsfigur des Spartakus[19] erhebt, angestrichen, als sei sie aus Bronze. Hinter der Küche hat der Bauunternehmer unter der Treppe eine kleine Vorratskammer untergebracht; sie ist uns nicht erlassen worden. Die ganze Treppe ist bemalt, als bestehe sie aus schwarzem, gelbgeädertem Marmor; sie hat ein durchbrochenes Geländer und windet sich um sich selbst wie die, die in den Cafés vom Erdgeschoß in die Toiletten des Zwischenstocks führen. Dieses Spielzeug aus Nußbaumholz ist von halsbrecherischer Leichtigkeit der Konstruktion und hat ein mit Messing beschlagenes Geländer; sie ist uns als eins der sieben neuen Weltwunder vorgeführt worden. Darunter liegt die Kellertür. Auf der anderen Seite des Korridors, nach der Straße hin, liegt das Eßzimmer; es ist durch eine zweiflüglige Tür mit einem Wohnzimmer von gleichen Ausmaßen verbunden, dessen Fenster einen Blick in den Garten gewähren.«

»Also keine Eingangshalle?« fragte Madame Auffray.

»Als Eingangshalle dient wohl jener lange Flur, in dem es gräßlich zieht«, antwortete Madame Tiphaine. »Man hat den eminent nationalen, liberalen, konstitutionellen und patriotischen Gedanken gehabt, ausschließlich französische Hölzer zu verwenden«, fuhr sie fort. »Auf diese Weise ist das Parkett im Eßzimmer aus Nußbaum und auf ungarische Art gelegt. Die Anrichten, der Tisch und die Stühle sind gleichfalls aus Nußbaum. An den Fenstern weiße, rotgesäumte Kaliko-Vorhänge; sie hängen an vulgären roten Gardinenhaltern mit übertrieben großen, mattvergoldeten Rosetten; die Knöpfe kommen aus einem rötlichen Untergrund heraus. Diese herrlichen Vorhänge laufen auf Stangen, die in närrischen Palmetten enden; gehalten werden sie von Löwenpranken aus gestanztem Messing oben über jeder Falte. Über einer der Anrichten ist eine Kaffeehaus-Uhr zu sehen, deren Zifferblatt an einer Art Serviette aus vergoldeter Bronze zu hängen scheint, einer der Einfälle, die den Rogrons ungemein gefallen. Sie haben meine Bewunderung für diesen Glücksfund herausgefordert; mir ist nichts Besseres eingefallen, als ihnen zu sagen, wenn schon eine Serviette um ein Zifferblatt gewickelt werden müsse, dann passe so etwas eher ins Eßzimmer. Auf jener Anrichte stehen zwei große Lampen, solche, wie sie in berühmten Restaurants den Kassentisch zieren. Über der anderen hängt ein mit Schmuckwerk überladenes Barometer, das in ihrem Dasein eine große Rolle zu spielen scheint: Rogron blickt es an, wie er seine Braut anblicken würde. Zwischen die beiden Fenster hat der Innenarchitekt in eine schrecklich verzierte Nische einen weißen Kachelofen gestellt. An den Wänden schimmert eine prächtige, rotgoldene Tapete, wie sie sich in eben jenen Restaurants findet; Rogron hat sie dort wohl an Ort und Stelle ausgesucht. Das Abendessen ist uns auf weißem Porzellan mit Goldrand serviert worden; die Dessertteller waren kornblumenblau mit grünem Blumenmuster; aber es ist eigens für uns eine der Anrichten aufgemacht worden, damit wir ein weiteres Service sähen, und zwar eins aus Steingut; es dient dem täglichen Gebrauch. Gegenüber jeder Anrichte steht ein großer Schrank, der die Wäsche enthält. All das glänzt, ist sauber, neu und hat schreiende Farbtöne. Dieses Eßzimmer würde ich noch gelten lassen: es hat Charakter, so unangenehm dieser auch sein möge; er entspricht dem der Hausbesitzer; aber es ist ausgeschlossen, fünf der unkolorierten Stahlstiche standzuhalten, gegen die das Innenministerium ein Gesetz erlassen sollte; sie stellen Poniatowski[20] dar, wie er in die Elster springt; die Verteidigung der Zollschranke von Clichy[21]; Napoleon, wie er eigenhändig eine Kanone richtet[22]; und die beiden Mazeppas[23]; alles in vergoldeten Rahmen, deren vulgäres Modell den Stichen entspricht; sie sind ganz danach angetan, daß man alles Erfolgreiche haßt. Ach, um wieviel lieber sind mir die Pastelle, die bei Madame Julliard hängen, Früchtestilleben, vortreffliche Pastelle, die unter Ludwig XV. geschaffen worden sind und die so gut in das schöne alte Eßzimmer mit dem grauen, etwas wurmstichigen Getäfel passen; aus ihnen spricht unverkennbar der Charakter der Provinz, und sie gehören zu dem schweren Familiensilber, dem antiken Porzellan und unseren Lebensgewohnheiten. Die Provinz ist und bleibt die Provinz: sie wird lächerlich, wenn sie Paris nachäffen will. Vielleicht werden Sie mir sagen: ›Sie sind ein Goldschmied, Monsieur Jesse‹[24]; aber mir ist nun mal der alte Salon hier, der vom alten Monsieur Tiphaine, mit seinen schweren, grün und weiß gestreiften Vorhängen aus chinesischem Seidenstoff, seinem Louis-Quinze-Kamin, seinen Standspiegeln mit den gewundenen Säulen, seinen alten Spiegeln mit Perlenrahmen und seinen ehrwürdigen Spieltischen, lieber als aller Prunk des Salons der Rogrons, und meine altblauen Sèvres-Vasen mit der alten Messingfassung, meine Stutzuhr mit den unmöglichen Blumen, mein Rokokolüster und meine Gobelinsessel ebenfalls.«

»Wie ist denn ihr Salon?« fragte Monsieur Martener; er war überglücklich ob des Lobes, das die schöne Pariserin so geschickt der Provinz gezollt hatte.

»Der Salon? Der ist in einem schönen Rot gehalten, dem Rot von Mademoiselle Sylvies Gesicht, wenn sie sich ärgert, daß sie eine ›Misère‹ verloren hat!«

»Also Sylvie-Rot«, sagte der Präsident; sein Witzwort verblieb im Vokabular von Provins.

»Die Fenstervorhänge ...? Rot! Die Möbel ...? Rot! Der Kamin ...? Roter, schwarz und gelb gestreifter Marmor! Die Kandelaber und die Stutzuhr ...? Roter, schwarz und gelb gestreifter Marmor, dazu Bronzefassungen von vulgärem Muster, viel zu schwer; der römische Deckenzierat wird von griechischen Zweigen und Blättern gehalten. Oben auf der Stutzuhr schaut einen nach Art der Rogrons, also mit dümmlicher Miene, ein Löwe an, ein dicker, gutherziger, Schmucklöwe genannter Löwe, der den echten Löwen lange Zeit hindurch zum Schaden gereichen wird. Dieser Löwe rollt unter einer seiner Pranken eine dicke Kugel, was zu den Lebensgewohnheiten der Schmucklöwen gehört; er verbringt sein Leben damit, eine dicke schwarze Kugel zu halten, völlig wie ein Abgeordneter der Linken. Vielleicht ist das ein konstitutioneller Mythos. Das Zifferblatt der Stutzuhr ist auf groteske Weise gearbeitet. Der Spiegel über dem Kamin hat einen Rahmen mit aufgedrücktem Gips, was schäbig und vulgär wirkt, aber etwas Neues ist. Aber das Genie des Tapezierers wird offenbar in roten Stoffalten, die von einer Rosette mitten auf dem vorspringenden Rand des Kaminsimses ausgehen; wirklich eine romantische Erdichtung, eigens für die Rogrons geschaffen; sie geraten in Ekstase, wenn sie sie einem zeigen. In der Deckenmitte hängt ein Kronleuchter, der sorgsam in ein Leichentuch aus grünem Perkalin gehüllt worden ist, und zwar mit Recht: er ist nämlich schauderhaft geschmacklos; die grellgetönte Bronze hat als Schmuck ein über die Maßen häßliches Netzwerk aus brüniertem Gold. Darunter ein runder Teetisch mit mehr denn je schwarz und gelb geäderter Marmorplatte; darauf ein moiriertes Metalltablett, auf dem Tassen aus bemaltem Porzellan leuchten, aber was für eine Malerei ist das! Sie gruppieren sich um eine Zuckerdose aus so tollkühn geschliffenem Kristall, daß unsere Enkeltöchter große Augen machen werden, wenn sie sie und die Ringe aus vergoldetem Messing bewundern, die den Rand bilden, und die Seiten, die geschlitzt sind wie ein mittelalterliches Wams, und die Zuckerzange, die wahrscheinlich nie benutzt werden wird. Der Salon hat statt einer Wandbespannung eine rote Tapete, die Samt vortäuscht; sie ist durch Umrahmungen von Messingstäben in Füllungen aufgeteilt, deren vier Ecken riesige Palmetten zieren. Jede Füllung ist zu allem Überfluß mit einer farbigen Lithographie behängt, deren Rahmen mit gipsernen Blumengewinden überladen sind, Nachahmungen unserer schönen Holzschnitzereien. Das Mobiliar aus Ulmenwurzelholz und mit Kaschmirbezügen besteht nach bewährtem Muster aus zwei Kanapees, zwei Bergèren, sechs Sesseln und sechs Stühlen. Die Konsole wird durch eine Alabastervase verschönert, eine sogenannte Medici-Vase, unter einem Glassturz, und durch den bereits berühmten Likörkasten. Es ist uns ja zur Genüge gesagt worden, so etwas gebe es kein zweites Mal in Provins! In jeder Fensternische, an der prächtige rote Seidengardinen und dahinter Tüllgardinen gerafft sind, steht ein Spieltisch. Der Teppich? Ein Aubusson Die Rogrons haben es sich nicht entgehen lassen, sich einen dunkelroten mit Blumenrosetten auszusuchen, das vulgärste aller handelsüblichen Muster. Der Salon wirkt, als sei er unbewohnt: man sieht darin weder Bücher noch Stiche und auch nicht die netten Kleinigkeiten, die bei uns auf den Tischen liegen«, sagte sie und schaute auf ihren Tisch, der mit modischen Dingen beladen war, mit Alben und hübschen Nichtigkeiten, die ihr geschenkt worden waren. »Es sind darin weder Blumen noch Dinge, wie man sie hinstellt und wieder wegnimmt. Alles ist kalt und dürr wie Mademoiselle Sylvie. Buffon hat recht, der Stil ist der Mensch[25], und Salons haben ganz bestimmt einen Stil.«

Die schöne Madame Tiphaine fuhr mit ihrer spottgewürzten Schilderung fort. Nach dieser Probe kann sich jedermann die Wohnung vorstellen, die die Geschwister im ersten Stock innehatten und die sie ihren Gästen zeigten; aber niemand kann sich ein Bild von den törichten Raffinessen machen, zu denen der gewitzte Bauunternehmer die Rogrons überredet hatte: die Schnitzereien an den Türumrahmungen, die an der Innenseite verzierten Fensterladen, die Gipsornamente der Gesimse, die hübschen Malereien, die Hände aus vergoldetem Messing, die Klingelzüge, die Inneneinrichtung der Kamine mit ihrer rauchverzehrenden Konstruktion, die Erfindungen zur Beseitigung der Feuchtigkeit, den Bilderschmuck des Treppenhauses, der Einlegearbeit vortäuschen sollte, die Verglasungen, die überkünstlichen Türschlösser; kurzum: all der Unfug, der einen Bau verteuert und dem Bürgersmann gefällt, war über alles Maß angebracht worden.

Niemand wollte zu den Abendgesellschaften der Rogrons gehen; ihr Ehrgeiz erlitt Schiffbruch. An Gründen für Ablehnungen war kein Mangel: bei Madame Garceland, bei Madame Galardon, bei den Damen Julliard, bei Madame Tiphaine, beim Unterpräfekten usw. waren stets alle Tage besetzt. Die Rogrons hatten geglaubt, um sich einen Kreis zu schaffen, genüge es, Abendessen zu geben: es kamen nur recht spottsüchtige junge Leute und die Esser, die sich in allen Ländern der Welt finden; aber die ernst zu nehmenden Leute hörten auf, zu ihnen zu kommen. Sylvie war entsetzt über den Verlust von baren vierzigtausend Francs, die das Haus, das sie ›ihr liebes Haus‹ nannte, nutzlos verschlungen hatte; sie versuchte, jene Summe durch Sparmaßnahmen wieder hereinzubekommen. Sie verzichtete also schleunigst auf Abendessen, die, ohne die Weine, dreißig bis vierzig Francs kosteten und die ihre Hoffnung, sich einen geselligen Kreis zu schaffen, nicht erfüllt hatten; denn das ist in der Provinz ebenso schwierig wie in Paris. Sylvie kündigte ihrer Köchin und nahm für die groben Arbeiten ein Mädchen vom Lande. Sie kochte selber, ›zum Vergnügen‹.

Vierzehn Monate nach ihrer Ankunft waren die Geschwister somit einem einsamen, beschäftigungslosen Leben anheimgefallen. Ihre Verbannung aus der guten Gesellschaft hatte in Sylvies Herzen einen grausigen Haß gegen die Tiphaines, die Julliards, die Auffrays, die Garcelands, kurzum: gegen die besseren Kreise von Provins erzeugt; sie nannte sie ›die Clique‹, und ihre Beziehungen zu ihr wurden außerordentlich kühl. Nur zu gern hätte sie all diesen Leuten einen anderen geselligen Kreis gegenübergestellt; aber das niedere Bürgertum bestand gänzlich aus kleinen Kaufleuten, die sich nur an Sonn- und Feiertagen freimachen konnten; oder aus anrüchigen Leuten wie dem Advokaten Vinet und dem Arzt Néraud, oder aus Bonapartisten, mit denen niemand verkehrte, wie dem Obersten Baron Gouraud; mit ihnen knüpfte Rogron sehr unbedachterweise Beziehungen an, obwohl die Großbürger vergebens versucht hatten, ihn vor diesen Leuten zu warnen. Bruder und Schwester waren also genötigt, in ihrem Eßzimmer am Kamin hocken zu bleiben, an ihr Geschäft zurückzudenken, an die Gesichter ihrer Kunden und an andere, genauso angenehme Dinge. Der zweite Winter ging nicht zu Ende, ohne daß die Langeweile schauerlich auf ihnen lastete. Es bereitete ihnen unendliche Nöte, mit den Tagesstunden etwas anzufangen. Wenn sie abends zu Bett gingen, sagten sie: »Wieder einer vorüber!« Morgens beim Aufstehen trödelten sie, blieben im Bett liegen, zogen sich langsam an. Rogron rasierte sich jeden Tag selber, musterte sein Gesicht und erzählte seiner Schwester von den Veränderungen, die er darin wahrzunehmen glaubte; er führte lange Diskussionen mit dem Dienstmädchen über die Temperatur seines warmen Wassers; er ging in den Garten und sah nach, ob die Blumen gewachsen seien; er wagte sich bis ans Flußufer vor, wo er einen Pavillon hatte bauen lassen; er schaute das Balkenwerk seines Hauses an: hatte es sich gesenkt? War durch die Senkung der Anstrich rissig geworden? Blätterte nirgendwo die Farbe ab? Er ging wieder hinein und redete von seinen Befürchtungen über ein krankes Huhn oder über eine Stelle, wo die Feuchtigkeit Flecke hatte entstehen lassen, mit seiner Schwester, die sehr beschäftigt tat, wenn sie den Tisch deckte und dabei das Dienstmädchen ausschimpfte. Das Barometer war für Rogron der ersprießlichste Gegenstand, er befragte es unausgesetzt, beklopfte es kameradschaftlich wie einen Freund und sagte dann: »Es wird schlecht!« Seine Schwester antwortete ihm: »Unsinn, das Wetter ist so wie immer um diese Jahreszeit.« Wenn ihn jemand besuchte, rühmte er die Vortrefflichkeit dieses Instruments. Das Mittagessen nahm dann wieder einige Zeit in Anspruch. Wie langsam kauten diese beiden Menschen jeden Bissen! Daher war auch ihre Verdauung vortrefflich; sie brauchten keine Angst vor Magenkrebs zu haben. Über den Mittag half ihnen die Lektüre der ›Ruche‹ oder des ›Constitutionnel‹[26] hinweg. Die Abonnementskosten der Pariser Zeitung wurden zu je einem Drittel gemeinsam mit dem Advokaten Vinet und dem Obersten Gouraud getragen. Rogron selber brachte die Zeitungen dem Obersten, der am Platz wohnte, in Monsieur Marteners Haus; seine langen Erzählungen machten ihm gewaltigen Spaß. Darum überlegte sich Rogron, warum der Oberst denn so gefährlich sei. Er beging die Dummheit, mit ihm über das Scherbengericht zu sprechen, das sein Urteil über den Obersten gefällt habe, und die Redereien der ›Clique‹ an ihn weiterzuerzählen. Weiß der Himmel, wie der Oberst, der ebenso gefährlich mit der Pistole wie mit dem Degen umzugehen wußte und der vor niemandem Furcht hatte, mit der Tiphaine und ihrem Julliard umsprang, und mit den Regierungstreuen der Oberstadt, lauter Leuten, die vom Ausland gekauft worden waren, die zu allem fähig waren, nur um Pöstchen zu bekommen, die bei den Wahlen nach eigenem Ermessen die Namen von den Zetteln ablasen, usw. Gegen zwei unternahm Rogron einen kleinen Spaziergang. Es machte ihn glücklich, wenn ein vor seiner Ladentür stehender Ladenbesitzer ihn durch die Frage: »Na, wie geht's, Papa Rogron?« zum Stehenbleiben zwang. Er plauderte dann mit ihm und fragte, was es in der Stadt an Neuigkeiten gebe; er hörte zu und klatschte das Geschwätz weiter, die kleinen Gerüchte von Provins. Er stieg bis zur Oberstadt hinauf und lief, wenn das Wetter danach war, in den Hohlwegen umher. Manchmal begegnete er alten Männern, die, wie er, ihren Spaziergang machten. Solche Begegnungen waren glückliche Geschehnisse. Es gab in Provins Menschen, die das Pariser Leben enttäuscht hatte, bescheidene Gelehrte, die inmitten ihrer Bücher lebten. Man stelle sich Rogrons Haltung vor, wenn er einem Richter-Stellvertreter namens Desfondrilles, der ein besserer Altertumsforscher als Jurist war, zuhörte, wie dieser zu dem alten Monsieur Martener Vater, einem gebildeten Mann, sagte und dabei auf das Tal zeigte: »Erklären Sie mir doch mal, warum alle Leute in Europa, die nichts zu tun haben, nach Spa gehen und nicht nach Provins, wo doch die Heilquellen von Provins, deren Überlegenheit von den französischen Medizinern anerkannt worden ist, eine Wirkung, einen Eisengehalt haben, die der medizinischen Eigenschaften unserer Rosen würdig sind?«

»Da ist nichts zu machen!« entgegnete der gebildete Mann. »Das ist eine der Launen des Zufalls und unerklärlich wie dieser. Vor hundert Jahren kannte kein Mensch den Bordeauxwein: der Marschall von Richelieu[27], eine der größten Gestalten des letzten Jahrhunderts, der französische Alkibiades, wird zum Gouverneur von Guyenne ernannt; er war schwer lungenkrank, und die Welt weiß, aus welchem Grunde! Der Wein der Gegend stellt ihn wieder her, macht ihn gesund. Bordeaux hat Einnahmen von hundert Millionen, und der Marschall dehnt das Territorium von Bordeaux bis nach Angoulême, bis nach Cahors aus, also auf vierzig Meilen in der Runde! Wer weiß, wo die Weinberge von Bordeaux aufhören? Und der Marschall hat nicht einmal ein Reiterstandbild in Bordeaux!«

»Ach, wenn etwas dieser Art in einem Jahrhundert oder dem nächsten in Provins geschieht, dann wird man es hoffentlich erleben«, fuhr Monsieur Desfondrilles da fort, »daß, sei es auf dem kleinen Platz in der Unterstadt, sei es auf der Burg, in der Oberstadt, ein weißes Marmorrelief mit dem Kopf von Monsieur Opoix[28] errichtet wird, dem Wiederentdecker der Mineralquellen von Provins!«

»Lieber Freund, vielleicht ist die Rehabilitierung von Provins eine Unmöglichkeit«, sagte der alte Monsieur Martener Vater. »Die Stadt hat Pleite gemacht.«

Jetzt riß Rogron die Augen auf und rief: »Wieso denn?«

»Sie ist früher eine Hauptstadt gewesen, die im zwölften Jahrhundert siegreich mit Paris gekämpft hat, damals, als die Grafen der Champagne hier Hof hielten wie König René[29] den seinen in der Provence«, antwortete der gebildete Mann. »Zu jener Zeit waren Kultur, Freude, Poesie, Eleganz, Frauen, kurz:

aller gesellschaftliche Glanz nicht ausschließlich in Paris zu finden. Städte erheben sich aus dem Ruin genauso schwer wie Handelshäuser: uns bleibt von Provins nichts als der Duft unseres historischen Ruhms, der unserer Rosen und eine Unterpräfektur.«

»Ach ja, was könnte Frankreich sein, wenn es sich alle seine Feudalhauptstädte bewahrt hätte!« sagte Desfondrilles. »Können Unterpräfekten die poetische, galante, kriegerische Rasse der Thibaults[30] ersetzen, die aus Provins gemacht haben, was Ferrara in Italien, was Weimar in Deutschland war und was München heutzutage nur zu gern sein möchte?«

»Provins ist also mal eine Hauptstadt gewesen?« rief Rogron.

»Sind Sie vom Mond herabgefallen?« entgegnete der Archäologe Desfondrilles.

Dann klopfte der Richter-Stellvertreter mit seinem Spazierstock auf den Boden der Oberstadt und rief aus: »Ja, wissen Sie denn nicht, daß dieser ganze Teil von Provins auf Krypten erbaut worden ist?«

»Krypten?«

»Ja, freilich! Krypten von einer unerklärlichen Höhe und Ausdehnung. Wie Schiffe von Kathedralen sind sie, mit Pfeilern darin.«

»Monsieur Desfondrilles schreibt ein großes archäologisches Werk; er gedenkt, darin diese sonderbaren Konstruktionen zu erklären«, sagte der alte Martener, der merkte, daß der Richter sein Steckenpferd bestieg.

Im Wissen, sein Haus im Tal erbaut zu haben, kam Rogron entzückt heim. Die Krypten von Provins beschäftigten die beiden Unverehelichten fünf bis sechs Tage lang und bildeten für mehrere Abende ihren Gesprächsstoff. Immerhin lernte Rogron auf diese Weise etwas über das alte Provins, über die verwandtschaftlichen Beziehungen der Familien, oder erfuhr schon veraltete politische Neuigkeiten, die er dann seiner Schwester erzählte. Auch fragte er bei seinem Spaziergang hundertmal, und häufig denselben Menschen mehrmals: »Na, was wird geredet? Ja, und was gibt es Neues?« Kam er nach Hause, so warf er sich im Salon auf ein Kanapee wie ein durch Überanstrengung Erschöpfter; dabei war er bloß durch sein eigenes Gewicht kreuzlahm geworden.

Er kam immer um die Essenszeit heim und lief dann zwanzigmal vom Salon in die Küche, sah nach der Uhr und machte die Türen auf und zu. Solange die Geschwister zu Abendgesellschaften in die Stadt gingen, brachten sie die Zeit bis zum Zubettgehen leidlich hin; aber als sie auf ihr eigenes Heim beschränkt wurden, gedieh jeder Abend zu einer Wüste, die es zu durchqueren galt. Manchmal hörten Leute, die über den kleinen Platz heimgingen, nachdem sie den Abend gesellig in der Stadt verbracht hatten, im Haus der Rogrons Schreie, als sei der Bruder dabei, die Schwester zu ermorden: dann jedoch wurde man sich darüber klar, daß es lediglich das grausige Gähnen eines Kurzwarenhändlers im Ruhestand war. Da jene beiden Maschinen nichts mit ihrem rostigen Räderwerk zu zermalmen hatten, kreischten und quietschten sie. Der Bruder redete davon, daß er heiraten wolle, aber das geschah aus purer Verzweiflung. Er fühlte sich gealtert und müde: eine Frau erschreckte ihn. Sylvie, die einsah, daß es unumgänglich sei, einen Dritten im Haus zu haben, erinnerte sich jetzt ihrer armen Kusine, nach der sich niemand bei ihnen erkundigt hatte; denn in Provins glaubte jedermann, die kleine Madame Lorrain und ihre Tochter seien alle beide tot. Bei Sylvie Rogron ging nichts verloren; sie war viel zu sehr alte Jungfer, als daß sie irgend etwas hätte verlegen können! Also tat sie, als habe sie den Brief der Lorrains gerade erst wiedergefunden, um ganz zwanglos mit dem Bruder über Pierrette reden zu können; er war beinahe glücklich über die Möglichkeit, ein kleines Mädchen in der Wohnung zu haben. Sylvie schrieb halb geschäftlich, halb herzlich an die alten Lorrains und schob die verzögerte Antwort auf die Liquidation des Geschäfts, auf die Übersiedlung nach Provins und auf das Einrichten des Hauses. Sie tat, als sei sie bereit, die Kusine zu sich zu nehmen, und gab zu verstehen, daß Pierrette eines Tages eine Erbschaft zu erwarten habe, die zwölftausend Francs Zinsen abwerfe, sofern der Bruder nicht heirate. Man muß, wie Nebukadnezar[31], ein wenig zum Tier geworden und in einen Käfig des Jardin des Plantes eingesperrt gewesen sein und statt der Beute nur das Fleisch aus der Metzgerei zum Verzehren gehabt haben, das der Wärter brachte, oder ein Ladenbesitzer, der sich zur Ruhe gesetzt und keinen Angestellten zum Anschnauzen hat, um zu verstehen, mit welcher Ungeduld die Geschwister ihre Kusine Lorrain erwarteten. So kam es, daß Bruder und Schwester einander schon drei Tage nach der Absendung des Briefes fragten, wann ihre Kusine kommen würde. Sylvie gewahrte in ihrer zur Schau getragenen Mildtätigkeit gegenüber ihrer armen Kusine ein Mittel, sich die gehobenen Kreise von Provins wieder günstig zu stimmen. Sie ging zu Madame Tiphaine, von der die Rogrons mit Mißachtung gestraft worden waren und die in Provins eine Oberschicht schaffen wollte, wie sie in Genf bestand, um die Ankunft ihrer Kusine Pierrette auszuposaunen, der Tochter des Obersten Lorrain; sie bejammerte deren Unglück und spielte sich als eine Glückliche auf, weil sie der Gesellschaft eine schöne junge Erbin zuführen könne.

»Sie haben sie reichlich spät entdeckt«, antwortete Madame Tiphaine ironisch; sie thronte auf einem Sofa am Kamin.

Mit ein paar leisen, beim Kartengeben geflüsterten Worten erinnerte Madame Garceland an die Geschichte mit der Erbschaft des alten Auffray. Der Notar setzte das unredliche Vorgehen des Gastwirts auseinander.

»Wo ist sie denn jetzt, die arme Kleine?« fragte höflich der Präsident Tiphaine.

»In der Bretagne«, sagte Rogron.

»Aber die Bretagne ist groß«, gab Monsieur Lesourd, der Staatsanwalt, zu bedenken.

»Ihre Großeltern Lorrain haben uns geschrieben. Wann eigentlich, Beste?« fragte Rogron.

Sylvie, die damit beschäftigt war, Madame Garceland zu fragen, wo diese den Stoff ihres Kleides gekauft habe, sah die Wirkung ihrer Antwort nicht voraus und sagte:

»Ehe wir unser Geschäft verkauften.«

»Und erst vor drei Tagen haben Sie geantwortet?« rief der Notar.

Sylvie wurde rot wie die glühendsten Kohlen des Kaminfeuers.

»Wir haben an das Saint-Jacques-Stift geschrieben«, fuhr Rogron fort.

»Es gibt tatsächlich eine Art Heim dieses Namens für alte Leute«, sagte ein Richter, der Richter-Stellvertreter in Nantes gewesen war; »aber da kann sie nicht sein, da werden nur Leute aufgenommen, die über sechzig sind.«

»Sie ist bei ihrer Großmutter Lorrain«, sagte Rogron.

»Sie hatte ein kleines Vermögen, die achttausend Francs, die Ihr Vater ... nein, ich meine: Ihr Großvater ihr hinterlassen hatte«, sagte der Notar; er tat absichtlich, als habe er sich versprochen.

»Was Sie nicht sagen!« rief Rogron mit dümmlicher Miene; er hatte die Bosheit dieser Bemerkung nicht begriffen.

»Sie kennen also weder die Vermögensumstände noch die Lage Ihrer leiblichen Kusine?« fragte der Präsident.

»Wenn Monsieur Rogron sie gekannt hätte, würde er sie nicht in einem Hause gelassen haben, das lediglich ein rechtschaffenes Altersheim ist«, sagte der Richter streng. »Eben fällt mir ein, daß in Nantes durch Enteignung ein Haus verkauft worden ist, das Monsieur und Madame Lorrain gehört hat; Mademoiselle Lorrain hat dabei ihre Schuldforderung eingebüßt; ich war nämlich der bestellte gesetzliche Kommissar.«

Der Notar erzählte vom Obersten Lorrain, der, wenn er noch am Leben wäre, sich sehr gewundert hätte, seine Tochter in einem Altersheim wie dem Saint-Jacques-Stift zu wissen. Die Rogrons traten also den Rückzug an und sagten sich, die Welt sei sehr boshaft. Sylvie wurde sich bewußt, welch geringen Erfolg ihre Neuigkeit davongetragen hatte: sie hatte in den Augen aller verloren; es war ihr hinfort untersagt, mit der Oberschicht von Provins Umgang zu pflegen. Von diesem Tage an machten die Rogrons aus ihrem Haß gegen die großbürgerlichen Familien von Provins und deren Anhang kein Hehl mehr. Der Bruder wartete der Schwester jetzt mit allen liberalen Gehässigkeiten auf, die der Oberst Gouraud und der Advokat Vinet ihm über die Tiphaines, die Guénées, die Garcelands, die Guépins und die Julliards vorgezwitschert hatten.

»Sag mal, Sylvie, es ist mir unbegreiflich, warum Madame Tiphaine die Geschäfte in der Rue Saint-Denis über die Achsel ansieht; denen verdankt sie doch das meiste. Ihre Mutter, Madame Roguin, ist die Kusine der Guillaumes vom ›Haus zum ballspielenden Kater‹[32]; sie haben ihr Geschäft an ihren Schwiegersohn Joseph Lebas abgetreten. Ihr Vater ist doch jener Notar

Roguin, der 1819 eine Unterschlagung begangen und die Firma Birotteau ruiniert hat. Auf diese Weise stammt das Vermögen der Madame Tiphaine aus gestohlenem Gut, denn was ist an einer Notarsfrau dran, die ihr Schäfchen aufs trockene bringt und ihren Mann einen betrügerischen Bankrott machen läßt? Das ist mir die Rechte! Ach ja, mir ist alles klar: auf Grund ihrer Beziehungen zu dem Bankier du Tillet hat sie ihre Tochter nach Provins verheiratet. Und solche Leute spielen sich auf; na ja ... so ist nun mal die Welt.«

An dem Tage, da Denis Rogron und seine Schwester über die ›Clique‹ herzuziehen anfingen, wurden sie ohne ihr Wissen zu Persönlichkeiten und befanden sich auf dem Wege, sich einen geselligen Kreis zu bilden: ihr Salon sollte der Mittelpunkt von Interessen, die nach einem Betätigungsfeld suchten, werden. In diesem Augenblick nahm der Ex-Kurzwarenhändler historische und politische Dimensionen an; denn er gab, noch immer ohne sein Wissen, den bis dahin haltlosen Elementen der liberalen Partei von Provins Kraft und Geschlossenheit. Das geschah auf folgende Weise. Die Anfänge der Rogrons waren vom Obersten Gouraud und dem Advokaten Vinet, die ihre Isolierung und ihre Ideen einander hatten näherkommen lassen, neugierig beobachtet worden. Jene beiden Männer bekannten sich aus den gleichen Gründen zum gleichen Patriotismus: sie wollten als Persönlichkeit gelten. Aber wenn sie sich geneigt fühlten, sich zu Heerführern zu machen, so fehlte es ihnen an Truppen. Die Liberalen von Provins bestanden aus einem alten Soldaten, der Limonadenverkäufer geworden war; einem Gastwirt; aus dem Notar Cournant, dem Konkurrenten Auffrays; dem Doktor Néraud, dem Gegenspieler Marteners; und aus ein paar unabhängigen Leuten, über das Arrondissement verstreuten Pächtern und Aufkäufern von Nationalgütern. Der Oberst und der Advokat waren nur zu froh, einen Dummkopf zu sich hinüberziehen zu können, dessen Vermögen ihnen bei ihren Manövern dienlich zu sein vermochte, der bei ihren Subskriptionen subskribieren würde, der bei gewissen Gelegenheiten der Katze die Schelle umhängen und dessen Haus der Partei als Beratungsstätte dienen konnte; sie machten sich die Feindschaft der Rogrons wider die Aristokraten der Stadt zunutze. Der Oberst, der Advokat und Rogron waren vermöge ihres gemeinsamen Abonnements auf den ›Constitutionnel‹ bereits locker miteinander verbunden; es konnte dem Obersten Gouraud nicht schwerfallen, aus dem Ex-Kurzwarenhändler einen Liberalen zu machen, obwohl Rogron sich so wenig in politischen Dingen auskannte, daß er nicht einmal etwas von den Heldentaten des Sergeanten Mercier[33] wußte: er hielt ihn für einen Kollegen. Die bevorstehende Ankunft Pierrettes beschleunigte noch das Erblühen der begehrlichen Gedanken, die die Unwissenheit und Dummheit der beiden Unverehelichten hatte entstehen lassen. Als der Oberst merkte, daß es für Sylvie um jede Möglichkeit geschehen war, im Kreis Tiphaine festen Fuß zu fassen, hatte er einen Hintergedanken. Alte Offiziere haben soviel Greuel in so vielen Ländern gesehen, soviel nackte Leichen mit verzerrten Zügen auf soviel Schlachtfeldern, daß ihnen keine Physiognomie mehr Angst macht, und Gouraud hatte es nun einmal auf das Vermögen der alten Jungfer abgesehen. Der Oberst, ein dicker, untersetzter Mann, trug riesige Ringe in den Ohren, die ohnehin schon riesige Haartuffen zierten. Seine dichten, ergrauenden Bartkoteletten wurden 1799 Schwimmblasen genannt. Sein gutmütiges, dickliches, rotes Gesicht war lohfarben wie die aller, die bei der Beresina davongekommen sind. Sein dicker Spitzbauch beschrieb nach unten den rechten Winkel, der für den alten Kavallerieoffizier charakteristisch ist. Gouraud hatte das zweite Husarenregiment kommandiert. Sein grauer Schnurrbart verbarg eine übergroße ›Fresse‹, wenn dieser Landserausdruck benutzt werden darf, der einzige, der diesen Schlund halbwegs schildert: er hatte nicht gegessen, sondern gefressen! Ein Säbelhieb hatte ihm die Nase verstümmelt. Dadurch hatte seine Stimme gewonnen; sie war dumpf und tief näselnd geworden, wie es den Kapuzinern nachgesagt wird. Seine kleinen, kurzen, breiten Hände waren ganz die, von denen die Frauen sagen: »Sie haben die Hände eines richtigen Schwerenöters.« In Anbetracht seines Oberkörpers wirkten seine Beine dünn. In diesem dicken, behenden Leib regten sich ein fesselloser Geist, ein denkbar vollkommenes Wissen um die Dinge des Lebens, verborgen unter der augenscheinlichen Sorglosigkeit des Offiziers, und völlige Verachtung der gesellschaftlichen Konventionen. Oberst Gouraud trug das Offizierskreuz der Ehrenlegion und hatte ein Ruhegehalt von zweitausendvierhundert Francs, alles in allem eine Pension von tausend Talern; das waren seine Geldmittel.

Der lang aufgeschossene, magere Advokat hatte als einziges Talent seine liberalen Anschauungen, und als einzige Einkünfte die ziemlich dürftigen Erträge seiner Praxis. In Provins vertreten die Anwälte ihre Sachen selber. Seiner Anschauungen wegen hörte das Gericht übrigens Vinet mit wenig Neigung an. Daher zogen auch die liberalsten Pächter bei Prozessen dem Advokaten Vinet einen Anwalt vor, der das Vertrauen des Gerichts besaß. Er hatte, wie es hieß, in der Gegend von Coulommiers ein reiches Mädchen verführt und die Eltern gezwungen, sie ihm zu geben. Seine Frau gehörte den Chargebœufs an, einer alten Adelsfamilie der Brie, deren Name auf die Heldentat eines Knappen beim Zug des heiligen Ludwig nach Ägypten[34] zurückzuführen ist. Sie hatte sich mit ihren Eltern überworfen, die mit Vinets Wissen übereingekommen waren, ihr gesamtes Vermögen ihrem ältesten Sohn zu hinterlassen, sicherlich mit der Klausel, daß er einen Teil den Kindern seiner Schwester zurückerstatten müsse. Auf diese Weise war Vinets erster ehrgeiziger Versuch gescheitert. Bald geriet der Advokat in Not; es beschämte ihn, daß er seiner Frau kein anständiges Auskommen verschaffen konnte, und so unternahm er vergebliche Bemühungen, die Laufbahn eines Staatsanwalts einzuschlagen; allein der reiche Zweig der Familie Chargebœuf lehnte es ab, ihn dabei zu unterstützen. Als moralische Leute mißbilligten diese Royalisten eine erzwungene Ehe; überdies führte ihr angeblicher Verwandter den Namen Vinet: wie konnte man einen Bürgerlichen protegieren? Der Advokat wurde also vom einen zum anderen gewiesen, wenn er sich seiner Frau bei deren Verwandten bedienen wollte. Nur bei einer einzigen Chargebœuf fand Madame Vinet Teilnahme, und das war eine arme Witwe mit einer Tochter; beide wohnten in Troyes. Daher gedachte Vinet eines Tages des Empfangs, den jene Chargebœuf seiner Frau bereitet hatte. Die ganze Welt hatte ihn zurückgestoßen; er war voller Haß gegen die Familie seiner Frau, gegen die Regierung, die ihm eine Anstellung verweigerte, gegen die gehobenen Kreise in Provins, die ihm den Zutritt verwehrten; und so hatte er sich in seine Notlage geschickt. Seine Bitterkeit wuchs und gab ihm die Kraft zum Durchhalten. Er wurde Liberaler in der Erkenntnis, daß sein Glück an den Triumph der Opposition gebunden sei, und vegetierte in einem armseligen kleinen Haus der Oberstadt, das seine Frau nur selten verließ. Jenes Mädchen, das zu einem glücklichen Schicksal bestimmt gewesen war, lebte völlig allein mit einem Kinde. Es gibt ein Elend, das man nobel hinnimmt und heiter erträgt; aber der von Ehrgeiz zernagte Vinet fühlte sich dem verführten Mädchen gegenüber im Unrecht und barg eine düstere Wut in sich: sein Gewissen wurde immer weiter und erlaubte ihm jedes Mittel zum Vorwärtskommen. Sein junges Gesicht veränderte sich. Manche Leute bekamen bei Gericht einen Schreck, wenn sie sein Viperngesicht mit dem platten Kopf, dem Schlitzmund, den durch die Brille funkelnden Augen sahen, wenn sie seine dünne, scharfe, durchdringende Stimme hörten, die einem auf die Nerven ging. Seine verdorbene Gesichtsfarbe mit ihren kränklichen gelben und grünen Tönungen kündete von seinem wiedergekehrten Ehrgeiz, seinen beständigen Fehlrechnungen und seinem heimlichen Elend. Er konnte über Kleinigkeiten streiten und reden; es mangelte ihm weder an Schwung noch an Bildern; er war gebildet und listig. Da er durch sein Verlangen zum Emporkommen dazu gelangt war, alles zu durchschauen und zu begreifen, konnte er Politiker werden. Ein Mensch, der vor nichts zurückschreckt, vorausgesetzt, daß alles in den Grenzen des Gesetzes bleibe, ist sehr stark: dort lag der Ursprung von Vinets Kraft. Dieser künftige Athlet parlamentarischer Debatten, einer von denjenigen, die die Thronbesteigung des Hauses Orléans proklamieren sollten, hatte einen furchtbaren Einfluß auf Pierrettes Schicksal. Für den Augenblick wollte er sich dadurch eine Waffe verschaffen, daß er in Provins eine Zeitung gründete. Nachdem er von weitem, dabei vom Obersten unterstützt, die beiden Unverehelichten genau beobachtet, hatte der Advokat schließlich auf Rogron gesetzt. Diesmal rechnete er auch mit dessen Gast, und nach sieben schmerzlichen Jahren, in denen ihn daheim mehr als ein Tag ohne Brot laut angeklagt hatte, sollte mit seinem Elend Schluß sein. An dem Tage, da Gouraud Vinet auf dem kleinen Platz verkündete, die Rogrons hätten mit der bürgerlichen und regierungstreuen Aristokratie der Oberstadt gebrochen, gab der Advokat dem Obersten einen bedeutungsvollen Rippenstoß mit dem Ellbogen.

»Ob nun diese oder jene Frau, eine schöne oder eine häßliche, das ist Ihnen ja wohl ganz gleichgültig«, sagte er. »Sie sollten Mademoiselle Rogron heiraten; dann könnten wir hier etwas auf die Beine stellen ...«

»Auch ich habe schon daran gedacht; aber sie lassen doch die Tochter des armen Obersten Lorrain kommen, ihre Erbin«, sagte der Oberst.

»Sie sollten sich das Vermögen der beiden testamentarisch vermachen lassen. Ja, dann bekämen Sie ein gut eingerichtetes Haus.«

»Übrigens, diese Kleine, na ja, wir werden sie ja sehen«, sagte der Oberst mit spöttelnder, tief verruchter Miene, aus der jemand vom Schlage Vinets zu ersehen vermochte, wie wenig ein kleines Mädchen in den Augen dieses Haudegens galt.

Seit dem Eintritt ihrer Verwandten in die Art Stift, wo sie ihr Leben kümmerlich zu Ende führten, hatte die junge, stolze Pierrette so entsetzlich darunter gelitten, dort aus Barmherzigkeit geduldet zu werden, daß sie glücklich war, als sie erfuhr, sie habe reiche Verwandte. Als Brigaut, der Sohn des Majors, ihr Kindheitskamerad, der Schreinerlehrling in Nantes geworden war, hörte, sie werde abreisen, bot er den für die Reise im Postwagen erforderlichen Betrag an, nämlich sechzig Francs, alles, was er sich an Lehrlingstrinkgeldern mühsam zusammengespart hatte, und Pierrette nahm das Geld mit dem sublimen Gleichmut wahrer Freundschaft an, der bewies, daß im gleichen Fall ein Dank sie verletzt haben würde. Brigaut war jeden Sonntag nach Saint-Jacques geeilt, um dort mit Pierrette zu spielen und sie zu trösten. Der kräftige Handwerker hatte bereits die köstlichen Lehrjahre des unangetasteten, opferbereiten Schutzes hinter sich gebracht, den man dem unwillkürlich erwählten Gegenstand unserer Liebe schuldet. Schon mehr als einmal hatten Pierrette und er sonntags, wenn sie in einem Winkel des Gartens saßen, auf den Schleier der Zukunft ihre kindlichen Pläne gestickt: der Schreinerlehrling würde, auf seinem Hobel reitend, die Welt durchschweifen und um der auf ihn wartenden Pierrette willen viel Geld verdienen. Im Oktober 1824, als Pierrette ihr elftes Lebensjahr vollendet hatte, wurde sie somit von den beiden alten Leuten und dem jungen Handwerker, die alle drei tief bekümmert waren, dem Schaffner der Postkutsche von Nantes nach Paris anvertraut, mit der Bitte, sie in Paris in die Postkutsche nach Provins zu setzen und gut auf sie Obacht zu geben. Der arme Brigaut! Wie ein Hund lief er hinter der Postkutsche her und sah seiner lieben Pierrette nach, solange er konnte. Trotz des Winkens der kleinen Bretonin lief er eine Meile über die Stadtgrenze hinaus, und als er völlig ausgepumpt war, warfen seine tränenfeuchten Augen einen letzten Blick auf Pierrette, die weinte, als sie ihn nicht mehr sah. Pierrette steckte den Kopf zum Wagenfenster hinaus und gewahrte den Freund, wie er dastand und das schwere Fahrzeug entschwinden sah. Die Lorrains und Brigaut waren so lebensfremd, daß die Bretonin keinen Sou mehr besaß, als sie in Paris anlangte. Der Postillion, dem das Kind von seinen reichen Verwandten erzählt hatte, bezahlte für sie die Übernachtung in einem Pariser Hotel, ließ sich den Betrag vom Postillion des Wagens nach Troyes erstatten und beauftragte ihn, Pierrette bei ihrer Familie abzuliefern und sich dort das ausgelegte Geld zurückerstatten zu lassen, völlig wie ein angerolltes Stückgut. Vier Tage nach Pierrettes Abreise aus Nantes, an einem Montag gegen neun Uhr, nahm ein guter, dicker, alter Postillion des Königlichen Postdienstes sie bei der Hand, und während in der Grand' Rue die Reisenden, deren Ziel Provins war, ausstiegen, während die Waren ausgeladen wurden, führte er sie, deren ganzes Gepäck aus zwei Kleidern, zwei Paar Strümpfen und zwei Hemden bestand, zu Mademoiselle Rogron, deren Haus ihm vom Posthalter gewiesen worden war.

»Guten Tag, Mademoiselle und der Herr da«, sagte der Postillion, »hier bringe ich Ihnen eine Kusine, die da: beim wahrhaftigen Gott, sie ist recht niedlich. Sie haben mir siebenundvierzig Francs zu zahlen. Wenn Ihre Kleine auch nicht viel Gepäck bei sich hat: unterschreiben Sie bitte meinen Schein.«

Mademoiselle Sylvie und ihr Bruder ergingen sich in Bezeigungen der Freude und des Erstaunens.

»Pardon«, sagte der Postillion, »mein Wagen wartet, unterschreiben Sie meinen Schein, geben Sie mir siebenundvierzig Francs sechzig Centimes ... und dann noch was Sie wollen für den Postillion von Nantes und für mich, die wir auf die Kleine achtgegeben haben, als sei sie unser eigenes Kind. Wir haben ihr Nachtlager, ihr Essen, ihren Platz nach Provins und noch ein paar Kleinigkeiten ausgelegt.«

»Siebenundvierzig Francs zwölf Sous ...!« sagte Sylvie.

»Sie wollen doch nicht etwa handeln?« rief der Postillion.

»Aber die Rechnung?« fragte Rogron.

»Die Rechnung? Hier, der Schein.«

»Red doch nicht lange, sondern bezahl!« sagte Sylvie zu ihrem Bruder. »Du siehst doch, daß es hier nichts gibt als zu bezahlen.«

Rogron holte siebenundvierzig Francs zwölf Sous.

»Und wir bekommen nichts, mein Kollege und ich?« fragte der Postillion.

Sylvie zog vierzig Sous aus den Tiefen ihrer alten Samttasche, in der ihre Schlüssel klapperten.

»Danke! Behalten Sie sie nur«, sagte der Postillion. »Wir wollen uns lieber um ihrer selbst willen um die Kleine gekümmert haben.« Er nahm seinen Schein, ging und sagte dabei zu dem dicken Dienstmädchen: »Ist das eine Schinderbude! Es gibt also auch anderswo als in Ägypten Krokodile!«

»Wie ungehobelt diese Leute sind«, sagte Sylvie, die die Bemerkung gehört hatte.

»Na, wenn sie doch für die Kleine gesorgt haben!« antwortete Adèle und stemmte die Fäuste in die Hüften.

»Wir brauchen ja zum Glück nicht mit ihm zusammenzuleben«, sagte Rogron.

»Wo soll sie denn schlafen?« fragte das Dienstmädchen.

Das war Pierrette Lorrains Ankunft und Empfang bei ihrem Vetter und ihrer Kusine, die sie stumpfsinnig anstarrten, bei denen sie abgeliefert worden war wie ein Paket, ohne jedweden Übergang zwischen dem jämmerlichen Kämmerchen, in dem sie in Saint-Jacques bei den Großeltern gehaust hatte, und dem Eßzimmer ihrer Verwandten, das sie wie das eines Palastes anmutete. Wortlos und beschämt stand sie darin. Jeder andere als diese beiden Ex-Kurzwarenhändler hätte die kleine Bretonin in ihrem groben, blauen Wollrock, ihrer rosa Perkalinschürze, ihren plumpen Schuhen, ihren blauen Strümpfen, ihrem weißen Brusttuch, ihren roten Händen, die in gestrickten roten, weißgesäumten wollenen Fausthandschuhen steckten, die der Postillion ihr gekauft hatte, ganz entzückend gefunden. Wahrhaftig, ihr bretonisches Häubchen, das ihr in Paris gewaschen worden war (auf der Fahrt von Nantes her war es zerknittert), umgab wie eine Aureole ihr fröhliches Gesicht. Jene zur Nationaltracht gehörende Haube aus feinem Batist war mit steifer Spitze besetzt und mit großen, flachen Röhrenfalten plissiert; sie würde eine genaue Beschreibung verdienen, so kokett und schlicht sie ist. Das durch das Leinen und die Spitzen gesiebte Licht bewirkt auf der Gesichtshaut ein Halbdunkel, einen weichen Dämmerschein; er verleiht ihr die jungfräuliche Anmut, die die Maler auf ihren Paletten suchen und die Léopold Robert[35] für das raffaelische Antlitz der ein Kind haltenden Frau auf dem Gemälde ›Die Schnitter‹ zu finden gewußt hat. Unter diesem aus Licht gewirkten Rahmen schimmerte ein weißes und rosiges, naives Gesicht, das die kräftigste Gesundheit belebte. Die Wärme im Eßzimmer trieb das Blut hinein und ließ die beiden niedlichen Ohren, die Lippen, die zierliche Nasenspitze erglühen, so daß, durch den Kontrast, der Teint noch heller wirkte.

»Na, kannst du nicht den Mund auftun?« fragte Sylvie. »Ich bin deine Kusine Rogron, und das da ist dein Vetter.«

»Willst du was essen?« fragte Rogron.

»Wann bist du denn von Nantes abgefahren?« fragte Sylvie.

»Sie ist stumm«, sagte Rogron.

»Die arme Kleine, sie hat ja kaum was anzuziehen«, rief die dicke Adèle, als sie das Bündel aufknotete, das der alte Lorrain aus einem Taschentuch geschnürt hatte.

»Gib doch deinem Vetter 'nen Kuß«, sagte Sylvie.

Pierrette küßte Rogron.

»Gib doch deiner Kusine 'nen Kuß«, sagte Rogron.

Pierrette küßte Sylvie.

»Sie ist noch ganz mitgenommen von der Reise, die Kleine; vielleicht muß sie erst mal schlafen«, sagte Adèle.

Pierrette empfand plötzlich gegen ihre beiden Verwandten eine unüberwindliche Abneigung, ein Gefühl, das ihr bislang noch niemand eingeflößt hatte. Sylvie und das Dienstmädchen brachten die kleine Bretonin in einer der Kammern des zweiten Stocks zu Bett, der, vor deren Fenster Brigaut die weißen Kalikovorhänge gesehen hatte. Es standen darin ein Schulmädchenbett mit blau gestrichener Bettstange, von der eine Kalikogardine niederging, eine Nußbaumkommode ohne Marmorplatte, ein kleiner Nußbaumtisch, ein Spiegel, ein ordinärer Nachttisch ohne Tür und drei schäbige Stühle. Die Wände, nach der Straße hin abgeschrägt, waren mit einer billigen blauen, schwarzgeblümten Tapete beklebt. Der blitzblank gescheuerte Steinfußboden machte einem kalte Füße. Es gab keinen Teppich, nur einen kärglichen Flickenteppich als Bettvorleger. Unter dem üblichen Marmorkamin war ein Spiegel; das Sims schmückten zwei Leuchter aus vergoldetem Messing und eine vulgäre Alabasterschale, aus der zwei die Henkel bildende Tauben tranken; Sylvie hatte sie in ihrem Pariser Schlafzimmer gehabt.

»Ob du dich hier wohl fühlen wirst, Kleines?« fragte die Kusine.

»Oh, es ist sehr schön«, antwortete das Kind mit seiner Silberstimme.

»Sie ist nicht schwierig«, murmelte die dicke Briarde[36]. »Müßte man ihr nicht das Bett anwärmen?« fragte sie.

»Ja«, sagte Sylvie, »die Laken könnten feucht sein.«

Zusammen mit der Wärmflasche brachte Adèle eine ihrer Schlafhauben mit, und Pierrette, die bislang nur in Bettüchern aus grobem bretonischem Leinen geschlafen hatte, war überrascht ob der Feinheit und Weichheit der Baumwollaken. Als die Kleine untergebracht worden war und im Bett lag, konnte Adèle, als sie die Treppe hinabstieg, es sich nicht verkneifen, auszurufen: »Ihr Plunder ist keine drei Francs wert, Mademoiselle.«

Seit Sylvie ihr System der Sparsamkeit durchführte, ließ sie das Dienstmädchen im Eßzimmer bleiben, damit nur ein Licht und ein Feuer zu brennen brauchten. Wenn jedoch Oberst Gouraud und Vinet kamen, zog Adèle sich in ihre Küche zurück. Pierrettes Ankunft verlebendigte den Rest des Abends.

»Gleich morgen muß eine Ausstattung für sie angeschafft werden«, sagte Sylvie, »sie hat noch weniger als nichts.«

»Bloß die dicken Schuhe hat sie, die sie anhatte; sie wiegen ein Pfund«, sagte Adèle.

»Das ist in der Gegend da so üblich«, sagte Rogron.

»Wie sie sich in ihrem Zimmer umgeschaut hat, und dabei ist es doch eigentlich für Ihre Kusine nicht hübsch genug, Mademoiselle!«

»Schon gut, seien Sie still«, sagte Sylvie, »Sie haben doch gesehen, daß sie entzückt war.« ·

»Mein Gott, diese Hemden! So was muß ihr doch die Haut zerkratzen; von alledem ist nichts brauchbar«, sagte Adèle, die Pierrettes Bündel auspackte.

Hausherr, Hausherrin und Hausmädchen waren bis zehn Uhr damit beschäftigt, zu entscheiden, aus welchem Perkal und zu welchem Preis die Hemden, wieviel Paar Strümpfe, wieviel Unterröcke und aus welchem Stoff angeschafft werden sollten, und den Preis von Pierrettes Garderobe zu berechnen.

»Das alles kostet dich mindestens dreihundert Francs«, sagte Rogron zu seiner Schwester; aus alter Gewohnheit hatte er vor allem die Preise behalten und sie im Kopf addiert.

»Dreihundert Francs?« schrie Sylvie.

»Ja, dreihundert Francs! Rechne nach.«

Die Geschwister begannen von vorn und kamen auf dreihundert Francs ohne den Macherlohn.

»Dreihundert Francs auf einen Schlag!« sagte Sylvie; mit diesem Gedanken, den die sprichwörtliche Redewendung recht geistvoll ausdrückt, ging sie zu Bett.

Pierrette war eins der Kinder der Liebe, die die Liebe mit ihrer Zärtlichkeit, ihrer Lebhaftigkeit, ihrer Heiterkeit, ihrer Noblesse und ihrer Hingabe bedacht hat; nichts hatte bislang ihr Herz, das von einer fast scheuen Zartheit war, verändert oder verletzt, und der Empfang durch ihre beiden Verwandten hatte es schmerzlich zusammengepreßt. Zwar war für sie die Bretagne voller Not und Elend, aber auch voller Liebe gewesen. Zwar waren die alten Lorrains denkbar ungeschickte Kaufleute gewesen, aber die liebevollsten, offenherzigsten, zärtlichsten Menschen der Welt, wie alle von Berechnung freien Leute. In Pen-Hoël hatte sie, ganz nach ihrem Belieben, im Boot auf den Teichen gebummelt, sie war zusammen mit Jacques Brigaut, ihrem Kameraden, durch den Flecken und durch die Felder gelaufen, völlig wie Paul und Virginie[37]. Beide wurden von jedermann gern gesehen und verhätschelt, waren frei wie die Luft und liefen den tausend Freuden der Kindheit nach: im Sommer schauten sie beim Fischen zu, haschten nach Insekten, pflückten Sträuße und halfen im Garten; im Winter machten sie Schlitterbahnen, bauten sich Schneehütten, Schneemänner oder bewarfen einander mit Schneebällen. Stets waren sie willkommen; überall empfing sie ein Lächeln. Als es Zeit zum Lernen wurde, kam es zu Katastrophen. Jacques, der nach dem Tode seines Vaters völlig mittellos war, wurde von seinen Verwandten bei einem Schreiner in die Lehre gegeben und aus Mitleid mit durchgefüttert wie später Pierrette in Saint-Jacques. Aber auch in jenem Altersheim noch wurde die niedliche Pierrette von jedermann verwöhnt, geliebkost und beschützt. Die an soviel Liebe gewöhnte Kleine fand bei ihren Verwandten, nach denen sie sich so sehr gesehnt hatte, bei diesen reichen Verwandten nicht das Gehaben, die Ausdrucksweise, die Blicke, die Umgangsformen wieder, die alle, sogar Fremde und Postillione, ihr gegenüber bezeigt hatten. Daher wurde ihre ohnehin schon große Verwunderung noch vermannigfacht durch die moralische Atmosphäre, in die sie eingetreten war. Die Seele empfindet jähe Kälte oder Wärme wie der Körper. Ohne zu wissen, warum, hätte das arme Kind am liebsten geweint: aber es war erschöpft, es schlief ein. Da Pierrette gewohnt war, frühzeitig aufzustehen, wie alle auf dem Lande aufgewachsenen Kinder, wachte sie am anderen Morgen zwei Stunden vor der Köchin auf. Sie zog sich an, trappelte in ihrem kleinen, über dem der Kusine gelegenen Zimmer umher, blickte auf den kleinen Platz, versuchte hinunterzugehen und war verblüfft über die Schönheit der Treppe; alle Einzelheiten sah sie sich ganz genau an, die Rosetten, die Messingbeschläge, die Ornamente, die Malereien usw. Dann ging sie hinunter, konnte die Gartentür nicht aufmachen, ging wieder hinauf, ging abermals hinunter, als Adèle wach war, und hüpfte in den Garten, sie ergriff sogleich Besitz von ihm, lief bis zum Fluß, sperrte vor dem Pavillon Mund und Nase auf und ging hinein; sie fand genug zu sehen und zu bestaunen, bis ihre Kusine Sylvie aufgestanden war. Während des Frühstücks fragte die Kusine sie: »Also du, mein Herzchen, bist schon vor Tagesanbruch auf der Treppe herumgetrabt und hast solchen Lärm gemacht? Du hast mich so nachdrücklich geweckt, daß ich nicht habe wieder einschlafen können. Du mußt hier sehr artig und sehr lieb sein und dich geräuschlos amüsieren. Dein Vetter mag nämlich keinen Lärm.«

»Und auf deine Füße mußt du achten«, sagte Rogron. »Du bist mit deinen schmutzigen Schuhen in den Pavillon gegangen und hast Fußspuren auf dem Parkett hinterlassen. Deine Kusine ist sehr erpicht auf Sauberkeit. Ein großes Mädchen wie du muß proper sein. Bist du etwa in der Bretagne nicht proper gewesen? Aber richtig, als ich da hingereist bin und Garn aufgekauft habe, da war es der reine Jammer, sie anzusehen, diese Wilden! Aber jedenfalls hat sie guten Appetit«, sagte Rogron und warf seiner Schwester einen Blick zu, »man möchte sagen, sie hätte seit drei Tagen nichts gegessen.«

So wurde Pierrette vom ersten Augenblick an durch die Bemerkungen ihrer Kusine und ihres Vetters gekränkt, ohne zu wissen, warum. Ihre gerade, freimütige Natur, die bislang sich selbst überlassen gewesen war, kannte kein Überlegen und Nachdenken. Sie war außerstande zu erkennen, worin ihr Vetter und ihre Kusine an ihr sündigten; erst ihre Leiden mußten sie langsam aufklären. Nach dem Frühstück zeigten die Geschwister, die beglückt über Pierrettes Staunen waren und begierig, es auszukosten, ihr ihren schönen Salon, um sie zu lehren, dessen Pracht zu respektieren. Infolge ihrer Isolierung und getrieben von der inneren Notwendigkeit, an etwas Anteil zu nehmen, bringen Ehelose es dahin, die natürlichen Zuneigungen durch künstliche zu ersetzen, Hunde zu lieben, Katzen, Kanarienvögel, ihr Dienstmädchen oder ihren Beichtvater. Auf diese Weise waren Rogron und Sylvie zu einer maßlosen Liebe für ihr Mobiliar und ihr Haus gekommen, was beides sie soviel Geld gekostet hatte. Sylvie war schließlich dahin gelangt, daß sie Adèle half, weil sie fand, diese verstehe sich nicht auf das Putzen von Möbeln, sie zu polieren und sie im Glanz der Neuheit zu erhalten. Dieses Reinemachen war für sie bald zu einer Beschäftigung geworden. Weit davon entfernt, an Wert einzubüßen, gewannen die Möbel dadurch! Sich ihrer zu bedienen, ohne sie abzunutzen, ohne Flecke darauf zu machen, oder Kratzer auf dem Holz, ohne den Firnis abzureiben, das war das Problem. Diese Beschäftigung wurde bei der alten Jungfer nur zu bald zur Manie. Sylvie hatte in einem Schrank Wollappen, Wachs, Firnis, Bürsten, und sie lernte dies alles handhaben wie ein Kunsttischler; sie hatte Federbesen und Wischtücher; kurzum, sie rieb blank, ohne dabei Gefahr zu laufen, sich zuviel zuzumuten; sie war ja so kräftig! Der Blick ihrer blauen Augen, der kalt und hart wie Stahl war, glitt alle paar Augenblicke bis unter die Möbel; daher hätte man eher in ihrem Herzen eine Saite zum Anschlagen gefunden als eine Staubflocke unter einer Bergère.

Nach dem, was bei Madame Tiphaine geredet worden war, war es für Sylvie unmöglich, vor den dreihundert Francs zurückzuschrecken. Während der ersten Woche war Sylvie also vollauf beschäftigt, und Pierrette wurde fortwährend abgelenkt durch die Kleider, die es zu bestellen und anzuprobieren galt, durch die Hemden und Unterröcke, die zugeschnitten und von Näherinnen im Tageslohn gefertigt werden mußten. Pierrette konnte nämlich nicht nähen.

»Die ist schön erzogen worden!« sagte Rogron. »Kannst du denn überhaupt nichts, mein Rehlein?«

Pierrette, die nur liebzuhaben verstand, machte statt aller Antwort eine reizende Kleinmädchengeste.

»Womit hast du dir denn in der Bretagne die Zeit vertrieben?« fragte Rogron.

»Gespielt habe ich«, antwortete sie naiv. »Alle haben mit mir gespielt. Großmutter und Großpapa, jeder hat mir Geschichten erzählt. Ach, sie haben mich alle sehr liebgehabt.«

»Ach so!« entgegnete Rogron. »Dann hast du also alle Tage blaugemacht.«

Pierrette verstand diese scherzhafte Redewendung aus der Rue Saint-Denis nicht; sie machte große Augen.

»Sie ist dumm wie Bohnenstroh«, sagte Sylvie zu Mademoiselle Borain, der geschicktesten Näherin von Provins.

»Sie ist doch noch so jung!« sagte die Näherin mit einem Blick auf Pierrette, die ihr mit einer durchtriebenen Miene das feine Gesichtchen zuwandte.

Pierrette mochte die Näherinnen lieber als ihre Verwandten; sie tat mit ihnen kokett, sie schaute ihnen bei der Arbeit zu, sie tat ihnen gegenüber niedliche Aussprüche, Blüten der Kindheit, die Rogron und Sylvie schon durch Einschüchterung zusammenzudrücken begannen, weil sie es schätzten, den ihnen Unterstehenden einen heilsamen Schrecken einzuflößen. Die Näherinnen waren von Pierrette entzückt. Dabei kam die Ausstattung nicht ohne schreckliche Zwischenrufe zustande.

»Dies kleine Mädchen wird uns noch die Augen aus dem Kopf kosten!« sagte Sylvie zu ihrem Bruder.

»Halt doch still, Kleines! Zum Teufel, es ist doch für dich und nicht für mich«, sagte sie zu Pierrette, wenn bei ihr für irgendein Kleidungsstück Maß genommen wurde.

»Laß doch Mademoiselle Borain arbeiten, schließlich bezahlst nicht du ihr den Tagelohn!« sagte sie, als sie sah, daß Pierrette die Vorarbeiterin etwas fragte.

»Mademoiselle«, fragte Mademoiselle Borain, »muß dies in Rückstichen genäht werden?«

»Ja, recht solide, ich habe keine Lust, jeden Tag von neuem mit solch einer Ausstattung anzufangen.«

Es ging mit der Kusine wie mit dem Hause. Pierrette mußte genauso gut angezogen gehen wie die kleine Tochter der Madame Garceland. Sie bekam modische Schnürstiefelchen aus goldkäferfarbenem Leder, wie die kleine Tiphaine welche hatte. Sie trug sehr dünne Baumwollstrümpfe, ein Korsett, das die beste Spezialistin gefertigt hatte, ein blaues Ripskleid, einen hübschen, mit weißem Taft gefütterten Umhang, nur damit die kleine Tochter von Madame Julliard der Jüngeren ausgestochen wurde. Daher harmonierte auch die Unterwäsche mit der Oberkleidung, solche Angst hatte Sylvie vor den prüfenden Blicken und den scharfen Augen der Mütter. Pierrette bekam hübsche Hemden aus Madapolam[38]. Mademoiselle Borain sagte, die kleine Tochter der Frau Unterpräfektin trüge gestickte und garnierte Perkalhöschen; das sei der letzte Chic. Pierrette bekam Höschen mit Volant. Es wurde für sie ein reizender Kapotthut aus blauem Plüsch, mit weißem Satin gefüttert, bestellt, genau wie der, den die kleine Martener trug. Auf diese Weise wurde Pierrette das eleganteste kleine Mädchen in ganz Provins. Sonntags in der Kirche nach der Messe wurde sie von allen Damen abgeküßt. Die Damen Tiphaine, Garceland, Galardon, Auffray, Lesourd, Martener, Guépin und Julliard waren rein vernarrt in die reizende kleine

Bretonin. Dieser Aufruhr schmeichelte der Eitelkeit der alten Sylvie, die bei ihrer Wohltätigkeit weniger Pierrette als einen Triumph der Eitelkeit im Auge hatte. Allein es sollte dahin kommen, daß Sylvie sich um der Erfolge ihrer Kusine willen beleidigt fühlte, und das geschah folgendermaßen: Sie wurde um Pierrette gebeten, und wiederum um über jene Damen zu triumphieren, gab sie Pierrette her. Pierrette wurde abgeholt, zu Kindergesellschaften, zu kleinen Schmausereien mit den Töchterchen der Damen. Pierrette hatte einen unendlich viel größeren Erfolg als die Rogrons. Es ärgerte Mademoiselle Sylvie sehr, daß Pierrette in die Häuser der anderen geladen wurde, ohne daß die anderen es sich einfallen ließen, zu ihr zu kommen. Das harmlose Kind verschwieg die Freuden nicht, die es bei den Damen Tiphaine, Martener, Galardon, Julliard, Lesourd, Auffray und Garceland genoß, deren Freundlichkeit seltsam von den ewigen Scheltereien ihrer Kusine und ihres Vetters abstach. Eine Mutter wäre nur zu froh über das Glück ihres Kindes gewesen; doch die Rogrons hatten Pierrette nicht um ihret- und nicht um der Kleinen willen zu sich genommen: ihre Gefühle waren alles andere als elterlich, vielmehr durch Selbstsucht befleckt und durch etwas wie kaufmännische Ausbeutung.

Mit der schönen Ausstattung, den schönen Sonntagskleidern und den Alltagskleidern begann Pierrettes Unglück. Wie alle Kinder, die ohne Zwang aufgewachsen und es gewohnt sind, den Eingebungen ihrer Phantasie zu folgen, nutzte sie ihre Schuhe, ihre Goldkäferstiefelchen, ihre Kleider und zumal ihre Volanthöschen erschreckend schnell ab. Wenn eine Mutter einem Kind eine Strafpredigt hält, so denkt sie dabei einzig an das Kind; ihre Stimme bleibt sanft, sie steigert sie nur, wenn nichts anderes mehr hilft und wenn das Kind bockig ist; aber bei der gewichtigen Frage der Kleidung spielten für Vetter und Kusine die Taler die Hauptrolle: um sie handelte es sich, und nicht um Pierrette. Kinder haben eine Witterung wie die Hunde für die Schwächen derer, die sie erziehen: sie erschnuppern auf wunderbare Weise, ob sie liebgehabt oder nur geduldet werden. Reine Herzen werden durch Nuancen schwerer als durch Kontraste verletzt: ein Kind weiß noch nicht, was das Böse ist, aber es weiß, wann sein Schönheitsgefühl beleidigt wird, das die Natur ihm einverleibt hat. Die Verweise, die Pierrette sich über die Haltung zuzog, die wohlerzogene junge Mädchen bewahren müssen, sowie über Bescheidenheit und Sparsamkeit, waren die Krönung des Hauptthemas: *Pierrette* ruiniert uns! Diese unausgesetzten Schimpfereien, die für Pierrette ein so verhängnisvolles Ergebnis zeitigten, brachten die beiden Unverheirateten zurück in die alte Wagenspur des Geschäftlichen, aus der ihre Übersiedelung nach Provins sie gelenkt hatte; jetzt sollte ihre wahre Natur sich entfalten und Blüten treiben. Die Geschwister waren es gewohnt zu herrschen, Verweise zu erteilen, zu kommandieren, sich ihre Angestellten barsch vorzuknöpfen, und so wären Rogron und seine Schwester aus Mangel an Opfern fast zugrunde gegangen. Kleine Geister bedürfen des Despotismus als Nervenkitzel, wie große Geister das Verlangen nach Gleichheit als Betätigungsfeld für ihre Herzen hegen. Nun aber wirken enge Herzen sich ebensogut in der Verfolgung wie in der Wohltätigkeit aus; sie können sich ihre Macht durch eine grausame oder mildtätige Herrschaft über andere bestätigen; und sie wenden sich stets derjenigen Seite zu, nach der ihr Temperament sie treibt. Fügt man jetzt noch als Antriebsmoment das persönliche Interesse hinzu, so gelangt man zu dem Rätsel der meisten sozialen Gegebenheiten. Fortan wurde Pierrette dem Dasein ihrer Verwandten nahezu unentbehrlich. Nach ihrer Ankunft hatte die Rogrons die Ausstattung über die Maßen beschäftigt; dann hatte das Neue des Zusammenlebens sie gefesselt. An alles Neue, an ein Gefühl wie an das Ausüben einer Oberherrschaft muß man sich erst gewöhnen. Sylvie hatte Pierrette anfangs ›Kleines‹ genannt, dann nahm sie davon Abstand und sagte kurz und knapp ›Pierrette‹. Die Vorhaltungen, die anfangs bittersüß gewesen waren, wurden heftig und hart. Als sie erst einmal in dieses Gleis eingebogen waren, machten die Geschwister darin rasche Fortschritte: denn dadurch langweilten sie sich ja nicht mehr! Es war kein Komplott boshafter, grausamer Menschen, es war lediglich der Instinkt einer schwachsinnigen Tyrannei. Die Geschwister glaubten Pierrette zu nützen, wie sie ehedem geglaubt hatten, sie nützten ihren Lehrlingen. Pierrette, deren echte, noble, ungemeine Feinfühligkeit gerade das Entgegengesetzte von der Dürrheit der Rogrons war, empfand Entsetzen vor Vorwürfen; sie wurde davon so tief getroffen, daß sogleich zwei Tränen in ihre schönen, reinen Augen traten. Sie hatte viele innere Kämpfe zu bestehen, ehe es ihr gelang, ihre göttliche Lebhaftigkeit zu unterdrücken, die außerhalb des Hauses so gefallen hatte; sie entfaltete sie bei den Müttern ihrer kleinen Freundinnen; im Hause dagegen begann sie gegen Ende des ersten Monats passiv zu werden, und Rogron fragte sie, ob sie krank sei. Auf diese seltsame Frage hin lief sie hastig bis ans äußerste Ende des Gartens und weinte am Ufer des Flusses, in den ihre Tränen hineinfielen, wie eines Tages sie selber in den reißenden Strom des gesellschaftlichen Lebens fallen sollte. Eines Tages bekam das Kind trotz aller Vorsicht bei Madame Tiphaine, zu der es bei dem schönen Wetter spielen gegangen war, einen Riß in sein schönes Ripskleid. Es brach sogleich in Tränen aus, da es an die harte Strafpredigt denken mußte, die daheim seiner wartete. Als sie ausgefragt wurde, entschlüpften ihr, unter Tränen, ein paar Äußerungen über ihre schreckliche Kusine. Die schöne Madame Tiphaine hatte den gleichen Rips und nähte selber eine neue Bahn ein. Mademoiselle Rogron erfuhr den Streich, den ihr dies Salonmädchen, wie sie sich ausdrückte, gespielt hatte. Von diesem Augenblick an wollte sie Pierrette nicht mehr zu ›diesen Damen‹ gehen lassen.

Das neue Leben, das Pierrette in Provins führen sollte, zerfiel in drei deutlich getrennte Phasen. Die erste, in der sie noch halbwegs glücklich war, bestand in einem Gemisch aus den kalten Zärtlichkeiten der beiden Ehelosen und aus Strafpredigten, die sie glühend trafen; sie dauerte drei Monate. Das Verbot, ihre kleinen Freundinnen zu besuchen, das mit der Notwendigkeit begründet wurde, sie müsse jetzt alles zu lernen anfangen, was ein wohlerzogenes junges Mädchen wissen müsse, beendete Pierrettes erste Lebensphase in Provins, die einzige Zeit, da sie das Dasein dort erträglich dünkte.

Alles, was sich im Hause der Rogrons durch Pierrettes Anwesenheit ereignete, wurde von Vinet und dem Obersten mit der Vorsicht von Füchsen beobachtet, die in einen Hühnerstall eindringen wollen und unruhig sind, weil sie darin ein neues Wesen wittern. Alle beide kamen selten, um Mademoiselle Sylvie nicht kopfscheu zu machen; unter mannigfachen Vorwänden plauderten sie mit Rogron und nisteten sich mit einer Zurückhaltung und auf eine Art und Weise ein, die der große Tartuffe[39] bewundert hätte. Der Oberst und der Advokat verbrachten den Abend jenes Tages bei den Rogrons, an dem Sylvie es mit sehr harten Worten abgelehnt hatte, Pierrette zu der schönen Madame Tiphaine gehen zu lassen. Als der Oberst und der Advokat von dieser Weigerung vernahmen, blickten sie einander wie Leute an, die sich in Provins auskennen.

»Ganz unbedingt hat sie Ihnen einen Streich spielen wollen«, sagte der Advokat. »Schon seit langem haben wir Rogron vor dem gewarnt, was Ihnen jetzt widerfahren ist. Mit diesen Leuten ist nicht gut Kirschen essen.«

»Was kann man von der antinationalen Partei auch anderes erwarten?« unterbrach der Oberst den Advokaten und strich sich den Schnurrbart zurück. »Wenn wir versucht hätten, Sie diesen Leuten abspenstig zu machen, würden Sie gemeint haben, wir hätten Haßmotive, daß wir so zu Ihnen sprächen. Aber warum, Mademoiselle, da Sie gern Ihr Spielchen machen, spielen Sie nicht einfach abends bei sich daheim Boston? Sollte sich denn wirklich kein Ersatz für diese Kretins, diese Julliards, finden lassen? Vinet und ich können Boston; einen vierten Mann werden wir wohl noch auftreiben. Vinet kann seine Frau mit Ihnen bekannt machen, sie ist nett, und außerdem ist sie eine Chargebœuf. Sie sind nicht wie das Affenvolk in der Oberstadt, Sie werden keine Herzoginnentoiletten von einer guten kleinen Hausfrau verlangen, die durch die Infamie ihrer Familie gezwungen ist, in ihrem Haushalt alles und jedes zu tun, und die den Mut eines Löwen mit der Sanftheit eines Lammes vereint.«

Sylvie Rogron lächelte dem Obersten zu und entblößte dabei ihre langen, gelben Zähne; er ertrug dies gräßliche Phänomen tadellos und setzte sogar eine geschmeichelte Miene auf.

»Aber wenn wir nur vier sind, kann nicht alle Abende Boston gespielt werden«, antwortete sie.

»Was soll Ihrer Meinung nach ein alter Haudegen sonst anfangen? Mir bleibt doch nichts anderes übrig, als meine Pension zu verzehren. Der Advokat ist ebenfalls abends immer frei. Überdies verspreche ich Ihnen: es soll Ihnen an Gästen nicht fehlen«, fügte er mit geheimnisvoller Miene hinzu.

»Dazu würde genügen«, sagte Vinet, »offen gegen die Regierungstreuen in Provins aufzutreten und ihnen die Stirn zu bieten; dann würden Sie sehen, welche Sympathien Sie in Provins genössen; dann hätten Sie viele Leute auf Ihrer Seite. Die Tiphaines, die würden Sie zum Rasen bringen, wenn Sie ihnen Ihren eigenen Salon entgegenstellten. Jetzt lachen die anderen über uns; aber eines Tages werden wir über die anderen lachen. Übrigens erlegt sich die ›Clique‹ hinsichtlich Ihrer keinerlei Zwang auf!«

»Wieso denn?« fragte Sylvie.

Es gibt in der Provinz mehr als ein Ventil, durch das der Klatsch von einer Gesellschaftsgruppe in die andere dringt. Vinet hatte alle gehässigen Bemerkungen erfahren, die über die Rogrons in den Salons gefallen waren, die die beiden Kurzwarenhändler endgültig in Acht und Bann getan hatten. Der Richter-Stellvertreter und Archäologe Desfondrilles gehörte keiner Partei an. Er, wie einige andere unabhängige Leute, erzählte, wie es in der Provinz Brauch ist, alles weiter, was er gehört hatte, und aus diesem Geschwätz hatte Vinet Nutzen gezogen. Wenn der boshafte Advokat die Scherze der Madame Tiphaine weitererzählte, vergiftete er sie. Dadurch, daß er die Mystifikationen aufdeckte, auf die Rogron und Sylvie hineingefallen waren, fachte er in diesen beiden trockenen Charakteren, die Nährstoff für ihre kleinen Leidenschaften haben wollten, den Zorn an und erweckte das Verlangen nach Rache.

Ein paar Tage später brachte Vinet seine Frau mit, eine wohlerzogene, schüchterne, weder hübsche noch häßliche, sehr sanfte Dame, der ihr Unglück mehr als deutlich anzumerken war. Madame Vinet war blond, etwas mitgenommen von den Sorgen um ihren ärmlichen Haushalt und sehr schlicht gekleidet. Keine Frau hätte Sylvie besser gefallen können. Madame Vinet ertrug Sylvies Art und Weise, und als eine Frau, die es gewohnt ist, sich unterzuordnen, ordnete sie sich ihr unter. Auf ihrer gewölbten Stirn, auf ihren Wangen, die von der Farbe der Bengal-Rosen waren, in ihrem langsamen, zärtlichen Blick fanden sich Spuren jener tiefen Grübeleien, jenes scharfen Denkens, das an Leiden gewöhnte Frauen in absolutem Schweigen begraben. Der Einfluß des Obersten, der Sylvie auf eine Weise den Hof machte, die er dem Anschein nach seiner militärischen Barschheit abrang, und der Einfluß des geschickten Vinet wirkten sich nur zu bald auch auf Pierrette aus. Sie, dies hübsche Eichhörnchen, war gänzlich auf das Haus beschränkt und verließ es nur noch in Begleitung ihrer alten Kusine, und jeden Augenblick mußte sie ein »Faß das nicht an, Pierrette!« oder beständige Predigten, wie man sich verhalten müsse, über sich ergehen lassen. Pierrette wölbte die Brust heraus und straffte den Rücken; die Kusine wollte, daß sie sich geradehalte wie sie selber, und Sylvie glich einem Soldaten, der vor seinem Obersten das Gewehr präsentiert, manchmal bekam Pierrette von ihr Klapse in den Rücken, damit sie sich aufreckte. Das freie, fröhliche Mädchen aus der Landschaft Marais lernte, seine Bewegungen zu unterdrücken und eine Marionette nachzuahmen.

Eines Abends, und jener Abend bezeichnete den Beginn der zweiten Periode, hatte Pierrette, die die drei Stammgäste während des Kartenspiels nicht im Salon gesehen hatten, gerade ihre Verwandte geküßt und vor den Gästen einen Knicks gemacht, ehe sie schlafen ging. Sylvie hielt dem entzückenden Kind kühl die Backe hin, wie um des Kusses rasch ledig zu werden. Die Geste war so grausam bezeichnend, daß Pierrette die Tränen kamen.

»Hast du dich gestochen, kleine Pierrette?« fragte der gräßliche Vinet.

»Was ist dir denn?« fragte Sylvie streng.

»Nichts«, sagte das arme Kind und küßte den Vetter.

»Nichts?« entgegnete Sylvie. »Ohne Grund heult man nicht.«

»Was hast du denn, du kleine Hübsche?« fragte Madame Vinet.

»Meine reiche Kusine ist nicht so gut zu mir wie meine arme Großmutter!«

»Deine Großmutter hat dir dein Vermögen weggenommen«, sagte Sylvie, »und deine Kusine wird dir das ihrige hinterlassen.«

Der Oberst und der Advokat blickten einander verstohlen an.

»Ich will lieber bestohlen und liebgehabt werden«, sagte Pierrette.

»Na, dann können wir dich ja wieder hinschicken, wo du hergekommen bist.«

»Aber was hat sie denn getan, die arme Kleine?« fragte Madame Vinet.

Vinet warf seiner Frau den furchtbaren, starren, kalten Blick zu, den Menschen haben, die eine absolute Herrschaft ausüben. Die arme Helotin, die unablässig dafür bestraft wurde, daß sie das einzige nicht besaß, was man von ihr gewollt hatte, nämlich ein Vermögen, nahm ihre Karten wieder auf.

»Was sie getan hat?« keifte Sylvie und warf so jäh den Kopf zurück, daß der Goldlack auf ihrer Haube schwankte. »Sie weiß gar nicht, was sie sich alles ausdenken soll, um uns zu ärgern: sie hat meine Taschenuhr aufgemacht, weil sie das Werk sehen wollte, sie hat das Räderwerk angerührt und die Feder zerbrochen. Mademoiselle hört auf nichts. Den ganzen Tag über rede ich auf sie ein, sie solle vorsichtig mit allem umgehen, und es ist, als hielte ich der Lampe da eine Predigt.«

Pierrette schämte sich, daß sie in Gegenwart Fremder gemaßregelt worden war, und ging leise hinaus.

»Ich frage mich, ob sich die Wildheit dieses Kindes überhaupt zähmen läßt«, sagte Rogron.

»Aber sie ist doch alt genug, um in ein Pensionat geschickt zu werden«, sagte Madame Vinet.

Ein weiterer Blick Vinets gebot seiner Frau Schweigen; er hatte sich gehütet, ihr seine Pläne und die des Obersten bezüglich der beiden Unverehelichten anzuvertrauen.

»Das kommt dabei heraus, wenn man sich mit den Kindern anderer Leute belastet!« rief der Oberst. »Sie könnten noch selber welche haben, Sie oder Ihr Bruder; warum heiraten Sie oder er nicht?«

Sylvie musterte den Obersten wohlgefällig: Zum erstenmal in ihrem Leben war sie einem Mann begegnet, dem der Gedanke, sie könne noch heiraten, nicht absurd erschien.

»Madame Vinet hat recht«, rief Rogron, »dadurch würde Pierrette ruhig gehalten. Ein Lehrer kostet nicht die Welt.«

Was der Oberst gesagt hatte, beschäftigte Sylvie so intensiv, daß sie Rogron keine Antwort gab.

»Wenn Sie bloß die Kaution für die oppositionelle Zeitung hinterlegten, von der wir gesprochen haben, würden Sie in dem verantwortlichen Redakteur zugleich einen Lehrer für ihre kleine

Kusine finden; wir könnten dazu ja den armen Schulmeister nehmen, der das Opfer der Übergriffe des Klerus geworden ist. Meine Frau hat recht: Pierrette ist ein Rohdiamant, der des Schliffes bedarf«, sagte Vinet zu Rogron.

»Ich habe geglaubt, Sie seien Baron«, sagte Sylvie zum Obersten, als die Karten gegeben wurden, und nach einer langen Pause, während der jeder Spieler nachdenklich dagesessen hatte.

»Freilich; aber ich wurde 1814 nach der Schlacht bei Nangis[40] dazu ernannt, in der mein Regiment Wunderdinge vollbracht hat; hatte ich hernach das Geld und die notwendigen Protektionen, um auf der Staatskanzlei alles in Ordnung zu bringen? Mit dem Baronstitel wird es gehen wie mit dem Generalsrang, den ich 1815 erhalten habe; es bedarf einer Revolution, damit ich beides bekomme.«

»Wenn Sie für die Kaution durch eine Hypothek bürgen könnten«, antwortete schließlich Rogron, »dann könnte ich sie geben.«

»Na, das ließe sich mit Cournant ins reine bringen«, entgegnete Vinet. »Die Zeitung wird den Triumph des Obersten herbeiführen, und Ihr Salon wird einflußreicher sein als der von Tiphaine und Konsorten.«

»Wieso denn?« fragte Sylvie.

Zu der Zeit, da, während seine Frau die Karten gab, der Advokat sich über die Bedeutung verbreitete, zu der Rogron, der Oberst und er, Vinet, durch die Veröffentlichung einer unabhängigen Zeitung für das Arrondissement Provins gelangen würden, brach Pierrette in Tränen aus; ihr Herz und ihr Verstand waren sich einig: sie meinte, ihre Kusine habe sehr viel mehr Schuld als sie. Das Kind aus der Landschaft Marais begriff instinktiv, wie sehr Mitleid und Wohltätigkeit bedingungslos sein müssen. Sie haßte ihre schönen Kleider und alles, was für sie unternommen wurde. Die Wohltaten wurden ihr zu teuer verkauft. Sie weinte aus Ärger darüber, daß sie sich eine Blöße gegeben hatte, und beschloß, sich künftig so zu verhalten, daß ihre Verwandten schweigen müßten, das arme Kind! Jetzt fiel ihr ein, wie großherzig Brigaut gehandelt hatte, als er ihr seine Ersparnisse schenkte. Sie glaubte, ihr Unglück sei auf den Höhepunkt gelangt, und wußte nicht, daß in dieser Minute im Salon neues

Unheil für sie beschlossen wurde. Tatsächlich bekam Pierrette ein paar Tage später einen Schreiblehrer. Sie mußte Lesen, Schreiben und Rechnen lernen. Pierrettes Unterricht verursachte im Hause der Rogrons riesige Verwüstungen. Auf allen Tischen und Möbeln, auf den Kleidern gab es Tintenflecke; überall lagen Schreibhefte und Federn umher, auf den Stoffen lagen Streusand, zerfetzte Bücher mit Eselsohren, während sie ihre Stunden erhielt. Es wurde ihr schon – und in welchen Ausdrücken! – von der Notwendigkeit gesprochen, daß sie ihr Brot verdienen müsse, daß sie niemandem zur Last fallen dürfe. Als Pierrette diese schreckliche Voraussage vernahm, verspürte sie einen Schmerz in der Brust: es krampfte sich dort etwas heftig zusammen, ihr Herz pochte beschleunigt. Sie mußte das aufsteigende Schluchzen zurückdämmen, weil von ihr Rechenschaft über ihre Tränen verlangt wurde, als seien sie eine Beleidigung der Güte ihrer großherzigen Verwandten. Rogron hatte wieder in die ihm gemäße Lebensweise gefunden: er schimpfte Pierrette aus wie früher seine Angestellten, er holte sie weg, wenn sie gerade spielte, und zwang sie zu lernen; er fragte sie ihre Aufgaben ab, er war der überstrenge Schulmeister dieses armen Kindes. Sylvie ihrerseits erachtete es als ihre Pflicht, Pierrette das Wenige beizubringen, was sie an weiblichen Arbeiten verstand. Weder Rogron noch seine Schwester hatten in ihren Charakteren weiche Züge. Diese engen Geister, die übrigens echte Lustgefühle empfanden, wenn sie die arme Kleine quälten, waren unmerklich von der Freundlichkeit zu äußerster Strenge übergeschwenkt. Ihre Strenge wurde durch die angebliche Böswilligkeit des Kindes ausgelöst, das, da es zu spät mit dem Lernen angefangen hatte, nur schwer begriff. Seine Lehrmeister hatten keine Ahnung von der Kunst, den Unterricht so zu gestalten, daß er der Intelligenz der Schülerin entsprach; darin besteht ja gerade der Unterschied zwischen Privat- und Schulunterricht. Daher lag die Schuld sehr viel weniger bei Pierrette als bei ihren Verwandten. Sie brauchte somit eine unendliche Zeit zur Erlernung der Grundbegriffe. Um eines Nichts willen wurde ihr vorgehalten, sie sei dumm und blöd, schwachköpfig und ungeschickt. Pierrette wurde unaufhörlich durch Worte mißhandelt und von ihren beiden Verwandten nur mit kalten Blicken bedacht. Sie nahm das verstörte Verhalten eines Lammes an: sie wagte überhaupt nicht mehr, etwas zu tun, weil sie erkannte, daß alles, was sie tat, schlecht beurteilt, schlecht aufgenommen, schlecht ausgelegt wurde. Bei allem und jedem wartete sie den gnädigen Willen, die Befehle der Kusine ab, behielt ihre Gedanken für sich und verschloß sich in passivem Gehorsam. Ihre leuchtenden Farben begannen zu verlöschen. Manchmal klagte sie, es tue ihr etwas weh. Wenn die Kusine sie dann fragte: »Wo?«, antwortete die arme Kleine, die nur unbestimmte Schmerzen verspürte: »Überall.«

»Hat man je so was gehört: überall Schmerzen? Wenn du überall Schmerzen hättest, wärst du längst tot!« antwortete Sylvie.

»Es tut einem in der Brust weh«, sagte der Tadler Rogron, »man hat Zahnschmerzen, Kopfschmerzen; die Füße tun einem weh, oder der Bauch; aber überall Schmerzen, das gibt es nicht! Was soll denn das heißen: überall? Überall Schmerzen haben heißt: überhaupt keine Schmerzen haben. Weißt du, was du tust? Du redest, um nichts zu sagen.«

Pierrette schwieg schließlich, als sie merkte, daß ihre harmlosen Jungmädchenbemerkungen, die Blüten ihres erwachenden Geistes, als Gemeinplätze erachtet wurden, von denen ihr gesunder Menschenverstand ihr sagte, daß sie lächerlich seien.

»Du jammerst und stöhnst, und dabei hast du einen Appetit wie ein Mönch!« sagte Rogron zu ihr.

Der einzige Mensch, der diese liebe, zarte Blüte nicht kränkte, war das dicke Dienstmädchen Adèle. Adèle legte dem kleinen Mädchen die Wärmflasche ins Bett, aber nur heimlich seit dem Abend, da sie, als sie der jungen Erbin ihrer Herrschaft diese Fürsorglichkeit zuteil werden ließ, von Sylvie ertappt und ausgescholten worden war.

»Kinder müssen mit Härte erzogen werden, dann bekommen sie einen starken Charakter. Haben wir, mein Bruder und ich, uns dabei schlechter befunden?« fragte Sylvie. »Sie machen aus Pierrette eine Picheline«, ein Wort, das in Rogrons Sprachschatz kränkliche, weinerliche Leute bezeichnete.

Die Zärtlichkeitsbeweise dieses Engels wurden als Getue betrachtet. Die Rosen der Liebe, die so frisch, so anmutig in dieser jungen Seele aufsproßten und die sich nach außen hin entfalten wollten, wurden erbarmungslos zertreten. Pierrette empfing an den zartesten Stellen ihres Herzens die härtesten Schläge. Wenn sie versuchte, diese beiden grimmigen Naturen durch kleine Schmeicheleien milder zu stimmen, wurde sie beschuldigt, sie sei nur aus Eigennutz zärtlich.

»Rück doch gleich damit heraus, was du willst«, schrie Rogron sie roh an, »du gehst mir doch nicht um nichts und wieder nichts um den Bart.«

Weder der Bruder noch die Schwester ließen liebevolle Zuneigung gelten, und Pierrette bestand ganz und gar aus liebevoller Zuneigung. Oberst Gouraud in seinem Eifer, Mademoiselle Rogron zu gefallen, gab ihr in allem, was Pierrette betraf, recht. Ebenso unterstützte Vinet die beiden Verwandten in allem, was sie gegen Pierrette vorbrachten; er schob alle vorgeblichen Missetaten dieses Engels der Starrheit des bretonischen Charakters zu und behauptete, keine Macht und kein Wille kämen damit zu Rande. Rogron und seine Schwester wurden mit einer unglaublichen Raffinesse von diesen beiden Speichelleckern eingewickelt; endlich hatten sie von Rogron die Kaution für die Zeitung ›Courrier de Provins‹ erlangt, und von Sylvie die Zeichnung von fünftausend Francs Aktien. Der Oberst und der Advokat rückten ins Feld. Sie brachten hundert Aktien zu je fünfhundert Francs bei den Wählern unter, die Besitzer von Nationalgütern waren und in denen die liberalen Zeitungen Befürchtungen anstachelten; ferner bei den Pächtern und bei den sogenannten Unabhängigen. Am Ende brachten sie es sogar fertig, ihre Verästelungen über das Département und über einige angrenzende Gemeinden auszustrecken. Jeder Aktionär wurde natürlich Abonnent. Daraufhin wurden die gerichtlichen und andere Anzeigen auf ›La Ruche‹ und den ›Courrier‹ verteilt. Die erste Nummer der Zeitung brachte einen pompösen Lobesartikel über Rogron. Rogron wurde als der Laffitte[41] von Provins hingestellt. War der öffentlichen Meinung erst eine Direktive gegeben, so ließ sich unschwer voraussehen, daß es bei den nächsten Wahlen harte Kämpfe geben werde. Die schöne Madame Tiphaine war ganz verzweifelt.

»Ich habe«, sagte sie, als sie einen gegen sie und Julliard gerichteten Artikel las, »ich habe leider vergessen, daß dicht bei jedem Schwachkopf ein Spitzbube steht und daß Dummheit stets jemanden von der Geistesart der Füchse anlockt.«

Seit die Zeitung in einem Umkreis von zwanzig Meilen gelesen wurde, trug Vinet einen neuen Frack sowie dezente Stiefel, Weste und Hosen. Er legte sich den berühmten grauen Hut der Liberalen zu und ließ seine Leibwäsche sehen. Seine Frau nahm ein Dienstmädchen und erschien so gekleidet, wie es sich für die Frau eines einflußreichen Mannes geziemte; sie hatte hübsche Hauben. Aus Berechnung erwies Vinet sich dankbar. Der Advokat und sein Freund Cournant, der Notar der Liberalen und Gegenspieler Auffrays, wurden Rogrons Rechtsberater und erwiesen ihm zwei große Dienste. Die Pachtverträge, die Rogron Vater 1815 unter ungünstigen Voraussetzungen abgeschlossen hatte, liefen demnächst ab. Der Garten- und Gemüsebau hatte sich rings um Provins riesig entwickelt. Der Advokat und der Notar ließen es sich angelegen sein, Rogron durch neue Verpachtungen eine Mehreinnahme von jährlich vierzehntausend Francs zu verschaffen. Vinet gewann zwei Prozesse gegen zwei Gemeinden um deren Baumpflanzungen willen, es handelte sich dabei um fünfhundert Pappeln. Das Geld für die verkauften Pappeln und die Ersparnisse der Rogrons, die jährlich sechstausend Francs hochverzinslich anlegten, wurde sehr geschickt zum Ankauf mehrerer Enklaven verwandt. Schließlich nahm Vinet die Enteignung einiger Bauern in Angriff und führte sie durch, denen von Rogron Vater Geld geliehen worden war und die sich zu Tode geschunden hatten, um ihre Äcker zu bestellen und durch Dünger zu verbessern, damit sie es zurückzahlen konnten, aber vergeblich. Die Einbuße, die das Kapital der Rogrons durch den Hausbau erlitten hatte, wurde somit überreichlich ausgeglichen. Ihre Feldstücke in der Nähe von Provins, die ihr Vater ausgewählt hatte, wie eben Gastwirte auszuwählen wissen, waren, in kleine Anbauflächen eingeteilt, deren ansehnlichste nicht einmal fünf Morgen groß waren, an überaus zahlungsfähige Leute verpachtet, die ohnehin schon sämtlich kleine Stücke Boden besaßen, und mit Hypotheken als Sicherheit für die Pachtgelder belastet. Diese Feldstücke brachten am Sankt-Martins-Tag im November 1826 fünftausend Francs ein. Die Steuern gingen zu Lasten der Pächter, und es brauchte kein Gebäude repariert oder gegen Feuer versichert zu werden. Die Geschwister besaßen jedes viertausendsechshundert Francs zu fünf Prozent, und da diese Summe den Nominalwert überstieg, bewog sie der Advokat, daß sie sie abermals in Grunderwerb anlegten, wobei er ihnen versprach, daß sie, wenn der Notar ihm helfe, keinen Liard an Zinsen verlieren würden.

Gegen Ende dieser zweiten Periode war für Pierrette das Leben so hart geworden, die Gleichgültigkeit der Stammgäste des Hauses und die zänkische Dummheit, die mangelnde Liebe ihrer Verwandten so ätzend, daß sie sich von der feuchten Kälte des Grabes umweht fühlte und ernstlich den kühnen Plan erwog, zu Fuß, ohne Geld, auf und davon nach der Bretagne zu gehen und dort ihre Großeltern Lorrain wiederzusehen. Zwei Ereignisse hinderten sie daran. Der alte Lorrain starb, und Rogron wurde durch einen in Provins abgehaltenen Familienrat zum Vormund seiner Kusine ernannt. Wäre die Großmutter als die erste gestorben, so ist es Rogron zuzutrauen, daß er auf Vinets Rat hin Pierrettes achttausend Francs zurückverlangt und den Großvater der äußersten Armut preisgegeben hätte.

»Aber Sie könnten doch Pierrette beerben«, sagte Vinet mit einem abscheulichen Lächeln zu ihm. »Man weiß doch nie, wer lebt und wer stirbt!« Dieser Hinweis klärte Rogron auf, und er ließ die Witwe Lorrain, die Schuldnerin ihrer Enkelin, erst in Ruhe, als er Pierrette das Eigentumsrecht auf jene achttausend Francs durch eine Schenkung unter Lebenden hatte zusichern lassen, deren Kosten er bestritt.

Pierrette wurde durch diesen Trauerfall seltsam tief erschüttert. Als sie diesen furchtbaren Schlag empfing, war davon die Rede, daß sie zur Erstkommunion gehen sollte: das war das zweite Ereignis, das der Pflichten wegen, die es mit sich brachte, Pierrette in Provins zurückhielt. Diese unumgängliche, schlichte Zeremonie sollte im Haus der Rogrons große Veränderungen zeitigen. Sylvie erfuhr, daß der Pfarrer Péroux die kleinen Julliards, Lesourds, Garcelands und andere unterrichtete. Sie fühlte sich in ihrer Ehre angestachelt und wollte als Lehrer für Pierrette Monsieur Habert haben, den Vikar des Abbé Péroux, einen Mann, von dem es hieß, er gehöre der Kongregation[42] an, der übereifrig die Interessen der Kirche verfocht, in Provins sehr gefürchtet war und einen großen Ehrgeiz mit der Strenge absoluter Prinzipien tarnte. Die Schwester dieses Priesters, eine Unverheiratete von etwa dreißig Jahren, führte in der Stadt ein Mädchenpensionat. Bruder und Schwester sahen einander ähnlich: beide waren mager, gelblich, hatten schwarzes Haar und waren gallenleidend. Als in der Praxis und der Poesie des Katholizismus aufgewachsene Bretonin öffnete Pierrette dem Wort dieses eindrucksvollen Priesters Herz und Ohren. Leiden macht der Frömmigkeit geneigt, und fast alle jungen Mädchen neigen aus instinktiven Liebesgefühlen zum Mystizismus, der tiefsten Seite der Religion. Somit säte der Priester den Samen des Evangeliums und der kirchlichen Dogmen in einen vortrefflichen Boden. Er wandelte Pierrettes Neigungen völlig. Pierrette liebte Jesus Christus, der in der Kommunion den jungen Mädchen als ein himmlischer Bräutigam nahegebracht wird; ihre körperlichen und seelischen Leiden bekamen einen Sinn, sie wurde darauf hingewiesen, in allen Dingen den Finger Gottes zu sehen. Ihre in jenem Hause so grausam mißhandelte Seele, ohne daß sie deswegen ihren Verwandten etwas hätte vorwerfen können, flüchtete sie in jene Sphäre, in die alle Unglücklichen aufsteigen, getragen von den Fittichen der drei christlichen Kardinaltugenden. Also gab sie ihre Fluchtgedanken auf. Die über die Wandlung, die Monsieur Habert in Pierrette bewirkt hatte, erstaunte Sylvie wurde von Neugier gepackt. Fortan gewann Monsieur Habert, während er Pierrette auf die Erstkommunion vorbereitete, die bislang verirrte Seele der Mademoiselle Sylvie für Gott. Sylvie ergab sich der Frömmigkeit. Denis Rogron, dem der angebliche Jesuit nichts anhaben konnte, denn damals war die Wirkung des Geistes Seiner verstorbenen Liberalen Majestät Konstitutionellius I. auf gewisse Tröpfe stärker als die des Geistes der Kirche, Denis blieb dem Obersten Gouraud, Vinet und dem Liberalismus treu.

Wie es nicht anders sein konnte, machte Mademoiselle Rogron auch die Bekanntschaft der Mademoiselle Habert, mit der sie sich vortrefflich verstand. Die beiden alten Mädchen liebten einander wie zwei liebende Schwestern. Mademoiselle Habert erbot sich, Pierrette zu sich ins Haus zu nehmen, um Sylvie die Mißlichkeiten und Sorgen ihrer Erziehung zu ersparen; aber die Geschwister antworteten, Pierrettes Fortgehen würde in ihrem Hause eine zu große Leere schaffen. Die Anhänglichkeit der Rogrons an ihre kleine Kusine wirkte übertrieben. Als Oberst Gouraud und Advokat Vinet es erlebten, daß Mademoiselle Habert in dem Haus am Platz Einzug hielt, waren sie überzeugt davon, daß der ehrgeizige Vikar im Interesse seiner Schwester den gleichen Heiratsplan verfolge, den der Oberst hegte.

»Ihre Schwester will Sie verheiraten«, sagte der Advokat zu dem Ex-Kurzwarenhändler.

»Ja, mit wem denn?« fragte Rogron.

»Mit der alten Sibylle von Lehrerin«, rief der alte Oberst und strich sich den grauen Schnurrbart.

»Davon hat sie mir nichts gesagt«, antwortete Rogron harmlos.

Eine so unberührte Jungfrau wie Sylvie mußte auf dem Weg zum Heil Fortschritte machen. Der Einfluß des Priesters in diesem Hause mußte immer größer werden, da Sylvie, die über ihren Bruder verfügte, ihn förderte. Die beiden Liberalen, die es mit Recht mit der Angst bekamen, durchschauten, daß, wenn der Priester beschlossen habe, seine Schwester mit Rogron zu verheiraten, was eine unendlich viel angemessenere Verbindung war als die des Obersten mit Sylvie, er Sylvie in die strengsten Formen der Religion treiben und Pierrette ins Kloster stecken lassen würde. Sie konnten also den Lohn ihrer achtzehnmonatigen Mühen, Feigheiten und Schmeicheleien verlieren. Es packte sie ein furchtbarer, dumpfer Haß gegen den Priester und seine Schwester; und dennoch verspürten sie die Notwendigkeit, sich gut mit ihnen zu stellen, um ihnen Schritt für Schritt folgen zu können. Monsieur und Mademoiselle Habert, die Whist und Boston spielen konnten, kamen allabendlich. Die Beharrlichkeit der einen stachelte die Beharrlichkeit der anderen an. Der Advokat und der Oberst sahen sich Gegnern gegenüber, die genauso stark waren wie sie, ein Vorgefühl, das Monsieur und Mademoiselle Habert teilten. Die beiderseitige Situation war bereits eine Kampflage. Gerade wie der Oberst Sylvie die unverhofften Köstlichkeiten einer Werbung schmecken ließ, denn sie hatte schließlich in Gouraud einen ihrer würdigen Mann erkannt, geradeso wickelte Mademoiselle Habert den Ex-Kurzwarenhändler in die Watte ihrer Liebenswürdigkeiten, Worte und Blicke. Keine der beiden Parteien brachte es fertig, das gewichtige Wort der hohen Politik: »Wollen wir nicht lieber teilen?« zu sagen. Jede wollte ihre Beute. Übrigens taten die beiden schlauen Füchse der Opposition in Provins, die stetig größer wurde, im Glauben, sie seien stärker als die Geistlichkeit, das Falsche: sie eröffneten als die ersten das Feuer. Vinet, dessen Dankbarkeit von den krummen Fingern des persönlichen Interesses geweckt wurde, holte Mademoiselle de Chargebœuf und deren Mutter herbei. Diese beiden Frauen besaßen etwa zweitausend Francs Zinsen und lebten kümmerlich in Troyes. Mademoiselle Bathilde de Chargebœuf war eines der prächtigen Geschöpfe, die an Liebesheiraten glauben und um ihr fünfundzwanzigstes Jahr, wenn sie nach wie vor keinen Mann haben, anderer Meinung werden. Vinet verstand es, Madame de Chargebœuf einzureden, daß sie ihre zweitausend Francs mit den tausend Talern zusammenlegen, die er seit der Gründung der Zeitung verdiente, und herkommen und in Provins leben müsse, wo Bathilde, so sagte er, einen Schwachkopf namens Rogron heiraten und, geistvoll wie sie sei, mit der schönen Madame Tiphaine rivalisieren könne. Der Eintritt der Madame und der Mademoiselle de Chargebœuf in den Haushalt und den Ideenkreis Vinets steigerte das Ansehen der liberalen Partei gewaltig. Diese Verbindung machte die Aristokratie von Provins und die Partei der Tiphaines betroffen. Madame de Bréautey geriet außer sich, daß zwei adlige Damen sich so verirrten, und bat sie um ihren Besuch. Sie stöhnte über die von den Royalisten begangenen Fehler und wurde wütend über diejenigen der Royalisten in Troyes, als sie die Lage von Mutter und Tochter erfuhr.

»Wie? Hat sich denn wirklich kein alter Landedelmann gefunden, der diese liebe Kleine geheiratet hätte, die doch völlig dazu geschaffen ist, eine Schloßherrin zu werden?« sagte sie. »Sie haben sie ins alte Register kommen lassen, und nun will sie sich einem Rogron an den Hals werfen.«

Sie versetzte das ganze Département in Aufruhr, konnte indessen keinen einzigen Edelmann auftreiben, der imstande gewesen wäre, ein Mädchen zu heiraten, dessen Mutter nur über zweitausend Francs Zinsen verfügte. Die Partei der Tiphaines und die des Unterpräfekten begaben sich ebenfalls, freilich zu spät, auf die Suche nach jenem Unbekannten. Madame de Bréautey schleuderte wilde Anklagen wider den Egoismus, der Frankreich verzehre, die Frucht des Materialismus und der Oberherrschaft, die die Gesetze dem Gelde eingeräumt hätten: der Adel gelte nichts mehr! Die Schönheit ebenfalls nicht! Leute wie Rogron, wie Vinet bekämpften den König von Frankreich!

Bathilde de Chargebœuf hatte vor ihrer Rivalin nicht nur den unbestreitbaren Vorteil der Schönheit voraus, sondern auch denjenigen der guten Wirkung ihrer Gesamterscheinung. Sie war von blendender Weiße. Mit fünfundzwanzig Jahren waren ihre Schultern völlig entwickelt, und ihre schönen Formen hatten eine erlesene Fülle. Die Rundung ihres Halses, die Reinheit ihrer Linien, der Reichtum ihres Haares, das von einem eleganten Blond war, die Anmut ihres Lächelns, die vornehme Form ihres Kopfes, die Haltung und der Schnitt ihres Gesichts, ihre schönen Augen, die gut unter einer wohlgestalteten Stirn saßen, ihre noblen, gemessenen Bewegungen, ihre noch schlanke Taille, alles an ihr stand im Einklang. Sie hatte schöne Hände und kleine Füße. Ihre Gesundheit gab ihr vielleicht das Aussehen eines schönen Schankmädchens, »– aber das dürfte in den Augen eines Rogron kein Fehler sein«, sagte die schöne Madame Tiphaine. Das erstemal erschien Mademoiselle de Chargebœuf sehr schlicht gekleidet. Ihr Kleid aus brauner Merinowolle mit grünem, gesticktem Besatz war tief ausgeschnitten; aber ein Tüllfichu, das von innen angebrachten Bändern gut gehalten wurde, bedeckte ihre Schultern, ihren Rücken und die Brust, wobei es sich vorn spaltbreit öffnete, obwohl das Fichu durch eine Nadel zusammengehalten wurde. Unter diesem zarten Netz wirkten Bathildes schöne Formen noch koketter, noch verführerischer. Bei ihrer Ankunft legte sie Samthut und Schal ab und zeigte ihre hübschen Ohren, die goldene Gehänge zierten. Sie trug ein schwarzes Samtband um den Hals, das auf ihrem Hals schimmerte wie der schwarze Ring, den die launische Natur an der Schwanzspitze einer weißen Angorakatze anbringt. Sie kannte sich in allen Tücken der Mädchen aus, die heiraten wollen: dem Bewegen der Hände, um Locken zurückzustreichen, die gar nicht in Unordnung sind, dem Vorzeigen der Handgelenke, wobei sie Rogron bat, ihr eine Manschette zuzuknöpfen, was der unselige Geblendete barsch ablehnte; dadurch verbarg er, was in ihm vorging, hinter vorgetäuschter Gleichgültigkeit. Die Schüchternheit der einzigen Liebe, die dieser Kurzwarenhändler in seinem Leben empfinden sollte, hatte alle Anzeichen des Hasses. Sylvie wie auch Céleste Habert ließen sich täuschen, nicht jedoch der Advokat, der einzige überlegene Mann in dieser stupiden Gesellschaft; er hatte nur den Priester als Gegner, denn der Oberst war seit langem sein Verbündeter.

Der Oberst verhielt sich fortan gegen Sylvie wie Bathilde gegen Rogron. Er trug jeden Abend weiße Wäsche; er legte Samtkragen an, von denen sich sein martialisches Gesicht gut abhob, eine Wirkung, die durch die beiden weißen Ecken seines Hemdkragens noch gesteigert wurde; er legte sich eine weiße Piquéweste zu und ließ sich einen neuen Gehrock aus blauem Tuch machen, auf dem die rote Rosette leuchtete, alles unter dem Vorwand, es geschehe zu Ehren der schönen Bathilde. Nach zwei Uhr rauchte er nicht mehr. Sein ergrauendes Haar lag jetzt in Wellen auf seinem ockerfarbenen Schädel. Mit einem Wort: er nahm das Äußere und das Gehaben eines Parteichefs an, eines Mannes, der sich anschickt, die Feinde Frankreichs, also die Bourbonen, mit Pauken und Trompeten zu verjagen.

Der satanische Advokat und der durchtriebene Oberst spielten Monsieur und Mademoiselle Habert einen noch grausameren Streich als durch das Erscheinenlassen der schönen Mademoiselle de Chargebœuf, die von der liberalen Partei und den Bréauteys für zehnmal schöner als Madame Tiphaine gehalten wurde. Die beiden großen Politiker der kleinen Stadt gaben nach und nach zu verstehen, daß Monsieur Habert sich zu allen ihren Ideen bekenne. Bald sprach Provins von ihm als einem liberalen Priester. Sogleich wurde Monsieur Habert ins bischöfliche Palais zitiert und gezwungen, auf die Abendbesuche bei den Rogrons zu verzichten; seine Schwester indessen ging nach wie vor hin. Von jetzt an wurde der Salon Rogron konstituiert und gedieh zu einer Macht.

Dabei waren um die Mitte jenes Jahres im Salon der Rogrons die politischen Intrigen nicht weniger heftig als die um der Heiraten willen angesponnenen. Die heimlichen Interessen waren in den Herzen verborgen und lieferten einander erbitterte Kämpfe, aber das öffentliche Ringen gelangte zu einer fatalen Berühmtheit. Jedermann weiß, daß das Ministerium Villèle durch die Wahlen von 1826 gestürzt wurde.[43] Im Wahlkollegium von Provins trug Vinet, der liberale Kandidat, dem Monsieur Cournant durch den Erwerb eines Guts, dessen Preis nicht gezahlt worden war, den Wahlzensus verschafft hatte, den Sieg über Monsieur Tiphaine davon. Der Präsident hatte eine Mehrheit von nur zwei Stimmen. Den Damen Vinet und de Chargebœuf, Vinet und dem Obersten gesellten sich manchmal Monsieur Cournant und Frau zu; ferner der Arzt Néraud, ein Mensch mit recht bewegter Jugend, aber von ernsthafter Weltanschauung; er habe sich, so hieß es, wissenschaftlicher Arbeit ergeben und verfüge, wie die Liberalen behaupteten, über weit mehr Mittel als Martener. Die Rogrons begriffen ihren Triumph genausowenig, wie sie ihre Ächtung begriffen hatten.

Die schöne Bathilde de Chargebœuf, der Vinet Pierrette als ihre Feindin hingestellt hatte, behandelte sie abscheulich von oben herab. Das allgemeine Interesse forderte die Erniedrigung des armen Opfers. Madame Vinet konnte nichts für das Kind tun, das zwischen erbarmungslosen Interessen zermahlen wurde, die sie endlich durchschaut hatte. Ohne den herrischen Willen ihres Mannes wäre sie nie zu den Rogrons gegangen; sie litt dort zu sehr, mit ansehen zu müssen, wie das hübsche kleine Geschöpf mißhandelt wurde, das sich an sie drängte, weil es in ihr eine geheime Beschützerin ahnte und sie um Belehrung über diesen und jenen Punkt bat, auch, ihr das Sticken beizubringen. Auf diese Weise bewies Pierrette, daß sie, wenn sie freundlich behandelt wurde, begriff und wunderbare Fortschritte machte. Madame Vinet war zu nichts mehr nütze, also kam sie nicht mehr. Sylvie, die noch immer dem Gedanken an eine Heirat anhing, erblickte in Pierrette schließlich ein Hindernis: Pierrette war jetzt beinahe vierzehn, ihre kränkliche Blässe, deren Symptome von der unwissenden alten Jungfer unbeachtet gelassen worden waren, lieh ihr ein entzückendes Aussehen. Sylvie kam auf den glänzenden Einfall, die Ausgaben, die Pierrette ihr verursachte, dadurch auszugleichen, daß sie sie zum Dienstmädchen machte. Vinet als Wortführer der Chargebœufs, Mademoiselle Habert, Gouraud, alle einflußreichen Stammgäste bestimmten

Sylvie, der dicken Adèle zu kündigen. Warum sollte Pierrette nicht kochen und für den Haushalt sorgen können? Wenn es gar zuviel zu tun gab, konnte ja die Wirtschafterin des Obersten einspringen, eine verständige Person und eine der besten Köchinnen von Provins. Pierrette müsse kochen und putzen lernen, sagte der unheimliche Advokat, fegen, das Haus sauber halten, zum Markt gehen, sich über die Preise von allem und jedem unterrichten. Die arme Kleine, deren Sichfügen ihrer Großherzigkeit gleichkam, erbot sich von sich aus zu alledem, nur zu glücklich, das harte Brot vergelten zu können, das sie in diesem Hause zu essen bekam. Adèle bekam den Laufpaß. Dadurch verlor Pierrette die einzige Person, die vielleicht für sie eingetreten wäre. Trotz ihrer Kraft wurde sie fortan körperlich und seelisch überlastet. Die beiden Ehelosen bezeigten ihr weniger Rücksichtnahme als einer Hausangestellten: sie gehörte ja ihnen! Daher wurde sie um jeder Kleinigkeit willen ausgescholten, wegen eines bißchen Staubes auf der marmornen Kaminplatte oder auf einer Glaskugel. Die Luxusgegenstände, die sie so sehr angestaunt hatte, wurden ihr verhaßt. Trotz ihres Bestrebens, alles gut zu machen, fand ihre unbarmherzige Kusine an dem, was sie getan hatte, stets etwas zu tadeln. Innerhalb zweier Jahre erhielt Pierrette kein einziges Mal eine Belobigung und hörte kein freundliches Wort. Es bedeutete schon ein Glück für sie, wenn sie nicht ausgescholten wurde. Mit engelhafter Geduld ertrug sie die schlechte Laune der beiden Unverehelichten, denen weiche Empfindungen etwas gänzlich Unbekanntes waren und die sie tagtäglich fühlen ließen, daß sie abhängig war. Das Leben, das das junge Mädchen zwischen diesen beiden Kurzwarenhändlern führen mußte, als sei sie zwischen die Backen eines Schraubstocks eingezwängt, verschlimmerte ihre Krankheit. Sie litt unter so heftigen inneren Störungen, unter geheimen Kümmernissen, die jäh hervorbrachen, daß ihre Entwicklung auf unheilbare Weise beeinträchtigt wurde. So war Pierrette unter grausigen, aber verheimlichten Schmerzen in den Zustand gelangt, in dem ihr Kindheitsfreund sie erblickt hatte, als er sie auf dem Neuen Platze durch sein bretonisches Lied begrüßt hatte.

Ehe wir uns dem häuslichen Drama zuwenden, das Brigauts Kommen in der Familie Rogron herbeiführte, ist es, um es nicht zu unterbrechen, erforderlich zu erklären, wie es dazu kam, daß der Bretone sich in Provins niederließ; denn er wurde irgendwie zu einer stummen Person auf dieser Bühne. Als Brigaut weggelaufen war, hatte ihn nicht nur Pierrettes Geste erschreckt, sondern auch die Veränderung seiner jungen Freundin: ohne die Stimme, die Augen und Bewegungen, die ihn an seine so lebhafte, fröhliche und dennoch so zärtliche kleine Kameradin erinnerten, hätte er sie kaum wiedererkannt. Noch als er weit von dem Hause weg war, zitterten ihm die Beine; es lief ihm heiß den Rücken hinunter! Er hatte Pierrettes Schatten gesehen, nicht aber Pierrette. Nachdenklich und beunruhigt stieg er zur Oberstadt hinauf, bis er eine Stelle gefunden hatte, von der aus er den Platz und Pierrettes Haus gewahren konnte; schmerzlich betrachtete er es, versunken in endlose Gedanken wie in ein Unglück, in das man hineingerät, ohne zu wissen, wo es endet. Pierrette litt, sie war nicht glücklich, sie sehnte sich nach der Bretagne! Was mochte sie haben? Alle diese Fragen glitten immer wieder durch Brigauts Herz und zerfleischten es; sie enthüllten ihm die Größe seiner Liebe zu seiner kleinen Adoptivschwester. Es geschieht äußerst selten, daß Leidenschaften zwischen Kindern verschiedenen Geschlechts von Dauer sind. Der reizende Roman von Paul und Virginie so wenig wie der von Pierrette und Brigaut lösen diese Frage, die diese so absonderliche seelische Tatsache aufwirft. Die neuere Geschichte bietet als berühmte Ausnahme nur die erhabene Marchesa von Pescara[44] und deren Gatten dar: beide waren als Vierzehnjährige von ihren Eltern füreinander bestimmt worden; sie vergötterten einander und heirateten; ihre Ehe gab dem sechzehnten Jahrhundert das Schauspiel einer unendlichen, wolkenlosen ehelichen Liebe. Als die schöne, geistvolle, von aller Welt angebetete Marchesa mit vierunddreißig Jahren Witwe geworden war, wies sie die Hand von Königen zurück und begrub sich in einem Kloster, wo sie nichts sah und hörte als die Nonnen. Eine solche unbedingte Liebe erstand plötzlich im Herzen des armen bretonischen Handwerkers. Pierrette und er hatten einander so oft in Schutz genommen; er war so froh gewesen, daß er ihr das Reisegeld hatte bringen können, es hatte ihn fast das Leben gekostet, als er der Postkutsche nachgelaufen war, und Pierrette hatte nichts davon gewußt! Diese Erinnerung hatte oftmals die kalten Stunden seines mühseligen Lebens während dreier Jahre durchwärmt. Um Pierrettes willen hatte er sich vervollkommnet, um Pierrettes willen hatte er sein Handwerk gelernt, um Pierrettes willen war er nach Paris gegangen und hatte sich vorgenommen, dort für sie zu Vermögen zu gelangen. Nachdem er dort vierzehn Tage verbracht, hatte er dem Verlangen nicht widerstehen können, sie wiederzusehen; er war vom Samstagabend bis zum Montagmorgen gewandert, entschlossen, nach Paris zurückzukehren; aber die rührende Erscheinung seiner kleinen Freundin hatte ihn in Provins festgehalten. Ein wundersamer Magnetismus, der trotz aller Beweise nach wie vor bestritten wird, hatte sich ohne sein Wissen in ihm ausgewirkt: aus seinen Augen rannen Tränen, während gleichzeitig Tränen Pierrettes Augen trübten. Für sie verkörperte er die Bretagne und die glücklichste Kindheit; für ihn bedeutete Pierrette das Leben! Mit seinen sechzehn Jahren konnte Brigaut noch kein Kranzgesims zeichnen oder profilieren, und vielerlei war ihm unbekannt; aber mit dem, was er konnte, hatte er täglich vier bis fünf Francs verdient. Also konnte er in Provins leben, würde Pierrette nahe sein, konnte seine Lehrzeit abschließen, wenn er sich den besten Schreiner der Stadt als Meister aussuchte, und über Pierrette wachen. Im Handumdrehen hatte Brigaut seinen Entschluß gefaßt. Der Handwerker eilte zurück nach Paris, rechnete ab und erhielt sein Arbeitsbuch, sein Gepäck und sein Werkzeug ausgehändigt. Drei Tage später trat er als Lehrling bei Frappier ein, dem besten Schreiner von Provins. Fleißige, ordentliche Handwerker, die sich nichts aus Krach und Kneipen machen, sind so selten, daß die Meister einen jungen Menschen wie Brigaut festhalten. Um die Geschichte des Bretonen in diesem Zusammenhang zu beenden, sei noch gesagt, daß er nach vierzehn Tagen Geselle wurde und bei Frappier Unterkunft und Kost erhielt; der Meister unterwies ihn in der Kalkulation und im Linearzeichnen. Jener Schreiner wohnte in der Grand' Rue, etwa hundert Schritte von dem kleinen Platz entfernt, an dessen Ende das Haus der Rogrons gelegen war. Brigaut begrub seine Liebe in seinem Herzen und beging nicht die leiseste Taktlosigkeit. Von Madame Frappier ließ er sich die Geschichte der Rogrons erzählen; sie berichtete ihm vom Verhalten des alten Gastwirts, durch das er das Erbe des biederen Auffray an sich gebracht hatte. Brigaut bekam auch Auskünfte über die Charaktere des Kurzwarenhändlers Rogron und seiner Schwester. Er traf zufällig Pierrette morgens mit ihrer Kusine auf dem Markt, und es durchschauerte ihn, als er an ihrem Arm einen Henkelkorb mit Lebensmitteln sah. Er ging sonntags in die Kirche, um Pierrette wiederzusehen; dort zeigte die Bretonin sich immer in ihrem Staat. Hier erkannte Brigaut zum erstenmal, daß Pierrette Mademoiselle Lorrain sei. Pierrette erblickte ihren Freund, gab ihm indessen einen mysteriösen Wink, daß er sich verborgen halte. Es lag eine Welt von Dingen in dieser Geste, gerade wie in der, mit der sie ihm vor vierzehn Tagen bedeutet hatte, wegzulaufen. Welch ein Vermögen würde er innerhalb von zehn Jahren zusammenverdienen müssen, um seine kleine Kindheitsfreundin zu heiraten, der die Rogrons ein Haus, hundert Morgen Land und zwölftausend Francs Zinsen hinterlassen würden, ihre Ersparnisse ungerechnet! Der beharrliche Bretone wollte das Glück nicht versuchen, ehe er sich die ihm fehlenden Kenntnisse angeeignet hatte. Ob er sich nun in Paris weiterbildete oder in Provins: solange es sich nur um Theorie handelte, zog er es vor, in Pierrettes Nähe zu bleiben; er wollte ihr übrigens seine Pläne darlegen und auch, daß sie auf einen gewissen Schutz rechnen könne. Kurzum, er wollte sie nicht verlassen, ohne das Geheimnis jener Blässe ergründet zu haben, die bereits das Leben in dem Organ angegriffen hatte, das es als letztes zu verlassen pflegt, in den Augen; nicht ohne Gewißheit darüber erlangt zu haben, woher die Schmerzen rührten, die ihr das Aussehen eines Mädchens verliehen, das sich unter der Sense des Todes neigt und dem Niedersinken nahe ist. Die beiden rührenden Winke, die ihrer beider Freundschaft nicht verleugnet, aber ihm die größte Zurückhaltung anempfohlen hatten, erfüllten die Seele des Bretonen mit Schrecken. Offenbar hatte Pierrette ihm nahegelegt, auf sie zu warten und nicht zu versuchen, sie zu sehen, weil ihr sonst Gefahr drohe. Beim Verlassen der Kirche konnte sie ihm einen Blick zuwerfen, und Brigaut sah, daß Pierrettes Augen voller Tränen waren. Der Bretone hätte eher die Quadratur des Kreises gefunden als erraten, was sich im Haus der Rogrons seit seiner Ankunft ereignet hatte.

Nicht ohne schlimme Ahnungen war Pierrette an dem Morgen, da Brigaut in ihrem Morgentraum aufgetaucht war wie ein zweiter Traum, aus ihrem Kämmerchen nach unten gegangen. Da Mademoiselle Rogron zum Aufstehen und zum Öffnen des Fensters bewogen worden war, hatte sie unbedingt das Lied und dessen für die Ohren einer alten Jungfer ziemlich kompromittierenden Text hören müssen; aber Pierrette ahnte nicht, welche Umstände ihre Kusine so behend gemacht hatten. Sylvie hatte gewichtige Gründe gehabt, aufzustehen und an ihr Fenster zu eilen. Seit etwa einer Woche machten seltsame, geheimnisvolle Geschehnisse, grausame Gefühle den Hauptpersonen des Salons Rogron arg zu schaffen. Diese unbekannten, sorgfältig voreinander geheimgehaltenen Geschehnisse sollten wie eine eisige Lawine über Pierrette hereinbrechen. Diese Fülle geheimnisvoller Dinge, die vielleicht als der Unrat des menschlichen Herzens bezeichnet werden müssen, lagert im Urgrund der größten politischen, sozialen und häuslichen Umwälzungen; aber wenn man schon auf sie zu sprechen kommt, ist es vielleicht überaus nützlich, darauf hinzuweisen, daß ihre algebraische Übersetzung, obgleich wahr, hinsichtlich der Form nicht stimmt. Solche tiefsinnigen Berechnungen äußern sich nicht so brutal, wie die Weltgeschichte sie ausdrückt. Wollte man die Umschreibungen, die oratorischen Vorsichtsmaßnahmen, die langen Gespräche wiedergeben, in denen der Geist das Licht, das er hineinbringt, absichtlich verdunkelt, in denen das honigsüße Wort das Gift gewisser Absichten verdünnt, so hieße das ein ebenso langes Buch zu schreiben versuchen wie die herrliche, ›Clarissa Harlowe‹[45] betitelte Dichtung. Mademoiselle Habert und Mademoiselle Sylvie verspürten die gleiche Lust zum Heiraten; aber die eine war um zehn Jahre jünger als die andere, und die Umstände erlaubten Céleste Habert zu meinen, ihre Kinder würden einmal das Gesamtvermögen der Rogrons erben. Sylvie näherte sich dem zweiundvierzigsten Lebensjahr, und das ist ein Alter, in dem die Ehe Gefahren mit sich bringt. Als sie einander ihre Gedanken anvertrauten, da jede die Zustimmung der anderen erbitten wollte, hatte die von dem rachsüchtigen Priester aufgestachelte Céleste Habert Sylvie über die angeblichen Gefahren, in denen sie schwebe, aufgeklärt. Der Oberst, ein gewalttätiger Mann von soldatischer Gesundheit, ein dicker Kerl von fünfundvierzig Jahren, würde sicherlich die Moral aller Märchen in die Wirklichkeit umsetzen wollen: »Sie wurden glücklich und hatten viele Kinder.« Dies Glück ließ Sylvie erbeben; sie hatte Angst, sterben zu müssen, welcher Gedanke alle alten Jungfern von oben bis unten heimsucht. Aber das Ministerium Martignac, dieser zweite Sieg der Kammer, der zum Sturz des Ministeriums Villèle geführt hatte, war ernannt worden.[46] Die Partei Vinet trug in Provins den Kopf hoch. Vinet, jetzt der erste Advokat der Brie, glückte alles, was er anpackte, nach einer volkstümlichen Redensart. Vinet war eine Persönlichkeit. Die Liberalen prophezeiten, er werde es noch weit bringen, ganz sicher würde er Abgeordneter, Generalstaatsanwalt werden. Und der Oberst, der würde Bürgermeister von Provins werden. Ach, zu herrschen, wie Madame Garceland herrschte: gegen die Hoffnung kam Sylvie nicht an; sie wollte einen Arzt konsultieren, obgleich sie sich dadurch lächerlich machen konnte. Die beiden alten Jungfern, die eine als Siegerin über die andere und überzeugt, sie am Gängelband zu führen, dachten sich eine der Fallen aus, wie von einem Priester beratene Frauen sie so gut zu stellen wissen. Néraud, der Arzt der Liberalen, den Gegenspieler Marteners, zu Rate zu ziehen, wäre grundfalsch gewesen. Céleste Habert erbot sich, Sylvie in ihrem Toilettenkabinett zu verstekken und, als handele es sich um sie selber, Martener über diesen Punkt zu befragen, den Arzt ihres Pensionats. Ob Martener nun mit Céleste unter einer Decke steckte oder nicht: jedenfalls antwortete er seiner Patientin, die Gefahr bestehe bereits, wenngleich in schwachem Maße, bei einer Jungfrau von dreißig Jahren. – »Aber bei Ihrer Konstitution«, so sagte er abschließend, »haben Sie nichts zu befürchten.«

»Und wie ist es mit einer Frau, die schon über vierzig ist?« fragte Mademoiselle Céleste Habert.

»Eine Frau über vierzig, die verheiratet ist und Kinder gehabt hat, die hat ebenfalls nichts zu befürchten.«

»Aber ein ehrbares, ein sehr ehrbares Mädchen wie beispielsweise Mademoiselle Rogron?«

»An der Ehrbarkeit ist nicht zu zweifeln«, sagte Martener. »Aber da gehört eine glückliche Entbindung zu den Wundern, die Gott sich zwar gestattet, aber nur selten.«

»Und warum?« fragte Céleste Habert.

Der Arzt antwortete mittels einer beängstigenden pathologischen Schilderung; er erklärte, wie die in der Jugend naturgegebene Elastizität der Muskeln und Knochen von einem gewissen Alter an nicht mehr vorhanden sei, zumal bei Frauen, die ihres Berufes wegen lange Zeit hindurch eine sitzende Lebensweise geführt hätten wie Mademoiselle Rogron.

»Dann sollte also ein ehrbares Mädchen jenseits der vierzig nicht mehr heiraten?«

»Oder warten«, antwortete der Arzt, »aber dann ist es keine Ehe mehr, dann ist es eine Interessengemeinschaft; was denn sonst?«

Kurzum, es ging aus dieser Unterhaltung klar, unbestreitbar, wissenschaftlich und vernünftig begründet hervor, daß ein ehrenhaftes, über vierzig Jahre altes Mädchen sich nicht mehr allzu sehr verehelichen solle. Als Martener gegangen war, fand Mademoiselle Céleste Habert Mademoiselle Rogron grün und gelb und mit geweiteten Pupillen vor, also in einem erschreckenden Zustand. »Haben Sie den Obersten denn so lieb?« fragte sie sie.

»Ich habe mir immer noch Hoffnungen gemacht«, antwortete die alte Jungfer.

»Nun, dann warten Sie doch«, rief Mademoiselle Habert jesuitisch; sie wußte ja, daß die Zeit dem Obersten die Augen öffnen würde.

Allein die moralische Seite einer solchen Ehe war zweifelhaft. Sylvie ließ ihr Gewissen im Beichtstuhl sondieren. Der gestrenge Beichtvater setzte ihr die Auffassungen der Kirche auseinander, die in der Ehe nur ein Mittel zur Ausbreitung des Menschengeschlechts erblickt, die späte Ehen mißbilligt und Liebe ohne sozialen Zweck verwirft. Sylvie Rogron war über die Maßen bestürzt. Diese inneren Kämpfe ließen ihrer Leidenschaft eine ungemeine Kraft zuteil werden und verliehen dieser die unerklärliche Anziehungskraft, die seit Eva verbotene Dinge auf die Frauen ausüben. Die Verstörtheit der Mademoiselle Rogron konnte dem hellsehenden Auge des Advokaten nicht entgehen.

Eines Abends nach dem Kartenspiel trat Vinet an seine liebe Freundin Sylvie heran, nahm sie bei der Hand und setzte sich mit ihr auf eins der Kanapees.

»Bedrückt Sie irgend etwas?« fragte er leise.

Bekümmert nickte sie. Der Advokat wartete, bis Rogron hinausgegangen war, blieb mit der alten Jungfer allein und zog ihr die Würmer – aus dem Herzen.

»Gut gespielt, Abbé! Aber du hast für mich gespielt!« jubelte er innerlich, als er sämtliche geheimen Konsultationen Sylvies vernommen hatte, deren letzte sie am tiefsten erschreckt hatte.

Der gerissene Fuchs von Jurist war in seinen Darlegungen noch grausamer als der Arzt; er riet zur Eheschließung, aber erst in etwa zehn Jahren, um der größeren Sicherheit willen. Der Advokat gelobte sich, daß das ganze Vermögen der Rogrons Bathilde gehören solle. Er rieb sich die Hände, er spitzte die Lippen, während er Madame und Mademoiselle de Chargebœuf nacheilte, die er mit ihrem eine Laterne tragenden Dienstboten hatte weggehen lassen. Der Einfluß, den Habert, der Seelenarzt, ausübte, hielt demjenigen Vinets, des Geldsäckelarztes, vollkommen das Gleichgewicht. Rogron war alles andere als fromm; auf diese Weise hatten der Mann Gottes und der Mann des Gesetzes, die beiden Schwarzröcke, die gleichen Chancen. Als der Advokat von dem Sieg erfuhr, den Mademoiselle, die Rogron zu heiraten glaubte, über Sylvie davongetragen hatte, die zwischen der Furcht vor dem Tode und der Freude, Baronin zu werden, schwankte, gewahrte er eine Möglichkeit, den Obersten vom Schlachtfelde verschwinden zu lassen. Er kannte Rogron zur Genüge, als daß er nicht ein Mittel gefunden hätte, ihn mit der schönen Bathilde zu verheiraten. Rogron hatte den Angriffen der Mademoiselle de Chargebœuf nicht zu widerstehen vermocht. Vinet wußte: vom ersten Augenblick an, da Rogron mit Bathilde und ihm allein bleiben konnte, war die Heirat der beiden beschlossene Sache. Mit Rogron war es so weit gekommen, daß er die Blicke auf Mademoiselle Habert heftete, solche Angst hatte er, Bathilde anzuschauen. Vinet hatte herausbekommen, wie sehr Sylvie den Obersten liebte. Er war sich über die Bedeutung einer solchen Leidenschaft bei einer alten Jungfer, die zugleich von der Frömmigkeit verzehrt wurde, klar; und bald hatte er Mittel und Wege gefunden, gleichzeitig Pierrette und den Obersten mattzusetzen, in der Hoffnung, beide loszuwerden.

Am nächsten Vormittag, nach der Gerichtssitzung, begegnete

er dem Obersten und Rogron auf deren gewohntem täglichen Spaziergang.

Wenn die drei Männer zusammen spazierengingen, gab ihre Gemeinschaft stets Veranlassung zu Gerede in der Stadt. Dieses Triumvirat, für den Unterpräfekten, den Richterstand und die Partei der Tiphaines ein Gegenstand des Abscheus, stellte ein Tribunat dar, das die Liberalen von Provins mit Stolz erfüllte. Vinet redigierte den ›Courrier‹ ganz für sich allein, er war der Kopf der Partei; der Oberst, der verantwortliche Herausgeber der Zeitung, war der Arm; Rogron mit seinem Geld stellte den Nerv dar, er wurde für das Bindeglied zwischen dem Parteivorstand in Provins und dem Parteivorstand in Paris gehalten. Wie die Tiphaines verlautbaren ließen, waren diese drei Männer stets bereit, etwas gegen die Regierung anzuzetteln, wogegen die Liberalen sie als die Verteidiger des Volkes bewunderten. Als der Advokat Rogron über den Platz kommen und der Essensstunde wegen seinem Haus zustreben sah, faßte er den Obersten am Arm und hinderte ihn so, den Ex-Kurzwarenhändler zu begleiten.

»Hören Sie mal, Herr Oberst«, sagte er zu ihm, »ich will Ihnen eine große Last von den Schultern nehmen; Sie können etwas Besseres tun als Sylvie heiraten: wenn Sie es richtig anstellen, können Sie in zwei Jahren die kleine Pierrette Lorrain heiraten.«

Und er erzählte ihm die Auswirkungen der Machenschaften des Jesuiten.

»Was für eine Finte, und wie lange dauert es noch, bis der Degen gezogen werden kann!« sagte der Oberst.

»Herr Oberst«, entgegnete Vinet ernst, »Pierrette ist ein entzückendes Geschöpf, Sie können für den Rest Ihrer Tage glücklich sein, und Sie haben eine so blendende Gesundheit, daß diese Ehe für Sie schwerlich die Mißlichkeiten mit sich bringen wird, die sich bei Ehen zwischen Menschen mit großem Altersunterschied für gewöhnlich einstellen; aber glauben Sie nicht etwa, daß dieser Austausch eines grauenhaften Loses gegen ein angenehmes eine leichte Sache ist. Aus Ihrer Geliebten Ihre Vertraute zu machen ist ein ebenso gefährliches Unterfangen wie, in Ihrem Beruf, ein Flußübergang im feindlichen Feuer. Sie als Kavallerieoberst sind gewitzigt; Sie werden sich also zunächst genau mit der Lage befassen und dann mit der Überlegenheit vorgehen, die wir bis jetzt bekundet haben und der wir unsere gegenwärtige Lage danken. Wenn ich eines Tages Generalstaatsanwalt bin, können Sie das Département kommandieren. Ach, wenn Sie Wähler gewesen wären, dann wären wir heute schon weiter; ich hätte die Stimmen der beiden Beamten gekauft und sie dadurch für den Verlust ihrer Stellungen entschädigt; dann hätten wir die Mehrheit gehabt, und ich säße heute Seite an Seite mit Leuten wie Dupin[47], Casimir Périer[48] usw....«

Der Oberst hatte seit geraumer Zeit an Pierrette gedacht, aber er hatte diesen Gedanken mit ausgiebiger Verstellung getarnt; daher war seine Grobheit gegenüber Pierrette nur Schein gewesen. Das Kind hatte sich nicht erklären können, warum der angebliche Kamerad seines Vaters es so schlecht behandelte, während er ihm doch mit der Hand unters Kinn fuhr und es beinahe väterlich liebkoste, wenn er es allein antraf. Seit der vertraulichen Mitteilung Vinets über die Angst, die die Ehe Mademoiselle Sylvie machte, hatte Gouraud nach Gelegenheiten zum Alleinsein mit Pierrette gesucht, und dann war der rauhe Oberst sanft wie ein Kater gewesen: er hatte ihr erzählt, wie tapfer Lorrain gewesen und welch ein Unglück sein Tod für sie sei!

Ein paar Tage vor Brigauts Kommen hatte Sylvie Gouraud und Pierrette überrascht. Also hatte die Eifersucht mit klösterlicher Heftigkeit Einzug in ihr Herz gehalten. Die Eifersucht ist eine ungemein leichtgläubige, argwöhnische Leidenschaft, diejenige, in der die Phantasie den weitesten Spielraum hat; aber sie macht nicht klug, sie treibt alle Klugheit aus; und bei Sylvie sollte diese Leidenschaft zu seltsamen Vorstellungen führen. Sylvie bildete sich ein, der Mann, der zu Pierrette die Worte ›Frau Braut‹ hinaufgesungen habe, sei der Oberst gewesen. Sie gab die Schuld an dem Beieinander dem Obersten und glaubte, damit recht zu haben, denn seit einer Woche war ihr, als habe Gourauds Verhalten sich geändert. Jener Mann war der einzige gewesen, der sich in der Einsamkeit, darin sie gelebt, um sie gekümmert hatte; deswegen beobachtete sie ihn mit allen Kräften ihrer Augen und ihres Verständnisses; und da sie sich Hoffnungen hingab, die abwechselnd aufblühten oder hinwelkten, hatte sie daraus etwas so Bedeutungsvolles gemacht, daß sie darin die Wirkungen eines Seelenspiegels wahrnahm. Nach einem schönen, volkstümlichen Ausdruck sah sie den Wald vor lauter Bäumen nicht. Abwechselnd wies sie die Annahme dieser unwahrscheinlichen Nebenbuhlerschaft von sich oder bekämpfte sie siegreich. Sie zog Parallelen zwischen sich und Pierrette: sie war vierzig Jahre alt und hatte graues Haar; Pierrette war ein ob ihrer Hellhäutigkeit köstliches kleines Mädchen mit Augen von einer Zärtlichkeit, daß sie ein erstorbenes Herz hätte erwärmen können. Sie hatte sagen hören, fünfzigjährige Männer verliebten sich häufig in kleine Mädchen von der Art Pierrettes. Bevor der Oberst sein Äußeres in Ordnung gebrachte hatte und ein häufiger Gast im Haus Rogron geworden war, hatte Sylvie im Salon Tiphaine seltsame Dinge über Gouraud und seine Sitten zu hören bekommen. Alte Jungfern haben von der Liebe die übertrieben platonischen Ideen, zu denen junge zwanzigjährige Mädchen sich bekennen; sie sind Anhängerinnen unbedingter Lehrsätze wie alle, die keine Lebenserfahrung besitzen und nicht ausgekostet haben, in welchem Maße die in der Gesellschaft vorherrschenden Kräfte die schönen, edlen Ideen abhobeln und hinschwinden lassen. Für Sylvie war der Gedanke, von dem Obersten betrogen worden zu sein, etwas, das ihr das Gehirn zertrümmerte. Seither hatte die alte Jungfer die Zeit über, die jeder beschäftigungslose Unverehelichte zwischen Aufwachen und Aufstehen im Bett verbringt, sich mit sich selbst, mit Pierrette und mit dem Lied beschäftigt, das sie durch das Wort ›Hochzeit‹ aufgeweckt hatte. Dumm, wie sie war, hatte sie, anstatt sich den Verliebten durch den Laden anzuschauen, ihr Fenster aufgemacht, ohne zu bedenken, daß Pierrette es hören könne. Hätte sie auch nur den primitivsten Spiongeist besessen, so hätte sie Brigaut gesehen, und das verhängnisvolle Drama, das damit begann, hätte sich nicht abgespielt.

Trotz ihrer Schwäche nahm Pierrette die schweren Holzstangen weg, die die Küchenladen verrammelten, machte die Laden auf und hakte sie fest; dann machte sie die zum Garten führende Korridortür auf. Dann holte sie die verschiedenen Besen, die erforderlich waren, um den Teppich, das Eßzimmer, den Korridor, die Treppen zu fegen, kurz und gut: um alles zu reinigen, und zwar mit einer Sorgfalt und Genauigkeit, die keine Dienstmagd, nicht einmal eine Holländerin, an ihr Werk gewandt hätte: Schimpfreden waren ihr allzu sehr verhaßt! Für sie war es bereits ein Glück, wenn sie die kleinen, blauen, blassen, kalten Augen der Kusine nicht zufrieden, denn das schienen sie nie sein zu wollen, sondern lediglich ruhig bleiben sah, nachdem Sylvie ihren Besitzerblick überallhin geworfen hatte, diesen unerklärlichen Blick, der wahrnimmt, was sich auch den schärfsten Augen entzieht. Pierrettes Haut war schon feucht, als sie wieder in die Küche ging, um dort alles in Ordnung zu bringen, den Herd anzustecken, damit sie Glut zu ihrem Vetter und ihrer Kusine hinaufbringen konnte, wobei sie für beide warmes Wasser zum Waschen mitnahm, was ihr selbst nicht zugebilligt wurde! Sie deckte den Frühstückstisch und heizte den Eßzimmerofen an. Um das alles zu erledigen, mußte sie ein paarmal in den Keller gehen und Reisig holen; dabei wechselte sie fortwährend aus der Kälte in die Wärme über, aus einem warmen Raum in einem kalten, feuchten. Diese jähen Wechsel, denen sie sich mit dem Eifer der Jugend aussetzte, oftmals, um einem harten Wort zu entgehen oder um einem Befehl zu gehorchen, verschlimmerten ihren Gesundheitszustand heillos. Pierrette wußte nicht, daß sie krank war. Dabei begann sie zu leiden; sie hatte seltsame Gelüste, die sie verhehlte; sie bekam eine Schwäche für rohen Salat und verschlang ihn heimlich. Das ahnungslose Mädchen wußte nicht, daß ihr Zustand eine schwere Krankheit darstellte und größte Vorsicht erforderte. Wenn jener Néraud, der sich den Tod der Großmutter vorzuwerfen hatte, vor Brigauts Kommen die Enkelin auf die Todesgefahr hingewiesen hätte, würde Pierrette gelächelt haben: für sie war das Leben zu sehr von Bitterkeit erfüllt, als daß sie dem Tode nicht entgegengelächelt hätte. Aber seit ein paar Augenblicken liebte sie Provins, sie, deren körperlichen Leiden sich die Leiden des bretonischen Heimwehs zugesellten, einer Seelenkrankheit, die so bekannt ist, daß die Obersten darauf bei den bretonischen Soldaten Rücksicht nehmen, die in ihren Regimentern stehen. Der Anblick jener goldenen Blüten, jenes Lied, die Gegenwart ihres Kindheitsfreundes hatten sie belebt wie eine Pflanze, die seit langem nicht begossen worden ist und die nun nach einem langen Regen neu ergrünt. Sie wollte leben, sie glaubte gar nicht, daß sie gelitten habe! Scheu schlüpfte sie zu ihrer Kusine hinein, machte Feuer, ließ den Kessel mit heißem Wasser bei ihr stehen, wechselte ein paar Worte mit ihr, weckte ihren Vormund, ging hinüber und holte die Milch, das Brot und alle Lebensmittel, die die Lieferanten zu bringen pflegten. Eine Zeitlang blieb sie auf der Türschwelle stehen, in der Hoffnung, Brigaut sei intelligent genug, wiederzukommen; aber Brigaut befand sich schon auf der Landstraße nach Paris. Sie hatte das Eßzimmer in Ordnung gebracht und war in der Küche beschäftigt, als sie ihre Kusine die Treppe herunterkommen hörte. Mademoiselle Sylvie Rogron erschien in einem Morgenrock aus hellbraunem Taft, auf dem Kopf eine mit Halbperlen verzierte Tüllhaube, mit schiefsitzendem falschem Haartuff, die Unterjacke über dem Rock, die Füße in ausgetretenen Pantoffeln. Sie sah sich alles mit prüfenden Blicken an und ging dann zu ihrer Kusine, die auf sie wartete, um zu erfahren, woraus das Frühstück bestehen sollte.

»Na, da bist du ja, du verliebte Göre!« sagte Sylvie halb scherzhaft, halb spöttisch zu Pierrette.

»Wie bitte?«

»Du bist duckmäuserisch zu mir ins Zimmer gekommen und ebenso wieder hinausgegangen; dabei hast du ganz genau gewußt, daß ich mit dir zu sprechen hatte.«

»Ich . . .«

»Dir ist heute früh ein Ständchen gebracht worden, nicht mehr und nicht weniger wie einer Prinzessin.«

»Ein Ständchen?« rief Pierrette.

»Ein Ständchen?« echote Sylvie. »Und du hast einen Geliebten.«

»Aber Kusine, was ist denn das: ein Geliebter?«

Fast hätte Sylvie ihr geantwortet: »Wag doch nicht zu sagen, Mädchen, es hätte unter unseren Fenstern kein Mann gestanden und was von Hochzeit gesungen!«

Die ständige Quälerei hatte Pierrette die den Sklaven unentbehrlichen Listen gelehrt; und so antwortete sie kühn: »Ich weiß nicht, was du damit sagen willst.«

»Mein lieber Wachhund?« fragte die alte Jungfer bissig.

»Nein, liebe Kusine«, entgegnete Pierrette demütig.

»Du bist wohl auch nicht aufgestanden, und du bist wohl auch nicht barfuß ans Fenster gegangen, wobei du dir was hättest holen können. Nur zu! Das geschähe dir ganz recht. Und du hast wohl auch nicht mit deinem Liebhaber gesprochen?«

»Nein, Kusine.«

»Ich kenne an dir viele Fehler, aber daß du auch lügen kannst, habe ich noch nicht gewußt. Bedenk bitte, daß du dich vor deinem Vetter und vor mir für den Auftritt von heute morgen verantworten mußt; denn sonst ist dein Vormund zu strengen Maßregeln gezwungen.«

Die von Eifersucht und Neugier verzehrte alte Jungfer ging mit Einschüchterungsversuchen vor. Pierrette tat wie alle Menschen, die über ihre Kraft hinaus leiden: sie blieb stumm. Solch ein Schweigen ist für alle Angegriffenen das einzige Mittel zum Triumph: es ermüdet die Kosakenattacken der Neider, die wilden Scharmützel der Gegner; es führt zu einem zermalmenden, vollständigen Siege. Gibt es etwas Vollkommeneres als Schweigen? Es ist absolut; stellt es damit nicht eine der Möglichkeiten dar, dem Unendlichen anzugehören? Sylvie beobachtete Pierrette heimlich. Das Kind wurde rot, aber anstatt allgemein zu sein, verteilte die Röte sich in unregelmäßigen Flecken über die Backen, glühenden Flecken von einer Tönung, die nichts Gutes bedeutete. Hätte eine Mutter diese Krankheitssymptome wahrgenommen, so würde sie dies Kind auf den Schoß genommen haben; sie hätte es ausgefragt, sie hätte schon seit langem in tausend Beweisen Pierrettes vollkommene, sublime Unschuld bewundert; sie hätte ihre Krankheit erraten und verstanden, daß von ihrer Bahn abgelenkte Säfte und das Blut erst die Verdauungsfunktionen gestört und sich alsdann auf die Lungen geworfen hätten. Die vielsagenden Flecken hätten sie die unmittelbare Nähe einer tödlichen Gefahr gelehrt. Aber eine alte Jungfer, in der die Gefühle, die von der Familie genährt werden, niemals erweckt worden waren; der die Bedürfnisse der Kindheit. die Vorsichtsmaßnahmen, die die Reifejahre verlangen, unbekannt waren, konnte keine der Nachsichten und Gütebezeigungen aufbringen, die die tausenderlei Geschehnisse des Ehelebens einer Hausfrau auslösen. Die Leiden der inneren Nöte hatten ihr Herz, anstatt es zu erweichen, mit einer Hornhaut überzogen.

»Sie ist rot geworden, also hat sie sich etwas zuschulden kommen lassen!« folgerte Sylvie. Pierrettes Schweigen wurde also im schlechtesten Sinn ausgedeutet.

»Pierrette«, sagte sie, »wir wollen uns aussprechen, ehe dein Vetter herunterkommt. Komm«, sagte sie freundlicher. »Schließ die Haustür ab. Wenn jemand kommt, kann er schellen; wir werden ihn schon hören.«

Trotz des feuchten Nebels, der sich über dem Flusse erhob, führte Sylvie Pierrette auf dem sandbestreuten Weg, der sich durch die Rasenflächen bis zum Rand der aus kleinen Felsbrokken aufgeschichteten Terrasse hinschlängelte, die einen malerischen, mit Iris und Wasserpflanzen bewachsenen Ufersaum darstellte. Die alte Kusine änderte ihre Taktik; sie wollte versuchen, Pierrette durch Milde zu ertappen. Die Hyäne wandelte sich in ein Kätzchen.

»Pierrette«, sagte sie, »du bist kein Kind mehr; du beginnst bald dein fünfzehntes Jahr; und es wäre nicht gerade verwunderlich, wenn du einen Liebhaber hättest.«

»Aber Kusine«, sagte Pierrette und hob mit engelhafter Sanftmut die Augen zu dem scharfen, kalten Gesicht der Kusine auf, die ihre Verkäuferinnenmiene aufgesetzt hatte, »was ist denn ein Liebhaber?«

Es war für Sylvie unmöglich, dem Mündel ihres Bruders eine zutreffende und dezente Definition zu geben, was ein Liebhaber sei. Anstatt in jener Frage die Auswirkung einer wundervollen Unschuld zu erblicken, sah sie darin nur Falschheit.

»Ein Liebhaber, Pierrette, ist ein Mann, der einen liebhat und einen heiraten will.«

»Ach so!« sagte Pierrette. »Wenn in der Bretagne zwei miteinander einig sind, dann nennt man den jungen Mann einen Freier.«

»Na, bedenk mal: wenn du deine Gefühle für einen Mann eingestehst, Kleines, dann ist dabei nichts Schlimmes. Das Schlimme ist die Heimlichtuerei. Hast du etwa einigen der Herren gefallen, die zu uns ins Haus kommen?«

»Ich glaube nicht.«

»Liebst du einen von ihnen?«

»Keinen einzigen!«

»Ganz bestimmt nicht?«

»Ganz bestimmt nicht.«

»Sieh mich an, Pierrette.«

Pierrette sah die Kusine an.

»Dabei hat dich doch heute morgen vom Platz aus ein Mann angerufen?«

Pierrette senkte die Augen.

»Du bist an dein Fenster getreten, hast es aufgemacht und etwas gesagt!«

»Nein, Kusine; ich habe sehen wollen, was für Wetter ist, und da habe ich auf dem Platz einen Bauern stehen sehen.«

»Pierrette, seit deiner Erstkommunion hast du dich sehr gebessert, du bist gehorsam und fromm geworden und liebst deine Verwandten und Gott; ich bin mit dir zufrieden; ich habe es dir nur nicht gesagt, damit du nicht überheblich wirst ...«

Die grauenhafte alte Jungfer hielt die Niedergeschlagenheit, die Unterwürfigkeit, das Schweigen, diese Ergebnisse einer inneren Not, für Tugenden! Zum Beglückendsten, was Leidende, Märtyrer, Künstler empfinden, in denen alle die Leidenschaft zum Göttlichen lodert, die ihnen Neid und Haß zuzieht, gehört es, dort einem Lob zu begegnen, wo sie immer nur auf Krittelei und Böswilligkeit gestoßen sind. Deswegen blickte Pierrette mit gerührten Augen zu ihrer Kusine auf und war nahe daran, ihr alle Schmerzen zu verzeihen, die sie ihr zugefügt hatte.

»Aber wenn das alles nur Heuchelei ist, wenn ich in dir eine Schlange erblicken muß, die ich an meinem Busen gewärmt habe, dann bist du ein infames, ein abscheuliches Geschöpf!«

»Ich glaube nicht, daß ich mir etwas vorzuwerfen habe«, sagte Pierrette und empfand ein schreckliches Zusammenkrampfen des Herzens durch den jähen Übergang von dem unverhofften Lob zu dem entsetzlichen Tonfall der Hyäne.

»Du weißt doch, daß eine Lüge eine Todsünde ist?«

»Ja, Kusine.«

»Nun denn, du stehst vor Gott!« sagte die alte Jungfer und wies mit einer feierlichen Gebärde auf die Gärten und den Himmel. »Schwöre mir, daß du diesen Bauern nicht kennst.«

»Das kann ich nicht schwören«, sagte Pierrette.

»Dann war es also kein Bauer, du kleine Viper!«

Wie ein erschrecktes Reh lief Pierrette durch den Garten davon, so entsetzt war sie über die Folterfrage. Die Kusine rief sie mit schrecklicher Stimme.

»Es hat geschellt«, antwortete sie.

»Haha, diese kleine Duckmäuserin«, sagte sich Sylvie, »sie ist bockig, und jetzt bin ich sicher, daß diese Natter den Obersten umschlingt. Sie hat uns sagen hören, er sei Baron. Baronin werden! Die kleine Närrin! Oh, ich schaffe sie mir vom Hals und stecke sie in die Lehre, und zwar schleunigst.«

Sylvie stand so tief in Gedanken versunken da, daß sie ihren Bruder nicht sah, der den Gartenweg hinabkam und sich die Verheerungen ansah, die der Frost unter seinen Dahlien angerichtet hatte.

»Na, Sylvie, woran denkst du denn da? Ich meinte, du hättest dir die Fische angesehen! Manchmal springen nämlich welche aus dem Wasser.«

»Nein«, sagte sie.

»Na, und wie hast du geschlafen?« Und er fing an, ihr zu erzählen, was er in der Nacht geträumt hatte. »Findest du nicht, daß mein Teint ganz verdrückt ist?« Auch dieser Ausdruck gehörte dem Vokabular der Rogrons an.

Seit Rogron Mademoiselle de Chargebœuf liebte, oder, um dies Wort nicht zu profanieren, begehrte, machte er sich große Sorgen um sein Äußeres und um sich selber. In diesem Augenblick kam Pierrette die Freitreppe herunter und verkündete schon von weitem, das Frühstück stehe bereit. Als Sylvie ihre Kusine erblickte, bekam ihr Gesicht grüne Flecken und wurde gelb: ihre ganze Galle setzte sich in Bewegung. Sie sah sich den Korridor an und meinte, Pierrette hätte ihn bohnern müssen.

»Ich bohnere ihn gern, wenn du es willst«, antwortete dieser Engel, ohne die Gefahr zu ahnen, der diese Arbeit ein junges Mädchen aussetzt.

Das Eßzimmer war tadellos sauber. Sylvie setzte sich und tat während des ganzen Frühstücks, als müsse sie Dinge haben, an die, wäre sie ruhig gewesen, sie nie gedacht hätte und die sie verlangte, damit Pierrette in einem fort aufstehen mußte; sie suchte sich dazu stets den Augenblick aus, da die arme Kleine weiteressen wollte. Aber diese eine Quälerei genügte ihr nicht, sie suchte nach einem Grund zu Vorwürfen und wurde innerlich wütend, weil sie keinen fand. Hätte es gekochte Eier gegeben, so würde sie sich sicherlich über die Art beschwert haben, wie das ihre gekocht worden sei. Kaum beantwortete sie die dummen Fragen ihres Bruders, und dabei sah sie nur ihn an. Ihr Blick wich Pierrette aus. Diesem Verhalten gegenüber war Pierrette ungemein empfindlich. Pierrette brachte den Kaffee der Kusine wie den des Vetters in einem großen Silberbecher, in dem sie die mit Sahne gemischte Milch im Wasserbad erwärmt hatte. Bruder und Schwester gossen selber den von Sylvie bereiteten schwarzen Kaffee in den entsprechenden Dosen hinzu. Als sie ihr Genußmittel mit peinlicher Sorgfalt bereitet hatte, bemerkte sie ein bißchen Kaffeestaub; sie nahm es hingerissen in dem gelben Wirbel wahr, starrte darauf und beugte sich vor, um es noch besser zu sehen. Das Gewitter brach los.

»Was hast du denn?« fragte Rogron.

»Ich habe . . . Das Fräulein da hat mir Asche in den Kaffee getan. Wunderbar, Aschenkaffee zu trinken . . .! Na, kein Wunder: man kann eben nicht zwei Dinge auf einmal tun. Als ob die an den Kaffee gedacht hätte! Der hätte eine Amsel durch ihre Küche fliegen können – heute morgen hätte sie es nicht bemerkt! Wie hätte sie da sehen können, daß Asche umherflog? Und es handelte sich ja auch bloß um den Kaffee ihrer Kusine! Der ist ihr doch vollkommen schnuppe.«

In dieser Tonart redete sie weiter, während sie das Kaffeepulver, das durch den Filter gerutscht war, und ein paar nicht geschmolzene Zuckerbrocken auf den Tellerrand tat.

»Aber Kusine, das ist doch Kaffee«, sagte Pierrette.

»So? Lüge ich etwa?« rief Sylvie und schmetterte sie mit einem furchtbaren Blick nieder, den ihr Auge im Zorn schleuderte.

Organismen, die nie durch eine Leidenschaft verheert worden sind, steht ein Übermaß an Lebensfluidum zur Verfügung. Das Phänomen des äußersten Aufblitzens der Augen in Momenten der Wut hatte sich bei Mademoiselle Rogron um so mehr eingebürgert, als sie früher in ihrem Laden Gelegenheit gehabt hatte, die Macht ihres Blickes anzuwenden, indem sie die Augen über die Maßen aufriß, um ihren Untergebenen einen heilsamen Schrecken einzuflößen.

»Ich kann dir nur raten, mich ins Gesicht hinein der Lüge zu beschuldigen«, fuhr sie fort, »du, die du verdientest, vom Tisch aufstehen und allein in der Küche essen zu müssen.«

»Was habt ihr beiden eigentlich?« rief Rogron. »Ihr seid ja heute morgen gräßlich gereizt!«

»Mademoiselle weiß, was ich gegen sie habe. Ich lasse ihr Zeit zu einem Entschluß, ehe ich mit dir darüber rede; ich meine es nämlich besser mit ihr, als sie es verdient.«

Pierrette blickte durch die Fensterscheiben auf den Platz hinaus, um den Augen der Kusine auszuweichen, die ihr Angst machten.

»Sie scheint mir genauso wenig zuzuhören, als wenn ich mit der Zuckerdose da redete! Und dabei hat sie feine Ohren, sie spricht oben vom Haus aus und antwortet jemandem, der unten steht ... Sie ist von einer Verderbtheit, dein Mündel, von einer Verderbtheit, für die es keinen Ausdruck gibt; bei der kannst du dich auf nichts Gutes gefaßt machen, hast du gehört, Rogron?«

»Was hat sie denn so Schlimmes ausgefressen?« fragte der Bruder die Schwester.

»In ihrem Alter! Die fängt beizeiten an!« schrie die wütende alte Jungfer.

Pierrette stand auf, um abzudecken; sie wollte sich ablenken, sie konnte sich kaum noch aufrecht halten. Diese Redeweise war für sie nichts Neues, aber sie hatte sich nie daran gewöhnen können. Der Zorn der Kusine ließ sie glauben, sie habe ein Verbrechen begangen. Sie überlegte, wie groß ihre Wut erst sein würde, wenn sie von Brigauts Streich erführe. Vielleicht würde ihr dann Brigaut weggenommen werden. Gleichzeitig durchschossen sie tausend schnelle, tiefe Sklavinnengedanken, und sie beschloß, absolutes Schweigen über ein Geheimnis zu bewahren, von dem ihr Gewissen ihr nichts Schlechtes kündete. Sie bekam so harte, so scharfe Worte, so verletzende Verdächtigungen zu hören, daß sie, als sie in die Küche trat, einen Magenkrampf bekam und sich schrecklich erbrechen mußte. Sie wagte nicht, davon zu sprechen, da sie sich nicht sicher war, ob für sie gesorgt werden würde. Bleich und fahl kam sie wieder herein, sagte, sie fühle sich nicht gut, ging nach oben, um sich niederzulegen, und hielt sich dabei von Stufe zu Stufe am Geländer fest; sie glaubte, ihre Todesstunde habe geschlagen. – »Armer Brigaut!« sagte sie vor sich hin.

»Sie ist krank!« sagte Rogron.

»Die, und krank? Alles bloß Getue!« antwortete Sylvie laut, in der Absicht, gehört zu werden. »Heute früh war sie nicht krank, darauf kannst du dich verlassen!«

Dieser letzte Hieb schmetterte Pierrette nieder, schluchzend legte sie sich und bat Gott, sie aus dieser Welt zu entrücken.

Seit ungefähr einem Monat brauchte Rogron nicht mehr den ›Constitutionnel‹ zu Gouraud zu tragen; der Oberst kam mit kriechender Höflichkeit, holte die Zeitung ab, spann eine Unterhaltung an und nahm Rogron mit, wenn gutes Wetter war. Sylvie war überzeugt, daß sie den Obersten sehen und mit ihm sprechen könne, und so zog sie sich kokett an. Die alte Jungfer hielt sich für unwiderstehlich, wenn sie ein grünes Kleid mit einem kleinen gelben, rot gesäumten Kaschmirschal trug, sowie einen weißen Hut mit dürftigen grauen Federn. Um die Stunde, da der Oberst kommen mußte, verweilte Sylvie mit ihrem Bruder im Salon; sie hatte ihn gezwungen, in Pantoffeln und Schlafrock zu bleiben.

»Schönes Wetter, Herr Oberst«, sagte Rogron, als er Gourauds schweren Schritt vernahm. »Aber ich bin nicht angezogen, meine Schwester wollte vielleicht ausgehen, sie hat gewollt, daß ich das Haus hüte. Warten Sie auf mich.«

Rogron ließ Sylvie mit dem Obersten allein.

»Wohin haben Sie denn gehen wollen? Angezogen sind Sie wie eine Göttin!« sagte Gouraud; ihm war ein feierlicher Ausdruck in dem großen, armseligen Gesicht der alten Jungfer aufgefallen.

»Ich habe ausgehen wollen; aber da der Kleinen nicht wohl ist, bleibe ich hier.«

»Was hat sie denn?«

»Ich weiß es nicht; sie hat gebeten, sich hinlegen zu dürfen.«

Gourauds Vorsicht, um nicht zu sagen Mißtrauen, wurde ohne Unterlaß durch die Ergebnisse seines Bündnisses mit Vinet wachgehalten. Offenbar war der bessere Teil der des Advokaten. Der Advokat redigierte die Zeitung und regierte als Herr und Meister; über die Einnahmen verfügte er nach seinem Belieben, während der Oberst, der verantwortliche Herausgeber, nur wenig dabei verdiente. Vinet und Cournant hatten den Rogrons große Dienste erwiesen; der Oberst im Ruhestand hatte nichts für sie tun können. Wer würde Abgeordneter werden? Vinet. Wer spielte die Hauptrolle bei den Wahlen? Vinet. Wer wurde um Rat gefragt? Vinet! Schließlich wußte er doch zumindest ebensogut wie Vinet um die Größe und Tiefe der Leidenschaft, die die schöne Bathilde de Chargebœuf in Rogron entfacht hatte. Jene Leidenschaft gedieh zum Wahnsinn wie alle letzten Leidenschaften der Männer. Bathildes Stimme ließ den alten Junggesellen erbeben. Rogron war völlig aufgesogen von seinen begehrlichen Wünschen und hielt sie geheim; er wagte nicht, eine solche Verbindung zu erhoffen. Um den Kurzwarenhändler zu ergründen, hatte der Oberst es sich angelegen sein lassen, ihm zu sagen, er selber wolle sich um Bathildes Hand bewerben; Rogron war erbleicht angesichts eines so furchtbaren Rivalen; er war Gouraud gegenüber kühl geworden und fast gehässig. Auf diese Weise herrschte Vinet in jeder Hinsicht im Hause, während er, der Oberst, nur durch die hypothetischen Bande einer von seiner Seite aus verlogenen Zuneigung mit ihm verbündet war; zudem hatte Sylvie sich ihm noch nicht erklärt. Als der Advokat ihm das Manöver des Priesters enthüllt und ihm geraten hatte, mit Sylvie zu brechen und sich an Pierrette heranzumachen, da hatte Vinet Gourauds Neigung geschmeichelt; aber als der Oberst den intimen Sinn dieser Eröffnung analysierte und das Gelände rings um sich gut prüfte, glaubte er bei seinem Bundesgenossen die Hoffnung wahrzunehmen, ihn mit Sylvie zu entzweien und die Angst der alten Jungfer dahingehend auszunützen, daß das ganze Vermögen der Rogrons Mademoiselle de Chargebœuf in die Hände fiel. Als Rogron ihn mit Sylvie allein gelassen hatte, griff der Scharfsinn des Obersten die leichtesten Indizien auf, die ihm verrieten, daß Sylvie unruhige Gedanken hegte. Er gewahrte in ihr die feste Absicht, gewappnet und ein Weilchen mit ihm allein beisammen zu sein. Der Oberst, den bereits der heftigste Argwohn erfüllte, daß Vinet ihm einen üblen Streich spielen wolle, schrieb diese Besprechung einer heimlichen Verleumdung des affenhaft tückischen Juristen zu; er war auf der Hut, wie wenn er eine Rekognoszierung in Feindesland unternehme; er behielt das Gelände im Auge, lauschte auf das leiseste Geräusch, mit gespannten Sinnen, die Hand an der Waffe. Der Oberst hatte den Fehler, von dem, was Frauen sagten, nie auch nur ein einziges Wort zu glauben; und als die alte Jungfer Pierrette aufs Tapet brachte und ihm sagte, sie habe sich am hellen Mittag niedergelegt, meinte der Oberst, Sylvie habe sie ganz einfach aus Eifersucht in ihr Zimmer gesperrt.

»Sie wird mal sehr niedlich werden, die Kleine«, sagte er unbeteiligt.

»Sogar hübsch«, antwortete Mademoiselle Rogron.

»Sie sollten sie jetzt nach Paris in einen Laden schicken«, fuhr der Oberst fort. »Da würde sie es zu etwas bringen. Es werden heutzutage bei den Modistinnen sehr hübsche Ladenmädchen verlangt.«

»Ist das wirklich Ihre Meinung?« fragte Sylvie mit verwirrter Stimme.

»Ha! Jetzt haben wir's«, dachte der Oberst. »Vinet dürfte mir geraten haben, Pierrette und ich sollten eines Tages heiraten, damit ich für diese alte Hexe vollkommen erledigt bin.« – »Aber«, sagte er laut, »was wollen Sie denn mit ihr anfangen? Sehen Sie denn nicht, daß ein Mädchen von unvergleichlicher Schönheit, nämlich Bathilde de Chargebœuf, ein adliges Mädchen mit glänzender Verwandtschaft, sitzenbleibt: niemand will etwas von ihr wissen. Pierrette hat nichts, also würde sie nie geheiratet werden. Glauben Sie etwa, Jugend und Schönheit könnten beispielsweise mir etwas bedeuten? Mir, der ich als Rittmeister in der Kaiserlichen Garde, seit der Kaiser seine Garde gehabt hat, meine Reitstiefel in alle Hauptstädte gesetzt und in eben jenen Hauptstädten die hübschesten Frauen gekannt habe? Jugend und Schönheit, das ist etwas verteufelt Vulgäres und Blödes ...! Verschonen Sie mich damit. Wenn man mit achtundvierzig Jahren«, sagte er und machte sich damit älter, als er war, »den Rückzug von Moskau und den schrecklichen Feldzug in Frankreich[49] mitgemacht hat, dann ist man ein bißchen lendenlahm; ich bin ein alter Knabe. Eine Frau wie Sie würde mich pflegen, mich verhätscheln; und ihr Vermögen würde mir zusammen mit meinen armseligen tausend Talern Pension für meine alten Tage ein angenehmes Dasein verschaffen, und ich würde sie tausendmal einer Puppe vorziehen, die mir vielerlei Unannehmlichkeiten bereiten würde, die dreißig Jahre alt wäre und Liebesleidenschaften hegte, wenn ich sechzig wäre und Rheuma hätte. In meinem Alter rechnet man. Und noch etwas, ganz unter uns: ich möchte keine Kinder, wenn ich heirate.«

Sylvies Gesicht hatte den Obersten bei dieser Tirade immer heller angestrahlt, und ihr Ausruf trug vollends dazu bei, den Obersten von Vinets Perfidie zu überzeugen.

»Dann«, fragte sie, »sind Sie also nicht in Pierrette verliebt?«

»Na, hören Sie mal, sind Sie denn verrückt, liebe Sylvie?« rief der Oberst. »Versucht man denn, wenn man keine Zähne mehr hat, Haselnüsse zu knacken? Ich habe, Gott sei Dank, meinen gesunden Menschenverstand und kenne mich.«

Sylvie wollte sich jetzt nicht ins Spiel mischen; sie hielt es für überaus klug, ihren Bruder vorzuschieben.

»Mein Bruder«, sagte sie«, »hat die Absicht gehabt, Sie mit ihr zu verheiraten.«

»Aber Ihr Bruder kann doch nicht auf einen so törichten Einfall kommen. Vor ein paar Tagen habe ich versucht, sein Geheimnis herauszubekommen, und ihm gesagt, ich liebte Bathilde. Da ist er weiß wie Ihr Halskragen geworden.«

»Er liebt Bathilde«, sagte Sylvie.

»Wie ein Narr! Und ganz bestimmt will Bathilde nur sein Geld. (»Jetzt geb' ich's dir, Vinet«, dachte der Oberst.) Wie hätte er da zu mir von Pierrette sprechen sollen. Nein, Sylvie«, sagte er, nahm ihre Hand und drückte sie auf eine gewisse Weise, »da Sie mich nun mal auf dies Kapitel gebracht haben . . .« Er rückte näher an Sylvie heran. »Na, also . . .« (er küßte ihr die Hand, er war Kavallerieoberst, er hatte Proben seiner Tapferkeit abgelegt), »hören Sie es denn, ich will keine andere Frau als Sie. Wenngleich es so aussieht, als sei es von mir aus eine Vernunftehe, verspüre ich für Sie dennoch Zuneigung.«

»Aber *ich* hatte Sie doch mit Pierrette verheiraten wollen. Und wenn ich ihr mein Vermögen schenkte . . . was dann, Herr Oberst?«

»Ich will doch daheim nicht unglücklich sein und in zehn Jahren mitansehen, daß ein junger Fant wie Julliard meine Frau umschwänzelt und Verse an sie in die Zeitung setzt. Für so was bin ich zu sehr Mann! Ich werde nie eine Ehe mit einem so großen Altersunterschied eingehen.«

»Gut, Herr Oberst, wir wollen uns über all das mal ernsthaft aussprechen«, sagte Sylvie und warf ihm einen Blick zu, von dem sie glaubte, er sei von Liebe erfüllt; in Wirklichkeit glich er dem einer Menschenfresserin. Ihre kalten, hochvioletten Lippen zogen sich über den gelben Zähnen auseinander; sie hielt das für ein Lächeln.

»Da bin ich«, sagte Rogron und zog den Obersten, der sich vor der alten Jungfer höflich verbeugte, mit sich fort.

Gouraud beschloß, seine Heirat mit Sylvie zu beschleunigen, um auf diese Weise Herr im Hause zu werden; er nahm sich vor, durch den Einfluß, den er auf Sylvie während der Flitterwochen ausüben würde, Bathilde und Céleste Habert gänzlich beiseite zu drängen. Daher sagte er auf jenem Spaziergang zu Rogron, er habe sich neulich über ihn lustig gemacht: er erhebe keinerlei Anspruch auf Bathildes Herz, er sei nicht reich genug, um eine Frau ohne Mitgift zu heiraten; dann vertraute er ihm seinen Plan an: schon längst sei seine Wahl auf Rogrons Schwester gefallen, ihrer guten Eigenschaften wegen; er trachte nach der Ehre, Rogrons Schwager zu werden.

»Ach, Herr Oberst! Ach, Herr Baron! Wenn es sich bloß um meine Zustimmung handelt, so soll es innerhalb der vom Gesetz vorgeschriebenen Frist geschehen«, rief Rogron; er war beglückt, dieses furchtbaren Nebenbuhlers ledig zu sein.

Sylvie verbrachte den ganzen Morgen in ihrer Wohnung und überlegte, ob darin Platz für ein Ehepaar sei. Sie beschloß, für ihren Bruder ein zweites Stockwerk aufsetzen und das erste für sich und ihren Mann anständig herrichten zu lassen; aber sie nahm sich auch vor, wie jede alte Jungfer es tut, den Obersten einigen Prüfungen zu unterziehen, um sich ein Urteil über sein Herz und seine Gepflogenheiten zu bilden, ehe sie sich entschied. Sie hegte noch Zweifel und wollte sicher sein, daß Pierrette in keinerlei Beziehungen zum Obersten stand.

Zur Stunde des Abendessens kam Pierrette nach unten; sie wollte den Tisch decken. Sylvie hatte kochen müssen, sich dabei einen Fleck auf das Kleid gemacht und ausgerufen: »Diese verdammte Pierrette!« Denn wenn Pierrette für das Abendessen gesorgt hätte, das stand fest, hätte Sylvie nicht jenen Fettfleck in ihr Seidenkleid bekommen.

»Na, bist du da, du Mimose? Du bist wie der Hund eines

Schmieds, der beim Klappern der Kochtöpfe aufwacht, aber beim Lärm in der Schmiede schläft! Du willst, daß wir dich für krank halten, du Lügenbalg!«

Der Gedanke: »Du hast mir über das, was heute früh auf dem Platz geschehen ist, nicht die Wahrheit gestanden, also lügst du in allem, was du sagst« wurde zu einem Hammer, mit dem Sylvie ohne Unterlaß auf Pierrettes Herz und Kopf einschlagen sollte.

Zu Pierrettes größter Überraschung schickte Sylvie sie nach dem Essen hinauf, damit sie sich für das abendliche Beisammensein umkleide. Die kühnste Phantasie bleibt hinter der Tätigkeit zurück, in die der Argwohn den Geist einer alten Jungfer versetzt. In solch einem Fall siegt die alte Jungfer über Politiker, Advokaten und Notare, über Wechseldiskontierer und Geizhälse. Sylvie nahm sich vor, Vinet um Rat zu fragen, nachdem sie alles ringsum sorglich geprüft hatte. Sie wollte Pierrette in ihrer unmittelbaren Nähe haben, um dem Verhalten der Kleinen zu entnehmen, ob der Oberst die Wahrheit gesprochen habe. Die Damen de Chargebœuf kamen als die ersten. Auf den Rat ihres Vetters Vinet hin hatte Bathilde ihre Eleganz verdoppelt. Sie trug ein köstliches blaues Kleid aus Manchester-Samt, wie stets das helle Fichu, die Trauben aus Granaten und Gold in den Ohren, Ringellocken, das tückische Samtband mit dem Kreuz, kleine Seidenschuhe, graue Seidenstrümpfe und Wildlederhandschuhe; hinzu kamen das Gehabe einer Königin und Jungmädchen-Koketterien, womit sie allen Rogrons der Welt hätte den Kopf verdrehen können. Die ruhige, würdige Mutter bezeigte, wie die Tochter, eine gewisse aristokratische Impertinenz, mit der die beiden Damen jede Situation retteten und durch die die Mentalität ihrer Kaste hindurchschimmerte. Bathilde besaß geistige Überlegenheit; das hatte Vinet nach zweimonatigem Aufenthalt der Damen Chargebœuf in seinem Hause als erster erkannt. Als der Advokat die Tiefe dieses Mädchens ermessen hatte, das innerlich verletzt war, weil seine Jugend und Schönheit sie nichts nützten, das durch die Verachtung aufgeklärt worden war, die ihr die Männer einer Epoche einflößten, in der das Geld als einziges Idol galt, hatte er überrascht ausgerufen: »Hätte ich Sie geheiratet, Bathilde, so wäre ich heute auf dem Wege, Justizminister zu werden. Ich würde den Namen Vinet de Chargebœuf geführt haben und hätte meinen Sitz in den Reihen der Rechten!«

Bathildes Verlangen zu heiraten, barg keinen vulgären Gedanken; sie wollte nicht heiraten, um Mutter zu werden, sie wollte nicht heiraten, um einen Mann zu haben, sie wollte heiraten, um frei zu sein, um einen ›verantwortlichen Redakteur‹ zu haben, um sich ›Madame‹ nennen und um handeln zu können, wie die Männer handeln. Rogron war für sie ein Name, sie rechnete damit, etwas aus diesem Schwachkopf zu machen, einen stimmberechtigten Abgeordneten, dessen Seele sie sein würde; sie wollte sich an ihrer Familie rächen, die sich um sie, ein armes Mädchen, nicht die Spur gekümmert hatte. Vinet hatte den Kreis ihrer Ideen beträchtlich erweitert und sie gekräftigt, indem er sie bewunderte und ihnen beipflichtete.

»Liebe Kusine«, hatte er zu ihr gesagt, als er ihr darlegte, welchen Einfluß die Frauen besäßen, als er ihr die Betätigungssphäre aufzeigte, die ihr gemäß sei, »glauben Sie, daß Tiphaine, ein Mensch von letzter Durchschnittlichkeit, von sich aus an das Gericht erster Instanz in Paris käme? Madame Tiphaine ist es, die ihn zum Abgeordneten hat ernennen lassen, sie ist es, die ihn nach Paris treibt. Ihre Mutter, Madame Roguin, hat es faustdick hinter den Ohren; mit dem berüchtigten Bankier du Tillet, einem der Kumpane Nucingens, macht sie, was sie will; die beiden sind mit den Kellers liiert, und diese drei Bankhäuser leisten der Regierung oder den ihr ergebenen Leuten Dienste; die Büros stehen sich aufs beste mit diesen Halsabschneidern der Bankwelt, und diese Leute kennen ganz Paris. Es besteht kein Grund, warum Tiphaine nicht Präsident irgendeines Königlichen Gerichts werden sollte. Heiraten Sie Rogron, wir machen aus ihm einen Abgeordneten von Provins, sobald ich mir ein anderes Wahlkollegium im Département Seine-et-Marne erobert habe Dann haben Sie eine Generalvollmacht, eine der Stellungen, bei denen Rogron immer bloß zu unterschreiben braucht. Wir gehören der Opposition an, wenn sie triumphiert; aber wenn die Bourbonen bleiben, ach, dann neigen wir nach und nach der Mitte zu! Übrigens lebt Rogron nicht ewig, und Sie können später einen Mann mit der Partikel heiraten. Kurz und gut, seien Sie erst mal in einer guten Position, dann werden die Chargebœufs schon zu Kreuze kriechen. Ihre Notlage und die meine hat uns doch wohl die Maßstäbe zur Bewertung der Menschen geliehen: man muß sich ihrer bedienen, wie man sich der Postpferde bedient. Ein Mann oder eine Frau kutschieren uns von einer Haltestelle zur anderen.«

Vinet hatte aus Bathilde eine kleine Katharina von Medici[50] gemacht. Er ließ seine Frau daheim mit ihren Kindern glücklich sein und begleitete stets die Damen de Chargebœuf zu den Rogrons. Er kam in seinem vollen Glanz als Tribun der Champagne. Damals trug er eine hübsche Brille mit goldenen Bügeln, eine Seidenweste, eine weiße Halsbinde, eine schwarze Hose, elegantes Schuhwerk, einen in Paris gefertigten schwarzen Frack und eine goldene Uhr mit Kette. Statt des früheren blassen, mageren, zänkischen, düsteren Vinet bezeigte der jetzige die Haltung eines Politikers; seines Glückes gewiß, schritt er mit der eigentümlichen Sicherheit eines Mannes vom Justizpalast einher, der alle Schlupfwinkel des Rechts kennt. Sein kleiner, listiger Kopf war so gut frisiert, sein glattrasiertes Kinn lieh ihm ein so liebenswürdiges, wenngleich kaltes Aussehen, daß er angenehm in der Art Robespierres wirkte. Gewiß konnte er einen großartigen Generalstaatsanwalt von elastischer, gefährlicher, mörderischer Beredsamkeit abgeben oder einen Redner von der Raffinesse eines Benjamin Constant[51]. Die Bitterkeit und der Haß, die ihn ehedem angestachelt, hatten sich in eine perfide Sanftmut verwandelt. Das Gift war zu einer Medizin geworden.

»Guten Tag, meine Liebe, wie geht es Ihnen?« begrüßte Madame de Chargebœuf Sylvie.

Bathilde ging stracks auf den Kamin zu, setzte den Hut ab, beschaute sich im Spiegel und stellte ihren niedlichen Fuß auf das Gitter des Kaminvorsetzers, um ihn Rogron zu zeigen.

»Was haben Sie nur, Monsieur«, fragte sie ihn und blickte ihn dabei an, »begrüßen Sie mich gar nicht? Na ja, da zieht man für Sie Samtkleider an ...«

Sie schnitt Pierrette, um ihren Hut auf einen Sessel zu legen; das kleine Mädchen nahm ihn ihr aus der Hand, und sie ließ ihn sich abnehmen, als sei die Bretonin eine Zofe. Männer gelten für recht grausam, und Tiger ebenfalls; aber weder Tiger noch

Vipern noch Diplomaten noch Justizbeamte noch Henker noch Könige können in ihren größten Grausamkeiten an die sanfte Grausamkeit, die vergiftete Liebenswürdigkeit, die wüste Verachtung heranreichen, wie sie junge Damen einander bezeigen, wenn die einen sich den anderen an Herkunft, Vermögen oder Anmut überlegen glauben und wenn es sich um Heirat handelt, um Vortritt, kurz, um die tausenderlei weiblichen Rivalitäten. Das ›Danke, Mademoiselle‹, das Bathilde zu Pierrette sagte, war eine Dichtung von zwölf Gesängen.

Sie hieß Bathilde und die andere Pierrette. Sie war eine Chargebœuf, die andere eine Lorrain! Pierrette war klein und leidend, Bathilde war groß und steckte voller Leben! Pierrette wurde durchgefüttert, Bathilde und ihre Mutter standen unabhängig da! Pierrette trug ein dünnes Fähnchen, Bathilde ließ den blauen Samt ihres Kleides wallen! Bathilde hatte die üppigsten Schultern des Départements, einen königlichen Arm; Pierrettes Schulterblätter und Arme waren mager! Pierrette war Aschenbrödel, Bathilde die Fee! Bathilde würde heiraten, Pierrette ehelos sterben! Bathilde wurde vergöttert, Pierrette von niemandem geliebt! Bathilde trug eine entzückende Frisur, sie hatte Geschmack; Pierrette verbarg ihr Haar unter einem Häubchen und hatte von Mode keine Ahnung! Epilog: Bathilde war alles, Pierrette war nichts. Die stolze Bretonin kannte diese Dichtung nur zu gut.

»Tag, Kleines«, sagte Madame de Chargebœuf von oben herab zu ihr, mit einem Stimmklang, der mit ihrer spitzigen Nase zusammenhing.

Vinet übertraf noch all diese Kränkungen, indem er Pierrette ansah und zu ihr in drei Tonlagen sagte: »Oh, oh, oh! Heute abend sind wir aber mal schön, Pierrette!«

»Schön?« sagte das arme Kind, »das müssen Sie zu Ihrer Kusine sagen, nicht zu mir.«

»Ach, meine Kusine ist *immer* schön«, antwortete der Advokat. »Nicht wahr, Papa Rogron?« fragte er den Hausherrn und gab ihm klatschend die Hand.

»Ja«, antwortete Rogron.

»Warum muß er etwas gegen seine Überzeugung sagen? Er hat mich nicht nach seinem Geschmack gefunden«, warf Bathilde ein und stellte sich vor Rogron hin. »Nicht wahr? Sehen Sie mich mal an.«

Rogron betrachtete sie von oben bis unten und schloß dabei langsam die Augen wie ein Kater, dem der Kopf gekrault wird.

»Sie sind zu schön«, sagte er, »Sie anzusehen ist zu gefährlich.«

»Warum?«

Rogron starrte in die brennenden Scheite und schwieg. In diesem Augenblick kam Mademoiselle Habert herein, und nach ihr der Oberst. Céleste Habert, die zur gemeinsamen Feindin geworden war, hatte nur noch Sylvie auf ihrer Seite; aber desto mehr Rücksichtnahme wurde ihr zuteil, desto mehr Höflichkeiten und liebenswürdige Aufmerksamkeiten, weil jeder ihre Stellung unterwühlen wollte, so daß sie zwischen diesen Beweisen der Anteilnahme und dem Mißtrauen schwankte, das ihr Bruder in ihr erweckt hatte. Obwohl der Vikar dem Kriegsschauplatz fern war, erriet er alles, was dort vor sich ging. Daher wurde er, als er eingesehen hatte, daß es mit den Hoffnungen seiner Schwester aus sei, einer der furchtbarsten Gegenspieler der Rogrons. Jeder vermag sich Mademoiselle Habert auf der Stelle vorzustellen, wenn er erfährt, daß sie, auch wenn sie nicht die Leiterin, die ausgemachte Leiterin eines Mädcheninternats gewesen wäre, immer ausgesehen hätte, als sei sie Lehrerin. Lehrerinnen haben ihre besondere Art, den Hut aufzusetzen. Gerade wie alte Engländerinnen das Monopol auf Turbane innehaben, besitzen Lehrerinnen das Monopol auf gewisse Hüte, der Hutkopf ragt über die Blumen hinaus, und die Blumen sind überkünstlich; jene Hüte haben lange im Schrank gelegen und sind stets neu und stets alt, sogar schon am ersten Tage. Diese alten Mädchen setzen ihre Ehre darein, es den Gliederpuppen der Maler gleichzutun; sie sitzen auf ihren Hüften und nicht auf ihren Stühlen. Wenn man sie anredet, wenden sie einem mit einem Ruck den ganzen Oberkörper zu, statt bloß den Kopf; und wenn ihre Kleider rascheln, ist man versucht, zu glauben, daß die Federn dieser mechanischen Spielwerke in Unordnung geraten sind. Mademoiselle Habert, die ideale Verkörperung dieser Gattung, hatte strenge Augen, einen verkniffenen Mund, und unter ihrem faltigen Kinn folgten die schlaffen, zerknitterten

Bänder ihres Haubenhutes allen ihre Bewegungen. Einen kleinen Zierat bildeten bei ihr zwei ziemlich dicke, bräunliche Warzen mit Haaren darauf, die sie wachsen ließ wie struppige Clematis. Und schließlich schnupfte sie noch, aber ohne Anmut. Man setzte sich zum Boston. Sylvie hatte als Gegenüber Mademoiselle Habert, und der Oberst wurde an die Schmalseite gesetzt, vor Madame de Chargebœuf. Bathilde blieb bei ihrer Mutter und bei Rogron. Sylvie setzte Pierrette zwischen sich und den Obersten. Rogron klappte den anderen Tisch auf, für den Fall, daß Néraud, Cournant und dessen Frau noch kämen. Vinet und Bathilde konnten Whist spielen, wie auch das Ehepaar Cournant. Seit die Damen de Chargebœuf, wie sie in Provins bezeichnet wurden, zu den Rogrons kamen, leuchteten auf dem Kaminsims zwischen den Kandelabern und der Stutzuhr die beiden Lampen, und die Tische wurden durch Kerzen, das Pfund zu vierzig Sous, erhellt: sie wurden übrigens vom Spielgewinn bezahlt.

»Na, Pierrette, nimm dir doch deine Handarbeit vor, mein Kind«, sagte Sylvie mit perfider Freundlichkeit zu ihrer Kusine, als sie sah, daß Pierrette dem Obersten in die Karten sah.

Waren andere dabei, dann tat sie immer, als behandele sie Pierrette überaus gütig. Diese infame Irreführung reizte die rechtschaffene Bretonin und ließ sie ihre Kusine verachten. Pierrette holte ihre Stickerei; aber beim Durchziehen des Fadens schaute sie nach wie vor Gouraud in die Karten. Gouraud sah nicht aus, als wisse er überhaupt, daß neben ihm ein kleines Mädchen sitze. Sylvie beobachtete ihn; diese Gleichgültigkeit begann ihr außerordentlich verdächtig vorzukommen. Im Verlauf des Abends kam ein Augenblick, da die alte Jungfer eine große ›Misère‹[52] auf Herz anmeldete; das Körbchen war voller Spielmarken und enthielt überdies siebenundzwanzig Sous. Die Cournants und die Nérauds waren gekommen. Der alte Richter-Stellvertreter Desfondrilles, dem das Justizministerium die Befähigung zum Richter zuerkannt und den es mit den Funktionen eines Untersuchungsrichters betraut hatte, dessen Talente aber nie ausreichten, wenn es sich darum handelte, amtlich tätig zu sein, und der seit zwei Monaten die Partei der Tiphaines verlassen und sich der Partei Vinet zugewandt hatte, stand vor dem

Kamin, den Rücken dem Feuer zugekehrt, die Schöße seines Fracks hochgehoben. Er schaute sich in diesem prächtigen Salon um, in dem Mademoiselle de Chargebœuf glänzte; es schien, als sei die rote Ausstattung eigens gewählt worden, um die Schönheit dieser herrlichen Gestalt noch mehr hervorzuheben. Schweigen herrschte, Pierrette sah dem ›Misère‹-Spiel zu, und Sylvies Aufmerksamkeit war durch das Interesse am Stich abgelenkt.

»Spielen Sie das da«, sagte Pierrette zum Obersten und deutete auf Herz.

Der Oberst spielte eine Herz-Serie aus; Herz stand zwischen Sylvie und ihm; der Oberst warf das As, obwohl es bei Sylvie durch fünf kleine Karten gedeckt war.

»Das ist nicht ehrlich, Pierrette hat mein Spiel gesehen, und der Oberst hat sich von ihr beraten lassen.«

»Aber Mademoiselle«, sagte Céleste, »der Oberst mußte doch weiterhin Herz spielen, weil Sie Herz hatten!«

Dieser Satz ließ Desfondrilles lächeln; er war klug und dahingelangt, sich über alle Intrigen beim Spiel in Provins zu amüsieren, wo er die Rolle des Rigaudin[53] in ›La Maison en Loterie‹ von Picard spielte.

»Der Oberst hat so spielen müssen«, sagte Cournant, ohne zu wissen, worum es sich handelte.

Sylvie warf Mademoiselle Habert einen der wilden und zuckersüßen Blicke zu, wie sie nur alte Jungfern austauschen können.

»Pierrette, du hast in mein Spiel gesehen«, sagte Sylvie und starrte die Kusine an.

»Nein, Kusine.«

»Ich habe Sie alle beobachtet«, sagte der Richter und Archäologe, »ich kann bezeugen, daß die Kleine nur Augen für den Obersten gehabt hat.«

»Pah! Die kleinen Mädchen«, sagte der erschrockene Gouraud, »die verstehen es, süße Blicke hierhin und dorthin zu werfen.«

»Aha!« sagte Sylvie.

»Ja«, fuhr Gouraud fort, »vielleicht hat sie Ihnen in die Karten geschaut, um Ihnen einen Streich zu spielen. Nicht wahr, du Hübsche?«

»Nein«, sagte die Bretonin, an der kein Falsch war, »dazu

bin ich nicht imstande; und in diesem Fall hätte ich mich meiner Kusine angenommen.«

»Du weißt ganz genau, daß du eine Lügnerin bist, und außerdem dumm«, sagte Sylvie. »Wie kann man dir, nach dem, was heute morgen passiert ist, auch nur ein einziges Wort glauben? Du bist eine . . .«

Pierrette ließ die Kusine in ihrer Gegenwart nicht aussprechen, was sie hatte sagen wollen. Sie ahnte eine Sturzflut von Kränkungen, stand auf, ging hinaus und stieg ohne Licht nach ihrem Zimmer hinauf. Sylvie wurde blaß vor Wut und sagte zwischen den Zähnen hindurch: »Das soll sie mir bezahlen.«

»Bezahlen Sie die ›Misére‹?« fragte Madame de Chargebœuf.

In diesem Augenblick stieß die arme Pierrette mit der Stirn an die Korridortür, die der Richter offengelassen hatte.

»Gut! das geschieht ihr recht!« rief Sylvie.

»Was ist ihr denn zugestoßen?« fragte Desfondrilles.

»Nur, was sie verdient hat«, antwortete Sylvie.

»Sie muß sich böse gestoßen haben«, sagte Mademoiselle Habert.

Sylvie versuchte, um die Bezahlung ihrer ›Misère‹ herumzukommen, indem sie aufstand, um nachzusehen, was Pierrette geschehen war, aber Madame de Chargebœuf hielt sie zurück.

»Bezahlen Sie erst einmal«, sagte sie lachend, »denn sonst haben Sie es vergessen, bis Sie wiederkommen.«

Dieser Vorschlag gründete sich auf die Unzuverlässigkeit der Ex-Kurzwarenhändlerin beim Bezahlen ihrer Spielschulden oder bei ihren Schikanen; er fand allgemeine Zustimmung. Sylvie setzte sich wieder und dachte nicht mehr an Pierrette; niemand wunderte sich über diese Gleichgültigkeit. Den ganzen Abend hatte Sylvie ständig ein unangenehmes Vorgefühl. Als um halb zehn mit dem Kartenspielen aufgehört wurde, ließ sie sich in eine Bergère am Kamin sinken und stand erst wieder auf, als es ans Verabschieden ging. Der Oberst hatte sie auf die Folter gespannt; sie wußte nicht mehr, was sie von ihm denken sollte.

»Die Männer sind so falsch!« dachte sie im Einschlafen.

Pierrette hatte sich heftig an der Türkante gestoßen; sie war mit dem Kopf in der Höhe des Ohrs dagegengeprallt, an der

Stelle, wo die jungen Mädchen den Teil ihres Haars, den sie in Lockenwickel rollen, hochkämmen. Am anderen Tage hatte sie dort einen starken Bluterguß.

»Gott hat dich gestraft«, sagte ihre Kusine am nächsten Morgen beim Frühstück zu ihr, »du bist bockig gewesen, du hast gegen den Respekt verstoßen, den du mir schuldig bist, weil du mitten in meinem Satz aus dem Zimmer gegangen bist; dir ist nur geschehen, was du verdient hast.«

»Aber es müßte doch eine Kompresse mit Salzwasser draufgelegt werden«, sagte Rogron.

»Ach was, Vetter, es ist nicht so schlimm«, sagte Pierrette.

Es war so weit mit dem armen Kinde gekommen, daß es in der Bemerkung des Vormunds einen Beweis der Anteilnahme erblickte.

Die Woche ging zu Ende, wie sie begonnen hatte, unter beständigen Qualen. Sylvie wurde erfinderisch und trieb die Raffinessen ihrer Tyrannei bis zu den wüstesten Abgefeimtheiten vor. Die Illinoiser, Irokesen und Mohikaner[54] hätten bei ihr lernen können. Pierrette wagte nicht, über die unbestimmten Schmerzen, die Stiche zu klagen, die sie im Kopf verspürte. Die Ursache der Mißgestimmtheit ihrer Kusine bestand darin, daß Pierrette nichts von Brigaut gesagt hatte, und was diesen betraf, so versteifte sich Pierrette mit nur zu verständlicher bretonischer Dickköpfigkeit darauf zu schweigen. Jedermann dürfte jetzt begreifen, wie geartet der Blick gewesen war, den sie Brigaut zugeworfen hatte; sie hatte geglaubt, er sei ihr verloren, wenn er entdeckt würde, und instinktiv hatte sie ihn bei sich behalten wollen, glücklich, ihn in Provins zu wissen. Welche Freude für sie, Brigaut vor sich zu sehen! Der Anblick ihres Kindheitskameraden war dem Blick vergleichbar, den ein Verbannter aus der Ferne auf sein Vaterland wirft, dem Blick des Märtyrers gen Himmel, in den seine mit dem zweiten Gesicht gewappneten Augen während der glühenden Qualen einzudringen vermögen. Pierrettes letzter Blick war von dem Sohn des Majors so vollkommen verstanden worden, daß er, wenn er seine Bretter hobelte und seinen Zirkel aufklappte, Maß nahm und sein Holz zurechtlegte, sich den Kopf darüber zerbrach, auf welche Weise er mit Pierrette in einen Briefwechsel treten könne. Schließlich verfiel er auf ein Vorgehen von äußerster Einfachheit. Zu einer bestimmten Nachtstunde sollte Pierrette eine Schnur herunterlassen, an deren Ende er dann einen Brief befestigen würde. Trotz der entsetzlichen Schmerzen, die Pierrettes zweifache Krankheit mit sich brachte, der Eiteransammlung, die sich an ihrem Kopf bildete, und der Störung ihrer Konstitution, hielt der Gedanke sie aufrecht, mit Brigaut in Briefwechsel zu treten. Der gleiche Wunsch hatte sich in diesen beiden Herzen geregt; obwohl getrennt, verstanden sie einander! Bei jedem Herzstechen, bei jedem Kopfschmerz sagte Pierrette sich: »Brigaut ist hier!« Und dann litt sie, ohne zu klagen.

Am ersten Markttag, der ihrer beider ersten Begegnung in der Kirche folgte, hielt Brigaut Ausschau nach seiner kleinen Freundin. Obwohl er sah, daß sie bleich und zittrig war wie ein Novemberblatt, das nahe daran ist, sich von seinem Zweige zu lösen, handelte er bei derselben Marktfrau um Obst, bei der die furchtbare Sylvie ihre Lebensmittel kaufte. Brigaut konnte Pierrette einen kleinen Brief zustecken, und das tat er natürlich, während er mit der Marktfrau mit der Sicherheit eines Roués seine Scherze trieb, als habe er nie etwas anderes getan, so kaltblütig ging er dabei vor, obwohl das warme Blut ihm in den Ohren sauste, ihm kochend aus dem Herzen strömte und ihm fast die Venen und Arterien sprengte. Nach außen bezeigte er die Entschlußkraft eines alten Zuchthäuslers, und im Innern verspürte er das Zittern der Unschuld, völlig wie bei gewissen Müttern in tödlichen Krisen, wenn sie sich zwischen zwei Gefahren, zwischen zwei Abgründen befinden. Pierrette hatte der gleiche Schwindel wie Brigaut gepackt, sie zwängte den Brief in ihre Schürzentasche. Die Flecken auf ihren Wangen wandelten sich vom Kirschrot in ein feuriges Violett. Diese beiden Kinder empfanden jedes, ohne daß sie es wußten, Gefühle, die für zehn gewöhnliche Lieben gelangt hätten. Dieser Augenblick hinterließ in ihren Seelen einen Quell heftiger Empfindungen. Sylvie, die den bretonischen Akzent nicht kannte, konnte in Brigaut keinen Liebhaber erblicken, und Pierrette ging mit dem kostbaren Brief nach Hause.

Die Briefe dieser beiden armen Kinder sollten bei einer grausigen Debatte vor Gericht als Beweisstücke dienen; denn ohne diese fatalen Umstände wären sie nie bekannt geworden. Den nachstehenden las Pierrette abends in ihrer Kammer:

»Meine liebe Pierrette, um Mitternacht, zu der Stunde, da alles schläft, da ich aber für Dich wachen will, werde ich jede Nacht unter deinem Küchenfenster stehen. Du kannst aus Deinem Fenster eine Schnur hinablassen, die so lang sein muß, daß sie bis zu mir reicht, das macht kein Geräusch, und daran bindest Du, was Du mir zu schreiben hast. Ich antworte Dir dann auf demselben Wege. Ich weiß, daß ›sie‹ Dich Lesen und Schreiben gelehrt haben, diese schuftigen Verwandten, die Dir soviel Gutes tun müßten und Dir soviel Böses antun! Du, Pierrette, die Tochter eines Obersten, der für Frankreich gefallen ist, wirst von diesen Scheusälern gezwungen, für sie zu kochen . . .! Dabei sind also Deine hübschen Farben und Deine schöne Gesundheit geschwunden! Was ist aus meiner Pierrette geworden? Was haben sie aus ihr gemacht? Ich sehe nur zu gut, daß es Dir schlecht geht. O Pierrette, laß uns zurück in die Bretagne gehen! Ich kann so viel verdienen, daß ich Dir alles geben kann, was Dir fehlt: Du kannst täglich drei Francs haben; ich verdiene nämlich vier bis fünf, und mit dreißig Sous komme ich aus. Ach, Pierrette, wie habe ich für Dich zum lieben Gott gebetet, seit ich Dich wiedergesehen habe! Ich habe ihm gesagt, er solle mir alle Deine Leiden auferlegen und Dir alle Freuden spenden. Was hast Du denn mit ihnen gehabt, daß sie Dich so bewachen? Deine Großmutter ist besser als sie. Diese Rogrons sind das reinste Gift, sie haben Dir Deine Fröhlichkeit genommen. Du gehst in Provins nicht mehr, wie Du Dich in der Bretagne bewegt hast. Laß uns in die Bretagne zurückkehren! Kurz und gut, ich bin da, um Dir zu dienen, um Deine Befehle auszuführen, und Du mußt mir sagen, was Du willst. Wenn Du Geld brauchst, ich habe für uns sechzig Taler gespart, und ich werde es schmerzlich empfinden, wenn ich sie Dir mit der Schnur schicke, anstatt respektvoll Deine lieben Hände zu küssen, wenn ich sie hineinlege. Ach, meine arme Pierrette, schon seit langem hat sich für mich das Himmelsblau getrübt. Ich habe keine zwei frohen Stunden gehabt, seit ich Dich in jene Unglückspostkutsche gesetzt habe; und als ich Dich wiedergesehen habe wie einen Schatten, da hat diese

Hexe von einer Verwandten unser Glück gestört. Nun, wir haben den Trost, jeden Sonntag gemeinsam zu Gott zu beten, dann hört er uns vielleicht besser. Kein Lebewohl, meine liebe Pierrette, und bis heute nacht.«

Dieser Brief ging Pierrette so nahe, daß sie mehr als eine Stunde damit hinbrachte, ihn immer wieder zu lesen und anzuschauen; aber zu ihrem Kummer fiel ihr ein, daß sie kein Schreibmaterial habe. Also unternahm sie den schwierigen Gang von ihrer Mansarde hinunter ins Eßzimmer, wo sie Tinte, eine Feder und Papier finden konnte; sie brachte ihn hinter sich, ohne ihre schreckliche Kusine geweckt zu haben. Ein paar Minuten nach Mitternacht hatte sie folgenden Brief geschrieben, der gleichfalls in dem Prozeß angeführt wurde.

»Mein Freund, o ja, mein Freund! Denn nur Du, Jacques, und meine Großmutter haben mich liebgehabt. Möge Gott mir verzeihen, aber ihr seid auch die beiden einzigen Wesen, die ich liebhabe, einen wie den anderen, keinen mehr oder weniger. Ich war zu klein, als daß ich meine arme Mama hätte kennen können; aber Dich, Jacques, und meine Großmutter, meinen Großvater auch, Gott schenke ihm das Himmelreich, denn er hat sehr unter seinem Ruin gelitten, der auch der meine war, ja, euch beide, die ihr mir geblieben seid, euch liebe ich genauso sehr, wie ich unglücklich bin! Um daher zu wissen, wie sehr ich euch liebe, müßtet ihr erfahren, wie ich leide, und gerade das möchte ich nicht, es würde euch zu wehtun. Es wird mit mir gesprochen, wie man nicht einmal zu einem Hunde spricht! Ich werde behandelt wie die Letzte der Letzten! Und ich mag mich prüfen, als wenn ich vor Gott stände, ich finde in mir ihnen gegenüber kein Unrecht. Ehe Du mir das Brautlied sangest, habe ich in meinen Schmerzen die Güte Gottes erkannt; denn als ich ihn gebeten hatte, mich von dieser Welt zu erlösen, und mich sehr krank fühlte, habe ich mir gesagt: ›Gott erhört mich!‹ Aber, Brigaut, nun Du da bist, will ich, daß wir weggehen, nach der Bretagne, zu meiner Großmutter, die mich liebhat, obwohl sie sagen, sie hätte mir achttausend Francs gestohlen. Sollte ich wirklich achttausend Francs besitzen, Brigaut? Wenn sie mir gehören, kannst

Du sie dann an Dich bringen? Aber das sind ja Lügen; wenn wir achttausend Francs hätten, wäre meine Großmutter nicht in Saint-Jacques. Ich habe dieser guten, frommen Frau nicht durch einen Bericht über meine Qualen die letzten Tage vergällen wollen: sie wäre daran gestorben. Ach, wenn sie wüßte, daß ihre Enkelin Geschirr abwaschen muß, sie, die zu mir gesagt hat: ›Laß das, mein Liebling‹, wenn ich ihr in ihrer Not helfen wollte, ›laß, laß, mein Liebling, du verdirbst dir deine hübschen Pfötchen.‹ Ach, meine Fingernägel sehen jetzt schön aus, das kannst Du mir glauben! Die meiste Zeit kann ich kaum den Lebensmittelkorb tragen, er schneidet mir in den Arm, wenn wir vom Markt heimgehen. Dabei glaube ich nicht einmal, daß mein Vetter und meine Kusine böse Menschen sind; aber sie meinen, sie müßten mich in einem fort ausschimpfen, und es scheint, daß ich nicht von ihnen weg kann. Mein Vetter ist mein Vormund. Eines Tages, als ich hatte weglaufen wollen, weil es mir zu schlecht ging, und als ich es ihnen gesagt habe, da hat meine Kusine Sylvie mir geantwortet, dann würde die Gendarmerie mir nachsetzen, das Gesetz sei auf seiten meines Vormunds, und ich habe eingesehen, daß Verwandte so wenig die Eltern ersetzen können wie die Heiligen den lieben Gott. Was sollte ich wohl mit Deinem Gelde anfangen, armer, lieber Jacques? Behalte es für unsere Reise. Ach, wie habe ich stets an Dich gedacht, und an Pen-Hoël und an den großen Teich! Dort haben wir es besser gehabt, denn mir scheint, daß es kein gutes Ende mit mir nimmt. Ich bin sehr krank, Jacques! Ich habe im Kopf Schmerzen, daß ich schreien möchte, und auch in den Knochen, im Rücken, und dann irgend etwas im Kreuz, das mich umbringt, und ich habe nur auf schreckliche Dinge Appetit, auf Wurzeln, auf Blätter; und dann rieche ich gern den Geruch von bedrucktem Papier. Es gibt Augenblicke, da würde ich weinen, wenn ich allein wäre, ich darf ja nichts tun, was ich gern möchte, und ich darf ja nicht einmal weinen. Ich muß mich verstecken, um meine Tränen dem darzubieten, von dem uns die Gnaden zuteil werden, die wir unsere Heimsuchungen nennen. Hat er Dir nicht den guten Gedanken eingegeben, unter meinem Fenster das Brautlied zu singen? Ach, Jacques, meine Kusine hat dich gehört und gesagt, ich hätte einen Liebhaber. Wenn du mein Liebhaber sein willst, dann hab mich sehr lieb; ich verspreche Dir, ich will Dich immer so liebhaben wie früher und Deine getreue Dienerin sein.

Pierrette Lorrain.

Du hast mich doch immer lieb, nicht wahr?«

Die Bretonin hatte aus der Küche ein Stück Brot mitgenommen; darein bohrte sie ein Loch, um den Brief hineinzustecken und die Schnur zu beschweren. Als sie um Mitternacht äußerst behutsam ihr Fenster aufgemacht hatte, ließ sie Brief und Brot hinabgleiten; es konnte kein Geräusch geben, wenn das Brot die Mauer oder die Laden streifte. Sie spürte, daß Brigaut an der Schnur zog und sie abriß; darauf ging er leise und langsam von dannen. Als er mitten auf dem Platz angelangt war, konnte sie ihn im Sternenschimmer undeutlich sehen; er jedoch betrachtete sie im Lichtschein ihrer Kerze. So standen die beiden Kinder wohl eine Stunde lang da; Pierrette machte ihm Zeichen, daß er gehen solle, er ging, sie blieb, und er kam wieder und bezog seinen Posten, und Pierrette befahl ihm aufs neue, von dem Platz wegzugehen. Das wiederholte sich mehrere Male, bis die Kleine das Fenster schloß, zu Bett ging und ihr Licht ausblies. Sobald sie lag, schlief sie beglückt ein, wenngleich unter Schmerzen: Brigauts Brief hatte sie unter ihr Kopfkissen gelegt. Sie schlief, wie Verfolgte schlafen, einen Schlaf, den Engel verschönten, einen Schlaf in Sphären von Gold und Ultramarin, voll göttlicher Arabesken, wie Raffael sie erschaut und nachgestaltet hat.

Das Seelische hatte so viel Gewalt über diesen zarten Körper, daß Pierrette sich am anderen Morgen fröhlich und leicht wie eine Lerche erhob, strahlend und heiter. Eine solche Wandlung konnte dem Auge ihrer Kusine nicht entgehen, die sie diesmal, anstatt sie auszuschimpfen, mit der Aufmerksamkeit einer Elster zu beobachten begann. »Wie kommt es, daß sie so glücklich ist?« Das war ein Gedanke der Eifersucht und nicht der Tyrannei. Hätte nicht der Oberst Sylvie beschäftigt, so hätte sie, wie früher immer, zu Pierrette gesagt: »Pierrette, du bist sehr ausgelassen, oder du kümmerst dich nicht um das, was dir gesagt wird!« Die alte Jungfer beschloß, Pierrette zu bespitzeln, wie nur alte Jungfern zu bespitzeln wissen. Jener Tag verlief düster und stumm wie die Zeitspanne, die einem Gewitter vorhergeht.

»Dann hast du also keine Schmerzen mehr?« fragte Sylvie beim Abendessen. »Wenn ich dir doch gesagt habe, daß sie all das nur tut, um uns zu quälen«, rief sie ihrem Bruder zu, ohne Pierrettes Antwort abzuwarten.

»Im Gegenteil, Kusine, mir ist, als hätte ich Fieber ...«

»Fieber? Wovon denn? Du bist lustig wie ein Fink. Vielleicht hast du jemanden wiedergesehen?«

Pierrette zuckte zusammen und sah auf ihren Teller nieder.

»Scheinheilige!« rief Sylvie. »Mit vierzehn Jahren! Schon! Was sind das für Anlagen? Willst du denn ins Unglück geraten?«

»Ich weiß nicht, was du damit sagen willst«, entgegnete Pierrette und richtete ihre schönen, braunen, leuchtenden Augen auf die Kusine.

»Heute«, sagte diese, »bleibst du bei einer Kerze im Eßzimmer und arbeitest. Im Salon störst du bloß, und ich will nicht, daß du mir in die Karten guckst und dann deinen Freunden Ratschläge gibst.«

Pierrette zuckte nicht mit der Wimper.

»Heuchlerin!« schrie Sylvie sie an und ging hinaus.

Rogron, der nichts von den Äußerungen seiner Schwester verstanden hatte, sagte zu Pierrette: »Was habt ihr beiden eigentlich? Versuch, es deiner Kusine recht zu machen, Pierrette; sie ist sehr nachsichtig und weichherzig, und wenn sie um deinetwillen schlechte Laune hat, dann mußt du die Schuld haben. Warum streitet ihr euch? Ich möchte meine Ruhe haben. Sieh dir Mademoiselle Bathilde an, an der solltest du dir ein Beispiel nehmen.«

Pierrette konnte alles ertragen, ganz sicher würde Brigaut um Mitternacht kommen und ihr eine Antwort bringen, und diese Hoffnung war ihre Wegzehrung für diesen Tag. Aber sie verbrauchte ihre letzten Kräfte! Sie schlief nicht, sie blieb auf, sie lauschte dem Stundenschlag der Uhren und fürchtete, ein Geräusch zu verursachen. Endlich schlug es Mitternacht, sie machte ganz leise ihr Fenster auf; und diesmal benutzte sie eine Schnur, die sie sich dadurch gefertigt hatte, daß sie mehrere Endchen Bindfaden aneinanderknüpfte. Sie hatte Brigauts Schritt vernommen; und als sie ihre Schnur wieder hochzog, las sie folgenden Brief, der sie mit Freude überschüttete:

»Meine liebe Pierrette, wenn Du so krank bist, darfst Du Dich durch das Warten auf mich nicht erschöpfen. Du wirst mich wohl hören, wenn ich schreie wie die ›Chuins‹ (die Chouans, die Käuzchen). Zum Glück hat mein Vater mich gelehrt, ihren Ruf nachzuahmen. Ich werde also dreimal schreien, dann weißt Du, daß ich da bin und daß Du mir die Schnur herunterlassen mußt; aber ich komme erst in ein paar Tagen wieder. Ich hoffe, dann kann ich Dir gute Nachricht bringen. Ach, Pierrette, sterben? Aber Pierrette, was fällt Dir denn ein? Mein ganzes Herz hat gezittert; ich habe geglaubt, ich selber müsse bei diesem Gedanken sterben. Nein, Pierrette, Du wirst nicht sterben, Du wirst glücklich leben und bald von Deinen Verfolgern befreit sein. Wenn mir mißlingt, was ich zu Deiner Rettung unternehme, wende ich mich an die Justiz, und ich sage angesichts von Himmel und Erde aus, wie Deine unwürdigen Verwandten Dich behandeln. Ich bin sicher, daß Du nur noch ein paar Tage zu leiden hast: hab Geduld, Pierrette! Brigaut wacht über Dich wie in den Tagen, da wir auf dem Teich schlitterten und ich Dich aus dem großen Loch gezogen habe, in dem wir beinahe beide ertrunken wären. Adieu, meine liebe Pierrette, wenn Gott will, sind wir in ein paar Tagen glücklich. Ach, ich wage nicht, Dir das einzige zu sagen, was sich unserer Vereinigung entgegenstellen könnte. Aber Gott hat uns lieb! In ein paar Tagen werde ich also meine liebe Pierrette befreit sehen können, ohne Sorgen, ohne daß mich jemand hindern könnte, Dich anzuschauen; denn mich hungert danach, Dich zu sehen, Pierrette! Pierrette, die Du so gnädig bist, mich zu lieben und es mir zu sagen. Ja, Pierrette, ich will Dein Liebhaber sein, aber erst, wenn ich das Vermögen verdient habe, das Deiner würdig ist, und bis dahin will ich für Dich nichts als ein getreuer Diener sein, über dessen Leben Du verfügen kannst. Adieu.

Jacques Brigaut.«

Das Folgende hatte der Sohn des Majors Pierrette nicht gesagt. Brigaut hatte an Madame Lorrain in Nantes nachstehenden Brief geschrieben:

»Madame Lorrain, Ihre Enkelin wird sterben, so schlecht wird sie behandelt, wenn Sie sie nicht zurückverlangen; ich habe sie kaum wiedererkannt, und damit Sie die Dinge richtig beurteilen, lege ich Ihnen den Brief bei, den ich von Pierrette empfangen habe. Es heißt hier von Ihnen, Sie hätten sich das Vermögen Ihrer Enkelin angeeignet, und vor dieser Beschuldigung müssen Sie sich rechtfertigen. Also wenn Sie können, kommen Sie schnell, wir können noch glücklich sein, und wenn Sie erst später kommen, finden Sie Pierrette womöglich tot vor.

Ich bin mit Hochachtung Ihr ergebener Diener

Jacques Brigaut.

Bei Monsieur Frappier, Schreinermeister, Provins, Grand' Rue.«

Brigaut fürchtete, Pierrettes Großmutter könne gestorben sein.

Obwohl der Brief dessen, den die Bretonin in ihrer Harmlosigkeit ihren Liebhaber nannte, für sie fast ein Rätsel war, glaubte sie ihm mit ihrer jungfräulichen Kraft. Ihr Herz empfand, was die Wanderer in der Wüste empfinden, wenn sie in der Ferne Palmen um einen Brunnen gewahren. In wenigen Tagen werde ihr Unglück enden, Brigaut hatte es ihr gesagt; über dem Versprechen ihres Kindheitsfreundes schlief sie ein; und doch, als sie jenen Brief zu dem anderen steckte, überkam sie eine furchtbare Angst.

»Der arme Brigaut«, sagte sie sich, »er weiß nicht, in welches Loch ich meine Füße gesteckt habe.«

Sylvie hatte Pierrette gehört; sie hatte auch Brigaut unter ihrem Fenster gehört; sie stand auf, blickte hastig durch die Spalte der Laden auf den Platz und sah im Mondschein, wie ein Mann auf das Haus zuging, in dem der Oberst wohnte und dem gegenüber Brigaut stehenblieb. Die alte Jungfer machte ganz leise ihre Tür auf, ging nach oben, war betroffen, als sie bei Pierrette Licht sah, schaute durchs Schlüsselloch und konnte nichts sehen.

»Pierrette«, fragte sie, »bist du krank?«

»Nein, Kusine«, antwortete Pierrette überrascht.

»Warum hast du dann um Mitternacht Licht? Mach auf, ich muß wissen, was du treibst.«

Pierrette öffnete barfuß, und die Kusine sah die wirr daliegende Schnur, die Pierrette nicht zusammengewickelt hatte, da sie nicht darauf gefaßt gewesen war, ertappt zu werden. Sylvie sprang darauf zu.

»Was machst du damit?«

»Gar nichts, Kusine.«

»Gar nichts?« fragte sie. »Gut! Schon wieder Lügen. Auf diese Weise kommst du bestimmt nicht ins Paradies. Geh zu Bett, sonst erkältest du dich.«

Sie fragte nicht weiter, sondern ging, und Pierrette war tief erschrocken über diese Milde. Anstatt loszuwettern, hatte Sylvie plötzlich beschlossen, den Obersten und Pierrette zu überraschen, sich der Briefe zu bemächtigen und die beiden Liebenden, die sie betrogen, zu ertappen. Die Gefahr machte Pierrette klug; sie nähte die Briefe in ihr Korsett unter ein Stück Kaliko.

Damit endete Pierrettes und Brigauts Liebschaft.

Pierrette war nur zu glücklich über den Entschluß ihres Freundes, denn der Argwohn ihrer Kusine mußte nachlassen, wenn er keinen Nährstoff mehr fand. Tatsächlich blieb Sylvie drei Nächte auf den Beinen und hielt drei Abende lang Ausschau nach dem schuldlosen Obersten, ohne weder bei Pierrette noch im Hause noch draußen irgend etwas wahrzunehmen, das auf ein Einverständnis der beiden hätte schließen lassen. Sie schickte Pierrette zur Beichte und nahm diese Zeitspanne wahr, um im Zimmer des Kindes alles zu durchwühlen, was mit den Gepflogenheiten und dem Scharfsinn von Spionen oder eines Beamten an der Pariser Stadtzollschranke geschah. Sie fand nichts. Ihre Wut gelangte auf den Höhepunkt dessen, was Menschen überhaupt empfinden können. Wäre Pierrette dagewesen, so hätte sie sie bestimmt erbarmungslos durchgeprügelt. Für eine alte Jungfer dieses Schlages war die Eifersucht weniger ein Gefühl als eine Beschäftigung: sie lebte, sie fühlte ihr Herz schlagen, sie hatte Empfindungen, die ihr bisher völlig unbekannt gewesen waren; die geringste Bewegung hielt sie wach, sie lauschte auf die leisesten Geräusche, sie beobachtete Pierrette mit einer düsteren Vorahnung.

»Dies kleine Biest bringt mich noch um!« sagte sie.

Sylvies strenge Maßnahmen gegen ihre Kusine gediehen zur raffiniertesten Grausamkeit und verschlimmerten die klägliche Lage, in der Pierrette sich befand. Die arme Kleine hatte regelmäßig Fieberanfälle, und ihre Kopfschmerzen wurden unerträglich. Im Verlauf einer Woche bot sie den Stammgästen des Hauses Rogron eine solche Leidensgestalt dar, daß Menschen von weniger grausamem Eigennutz sicherlich gerührt gewesen wären; aber der Arzt Néraud blieb, vielleicht auf einen Wink Vinets hin, länger als eine Woche fern. Den Obersten hatte Sylvie argwöhnisch gemacht; er hatte Angst vor einem Fehlschlagen seiner Heiratspläne, wenn er Pierrette das leiseste Mitgefühl bezeigte. Bathilde bezeichnete die Veränderung des Kindes als eine vorauszusehende, natürliche und gefahrlose Krisis. Endlich, eines Sonntagabends, als Pierrette im Salon war, in dem sich zu jener Stunde viele Menschen befanden, konnte sie so großen Schmerzen nicht mehr standhalten, sie wurde ohnmächtig, und der Oberst, der ihren Schwächezustand als erster wahrgenommen hatte, hob sie hoch und trug sie auf eins der Kanapees.

»Das hat sie absichtlich getan«, sagte Sylvie und warf Mademoiselle Habert und den mit ihr Spielenden einen Blick zu.

»Sie können sicher sein, daß Ihre Kusine sehr krank ist«, sagte der Oberst.

»Sie hat sich in Ihren Armen sehr wohl gefühlt«, antwortete Sylvie ihm mit einem abscheulichen Lächeln.

»Der Oberst hat recht«, sagte Madame de Chargebœuf, »Sie sollten einen Arzt kommen lassen. Heute morgen in der Kirche haben beim Hinausgehen alle über Mademoiselle Lorrains Zustand gesprochen; er fällt ins Auge.«

»Ich sterbe«, sagte Pierrette.

Desfondrilles rief Sylvie und sagte ihr, sie solle doch das Kleid der Kusine aufmachen. Sylvie lief hin und sagte: »Nichts als Verstellung!« Sie knöpfte das Kleid auf; gleich mußte sie das Korsett berühren, da brachte Pierrette übermenschliche Kraft auf; sie richtete sich hoch und rief: »Nein! Nein! Ich gehe zu Bett.«

Sylvie hatte das Korsett betastet, und ihre Hand hatte das Papier gefühlt. Sie ließ Pierrette gehen und sagte zu den anderen: »Na? Was halten Sie jetzt von ihrer Krankheit? Nichts als Flausen! Sie können sich gar nicht vorstellen, wie verderbt dies Kind ist.«

Als aufgebrochen wurde, hielt sie Vinet zurück, sie war wütend, sie wollte sich rächen; dem Obersten begegnete sie grob, als er sich von ihr verabschiedete. Der Oberst warf Vinet einen gewissen Blick zu, der ihm wie eine Drohung in den Leib fuhr und schon die Stelle für eine Kugel zu markieren schien. Sylvie bat Vinet, er möge noch bleiben. Als sie allein waren, sagte die alte Jungfer zu ihm: »Nie im Leben heirate ich den Obersten!«

»Nun Sie den Entschluß gefaßt haben, kann ich sprechen. Der Oberst ist mein Freund, aber ich bin mehr der Ihre als der seine: Rogron hat mir Dienste erwiesen, die ich nie vergessen werde. Ich bin ein ebenso guter Freund wie erbarmungsloser Feind. Seien Sie überzeugt: bin ich erst einmal in der Abgeordnetenkammer, so wird man schon sehen, wie weit ich es zu bringen vermag, und dann wird Rogron durch mich Generalsteuereinnehmer ... Schwören Sie mir, nie auch nur ein Wort unserer Unterredung weiterzusagen?« Sylvie nickte. – »Also: der wackere Oberst ist ein hemmungsloser Spieler.«

»Oh!« entfuhr es Sylvie.

»Ohne die mißlichen Lagen, in die seine Leidenschaft ihn gebracht hat, wäre er vielleicht Marschall von Frankreich geworden«, fuhr der Advokat fort. »Er könnte also Ihr Vermögen verspielen! Aber er ist ein Mann mit Hintergedanken. Glauben Sie bitte nicht, daß es Eheleuten freisteht, Kinder zu bekommen oder nicht: Kinder gibt Gott, und Sie wissen ja, was Ihnen passieren würde. Nein, wenn Sie heiraten wollen, dann warten Sie, bis ich in der Kammer bin; dann können Sie den alten Desfondrilles heiraten; der wird dann Gerichtspräsident. Aus Rache lassen Sie Ihren Bruder Mademoiselle de Chargebœuf heiraten; ich nehme es auf mich, deren Einwilligung zu erlangen; sie bekommt zweitausend Francs Zinsen, und dann sind Sie mit den Chargebœufs verwandt, wie ich es bin. Glauben Sie nur, die Chargebœufs betrachten uns eines Tages als zur Familie gehörig.«

»Gouraud liebt Pierrette«, lautete Sylvies Antwort.

»Dazu wäre er imstande«, sagte Vinet, »und er ist auch imstande, sie nach Ihrem Tode zu heiraten.«

»Eine saubere Rechnung«, sagte sie.

»Ich habe es Ihnen ja gesagt: dieser Mann ist gerissen wie der Teufel! Verheiraten Sie Ihren Bruder und lassen Sie dabei durchblicken, Sie wollten unverehelicht bleiben, damit Sie Ihr Vermögen Ihren Neffen oder Nichten hinterlassen könnten; dann treffen Sie mit einem einzigen Schlage Pierrette und Gouraud, und dann werden Sie ja sehen, was für ein Gesicht er zieht.«

»Ja, da haben Sie recht«, rief die alte Jungfer, »damit treffe ich sie beide. Sie wird in einen Laden gesteckt und bekommt nichts. Sie hat keinen roten Heller, soll sie es doch machen wie wir, soll sie doch arbeiten!«

Als Vinet seinen Plan Sylvies Kopf eingehämmert hatte, ging er; er kannte ja ihre Starrköpfigkeit. Die alte Jungfer würde schließlich glauben, der Plan stamme von ihr. Auf dem Platz traf Vinet den Obersten, der eine Zigarre rauchte und auf ihn wartete.

»Halt!« sagte Gouraud zu ihm. »Sie haben mein Gebäude demoliert, aber bei dem Abbruch gibt es genügend Steine, um Sie zu begraben.«

»Herr Oberst!«

»Für Sie gibt es keinen Obersten mehr, mit Ihnen werde ich schon Schlitten fahren! Zunächst: Sie werden niemals Abgeordneter...«

»Herr Oberst!«

»Ich verfüge über zehn Stimmen, und die Wahl hängt ab von...«

»Herr Oberst, so hören Sie doch! Gibt es denn auf Erden bloß die alte Sylvie? Ich habe gerade eben versucht, Sie zu rechtfertigen, es wird nämlich von Ihnen vermutet, und Sylvie ist überzeugt davon, daß Sie an Pierrette Briefe schreiben, sie hat Sie gesehen, wie Sie um Mitternacht aus Ihrem Hause gekommen und unter ihr Fenster getreten sind...«

»Gut erfunden!«

»Sie will ihren Bruder mit Bathilde verheiraten und deren Kindern ihr Vermögen hinterlassen.«

»Bekommt Rogron denn Kinder?«

»Ja«, sagte Vinet. »Aber ich verspreche Ihnen, daß ich für Sie eine junge, angenehme Person mit hundertfünfzigtausend Francs ausfindig mache. Sind Sie verrückt? Können Sie und ich sich verkrachen? Ohne daß ich es wollte, haben die Dinge sich gegen Sie gekehrt; aber Sie kennen mich nicht.«

»Na ja, dann muß man sich eben kennenlernen«, entgegnete der Oberst. »Verschaffen Sie mir eine Frau mit fünfzigtausend

Talern, und zwar vor den Wahlen, sonst: gehorsamster Diener. Ich habe für schlechte Bettgenossen nichts übrig, und Sie haben die ganze Decke zu sich hingezogen. Guten Abend.«

»Sie werden schon sehen«, sagte Vinet und drückte dem Obersten mit betonter Herzlichkeit die Hand.

Gegen ein Uhr morgens erschollen die drei klaren, deutlichen, bewunderswert gut nachgeahmten Rufe eines Käuzchens auf dem Platz; Pierrette hörte sie in ihrem Fieberschlummer, schweißnaß stand sie auf, öffnete das Fenster, sah Brigaut und warf ihm ein Knäuel Seide zu, an dem er einen Brief befestigte. Sylvie, in der die Geschehnisse des Abends und ihre Unentschlossenheit rumorten, hatte nicht geschlafen; sie hielt den Käuzchenruf für echt.

»Ach, der Unglücksvogel! Aber was ist das? Pierrette steht auf. Was mag sie haben?«

Als Sylvie hörte, daß das Mansardenfenster aufgemacht wurde, stürzte sie an ihr Fenster und hörte an dem Laden entlang Brigauts Brief schaben. Sie zog die Bänder ihrer Nachtjacke zusammen und stieg hurtig zu Pierrette hinauf, die sie dabei traf, wie sie die Seide aufwickelte und den Brief losnestelte.

»Ha! Jetzt ertappe ich dich«, kreischte die alte Jungfer, ging an das Fenster und sah Brigaut, der davonlief, so schnell er konnte. »Du gibst mir sofort den Brief.«

»Nein, Kusine«, sagte Pierrette, die sich durch eine der ungeheuren Eingebungen der Jugend und unterstützt von ihrer Seele bis zu der Großartigkeit des Widerstands erhob, den wir in der Weltgeschichte bei einigen Völkern bewundern, die zur Verzweiflung getrieben worden waren.

»Ach so, du willst nicht ...?« schrie Sylvie, trat auf die Kusine zu und bot ihr eine grausige Maske voller Haß und wütendem Grimassieren dar.

Pierrette wich zurück, um Zeit zu haben, den Brief in der Hand zu verbergen, die sie mit unbezwingbarer Kraft zusammenballte. Als Sylvie diesen Kunstgriff sah, umklammerte sie mit ihren Hummerscheren Pierrettes zarte, weiße Hand und wollte sie aufmachen. Es gab einen schrecklichen Kampf, einen Kampf, der infam war wie alles, was den Gedanken antastet, den einzigen Schatz, den Gott jeder Gewalt entzieht und als ein geheimes Band zwischen den Unglücklichen und sich bewahrt. Die beiden Frauen, die eine eine Sterbende und die andere in voller Kraft, starrten einander an. Pierrettes Augen sahen ihre Henkerin mit dem Blick des Templers an, dem die Brust mit einer Eisenstange zerschmettert wurde, in Gegenwart Philipps des Schönen[55], der diesen furchtbaren Strahl nicht ertragen konnte und niedergeschmettert den Platz verließ. Sylvie, die eine Frau und eifersüchtig war, antwortete auf jenen magnetischen Blick durch düstere Blitze. Ein grausiges Schweigen herrschte. Die zusammengekrampften Finger der Bretonin setzten den Versuchen der Kusine einen Widerstand wie ein Stahlblock entgegen. Sylvie mißhandelte Pierrettes Arm, sie versuchte, ihr die Finger zu öffnen; und da sie nichts erreichte, grub sie ihr unnützerweise die Nägel ins Fleisch. Als schließlich die Wut sich einmischte, riß sie Pierrettes Faust an ihre Zähne hoch; sie wollte sie in die Finger beißen und Pierrette durch den Schmerz überwinden. Nach wie vor forderte Pierrette sie durch den furchtbaren Blick der Unschuld heraus. Die Wut der alten Jungfer steigerte sich so sehr, daß sie völlig blind wurde; sie nahm Pierrettes Arm und fing an, ihre Faust auf die Fensterbank zu hämmern, wie wenn man eine Nuß aufknacken will, um an den Kern zu gelangen.

»Hilfe! Hilfe!« schrie Pierrette, »sie bringt mich um!«

»So? Du schreist? Und ich ertappe dich mit einem Liebhaber mitten in der Nacht . . .?« Und mitleidlos hämmerte sie weiter.

»Hilfe!« schrie Pierrette; ihre Faust blutete.

In diesem Augenblick wurde heftig an die Haustür geklopft. Die beiden Kusinen waren erschöpft, sie hielten inne.

Rogron war aufgewacht und beunruhigt, er wußte nicht, worum es sich handelte; er stand auf, lief ins Zimmer seiner Schwester, sah sie nicht; er bekam es mit der Angst, ging nach unten, machte die Haustür auf und wurde von Brigaut halbwegs beiseite gestoßen, dem eine Art Geistererscheinung folgte. Im selben Augenblick gewahrten Sylvies Augen Pierrettes Korsett, es fiel ihr ein, daß sie darin Papiere gefühlt hatte; sie sprang darauf zu wie eine Tigerin auf ihre Beute, umklammerte das Korsett mit der Faust und zeigte es Pierrette grinsend, wie ein Irokese seinen Feind angrinst, ehe er ihn skalpiert.

»Oh, ich sterbe«, sagte Pierrette und sank in die Knie. »Wer hilft mir?«

»Ich!« rief eine weißhaarige Frau und neigte ein altes, pergamentenes Gesicht, in dem zwei graue Augen funkelten, über Pierrette.

»O Großmutter, du kommst zu spät«, rief das arme Kind und brach in Tränen aus.

Pierrette fiel auf ihr Bett; alle Kräfte hatten sie verlassen, die Erschöpfung, die bei einer Kranken nach einem so heftigen Ringen folgt, überwältigte sie. Die große, hagere Geistererscheinung nahm Pierrette in den Arm wie eine Kinderfrau ein Kind und ging hinaus, von Brigaut gefolgt, ohne ein einziges Wort zu Sylvie zu sagen, der sie durch einen tragischen Blick die majestätischste Anklage entgegenschleuderte. Die Erscheinung dieser erhabenen Alten in ihrer bretonischen Gewandung, in der Kapuze ihres Umhangs, der eine Art Pelzcape aus schwarzem Tuch ist, dazu noch der furchterregende Brigaut erschreckten Sylvie: sie glaubte, den Tod gesehen zu haben. Die alte Jungfer ging nach unten, hörte die Haustür zuklappen und stand urplötzlich ihrem Bruder gegenüber, der sie fragte: »Dann haben sie dich also nicht umgebracht?«

»Geh schlafen«, sagte Sylvie. »Morgen früh werden wir sehen, was wir zu tun haben.«

Sie legte sich zu Bett, trennte das Korsett auf und las die beiden Briefe Brigauts, die sie ganz durcheinanderbrachten. Seltsam entschlußlos schlief sie ein; sie ahnte nichts von den furchtbaren Folgen, zu denen ihr Tun Anlaß geben sollte.

Die Briefe, die Brigaut an die Witwe Lorrain geschickt hatte, trafen sie in unsäglicher Freude an, die getrübt wurde, als sie sie las. Die arme Siebzigjährige wäre vor Kummer fast gestorben, weil sie leben mußte, ohne Pierrette um sich zu haben; sie hatte sich indessen über den Verlust getröstet, weil sie der Meinung war, sie habe sich im Interesse der Kleinen aufgeopfert. Sie hatte eins der ewig jungen Herzen, die die Idee des Opfers stärkt und belebt. Ihr alter Mann, dessen einzige Freude jene Enkelin gewesen war, hatte sich nach Pierrette gesehnt; alle Tage hatte er rings um sich her nach ihr gesucht. Es war ein Greisenschmerz gewesen, einer, aus dem die Greise leben und schließlich sterben. Jedermann vermag also das Glück zu ermessen, das die arme, in ein Altersheim verbannte Alte empfinden mußte, als sie von einer jener seltenen Handlungen erfuhr, die trotzdem noch immer in Frankreich vollbracht werden. François-Joseph Collinet, der Chef der Firma Collinet, war nach dem katastrophalen Zusammenbruch seines Geschäfts mit seinen Kindern nach Amerika gegangen. Er hatte zuviel Ehrgefühl, um ruiniert, ohne Kredit, in Nantes zu bleiben, inmitten des Unglücks, das sein Konkurs dort verursacht hatte. Von 1814 bis 1824 hatte dieser tapfere Kaufmann, unterstützt von seinen Söhnen und seinem Kassierer, der ihm treu blieb und ihn mit den ersten Mitteln versah, beherzt ein neues Vermögen aufzubauen begonnen. Nach unerhörter, von Erfolg gekrönter Arbeit war er jetzt, nach elf Jahren, nach Nantes heimgekehrt, um sich rehabilitieren zu lassen; seinen ältesten Sohn hatte er an der Spitze seiner Firma jenseits des Ozeans gelassen. Er traf Madame Lorrain aus Pen-Hoël in Saint-Jacques an und wurde Zeuge der Schicksalsergebenheit, mit der das unglücklichste seiner Opfer dort sein Elend ertrug.

»Gott verzeihe Ihnen«, sagte die Alte zu ihm, »weil Sie mir jetzt, am Grabesrand, die Mittel geben, um das Glück meiner Enkelin sicherzustellen; ich jedoch kann meinen armen Mann nie wieder rehabilitieren!«

Collinet überbrachte seiner Gläubigerin Kapital und Zinsen zum handelsüblichen Kurs, etwa zweiundvierzigtausend Francs. Seine anderen Gläubiger, tätige, reiche, intelligente Kaufleute, hatten durchgehalten, während das Unglück der Lorrains dem alten Collinet als etwas erschien, das nicht wieder gutzumachen war; er versprach der Witwe, das Andenken ihres Mannes zu rehabilitieren, da es sich ja nur um weitere vierzigtausend Francs handelte. Als an der Börse von Nantes dieser großherzige, eine Schuld sühnende Zug bekannt wurde, wollte man Collinet noch vor dem Spruch des Königlichen Gerichts zu Arras wieder an der Börse zulassen; aber der Kaufmann lehnte diese Ehre ab und unterwarf sich der Strenge des Handelsgerichts. Am Vorabend des Tages, da die Post ihr Brigauts Brief überbrachte, hatte Madame Lorrain also zweiundvierzigtausend Francs erhalten. Als sie quittiert hatte, waren ihre ersten Worte: »Jetzt kann ich also mit meiner Pierrette zusammenleben und sie mit dem armen Brigaut verheiraten; der kann dann mit meinem Geld sein Glück machen!« Es hielt sie nicht im Altersheim, sie wurde unruhig, sie wollte nach Provins reisen. Als sie die Unglücksbriefe gelesen hatte, hastete sie also wie eine Irre in die Stadt und erkundigte sich nach Mitteln und Wegen, wie sie mit Blitzesschnelle nach Provins gelangen könne. Sie war mit der Eilpost gefahren, nachdem ihr die regierungsfreundliche Schnelligkeit dieses Gefährts erklärt worden war. In Paris hatte sie die Postkutsche nach Troyes genommen, und um halb zwölf war sie bei Frappier angelangt, wo Brigaut der alten Bretonin angesichts ihrer düsteren Verzweiflung versprochen hatte, sie auf der Stelle zu ihrer Enkelin zu führen; in knappen Worten hatte er ihr Pierrettes Zustand geschildert. Diese wenigen Worte hatten die Großmutter so sehr erschreckt, daß sie ihre Ungeduld nicht niederringen konnte, sie war über den Platz gelaufen. Als Pierrette aufschrie, traf jener Schrei so heftig in das Herz der Bretonin wie in das Brigauts. Sie beide ganz allein hätten wohl sämtliche Einwohner geweckt, wenn der verängstigte Rogron ihnen nicht geöffnet hätte. Jener Hilfeschrei eines jungen Mädchens in höchster Not gab der Großmutter plötzlich genausoviel Kraft, wie er sie erschreckt hatte; sie trug ihre liebe Pierrette bis zu Frappiers Haus, wo dessen Frau bereits in aller Hast Brigauts Kammer für Pierrettes Großmutter hergerichtet hatte. In dieser ärmlichen Behausung wurde also die Kranke auf ein kaum gemachtes Bett gelegt: sie fiel darin in Ohnmacht, wobei sie die verletzte, blutende Faust nach wie vor fest geschlossen hielt; die Fingernägel waren tief in das Fleisch gedrungen. Brigaut, Frappier, dessen Frau und die Alte blickten Pierrette stumm an, alle im Bann eines unbegreiflichen Staunens.

»Warum ist ihre Hand denn so blutig?« war das erste Wort der Großmutter.

Pierrette wurde vom Schlaf überwältigt, der großen Kraftäußerungen immer folgt, und nun sie sich in Sicherheit vor allen Verfolgungen wußte, faltete sie die Finger auseinander.

»Man hat ihr meinen Brief wegnehmen wollen«, sagte Brigaut, kniete nieder und nahm den Zettel an sich, den er seiner kleinen Freundin geschrieben hatte, um ihr zu sagen, daß sie das Haus der Rogrons ganz leise verlassen sollte. Andächtig küßte er die Hand der Märtyrerin.

Etwas ließ die Schreinersleute erbeben, und das war der Anblick der alten Lorrain, der erhabenen Geistererscheinung, die am Lager ihres Kindes stand. Entsetzen und Rache durchglitten mit ihren flammenden Ausdrucksmöglichkeiten die tausend Falten, die ihre elfenbeingelbe Haut furchten. Aus der mit wirrem grauem Haar bedeckten Stirn sprach göttlicher Zorn. Sie überschaute mit der Kraft der Intuition, mit der dem Grabe nahe alte Leute begabt sind, das ganze Leben Pierrettes, der während der Reise ihre Gedanken gegolten hatten. Sie ahnte die Krankheit des jungen Mädchens, die ihr geliebtes Kind mit dem Tode bedrohte! Zwei dicke, unter Schmerzen geborene Tränen in ihren weißgrauen Augen, denen der Kummer Wimpern und Brauen geraubt hatte, zwei Perlen des Schmerzes bildeten sich, vermittelten ihnen eine erschreckende Frische, wurden größer und rollten über die ausgedörrten Wangen herab, ohne sie zu befeuchten.

»Sie haben sie mir umgebracht«, sagte sie endlich und rang die Hände.

Sie fiel auf die Knie, die mit zwei trockenen Schlägen auf den Fliesenboden klopften; sicherlich tat sie ein Gelübde an die heilige Anna von Auray, die mächtigste der bretonischen Madonnen.

»Einen Pariser Arzt«, sagte sie zu Brigaut. »Eile hin, Brigaut, rasch!«

Sie nahm den Handwerker bei der Schulter und setzte ihn mit einer despotischen Befehlsgeste in Bewegung.

»Ich hatte herkommen wollen, Brigaut, ich bin reich, sieh doch!« rief sie ihn zurück. Sie löste die Schnur, die die beiden Seiten ihrer Jacke auf der Brust zusammenhielten, zog ein Stück Papier heraus, in das zweiundvierzig Tausendfrancsscheine eingewickelt waren, und sagte zu ihm: »Nimm dir, was du brauchst! Bring den größten Pariser Arzt mit.«

»Behalten Sie es nur«, sagte Frappier, »er kann einen so großen Schein jetzt nicht wechseln, ich habe Geld, die Postkutsche kommt hier vorbei, er bekommt bestimmt einen Platz; aber wäre es nicht besser, wir holen vorher Monsieur Martener? Der könnte uns einen Pariser Arzt empfehlen. Die Postkutsche kommt erst in einer Stunde, wir haben Zeit.«

Brigaut lief fort und weckte Martener. Er brachte den Arzt mit, der nicht wenig überrascht war, daß Mademoiselle Lorrain im Hause Frappiers sei. Brigaut schilderte ihm den Auftritt, der sich bei den Rogrons abgespielt hatte. Das Gestammel eines verzweifelten Liebhabers machte dem Arzt das häusliche Drama klar, ohne daß er dessen Furchtbarkeit und Umfang ahnte. Martener gab Brigaut die Adresse des berühmten Horace Bianchon; Brigaut ging mit seinem Meister hinaus, als das Heranrollen der Postkutsche vernehmlich wurde. Martener setzte sich; er untersuchte zunächst die Blutergüsse und die Verwundungen der aus dem Bett heraushängenden Hand.

»Diese Wunden hat sie sich nicht selber beigebracht!« sagte er.

»Nein, die fürchterliche alte Jungfer, der ich sie zu meinem Unglück anvertraut habe, hat sie mißhandelt«, sagte die Großmutter. »Meine arme Pierrette hat geschrien: ›Zu Hilfe! Zu Hilfe!‹, so daß sich einem Henker das Herz im Leibe umgedreht hätte.«

»Aber warum denn?« fragte der Arzt und fühlte Pierrettes Puls. »Sie ist sehr krank«, fuhr er fort und näherte dem Bett eine Kerze. »Oh, es wird schwierig sein, sie zu retten«, sagte er, als er ihr Gesicht gesehen hatte. »Sie hat große Schmerzen haben müssen; ich begreife nicht, daß sie nicht behandelt worden ist.«

»Ich beabsichtige«, sagte die Großmutter, »vor Gericht Klage zu erheben. Haben denn Leute, die meine Enkelin brieflich angefordert und behauptet haben, sie hätten zwölftausend Francs feste Einkünfte, das Recht, sie zu ihrer Köchin zu machen und von ihr Dienstleistungen zu verlangen, die über ihre Kräfte gehen?«

»Dann haben sie also die sichtbarste aller Krankheiten, denen junge Mädchen manchmal unterworfen sind, und die sorgsamste Pflege erfordert, nicht sehen wollen!« rief Martener.

Pierrette wurde durch das Licht aufgeweckt, das Madame Frappier hielt, um das Gesicht gut zu beleuchten, und auch durch die furchtbaren Schmerzen, die die seelische Reaktion auf ihren Kampf in ihrem Kopf erzeugte.

»Ach, Monsieur Martener, ich bin recht krank«, sagte sie mit ihrer hübschen Stimme.

»Wo tut es denn weh, mein Kind?« fragte der Arzt.

»Da«, sagte sie und deutete auf eine Stelle ihres Kopfes über dem linken Ohr.

»Da ist ja ein Eiterherd!« rief der Arzt, nachdem er den Kopf lange betastet und Pierrette Fragen über ihre Schmerzen gestellt hatte. »Sie müssen uns alles sagen, mein Kind, damit wir Sie wieder gesund machen können. Warum sieht Ihre Hand so aus? Solche Verletzungen haben Sie sich doch nicht selber zufügen können?«

Pierrette schilderte naiv ihren Kampf mit ihrer Kusine Sylvie.

»Bringen Sie sie zum Sprechen«, sagte der Arzt zur Großmutter, »und merken Sie sich alles gut. Ich möchte die Ankunft des Pariser Arztes abwarten, und wir wollen auch den Chefchirurgen des Krankenhauses hinzuziehen: dies alles kommt mir sehr ernst vor. Ich schicke Ihnen ein Beruhigungsmittel; das geben Sie Mademoiselle, damit sie schläft, sie braucht Schlaf.«

Als die alte Bretonin mit ihrer Enkelin allein war, ließ sie sich alles erzählen und nutzte ihren Einfluß auf sie aus, indem sie sie wissen ließ, daß sie reich genug für drei sei, und indem sie versprach, daß Brigaut bei ihnen bleiben solle. Das arme Kind bekannte sein Martyrium, ohne zu ahnen, zu was für einem Prozeß es Veranlassung geben würde. Die Ungeheuerlichkeiten der beiden herzlosen Menschen ohne jeden Familiensinn enthüllten der alten Frau Welten an Qualen, die ihrem Denken ebenso fern waren wie den ersten Reisenden, die die Savannen Amerikas durchquerten, die Sitten der wilden Rassen. Die Ankunft der Großmutter, die Gewißheit, in Zukunft mit ihr beisammen und reich zu sein, schläferten Pierrettes Gedanken ein wie das Beruhigungsmittel ihren Körper. Die alte Bretonin wachte bei ihrer Enkelin und küßte ihr Stirn, Haar und Hände, wie wohl die heiligen Frauen Jesum geküßt haben, als sie ihn ins Grab betteten.

Morgens um neun ging Martener zum Präsidenten, dem er den nächtlichen Auftritt zwischen Sylvie und Pierrette schilderte, alsdann die seelischen und körperlichen Quälereien, die Mißhandlungen aller Art, die die Rogrons ihrem Mündel hatten zuteil werden lassen, und die beiden lebensgefährlichen Krankheiten, die sich infolge der schlechten Behandlung entwickelt hatten. Der Präsident ließ den Notar Auffray holen, einen der Verwandten Pierrettes mütterlicherseits.

Zu jener Zeit war der Krieg zwischen der Partei Vinet und

der Partei Tiphaine auf den Höhepunkt gelangt. Die Gerüchte, die die Rogrons und ihre Anhänger in Provins über die bekannte Liebschaft der Madame Roguin mit dem Bankier du Tillet, über die Begleitumstände des Bankrotts des Vaters der Madame Tiphaine, eines Urkundenfälschers, wie es hieß, in Umlauf setzten, trafen die Partei der Tiphaines um so härter, als es sich bloß um üble Nachrede, nicht aber um Verleumdung handelte. Jene Verletzungen gingen bis tief ins Herz und trafen die Interessen ins lebendige Fleisch. Das Gerede, das den Parteigängern der Tiphaines von denselben Lippen zugetragen wurde, die den Rogrons die Scherze der schönen Madame Tiphaine und ihrer Freundinnen berichteten, nährte den Haß, dem sich fortan politische Elemente zugesellten. Die Erregungen, die der Parteigeist, dessen Gewalttätigkeiten übertriebene Form annahmen, damals in Frankreich zeitigte, verbanden sich überall, wie in Provins, mit bedrohten Interessen, mit verletzten, kampfbegierigen Individuen. Jede dieser Koterien griff begierig auf, was der rivalisierenden Koterie schaden konnte. Die Animosität der Parteien mischte sich in gleichem Maß wie die Selbstsucht in die geringsten Angelegenheiten, die oftmals zu bedenklichen Weiterungen führten. Eine Stadt ereiferte sich für gewisse Kämpfe und legte ihnen die ganze Bedeutsamkeit politischer Debatten bei. So erblickte der Präsident in der Streitsache zwischen Pierrette und den Rogrons ein Mittel, die Herren jenes Salons, in dem Pläne gegen die Monarchie ausgeheckt wurden und denen die Zeitung der Opposition ihr Entstehen verdankte, niederzuschlagen, ihre Achtung zu mindern und sie zu entehren. Der Staatsanwalt wurde hinzugezogen. Monsieur Lesourd, Auffray, der Notar und Gegenvormund Pierrettes, sowie der Präsident erwogen jetzt unter Wahrung des tiefsten Geheimnisses mit Martener, welche Marschrichtung eingeschlagen werden müsse. Martener nahm es auf sich, Pierrettes Großmutter zu sagen, daß sie ihre Klage bei dem Gegenvormund vorbringen solle. Dann solle der Gegenvormund den Familienrat einberufen, und dann müsse, gestützt auf das Gutachten der drei Ärzte, die Absetzung des Vormunds gefordert werden. Der so gelagerte Fall werde vor Gericht kommen, und Lesourd müsse den Fall dann als Strafsache erklären und eine Untersuchung veranlassen. Gegen Mittag geriet ganz

Provins in Aufruhr durch die seltsame Nachricht von dem, was während der Nacht im Haus Rogron geschehen sei. Pierrettes Hilferufe waren auf dem Platz undeutlich vernommen worden, aber sie waren bald wieder verstummt; keiner war aufgestanden, doch alle hatten einander gefragt: »Haben Sie so gegen eins den Lärm und das Geschrei gehört? Was mag das los gewesen sein?« Die Gerüchte und Kommentare hatten das schreckliche Drama so ausgeschmückt, daß die Menge sich vor Frappiers Werkstatt ansammelte; jeder verlangte Auskünfte, und der wakkere Schreiner schilderte die Ankunft der Kleinen in seinem Hause, die blutige Faust, die zerbrochenen Finger. Gegen ein Uhr mittags hielt der Postwagen des Doktors Bianchon, bei dem sich Brigaut befand, vor dem Hause Frappiers, dessen Frau zum Krankenhaus eilte und Martener und den Chefchirurgen benachrichtigte. Das alles bestätigte die in der Stadt umlaufenden Gerüchte. Die Rogrons wurden beschuldigt, sie hätten ihre Kusine absichtlich mißhandelt und in Lebensgefahr gebracht. Die Nachricht erreichte Vinet im Gerichtsgebäude; er ließ alles stehen und liegen und ging zu den Rogrons. Rogron und seine Schwester beendeten gerade ihr Frühstück. Sylvie hatte dem Bruder noch nichts von ihrer Entgleisung während der Nacht gesagt und ließ sich mit Fragen bedrängen, auf die sie immer nur antwortete: »Das geht dich nichts an.« Sie ging zwischen Küche und Eßzimmer hin und her, um einer Diskussion auszuweichen.

»Sie wissen also noch gar nicht, was im Gange ist?« fragte der Advokat. – »Nein«, sagte Sylvie.

»Sie bekommen einen Strafprozeß auf den Hals, so wie die Dinge mit Pierrette sich jetzt entwickeln.«

»Einen Strafprozeß?« fragte Rogron, der dazwischenkam. »Warum denn? Wieso denn?«

»Vor allem«, rief der Advokat und sah Sylvie an, »erklären Sie mir jetzt ohne Umschweif, was heute nacht passiert ist, und zwar, als wenn Sie vor Gott ständen, es heißt nämlich, Pierrettes Hand müsse amputiert werden.« Sylvie wurde blaß und fing an zu zittern. – »Es ist also was los gewesen?« fragte Vinet.

Mademoiselle Rogron schilderte den Auftritt und wollte sich entlasten; aber auf die dringlichen Fragen hin gestand sie die belastenden Tatsachen jenes furchtbaren Kampfes.

»Wenn Sie ihr bloß die Finger gebrochen haben, kommen Sie nur vor das Polizeigericht; aber wenn ihr die Hand amputiert werden muß, können Sie vor das Schwurgericht kommen: die Tiphaines werden alles tun, um es so weit zu bringen.«

Sylvie war mehr tot als lebendig; sie gestand ihre Eifersucht, und, was für sie noch grausamer zu bekennen war, wie sehr ihr Verdacht von der Wirklichkeit abgewichen war.

»Was für ein Prozeß wird das werden!« sagte Vinet. »Ihnen und Ihrem Bruder kann er das Genick brechen; viele Leute werden sich von Ihnen abwenden, auch wenn Sie ihn gewinnen. Aber wenn Sie ihn *nicht* gewinnen, dann müssen Sie Provins den Rücken kehren.«

»Ach, lieber, guter Vinet, Sie sind doch ein so großer Advokat«, rief Rogron erschrocken aus, »raten Sie uns doch, retten Sie uns!«

Der geschickte Vinet steigerte das Entsetzen der beiden Schwachköpfe bis zum Gipfel und erklärte rundheraus, Madame und Mademoiselle de Chargebœuf würden schwerlich je wieder zu ihnen kommen. Von jenen beiden Damen im Stich gelassen zu werden komme einem schrecklichen Verdammungsurteil gleich. Schließlich, nach einer Stunde prächtiger Kunstgriffe, wurde anerkannt, daß Vinet, um die Rogrons zu verteidigen und zu retten, in den Augen der ganzen Stadt einen triftigen Grund haben müsse. Also müsse am Abend die Verlobung Rogrons mit Mademoiselle de Chargebœuf bekanntgegeben werden. Am Sonntag solle das Aufgebot veröffentlicht werden. Der Ehekontrakt solle sofort bei Cournant aufgesetzt werden; Mademoiselle Rogron müsse darin erscheinen, weil sie im Hinblick auf diese Ehe durch eine beurkundete Schenkung unter Lebenden auf das Eigentums-, aber nicht Nutzungsrecht an ihrem gesamten Besitz zugunsten des Bruders verzichten müsse. Vinet hatte den Geschwistern zu verstehen gegeben, daß es unumgänglich sei, einen Ehekontrakt zu besitzen, der zwei oder drei Tage vor jenem Geschehnis aufgesetzt worden sei, um Madame und Mademoiselle de Chargebœuf vor den Augen der Öffentlichkeit nicht in Verlegenheit zu bringen und ihnen ein Motiv zu liefern, trotz allem auch weiterhin im Haus Rogron zu verkehren.

»Unterschreiben Sie den Kontrakt, dann verpflichte ich mich,

Sie aus der Affäre zu ziehen«, sagte der Advokat. »Es wird natürlich einen schauerlichen Kampf geben, aber ich werde mich voll und ganz einsetzen, und dann sind Sie mir abermals zu größtem Dank verpflichtet!«

»Freilich«, sagte Rogron.

Um halb zwölf hatte der Advokat Vollmacht für den Kontrakt und für die Führung des Prozesses. Um zwölf wurde der Präsident durch einen Strafantrag überrascht, den Vinet gegen Brigaut und die Witwe Lorrain gestellt hatte: er lautete auf Entführung der minderjährigen Lorrain aus dem Haus ihres Vormunds. So tat also der kühne Vinet, als sei er der Angreifer, wodurch er Rogron als einen Mann hinstellte, dem nichts vorzuwerfen sei. In diesem Sinne redete er auch im Gerichtsgebäude. Der Präsident verschob die Vernehmung der Parteien auf vier Uhr. Es erübrigt sich zu berichten, in welche Aufregung diese Geschehnisse die Kleinstadt Provins versetzten. Der Präsident hatte gewußt, daß die Konsultationen der Ärzte um drei Uhr beendet sein würde; er wollte, daß der Gegenvormund, der die Großmutter vertrat, sich mit dem Gutachten bewaffnet einfinde. Die Bekanntgabe der Verlobung Rogrons mit der schönen Bathilde de Chargebœuf und der Besitzabtretung, zu der sich Sylvie im Ehekontrakt entschlossen hatte, verfeindete sogar zwei Persönlichkeiten mit den Rogrons: nämlich Mademoiselle Habert und den Obersten, die beide ihre Hoffnungen vernichtet sahen. Céleste Habert und der Oberst blieben nach außen hin den Rogrons zugetan, aber nur, um ihnen desto sicherer schaden zu können. Als Martener das Vorhandensein eines Eiterherdes im Kopf des Opfers der beiden Kurzwarenhändler enthüllte, erzählten Céleste und der Oberst daher, Pierrette habe sich an jenem Abend, da Sylvie sie zum Verlassen des Salons gezwungen, heftig gestoßen, und erinnerten auch an die grausamen, barbarischen Äußerungen der Mademoiselle Rogron. Sie berichteten, wie teilnahmslos sich die alte Jungfer angesichts der Schmerzen ihres Mündels verhalten habe. Auf diese Weise gaben Freunde des Hauses ihrer Verwunderung über schweres Unrecht Ausdruck und schienen dabei Sylvie und ihren Bruder zu verteidigen. Vinet hatte dies Gewitter vorausgesehen; aber das Vermögen der Rogrons mußte unter allen Umständen Mademoiselle de Chargebœuf zufallen, und er gelobte sich, daß er es erleben werde, wie sie in einigen Wochen das hübsche Haus am Platz bewohne und mittels seiner Provins beherrsche, denn er erwog bereits ein Zusammengehen mit den Bréauteys im Interesse seines Ehrgeizes. Von zwölf bis vier Uhr ließen sich alle Damen der Partei Tiphaine, die Garcelands, die Guépins, die Julliards, Galardons, Guénés und die Unterpräfektion, nach dem Befinden der Mademoiselle Lorrain erkundigen. Pierrette ahnte nicht das mindeste von der Aufregung, die um ihretwillen in der Stadt herrschte. Trotz ihrer heftigen Schmerzen empfand sie ein unsagbares Glück, daß sie mit der Großmutter und Brigaut beisammen war, denen ihre Liebe galt. Brigaut hatte beständig Tränen in den Augen, und die Großmutter verhätschelte ihre geliebte Enkelin. Gott weiß, daß die alte Frau den drei Männern der Wissenschaft keine der Einzelheiten vorenthielt, die sie von Pierrette über deren Leben im Hause Rogron erhalten hatte. Horace Bianchon gab seinen Unwillen in heftigen Ausdrücken kund. Entsetzt über eine solche Barbarei verlangte er, daß die anderen Ärzte der Stadt hinzugezogen würden, so daß auch Néraud erschien und aufgefordert wurde, als Freund der Rogrons, sofern er das könne, sich gegen die furchtbaren Ergebnisse der Konsultation auszusprechen, die jedoch zum Nachteil der Rogrons einstimmig formuliert wurde. Néraud, von dem es hieß, daß er bereits Pierrettes Großmutter vor Kummer habe sterben lassen, befand sich in einer ungünstigen Situation, die der geschickte Martener ausnutzte; ihn freute es, die Rogrons belasten und damit Néraud, seinen Konkurrenten, kompromittieren zu können. Es erübrigt sich, den Text jener Konsultation hier anzuführen; er gehörte ebenfalls zum Beweismaterial des Prozesses. Die Ausdrucksweise der Medizin war in Molières Zeiten barbarisch; die der modernen Medizin hat den Vorteil, so klar zu sein, daß die Begründung von Pierrettes Krankheit, obwohl diese etwas Natürliches und leider weit verbreitet ist, alle Ohren entsetzen mußte. Übrigens war der Bericht entscheidend, da er sich auf einen so berühmten Namen wie den Horace Bianchons stützte. Nach der Vernehmung blieb der Präsident auf seinem Sessel sitzen und sah zu Pierrettes Großmutter hinüber, die von Auffray, Brigaut und einer vielköpfigen

Menge begleitet wurde. Vinet war allein. Dieser Gegensatz machte die Zuhörerschaft betroffen, die durch eine große Zahl von Neugierigen noch angewachsen war. Vinet hatte seine Robe anbehalten; er kehrte dem Präsidenten sein kaltes Gesicht zu und rückte sich die Brille vor seinen grünen Augen zurecht; dann legte er mit seiner grellen, durchdringenden Stimme dar, es hätten sich nächtlicherweile Fremde bei Monsieur und Mademoiselle Rogron eingeschlichen und die minderjährige Lorrain entführt. Es bleibe folglich dem Vormund nichts übrig, als sein Mündel zurückzuverlangen. Auffray als Gegenvormund stand auf und bat ums Wort.

»Wenn der Herr Präsident«, sagte er, »Kenntnis von diesem Sachverständigengutachten nehmen möchte, das von einem der gelehrtesten Pariser Ärzte und sämtlichen praktischen Ärzten und Chirurgen von Provins unterzeichnet worden ist, so dürfte er einsehen, wie unsinnig die Forderung des Sieur Rogron ist und welche gewichtigen Beweggründe die Großmutter der Minderjährigen veranlaßt haben, diese auf der Stelle ihren Henkern zu entreißen. Die Tatsachen sind die folgenden: Ein Gutachten, das von einem berühmten, in aller Hast herbeigerufenen Pariser Arzt und von sämtlichen Ärzten dieser Stadt einstimmig abgefaßt und unterzeichnet worden ist, schreibt den lebensgefährlichen Zustand, in dem die Minderjährige sich befindet, der schlechten Behandlung zu, die sie durch den Sieur und die Demoiselle Rogron erfahren hat. Gesetz ist, daß binnen kürzester Frist der Familienrat einberufen und befragt werden muß, ob es erforderlich sei, den Vormund seiner Stellung zu entheben. Wir fordern, daß die Minderjährige nicht in das Haus ihres Vormunds zurückkehrt, sondern einem Mitglied der Familie anvertraut wird, das der Herr Präsident bezeichnen möge.«

Vinet wollte Einspruch erheben und sagte, das Gutachten sei ihm nicht vorgelegt worden, sonst hätte er es widerlegt.

»Es wird Ihrer Partei nicht vorgelegt«, antwortete der Präsident streng, »aber vielleicht dem Herrn Staatsanwalt. Der Fall ist klar.«

Der Präsident schrieb unter das Gesuch:

»In Anbetracht, daß aus einem einstimmig von den Ärzten dieser Stadt und von Doktor Bianchon, Doktor der Medizinischen Fakultät in Paris, abgefaßten Gutachten hervorgeht, daß die von Rogron, ihrem Vormund, zurückverlangte minderjährige Lorrain sich in einem außerordentlich ernsten Krankheitsstadium befindet, das durch schlechte Behandlung und Mißhandlung herbeigeführt worden ist, die an ihr in der Wohnung des Vormunds und durch seine Schwester verübt worden sind,

Beschließen wir, der Präsident des Gerichts erster Instanz zu Provins,

Bezüglich des Gesuchs befehlen wir, daß bis zur Entscheidung des Familienrates, der, auf Grund der Erklärung des Gegenvormunds, einberufen werden wird, die Minderjährige nicht wieder in das Haus des Vormunds zurückkehren darf und in das Haus des Gegenvormunds übergeführt wird;

Zweitens, daß in Anbetracht des Zustands, in dem sich die Minderjährige befindet, und der Spuren von Gewalttätigkeit, die, nach dem Gutachten der Ärzte, auf ihrer Person vorhanden sind, wir den Chefarzt und den Chefchirurgen des Krankenhauses von Provins ermächtigen, sie zu besuchen; und daß wir für den Fall, daß die Schädigungen von Dauer sind, uns jeden Vorbehalt bewahren, die Staatsanwaltschaft zu unterrichten, und zwar, unbeschadet der Zivilklage, die der Gegenvormund Auffray anstrengt.«

Diese niederschmetternde Verfügung wurde vom Präsidenten Tiphaine laut und vernehmlich verlesen.

»Warum nicht gleich die Galeerenstrafe?« fragte Vinet. »Und all dies Aufhebens um eines kleinen Mädchens willen, das ein Liebesverhältnis mit einem Schreinergesellen unterhielt! Wenn die Sache so weitergeführt wird, verlangen wir andere Richter wegen erwiesener Befangenheit«, rief er unverschämt.

Vinet verließ das Gerichtsgebäude, suchte die wichtigsten Mitglieder seiner Partei auf, um ihnen die Lage Rogrons auseinanderzusetzen, der seiner Kusine nie auch nur eins hinter die Ohren gegeben habe und in dem das Gericht, so sagte er, weniger

Pierrettes Vormund als den Hauptwahlmacher von Provins erblicke.

Wie er aussagte, machten die Tiphaines viel Lärm um nichts. Der Berg werde ein Mäuslein gebären. Sylvie, eine ehrbare, fromme Jungfrau, habe ein Liebesverhältnis zwischen dem Mündel ihres Bruders und einem kleinen Schreinergesellen, einem Bretonen, namens Brigaut entdeckt. Dieser spaßige Knabe wisse ganz genau, daß das kleine Mädchen von ihrer Großmutter einen Batzen Geld erben werde, und da habe er sie verführen wollen. (Vinet wagte, von Verführung zu sprechen!) Mademoiselle Rogron, die Briefe in der Hand habe, aus der die Verderbtheit jenes kleinen Mädchens klar und deutlich hervorgehe, sei nicht so zu tadeln, wie die Tiphaines es glauben machen wollten. Sofern sie sich eine Tätlichkeit herausgenommen habe, um in den Besitz eines Briefes zu gelangen, was übrigens durch die Erregung zu erklären sei, in die Sylvie durch die bretonische Halsstarrigkeit versetzt worden sei, so könne Rogron dafür nicht verantwortlich gemacht werden.

Der Advokat machte also aus dem Prozeß eine Parteiangelegenheit und verstand es, ihm eine politische Färbung zu geben. Daher entstand von diesem Abend an in der öffentlichen Meinung eine Teilung.

»Man muß auf beide Seiten hören«, sagten die klugen Leute. »Haben Sie Vinet gehört? Vinet erklärt alles tadellos.«

Das Haus der Frappiers war als für Pierrette ungeeignet erklärt worden, der Kopfschmerzen wegen, die ihr der Lärm dort bereitete. Die Überführung von dort aus in das Haus des Gegenvormunds war also eine medizinische und zugleich eine juristische Notwendigkeit. Jene Überführung ging mit unerhörten Vorsichtsmaßnahmen vonstatten, die darauf angelegt waren, großen Eindruck zu machen. Pierrette wurde auf eine mit dicken Matratzen belegte Bahre gebettet, die zwei Männer trugen, und von einer Grauen Schwester begleitet, die in der Hand ein Ätherfläschchen trug; hinterher gingen die Großmutter, Brigaut, Madame Auffray und deren Zofe. An allen Fenstern, in allen Türen standen Leute, um den Zug vorbeigehen zu sehen. Freilich war der Zustand, in dem Pierrette sich befand, war ihre Totenblässe, war schlechthin alles geeignet, der Gegenpartei der Rogrons gewaltige Vorteile zu verschaffen. Die Auffrays legten es darauf an, der ganzen Stadt zu beweisen, wie recht der Präsident mit dem Erlaß seiner Verfügung gehabt habe. Pierrette und ihre Großmutter wurden im zweiten Stock von Monsieur Auffrays Haus untergebracht. Der Notar und seine Frau erwiesen ihnen die großzügigste Gastfreundschaft; sie setzten ihren Stolz darein; die Krankenpflege übernahm die Großmutter, und noch am selben Abend wurde Pierrette von Martener und dem Chefchirurgen besucht.

Von jenem Abend an begannen also auf beiden Seiten die Übertreibungen. Der Salon der Rogrons war voll. Vinet hatte, was das betraf, die liberale Partei bearbeitet. Die beiden Damen de Chargebœuf aßen bei den Rogrons zu Abend, denn dort sollte am gleichen Abend noch der Ehekontrakt unterzeichnet werden. Am Morgen hatte Vinet das Aufgebot am Rathaus anschlagen lassen. Er behandelte die Sache mit Pierrette als Bagatelle. Wenn das Gericht von Provins persönliche Motive hineinmischte, so würde das Königliche Gericht schon die Tatsachen zu würdigen wissen, sagte er, und die Auffrays würden es sich schon überlegen, ehe sie sich auf einen solchen Prozeß einließen. Die Verwandtschaft der Rogrons mit den Chargebœufs gewann in den Augen gewisser Leute eine gewaltige Bedeutung. Für sie waren die Rogrons weiß wie Schnee, und Pierrette war ein über die Maßen verderbtes kleines Mädchen, eine Schlange, die die Geschwister an ihrem Busen gewärmt hatten. Im Salon der Madame Tiphaine wurde der Rache für die höchst üble Nachrede gefrönt, in der die Partei Vinet sich zwei Jahre lang ergangen hatte: die Rogrons seien Unmenschen, und der Vormund gehöre vor das Schwurgericht. Am Platz hieß es, es gehe Pierrette vortrefflich; in der Oberstadt, sie müsse unbedingt sterben; bei den Rogrons, sie habe ein paar Kratzer am Handgelenk; bei Madame Tiphaine, sie habe gebrochene Finger, und einer müsse ihr abgenommen werden. Am folgenden Tage brachte der ›Courrier de Provins‹ einen überaus geschickten, gut geschriebenen Artikel, ein Meisterwerk in seiner Mischung von Unterstellungen und juristischen Betrachtungen, das Rogron bereits aus der ganzen Sache ausklammerte. ›La Ruche‹, die erst zwei Tage später erschien, hätte nicht antworten können, ohne von Verleumdung zu reden; daher lautete die Erwiderung dort, in einem solchen Fall sei es das beste, die Gerechtigkeit ihren Lauf nehmen zu lassen.

Der Familienrat bestand aus dem Friedensrichter des Bezirks Provins als dem gesetzlichen Vorsitzenden; dann in erster Linie aus Rogron und den beiden Herren Auffray als den nächsten Verwandten; alsdann aus Monsieur Ciprey, dem Neffen von Pierrettes Großmutter mütterlicherseits. Ferner wurden Habert als Pierrettes Beichtvater und Oberst Gouraud hinzugezogen, der sich stets als einen Kameraden des Obersten Lorrain ausgegeben hatte. Der Unparteilichkeit des Friedensrichters, der Habert und Oberst Gouraud, die ganz Provins für eng mit den Rogrons befreundet hielt, zu dem Familienrat hinzugezogen hatte, wurde viel Beifall gezollt. Rogron erbat in der ernsten Lage, in der er sich befand, die Anwesenheit des Advokaten Vinet im Familienrat. Durch diesen Kunstgriff, der ihm offenbar von Vinet angeraten worden war, erreichte es Rogron, daß der Familienrat erst gegen Ende Dezember zusammentrat. Um diese Zeit wohnten der Präsident und seine Frau längst bei Madame Roguin, der Einberufung der Kammern wegen. Auf diese Weise sah sich die regierungstreue Partei ihres Chefs beraubt. Vinet hatte bereits in der Stille den Biedermann Desfondrilles bearbeitet, den Untersuchungsrichter, für den Fall, daß die Sache vor das Polizeigericht oder das Strafgericht komme, wie der Präsident es versucht hatte. Vinet plädierte in der Sache vor dem Familienrat drei Stunden lang: er behauptete ein Liebesverhältnis zwischen Brigaut und Pierrette, um die Strenge der Mademoiselle Rogron zu rechtfertigen; er legte dar, wie natürlich der Vormund gehandelt habe, indem er sein Mündel unter der Obhut einer Frau ließ; damit begründete er die Unbeteiligtheit seines Klienten an der Art und Weise der Erziehung Pierrettes, die Sylvie für angebracht gehalten hatte. Trotz der Bemühungen Vinets war der Familienrat einstimmig der Ansicht, Rogron müsse seines Amtes als Vormund enthoben werden. Zum Vormund wurde Auffray bestellt und zum Gegenvormund Ciprey. Der Familienrat verhörte das Dienstmädchen Adèle, das seine ehemalige Herrschaft belastete; ferner Mademoiselle Habert, die von den grausamen Bemerkungen der Mademoiselle Rogron an jenem Abend erzählte, da Pierrette sich so heftig gestoßen, daß jedermann es gehört hatte, sowie von der Bemerkung der Madame de Chargebœuf über Pierrettes Gesundheit. Brigaut zeigte den Brief vor, den er von Pierrette bekommen hatte und aus dem ihrer beider Unschuld hervorging. Es wurde klargestellt, daß der klägliche Zustand, in dem die Minderjährige sich befand, einzig auf mangelnde Fürsorge des Vormunds zurückzuführen sei, der die Verantwortung für alles sein Mündel Betreffende getragen habe. Pierrettes Krankheit hatte jedermann betroffen gemacht, sogar diejenigen Leute in der Stadt, die die Familie gar nicht kannten. Die Anklage auf Mißhandlung gegen Rogron wurde also aufrechterhalten. Der Fall war im Begriff, zu einer öffentlichen Angelegenheit zu werden.

Auf Vinets Rat hin erhob Rogron Einspruch gegen die gerichtliche Bestätigung des Beschlusses des Familienrats. Die Staatsanwaltschaft griff ein, in Anbetracht des ständig sich verschlechternden Zustands der Pierrette Lorrain. Dieser seltsame Prozeß wurde zwar sogleich angestrengt, wurde aber erst im März 1828 verhandelt.

Zu jener Zeit war Rogrons Hochzeit mit Mademoiselle de Chargebœuf bereits gefeiert worden. Sylvie bewohnte den zweiten Stock ihres Hauses, der so umgebaut worden war, daß auch Madame de Chargeboeuf dort untergebracht werden konnte, während der erste Stock ganz und gar Madame Rogron eingeräumt wurde. Die schöne Madame Rogron trat also fortan die Nachfolge der schönen Madame Tiphaine an. Der Einfluß dieser Eheschließung war gewaltig. Man ging nicht mehr in den Salon der Mademoiselle Sylvie, sondern zu der schönen Madame Rogron.

Mit Unterstützung seiner Schwiegermutter und der royalistischen Bankiers du Tillet und Nucingen fand Präsident Tiphaine Gelegenheit, sich dem Ministerium nützlich zu erweisen; er wurde einer der meistgeachteten Redner der Mitte und Richter am Gericht erster Instanz des Départments Seine, worauf er seinen Neffen Lesourd zum Gerichtspräsidenten in Provins ernennen ließ. Diese Ernennung verletzte den Richter Desfondrilles beträchtlich, der noch immer Archäologe und mehr denn je Substitut war. Der Justizminister schickte einen seiner Protégés an Lesourds Stelle. Die Beförderung Tiphaines hatte also am Gericht zu Provins keine solche zur Folge. Diese Gegebenheiten beutete Vinet auf sehr geschickte Weise aus. Er hatte seinen Mitbürgern in Provins von je gesagt, sie würden der kommenden Größe der durchtriebenen Madame Tiphaine lediglich als Sprungbrett dienen. Der Präsident habe seine Freunde zum besten gehalten. Madame Tiphaine hege für die Stadt Provins nichts als Verachtung und werde nie wieder dorthin zurückkehren. Der alte Monsieur Tiphaine starb, sein Sohn erbte das Gut Le Fay und verkaufte sein schönes Haus in der Oberstadt an Monsieur Julliard. Dieser Verkauf bewies, wie wenig er mit seiner Rückkehr nach Provins rechnete. Vinet hatte recht behalten, Vinet hatte sich als Prophet erwiesen. Diese Geschehnisse hatten großen Einfluß auf den Prozeß um Rogrons Mündel.

Auf diese Weise versank das entsetzliche Martyrium, das Pierrette so brutal von zwei schwachköpfigen Tyrannen auferlegt worden war und das in seinen medizinischen Konsequenzen Martener unter Billigung des Doktors Bianchon notfalls zur Anordnung der gefährlichen Operation der Schädeltrepanation zwang, dieses furchtbare Drama, auf juristische Proportionen reduziert, versank in den unmenschlichen Schlund, der bei Gericht als ›die Form‹ bezeichnet wird. Der Prozeß schleppte sich in Vertagungen, in dem unentwirrbaren Netzwerk des ›Verfahrens‹ hin und wurde immer wieder durch die Umschweife eines unangenehmen Advokaten aufgehalten; währenddessen siechte die verleumdete Pierrette hin und litt die fürchterlichsten Schmerzen, die die Medizin kennt. Mußten nicht der seltsame Umschwung der öffentlichen Meinung und der langsame Gang der Justiz erklärt werden, ehe in das Zimmer zurückgekehrt wird, in dem Pierrette lebte, in dem sie starb?

Martener war ebenso wie die Familie Auffray binnen weniger Tage bezaubert von dem anbetenswerten Charakter Pierrettes und von der alten Bretonin, über deren Gefühlen, Gedanken und Gehaben ein antiker, römischer Hauch lag. Diese Matrone aus der Landschaft des Marais ähnelte einer Frauengestalt des Plutarch[56]. Der Arzt wollte dem Tod seine Beute streitig machen; denn vom ersten Tag an hatten der Pariser Arzt und der Provinzarzt Pierrette aufgegeben. Es kam zwischen den Leiden und dem Arzt, den Pierrettes Jugend unterstützte, zu einem der Kämpfe, um die nur die Ärzte wissen und die im Falle des Erfolgs nie weder durch das Entgelt für den Aufwand an Betreuung noch von seiten des Kranken belohnt werden; der Lohn besteht in der sanften Befriedigung des Gewissens und in irgendeiner idealen, unsichtbaren Palme, die wahre Künstler nach der Genugtuung davontragen, die ihnen die Gewißheit verschafft, ein schönes Werk vollbracht zu haben. Der Arzt strebt zum Guten wie der Künstler zum Schönen; beide werden durch ein wunderbares Gefühl angetrieben, das wir die Tugend nennen. Dieser tägliche Kampf hatte in dem Provinzler den kleinlichen Ärger erstickt, den der Kampf zwischen der Partei Vinet und der Partei Tiphaine mit sich brachte, wie es eben Menschen geschieht, die sich einer großen Not gegenübersehen, die es zu besiegen gilt.

Martener hatte anfangs seinen Beruf in Paris ausüben wollen; aber die rege Geschäftigkeit dieser Stadt, die Fühllosigkeit, die dem Arzt schließlich durch die erschreckende Zahl der Patienten und die Fülle schwerer Fälle zuteil wurde, hatten seine weiche, für das Provinzleben geschaffene Seele erschreckt. Überdies stand er im Bann seiner schönen Heimat. Deswegen war er nach Provins zurückgekehrt, hatte dort geheiratet, sich niedergelassen und hingebungsvoll eine Bevölkerung betreut, die er als eine große Familie betrachten konnte. Während der ganzen Zeit, die Pierrettes Krankheit dauerte, vermied er es, über seine Patientin zu sprechen. Sein Widerwille, denen zu antworten, die ihn nach der armen Kleinen fragten, war so offensichtlich, daß man ihn schließlich mit solcherlei Fragen verschonte. Pierrette wurde für ihn, was sie sein mußte, nämlich eine der geheimnisvollen, tiefen, weiten und schmerzerfüllten Dichtungen, wie sie im furchtbaren Dasein der Ärzte vorkommen. Er empfand für dieses zarte Mädchen eine Bewunderung, in deren Geheimnis er niemanden einbeziehen wollte.

Dieses Gefühl des Arztes für seine Patientin hatte sich, wie alle wahren Gefühle, auch auf Monsieur und Madame Auffray übertragen, deren Haus, solange Pierrette darin weilte, still und ruhig wurde. Die Kinder, die ehemals mit Pierrette so hübsche Spiele veranstaltet hatten, schickten sich mit der Anmut der

Kindheit darein, sich weder laut noch lästig zu gebärden. Sie setzten ihre Ehre darein, artig zu sein, weil Pierrette krank war. Auffrays Haus liegt in der Oberstadt, unterhalb der Burgruine; es ist auf einer der Böschungen errrichtet worden, die durch das Einreißen der alten Stadtbefestigungen entstanden sind. Von dort aus haben die Bewohner einen Ausblick auf das Tal, wenn sie sich in einem kleinen, von dicken Mauern umschlossenen Obstgarten ergehen, von wo aus man tief auf die Stadt hinabschaut. Die Dächer der anderen Häuser stoßen an den äußeren Rand der Mauer, die jenen Garten stützt. An dieser Terrasse entlang führt ein Weg, der an der Fenstertür von Auffrays Arbeitszimmer endet. Am anderen Ende finden sich eine Reblaube und ein Feigenbaum, und darunter ein runder Tisch, eine Bank und Stühle, alles grün gestrichen. Pierrette hatte ein Zimmer über dem Arbeitsraum ihres neuen Vormunds bekommen. Madame Lorrain schlief dort auf einem Gurtbett bei ihrer Enkelin. Somit konnte Pierrette von ihrem Fenster aus das herrliche Tal von Provins sehen, das sie kaum kannte; sie war ja so selten aus dem Unglückshaus der Rogrons herausgekommen! War schönes Wetter, so schleppte sie sich am Arm der Großmutter bis zu der Laube. Brigaut, der nichts mehr tat, besuchte seine kleine Freundin dreimal täglich; in ihm nagte ein Schmerz, der ihn dem Leben gegenüber taub machte; mit dem Witterungsvermögen eines Jagdhunds lauerte er Martener auf; stets begleitete er ihn und ging mit ihm fort. Schwerlich kann man sich vorstellen, was alles für die liebe kleine Kranke getan wurde. Die Großmutter, die vor Verzweiflung fast von Sinnen war, verbarg ihre Verzweiflung; sie zeigte der Enkelin das lachende Gesicht, das sie in Pen-Hoël gehabt hatte. Im Bestreben, sich Illusionen zu schaffen, richtete sie das bretonische Häubchen wieder her, mit dem Pierrette nach Provins gekommen war, und setzte es ihr auf. So schien die junge Kranke sich selbst wieder ähnlicher zu werden: mit dem von dieser Aureole aus Battist und gestärkten Spitzen umgebenen Gesicht sah sie ganz entzückend aus. Ihr Kopf, der weißer war als Biskuitporzellan, ihre Stirn, der die Schmerzen etwas wie tief Gedankenvolles aufgeprägt hatten, die Reinheit der durch die Krankheit abgemagerten Züge, die Langsamkeit des Blicks und die manchmal eintretende Starrheit der Augen: all das machte aus Pierrette ein wundervolles, melancholisches Meisterwerk. Deshalb wurde das Kind beinahe mit Fanatismus gepflegt. Sie sah ja so sanft, so zart, so liebenswert aus! Madame Martener hatte ihr Piano zu ihrer Schwester Madame Auffray geschickt, in der Absicht, Pierrette, die die Musik in Entzücken versetzte, eine Freude zu machen. Es war ein Gedicht, sie anzuschauen, wenn sie einem Stück von Weber, Beethoven oder Hérold[57] lauschte, die Augen erhoben, stumm und wohl voller Sehnsucht nach dem Leben, das sie entschwinden fühlte. Der Pfarrer Péroux und Monsieur Habert, ihre beiden religiösen Trostspender, bewunderten ihre fromme Schicksalsergebenheit. Ist sie nicht etwas Bemerkenswertes und gleichermaßen der Aufmerksamkeit der Philosophen und der Gleichgültigen Würdiges, die seraphische Vollkommenheit junger Mädchen und junger Männer, die der Tod in der Menge mit seinem roten Mal gezeichnet hat wie junge Bäume in einem Wald? Wer je einem solchen Sterben beigewohnt hat, kann nicht ungläubig bleiben oder werden. Diesen Menschen entströmt etwas wie ein himmlischer Duft, ihre Blicke sprechen von Gott, ihre Stimme ist in den verschiedenartigsten Äußerungen beredt, und oftmals klingt sie wie ein göttliches Instrument und drückt die Geheimnisse des Künftigen aus! Wenn Martener Pierrette beglückwünschte, weil sie eine schwierige Vorschrift befolgt hatte, sagte dieser Engel in Gegenwart aller – und mit welchen Blicken! –: »Ich möchte leben, lieber Herr Doktor, weniger für mich als für meine Großmutter, für Brigaut, für euch alle, die mein Tod betrüben würde.«

Als sie zum erstenmal im November, in der schönen Sonne des Martinstages, spazierenging, vom ganzen Hause begleitet, und als Madame Auffray sie fragte, ob sie müde sei, antwortete sie: »Nun ich nur noch die Leiden zu ertragen habe, die Gott mir schickt, kann ich sie auf mich nehmen. Ich finde in dem Glück, geliebt zu werden, die Kraft zum Dulden.«

Das war das einzige Mal, daß sie indirekt an ihr furchtbares Martyrium bei den Rogrons erinnerte; sie sprach sonst nie von ihnen, und das Rückdenken an sie mußte ihr so schmerzlich sein, daß auch kein anderer von ihnen sprach.

»Liebe Madame Auffray«, sagte sie eines Tages um die Mittagsstunde auf der Terrasse und blickte in das Tal hinaus, das im schönen Sonnenlicht dalag und mit den rostroten Farbtönungen des Herbstes geschmückt war, »mein Sterben in Ihrem Hause wird mir weit mehr an Glück spenden als die drei letzten Jahre.«

Madame Auffray blickte ihre Schwester Madame Martener an und flüsterte ihr zu: »Wie würde sie geliebt haben!« Wirklich: Betonung und Blick Pierrettes liehen dem, was sie sagte, einen unaussprechlichen Wert.

Martener unterhielt einen Briefwechsel mit Doktor Bianchon und unternahm nichts Gewichtiges ohne dessen Billigung. Anfangs hatte er gehofft, dem von der Natur gewollten Verlauf folgen zu können, dann wollte er dem Eiterherd im Kopf einen Abfluß durchs Ohr bahnen. Je heftiger Pierrettes Schmerzen wurden, desto mehr Hoffnungen hegte er. Er erzielte einen leichten Erfolg durch den ersten Einstich, und das war ein großer Triumph. Ein paar Tage lang kehrte Pierrettes Appetit wieder und wurde durch kräftigere Nahrung gestillt, gegen die sie bislang, wie die Krankheit es mit sich brachte, einen charakteristischen Widerwillen verspürt hatte; ihre Gesichtsfarbe änderte sich, aber der Zustand des Kopfes war grausig. Daher bat der Doktor den großen Arzt, seinen Berater, dringend zu kommen. Bianchon kam, blieb zwei Tage in Provins und entschied sich für eine Operation; er teilte alle Besorgnisse des armen Martener und zog sogar den berühmten Desplein hinzu. Auf diese Weise wurde die Operation durch den größten Chirurgen alter und neuer Zeit durchgeführt; aber dieser schreckliche Opferschauer sagte zu Martener, als er mit seinem Lieblingsschüler Bianchon wieder abreiste: »Sie bekommen sie nur durch, wenn ein Wunder geschieht. Wie Ihnen Horace schon sagte: der Knochenfraß hat eingesetzt. In diesem Alter sind die Knochen noch so zart!«

Die Operation hatte zu Märzbeginn 1828 stattgefunden. Während des ganzen Monats reiste Martener, dem die furchtbaren Schmerzen, an denen Pierrette litt, Sorgen machten, mehrmals nach Paris; er besprach sich mit Desplein und Bianchon, denen er sogar vorschlug, es mit einer Operation nach der Art der Blasensteinzerreibung zu versuchen; sie sollte darin bestehen, daß in den Kopf ein hohles Instrument eingeführt wurde, mit Hilfe dessen ein stark wirkendes Heilmittel eingeträufelt werden könnte, das das Fortschreiten des Knochenfraßes hemmte. Der kühne Desplein wagte es nicht, diesen chirurgischen Eingriff zu unternehmen, zu dem die Verzweiflung Martener angeregt hatte. Als daher der Arzt von seiner letzten Reise nach Paris heimkehrte, schien er seinen Freunden bekümmert und vergrämt. An einem unglückseligen Abend mußte er der Familie Auffray, Madame Lorrain, dem Beichtvater und Brigaut, die sich um ihn versammelt hatten, mitteilen, daß die ärztliche Kunst nichts mehr für Pierrette tun könne; ihr Heil liege einzig in der Hand Gottes. Alle waren sehr bestürzt. Die Großmutter tat ein Gelübde und bat den Pfarrer, jeden Tag in der Morgenfrühe, ehe Pierrette aufstand, eine Messe zu lesen, der sie und Brigaut beiwohnten.

Der Prozeß wurde weitergeführt. Während das Opfer der Rogrons im Sterben lag, verleumdete Vinet es vor Gericht. Das Gericht bestätigte den Beschluß des Familienrats, und der Advokat legte auf der Stelle Berufung ein. Der neue Staatsanwalt beantragte eine Untersuchung. Rogron und seine Schwester mußten eine Kaution stellen, um nicht ins Gefängnis zu kommen. Die Untersuchung bedingte ein Verhör Pierrettes. Als Desfondrilles zu den Auffrays kam, lag Pierrette im Todeskampf; an ihrem Lager stand ihr Beichtvater, sie sollte versehen werden. Auch in diesem Augenblick noch bat sie die versammelte Familie, ihrem Vetter und ihrer Kusine zu verzeihen, wie sie selber es getan hatte, als sie mit wundervoller Einsicht sagte, das Urteil in solcherlei Dingen stehe einzig Gott zu.

»Großmutter«, sagte sie, »hinterlaß all dein Gut Brigaut.« (Brigaut brach in Tränen aus.) – »Und«, sprach Pierrette weiter, »schenk tausend Francs der guten Adèle, die mir immer heimlich das Bett angewärmt hat. Wäre sie bei meinen Verwandten geblieben, so würde ich am Leben bleiben ...«

Am Dienstag nach Ostern um drei, an einem schönen Tage, endeten die Leiden dieses kleinen Engels. Die heroische Großmutter wollte während der Nacht mit den Priestern bei ihr wachen und sie mit ihren alten, steifen Händen in das Leichentuch einnähen. Gegen Abend verließ Brigaut das Haus der Auffrays und ging hinab zu Frappier.

»Ich brauche dich nicht erst zu fragen, mein armer Junge, wie es steht«, sagte der Schreiner zu ihm.

»Ja, Vater Frappier, für sie ist es zu Ende, aber nicht für mich.«

Der Handwerker warf auf alles Holz im Lager Blicke, die zugleich düster und suchend waren.

»Ich verstehe dich, Brigaut«, sagte der wackere Frappier. »Sieh, das da brauchst du.«

Und er zeigte ihm zwei Zoll dicke Eichenbretter.

»Bitte helfen Sie mir nicht, Monsieur Frappier«, sagte der Bretone; »ich will alles selber tun.«

Brigaut verbrachte die Nacht damit, die Bretter zu hobeln und Pierrettes Sarg zusammenzufügen; und mehr als einmal schälte er mit einem einzigen Hobelschwung einen langen Span von seinen Tränen gefeuchteten Holzes ab. Der biedere Frappier sah ihm zu und rauchte. Er sagte ihm lediglich ein paar Worte, als sein erster Geselle die vier Bretter zusammenstellte: »Mach doch einen Schiebedeckel, damit die armen Verwandten nicht hören, wie der Sarg zugenagelt wird.«

Bei Tagesanbruch holte Brigaut das Blei, das zum Füttern des Sarges erforderlich war. Durch einen ungewöhnlichen Zufall kosteten die Bleiplatten genau die Summe, die er Pierrette für ihre Fahrt von Nantes nach Provins geschenkt hatte. Der tapfere Bretone, der seinen grausigen Schmerz niedergerungen hatte, um selber den Sarg seiner geliebten Kindheitsgefährtin anzufertigen, wobei er die trauerdüsteren Bretter mit all seinen Erinnerungen auspolsterte, ertrug dies Zusammentreffen nicht: es überkam ihn ein Schwächeanfall; er konnte das Blei nicht tragen, der Bleihändler ging mit ihm und erbot sich, die vierte Platte zu verlöten, wenn die Leiche in den Sarg gebettet worden sei. Der Bretone verbrannte den Hobel und alle Werkzeuge, deren er sich bedient hatte; er rechnete mit Frappier ab und verabschiedete sich von ihm. Der Heroismus, den der arme Junge, wie auch die Großmutter, daran wandte, Pierrette die letzten Pflichten zu erweisen, ließ ihn bei der letzten Szene eingreifen, die die Krönung der Tyrannei der Rogrons darstellte.

Brigaut und der Bleihändler kamen gerade zur rechten Zeit zu Monsieur Auffray, um durch brutale Gewalt eine infame, grausige juristische Frage zu entscheiden. Das Sterbezimmer war voller Menschen und bot den beiden Handwerkern einen seltsamen Anblick dar. Die Rogrons standen abscheulich an der Leiche ihres Opfers, um es auch noch nach dem Tode zu quälen. Die in ihrer Schönheit sublime Leiche des armen Kindes lag auf dem Gurtbett der Großmutter. Pierrettes Augen waren geschlossen, ihr Haar war gescheitelt und fiel in langen, breiten Wellen herab, der Körper war in ein grobes Baumwolltuch genäht worden.

Vor dem Bett lag mit wirrem Haar, gereckten Armen und brennendem Gesicht die alte Lorrain auf den Knien und schrie: »Nein, nein, das darf nicht geschehen!«

Am Fußende des Bettes standen der Vormund Monsieur Auffray, Pfarrer Péroux und Habert. Die Kerzen brannten noch.

Vor der Großmutter standen der Chirurg des Krankenhauses und Néraud, auf die der furchtbare, süßliche Vinet einredete. Auch ein Gerichtsdiener war da. Der Chirurg hatte seine Sezierschürze umgebunden. Einer seiner Assistenten hatte sein Besteck geöffnet und hielt ihm ein Seziermesser hin.

Diese Szene wurde durch das Aufschlagen des Sarges unterbrochen, den Brigaut und der Bleihändler fallen ließen; denn Brigaut, der vorangegangen war, war zutiefst erschrocken beim Anblick der weinenden alten Mutter Lorrain.

»Was geht hier vor?« fragte Brigaut, trat neben die alte Großmutter und umkrampfte konvulsivisch einen Meißel, den er bei sich hatte.

»Sie wollen«, sagte die Alte, »sie wollen die Leiche meines Kindes öffnen, ihm den Kopf zerspalten, ihm das Herz nach dem Tode wie im Leben brechen.«

»Wer?« rief Brigaut mit einer Stimme, bei der das Trommelfell der Gerichtsleute hätte platzen können.

»Die Rogrons.«

»Beim heiligen Namen Gottes ...!«

»Einen Augenblick, Brigaut«, sagte Auffray, als er sah, daß der Bretone seinen Meißel schwang.

»Monsieur Auffray«, sagte Brigaut, der genauso bleich war wie die junge Tote, »ich höre auf Sie, weil Sie Monsieur Auffray sind; aber in diesem Augenblick würde ich nicht einmal hören, wenn ...«

»Die Justiz!« sagte Auffray.

»Gibt es denn Gerechtigkeit?« rief der Bretone. »Die Justiz, das sind die da!« sagte er und bedrohte den Advokaten, den Chirurgen und den Gerichtsdiener mit seinem in der Sonne funkelnden Meißel.

»Lieber Freund«, sagte der Pfarrer, »Monsieur Rogron, der unter schwerer Anklage steht, hat sich durch seinen Advokaten an das Gericht gewandt, und es ist unmöglich, einem Angeschuldigten die Mittel zu seiner Rechtfertigung zu verweigern. Monsieur Rogrons Advokat sagt, wenn das arme Kind hier an dem Abszeß im Kopf gestorben ist, kann ihr ehemaliger Vormund nicht zur Verantwortung gezogen werden, da bewiesen ist, daß Pierrette geraume Zeit hindurch verheimlicht hat, daß sie sich gestoßen hatte . . .«

»Genug!« sagte Brigaut.

»Mein Klient . . .«, sagte Vinet.

»Dein Klient«, schrie der Bretone, »kommt in die Hölle, und ich aufs Schafott; denn wenn einer von euch es wagen sollte, die anzurühren, die dein Klient umgebracht hat, und wenn der Medizinstudent da nicht sofort sein Messer einsteckt, dann ist er erledigt!«

»Das ist offener Widerstand«, sagte Vinet, »wir werden den Richter davon in Kenntnis setzen.«

Die fünf Fremden zogen sich zurück.

»O mein Sohn«, sagte die Alte, stand auf und fiel Brigaut um den Hals, »laß uns sie schnell einsargen, sie kommen ja wieder . . .!«

»Wenn das Blei verlötet ist«, sagte der Bleihändler, »dann wagen sie es vielleicht nicht mehr.«

Auffray eilte zu seinem Schwager Lesourd, um zu versuchen, den Fall beizulegen. Eben das hatte Vinet gewollt. Nun Pierrette tot war, würde der Prozeß über die Vormundschaft, da noch kein Urteil gefällt war, niedergeschlagen werden, ohne daß daraus jemand etwas für oder wider die Rogrons folgern konnte: die Frage blieb unentschieden. So hatte denn also der geschickte Vinet die Wirkung seines Antrags richtig vorausgesehen.

Gegen Mittag erstattete Desfondrilles dem Gericht seinen Bericht über die gegen Rogron beantragte Untersuchung, und das Gericht fällte eine durch den Mangel an Beweismitteln vollauf begründete Entscheidung auf Einstellung des Verfahrens.

Rogron wagte nicht, sich bei Pierrettes Begräbnis sehen zu lassen; die ganze Stadt nahm daran teil. Vinet hatte ihn zum Teilnehmen veranlassen wollen, aber der ehemalige Kurzwarenhändler hatte Angst, allgemeinen Abscheu zu erregen.

Brigaut sah zu, wie die Erde über dem Grab aufgehäuft wurde, in dem Pierrette bestattet worden war; dann verließ er Provins und ging zu Fuß nach Paris. Er schrieb ein Gesuch an die Dauphine[58], in dem er, in Anbetracht des Namens seines Vaters, um Einstellung in die Königliche Garde bat, was sofort bewilligt wurde. Als die Expedition nach Algier durchgeführt wurde, schrieb er abermals an die Dauphine, um dabei Verwendung zu finden. Er war Sergeant; Marschall Bourmont[59] beförderte ihn zum Unterleutnant in einem Linienregiment. Der Sohn des Majors verhielt sich wie einer, der sterben wollte. Bis jetzt hat der Tod Jacques Brigaut verschont; er hat sich bei allen neuerlichen Unternehmen ausgezeichnet, ohne verwundet zu werden. Heute ist er Bataillonskommandeur in der aktiven Truppe. Es gibt keinen schweigsameren und tüchtigeren Offizier. Außerhalb des Dienstes ist er nahezu stumm, geht allein umher und lebt mechanisch vor sich hin. Jeder ahnt und achtet bei ihm einen unbekannten Schmerz. Er besitzt sechsundvierzigtausend Francs; sie sind ihm von der alten Madame Lorrain vermacht worden, die 1829 in Paris gestorben ist.

Bei den Wahlen von 1830 wurde Vinet Abgeordneter; die Dienste, die er der neuen Regierung erwies, haben ihm die Würde eines Generalstaatsanwalts eingetragen. Jetzt ist sein Einfluß so groß, daß er stets zum Abgeordneten gewählt werden wird. Rogron ist Generalsteuereinnehmer in der gleichen Stadt, in der Vinet seine Funktionen ausübt; und durch einen überraschenden Zufall ist Tiphaine dort Erster Präsident des Königlichen Gerichts; denn dieser Freund der Gerechtigkeit hat sich ohne Zögern der Juli-Dynastie[60] angeschlossen. Die ehedem schöne Madame Tiphaine lebt in gutem Einvernehmen mit der schönen Madame Rogron. Vinet steht sich vortrefflich mit dem Präsidenten Tiphaine.

Was nun den Schwachkopf Rogron betrifft, so tut er Aussprüche wie diesen: »Louis-Philippe ist erst wirklich König, wenn er Adlige ernennen kann.«

Offenbar stammt dieser Ausspruch nicht von ihm. Seine schwankende Gesundheit läßt Madame Rogron hoffen, daß sie binnen kurzem den General Marquis de Montriveau, Pair von Frankreich, heiraten kann, den Kommandierenden General des Départements, der ihr den Hof macht. Vinet verlangt überaus prompt Köpfe, er glaubt nie an die Unschuld eines Angeklagten.

Dieser Generalstaatsanwalt reinen Blutes gilt als einer der liebenswürdigsten Menschen seines Dienstzweigs und hat in Paris die gleichen Erfolge wie in der Kammer; bei Hofe ist er ein reizender Höfling.

Vinets Versprechen gemäß hat der General Baron Gouraud, dies edle Wrackstück unserer ruhmreichen Armeen, eine fünfundzwanzigjährige Demoiselle Matifat geheiratet, die Tochter eines Drogisten in der Rue des Lombards; ihre Mitgift betrug fünfzigtausend Taler. Er ist, wie Vinet es ihm prophezeit hat, Kommandierender General in einem Département in der Nähe von Paris. Um seines Verhaltens bei den Aufständen unter dem Ministerium Casimir Périer willen ist er zum Pair von Frankreich ernannt worden. Der Baron Gouraud war einer der Generale, die die Kirche Saint-Merry[61] einnahmen, glücklich, den Zivilisten eins auswischen zu können, die ihn fünfzehn Jahre lang geärgert hatten, und sein Eifer ist durch den Großkordon der Ehrenlegion belohnt worden.

Keiner der Menschen, die an Pierrettes Tod teilhatten, empfindet auch nur die leisesten Gewissensbisse. Desfondrilles ist nach wie vor Archäologe; aber im Interesse seiner eigenen Wahl hat der Generalstaatsanwalt Vinet dafür gesorgt, daß der alte Herr zum Gerichtspräsidenten ernannt wurde. Sylvie hat einen kleinen Hofstaat und verwaltet den Landbesitz ihres Bruders; sie verleiht Geld zu hohen Zinsen und gibt für sich selber jährlich keine zwölfhundert Francs aus.

Dann und wann, wenn ein in Provins Geborener aus Paris kommt und sich in seiner Vaterstadt niederlassen will und aus Mademoiselle Rogrons Haus herauskommt, sagt vielleicht auf dem kleinen Platz ein alter Parteigänger der Tiphaines zu ihm: »Die Rogrons, die haben seinerzeit mal eine dumme Geschichte eines Mündels wegen gehabt ...«

»Das war eine reine Parteisache«, antwortet Präsident Desfondrilles. »Es ist von Ungeheuerlichkeiten geredet worden. Aus purer Seelengüte haben sie diese Pierrette zu sich ins Haus genommen, ein ziemlich nettes, vermögensloses kleines Mädchen; in ihrer Jugend hat sie ein Verhältnis mit einem Schreinergesellen angefangen, barfuß ist sie ans Fenster gelaufen, um von dort aus mit diesem jungen Menschen zu plaudern, der unten stand, verstehen Sie? Die beiden Liebenden schickten einander zärtliche Briefe, mittels einer Schnur. Sie können sich wohl denken, daß in den Monaten Oktober und November so etwas einem Mädchen, das die Bleichsucht hatte, schlecht bekommen mußte. Die Rogrons haben sich wunderbar benommen, nicht einmal ihren Teil an der Erbschaft der Kleinen haben sie beansprucht; sie haben alles deren Großmutter überlassen. Die Moral von der Geschichte, liebe Freunde, ist, daß der Teufel uns stets für eine gute Tat bestraft.«

»Ach, das ist ja sonderbar, der alte Frappier hat es mir ganz anders erzählt.«

»Der alte Frappier fragt mehr seinen Weinkeller um Rat als sein Gedächtnis«, sagt daraufhin ein Stammgast aus dem Salon der Mademoiselle Rogron.

»Aber der alte Monsieur Habert . . .«

»Der? Wissen Sie denn nicht, was mit dem los war?«

»Nein.«

»Na, der hat doch seine Schwester mit Monsieur Rogron, dem Generalsteuereinnehmer, verheiraten wollen.«

Zwei Männer denken jeden Tag an Pierrette: der Doktor Martener und der Major Brigaut; die beiden kennen als einzige die furchtbare Wahrheit.

Um dieser riesige Dimensionen zu geben, genügt es, daran zu erinnern, daß, wenn man die Szene ins Mittelalter und nach Rom auf einen größeren Schauplatz verlegt, ein junges, erhabenes Mädchen, Beatrice Cenci[62], aus fast den gleichen Gründen und mittels sehr ähnlicher Intrigen aufs Schafott geführt wurde wie die, die Pierrette ins Grab gebracht haben. Beatrice Cenci hatte als Verteidiger nur einen Künstler, einen Maler. Heute verurteilen die Geschichte und die Lebenden, einzig weil sie dem von Guido Reni[63] gemalten Bildnis glauben, den Papst und betrachten Beatrice als eins der rührendsten Opfer infamer Leidenschaften und des Parteihaders.

Wir wollen, unter uns, zugeben, daß für gesellschaftliche Schurkenstreiche die Gesetze eine feine Sache wären, wenn Gott nicht existierte.

Anmerkungen

Pierrette

1 Provins ist die Hauptstadt eines Arrondissements im Département Seine-et-Marne und liegt an der Voulzie, einem Nebenfluß der Seine. Die Stadt hat mittelalterliche Baudenkmäler und Häuser und ist berühmt durch ihre Rosenzucht.

2 Edouard Bruguière (nähere Daten nicht bekannt) komponierte um 1820 sentimentale Schlager.

3 Eine der Borromeischen Inseln am Südende des Lago Maggiore, in deren Schloßpark sich eine Fülle exotischer Pflanzen findet. Wahrscheinlich hat Balzac die Aloe mit der ›Königin der Nacht‹ verwechselt, einem nur sehr selten und nur für eine Nacht blühenden Kaktus.

4 Sieg Napoleons über die Alliierten 1814.

5 François-Athanase Charette de la Contrie (1763–1796), eins der Häupter des Aufstands in der Vendée, zu Nantes erschossen.

6 Pierre Mercier (1778–1800), genannt ›La Vendée‹, kämpfte sieben Jahre lang gegen die republikanischen Armeen, hauptsächlich unter Cadoudal; er führte während dieser Zeit auch mehrere Missionen bei den im englischen Exil weilenden Fürsten durch, zumal beim Grafen von Artois (dem späteren Karl X.), der ihn zum Feldmarschall und Ritter des Sankt-Ludwigs-Ordens machte. Mercier geriet unter dem Konsulat in einen Hinterhalt und fiel.

7 Hauptgestalt von Balzacs Roman ›Die Königstreuen‹ (›Les Chouans‹).

8 Gestalt in Balzacs Roman ›Béatrix‹.

9 Diese Institution wurde 1806 unter dem Protektorat des Kaisers von zwei Privatleuten gegründet, damit dort alte Leute, die durch die politischen Umschwünge verarmt waren, Unterkunft und Nahrung fanden. Sie lag lange in der Rue Chaillot, im ehemaligen Kloster Sainte-Périne; beim Durchbruch neuer Straßen während des Zweiten Kaiserreichs wurde sie nach Auteuil verlegt.

10 Französisch: ›Seidenraupe oder Seidenwurm‹.

11 Französisch: ›Zu den drei Spinnrocken‹.

12 Französisch: Etwa ›Zur höheren Tochter‹.

13 Ein aus Wolle und Seide gewobenes Band, benannt nach der Stadt Padua, wo es zuerst hergestellt wurde.

14 Amadis de Gaula, spanischer Ritterroman (um 1508), vielleicht freie Nachgestaltung eines portugiesischen Originals aus dem 13. Jahrhundert, dann ins Französische übersetzt. Der Held Amadis, genannt ›der Löwenritter‹, ist seither der Typus der treu liebenden fahrenden Ritter geblieben. Der Stoff ist mehrfach behandelt worden, zuletzt durch Gobineau in einem Versepos.

15 Nymphe, Geliebte des römischen Königs Numa Pompilius; sie gab ihm gute Ratschläge.

16 Französisch: ›Der Bienenkorb‹.

17 Wortspiel mit Comte = Graf und Compte = Rechnung.

18 Beim Boston, einem Spiel, bei dem der Ansagende keinen Stich machen darf.

19 Spartakus, ein Thraker, brach mit 70 Gladiatoren 73 v. Chr. aus der Fechterschule zu Capua aus und entfachte einen Sklavenaufstand. Es schlossen sich ihm 70 000 entlaufene Sklaven an, die die Oberhand in Kampanien gewannen und unerhörte Grausamkeiten verübten. Spartakus schlug mehrere römische Heere und bedrohte Rom, wurde jedoch 71 v. Chr. von Crassus geschlagen und fiel. 60 000 seiner Anhänger wurden ans Kreuz geschlagen. Der Spartakus-Aufstand ist eins der frühesten Kapitel in der Geschichte des Sozialismus, neben dem Pariser Kommune-Aufstand von 1870/71. – Die von Balzac, als für den Kleinbürger Rogron bezeichnend, erwähnte Spartakus-Statue dürfte ein Abguß der 1830 im Tuilerien-Garten aufgestellten Marmorplastik von Denis Foyatier (1793–1863) gewesen sein, die damals, nach der Juli-Revolution, hoch gerühmt wurde.

20 Der polnische Fürst Joseph Poniatowski (1762–1813), vergöttert seiner ritterlichen Tapferkeit wegen, sollte, bei Leipzig zum Marschall von Frankreich ernannt, den Rückzug der französischen Armee decken, wurde schwer verwundet, sprang am 19. Oktober mit seinem Pferd in die Hochwasser führende Elster und ertrank. Jener Tod wurde in zahlreichen Gedichten und durch Lithographien und Stiche gefeiert. – Die Elster, auch Weiße Elster genannt, ist ein im Elstergebirge entspringendes Flüßchen, das sich bei Leipzig in zwei Arme teilt und in der Nähe von Merseburg in die Saale mündet.

21 An der Zollschranke von Clichy, dort, wo sich heute die Place de Clichy befindet, leistete am 25. Februar 1814 der Marschall Moncey den Alliierten erfolgreichen Widerstand, der erst endete, als die Nachricht von der Kapitulation von Paris eintraf. – Das Gemälde

von Horace Vernet, das jene Episode darstellt und nach dem der von Balzac erwähnte Stich angefertigt worden ist, wurde 1820 auf Bestellung des Goldschmieds Odiot gemalt; man sieht ihn, in der Uniform eines Bataillonschefs der Nationalgarde, in der Mitte des Gemäldes, wie er die Befehle des Marschalls Moncey entgegennimmt.

22 In der Schlacht bei Montereau am 18. Februar 1814.

23 Horace Vernet (1789–1863), der große Schlachtenmaler, stellte im Salon von 1827 zwei Gemälde aus, die durch Lord Byrons Dichtung ›Mazeppa‹ inspiriert worden waren. Das berühmtere, ›Mazeppa unter den Wölfen‹, hängt heute im Musée Calvet zu Avignon. – Iwan Stepanowitsch Mazeppa (1644–1709), Hetman der Kosaken, Page des Königs Johann-Kasimir von Polen, wurde 1663 von einem polnischen Edelmann, dessen Frau er verführt hatte, nackt auf sein Pferd gebunden, das ihn in die Ukraine trug. Dort wurde er 1687 Kosakenhetman und 1698 von Peter dem Großen zum Fürsten der Ukraine erhoben. 1709 schloß er sich Karl XII. von Schweden an, um von der russischen Oberherrschaft frei zu werden; nach Karls Niederlage bei Poltawa 1709 floh er mit dem König nach dem türkischen Bender, wo er sich vergiftete.

24 Monsieur Jesse ist eine Gestalt aus Molières Komödie ›L'Amour Médecin‹.

25 Buffon sagte in seiner berühmten Antrittsrede in der Akademie: »Le style est l'homme même« und nicht, wie gewöhnlich, auch von Balzac, falsch zitiert wird: »Le style, c'est l'homme.«

26 Der ›Constitutionnel‹ wurde während der ›Hundert Tage‹, der zweiten Regierungszeit Napoleons I., von ehemaligen Revolutionsmännern gegründet und durchlebte während mehrerer Monate mannigfache Wandlungen, ehe er unter seinem endgültigen Titel erscheinen konnte. Sogleich aber wurde er das Blatt des bürgerlichen, antiklerikalen Liberalismus. Seine Politik einer schüchternen, konstitutionellen Opposition, gemischt mit Erinnerungen an 1789 und bonapartistischen Sehnsüchten, schuf ihm seinen Erfolg während der Restauration. Die Juli-Revolution, die dem ›Constitutionnel‹ die Regierung seiner Träume gab, brachte ihm indessen Unglück; die Abonnentenzahl betrug 1830 22000; 1843 war sie auf 3500 abgesunken. Das Blatt kam in andere Hände, sicherte sich gute Mitarbeiter, brachte im Feuilleton die Romane der George Sand und Eugène Sues und nahm einen erstaunlichen Aufschwung. Bald begann Sainte-Beuve in der Zeitung seine ›Lundis‹ zu veröffentlichen. In der Literaturgeschichte wird der ›Constitu-

tionnel‹ fortleben durch seine Proteste gegen die Romantik; in der Geschichte des Journalismus durch die Erfindung der ›Seeschlange‹, die, in anderer Gestalt, noch heute die Presse durchspukt.

27 Louis-François-Armand du Plessis, Herzog von Richelieu, Marschall von Frankreich (1696–1788; Großneffe des berühmten Ministers Ludwigs XIII.), eine der glänzendsten Gestalten des 18. Jahrhunderts, Politiker und Feldherr. Als Gesandter in Österreich schloß er dessen Bündnis mit Frankreich, kämpfte ruhmreich im polnischen Erbfolgekrieg, trug wesentlich zum Sieg bei Fontenoy bei (11. Mai 1745), befreite Genua, besetzte Port-Mahon und 1757 Hannover durch die Konvention von Kloster Zeven am 8. September; die Besetzung dauerte nur bis 1758.

28 Christophe Opoix (1745–1840), Mitglied des Konvents, Apotheker in Provins, machte sich durch archäologische Forschungen in seiner Vaterstadt verdient.

29 René I. (der Gute) von Anjou (1409–1480), Titularkönig von Neapel und Jerusalem, Herzog von Lothringen und Graf der Provence, 2. Sohn Ludwigs II. von Neapel, 1431–37 von Philipp von Burgund in Haft gehalten, verzichtete 1442 auf Neapel, widmete sich der Wiederbelebung der altprovençalischen Dichtung und dichtete selber Troubadourlieder.

30 Name mehrerer Grafen der Champagne, unter denen der berühmteste Thibault IV. (1201–1253) ist; er war König von Navarra, anfangs Gegner, dann Verbündeter der Bianca von Kastilien, lyrischer Dichter von eleganter Form.

31 Nebukadnezar II., König von Babylon 605–562 v. Chr., schlug 605 den Pharao Necho, unterwarf Syrien und Palästina, zerstörte 586 Jerusalem; belagerte 13 Jahre lang Tyros, verschönerte Babylon durch Prachtbauten und legte große Kanalbauten an. Nach der jüdischen Überlieferung wurde er grausam von Gott gestraft: er wurde wahnsinnig und lebte sieben Jahre lang als Tier unter Tieren, bis er wieder zur Vernunft kam und abermals den Thron bestieg (Buch Daniel 4, 28–31).

32 Siehe Balzacs Roman dieses Titels.

33 Wortspiel zwischen mercier = Kurzwarenhändler und dem Namen jenes Sergeanten Mercier der Nationalgarde, der mit seinen Leuten am 4. März 1823 den Abgeordneten Mercier aus der Kammer herausholen sollte und sich weigerte, den Befehl auszuführen.

34 1249.

35 Léopold Robert (1794–1835), Schüler von David und Gérard, malte

vor allem fröhliche, etwas salonmäßig herausgeputzte Italiener, von denen alle Welt entzückt war.

36 Bewohnerin der Landschaft Brie.

37 Ein 1787 erschienener Roman von Jacques-Henri Bernardin de Saint-Pierre (1737–1814), eine harmlose Idylle, erfüllt von schwelgerischem Naturgefühl, die vom Leben zweier Kinder auf der Insel Mauritius handelt und ungeheuren Erfolg hatte.

38 Nach einer Stadt in Ostindien benannter starker Kaliko.

39 Hauptgestalt der Komödie gleichen Titels von Molière (1669).

40 Städtchen im Arrondissement Provins; dort wie bei Guignes, Mormant und Dennemarie schlug Napoleon am 16. und 17. Februar 1814 die auf Paris marschierenden Korps der Alliierten.

41 Jacques Laffitte (1767–1847), Finanzmann, der an die Revolution von 1830 große Mittel wendete und dadurch Vermögensverluste erlitt, die wieder wettzumachen ihm nicht gelang.

42 Soviel sich hat feststellen lassen, ist das Nachfolgende die Wahrheit über die ›Kongregation‹, das Schreckgespenst der Liberalen der Restaurationszeit. Die Bezeichnung ›Kongregation‹ trug in Wirklichkeit nur eine Gemeinschaft von Männern jeden Alters, die sich unter der Leitung des Jesuitenpaters Ronsin im Gebäude der ›Mission Étrangère‹, Rue de Bac, versammelten und frommen Exerzitien oblagen. Mit ihr arbeiteten mehr oder weniger eng andere fromme Gemeinschaften zusammen: alle huldigten, trotz der Präsidentschaft Chateaubriands, dem Geiste Bonalds und de Maistres und rekrutierten sich aus den Kreisen der Royalisten. Über diesen verschiedenartigen Gemeinschaften, die keine Politik trieben, sondern sich lediglich sozial betätigten, schwebte zuerst und zwang sich ihnen dann eine zunächst geheime, später offenkundige Vereinigung auf, die durch und durch politisch und deren wahres Haupt der Graf von Artois (der spätere Karl X.) war; sie stellte das Überleben und neue Aufblühen einer Geheimsekte dar, die sich unter dem Kaiserreich gebildet hatte, in der Absicht, die Verbindung zwischen dem von Napoleon gefangengesetzten Papst Pius VII. und den dem Heiligen Stuhl treu gebliebenen Katholiken aufrechtzuerhalten. Der Einfluß der ›Kongregation‹ war unter Ludwig XVIII. unbedeutend; nach der Thronbesteigung Karls X. wurde er natürlich vorherrschend.

43 Hier hat Balzac sich in den Daten geirrt: die Wahlen fanden nicht 1826, sondern im November 1827 statt, und zwar als Folge der Auflösung der Kammer, die am 5. November verfügt worden war.

Die Auflösung war notwendig geworden durch das neue, einschränkende Pressegesetz und durch das Vorgehen gewisser Royalisten und auch der Liberalen gegen die ›Kongregation‹. Bei den neuen Wahlen erhielten die Regierungstreuen 170 Stimmen gegen 250 der Opposition, was Villèle zum Rücktritt veranlaßte. Es verging ein Monat mit Unterhandlungen, um ihn wieder an die Macht zu bringen, aber da diese scheiterten, betraute der König am 4. Januar 1828 Jean-Silvère Gaye, Baron de Martignac, mit der Bildung des neuen Kabinetts; Martignac entschloß sich zu einer liberalen Politik.

44 Vittoria Colonna (1492–1547), Gattin des Fernando-Francesco d'Avalos, Marchese von Pescara (1489–1525), eines der besten Feldherrn Kaiser Karls V., Besieger Franz' I. bei Pavia (24. Februar 1525). Vittoria Colonna, Dichterin von Sonetten hohen Ranges, war die ›Dame‹ Michelangelos, an die der Künstler berühmte Sonette richtete.

45 Von Balzac sehr geschätzter und häufig erwähnter, 1747/48 erschienener Roman von Samuel Richardson.

46 Siehe Anmerkung 43.

47 André-Marie-Jean-Jacques Dupin (1783–1855), der älteste der ›drei Dupins‹, während der Restauration politischer Advokat, 1827 Abgeordneter, einer der ›Zweihundertundzwanzig‹, war einer der Drahtzieher der Juli-Revolution. Unter Louis-Philippe wurde er Generalstaatsanwalt am Kassationsgericht und Präsident der Kammer. Seine Redeweise war barsch und schneidend, er hatte einen scharfen Geist, war aber bäurisch und verletzend. Sein Urteil war sicher und unparteiisch. Über sein Verhalten in der Politik läßt sich dasselbe nicht behaupten: 1830 war er konstitutioneller Royalist, 1848 Republikaner; als Präsident der Kammer beteiligte er sich am Staatsstreich vom 2. Dezember. Übrigens hat er sich immer gerühmt, er habe aus der ›Unabhängigkeit des Herzens‹ heraus gehandelt.

48 Casimir Périer (1777–1832), Pariser Bankier, seit 1817 Abgeordneter, gehörte während der Restauration der dynastischen Opposition an. Im besonderen bekämpfte er 1827 unter dem Ministerium Villèle das die Pressefreiheit einschränkende Gesetz. 1830 schreckte Périer vor den von ihm für gefährlich gehaltenen Folgen der unausrottbaren Opposition der Liberalen gegen die Regierung Karls X. zurück. Er hat zum Sturz der legitimen Dynastie nicht beigetragen. Aber nach Durchführung der Revolution schloß er sich Louis-Philippe an, der ihm die Leitung des ersten ›Résistance‹-Ministeriums anvertraute. 1832 wurde er für cholerakrank gehalten und starb an der Behandlung, die Broussais ihm angedeihen ließ.

49 Feldzug von 1814.

50 Königin von Frankreich (1519–1589), Tochter Lorenzos II. von Medici, Herzogs von Urbino, 1533 mit Heinrich, dem Sohn Franz' I. von Frankreich, dem nachmaligen Heinrich II., vermählt, hielt sich während dessen Regierung (1547–1559) klug zurück und gewann erst nach der Thronbesteigung ihres Sohnes Franz II. (1559–1560) Einfluß, den sie auch unter Karl IX. (1560–1574) und Heinrich III. (1574–1589) behielt. Sie suchte gegen die Macht der Guises ein Gegengewicht mittels geheimer Verbindungen mit den Hugenotten; doch als diese ihrer eigenen Herrschaft über den König gefährlich wurden, suchte sie sie durch die Bartholomäusnacht (1572) zu vernichten. Siehe Balzac, ›Katharina von Medici‹.

51 Henri-Benjamin de Constant Rebecque (1767–1830), Abkömmling einer ins Waadtland geflüchteten Hugenottenfamilie, unter dem Direktorium naturalisiert, unternahm schon in jungen Jahren Studienreisen nach Deutschland und England, ging, für die Revolution begeistert, 1796 nach Paris und gehörte seit 1799 dem Tribunat an. Seine Ehe mit einer Deutschen war unglücklich. 1802 wurde er als Gegner des Kaiserreichs verbannt, zugleich mit seiner Freundin und Gönnerin Mme de Staël, mit der er zunächst in Deutschland, dann auf ihrem Besitz Coppet lebte. Unter seinen literarischen Werken, die sich durch eine Prosa von klassischer Klarheit und meisterliche psychologische Analysen auszeichnen und stark autobiographisch gefärbt sind, müssen ›Adolphe‹ (1816) und ›Cécile‹ (aus dem Nachlaß) hervorgehoben werden, ferner seine Briefe. Constant bekämpfte das Kaiserreich klug und würdig; er bekannte sich zum konstitutionellen Königtum. Seit 1819 war er Abgeordneter, Führer der Liberalen und Gegner der Ultras, was ihn populär machte. Er war, obwohl er seine Reden niederschrieb und ablas, ein fesselnder Sprecher, der funkelnde Ironie und schneidende, geistvolle Wendungen wirkungsvoll einzusetzen wußte.

52 Siehe Anmerkung 18.

53 Rigaudin, von Balzac, der es mit der Schreibung von Eigennamen nie genau nahm, in anderen Werken auch ›Trigaudin‹ genannt, ist eine Gestalt in der Komödie ›La Maison en Loterie‹ (›Ein Haus als Lotteriegewinn‹) von Picard und Radet, die indessen erst Ende 1837 oder Anfang 1838 uraufgeführt worden ist.

54 Nordamerikanische Indianerstämme, damals volkstümlich durch Coopers ›Lederstrumpf‹-Romane.

55 Philipp IV., genannt der Schöne (1268–1314), König von Frank-

reich. Die Verfolgung der Templer durch den König setzte 1307 ein und wurde auf das grausamste durchgeführt. Der Orden wurde 1312 aufgehoben. Vielleicht spielt Balzac auf den Tod des letzten Großmeisters Jacques de Molay an, der im März 1313 in Paris verbrannt, also nicht gerädert wurde.

56 Plutarchos (um 46 – nach 120), griechischer Historiker und Philosoph, besonders bekannt durch seine Biographien, in denen er je einen bedeutenden Griechen einem bedeutenden Römer gegenüberstellt und sie gegeneinander abwägt.

57 Louis-Joseph-Ferdinand Hérold (1791–1833), begabter Komponist, starb in jungen Jahren an der Schwindsucht; die Ouvertüre seiner Oper ›Zampa‹ erklingt bisweilen heute noch in Gartenkonzerten.

58 Die alten Hoftitel wurden erst 1824 bei der Thronbesteigung Karls X. wieder eingeführt; Dauphine war damals Marie-Thérèse, Schwiegertochter des Königs, Tochter Ludwigs XVI. und Enkelin der Maria Theresia.

59 Louis de Ghaisne, Graf de Bourmont (1771–1846), Marschall, Kriegsminister im Kabinett Polignac, schied aus seinem Amt aus und übernahm bei der Algier-Expedition den Oberbefehl, wobei er ebensoviel Tapferkeit wie militärische Fähigkeiten bewies.

60 Der Orléans, die 1830 mit Louis-Philippe auf den Thron gelangten.

61 Am 16. Mai 1832 starb der Minister Casimir Périer an der Cholera; er war der Leiter der Politik der ›Widerstrebenden‹ gewesen. Die von der konstitutionellen Monarchie enttäuschten Republikaner erhoben jetzt das Haupt. Am 5. Juni, bei der Trauerfeier für den Minister, kam es zu Krawallen, die bald zu einer Volkserhebung mit sozialistischem Anstrich gediehen. Trotz der ersten Erfolge der Aufständischen, die bald die Osthälfte von Paris beherrschten, lehnten Carrel und die übrigen Führer der Republikaner es ab, sich an die Spitze zu stellen. Diese Ablehnung ermutigte die Regierung wieder, die Nationalgarde wurde eingesetzt, und am 6. Juni wurden die letzten Barrikaden an der Ecke der Rue Saint-Merry und der Rue Saint-Martin durch Artilleriebeschuß zerstört (siehe Balzac, ›Die Geheimnisse der Fürstin von Cadignan‹).

62 Beatrice Cenci, Tochter des römischen Edelmanns Francesco Cenci, eines grausamen Wüstlings, der sie schändete, wurde nach dessen Ermordung auf die Aussage eines Banditen hin des Vatermords beschuldigt und am 10. September 1599 mit ihrem Bruder Giacomo und ihrer Stiefmutter in Rom auf Befehl Papst Clemens' VIII. ent-

hauptet. Balzacs Zeitangabe ›im Mittelalter‹ muß also durch ›in der Renaissance‹ ersetzt werden.

63 Guido Reni (1575–1642), Hauptmeister des bolognesischen Barocks, Schüler von Calvaert und später von Lodovico Carracci. Das von Balzac erwähnte Porträt stellt *nicht*, wie früher allgemein angenommen, Beatrice Cenci dar; es hängt im Palazzo Barberini in Rom.

Biographische Notizen über die Romangestalten

Pierrette

BIANCHON, Horace, geboren in den letzten Jahren des 18. Jahrhunderts, hatte es zu Beginn sehr schwer; er war ein armer Student, als er in der Pension Vauquer wohnte, wo er Vautrin und Rastignac kennenlernte (›Vater Goriot‹); dann wurde er der Lieblingsschüler des Chirurgen Desplein (›Die Messe des Gottesleugners‹), blieb aber ein intimer Freund Rastignacs, der ihn in die große Welt der Restauration einführte (›Die Entmündigung‹), ein Milieu, in dem Bianchon durch seinen Geist zu glänzen verstand (›Zweite Frauenstudie‹), vor allem aber durch sein Talent. Er wurde Professor an der Medizinischen Fakultät und Mitglied des Instituts. Er war ein ebenso kundiger wie wohltätiger Arzt und betreute gleichermaßen Arm und Reich. Die Kranken der ›Menschlichen Komödie‹, deren er sich von Vater Goriot im Jahre 1819 bis zu Mme Graslin im Jahre 1844 (›Der Dorfpfarrer‹) annahm, sind kaum zu zählen.

DESPLEIN. Dieser berühmte Chirurg, dessen durch materielle Not arg bedrängte Anfänge durch die kluge Aufopferung des Wasserträgers Bourgeat (›Die Messe des Gottesleugners‹) erleichtert worden waren, zählte zu seinen Patienten M. Chardon (›Verlorene Illusionen‹), Mme Jules Desmarets (›Ferragus‹), Mme Philippe Bridau (›Die Fischerin im Trüben‹), Vanda de Mergi (›Die Kehrseite der Zeitgeschichte‹), den Baron Nucingen (›Glanz und Elend der Kurtisanen‹), Mme de Sérisy (›Vautrins letztes Abenteuer‹), Mme de Bauvan (›Honorine‹) und schließlich Pons (›Vetter Pons‹).

GOURAUD, General, Baron, war um 1845 stiller Teilhaber des Theaters, dessen Leitung Félix Gaudissart innehatte (›Vetter Pons‹).

TIPHAINE, Mathilde-Mélanie, geborene Roguin, nahm vor ihrer Eheschließung Ende 1815 an dem Malkursus Servins teil, wo sie Ginevra di Piombo kennenlernte, mit der sie sich anfreundete (›La Vendetta‹).

VINET wurde 1830 zum Abgeordneten gewählt, dann Generalstaatsanwalt und vielleicht sogar Justizminister (›Der Abgeordnete von Arcis‹; ›Die Kleinbürger‹; ›Vetter Pons‹).

(Die übrigen Gestalten treten in der ›Menschlichen Komödie‹ nicht wieder auf.)

Der Pfarrer von Tours

Übertragung von Ernst Sander

Die Erzählung ›Der Pfarrer von Tours‹ erschien erstmals unter dem Titel ›Les Célibataires‹ (›Die Ehelosen‹) im dritten Band der zweiten Auflage der ›Szenen aus dem Privatleben‹. 1833 erschien sie unter demselben Titel im zweiten Band der ›Szenen aus dem Provinzleben‹, vordatiert auf 1834. Die dritte Ausgabe, noch immer unter dem ursprünglichen Titel, erschien 1839 im ersten Band der ›Szenen aus dem Provinzleben‹. 1843 wurde sie, datiert ›Saint-Firmin, April 1832‹ und mit der Widmung ›A David, statuaire‹ versehen, im zweiten Band der ›Szenen aus dem Provinzleben‹ der ›Menschlichen Komödie‹ eingegliedert, diesmal unter dem endgültigen Titel ›Le Curé de Tours‹ (›Der Pfarrer von Tours‹).

Die Wende April/Mai 1832 hatte Balzac mit Mme de Berny in Saint-Firmin bei Chantilly verbracht; dort hat er die Novelle, wenn nicht geschrieben, so doch skizziert.

Pierre-Jean David d'Angers (1788–1856), mit Balzac, der ihn bewunderte, befreundet, schuf die Plastiken im Giebelfeld des Pantheon und Medaillons und Büsten großer Männer seiner Zeit, so 1828 die Kolossalbüste Goethes in Weimar. Wir verdanken ihm zwei Balzac-Medaillons, eins im Profil, eins von vorn, eine Zeichnung, die er 1843 Balzacs Schwester Mme Surville schenkte und die, nach ihrer Aussage, das ähnlichste aller Balzac-Bildnisse ist, sowie die Kolossalbüste von 1842/43, deren Original (Marmor) sich im Musée Carnavalet in Paris befindet, während ein Bronze-Abguß Balzacs Grab auf dem Père Lachaise schmückt. Über die Entstehung dieses Werks siehe ›Lettres à l'Etrangère‹ vom 21. November 1842 und 3. Dezember 1843.

Zu Herbstbeginn des Jahres 1826 wurde der Abbé Birotteau, die Hauptgestalt dieser Geschichte, von einem Platzregen überrascht, als er aus dem Hause kam, in dem er den Abend verbracht hatte. Er überquerte also so schnell, wie seine Beleibtheit es ihm erlaubte, den kleinen, verlassenen, ›le Cloître‹ (›Zu den Domherrnhäusern‹) genannten Platz, der in Tours hinter dem Chor von Saint-Gatien gelegen ist.

Der Abbé Birotteau, ein kurzbeiniges Männlein von apoplektischer Konstitution, war etwa sechzig Jahre alt und hatte schon mehrere Gichtanfälle erlitten. Nun aber war unter allen kleinen Nöten des menschlichen Lebens diejenige, gegen die der gute Priester die stärkste Abneigung empfand, das plötzliche Durchnäßtwerden seiner Schuhe mit den breiten Silberschnallen und das Feuchtwerden ihrer Sohlen. Tatsächlich drang trotz der Flanellsocken, in die er bei jedem Wetter seine Füße mit der Sorgfalt einpackte, die Geistliche sich angedeihen lassen, stets ein wenig Feuchtigkeit hinein; und dann legte ihm am folgenden Tage die Gicht unfehlbar einige Proben ihrer Ausdauer ab. Dennoch, da das Pflaster des Cloître stets trocken ist und der Abbé Birotteau beim Whist bei Madame de Listomère drei Francs zehn Sous gewonnen hatte, ertrug er den Regen geduldig von der Mitte des Platzes vor dem erzbischöflichen Palais an, wo er überreichlich niederzurauschen begonnen hatte. Überdies hatte er in diesem Augenblick seiner Chimäre nachgehangen, einem schon zwölf Jahre alten Wunsch, einem Priesterwunsch!, einem Wunsch, der jeden Abend in ihm aufstieg und der jetzt der Erfüllung nahe schien; kurzum, er hatte sich allzu wohlig in einen Domherrnpelz gehüllt, als daß er die Unbill der Witterung verspürt hätte: denn im Verlauf des Abends hatten die Leute, die sich für gewöhnlich bei Madame de Listomère zu versammeln pflegten, sich ihm gegenüber nahezu verbürgt, daß er die Stelle als Domherr erhalten werde, die damals im erzbischöflichen Kapitel von Saint-Gatien unbesetzt war; sie hatten ihm bewiesen, daß niemand sie mehr verdiene als er, dessen seit langer Zeit verkannte Anrechte unbestreitbar seien. Hätte der Wackere beim Spiel verloren, hätte er erfahren, daß der Abbé Poirel, sein Nebenbuhler, zum Domherrn ernannt worden sei, dann wäre der Regen ihm recht kalt vorgekommen. Vielleicht hätte er das Dasein gelästert. Aber er befand sich nun einmal in einer der seltenen Gegebenheiten des Lebens, wo Glücksgefühle einen alles vergessen lassen. Er beschleunigte den Schritt und gehorchte damit einem mechanischen Antrieb, und die Wahrheit, etwas so Wesentliches in einer moralischen Geschichte, zwingt zu dem Eingeständnis, daß er weder an den Platzregen noch an die Gicht dachte.

Früher standen im Cloître nach der Grand' Rue hin mehrere durch eine Einfriedung zusammengeschlossene Häuser, die der Kathedrale gehörten; darin wohnten einige Würdenträger des Kapitels. Seit der Einziehung der Kirchengüter hat die Stadt aus dem Durchgang zwischen jenen Häusern eine Straße gemacht, sie heißt Rue de la Psallette; durch sie gelangt man vom Cloître in die Grand' Rue. Der Name weist zur Genüge darauf hin, daß dort ehemals der Chorleiter, seine Schüler und die von ihm Abhängigen untergebracht waren. Die linke Seite jener Straße wird von einem einzigen Haus eingenommen, dessen Mauern von den Strebepfeilern von Saint-Gatien durchdrungen werden; sie stehen in seinem engen Gärtchen, so daß es zweifelhaft ist, ob die Kathedrale vor oder nach jenem altertümlichen Haus erbaut worden ist. Aber wenn ein Altertumsforscher das Schmuckwerk, die Form der Fenster, den Türbogen und das Äußere jenes zeitgebräunten Hauses genauer betrachtet, so sieht er, daß es von je einen Teil des herrlichen Bauwerks gebildet hat, mit dem es so eng verbunden ist. Ein Kunsthistoriker, sofern es einen solchen in Tours, einer der amusischsten Städte Frankreichs, gäbe, könnte sogar am Eingang der Passage in den Cloître einige Spuren der Arkade erkennen, die ehedem das Portal dieser Priesterwohnungen bildete und also zu dem Gesamtcharakter des Bauwerks gestimmt haben müßte. Das Haus liegt nördlich von Saint-Gatien und also beständig in dem Schatten, den die große Kathedrale wirft; die Zeit hat ihren dunklen Mantel über sie geworfen, ihr Risse eingeprägt, feuchte Kälte ausgestreut, Moos und hohes Gras wachsen lassen. So kommt es, daß jenes Haus stets in tiefe Stille eingehüllt ist, die einzig durch den Klang der Glocken unterbrochen wird, durch den Gesang während der Gottesdienste, der die Kirchenmauern durchdringt, oder durch das Geschrei der Dohlen, die im Glockenstuhl nisten. Diese Örtlichkeit ist eine Steinwüste, eine scharf ausgeprägte Einsamkeit; sie kann nur von Menschen bewohnt werden, die zu völliger Ausgelöschtheit gelangt oder mit einer an ein Wunder grenzenden Seelenkraft begabt sind. Das Haus, um das es sich hier handelt, ist stets von Abbés bewohnt gewesen; es gehörte einer alten Jungfer, der Mademoiselle Gamard. Obwohl das Grundstück während der

Schreckensherrschaft vom Vater der Mademoiselle Gamard der Nation abgekauft worden war, hatte, da die alte Jungfer dort seit zwanzig Jahren Priester beherbergte, unter der Restauration niemand daran Anstoß genommen, daß eine Betschwester nach wie vor im Besitz von Nationalgut sei: vielleicht unterschoben die Frommen ihr die Absicht, es dem Kapitel zu vermachen, und die weltlich Gesonnenen waren schwerlich der Meinung, daß sich in der Bestimmung des Hauses etwas geändert habe.

Auf dieses Haus nun also bewegte der Abbé Birotteau sich zu; er wohnte darin seit zwei Jahren. Seine Wohnung war, wie jetzt die Domherrnwürde, ein Dutzend Jahre lang Gegenstand seines Neides und sein ›hoc erat in votis‹[1] gewesen. Bei Mademoiselle Gamard als Pensionsgast zu leben und Domherr zu werden, das waren die beiden großen Anliegen seines Lebens; und vielleicht stellen sie die Zusammenfassung des Ehrgeizes eines Priesters dar; er weiß, daß er auf dem Weg in die Ewigkeit begriffen ist und also auf Erden nichts wünschen kann als eine gute Unterkunft, gutes Essen, saubere Kleidung, Schuhe mit Silberschnallen, Dinge, die für die animalischen Bedürfnisse ausreichen, und eine Domherrnstelle zur Befriedigung der Eigenliebe, jenes undefinierbaren Gefühls, das uns, wie es heißt, bis zu Gottes Thron folgen wird, da ja sogar unter den Heiligen eine Rangordnung besteht. Aber die Begierde nach der Wohnung, die der Abbé Birotteau jetzt innehatte, dieses in den Augen der Kinder dieser Welt geringfügige Verlangen, war für ihn eine Leidenschaft gewesen, eine Leidenschaft voller Hindernisse, und, wie die verbrecherischsten unter allen Leidenschaften, voller Hoffnungen, Freuden und Gewissensbisse.

Die Raumverteilung und die geringe Größe des Hauses hatten es Mademoiselle Gamard nicht gestattet, mehr als zwei Pensionsgäste aufzunehmen. Nun aber hatte sie etwa zwölf Jahre vor dem Tag, da Birotteau Hausgenosse der alten Jungfer wurde, es auf sich genommen, für das leibliche Wohl des Abbés Troubert und des Abbés Chapeloud zu sorgen. Abbé Troubert war am Leben. Abbé Chapeloud war tot, und Birotteau war sein unmittelbarer Nachfolger geworden.

Der verstorbene Abbé Chapeloud, zu seinen Lebzeiten Domherr von Saint-Gatien, war der intime Freund des Abbés Birotteau gewesen. Jedesmal, wenn der Vikar den Domherrn aufgesucht, hatte er ohne Unterlaß dessen Wohnung, Möbel und Bibliothek angestaunt. Aus dieser staunenden Bewunderung war eines Tages die Begierde geworden, diese schönen Dinge zu besitzen. Der Abbé Birotteau hatte es nicht fertiggebracht, diesen Wunsch zu unterdrücken; er litt oft grausig darunter, wenn ihm einfiel, daß einzig der Tod seines besten Freundes diese heimliche, aber immerfort sich steigernde Begehrlichkeit werde stillen können. Der Abbé Chapeloud und sein Freund Birotteau waren nicht reich. Beide waren Bauernjungen; sie hatten nichts als das kärgliche, den Priestern gewährte Gehalt; und ihre geringen Ersparnisse hatten ihnen zum Überstehen der Unglückszeiten der Revolution gedient. Als Napoleon den katholischen Kultus wieder zuließ, wurde der Abbé Chapeloud zum Domherrn von Saint-Gatien ernannt, und Birotteau zum Vikar der Kathedrale. Zu jener Zeit gab Chapeloud sich bei Mademoiselle Gamard in Pension. Als Birotteau dem Domherrn in seiner neuen Wohnung einen Besuch abstattete, fand er die Anordnung der Zimmer vollkommen; aber sonst erblickte er nichts darin. Der Anfang seiner bösen Lust auf die Wohnung glich dem einer echten Leidenschaft, die bei einem jungen Menschen bisweilen mit einer kühlen Bewunderung für die Frau einsetzt, die er später zeitlebens liebt.

Die Wohnung, zu der eine Steintreppe hinaufführte, befand sich in dem nach Süden gelegenen Teil des Hauses. Der Abbé Troubert bewohnte das Erdgeschoß, und Mademoiselle Gamard den ersten Stock des nach der Straße hin gelegenen Haupttrakts. Als Chapeloud in seine Wohnung einzog, waren die Zimmer kahl und die Decken rauchgeschwärzt. Die Umrahmungen der primitiv gemeißelten Steinkamine waren nie gestrichen worden. Als ganzes Mobiliar stellte der arme Domherr zunächst ein Bett, einen Tisch, ein paar Stühle und die wenigen Bücher hinein, die er besaß. So glich die Wohnung einer schönen Frau in Lumpen. Aber zwei oder drei Jahre danach hinterließ eine alte Dame dem Abbé Chapeloud zweitausend Francs, und diese Summe benutzte er zum Kauf eines eichenen Bücherschranks, der aus dem Abbruch eines von der ›Schwarzen Bande‹[2] ausgeweideten Schlosses stammte und durch Schnitzereien auffiel, die der Bewunderung durch Künstler würdig waren. Der Abbé tätigte diesen Kauf weniger der Billigkeit als der völligen Übereinstimmung zwischen den Ausmaßen des Möbelstücks und denjenigen des Vorsaals wegen. Seine Ersparnisse gestatteten es ihm, den bis jetzt armseligen, vernachlässigten Vorsaal gänzlich neu zu gestalten. Das Parkett wurde sorgsam gebohnert, die Decke geweißt; das Wandgetäfel erhielt einen Anstrich, der die Farbtöne und Äste des Eichenholzes imitierte. Ein Marmorkamin ersetzte den alten. Der Domherr hatte Geschmack genug, nach alten Sesseln aus geschnitztem Nußbaumholz zu suchen und sie auch aufzutreiben. Ein langer Tisch aus Ebenholz und zwei Boulle-Möbel[3] trugen vollends dazu bei, dem Vorsaal ein charaktervolles Aussehen zu verleihen. Im Lauf zweier Jahre füllten die Freigebigkeit mehrerer frommer Damen sowie die kleinen Vermächtnisse frommer Büßerinnen die Fächer des zunächst leer gewesenen Bücherschranks. Schließlich hinterließ ein Onkel Chapelouds, ein ehemaliger Oratorianer[4], ihm seine Folio-Sammlung der Kirchenväter und mehrere andere große, für einen Priester wertvolle Werke. Birotteau staunte immer mehr über die Verwandlung dieses ehedem kahlen Saales und gelangte stufenweise zu einer unwillkürlichen Begehrlichkeit. Er wünschte sich, diesen Arbeitsraum zu besitzen, der so vortrefflich im Einklang mit dem Ernst geistlicher Gepflogenheiten stand. Diese Leidenschaft wuchs von Tag zu Tag. Da der Vikar ganze Tage lang in diesem Refugium zu arbeiten hatte, lernte er dessen Stille und Frieden schätzen, nachdem er zuvor bloß die glückliche Anordnung bewundert hatte. Während der folgenden Jahre machte der Abbé Chapeloud aus der Zelle ein Oratorium, das seine frommen Freundinnen nur zu gern verschönerten. Noch später schenkte eine Dame dem Domherrn für sein Schlafzimmer einen Sessel, an dessen Bezug sie lange Zeit hindurch gestickt hatte, und zwar vor den Augen des liebenswürdigen Mannes, ohne daß er die Bestimmung der Arbeit geahnt hätte. Mit dem Schlafzimmer ging es wie mit dem Vorsaal: es stach dem Vikar in die Augen. Schließlich, drei Jahre vor seinem Tod, hatte der Abbé Chapeloud die Wohnlichkeit seiner Behausung noch dadurch vervollkommnet, daß er das Wohnzimmer fertig einrichtete. Obgleich das Mobiliar nur schlicht mit rotem Utrechter Samt bespannt gewesen war, hatte es auf Birotteau großen Eindruck gemacht. Seit dem Tage nun aber, da der Kamerad des Domherrn die Vorhänge aus rotem chinesischem Seidenstoff, die Mahagoni-Möbel und den Aubusson-Teppich erblickt hatte, die das geräumige, neu gestrichene Zimmer schmückten, wurde Chapelouds Wohnung für ihn zum Gegenstand einer geheimen Monomanie. Darin zu wohnen, in dem Bett mit den großen Seidenvorhängen zu schlafen, das der Domherr benutzte, und all die Behaglichkeit um sich zu haben, deren Chapeloud sich erfreute, das wurde für Birotteau der Gipfelpunkt aller Glückseligkeit: er konnte sich nicht vorstellen, daß etwas darüber hinauszugehen vermöchte. Alles, was weltliche Dinge an Neid und Ehrgeiz in den Herzen anderer Menschen entfachen, konzentrierte sich bei dem Abbé Birotteau in dem geheimen, tiefen Gefühl, mit dem ihn nach einer Wohnungseinrichtung verlangte gleich der, die der Abbé Chapeloud sich geschaffen hatte. Wenn sein Freund erkrankte, so kam er ganz gewiß von ehrlicher Zuneigung getrieben zu ihm; aber wenn er hörte, es gehe dem Domherrn nicht gut, oder wenn er ihm Gesellschaft leistete, so erstanden wider seinen Willen in der Tiefe seiner Seele tausend Gedanken, die, auf die einfachste Formel gebracht, stets lauteten: »Wenn Chapeloud stürbe, könnte ich seine Wohnung haben.« Allein da Birotteau ein vortreffliches Herz hatte und dazu einen engen Ideenkreis und eine beschränkte Intelligenz, ging er nicht so weit, Mittel und Wege zu überlegen, wie er seinen Freund dahin bringen könne, ihm die Bibliothek und die Möbel zu vermachen.

Der Abbé Chapeloud war ein liebenswürdiger, nachsichtiger Egoist; er erriet seines Freundes Leidenschaft, was nicht schwierig war, und verzieh sie ihm, was bei einem Priester schon als weniger leicht anmuten könnte. Aber auch der Vikar, dessen Freundschaft immer dieselbe blieb, ließ nie davon ab, täglich mit seinem Freunde auf immer der gleichen Mailbahn[5] von Tours spazierenzugehen, ohne ihm auch nur ein einziges Mal die Zeit zum Vorwurf zu machen, die er diesem Spaziergang seit zwanzig Jahren opferte. Birotteau, der seine unwillkürlichen Wünsche als Sünden erachtete, wäre aus Zerknirschung imstande gewesen, für den Abbé Chapeloud die größten Opfer zu bringen. Dieser beglich seine Schuld für eine so naiv und aufrichtig dargebrachte Brüderlichkeit dadurch, daß er einige Tage vor seinem Tode zu dem Vikar sagte, der ihm aus der ›Quotidienne‹[6] vorlas: »Diesmal bekommst du die Wohnung. Ich fühle, daß es mit mir aus ist.« Tatsächlich vermachte der Abbé Chapeloud seine Bibliothek und sein Mobiliar testamentarisch Birotteau. Der Besitz dieser so glühend begehrten Dinge und die Aussicht, bei Mademoiselle Gamard Pensionsgast zu werden, versüßten beträchtlich den Schmerz, den der Verlust seines Freundes, des Domherrn, Birotteau bereitete: Vielleicht hätte er nicht seine Auferstehung gewünscht, aber er beweinte ihn. Ein paar Tage lang war ihm zumute wie Gargantua, dessen Frau gestorben war, als sie Pantagruel gebar, und der nun nicht wußte, ob er sich über die Geburt seines Sohnes freuen oder trauern sollte, daß er seine gute Badbec[7] begraben hatte, und der schließlich so durcheinandergeriet, daß er sich über den Tod seiner Frau freute und Pantagruels Geburt beklagte. Die ersten Tage der Trauer verbrachte Abbé Birotteau damit, daß er die Werke ›seiner‹ Bibliothek durchsah, daß er ›seine‹ Möbel benutzte und sie sich anschaute und dabei in einem Tonfall, der sich leider nicht wiedergeben läßt, sagte: »Armer, guter Chapeloud!« Kurz und gut, seine Freude und sein Schmerz beschäftigten ihn so sehr, daß es ihm kaum naheging, als ein anderer die Domherrnwürde erhielt, die der verstorbene Chapeloud für Birotteau als seinen Nachfolger erhofft hatte. Mademoiselle Gamard hatte den Vikar voller Freude in Pension genommen, und dieser nahm fortan an allen Seligkeiten des materiellen Lebens teil, die der verstorbene Domherr ihm gerühmt hatte. Unschätzbare Vorteile! Nach der Meinung des toten Domherrn Chapeloud konnte keiner der in der Stadt Tours ansässigen Priester, nicht einmal den Erzbischof ausgenommen, Gegenstand so zartfühlender, so peinlich genau erwiesener Fürsorge sein, wie Mademoiselle Gamard sie an ihre beiden Pensionsgäste verschwendete. Die ersten Worte, die der Domherr an seinen Freund richtete, wenn sie auf der Mailbahn spazierengingen, bezogen sich fast immer auf das üppige

Abendessen, das er gerade genossen habe, und es geschah selten, daß er während der sieben wöchentlichen Spaziergänge nicht mindestens vierzehnmal sagte: »Die Berufung dieses vortrefflichen Mädchens besteht sicherlich im Dienen bei Geistlichen.«

»Stellen Sie sich einmal vor«, sagte der Abbé Chapeloud zu Birotteau, »daß es mir zwölf Jahre hintereinander nie an sauberer Wäsche, Chorhemden, Meßgewändern und Kragen gefehlt hat. Stets finde ich alles an seinem Platz vor, in genügender Anzahl und nach Iris duftend. Meine Möbel werden poliert und immer so gut abgewischt, daß ich seit langem keinen Staub mehr kenne. Haben Sie jemals auch nur ein Körnchen bei mir gesehen? Nie! Ferner wird das Brennholz gut ausgesucht, die geringfügigsten Dinge sind vortrefflich; mit einem Wort, es ist, als habe Mademoiselle Gamard stets ein Auge auf meine Wohnung. Ich erinnere mich nicht, daß ich im Lauf von zehn Jahren je zweimal hätte schellen müssen, um irgend etwas zu erbitten. Das nenne ich leben! Nichts suchen zu müssen, nicht einmal seine Pantoffeln. Immer ein gut geheiztes Zimmer und gutes Essen. Einmal habe ich mich über meinen Blasebalg geärgert, dem war die Kehle verstopft; keine zweimal habe ich mich deswegen beschwert. Was meinen Sie: schon am nächsten Tag hat Mademoiselle mir einen sehr hübschen Blasebalg geschenkt, und dazu die Feuerzange, mit der Sie mich hier herumstochern sehen.«

Statt einer Antwort sagte Birotteau: »Nach Iris duftend!« Dieses ›nach Iris duftend‹ kam ihm nie aus dem Sinn. Die Worte des Domherrn sagten für den armen Vikar von einem phantastischen Glück aus; ihm nämlich machten seine Kragen und seine Chorhemden viel zu schaffen; er besaß keinerlei Ordnungssinn und vergaß häufig, sich sein Abendessen zu bestellen. Daher verfehlte er nie, sei es beim Almosensammeln oder beim Messelesen, wenn er Mademoiselle Gamard in Saint-Gatien sah, ihr einen weichen, wohlwollenden Blick zuzuwerfen, wie ihn etwa die heilige Therese gen Himmel richtete. Obgleich das Wohlbehagen, nach dem jedes Geschöpf verlangt und von dem er so oft geträumt hatte, ihm zuteil geworden war, hatte der Abbé Birotteau, da es allen Menschen, sogar einem Priester schwerfällt, ohne ein Steckenpferd auszukommen, seine beiden erfüllten Sehnsüchte durch den Wunsch ersetzt, Domherr zu werden. Die Würde eines Domherrn war für ihn das geworden, was die Pairschaft wohl für einen plebejischen Minister bedeutet. Daher gingen ihm die Möglichkeit seiner Ernennung und die Hoffnungen, die ihm vorhin bei Madame de Listomère gemacht worden waren, so sehr im Kopf herum, daß er erst, als er vor seinem Haus anlangte, merkte, daß er seinen Regenschirm stehengelassen hatte. Vielleicht hätte er sich ohne den Regen, der jetzt nur so herniederströmte, dessen überhaupt nicht erinnert, so sehr war er von der Lust beansprucht, in Gedanken wiederzukäuen, was ihm über seine Beförderung von den Leuten gesagt worden war, die an der Gesellschaft bei Madame de Listomère teilgenommen hatten, einer alten Dame, bei der er den Mittwochabend zu verbringen pflegte. Der Vikar läutete heftig, wie um dem Dienstmädchen zu bedeuten, daß es ihn nicht warten lassen solle. Dann drückte er sich in den Winkel der Tür, um möglichst wenig beträuft zu werden; allein das vom Dach niederrinnende Wasser floß genau auf seine Schuhspitzen, und der Wind blies dann und wann gewisse Regenböen auf ihn, die Duschen recht ähnlich waren. Er berechnete die Zeit, die nötig war, um aus der Küche zu kommen und an der Schnur zu ziehen, die unter dem Türbogen angebracht war; dann klingelte er nochmals und verursachte dabei ein unmißverständliches Geläute. – »Sie können doch nicht ausgegangen sein«, dachte er, als sich im Haus nichts regte. Und er begann zum drittenmal mit seinem Geklingel, das so schrill durch das Haus gellte und von allen Echos der Kathedrale so trefflich wiederholt wurde, daß dieser aufrührerische Lärm unmöglich überhört werden konnte. So vernahm er denn auch nach ein paar Minuten nicht ohne eine gewisse Freude, in die sich Übelgelauntheit mischte, die Holzschuhe des Mädchens auf dem Kieselsteinpflaster klappern. Dennoch endete sein Unbehagen vor einem Podagraanfall nicht so schnell, wie er gehofft hatte. Anstatt an der Schnur zu ziehen, mußte Marianne das Türschloß mit dem klobigen Schlüssel öffnen und die Riegel zurückschieben.

»Wie können Sie mich bei einem solchen Wetter dreimal läuten lassen?« fragte er Marianne.

»Aber Sie sehen doch, daß die Haustür verschlossen war. Alle liegen längst zu Bett, und es hat schon Viertel vor zehn geschlagen. Mademoiselle hat sicher geglaubt, Sie seien daheimgeblieben.«

»Dabei haben Sie selber mich doch weggehen sehen! Überdies weiß Mademoiselle ganz genau, daß ich jeden Mittwoch zu Madame de Listomère gehe.«

»Mein Gott, ich habe getan, was mir Mademoiselle zu tun befohlen hat«, antwortete Marianne und schloß die Haustür.

Diese Worte versetzten dem Abbé Birotteau einen Stoß, der ihn um so empfindlicher traf, als seine Träumerei ihn vollends glücklich gemacht hatte. Er schwieg und folgte Marianne in die Küche, um sich dort seinen Leuchter zu holen, von dem er meinte, er habe ihn dort hingestellt. Aber anstatt in die Küche hineinzugehen, führte Marianne den Abbé hinauf in seine Wohnung, wo der Vikar seinen Leuchter auf einem Tisch neben der Tür zum roten Wohnzimmer stehen sah, in einer Art Flur, der aus dem Treppenabsatz bestand, vor den der verstorbene Domherr eine große Glaswand hatte ziehen lassen. Die Überraschung verschlug ihm die Sprache, stracks ging er in sein Schlafzimmer, sah, daß im Kamin kein Feuer war, und rief Marianne, die noch keine Zeit gehabt hatte, wieder hinunterzugehen.

»Haben Sie denn bei mir kein Feuer gemacht?« fragte er.

»Verzeihung, Herr Abbé«, antwortete sie, »es ist wohl ausgegangen.«

Birotteau warf einen weiteren Blick auf die Feuerstelle und überzeugte sich, daß das Feuer seit dem Morgen nicht gebrannt hatte.

»Ich muß mir die Füße trocknen«, fuhr er fort, »machen Sie bitte Feuer.«

Marianne gehorchte mit der Behendigkeit eines, der gern schlafen möchte. Während der Abbé selber seine Pantoffeln suchte, die er nicht auf dem Bettvorleger vorfand, wo sie stets gestanden hatten, stellte er gewisse Beobachtungen über die Art an, wie Marianne gekleidet war, und folgerte daraus, daß sie keineswegs unmittelbar aus dem Bett gekommen war, wie sie es ihm gegenüber behauptet hatte. Da fiel ihm ein, daß ihm seit etwa vierzehn Tagen all die kleinen Fürsorglichkeiten entzogen worden waren, die ihm achtzehn Monate lang das Leben leicht gemacht hatten. Da es nun aber in der Natur enger Geister liegt, aus den geringsten Kleinigkeiten Folgerungen zu ziehen, gab er sich plötzlich tiefsinnigen Grübeleien über diese vier Geschehnisse hin, die jeder andere schwerlich bemerkt haben würde, die indessen für ihn vier Katastrophen darstellten. Offenbar handelte es sich um den gänzlichen Verlust seines Glücks bei dem Vergessen der Pantoffeln, der Lüge Mariannes hinsichtlich des Feuers, der ungewohnten Beförderung seines Leuchters auf den Tisch im Flur und dem erzwungenen Verweilen im Regen vor der Haustür, das ihm auferlegt worden war.

Als das Feuer im Kamin aufflackerte, als die Nachtlampe angesteckt worden und Marianne gegangen war, ohne ihn zu fragen, wie sie es früher stets getan hatte: »Braucht Monsieur noch irgend etwas?«, ließ der Abbé sich langsam in die schöne breite Bergère[8] seines verstorbenen Freundes sinken; aber die Bewegung, mit der er darin Platz nahm, hatte etwas Bekümmertes. Der Gute wurde von dem Vorgefühl eines schrecklichen Unglücks bedrängt. Seine Augen wandten sich nacheinander der schönen Uhr, der Kommode, den Sesseln, den Vorhängen, den Teppichen, dem Himmelbett, dem Weihwasserbecken, dem Kruzifix, einer Madonna des Valentin[9], einem Christus von Lebrun[10], kurz allem zu, was dieses Schlafzimmer an Requisiten enthielt; und der Ausdruck seines Gesichts bezeigte den zärtlichsten Abschiedsschmerz, mit dem je ein Liebender von seiner ersten Geliebten geschieden ist, oder ein Greis von den letzten Bäumen, die er pflanzte.

Der Vikar hatte, freilich ein bißchen spät, die Merkmale einer unausgesprochenen Verfolgung wahrgenommen, der Mademoiselle Gamard ihn seit etwa einem Vierteljahr unterwarf; von einem klugen Mann wären ihre schlechten Absichten wohl weit eher erraten worden. Besitzen nicht alle alten Jungfern ein gewisses Talent, die Taten und Worte, die der Haß ihnen einflößt, besonders zu betonen? Sie kratzen wie die Katzen. Aber sie verletzen nicht nur, sondern empfinden beim Verletzen Lust, und auch dabei, daß sie ihr Opfer merken lassen, sie hätten es verletzt. Ein Mann von Welt hätte sich nicht zum zweitenmal kratzen lassen; aber der gute Birotteau brauchte mehrere Krallenhiebe ins Gesicht, ehe er an eine böse Absicht glaubte.

Alsbald machte sich der Abbé Birotteau mit dem fragesüchtigen Scharfsinn, den die Priester bezeigen, die es gewohnt sind, die Gewissen zu lenken und in der Tiefe des Beichtstuhls nach Nichtigkeiten zu forschen, daran, als handele es sich um eine religiöse Kontroverse, folgende Behauptung aufzustellen: »Angenommen, daß Mademoiselle Gamard nicht mehr an die Abendgesellschaft bei Madame de Listomère gedacht, daß Marianne vergessen hat, bei mir zu heizen, daß sie geglaubt haben, ich sei schon wieder daheim, wobei zu berücksichtigen ist, daß ich heute, und noch dazu selber!, meinen Leuchter nach unten gebracht habe, ist es ausgeschlossen, daß Mademoiselle Gamard, als sie ihn in ihrem Wohnzimmer sah, hat annehmen können, ich sei schon zu Bett gegangen. Ergo: Mademoiselle Gamard hat mich vor der Tür im Regen stehen lassen wollen, und da sie meinen Leuchter hinauf in meine Wohnung hat tragen lassen, da hat sie die Absicht gehabt, mir zu verstehen zu geben ... – Was?« fragte er laut, betroffen ob der Gewichtigkeit der Umstände, und stand auf, um sich seiner durchnäßten Kleidung zu entledigen, seinen Schlafrock anzuziehen und sich die Nachtmütze aufzusetzen. Dann ging er von seinem Bett zum Kamin, gestikulierte und stieß in unterschiedlichen Tonlagen die folgenden Sätze hervor, die sämtlich mit einer Fistelstimme beendet wurden, wie als Ersatz für die Ausruf- und Fragezeichen.

»Was zum Teufel habe ich ihr getan? Warum hat sie etwas gegen mich? Ganz bestimmt hat Marianne mein Kaminfeuer nicht vergessen! Mademoiselle muß ihr gesagt haben, sie solle es nicht anstecken! Man müßte ja ein Kind sein, wenn man an ihrem Stimmklang und der Art, die sie neuerdings mir gegenüber bezeigt, nicht merkt, daß ich das Pech gehabt habe, ihr zu mißfallen. Nie ist Chapeloud etwas Ähnliches widerfahren! Unmöglich kann ich hier bei solchen Quälereien weiterleben, die ... In meinem Alter ...«

Er ging mit der Hoffnung zu Bett, am anderen Morgen die Ursache für den Haß zu entdecken, der für alle Zeit das Glück zunichte gemacht, dessen er sich zwei Jahre hindurch erfreut, nachdem er es so lange ersehnt hatte. Ach, die geheimen Beweggründe für die Empfindung, die Mademoiselle Gamard gegen ihn hegte, sollten ihm ewig unbekannt bleiben, nicht, weil es schwierig gewesen wäre, sie zu enträtseln, sondern weil es dem armen Mann an der Aufrichtigkeit gebrach, mit der große Seelen und Schurken auf ihr Ich reagieren und es zu beurteilen wissen. Nur ein Mann von Genie oder ein Intrigant sagen von sich selbst: »Das habe ich falsch gemacht.« Der eigene Nutzen und das Talent sind die einzigen gewissenhaften und hellsichtigen Ratgeber. Nun mußte der Abbé Birotteau, dessen Güte an Dummheit grenzte, dessen Bildung ihm nur gewissermaßen durch Arbeit aufgepropft war, der keinerlei Erfahrung über die Welt und wie es in ihr vorgeht, besaß, der zwischen Messe und Beichtstuhl lebte und den es die größte Mühe kostete, in seiner Eigenschaft als Beichtvater der Mädchenpensionate der Stadt und einiger schöner Seelen, die ihn schätzten, die leichtesten Fälle von Gewissenszwiespalten zu entscheiden – der Abbé Birotteau mußte als ein großes Kind betrachtet werden, dem der größte Teil der gesellschaftlichen Praktiken völlig fremd war. Die Sache war nur die, daß der angeborene Egoismus aller menschlichen Kreaturen, der durch den dem Priester eigentümlichen Egoismus und durch den des engen Lebens, das man in der Provinz führt, noch gesteigert wurde, sich bei ihm, ohne daß er es ahnte, unmerklich entwickelt hatte. Wenn jemand genügend Anteilnahme hätte aufbringen können, in der Seele des Vikars zu stöbern, um ihm zu beweisen, daß ihm in den unendlich kleinen Einzelheiten seiner Existenz und der winzigen Pflichten seines Privatlebens ganz wesentlich jene Fähigkeit zur Aufopferung fehle, von der er glaubte, daß sein Amt sie ohne weiteres mit sich bringe, würde er sich bestraft, würde er sich ehrlichen Herzens kasteit haben. Aber diejenigen, die wir, sogar unwissentlich, kränken, halten uns unsere Unschuld kaum je zugute, sie wollen sich rächen und verstehen sich darauf. Somit also mußte

Birotteau, so schwach er auch sein mochte, den Auswirkungen der großen, Strafen und Belohnungen zuteilenden Gerechtigkeit unterworfen werden, die immer unterwegs ist und die Welt mit der Vollziehung ihrer Urteilssprüche belastet, die gewisse Schwachköpfe dann als ›Mißgeschicke im Leben‹ bezeichnen.

Der Unterschied zwischen dem verstorbenen Abbé Chapeloud und dem Vikar bestand darin, daß der eine ein geschickter, geistvoller Egoist war und der andere ein offenherziger, ungeschickter Egoist. Als der Abbé Chapeloud Pensionsgast der Mademoiselle Gamard wurde, verstand er sich auf das vollkommenste darauf, den Charakter seiner Wirtin zu beurteilen. Der Beichtstuhl hatte ihn gelehrt, wieviel Bitterkeit das Unglück, außerhalb der Gesellschaft zu stehen, im Herzen einer alten Jungfer anzusammeln vermag; danach berechnete er klüglich sein Verhalten im Haus der Mademoiselle Gamard. Die Wirtin, die damals erst kaum achtunddreißig Jahre alt war, hatte sich noch einige Ansprüche bewahrt, Ansprüche, die sich bei dergleichen verschwiegenen Frauenwesen später in eine hohe Selbsteinschätzung wandeln. Der Domherr erkannte, daß er, um gut mit Mademoiselle Gamard auszukommen, ihr stets die gleichen Aufmerksamkeiten, die gleiche Liebenswürdigkeit entgegenbringen, daß er unfehlbarer als der Papst sein müsse. Um zu diesem Ergebnis zu gelangen, ließ er zwischen sich und ihr nur die Berührungspunkte entstehen, die von der striktesten Höflichkeit geboten werden, und ferner die, die zwischen unter demselben Dach lebenden Menschen unvermeidlich sind. So hatte er, obwohl der Abbé Troubert und er täglich drei Mahlzeiten einnahmen, darauf verzichtet, an dem gemeinsamen Frühstück teilzunehmen; er hatte es Mademoiselle Gamard angewöhnt, ihm eine Tasse Milchkaffee ans Bett zu schicken. Ferner war er der Langweiligkeit der Abendessen dadurch aus dem Wege gegangen, daß er Tee in den Häusern trank, in denen er seine Abendstunden zu verbringen pflegte. Auf diese Weise sah er seine Wirtin den Tag über nur selten zu einer anderen Stunde als der des Mittagessens; er kam jedoch stets ein Weilchen vor der festgesetzten Zeit. Während dieser Art von Höflichkeitsbesuch hatte er während der zwölf Jahre, die er unter ihrem Dach verweilte, immer die gleichen Fragen an sie gerichtet und immer die gleichen Antworten erhalten. Wie Mademoiselle Gamard die Nacht über geschlafen habe, ihr Frühstück, die kleinen häuslichen Geschehnisse, ihr Aussehen, ihre Gesundheit, das Wetter, die Dauer der Gottesdienste, die kleinen Zwischenfälle bei der Messe und schließlich der Gesundheitszustand dieses oder jenes Priesters bestritten die Kosten dieser periodischen Unterhaltung. Während des Essens erging er sich stets in indirekten Schmeicheleien; unaufhörlich sprang er von der Qualität eines Fisches, dem Wohlgeschmack der Zutaten oder den Qualitäten einer Sauce auf die Qualitäten der Mademoiselle Gamard über, und auf ihre Tugenden als Hausherrin. Er war sicher, daß er sämtlichen Eitelkeiten der alten Jungfer schmeichelte, wenn er die Kunst rühmte, mit der ihre Marmeladen bereitet worden seien, ihre Pfeffergurken, ihre Konserven, ihre Pasteten und andere gastronomische Errungenschaften. Kurz und gut, der durchtriebene Domherr hatte nie das gelbe Wohnzimmer seiner Wirtin verlassen, ohne gesagt zu haben, daß es in keinem Haus der Stadt Tours einen so guten Kaffee gebe wie den, den er soeben genossen habe. Dank dieser völligen Übereinstimmung des Charakters der Mademoiselle Gamard und der Lebenskunst, die der Domherr zwölf Jahre lang bezeigt hatte, war es zwischen ihnen nie zu einer Auseinandersetzung auch nur über den geringsten Punkt der Hausordnung gekommen. Der Abbé Chapeloud hatte von vornherein die Ekken, Unebenheiten und rauhen Stellen dieser alten Jungfer erkannt und die Betätigung der zwischen zwei Menschen unvermeidlichen Tangenten so geregelt, daß er von ihr alle Zugeständnisse erlangt hatte, die ihm für das Glück und die Ruhe seines Lebens notwendig waren. Deswegen pflegte Mademoiselle Gamard ja auch zu sagen, der Abbé Chapeloud sei ein sehr liebenswürdiger Herr, mit dem sich gut auskommen lasse und der überaus geistvoll sei. Was nun aber den Abbé Troubert betraf, so verlor die Betschwester über ihn kein Wort. Troubert war in ihren Lebenskreis so völlig eingereiht wie ein Satellit in die Umlaufbahn seines Planeten; er war für sie zu einer Art Zwischenstufe zwischen dem Individuum der Gattung Mensch und der Gattung Hund geworden; in ihrem Herzen nahm er den Platz unmittelbar vor dem ihren Freunden und Bekannten zugewiesenen und dem eines dicken, schnaufenden Mopses ein, den sie zärtlich liebte; sie beherrschte ihn völlig, und das enge Miteinander ihrer Interessen wurde so groß, daß viele Leute aus dem Freundeskreis der Mademoiselle Gamard meinten, der Abbé Troubert hege Absichten auf das Vermögen der alten Jungfer, habe es verstanden, sie durch beständig geübte Geduld an sich zu fesseln, und beherrsche sie um so besser, als er ihr zu gehorchen scheine und nicht das leiseste Verlangen durchblicken lasse, sie zu leiten. Beim Tod des Abbé Chapeloud hatte die alte Jungfer, die einen Mieter von angenehmen Umgangsformen haben wollte, selbstverständlich an den Vikar gedacht. Das Testament des Domherrn war noch nicht eröffnet, und schon erwog Mademoiselle Gamard, die Wohnung des Verstorbenen ihrem guten Abbé Troubert zu geben, von dem sie meinte, er sei im Erdgeschoß recht schlecht untergebracht. Doch als dann der Abbé Birotteau kam, um der alten Jungfer schriftlich die Vereinbarungen festzusetzen, durch die er ihr Pensionsgast wurde, merkte sie, daß er dermaßen verliebt in diese Wohnung sei, für die er so lange ein Begehren genährt hatte, dessen Heftigkeit jetzt eingestanden werden konnte, daß sie es nicht wagte, ihm einen Tausch vorzuschlagen, und die Zuneigung den Forderungen des Interesses weichen ließ. Um den vielgeliebten Domherrn zu trösten, ließ sie die breiten, weißen Ziegelsteine aus Château-Regnault, aus denen der Fliesenboden der Parterrewohnung bestand, durch ein Parkett, das nach ungarischer Art gelegt wurde, und den rauchenden Kamin durch einen anderen ersetzen.

Der Abbé Birotteau hatte zwölf Jahre lang seinen Freund Chapeloud besucht, ohne daß er je auf den Gedanken gekommen wäre, zu untersuchen, woher eigentlich die ungemeine Behutsamkeit seiner Beziehungen zu Mademoiselle Gamard rühre. Unmittelbar nach seinem Einzug bei der frommen Jungfer befand er sich in der Lage eines Liebhabers, der im Begriff ist, glücklich zu werden. Wenn er nicht ohnehin schon von angeborener Blindheit der Intelligenz gewesen wäre, so waren jetzt seine Augen allzu geblendet vor Glück, als daß er es fertiggebracht hätte, Mademoiselle Gamard zu beurteilen und sich Maßnahmen zu überlegen, wie er den täglichen Umgang mit ihr gestalten solle. Von weitem und durch das Prisma der materiellen Glückseligkeiten betrachtet, die bei ihr zu genießen der Vikar sich erträumt hatte, dünkte Mademoiselle Gamard ihn ein vollkommenes Geschöpf, eine vollendete Christin, ein von Grund auf mildtätiges Wesen, die Frau des Evangeliums, die kluge Jungfrau im Schmuck demütiger, bescheidener Tugenden, die über das Leben einen Himmelsduft breiten. Daher hielt er mit der Harmlosigkeit eines Kindes und der blöden Unbesonnenheit eines alten Mannes ohne Welterfahrung Einzug in das Leben der Mademoiselle Gamard, wie eine Fliege sich im Netz einer Spinne verfängt. So blieb er denn am ersten Tage, da er im Haus der alten Jungfer zu Abend aß und schlief, in ihrem Wohnzimmer aus dem Wunsch heraus, mit ihr Bekanntschaft zu schließen, aber ebenso sehr auch der unerklärlichen Verlegenheit wegen, die schüchterne Menschen oftmals hemmt und sie fürchten läßt, sie seien unhöflich, wenn sie eine Unterhaltung dadurch unterbrächen, daß sie hinausgingen. Den ganzen Abend über blieb er da. Eine weitere alte Jungfer, eine Freundin Birotteaus namens Salomon de Villenoix, kam ebenfalls an jenem Abend. Also hatte Mademoiselle Gamard die Freude, bei sich daheim eine Boston-Partie arrangieren zu können. Als der Vikar zu Bett ging, meinte er, einen sehr angenehmen Abend erlebt zu haben. Da er Mademoiselle Gamard und den Abbé Troubert erst ganz flüchtig kannte, hatte er nur die Oberfläche ihrer Charaktere wahrgenommen. Nur wenige Menschen zeigen gleich zu Anfang unverhohlen ihre Schattenseiten. Im allgemeinen versucht jeder, sich eine angenehme Außenseite zu geben. Der Abbé Birotteau faßte also den reizenden Plan, seine Abende Mademoiselle Gamard zu widmen, anstatt sie außerhalb des Hauses zu verbringen. Die Wirtin hatte seit ein paar Jahren einen Wunsch gehegt, der von Tag zu Tag stärker geworden war. Dieser Wunsch, wie ihn alte Herren und sogar hübsche Frauen in sich tragen, war bei ihr zu einer ähnlichen Leidenschaft geworden wie die Birotteaus für die Wohnung seines Freundes Chapeloud, und er verharrte im Herzen der alten Jungfer durch die Empfindungen des Hochmuts und der Selbstsucht, des Neides und der Eitelkeit, wie sie bei den Weltkindern vorherrschen. Diese Geschichte ist zeitlos: es genügt, den engen Kreis, in dem alle diese Gestalten handeln werden, etwas weiter auszudehnen, um den mitwirkenden Beweggrund für Ereignisse zu entdecken, die auch in den höchsten Gesellschaftsschichten geschehen können. Mademoiselle Gamard hatte bislang ihre Abende abwechselnd in sechs bis acht verschiedenen Häusern verbracht. Sei es nun, daß sie es bedauerte, immer zu anderen gehen zu müssen, und bei ihrem Alter ein Anrecht zu haben glaubte, von ihnen eine Erwiderung ihrer Besuche zu erhalten; sei es, daß es ihr Selbstgefühl kränkte, keinen eigenen geselligen Kreis zu haben; sei es schließlich und endlich, daß ihre Eitelkeit nach den Komplimenten und Liebenswürdigkeiten verlangte, an denen sie ihre Freundinnen sich erfreuen sah: ihr ganzer Ehrgeiz war es jedenfalls, ihr Wohnzimmer zu einer Versammlungsstätte zu machen, an der sich allabendlich eine gewisse Anzahl von Leuten ›mit Vergnügen‹ einfanden. Als Birotteau und ihre Freundin Mademoiselle Salomon ein paar Abende bei ihr zusammen mit dem getreuen, geduldigen Abbé Troubert verbracht hatten, sagte Mademoiselle eines Abends beim Verlassen von Saint-Gatien ihren guten Freundinnen, als deren Sklavin sie sich bislang betrachtet hatte, daß alle, die sie sehen wollten, ebensogut einmal die Woche zu ihr kommen könnten, wo sich eine hinlängliche Zahl von Freunden zusammenfinden werde, so daß eine Partie Boston gespielt werden könne; sie dürfe den Abbé Birotteau, ihren neuen Pensionsgast, nicht allein lassen; Mademoiselle Salomon habe noch keinen einzigen Abend der Woche versäumt; sie gehöre ihren Freunden, und ferner ... und ferner ... usw. ... usw. ... Ihre Worte waren um so demütiger stolz und um so verschwenderischer zuckersüß, als Mademoiselle Salomon de Villenoix der aristokratischen Gesellschaft von Tours angehörte. Obwohl Mademoiselle Salomon einzig und allein aus Freundschaft für den Vikar kam, bedeutete es für Mademoiselle Gamard einen Triumph, sie in ihrem Salon zu haben, und sie sah sich dank dem Abbé Birotteau im Begriff, ihren großen Plan der Bildung eines Kreises zu verwirklichen, der ebenso zahlreich, ebenso beliebt werden konnte, wie es die der Madame de Listomère, der Mademoiselle Merlin de La Blottière und anderer Betschwestern waren, die es sich leisten konnten, die fromme Gesellschaft von Tours bei sich zu empfangen. Leider jedoch machte der Abbé Birotteau die Hoffnung der Mademoiselle Gamard zunichte. Wenn allen, denen es in ihrem Leben gelungen ist, ein lange gewünschtes Glück zu genießen, die Freude verständlich ist, die der Vikar wohl empfand, als er sich in Chapelouds Bett legte, so werden sie sich auch eine leichte Vorstellung von dem Kummer machen können, den Mademoiselle Gamard verspürte, als ihr Lieblingsplan zunichte wurde. Nachdem Birotteau sein Glück ein halbes Jahr lang geduldig getragen hatte, desertierte er aus dem Salon und nahm Mademoiselle Salomon mit. Trotz ihrer unerhörten Anstrengungen hatte die ehrgeizige Gamard kaum fünf bis sechs Leute zusammengetrommelt, deren Zuverlässigkeit recht problematisch war, und es waren doch mindestens vier Getreue zum Bostonspiel nötig. Es blieb ihr also nichts anderes übrig, als ehrenvoll Buße zu tun und zu ihren alten Freundinnen zurückzukehren, denn alte Jungfern sind mit sich allein in allzu schlechter Gesellschaft, um nicht auf die zweideutigen Annehmlichkeiten der Geselligkeit erpicht zu sein. Die Ursache von Birotteaus Fahnenflucht ist leicht zu begreifen. Obgleich der Vikar einer derjenigen war, denen einst das Himmelreich gehören wird, gemäß dem Bibelspruch: »Selig sind die geistig Armen!«, konnte er, gleich vielen Dummköpfen, die Langeweile nicht ertragen, die ihm andere Dummköpfe bereiteten. Menschen ohne Geist ähneln dem Unkraut, das am liebsten auf gutem Boden wächst, und sie schätzen es um so mehr, unterhalten zu werden, als sie selber sich langweilen. Die Inkarnation der Langeweile, deren Opfer sie sind, vereint mit der Notwendigkeit, die sie verspüren, beständig von sich selbst loszukommen, erzeugt den leidenschaftlichen Drang zur Bewegung, den Zwang, stets dort zu sein, wo sie nicht sind: das ist für sie typisch, es geht ihnen genauso wie Menschen, die keinerlei Zartgefühl besitzen, oder solchen, die ein verfehltes Leben führen müssen oder die durch eigene Schuld leiden. Ohne daß er die Leere, die Nichtigkeit der Mademoiselle Gamard allzu tief hätte ausloten oder sich die Enge ihrer Gedanken hätte erklären wollen, gewahrte der arme Abbé Birotteau zu seinem Unglück zu spät an ihr Fehler, die sie übrigens mit allen alten Jungfern teilte, und ferner solche, die nur ihr eigentümlich waren. Das Schlechte bei anderen sticht so kräftig gegen das Gute ab, daß es uns fast immer in die Augen fällt, ehe es uns verletzt. Dieses moralische Phänomen würde notfalls die Neigung rechtfertigen, die uns mehr oder weniger zur üblen Nachrede treibt. Es ist, gesellschaftlich gesprochen, so natürlich, über die Unvollkommenheiten anderer zu spotten, daß wir eigentlich das boshafte Geschwätz, zu dem unsere eigenen Lächerlichkeiten ermächtigen, verzeihen und uns einzig über die Verleumdung wundern müßten. Aber die Augen des guten Vikars waren nun einmal nie auf die Blickrichtung eingestellt, die es lebenskundigen Menschen gestattet, die Unausgeglichenheit des Nächsten zu sehen und ihnen rasch auszuweichen; um die Fehler seiner Wirtin zu erkennen, mußte er also jene Warnung auf sich nehmen, die die Natur all ihren Geschöpfen gibt: den Schmerz! Da alte Jungfern nie ihren Charakter und ihr Leben unter ein anderes Leben oder unter andere Charaktere gebeugt haben, wie es das Los der Frau erfordert, huldigen die meisten von ihnen der Manie, alles rings um sie her sich unterzuordnen. Bei Mademoiselle Gamard war dies Gefühl in Despotismus entartet; dieser Despotismus nun aber konnte sich nur auf kleine Dinge erstrecken. So sollte, dies ist eins unter tausend Beispielen, das Körbchen mit den Merkzetteln und den Spielmarken, das für den Abbé Birotteau auf den Boston-Tisch gestellt worden war, immer dort stehenbleiben, wo sie es hingestellt hatte; und der Abbé erbitterte sie heftig, wenn er es woanders hinrückte, was fast jeden Abend geschah. Woher rührte diese alberne Empfindlichkeit in bezug auf Nichtigkeiten, und welches Ziel verfolgte sie? Das hätte niemand sagen können, und nicht einmal Mademoiselle Gamard selber wußte es. Obgleich der neue Pensionsgast lammfromm von Charakter war, schätzte er es genauso wenig wie die Schafe, allzu oft den Hirtenstab zu spüren zu bekommen, zumal wenn dieser mit Stacheln versehen ist. Ohne sich die ungemeine Geduld des Abbés Troubert zu erklären, wollte Birotteau sich dem Glück entziehen, das Mademoiselle Gamard ihm auf ihre Weise zu bereiten behauptete; sie glaubte nämlich, es sei mit dem Glück wie mit ihren Konfitüren; aber infolge der Harmlosigkeit seines Charakters stellte der Unglückliche sich dabei recht ungeschickt an. Die Trennung vollzog sich also nicht ohne zahlreiche Reibereien und Sticheleien, denen gegenüber der Abbé Birotteau bemüht war, sich nicht allzu empfindlich zu bezeigen.

Am Ende des ersten Jahrs, das unter Mademoiselle Gamards

Dach hingegangen war, hatte der Vikar seine Gewohnheiten von ehedem wieder aufgenommen; er verbrachte zwei Abende der Woche bei Madame de Listomère, drei bei Mademoiselle Salomon, und die beiden anderen bei Mademoiselle Merlin de La Blottière. Diese Persönlichkeiten gehörten zum aristokratischen Teil der Gesellschaft von Tours, und dort war Mademoiselle Gamard nicht zugelassen. So war denn die Wirtin aufs tiefste gekränkt, als der Abbé Birotteau sie im Stich ließ und ihr damit zu verstehen gab, wie geringwertig sie sei: jede Art von Wahl schließt Verachtung für das Abgelehnte ein.

»Monsieur Birotteau hat uns nicht liebenswert genug gefunden«, sagte der Abbé Troubert zu den Freunden der Mademoiselle Gamard, als sie genötigt war, auf ihre kleinen Abendgesellschaften zu verzichten. »Er ist nämlich ein Mann von Geist, ein Feinschmecker! Er braucht erlesene Gesellschaft, Luxus, witzige Unterhaltungen, das boshafte Gerede, das in der Stadt umläuft.«

Diese Worte brachten Mademoiselle Gamard stets dahin, auf Kosten Birotteaus die Vortrefflichkeit ihres Charakters herauszustreichen.

»Mit seinem Geist ist es nicht weit her«, sagte sie. »Ohne den Abbé Chapeloud wäre er niemals bei Madame de Listomère empfangen worden. Oh, ich habe viel verloren, als ich den Abbé Chapeloud verlor. Was für ein liebenswürdiger Mann war das, und wie gut konnte man mit ihm auskommen! Zwölf Jahre lang habe ich nicht die mindeste Schwierigkeit oder die mindeste Unannehmlichkeit mit ihm gehabt.«

Mademoiselle Gamard entwarf ein so wenig schmeichelhaftes Bild vom Abbé Birotteau, daß der unschuldige Pensionsgast in diesem bürgerlichen Kreis, der den aristokratischen Kreisen insgeheim feindlich gesonnen war, als ein über die Maßen schwieriger Herr galt, mit dem kein Auskommen sei. Daraufhin hatte die alte Jungfer ein paar Wochen lang die Freude, von ihren Freundinnen bedauert zu werden, die, ohne ein Wort von dem, was sie sagten, zu glauben, ihr in einem fort wiederholten: »Wie konnten ausgerechnet Sie, die Sie so sanft und gütig sind, nur Widerwillen einflößen ...« Oder: »Trösten Sie sich, liebe Mademoiselle Gamard, alle wissen doch, wie sehr Sie ...« usw.

Aber da alle entzückt waren, daß sie nicht einen Abend der Woche im Cloître zu verbringen brauchten, der ödesten, düstersten, am weitesten vom Stadtzentrum entfernten Stätte von Tours, segneten sie den Vikar.

Unter Menschen, die unaufhörlich beieinander sind, sind Haß und Liebe in stetem Wachsen begriffen: alle paar Minuten findet man Gründe, einander noch mehr zu lieben oder zu hassen. So geschah es, daß der Abbé Birotteau Mademoiselle Gamard unerträglich wurde. Achtzehn Monate, nachdem sie ihn in Pension genommen hatte, in dem Augenblick, da der biedere Abbé im Schweigen des Hasses den Frieden der Billigung zu erblicken glaubte und sich beglückwünschte, daß er es verstanden habe, sich mit der alten Jungfer gut abzuklaftern, um sich seines Ausdrucks zu bedienen, war er für sie zum Gegenstand einer dumpfen Verfolgung und einer kalt berechneten Rache geworden. Die vier Hauptumstände: die verschlossene Haustür, die vergessenen Pantoffeln, das nicht angesteckte Feuer und der in seine Wohnung hinaufgetragene Leuchter allein schon hätten ihm die grausige Feindschaft enthüllen können, deren letzte Folgerungen ihn erst in dem Augenblick treffen sollten, da sie nicht wieder gutzumachen waren. So zerbrach sich denn der gute Abbé beim Einschlafen vergeblich den Kopf, und sicherlich hörte er recht bald damit auf, ohne eine Erklärung für das befremdend unhöfliche Verhalten der Mademoiselle Gamard gefunden zu haben. Da er bislang überaus logisch gehandelt hatte, indem er den naturgegebenen Gesetzen seines Egoismus folgte, brachte er es tatsächlich nicht fertig einzusehen, worin sein Unrecht gegenüber seiner Wirtin bestand. Große Dinge sind einfach zu begreifen und leicht auszudrücken, aber die winzig kleinen Dinge im Leben erfordern, daß man sehr ins einzelne geht. Die Geschehnisse, die gewissermaßen den Prolog dieses bürgerlichen Dramas bilden, in dem sich jedoch ebenso heftige Leidenschaften finden, als wenn sie durch große Interessen angefacht worden wären, verlangten diese lange Einleitung, und es wäre einem genauen Historiker schwergefallen, die winzigen Entwicklungen darin kürzer darzustellen.

Als Birotteau am anderen Morgen erwachte, dachte er so angestrengt an seine Domherrnwürde, daß er darüber völlig die vier Umstände vergaß, in denen er am Abend zuvor die düsteren Vorzeichen einer von Unglück erfüllten Zukunft erblickt hatte. Der Vikar brachte es nicht über sich, aufzustehen, ehe das Feuer angezündet war; also schellte er, um Marianne zu benachrichtigen, daß er wach sei und sie zu ihm kommen möge: dann blieb er, seiner Gewohnheit entsprechend, liegen und erging sich in schlaftrunkenen Wachträumen; das Dienstmädchen, das ihm den Kamin ansteckte, entriß ihn dann für gewöhnlich sanft dem letzten Schlummer durch ihre gemurmelten Ausrufe und ihr Hinundhergehen; das war eine Art Musik, die er mochte. Eine halbe Stunde verging, ohne daß Marianne erschienen wäre. Der Vikar, der bereits halb Domherr war, wollte gerade abermals schellen, ließ jedoch den Klingelzug los, als er auf der Treppe den Hall von Männerschritten hörte. Tatsächlich trat nach einem diskreten Anklopfen und nach Birotteaus Aufforderung der Abbé Troubert ein. Dieser Besuch, den die beiden Abbés regelmäßig einmal im Monat einander abstatteten, war für den Vikar nichts Überraschendes. Zunächst wunderte sich der Domherr, daß Marianne bei seinem quasi Kollegen noch kein Feuer gemacht hatte. Er öffnete ein Fenster, rief sie mit barscher Stimme an und sagte ihr, sie solle zu Birotteau kommen; dann wandte er sich an seinen Amtsbruder: »Wenn Mademoiselle erführe, daß bei Ihnen nicht geheizt worden ist, würde sie Marianne tüchtig ausschelten.«

Nach diesem Satz erkundigte er sich nach Birotteaus Befinden und fragte ihn mit weicher Stimme, ob er neuerdings irgendetwas erfahren habe, das ihn hoffen lasse, zum Domherrn ernannt zu werden. Der Vikar setzte ihm auseinander, welche Schritte er unternommen habe, und in seiner Harmlosigkeit sagte er ihm, bei welchen Persönlichkeiten Madame de Listomère sich für ihn verwende, ohne zu ahnen, daß Troubert dieser Dame nie verziehen hatte, daß er bei ihr nicht verkehren durfte, er, der Abbé Troubert, der schon zweimal zum Generalvikar der Diözese vorgeschlagen worden war.

Unmöglich konnte man zwei Gestalten begegnen, die soviel Gegensätze dargeboten hätten, wie diese beiden Abbés sie verkörperten. Der große, hagere Troubert hatte eine gelbe, gallige Gesichtsfarbe, während der Vikar das war, was man familiär als einen Fettwanst bezeichnet. Birotteaus Gesicht war rund und rötlich und kündete von einer hirnlosen Gutmütigkeit, während das lange, von tiefen Falten durchfurchte Gesicht Trouberts sich in gewissen Augenblicken zu einem Ausdruck von Ironie oder Verachtung zusammenzog: freilich mußte man es aufmerksam mustern, um darin diese beiden Empfindungen wahrzunehmen. Der Domherr verharrte für gewöhnlich in vollkommener Ruhe; die Lider hielt er fast ständig über seine orangenen Augen gesenkt, deren Blick, wenn er es wollte, hell und durchdringend werden konnte. Rotes Haar vervollständigte diese düstere Physiognomie, die unablässig durch den Schleier verdunkelt wurde, den ernste Meditationen über die Züge breiten. Manche Leute hätten zunächst geglaubt, er werde von erhabenem, tiefem Ehrgeiz verzehrt; aber diejenigen, die behaupteten, ihn besser zu kennen, hatten schließlich diese Meinung getilgt, indem sie ihn so hinstellten, als sei er durch den Despotismus der Mademoiselle Gamard stumpfsinnig geworden oder erschöpft durch allzu langes Fasten. Er sprach selten und lachte nie. Wie er, wie es bisweilen geschah, auf angenehme Weise angeregt, so entschlüpfte ihn ein schwaches Lächeln, das sich in den Falten seines Gesichts verlor. Birotteau dagegen war ganz Mitteilsamkeit, ganz Offenherzigkeit, hatte eine Schwäche für gute Bissen und amüsierte sich über eine Bagatelle mit der Einfalt eines Menschen ohne Galligkeit und Tücke. Der Abbé Troubert flößte, sah man ihn zum erstenmal, ein unwillkürliches Angstgefühl ein, während der Vikar denen, die ihn erblickten, ein freundliches Lächeln entlockte. Wenn der hochgewachsene Domherr feierlich die Arkaden und Schiffe von Saint-Gatien durchschritt, die Stirn geneigt, strengen Blickes, so heischte er Respekt: seine Gestalt mit der vorgewölbten Brust entsprach den gelben Bogenrundungen der Kathedrale, die Falten seiner Soutane hatten etwas Monumentales, eines Bildhauers Würdiges. Der gute Vikar hingegen pendelte dort ganz unfeierlich einher, trottete, trippelte und schien sich um sich selbst zu rollen. Dennoch bestand zwischen den beiden Männern eine gewisse Ähnlichkeit. Gerade wie Trouberts hochtrabendes Gehaben, das Anlaß gab, ihn zu fürchten, vielleicht dazu beigetragen hatte, ihn zu der unbedeutenden Rolle eines einfachen Domherrn zu verdammen, schien Birotteaus

Charakter und Art und Weise ihn für ewige Zeiten zum Vikar der Kathedrale zu bestimmen. Dabei hatte der Abbé Troubert, der jetzt fünfzig Jahre alt war, durch sein maßvolles Verhalten, durch seinen zur Schau getragenen völligen Mangel an Ehrgeiz und durch sein heiligmäßiges Leben völlig die Befürchtungen zerstreut, die seine geargwöhnten Fähigkeiten und sein schreckliches Äußere seinen Vorgesetzten eingeflößt hatten. Da sein Gesundheitszustand sich seit einem Jahre ernstlich verschlechtert hatte, schien seine Erhebung zum Generalvikar des Erzbistums durchaus im Bereich des Möglichen zu liegen. Sogar seine Mitbewerber wünschten seine Ernennung, damit sie besser die ihrige innerhalb der paar Tage vorbereiten könnten, die ihm durch eine chronisch gewordene Krankheit beschieden sein würden. Birotteau dagegen war weit davon entfernt, dergleichen Hoffnungen zu erwecken; sein dreifaches Kinn stellte für die Konkurrenten, die ihm die Domherrnwürde streitig machten, das Symptom einer blühenden Gesundheit dar, und seine Gicht dünkte sie, dem Sprichwort entsprechend, eine Bürgschaft für langes Leben. Der Abbé Chapeloud, ein ungemein kluger Herr, der um seiner Liebenswürdigkeit willen bei der guten Gesellschaft und den verschiedenen Häuptern der Stadt ein gern gesehener Gast gewesen war, hatte sich von je heimlich und mit sehr viel Geist der Rangerhöhung des Abbés Troubert widersetzt; er hatte ihm sogar sehr geschickt den Zugang zu allen Salons versperrt, in denen die beste Gesellschaft von Tours zusammenkam, obwohl Troubert ihn zeitlebens äußerst respektvoll behandelt und ihm bei jeder Gelegenheit die höchste Ehrerbietung bezeigt hatte. Diese beständige Unterwürfigkeit hatte die Meinnung des verstorbenen Domherrn nicht zu ändern vermocht; noch bei seinem letzten Spaziergang hatte er zu Birotteau gesagt: »Seien Sie auf der Hut vor dieser langen Latte von Troubert! Das ist Sixtus V.[11], auf die Proportionen des Bistums reduziert.« So war der Freund und Tischgenosse der Mademoiselle Gamard beschaffen, der am Morgen des Tages, da sie dem armen Birotteau sozusagen den Krieg erklärt hatte, ihn besuchen kam und ihm Bezeigungen seiner Freundschaft gab.

»Sie müssen Nachsicht mit Marianne haben«, sagte der Domherr, als er sie eintreten sah. »Ich meine, sie hat heute bei mir angefangen. Meine Wohnung ist sehr feucht, ich habe die ganze Nacht arg gehustet. – Sie sind hier recht behaglich untergebracht«, fügte er hinzu und blickte zum Kranzgesims auf.

»Oh, ich fühle mich hier wie ein Domherr«, antwortete Birotteau lächelnd.

»Und ich mich wie ein Vikar«, antwortete der demütige Priester.

»Ja, aber Sie werden ja bald im erzbischöflichen Palais wohnen«, sagte der gute Abbé, der wollte, daß alle Welt glücklich ist.

»Oh, oder auf dem Kirchhof. Aber der Wille Gottes geschehe!« Und Troubert hob in einer entsagungsvollen Regung die Augen zum Himmel auf. – »Ich bin gekommen«, sprach er weiter, »um Sie zu bitten, mir das Pfründenregister[12] der Bischöfe zu leihen. Nur Sie besitzen in Tours dieses Werk.«

»Holen Sie es sich aus meiner Bibliothek«, antwortete Birotteau, den der letzte Satz des Domherrn sämtliche Genüsse seines Lebens nochmals durchkosten ließ.

Der große Domherr ging in das Bibliothekszimmer hinüber und blieb dort, solange der Vikar sich anzog. Bald danach erklang die Frühstücksglocke, und dem Gichtbrüchigen fiel ein, daß er ohne den Besuch Trouberts wahrscheinlich kein Feuer zum Aufstehen bekommen haben würde; er dachte: »Welch ein guter Mensch!«

Die beiden Priester gingen gemeinsam nach unten, jeder trug einen riesigen Folio-Band; sie legten die Bücher auf einen der kleinen Wandtische im Eßzimmer.

»Was soll das heißen?« fragte Mademoiselle Gamard mit scharfer Stimme Birotteau. »Ich hoffe, Sie stopfen mir mein Eßzimmer nicht mit Ihren Schmökern voll.«

»Es sind Bücher, die ich brauche«, antwortete Abbé Troubert, »der Herr Vikar war so liebenswürdig, sie mir zu leihen.«

»Das hätte ich mir denken müssen«, sagte sie mit einem verächtlichen Lächeln. »Monsieur Birotteau liest nur selten in so dicken Büchern.«

»Wie ist das werte Befinden, Mademoiselle?« flötete der Pensionsgast.

»Na, nicht sehr gut«, antwortete sie trocken. »Sie sind schuld, daß ich gestern aus dem ersten Schlummer geweckt worden bin, und die Nachwehen davon habe ich die ganze Nacht hindurch gespürt.« Als sie sich setzte, sagte Mademoiselle Gamard noch: »Meine Herren, die Milch wird kalt.«

Der arme Vikar war verdutzt, daß er so unliebenswürdig von seiner Wirtin empfangen wurde, wo er doch Entschuldigungen erwartet hatte, aber er schreckte vor der Aussicht auf eine Auseinandersetzung zurück wie alle Schüchternen, vor allem, wenn es dabei um sie selber geht, und er nahm schweigend Platz. Als er dann auf dem Gesicht der Mademoiselle Gamard die offenbaren Anzeichen schlechter Laune wahrnahm, verblieb er ständig im Kriegszustand zwischen seiner Vernunft, die ihm befahl, die Rücksichtslosigkeit seiner Wirtin nicht zu dulden, und seinem Charakter, der ihn antrieb, einem Streit aus dem Wege zu gehen. Im Banne dieses Angstgefühls begann Birotteau ernsthaft die großen grünen Schraffierungen auf der groben Wachstuchdecke zu mustern, die Mademoiselle Gamard aus unausdenklich langer Gewohnheit während des Frühstücks auf dem Tisch liegen ließ, ungeachtet der abgenutzten Ränder und der zahlreichen Narben eben jener Decke. Die beiden Pensionsgäste saßen jeder in einem Rohrsessel einander gegenüber an jedem Ende des ansehnlichen rechteckigen Tisches, dessen Mitte von der Wirtin eingenommen wurde; sie beherrschte ihn von der Höhe ihres kissenbedeckten Stuhls mit den verlängerten Beinen, der mit der Lehne zum Eßzimmerofen stand. Dieser Raum und der gemeinsame Salon lagen im Erdgeschoß unter Birotteaus Schlafzimmer und Wohnzimmer. Als der Vikar von Mademoiselle Gamard seine Tasse gezuckerten Kaffees entgegengenommen hatte, erstarrte er ob der tiefen Stille, in der sich sein für gewöhnlich so fröhliches Frühstück vollziehen sollte. Er wagte weder das dürre Gesicht Trouberts noch das drohende der alten Jungfer anzuschauen und wandte sich, um sich Haltung zu geben, einem dicken Mops mit Hängebauch zu, der auf einem Kissen am Ofen lag, sich nie bewegte und stets links von sich einen kleinen Teller mit Leckerbissen, rechts ein Schälchen mit klarem Wasser vorfand.

»Na, mein Liebling«, sagte er zu ihm, »du wartest wohl auf deinen Kaffee?«

Diese Hunde-Persönlichkeit, eine der wichtigsten des Haushalts, aber kaum störend, da der Köter nicht mehr bellte und seiner Herrin das Wort ließ, blickte zu Birotteau aus seinen kleinen Augen auf; sie lagen eingebettet in Falten, die sich durch das Fett gebildet hatten; dann machte er sie tückisch wieder zu. Zum Verständnis der Leiden des armen Vikars muß gesagt werden, daß er, der mit einer leeren Schwatzhaftigkeit begabt war, die wie das Aufprallen eines dicken Balles dröhnte, behauptete, ohne daß er allerdings jemals den Ärzten auch nur einen einzigen Grund für seine Meinung hätte geben können, daß Reden die Verdauung fördere. Mademoiselle, die gleichfalls diesem hygienischen Lehrsatz anhing, hatte trotz der zwischen ihnen herrschenden Spannung bislang noch nie versäumt, während des Essens zu plaudern; allein seit mehreren Morgen hatte der Vikar vergebens seine Intelligenz eingesetzt, ihr verfängliche Fragen zu stellen und ihr dadurch die Zunge zu lösen. Wenn die engen Grenzen, die diese Geschichte umschließen, erlauben würden, auch nur eine einzige dieser Unterhaltungen wiederzugeben, die fast immer das bittere, sardonische Lächeln des Abbés Troubert auslösten, so würde sie ein vollendetes Gemälde des böotischen[13] Lebens der Provinzler darstellen. Einige Leute von Geist würden vielleicht nicht ohne Freude die seltsamen Wendungen vernehmen, in die der Abbé Birotteau und Mademoiselle Gamard ihre persönlichen Meinungen über Politik, Religion und Literatur kleideten. Es würde dabei sicherlich mancherlei Komisches zu Tage kommen: so etwa die Gründe, die sie beide hatten, 1826 Napoleons Tod ernsthaft zu bezweifeln; oder die Mutmaßungen, die sie glauben ließen, Ludwig XVII.[14] sei noch am Leben, er sei im Hohlraum eines dicken Holzscheits gerettet worden. Wer hätte nicht gelacht, wenn er sie hätte darlegen hören, und zwar mit Begründungen, die ihnen beiden nur zu sehr einleuchteten, der König von Frankreich verfüge ganz allein über sämtliche Steuern, die Kammern träten nur zusammen, um den Klerus zu vernichten, während der Revolution seien mehr als dreizehnhunderttausend Menschen auf dem Schafott gestorben? Dann redeten sie über die Presse, ohne die Anzahl der Zeitungen zu kennen, ohne die mindeste Vorstellung davon zu haben, was dieses moderne Instrument bedeutet.

Kurzum, Monsieur Birotteau lauschte aufmerksam Mademoiselle Gamard, wenn sie sagte, ein Mensch, der jeden Morgen ein Ei esse, müsse unfehlbar am Ende des Jahres sterben, das sei schon vorgekommen; ein weiches Brötchen, das man, ohne etwas dazu zu trinken, ein paar Tage lang esse, heile das Hüftweh; alle Arbeiter, die am Abbruch der Abtei Saint-Martin mitgearbeitet hätten, seien innerhalb eines halben Jahres gestorben; ein gewisser Präfekt habe unter Bonaparte sein möglichstes getan, die Türme von Saint-Gatien abreißen zu lassen, und tausenderlei andere alberne Geschichten.

In dieser Stunde jedoch spürte Birotteau, daß ihm die Zunge gelähmt sei, und so beschied er sich zu essen, ohne eine Unterhaltung anzuknüpfen. Bald jedoch dünkte ihn dieses Schweigen gefährlich für seinen Magen, und er sagte kühn: »Der Kaffee ist heute vorzüglich!« Dieser Aufwand an Mut war vollkommen überflüssig. Nachdem er das Stückchen Himmel zwischen den beiden dunklen Schwibbögen von Saint-Gatien betrachtet hatte, brachte der Vikar abermals den Mut auf zu sagen: »Heute ist noch schöneres Wetter als gestern ...«

Auf diese Bemerkung hin begnügte sich Mademoiselle Gamard, dem Abbé Troubert ihr anmutigstes Äugeln zuzuwerfen, und dann Birotteau, der zum Glück seine Lider gesenkt hatte, mit einem Blick von furchtbarer Strenge zu bedenken.

Kein weibliches Geschöpf vermochte die elegische Natur einer alten Jungfer besser zu verkörpern als Sophie Gamard; aber um ein Wesen richtig zu schildern, dessen Charakter den kleinen Geschehnissen dieses Dramas ein übergroßes Interesse leiht, und auch dem Vorleben der Personen, die dessen Darsteller sind, ist es vielleicht erforderlich, hier die Ideen zusammenzufassen, deren Ausdruck sich bei einer alten Jungfer findet: das tägliche Leben formt die Seele, und die Seele formt die Gesichtszüge. Wenn alles, in der Gesellschaft wie in der Welt, einen Sinn haben müßte, so gibt es hienieden schwerlich Existenzen, deren Sinn und Nützlichkeit uns erklärlich sind. Die Moral und die Nationalökonomie verwerfen beide das Individuum, das konsumiert, ohne zu produzieren, das auf Erden einen Platz einnimmt, ohne rings um sich Gutes oder Böses zu verbreiten; denn das Böse ist wohl ein Gutes, dessen Ergebnisse sich nicht unmittelbar bekunden. Es geschieht selten, daß alte Jungfern sich nicht von sich aus in die Klasse jener unproduktiven Menschen einordnen. Wenn nun aber das Bewußtsein seiner Arbeit dem tätigen Menschen ein Gefühl der Genugtuung verschafft, das ihm das Leben zu ertragen hilft, muß die Gewißheit, eine Belastung oder gar überflüssig zu sein, die gegenteilige Wirkung hervorrufen und dem untätigen Menschen die Verachtung seiner selbst einflößen, die er bei anderen erregt. Diese harte Mißbilligung seitens der Gesellschaft ist eine der Ursachen, die ohne Wissen der alten Jungfern dazu beitragen, in ihre Seelen den Kummer zu senken, den ihre Gesichter ausdrücken. Ein Vorurteil, dem vielleicht Wahres innewohnt, wirft beständig überall, und in Frankreich noch mehr als anderswo, große Mißbilligung auf die Frau, mit der zusammen niemand das Gute im Leben hat teilen oder die Übel des Lebens hat ertragen wollen. Nun aber kommt für unverehelichte Frauen eine Altersstufe, auf der die Welt sie zu Recht oder zu Unrecht zu der Verachtung verdammt, deren Opfer sie dann werden. Sind sie häßlich, so hätten sie die Unvollkommenheiten der Natur durch Güte des Charakters ausgleichen müssen; sind sie hübsch, so wird ihr Pech gewichtigen Gründen zugeschrieben. Man weiß nicht, ob diese oder jene des Verwerfens würdiger sind. Wenn ihre Ehelosigkeit auf Vernunfterwägungen beruht, wenn sie dem Verlangen nach Unabhängigkeit entspringt, verzeihen ihnen weder die Männer noch die Mütter, daß sie die Opferwilligkeit der Frau verleugnet und sich den Leidenschaften verweigert haben, die ihr Geschlecht zu so etwas Rührendem machen: auf Schmerzen verzichten heißt deren Poetisches ablehnen und nicht mehr die süßen Tröstungen verdienen, auf die eine Mutter stets ein unbestreitbares Anrecht hat. Ferner entwickeln sich die hochherzigen Gefühle, die erlesenen Eigenschaften der Frau nur durch ihre beständige Übung; bleibt ein dem weiblichen Geschlecht angehörendes Geschöpf jüngferlich, so ist es nur noch etwas Sinnloses: es gilt als egoistisch und kalt und erregt Abscheu. Dieses erbarmungslose Urteil ist leider allzu gerecht, als daß die alten Jungfern seine Gründe nicht wissen müßten. Solcherlei Gedanken keimen in ihren

Herzen ebenso natürlich, wie die Auswirkungen ihres traurigen Lebens sich in ihren Gesichtszügen ausprägen. Deshalb welken sie hin, weil bei ihnen das ständige Sichverschwenden oder das Glück, das das Gesicht der Frauen erblühen und ihren Bewegungen soviel Weichheit zuteil werden läßt, nie existiert hat. Dann werden sie scharf und verbittert, weil ein Wesen, das seine Berufung verfehlt hat, unglücklich ist; es leidet, und Leiden erzeugt Boshaftigkeit. Tatsächlich, eine Ehelose gibt lange Zeit hindurch der Welt die Schuld an ihrer Vereinsamung, ehe sie sie in sich selbst sucht. Von der Beschuldigung bis zum Verlangen nach Vergeltung ist es nur ein Schritt. Und schließlich ist die Mißgelauntheit, die sie ausstrahlen, ein weiteres, unvermeidliches Ergebnis ihres Lebens. Da sie nie das Verlangen zu gefallen verspürt haben, bleiben Eleganz und guter Geschmack ihnen fremd. Sie sehen in sich nur sich selber. Dieses Gefühl bringt sie unmerklich dazu, die Dinge zu erwählen, die ihnen bequem sind, auf Kosten solcher, die anderen angenehm sein könnten. Ohne sich in der rechten Weise Rechenschaft über ihre Unähnlichkeit mit den anderen Frauen zu geben, werden sie sich deren schließlich bewußt und leiden darunter. Eifersucht ist ein unaustilgbares Gefühl in weiblichen Herzen. Alte Jungfern sind also ins Leere hinein eifersüchtig und kennen nur die unheilvollen Seiten der einzigen Leidenschaft, die die Männer dem schönen Geschlecht verzeihen, weil sie ihnen schmeichelt. Auf diese Weise empfinden alte Jungfern, als in allen ihren Wünschen gemartert und gezwungen, sich allen Entwicklungen ihrer Natur zu verschließen, stets ein Gehemmtsein, an das sie sich nie gewöhnen. Ist es nicht in jedem Alter, zumal für eine Frau, hart, auf den Gesichtern ein Gefühl der Abneigung zu lesen, während es doch ihre Bestimmung ist, in ihrer Umwelt, in den Herzen, nur anmutige Empfindungen zu erwecken? Deswegen ist der Blick einer alten Jungfer stets indirekt, weniger aus Bescheidenheit, denn aus Angst und Scham. Diese Wesen verzeihen der Gesellschaft ihre schiefe Stellung nicht, weil sie sie sich selbst nicht verzeihen. Nun aber ist es für jemanden, der in einem andauernden Krieg mit sich selbst begriffen ist oder der im Widerspruch zum Leben steht, unmöglich, die andern in

Frieden zu lassen und sie nicht um ihr Glück zu beneiden. Diese Welt an trübseligen Gedanken lag ganz und gar in den grauen, glanzlosen Augen der Mademoiselle Gamard; und der breite schwarze Schattenring, der sie umsäumte, kündete von den langen Kämpfen ihres einsamen Lebens. Alle Falten ihres Gesichts verliefen geradlinig. Die Form ihrer Stirn, ihres Kopfes und ihrer Wangen wies die Merkmale der Strenge, der Dürrheit auf. Ohne sich darum zu kümmern, ließ sie die ehemals braunen Haare auf den paar über ihr Kinn verstreuten Leberflecken wachsen. Ihre schmalen Lippen bedeckten kaum die zu langen, übrigens weißen Zähne. Sie war brünett; ihr einst dunkles Haar war durch furchtbare Migränen gebleicht. Dieser Umstand zwang sie zum Tragen falscher Löckchen; aber da sie es nicht verstand, sie so aufzusetzen, daß man es nicht merkte, klafften oft kleine Zwischenräume zwischen dem Rand ihrer Haube und dem schwarzen Band, das diese ziemlich schlecht gekräuselte Halbperücke hielt. Ihr Kleid, im Sommer aus Taft, im Winter aus Merinowolle, war stets hellbraun und lag ihrer reizlosen Taille und ihren mageren Armen allzu eng an. Ihre stets heruntergedrückte Halskrause ließ einen Hals sehen, dessen rötliche Haut genauso kunstvoll geädert war, wie etwa ein Eichenblatt, wenn man es gegen das Licht hält. Ihre Herkunft vermag ihr unglückliches Äußere recht gut zu erklären. Sie war die Tochter eines Holzhändlers, gewissermaßen eines Bauern, der es zu etwas gebracht hatte. Mit achtzehn Jahren war sie sicher frisch und rundlich gewesen, aber es war ihr keine Spur der hellen Gesichtshaut und der hübschen Farben verblieben, die gehabt zu haben sie sich rühmte. Ihre Fleischtöne hatten die fahle Färbung angenommen, wie man sie häufig bei Betschwestern antrifft. Ihre Adlernase trug unter allen Zügen ihres Gesichts am meisten dazu bei, das Despotische ihrer Anschauungen auszudrücken, gerade wie die platte Form ihrer Stirn von ihrer geistigen Enge zeugte. Ihre Bewegungen waren von einer bizarren Plötzlichkeit, die alle Anmut ausschloß; und man brauchte sie bloß zu beobachten, wie sie ihr Schnupftuch aus dem Beutel zog, um sich geräuschvoll zu schneuzen, dann war man sich über ihren Charakter und über ihre Gepflogenheiten klar. Sie war ziemlich groß, hielt sich übertrieben gerade und rechtfertigte die Beobachtung eines Naturwissenschaftlers, der den Gang aller alten Jungfern physiologisch erklärt hat durch die Behauptung, ihre Gelenke wüchsen ineinander. Sie ging, ohne daß die Bewegung sich gleichmäßig über den Körper verteilte, wodurch bei den Frauen so anmutige, so verlockende Wellenbewegungen entstehen; sie ging sozusagen ›aus einem Stück‹ und schien mit jedem Schritt aus dem Boden zu wachsen, wie das Standbild des Komturs[15]. War sie gut gelaunt, so gab sie, wie alle alten Jungfern, zu verstehen, daß sie sehr wohl hätte heiraten können, aber zum Glück habe sie rechtzeitig gemerkt, daß ihr Verlobter ein Mensch ohne Treue und Glauben war, und so hatte sie unbewußt ihrem Herzen zugunsten ihres berechnenden Verstandes den Prozeß gemacht.

Für diese typische Gestalt aus der Gattung ›alte Jungfer‹ bildete eine Lacktapete von grotesker Erfindung den rechten Rahmen; sie stellte türkische Landschaften dar und schmückte die Wände des Eßzimmers. Mademoiselle Gamard hielt sich für gewöhnlich in diesem Raum auf; ihm dienten als besondere Zier zwei Wandtische und ein Barometer. Auf dem Stammplatz jedes der beiden Abbés lag je ein kleines Kissen in Gobelinstickerei, dessen Farben verblichen waren. Der gemeinsame Wohnraum, in dem sie empfing, war ihrer würdig. Man kann sich sogleich ein Bild von ihm machen, wenn darauf hingewiesen wird, daß er als ›der gelbe Salon‹ bezeichnet wurde: Die Fensterdraperien waren gelb, die Möbelbezüge und die Wandbespannungen waren gelb; auf dem Kamin, über dem ein goldgerahmter Spiegel hing, blendeten zwei mehrarmige Leuchter und eine Stutzuhr in Kristallsturz das Auge mit hartem Glanz. Was nun das Privatgemach der Mademoiselle Gamard betraf, so war es jedermann untersagt, dort einzudringen. Man konnte lediglich vermuten, daß es mit Stoffetzen, ausgedienten Möbelstücken und dem Gelumpe angefüllt war, mit dem alle alten Jungfern sich umgeben und an dem sie so sehr hängen.

So war die Persönlichkeit beschaffen, der es bestimmt war, auf die letzten Tage des Abbés Birotteau den allergrößten Einfluß auszuüben.

Da es sich ihr verbot, die Tätigkeit auszuüben, die nach dem Willen der Natur der Frau am gemäßesten ist, und in der

Zwangslage, sie dennoch auswirken zu müssen, hatte die alte Jungfer sie in die kleinlichen Intrigen, den in der Provinz üblichen Klatsch und die egoistischen Kombinationen verlagert, mit denen letztlich alle alten Jungfern sich ausschließlich beschäftigen. Zu seinem Unglück hatte Birotteau bei Sophie Gamard die einzigen Empfindungen ausgelöst, deren dieses arme Geschöpf fähig war, nämlich die des Hasses; infolge der Ruhe und Eintönigkeit des Provinzlebens, dessen Horizont sich für sie noch mehr eingeengt hatte, waren sie bis jetzt latent geblieben; aber sie sollten fortan desto mehr an Intensität gewinnen, als sie sich auf kleine Dinge in einer engen Sphäre erstrecken mußten. Birotteau gehörte zu den Menschen, die prädestiniert sind, alles zu erleiden; da sie nichts sehen können, können sie auch nichts umgehen: ihnen stößt schlechthin alles zu.

»Ja, es wird heute schön«, antwortete der Domherr nach einer Weile; er schien aus seiner Versunkenheit aufgetaucht zu sein und die Gesetze der Höflichkeit befolgen zu wollen.

Birotteau war erschrocken über die Zeit, die zwischen seiner Bemerkung und der Antwort verstrichen war; denn zum erstenmal in seinem Leben hatte er seinen Kaffee getrunken, ohne dabei zu reden; er verließ das Eßzimmer; dort war ihm gewesen, all sei sein Herz in einen Schraubstock eingeklemmt. Er spürte, daß seine Tasse Kaffee ihm schwer im Magen lag; bekümmert ging er auf den schmalen, von Buchsbaum eingefaßten Wegen auf und ab, die in den Garten einen Stern zeichneten. Aber als er sich nach dem ersten Gang umwandte, sah er in der Tür des Salons starr und stumm Mademoiselle Gamard und den Abbé Troubert stehen: er mit gekreuzten Armen, unbeweglich wie eine Grabstatue; sie gegen die Fenstertür gelehnt. Beide blickten zu ihm hin und schienen seine Schritte zu zählen. Nichts ist für einen von Natur aus schüchternen Menschen peinlicher, als der Gegenstand einer neugierigen Musterung zu sein; wenn diese sich jedoch mit den Augen des Hasses vollzieht, wird das Schmerzgefühl, das sie erzeugt, zu einem unerträglichen Martyrium. Nur zu bald bildete der Abbé Birotteau sich ein, er hindere Mademoiselle Gamard und den Domherrn am Spazierengehen. Dieser Gedanke, den gleichzeitig Angst und Güte ihm eingaben, nahm solche Ausmaße an, daß er ihn von dannen weichen ließ. Er ging weg; er dachte schon nicht mehr an seine Domherrenwürde, so bedrückte ihn die haarsträubende Tyrannei der alten Jungfer. Durch Zufall, und zu seinem Glück, gab es in Saint-Gatien viel für ihn zu tun: es fanden dort mehrere Leichenfeiern, eine Hochzeit und zwei Taufen statt. So konnte er seinen Kummer vergessen. Als sein Magen ihm meldete, daß es Zeit zum Abendessen sei, zog er seine Taschenuhr und sah zu seinem Schrecken, daß es schon ein paar Minuten nach vier war. Er kannte die Pünktlichkeit der Mademoiselle Gamard und beeilte sich, nach Hause zu kommen.

In der Küche sah er, daß der erste Gang bereits abgetragen worden war. Als er dann ins Eßzimmer kam, sagte die alte Jungfer in einem Tonfall, in dem sich gleichermaßen die Bitterkeit eines Vorwurfs und die Freude kundtat, ihren Pensionsgast bei einer Verfehlung zu ertappen, zu ihm: »Es ist halb fünf, Monsieur Birotteau. Sie wissen, daß man nicht auf sich warten lassen darf.«

Der Vikar blickte auf die Eßzimmeruhr, und aus der Art, wie der Gazeschleier hing, der sie vor Staub schützen sollte, ersah er, daß seine Wirtin sie am Vormittag aufgezogen und sich dabei die Freude gemacht hatte, sie gegen die Turmuhr von Saint-Gatien vorgehen zu lassen. Es war unmöglich, eine Bemerkung darüber zu machen. Hätte der Vikar seinem Argwohn mündlich Ausdruck gegeben, so hätte das zu dem schrecklichsten und berechtigtsten der Redeausbrüche geführt, auf die Mademoiselle Gamard sich in solchen Fällen verstand wie alle Frauen ihrer Klasse. Für die tausendundeine Widerwärtigkeiten, die ein Dienstmädchen seinem Herrn oder eine Frau ihrem Ehemann in den privaten Lebensgewohnheiten bereiten kann, besaß Mademoiselle ein gutes Witterungsvermögen, und sie überhäufte ihren Pensionsgast damit. Die Art, wie sie sich darin gefiel, ihre Verschwörungen gegen das häusliche Glück des armen Priesters anzuzetteln, trug die Prägung eines abgründig boshaften Genies. Dabei wußte sie es so einzurichten, daß sie niemals als im Unrecht befindlich wirkte.

Acht Tage nach dem Zeitpunkt des Beginns dieser Geschichte enthüllten dem Abbé Birotteau das Wohnen in diesem Hause und seine Beziehungen zu Mademoiselle Gamard, daß seit einem halben Jahr eine Verschwörung gegen ihn im Gange war. Solange die alte Jungfer ihre Rache verstohlen durchgeführt und der Vikar sich nur zu gern in einen Irrtum verstrickt hatte, weil er es ablehnte, an übelwollende Absichten zu glauben, hatte das seelische Leiden in ihm nur geringe Fortschritte gemacht. Aber seit dem Vorfall mit dem hinaufgetragenen Leuchter und der vorgestellten Uhr konnte Birotteau nicht mehr daran zweifeln, daß er unter dem Walten eines Hasses lebte, dessen Auge stets auf ihn gerichtet war. Fortan verfiel er rasch der Verzweiflung, weil er zu jeder Stunde die gekrümmten, spitzen Finger der Mademoiselle Gamard bereit sah, sich in sein Herz einzukrallen. Die alte Jungfer war beglückt, aus einem an erregenden Sensationen so fruchtbaren Gefühl heraus wie dem der Rache zu leben, und so gefiel sie sich darin, über dem Vikar zu schweben und ihm Angst zu machen, wie ein Raubvogel über einer Maus schwebt und ihr Angst macht, ehe er sie auffrißt. Schon seit langem hatte sie einen Plan gefaßt, den der Priester in seiner Benommenheit nicht ahnen konnte und den durchzuführen sie nicht zögerte, wobei sie die geniale Begabung bezeigte, die vereinsamte Menschen in kleinen Dingen zu entfalten wissen, deren Seele zu plump ist, um die Großartigkeit wahrer Frömmigkeit zu empfinden, und sich in den Kleinkram der Andachtsübungen gestürzt hat. Letzte, aber grausigste Verschärfung der Qual! Die Natur seiner Kümmernisse versagte Birotteau, einem mitteilsamen Menschen, der sich gern bedauern und trösten ließ, die kleine Wohltat, seinen Freunden davon zu erzählen. Das bißchen Takt, das er seiner Schüchternheit verdankte, ließ ihn fürchten, er werde lächerlich wirken, wenn er sich mit dergleichen Nichtigkeiten befaßte. Und dabei setzte sich sein ganzes Dasein aus solchen Nichtigkeiten zusammen, sein geliebtes Dasein mit den Betätigungen im Leeren und der Leere in seinen Betätigungen; ein stumpfes, graues Leben, in dem allzu heftige Gefühle als Unglücksfälle galten, in dem das Fehlen jeder inneren Wallung Glückseligkeit bedeutete. Das Paradies des armen Priesters hatte sich also jäh in eine Hölle verwandelt. Kurzum: seine Leiden wurden unerträglich. Das Entsetzen, das ihm die Aussicht auf eine Auseinandersetzung mit Mademoiselle Gamard einflößte, wuchs von Tag zu Tag;

und das geheime Unglück, das die Stunden seines Alters versehrte, wirkte sich auf seine Gesundheit aus. Eines Morgens, als er seine bunt gemusterten blauen Strümpfe anzog, merkte er, daß der Umfang seiner Waden um acht Linien[16] abgenommen hatte. Bestürzt über diese so grausam einwandfreie Diagnose, beschloß er, einen Versuch bei dem Abbé Troubert zu unternehmen, ihn zu bitten, offiziös zwischen Mademoiselle Gamard und ihm zu vermitteln.

Als der Vikar vor dem imponierenden Domherrn stand, der, um ihn in einer kahlen Kammer zu empfangen, sogleich ein Kabinett voller Papiere, in dem er unablässig arbeitete und das niemand betreten durfte, verlassen hatte, schämte er sich fast, mit einem Manne, der ihm auf eine so ernsthafte Weise beschäftigt schien, über die Quengeleien der Mademoiselle Gamard zu sprechen. Doch nachdem er alle Ängste des Hinundherüberlegens erlitten hatte, die demütige, unentschlossene oder schwache Menschen auch gegenüber bedeutungslosen Dingen empfinden, beschloß er, nicht ohne daß sein Herz durch ungewöhnliches Pochen anschwoll, dem Abbé Troubert seine Lage auseinanderzusetzen. Der Domherr hörte ihm mit ernster, kalter Miene zu, wobei er, wenngleich vergeblich, ein gewisses Lächeln zu unterdrücken versuchte, das intelligenten Augen vielleicht die Regungen einer tiefinnerlichen Befriedigung enthüllt haben würde. Eine Flamme schien unter seinen Lidern hervorzuschießen, als Birotteau mit der Beredsamkeit, die echtes Empfinden verleiht, ihm die beständige Bitternis schilderte, die ihn überströmte; aber mit einer den Denkern recht vertrauten Geste hielt Troubert sich die Hand über die Augen und verblieb in der ihm gewohnten würdigen Haltung. Als der Vikar zu sprechen aufgehört hatte, wäre er wohl sehr in Verlegenheit geraten, wenn er in Trouberts Gesicht, dessen galliger Teint mit noch gelberen Flecken marmoriert war als für gewöhnlich, einige Spuren jenes Mitgefühls hätte ablesen wollen, das er doch eigentlich in diesem geheimnisvollen Priester hätte geweckt haben müssen. Der Domherr verharrte eine Weile schweigend, und dann gab er eine jener Antworten, deren einzelne Worte lange überdacht werden mußten, damit ihre ganze Tragweite ermessen werden konnte, die jedoch später nachdenklichen Menschen die erstaunliche Tiefe seiner Seele und die Macht seines Geistes bewiesen. Kurzum, er machte Birotteau ganz bestürzt, als er ihm sagte, diese Dinge verwunderten ihn um so mehr, als sie ihm ohne die Beichte seines Amtsbruders niemals aufgefallen wären; er schreibe diesen Mangel an Verständnis seinen gewichtigen Beschäftigungen, seinen Arbeiten und der Tyrannei gewisser hochfliegender Gedanken zu, die es ihm nicht gestatteten, sich mit dem Kleinkram des Lebens zu befassen. Er gab ihm zu bedenken, freilich ohne sich den Anschein zu geben, als wolle er das Verhalten eines Mannes tadeln, dessen Alter und Kenntnisse seine Hochachtung verdienten, daß ehedem die Einsiedler tief hinten in der Thebais[17], wo sie sich heiligen Betrachtungen hingegeben, nur selten an ihre Nahrung, an ihre Unterkunft gedacht hätten, und daß heutzutage ein Priester durch sein Denken sich überall eine Thebais schaffen könne. Dann kam er auf Birotteau zurück und fügte hinzu, daß solche Streitigkeiten für ihn etwas ganz Neues seien. Zwölf Jahre lang habe zwischen Mademoiselle Gamard und dem ehrwürdigen Abbé Chapeloud sich nichts dergleichen ereignet. Was nun ihn betreffe, so könne er natürlich, sagte er noch, den Schiedsrichter zwischen dem Vikar und ihrer beider Wirtin spielen, weil seine Freundschaft für diese nicht die durch die Gebote der Kirche ihren treuen Dienern auferlegten Grenzen überschreite; aber dann verlange es die Gerechtigkeit, daß er auch Mademoiselle Gamard anhöre. – Übrigens finde er sie kein bißchen verändert; stets sei sie ihm so erschienen; er habe sich gern einigen ihrer Launen unterworfen, im Wissen, daß diese verehrungswürdige Demoiselle die Güte, die Sanftmut in Person sei; ein paar leichte Veränderungen ihres Temperaments müßten einem Lungenleiden zugute gehalten werden, von dem sie nicht spreche und mit dem sie sich als wahre Christin abgefunden habe ... Er schloß mit der Bemerkung, wenn der Vikar noch ein paar Jahre bei Mademoiselle wohnen bliebe, würde er sie richtiger einschätzen und die Werte dieses vortrefflichen Charakters erkennen.

Völlig verwirrt ging der Abbé Birotteau. Er befand sich in der fatalen Zwangslage, sich nur bei sich selbst Rat holen zu können, und so beurteilte er Mademoiselle Gamard nach sich. Der gutherzige Alte glaubte, wenn er für einige Tage verschwinde, würde aus Mangel an Nährstoff der Haß der Gamard hinschwinden. Also beschloß er, wie schon früher des öfteren, ein paar Tage in einem Landhaus zu verleben, wohin Madame de Listomère sich gegen Herbstende zu begeben pflegte; denn um diese Zeit ist der Himmel der Touraine für gewöhnlich rein und schön. Der arme Mann! Er erfüllte damit genauestens die heimlichen Wünsche der furchtbaren Feindin, deren Pläne nur durch Mönchsgeduld hätten vereitelt werden können; aber da er ahnungslos war und sich nicht einmal in seinen eigenen Angelegenheiten auskannte, mußte er zu Boden gestreckt werden, wie ein Lamm beim ersten Hieb des Metzgers.

Der Besitz der Madame de Listomère lag auf der Anhöhe, die sich zwischen der Stadt Tours und den Hügeln von Saint-Georges findet, und zwar nach Süden hin, umgeben von Felsen, und so bot er alle Annehmlichkeiten des Landlebens und alle Freuden der Stadt. Man konnte nämlich in knappen zehn Minuten von der Brücke von Tours zur Pforte jenes Landhauses gelangen, das ›L'Alouette‹, ›Die Lerche‹, hieß; das war ein beträchtlicher Vorzug in einer Gegend, in der man sich ungern, worum es sich auch handeln möge, Mühe macht, nicht einmal, wenn es ein Vergnügen gilt. Der Abbé Birotteau weilte seit ungefähr zehn Tagen auf L'Alouette, als eines Morgens beim Frühstück der Pförtner ihm sagte, Monsieur Caron wünsche ihn zu sprechen. Monsieur Caron war ein Advokat, der von Mademoiselle Gamard mit der Führung ihrer geschäftlichen Angelegenheiten betraut worden war. Da Birotteau sich dessen nicht erinnerte und wußte, daß er mit keiner Menschenseele Streitpunkte zu entwirren habe, stand er im Banne eines unbestimmten Angstgefühls vom Tische auf und ging zu dem Advokaten: er fand ihn bescheiden auf dem Geländer einer Terrasse sitzen.

»Da Ihre Absicht, nicht länger bei Mademoiselle Gamard wohnen zu wollen, offenbar geworden ist . . .«, begann der Sachwalter.

»Aber, aber!« rief der Abbé Birotteau, »mir ist nie der Gedanke gekommen, auszuziehen.«

»Dabei«, entgegnete der Anwalt, »müssen Sie sich Mademoiselle gegenüber dahingehend geäußert haben, denn sie hat mich hergeschickt, weil sie wissen möchte, ob Sie lange auf dem

Lande zu bleiben gedenken. Da der Fall einer längeren Abwesenheit in unseren Abmachungen nicht vorgesehen ist, könnte er Anlaß zu einem Rechtsstreit werden. Da nun aber Mademoiselle Gamard, was Ihre Pension betrifft . . .«

»Hören Sie mal«, unterbrach der überraschte Birotteau abermals den Anwalt, »ich hätte nie geglaubt, daß es je notwendig sein würde, auf beinahe juristischem Wege . . .«

»Mademoiselle Gamard, die allen Schwierigkeiten zuvorkommen möchte«, sagte Caron, »hat mich hergeschickt, um mich mit Ihnen zu verständigen.«

»Gut. Dann haben Sie bitte die Freundlichkeit, morgen wiederzukommen«, entgegnete der Abbé Birotteau, »bis dahin habe ich meinerseits eine Rechtsauskunft eingeholt.«

»In Ordnung«, sagte Caron und verbeugte sich.

Der Aktenkrämer zog sich zurück. Dem armen Vikar war bänglich zumute über die Hartnäckigkeit, mit der Mademoiselle Gamard ihn verfolgte; er ging wieder in Madame de Listomères Eßzimmer, mit bestürztem Gesicht. Bei seinem Anblick fragten ihn alle: »Was ist denn passiert, Monsieur Birotteau . . .?«

Der aufs tiefste betroffene Abbé setzte sich, ohne zu antworten, so sehr bedrängten ihn verschwommene Vorstellungen dessen, was ihm bevorstand. Als aber nach dem Frühstück mehrere seiner Freunde im Salon um ein gutes Kaminfeuer versammelt waren, erzählte er ihnen naiv die Einzelheiten seines Abenteuers. Seine Zuhörer, die der Landaufenthalt zu langweilen begonnen hatte, nahmen lebhaften Anteil an dieser Intrige, die so gut mit dem Provinzleben in Einklang stand. Jeder ergriff Partei für den Abbé gegen die alte Jungfer.

»Aber hören Sie«, sagte Madame de Listomère zu ihm, »sehen Sie denn nicht klar und deutlich, daß der Abbé Troubert Ihre Wohnung will?«

Hier wäre der Historiker berechtigt, das Porträt jener Dame zu skizzieren; aber er hat gemeint, daß sogar diejenigen, denen Sternes System der Kognomologie[18] unbekannt ist, die drei Worte: Madame de Listomère nicht aussprechen können, ohne sie sich nobel und würdig vorzustellen, als eine Dame, die die Härten der Frömmigkeit durch die alte Eleganz der monarchischen, klassischen Sitten, durch höfliche Umgangsformen mildert; gütig, aber ein bißchen steif; leicht näselnd; sie erlaubt sich die Lektüre der ›Nouvelle Héloïse‹[19] und den Besuch des Theaters und trägt noch keinen Kopfputz.

»Es kommt nicht in Frage, daß der Abbé Birotteau diesem alten Reibeisen nachgibt!« rief Monsieur de Listomère, ein Leutnant zur See, der seinen Urlaub bei seiner Tante verlebte. »Wenn der Abbé beherzt ist und sich meiner Auffassung anschließen will, hat er bald seinen Frieden wiedergewonnen.«

Kurzum, jeder machte sich daran, die Handlungsweise der Gamard mit dem den Provinzmenschen eigenen Scharfsinn zu analysieren; man kann ihnen das Talent nicht absprechen, die geheimsten Motive menschlicher Handlungen bloßzulegen.

»Sie sehen die Dinge falsch«, sagte ein alter Gutsbesitzer, der sich in der Gegend auskannte. »Dahinter steckt irgend etwas Bedenkliches, über das ich mir noch nicht ganz klar bin. Der Abbé Troubert ist zu verschlagen, als daß er so schnell durchschaut werden könnte. Unser lieber Birotteau steht erst am Anfang seiner Nöte. Vor allem: wird er in Ruhe gelassen werden, auch wenn er seine Wohnung an Troubert abtritt? Das bezweifle ich. – Wenn Caron hergekommen ist und Ihnen gesagt hat«, wandte er sich an den Priester, der wie aus den Wolken gefallen war, »Sie hätten die Absicht, von Mademoiselle Gamard wegzuziehen, so bedeutet das, daß Mademoiselle Gamard beabsichtigt, *Sie* an die Luft zu setzen ... Also: Sie müssen ausziehen, ob Sie wollen oder nicht. Diese Art Leute geht nie Wagnisse ein, sie spielen nur, wenn sie die Trümpfe in der Hand haben.«

Jener alte Edelmann, er hieß Monsieur de Bourbonne, verkörperte die Anschauungen der Provinz genauso vollkommen, wie Voltaire den Geist seiner Epoche verkörpert hat. Er war ein trockener, hagerer alter Herr und bezeigte in der Art, wie er sich kleidete, die ganze Gleichgültigkeit eines Gutsherrn, dessen Grundbesitz im Département hoch bewertet wird. Sein von der Sonne der Touraine gegerbtes Gesicht war weniger geistvoll als gewitzt. Er war es gewohnt, seine Worte zu wägen, seine Handlungen genau zu überlegen; unter einer täuschenden, schlichten Harmlosigkeit verbarg er ein tiefes Mißtrauen. Daher reichte die flüchtigste Beobachtung hin, um einem bewußt zu machen, daß er, wie ein normannischer Bauer, bei allen Geschäften den Vorteil auf seiner Seite hatte. Er war überaus beschlagen in der Önologie[20], der Lieblingswissenschaft der Tourangeaux[21]. Er hatte sich darauf verstanden, die Wiesen eines seiner Güter auf Kosten des Schwemmlandes der Loire abzurunden, ohne daß es dabei zu einem Prozeß mit dem Staat gekommen wäre. Dieser gelungene Streich hatte ihn in den Ruf eines begabten Mannes gebracht. Wenn man, bezaubert durch die Unterhaltungsgabe Monsieur de Bourbonnes, irgendeinen Tourangeau um biographische Angaben gebeten hätte, so würde die sprichwörtlich kurze Antwort aller dieser Neidhämmel, und er hatte deren viele, gelautet haben: »Ach, das ist ein alter Schlaumeier!« In der Touraine wie in den meisten Provinzen steht hinter allem, was gesagt wird, der Neid.

Die Bemerkung Monsieur de Bourbonnes zeitigte für eine Weile ein Schweigen, während dessen diejenigen, aus denen dieser kleine Ausschuß sich zusammensetzte, sich die Sache zu überlegen schienen. Inzwischen wurde Mademoiselle Salomon de Villenoix gemeldet. Sie war in dem Verlangen aus Tours gekommen, sich Birotteau nützlich zu erweisen, und die Nachrichten, die sie mitbrachte, gaben der ganzen Angelegenheit ein anderes Aussehen. Bei ihrem Kommen hatte jeder, bis auf den Gutsbesitzer, Birotteau geraten, unter dem Schutz der aristokratischen Gesellschaft, die sich seiner annehmen würde, gegen Troubert und die Gamard ins Feld zu ziehen.

»Der Generalvikar, dem die Bearbeitung der Personalfragen untersteht«, sagte Mademoiselle Salomon, »ist erkrankt, und der Erzbischof hat an seine Stelle den Abbé Troubert gesetzt. Jetzt hängt die Ernennung zum Domherrn also ganz und gar von ihm ab. Nun aber hat gestern bei Mademoiselle de La Blottière der Abbé Poirel von den Unannehmlichkeiten gesprochen, die der Abbé Birotteau Mademoiselle Gamard bereitet habe; es schien, als wolle er die Ungnade rechtfertigen, die unseren guten Abbé jetzt treffen wird: ›Der Abbé Birotteau ist ein Mann, dem der Abbé Chapeloud bitter notwendig gewesen ist‹, hat er gesagt, ›und seit dem Tod dieses tugendhaften Domherrn hat er bewiesen, daß . . .‹ Dann kamen Unterstellungen und Verleumdungen. Verstehen Sie?«

»Troubert wird Generalvikar«, sagte feierlich Monsieur de Bourbonne.

»Na also!« rief Madame de Listomère und blickte Birotteau an. »Was ist Ihnen lieber: Domherr zu werden oder bei Mademoiselle Gamard wohnen zu bleiben?«

»Domherr zu werden!« wurde einstimmig gerufen.

»Gut!« fuhr Madame de Listomère fort, »dann müssen wir den Abbé Troubert und Mademoiselle Gamard das Spiel gewinnen lassen. Haben die beiden Ihnen durch Carons Besuch nicht indirekt zu verstehen gegeben, daß Sie, wenn Sie in den Umzug einwilligen, Domherr werden? Eine Hand wäscht die andere!«

Alle begeisterten sich an der Klugheit und dem Witterungsvermögen der Madame de Listomère, ausgenommen ihren Neffen, den Baron de Listomère, der parodierend zu Monsieur de Bourbonne sagte: »Ich hätte gern ein Seegefecht zwischen der Fregatte ›Gamard‹ und der Korvette ›Birotteau‹ erlebt.«

Doch zum Unglück des Vikars waren die Kräfte zwischen den Weltleuten und der alten Jungfer, die von Troubert unterstützt wurde, ungleich verteilt. Bald kam der Augenblick, da der Kampf sich deutlicher abzeichnen, da er schwerer werden, da er ungeheure Dimensionen annehmen mußte. Auf den Rat der Madame de Listomère und der Mehrzahl ihrer Anhänger hin, die sich für diese in die Leere ihres Provinzlebens hineingeplatzte Intrige zu ereifern begannen, wurde ein Diener zu Monsieur Caron geschickt. Der Sachwalter kam mit bemerkenswerter Schnelligkeit; sie erschreckte nur Monsieur de Bourbonne.

»Wir müssen jede Entscheidung hinausschieben, bis wir genauer informiert sind«, war die Ansicht dieses Fabius[22] im Schlafrock, dem tiefes Nachdenken die raffinierte Kombination auf dem Schachbrett von Tours enthüllt hatte.

Er wollte Birotteau über das Gefährliche seiner Lage aufklären. Die Weisheit des ›alten Schlaumeiers‹ war jedoch bei der augenblicklichen leidenschaftlichen Erregung zu nichts nütze; er fand nur laues Gehör. Die Besprechung zwischen dem Advokaten und Birotteau dauerte nicht lange. Der Vikar kam völlig verstört wieder herein und sagte: »Er verlangt von mir eine schriftliche Bestätigung des Verzichts auf mein Einstandsrecht.«

»Was ist denn das für ein schreckliches Wort?« fragte der Marineleutnant.

»Was soll das heißen?« rief Madame de Listomère.

»Es bedeutet ganz einfach, daß der Abbé erklären soll, er wolle das Haus der Mademoiselle Gamard verlassen«, antwortete Monsieur de Bourbonne und nahm eine Prise.

»Weiter nichts? Dann unterschreiben Sie getrost!« sagte Madame de Listomère und sah Birotteau an. »Wenn Sie ernstlich entschlossen sind, auszuziehen, dann ist nichts dagegen einzuwenden, daß Sie Ihren Willen schriftlich bekunden.«

Birotteaus Wille!

»Ganz recht«, sagte Monsieur de Bourbonne und schloß seine Tabaksdose, mit einer trockenen Geste, deren Bedeutung sich unmöglich wiedergeben läßt, da sie Bände sprach. – »Aber es ist stets gefährlich, etwas zu unterschreiben«, fügte er hinzu und stellte die Tabaksdose mit einer Miene auf den Kaminsims, bei der der Vikar es mit der Angst bekam.

Birotteau war durch den Umsturz aller seiner Vorstellungen, die Schnelligkeit der Ereignisse, die über ihn, den Wehrlosen, hereinbrachen, durch die Leichtfertigkeit, mit der seine Freunde Dinge abtaten, die ihm in seinem einsamen Leben die liebsten gewesen waren, so verstört, daß er reglos dastand, wie auf dem Mond ausgesetzt, keines Gedankens fähig, aber zuhörend und bemüht, den Sinn rasch hingesprochener Worte zu erfassen, die alle hervorsprudelten. Er nahm Carons Schriftstück und las es, als gelte seine Aufmerksamkeit einzig dem Pasquill des Advokaten; aber das war nur ein mechanisches Tun. Und dann unterzeichnete er das Schriftstück, durch das er anerkannte, daß er aus freien Stücken darauf verzichtete, weiterhin bei Mademoiselle Gamard zu wohnen und von ihr entsprechend den zwischen ihnen beiden getroffenen Abmachungen verpflegt zu werden. Als der Vikar damit fertig war, seine Unterschrift darunter zu setzen, nahm Caron das Dokument an sich und fragte ihn, wohin seine Klientin die ihm gehörenden Sachen schaffen lassen solle. Birotteau gab das Haus der Madame de Listomère an. Durch ein Nicken willigte die Dame ein, den Abbé für ein paar Tage bei sich aufzunehmen; sie zweifelte ja nicht daran, daß er bald zum Domherrn ernannt werden würde. Der alte Gutsbesitzer wollte sich die Verzichterklärung ansehen, und Caron reichte sie ihm.

»So, so!« sagte er zu dem Vikar, als er sie gelesen hatte, »es bestehen also zwischen Mademoiselle Gamard und Ihnen schriftliche Abmachungen? Wo sind sie? Welche Bedingungen sind darin festgelegt worden?«

»Der Kontrakt liegt bei mir daheim«, antwortere Birotteau.

»Kennen Sie den Wortlaut?« fragte der Gutsbesitzer den Advokaten.

»Nein«, sagte Caron und streckte die Hand aus, um das verhängnisvolle Schriftstück wieder zu sich zu nehmen.

»Siehe da«, dachte der alte Gutsbesitzer, »du, mein lieber Advokat, weißt natürlich, was es mit diesem Dokument auf sich hat, aber du wirst nicht dafür bezahlt, daß du es uns sagst.«

Und Monsieur de Bourbonne händigte die Verzichterklärung dem Advokaten ein.

»Und wo soll ich alle meine Möbel unterstellen?« rief Birotteau. »Und meine Bücher, meinen schönen Bibliotheksschrank, meine schönen Bilder, meinen roten Salon, kurz und gut: mein gesamtes Mobilar?«

Und die Verzweiflung des armen Mannes, der sozusagen aus seinem Nährboden gerissen worden war, hatte etwas so Naives; die Reinheit seiner Lebensführung, seine Unkenntnis der Dinge dieser Welt sprachen so unmißverständlich daraus, daß Madame de Listomère und Mademoiselle Salomon, um ihn zu trösten, in den Ton von Müttern verfielen, die ihren Kindern ein Spielzeug versprechen, und zu ihm sagten: »Sie werden sich doch dieser Albernheiten wegen nicht etwa Sorgen machen? Wir werden schon ein Haus für Sie ausfindig machen, das nicht so kalt, nicht so dunkel wie das der Mademoiselle Gamard ist. Wenn sich keine Unterkunft findet, die Ihnen behagt, dann nimmt eine von uns sie als zahlenden Gast auf. Kommen Sie, jetzt wollen wir Tricktrack spielen. Morgen besuchen Sie den Abbé Troubert und bitten ihn um seine Fürsprache, und dann werden Sie schon sehen, wie gut er Sie aufnimmt!«

Schwache Menschen beruhigen sich ebenso schnell, wie sie sich ins Bockshorn jagen lassen. Der arme Birotteau ließ sich also durch die Aussicht blenden, bei Madame de Listomère zu wohnen, und vergaß das für alle Zeit erfolgte Zunichtewerden des Glücks, das er so lange begehrt, das er auf so köstliche Weise genossen hatte. Abends jedoch, vor dem Einschlafen, zermarterte er sich mit dem Schmerz eines Menschen, für den das Durcheinander eines Umzugs und neue Lebensgewohnheiten einen Weltuntergang bedeuten, den Kopf beim Grübeln, wo er für seinen Bücherschrank einen ebenso geeigneten Platz finden könne, wie der im Saal es war. Bei dem Gedanken, daß seine Bücher obdachlos sein, seine Möbel von Ort und Stelle gerückt werden und sein ganzer Besitz durcheinandergeraten könnten, fragte er sich tausendmal, warum das erste im Haus der Mademoiselle Gamard verbrachte Jahr so angenehm und das zweite so grausig gewesen sei. Und stets kam sein Abenteuer ihm wie ein grundloser Brunnen vor, in den sein Verstand gefallen war. Die Domherrnwürde dünkte ihn jetzt nicht mehr eine zulängliche Entschädigung für soviel Unglück, und er verglich sein Leben mit einem Strumpf, bei dem eine einzige gelöste Masche das ganze Gewebe in Fetzen gehen ließ. Zwar war ihm Mademoiselle Salomon geblieben. Aber nun er seine alten Illusionen eingebüßt hatte, wagte der arme Priester nicht mehr, an eine junge Freundschaft zu glauben.

In der ›città dolente‹[23] der alten Jungfern gibt es, zumal in Frankreich, viele, deren Leben ein alle Tage dargebrachtes nobles Opfer um nobler Gefühle willen ist. Die einen bleiben stolz einem Herzen treu, das der Tod ihnen allzu rasch geraubt hat: sie sind Märtyrerinnen der Liebe und finden das Geheimnis, ein weibliches Wesen zu sein, durch die Seele. Andere unterwerfen sich dem Familienstolz, der zu unserer Schmach von Tag zu Tag schwächer wird, und opfern sich für das Glück eines Bruders oder für verwaiste Neffen: sie werden zu Müttern und bleiben Jungfrauen. Alte Jungfrauen dieser Art erreichen den höchsten Grad des Heroismus ihres Geschlechts dadurch, daß sie alle weiblichen Empfindungen dem Kult des Unglücks opfern. Sie idealisieren die Gestalt der Frau, indem sie auf die Belohnungen verzichten, die ihr Los ihnen spendet, und einzig dessen Leiden auf sich nehmen. Es umgibt sie dann der Glanz ihrer Aufopferung, und die Männer neigen ehrfurchtsvoll das Haupt vor ihren welken Zügen. Mademoiselle de Sombreuil[24] ist weder Frau noch Mädchen gewesen; sie war und wird stets eine Mensch gewordene

Dichtung sein. Mademoiselle Salomon gehörte ebenfalls zu diesen heroischen Geschöpfen. Im religiösen Sinne war ihr Opfer erhaben, da es ruhmlos bleiben sollte, nachdem es Tag für Tag nur Leid gewesen war. Als sie jung und schön gewesen war, war sie geliebt worden und hatte geliebt; aber ihr Verlobter war wahnsinnig geworden. Fünf Jahre lang hatte sie sich mit der Tapferkeit der Liebe dem rein äußerlichen Wohlsein dieses Unglücklichen geweiht; sie hatte sich so in seine Wahnvorstellungen eingelebt, daß sie ihn gar nicht mehr für irrsinnig gehalten hatte. Sie war übrigens eine Dame von schlichten Umgangsformen und ungezwungen in ihrer Redeweise; ihrem blassen Gesicht fehlte es trotz der Regelmäßigkeit der Züge nicht an Ausdruck. Sie sprach niemals über das, was ihr im Leben widerfahren war. Nur manchmal verriet ein jähes Erbeben, das ihr widerfuhr, wenn sie von einem furchtbaren oder traurigen Abenteuer erzählen hörte, die schönen Eigenschaften, die großes Leid zur Entfaltung bringt. Nach Tours war sie übergesiedelt, als sie ihren Lebensgefährten verloren hatte. Sie konnte dort nicht nach ihrem wahren Wert eingestuft werden; sie galt als eine ›nette Person‹. Sie tat viel Gutes und nahm sich, aus Gefallen daran, der Schwachen an. Deswegen hatte der arme Vikar ihr natürlich tiefe Anteilnahme eingeflößt.

Mademoiselle de Villenoix, die am Vormittag in die Stadt fuhr, nahm Birotteau mit, setzte ihn bei der Kathedrale ab und ließ ihn sich zum Cloître auf den Weg machen, wohin zu gelangen es ihn drängte, um wenigstens die Domherrnwürde aus dem Schiffbruch zu retten und den Abtransport seiner Möbel zu überwachen. Er läutete, nicht ohne heftiges Herzklopfen zu verspüren, an der Tür des Hauses, in das er seit vierzehn Jahren zu kommen gewohnt war, wo er gewohnt hatte und aus dem er nun für alle Zeit verbannt werden sollte, nachdem er davon geträumt hatte, dort in Frieden zu sterben wie sein Freund Chapeloud. Beim Erblicken des Vikars schien Marianne überrascht. Er sagte ihr, er habe mit dem Abbé Troubert zu sprechen, und wandte sich dem Erdgeschoß zu, wo der Domherr wohnte; aber Marianne rief:

»Da wohnt der Abbé Troubert nicht mehr, Herr Vikar, er wohnt in Ihrer alten Wohnung.«

Diese Worte erschütterten den Vikar heftig: endlich wurde er sich über Trouberts Charakter klar, und über die Tiefe einer so langsam berechneten Rache, nun er sah, daß Troubert sich in Chapelouds Bibliothek häuslich niedergelassen hatte, in Chapelouds schönem gotischen Sessel saß, wohl in Chapelouds Bett schlief, sich der Möbel Chapelouds erfreute, sich in Chapelouds Herzen eingenistet, Chapelouds Testament annulliert und also den Freund Chapelouds enterbt hatte, Chapelouds, der ihn so lange Zeit bei Mademoiselle Gamard eingepfercht, der seine Beförderung verhindert und ihm die Salons von Tours versperrt hatte.

Durch welches Zauberkunststück hatte diese Wandlung sich vollzogen? Gehörte dies alles denn nicht mehr Birotteau? Freilich, wenn der arme Vikar die sardonische Miene sah, mit der Troubert den Bücherschrank betrachtete, meinte er, der künftige Generalvikar sei überzeugt davon, für immer die Hinterlassenschaft derer zu besitzen, die er so grausam gehaßt hatte, Chapeloud als einen Feind und Birotteau, weil sich in diesem noch etwas von Chapeloud wiederfand. Bei diesem Anblick stiegen im Herzen des biederen Abbés tausend Gedanken auf und umhüllten ihn mit einer Art Traumbefangenheit. Reglos und wie im Bann der Augen Trouberts, der ihn starr ansah, blieb er stehen.

»Ich glaube nicht, Monsieur«, sagte Birotteau endlich, »daß Sie mich der Dinge berauben wollen, die mir gehören. Wenn auch Mademoiselle Gamard es vielleicht eilig gehabt hat, Sie besser unterzubringen, so muß sie mir doch gerechtermaßen Zeit zum Feststellen meines Bücherbestands und zum Fortschaffen meiner Möbel zugestehen.«

»Monsieur«, sagte der Abbé Troubert kühl, ohne daß sich in seinem Gesicht das leiseste Merkmal einer Erregung zeigte, »Mademoiselle Gamard hat mich gestern davon unterrichtet, Sie seien ausgezogen; der Grund dafür ist mir unbekannt. Wenn Sie mich untergebracht hat, so geschah das aus einer Zwangslage heraus. Der Herr Abbé Poirel hat meine Wohnung übernommen. Ich weiß nicht, ob die Dinge, die sich in dieser Wohnung befinden, Mademoiselle gehören oder nicht; wenn sie indessen Ihnen gehören, so kennen Sie ja ihren guten Glauben: das Heiligmäßige ihres Lebenswandels ist Bürgschaft für ihre Redlichkeit. Was mich betrifft, so ist Ihnen bekannt, wie gering meine Ansprüche sind. Fünfzehn Jahre lang habe ich in einem kahlen Zimmer geschlafen, ohne der Feuchtigkeit zu achten, die nach und nach den Todeskeim in mich gepflanzt hat. Wenn Sie jedoch abermals diese Wohnung beziehen möchten, trete ich sie Ihnen gern ab.«

Als Birotteau diese furchtbaren Worte hörte, vergaß er die Frage nach der Domherrnwürde und stieg mit der Behendigkeit eines jungen Mannes hinab, um Mademoiselle Gamard zu suchen; er begegnete ihr am Fuß der Treppe auf dem breiten, mit Fliesen belegten Absatz, der die beiden Flügel des Hauses verband.

»Mademoiselle«, sagte er mit einer Verbeugung, ohne das bitter spöttische Lächeln ihrer Lippen noch das ungewöhnliche Aufflammen ihrer Augen zu beachten, das ihnen die Helligkeit von Tigeraugen verlieh, »es ist mir unerklärlich, daß Sie nicht gewartet haben, bis ich meine Möbel fortgeschafft habe, ehe Sie ...«

»Was?« unterbrach sie ihn. »Sind Ihre sämtlichen Sachen nicht etwa bei Madame de Listomère abgegeben worden?«

»Ja, und meine Möbel?«

»Haben Sie denn Ihren Mietvertrag nicht gelesen?« fragte die alte Jungfer in einem Tonfall, der in Notenschrift hätte notiert werden müssen, um verständlich zu machen, welche Nuancen der Haß der Aussprache jedes Wortes zu leihen vermag.

Und Mademoiselle Gamard schien zu wachsen, und ihre Augen funkelten noch mehr, und ihr Gesicht blühte auf, und ihre ganze Gestalt erzitterte lustvoll. Der Abbé Troubert machte ein Fenster auf, um besser in einem Folioband lesen zu können. Birotteau stand da wie vom Blitz getroffen. Mademoiselle Gamard schrie ihm mit einer Stimme, die hell war wie der Klang einer Trompete, die folgenden Sätze in die Ohren: »Haben wir nicht etwa abgemacht, daß in dem Fall, daß Sie von mir wegziehen, Ihr Mobiliar mir gehört, um mich für den Unterschied zu entschädigen, der zwischen der Höhe Ihres Pensionspreises und dem des ehrwürdigen Abbé Chapeloud bestand? Da nun aber der Herr Abbé Poirel zum Domherrn ernannt worden ist ...«

Als Birotteau diese letzten Worte vernahm, verneigte er sich leicht, als wenn er sich von der alten Jungfer verabschieden wollte; dann schritt er hastig von dannen. Er fürchtete, wenn er länger dabliebe, in Ohnmacht zu fallen und dadurch so erbarmungslosen Feinden einen noch größeren Triumph zu verschaffen. Er ging wie ein Trunkener, er gelangte zum Haus der Madame de Listomère, wo er in einem Zimmer des Erdgeschoßes seine Wäsche, seine Kleidung und seine Papiere in einen Koffer verpackt vorfand. Beim Anblick dieser kläglichen Reste seiner Habe setzte sich der unglückliche Priester und verbarg das Gesicht in den Händen, damit die Dienerschaft nicht sah, daß er weinte. Der Abbé Poirel war Domherr! Und er, Birotteau, war ohne Obdach, ohne Vermögen und ohne Möbel! Glücklicherweise fuhr Mademoiselle Salomon gerade im Wagen vorbei. Der Pförtner des Hauses, der sich in die Verzweiflung des armen Mannes hineindenken konnte, gab dem Kutscher einen Wink. Dann wurden ein paar Worte zwischen dem Pförtner und der alten Jungfer gewechselt, und der halbtote Vikar ließ sich von seiner treuen Freundin wegfahren; er konnte nur unzusammenhängende Worte sprechen. Mademoiselle Salomon war über die gegenwärtige Zerrüttung eines ohnehin so schwachen Geistes erschrocken und brachte ihn sofort nach L'Alouette; sie schrieb diesen Beginn einer Geistesgestörtheit der Wirkung zu, die die Ernennung des Abbé Poirel wohl auf ihn gehabt hatte. Sie ahnte nichts von den Abmachungen des Priesters mit Mademoiselle Gamard, und zwar aus dem einleuchtenden Grunde, daß er selber deren Tragweite nicht ahnte. Und da es nicht selten ist, daß das Komische sich dem Tragischsten hinzugesellt, ließen Birotteaus Antworten Mademoiselle Salomon beinahe lächeln.

»Chapeloud hatte recht«, sagte er. »Er ist ein Unmensch!«

»Wer denn?« fragte sie.

»Chapeloud. Er hat mir alles genommen.«

»Also Poirel?«

»Nein, Troubert.«

So gelangte sie denn nach L'Alouette, wo die Freunde des Priesters ihn mit so eifriger Fürsorglichkeit betreuten, daß sie ihn gegen Abend beruhigt hatten und sich von ihm berichten lassen konnten, was am Vormittag geschehen war. Der phlegmatische Gutsbesitzer wollte natürlich den Mietvertrag sehen, von dem er seit gestern vermutete, daß er des Rätsels Lösung enthalte. Birotteau zog das fatale, auf Stempelpapier geschriebene

Dokument aus der Tasche und hielt es Monsieur de Bourbonne hin; er überlas es schnell und stieß nur zu bald auf folgende Klausel: »Da ein Unterschied von jährlich achthundert Francs besteht zwischen dem Pensionspreis, den der verstorbene Monsieur Chapeloud bezahlte, und demjenigen, für den besagte Sophie Gamard sich bereit erklärt, unter den obenstehend festgelegten Bedingungen besagten François Birotteau zu sich ins Haus zu nehmen; in Anbetracht des Umstandes, daß der unterzeichnete François Birotteau mehr als erforderlich anerkennt, er sei für mehrere Jahre außerstande, den Preis zu entrichten, der von den Pensionsgästen der Mademoiselle Gamard, und vorzüglich von dem Abbé Troubert, gezahlt wird; und schließlich unter Berücksichtigung verschiedener von der besagten, unterzeichneten Sophie Gamard geleisteter Vorschüsse verpflichtet besagter Birotteau sich, ihr zur Schadloshaltung das Mobiliar zu überlassen, in dessen Besitz er sich bei seinem Tode befinden wird, oder wenn er, aus welchem Grund auch immer und zu welchem Zeitpunkt, sich entschließen sollte, die von ihm gegenwärtig gemieteten Räumlichkeiten freiwillig zu verlassen und nicht mehr Nutzen aus den Vorteilen zu ziehen, wie sie in den Verpflichtungen festgelegt worden sind, die Mademoiselle Gamard ihm gegenüber übernommen hat, wie obenstehend ...«

»Donnerwetter, das ist doch die Höhe!« rief der Gutsbesitzer. »Und mit welchen Klauen besagte Sophie Gamard bewaffnet ist!«

Der arme Birotteau, der sich in seinem Kindergehirn keinerlei Grund hatte vorstellen können, der es vermocht hätte, ihn eines Tages zur Trennung von Mademoiselle Gamard zu bewegen, hatte sich fest darauf verlassen, er werde in ihrem Hause sterben. Er hatte diese Klausel völlig vergessen, ihre Einzelheiten waren seinerzeit nicht einmal durchgesprochen worden, als so gerecht war sie ihm erschienen, als er in seinem Verlangen, dem Hausstand der alten Jungfer anzugehören, sämtliche Pergamente unterzeichnet hätte, die ihm vorgelegt worden wären. Diese Harmlosigkeit war so achtenswert und das Verhalten der Mademoiselle Gamard so abscheulich; das Schicksal des armen Sechzigjährigen hatte etwas so Jammervolles und seine Schwäche machte ihn so rührend, daß Madame de Listomère im ersten Unwillen ausrief: »Ich bin die Ursache, daß Sie die Verzichterklärung unterschrieben, die Sie ruiniert hat; ich muß Ihnen das Glück zurückerstatten, dessen ich Sie beraubt habe.«

»Aber«, sagte der alte Edelmann, »der Vertrag stellt einen Dolus[25] dar, und das ist ein Prozeßgrund ...«

»Also gut, Birotteau muß Klage erheben. Verliert er in Tours, gewinnt er in Orléans. Verliert er in Orléans, gewinnt er in Paris«, rief der Baron de Listomère.

»Wenn er klagen will«, entgegnete Monsieur de Bourbonne kaltblütig, »dann rate ich ihm, zunächst sein Amt als Vikar niederzulegen.«

»Wir wollen eine Rechtsauskunft einholen«, antwortete Madame de Listomère, »und wenn geklagt werden muß, klagen wir. Aber die Sache ist zu beschämend für Mademoiselle Gamard und kann dem Abbé Troubert viel zu sehr schaden, als daß wir nicht zu irgendeinem Vergleich gelangen könnten.«

Nach reiflicher Beratung versprach jeder dem Abbé Birotteau seinen Beistand in dem Kampf, der sich jetzt zwischen ihm und allen Anhängern seiner Gegner anspinnen sollte. Ein sicheres Vorgefühl, ein unerklärlicher Provinzinstinkt zwang sie alle, die Namen Gamard und Troubert als einen einzigen zu betrachten. Aber niemand unter den damals bei Madame de Listomère Versammelten, abgesehen von dem alten Schlaumeier, hatte eine genaue Vorstellung von der Bedeutsamkeit eines solchen Kampfes. Monsieur de Bourbonne zog den armen Abbé in einen Winkel.

»Von den vierzehn Leuten, die hier sind«, sagte er leise zu ihm, »steht in vierzehn Tagen kein einziger mehr zu Ihnen. Wenn es dann notwendig ist, daß Sie jemanden zu Hilfe rufen, werde vielleicht nur ich kühn genug sein, das Wagnis Ihrer Verteidigung auf mich zu nehmen, weil ich mich in der Provinz, den Menschen, den Dingen und, was noch besser ist, den Interessen auskenne! Alle Ihre Freunde hingegen, wenngleich sie von den besten Absichten beseelt sind, führen Sie auf einen falschen Weg, von dem Sie nicht wieder abbiegen können. Hören Sie auf meinen Rat. Wenn Sie in Frieden leben wollen, dann legen Sie Ihr Amt als Vikar an Saint-Gatien nieder und kehren Tours den Rücken. Sagen Sie keinem Menschen, wohin Sie gehen, aber suchen Sie sich irgendeine entlegene Pfarrstelle, wo Troubert Ihnen nicht begegnen kann.«

»Tours verlassen?« rief der Vikar in unbeschreiblichem Entsetzen.

Das war für ihn eine Art Tod. Hieß es nicht sämtliche Wurzeln ausreißen, durch die er mit Welt und Leben verbunden war? Ehelose pflegen Gefühle durch Gewohnheiten zu ersetzen. Wenn sich dieser inneren Einstellung, die sie weniger leben als das Leben durchschreiten läßt, ein schwacher Charakter hinzugesellt, gewinnen die Außendinge eine erstaunliche Macht über sie. Daher schien Birotteau zu etwas Pflanzenhaftem geworden zu sein: wurde er verpflanzt, so bestand die Gefahr, daß er seinen harmlosen Fruchtbestand einbüßte. Gerade wie ein Baum, um zu leben, jederzeit dieselben Säfte vorfinden und seine Faserwurzeln stets im gleichen Erdreich haben muß, mußte Birotteau stets in Saint-Gatien umhertrotten, stets an der Stelle der Mailbahn, wo er gewohnt war spazierenzugehen, einhertrippeln, unaufhörlich durch die Straßen eilen, die er zu gehen pflegte, und die drei Salons aufsuchen, wo er jeden Abend Whist oder Tricktrack spielte.

»Ach so, daran habe ich nicht gedacht«, sagte Monsieur de Bourbonne und sah den Priester mit einem gewissen Mitleid an.

Nur zu bald wußte jedermann in der Stadt Tours, die Frau Baronin de Listomère, Witwe eines Generalleutnants, habe den Abbé Birotteau, Vikar an Saint-Gatien, in ihr Haus aufgenommen. Diese Tatsache, die viele Leute anzweifelten, löste unmißverständlich alle Fragen und machte die Parteien kenntlich, zumal als Mademoiselle Salomon es als erste wagte, von einem Dolus und einem Prozeß zu reden. Mit der subtilen Eitelkeit, wie sie bezeichnend für alte Jungfern ist, und dem fanatischen Persönlichkeitsdünkel, der sie charakterisiert, fühlte Mademoiselle Gamard sich durch den Entschluß der Madame de Listomère aufs tiefste beleidigt. Die Baronin war eine Dame hohen Ranges und besaß elegante Lebensgewohnheiten, und ihr guter Geschmack, ihre Höflichkeit und Frömmigkeit waren unbestreitbar. Dadurch, daß sie Birotteau bei sich aufgenommen, hatte sie auf das formellste sämtliche Behauptungen der Mademoiselle Gamard dementiert und deren Verhalten indirekt getadelt; sie schien die Beschwerden des Vikars gegen seine ehemalige Wirtin zu bestätigen.

Zum Verständnis dieser Geschichte ist es notwendig, an dieser Stelle darzulegen, was das Unterscheidungsvermögen und die Befähigung zur Analyse, womit alte Frauen sich Rechenschaft über die Handlungen anderer Leute geben, Mademoiselle Gamard an Kraft lieh und über welche Hilfsmittel ihre Partei verfügte. In Begleitung des schweigsamen Abbé Troubert verbrachte sie jetzt ihre Abende in vier oder fünf Häusern, in denen sich etwa ein Dutzend Menschen zusammenfand, die samt und sonders untereinander durch die gleichen Neigungen und die Ähnlichkeit ihrer Lage verbunden waren. Es waren ein paar alte Männer, die sich mit Liebschaften und dem Geschwätz ihrer Dienstmädchen befaßten, fünf oder sechs alte Jungfern, die ihren lieben, langen Tag damit hinbrachten, die Worte ihrer Nachbarn und der Leute, die gesellschaftlich über oder unter ihnen standen, durchzuhecheln und argwöhnisch deren Schritte zu belauern, und schließlich mehrere bejahrte Frauen, die sich ausschließlich damit befaßten, üble Nachreden zu destillieren, ein genaues Register aller Vermögen zu führen oder ein Auge auf das zu haben, was die anderen taten: sie mutmaßten Eheschließungen und mißbilligten das Verhalten ihrer Freundinnen mit genauso bitteren Worten wie das ihrer Feindinnen. Diese Menschen, die sämtlich hier und dort in der Stadt wohnten, so daß sie darin etwas wie die Kapillargefäße einer Pflanze darstellten, sogen mit dem Durst eines Blattes nach Tau die Neuigkeiten, die Geheimnisse jedes Haushalts auf, pumpten sie weiter und leiteten sie mechanisch dem Abbé Troubert zu, wie die Blätter dem Stengel die Frische mitteilen, die sie absorbiert haben. So stellten diese braven Frömmler an jedem Abend der Woche in dem Verlangen nach Aufregungen, das sich in allen Individuen findet, eine genaue Bilanz der Lage der Stadt auf, und zwar mit einer Raffinesse, die des Rats der Zehn[26] würdig gewesen wäre; sie bildeten die bewaffnete Polizei des unfehlbaren Spionagesystems, das die Süchte entstehen lassen. Wenn sie dann die geheimen Gründe eines Geschehnisses ausfindig gemacht hatten, trieb ihre Eigenliebe sie dazu, sich etwas von der Weisheit ihres Synedriums[27] anzueignen, um für das Geschwätz innerhalb ihrer eigenen Kreise tonangebend zu sein. Diese müßige und geschäftige, unsichtbare und alles sehende, stumme und unaufhörlich redende Kongregation[28] besaß also einen Einfluß, von dem, ihrer Bedeutungslosigkeit wegen, wenig Schaden ausgehen konnte, die indessen furchtbar wurde, wenn sie von einem allgemeinen, höheren Interesse befeuert wurde. Nun aber war es lange her, seit in ihrer Daseinssphäre sich ein so ernstes und für jedes der Mitglieder weittragend wichtiges Geschehnis ereignet hatte, wie es der Kampf Birotteaus, den Madame de Listomère unterstützte, gegen den Abbé Troubert und Mademoiselle Gamard war. Im Grunde wurden nämlich die drei Salons der Damen de Listomère, Merlin de La Blottière und de Villenoix von denen, in denen Mademoiselle Gamard verkehrte, als feindliche Lager angesehen; den Hintergrund jenes Streites bildete der Korpsgeist mit allen seinen Eitelkeiten. Es war der Kampf des römischen Volkes mit dem Senat in einer Kleinstadt oder ein Sturm im Wasserglas, wie Montesquieu[29] bei einer Erwähnung der Republik San Marino gesagt hat, deren öffentliche Ämter immer nur einen Tag lang ausgeübt wurden, so leicht war es dort der Tyrannei, die Macht zu ergreifen. Aber dennoch entwickelte jener Sturm in den Seelen eine solche Fülle von Leidenschaften, daß sie hingereicht hätte, die größten gesellschaftlichen Interessen zu leiten. Ist es nicht ein Irrtum, zu glauben, daß die Zeit nur für Herzen im Bann ausgedehnter Pläne, die das Leben verwirren und aufbrodeln lassen, schnell hingehe? Die Stunden des Abbés Troubert flossen ebenfalls lebhaft bewegt dahin, sie flohen, beladen mit Gedanken, die ebenso sorgenschwer waren, ebenso tief durchfurcht von Verzweiflungen und Hoffnungen, wie es die grausamen Stunden des Ehrgeizigen, des Spielers und des Liebenden zu sein vermögen. Gott allein weiß um das Geheimnis der Energie, die uns die Triumphe kosten, die wir über den Menschen, die Dinge und uns selber davontragen. Wir wissen zwar nicht immer, wohin wir gehen, aber die Anstrengungen der Wanderung kennen wir nur zu gut. Die Sache ist nur die: wenn es dem Historiker erlaubt ist, sich von dem Drama, das er erzählt, abzuwenden, um für eine Weile die Rolle des Kritikers zu übernehmen, wenn er einlädt, einen Blick auf die Existenzen jener alten Jungfern und der beiden Abbés zu werfen, um darin die Ursache für das Unglück zu suchen, das sie in ihrem Kern verdarb, dann wird vielleicht bewiesen, wie notwendig es dem Menschen ist, gewisse Leidenschaften zu erdulden, um in sich die Qualitäten zu entwickeln, die seinem Leben dadurch Adel leihen, daß sie seinen Kreis erweitern, den allen Geschöpfen angeborenen Egoismus eindämmen.

Madame de Listomère kehrte in die Stadt zurück, ohne zu wissen, daß seit fünf oder sechs Tagen mehrere ihrer Freunde genötigt gewesen waren, eine über sie im Umlauf befindliche Meinung zurückzuweisen, über die sie gelacht hätte, wenn sie ihr bekannt gewesen wäre: es wurde ihr unterstellt, daß ihre Liebe zu ihrem Neffen nahezu kriminelle Beweggründe habe. Sie brachte den Abbé Birotteau zu ihrem Advokaten, der den Prozeß für keine leichte Sache hielt. Die Freunde des Vikars wurden teils von den Empfindungen befeuert, die eine gute, gerechte Sache auslöst, teils verhielten sie sich träge, da dieser Prozeß sie persönlich nichts anging; sie hatten die Klageerhebung bis zu dem Tage verschoben, da sie wieder in Tours sein würden. Die Freunde der Mademoiselle Gamard hatten somit einen Vorsprung gewonnen und wußten den Fall in einem für Birotteau wenig günstigen Licht darzustellen. Deswegen setzte der Anwalt, dessen Klientel ausschließlich aus den Frommen der Stadt bestand, Madame de Listomère in nicht geringes Erstaunen, als er ihr riet, sich auf einen solchen Prozeß nicht einzulassen, und er beendete die Besprechung dadurch, daß er sagte, er würde den Fall nicht übernehmen, da nach dem Wortlaut des Mietvertrags Mademoiselle Gamard im Recht sei; betrachte man den Fall jedoch nach der Billigkeit, das heißt, jenseits alles Juristischen, so würde der Abbé Birotteau in den Augen des Gerichts und aller anständigen Leute als ein Mann dastehen, dem es an den Eigenschaften mangele, die man bislang an ihm angenommen habe, nämlich an Friedlichkeit, Versöhnungsgeist und Sanftmut; ferner habe Mademoiselle Gamard, von der man wisse, daß sie gütig sei und daß sich gut mit ihr auskommen lasse, sich Birotteau dadurch verpflichtet, daß sie ihm das notwendige Geld zur Bezahlung der Erbschaftssteuer im Zusammenhang mit Chapelouds Testament vorgestreckt habe, ohne von ihm eine Quittung zu verlangen; überdies stimme es schlecht zu Birotteaus Alter und

Charakter, daß er einen Vertrag unterzeichnet haben solle, ohne dessen Inhalt und Tragweite zu kennen; zudem sei er bereits nach zwei Jahren von Mademoiselle Gamard weggezogen, während sein Freund Chapeloud zwölf Jahre bei ihr gewohnt habe, und der Abbé Troubert gar fünfzehn; er müsse also nach einem vorgefaßten Plan gehandelt haben; strenge er einen Prozeß an, so würde das für einen Akt der Undankbarkeit gehalten werden, usw. Dann ließ der Advokat Birotteau nach der Treppe hin vorgehen, nahm Madame de Listomère beiseite, indem er sie zurückführte, und beschwor sie um ihrer Ruhe willen, sich nicht in diese Angelegenheit zu mischen.

Am Abend jedoch konnte der arme Abbé, der Qualen litt wie ein zum Tode Verurteilter in der Kerkerzelle zu Bicêtre, wenn er auf das Ergebnis seines Berufungsantrags wartet, nicht umhin, seinen Freunden mitzuteilen, was bei dem Anwaltsbesuch herausgekommen sei; das geschah, als vor dem Beginn des Kartenspiels sich vor dem Kamin der Madame de Listomère ein Kreis gebildet hatte.

»Außer dem Anwalt der Liberalen kenne ich in Tours keinen Rechtsverdreher, der diesen Prozeß ohne die Absicht übernähme, dafür zu sorgen, daß Sie ihn verlören«, rief Monsieur de Bourbonne, »und ich rate Ihnen davon ab, damit anzufangen.«

»Aber das ist doch eine Gemeinheit«, sagte der Marineleutnant. »Ich gehe mit dem Abbé zu diesem Anwalt.«

»Gehen Sie aber nur bei Nacht hin«, unterbrach ihn Monsieur de Bourbonne.

»Warum denn?«

»Ich habe gerade gehört, daß der Abbé Troubert an Stelle des vorgestern verstorbenen zum Generalvikar ernannt worden ist.«

»Ich pfeife auf den Abbé Troubert!«

Leider übersah der Baron de Listomère, ein Herr von sechsunddreißig Jahren, den Wink, den Monsieur de Bourbonne ihm gab, weil er ihm empfehlen wollte, seine Worte zu wägen; der Gutsbesitzer hatte auf einen Präfekturrat gedeutet, der mit Troubert befreundet war. Also fügte der Marineleutnant noch hinzu: »Wenn der Herr Abbé Troubert ein Schurke ist ...«

»Ach was!« unterbrach ihn Monsieur de Bourbonne. »Warum

den Abbé Troubert in eine Sache hineinziehen, mit der er nicht das mindeste zu tun hat . . .?«

»Aber«, entgegnete der Baron, »benutzt er etwa nicht die Möbel des Abbés Birotteau? Mir fällt ein, daß ich Chapeloud einmal besucht und bei ihm zwei wertvolle Gemälde gesehen habe. Wir wollen annehmen, sie seien zehntausend Francs wert . . . Glauben Sie etwa, Monsieur Birotteau habe beabsichtigt, für die zwei Jahre, die er bei dieser Gamard gewohnt hat, zehntausend Francs zu zahlen, wenn bereits die Bibliothek und das Mobiliar etwa die gleiche Summe wert sind?«

Der Abbé Birotteau machte große Augen, als er vernahm, er habe ein so riesiges Kapital besessen.

Und der Baron fuhr hitzig fort: »Zum Donnerwetter, Monsieur Salmon, der frühere Pariser Museumsexperte, ist hier bei seiner Schwiegermutter zu Besuch. Noch heute abend gehe ich mit dem Abbé Birotteau zu ihm und bitte ihn, die Bilder zu schätzen. Von dort aus gehe ich mit ihm zu dem Anwalt.«

Zwei Tage nach dieser Unterhaltung hatte der Prozeß an Gewichtigkeit gewonnen. Durch den Anwalt der Liberalen, der auch derjenige Birotteaus geworden war, geriet die Sache des Vikars in ein schiefes Licht. Die gegen die Regierung Eingestellten und die, die dafür bekannt waren, daß sie die Priester oder die Religion nicht mochten, zwei ganz verschiedene Dinge, die viele Leute verwechselten, griffen den Fall auf, und die ganze Stadt sprach davon. Der ehemalige Museumsexperte hatte die Madonna des Valentin und den Christus von Lebrun, zwei wunderbare Werke, auf elftausend Francs geschätzt. Was nun die Bibliothek und die gotischen Möbel betraf, so lieh ihnen die herrschende Vorliebe für solcherlei Dinge, die in Paris von Tag zu Tag zunahm, augenblicklich einen Wert von zwölftausend Francs. Kurzum, nach erfolgter Schätzung bewertete der Experte die gesamte Wohnungseinrichtung mit zehntausend Talern. Es war offensichtlich, daß Birotteau nicht beabsichtigt haben konnte, Mademoiselle Gamard diese ungeheure Summe für das bißchen Geld zu geben, das er ihr vielleicht für die Erbschaftssteuer und die an die Miterben auszuzahlenden Beträge schuldete; es bestand, juristisch gesprochen, Anlaß zu einer Neuformulierung des Mietvertrages, denn sonst hätte die alte Jungfer sich eines

Dolus schuldig gemacht. Der Anwalt der Liberalen leitete also den Prozeß damit ein, daß er gegen Mademoiselle Gamard eine Klageschrift aufsetzte. Obwohl dieser Schriftsatz im Ton sehr scharf war, war er, da er Urteile höherer Gerichte zitierte und Nachdruck durch Anführung einiger Gesetzesparagraphen erhielt, nichtsdestoweniger ein Meisterwerk juristischer Logik und setzte die alte Jungfer so offenbar ins Unrecht, daß boshafterweise durch die Opposition dreißig oder vierzig Abschriften in der Stadt verteilt wurden.

Ein paar Tage nach der Eröffnung der Feindseligkeiten zwischen der alten Jungfer und Birotteau erhielt Baron de Listomère, der hoffte, beim nächsten Beförderungstermin, der vor einiger Zeit vom Marineministerium angekündigt worden war, zum Korvettenkapitän befördert zu werden, einen Brief, in dem einer seiner Freunde ihm mitteilte, es werde in den Büros davon geredet, Listomère solle in der Liste der aktiven Offiziere gestrichen werden. Diese Nachricht überraschte ihn gewaltig, er reiste sofort nach Paris, besuchte den ersten Abendempfang des Ministers, der darüber recht erstaunt schien, aber in Gelächter ausbrach, als der Baron de Listomère ihm seine Befürchtungen mitgeteilt hatte. Ungeachtet der Worte des Ministers fragte der Baron am nächsten Tage im Marineministerium nach. Durch eine Indiskretion, wie sie gewisse höhere Angestellte um ihrer Freunde willen ziemlich häufig begehen, zeigte ihm ein Sekretär ein fix und fertiges Aktenstück, das durch die Erkrankung eines Direktors bislang dem Minister noch nicht vorgelegt worden war und das die fatale Nachricht bestätigte. Sogleich ging der Baron de Listomère zu einem seiner Onkel, der in seiner Eigenschaft als Abgeordneter den Minister ohne weiteres in der Kammer aufsuchen konnte, und bat ihn, Seine Exzellenz über deren Absichten auf den Zahn zu fühlen; es handele sich für ihn, Listomère, um den Verlust seiner Zukunft. Im Wagen seines Onkels wartete er, aufs höchste beängstigt, das Ende der Kammersitzung ab. Der Abgeordnete kam lange vor Schluß heraus, und auf dem Wege zu seinem Stadtpalais sagte er zu seinem Neffen: »Was, zum Satan, fällt dir ein, gegen die Priester loszuziehen? Der Minister hat mir als erstes gesagt, du habest dich in Tours an die Spitze der Liberalen gestellt! Du habest abscheuliche Anschauungen, du seist der Regierung nicht linientreu, usw. Seine Sätze waren so gewunden, als spreche er noch in der Kammer. Daraufhin habe ich ihn gefragt: ›Na, können wir uns nicht verständigen?‹ Schließlich ist Seine Exzellenz damit herausgerückt, du ständest dich schlecht mit dem Großalmosenier. Kurzum, ich habe meine Kollegen um Auskunft gebeten und erfahren, du habest dich höchst leichtfertig über einen gewissen Abbé Troubert geäußert, einen simplen Generalvikar, der indessen in der Provinz die wichtigste Persönlichkeit ist, da er die Kongregation repräsentiert. Ich habe mich beim Minister mit Leib und Seele für dich verbürgt. Mein Herr Neffe, wenn du in deiner Laufbahn weiterkommen willst, dann schaff dir keine Feindschaften in Priesterkreisen. Mach, daß du nach Tours kommst, und schließ Frieden mit diesem Satan von Generalvikar. Merk dir, daß Generalvikare Menschen sind, mit denen man es nie verderben darf. Zum Donnerwetter, in einer Zeit, da wir alle daran arbeiten, die Religion wiederherzustellen, ist es undiplomatisch von einem Marineleutnant, der Korvettenkapitän werden will, sich verächtlich über Priester zu äußern. Wenn du dich mit dem Abbé Troubert nicht verständigst, brauchst du nicht mehr auf mich zu rechnen: ich werde dich verleugnen. Der Minister der kirchlichen Angelegenheiten[30] hat mir gegenüber vorhin von diesem Mann als von einem künftigen Bischof gesprochen. Wenn Troubert gegen unsere Familie voreingenommen ist, könnte er beim nächsten Pairsschub meine Ernennung verhindern, verstanden?« Diese Worte klärten den Marineleutnant über Trouberts heimliche Beschäftigungen auf, von denen Birotteau naiv geäußert hatte: »Ich weiß nicht, was der nachts immer treibt.«

Die Stellung des Domherrn inmitten des weiblichen Senats, der auf so abgefeimte Weise den Polizeidienst der Provinz versah, und seine persönlichen Fähigkeiten hatten die Kongregation bestimmt, unter allen Geistlichen der Stadt gerade ihn zum unbekannten Prokonsul der Touraine zu erwählen. Der Erzbischof, der Kommandierende General, der Präfekt, Große und Kleine unterstanden seiner okkulten Herrschaft. Der Baron de Listomère hatte seinen Entschluß bald gefaßt.

»Ich will«, sagte er zu seinem Onkel, »keine zweite kirchliche Breitseite in mein ›lebendiges Werk‹[31] abbekommen.«

Drei Tage nach dieser diplomatischen Konferenz zwischen Onkel und Neffen enthüllte der Mariner, der sofort mit der Eilpost zurück nach Tours gefahren war, noch an seinem Ankunftsabend seiner Tante, in welcher Gefahr die schönsten Hoffnungen der Familie Listomère schwebten, wenn sie beide sich darauf versteiften, ›diesen Halbidioten von Birotteau‹ zu unterstützen. Der Baron hatte Monsieur de Bourbonne zu bleiben gebeten, als der alte Edelmann Hut und Stock nehmen wollte, um sich nach der Whistpartie zu verabschieden. Der helle Kopf des alten Schlaumeiers war unentbehrlich; er sollte die Klippen beleuchten, zwischen die die Listomères geraten waren, und der alte Schlaumeier hatte nur deshalb so frühzeitig nach Hut und Stock gegriffen, um sich zuflüstern zu lassen: »Bleiben Sie noch, wir haben miteinander zu reden.«

Die rasche Rückkehr des Barons, seine zufriedene Miene, die von dem Ernst abstach, den seine Züge in gewissen Augenblicken aufwiesen, hatten Monsieur de Bourbonne irgendwie angedeutet, daß der Leutnant bei seiner Kreuzfahrt gegen Gamard und Troubert eine Schlappe erlitten haben müsse. Er bezeigte keinerlei Überraschung, als er den Baron von der geheimen Macht des der Kongregation angehörenden Generalvikars berichten hörte.

»Ich hab's gewußt«. sagte er.

»Aber«, rief die Baronin, »warum haben Sie uns dann nichts davon gesagt?«

»Madame«, entgegnete er lebhaft, »vergessen Sie, daß ich den unsichtbaren Einfluß dieses Priesters erraten habe, dann nämlich werde auch ich vergessen, daß Sie gleichfalls darum wissen. Wenn wir das Geheimnis nicht bewahren, könnten wir als seine Komplicen gelten: wir würden gefürchtet und gehaßt. Tun Sie wie ich: stellen Sie sich dumm, aber geben Sie genau acht, wohin Sie den Fuß setzen. Ich habe Ihnen genug darüber gesagt, Sie haben mich nicht verstanden, und ich habe mich nicht kompromittieren wollen.«

»Wie sollen wir uns jetzt verhalten?« fragte der Baron.

Selbstverständlich mußte man sich von Birotteau abwenden; das war die erste stillschweigende Vereinbarung zwischen den drei Beratschlagenden.

»Zum Rückzug mit kriegerischen Ehren blasen war stets das

Meisterstück der fähigsten Generale«, antwortete Monsieur de Bourbonne. »Beugen Sie sich vor Troubert: wenn sein Haß weniger groß ist als seine Eitelkeit, gewinnen Sie sich an ihm einen Verbündeten; aber wenn Sie sich zu tief beugen, dann tritt er über Sie hinweg; denn:

›Vernichte alles rasch, das ist der Kirche Geist‹,

hat Boileau gesagt. Tun Sie, als schieden Sie aus dem aktiven Dienst aus, dann entschlüpfen Sie ihm, Baron. Schicken Sie den Vikar aus dem Hause, Madame, dann hat die Gamard gewonnenes Spiel. Fragen Sie Troubert beim Erzbischof, ob er Whist spielen könne, er wird Ihnen mit ›Ja‹ antworten. Bitten Sie ihn zu einer Partie in diesen Salon, in dem er so gern verkehren möchte; er wird bestimmt kommen. Sie sind eine Frau, Sie bringen es ohne weiteres fertig, diesen Priester für Ihre Interessen einzuspannen. Wenn der Baron erst Kapitän ist, sein Onkel Pair von Frankreich und Troubert Bischof, dann können Sie, wenn es Ihnen behagt, Birotteau zum Domherrn machen. Bis dahin beugen Sie sich; aber beugen Sie sich voller Anmut und drohend. Ihre Familie kann Troubert genausoviel Unterstützung zuteil werden lassen, wie er sie Ihnen geben wird; Sie werden sich mit ihm glänzend verstehen. Legen Sie übrigens das Lot nicht aus der Hand, Seemann!«

»Der arme Birotteau!« sagte die Baronin.

»Ach, sehen Sie zu, daß Sie ihn schnell herumkriegen«, entgegnete der Gutsherr, als er sich verabschiedete. »Wenn irgendein geschickter Liberaler sich dieses Hohlkopfs bemächtigte, könnte er Ihnen manchen Ärger bereiten. Natürlich würde das Gericht zu seinen Gunsten entscheiden, und Troubert hat sicher Angst vor dem Urteilsspruch. Noch kann er Ihnen verzeihen, daß Sie den Kampf angezettelt haben; nach einer Niederlage jedoch würde er unerbittlich sein. Ich habe gesprochen.«

Er ließ seine Tabaksdose zuklappen, zog seine Überschuhe an und ging.

Am anderen Morgen nach dem Frühstück blieb die Baronin mit dem Vikar allein und sagte ihm sichtlich verlegen: »Mein lieber Monsieur Birotteau, Sie werden das, worum ich Sie jetzt bitten möchte, recht ungerecht und recht inkonsequent finden;

aber erstens muß um Ihret- und unsertwillen Ihr Prozeß gegen Mademoiselle Gamard eingestellt werden, indem Sie auf Ihre Ansprüche verzichten, und zweitens kann ich Sie nicht in meinem Hause behalten.« Als der arme Priester diese Worte vernahm, erbleichte er. – »Ich bin«, fuhr sie fort, »die unschuldige Ursache Ihres Unglücks, und ich weiß, daß Sie ohne meinen Neffen den Prozeß niemals angestrengt hätten, der Ihnen und uns jetzt Sorgen macht. Bitte hören Sie einmal zu.«

Sie legte ihm kurz und bündig dar, welch riesige Ausmaße diese Angelegenheit habe, und setzte ihm ihre ernsten Folgen auseinander. Sie hatte während der Nacht eingehend nachgedacht und war dadurch allen möglichen Umständen aus Trouberts Vorleben auf die Spur gekommen: daher konnte sie jetzt, ohne sich zu irren, Birotteau das Netz zeigen, in das diese so geschickt angesponnene Rache ihn verstrickt hatte, ihm die hohen Fähigkeiten, die Macht seines Feindes enthüllen und ihm dessen Haß dadurch klarmachen, daß sie ihm die Ursache aufzeigte, daß sie ihm bewies, wie Troubert sich zwölf Jahre lang vor Chapeloud geduckt habe und wie er noch Chapeloud in dessen Freund vernichte und verfolge. Der unschuldige Birotteau faltete die Hände, als wolle er beten, und weinte vor Schmerz beim Gewahren einer menschlichen Niedrigkeit, die seine reine Seele niemals geargwöhnt hatte. Genauso erschrocken, als wenn er sich am Rand eines Abgrunds befunden hätte, lauschte er mit starren, feuchten Augen, aber ohne einen Gedanken zu äußern, den Worten seiner Wohltäterin, die ihm abschließend sagte: »Ich weiß, wie schlecht es ist, Sie im Stich zu lassen; aber, mein lieber Abbé, die Familienpflichten haben den Vorrang vor denen der Freundschaft. Weichen Sie, wie ich es tue, diesem Gewitter aus; dann will ich Ihnen alle meine Dankbarkeit beweisen. Ich lasse alle Äußerlichkeiten unerwähnt; die lassen Sie bitte meine Sorge sein. Um Ihr Dasein brauchen Sie sich keine trüben Gedanken zu machen. Durch Bourbonnes Mittlerschaft, der dabei als Deckmantel dient, werde ich alles tun, damit es Ihnen an nichts fehlt. Lieber Freund, ermächtigen Sie mich, Sie zu verraten. Ich bleibe Ihre Freundin, auch wenn ich mich den Regeln der Welt füge. Entscheiden Sie sich.«

Der arme, verdutzte Abbé rief: »Chapeloud hat also recht

gehabt, als er sagte, wenn Troubert ihn an den Füßen ins Grab schleifen könnte, so würde er es tun! Er schläft in Chapelouds Bett.«

»Wir dürfen nicht jammern«, sagte Madame de Listomère, »wir haben keine Zeit zu verlieren. Also!«

Birotteau war ein viel zu guter Mensch, als daß er in ernsten Krisen nicht dem unbedachten Opferwillen des ersten Augenblicks gehorcht hätte. Und überdies war sein Leben ja nur noch ein Sterben. Er warf seiner Gönnerin einen verzweifelten Blick zu, der ihr das Herz zerriß, und sagte: »Ich vertraue mich Ihnen an. Ich bin nur noch ein Stückchen Spreu auf der Straße.«

Das Wort ›Spreu‹ bedeutet im Dialekt der Touraine nichts anderes als einen Strohhalm. Aber es gibt hübsche, gelbe, blanke, glänzende Strohhalme, an denen die Kinder ihre Freude haben; aber ›Spreu‹ ist ein ausgeblichener, schmutziger, durch die Gossen gerollter, vom Wind weggewehter, von den Füßen der Vorübergehenden zertretener Strohhalm.

»Aber, Madame, das Porträt Chapelouds möchte ich Troubert nicht überlassen; es ist für mich gemalt worden, es gehört mir, setzen Sie durch, daß es mir zurückerstattet wird, auf alles übrige verzichte ich.«

»Na, schön«, sagte Madame de Listomère, »ich gehe zu Mademoiselle Gamard.« Diese Worte wurden in einem Tonfall gesprochen, aus dem die außerordentliche Anstrengung hervorging, die es die Baronin de Listomère kostete, sich so weit zu erniedrigen, daß sie dem Hochmut der alten Jungfer schmeichelte. – »Und«, fügte sie hinzu, »ich will versuchen, alles zu regeln. Zu hoffen wage ich es kaum. Gehen Sie zu Monsieur de Bourbonne, damit er Ihre Verzichterklärung in gute Form bringt; dann bringen Sie mir den korrekten Schriftsatz; vielleicht können wir mit Hilfe von Monseigneur dem Erzbischof uns alles vom Halse schaffen.«

Birotteau ging völlig verängstigt. Troubert hatte in seinen Augen die Ausmaße einer ägyptischen Pyramide angenommen. Die Hände dieses Mannes waren in Paris, und seine Ellbogen im Cloître bei Saint-Gatien.

»Er«, dachte er, »kann verhindern, daß der Marquis de Listomère Pair von Frankreich wird ...? Und vielleicht können wir mit Hilfe von Monseigneur dem Erzbischof uns alles vom Halse schaffen!«

Angesichts so weitreichender Verknüpfungen kam Birotteau sich vor wie eine Käsemade: und damit hatte er recht.

Die Nachricht von Birotteaus Auszug erregte um so mehr Aufsehen, als der Grund undurchsichtig blieb. Madame de Listomère sagte, sie habe, da ihr Neffe heiraten und aus dem Militärdienst ausscheiden wolle, zur Vergrößerung ihrer Wohnung die Zimmer des Vikars gebraucht. Von Birotteaus Verzicht auf den Prozeß wußte noch niemand etwas. So waren denn also die Weisungen Monsieur de Bourbonnes klugerweise befolgt worden. Kamen diese beiden Nachrichten dem Generalvikar zu Ohren, so mußten sie seinem Selbstgefühl schmeicheln; denn die Familie Listomère hatte zwar nicht kapituliert, war aber wenigstens neutral geblieben und hatte die dunkle Macht der Kongregation schweigend anerkannt: sie anerkennen, hieß das nicht, sich ihr unterwerfen? Aber der Prozeß blieb ganz und gar sub iudice[32]. Hieß das nicht gleichzeitig sich beugen und drohen?

Die Listomères hatten also in diesem Kampfe genau die gleiche Haltung eingenommen wie der Generalvikar: sie hielten sich heraus und konnten alles leiten. Aber da brach ein ernstes Ereignis herein und machte das Gelingen der von Monsieur de Bourbonne und den Listomères sorglich bedachten Pläne zur Beschwichtigung der Partei Gamard und Troubert noch schwieriger. Tags zuvor hatte Mademoiselle Gamard beim Heimweg von der Kathedrale sich erkältet und sich zu Bett gelegt; es hieß, sie sei schwer erkrankt. Die ganze Stadt hallte von Gejammer wider, dem Erzeugnis eines falschen Mitgefühls. Die feinfühlige Mademoiselle Gamard sei dem Skandal dieses Prozesses nicht gewachsen gewesen. Obwohl sie im Recht sei, müsse sie jetzt vor Kummer sterben. Birotteau habe seine Wohltäterin getötet... Das war im wesentlichen der Inhalt der Phrasen, die durch die Kapillargefäße des großen weiblichen Winkelkonzils verbreitet und von der Stadt Tours bereitwillig weitererzählt wurden.

Madame de Listomère erlitt die Schmach, zu der alten Jungfer gegangen zu sein, ohne die Frucht ihres Besuchs geerntet zu haben. Sie bat überaus höflich, den Herrn Generalvikar sprechen zu dürfen. Vielleicht fühlte Troubert sich geschmeichelt, daß er in

Chapelouds Bibliothek und in der Kaminecke, wo die beiden berühmten, ihm streitig gemachten Bilder hingen, eine Dame empfangen sollte, die ihn zu gering eingeschätzt hatte; er ließ die Baronin eine Weile warten, dann willigte er darein, ihr eine Audienz zu erteilen. Nie zuvor haben ein Höfling oder ein Diplomat bei der Besprechung ihrer besonderen Interessen oder beim Führen einer nationalen Unterhandlung mehr Geschicklichkeit, mehr Verstellung, mehr Hintergründigkeit angewandt als die Baronin und der Abbé, als sie beide ihren großen Auftritt hatten.

Wie der Kampfzeuge, der im Mittelalter den Kämpfer wappnete und ihn durch nützliche Ratschläge stärkte, ehe er in die Schranken trat, hatte der alte Schlaumeier zur Baronin gesagt: »Fallen Sie nicht aus der Rolle, Sie sind Mittlerin und nicht beteiligte Partei. Troubert ist ebenfalls Mittler. Wägen Sie Ihre Worte! Achten Sie genau auf jede Nuance im Stimmklang des Generalvikars. Wenn er sich das Kinn streichelt, haben Sie ihn herumgekriegt.«

Manche Zeichner haben sich den Spaß gemacht, in Karikaturen darzustellen, welcher Unterschied oftmals zwischen dem besteht, *was man sagt*, und dem, *was man denkt*. Um die ganze Bedeutung des Rededuells begreiflich zu machen, das hier zwischen dem Priester und der großen Dame ausgefochten wurde, ist es nötig, die Gedanken zu enthüllen, die sie beide mit dem Anschein nach bedeutungslosen Redensarten tarnten. Madame de Listomère begann damit, daß sie dem Bedauern Ausdruck gab, das ihr Birotteaus Prozeß verursachte; dann sprach sie von ihrem Wunsch, diese Angelegenheit zur Befriedigung beider Parteien zu beenden.

»Das Unglück ist geschehen, Madame«, sagte der Abbé mit ernster Stimme, »die tugendhafte Mademoiselle Gamard liegt im Sterben.« (›Ich interessiere mich für das blöde Weibsstück nicht mehr als für den Priesterkönig Johannes[33]‹, dachte er. ›Aber ich möchte Ihnen ihren Tod in die Schuhe schieben und Ihr Gewissen damit belasten, wenn Sie so dumm sind, sich deswegen Gedanken zu machen.‹)

»Als ich von ihrer Erkrankung erfuhr«, antwortete ihm die Baronin, »habe ich von dem Herrn Vikar verlangt, er solle seine

Klage zurückziehen; ich wollte der frommen Dame das Schriftstück überbringen.« (›Ich durchschaue dich, du abgefeimter Halunke!‹ dachte sie. ›Aber wir sind ja jetzt vor deinen Verleumdungen sicher. Wenn du den Zurückziehungsantrag nimmst, dann sitzest du in der Falle, du gestehst dadurch deine Mitschuld ein.‹)

Einen Augenblick herrschte Schweigen.

»Die irdischen Angelegenheiten der Mademoiselle Gamard gehen mich nichts an«, sagte endlich der Priester und senkte die breiten Lider über seine Adleraugen, um zu verdecken, was in ihm vorging. (›Hoho, mich führen Sie nicht aufs Glatteis! Aber Gott sei gepriesen! Die verdammten Advokaten strengen jetzt keinen Prozeß an, der mich hätte beschmutzen können. Was mögen nun bloß die Listomères vorhaben, daß sie mir auf diese Weise in die Hände arbeiten?‹)

»Monsieur«, antwortete die Baronin, »den Angelegenheiten Birotteaus stehe ich genauso fern wie Sie den Interessen Mademoiselle Gamards; aber leider könnte die Religion unter den Streitigkeiten der beiden leiden, und ich erblicke in Ihnen lediglich den Mittler in einem Falle, bei dem ich selber als Vermittlerin mitwirke...« (›Wir wollen einander nicht hintergehen, Monsieur Troubert‹, dachte sie. ›Fühlen Sie die boshafte Spitze dieser Antwort?‹)

»Die Religion könnte leiden, Madame?« fragte der Großvikar. »Die Religion steht zu hoch, als daß Menschen ihr etwas anhaben könnten.« (›Die Religion bin ich, dachte er.) – »Gott wird uns richten sonder Fehl«, fügte er hinzu, »und nur Sein Urteil erkenne ich an.«

»Dann«, antwortete sie, »sollten wir doch versuchen, die Urteile der Menschen und die Urteile Gottes in Einklang zu bringen.« (›Ja, die Religion, das bist du.‹)

Der Abbé Troubert schlug einen anderen Ton an: »Ist Ihr Herr Neffe nicht in Paris gewesen?« (›Da habt ihr mich zu spüren bekommen‹, dachte er. ›Ich könnte euch zerschmettern, euch, die ihr mich verachtet habt. Und jetzt habt ihr klein beigegeben.‹)

»Ja, freilich, vielen Dank für das Interesse, das Sie an ihm nehmen. Heute abend fährt er nach Paris zurück; der Minister, der völlig auf unserer Seite steht, hat ihn zu sich berufen; er möchte nicht, daß er aus dem Dienst ausscheidet.« (›Jesuit, du brichst uns nicht den Hals‹, dachte sie, ›wir haben deinen Scherz verstanden.‹) Kurzes Schweigen. – »Ich billige sein Verhalten in dieser Sache nicht«, sprach sie weiter, »aber man muß Nachsicht mit einem Seemann haben, wenn er sich in Rechtsfragen nicht auskennt.« (›Wir sollten uns verbünden‹, dachte sie. ›Es kommt für uns nichts dabei heraus, wenn wir einander bekämpfen.‹)

Ein leichtes Lächeln des Abbés verlor sich in den Falten seines Gesichtes: »Er hat uns einen Gefallen getan, indem er uns über den Wert der beiden Gemälde aufklärte«, sagte er und schaute zu den Bildern hin, »sie sollen ein schöner Schmuck für die Kapelle der heiligen Jungfrau werden.« (›Sie haben mich mit einer Bosheit gestichelt‹, dachte er, ›ich Sie jetzt mit zweien, wir sind quitt, Madame.‹)

»Wenn Sie sie Saint-Gatien stiften, dann bitte ich Sie, mich der Kirche Rahmen schenken zu lassen, die der Stätte und der Werke würdig sind.« (›Ich brächte dich nur zu gern zu dem Geständnis, daß du Birotteaus Möbel begehrt hast‹, dachte sie.)

»Sie gehören nicht mir«, sagte der Priester; er blieb nach wie vor auf der Hut.

»Nun«, sagte Madame de Listomère, »hier ist ein Dokument, das jede Diskussion überflüssig macht und die Bilder Mademoiselle Gamard übereignet.« Sie legte die Zurücknehmung der Klage auf den Tisch. (›Da können Sie sehen‹, dachte sie, ›wieviel Vertrauen ich zu Ihnen habe.‹) – »Es ist Ihrer würdig«, sprach sie weiter, »würdig Ihres schönen Charakters, zwei Christen miteinander auszusöhnen; obwohl ich jetzt nur wenig Interesse an Birotteau habe . . .«

»Aber er wohnt doch bei Ihnen«, unterbrach er sie.

»Nein, das tut er nicht mehr.« (›Die Pairswürde meines Schwagers und der Dienstgrad meines Neffen würden mich noch weitere Feigheiten begehen lassen‹, dachte sie.)

Der Abbé blieb ungerührt, aber seine ruhige Haltung war ein Zeichen für die heftigsten inneren Wallungen. Einzig Monsieur de Bourbonne war dem Geheimnis dieser zur Schau getragenen Ruhe auf die Spur gekommen. Der Priester triumphierte!

»Warum haben Sie es auf sich genommen, ihn zur Zurückziehung der Klage zu veranlassen?« fragte er aus einem ähnlichen

Gefühl heraus, wie dem, das eine Frau veranlaßt, sich Komplimente wiederholen zu lassen.

»Ich habe mich nicht gegen eine Regung des Mitleids zu wehren vermocht, Birotteau, dessen schwacher Charakter Ihnen ja bekannt sein dürfte, hat mich angefleht, Mademoiselle Gamard aufzusuchen, damit er als Entgelt für seinen Verzicht ...«

Der Abbé runzelte die Brauen.

»... auf von angesehenen Advokaten anerkannte Rechte etwas bekomme, nämlich das Porträt ...«

Der Priester blickte Madame de Listomère an.

»... das Porträt Chapelouds«, fuhr sie fort. »Ich überlasse das Urteil über seine Forderung Ihnen ...« (›Du würdest verurteilt, wenn du Klage erhöbest‹, dachte sie.)

Der Tonfall der Baronin beim Aussprechen der Worte ›angesehenen Advokaten‹ ließ den Priester erkennen, daß sie sich über die Stärke und Schwäche des Gegners klar war. Madame de Listomère hatte im Verlauf dieses Gesprächs, das sich lange in dieser Tonart bewegte, dem ausgepichten Kenner so viel Talent bewiesen, daß der Abbé zu Mademoiselle Gamard hinabging, um deren Antwort auf den vorgeschlagenen Vergleich zu vernehmen.

Troubert kam bald wieder.

»Madame, folgendes waren die Worte der armen Sterbenden: ›Der Herr Abbé Chapeloud hat mir so viel Freundschaft bezeigt‹, hat sie zu mir gesagt, ›daß ich mich nie und nimmer von seinem Bild trenne.‹ Was nun aber mich betrifft«, fuhr er fort, »so würde ich es, wenn es mir gehörte, an niemanden abtreten. Ich habe dem lieben Verstorbenen gegenüber allzu beständige Gefühle gehegt, um mich nicht berechtigt zu glauben, sein Bildnis jedermann streitig zu machen.«

»Wir wollen uns um eines schlechten Gemäldes willen nicht entzweien.« (›Mir ist es genauso schnuppe wie Ihnen‹, dachte sie.) – »Behalten Sie es, wir können ja eine Kopie anfertigen lassen. Ich zolle mir Beifall, daß ich diesen traurigen, beklagenswerten Prozeß niedergeschlagen habe; mir persönlich ist dadurch die Freude zuteil geworden, Sie kennenzulernen. Es ist mir erzählt worden, wie vortrefflich Sie Whist spielen. Sie werden es einer Frau nachsehen, wenn sie neugierig ist«, sagte sie lächelnd.

»Wenn Sie gelegentlich bei mir spielen möchten, so können Sie schwerlich bezweifeln, wie Sie empfangen werden würden.«

Troubert streichelte sein Kinn. (›Er hat angebissen! Bourbonne hatte recht‹, dachte sie, ›er hat seine Portion Eitelkeit.‹)

Tatsächlich empfand der Generalvikar in diesem Augenblick die köstliche Genugtuung, deren sogar Mirabeau[34] sich nicht hat erwehren können, als er in den Tagen seiner Macht sich das Einfahrtstor eines Stadtpalais vor seinem Wagen auftun sah, das ihm ehedem verschlossen gewesen war.

»Madame«, sagte er, »mir liegen zu wichtige Betätigungen ob, als daß ich in die große Welt gehen könnte; aber was täte man nicht um Ihretwillen?« (›Die alte Jungfer wird schon krepieren; ich halte mich an die Listomères und helfe ihnen, wenn sie mir helfen‹, dachte er. ›Es ist besser, sie zu Freunden als zu Feinden zu haben.‹)

Madame de Listomère fuhr heim; sie hoffte, der Erzbischof werde ein so glücklich begonnenes Friedenswerk vollenden. Doch nicht einmal sein Verzicht auf den Prozeß sollte Birotteau nützen. Am folgenden Tag erfuhr Mademe de Listomère, daß Mademoiselle Gamard gestorben sei. Als das Testament der alten Jungfer eröffnet wurde, war niemand überrascht, daß sie den Abbé Troubert als Universalerben eingesetzt hatte. Ihr Vermögen wurde auf hunderttausend Taler geschätzt. Der Generalvikar schickte an Madame de Listomère zwei Einladungskarten zum Trauergottesdienst und zum Begräbnis seiner Freundin: die eine für die Baronin, die andere für deren Neffen.

»Ich muß hingehen«, sagte sie.

»Was anderes kommt nicht in Frage«, rief Monsieur de Bourbonne. »Das ist eine Probe, der Monseigneur Troubert Sie unterziehen will. Baron, fahren Sie bis zum Friedhof mit«, sagte er zu dem Marineleutnant, der bei der Tante in Tours geblieben war.

Der Trauergottesdienst fand statt, und zwar unter Entfaltung großen kirchlichen Gepränges. Nur einer weinte. Das war Birotteau, der ganz allein und ungesehen in einer abgelegenen Kapelle kniete, sich an diesem Tode schuldig glaubte, aufrichtig für die Seele der Verstorbenen betete und es bitter beklagte, von ihr nicht Verzeihung für sein Unrecht erhalten zu haben.

Der Abbé Troubert geleitete die Leiche seiner Freundin bis an das Grab, in dem sie bestattet werden sollte. Als er am Rand angelangt war, hielt er eine Rede, in der, dank seiner Begabung, die Schilderung des engen Lebens, das die Erblasserin geführt hatte, monumentale Proportionen annahm. Den Anwesenden fielen folgende Schlußworte auf:

»Dieses Leben, das reich an Gott und der Religion geweihten Tagen war, dieses Leben, das so viele in der Verborgenheit vollbrachte schöne Handlungsweisen schmücken, soviele bescheidene, unbekannt gebliebene Tugenden, wurde durch einen Schmerz abgebrochen, den wir als unverdient bezeichnen würden, wenn wir am Saum der Ewigkeit vergessen könnten, daß alle unsere Heimsuchungen von Gott gesandt werden. Die zahlreichen Freunde dieser heiligmäßigen Jungfrau, die den Adel und die Reinheit ihrer Seele kannten, hatten vorausgesehen, daß sie alles werde ertragen können, nur nicht Beargwöhnungen, die ihr ganzes Leben entstellten. Vielleicht hat daher die Vorsehung sie in Gottes Schoß geleitet, um sie unserer Nöte zu entheben. Glücklich alle, die hienieden im Frieden mit sich selbst ruhen können, wie Sophie jetzt an der Stätte der Seligen in ihrem Kleid der Unschuld ruht!«

»Als er mit dieser pompösen Rede fertig war«, fuhr Monsieur de Bourbonne fort, der Madame de Listomère die Begleitumstände der Beisetzung erzählte, als die Kartenspiele beendet, die Türen geschlossen und sie mit dem Baron allein waren, »müssen Sie sich, wenn das möglich ist, diesen Ludwig XI.[35] in der Soutane vorstellen, wie er zum letztenmal den Weihwedel schwang, nämlich so.« Monsieur de Bourbonne ergriff die Feuerzange und ahmte die Geste des Abbés Troubert so glänzend nach, daß der Baron und seine Tante sich ein Lächeln nicht verkneifen konnten. – »Einzig in diesem Augenblick«, fuhr der alte Gutsbesitzer fort, »hat er sich verraten. Bis dahin war seine Haltung vollkommen; aber es war ihm wohl unmöglich, nun er die alte Jungfer endgültig luftdicht abschloß, die er genauso tief verachtet und vielleicht gar gehaßt hat, wie er Chapeloud verabscheute, seine Freude nicht in einer Geste durchblicken zu lassen.«

Am nächsten Vormittag kam Mademoiselle Salomon zum Mittagessen zu Madame de Listomère, und schon beim Eintreten sagte sie erschüttert: »Unser armer Abbé Birotteau hat eben einen furchtbaren Schlag versetzt bekommen; man kann daraus die raffiniertesten Berechnungen des Hasses ersehen. Er ist zum Pfarrer von Saint-Symphorien ernannt worden.«

Saint-Symphorien ist eine Vorstadt von Tours und liegt jenseits der Brücke. Diese Brücke, eins der schönsten Werke französischer Baukunst, ist neunzehnhundert Fuß[36] lang, und die beiden Plätze, auf die sie an beiden Enden mündet, sind einander völlig gleich.

»Verstehen Sie?« fuhr sie nach einer Pause fort, recht erstaunt über die Kälte, die Madame de Listomère beim Vernehmen dieser Nachricht bezeigte. »Der Abbé Birotteau wird sich dort fühlen, als sei er hundert Meilen von Tours, von seinen Freunden, von allem entfernt. Ist solch ein Exil nicht um so grausamer, als er aus einer Stadt herausgerissen ist, die er alle Tage vor Augen hat und in die er nie wieder hineingelangen kann? Er, der seit allem, was ihm widerfahren ist, kaum noch gehen kann, müßte eine Meile zurücklegen, wenn er uns besuchen will. Augenblicklich liegt der Unglücksmensch zu Bett, er hat Fieber. Das Pfarrhaus von Saint-Symphorien ist kalt und feucht, und die Pfarre ist nicht reich genug, um es in Ordnung bringen zu lassen. Der arme alte Mann muß sich da vorkommen wie in einer richtigen Gruft. Welch grausige Berechnung!«

Jetzt genügt es vielleicht, zum Abschluß dieser Geschichte, in aller Schlichtheit ein paar Geschehnisse zu berichten und ein letztes Bild zu skizzieren.

Fünf Monate später wurde der Generalvikar zum Bischof ernannt. Madame de Listomère war gestorben; sie hatte testamentarisch dem Abbé Birotteau eine Rente von fünfzehnhundert Francs hinterlassen. An dem Tage, da das Testament der Baronin bekannt wurde, schickte Monseigneur Hyacinthe, Bischof von Troyes, sich an, die Stadt Tours zu verlassen, um fortan in seiner Diözese zu residieren; allein er verzögerte seine Abreise. Troubert war wütend, daß er von einer Frau überspielt worden war, der er die Hand gereicht hatte, während sie selber heimlich die ihrige einem Mann hinstreckte, den er als seinen Feind betrachtete; so bedrohte er denn abermals die Zukunft des Barons und die Pairswürde des Marquis de Listomère. Er tat vor allen Anwesenden im Salon des Erzbischofs einen der Priesteraussprüche, die rachsüchtig und dabei von honigsüßer Sanftmut sind. Der ehrgeizige Marineoffizier hatte den unerbittlichen Priester aufgesucht, und dieser hatte ihm wohl harte Bedingungen diktiert; denn das Verhalten des Barons bewies eine völlige Unterwerfung unter den Willen des furchtbaren Mitglieds der Kongregation. Der neue Bischof übergab durch ein amtliches Dokument das Haus der Mademoiselle Gamard dem Kapitel der Kathedrale, er schenkte Chapelouds Bücherschrank und Bücher dem kleinen Priesterseminar, er stiftete die beiden umstrittenen Bilder der Kapelle der Heiligen Jungfrau; aber das Porträt Chapelouds behielt er. Niemand konnte sich diesen fast völligen Verzicht auf die Erbschaft der Mademoiselle Gamard erklären. Monsieur de Bourbonne vermutete, der Bischof habe heimlich den Betrag in flüssigem Geld zurückbehalten, damit er imstande sei, in Paris seinem Rang gemäß aufzutreten, wenn er in der Pairskammer auf der Bank der Bischöfe saß. Endlich, am Vorabend der Abreise des Monseigneur Troubert, entdeckte der alte Schlaumeier die letzte Berechnung, die Trouberts Handlungsweise zugrunde lag, den Gnadenstoß, den das ausdauerndste aller Rachegefühle dem wehrlosesten aller Opfer versetzte. Das Vermächtnis der Madame de Listomère wurde von dem Baron de Listomère unter dem Vorwand der Erbschleicherei angefochten! Ein paar Tage nach der Eröffnung des Verfahrens wurde der Baron zum Kapitän zur See ernannt. Durch ein Disziplinarverfahren wurde der Pfarrer von Saint-Symphorien mit dem Interdikt belegt. Die geistlichen Vorgesetzten hatten den Prozeß schon im voraus entschieden. Der Mörder der seligen Sophie Gamard war also ein Schurke! Wenn Monseigneur die Erbschaft der alten Jungfer behalten hätte, wäre es schwierig gewesen, Birotteau zu maßregeln.

In dem Augenblick, da Monseigneur Hyacinthe, der Bischof von Troyes, in der Postkutsche die Uferstraße von Saint-Symphorien entlangfuhr, um sich nach Paris zu begeben, hatte der arme Abbé Birotteau sich auf einer Terrasse in einem Lehnstuhl in die Sonne gesetzt. Der arme, von seinem Erzbischof gezüchtigte Priester war blaß und mager. Der allen seinen Zügen aufgeprägte Kummer entstellte völlig sein Gesicht, das ehedem so sanftmütig und fröhlich gewesen war. Die Krankheit hatte über seine Augen, die ehedem so naiv den Freuden der Tafel entgegengeglänzt hatten und aller schweren Ideen bar gewesen waren, einen Schleier gebreitet, der wirkte, als hänge der Abbé einem Gedanken nach. Es war nur noch das Skelett des Birotteau, der noch vor einem Jahr innerlich so leer, aber so zufrieden über den Cloître gekugelt war. Der Bischof warf seinem Opfer einen Blick der Verachtung und des Mitleids zu; dann beschloß er zu vergessen und fuhr weiter.

Es besteht kein Zweifel, daß Troubert in anderen Zeiten ein Hildebrand[37] oder Alexander VI.[38] gewesen wäre. Heute ist die Kirche keine politische Macht mehr und verzehrt nicht länger die Kräfte einsamer Menschen. Das Zölibat führt somit dadurch, daß es die Qualitäten des Mannes auf eine einzige Leidenschaft konzentriert, zu einem Hauptlaster, dem Egoismus, und macht die Ehelosen zu etwas Schädlichem oder Unnützem. Wir leben in einem Zeitalter, in dem der Fehler der Regierungen darin besteht, daß sie weniger die Gesellschaft für die Menschen als die Menschen für die Gesellschaft gebildet haben. Es besteht ein andauernder Kampf zwischen dem Individuum und dem System, das ihn ausbeuten will und das er zu seinem Nutzen auszubeuten versucht; während der Mensch, der früher tatsächlich viel freier war, sich großzügiger für das öffentliche Wohl bezeigte. Der Kreis, in dem die Menschen sich bewegen, hat sich unmerklich erweitert: die Seele, die ihn als Ganzes erfassen kann, wird immer nur eine wunderbare Ausnahme sein; denn für gewöhnlich, im Geistigen und im Physischen, verliert die Bewegung an Intensität, was sie an Umfang gewinnt. Die Gesellschaft darf sich nicht auf Ausnahmen gründen. Anfangs war der Mann ausschließlich und einfach Vater, und sein Herz schlug warm und beschränkte sich auf den Bereich seiner Familie. Später lebte er für einen Stamm oder eine kleine Republik; daher die großen geschichtlichen Aufopferungen Griechenlands oder Roms. Dann wurde er der Mann einer Kaste oder einer Religion, für deren Größe er oft Erhabenheit bewies; aber dort erstreckte sich das Feld seiner Interessen über alle intellektuellen Regionen. Heutzutage ist sein Leben mit dem eines riesengroßen Vaterlands verknüpft; bald, so heißt es, wird seine Familie die ganze Welt sein. Wäre dieser geistig-seelische Kosmopolitismus, die Hoffnung des christlichen Rom, etwa ein erhabener Irrtum? Es ist so natürlich, an die Realisierbarkeit einer edlen Chimäre, an die Verbrüderung der Menschen zu glauben. Aber leider besitzt die menschliche Maschine keine göttlichen Proportionen. Die Seelen, die weit genug sind, um sich einem Gefühlsleben anzunähern, das nur großen Menschen vorbehalten ist, werden nie die der schlichten Bürger noch die der Familienväter sein. Manche Physiologen meinen, wenn das Gehirn größer werde, müsse das Herz zusammenschrumpfen. Irrtum! Ist der augenscheinliche Egoismus der Menschen, die eine Wissenschaft, eine Nation oder Gesetze in sich tragen, nicht die edelste der Leidenschaften und nicht auch irgendwie der Mutterschoß der Massen? Um neue Völker zu gebären oder neue Ideen hervorzubringen, müßten sie da nicht in ihren mächtigen Häuptern die Brüste der Frau mit der Kraft Gottes vereinen? Die Geschichte eines Innozenz III.[39], eines Peters des Großen[40], die Geschichte aller Führer eines Jahrhunderts oder einer Nation würde notfalls in einer sehr hoch gearteten Ordnung den ungeheuren Gedanken beweisen, den Troubert im Domherrnhaus von Saint-Gatien verkörperte.

Anmerkungen

Der Pfarrer von Tours

1 Lateinisch: Das habe ich mir erfleht (Horaz, Sat. II, 6, 1).

2 Eine Vereinigung von Spekulanten, die nach der Revolution Schlösser aufkaufte und sie niederreißen ließ, um Einrichtung und Material zu verkaufen.

3 André-Charles Boulle oder Boule (1642–1732), Bildhauer und Kunstschreiner, dessen Möbel sich durch Einlegearbeit in Schildpatt und Messing auszeichnen.

4 Eine 1564 von dem heiligen Philipp von Neri (1515–1595) gegründete Kongregation, die 1611 nach Frankreich verlegt wurde und bedeutende Prediger und Gelehrte hervorgebracht hat.

5 Mail ist ein früher beliebtes, dem italienischen Boccia ähnliches Kugelspiel, das vorzugsweise auf den zu Promenadenwegen umgestalteten ehemaligen Wallanlagen gespielt wurde. ›Allée du Mail‹ wurde allmählich zur Bezeichnung für einen Promenadenweg überhaupt.

6 Die Zeitung ›La Quotidienne‹ wurde 1792 als Kampforgan gegen die Revolution gegründet und mußte sich mehrfach tarnen und zwischen 1793 und 1815 sogar ihr Erscheinen einstellen. Unter der Restauration vertrat sie ultra-royalistische Anschauungen. Ab 1822 war sie das Blatt der opponierenden Rechten und bekämpfte Villèle. Die lebendigen, witzigen, geistvollen und heiteren Artikel hatten großen Erfolg in der Provinz, zumal in kirchlichen Kreisen. Unter der Juli-Monarchie predigte die ›Quotidienne‹ die Wiederherstellung des legitimen Königtums durch einen Gewaltstreich. Zu ihren Mitarbeitern gehörten Fontanes, La Harpe, Nodier und Rabou.

7 Gargantua, Pantagruel und Badbec sind Gestalten aus ›La Vie inestimable de Gargantua‹ und ›Les Faits et Dits héroïques du grand Pantagruel‹ von François Rabelais (1494–1553).

8 Breiter, tiefer Lehnstuhl, auf dessen Sitz zusätzlich ein Kissen liegt.

9 Valentin de Boulogne (1591–1634), genannt Le Valentin.

10 Charles Le Brun oder Lebrun (1619–1690). Zu seinen Hauptwerken zählt die Folge der ›Schlachten Alexanders‹ im Louvre.

11 Eigentlich Felice Peretti (1521–1590), 1570 Kardinal; als solcher nahm er den Namen Montalto an. Er täuschte das Konklave durch simulierte Altersschwäche und wurde 1585 zum Papst gewählt. Vol-

ler Energie machte er sich an die Wiederherstellung der Ordnung in Rom (u. a. Prozeß der Vittoria Accorombona), schuf großartige Bauten (Kuppel der Peterskirche) und gründete die Vatikanische Bibliothek. Der Tod hinderte diesen großen Papst an der Durchführung weit vorausschauender Pläne.

12 Le pouiller des évêques; richtige Schreibweise: pouillé. Balzac ist, wie es scheint, nur ungenau unterrichtet gewesen, worum es sich dabei handelt; der ›pouillé‹ hat nichts mit den Bischöfen als solchen, wohl aber mit den Diözesen oder den Klöstern zu tun. Die ›pouillés‹ einer Kirche oder Diözese sind handschriftliche Verzeichnisse aller Pfründen, die von der Kirche oder der Diözese abhingen. Die ›pouillés‹ des Mittelalters sind von beträchtlichem historischem Interesse.

13 Böotien, Landschaft des antiken Griechenland, Hauptstadt Theben. Die Böotier galten als geistig schwerfällig.

14 Louis-Charles de France (1785–1795), zweiter Sohn Ludwigs XVI. und der Marie-Antoinette, wurde während der Revolution im Temple gefangengesetzt und nach der Hinrichtung seines Vaters von den emigrierten Prinzen als Ludwig XVII. zum König ausgerufen. Er starb, von dem Schuster Simon, der ihn erziehen sollte, physisch und geistig zugrunde gerichtet. Nach Napoleons Sturz gaben sich mehrere Abenteurer (Hervagault, Brumeau, Hébert, Mathurin, Naundorff) für Ludwig XVII. aus.

15 In den verschiedenen Don-Juan-Dramen (Tirso de Molina, Molière, Da Ponte - Mozart).

16 Eine Pariser Linie betrug $^1/_{12}$ Zoll oder ca. 2,25 mm.

17 Im Altertum das südliche Ägypten.

18 Bekanntlich hat Balzac von Laurence Sterne (1713–1768) dessen zumal in dem Roman ›Tristram Shandy‹ dargelegte Lieblingstheorie von der prästabilierten Wechselbeziehung zwischen dem Wesen eines Individuums und der Physiognomie von dessen Namen übernommen.

19 Der berühmte Roman von Jean-Jacques Rousseau, der, 1761 erschienen, das ›Zeitalter der Empfindsamkeit‹ und damit die Romantik einleitet und stark auf die Zeitgenossen, so auch auf Goethe, gewirkt hat.

20 Weinbereitungslehre.

21 Bewohner der Touraine.

22 Quintus Fabius Maximus Cunctator (der Zauderer), Konsul 233

und 228 v. Chr., wurde 217 zum Diktator ernannt und hob den durch Hannibals Siege gesunkenen Mut der Römer durch geschickte, ausweichende und den Gegner ermüdende Strategie. Er starb, nachdem er 209 Tarent erobert hatte, im Jahre 203 v. Chr.

23 Inschrift am Höllentor. Dante, Inferno III, 1: »Per me si va nella città dolente: »Durch mich geht man hinein zur Stadt der Trauer« (George).

24 Marie de Sombreuil (1774–1823), Tochter des Gouverneurs des Hôtel des Invalides, der, ein alter Herr, 1792 gefangengesetzt wurde. Sie blieb bei ihm, deckte seinen Körper bei den Septembermorden und erreichte durch ihr Flehen, daß der Vater verschont blieb. Es heißt, sie habe, um diese Gnade zu erlangen, ein Glas warmes Menschenblut austrinken müssen.

25 Wissentlich widerrechtliche Handlung im Gegensatz zu Culpa, Fahrlässigkeit, zumal absichtliches widerrechtliches Handeln beim Abschluß von Verträgen.

26 Ein in Venedig aus dem Großen Rat (dessen Mitglieder lediglich im ›Goldenen Buch‹ eingetragenen aristokratischen Familien angehören durften) nach 1257 während des Krieges gegen Genua gebildeter Regierungsausschuß mit unbeschränkten Machtbefugnissen.

27 Hoher Rat im antiken Jerusalem.

28 Siehe Anmerkung 42 zu ›Pierrette‹. Die Bezeichnung wird hier vergleichsweise angewandt.

29 Charles de Secondat, Baron de Montesquieu (1689–1755), Autor der ›Lettres persanes‹, des Werks ›De la Grandeur et de la Décadence des Romains‹ und des ›Esprit des Lois‹, einer staatswissenschaftlichen Leistung höchsten Ranges mit einer Fülle fruchtbarer, zu verwirklichender Gedanken. Er ist darin als erster für die Trennung der Gewalten, der Legislative und der Exekutive, eingetreten.

30 Dieses Ministerium wurde am 3. März 1828 für Monsignore de Frayssinous, den Titularbischof von Hermopolis und Mitglied der Kongregation, geschaffen; sein Nachfolger wurde am 8. April 1829 Monsignore Feultrier, der Bischof von Beauvais. Die Juli-Revolution beseitigte jenes Ministerium.

31 Der unter Wasser befindliche Teil eines Schiffes.

32 Lateinisch: unter dem Richter, noch unentschieden.

33 Der Priesterkönig oder Priester Johannes in Indien ist eine Legendengestalt des Mittelalters, die auch im Zusammenhang mit der Grals-Sage steht. Es hieß, er sei der geistliche und weltliche Herr-

scher eines Teils von Indien gewesen, und im Bunde mit den häretischen Nestorianern. Man nimmt heute an, das Urbild jener Legendengestalt sei der Negus von Abessinien gewesen, in dessen Reich das Christentum um 330 eingeführt worden war; Verbindungen zur übrigen Welt bestanden im Mittelalter so gut wie nicht.

34 Honoré-Gabriel Riqueti, Marquis de Mirabeau (1749–1791), der glänzendste Redner der Französischen Revolution, wurde nach harter, verworrener Jugend und mehreren Haftstrafen 1789 Abgeordneter von Aix und Vertreter des Dritten Standes. Er trat für ein konstitutionelles Königtum ein und starb, als er seiner heimlichen Verbindungen mit dem Hofe wegen verhaftet werden sollte.

35 Ludwig XI. (1423–1483), Sohn Karls VII., seit 1461 König von Frankreich, in allen Listen der Politik erfahren, skrupellos in seinen Handlungen, umgab sich nur mit Leuten, die jeder Servilität fähig waren, zwang die Fürsten zum Gehorsam, enteignete sie zum Nutzen der Krone und war auf diese Weise einer der Begründer der nationalen Einheit Frankreichs.

36 Altes Längenmaß: 32,5 Zentimeter.

37 Gregor VII., der heilige Hildebrand (1020–1085), Papst 1073, einer der größten Päpste, bekannt durch seinen Kampf gegen Kaiser Heinrich IV. (Investitur-Streit) und seine Maßnahmen auf dem Gebiet der kirchlichen Disziplin (Zölibat).

38 Papst aus dem Hause Borgia (1431–1503), seit 1492 Papst, großer Politiker, aber von zweideutigem Charakter und berüchtigtem Privatleben; Vater der Lukretia und des Cesare Borgia. Er starb an Gift, das er für seine Gäste bereitet hatte und aus Versehen selber trank.

39 Innozenz III., Papst 1198–1216, aktiv und energisch, kämpfte gegen Philipp-August von Frankreich und Johann ohne Land von England, regte den 4. Kreuzzug an und rottete die Albigenser aus.

40 Zar (1672–1725), von eiserner Willenskraft und brutaler Energie, Gründer von St. Petersburg, dem heutigen Leningrad. Sein ›Politisches Testament‹ ist eine Fälschung.

Biographische Notizen über die Romangestalten

Der Pfarrer von Tours

BIROTTEAU, François, Abbé, war 1817 der Beichtvater der Mme de Mortsauf, der er in ihren letzten Augenblicken beistand (›Die Lilie im Tal‹); 1819 schickte er seinem Bruder César, dem Pariser Parfümfabrikanten, der gerade Konkurs gemacht hatte, die Summe von 1000 Francs, seine gesamten Ersparnisse.

BOURBONNE, M. de, war der Onkel Octaves de Camps, dessen Lebensführung ihm 1824 große Sorgen machte, als Octave Madame Firmiani (in der Novelle dieses Titels) heiratete.

LISTOMÈRE, Baronin de, empfing 1823 den Heereszahlmeister Gravier, der bei ihr einem Spanier begegnete, der 1818 den französischen Chirurgen Béga ermordet hatte (›Die Muse des Départements‹).

VILLENOIX, Pauline de, geborene Salomon, geboren um 1800, junges Mädchen von überlegenem Geist, wollte den genialen Louis Lambert heiraten, als dieser wahnsinnig wurde. Mlle de Villenoix pflegte ihn mit liebender, blinder Hingabe bis zu seinem Tode (›Louis Lambert‹; ›Ein Drama am Meeresufer‹).

(Die übrigen Gestalten treten in der ›Menschlichen Komödie‹ nicht wieder auf.)

Die ›Fischerin im Trüben‹

Übertragung von Anna Wagenknecht. Bearbeitet von Ernst Sander

Der Roman ›Die ‚Fischerin im Trüben'‹, das dritte Stück der Gruppe ›Die Ehelosen‹ (›Les Célibataires‹), wurde in zwei Teilen veröffentlicht. Der erste erschien unter dem Titel ›Die beiden Brüder‹ (›Les deux Frères‹) vom 24. Februar bis zum 4. März 1842 als Feuilletonabdruck in ›La Presse‹. Der zweite Teil, ›Ein Junggesellenhaushalt in der Provinz‹ (›Un Ménage de Garçon en Province‹), wurde vom 27. Oktober bis zum 19. November in der gleichen Zeitung veröffentlicht. Die erste, zweibändige Buchausgabe erfolgte 1843 unter dem Titel ›Die beiden Brüder‹ und war, wie bei dem Feuilletonabdruck, in Kapitel eingeteilt. Im selben Jahr wurden sämtliche Unterteilungen beseitigt, und das Werk ging unter dem Titel ›Ein Junggesellenhaushalt‹ als zweiter Band der ›Szenen aus dem Provinzleben‹ in die ›Menschliche Komödie‹ ein. Der jetzige Titel (›La Rabouilleuse‹) beruht auf einer Nachlaßnotiz Balzacs. Die erste deutsche Übersetzung (um 1845) führte den Titel ›Die Junggesellenwirtschaft‹, den spätere Übersetzungen beibehielten; eine andere (1905) wurde ›Die Krebsfischerin‹ betitelt. Das erklärt sich daraus, daß die gängigen französisch-deutschen Wörterbücher das Verbum »rabouiller« (das Wasser trüben, um leichter Fische fangen zu können) nicht enthalten. – Der Dramatiker Emile Fabre hat den Roman 1903 zu einem effektvollen, von der Académie française preisgekrönten Bühnenstück umgearbeitet.

Balzac widmete den Roman mit einer langen, schwungvollen Epistel seinem Freunde Charles Nodier (1780–1844), dem Autor romantisch-phantastischer Romane und Novellen, dem Leiter der Arsenal-Bibliothek (seit 1824), dem Mittelpunkt jenes Romantikerkreises, dem u. a. Vigny, Musset und Hugo angehörten. Größere Bedeutung als durch seine eigenen Werke erlangte Nodier durch seine literarischen Anregungen: Er setzte sich in Frankreich für Shakespeare und die deutschen und englischen Romantiker ein und übersetzte den ›Faust‹. Schon als junger Schriftsteller hatte Balzac ihn kennengelernt und war ihm freundschaftlich verbunden geblieben. Im November 1843, als Balzac für die Académie française kandidieren wollte, suchte er Nodier auf, der ihm antwortete: »Sie bitten mich um meine Stimme? Ich gebe Ihnen meinen Platz.« Tatsächlich starb Nodier am 27. Januar 1844. Über sein Begräbnis berichtete Balzac am 30. Januar an Mme Hanska. Balzac wurde nicht in die Académie gewählt.

Um das Jahr 1792 erfreuten sich die Bürger von Issoudun eine Arztes namens Rouget, der als ein ausgemacht boshafter Kerl galt. Manche Leute wagten sogar die dreiste Behauptung, er mache seine Frau recht unglücklich, und dabei war sie doch die schönste Frau des Städtchens. Vielleicht war sie ein wenig beschränkt. Trotz sorgfältigster Nachforschungen seiner Freunde, trotz des Geschwätzes der Unbeteiligten und der üblen Nachrede der Neider und Eifersüchtigen wußte man im Grunde sehr wenig über das Privatleben dieses Ehepaares. Doktor Rouget gehörte zu jenen Menschen, von denen man im vertraulichen Kreise zu sagen pflegt: »Mit dem ist nicht gut Kirschen essen.« Darum bewahrte man zeit seines Lebens Stillschweigen über ihn und zeigte ihm ein freundliches Gesicht. Seine Frau, eine geborene Descoings, war schon als junges Mädchen etwas kränklich gewesen, und dieser Umstand, so hieß es, habe ihn dazu bewogen, sie zu heiraten. Sie schenkte ihm zuerst einen Sohn und dann eine Tochter, die zufällig zehn Jahre nach ihrem Bruder das Licht der Welt erblickte und die, wie man sich weiter erzählte, dem Doktor sehr unerwartet kam, obwohl er doch Arzt war. Dieser Spätling hieß Agathe. All diese kleinen Geschehnisse und Tatsachen sind so einfach, so alltäglich, daß es ungerechtfertigt erscheint, wenn ein Geschichtsschreiber seine Erzählung damit beginnt. Wenn sie jedoch unerwähnt blieben, müßte man einen Mann vom Schlage des Doktors Rouget für ein Ungeheuer, für einen Rabenvater halten, während er sich doch ganz einfach den schlechten Neigungen überließ, die viele Menschen mit dem gefährlichen Grundsatz bemänteln: »Ein Mann muß Charakter zeigen.« Diese echt männliche Ansicht ist an dem Unglück so mancher Frau schuld. Die alten Descoings, die Schwiegereltern des Doktors, waren Wollgroßhändler und befaßten sich damit, diese für sie wirklich goldenen Vliese aus dem Berry einerseits im Auftrage der Schafhalter zu verkaufen und andererseits für die Händler aufzukaufen, wofür sie von beiden Seiten eine Kommissionsgebühr erhielten. Bei diesem Geschäft wurden sie reich und geizig, wie das die Moral so mancher Existenz ist. Dem Sohn Descoings', der jünger war als Madame Rouget, gefiel es nicht in Issoudun. Er suchte sein Glück in Paris und ließ sich in der Rue Saint-Honoré nieder, in einem Gemischtwarenladen. Das war sein Verderben. Aber so ist es nun einmal! Der geborene Gewürzkrämer fühlt sich von seinem Handel in demselben Maße angezogen, wie sich der Künstler davon abgestoßen fühlt. Man hat die sozialen Kräfte, die die verschiedenen inneren Berufungen ausmachen, noch nicht genügend untersucht. Es wäre interessant, zu erfahren, was einen Menschen bestimmt, lieber Papierhändler zu werden als Bäcker, da doch bei uns der Sohn nicht wie bei den Ägyptern gezwungenermaßen das Gewerbe des Vaters fortführen muß. Bei Descoings war der Berufung die Liebe zu Hilfe gekommen. Er hatte sich gesagt: »Auch ich will ein Krämer werden!« Beim Anblick seiner Chefin jedoch, die ein sehr schönes Geschöpf war und in die er sich bis über beide Ohren verliebte, hatte er sich noch etwas anderes gesagt. Ohne weitere Mittel als seine Geduld und das wenige Geld, das ihm seine Eltern zukommen ließen, heiratete er die Witwe seines Vorgängers, des Meisters Bixiou. Im Jahre 1792 soll Desvoings ausgezeichnete Geschäfte gemacht haben. Die alten Descoings waren damals noch am Leben. Nachdem sie sich vom Wollhandel zurückgezogen hatten, legten sie ihr Geld in Staatsgütern[1] an, und auch da gab es goldene Vliese zu scheren. Als ihr Schwiegersohn sich ziemlich sicher war, daß er seine Frau bald zu beweinen haben werde, schickte er seine Tochter nach Paris zu seinem Schwager, einmal damit sie die Hauptstadt kennenlerne, zum anderen aber auch aus einer schlauen Erwägung heraus. Descoings hatte keine Kinder. Madame Descoings, zwölf Jahre älter als ihr Gatte, war zwar völlig gesund, aber fett wie eine Drossel im Herbst, und der schlaue Rouget verstand genug von der Medizin, um vorauszusehen, daß die Eheleute Descoings bis an ihr Lebensende glücklich sein und im Gegensatz zu der Moral der Märchen keine Kinder haben würden. Vielleicht würden sie Agathe sehr liebgewinnen? Doktor Rouget gedachte seine Tochter zu enterben und hoffte sein Ziel dadurch zu erreichen, daß er sie in die Fremde schickte. Dieses junge Mädchen, damals das schönste von Issoudun, sah weder ihrem Vater noch ihrer Mutter ähnlich. Ihre Geburt war die Ursache eines lebenslänglichen Zerwürfnisses zwischen Doktor Rouget und seinem vertrauten Freunde, Monsieur Lousteau, gewesen, dem ehemaligen Subdelegierten[2], der Issoudun eben verlassen hatte. Wenn eine Familie ihre Heimat freiwillig aufgibt, dann haben in einem so reizenden Städtchen wie Issoudun die Einheimischen ein gewisses Recht, sich über die Ursachen eines so unerhörten Entschlusses Gedanken zu machen. Einige böse Zungen behaupteten, der rachsüchtige Rouget habe laut erklärt, Lousteau werde nur von seiner Hand sterben. Wenn ein Arzt so etwas sagt, dann wirkt das wie ein Kanonenschuß. Als die Nationalversammlung die Subdelegierten abgeschafft hatte, verschwand daher Lousteau aus Issoudun und kehrte nie wieder dorthin zurück. Nach der Abreise jener Familie verbrachte Madame Rouget ihre ganze Zeit bei der leiblichen Schwester des ehemaligen Subdelegierten, bei Madame Hochon, der Patin ihrer Tochter. Sie war der einzige Mensch, dem sie ihren Kummer anvertraute. Das wenige, was die Stadt Issoudun über die schöne Madame Rouget erfuhr, stammte also von dieser guten Dame, und sogar das wurde erst nach Doktor Rougets Tod bekannt.

Als er zu seiner Gattin davon sprach, Agathe nach Paris zu schicken, war ihr erstes Wort: »Ich werde meine Tochter nie wiedersehen!«

»Und sie hat leider recht behalten«, pflegte später die ehrenwerte Madame Hochon zu sagen.

Die arme Mutter wurde bald gelb wie eine Quitte, und ihr Zustand gab denen recht, die behaupteten, Doktor Rouget bringe sie langsam um. Das Verhalten ihres Sohnes, der ein großer Dummkopf war, trug noch dazu bei, diese ungerechterweise beschuldigte Mutter unglücklich zu machen. Ohne jede Zurückhaltung, ja vielleicht vom Vater angestiftet, bezeigte dieser in jeder Hinsicht tölpelhafte Bursche weder die Rücksichtnahme noch die Achtung, die ein Sohn seiner Mutter schuldet. Jean-Jacques glich seinem Vater, aber im schlimmsten Sinne, und der Doktor war doch ohnehin schon keine sehr erfreuliche Erscheinung, weder was das Moralische noch was das Physische betraf.

Die Ankunft der reizenden Agathe Rouget brachte ihrem Onkel Descoings kein Glück. In derselben Woche, besser gesagt in derselben Dekade (die Republik war nämlich ausgerufen worden), wurde er ins Gefängnis geworfen, auf eine Bemerkung hin, die Robespierre Fouquier-Tinville[3] gegenüber geäußert hatte.

Descoings, der unvorsichtig genug war, anzunehmen, die Hungersnot sei künstlich hervorgerufen, beging auch noch die Torheit, seine Ansicht zu mehreren seiner Kunden und Kundinnen zu äußern (er glaubte an die Meinungsfreiheit), während er sie bediente. Die Bürgerin Duplay, die Frau des Tischlers, bei dem Robespierre wohnte und die diesem großen Bürger den Haushalt besorgte, beehrte zu Desoings' Verhängnis seinen Laden mit ihrer Kundschaft. Diese Bürgerin erachtete die Ansicht des Krämers als eine Beschimpfung Maximiliens I.[4]. Die Duplay, das berühmte Strickweib[5] des Jakobiner-Klubs, der ohnehin das ganze Auftreten des Ehepaares Descoings wenig gefiel, erblickte in der Schönheit der Bürgerin Descoings etwas Aristokratisches. Sie hinterbrachte die Äußerungen der Descoings ihrem guten, sanften Herrn und tat noch das ihrige dazu. Der Händler wurde unter der üblichen Anschuldigung, Wucherkäufe getätigt zu haben, verhaftet. Sobald er im Gefängnis war, lief seine Frau von Pontius zu Pilatus, um ihn frei zu bekommen; die von ihr unternommenen Schritte waren indes so ungeschickt, daß jeder, der ihr zugehört hätte, wie sie mit denen sprach, die über das Schicksal ihres Mannes zu entscheiden hatten, hätte glauben können, sie wolle sich auf anständige Weise seiner entledigen. Madame Descoings war mit Bridau bekannt, einem der Sekretäre des Innenministers Roland[6]; er war die rechte Hand all derer, die dieses Ministerium nacheinander innehatten. Sie setzte also Bridau in Bewegung, um den Krämer zu retten. Dieser durch und durch unbestechliche Bürovorsteher, einer der Tugendhaften, die in ihrer bewundernswerten Uneigennützigkeit immer übers Ohr gehauen werden, dachte gar nicht daran, die zu bestechen, in deren Händen Descoings' Schicksal lag. Aufklären wollte er sie! Menschen jener Zeit aufklären zu wollen, das war ungefähr dasselbe, als wenn man sie gebeten hätte, die Bourbonen wieder auf den Thron zu setzen. Der girondistische Minister, der damals Robespierre bekämpfte, sagte zu Bridau: »In was mischst du dich da ein?« Alle, an die sich dieser ehrbare Beamte wandte, sagten denselben entsetzlichen Satz: »In was mischst du dich da ein?« Bridau gab also Madame Descoings den weisen Rat, sich still zu verhalten. Anstatt jedoch zu versuchen, sich Robespierres Haushälterin geneigt zu machen, spie sie Feuer und Flamme gegen diese Denunziantin. Sie suchte ein Mitglied des Konvents auf, einen Mann, der um sein eigenes Leben zitterte und der ihr sagte: »Ich werde deswegen mit Robespierre sprechen.« Die schöne Krämerin vertraute fest auf dieses Wort, und der Gönner ließ selbstverständlich nichts mehr von sich hören. Einige Zuckerhüte und ein paar Flaschen guten Likörs hätten, wären sie der Bürgerin Duplay zum Geschenk gemacht worden, Descoings gerettet. Dieser kleine Vorfall beweist, daß es in Revolutionszeiten gleicherweise gefährlich ist, sein Heil bei ehrenhaften Leuten wie bei Schurken zu suchen; einzig und allein auf sich selber soll man sich verlassen. Wenn Descoings auch ums Leben kam, so hatte er doch wenigstens die Ehre, in Gesellschaft von André de Chénier[7] das Schafott zu besteigen. Dort umarmten sich die Krämerei und die Poesie wohl zum erstenmal in ihrer Leiblichkeit, denn geheime Beziehungen hatten sie schon immer untereinander gehabt und werden sie immer haben. Der Tod Descoings' erregte weit mehr Aufsehen als der André de Chéniers. Dreißig Jahre mußten vergehen, ehe man erkannte, daß Frankreich durch den Tod Chéniers mehr verloren hatte als durch den Descoings'. Die Maßnahme Robespierres hatte immerhin das eine Gute zur Folge, daß sich die erschreckten Krämer bis zum Jahre 1830 nicht mehr in die Politik einmischten. Der Laden Descoings' lag nur hundert Schritt von der Wohnung Robespierres entfernt. Sein Nachfolger machte dort schlechte Geschäfte. César Birotteau, der berühmte Parfümfabrikant und Erfinder der ›Haremspaste‹ und des ›Antiblähwassers‹, verlegte sein Geschäft dorthin und machte Konkurs, gleichsam als habe das Schafott auf unerklärliche Weise alles ringsum mit Unheil verseucht. Die Lösung dieses Problems gehört in den Bereich der okkulten Wissenschaften. Die Frau des unglücklichen Descoings war so untröstlich, daß sie das Geschäft ihres zweiten Seligen nicht fortführte. Während der Besuche, die Bridau der Witwe machte, um sie zu trösten, fiel ihm Agathe Rougets ruhige, kühle und reine Schönheit auf, und er heiratete schließlich dies entzückende Mädchen innerhalb einer Dekade nach Ankunft des Vaters, der nicht auf sich warten ließ. Der Arzt, entzückt über den Verlauf der Dinge, der seine Wünsche noch übertraf, da doch seine Frau nun die einzige Erbin der Descoings war, hatte sich eiligst nach Paris begeben, weniger um der Hochzeit Agathes beizuwohnen als um den Ehekontrakt in seinem Sinne abfassen zu lassen. Die Uneigennützigkeit und die maßlose Liebe des Bürgers Bridau ließen der Heimtücke des Arztes freie Hand, und dieser nutzte denn auch die Verblendung seines Schwiegersohnes weidlich aus, wie der weitere Verlauf dieser Geschichte zeigen wird. Madame Rouget, oder genauer gesagt der Doktor, erbte also den gesamten beweglichen und unbeweglichen Besitz der Eheleute Descoings, die nacheinander in einem Abstand von zwei Jahren starben. Dann kam Rouget auch mit seiner Frau zum Ziel, die zu Anfang des Jahres 1799 das Zeitliche segnete. Und er erbte Weinberge und kaufte Bauernhöfe und erwarb Eisenhütten und verkaufte Wolle. Sein geliebter Sohn war zu nichts zu gebrauchen. Der Vater hatte ihm aber die Rolle eines Großgrundbesitzers zugedacht und ließ ihn zunehmen an Reichtum und Dummheit, überzeugt, daß auch die Weisesten vom Leben und Sterben nicht mehr wissen als dieses Kind. Schon im Jahre 1799 rechnete man in Issoudun dem alten Rouget nach, daß er jährlich dreißigtausend Francs Zinsen haben müsse. Nach dem Tode seiner Frau führte er ein ausschweifendes Leben; es war jedoch sozusagen Methode darin, und alles spielte sich hinter verschlossenen Türen und in seinem Hause ab. Dieser charaktervolle Arzt starb im Jahre 1805. Gott weiß, was sich die Bürger von Issoudun jetzt alles über diesen Mann erzählten und wie viele Geschichten über sein ruchloses Privatleben im Umlauf waren! Jean-Jacques Rouget, den sein Vater schließlich, als er seine Dummheit erkannt, sehr streng gehalten hatte, blieb Junggeselle, und zwar aus schwerwiegenden Gründen, deren Erklärung einen wichtigen Teil dieser Erzählung ausmacht. Seine Ehelosigkeit beruhte zum Teil auf der Schuld des Doktors, wie man später sehen wird.

Vorerst ist unerläßlich, die Auswirkungen der Rache des Vaters auf eine Tochter zu untersuchen, die er nicht für seine eigene ansah und die dennoch sein rechtmäßiges Kind war, man möge es glauben. In Issoudun war niemandem einer jener seltsamen Zufälle aufgefallen, die den Zeugungsvorgang zu einem Abgrund machen, in dem die Wissenschaft im dunkeln tappt. Agathe glich der Mutter des Doktors. Ebenso wie die Gicht nach allgemeiner Beobachtung eine Generation überspringt und sich vom Großvater auf den Enkel vererbt, kann man das gleiche auch in bezug auf die Familienähnlichkeit beobachten.

So hatte denn auch der ältere von Agathes Söhnen, der seiner Mutter glich, ganz die seelische Beschaffenheit seines Großvaters, des Doktors Rouget. Überlassen wir die Lösung auch dieses Problems dem zwanzigsten Jahrhundert, mitsamt einer schönen Nomenklatur mikroskopischer Tierchen, und unsere Enkel werden vielleicht über diese dunkle Frage ebensoviel Unsinn zusammenschreiben, wie unsere gelehrten Körperschaften bereits darüber geschrieben haben.

Agathe Rouget erregte allgemeine Bewunderung durch eines jener Gesichter, die, wie das Mariens, der Mutter unseres Herrn und Heilands, dazu bestimmt sind, immer jungfräulich zu bleiben, sogar in der Ehe. Ihr Bild, das man in Bridaus Atelier noch heute sehen kann, zeigt ein edles Oval, ein makelloses Weiß ohne die geringste Sommersprosse, trotz ihres Goldhaars. So mancher Künstler fragt, wenn er diese reine Stirn, diesen verschwiegenen Mund, diese feine Nase, diese hübschen Ohren, die langen Wimpern und diese dunkelblauen Augen voll unendlicher Zärtlichkeit, kurz dieses von Sanftmut und Seelenruhe geprägte Antlitz betrachtet, heute unseren großen Maler: »Ist das etwa die Kopie eines Kopfes von Raffael?« Nie war ein Mann besser beraten als Bridau, da er dieses junge Mädchen heiratete. Agathe verkörperte das Ideal der in der Provinz erzogenen Hausfrau, die nie ihrer Mutter von der Seite gewichen war. Fromm, ohne bigott zu sein, verfügte sie über keine andere Bildung als die, welche die Kirche den Frauen vermittelt. Daher war sie auch eine vorbildliche Ehefrau, was man im landläufigen Sinne darunter versteht, denn in Wahrheit verursachte ihre Unkenntnis der Wirklichkeiten des Lebens mehr als ein Unheil. Die Grabinschrift einer berühmten Römerin: »Sie webte und hütete das Haus«, kennzeichnet wunderbar dieses reine, einfache und ruhige Dasein. Schon zur Zeit des Konsulats war Bridau ein fanatischer Gefolgsmann Napoleons, der ihn 1804, ein Jahr vor dem Tode Rougets, zum Abteilungsleiter ernannte. Mit zwölftausend Francs Gehalt und schönen Sondervergütungen hielt sich Bridau für reich und machte sich keine Sorgen um die schmähliche Art der Erbschaftsabwicklung, die in Issoudun vorgenommen wurde und bei der Agathe leer ausging. Der alte Rouget hatte sechs Monate vor seinem Tode seinem Sohne einen Teil seines Besitzes angeblich käuflich überlassen, während das übrige Jean-Jacques teils als vorzugsweise Schenkung, teils als Erbe zufiel. Ein Erbschaftsvorschuß von hunderttausend Francs, den Agathe laut Ehevertrag erhielt, war ihr ganzer Anteil an dem Nachlaß ihrer Eltern. Bridau, der den Kaiser vergötterte, machte sich mit geradezu blinder Hingabe dem gewaltigen Gedankenflug dieses neuzeitlichen Halbgottes dienstbar, der, da er in Frankreich alles zerstört fand, daselbst alles neu schaffen wollte. Nie sagte der Abteilungsleiter: »Es geht über meine Kräfte!« Pläne, Memoranden, Berichte, Studien, die schwersten Aufgaben ließ er sich aufbürden, nur allzu glücklich, dem Kaiser helfen zu können. Er liebte den Mann in ihm, er verehrte den Herrscher in ihm und duldete nicht die leiseste Kritik, weder an seinen Handlungen noch an seinen Plänen. Von 1804 bis 1808 hatte der Abteilungsleiter eine große schöne Wohnung am Quai Voltaire inne, wenige Schritte von seinem Ministerium und von den Tuilerien entfernt. Eine Köchin und ein Hausdiener waren auch während Madame Bridaus Glanzzeit die ganze Dienerschaft des Ehepaares. Immer als erste auf den Beinen, ging Agathe mit ihrer Köchin in die Markthalle. Während der Diener die Wohnung in Ordnung brachte, überwachte sie das Frühstück. Bridau begab sich nie vor elf ins Ministerium. Während der ganzen Zeit ihrer Ehe machte es Agathe immer das gleiche Vergnügen, ihm ein leckeres Frühstück zu bereiten, die einzige Mahlzeit, die Bridau mit wirklichem Behagen genoß. Zu jeder Jahreszeit und bei jedem Wetter sah Agathe ihrem Gatten aus dem Fenster nach, wie er sich ins Ministerium begab, und zog den Kopf erst zurück, wenn er um die Ecke der Rue du Bac verschwunden war. Hierauf räumte sie selber den Tisch ab und sah in der Wohnung nach dem Rechten. Dann kleidete sie sich an, spielte mit ihren Kindern, führte sie spazieren oder empfing Besuche, während sie auf die Rückkehr ihres Mannes wartete. Brachte der Abteilungsleiter dringende Arbeit mit nach Hause, so nahm sie in seinem Arbeitszimmer neben seinem Tische Platz, stumm wie eine Statue, strickte und sah ihm bei der Arbeit zu. Sie blieb so lange auf wie er und begab sich nur wenige Minuten vor ihm zu Bett. Zuweilen gingen die

Eheleute ins Theater, in die Loge des Ministeriums. An solchen Tagen speisten sie in einem Restaurant zu Abend; dann verursachte das Leben und Treiben im Restaurant Madame Bridau immer das gleiche prickelnde Vergnügen, das alle die empfinden, die nicht an Paris gewöhnt sind. Oft war Agathe genötigt, Einladungen zu großen Diners anzunehmen, die zu Ehren ihres Gatten veranstaltet wurden, der eine Abteilung des Innenministeriums leitete, und die Bridau daheim glanzvoll erwiderte. Dann gab sich Agathe dem damals üblichen Toilettenluxus hin, legte jedoch nachher daheim freudig diesen ganzen Prunk wieder ab, um ihn gegen die Einfachheit der Provinzlerin zu vertauschen. Einmal wöchentlich, am Donnerstag, sah Bridau seine Freunde bei sich, und Fastnacht gab er einen großen Ball. Das ist in Kürze die Geschichte dieses Ehelebens, in dem es nur drei große Ereignisse gab: die Geburt der beiden Söhne in einem Abstand von drei Jahren, und den Tod Bridaus, der im Jahre 1808 seiner Überarbeitung erlag, gerade zu dem Zeitpunkt, da ihn der Kaiser zum Ministerialdirektor und zum Staatsrat ernennen und in den Grafenstand erheben wollte. Zu dieser Zeit hatte sich Napoleon ganz besonders den inneren Angelegenheiten gewidmet, Bridau mit Arbeit überhäuft und schließlich die Gesundheit dieses unermüdlichen Beamten zugrunde gerichtet. Napoleon, den Bridau nie um etwas gebeten, hatte über dessen Lebensweise und Vermögensumstände Erkundigungen eingezogen. Als er erfuhr, daß dieser ihm ergebene Mann außer seiner Stellung nichts besaß, erkannte er in ihm eine der unbestechlichen Seelen, die seiner Verwaltung Hoheit und sittliches Ansehen verliehen, und er gedachte Bridau mit glänzenden Belohnungen zu überraschen. Das Verlangen und die Notwendigkeit, vor der Abreise des Kaisers nach Spanien eine umfangreiche Arbeit zu beenden, brachte jedoch den Abteilungsleiter ins Grab. Er starb an einem hitzigen Fieber. Als der Kaiser auf einige Tage nach Paris zurückkehrte, um seinen Feldzug von 1809 vorzubereiten, und dort diesen Verlust erfuhr, sagte er: »Es gibt Männer, die man nie ersetzen kann.« Ergriffen von einer derartigen Hingabe, die doch keinen jener glänzenden Anerkennungsbeweise zu erwarten hatte, wie sie seinen Soldaten vorbehalten waren, beschloß der Kaiser, einen reich dotierten Orden für den Zivilstand zu schaffen, so wie er die Ehrenlegion für das Militär geschaffen hatte. Der Eindruck, den Bridaus Tod auf ihn gemacht hatte, brachte ihn auf den Gedanken, den Reunionsorden zu stiften. Er hatte jedoch keine Zeit mehr, diese vornehme Schöpfung zu vollenden, deren Andenken so gründlich ausgelöscht ist, daß sich bei der Nennung dieses kurzlebigen Ordens die meisten Leser fragen werden, wie er wohl ausgesehen haben möge. Er wurde an einem blauen Band getragen. Der Kaiser gab ihm den Namen Reunionsorden, weil er den Orden vom Goldenen Vlies des spanischen Hofes mit dem Orden vom Goldenen Vlies des österreichischen Hofes zu verschmelzen gedachte. »Die Vorsehung«, sagte ein preußischer Diplomat, »hat diese Schändung zu verhindern gewußt.« Der Kaiser ließ sich über die Lage der Madame Bridau berichten. Die beiden Söhne erhielten jeder eine volle Freistelle am Lycée Impérial, und sämtliche Kosten ihrer Erziehung wurden aus der kaiserlichen Privatschatulle gedeckt. Außerdem setzte er Madame Bridau eine Pension von viertausend Francs aus und gedachte zweifellos, das Wohl der beiden Söhne im Auge zu behalten. Von ihrer Verheiratung an bis zum Tade ihres Mannes hatte Madame Bridau nicht die geringste Verbindung mit Issoudun unterhalten. Als sie ihre Mutter verlor, stand gerade die Geburt ihres zweiten Sohnes bevor. Als ihr Vater starb, von dem sie sich ohnehin wenig geliebt wußte, sollte gerade Napoleon zum Kaiser gesalbt werden, und die Krönung brachte Bridau so viel zusätzliche Arbeit, daß sie ihren Gatten nicht allein lassen wollte. Jean-Jacques Rouget, ihr Bruder, hatte ihr seit ihrer Abreise aus Issoudun noch keine Zeile geschrieben. Obwohl sie die stillschweigende Ausstoßung aus der Familie betrübte, gelangte Agathe schließlich dahin, nur noch sehr selten an diejenigen zu denken, die überhaupt nicht an sie dachten. Alljährlich erhielt sie einen Brief von ihrer Patin, Madame Hochon, den sie mit Belanglosigkeiten beantwortete, ohne die warnenden Andeutungen zu beachten, die sie zwischen den Zeilen dieser vortrefflichen, frommen Frau hätte lesen können. Einige Zeit vor Doktor Rougets Tod schrieb ihr Madame Hochon, daß ihr Vater ihr nichts hinterlassen würde, sofern sie nicht Monsieur Hochon eine Vollmacht ausstelle. Es widerstrebte jedoch Agathe, ihren Bruder zu bedrängen. Sei es nun, daß Bridau der Auffassung war, diese

Beraubung entspreche Brauch und Recht im Berry[8], sei es, daß dieser lautere, rechtliche Mann die Seelengröße und Gleichgültigkeit seiner Frau in Geldangelegenheiten teilte, kurz, er wollte nichts hören, als Roguin, sein Notar, ihm riet, das Ansehen seiner Stellung geltend zu machen, um die Dokumente anzufechten, die es dem Vater ermöglicht hatten, seine Tochter um ihren rechtmäßigen Anteil zu prellen. Die Gatten billigten also, was in Issoudun geschah. Immerhin hatte Roguin bei dieser Gelegenheit den Abteilungsleiter dazu gebracht, über die gefährdete Lage seiner Frau nachzudenken. Dieser vorzügliche Mann bedachte, daß Agathe im Falle seines Todes ohne jedes Vermögen dastehen werde. Er überprüfte also seine Angelegenheiten und fand, daß seine Frau und er von 1793 bis 1805 genötigt gewesen waren, ungefähr dreißigtausend Francs von den fünfzigtausend zu entnehmen, die der alte Rouget seiner Tochter in bar gezahlt hatte, und er legte die restlichen zwanzigtausend in Staatspapieren an, die damals auf vierzig standen. Agathe bezog also ungefähr zweitausend Francs Zinsen im Jahr. Als Witwe konnte Madame Bridau mit sechstausend Francs anständig leben. Sie war eine echte Provinzlerin geblieben, und so wollte sie den Diener entlassen, nur die Köchin behalten und eine andere Wohnung nehmen. Madame Descoings jedoch, ihre vertraute Freundin, die darauf bestand, sich ihre Tante zu nennen, verkaufte ihre Möbel, gab ihre Wohnung auf und zog zu Agathe, wo sie sich das Arbeitszimmer des seligen Bridau als Schlafzimmer einrichtete. Die beiden Witwen legten alles zusammen und verfügten über zwölftausend Francs Jahreseinkommen. Dieses Vorgehen scheint einfach und natürlich. Es gibt indessen nichts im Leben, was mehr Aufmerksamkeit erforderte als das, was natürlich erscheint; dem Außergewöhnlichen bringt man ja ohnehin schon genug Mißtrauen entgegen. Man braucht nur erfahrene Männer zu beobachten, um zu sehen, welche Wichtigkeit sie den einfachen Dingen beimessen; man findet das oft kleinlich. Die unter Blumen verborgene Schlange ist eine der schönsten, uns vom Altertum überlieferten Mythen, an die wir bei der Regelung unserer Angelegenheiten denken sollten. Wie oft rufen die Törichten aus: »Das war so einfach, daß jeder darauf hereingefallen wäre!« und wollen sich damit vor sich selbst und vor anderen entschuldigen.

Im Jahre 1809 war Madame Descoings, die ihr Alter nie eingestand, fünfundsechzig Jahre alt. Ehemals die ›schöne Krämerin‹ genannt, gehörte sie zu jenen seltenen Frauen, an denen die Zeit spurlos vorübergeht, und ihrer vorzüglichen Gesundheit hatte sie es zu danken, daß ihr ihre Schönheit erhalten geblieben war, wenn diese auch einer genauen Prüfung nicht mehr standhalten konnte. Sie war von mittlerem Wuchs, mollig und frisch, hatte schöne Schultern und eine rosige Gesichtsfarbe. Ihr dunkelblondes Haar hatte trotz der Katastrophe mit Descoings seine Farbe nicht im mindesten verändert. Sie war außerordentlich naschhaft, und so bereitete sie sich gern allerhand Leckerbissen; aber obgleich sie sich viel mit der Küche zu beschäftigen schien, liebte sie auch leidenschaftlich das Theater und huldigte nebenbei einem Laster, das sie streng geheimhielt: sie spielte Lotterie! Sollte die Mythologie nicht mit dem Faß der Danaiden auf diesen Abgrund hingewiesen haben? Die Descoings – so muß man wohl eine Frau nennen, die in der Lotterie spielte – gab vielleicht auch ein bißchen zuviel für Putz aus, wie alle Frauen, die das Glück haben, lange jung zu bleiben. Von diesen kleinen Fehlern abgesehen war sie jedoch eine Frau, mit der es sich sehr angenehm leben ließ. Sie gab allen recht, widersprach niemandem und gefiel durch eine sanfte, ansteckende Heiterkeit. Vor allem besaß sie eine Pariser Eigenschaft, die bei Büroangestellten im Ruhestand und alten Kaufleuten, die sich von ihren Geschäften zurückgezogen haben, besonders beliebt macht: sie verstand Spaß ...! Wenn sie nicht ein drittesmal heiratete, so waren sehr wohl die Zeitläufte daran schuld. Während der Kriege des Kaiserreiches fanden die heiratslustigen Männer nur allzu leicht schöne und reiche junge Mädchen, als daß sie es nötig gehabt hätten, sich mit sechzigjährigen Frauen zu befassen. Madame Descoings wollte Madame Bridau aufheitern und bewog sie oft, mit ihr ins Theater zu gehen oder auszufahren; sie bereitete ihr leckere Mahlzeiten, ja sie versuchte sogar, sie mit ihrem Sohn Bixiou zu verheiraten. Schweren Herzens gab sie ihr das von ihr selbst, dem seligen Descoings und ihrem Notar streng gehütete Geheimnis preis: die junge, elegante Descoings, die sechsunddreißig Jahre alt zu sein vorgab, hatte einen fünfunddreißigjährigen Sohn aus erster Ehe, der bereits Witwer und Major im 21.

Linienregiment war, später in Dresden als Oberst fiel und seinerseits einen Sohn zurückließ. Die Descoings, die ihren Enkel nie anders als heimlich sah, gab ihn für den Sohn der ersten Frau ihres Mannes aus. Ihre vertrauliche Mitteilung Madame Bridau gegenüber erfolgte aus Vorsicht: der Sohn des Obersts wurde im Lycée Impérial mit den beiden Söhnen Bridau erzogen und hatte daselbst eine halbe Freistelle. Dieser Jüngling, der schon im Gymnasium witzig und boshaft war, hat sich später als Zeichner und Mann von Geist einen bedeutenden Ruf erworben. Agathe jedoch liebte außer ihren Kindern nichts auf der Welt und wollte nur noch für sie leben. Sie lehnte daher eine zweite Eheschließung ab, sowohl aus Vernunftsgründen als auch aus Treue. Es ist indessen leichter für eine Frau, eine gute Ehegefährtin zu sein als eine gute Mutter. Eine Witwe hat zwei Aufgaben, deren Obliegenheiten einander widersprechen. Sie ist Mutter und soll auch die väterliche Gewalt ausüben. Wenige Frauen sind stark genug, um diese Doppelrolle zu erfassen und ihr zu genügen. Daher wurde auch die arme Agathe bei all ihren Tugenden die unschuldige Ursache so manchen Unheils. Bei ihrem Mangel an Scharfsinn und der Vertrauensseligkeit, die schönen Seelen zur Gewohnheit wird, wurde sie das Opfer der Madame Descoings, die sie in entsetzliches Unglück stürzte. Die Descoings spielte Ternen[9], und die Lotterie gewährte ihren Losinhabern keinen Kredit. Da sie die Wirtschaft führte, konnte sie das hierfür bestimmte Geld für ihre Einsätze verwenden, und bald war denn auch der Haushalt tief verschuldet, während sie doch ihren Enkel Bixiou, ihre teure Agathe und die kleinen Bridaus reich zu machen gehofft hatte. Als die Schulden bereits auf zehntausend Francs angewachsen waren, machte sie noch höhere Einsätze, in der Hoffnung, ihre Lieblingsterne, die seit neun Jahren nicht herausgekommen war, werde den Fehlbetrag wieder einbringen. Von nun ab stiegen die Schulden rasch an. Als die Summe von zwanzigtausend Francs erreicht war, verlor die Descoings den Kopf, und die Terne gewann nicht. Da wollte sie ihr Vermögen verpfänden, um ihre Nichte zu entschädigen, aber Roguin, ihr Notar, wies ihr die Undurchführbarkeit dieser ehrenhaften Absicht nach. Beim Tode seines Schwagers Descoings hatte der selige Rouget dessen Nachlaß übernommen und

Madame Descoings mit einer Nutznießung abgefunden, die zu Lasten von Jean,Jacques' Vermögen ging. Nicht einmal ein Wucherer würde einer siebenundsechzigjährigen Frau, die nur ungefähr viertausend Francs bezog, zwanzigtausend Francs leihen, vor allem nicht in einer Zeit, in der man sein Geld überall leicht zu zehn Prozent anlegen konnte. Also fiel die Descoings eines Morgens ihrer Nichte zu Füßen und gestand schluchzend den Sachverhalt. Madame Bridau machte ihr keinen Vorwurf. Sie entließ den Diener und die Köchin, verkaufte einen Teil ihrer Möbel, verkaufte auch drei Viertel ihrer Staatspapiere, bezahlte alles und kündigte die Wohnung.

Einer der abscheulichsten Winkel von Paris ist bestimmt jener Teil der Rue Mazarine von der Rue Guénégaud bis zu der Stelle, wo sie sich mit der Rue de Seine hinter dem Gebäude des Institut de France vereinigt. Die hohen, grauen Mauern des Collège und der Bibliothek, die Kardinal Mazarin der Stadt Paris schenkte und in denen sich eines Tages die Académie Française niederlassen sollte, werfen eisige Schatten auf diese Straßenecke; die Sonne zeigt sich dort selten, und der Nordwind bläst. Im dritten Stock eines der in diesem feuchten, finsteren und kalten Winkel gelegenen Häuser mietete sich die arme, zugrundegerichtete Witwe ein. Vor diesem Haus erheben sich die Gebäude des Institut de France, wo sich damals die Behausungen jener wilden Tiere befanden, die der Bürger mit dem Namen Künstler bezeichnet und die man in den Ateliers Farbenkleckser nennt. Als stümpernder Kunstlehrling kam man hinein, und als Träger des von der Regierung gestifteten Rompreises konnte man daraus hervorgehen. Diese Verwandlung ging nicht ohne ungemeinen Lärm vor sich, vor allem zu bestimmten Zeiten des Jahres, da man die Bewerber in diesen Gehäusen einsperrte. Um Preisträger zu werden, mußte man innerhalb einer festgesetzten Frist als Bildhauer das Modell eines Standbildes in Tonerde geformt, als Maler eines jener Gemälde fertiggestellt, die man in der Ecole des Beaux-Arts sehen kann, als Musiker eine Kantate komponiert und als Archtiekt ein bedeutendes Bauprojekt entworfen haben. In dem Augenblick, da diese Zeilen geschrieben werden, ist die ganze Menagerie aus diesen finsteren, kalten Gebäuden bereits in das elegante Palais des Beaux-Arts[10], wenige Schritte von hier, übersiedelt. Von Madame Bridaus Fenstern fiel der Blick auf diese vergitterten Zellen, und das war ein sehr unerfreulicher Anblick. Gegen Norden wird die Ansicht durch die Kuppel des Institut de France begrenzt. Wenn man den Blick die Straße entlangschweifen läßt, bieten die Droschken, die im oberen Teil der Rue Mazarine ihren Standplatz haben, den einzigen Ruhepunkt für das Auge. Daher brachte die Witwe schließlich vor ihren Fenstern drei Kästen mit Erde an und schuf sich einen der Luftgärten, die von Polizeiverordnungen bedroht sind und deren Pflanzengewucher der Wohnung Licht und Luft entziehen. Jenes Haus, das sich an ein anderes, der Rue de Seine zugewendetes, anlehnt, hat natürlich nur geringe Tiefe und eine Wendeltreppe. Das dritte Stockwerk ist das letzte. Drei Fenster, drei Räume: ein Eßzimmer, ein kleiner Wohnraum, ein Schlafzimmer; gegenüber, auf der anderen Seite des Flurs, eine winzige Küche; darüber zwei Zimmer für die Knaben und ein unbenützter Dachboden. Madame Bridau wählte diese Wohnung aus drei Gründen: die Miete belief sich nur auf vierhundert Francs, was die Witwe bewog, gleich einen Mietvertrag auf neun Jahre abzuschließen; das Lycée Impérial lag in der Nähe, und schließlich blieb sie auf diese Weise in dem Viertel, an das sie sich gewöhnt hatte. Das Innere der Wohnung stand mit dem Hause in Einklang. Das Eßzimmer, das eine billige gelbe, grüngeblümte Tapete hatte und dessen roter Fliesenboden nicht gebohnert wurde, enthielt nur das unbedingt Notwendige: einen Tisch, zwei Geschirrschränke, sechs Sessel, alles aus der aufgegebenen Wohnung. Den Wohnraum zierte ein Aubusson-Teppich, der Bridau seinerzeit geschenkt worden war, als das Ministerium neu eingerichtet wurde. Die Witwe stellte mittelmäßige, mit ägyptischen Köpfen verzierte Mahagonimöbel dort auf, wie Jacob-Desmalters[11] sie um 1806 serienweise herstellte und die einen Bezug aus grüner Seide mit weißen Rosetten hatten. Das von Freundeshand geschaffene Pastellbildnis Bridaus über dem Kanapee lenkte sogleich den Blick auf sich. Mochte auch ein Künstler manches daran auszusetzen finden, so sprach doch aus dieser Stirn die ganze Standhaftigkeit des großen, unbekannt gebliebenen Bürgers. Die ruhige Heiterkeit seiner zugleich sanften und stolzen Augen war gut wiedergegeben worden. Der Scharfsinn, von dem seine klugen Lippen zeugten und das freimütige Lächeln, die ganze Miene dieses Mannes, den der Kaiser als *iustum et tenacem*[12] bezeichnet hatte, waren, wenn auch nicht genial, so doch genau erfaßt. Wer dieses Bildnis betrachtete, der wußte: Dieser Mann hat immer seine Pflicht getan. Seine Physiognomie drückte die Unbestechlichkeit aus, wie sie mehreren Männern zugebilligt worden ist, die unter der Republik gedient haben. Gegenüber prangte oberhalb eines Spieltisches ein kolorierter Kupferstich nach Vernets Gemälde: Napoleon mit seinem Gefolge im Galopp vorüberreitend. Agathe schaffte sich zwei große Vogelkäfige an; in dem einen hielt sie Kanarienvögel, in dem anderen westindische Vögel. Seit dem für sie unersetzlichen Verlust, den sie erlitten hatte, gab sie sich dieser kindlichen Liebhaberei hin. Was das Schlafzimmer der Witwe betraf, so war es nach drei Monaten, was es von da ab bis zu dem unseligen Tage, da sie es verlassen mußte, bleiben sollte: ein unbeschreibliches Durcheinander. Die Katzen machten sich's auf den Lehnstühlen bequem, die Kanarienvögel, die manchmal frei herumflogen, hinterließen Kleckse auf allen Möbeln. Die arme gute Witwe pflegte für sie an mehreren Stellen Hirsekörner und anderes Vogelfutter auszulegen. Die Katzen fanden Leckerbissen auf angeschlagenen Untertassen. Kleidungsstücke lagen überall herum. Das Zimmer roch nach Provinz und nach Treue. Alles, was dem seligen Bridau gehört hatte, wurde sorgsam aufbewahrt. Seinen Schreibtischutensilien wurde die Sorgfalt zuteil, die ehemals die Witwe eines Ritters wohl seinen Waffen hätte angedeihen lassen. Eine kleine Einzelheit mag den rührenden Kult beweisen, den diese Frau trieb. Sie hatte eine Schreibfeder in einen Umschlag gesteckt, diesen versiegelt und mit der Aufschrift versehen: »Die letzte Feder, deren sich mein lieber Mann bedient hat.« Die Tasse, aus der er den letzten Schluck getrunken hatte, stand unter einem Glassturz auf dem Kaminsims. Später thronten Nachtmützen und falsche Haare auf den Glasstürzen, die diese kostbaren Reliquien bargen. Seit Bridaus Tod gab es für diese fünfunddreißigjährige Witwe keine Spur von Koketterie und weiblichen Toilettenkünsten mehr. Nachdem der einzige Mann von ihr gegangen war, den sie gekannt, geschätzt und geliebt und der ihr nie den geringsten Kummer bereitet hatte, fühlte sie sich nicht mehr als weibliches Wesen; alles wurde ihr gleichgültig, ja, sie zog sich kaum mehr an. Nie hat eine Frau so einfach und vollständig mit dem verlorenen Eheglück auch alle Lust zu gefallen abgelegt. Es gibt Wesen, denen die Liebe die Macht verleiht, mit ihrem ganzen Ich in einem anderen zu versinken, und wenn ihnen das genommen wird, ist ihr Leben ausgelöscht. Agathe, die nur mehr für ihre Kinder lebte, empfand eine maßlose Traurigkeit, als sie erkannte, welche Entbehrungen ihre Verarmung ihnen auflegen würde. Seit ihrem Einzug in der Rue Mazarine lag ein Hauch von Schwermut über ihrem Gesicht, der ihm etwas Rührendes verlieh. Wohl rechnete sie im stillen auf den Kaiser, aber der Kaiser konnte schließlich nicht mehr tun, als er jetzt tat: er zahlte aus seiner Privatschatulle jährlich sechshundert Francs für jedes Kind, außer der Freistelle.

Was nun die schöne Descoings betrifft, so bewohnte sie im zweiten Stock eine ebensolche Wohnung wie ihre Nichte. Sie hatte von ihrer Nutznießung tausend Taler als vorzugsweise Übertragung auf Madame Bridau überschreiben lassen, und Roguin, der Notar, hatte die Sache für Madame Bridau geregelt, aber es mußten noch ungefähr sieben Jahre vergehen, bis bei dieser langsamen Abzahlung der Schaden wiedergutgemacht war. Roguin, damit beauftragt, die ausgefallenen fünfzehnhundert Francs Zinsen zusammenzubekommen, kassierte die so zurückgehaltenen Beträge ein. Die Descoings, deren Einkommen somit jetzt auf zwölfhundert Francs beschränkt war, lebte sehr bescheiden mit ihrer Nichte. Die beiden kreuzbraven, aber schwachen Geschöpfe nahmen nur für die Morgenstunden eine Aufwärterin, und die Descoings, die gern kochte, bereitete das Essen. Einige Freunde, Angestellte des Ministeriums, die Bridau seinerzeit dort untergebracht hatte, fanden sich des Abends ein, um mit den beiden Witwen eine Partie Karten zu spielen. Die Descoings spielte auch weiterhin ihre Terne, die, wie sie sagte, es sich in den Kopf gesetzt hatte, nicht herauszukommen. Sie hoffte, mit einem Schlage alles zurückzahlen zu können, was sie ein wenig gewaltsam von ihrer Nichte entliehen hatte. Die beiden kleinen Bridaus liebte sie mehr als ihren Enkel Bixiou, so sehr spürte sie ihr Unrecht ihnen gegenüber, und sie bewunderte die Herzensgüte ihrer Nichte, die ihr ungeachtet ihres schweren Leids nie den leisesten

Vorwurf machte. Joseph und Philippe wurden daher auch von der Descoings arg verhätschelt. Nach Art aller, die für ein heimliches Laster Verzeihung erstreben, bereitete ihnen die alte Spielerin der kaiserlich französischen Lotterie alle erdenklichen lekkeren Gerichte. Später brachten Joseph und Philippe es mit der größten Leichtigkeit fertig, ihr einiges Geld zu entlocken, der Jüngere für Kohle- und Farbstifte, Papier und Zeichenvorlagen, der Ältere für Apfeltörtchen, Murmeln, Bindfaden und Messer. Ihre Leidenschaft hatte die Alte so weit gebracht, daß sie für sich nicht mehr als monatlich fünfzig Francs ausgab, um mit dem Rest in der Lotterie spielen zu können.

Madame Bridau ihrerseits ließ aus Mutterliebe ihre Ausgaben gleichfalls nicht höher steigen. Um sich für ihre Vertrauensseligkeit zu strafen, versagte sie sich heldenhaft alle kleinen Genüsse. Wie es bei vielen schüchternen Gemütern mit beschränkter Intelligenz vorkommt, brachte eine einzige Verletzung ihres Gefühls und ihr erwachtes Mißtrauen sie dahin, einen Fehler so weit zu treiben, daß er schon wieder zur Tugend wurde. Der Kaiser konnte vergessen, sagte sie sich; er konnte in einer Schlacht umkommen, und ihre Pension würde dann wegfallen. Bei dem Gedanken, daß ihre Kinder ohne jedes Vermögen in der Welt zurückbleiben könnten, schauderte sie. Unfähig, Roguins Berechnungen zu verstehen, wenn er versuchte, ihr klarzumachen, daß ihre verkauften Staatspapiere innerhalb von sieben Jahren durch einen Abzug von dreitausend Francs von der jährlichen Nutznießungssumme der Madame Descoings voll ersetzt würden, traute sie weder dem Notar noch ihrer Tante noch dem Staat; sie verließ sich nur noch auf sich selber und auf das, was sie sich abdarbte. Wenn sie jährlich tausend Taler von ihrer Pension zurücklegte, würde sie nach zehn Jahren dreißigtausend Francs besitzen, was für eines ihrer Kinder fünfzehnhundert Francs Zinsen ausmachen würde. Mit sechsunddreißig Jahren konnte sie wohl hoffen, noch zwanzig Jahre zu leben; und wenn sie bei diesem System blieb, war sie in der Lage, beide mit dem unbedingt Nötigen zu versorgen. So waren die beiden Witwen von einem unechten Wohlstand zu einem freiwilligen Elend übergegangen, die eine unter dem Zwang eines Lasters, die andere aus lauterster Tugend. Nichts von all diesen geringfügigen

Dingen ist bedeutungslos für die umfassende Lehre, die sich aus dieser Geschichte ergibt, einer Geschichte, die sich mit den alltäglichsten Dingen des Lebens befaßt, deren Tragweite aber darum vielleicht nicht geringer ist. Der Anblick der Zellen, das Treiben der Kunstjünger auf der Straße, die Notwendigkeit, den Himmel zu betrachten, um sich über die scheußlichen Ausblicke hinwegzutrösten, die dieser feuchte Winkel bietet, der Anblick des Porträts, das, obwohl von keinem Fachmann gemalt, seelenvoll und groß wirkte, die reichen, aber vom Alter verblaßten, harmonischen Farben ihres freundlichen, ruhigen Heims, die Blumenkästen vor den Fenstern, die Armut dieses Haushaltes, die Vorliebe der Mutter für ihren Ältesten, ihr Widerstand gegenüber den Neigungen des Jüngeren, kurz um die Gesamtheit der Tatsachen und Umstände, die dieser Erzählung als Einleitung dienen, all das zusammen enthält vielleicht die schöpferischen Ursachen, denen wir Joseph Bridau, einen der großen Maler der heutigen französischen Schule, zu verdanken haben.

Philippe, der ältere der beiden Söhne Bridaus, glich auffallend seiner Mutter. Obgleich er ein blonder, blauäugiger Junge war, hatte er ein ungestümes Wesen, das leicht für Lebhaftigkeit und Mut gehalten werden konnte. Der alte Claparon, der zugleich mit Bridau ins Ministerium eingetreten war und einer der treuen Freunde war, die des Abends zu kommen pflegten, um mit den beiden Witwen eine Partie Karten zu spielen, sagte zwei- oder dreimal im Monat zu Philippe und tätschelte ihm dabei die Wange: »Das ist ein wackerer kleiner Bursch, der wird sich nicht bange machen lassen.« Für den Jungen war das ein Anreiz, und aus Prahlerei faßte er eine Art Entschluß. Nachdem die Entwicklung seines Charakters einmal diese Richtung eingeschlagen hatte, wurde er wirklich geschickt in allen körperlichen Übungen. Da er im Gymnasium andauernd in Prügeleien verwickelt wurde, machte er sich jene Kühnheit und Verachtung des Schmerzes zu eigen, die allen Soldatentugenden zugrunde liegen; allerdings eignete er sich auch die größte Abneigung gegen das Lernen an, denn die öffentliche Erziehung wird nie das schwere Problem einer gleichzeitigen Entwicklung des Körpers und des Geistes zu lösen vermögen. Agathe schloß aus ihrer rein physischen Ähnlichkeit mit Philippe auf eine geistig-seelische Übereinstimmung und war überzeugt, eines Tages in ihm ihre eigene Zartheit des Gefühlslebens, noch vertieft durch die Kraft des Mannes, wiederzufinden. Philippe war fünfzehn Jahre alt, als seine Mutter die traurige Wohnung in der Rue Mazarine bezog, und die Kindern dieses Alters eigene Anmut bestärkte sie noch in ihrem mütterlichen Glauben. Der drei Jahre jüngere Joseph glich seinem Vater, aber im schlechten Sinne. Zunächst einmal war sein üppiges schwarzes Haar nie ordentlich gekämmt, was man auch dagegen tun mochte, während sein Bruder trotz seiner Lebhaftigkeit stets nett aussah. Ferner konnte Joseph durch Gott weiß welches Verhängnis – aber ein andauerndes Verhängnis wird zur Gewohnheit – seinen Anzug nie sauberhalten; neue Anzüge wirkten bei ihm sofort abgetragen. Der Ältere achtete aus Eigenliebe auf seine Sachen. Ganz unmerklich nahm die Mutter die Gewohnheit an, Joseph zu schelten und ihm seinen Bruder als Vorbild hinzustellen. Agathe zeigte also ihren beiden Kindern nicht immer das gleiche Gesicht, und wenn sie sie vom Gymnasium abholte, sagte sie sich in bezug auf Joseph: »In welchem Zustand werden wohl seine Sachen wieder sein!« Diese kleinen Dinge führten schließlich dazu, daß sich ihr Mutterherz einer ungerechten Bevorzugung schuldig machte. Unter den höchst mittelmäßigen Leuten, mit denen die beiden Witwen verkehrten, bemerkte keiner Josephs Hang zur Beobachtung, weder der wackere du Bruel noch der alte Claparon noch Desroches senior, ja nicht einmal der Abbé Loraux, Agathes Beichtvater. Von seiner Neigung beherrscht, achtete der künftige Meister der Farbe auf nichts, was ihn selber anging. Während seiner frühen Kindheit konnte man diese Veranlagung sehr leicht für Stumpfsinn halten, so daß sich sein Vater über ihn Sorgen gemacht hatte. Der ungewöhnlich große Kopf und die breite Stirn des Jungen ließen befürchten, daß er einen Wasserkopf habe. Sein gequälter Gesichtsausdruck, dessen Eigentümlichkeit in den Augen derer, die den inneren Wert nicht aus dem Mienenspiel zu erkennen vermögen, als Häßlichkeit gelten konnte, hatten ihn in seiner Jugend ziemlich mürrisch erscheinen lassen. Die Züge, die sich später entwickelten, schienen damals verzerrt, und die tiefe Aufmerksamkeit, die das Kind auf die Dinge verwandte, zog sie noch krampfhafter zusammen. Philippe schmeichelte der

Eitelkeit seiner Mutter, während sie über Joseph nie etwas Schmeichelhaftes zu hören bekam. Philippe fand auch zuweilen drollige Aussprüche und schlagfertige Antworten, die in den Eltern den Glauben erwecken, ihre Kinder würden einmal bedeutende Menschen werden; Joseph hingegen blieb schweigsam und verträumt. Die Mutter versprach sich Wunder von Philippe; von Joseph versprach sie sich überhaupt nichts. Josephs Hang zur Kunst kam durch einen recht alltäglichen Vorfall zum Vorschein. Im Jahre 1812, als er in den Osterferien einmal mit seinem Bruder und Madame Descoings von einem Spaziergang durch die Tuilerien zurückkehrte, sah er einen Schüler die Karikatur irgendeines Lehrers an die Mauer zeichnen und blieb, starr vor Bewunderung, vor diesen Kreidestrichen stehen, die von Mutwillen übersprudelten. Am nächsten Tage stellte sich das Kind ans Fenster, beobachtete, wie die Kunstschüler durch die Tür in der Rue Mazarine eintraten, ging heimlich hinunter und schlüpfte in den langen Hof des Institut de France, wo er die halbfertigen Statuen, Büsten, Marmorarbeiten, Tonfiguren und Gipsabgüsse sah, die er mit fieberhaften Blicken betrachtete, denn sein künstlerischer Instinkt war erwacht, und seine Berufung kündete sich an. Er trat in einen niedrigen Raum, dessen Tür halb offenstand, und erblickte dort ungefähr zehn junge Leute, die eine Plastik abzeichneten und die ihn zu hänseln begannen.

»Heda, Kleiner!« rief der erste, der ihn bemerkte, und bewarf ihn mit Brotkrumen.

»Wem gehört dieser Junge?«

»Mein Gott, wie häßlich er ist!«

Kurz, eine Viertelstunde lang mußte Joseph die Angriffe des ganzen Ateliers des großen Bildhauers Chaudet[14] über sich ergehen lassen. Nachdem sich die Schüler indessen genügend über ihn lustig gemacht hatten, machte sie schließlich seine Ausdauer und sein Gesichtsausdruck betroffen, und sie fragten ihn, was er denn wolle. Joseph antwortete, er habe große Lust, zeichnen zu lernen, und daraufhin ermutigten sie ihn alle. Beglückt über diesen freundschaftlichen Ton, erzählte der Junge schließlich, er sei der Sohn der Madame Bridau.

»Oh, wenn du der Sohn der Madame Bridau bist, dann kannst du ein großer Mann werden. Es lebe der Sohn der Madame Bridau!« tönte es aus allen Winkeln des Ateliers. »Ist sie hübsch, deine Mutter? Nach deiner Birne zu urteilen, muß sie ein bißchen komisch aussehen.«

»Du willst also Künstler werden«, begann der älteste Schüler, verließ seinen Platz und trat an Joseph heran, um ihm einen Streich zu spielen. »Aber weißt du denn auch, daß man dazu ein verwegener Bursch sein und große Leiden erdulden muß? Ja, es gibt Prüfungen, bei denen man sich Arme und Beine brechen kann. Unter allen diesen Kerlen, die du da siehst, ist nicht einer, der nicht die Prüfungen durchgemacht hätte. Dieser da zum Beispiel durfte sieben Tage lang nichts essen. Laß sehen, ob du ein Künstler werden kannst.« Er ergriff einen von Josephs Armen und streckte ihn hoch empor; hierauf gab er dem anderen eine Pose, als solle Joseph jemandem einen Fausthieb versetzen. »Wir nennen das die Telegrafenprobe«, fuhr er fort. »Wenn du eine Viertelstunde so stehen bleibst, ohne deine Arme zu senken oder dich überhaupt zu rühren, dann hast du den Beweis geliefert, daß du ein schneidiger Kerl bist.«

»Also Mut, Kleiner«, redeten ihm die anderen zu. »Ja, um Künstler zu werden, muß man eben leiden.«

Mit der Gutgläubigkeit eines dreizehnjährigen Knaben blieb Joseph ungefähr fünf Minuten unbeweglich so stehen, und alle Schüler musterten ihn mit ernster Miene.

»Oh, du läßt ja die Arme sinken«, meinte einer.

»So halt doch still, zum Teufel!« rief ein anderer. »Der Kaiser Napoleon ist doch auch einen Monat lang so stehen geblieben, wie du ihn hier siehst«, belehrte ihn ein Schüler, auf das schöne Standbild von Chaudet[15] weisend. Der Kaiser stand aufrecht und hielt das kaiserliche Zepter in der Hand. Diese Statue wurde im Jahre 1814 von der Vendômesäule herabgestürzt, die sie so schön gekrönt hatte.

Nach zehn Minuten perlte auf Josephs Stirn der Schweiß. Da betrat ein kleiner, kahlköpfiger, blaß und kränklich aussehender Mann den Raum. Ehrerbietiges Schweigen herrschte sofort im Atelier. »Na, Jungen, was treibt ihr denn da?« fragte er mit einem Blick auf den Märtyrer des Ateliers.

»Das Kerlchen steht Modell«, erklärte der große Schüler, der Joseph so hingestellt hatte.

»Schämt ihr euch nicht, ein armes Kind so zu quälen?« schalt Chaudet und ließ Joseph die Arme herunternehmen. »Seit wann bist du hier?« fragte er ihn und gab ihm einen freundschaftlichen Klaps auf die Wange.

»Seit einer Viertelstunde.«

»Und was führt dich her?«

»Ich möchte ein Künstler werden.«

»Und woher bist du? Wo kommst du her?«

»Von meiner Mama.«

»Oh! Von seiner Mama!« lachten die Schüler.

»Ruhe bei den Skizzenblöcken!« rief Chaudet. »Was tut sie denn, deine Mama?«

»Sie heißt Madame Bridau. Mein Papa, der schon tot ist, war ein Freund des Kaisers. Der Kaiser würde darum auch alles bezahlen, was Sie verlangen, wenn Sie mich zeichnen lehren wollen.«

»Sein Vater war Abteilungsleiter im Innenministerium«, rief Chaudet, der sich plötzlich erinnerte. »Und du willst Künstler werden? Schon jetzt?« – »Ja!«

»Komm her, sooft du willst, und du wirst Spaß daran bekommen. Gebt ihm einen Skizzenblock, Papier, Stifte, und laßt ihn gewähren. Hört, ihr Spaßvögel, sein Vater hat mir manchen Gefallen erwiesen. Da, Pumpenschwengel, hol Kuchen, Leckereien, Bonbons«, sagte er und gab dem Schüler, der seinen Ulk mit Joseph getrieben hatte, Geld. »An der Art, wie du futtern wirst, werden wir sehen, ob du ein Künstler bist«, fuhr Chaudet fort, Josephs Kinn streichelnd.

Hierauf prüfte er die Arbeiten seiner Schüler, begleitet von dem kleinen Jungen, der schaute, horchte und zu verstehen suchte. Die Näschereien wurden gebracht. Das ganze Atelier, der Bildhauer selber und auch das Kind ließen es sich schmecken. Joseph wurde jetzt ebenso umschmeichelt, wie er vorher gefoppt worden war. Diese Szene, in der sich gleichzeitig die Spottlust und das gute Herz der Künstler zeigten und die der Knabe instinktiv begriff, machte einen nachhaltigen Eindruck auf ihn. Die Erscheinung Chaudets, des Bildhauers, der später von einem vorzeitigen Tod hingerafft wurde und den die Gunst des Kaisers berühmt werden ließ, wirkte auf Joseph wie eine Offenbarung.

Seiner Mutter verschwieg der Knabe diese heimlichen Abstecher, aber jeden Sonntag und Donnerstag verbrachte er drei Stunden in Chaudets Atelier. Von der Descoings, die die Launen ihrer kleinen Lieblinge begünstigte, erhielt Joseph von nun ab Stifte, Rötel und Zeichenpapier. Im Lycée Impérial skizzierte der angehende Künstler seine Lehrer, er zeichnete seine Kameraden, in den Schlafsälen bedeckte er alle Wände mit Kohlezeichnungen und entwickelte in der Zeichenstunde einen erstaunlichen Fleiß. Lemire, der Zeichenlehrer des Lycée Impérial, den nicht allein Josephs Begabung, sondern auch seine Fortschritte aufmerken ließen, suchte Madame Bridau auf, um sie auf die künstlerische Berufung ihres Sohnes aufmerksam zu machen. Als echte Provinzlerin, die von der Kunst so wenig wie sie vom Haushalt viel verstand, wurde Agathe bei dieser Eröffnung von Entsetzen gepackt. Kaum war Lemire gegangen, als die Witwe in Tränen ausbrach.

»Ach«, jammerte sie, als die Descoings kam, »ich bin verloren! Joseph, aus dem ich einen Beamten machen wollte, dessen Weg im Innenministerium schon genau vorgezeichnet war, wo er, vom Schatten seines Vaters beschützt, mit fünfundzwanzig Jahren Bürovorsteher geworden wäre, will Maler werden! Solch ein Hungerleiderberuf! Ich habe es ja schon immer vorausgesehen, daß mir dieses Kind nichts als Kummer bereiten würde.«

Madame Descoings gestand, daß sie seit einigen Monaten Josephs Leidenschaft Vorschub geleistet und seine Sonntags- und Donnerstagsabstecher ins Institut begünstigt hatte. Im ›Salon‹, wohin sie mit ihm gegangen war, hatte die tiefe Aufmerksamkeit, die der kleine Kerl den Gemälden widmete, geradezu etwas Wunderbares an sich gehabt.

»Wenn er mit dreizehn Jahren schon etwas von der Malerei versteht, meine Liebe, dann wird Ihr Joseph ein Genie.«

»O ja! Sie sehen ja, wohin das Genie seinen Vater geführt hat. Daß er mit vierzig Jahren gestorben ist, verbraucht von der Arbeit!«

In den letzten Herbsttagen, als Joseph in sein vierzehntes Lebensjahr trat, begab sich Agathe trotz der flehentlichen Bitten der Descoings hinüber zu Chaudet, um sich dagegen zu verwahren, daß ihr Sohn auf Abwege geführt werde. Sie fand Chaudet im blauen Kittel an seiner letzten Plastik modellierend. Er empfing die Witwe des Mannes, der ihm einst in einer schwierigen Lage beigestanden hatte, beinahe unfreundlich. Seine Lebenskraft war bereits schwer angegriffen, und er kämpfte daher noch mit jenem Feuer, jenem Schwung, der es ermöglicht, in kurzer Zeit zu schaffen, was sogar in langen Monaten schwer durchzuführen ist. Er war eben auf eine lange gesuchte Lösung gekommen und handhabte sein Bossierholz und seinen Ton mit kurzen, ruckartigen Bewegungen, die der unwissenden Agathe wie die eines Wahnsinnigen vorkamen. Bei jedem anderen Anlaß hätte Chaudet gelacht; als er aber hörte, wie diese Mutter die Künstler verfluchte und das Schicksal beklagte, das ihrem Sohn auferlegt werden sollte, wie sie schließlich verlangte, man möge ihn nicht mehr im Atelier dulden, da packte ihn heiliger Zorn.

»Ich fühle mich Ihrem verstorbenen Gatten gegenüber verpflichtet und wollte deshalb seinen Sohn fördern und die ersten Schritte Ihres kleinen Joseph in der erhabensten aller Laufbahnen überwachen!« rief er aus. »Ja, Madame, wenn Sie es noch nicht wissen, so erfahren Sie, daß ein großer Künstler ein König ist, mehr als ein König. Zunächst einmal ist er glücklicher, denn er ist unabhängig und lebt, wie es ihm gefällt. Außerdem herrscht er im Reich der Phantasie. Ihrem Sohn steht die schönste Zukunft offen. Eine Begabung wie die seine ist selten. So frühzeitig hat sie sich nur bei einem Giotto, Raffael, Tizian, Rubens und Murillo geäußert; er scheint mir nämlich eher zum Maler als zum Bildhauer berufen. Du lieber Himmel! Wenn ich einen solchen Sohn hätte, wäre ich glücklich wie der Kaiser mit seinem König von Rom[16]! Nun, Sie haben darüber zu entscheiden. Also, Madame, wenn Sie einen Trottel aus ihm machen, einen Mann, der schlecht und recht dahinlebt, einen armseligen Federfuchser, dann begehen Sie einen Mord. Ich hoffe, daß er all Ihren Bemühungen zum Trotz dennoch ein Künstler wird. Die Berufung ist stärker als alle Hindernisse, die man ihr in den Weg legt. Die Berufung; das Wort bedeutet: Es ist ein Ruf ergangen! Ja, das heißt, von Gott auserkoren zu sein. Sie jedoch werden Ihr Kind unglücklich machen!« Wütend warf er den Ton, den er nicht mehr brauchte, in einen Kübel und sagte dann zu seinem Modell: »Genug für heute!«

Agathe hob den Blick und sah in einem Winkel des Ateliers, wohin ihr Blick noch nicht gefallen war, eine nackte Frau auf einem Schemel sitzen. Dieser Anblick ließ sie voll Entsetzen die Flucht ergreifen.

»Der kleine Bridau darf hier nicht mehr 'rein, hört ihr?« befahl Chaudet seinen Schülern. »Es paßt seiner Frau Mutter nicht.«

»Uh!« schrien die Schüler, als Agathe die Tür hinter sich geschlossen hatte.

Und dorthin ist Joseph gegangen! sagte sich die arme Mutter, entsetzt über das, was sie gesehen und gehört hatte.

Sobald die Bildhauer- und Malerschüler erfahren hatten, Madame Bridau wünsche nicht, daß ihr Sohn Künstler werde, war es ihre höchste Freude, Joseph an sich zu locken. Trotz des Versprechens, das ihm seine Mutter abgenommen hatte, nicht mehr ins Institut zu gehen, schlüpfte der kleine Junge oft in das Atelier, das Regnault[17] dort hatte, und wo man ihn ermunterte, nach Herzenslust Leinwände zu beschmieren. Als sich die Witwe beschweren wollte, erklärten ihr Chaudets Schüler, Regnault sei ja nicht Chaudet; im übrigen habe sie ihnen ihren Herrn Sohn nicht zum Behüten gegeben, und ähnliche Späße mehr. Diese gräßlichen Farbenkleckser komponierten und sangen auf Madame Bridau ein Lied von hundertsiebenunddreißig Strophen.

Am Abend dieses traurigen Tages weigerte sich Agathe, Karten zu spielen, und blieb in ihrem Lehnstuhl sitzen, von so tiefer Traurigkeit übermannt, daß ihr zuweilen Tränen in die Augen traten.

»Was fehlt Ihnen denn, Madame Bridau?« fragte der alte Claparon.

»Sie hat Angst, ihr Sohn werde betteln gehen müssen, weil er Neigung zur Malerei hat«, sagte die Descoings. »Ich aber mache mir nicht die geringsten Sorgen über die Zukunft meines Stiefsohns, des kleinen Bixiou, der ja auch von der Zeichenwut besessen ist. Männer sind dazu da, sich durchzusetzen.«

»Madame hat recht«, meinte der trockene, harte Desroches, der es trotz all seiner Begabung niemals bis zum stellvertretenden Abteilungsleiter hatte bringen können. »Ich habe glücklicherweise nur einen Sohn, denn wo sollte ich sonst wohl hinkommen mit meinen achtzehnhundert Francs und den zwölfhundert, die meine Frau mit ihrem Stempelpapier-Büro zur Not verdient. Ich habe meinen Jungen zu einem Advokaten als Schreiberlehrling gegeben. Da bekommt er fünfundzwanzig Francs monatlich und das Mittagessen. Ich gebe ihm ebensoviel. Zum Abendessen und Schlafen kommt er nach Hause. Das ist alles. Er wird schon seinen Weg machen. Ich sorge damit besser für den Bengel, als wenn ich ihn ins Gymnasium gesteckt hätte, und er wird eines Tages sicher Anwalt werden. Wenn ich ihm eine Theaterkarte bezahle, freut er sich wie ein Schneekönig und fällt mir um den Hals. Oh, ich halte ihn fest an der Leine, er legt mir genau Rechenschaft darüber ab, wie er sein Geld verwendet. Sie sind zu gut zu Ihren Kindern. Wenn Ihr Sohn durchaus Not leiden will, dann lassen Sie ihn doch. Irgend etwas wird schon aus ihm werden.«

»Mein Sohn«, begann du Bruel, ein alter Abteilungsleiter, der soeben in den Ruhestand getreten war, »ist erst sechzehn Jahre alt, und seine Mutter vergöttert ihn; aber auf eine Berufung, die sich so frühzeitig äußert, würde ich nichts geben. Das ist reine Phantasie, eine Neigung, die wohl vorübergehen wird. Ich bin der Ansicht, daß Jungen geleitet werden müssen.«

»Sie sind reich, Sie sind ein Mann und Sie haben nur einen Sohn«, sagte Agathe.

»Wahrhaftig«, fiel Claparon ein, »die Kinder sind unsere Tyrannen. – Ich spiele Herz! – Mein Sohn bringt mich zur Raserei; er hat mich vollständig ruiniert, bis ich mich schließlich gar nicht mehr um ihn gekümmert habe. – Solo! – So ist es für ihn besser und für mich auch. Der Bengel ist zum Teil schuld am Tod seiner armen Mutter. Er ist Handelsreisender geworden, und das ist das Richtige für ihn; denn kaum war er zu Hause, wollte er schon wieder fort. Er hatte kein Sitzfleisch und wollte nichts lernen. Alles, um was ich Gott bitte, ist, daß ich sterbe, ohne erleben zu müssen, daß er meinem Namen Schande macht! Diejenigen, die keine Kinder haben, entbehren zwar viele Freuden, aber dafür bleiben ihnen auch sehr viele Leiden erspart.«

So sind die Väter! dachte Agathe und begann von neuem zu weinen.

»Was ich Ihnen da sage, meine liebe Madame Bridau, soll

Ihnen nur beweisen, daß Sie Ihr Kind Maler werden lassen müssen; Sie würden sonst nur Ihre Zeit verlieren ...«

»Wenn Sie imstande wären, ihm die Leviten zu lesen«, erklärte der strenge Desroches, »so würde ich Ihnen raten, sich seinen Neigungen zu widersetzen; aber schwach, wie ich Sie Ihren Kindern gegenüber kenne, lassen Sie ihn ruhig schmieren und kritzeln.«

»Verloren!« sagte Claparon.

»Wieso verloren?« rief die arme Mutter.

»Na, mein Herz-Solo; mit diesem klapperdürren Desroches verliere ich immer.«

»Trösten Sie sich doch, Agathe«, sagte die Descoings, »aus Joseph wird einmal ein großer Mann.«

Nach dieser Erörterung, die sich kaum von allen anderen Erörterungen der Menschen unterscheidet, einigten sich die Freunde der Witwe auf die gleiche Meinung, und diese Meinung war nicht danach angetan, die arme Frau von ihrer Ratlosigkeit zu befreien. Man riet ihr, Joseph seiner Neigung folgen zu lassen.

»Wenn er kein Genie wird«, meinte du Bruel, der Agathe den Hof machte, »können Sie ihn ja immer noch in der Verwaltung unterbringen.«

Auf dem obersten Treppenabsatz nannte die Descoings, die die drei alten Beamten hinausbegleitet hatte, sie die drei Weisen aus dem Morgenlande.

»Sie macht sich zuviel Sorgen«, war du Bruels Ansicht.

»Sie ist nur zu froh, daß ihr Sohn überhaupt etwas tun will«, ergänzte Claparon.

»Wenn Gott uns den Kaiser erhält«, fügte Desroches hinzu, »wird Joseph wohl Protektion haben. Wozu quält sie sich also?«

»Wenn es sich um ihre Kinder handelt, hat sie vor allem Angst«, entgegnete die Descoings. »Nun, mein Herzchen«, fuhr sie fort, als sie wieder ins Zimmer trat, »wie Sie sehen, sind alle einer Meinung. Warum weinen Sie denn schon wieder?«

»Ach, wenn es sich um Philippe handelte, hätte ich keine Angst. Sie wissen ja gar nicht, wie es in diesen Ateliers zugeht. Nackte Weiber sitzen da bei den Künstlern herum.«

»Aber ich hoffe doch, daß dort gut geheizt ist«, erwiderte die Descoings.

Einige Tage später begann die wilde Flucht des Heeres aus Moskau. Napoleon kam zurück, um neue Streitkräfte aufzustellen und Frankreich neue Opfer aufzuerlegen. Nun war die arme Mutter noch ganz anderen Ängsten ausgeliefert. Philippe, dem es in der Schule wenig behagte, wollte durchaus dem Kaiser dienen. Eine Truppenparade in den Tuilerien, die letzte, die Napoleon dort abhielt und der Philippe beiwohnte, hatte es ihm angetan. Damals übten der militärische Prunk, der Anblick von Uniformen und die ehrfurchtgebietenden Achselstücke auf gewisse junge Leute eine unwiderstehliche Anziehungskraft aus. Philippe glaubte, für die militärische Laufbahn die gleichen Anlagen aufweisen zu können, wie sie sein Bruder für die Kunst an den Tag legte. Ohne Wissen seiner Mutter schrieb er also ein Gesuch an den Kaiser:

> Sire, ich bin der Sohn Ihres Bridau; ich bin achtzehn Jahre alt, fünf Fuß sechs Zoll groß. Ich bin gut zu Fuß, gesund und habe den Wunsch, einer Ihrer Soldaten zu sein. Ich bitte um Ihre Gunst, in die Armee eintreten zu dürfen . . .

Daraufhin schickte ihn der Kaiser innerhalb von vierundzwanzig Stunden aus dem Lycée Impérial nach Saint-Cyr, und sechs Monate später ließ er ihn als Unterleutnant in ein Kavallerieregiment eintreten. Einen Teil des Winters über blieb Philippe bei einem Ersatzbataillon, sobald er jedoch reiten konnte, zog er voll glühender Beigeisterung ins Feld. Während des Krieges in Frankreich, nach einem Vorhutgeplänkel, bei dem er mit seinem Draufgängertum seinen Oberst rettete, wurde er Leutnant. In der Schlacht bei La Fère-Champenoise ernannte ihn der Kaiser zum Rittmeister und machte ihn gleichzeitig zu seinem Ordonnanzoffizier. Angespornt von einer derartig raschen Beförderung, erwarb sich Philippe bei Montereau das Kreuz. Der Rittmeister Bridau war Zeuge von Napoleons Abschied in Fontainebleau und weigerte sich, hingerissen von diesem Schauspiel, den Bourbonen zu dienen. Als er im Juli 1814 zu seiner Mutter zurückkehrte, fand er sie gänzlich verarmt vor. Nach den Ferien wurde Joseph die Freistelle entzogen, und Madame Bridau, der bisher aus der kaiserlichen Privatschatuelle ihre Pension gezahlt worden war, bemühte sich vergeblich, diese auf das Innenministerium übertragen zu lassen. Joseph, der mehr denn je der Malerei ergeben und von allen diesen Ereignissen hingerissen war, bat seine Mutter, ihn zu Regnault gehen zu lassen, und versprach, baldigst seinen Lebensunterhalt zu verdienen. Er war der Ansicht, in der Sekunda bereits so viel gelernt zu haben, daß er auf die Prima verzichten könne. Die Laufbahn Philippes, der mit neunzehn Jahren Rittmeister und mit dem Kreuz der Ehrenlegion ausgezeichnet worden war, nachdem er dem Kaiser auf zwei Schlachtfeldern als Adjutant gedient hatte, schmeichelte der Eigenliebe seiner Mutter gewaltig. Obwohl er roh und ungebärdig und im Grunde ohne anderes Verdienst als dem der ganz gewöhnlichen Tapferkeit eines Haudegens war, sah sie in ihm den Mann von Genie. Joseph dagegen, der klein, mager und kränklich war, einen scheuen Gesichtsausdruck hatte, Ruhe und Frieden liebte und von Künstlerruhm träumte, würde ihr, so meinte sie, immer nur Kummer und Sorgen bereiten. Der Winter von 1814 auf 1815 war günstig für Joseph, der, heimlich unterstützt von der Descoings und von Bixiou, einem Schüler von Gros[18], in dieses berühmte Atelier arbeiten ging, aus dem so viele verschiedenartige Talente hervorgegangen sind und wo er sich eng mit Schinner befreundete. Es kam der 20. März[19]. Rittmeister Bridau, der sich dem Kaiser in Lyon anschloß und ihn in die Tuilerien begleitete, wurde zum Schwadronschef bei den Gardedragonern ernannt. Nach der Schlacht bei Waterloo, wo er leicht verwundet wurde und wo er das Offizierskreuz der Ehrenlegion erwarb, war er bei Marschall Davout[20] in Saint-Denis und gehörte also nicht zur Loire-Armee; daher blieben ihm auch, dank der Fürsprache des Marschalls Davout, sein Offizierskreuz und sein Rang erhalten, aber er wurde auf Halbsold gesetzt. Joseph, der um seine Zukunft bangte, studierte während dieser Zeit mit einem Eifer, der ihn in diesem Wirbel von Ereignissen mehrmals aufs Krankenlager warf.

»Das kommt von dem Farbengeruch«, meinte Agathe zu Madame Descoings. »Er sollte doch einen Beruf aufgeben, der seiner Gesundheit so schadet.«

Aber Agathes ganze Angst galt damals ihrem anderen Sohn, dem Oberstleutnant. Im Jahre 1816 sah sie ihn wieder, als er von ungefähr neuntausend Francs Besoldung, die einem Major der kaiserlichen Gardedragoner zustanden, auf Halbsold und damit auf dreihundert Francs monatlich herabgesetzt worden war. Sie ließ ihm die Mansarde oberhalb der Küche einrichten und verwandte darauf einige Ersparnisse. Philippe war einer der eifrigsten Bonapartisten im Café Lemblin[21], diesem Böotien der Konstitutionellen. Dort nahm er die Gewohnheiten, die Umgangsformen, die Sprechweise und die ganze Lebensführung der auf Halbsold gesetzten Offiziere an und, wie jeder junge Mann von einundzwanzig Jahren es getan haben würde, übertrieb er sie noch, gelobte den Bourbonen allen Ernstes tödlichen Haß, schloß sich dem neuen Regime nicht an und wies sogar die sich bietenden Gelegenheiten zurück, mit seinem Rang als Oberstleutnant in einem Linienregiment Verwendung zu finden. In den Augen seiner Mutter schien Philippe damit eine überragende Charakterstärke zu bekunden. »Sein Vater hätte es nicht besser machen können!« pflegte sie zu sagen.

Philippe kam mit seinem Halbsold aus und verursachte der Familie keine Kosten, während Joseph ganz und gar auf die beiden Witwen angewiesen war. Fortan trat Agathes Vorliebe für Philippe unverhüllt zutage. Bisher war diese Bevorzugung ein Geheimnis gewesen, aber die grausame Verfolgung, die ein treuer Soldat des Kaisers erdulden mußte, der Gedanke an die Verwundung, die dieser zärtlich geliebte Sohn empfangen hatte, sein mutiges Ertragen des Mißgeschicks, das ihr als ein höheres Mißgeschick erschien, obgleich er es doch aus freien Stücken auf sich genommen hatte, das alles ließ Agathes Zärtlichkeit voll zum Ausbruch kommen. Der Ausspruch: »Er ist unglücklich!« rechtfertigte alles. Joseph, dessen Charakter jene schöne Einfalt besaß, von der jede Künstlerseele in jungen Jahren überquillt, und der übrigens in einer gewissen Bewunderung seines älteren Bruders erzogen worden war, nahm keineswegs Anstoß an dieser mütterlichen Vorliebe; ja er leistete ihr sogar Vorschub, indem er den Kult der Mutter für einen tapferen Haudegen teilte, der in zwei Schlachten die Befehle Napoleons überbracht hatte und bei Waterloo verwundet worden war. Wer hätte auch wohl an der Überlegenheit dieses großen Bruders zweifeln mögen, den er in der schönen, grünen, goldverzierten Uniform der Gardedragoner gesehen hatte, wie er auf dem Champ-de-Mai[22] seine

Schwadron befehligte! Obwohl Agathe Philippe vorzog, erwies sie sich sonst als eine ausgezeichnete Mutter. Sie liebte Joseph, aber ohne Verblendung; sie verstand ihn einfach nicht, das war alles. Joseph vergötterte seine Mutter, während sich Philippe von ihr vergöttern ließ. Ihr gegenüber milderte der Dragoner sein ungeschliffenes Landsknechtswesen, aber er machte kein Hehl aus seiner Geringschätzung für Joseph, obgleich er sie in eine freundschaftliche Form kleidete. Wenn er sah, daß sein Bruder mit dem gewaltigen Haupt infolge seiner hartnäckigen Arbeit abgemagert, mit seinen siebzehn Jahren kümmerlich und schmächtig war, nannte er ihn ›kleiner Fratz‹. Sein gönnerhaftes Benehmen wäre verletzend gewesen, wenn Joseph, der übrigens bei Soldaten eine unter ihrer bärbeißigen Miene verborgene Güte vermutete, sich nicht so unbekümmert gezeigt hätte. Der arme Junge wußte noch nicht, daß wirklich begabte Offiziere freundlich und höflich sind wie alle anderen geistig hochstehenden Menschen. Genies jeder Art sind einander gleich.

»Der arme Junge«, sagte Philippe zu seiner Mutter, »du darfst ihn nicht quälen. Laß ihm doch sein Vergnügen.«

In den Augen der Mutter schien diese Geringschätzung ein Beweis brüderlicher Zärtlichkeit. Philippe wird seinen Bruder immer gern haben und sich seiner annehmen, dachte sie.

Im Jahre 1816 erlangte Joseph von seiner Mutter die Erlaubnis, sich auf dem Dachboden neben seiner Mansarde ein Atelier einzurichten, und die Descoings gab ihm etwas Geld, um die für das Malergewerbe unerläßlichen Dinge anzuschaffen. Im Haushalt der beiden Witwen galt nämlich die Malerei nur als ein Gewerbe. Mit dem Verständnis und dem Eifer, die immer mit der inneren Berufung verbunden sind, richtete Joseph in seinem ärmlichen Atelier alles selber ein. Der Hausbesitzer ließ auf Madame Descoings' Bitten das Dach durchbrechen und ein Oberlichtfenster einsetzen. Der Dachboden wurde zu einem großen Raum, den Joseph in schokoladenbrauner Farbe ausmalte. An den Wänden hängte er einige Skizzen auf, und Agathe stellte, nicht ohne Bedauern, einen kleinen gußeisernen Ofen auf. Joseph konnte nun zu Hause arbeiten, ohne indes das Atelier von Gros und das von Schinner zu vernachlässigen. Die konstitutionelle Partei, die sich vor allem auf die auf Halbsold gesetzten Offiziere und auf die bonapartistische Partei stützte, veranlaßte damals in der Kammer einen Tumult um der Charte, der bourbonischen Verfassung, willen, von der niemand etwas wissen wollte, und zettelte mehrere Verschwörungen an. Philippe, der mit darin verwickelt war, wurde verhaftet, dann zwar mangels Beweisen freigelassen, aber der Kriegsminister entzog ihm seinen Halbsold und versetzte ihn in eine Art Strafbataillon. Die Zustände waren unhaltbar in Frankreich, Philippe würde über kurz oder lang einem Agent provocateur in die Falle gehen. Überall sprach man damals von Agents provocateurs. Während Philippe in fragwürdigen Cafés Billard spielte, seine ganze Zeit dort vergeudete und sich daran gewöhnte, einige Gläschen der verschiedensten Schnäpse zu trinken, schwebte Agathe in Todesängsten um den großen Mann der Familie. Die drei Weisen aus dem Morgenlande hatten sich allzusehr daran gewöhnt, jeden Abend den gleichen Weg zu nehmen, die Treppe zu den beiden Witwen hinaufzusteigen und diese erwartungsvoll bereit zu finden, nach den Tagesneuigkeiten zu fragen. Sie ließen sie also nie im Stich und kamen allabendlich, um in dem kleinen, grünen Wohnzimmer ihr Spielchen zu machen. Das Innenministerium, wo die große Säuberungsaktion von 1816 im Gange war, hatte Claparon behalten, einen jener Angstmeier, die mit leiser Stimme die Meldungen des ›Moniteur‹ berichten, aber ängstlich hinzufügen: »Bitte stellen Sie mich nicht bloß!« Desroches, der kurze Zeit nach dem alten du Bruel in den Ruhestand versetzt worden war, kämpfte noch um seine Pension. Diese drei Freunde, die Zeugen von Agathes Verzweiflung, gaben ihr den Rat, den Oberst auf Reisen zu schicken.

»Es ist von Verschwörungen die Rede, und Ihr Sohn wird bei seinem Charakter in irgendeine dumme Geschichte verwickelt werden, denn Verräter finden sich immer.«

»Zum Teufel auch, er ist aus dem Holz geschnitzt, aus dem sein Kaiser die Marschälle zu machen pflegte«, sagte du Bruel leise und sah sich dabei vorsichtig um, »und er darf seinen Beruf nicht aufgeben. Soll er doch im Orient, in Indien dienen!«

»Und seine Gesundheit?« wandte Agathe ein.

»Warum nimmt er nicht eine Stellung an?« fragte der alte Desroches. »Es sind so viele Privatunternehmungen im Entstehen. Ich zum Beispiel werde als Bürovorsteher in eine Versicherungsgesellschaft eintreten, sobald die Angelegenheit mit meiner Pension geregelt ist.«

»Philippe ist Soldat, er liebt nichts als das Kriegshandwerk«, rief die streitbare Agathe.

»Dann sollte er gescheit sein und sein Gesuch um Wiedereinstellung in den Dienst . . .«

»Bei denen da? Oh, ich, dazu werde ich ihm niemals raten.«

»Sie haben unrecht«, fuhr du Bruel fort. »Mein Sohn ist unlängst durch den Herzog von Navarreins untergebracht worden. Denen gegenüber, die sich ihnen aufrichtig anschließen, bezeigen sich die Bourbonen höchst korrekt. Ihr Sohn würde in irgendeinem Regiment zum Oberstleutnant ernannt werden.«

»Bei der Kavallerie sind nur Adelige erwünscht, und er würde niemals Oberst werden«, widersprach die Descoings.

Die verängstigte Agathe bat Philippe flehentlich, ins Ausland zu gehen und in die Dienste irgendeiner fremden Macht zu treten, wo man einen Ordonnanzoffizier des Kaisers immer gern aufnehmen würde.

»Fremden soll ich dienen?« rief Philippe voll Abscheu.

Agathe umarmte ihren Sohn aus vollem Herzen und sagte: »Ganz der Vater!«

»Er hat recht«, mischte sich nun auch Joseph ein, »ein Franzose ist zu stolz auf seine Armee, um in fremde Armeen einzutreten. Übrigens, wer weiß, vielleicht kommt Napoleon noch einmal zurück!«

Um seiner Mutter einen Gefallen zu tun, verfiel Philippe auf die glänzende Idee, sich dem General Lallemand in den Vereinigten Staaten anzuschließen und an der Gründung des Champ-d'Asile[23] mitzuarbeiten, einer der unerhörtesten Schwindelunternehmungen, die unter dem Namen nationaler Subskriptionen bekannt sind. Agathe opferte zehntausend Francs von ihren Ersparnissen und ließ es sich noch weitere tausend Francs kosten, um ihren Sohn nach Le Havre zu begleiten, wo er sich einschiffte. Gegen Ende des Jahres 1817 brachte es Agathe fertig, von den sechshundert Francs Zinsen im Jahr, die ihre Staatspapiere ihr einbrachten, ihr Leben zu fristen, worauf sie dann auf den glücklichen Einfall kam, die zehntausend Francs, die ihr von ihren Ersparnissen noch verblieben, ebenso anzulegen ,was ihr weitere siebenhundert Francs Zinsen einbrachte. Joseph wollte sich ebenfalls an diesem aufopferungsvollen Werk beteiligen; er ging angezogen wie ein Büttel, trug grobes Schuhwerk und blaue Strümpfe, versagte sich Handschuhe und heizte mit Steinkohle. Brot, Milch und Brie-Käse, das war seine ganze Nahrung. Der arme Junge empfing von niemandem Zuspruch als von der alten Descoings und von Bixiou, seinem Schul- und Atelierkameraden, der damals seine wundervollen Karikaturen schuf, während er nebenbei einen kleinen Posten in einem Ministerium versah.

»Mit welcher Freude habe ich 1818 den Sommer begrüßt!« pflegte Bridau später oft zu sagen, wenn er von seinem damaligen Elend erzählte. »Da hat die Sonne es mir erspart, Kohle zu kaufen.«

Im Kolorit hatte er seinen Meister bereits eingeholt und suchte Gros nur noch gelegentlich auf, um ihn zu Rate zu ziehen. Er sann damals darüber nach, den Klassizisten den Kampf anzusagen, mit der griechischen Konvention zu brechen, und ebenso die Grenzen, in die man eine Kunst zwängte, der doch die Natur gehört, wie sie ist, in der Allmacht ihrer Schöpfungen und ihrer Launen. Joseph rüstete sich also zu dem Kampf, der dann von dem Tage an, da er im Jahre 1823 zum erstenmal im Salon ausstellte, nicht mehr aufhören sollte. Es war ein furchtbares Jahr! Roguin, der Notar, verschwand und mit ihm das Geld, das er seit sieben Jahren von der Nutznießungssumme der Madame Descoings zurückbehalten hatte und das bereits zweitausend Francs Zinsen ergeben mußte. Drei Tage nach dieser Katastrophe kam aus New York ein Wechsel auf tausend Francs, von Oberst Philippe Bridau auf seine Mutter ausgestellt. Der arme Kerl, der hinters Licht geführt worden war wie so viele andere, hatte in dem Champ-d'Asile alles verloren. Der beiliegende Brief, über dem Agathe, die Descoings und Joseph schmerzliche Tränen vergossen, berichtete von Schulden, die Philippe in New York gemacht hatte, wo Unglücksgefährten für den Obersten bürgten.«

»Und ich selber habe ihn veranlaßt, nach Übersee zu gehen!« rief die arme Mutter aus, die es immer verstand, Philippes Fehler zu rechtfertigen.

»Ich rate Ihnen nicht«, sagte die alte Descoings zu ihrer Nichte, »ihn oft auf dergleichen Reisen zu schicken.«

Madame Descoings war heroisch. Sie gab Madame Bridau auch weiterhin die tausend Taler, aber sie spielte auch weiterhin dieselbe Terne, die seit 1799 nicht herausgekommen war. Damals begann sie an der Ehrlichkeit der Verwaltung zu zweifeln. Sie beschuldigte die Regierung und traute es ihr durchaus zu, die drei Nummern in der Urne zurückzubehalten, um die tollen Einsätze der Spieler herauszufordern. Nach einer raschen Überprüfung aller Hilfsquellen schien es unmöglich, tausend Francs zu beschaffen, ohne einen Teil der Staatspapiere zu veräußern. Die beiden Frauen erwogen, das Silberzeug, entbehrliche Wäsche oder überflüssige Möbel ins Leihhaus zu tragen. Joseph war außer sich, als er von diesen Absichten hörte: er suchte Gérard[24] auf, setzte ihm seine Lage auseinander, und der große Maler erreichte es, daß man ihm den Auftrag gab, zwei Kopien eines Porträts Ludwigs XVIII. für das königliche Hausministerium anzufertigen, jede für fünfhundert Francs. Gros, obgleich sonst nicht eben freigebig, führte seinen Schüler zu einem Farbenhändler, den er anwies, auf seine Rechnung Joseph alles Nötige zu liefern. Die tausend Francs sollten jedoch erst nach Fertigstellung der Kopien gezahlt werden. So malte denn Joseph innerhalb von zehn Tagen vier kleinere Bilder, verkaufte sie an Kunsthändler und brachte die tausend Francs seiner Mutter, die nun den Wechsel einlösen konnte. Acht Tage später kam ein neuer Brief, in dem der Oberst seiner Mutter seine Abreise anzeigte, und zwar auf einem Postschiff, dessen Kapitän ihn auf Ehrenwort mitnahm. Philippe kündigte an, daß er bei seiner Landung in Le Havre also mindestens weitere tausend Francs brauche.

»Gut«, sagte Joseph zu seiner Mutter, »bis dahin werden meine Kopien fertig sein, und du kannst ihm die tausend Francs bringen.«

»Mein lieber, guter Joseph«, rief Agathe unter Tränen und umarmte ihn. »Gott wird es dir lohnen. Du liebst ihn also doch, diesen armen Verfolgten? Er ist unser Stolz und unsere ganze Zukunft. So jung, so tapfer und so unglücklich! Alles ist gegen ihn, da wollen wenigstens wir drei fest zu ihm stehen.«

»Du siehst nun, daß die Malerei doch auch zu etwas nütze

ist«, meinte Joseph, glücklich, daß ihm seine Mutter endlich gestattete, ein großer Künstler zu werden.

Madame Bridau eilte ihrem heißgeliebten Sohn, dem Oberst Philippe, entgegen. In Le Havre angelangt, ging sie täglich in Erwartung des amerikanischen Postschiffes bis über den großen, runden, von Franz I. erbauten Turm hinaus und machte sich von Tag zu Tag mehr Sorge. Nur eine Mutter weiß, wie sehr diese Ängste die mütterlichen Gefühle neu beleben. An einem schönen Oktobermorgen des Jahres 1819 traf das Postschiff ein, ohne Seeschaden oder auch nur das geringste Unwetter erlitten zu haben. Sogar auf den rohesten Menschen übt die heimatliche Luft und der Anblick seiner Mutter eine gewisse Wirkung aus, besonders nach einer entbehrungsvollen Reise. So gab sich denn auch Philippe ienem Gefühlserguß hin, daß Agathe im stillen dachte: Oh, wie er mich liebt! Leider aber liebte der Offizier nur mehr einen einzigen Menschen auf der Welt, und dieser Mensch war Oberst Philippe Bridau selber. Seine unglücklichen Erlebnisse in Texas, sein Aufenthalt in New York, wo Spekulation und Selbstsucht ihren Höhepunkt erreicht haben, wo jeder mit zynischer Brutalität seinen Vorteil sucht, wo der ganz allein auf sich ber gestellte Mensch sich gezwungen sieht, von seiner physischen Kraft Gebrauch zu machen, um sich durchzusetzen und jederzeit sein eigener Richter zu sein, wo es keine Höflichkeit gibt, kurz, alle kleinsten Erlebnisse dieser Reise zusammengenommen, hatten bei Philippe die schlechten Neigungen eines Haudegens und Schlagetots zur Entfaltung gebracht. Er war verroht, war ein Trinker und Raucher geworden, ein selbstsüchtiger und unhöflicher Kerl. Elend und körperliche Leiden hatten ihn verdorben. Übrigens hielt sich der Oberst für verfolgt. Bei Menschen ohne viel Verstand hat diese Überzeugung zur Folge, daß sie darüber rachsüchtig und unduldsam werden. Für Philippe begann die Welt bei seinem Kopf und endete bei seinen Füßen; die Sonne schien nur für ihn. Hinzu kam, daß das Schauspiel, das New York damals bot und das sich dieser Mann der Tat auf seine Weise auslegte, seine letzten sittlichen Bedenken beseitigt hatte. Bei Menschen dieser Art gibt es nur zwei Möglichkeiten: entweder sie glauben, oder sie glauben nicht; entweder sie haben alle Tugenden eines Ehrenmannes, oder sie überlassen sich allen Forderungen der Notwendigkeit; dann gewöhnen sie sich daran, ihre unbedeutendsten Vorteile und jede augenblickliche Regung ihrer Leidenschaften zu Notwendigkeiten zu erheben. Auf diese Weise kann man es weit bringen. Nach außen hin hatte der Oberst die Offenheit, den Freimut und das Sichgehenlassen des Soldaten bewahrt. Daher war er auch außerordentlich gefährlich, denn er wirkte harmlos wie ein Kind; da er aber nur an sich zu denken hatte, tat er nie etwas ohne Vorbedacht, gerade wie irgendein schlauer Staatsanwalt immer auf Kniffe nach Art Meister Gonins sinnt, um den Angeklagten zu überführen. Das Reden fiel ihm nicht schwer; er redete, soviel man nur hören wollte. Wenn daher jemand es sich unglücklicherweise einfallen ließ, sich mit der Art, wie er die Widersprüche zwischen seinen Reden und seinen Handlungen erklärte, nicht zufriedenzugeben, war er bei dem geringsten heftigen Wort mit einer Duellforderung bei der Hand. Der Oberst war ein ausgezeichneter Pistolenschütze und konnte es darin mit dem geschicktesten Waffenmeister aufnehmen. Obendrein verfügte er über die Kaltblütigkeit all derer, denen nichts am Leben liegt. Er war aber der Mann dazu, sofort zu Tätlichkeiten überzugehen, die jeden versöhnlichen Ausgleich unmöglich machten. Seine imposante Gestalt war fülliger geworden, und sein Gesicht hatte während seines Aufenthaltes in Texas eine bronzene Tönung angenommen. Er sprach kurz angebunden und in schneidendem Ton wie jemand, der gezwungen ist, sich unter der Bevölkerung von New York Respekt zu verschaffen. Dabei war er höchst einfach gekleidet und sein Körper durch die eben durchgemachten Entbehrungen sichtlich gestählt; deswegen erschien Philippe seiner armen Mutter als ein Held; er war aber lediglich das, was der Volksmund so drastisch einen Taugenichts nennt. Entsetzt über die Notlage ihres zärtlich geliebten Sohnes, ließ ihn Madame Bridau in Le Havre vollständig neu einkleiden. Während sie der Erzählung seiner traurigen Erlebnisse lauschte, brachte sie es nicht über sich, ihn daran zu hindern, daß er aß, trank und Witze riß, wie es sich wohl für einen Mann gehörte, der aus dem Champ-d'Asile zurückkam. Es war zweifellos ein schöner Gedanke, die Reste der kaiserlichen Armee zur Eroberung von Texas auszuschicken; daß der Plan fehlschlug, war jedoch mehr einem Versagen der Männer zuzuschreiben als den Umständen, da doch Texas heute eine zukunftsreiche Republik[26] ist. Jenes Experiment des Liberalismus unter der Restauration beweist unwiderleglich, daß rein egoistische und keinesfalls nationale Interessen im Spiele waren und daß es dabei um die Macht ging und um nichts anderes. Es fehlte weder an Männern noch an Raum noch an Ideen, aber an Talern und an Unterstützung von seiten jener scheinheiligen Partei, die über ungeheure Summen verfügte und nichts hergab, als es darauf ankam, wieder ein Kaiserreich zu schaffen. Hausfrauen vom Schlage Agathes haben eine feine Witterung, die sie befähigt, solcherlei politische Betrügereien zu erraten. Nach den Erzählungen ihres Sohnes begann die arme Mutter die Wahrheit zu ahnen, denn im Interesse des Flüchtlings hatte sie während seiner Abwesenheit die großsprecherische Reklame der konstitutionellen Zeitungen studiert und den ganzen Verlauf jener vielbesprochenen Subskription verfolgt, die kaum hundertfünfzigtausend Francs ergeben hatte, während doch fünf bis sechs Millionen erforderlich gewesen wären. Die liberalistischen Parteiführer waren sehr bald dahintergekommen, daß sie nur Ludwig XVIII. in die Hände arbeiteten, wenn sie die ruhmreichen Trümmer unserer Heere außer Landes schafften, und so ließen sie die Eifrigsten, die Hingebungsvollsten, die Begeistertsten im Stich, alle, die sich als erste vorgewagt hatten. Nie vermochte Agathe ihrem Sohne klarzumachen, daß er weit eher betrogen als verfolgt sei. In ihrem Glauben an ihren Abgott beschuldigte sie sich der Unwissenheit und klagte die unseligen Zeitläufte an, unter denen Philippe zu leiden hatte. War er denn tatsächlich bisher nicht unschuldig und vielmehr in seinem ganzen Unglück ein Opfer seiner edlen Gesinnung, seines Tatendranges, des Sturzes des Kaisers, der Doppelzüngigkeit der Liberalen und der Hetze der Bourbonen gegen die Bonapartisten gewesen? Während dieser entsetzlich kostspieligen Woche, die sie in Le Havre verbrachten, wagte sie nicht, ihm vorzuschlagen, sich mit der königlichen Regierung auszusöhnen und beim Kriegsminister vorzusprechen. Sie hatte ohnehin schon ihre liebe Not, ihn nach Paris mitzunehmen, als sie gerade noch das Reisegeld besaß. Die Descoings und Joseph, die den heimkehrenden Verbannten im Hof der Posthalterei erwarteten, waren bestürzt über Agathes verändertes Gesicht.

Während sie noch einander umarmten und die beiden Koffer abgeladen wurden, sagte die Descoings leise zu Joseph: »Deine Mutter ist in diesen zwei Monaten um Jahre gealtert!«

»Guten Tag, Mutter Descoings!« das war die ganze Zärtlichkeit, die der Oberst für die alte Krämerin aufbrachte, die Joseph liebevoll seine Mama Descoings zu nennen pflegte.

»Wir haben kein Geld für die Droschke«, jammerte Agathe.

»Ich habe welches«, antwortete der junge Maler. »Mein Bruder hat ja eine prachtvolle Farbe!« rief er beim Anblick Philippes.

»Ja, ich bin verräuchert wie ein Pfeifenkopf. Aber du hast dich gar nicht verändert, Kleiner.«

Joseph, der damals einundzwanzig Jahre alt war und übrigens von einigen Freunden hochgeschätzt wurde, die ihm in seiner schwersten Zeit beigestanden hatten, fühlte sich stark und war sich seines Talentes bewußt. In einem Kreis junger Leute, die ihr Leben der Wissenschaft, der Literatur, der Politik und der Philosophie gewidmet hatten, vertrat er die Malerei. Er fühlte sich daher durch den geringschätzigen Ton verletzt, den sein Bruder noch durch eine Geste unterstrich: Philippe zog ihn nämlich am Ohrläppchen wie einen kleinen Jungen. Agathe bemerkte wohl, wie kühl Joseph und die Descoings diese fragwürdigen Zärtlichkeitsäußerungen aufnahmen. Sie brachte jedoch alles dadurch wieder in Ordnung, daß sie ihnen von den Leiden erzählte, die Philippe während seines Exils erduldet hatte. Die Descoings, die den Tag der Heimkehr des verlorenen Sohnes, wie sie ihn im stillen nannte, festlich begehen wollte, hatte nach Möglichkeit für ein gutes Abendessen gesorgt, zu dem der alte Claparon und Desroches senior geladen waren. Später sollten alle Freunde des Hauses kommen, und sie kamen auch am späten Abend. Joseph hatte aus seinem Freundeskreis Léon Giraud, d'Arthez, Michel Chrestien, Fulgence Ridal und Bianchon benachrichtigt. Die Descoings sagte ihrem sogenannten Stiefsohn Bixiou, daß die jungen Leute eine Partie Ecarté spielen würden, und auch der Sohn Desroches', der dank dem zähen Willen seines Vaters Lizentiat der Rechte geworden war, fand sich ein. Du Bruel, Claparon, Desroches und der Abbé Loraux beobachteten den Verfolgten, sein ungehobeltes Benehmen, seine ganze Haltung, seine vom vielen Trinken rauh gewordene Stimme, seine gemeinen Redewendungen, seinen Blick, und waren entsetzt! Während Joseph die Spieltische zurechtrückte, umringten darum die Treuesten Agathe und fragten sie: »Was gedenken Sie jetzt mit Philippe anzufangen?«

»Ach, ich weiß nicht«, erwiderte sie. »Er will noch immer nicht den Bourbonen dienen.«

»In diesem Falle ist es sehr schwierig, in Frankreich eine Stellung für ihn zu finden. Wenn er nicht wieder ins Heer eintritt, wird er schwerlich in der Verwaltung unterkommen«, meinte der alte du Bruel. »Er wird nicht wie mein Sohn mit dem Schreiben von Theaterstücken sein Glück machen. Das merkt man schon, wenn man ihn bloß reden hört.«

Der Blick, mit dem Agathe antwortete, verriet allen, wie sehr Philippes Zukunft sie beunruhigte, und da keiner ihrer Freunde ihr einen rettenden Ausweg vorzuschlagen wußte, schwiegen sie alle. Der geächtete Philippe, der junge Desroches und Bixiou spielten Ecarté, ein Spiel, das sich damals großer Beliebtheit erfreute.

»Mama Descoings, mein Bruder hat kein Geld zum Spielen«, flüsterte Joseph der guten, trefflichen Frau zu.

Die Spielerin der königlichen Lotterie holte zwanzig Francs und gab sie dem Künstler, der sie seinem Bruder heimlich in die Hand drückte. Alle Gäste traten herzu. An zwei Tischen wurde Boston gespielt, und der Abend wurde sehr angeregt. Philippe erwies sich indessen als ein schlechter Spielpartner. Nachdem er anfangs viel gewonnen hatte, verlor er, und gegen elf Uhr schuldete er dem jungen Desroches und Bixiou je fünfzig Francs. Mehr als einmal drang Lärm und Streit vom Ecartétisch zu den Ohren der friedlichen Bostonspieler, die Philippe heimlich beobachteten. Der Heimgekehrte zeigte sich von einer so schlechten Seite, daß der alte Desroches bei dem letzten Wortwechsel, in den er seinen Sohn verwickelt sah, der ebenfalls nicht gerade einer der Friedfertigsten war, diesem unrecht gab, obwohl er eigentlich recht hatte, und ihm schließlich verbot, weiterzuspielen. Madame Descoings tat das gleiche mit ihrem Enkel, der mit so geistreichen Aussprüchen um sich zu werfen begann, daß Philippe sie nicht verstand, die aber dem grausamen Spötter hätten gefährlich werden können, falls einer dieser Pfeile mit seinen scharfen Widerhaken in den dickfälligen Verstand des Obersten eingedrungen wäre.

»Du mußt doch müde sein«, sagte Agathe leise zu Philippe, »komm, geh zu Bett.«

»Ja, das Reisen bildet die Jugend«, sagte Bixiou lächelnd, nachdem Philippe und Madame Bridau gegangen waren.

Joseph, der mit der Sonne aufstand und zeitig zu Bett ging, war beim Abschluß dieser Feier nicht mehr zugegen. Als Agathe und die Descoings am nächsten Morgen im ersten Zimmer das Frühstück vorbereiteten, konnten sie nicht umhin, Betrachtungen darüber anzustellen, daß die Abende sehr kostspielig werden würden, wenn Philippe so weiterzumachen gedenke, wie sich die Descoings ausdrückte. Die alte, damals sechsundsiebzigjährige Frau machte den Vorschlag, ihre Möbel zu verkaufen, ihre Wohnung im zweiten Stockwerk wieder dem Hausbesitzer zur Verfügung zu stellen, der ohnehin nur darauf wartete, sie zurückzubekommen, Agathes Wohnzimmer für sich einzurichten und das erste Zimmer in einen Wohnraum umzuwandeln, wo man auch essen könne. Auf diese Weise ließen sich jährlich siebenhundert Francs einsparen. Diese Einschränkung der Ausgaben würde es ermöglichen, Philippe monatlich fünfzig Francs zu geben, solange er keine Stellung hatte. Agathe nahm dies Opfer an. Als der Oberst dann herunterkam, und als seine Mutter ihn gefragt hatte, ob er sich in seinem Zimmerchen wohlgefühlt habe, setzten ihm die beiden Witwen die Lage auseinander. Wenn sie alles zusammenlegten, verfügten Madame Descoings und Agathe über fünftausenddreihundert Francs Einkommen, wovon die viertausend, die auf die Descoings entfielen, Leibrente waren. Die Descoings gab Bixiou, von dem sie seit sechs Monaten eingestand, daß er ihr Enkel sei, ein Jahresgeld von sechshundert Francs und Joseph weitere sechshundert Francs. Der Rest ihres Einkommens wie auch das Agathes ging für den Haushalt und ihren persönlichen Unterhalt drauf. Alle Ersparnisse waren aufgezehrt.

»Seid unbesorgt«, erklärte der Oberstleutnant, »ich werde eine Stellung suchen und euch nicht zur Last fallen; ich verlange vorläufig bloß ein Dach über dem Kopf und etwas zu beißen.«

Da umarmte Agathe ihren Sohn, und die Descoings drückte

ihm hundert Francs in die Hand, damit er seine Spielschuld vom Vorabend bezahlen könne. Innerhalb von zehn Tagen ging der Verkauf der Möbel, die Rückgabe der Wohnung und die innere Umgestaltung von Agathes Wohnung mit jener Fixigkeit vonstatten, wie man sie nur in Paris erlebt. Während dieser zehn Tage machte sich Philippe regelmäßig nach dem Frühstück aus dem Staube, kam zum Mittagessen wieder, ging abends aus und kam erst gegen Mitternacht zum Schlafengehen wieder heim. Ganz automatisch nahm der verabschiedete Offizier einige Gewohnheiten an, die dann bei ihm einwurzelten. Er ließ sich auf dem Pont-Neuf die Stiefel wichsen und zahlte dafür die zwei Sous, die es ihn an Brückengeld gekostet hätte, wenn er über den Pont des Arts gegangen wäre, um zum Palais-Royal zu gelangen, wo er sich zwei Gläschen Schnaps genehmigte und dabei die Zeitungen las, bis langsam der Mittag herankam. Um diese Stunde ging er dann durch die Rue Vivienne und begab sich ins Café Minerve, wo damals die liberale Politik gemacht wurde und wo er mit ehemaligen Offizieren Billard spielte. Ob er nun gewann oder verlor, immer trank er dabei seine drei oder vier Gläschen verschiedener Schnäpse, und beim Kommen und Gehen und Herumbummeln in den Straßen rauchte er zehn Regiezigarren. Nachdem er abends in der holländischen Kneipe einige Pfeifen geraucht hatte, ging er gegen zehn Uhr in den Spielsaal, wo ihm der Saaldiener eine Ansteckkarte überreichte. Bei einigen erfahrenen Gewohnheitsspielern erkundigte er sich nach dem Stand von Rot und Schwarz und setzte im günstigsten Augenblick zehn Francs, jedoch nie öfter als dreimal, ganz gleich, ob ihm das Glück hold war oder nicht. Wenn er gewonnen hatte, was fast immer der Fall war, genehmigte er sich ein Glas Punsch und ging heim in seine Mansarde; aber in diesem Zustand sprach er davon, die Ultras totzuschlagen, und auf der Treppe sang er: *»Veillons au salut de l'Empire!«*[27] Seine arme Mutter meinte dann: »Heute ist Philippe gut gelaunt.« Und sie ging zu ihm hinauf, um ihm noch einen Kuß zu geben, ohne sich über den scheußlichen Gestank von Punsch, Schnaps und Tabak zu beklagen.

»Du mußt doch mit mir zufrieden sein, liebe Mutter?« sagte er eines Tages gegen Ende Januar zu ihr. »Ich führe doch wirklich das allerregelmäßigste Leben, das man sich denken kann.«

Philippe hatte fünfmal mit ehemaligen Kameraden im Restaurant gespeist. Diese alten Soldaten teilten sich gegenseitig den Stand ihrer Verhältnisse mit und sprachen von den Hoffnungen, die man auf den Bau eines Unterseebootes zur Befreiung des Kaisers setzte. Unter seinen wiedergefundenen alten Kameraden mochte Philippe besonders gern einen alten Hauptmann von den Gardedragonern namens Giroudeau, in dessen Schwadron er anfangs gedient hatte. Dieser ehemalige Dragoner wurde die Ursache, daß Philippe ›die Teufelsfuhre‹, wie Rabelais es nannte, erst dadurch vollständig machte, daß er zu Trunk, Spiel und Tabak noch ein viertes Laster, gleichsam als viertes Rad am Wagen hinzufügte. Anfang Februar nahm Giroudeau eines Abends Philippe nach dem Essen ins Théâtre de la Gaîté[28] mit, in die Loge einer kleinen, von seinem Neffen Finot herausgegebenen Zeitung, bei der Giroudeau Kassenbuchhalter war, die Schreibarbeiten erledigte und Korrekturen las. Nach der Mode der bonapartistischen Offiziere gekleidet, die zur konstitutionellen Opposition gehörten – weiter, bis zum Kinn zugeknöpfter und bis auf die Fersen fallender Gehrock mit eckigem Kragen, die kaiserliche Rosette angesteckt, bewaffnet mit einem Spazierstock mit Bleiknopf, den sie an einer geflochtenen Lederschnur trugen –, hatten sich die beiden ehemaligen Kämpen vorher tüchtig einen hinter die Binde gegossen, um einen ihrer Lieblingsausdrücke zu gebrauchen, und nun schütteten sie sich gegenseitig das Herz aus, während sie die Loge betraten. Den Kopf noch ganz umnebelt von einigen Flaschen und Gläschen der verschiedensten Getränke, zeigte Giroudeau Philippe auf der Bühne eine kleine, mollige, behende Statistin namens Florentine, deren Gunst und Zuneigung er wie die Loge der allmächtigen Zeitung zu verdanken hatte.

»Aber«, fragte Philippe, »wie weit geht denn ihre Gunst für einen alten Grauschimmel wie dich?«

»Gott sei Dank«, erwiderte Giroudeau, »habe ich die alten Grundsätze unserer glorreichen Uniform nie außer acht gelassen! Ich habe nie auch nur einen Centime für eine Frau ausgegeben.«

»Was?« rief Philippe und legte einen Finger auf sein linkes Auge, womit er seinen Unglauben ausdrücken wollte.

»Ja«, antwortete Giroudeau, »aber, unter uns gesagt, das hängt auch mit der Zeitung zusammen. Morgen werden wir zwei Zeilen bringen und der Theaterleitung raten, Mademoiselle Florentine ein Solo tanzen zu lassen. Ich bin wirklich sehr glücklich, lieber Junge.«

Naja, dachte Philippe, wenn dieser ehrenwerte Giroudeau trotz seines Schädels, der so kahl ist wie mein Knie, trotz seiner achtundvierzig Jahre, seines dicken Bauches, seines Weinbauerngesichtes und seiner Kartoffelnase der Freund einer Statistin ist, dann müßte ich eigentlich der Freund der ersten Schauspielerin von Paris sein.

»Wo gabelt man denn so was auf?« fragte er Giroudeau laut.

»Ich will dich nachher in Florentines Wohnung mitnehmen. Obgleich meine Dulcinea beim Theater nur fünfzig Francs monatlich verdient, hat sie sich dank eines ehemaligen Seidenhändlers namens Cardot, der ihr monatlich fünfhundert Francs bietet, ganz hübsch herausgemacht.«

»Ja, aber . . .?« meinte der eifersüchtige Philippe.

»Ach was!« unterbrach ihn Giroudeau. »Wahre Liebe ist blind.«

Nach der Vorstellung führte Giroudeau Philippe zu Mademoiselle Florentine, die in der Rue de Crussol, zwei Schritt vom Theater, wohnte.

»Wir müssen uns ein bißchen zusammennehmen«, riet ihm Giroudeau. »Florentine wohnt bei ihrer Mutter. Du begreifst wohl, daß ich nicht die Mittel habe, ihre eine Anstandsmama zu bezahlen, und daß diese Frau ihre wirkliche Mutter ist. Sie war Concierge, ist aber durchaus nicht unintelligent; sie heißt Cabirolle. Rede sie mit Madame an, das hört sie gern.«

An diesem Abend hatte Florentine eine Freundin bei sich, eine gewisse Marie Godeschal, schön wie ein Engel, kühl wie eben eine Tänzerin, und übrigens eine Schülerin von Vestris[29], der ihr eine glänzende Tänzerinnenlaufbahn prophezeite. Mademoiselle Godeschal, die damals im Panorama-Dramatique[30] unter dem Namen Mariette auftreten wollte, rechnete auf die Fürsprache eines Ersten Kammerherrn, dem Vestris sie schon lange vorstellen sollte. Vestris jedoch, der zu jener Zeit noch recht unerfahren war, hielt seine Schülerin nicht für genügend vorbereitet. Die ehrgeizige Marie Godeschal ist später unter ihrem Pseudonym Mariette berühmt geworden. Ihr Ehrgeiz war indessen höchst löblich. Sie hatte einen Bruder, der bei Derville Schreiber war. Sie waren arme Waisen, aber sie liebten einander und hatten das Leben, so wie es in Paris ist, gründlich kennengelernt. Der Bruder wollte Anwalt werden, um seine Schwester versorgen zu können, und fristete sein Leben von zehn Sous täglich; die Schwester wiederum hatte ihrerseits kaltblütig beschlossen, Tänzerin zu werden und aus ihrer Schönheit sowie aus ihren Beinen Kapital zu schlagen, um ihrem Bruder eine Anwaltspraxis kaufen zu können. Außer ihrer gegenseitigen Zuneigung, ihren Interessen und ihrem gemeinsamen Leben erschien ihnen wie einst den Römern und den Hebräern alles übrige barbarisch, fremd und feindlich. Diese schöne Freundschaft, an der sich nie etwas ändern sollte, erklärte denjenigen, die Mariette näher kannten, ihr ganzes Wesen. Die Geschwister wohnten damals im achten Stock eines Hauses in der Rue Vieille-du-Temple. Mariette hatte ihre Ausbildung mit zehn Jahren begonnen, und jetzt zählte sie sechzehn Lenze. Leider konnte ihre zarte, tänzerische Schönheit, unter einem Mantel aus Kaninchenfell verborgen, auf eisenbeschlagenen Stöckelschuhen einhergehend, in einem Kattunfähnchen, schlecht gepflegt, aus Mangel an ein wenig Aufmachung nur von jenen Parisern erraten werden, die angelegentlich auf Grisetten Jagd machen und bedürftige Schönheiten aufspüren. Philippe verliebte sich in Mariette. Mariette wiederum sah in Philippe den Gardedragoner-Major, den Ordonnanzoffizier des Kaisers, den siebenundzwanzigjährigen jungen Mann, und außerdem machte es ihr Vergnügen, sich Florentine überlegen zu zeigen, da doch Philippe Giroudeau sichtlich überlegen war. Florentine ihrerseits, die ihrer Freundin einen Beschützer geben, und Giroudeau, der seinen Freund glücklich sehen wollte, taten alles, was sie konnten, um zwischen Mariette und Philippe eine wilde Ehe zustande zu bringen. Diese Bezeichnung besagt dasselbe wie morganatische Ehe, von der man bei Königen oder Königinnen spricht. Beim Weggehen weihte Philippe Giroudeau in seine mißliche Lage ein, aber der alte Wüstling beruhigte ihn: »Ich will mit meinem Neffen Finot über dich sprechen. Du weißt, jetzt herrschen die Spießer und die großen Worte. Unterwerfen wir uns. Heute macht man alles mit dem Tintenfaß. Die Tinte ist an die Stelle des Pulvers und das Wort an die der Kugel getreten. Im ganzen sind aber diese Redakteure sehr findige und dabei ziemlich gutmütige Burschen. Besuch mich morgen in der Zeitung. Ich werde meinen Neffen vorher über deine Lage unterrichten. Binnen kurzem wirst du bei irgendeiner Zeitung eine Anstellung bekommen. Mariette, die dich jetzt nur nimmt – mach dir nichts vor –, weil sie gar nichts hat, weder ein Engagement noch auch nur die Möglichkeit aufzutreten, und der ich gesagt habe, daß du so wie ich bei einer Zeitung arbeiten wirst, Mariette also wird dir einreden, daß sie dich um deiner selbst willen liebt, und du wirst so tun, als ob du es glaubst. Mach's wie ich, sorge dafür, daß sie so lange wie möglich Statistin bleibt. Ich war so verliebt, daß ich Finot bat, für Florentine ein Auftreten zu verlangen, sobald ich sah, daß sie tanzen wollte, aber mein Neffe hat mir gesagt: ›Sie hat Talent, nicht wahr? Nun, an dem Tag, da sie zum erstenmal tanzt, macht sie dir auch einen Tanz und gibt dir den Laufpaß.‹ Das war wieder einmal echt Finot. Du wirst einen verdammt pfiffigen Burschen kennenlernen.«

Am nächsten Tag fand sich Philippe gegen vier Uhr in der Rue du Sentier ein, wo er Giroudeau, wie ein wildes Tier in einer Art Hühnerstall mit Katzenfalle in einem kleinen Zwischenstock eingesperrt, antraf, in dem sich ein kleiner Ofen, ein kleiner Tisch, zwei kleine Sessel und ein paar kleine Holzscheite befanden. Diese Aufmachung wurde durch das Zauberwort ›Vertriebsabteilung‹, das in schwarzen Druckbuchstaben an der Tür prangte, etwas gehoben, und ferner durch das handgeschriebene und oberhalb der Vergitterung angebrachte Wort ›Kasse‹. An der Wand gegenüber diesem Gehäuse, in dem der Hauptmann thronte, stand eine kleine Bank, auf der gerade ein einarmiger Invalide frühstückte, den Giroudeau Coloquinte nannte, zweifellos seiner zigeunerhaften Hautfarbe wegen.

»Hübsch!« sagte Philippe, indem er diesen Raum musterte. »Was machst denn du da, du, der den Angriff unter dem armen Obersten Chabert bei Eylau mitgemacht hat? Zum Donnerwetter noch mal, Schockschwerenot, ein höherer Offizier!«

»Ja, ein höherer Offizier, der Zeitungsquittungen ausschreibt«, erwiderte Giroudeau und rückte seine schwarze Seidenkappe zurecht. »Und überdies bin ich verantwortlicher Herausgeber dieses Geschwätzes«, fügte er hinzu, auf die Zeitung weisend.

»Und ich, der ich den Feldzug in Ägypten mitgemacht habe, ich renn' jetzt bei den Behörden 'rum«, meinte der Invalide.

»Schweig, Coloquinte«, versetzte Giroudeau. »Du siehst hier einen Helden vor dir, der in der Schlacht bei Montmirail die Befehle des Kaisers überbracht hat.«

»Zu Befehl, da habe ich meinen Arm verloren.«

»Coloquinte, paß auf den Laden auf; ich gehe hinauf zu meinem Neffen.«

Die beiden alten Soldaten stiegen ins vierte Stockwerk hinauf in eine Mansarde am Ende eines langen Ganges und fanden dort einen jungen Mann mit hellen, kalten Augen, der auf einem elenden Kanapee lag. Dieser Zivilist erhob sich keineswegs, bot aber seinem Onkel und dessen Freund Zigarren an.

»Lieber Freund«, begann Giroudeau mit sanftem, demütigem Ton, »dies hier ist jener tapfere Schwadronschef von der kaiserlichen Garde, von dem ich dir erzählt habe.«

»Na, und?« meinte Finot und musterte Philippe, der wie Giroudeau vor diesem Diplomaten der Presse seine ganze Forschheit verlor.

»Lieber Junge«, erläuterte Giroudeau weiter, der den Onkel herauszukehren versuchte, »der Oberst kommt aus Texas.«

»Ach, auf Texas, auf das Champ-d'Asile sind Sie 'reingefallen? Sie waren aber doch noch recht jung, um ein Ackerbausoldat zu werden.«

Die Schärfe dieses Scherzwortes kann nur von denen ganz verstanden werden, die sich an die Flut von Kupferstichen, Wandschirmen, Uhren, Bronze- und Gipsfiguren erinnern, die diese Idee des Ackerbausoldaten[31] zur Folge hatte – ein richtiges Gleichnis vom Schicksal Napoleons und seiner Tapferen –, die sogar den Stoff zu mehreren Lustspielen geliefert hat. Diese Idee hat mindestens eine Million eingebracht. Man findet noch heute solche Ackerbausoldaten auf Tapeten in entlegenen Provinzstädten. Wenn dieser Mann nicht Giroudeaus Neffe gewesen wäre, hätte ihm Philippe ein paar Ohrfeigen verabreicht.

»Ja, ich bin darauf 'reingefallen. Ich habe dabei zwölftausend Francs und meine Zeit verloren«, erwiderte Philippe mit einem krampfhaft erzwungenen Lächeln.

»Und Sie hängen noch immer am Kaiser?« fragte Finot.

»Er ist mein Abgott«, entgegnete Philippe Bridau.

»Sind Sie liberal?«

»Ich werde immer der konstitutionellen Opposition angehören! Oh, Foy[32]! Oh, Manuel[33]! Oh, Laffitte[34]! Das sind Männer! Sie werden uns von den Elenden befreien, die aus dem Ausland zurückgekehrt sind!«

»Na, schön«, fuhr Finot kalten Tones fort, »Sie müssen sich Ihr Unglück zunutze machen, denn Sie sind doch ein Opfer der Liberalen, mein Lieber! Bleiben Sie liberal, wenn Sie an Ihrer Meinung festhalten; drohen Sie jedoch den Liberalen, die Dummheiten zu enthüllen, die in Texas gemacht worden sind. Ihnen hat die nationale Subskription keine zwei Livres[35] eingebracht, nicht wahr? Na, da sind Sie ja gerade in der richtigen Lage. Verlangen Sie Rechenschaft wegen der Subskription. Folgendes wird man für Sie tun: Es ist eine neue oppositionelle Zeitung im Entstehen begriffen unter der Schutzherrschaft der Abgeordneten der Linken. Da werden Sie Kassierer werden, mit tausend Talern Gehalt, ein Dauerposten. Es genügt, wenn Sie sich zwanzigtausend Francs Kaution verschaffen. Treiben Sie das Geld auf, und in acht Tagen sind Sie Kassierer. Ich werde höheren Ortes den Rat geben, Ihnen den Mund zu stopfen, indem man Ihnen diese Stellung anbieten läßt; aber schreien Sie, schreien Sie, so laut Sie können!«

Giroudeau ließ Philippe, der sich in Dankesbezeigungen erging, einige Stufen vorausgehen und sagte dann zu seinem Neffen: »Du bist aber wirklich ein komischer Kerl! Mich behältst du hier mit zwölfhundert Francs ...«

»Die Zeitung wird sich nicht mal ein Jahr halten«, erwiderte Finot. »Für dich habe ich was Besseres.«

»Donnerwetter«, meinte Philippe zu Giroudeau, »ist das ein schlauer Patron, dein Neffe! Mir wäre es nicht eingefallen, aus meiner Lage Kapital zu schlagen, wie er es mir rät.«

Abends fiel Oberst Bridau im Café Lemblin und im Café Minerve über die liberale Partei her, die Subskriptionen veranstaltete, die einen nach Texas schickte, die heuchlerisch von Ackerbausoldaten redete, die tapfere Männer ohne Hilfe im Elend ließ, nachdem sie ihnen zwanzigtausend Francs abgeknöpft und sie zwei Jahre lang genasführt hatte.

»Ich werde Rechenschaft über die Subskription zum Champ-d'Asil fordern«, erklärte er einem der Stammgäste des Café Minerve, der es linkgsgerichteten Zeitungsleuten weitersagte.

Philippe ging nicht heim in die Rue Mazarine, sondern er ging zu Mariette, um ihr die Neuigkeit von seiner bevorstehenden Mitarbeit an einer Zeitung mitzuteilen, die zehntausend Abonnenten haben und in der man ihren choreographischen Ehrgeiz wärmstens unterstützen würde. Agathe und die Descoings erwarteten Philippe in Todesängsten, denn soeben war der Herzog von Berry[36] ermordet worden. Am nächsten Tage kam der Oberst kurz nach dem Frühstück. Als seine Mutter ihn ihre Besorgnis wegen seines Ausbleibens merken ließ, geriet er in Zorn und fragte, ob er vielleicht nicht mündig sei.

»Zum Donnerwetter! Ich bringe euch eine gute Nachricht, und ihr macht Leichenbittermienen. Der Herzog von Berry ist tot? Sehr gut! Um so besser! Einer weniger. Ich werde Kassierer bei einer Zeitung, mit tausend Talern Gehalt, und da seid ihr, was mich betrifft, 'raus aus der Verlegenheit.«

»Ist das möglich?« rief Agathe.

»Ja, freilich, wenn du mit zwanzigtausend Francs für mich bürgst. Du brauchst nur deine Staatspapiere, die dreizehnhundert Francs Zinsen bringen, zu hinterlegen. Dein Geld wird dir trotzdem weiterhin alle sechs Monate ausbezahlt.«

Die beiden Witwen, die sich seit nahezu zwei Monaten den Kopf darüber zerbrachen, was Philippe wohl mache und wie sie ihn unterbringen könnten, waren über diese Aussicht so glücklich, daß sie darüber die verschiedenen augenblicklichen Mißgeschicke vergaßen. Am Abend waren die drei Weisen aus dem Morgenland, der alte du Bruel, Claparon, mit dem es zu Ende ging, und der unbeugsame Desroches einer Meinung. Sie alle rieten der Witwe, für ihren Sohn zu bürgen. Die Zeitung, die zum Glück vor der Ermordung des Herzogs von Berry gegründet worden war, entging dem Schlag, den Decazes damals gegen die Presse führte[37]. Die Witwe Bridau bürgte mit ihren dreizehnhundert Francs Zinsen bringenden Staatspapieren für Philippe, und er wurde zum Kassierer ernannt. Der gute Junge versprach sofort, den beiden Witwen monatlich hundert Francs für Kost und Wohnung zu geben, und wurde für den besten aller Söhne erklärt. Diejenigen, die nichts Gutes von ihm erwartet hatten, beglückwünschten Agathe und erklärten: »Wir haben ihn falsch eingeschätzt.«

Der arme Joseph, der nicht hinter seinem Bruder zurückbleiben wollte, versuchte, ganz allein für sich zu sorgen, und das gelang ihm auch. Drei Monate später hatte jedoch der Oberst, der für vier aß und trank, große Ansprüche stellte und unter dem Vorwand, daß er seine Pension bezahle, die beiden Witwen zu beträchtlichen Ausgaben für die Küche veranlaßte, noch nicht einen halben Sou hergegeben. Aus Zartgefühl wollte ihn weder seine Mutter noch die Descoings an sein Versprechen erinnern. Das Jahr verging, ohne daß ein einziges der Geldstücke, die Léon Gozlan[38] so überaus treffend ›Tiger mit fünf Tatzen‹ nennt, aus Philippes Tasche in den Haushalt gewandert wäre. Allerdings hatte der Oberst sein Gewissen in dieser Beziehung beruhigt: er speiste selten daheim.

»Endlich ist er glücklich«, sagte seine Mutter. »Er ist beruhigt, er hat einen Posten.«

Dank dem Einfluß des Feuilletons, dessen Redakteur Vernou war, einer der Freunde von Bixiou, von Finot und von Giroudeau, trat Mariette zwar nicht im Panorama-Dramatique, sondern im Théâtre de la Porte-Saint-Martin[39] zum erstenmal auf, wo sie neben der Bégrand[40] einen beachtlichen Erfolg hatte. Unter den Leitern dieses Theaters befand sich auch ein reicher, prunkliebender General, der in eine Schauspielerin verliebt und ihr zuliebe Impresario geworden war. In Paris findet man immer Leute, die in Schauspielerinnen, Tänzerinnen und Sängerinnen verliebt sind und die aus Liebe Theaterdirektoren werden. Dieser General kannte Philippe und Giroudeau. Mit Hilfe von Finots kleiner Zeitung und derjenigen, bei der Philippe tätig war, konnte die Sache mit Mariettes Auftreten unter den drei Offizieren um so schneller geregelt werden, als ja alle Leidenschaften in dem, was Tollheiten betrifft, solidarisch zu sein scheinen. Der boshafte Bixiou verriet sehr bald seiner Großmutter und der frommen Agathe, daß der Kassierer Philippe Bridau, der Tapferste der Tapferen, Mariette liebte, die berühmte Tänzerin vom Théâtre de la Porte-Saint-Martin. Diese Nachricht traf die beiden Witwen wie ein Donnerschlag. Zunächst einmal ließen Agathes religiöse Gefühle sie in jeder Frau vom Theater einen Auswurf der Hölle erblicken; außerdem aber schien es allen beiden, daß sich diese Frauen von Gold nährten, Perlen tranken und die größten Vermögen verschlangen.

»Ja, glaubst du denn«, meinte Joseph zu seiner Mutter, »daß mein Bruder dumm genug ist, seiner Mariette Geld zu geben? Diese Frauen ruinieren nur reiche Männer.«

»Es ist schon die Rede von Mariettes Engagement an die Große Oper«, sagte Bixiou. »Haben Sie aber keine Angst, Madame Bridau; das diplomatische Korps besucht das Théâtre de la Porte-Saint-Martin, und dieses schöne Mädchen wird nicht lange bei Ihrem Sohn bleiben. Man spricht von einem Gesandten, der wahnsinnig in Mariette verliebt ist. Und noch eine Neuigkeit: der alte Claparon ist gestorben; morgen wird er beerdigt, und sein Sohn, der Bankier geworden ist und sich in Gold und Silber förmlich wälzt, hat eine Bestattung letzter Klasse angeordnet. Der Bursche weiß nicht, was sich gehört! So etwas könnte in China nicht vorkommen!«

Aus Berechnung schlug Philippe der Tänzerin vor, sie zu heiraten; Mademoiselle Godeschal jedoch, die kurz davorstand, zur Großen Oper überzugehen, wies ihn ab, sei es, daß sie die Absichten des Obersten erriet, sei es, daß sie erkannte, wie nötig sie ihre Unabhängigkeit zu ihrem Fortkommen brauche. Während der übrigen Zeit dieses Jahres besuchte Philippe seine Mutter allerhöchstens zweimal im Monat. Wo mochte er sein? Bei seiner Kasse, im Theater oder bei Mariette? Keinerlei Nachricht über seine Lebensführung drang in den Haushalt in der Rue Mazarine. Finot, Bixiou, Vernou und Lousteau sahen ihn ein sehr vergnügtes Leben führen. Er nahm an allen Lustbarkeiten teil, die Tullia, eines der hervorragendsten Mitglieder der Großen Oper, oder Florentine, die an Mariettes Stelle ans Théâtre de la Porte-Saint-Martin gekommen war, oder Florine oder Matifat oder Camusot oder Coralie veranstalteten. Von vier Uhr nachmittags an, der Stunde, da er seine Kasse verließ, bis Mitternacht gab er sich dem Vergnügen hin, denn man hatte immer am Tag vorher irgendeine Geselligkeit verabredet, ein gutes Diner, zu dem irgend jemand geladen hatte, einen Spielabend, ein Souper. Damals war Philippe in seinem Element. Dieser tolle Karneval, der achtzehn Monate dauerte, blieb jedoch nicht ganz ungetrübt von Sorgen. Im Januar des Jahres 1821 gelang der schönen Mariette bei ihrem ersten Auftreten an der Oper die Eroberung eines der glänzendsten Herzöge vom Hof Ludwigs XVIII. Philippe versuchte, es mit dem Herzog aufzunehmen; aber obwohl er Glück im Spiel hatte, sah er sich im April, zu Beginn des neuen Quartals, unter dem Zwange seiner Leidenschaft genötigt, einen Griff in die Kasse der Zeitung zu tun. Im Mai hatte er ihr bereits elftausend Francs entnommen. In diesem verhängnisvollen Monat reiste Mariette nach London, um dort die Lords zu schröpfen, während in der Rue Le Peletier im Stadtpalais Choiseul provisorisch die Oper hergerichtet wurde[41]. Mit dem unglücklichen Philippe war es nun dahin gekommen, wie es häufig zu geschehen pflegt; er liebte Mariette ungeachtet ihrer offenkundigen Untreue. Sie aber hatte in diesem jungen Mann nie etwas anderes gesehen als einen brutalen, geistlosen Haudegen, ihrer Erfolgsleiter erste Stufe, auf der sie nicht lange zu verweilen gedachte. Daher hatte es die Tänzerin auch verstanden, in kluger Voraussicht des Augenblicks, da Philippe kein Geld mehr haben würde, sich in der Zeitungswelt andere Stützen zu verschaffen, die sie der Notwendigkeit enthoben, bei Philippe auszuhalten. Immerhin verfügte sie über jene Dankbarkeit, die diese Art Frauen für denjenigen bezeigen, der ihnen sozusagen als erster die Schwierigkeiten der entsetzlichen Theaterlaufbahn aus dem Wege geräumt hat.

Gezwungen, seine grausame Geliebte nach London ziehen zu lassen, ohne ihr folgen zu können, bezog Philippe sein Winterquartier, wie er sich ausdrückte, und kehrte wieder in seine Mansarde in der Rue Mazarine zurück. Dort stellte er beim Zubettgehen und beim Aufstehen düstere Betrachtungen an. Er fühlte zuinnerst, daß es ihm unmöglich sei, anders zu leben, als er seit einem Jahre gelebt hatte. Der Luxus, der Mariette umgab, die Diners und Soupers, die Abende hinter den Kulissen, der Schwung und der Frohsinn geistreicher Menschen und der Zeitungsleute, das ganze bunte Leben und Treiben um ihn her, all das, was seinen Sinnen und seiner Eitelkeit schmeichelte, dies Leben, das sich übrigens nur in Paris findet und das jeden Tag etwas Neues bietet, war für Philippe mehr als eine Gewohnheit geworden; es war eine Notwendigkeit wie der Tabak und der Schnaps. Er erkannte darum auch, daß er ohne diese fortgesetzten Genüsse nicht mehr leben konnte. Der Gedanke an Selbstmord ging ihm durch den Kopf, nicht etwa wegen des Fehlbetrages, der sich in seiner Kasse ergeben mußte, sondern wegen der Unmöglichkeit, mit Mariette und in der genießerischen Atmosphäre zu leben, in der er seit einem Jahr geschwelgt hatte. Ganz erfüllt von diesen düsteren Betrachtungen, betrat er zum erstenmal das Atelier seines Bruders, den er im blauen Kittel bei der Arbeit antraf und der gerade für einen Kunsthändler ein Gemälde kopierte.

»So also werden Bilder gemacht?« meinte Philippe.

»Nein«, erwiderte Joseph, »aber so werden sie kopiert.«

»Wieviel wird dir dafür bezahlt?«

»Ach, niemals genug, zweihundertfünfzig Francs; aber ich studiere dabei die Eigenart der Meister. Ich bilde mich und komme den Geheimnissen des Handwerks auf die Spur. Das dort ist ein Bild von mir«, meinte er, mit dem Pinsel auf eine Skizze weisend, deren Farben noch feucht waren.

»Und wieviel bringt dir das so im Jahre ein?«

»Leider bin ich vorläufig nur unter den Malern bekannt. Ich werde von Schinner gefördert; er will mir Arbeiten im Schloß Presles verschaffen, wohin ich im Oktober gehen werde, um Arabesken, Umrahmungen und Ziermalereien auszuführen, die Graf de Sérisy sehr gut bezahlt. Mit diesem Trödelkram da, mit den Bestellungen der Händler, werde ich es jetzt auf achtzehnhundert bis zweitausend Francs bringen, nach Abzug aller Kosten. Ach was! Bei der nächsten Ausstellung werde ich dieses Bild hier zeigen; wenn es gefällt, bin ich über den Berg. Meine Freunde sind zufrieden damit.«

»Ich verstehe nichts davon«, sagte Philippe mit so sanfter Stimme, daß Joseph ihn ansehen mußte.

»Was hast du denn?« fragte der Künstler, der gewahrte, daß sein Bruder blaß geworden war.

»Ich möchte wissen, wie lange du für mein Porträt brauchen würdest.«

»Nun, wenn ich immer dabei bleibe und das Wetter klar ist, bin ich in drei bis vier Tagen fertig.«

»Das ist zu lange; ich hätte nur noch diesen Tag für dich. Meine arme Mutter hat mich so lieb, daß ich ihr mein Bildnis hinterlassen möchte. Sprechen wir nicht mehr davon.«

»Ja, gehst du denn wieder fort?«

»Ich gehe fort auf Nimmerwiedersehen!« sagte Philippe in gezwungen heiterem Tone.

»Aber, aber, Philippe, mein Lieber, was ist denn los mit dir? Wenn es etwas Ernstes ist, nun, ich bin doch ein Mann, ich bin kein dummer Junge; ich rüste mich für harte Kämpfe. Wenn es sich um eine diskrete Angelegenheit handelt, kann ich schweigen.«

»Sicher?«

»Bei meiner Ehre!«

»Du wirst keiner Seele, wer es auch sein mag, etwas sagen?«

»Niemandem!«

»Naja! Ich will mich erschießen.«

»Du hast wohl ein Duell?«

»Nein, ich will mich umbringen.«

»Und warum?«

»Ich habe elftausend Francs aus meiner Kasse genommen, und morgen muß ich die Abrechnung vorlegen; von meiner Kaution ist die Hälfte hin. Unsere arme Mutter bekommt dann nur noch sechshundert Francs Zinsen. Das hat allerdings nichts zu sagen, denn ich könnte ihr später ein Vermögen zurückgeben, aber ich bin entehrt; ich mag nicht in Schanden leben.«

»Du bist nicht entehrt, wenn du das Geld zurückerstattest, aber deine Stellung wirst du verlieren, und es bleiben dir nur noch die fünfhundert Francs Pension, die mit deinem Orden verbunden sind. Mit fünfhundert Francs kann man aber leben.«

»Leb wohl«, sagte Philippe, der nichts mehr hören wollte, und lief rasch die Treppe hinunter.

Joseph verließ sein Atelier und ging zu seiner Mutter hinunter, um zu frühstücken; über der vertraulichen Mitteilung Philippes war ihm jedoch der Appetit vergangen. Er nahm die

Descoings beiseite und teilte ihr die entsetzliche Nachricht mit. Die alte Frau schrie laut auf vor Schrecken, ließ einen Topf mit Milch fallen, den sie gerade in der Hand hielt, und sank auf einen Sessel. Agathe kam herbeigelaufen. Nach mehreren verzweifelten Ausrufen wurde schließlich der armen Mutter die verhängnisvolle Wahrheit eingestanden.

»Er! Und ehrvergessen! Der Sohn eines Bridau vergreift sich an der ihm anvertrauten Kasse!« Die Witwe begann an allen Gliedern zu zittern. Sie starrte mit weitaufgerissenen Augen ins Leere, setzte sich und brach in Tränen aus. »Wo ist er?« rief sie unter Schluchzen. »Vielleicht ist er in die Seine gesprungen!«

»Sie dürfen nicht verzweifeln«, versuchte die Descoings sie zu beruhigen, »weil der arme Junge einem schlechten Frauenzimmer in die Hände gefallen ist, das ihn zu Tollheiten verführt hat. Mein Gott, das kommt häufig vor. Philippe hat bis zu seiner Rückkehr so viel Unglück gehabt und so wenig Gelegenheit, glücklich und geliebt zu sein, daß man sich nicht wundern darf über seine Leidenschaft für dieses Geschöpf. Alle Leidenschaften führen zu Ausschweifungen. Es gibt in meinem Leben etwas Ähnliches, das ich mir vorzuwerfen habe, und dabei halte ich mich dennoch für eine anständige Frau! Ein einziges Vergehen ist kein Laster. Und übrigens, nur die, die gar nichts tun, irren nie.«

Agathes Verzweiflung bedrückte sie beide so sehr, daß die Descoings und Joseph gezwungen waren, Philippes Verfehlung als unbedeutend hinzustellen; sie redeten ihr ein, dergleichen komme in allen Familien vor.

»Aber er ist doch achtundzwanzig Jahre alt!« rief Agathe; »er ist kein Kind mehr!«

Ein schreckliches Wort, das erkennen läßt, wie sehr der armen Frau das Betragen ihres Sohnes zu Herzen ging.

»Liebe Mutter, ich versichere dir, daß er nur an deinen Kummer dachte und an das Unrecht, das er dir zufügt«, sagte Joseph.

»O mein Gott! Er soll nur wiederkommen. Er soll leben bleiben, und ich will ihm alles verzeihen!« rief die arme Mutter, die vor ihrem geistigen Auge bereits das gräßliche Bild sah, wie man Philippe tot aus dem Wasser zog.

Einige Augenblicke lang herrschte düsteres Schweigen. Der

Tag verging zwischen Hoffen und Bangen. Beim geringsten Geräusch stürzten alle drei ans Fenster und gaben sich den verschiedensten Vermutungen hin. Während so seine Familie der Verzweiflung preisgegeben war, brachte Philippe seelenruhig seine Kasse in Ordnung. Er besaß die Unverfrorenheit, Rechnung abzulegen und zu erklären, er habe die elftausend Francs aus Furcht vor irgendeinem unliebsamen Vorfall mit nach Hause genommen. Um vier Uhr ging der Spitzbube weg, nachdem er seiner Kasse weitere fünfhundert Francs entnommen hatte, und begab sich kaltblütig in den Spielsaal, wo er nicht mehr gewesen war, seit er seine Stellung angetreten hatte, denn er hatte eingesehen, daß ein Kassierer nicht in Spielhöllen verkehren darf. Es fehlte diesem Burschen nicht an Berechnung. Sein späteres Betragen wird übrigens beweisen, daß er mehr nach seinem Großvater Rouget geraten war als nach seinem tugendhaften Vater. Vielleicht hätte ein guter General aus ihm werden können; in seinem Privatleben jedoch war er einer jener abgründigen Schurken, die ihre Unternehmungen und ihre schlechten Handlungen hinter dem Anschein von Gesetzmäßigkeit und innerhalb der verschwiegenen vier Wände ihrer Familie zu verbergen wissen. Philippe bewahrte seine ganze Kaltblütigkeit bei diesem gewagten Unternehmen. Anfangs gewann er und brachte es bis auf sechstausend Francs; er ließ sich jedoch von dem Wunsche hinreißen, seine ungewisse Lage auf einen Schlag zu beenden und verließ das Trente-et-Quarante, als er hörte, daß beim Roulette sechzehnmal Schwarz herausgekommen war; er setzte fünftausend Francs auf Rot, und noch ein siebzehntes Mal kam Schwarz. Da setzte der Oberst seinen Tausendfrancschein auf Schwarz und gewann. Das war ein erstaunliches Entgegenkommen des Zufalls; aber Philippes geistige Kräfte waren ermüdet, und obzwar er es fühlte, spielte er dennoch weiter. Die feine Witterung jedoch, jener vorausahnende Sinn, auf den sich die Spieler verlassen und der blitzartig über sie kommt, war bereits getrübt. Es traten jene Wechselfälle ein, die für einen Spieler so verderblich sind. Genau wie die Sonnenstrahlen wirkt auch die Hellsichtigkeit nur durch die Stetigkeit der geraden Linie. Sie wittert nur unter der Bedingung, daß sich die Richtung ihres Blickes nicht bricht; beim Hin und Her des Spielglücks wird sie unsicher. Philippe verlor alles. Unter so schweren Nervenproben erliegt die sorgloseste wie auch die kühnste Seele. Deshalb dachte auch Philippe auf dem Heimwege um so weniger daran, sich, wie angekündigt, das Leben zu nehmen, als es ihm damit überhaupt niemals ernst gewesen war. Er dachte weder mehr an seine verlorene Stellung noch an seine angegriffene Kaution noch an seine Mutter noch an Mariette, die Ursache seines Verderbens. Ganz mechanisch ging er vor sich hin. Als er ins Zimmer traf, fielen ihm seine weinende Mutter, die Descoings und sein Bruder um den Hals, küßten ihn und führten ihn voll Freude in die Kaminecke.

Siehe da! dachte er. Die Ankündigung hat ihre Wirkung getan!

Dem widerlichen Kerl gelang es um so leichter, das passende Gesicht zu machen, als ihn der Aufenthalt im Spielsaal tief erregt hatte. Als die arme Mutter ihren abscheulichen Liebling bleich und verstört sah, sank sie zu seinen Füßen nieder, küßte ihm die Hände, legte sie auf ihr Herz und sah ihn lange mit tränenerfüllten Augen an. »Philippe«, sagte sie mit erstickter Stimme, »versprich mir, dich nicht umzubringen! Wir wollen alles vergessen!«

Philippe betrachtete seinen ergriffenen Bruder, die Descoings, die gleichfalls Tränen in den Augen hatte, und sagte zu sich selbst: Es sind doch gute Menschen! Dann hob er seine Mutter auf, setzte sie auf seinen Schoß, drückte sie an sein Herz und flüsterte ihr unter Küssen ins Ohr: »Du schenkst mir zum zweitenmal das Leben!«

Die Descoings brachte es fertig, ein vorzügliches Abendessen aufzutragen, sowie zwei Flaschen alten Wein und ein wenig Rum herbeizuschaffen, ein Schatz, der noch aus ihren alten Vorräten stammte. »Agathe, wir müssen ihn auch seine Zigarren rauchen lassen«, meinte sie beim Nachtisch und bot Philippe welche an.

Diese beiden armen Wesen bildeten sich ein, daß sich Philippe zu Hause wohl fühlen werde, wenn sie es ihm behaglich machten, und daß er dann daheim bleibe. So trachteten sie alle beide, sich an den Tabakrauch zu gewöhnen, den sie verabscheuten. Philippe merkte dieses ungeheure Opfer nicht einmal. Am nächsten Tage wirkte Agathe um zehn Jahre älter. Nachdem sich ihre Angst gelegt hatte, kam die Überlegung, und die arme Frau konnte während dieser grauenvollen Nacht kein Auge schließen. Sie würde nun nur noch sechshundert Francs Zinsen im Jahr haben. Wie alle beleibten und naschhaften Frauen wurde die Descoings, die unter einem hartnäckigen Husten zu leiden hatte, allmählich schwerfällig; ihr Tritt hallte auf der Treppe, als fielen Holzscheite. Sie konnte jeden Augenblick sterben, und mit ihr würden viertausend Francs verschwinden. War es nicht unsinnig, mit dieser Hilfe zu rechnen? Was war zu tun? Was sollte werden? Agathe, die entschlossen war, lieber eine Stellung als Krankenwärterin anzunehmen, als ihren Kindern zur Last zu fallen, dachte nicht an sich selber. Was aber sollte Philippe beginnen, wenn er auf die fünfhundert Francs seines Offizierskreuzes der Ehrenlegion angewiesen war? Die Descoings, die seit elf Jahren jährlich tausend Taler hergab, hatte schon das Doppelte ihrer Schuld bezahlt und opferte weiterhin die Interessen ihres Enkels denen der Familie Bridau. Obgleich Agathes Gefühl für Rechtschaffenheit und strenge Genauigkeit durch diese fürchterliche Katastrophe schwer verletzt worden war, sagte sie sich dennoch: Der arme Junge! Ist es denn seine Schuld? Er bleibt seinem Gelöbnis treu. Es war unrecht von mir, ihn nicht längst zu verheiraten. Wenn ich ihm eine Frau gesucht hätte, würde er sich nicht an diese Tänzerin gehängt haben. Er hat so eine kräftige Konstitution . . .!

Die alte Krämerin hatte während der Nacht gleichfalls darüber nachgedacht, wie die Ehre der Familie zu retten sei. Bei Tagesanbruch stieg sie aus ihrem Bett und kam in das Zimmer ihrer Freundin.

»Weder Sie noch Philippe können in dieser heiklen Angelegenheit etwas unternehmen«, meinte sie. »Wenn auch unsere beiden alten Freunde du Bruel und Claparon tot sind, so bleibt uns doch noch Papa Desroches, der ein sehr gutes Urteilsvermögen hat, und ich werde noch heute vormittag zu ihm gehen. Desroches wird sagen, daß Philippe ein Opfer seines Vertrauens zu einem Freunde geworden sei und daß seine Schwäche in diesen Dingen ihn für die Verwaltung einer Kasse ungeeignet mache. Was ihm heute passiert sei, könne sich wiederholen. Philippe ziehe es demnach vor, die Stellung lieber von sich aus aufzugeben. Auf diese Weise wird er wenigstens nicht entlassen.«

Als Agathe die Ehre ihres Sohnes durch diese gefällige Lüge gerettet sah, zumindest in den Augen Außenstehender, umarmte sie die Descoings, die sich aufmachte, um diese schreckliche Angelegenheit zu ordnen. Philippe hatte den Schlaf des Gerechten geschlafen. »Die Alte ist schlau!« sagte er lächelnd, als ihm Agathe mitteilte, warum heute später gefrühstückt werde.

Der alte Desroches, der letzte Freund der beiden armen Frauen, der trotz der Härte seines Charakters nie vergaß, daß Bridau es gewesen war, der ihm seine Stellung verschafft hatte, entledigte sich als vollendeter Diplomat des heiklen Auftrags, den ihm die Descoings anvertraut hatte. Er kam zum Abendessen, um Agathe zu benachrichtigen, sie möge am nächsten Tage auf das Schatzamt in der Rue Vivienne kommen, um dort die Übertragungsurkunde ihrer verkauften Staatspapiere zu unterzeichnen und den Kassenschein für die ihr verbleibenden, sechshundert Francs Zinsen bringenden Papiere entgegenzunehmen. Der alte Beamte verließ dies Haus des Kummers erst, als er Philippe dazu bewogen hatte, eine Bittschrift an den Kriegsminister zu unterzeichnen, durch die er um seine Wiederaufnahme in das Heer ersuchte. Desroches versprach den beiden Frauen, den Weg der Bittschrift durch die verschiedenen Kanzleien zu verfolgen und sich den Umstand zunutze zu machen, daß der Herzog Philippe die Tänzerin weggeschnappt hatte, um sich die Fürsprache dieses großen Herrn zu sichern.

»Bevor noch drei Monate um sind, ist er Oberstleutnant im Regiment des Herzogs von Maufrigneuse, und Sie sind ihn los!«

Von den Segenswünschen der zwei Frauen und auch Josephs begleitet, empfahl sich Desroches. Was die Zeitung betraf, so stellte sie, genau wie Finot es vorausgesagt hatte, ihr Erscheinen ein. Philippes Verfehlung blieb also in der Gesellschaft unbeachtet. Aber Agathes Mutterherz hatte eine sehr tiefe Wunde empfangen. Da ihr Glaube an ihren Sohn nun einmal erschüttert war, lebte sie fortan dauernd in entsetzlichen Ängsten, gemischt mit Genugtuung, wenn sie sah, daß sich ihre düsteren Befürchtungen nicht erfüllten.

Wenn Menschen, die zwar physischen Mut besitzen, in moralischer Hinsicht jedoch feig und verkommen sind, wie Philippe es war, erlebt haben, daß nach einer Katastrophe, in der nahezu ihr ganzes sittliches Wesen untergegangen ist, die Dinge um sie her auch weiterhin ihren gewöhnlichen Lauf nehmen, so bedeutet dieses Entgegenkommen der Familie oder der Freunde für sie geradezu eine Ermutigung. Sie rechnen auf Straflosigkeit. Ihr verdorbener Sinn, ihre befriedigten Leidenschaften verführen sie dazu, darüber nachzudenken, wie es ihnen denn gelungen sei, die Gesetze der menschlichen Gesellschaft zu umgehen, und sie bringen es darin gewissermaßen zu einer entsetzlichen Geschicklichkeit. Vierzehn Tage später nahm daher Philippe, der wieder der sich langweilende Müßiggänger geworden war, wie nicht anders zu erwarten, sein Caféhausleben wieder auf, sein Herumsitzen, das er sich mit ein paar Gläschen angenehmer machte, seine langen Billardpartien bei einem Glas Punsch, seine nächtlichen Sitzungen im Spielsaal, wo er in einem günstigen Augenblick einen kleinen Einsatz wagte und einen kleinen Gewinn erzielte, der ihm die Weiterführung dieses liederlichen Lebens ermöglichte. Anscheinend sparsam, um seine Mutter und die Descoings irrezuführen, trug er einen beinahe schmierigen Hut, dessen Rand und Einfassung abgegriffen waren, geflickte Stiefel, einen schäbigen Gehrock, auf dem man kaum seine rote Rosette schimmern sah, die durch ihren langen Aufenthalt im Knopfloch bräunlich und durch Kaffee- und Schnapstropfen schmutzig geworden war. Seine grünlichen Wildlederhandschuhe trug er lange. Seinen Atlaskragen legte er erst ab, wenn er schon völlig abgeschabt war. Mariette blieb die einzige Liebe dieses Junggesellen, und der Verrat der Tänzerin verhärtete sein Herz vollends. Wenn er unverhofft im Spiel gewann oder wenn er mit seinem alten Kameraden Giroudeau soupiert hatte, huldigte er in einer Art roher Verachtung des ganzen weiblichen Geschlechts, indem er sich der Venus der Straßenecken anbefahl. Übrigens nahm er Frühstück und Abendessen regelmäßig zu Hause ein und kam allnächtlich gegen ein Uhr heim. Drei Monate dieses doch wahrlich schauderhaften Lebens flößten der armen Agathe aber wieder einige Zuversicht ein. Was nun Joseph betrifft, der an dem herrlichen Gemälde arbeitete, das seinen Ruf begründet hat, so lebte er ganz in seinem Atelier. Im Vertrauen auf die Versicherungen ihres Enkels, der an Josephs künftigen Ruhm glaubte, umgab die Descoings den Maler mit mütterlicher Fürsorge. Sie brachte ihm am Morgen das Frühstück, besorgte Gänge für ihn, putzte seine Schuhe. Der Maler ließ sich nur zur Hauptmahlzeit sehen, und seine Abende gehörten seinem Freundeskreis. Er las übrigens sehr viel und eignete sich jene tiefe, ernsthafte Bildung an, die man sich nur selber erarbeiten kann und um die sich alle begabten Menschen im Alter von zwanzig bis dreißig Jahren bemühen. Agathe, die Joseph nur selten zu Gesicht bekam, und die seinetwegen übrigens keine Sorge hatte, lebte nur noch für Philippe, der ihr nichts anderes bereitete als abwechselnd aufkeimende Befürchtungen und wieder beruhigte Ängste, die einen Teil des Gefühlslebens ausmachen und ebenso zur Mutterschaft gehören wie zur Liebe. Desroches, der ungefähr einmal wöchentlich die Witwe seines ehemaligen Vorgesetzten und Freundes besuchte, machte ihr Hoffnungen. Der Herzog von Maufrigneuse habe Philippe für sein Regiment angefordert. Der Kriegsminister lasse sich Bericht erstatten; und da der Name Bridau in keinem Polizeibericht, in keinerlei Gerichtsakten zu finden sei, werde Philippe in den ersten Monaten des kommenden Jahres seinen Einberufungsbefehl und damit die Bestätigung seiner Reaktivierung erhalten. Um des sicheren Gelingens willen hatte Desroches seine sämtlichen Bekannten in Bewegung gesetzt. Durch seine Erkundigungen auf der Polizeipräfektur erfuhr er, daß Philippe alle Abende beim Spiel verbrachte, und er hielt es für angebracht, dieses Geheimnis einzig der Descoings anzuvertrauen und sie zugleich zu bitten, den künftigen Oberstleutnant zu überwachen, denn ein unliebsames Aufsehen konnte alles wieder verderben; vorläufig würde der Kriegsminister wohl nicht nachforschen, ob Philippe ein Spieler sei. Sobald er erst einmal unter den Fahnen stehe, werde der Oberstleutnant hoffentlich eine Leidenschaft aufgeben, die lediglich eine Folge seines Müßiggangs sei. Agathe, die am Abend niemanden mehr bei sich hatte, las am Kaminfeuer in ihrem Gebetbuch, während sich die Descoings die Karten legte, ihre Träume zu deuten und kabbalistische Regeln auf ihre Lotterieeinsätze anzuwenden suchte. Die unentwegte Spielerin versäumte keine einzige Ziehung. Sie spielte weiterhin ihre Terne, die noch immer nicht herausgekommen war. Diese Terne war nahezu einundzwanzig Jahre alt und wurde somit volljährig; auf diesen albernen Umstand vertraute die alte Spielerin ganz gewaltig. Seit der Gründung der Lotterie war die eine der Nummern auf dem Boden aller Trommeln liegengeblieben. Sie baute auf diese Nummer, und ebenso auf die Zusammensetzung jener drei Zahlen. Die letzte Matratze ihres Bettes diente der armen Alten als Aufbewahrungsort für ihre Ersparnisse. Sie trennte sie auf, schob das sorgfältig in Papier eingehüllte Goldstücke, das sie sich mühsam abgedarbt hatte, hinein und nähte sie wieder zu. Bei der letzten Pariser Ziehung wollte sie ihre gesamten Ersparnisse auf ihre geliebte Terne setzen. Man hat über diese Leidenschaft, die so allgemein verurteilt wird, eigentlich noch nie zur Genüge nachgedacht. Niemand hat darin das Opium des Elends erkannt. Gibt die Lotterie, diese mächtigste aller Feen, nicht den zauberhaftesten Hoffnungen Raum? Die einzige Umdrehung beim Roulettespiel, die den Spielern Gold und Genuß in Hülle und Fülle vorgaukelt, hat nur die Dauer eines Blitzes, während die Lotterie diesen zauberhaften Blitz fünf Tage lang dauern läßt. Welche soziale Macht vermag heute für vierzig Sous einen Menschen fünf Tage lang glücklich zu machen und ihm in der Einbildung alles Glück der Zivilisation zu schenken? Der Tabak, diese tausendmal unsittlichere Steuer, zerrüttet die Gesundheit, greift die Intelligenz an, macht eine Nation stumpfsinnig. Die Lotterie hingegen hat keinen dieser Schäden im Gefolge. Überdies ist diese Leidenschaft zur Innehaltung einer gewissen Ordnung genötigt, und zwar sowohl durch den Zeitabstand zwischen den einzelnen Ziehungen als auch durch das sich drehende Rad, dem jeder Spieler anhängt. Die Descoings spielte nur in der Pariser Lotterie. In der Hoffnung, die seit zwanzig Jahren gehegte Terne triumphieren zu sehen, hatte sie sich riesige Entbehrungen auferlegt, um in aller Freiheit bei der letzten Ziehung des Jahres ihren Einsatz tätigen zu können. Wenn sie kabbalistische Träume hatte – denn nicht alle Träume decken sich mit den Nummern der Lotterie –, ging sie zu Joseph, um sie ihm zu erzählen; war er doch das einzige Wesen, das ihr zuhörte, ohne sie zu schelten; er sprach vielmehr sanft auf sie ein, wie eben wahre Künstler die Abirrungen des Geistes zu beschwichtigen verstehen. Alle großen Begabungen haben Achtung und Verständnis für echte Leidenschaften; sie erklären sie sich und finden ihre Wurzeln, sei es im Herzen oder im Kopfe. Mein Bruder liebt eben den Tabak und den Schnaps, meinte Joseph. Meine alte Mama Descoings liebt die Lotterie, meine Mutter liebt Gott, der jüngere Desroches liebt die Prozesse, der ältere Desroches liebt den Angelsport; jeder liebt irgend etwas, sagte Joseph. Er selber liebte in allem das ideale Schöne; er liebte die Dichtungen Byrons, die Malerei Géricaults[42], die Musik Rossinis, die Romane Walter Scotts.

»Jeder nach seinem Geschmack, Mama!« rief er. »Nur läßt Ihre Terne ein bißchen lange auf sich warten!«

»Sie wird schon herauskommen! Du wirst reich werden und mein kleiner Bixiou auch.«

»Geben Sie nur alles Ihrem Enkel«, entgegnete Joseph. »Im übrigen halten Sie es, wie Sie wollen!«

»Na, wenn sie herauskommt, habe ich genug für alle. Du zuallererst, du bekommst ein schönes Atelier. Um deine Modelle und deinen Farbenlieferanten zu bezahlen, brauchst du es dir dann nicht mehr zu versagen, ins Théâtre-des-Italiens zu gehen. Weißt du aber, lieber Junge, daß du mir auf dem Bilde da keine schöne Rolle zugedacht hast?«

Aus Sparsamkeit hatte Joseph die Descoings für sein herrliches Bild Modell stehen lassen, auf dem eine junge Kurtisane einem venezianischen Senator von einer alten Frau zugeführt wird. Dieses Bild, eines der Meisterwerke der modernen Malerei, das sogar von Gros für einen Tizian gehalten wurde, schuf bei den jungen Künstlern die freudige Bereitschaft, Josephs Überlegenheit und seinen hervorragenden künstlerischen Rang im ›Salon‹ von 1823 anzuerkennen und laut zu verkünden.

»Die Sie kennen«, erwiderte er heiter, »wissen genau, wer Sie sind, und was scheren Sie die, die Sie nicht kennen?«

Seit ungefähr zehn Jahren hatte die Descoings die reifen Farben eines Winterapfels um die Osterzeit angenommen. In der Fülle ihres kalt und schwammig gewordenen Fleisches hatten sich Runzeln gebildet. Ihre lebensvollen Augen schienen von einem noch jugendlichen, lebhaften Gedanken beseelt, in dem man um so leichter Habgier vermuten konnte, als ja ein Spieler immer etwas Gieriges an sich hat. Ihr fleischiges Gesicht zeigte die Spuren andauernder Verstellung und eines Hintergedankens, den sie im tiefsten Inneren verbarg. Ihre Leidenschaft erforderte Heimlichkeit. Die Bewegungen ihrer Lippen verrieten Anzeichen von Naschhaftigkeit. Das Auge konnte sich also leicht täuschen, obgleich sie die kreuzbrave und vortreffliche Frau war, als die wir sie kennen. Sie war demnach ein ausgezeichnetes Modell für die alte Frau, die Bridau malen wollte. Coralie, eine junge Schauspielerin von wunderbarer Schönheit, die in der Blüte ihrer Jahre starb, die Geliebte eines jungen Dichters, Luciens de Rubempré, eines Freundes von Bridau, hatte ihn auf die Idee zu diesem Bild gebracht. Man hat das schöne Bild verdächtigt, eine Nachahmung zu sein, obwohl es doch eine glänzende Zusammenstellung von drei Porträts war. Michel Chrestien, einer der jungen Leute aus dem Freundeskreis, hatte für den Senator seinen Römerkopf zur Verfügung gestellt, und Joseph hatte ihm einige reifere Züge geliehen, wie er auch den Gesichtsausdruck der Descoings ein wenig abgeändert hatte. Dies große Gemälde, das soviel Aufsehen erregen und Joseph soviel Haß, soviel Neid und soviel Bewunderung einbringen sollte, war im Entwurf fertig. Da er jedoch genötigt war, die Ausführung zu unterbrechen, um Aufträge durchzuführen, von denen er leben mußte, kopierte er die Bilder alter Meister und machte sich dabei gründlich mit deren Verfahren vertraut. Seine Pinselführung war deshalb auch so überaus geschickt und kunstreich. Sein gesunder Künstlerverstand riet ihm, der Descoings und seiner Mutter nichts von dem Geld zu sagen, das er jetzt allmählich zu verdienen begann; er sah ja, wie jede der beiden ihre verderbliche Schwäche hatte: die eine Philippe, die andere die Lotterie. Die Kaltblütigkeit, die der Soldat bei seiner Katastrophe an den Tag gelegt hatte, die hinterhältige Berechnung mit dem angeblichen Selbstmordplan, die Joseph durchschaut hatte, der Gedanke an die Verfehlungen Philippes auf einem Posten, den er nicht hätte aufgeben dürfen, ja schließlich die kleinsten Einzelheiten im Verhalten seines Bruders hatten Joseph endlich die Augen geöffnet. Solch ein Scharfblick ist bei Malern gar nicht so selten. Ganze Tage lang sind sie in ihrem Atelier mit Arbeiten beschäftigt, die es bis zu einem gewissen Grade gestatten, die Gedanken schweifen zu lassen, und so gleichen sie ein wenig den Frauen. Ihr Geist kann sich mit den kleinen Dingen des Lebens befassen und in deren verborgenen Sinn eindringen. Joseph hatte eine jener alten prachtvollen Truhen gekauft, von denen die Mode damals noch nichts wußte, um einen Winkel seines Ateliers damit zu zieren, der gutes Licht hatte; es flimmerte auf den köstlichen Schnitzereien und lieh diesem Meisterstück des Handwerks aus dem sechzehnten Jahrhundert seinen vollen Glanz. Nachdem er ein Geheimfach darin entdeckt hatte, pflegte er dort seine Ersparnisse zu verwahren. Mit der selbstverständlichen Vertrauensseligkeit des echten Künstlers legte er gewöhnlich das Geld, das er für seine monatlichen Ausgaben bestimmte, in einen auf der Truhe stehenden Totenkopf. Seit sein Bruder wieder mehr im Hause lebte, stellte er andauernd fest, daß der Betrag nicht mit seinen Ausgaben in Einklang stand. Die hundert Francs, die den Monat über reichen sollten, verflüchtigten sich mit unglaublicher Geschwindigkeit. Als er einmal nichts mehr vorfand, nachdem er doch nur vierzig bis fünfzig Francs ausgegeben hatte, meinte er: »Mein Geld hat anscheinend Beine bekommen!« Das nächstemal achtete er genau auf seine Ausgaben, aber soviel er auch hin und her rechnete wie Robert Macaire[43] – sechzehn und fünf macht einundzwanzig –, er fand sich nicht zurecht. Als er beim drittenmal einen noch größeren Irrtum feststellte, teilte er diese ärgerliche Tatsache der alten Descoings mit, von der er sich mit jener mütterlichen, zärtlichen, vertrauensvollen, gläubigen und schwärmerischen Liebe geliebt wußte, die seiner Mutter bei all ihrer Güte fehlte und die einem jungen Künstler in seinen Anfängen ebenso nottut wie den kleinen Küchlein, solange sie noch keine Federn haben, die Fürsorge der Henne. Ihr allein konnte er seinen entsetzlichen Verdacht anvertrauen. Seiner Freunde war er so sicher wie seiner selbst, und die Descoings nahm ihm schwerlich etwas, um damit Lotterie zu spielen. Als er einmal diesen Gedanken nur aussprach, rang die arme Frau die Hände; nur Philippe allein konnte also diese kleinen, häuslichen Diebstähle begehen.

»Warum sagt er es mir nicht, wenn er was braucht?« rief Joseph erregt, nahm dabei Farbe von seiner Palette und brachte alle Farbtöne durcheinander, ohne es zu merken.

»Aber das heißt ja ein Kind bestehlen!« jammerte die Descoings, deren Gesicht den tiefsten Abscheu ausdrückte.

»Nein«, versetzte Joseph, »er darf es tun, er ist mein Bruder, und mein Geldbeutel steht ihm immer zur Verfügung; aber sagen sollte er es mir.«

»Leg heute morgen einen bestimmten Betrag Kleingeld hin und nimm nichts davon weg«, riet ihm die Descoings. »Ich werden genau aufpassen, wer dein Atelier betritt; wenn nur er es ist, dann bekommst du Gewißheit.«

So erhielt Joseph gleich am nächsten Tage den Beweis von den Zwangsanleihen, die sein Bruder bei ihm machte. Philippe betrat das Atelier, wenn Joseph nicht darin war, und nahm die kleinen Summen an sich, die ihm gerade fehlten. Der Künstler zitterte um seinen kleinen Schatz!

»Warte, Bürschchen, warte, dich ertappe ich«, sagte er lachend zur Descoings.

»Daran tust du gut; wir müssen ihn strafen, denn auch mir fehlt häufig etwas in meinem Portemonnaie. Aber der arme Junge braucht eben Tabak, er ist nun mal daran gewöhnt.«

»Der arme Junge! Der arme Junge!« entgegnete der Künstler. »Ich bin der gleichen Ansicht wie Fulgence und Bixiou. Philippe liegt uns andauernd auf der Tasche; bald ist er in Verschwörungen verwickelt und muß nach Amerika geschickt werden; das kostet unsere Mutter zwölftausend Francs. In den Wäldern der Neuen Welt weiß er nichts anzufangen, und seine Rückkehr kostet ebensoviel wie seine Hinreise. Weil er einmal einem General zwei Worte Napoleons überbracht hat, hält Philippe sich für einen großen Kriegshelden und glaubt es sich schuldig zu sein, den Bourbonen die kalte Schulter zu zeigen. Bei alledem läßt er es sich gut gehen, macht Reisen, sieht fremde Länder. Mir kann er nichts mehr vormachen mit Klagen über sein Unglück. Er sieht mir ganz danach aus, als fühle er sich überall wohl. Man verschafft dem Kerl eine ausgezeichnete Stellung; da führt er mit einem Frauenzimmer von der Oper ein Leben wie Sardanapal[44], langt in die Kasse einer Zeitung und kostet unsere Mutter weitere zwölftausend Francs. Was mich betrifft, so ist es mir piepe; aber der bringt ja die arme Frau an den Bettelstab. Mich betrachtet er als eine Null, weil ich nicht bei den Gardedragonern gedient habe. Und doch werde vielleicht ich es sein, der für diese arme, liebe Mutter in ihren alten Tagen sorgen, während dieser

Haudegen Gott weiß wie enden wird, wenn er so weitermacht. Bixiou hat mir gesagt: ›Dein Bruder ist nichts als ein durchtriebener Phrasendrescher‹, und Ihr Enkel hat recht. Philippe wird noch irgendetwas anstellen, wobei die Ehre der Familie gefährdet wird, und dann wird es nochmals heißen, zehn- oder zwölftausend Francs aufzutreiben. Er spielt jeden Abend. Wenn er dann sternhagelbesoffen heimkommt, verliert er auf der Treppe gezinkte Karten, auf denen er sich notiert hat, wie oft Rot und wie oft Schwarz herausgekommen ist. Der alte Desroches läuft sich die Sohlen ab, um Philippe wieder in die Armee zu bringen, aber ich gebe Ihnen mein Wort darauf, daß er verzweifelt wäre, wenn er wieder dienen müßte. Hätten Sie je geglaubt, daß aus einem Burschen, der so schöne, klare blaue Augen hat und aussieht wie Bayard[45], ein solcher Taugenichts werden würde?«

Trotz aller Besonnenheit und Kaltblütigkeit, mit der Philippe abends beim Spiel setzte, kam es hin und wieder vor, daß er Verluste erlitt. Von dem unwiderstehlichen Wunsche getrieben, über seine zehn Francs, den Einsatz für den Abend, zu verfügen, vergriff er sich dann zu Hause am Geld seines Bruders, an dem, das die Descoings herumliegen ließ, und an dem Agathes. Schon einmal hatte die arme Witwe in ihrem ersten Schlaf eine entsetzliche Vision gehabt. Philippe war in ihr Zimmer getreten und hatte dort aus den Taschen ihres Kleides alles darin befindliche Geld entwendet. Agathe hatte sich schlafend gestellt, aber sie hatte den Rest dieser Nacht hindurch geweint. Sie sah jetzt klar. »Ein Vergehen ist noch kein Laster«, hatte die Descoings gesagt, aber nach diesen fortwährenden Rückfällen wurde das Laster offenkundig. Agathe konnte nun nicht mehr zweifeln: ihr Lieblingssohn besaß weder Zartgefühl noch Ehre. Am Morgen nach dieser grauenhaften Vision zog ihn Agathe nach dem Frühstück vor seinem Weggehen in ihr Zimmer und bat ihn flehentlich, das Geld, das er brauchte, offen von ihr zu verlangen. Nun aber wurde dieses Verlangen so oft wiederholt, daß Agathe innerhalb von vierzehn Tagen alle ihre Ersparnisse aufgebraucht hatte. Sie war ohne einen Sou und dachte daran, Arbeit zu suchen. Mehrere Abende lang beriet sie mit der Descoings, wie sie es anstellen könne, durch Arbeit Geld zu verdienen. Schon war die arme Mutter zum ›Père de Famille‹[46] gegangen, um Stickarbeiten zu erbitten, wobei ungefähr zwanzig Sous täglich zu verdienen waren. Trotz der Verschwiegenheit ihrer Nichte erriet die Descoings nur zu gut den Grund für den Wunsch, mit Handarbeiten Geld zu verdienen. Die Veränderung in Agathes Aussehen redete überdies eine deutliche Sprache. Ihr sonst so frisches Gesicht begann zu vertrocknen; an den Bakkenknochen und an den Schläfen schien die Haut festzukleben, die Stirn bekam Runzeln, und die Augen verloren ihren hellen Glanz. Es war unverkennbar, daß sie sich an einem inneren Feuer verzehrte und ihre Nächte durchweinte. Das Verheerendste für sie war jedoch die Notwendigkeit, ihre Schmerzen, ihre Leiden, ihre Befürchtungen zu verschweigen. Niemals schlief sie ein, solange Philippe nicht heimgekommen war; ja, sie erwartete ihn auf der Straße. Die kleinsten Abweichungen in seiner Stimme, seinem Gang, die wortlose Sprache seines Spazierstocks, der auf dem Pflaster nachschleifte, hatte sie beobachtet; nichts entging ihr; sie wußte, bei welchem Grad von Trunkenheit er angelangt war. Sie zitterte, wenn sie ihn auf der Treppe stolpern hörte; eines Nachts hatte sie an der Stelle, wo er zusammengesackt war, Goldstücke aufgelesen. Wenn er getrunken und im Spiel gewonnen hatte, war seine Stimme heiser, und er ließ seinen Stock auf dem Pflaster nachschleifen; hatte er aber verloren, dann hatte sein Schritt etwas Kurzes, Bestimmtes, Wütendes; er trällerte mit heller Stimme vor sich hin und hielt seinen Stock geschultert wie ein Gewehr. Wenn er gewonnen hatte, zeigte er beim Frühstück ein heiteres, beinahe liebevolles Wesen; er scherzte, wenn auch in grober Art, aber er scherzte doch immerhin mit der Descoings, mit Joseph, mit seiner Mutter. Wenn er dagegen verloren hatte, war er finster; seine kurz angebundene, abgehackte Sprechweise, sein harter Blick, seine Traurigkeit flößten Entsetzen ein. Das Lotterleben und die Gewöhnung an den Schnaps verwandelten sein ehedem so schönes Antlitz zusehends von einem Tag zum anderen. Die Züge vergröberten sich. Die Augen verloren die Wimpern und wurden glanzlos. Da er auf seine Person keine Sorgfalt mehr verwandte, strömte Philippe alle scheußlichen Kneipendünste aus, dazu einen Geruch von schmutzigen Stiefeln, was ihn in den Augen eines Außenstehenden endgültig zu einem Verkommenen gestempelt haben würde.

»Sie sollten sich wirklich vom Kopf bis Füßen neu einkleiden«, sagte die Descoings in den ersten Dezembertagen zu Philippe.

»Und wer soll das bezahlen?« erwiderte er bitter. »Meine arme Mutter hat keinen Sou mehr; ich selber habe fünfhundert Francs im Jahr. Ich würde meine ganze Jahrespension dafür brauchen, um mir Kleider zu kaufen, und ich habe doch meine Pension auf drei Jahre verpfändet.«

»Und warum?« fragte Joseph.

»Eine Ehrenschuld! Giroudeau hat sich von Florentine tausend Francs geben lassen, um sie mir zu leihen. Ich bin nicht elegant, das stimmt, wenn man aber bedenkt, daß Napoleon auf Sankt Helena ist und sein Tafelsilber verkaufen muß, um leben zu können, dann dürfen wohl die Soldaten, die ihm treu geblieben sind, auf abgetretenen Schuhen herumlaufen«, sagte er, zeigte seine absatzlosen Schuhe und ging aus dem Zimmer.

»Er ist kein schlechter Kerl«, sagte Agathe, »er hat eine gute Gesinnung.«

»Man kann dem Kaiser treu sein und sich dennoch anständig anziehen«, meinte Joseph. »Wenn er sich und seine Kleidung ein wenig in Ordnung hielte, würde er nicht aussehen wie ein Landstreicher.«

»Joseph, du mußt Nachsicht mit deinem Bruder haben! Du tust, was du willst«, sagte Agathe, »er dagegen ist ganz gewiß nicht an seinem Platze.«

»Warum hat er ihn denn aufgegeben? Was liegt daran, ob die Wanzen[47] Ludwigs XVIII. auf den Fahnen sind oder der Kukkuck[48] Napoleons, wenn die Lappen nur französisch sind? Frankreich bleibt Frankreich! Ich würde auch für den Teufel malen. Ein Soldat, vorausgesetzt, daß er wirklich ein guter Soldat ist, muß kämpfen aus Liebe zu seinem Beruf. Wenn er damals ruhig in der Armee geblieben wäre, könnte er heute General sein.«

»Du bist ungerecht gegen ihn«, sagte Agathe. »Dein Vater, der den Kaiser vergötterte, hätte ihm recht gegeben. Aber schließlich ist er ja einverstanden, wieder in die Armee einzutreten. Gott allein kennt den Kummer, den deinem Bruder das verursacht, was er einen Verrat nennt.«

Joseph stand auf, um in sein Atelier hinaufzugehen; aber

Agathe ergriff seine Hand und flehte: »Sei gut zu deinem Bruder, er ist so unglücklich!«

Als der Künstler in sein Atelier zurückkehrte, gefolgt von der Descoings, die ihn bat, auf die Empfindlichkeit seiner Mutter Rücksicht zu nehmen und ihn darauf aufmerksam machte, wie sehr sie sich verändere und auf welche seelischen Leiden diese Veränderung schließen lasse, fanden sie dort zu ihrem großen Erstaunen Philippe vor.

»Joseph, mein Junge«, sagte er leichthin, »ich brauche dringend Geld. Kreuzdonnerwetter noch mal, ich schulde in meinem Tabakladen dreihundert Francs für Zigarren, und ich wage nicht, an diesem verfluchten Laden vorbeizugehen, ohne sie zu bezahlen. Ich habe es schon zehnmal versprochen.«

»So ist es mir immer noch lieber«, antwortete Joseph; »nimm was im Totenkopf ist.«

»Aber das habe ich ja schon gestern abend nach dem Essen alles genommen.«

»Es waren fünfundvierzig Francs drin ...«

»Ja, ja, stimmt«, erwiderte Philippe. »Ich habe sie gefunden. Habe ich etwa unrecht getan?« fuhr er fort.

»Nein, mein Lieber, nein«, entgegnete der Künstler. »Wenn du reich wärest, würde ich es so machen wie du; bloß würde ich dich vorher fragen, ob es dir auch recht sei.«

»Es ist so demütigend, zu fragen«, versetzte Philippe. »Mir wäre es lieber, wenn du es nähmest wie ich, ohne etwas zu sagen; das sieht mehr nach Vertrauen aus. Wenn in der Armee ein Kamerad fällt und er hat ein Paar gute Stiefel an, während man selber schlechte hat, so tauscht man mit ihm.«

»Jawohl, aber man nimmt sie ihm nicht weg, solange er noch lebt.«

»Ach, wie kleinlich«, entgegnete Philippe achselzuckend. »Du hast also kein Geld?«

»Nein«, sagte Joseph, der sein Geheimfach nicht verraten wollte. – »In ein paar Tagen sind wir reich«, sagte die Descoings.

»Ach, Sie! Sie glauben, daß Ihre Terne am fünfundzwanzigsten bei der Pariser Ziehung herauskommen wird. Da müßten Sie aber elend viel setzen, wenn Sie uns alle reich machen wollen.«

»Eine gewöhnliche Terne von zweihundert Francs bringt drei Millionen, ganz abgesehen von den Doppeltreffern und den Sonderprämien.«

»Fünfzehntausendmal den Einsatz, ja, das stimmt! Dann brauchen Sie genau zweihundert Francs«, rief Philippe.

Die Descoings biß sich auf die Lippen; sie hatte etwas Unvorsichtiges gesagt. Tatsächlich fragte sich Philippe auf der Treppe: Wo mag die alte Hexe wohl das Geld für ihren Einsatz versteckt haben? Das ist ja doch bloß verlorenes Geld, während ich einen so guten Gebrauch davon machen könnte! Mit vier Einsätzen zu je fünfzig Francs kann man zweihunderttausend Francs gewinnen! Und das ist ein bißchen sicherer als das Herauskommen einer Terne! Er begann über das mögliche Versteck der Descoings nachzugrübeln. Am Tag vor dem Weihnachtsfest ging Agathe in die Kirche und verweilte lange darin. Sie beichtete wahrscheinlich und bereitete sich auf die Kommunion vor. Es war Heiliger Abend, und die Descoings mußte einige Leckereien für das abendliche Festmahl einkaufen; vielleicht würde sie auch gleichzeitig ihren Einsatz machen. Die Ziehungen fanden in einem Abstand von jeweils fünf Tagen für die verschiedenen Lotteriestellen statt, und zwar für Bordeaux, Lyon, Lille, Straßburg und Paris. In der Pariser Lotterie wurde am fünfundzwanzigsten jedes Monats gezogen, und die Listen wurden am vierundzwanzigsten um Mitternacht abgeschlossen. Alle diese Umstände erforschte der Soldat genau und begann aufzupassen. Gegen Mittag, als die Descoings ausgegangen war, kam Philippe nach Hause; sie hatte zwar den Schlüssel mitgenommen, doch das machte keine Schwierigkeiten. Philippe stellte sich, als ob er etwas vergessen hätte, und bat die Concierge, selber den Schlosser zu holen, der gleich nebenan in der Rue Guénégaud wohnte, und der dann auch die Tür öffnete. Der erste Gedanke des Soldaten galt dem Bett. Er schlug es auseinander und tastete die Matratzen ab, bevor er das Holz untersuchte; und wirklich, in der untersten Matratze spürte er die in Papier eingewickelten Goldstücke. Die Leinwand war bald aufgetrennt, und die zwanzig Napoleondors wurden zusammengerafft; hierauf, ohne sich die Mühe zu nehmen, die Leinwand wieder zuzunähen, brachte er das Bett ziemlich geschickt in Ordnung.

Der Spieler machte sich schleunigst davon und nahm sich vor, zu drei verschiedenen Zeiten zu spielen, und zwar in Zwischenräumen von drei zu drei Stunden, jedoch nie länger als zehn Minuten. Seit dem Jahre 1786, in dem die ersten öffentlichen Spielhäuser eingerichtet wurden, haben die wirklichen Spieler, die ganz großen Spieler, die die Verwaltung fürchtet und die, um einen in den Spielhöllen üblichen Ausdruck zu gebrauchen, das Geld der Spielbank auffraßen, nie anders gespielt. Bevor man jedoch zu dieser Erfahrung gelangte, hatte man bereits Unsummen verspielt. Die Pächter der Spielbanken verdankten ihren Gleichmut und ihren Gewinn der Unerschütterlichkeit ihrer Kasse, den unentschiedenen Partien, von denen die Hälfte der Beträge der Bank zufiel, und dem offenkundigen Betrug, zu dem sie von der Regierung ermächtigt waren und der darin bestand, mit den Einsätzen und der Auszahlung der Gewinne nach ihrem Gutdünken zu verfahren. Mit einem Wort, die Spielbank, die die Partie des reichen, kaltblütigen Spielers zurückwies, verschlang das Vermögen jedes Spielers, der sich in törichtem Eigensinn von der schnellen Bewegung dieser Maschinerie berauschen ließ. Auch die Bankhalter des Trente-et-Quarante nahmen es an Geschwindigkeit beinahe mit dem Roulette auf. Philippe hatte sich schließlich jene Kaltblütigkeit eines Kommandierenden Generals angeeignet, die es ermöglicht, mitten im Wirbel des Geschehens ruhigen Blick und klaren Verstand zu bewahren. Er war zu dieser hohen Spielerpolitik gelangt, die, nebenbei gesagt, in Paris vielleicht tausend Personen ihren Lebensunterhalt gewährte, weil sie stark genug waren, allabendlich in einen Abgrund zu blicken, ohne schwindlig zu werden. Philippe beschloß, mit seinen vierhundert Francs an diesem Tage sein Glück zu machen. Zweihundert Francs steckte er als Reserve in seine Stiefel und behielt die anderen zweihundert in der Tasche. Um drei Uhr betrat er den Saal, in dem sich heute das Théâtre du Palais-Royal befindet und wo um die höchsten Summen gespielt wurde. Eine halbe Stunde später verließ er ihn mit siebentausend Francs in der Tasche. Er suchte Florentine auf, der er fünfhundert Francs schuldete, erstattete ihr das Geld zurück und machte ihr den Vorschlag, nach der Vorstellung im ›Rocher de Cancale‹[49] zu soupieren. Auf dem Rückweg ging er kurz zum

Zeitungsbüro in der Rue du Sentier, um seinen Freund Giroudeau von der geplanten Tafelei zu verständigen. Um sechs Uhr gewann Philippe fünfundzwanzigtausend Francs und ging, getreu seinem sich selbst gegebenen Wort, nach zehn Minuten weg. Abends um zehn Uhr hatte er bereits fünfundsiebzigtausend Francs gewonnen. Nach dem Souper, das ganz auserlesen war, kehrte er gegen Mitternacht betrunken, aber vertrauensvoll, in den Spielsaal zurück. Entgegen dem Gesetz, das er sich auferlegt hatte, spielte er eine Stunde lang und verdoppelte seinen Reichtum. Die Bankhalter, denen er durch seine Art zu spielen hundertfünfzigtausend Francs abgenommen hatte, sahen ihm neugierig zu. Wird er gehen? Wird er bleiben? fragten sie einander mit Blicken. Wenn er bleibt, ist er verloren!

Philippe glaubte, an diesem Tage ganz besonderes Glück zu haben, und blieb. Gegen drei Uhr morgens waren die hundertfünfzigtausend Francs wieder in die Bank zurückgewandert. Der Offizier hatte eine Menge Grog getrunken und ging in völlig betrunkenem Zustand weg, der unter der plötzlichen Einwirkung der Kälte draußen noch schlimmer wurde. Ein Saaldiener folgte ihm jedoch, las ihn auf und brachte ihn in eines jener schauderhaften Häuser, vor deren Tür auf einer Laterne zu lesen ist: »Hier kann übernachtet werden.« Der Diener zahlte für den ruinierten Spieler, der in seinen Kleidern auf ein Bett gelegt wurde, wo er bis zum Abend des ersten Feiertages liegenblieb. Die Spielverwaltung sorgte für ihre Stammgäste und die großen Spieler. Philippe erwachte erst um sieben Uhr mit einem widerlichen Geschmack im Mund, mit verschwollenem Gesicht und einem heftigen Nervenfieber. Seine kräftige Natur ermöglichte es ihm immerhin, zu Fuß zur Wohnung seiner Mutter zurückzugehen, wo durch sein Verschulden, wenn auch ohne seine Absicht, Trauer, Verzweiflung, Jammer und Tod ihren Einzug gehalten hatten.

Am Heiligen Abend, als das Abendessen bereit war, hatten die Descoings und Agathe ungefähr zwei Stunden auf Philippe gewartet. Erst um sieben Uhr wurde zu Tisch gegangen. Agathe ging fast immer um zehn Uhr zu Bett; da sie jedoch die Mitternachtsmesse besuchen wollte, legte sie sich gleich nach dem Essen nieder. Die Descoings und Joseph blieben allein am Kaminfeuer in dem kleinen Wohnzimmer zurück, das zu allem herhalten mußte, und die alte Frau bat ihn, ihr den gewaltigen Einsatz auszurechnen, den ungeheuren Einsatz auf die berühmte Terne. Sie wollte auch die Amben und die anderen Kombinationen spielen, kurz, alle Möglichkeiten versuchen. Nachdem sie die ganze Wonne dieses Unternehmens im voraus ausgekostet, das Füllhorn des Glücks über den jungen Mann, der für sie wie ein eigenes Kind war, ausgegossen und ihm ihre Träume erzählt hatte, versuchte sie, ihm die unfehlbare Sicherheit des Gewinnes klarzumachen. Ihre einzige Besorgnis war, wie sie ein solches Glück ertragen würde, wie sie es aushalten sollte, von Mitternacht bis um zehn Uhr des nächsten Vormittags darauf zu warten. Joseph, der an dem Vorhandensein der vierhundert Francs für den Einsatz zweifelte, verlieh diesem Zweifel Ausdruck, aber die alte Frau lächelte nur und führte ihn in das ehemalige Wohnzimmer, das jetzt ihr Zimmer war. »Du wirst ja sehen!« sagte sie.

Die Descoings schlug das Bett ziemlich hastig auseinander und suchte ihre Schere, um die Matratze aufzutrennen; sie nahm ihre Brille, untersuchte die Leinwand, fand sie aufgetrennt und ließ die Matratze los. Joseph hörte, wie die alte Frau einen aus tiefster Brust kommenden Seufzer ausstieß, als wolle das zum Herzen strömende Blut sie ersticken. Unwillkürlich streckte er der alten Lotteriespielerin die Arme entgegen, brachte die Ohnmächtige zu einem Lehnstuhl und rief seine Mutter zu Hilfe. Agathe stand auf, warf ihren Morgenrock über und kam herbeigeeilt. Beim Schein einer Kerze versuchte sie bei ihrer Tante die üblichen Mittel: sie rieb ihr die Schläfen mit Eau de Cologne und die Stirn mit kaltem Wasser ein, sie hielt ihr eine brennende Feder unter die Nase und sah sie endlich wieder zu sich kommen.

»Heute morgen waren sie noch da; aber er, dieses Scheusal, hat sie genommen!«

»Was denn?« fragte Joseph.

»Ich hatte zwanzig Goldstücke in meiner Matratze, meine Ersparnisse von zwei Jahren. Nur Philippe kann sie genommen haben!«

»Aber wann denn?« rief die arme Mutter niedergeschmettert. »Er ist doch seit dem Frühstück nicht mehr zu Hause gewesen.«

»Ich wollte, ich hätte mich geirrt«, erwiderte die Alte. »Aber heute morgen, als ich in Josephs Atelier von meinem Einsatz sprach, hatte ich schon eine Ahnung. Es war falsch von mir, daß ich nicht schleunigst hinuntergegangen bin, meine kleine Barschaft und meinen Einsatz sofort an mich genommen und meinen Einsatz sofort gemacht habe. Ich wollte es tun; ich weiß gar nicht mehr, was mich davon abgehalten hat. O Gott, ja! Zigarren bin ich ihm kaufen gegangen!«

»Aber die Wohnung war doch abgeschlossen«, sagte Joseph. »Übrigens wäre es so niederträchtig, daß ich es nicht glauben kann. Philippe sollte Sie ausspioniert haben, sollte Ihre Matratze aufgetrennt und sich das alles vorher ausgedacht haben? Nein!«

»Heute früh, als ich mein Bett machte, nach dem Frühstück, habe ich sie doch gespürt«, beharrte die Descoings.

Die entsetzte Agathe ging zur Concierge hinunter, fragte, ob Philippe im Laufe des Tages heimgekommen sei, und die Frau erzählte ihr Philippes Märchen. Die ins Herz getroffene Mutter kam ganz verwandelt zurück. Weiß wie das Linnen ihres Nachthemdes ging sie einher, so, wie nach unserer Vorstellung Gespenster gehen, geräuschlos, langsam, unter dem Zwang einer übermenschlichen Gewalt, und doch wiederum fast mechanisch. Sie hielt eine brennende Kerze in der Hand, deren Schein sie voll beleuchtete und ihre entsetzensstarren Augen sehen ließ. Ohne daß sie es wußte, hatte sich ihr Haar gelöst, als sie sich mit der Hand über die Stirn fuhr, und dieser Umstand ließ sie in ihrem Grauen so schön erscheinen, daß Joseph von dem Anblick dieser verkörperten Gewissensqual, von der Vision dieser Statue des Entsetzens und der Verzweiflung gebannt war.

»Liebe Tante, nehmen Sie meine Bestecke«, bat sie, »ich habe sechs, das macht gerade Ihren Betrag aus; ich selber habe ihn für Philippe genommen. Ich glaubte, ihn zurückerstatten zu können, bevor Sie es merkten. Oh, ich habe sehr darunter gelitten.« Sie setzte sich, und ihre tränenlosen starren Augen flackerten.

»Er war's dennoch! Er hat's getan!« sagte die Descoings leise zu Joseph.

»Nein, nein«, fuhr Agathe fort, »nehmen Sie meine Bestecke, verkaufen Sie sie; ich brauche sie nicht. Wir können ja mit Ihren Bestecken essen.«

Sie ging in ihr Zimmer, nahm den Besteckkasten, fand ihn merkwürdig leicht und öffnete ihn. Nur ein Pfandschein lag darin. Die arme Mutter stieß einen gräßlichen Schrei aus. Joseph und die Descoings eilten herbei, sahen den Kasten – und die heroische Lüge der Mutter wurde nutzlos. Alle drei verharrten schweigend und vermieden es, einander anzusehen. Da legte Agathe mit halbirrer Gebärde einen Finger auf den Mund, um die anderen um Verschwiegenheit zu bitten, was doch für jeden selbstverständlich war. Alle drei setzten sich wieder ans Kaminfeuer im Salon.

»Wißt ihr, liebe Kinder«, rief die Descoings, »ich bin ins Herz getroffen; meine Terne kommt heraus, dessen bin ich sicher. Ich denke aber nicht mehr an mich, sondern an euch beide. Philippe ist ein Scheusal«, sagte sie zu ihrer Nichte. »Er liebt Sie nicht, trotz allem, was Sie für ihn tun. Wenn Sie keine Maßnahmen gegen ihn ergreifen, wird der Elende Sie an den Bettelstab bringen. Versprechen Sie mir, Ihre Staatspapiere zu verkaufen, das Geld flüssigzumachen und es in Leibrenten anzulegen. Joseph hat einen guten Beruf, von dem er leben kann. Wenn Sie sich dazu entschließen, liebe Kleine, dann werden Sie Joseph niemals zur Last fallen. Monsieur Desroches will seinen Sohn selbständig machen. Der junge Desroches, der jetzt sechsundzwanzig Jahre ist, hat eine Notarstelle gefunden; er wird Ihre zwölftausend Francs auf Leibrente übernehmen.«

Joseph ergriff den Leuchter seiner Mutter und eilte hinauf in sein Atelier. Bald kam er mit dreihundert Francs zurück.

»Da, nehmen Sie, Mama Descoings«, sagte er und reichte ihr seine Barschaft. »Es geht um nichts, was Sie mit Ihrem Geld machen. Wir schulden Ihnen das, was Ihnen fehlt, und hier ist fast die ganze Summe.«

»Deine kleinen Ersparnisse sollte ich nehmen, die du dir abgedarbt hast, was mir ohnehin schon das Herz so schwer macht? Bist du verrückt, Joseph?« rief die alte Spielerin der königlich französischen Lotterie, sichtlich im Zwiespalt zwischen ihrem blinden Glauben an ihre Terne und einer solchen Handlungsweise, die ihr wie ein Frevel erschien.

»Oh, tun Sie damit, was Sie für gut befinden«, sagte Agathe, von der Handlungsweise dieses ihres Sohns zu Tränen gerührt.

Die Descoings nahm Joseph beim Kopf und küßte ihn auf die Stirn:

»Mein lieber Junge, führ mich nicht in Versuchung. Ach, ich würde ja doch wieder verlieren. Ist ja nur dummes Zeug, die Lotterie!«

Nie ist in den unbekannten Dramen des Familienlebens etwas so Heroisches gesagt worden. War das nicht wirklich der Sieg einer zärtlichen Zuneigung über ein eingefleischtes Laster?

In diesem Augenblick begannen die Glocken zur Mitternachtsmesse zu läuten. »Und jetzt ist es auch zu spät«, fuhr die Descoings fort.

»Oh«, sagte Joseph, »wir haben ja Ihre kabbalistischen Berechnungen.« Der großmütige Künstler griff schnell die Nummern, rannte die Treppe hinunter und stürzte davon, um den Einsatz zu machen. Als Joseph fort war, brachen Agathe und die Descoings in Tränen aus. »Da geht er hin, der liebe Junge!« rief die Spielerin. »Aber alles soll ihm gehören, es ist ja sein Geld!«

Unglücklicherweise aber hatte Joseph keine Ahnung, wo sich die Lotterieannahmestellen befanden, die damals den Gewohnheitsspielern so bekannt waren wie heute den Rauchern die Tabakläden. Der Maler lief wie ein Irrsinniger und sah nach den Laternen. Als er Vorübergehende bat, ihm zu sagen, wo eine solche Annahmestelle zu finden sei, erhielt er zur Antwort, sie seien bereits geschlossen, aber die im Palais-Royal sei zuweilen etwas länger geöffnet. Sogleich raste der Künstler zum Palais-Royal, wo er indessen die Annahmestelle ebenfalls geschlossen fand.

»Noch vor zwei Minuten hätten Sie Ihren Einsatz machen können«, sagte ihm einer der Losverkäufer, der auf der untersten Stufe stand und andauernd den sonderbaren Satz brüllte: »Zwölfhundert Francs für vierzig Sous«, und Lose anbot.

Beim Schein einer Straßenlaterne und dem Licht, das aus dem Café de la Rotonde fiel, sah Joseph nach, ob nicht zufällig auf einem dieser Lose die Nummern der Descoings zu finden seien, aber er erblickte keine einzige davon und ging mit dem schmerzlichen Gefühl nach Hause, vergeblich alles getan zu haben, was in seiner Macht stand, um die alte Frau zufriedenzustellen, der er nun sein Mißgeschick berichtete. Agathe und ihre Tante besuchten gemeinsam die Mitternachtsmesse in der Kirche Saint-Germain-desPrés. Joseph ging zu Bett. Das feierliche Weihnachtsmahl fand nicht statt. Die Descoings hatte völlig den Kopf verloren, und Agathe war in namenlose Trauer versunken. Am nächsten Morgen erhoben sich die beiden Frauen erst spät, und es schlug zehn Uhr, als die Descoings endlich versuchte, sich zu rühren, um das Frühstück zu bereiten; es wurde erst um halb zwölf Uhr aufgetragen.

Um diese Zeit wurden auf den oberhalb der Türen der Lotterieannahmestellen hängenden reckteckigen Tafeln die herausgekommenen Nummern bekanntgegeben. Wenn die Descoings ihren Lotteriezettel gehabt hätte, wäre sie um halb zehn Uhr in die Rue Neuve-des-Petits-Champs gegangen, um ihr Schicksal zu erfahren, das in einem Gebäude neben dem Finanzministerium entschieden wurde, an der Stelle, wo sich heute das Theater[50] und die Place Ventadour befinden. An allen Ziehungstagen konnten die Neugierigen an der Tür dieses Gebäudes eine Ansammlung von alten Frauen, Köchinnen und alten Männern bestaunen, die damals ein ebenso sehenswertes Schauspiel boten wie die Schlange der Rentner vor dem Schatzamt am Tag der Rentenauszahlung.

»Na, jetzt sind Sie ja eine steinreiche Frau«, rief der alte Desroches, der in dem Augenblick eintrat, als die Descoings ihren letzten Schluck Kaffee trank.

»Wieso?« rief die arme Agathe.

»Ihre Terne ist herausgekommen«, sagte er und zeigte ihnen die Liste der Nummern, die auf einen Zettel geschrieben standen, wie sie die Inhaber der Lotteriestellen zu Hunderten auf ihren Ladentischen in Holzschalen auszulegen pflegten.

Joseph las die Liste, Agathe las die Liste. Die Descoings las nicht; sie sank nieder wie vom Blitz getroffen, ihr Gesicht veränderte sich, sie stieß einen Schrei aus. Der alte Desroches und Joseph trugen sie auf ihr Bett. Agathe lief, einen Arzt zu holen. Ein Schlaganfall hatte die arme Frau niedergeschmettert; erst gegen vier Uhr nachmittags erlangte sie das Bewußtsein wieder. Der alte Haudry, ihr Hausarzt, riet ihr, sie möge trotz dieser Besserung an die Regelung ihrer Angelegenheiten und an ihr

Seelenheil denken. Sie hatte nur zwei Worte hervorgestoßen: »Drei Millionen ...!«

Der alte Desroches, dem Joseph die verhängnisvollen Umstände erzählte, wobei er allerdings einiges verschwieg, führte mehrere Beispiele von Spielern an, die das Glück gerade an dem Tage verpaßt hatten, da sie durch irgendein Verhängnis ihren Einsatz versäumten; er sah jedoch ein, daß ein solcher Schlag tödlich sein mußte, wenn er nach zwanzigjährigem, ausdauerndem Warten eintrat. Es war fünf Uhr; in der kleinen Wohnung herrschte das tiefste Schweigen, und die Kranke, von Joseph und seiner Mutter betreut, die einer am Fußende, der andere am Kopfende des Bettes saßen, erwartete ihren Enkel, den Desroches holen gegangen war. Da hörte man plötzlich das Geräusch von Philippes Schritten und das seines Stockes auf der Treppe.

»Er kommt! Er kommt!« rief die Descoings, die sich im Bett aufsetzte und plötzlich ihre gelähmte Zunge bewegen konnte.

Agathe und Joseph waren tief ergriffen über die Regung des Grauens, von dem die Kranke heftig geschüttelt wurde. Ihre peinvolle Erwartung wurde vollauf gerechtfertigt durch den Anblick von Philippes blau angelaufenem, entstelltem Gesicht, durch seinen schwankenden Gang, das schreckliche Aussehen seiner dunkel umränderten, trüben und dabei verstörten Augen; ein heftiges Fieber durchschüttelte ihn; seine Zähne schlugen aufeinander.

»Schlecht steht's mit Preußen!« rief er. »Nichts zu beißen, und meine Gurgel brennt wie Feuer. Na, was gibt's denn? Bei uns ist ja immer der Teufel los. Unsere alte Descoings liegt im Bett und macht mir Augen so groß wie Untertassen!«

»Schweigen Sie, Herr«, sagte Agathe zu ihm, »und achten Sie wenigstens das Unglück, das Sie angerichtet haben!«

»Nanu! Herr?« sagte er, seine Mutter ansehend. »Meine liebe, kleine Mutti, das ist nicht recht; du hast wohl deinen Jungen nicht mehr lieb?«

»Sind Sie es wert, daß man Sie lieb hat? Haben Sie schon vergessen, was Sie gestern getan haben? Sie können sich nach einer anderen Wohnung umsehen, bei uns können Sie nicht länger bleiben ... von morgen ab«, fuhr sie fort, »denn in dem Zustand, in dem Sie sich befinden, ist es schwer ...«

»Mich hinauszuwerfen, nicht wahr?« ergänzte er. »Ei, ei, ei, ihr spielt also hier das Melodrama vom verstoßenen Sohn. Sieh mal an, so steht's also mit euch! Ihr seid mir ja eine nette Gesellschaft, alle miteinander. Was habe ich denn so Schlimmes getan? Ich habe nur die Matratzen der Alten ein bißchen ausgeputzt. Geld gehört nicht in Matratzen, zum Teufel auch! Wo ist dabei das Verbrechen? Hat sie dir nicht ihrerseits zwanzigtausend Francs geklaut? Sind wir etwa nicht ihre Gläubiger? Ich hab' mich einfach schadlos gehalten, das ist alles!«

»Mein Gott, mein Gott!« rief die Sterbende und faltete betend die Hände.

»Schweig!« rief Joseph, stürzte auf seinen Bruder los und hielt ihm die Hand vor den Mund.

»Linksum kehrt, Malerchen!« versetzte Philippe, legte seine starke Hand auf Josephs Schulter, wirbelte herum und schleuderte ihn auf einen Lehnstuhl. »Am Schnurrbart eines Schwadronchefs von den kaiserlichen Gardedragonern vergreift man sich nicht.«

»Sie hat mir doch alles zurückgegeben, was sie mir schuldete«, rief Agathe und wandte ihrem Sohne ihr zornerfülltes Gesicht zu. »Übrigens ist das meine Sache; Sie bringen sie um. Hinaus mit Ihnen, mein Sohn!« sagte sie mit einer Gebärde, die fast über ihre Kräfte ging. »Und lassen Sie sich nie wieder vor mir sehen, Sie Scheusal!«

»Ich bringe sie um?«

»Ihre Terne ist doch herausgekommen«, schrie Joseph, »und du hast ihr das Geld für ihren Einsatz gestohlen.«

»Wenn sie an einer nicht gesetzten Terne krepiert, bringe *ich* sie doch nicht um«, erwiderte der Trunkenbold.

»Machen Sie, daß Sie hinauskommen!« sagte Agathe, »mir graut vor Ihnen. Sie haben alle Laster! Mein Gott, und das soll mein Sohn sein?«

Ein dumpfes Röcheln, das aus der Kehle der Descoings drang, steigerte noch Agathes Erregung.

»Ich habe dich immer noch lieb, Mutter, und dabei bist du doch die Ursache meines ganzen Unglücks!« sagte Philippe. »An einem Weihnachtsabend wirfst du mich hinaus, am Tag der Geburt – na, wie heißt er denn gleich? – am Tage der Geburt

Christi! Was hattest du Großvater Rouget, deinem Vater, angetan, daß er dich davonjagte und enterbte? Wenn du ihm nicht irgendwie mißfallen hättest, wären wir reich gewesen, und ich wäre nicht in dieses Elend geraten. Was hast du deinem Vater angetan, du, eine so gute Frau? Du siehst also, daß ich ein guter Junge sein und dennoch vor die Tür gesetzt werden kann, ich, der Stolz der Familie.«

»Die Schande der Familie!« schrie die Descoings.

»Entweder gehst du, oder es geschieht ein Unglück!« rief Joseph, der sich mit der Wut eines gereizten Löwen auf den Bruder stürzte.

»Mein Gott! Mein Gott!« sagte Agathe und sprang auf, um die beiden Brüder zu trennen.

In diesem Augenblick traten Bixiou und Haudry, der Arzt, ein. Joseph hatte seinen Bruder zu Fall gebracht und zu Boden geworfen. »Das ist ja eine richtige wilde Bestie«, sagte er. »Schweig, oder ich werde dich ...«

»Das werde ich mir merken«, brüllte Philippe.

»Eine kleine Auseinandersetzung im Familienkreis?« fragte Bixiou.

»Heben Sie ihn auf«, sagte der Arzt, »er ist ebenso krank wie die gute Frau. Entkleiden Sie ihn, bringen Sie ihn zu Bett und ziehen Sie ihm die Stiefel aus.«

»Das ist leicht gesagt«, rief Bixiou, »man muß ihm die Stiefel wohl erst aufschneiden; seine Beine sind ja ganz geschwollen.«

Agathe ergriff eine Schere. Als sie die Stiefel aufgeschnitten hatte, die damals über enganliegende Hosen getragen wurden, rollten zehn Goldstücke auf den Boden.

»Da ist ja ihr Geld!« murmelte Philippe. »Verfluchter Trottel, der ich bin, ich hab' ja die Reserve vergessen. Auch ich habe also mein Glück verpaßt!«

Philippe verfiel in ein entsetzliches Fieberdelirium und begann irre zu reden. Joseph konnte also den Unglücklichen mit der Hilfe des alten Desroches, der dazugekommen war, und Bixiou in sein Zimmer schaffen. Doktor Haudry war genötigt, ein paar Zeilen zu schreiben, um vom Krankenhaus Charité eine Zwangsjacke anzufordern; denn das Delirium steigerte sich dermaßen, daß zu befürchten stand, Philippe werde sich umbringen; er begann zu toben. Um neun Uhr trat wieder Ruhe in der Wohnung ein. Abbé Loraux und Desroches versuchten, Agathe zu trösten, die nicht aufhörte, am Bett ihrer Tante zu weinen. Sie hörte ihnen zu, schüttelte aber nur den Kopf und bewahrte hartnäckiges Schweigen. Joseph und die Descoings allein konnten ermessen, wie tief sie in tiefster Seele verwundet war.

»Er wird sich bessern, Mutter«, sagte Joseph endlich, als der alte Desroches und Bixiou gegangen waren.

»Oh«, rief die Witwe, »Philippe hat recht: mein Vater hat mich verflucht. Ich habe kein Recht, zu ... Hier ist das Geld«, sagte sie zur Descoings, Josephs dreihundert Francs und die bei Philippe gefundenen zweihundert Francs zusammenlegend. »Sieh doch nach, ob dein Bruder nicht was zu trinken braucht«, bat sie Joseph.

»Werden Sie ein an einem Sterbebett gegebenes Versprechen halten?« fragte die Descoings in der Ahnung, daß ihr die Sinne bald schwinden würden.

»Ja, liebe Tante.«

»Dann schwören Sie mir, Ihre Papiere dem jungen Desroches zu geben, damit er sie Ihnen in eine Leibrente umwandelt. Mein Einkommen wird Ihnen fehlen, und wie ich aus Ihren Reden ersehe, würden Sie sich von diesem Elenden bis zum letzten Sou aussaugen lassen.«

»Ich schwöre es Ihnen, liebe Tante!«

Die alte Krämerin starb am 31. Dezember, fünf Tage nach dem entsetzlichen Schlag, den ihr der alte Desroches unschuldigerweise versetzt hatte. Die fünfhundert Francs, das einzige Geld, das sich im Haushalt vorfand, reichten zur Not hin, um die Kosten für die Beerdigung der Witwe Descoings zu bezahlen. Ein wenig Tafelsilber und einige Möbel waren ihr ganzer Nachlaß; den Erlös zahlte Madame Bridau dem Enkel Bixiou aus. Da sie nunmehr auf achthundert Francs Leibrente angewiesen war, die ihr der jüngere Desroches regelmäßig auszahlen würde, nachdem er ihre zwölftausend Francs entgegengenommen hatte, und die er aus dem Ertrag eines herrenlosen Besitzes zog, den er verwaltete, gab Agathe ihre Wohnung im dritten Stock auf und verkaufte alle überflüssigen Möbel. Als der Kranke nach einem Monat wieder zu genesen begann, erklärte ihm seine Mutter kurz und bündig, daß die Kosten seiner Krankheit das ganze Bargeld aufgezehrt hätten. Sie würde fortan genötigt sein, Geld zu verdienen, um leben zu können, und sie bat ihn daher in der liebevollsten Weise, wieder in Dienst zu treten und für sich selber zu sorgen.

»Diese Predigt hättest du dir ersparen können«, sagte Philippe, und in seinen Augen war kalte Gleichgültigkeit. »Ich sehe wohl, daß weder du noch mein Bruder mich mehr lieb haben. Ich bin jetzt allein auf der Welt. So ist es mir lieber.«

»Erweise dich der Liebe wert, und wir werden dich wieder lieb haben«, erwiderte die arme, bis in die Tiefe ihres Herzens verwundete Mutter.

»Dummes Zeug!« rief er, sie unterbrechend, griff nach seinem alten Hut mit dem abgegriffenen Rand, seinem Stock, setzte sich den Hut schief aufs Ohr und ging pfeifend die Treppe hinunter.

»Philippe, wo gehst du hin, so ohne Geld?« rief ihm die Mutter nach und konnte ihre Tränen nicht zurückhalten. »Nimm ...«

Sie hielt ihm hundert Francs in Gold hin, sorgfältig in Papier gehüllt. Philippe stieg die Stufen, die er bereits hinuntergegangen war, wieder hinauf und griff nach dem Geld.

»Nun, nicht einmal einen Kuß?« fragte sie und brach erneut in Tränen aus.

Da drückte er seine Mutter an sein Herz, aber ohne jenes Überströmen des Gefühls, das allein einem Kuß seinen Wert verleiht.

»Und wohin gehst du?« fragte Agathe.

»Zu Florentine, der Geliebten von Giroudeau. Das sind noch Freunde!« antwortete er brutal.

Er ging. Agathe trat wieder in die Wohnung, mit schlotternden Knien, wie blind, das Herz wie in einem Schraubstock. Sie sank auf die Knie, bat Gott, diesen entarteten Sohn in seinen Schutz zu nehmen, und legte ihm ihre allzu schwere Mutterschaft zu Füßen.

Im Februar 1822 richtete sich Madame Bridau in dem Zimmer ein, das früher Philippe innegehabt hatte und das oberhalb der Küche ihrer vorherigen Wohnung lag. Gegenüber, auf der anderen Seite des Treppenflurs, befanden sich das Atelier und das

Schlafzimmer des Malers. Als er seine Mutter in diesem Zustande der Verarmung sah, wollte er es ihr wenigstens so behaglich wie möglich machen. Nach dem Weggang seines Bruders übernahm er es, die Mansarde einzurichten, der er ein künstlerisches Gepräge zu geben wußte. Auch einen Teppich schaffte er herbei. Das Bett, sehr einfach, aber mit erlesenem Geschmack hergerichtet, hatte etwas von klösterlicher Strenge. Die Wände waren mit einem billigen, aber gut gewählten Stoff bespannt, der in der Farbe mit den neugestrichenen Möbeln übereinstimmte; sie trugen das ihrige dazu bei, dieses Heim nett und geradezu elegant erscheinen zu lassen. Joseph ließ am Flureingang eine Doppeltür und innen einen Türvorhang anbringen. Ein sanftes Licht sickerte durch die dichten Gardinen, die das Fenster verhüllten. Wenn auch das Leben dieser armen Mutter auf die einfachste Daseinsform beschränkt war, in der sich ein Frauenleben in Paris abspielen kann, so ging es Agathe doch immer noch besser als mancher anderen in ähnlicher Lage, und das hatte sie ihrem Sohn zu verdanken. Um seiner Mutter die größten Unannehmlichkeiten der Pariser Haushalte zu ersparen, ging Joseph alle Tage mit ihr zu einem Mittagstisch in der Rue de Beaune, wo Frauen der besseren Kreise, Abgeordnete und Amtspersonen verkehrten, und wo man monatlich neunzig Francs zahlte. Da also Agathe nur noch für das Frühstück zu sorgen hatte, nahm sie in ihrem Verhalten zu Joseph die alten Gewohnheiten wieder an, die sie einst schon bei ihrem Mann an den Tag gelegt hatte. Trotz der frommen Lügen Josephs erfuhr sie schließlich, daß ihr Mittagessen nahezu hundert Francs monatlich kostete. Entsetzt über diese ungeheure Ausgabe und in der Meinung, ihr Sohn könne doch unmöglich mit dem Malen nackter Frauen viel Geld verdienen, gelang es ihr schließlich, durch Vermittlung des Abbé Loraux, ihres Beichtvaters, eine Beschäftigung mit siebenhundert Francs Jahresgehalt in einer Lotterieannahmestelle zu bekommen, die der Gräfin de Bauvan gehörte, der Witwe eines Führers der Chouans. Die Lotterieannahmestellen, eine ausgezeichnete Einnahmequelle für Witwen mit guten Beziehungen, ernährten oft gar nicht schlecht eine Familie, die sich die Geschäftsführung angelegen sein ließ. Unter der Restauration jedoch brachte es die Schwierigkeit, alle erwiesenen Dienste im Rahmen der verfassungsgebundenen Regierung zu vergelten, mit sich, daß Damen von Stand, die ins Elend geraten waren, nicht eine, sondern zwei Lotterieannahmestellen erhielten, deren Einkünfte sechs- bis zehntausend Francs betrugen. In diesem Falle verwaltete die Witwe des betreffenden Generals oder Adeligen die Annahmestellen nicht selber, sondern sie hatte beteiligte Geschäftsführer. Falls nun diese Geschäftsführer Junggesellen waren, mußten sie sich einen Angestellten halten; denn der Laden mußte von morgens bis mitternachts geöffnet sein, und außerdem gab es auch umfangreiche Schreibereien im Verkehr mit dem Finanzamt. Die Gräfin de Bauvan, der der Abbé Loraux die Lage der Witwe Bridau schilderte, versprach, Agathe die Stellung des Geschäftsführers zu geben, falls ihr jetziger kündigen sollte. Inzwischen aber setzte sie der Witwe siebenhundert Francs Gehalt aus. Die arme Agathe, die genötigt war, um zehn Uhr morgens an ihrem Arbeitsplatz zu sein, hatte kaum Zeit zum Essen. Um sieben Uhr abends kehrte sie in die Annahmestelle zurück und verließ sie nicht vor Mitternacht. Zwei Jahre lang versäumte es Joseph kein einziges Mal, seine Mutter abends abzuholen, um sie in die Rue Mazarine zu begleiten, und oft holte er sie auch zum Mittagessen ab. Seine Freunde sahen ihn aus der Oper weggehen, aus dem Théâtre des Italiens und aus der glänzendsten Gesellschaft, damit er vor Mitternacht in der Rue Vivienne war.

Agathe nahm bald jene eintönige Regelmäßigkeit der Lebensgewohnheiten an, in der von einem heftigen Kummer gepeinigte Menschen einen gewissen Halt finden. Morgens, wenn sie ihr Zimmer, wo es weder Katzen noch Vögel mehr gab, in Ordnung gebracht und in der Kaminecke das Frühstück zubereitet hatte, trug sie es ins Atelier, wo sie es zusammen mit ihrem Sohn aß. Hierauf räumte sie Josephs Zimmer auf, löschte in ihrem Zimmer das Feuer und setzte sich mit einer Arbeit an den kleinen eisernen Ofen im Atelier. Wenn ein Freund kam oder ein Modell, ging sie hinaus. Die tiefe Ruhe des Ateliers behagte ihr, obgleich sie von der Kunst und deren Mitteln nichts verstand. In dieser Beziehung machte sie nicht den geringsten Fortschritt und gab es auch ohne jede Heuchelei zu. Sie staunte immer von neuem über die Wichtigkeit, die der Farbe beigemessen wurde, der

Ausarbeitung, der Zeichnung. Wenn einer der Freunde des Kreises oder irgendein mit Joseph befreundeter Maler, wie Schinner, Pierre Grassou, Léon de Lora, ein sehr junger Kunstjünger, den sie damals Treffbube nannten, irgendein Problem lebhaft erörterte, sah sie aufmerksam hin, entdeckte aber nichts von dem, was zu all diesen großen Worten und erregten Auseinandersetzungen Veranlassung gegeben hatte. Sie besorgte die Wäsche ihres Sohns, stopfte seine Strümpfe, seine Socken; sie ging sogar so weit, seine Palette zu reinigen, Lappen zu suchen, um seine Pinsel abzuwischen, alles im Atelier in Ordnung zu bringen. Als Joseph sah, wie seine Mutter diese Kleinigkeiten verständnisvoll besorgte, überhäufte er sie mit Aufmerksamkeiten. Wenn Mutter und Sohn sich auch in Dingen der Kunst nicht miteinander aussprechen konnten, so bestand doch ein wundervolles Einverständnis zwischen ihnen, was die Zärtlichkeit anbelangte. Die Mutter hatte einen Plan. Eines Morgens, nachdem Agathe Joseph eine Weile umschmeichelt hatte, während er mit dem Entwurf eines großen Gemäldes beschäftigt war – das dann, als es vollendet war, nicht verstanden wurde –, wagte sie endlich laut zu sagen:

»Mein Gott, was er wohl treibt?«

»Wer?«

»Philippe!«

»Ja, der Bursche wird schon mancherlei durchmachen müssen. Das wird ihn zu Verstand bringen.«

»Aber er hat doch das Elend schon kennengelernt. Vielleicht ist es gerade das Elend, was ihn so verändert hat. Wäre er glücklich, dann wäre er ein guter Mensch ...«

»Du glaubst, liebe Mutter, daß er auf seiner Reise gelitten hat? Da irrst du dich. Er hat in New York ein genauso liederliches Leben geführt wie hier ...«

»Wenn er nun aber Not litte, so nahe von uns! Das wäre entsetzlich ...«

»Ja, was mich betrifft«, antwortete Joseph, »so würde ich gern Geld hergeben; aber sehen mag ich ihn nicht. Er hat die arme Descoings auf dem Gewissen.«

»Du würdest also nicht sein Porträt malen?« fuhr Agathe fort.

»Für dich, liebe Mutter, würde ich dieses Martyrium auf mich nehmen. Ich darf eben nur an eines denken: er ist mein Bruder.«

»Sein Bild als Dragonerrittmeister zu Pferd?«

»Ja, ich habe da noch ein schönes Pferdemodell nach Gros, für das ich keine Verwendung habe.«

»Also gut, frag doch bei seinem Freunde nach, was aus ihm geworden ist.«

»Ich gehe.«

Agathe erhob sich; ihre Schere und alles fiel zu Boden. Sie küßte Joseph auf den Kopf und barg zwei heimliche Tränen in seinem Haar.

»Der Bursche ist nun mal deine Leidenschaft«, sagte er, »und so haben wir alle unsere unglückliche Leidenschaft.«

Abends gegen vier Uhr ging Joseph in die Rue du Sentier und fand dort seinen Bruder als Nachfolger Giroudeaus vor. Der alte Dragonerrittmeister war Kassierer an einem von seinem Neffen herausgegebenen Wochenblatt geworden. Obwohl Finot Inhaber der kleinen Zeitung blieb, die er in ein Aktienunternehmen umgewandelt hatte, dessen Aktien sich sämtlich in seiner Hand befanden, war der offizielle Inhaber und Chefredakteur einer seiner Freunde namens Lousteau, der Sohn eben jenes Subdelegierten aus Issoudun, an dem sich Bridaus Großvater hatte rächen wollen, und somit der Neffe der Madame Hochon. Um seinem Onkel gefällig zu sein, hatte Finot ihm Philippe zum Nachfolger gegeben, allerdings nicht ohne das Gehalt auf die Hälfte herabzusetzen. Außerdem kam Giroudeau täglich um fünf Uhr, um die Kasse zu kontrollieren und die Tageseinnahme mitzunehmen. Coloquinte, der Invalide, der den Bürodiener machte und Gänge erledigte, hatte ein bißchen auf den Major Philippe aufzupassen. Philippe ließ sich übrigens nichts zuschulden kommen. Von sechshundert Francs Gehalt und fünfhundert Francs von seinem Ehrenkreuze konnte er um so besser leben, als er tagsüber keine Heizung benötigte und die Abende im Theater zubrachte, wo er freien Zutritt hatte, so daß er nur an seine Verpflegung und seine Unterkunft zu denken brauchte. Coloquinte kam gerade mit einem Stoß Akten heraus, den er auf dem Kopf trug, und Philippe bürstete seine grünen Ärmelschoner, als Joseph eintrat.

»Sieh mal an, da ist ja der Lausbub!« sagte Philippe. »Na, wir können zusammen essen, und du kommst mit in die Oper, Florine und Florentine haben eine Loge. Ich gehe mit Giroudeau, du kannst mitkommen und Nathan kennenlernen!« Er nahm seinen Stock mit dem Bleiknopf und feuchtete seine Zigarre an.

»Ich kann deine Einladung leider nicht annehmen, ich muß unsere Mutter begleiten; wir gehen zu einem Mittagstisch.«

»Nun, wie geht's ihr denn, der lieben, guten Frau?«

»Es geht ihr nicht schlecht«, erwiderte der Maler. »Ich habe das Bildnis unseres Vaters und das unserer Tante Descoings aufgefrischt. Ich habe auch meins beendet, und ich möchte unserer Mutter nun eins von dir in der Uniform der kaiserlichen Gardedragoner schenken.«

»Gut!«

»Dann mußt du mir aber Modell stehen.«

»Ich muß alle Tage von neun bis fünf Uhr in diesem Hühnerkäfig zubringen.«

»Zwei Sonntage genügen.«

»Abgemacht, mein Junge«, versetzte der ehemalige Ordonnanzoffizier Napoleons und zündete seine Zigarre an der Lampe des Pförtners an.

Als Joseph seiner Mutter Philippes Lage schilderte, während sie in die Rue de Beaune zum Essen gingen, fühlte er ihren Arm in dem seinen zittern; die Freude ließ ihr erloschenes Gesicht strahlen, und die arme Frau atmete auf wie jemand, dem eine Riesenlast abgenommen wird. Am nächsten Morgen erwies sie Joseph Freundlichkeiten, die ihr das Glück und die Dankbarkeit eingaben; sie schmückte sein Atelier mit Blumen und kaufte ihm zwei Blumentischchen. Am ersten Sonntag, da Philippe kommen sollte, um Modell zu stehen, sorgte sie für ein erlesenes Mittagessen im Atelier. Sie stellte alles auf den Tisch und vergaß auch nicht eine Flasche Schnaps, die jedoch nur zur Hälfte voll war. Der Exdragoner hatte am Tage vorher seine Uniform hergeschickt, und sie hatte es sich nicht versagen können, sie zu küssen. Als nun Philippe in Uniform auf einem jener ausgestopften Pferde saß, wie sie die Sattler haben und das Joseph gemietet hatte, kostete es Agathe, die sich nicht verraten wollte, alle Mühe, ihr leises Weinen so weit zu dämpfen, daß es von dem Gespräch der Brüder übertönt wurde. Philippe saß seinem Bruder zwei Stunden vor und zwei Stunden nach dem Essen. Um drei Uhr nachmittags zog der Dragoner wieder Zivilkleidung an, rauchte eine Zigarre und machte seinem Bruder zum zweitenmal den Vorschlag, gemeinsam mit ihm ins Palais-Royal essen zu gehen. Dabei klimperte er mit Goldstücken in seiner Hosentasche.

»Nein«, erwiderte Joseph, »du erschreckst mich, wenn ich Gold bei dir sehe.«

»Soso! Ihr bleibt also bei eurer schlechten Meinung über mich«, rief der Oberstleutnant mit Donnerstimme. »Als ob sich unsereiner nicht auch etwas erspart haben könnte!«

»Nein, nein«, versetzte Agathe, die aus ihrem Versteck hervorkam und ihren Sohn umarmte. »Laß uns mit ihm essen gehen, Joseph!«

Joseph wagte nicht, seine Mutter zu tadeln; er zog sich also an, und Philippe führte sie in die Rue Montorgueuil in das Restaurant zum ›Rocher de Cancale‹[51], wo er ihnen ein glänzendes Essen auftragen ließ; es kostete ungefähr hundert Francs.

»Donnerwetter«, sagte Joseph besorgt, »bei elfhundert Francs Einkommen scheinst du wie Ponchard in der ›Weißen Dame‹[52] Ersparnisse zu machen, daß du Ländereien kaufen könntest.«

»Ach was, ich hab' gerade Glück, ich gewinne andauernd«, erwiderte der Dragoner, der ungeheuer viel getrunken hatte.

Als Joseph dieses Wort gehört hatte, das beim Hinausgehen gesagt wurde, da sie einen Wagen besteigen wollten, um zu einer Schaustellung zu fahren, denn Philippe wollte seine Mutter in den Cirque-Olympique[53] führen, drückte er den Arm seiner Mutter, die sogleich vorgab, sich unwohl zu fühlen und es ablehnte, mitzukommen. Da begleitete Philippe seine Mutter und seinen Bruder in die Rue Mazarine, wo sie, als sie mit Joseph allein war, in ihrer Mansarde in tiefes Schweigen versank. Am nächsten Sonntag kam Philippe wieder zum Modellsitzen. Diesmal wohnte Agathe der Sitzung bei. Sie trug das Frühstück auf und stellte dabei dem Dragoner verschiedene Fragen. So erfuhr sie, daß der Neffe der alten Madame Hochon, der Freundin ihrer Mutter, in der Literatur eine gewisse Rolle spiele. Philippe und sein Freund Giroudeau verkehrten in einer Gesellschaft von Zeitungsleuten, Schauspielerinnen und Buchhändlern, wo sie in ihrer Eigenschaft als Kassierer ziemliches Ansehen genossen. Philippe trank bei der Sitzung nach dem Frühstück immer Kirschschnaps, und der löste ihm die Zunge. Binnen kurzem, so behauptete er, würde er wieder etwas darstellen. Auf eine Frage Josephs nach seinen Geldmitteln blieb er jedoch die Antwort schuldig. Zufällig erschien die Zeitung wegen eines Feiertages am nächsten Tage nicht, und so schlug Philippe vor, er wolle zu einer Sitzung kommen, damit das Bild fertig werde. Joseph erklärte ihm daraufhin, daß der Zeitpunkt der Ausstellung im Salon heranrücke und daß er für die Rahmen seiner beiden Bilder kein Geld habe und es sich nur verschaffen könne, wenn er die Kopie eines Rubens vollende, die ein Kunsthändler namens Magus haben wolle. Das Original gehöre einem reichen Schweizer Bankier, der es nur für zehn Tage geliehen habe. Der nächste Tag war der letzte; die Sitzung mußte also unbedingt auf den kommenden Sonntag verschoben werden.

»Das da?« fragte Philippe und betrachtete das Bild von Rubens, das auf einer Staffelei stand.

»Ja«, gab Joseph zurück. »Es ist zwanzigtausend Francs wert. Da sieht man, was das Genie vermag. So manches Stück Leinwand ist Hunderttausende wert.«

»Mir gefällt deine Kopie besser«, meinte der Dragoner.

»Sie ist jünger«, versetzte Joseph lachend, »aber meine Kopie ist nur tausend Francs wert. Ich brauche den ganzen morgigen Tag dazu, ihr alle Tönungen des Originals zu geben und sie alt erscheinen zu lassen, so daß man die beiden Bilder nicht unterscheiden kann.«

»Leb wohl, Mutter«, sagte Philippe und umarmte Agathe. »Auf kommenden Sonntag also.«

Am nächsten Tag sollte Elie Magus seine Kopie abholen. Ein Freund Josephs, Pierre Grassou, der für diesen Händler arbeitete, wollte die fertige Kopie sehen. Um ihm einen Streich zu spielen, stellte Joseph Bridau, als er ihn kommen hörte, seine mit einem besonderen Firnis überzogene Kopie an die Stelle des Originals und das Original auf seine Staffelei. Pierre Grassou aus Fougères fiel auch prompt darauf herein und war begeistert über diese Leistung. Pierre Grassou fragte:

»Würdest du auch den alten Elie Magus täuschen können?«

»Das werden wir ja sehen«, sagte Joseph.

Der Händler kam nicht, es wurde spät. Agathe war zum Essen bei Madame Desroches, die ihren Mann verloren hatte. Joseph machte also Pierre Grassou den Vorschlag, mit ihm zu seinem Mittagstisch zu kommen. Beim Hinuntergehen ließ er den Schlüssel seines Ateliers bei der Concierge.

»Ich muß heute abend Modell stehen«, sagte Philippe eine Stunde nach Josephs Weggang zu der Concierge. »Mein Bruder muß bald zurückkommen; ich werde solange im Atelier auf ihn warten.«

Die Frau gab ihm den Schlüssel, Philippe ging hinauf, nahm die Kopie, in der Meinung, es sei das Original, dann ging er wieder hinunter, gab der Concierge den Schlüssel, wobei er sich stellte, als habe er etwas vergessen, und machte sich davon, um den Rubens zu verkaufen, für den er dreitausend Francs erhielt. Vorsichtigerweise hatte er vorher Elie Magus im Namen seines Bruders benachrichtigen lassen, er möge erst am nächsten Tage kommen. Abends, als Joseph mit seiner Mutter heimkam, die er von der Witwe Desroches abgeholt hatte, erzählte ihm die Concierge von dem närrischen Einfall seines Bruders, der, kaum gekommen, schon wieder gegangen sei.

»Ich bin erledigt, wenn er nicht wenigstens soviel Rücksicht aufgebracht hat, nur die Kopie zu nehmen«, rief der Maler, der den Diebstahl erriet. Er rannte die drei Treppen hinauf, stürzte in sein Atelier und sagte aufatmend: »Gott sei Dank! Er hat sich als der niedrige Schurke gezeigt, der er ist und bleiben wird!«

Agathe, die Joseph nachgegangen war, wußte nicht, was er damit sagen wollte; als er es ihr indessen erklärt hatte, blieb sie mit tränenlosen Augen wie angewurzelt stehen.

»Nun habe ich also nur noch einen Sohn!« sagte sie leise.

»Wir wollten ihm bisher in den Augen Fremder keine Schande machen«, erklärte Joseph. »Jetzt müssen wir aber der Concierge entsprechende Weisung geben. Fortan muß jeder von uns seinen Schlüssel immer bei sich behalten. Sein verfluchtes Gesicht kann ich aus dem Gedächtnis vollenden. Es fehlt nicht mehr viel.«

»Laß es so, wie es ist, es würde mir allzusehr weh tun, es zu sehen«, sagte die Mutter, in tiefster Seele getroffen und entsetzt über so viel Niedertracht.

Philippe wußte, wozu das Geld für diese Kopie dienen sollte, er wußte, in welche peinvolle Lage er seinen Bruder brachte, und er war vor nichts zurückgeschreckt. Seit diesem letzten Verbrechen sprach Agathe nicht mehr von Philippe; ihr Gesicht bekam einen Ausdruck bitterer, kalter und in sich gekehrter Verzweiflung. Ein Gedanke zehrte an ihrem Lebensmark. – Eines Tages würde ein Bridau vor dem Schwurgericht stehen, sagte sie sich.

Zwei Monate später, zu dem Zeitpunkt, da Agathe gerade ihren Posten in der Lotterieannahmestelle antreten wollte, fand sich ein alter Soldat ein, um mit Madame Bridau zu sprechen, die gerade mit Joseph frühstückte. Er sagte, er sei Philippes Freund, und eine dringende Angelegenheit führe ihn her.

Als Giroudeau seinen Namen nannte, erschauerten Mutter und Sohn, und das um so mehr, als der ehemalige Dragoner auch noch die wenig vertrauenerweckende Physiognomie eines alten Seebären hatte. Seine Augen in ihrem glanzlosen Grau, sein scheckiger Schnurrbart, die Reste seines struppigen Haars, die seinen buttergelben Schädel umrahmten, das alles hatte etwas Verkommenes, Lüsternes. Er trug einen alten, eisengrauen Gehrock, den die Rosette eines Offiziers der Ehrenlegion zierte und den er nur mit Mühe über seinem feisten Wanst zuknöpfen konnte. Der bis zu den Ohren reichende Mund und die breiten Schultern paßten zu der ganzen Erscheinung. Sein Leib ruhte auf kurzen, dünnen Beinen. Zu alledem hatte er eine Gesichtsfarbe, die über den Backenknochen rötlich erstrahlte und von einem Leben in Saus und Braus erzählte. Nach unten hin quollen die stark gerunzelten Wangen über einen schäbigen schwarzen Samtkragen. Außer anderem Schmuck trug der Exdragoner riesiege goldene Ohrringe.

Solch ein verbummeltes Subjekt! dachte Joseph.

»Madame«, sagte der Onkel und Kassierer Finots, »Ihr Sohn befindet sich in einer schrecklichen Lage, und seine Freunde sind gezwungen, Sie zu bitten, sich an den ziemlich großen Ausgaben zu beteiligen, die er ihnen verursacht. Er kann seinen Posten bei der Zeitung nicht mehr versehen, und Mademoiselle Florentine vom Théâtre de la Porte-Saint-Martin beherbergt ihn bei sich in der Rue Vendôme in einer ärmlichen Mansarde. Philippe ist auf den Tod krank. Wenn Sie und sein Bruder nicht den Arzt und die Medikamente bezahlen können, werden wir im Interesse seiner Gesundheit genötigt sein, ihn ins Kapuzinerspital[54] schaffen zu lassen. Wenn Sie aber dreihundert Francs zahlen wollen, behalten wir ihn. Er braucht unbedingt eine Wärterin. Er geht abends weg, wenn Mademoiselle Florentine im Theater ist, nimmt aufpeitschende Sachen zu sich, die sein Zustand ihm verbietet und die sich nicht mit seiner Kur vertragen, und da wir ihn gern haben, sind wir wirklich recht unglücklich seinetwegen. Der arme Junge hat seine Pension auf drei Jahre verpfändet; in der Zeitung hat er vorläufig einen Vertreter, und so verdient er gar nichts mehr. Er wird sich bestimmt umbringen, Madame, wenn wir ihn nicht in die Heilanstalt des Doktor Dubois[55] bringen. In diesem anständigen Hospiz kostet es zehn Francs täglich. Florentine und ich, wir werden die Hälfte bezahlen; zahlen Sie die andere Hälfte ... Länger als zwei Monate wird es ohnehin nicht mehr dauern mit ihm.«

»Monsieur, eine Mutter muß Ihnen selbstverständlich ewig dankbar sein für das, was Sie für ihren Sohn tun«, entgegnete Agathe. »Dieser Sohn existiert jedoch nicht mehr für mich, und Geld habe ich ohnehin keins. Um meinem anderen Sohne hier nicht zur Last zu fallen, der Tag und Nacht arbeitet und sich plagt und der die ganze Liebe seiner Mutter verdient, trete ich übermorgen als stellvertretende Geschäftsführerin in eine Lotterieannahmestelle ein. In meinem Alter!«

»Und Sie, junger Mann?« fragte der alte Dragoner Joseph. »Wie steht's mit Ihnen? Wollen Sie für Ihren Bruder nicht das tun, was eine arme Tänzerin vom Théâtre de la Porte-Saint-Martin und ein alter Soldat tun?«

»Hören Sie mal«, sagte Joseph ungeduldig, »wollen Sie, daß ich Ihnen in der Künstlersprache sage, was der Grund Ihres Besuches ist? Neppen wollen Sie uns, und weiter gar nichts!«

»Gut, morgen kommt Ihr Bruder ins Hôpital du Midi[56].«

»Da ist er gut aufgehoben«, fuhr Joseph fort. »Ich selber würde in ähnlicher Lage ebenfalls hingehen.«

Giroudeau zog sich schwer enttäuscht zurück, aber auch tief gedemütigt, daß er einen Mann, der die Befehle des Kaisers in der Schlacht bei Montereau überbracht hatte, zu den Kapuzinern bringen sollte. Drei Monate später, gegen Ende Juli, als Agathe eines Morgens in ihre Lotterieannahmestelle ging, und zwar über den Pont-Neuf, um das Brückengeld zu ersparen, das auf dem Pont des Arts gezahlt werden mußte, erblickte sie bei den Läden am Quai de l'Ecole[57], als sie an der Ufermauer entlangging, einen Mann, der die Elendslivrée zweiten Grades trug und ihr ein Schwindelgefühl verursachte: sie stellte bei ihm eine gewisse Ähnlichkeit mit Philippe fest. Es gibt nämlich in Paris drei Elendsstufen. Zunächst einmal das Elend des Menschen, der den Schein wahrt und dem die Zukunft gehört: das Elend der jungen Leute, der Künstler und der vorübergehend in Not geratenen Menschen der guten Gesellschaft. Die Merkmale dieser Art von Elend sind nur unter dem Mikroskop des geübtesten Beobachters zu erkennen. Diese Leute sind sozusagen der Ritterorden des Elends; sie fahren noch im Wagen. Dem zweiten Grad gehören die Greise an, denen alles gleichgültig ist und die im Juni das Kreuz der Ehrenlegion auf einem Wintermantel tragen. Es ist das Elend der alten Rentner, der alten Beamten, die in Sainte-Périne[58] leben und ihrer äußeren Erscheinung keine Sorgfalt mehr angedeihen lassen. Endlich das Elend in Lumpen, das Elend des Volks, übrigens das poetischste von allen, das Männer wie Callot[59], Hogarth[60], Murillo[61], Charlet[62], Raffet[63], Gavarni[64], Meissonier[65], kurz, das die Künstler entzückt und das sie zum Gegenstand ihrer Kunst machen, besonders zur Karnevalszeit! Der Mann, in dem die arme Agathe ihren Sohn zu erkennen glaubte, hielt die Mitte zwischen den beiden letzten Graden. Sie sah einen entsetzlich schäbigen Kragen, einen Hut, der die Räude zu haben schien, schiefgetretene, geflickte Stiefel, einen fadenscheinigen Gehrock mit leeren, klaffenden oder zusammengedrückten Knopfhülsen, die in vollkommener Übereinstimmung waren mit den abgegriffenen Taschen und dem schmierigen Mantelkragen. Wenn überhaupt irgend etwas in den Rocktaschen war, dann bestimmt nur Staub, wie auch der Rock Spuren von Flaumfedern zeigte. Die Hände, die der Mann aus den Taschen einer eisengrauen Hose mit aufgeplatzten Nähten zog, waren schwarz wie die eines Arbeiters. Seine Brust war mit einer gestrickten, vom langen Gebrauch schmutzig-braun gewordenen Wollweste bedeckt, die ihm über die Hose fiel, überall hervorkam und deren Ärmel aus den Mantelärmeln guckten. Sie sollte wohl die fehlende Wäsche ersetzen. Philippe trug einen Augenschutzschirm aus grünem Taft und Messingdraht. Sein nahezu kahler Kopf, seine Hautfarbe, sein abgezehrtes Gesicht bekundeten zur Genüge, daß er aus dem schrecklichen Hôpital du Midi kam. Sein blauer, an den Säumen abgewetzter Gehrock war auch jetzt mit der Rosette geschmückt. Darum betrachteten denn auch die Vorübergehenden diesen ›Tapferen‹, der sicherlich ein Opfer der Regierung war, mit Neugier und Mitleid; denn die Rosette gab zu denken, so daß auch dem eifrigsten Königsanhänger Zweifel kamen, die für die Ehrenlegion sehr schmeichelhaft waren. Obwohl man versucht hatte, das hohe Ansehen dieser Auszeichnung durch massenhafte Verleihung zu schmälern, gab es doch in ganz Frankreich keine Dreiundfünfzigtausend, die sie trugen. Agathe erbebte bis ins Innerste. Wenn sie auch diesen Sohn nicht mehr zu lieben vermochte, so konnte sie doch noch sehr viel leiden durch ihn. Sie weinte, von einem letzten Strahl der Mutterliebe berührt, als sie sah, wie sich der ehemalige glänzende Ordonnanzoffizier des Kaisers anschickte, in einem Tabakladen zu treten, um sich eine Zigarre zu kaufen, und wie er auf der Schwelle innehielt; er hatte seine Taschen durchwühlt und nichts gefunden. Agathe überquerte rasch den Quai, nahm ihre Börse, ließ sie in Philippes Hand gleiten und lief davon, als habe sie ein Verbrechen begangen. Zwei Tage lang war sie nicht in der Lage, etwas zu sich zu nehmen, und vor ihren Augen stand immer das grauenvolle Angesicht ihres Sohnes, der in Paris verhungerte.

Wenn er das Geld aus meiner Börse verbraucht hat, wer wird ihm dann etwas geben? dachte sie. Giroudeau hat uns nicht hinters Licht geführt, Philippe kommt aus dem Hospital. – Sie sah nicht mehr den Mörder ihrer armen Tante, die Geißel der Familie, den häuslichen Dieb, den Spieler, den Trinker, den Wüstling niedrigster Art, sie sah nur noch einen Genesenden, der verhungern mußte, einen Raucher ohne Tabak. Mit siebenundvierzig Jahren bekam sie das Aussehen einer Siebzigjährigen. Ihre Augen wurden trübe; sie weinte und betete. Das war jedoch nicht der letzte Schlag, den sie von diesem Sohne empfangen sollte, und ihre schrecklichste Befürchtung wurde zur Wahrheit. Innerhalb der Armee wurde eine Verschwörung von Offizieren aufgedeckt, und auf der Straße wurde ein Auszug aus dem ›Moniteur‹ ausgerufen, der Einzelheiten über die Verhaftungen enthielt. Von ihrem vergitterten Platz in der Lotterieannahmestelle in der Rue Vivienne hörte sie den Namen Philippe Bridau. Sie sank ohnmächtig nieder, und der Geschäftsführer, der für ihren Kummer Verständnis hatte und einsah, daß etwas geschehen müsse, gab ihr vierzehn Tage Urlaub.

»Ach, mein Junge, wir mit unserer Strenge, wir haben ihn so weit gebracht«, sagte sie zu Joseph beim Zubettgehen.

»Ich will Desroches aufsuchen«, entgegnete Joseph.

Während der Künstler die Interessen seines Bruders Desroches anvertraute, der für den gerissensten und verschlagensten aller Pariser Anwälte galt und der übrigens mehreren bedeutenden Persönlichkeiten Dienste leistete, unter anderen auch des Lupeaulx, der damals Erster Sekretär in einem Ministerium war, fand sich Giroudeau abermals bei der Witwe ein, die ihm diesmal Glauben schenkte.

»Madame«, sagte er, »treiben Sie zwölftausend Francs auf, und Ihr Sohn wird aus Mangel an Beweisen auf freien Fuß gesetzt. Es gilt, das Schweigen zweier Zeugen zu erkaufen!«

»Ich werde sie beschaffen«, versprach die arme Mutter, ohne zu wissen, wie und woher.

Die Gefahr gab ihr den Gedanken ein, an ihre Patin, die alte Madame Hochon, zu schreiben, sie möge das Geld von Jean-Jacques Rouget erbitten, um Philippe zu retten. Für den Fall jedoch, daß sich Rouget weigern sollte, bat sie Madame Hochon, es ihr vorzustrecken und verpflichtete sich, es ihr im Laufe von zwei Jahren zurückzuerstatten. Postwendend erhielt sie nachstehenden Brief:

Liebe Kleine!

Obgleich Ihr Bruder über gut und gern 40 000 Francs Jahreseinkommen verfügt, ganz abgesehen von dem Geld, das er seit siebzehn Jahren erspart hat und das mein Mann auf 600 000 Francs schätzt, wird er nicht einen Centime für Neffen herausrücken, die er nie gesehen hat. Was mich selber betrifft, so wissen Sie nicht, daß ich über keine sechs Francs verfüge, solange mein Mann lebt. Er ist der größte Geizkragen von ganz Issoudun. Ich weiß nicht, was er mit seinem Gelde macht; seinen Enkeln gibt er keine zwanzig Francs im Jahr. Um aber Geld auszuleihen, brauchte ich seine Ermächtigung, und er würde sie mir verweigern. Ich habe nicht einmal den Versuch gemacht, mit Ihrem Bruder über die Sache zu sprechen. Er lebt mit einem Frauenzimmer zusammen, deren untertäniger Diener er ist. Es ist ein Jammer, mit anzusehen, wie der arme Mann zu Hause behandelt wird, wo er doch eine Schwester und Neffen hat. Ich habe Ihnen mehrfach Andeutungen gemacht, daß Ihre Anwesenheit in Issoudun Ihren Bruder retten und für Ihre Kinder ein Vermögen, das 40000, ja vielleicht 60000 Francs Zinsen im Jahr bringt, den Klauen dieses Geschmeißes entreißen könnte. Sie dagegen haben mir nie geantwortet oder mich vielleicht nie verstanden. Ich bin deshalb heute gezwungen, jede sonst in Briefen angebrachte Vorsicht beiseite zu lassen. Ich nehme lebhaften Anteil an Ihrem Unglück, liebe Kleine, aber ich kann nichts weiter tun, als Sie zu bedauern. Helfen kann ich Ihnen also auf keine Weise. Mit seinen fünfundachtzig Jahren nimmt mein Mann seine vier Mahlzeiten täglich zu sich, ißt am Abend Salat mit harten Eiern und läuft wie ein Wiesel. Mein ganzes Leben wird vergehen – denn er wird mich noch begraben –, ohne daß ich jemals zwanzig Francs in meiner Börse gehabt hätte. Wenn Sie nach Issoudun kommen wollen, um den Einfluß der Konkubine auf Ihren Bruder zu bekämpfen, so ist mit Bestimmtheit damit zu rechnen, daß dieser Sie nicht bei sich aufnehmen wird, und ich selber werde große Mühe haben, von meinem Mann die Erlaubnis zu erwirken, Sie bei mir zu behalten. Kommen Sie aber immerhin, in diesem Punkt wird er schon mit sich reden lassen. Ich kenne ein Mittel, meinen Willen bei ihm durchzusetzen: ich brauche nur von meinem Testament zu sprechen. Dies Mittel scheint mir grauenhaft; für Sie aber werde ich das Unmögliche tun. Ich hoffe, daß sich Ihr Philippe aus der Schlinge ziehen wird, besonders wenn Sie einen guten Advokaten nehmen; kommen Sie aber so schnell wie möglich nach Issoudun. Bedenken Sie, daß Ihr Dummkopf von Bruder mit seinen siebenundfünfzig Jahren schon hinfälliger und älter wirkt als mein Mann. Es eilt also! Es ist bereits die Rede von einem Testament, das Sie um den Nachlaß bringen soll. Aber mein Mann sagt, es könne jederzeit angefochten werden.

Leben Sie wohl, liebe kleine Agathe, Gott stehe Ihnen bei! Und rechnen Sie auch auf Ihre Sie liebende Patin

Maximilienne Hochon, geb. Lousteau

PS. Hat Ihnen mein Neffe Etienne, der Zeitungsartikel schreibt und der angeblich mit Ihrem Sohne Philippe befreundet ist, einen Besuch gemacht? Aber kommen Sie nur, dann können wir uns darüber unterhalten.

Dieser Brief beschäftigte Agathe sehr. Sie konnte nicht umhin, ihn auch Joseph zu zeigen, dem sie ja auch von Giroudeaus Vorschlag erzählen mußte. Der Künstler, der vorsichtig geworden war, sobald es sich um seinen Bruder handelte, machte seiner Mutter klar, daß sie alles Desroches mitteilen müsse.

Sie sah ein, daß er recht hatte, und so machte sich die Mutter in Begleitung ihres Sohnes schon um sechs Uhr am nächsten Morgen auf den Weg in die Rue de Buci zu Desroches. DerAnwalt, hager wie sein verstorbener Vater, mit scharfer Stimme, rauher Haut, unerbittlichen Augen, dem Gesicht eines Marders, der sich nach dem Hühnerraub die blutigen Lefzen leckt, fuhr auf wie ein Tiger, als er von dem Besuch und dem Vorschlag Giroudeaus erfuhr.

»Da hört doch alles auf, Mutter Bridau!« rief er mit seiner dünnen, sich überschlagenden Stimme. »Wie lange werden Sie sich noch von Ihrem verfluchten Lumpen von Sohn an der Nase herumführen lassen? Geben Sie nicht einen Sou! Für Philippe stehe ich Ihnen gut. Wenn ich darauf bestehe, daß er vor das Pairsgericht zur Aburteilung kommt, so tue ich das im Interesse seiner Zukunft. Sie fürchten seine Verurteilung, aber Gott gebe, daß es sein Advokat zu seiner Verurteilung kommen läßt. Reisen Sie nach Issoudun, retten Sie das Vermögen Ihrer Kinder. Wenn es Ihnen nicht gelingt, wenn Ihr Bruder ein Testament zugunsten dieser Frau gemacht hat, und wenn Sie nicht wissen, was Sie tun sollen, um es anzufechten, nun, dann sammeln Sie zumindest Material für einen Prozeß wegen Erbschleicherei. Den führe ich dann! Aber Sie sind eine allzu anständige Frau, um die Grundlagen für einen derartigen Prozeß zusammenzubringen. In den Ferien werde ich nach Issoudun fahren, wenn ich kann.«

Dieses »werde ich fahren« gab Joseph geradezu einen Ruck. Desroches zwinkerte ihm zu, er möge seine Mutter ein wenig vorausgehen lassen, und hielt ihn noch eine Weile zurück.

»Ihr Bruder ist ein großer Schurke. Er ist, sei es nun freiwillig oder unfreiwillig, schuld an der Aufdeckung der Verschwörung; der Kerl ist nämlich so schlau, daß man das nicht genau herausbekommen kann. Ein Dummkopf oder ein Verräter, was Ihnen lieber ist. Er wird wohl unter staatspolizeiliche Überwachung gestellt werden; das ist aber auch alles. Keine Angst, dies Geheimnis weiß niemand außer mir. Sehen Sie zu, daß Sie mit Ihrer Mutter nach Issoudun kommen; Sie sind doch ein gescheiter Kopf; versuchen Sie, die Erbschaft zu retten.«

»Weißt du was, du arme Mutter, Desroches hat recht«, sagte Joseph, als er Agathe auf der Treppe einholte. »Ich habe meine beiden Bilder verkauft, also fahren wir ins Berry[66], du hast doch noch vierzehn Tage frei.«

Nachdem sie Madame Hochon ihre Ankunft angekündigt hatten, machten sich dann Agathe und Joseph am nächsten Abend auf nach Issoudun und überließen Philippe seinem Schicksal. Die Postkutsche fuhr durch die Rue d'Enfer, um auf die Landstraße nach Orléans zu gelangen. Als Agathe das Palais du Luxemburg erblickte, wohin Philippe gebracht worden war, konnte sie sich nicht enthalten zu bemerken: »Ohne die Alliierten wäre er nicht hier!«

So mancher Sohn hätte eine ungeduldige Bewegung gemacht oder ein mitleidiges Lächeln aufgesetzt; der Künstler aber, der mit seiner Mutter allein am Wagen saß, umfaßte sie, drückte sie an sein Herz und sagte: »Oh, Mutter! Du bist Mutter, wie Raffael Maler war! Und du wirst immer eine einfältige Mutter sein!«

Nun aber mußte Madame Bridau, die durch die Reiseeindrücke bald von ihrem Kummer abgelenkt wurde, an den Zweck ihrer Fahrt denken. Natürlich las sie immer wieder den Brief der Madame Hochon, über den sich der Advokat Desroches so aufgeregt hatte. Da fielen ihr die Worte Konkubine und Geschmeiß auf, die eine so fromme und ehrenwerte Siebzigerin gebraucht hatte, um die Frau zu kennzeichnen, die im Begriffe stand, Jean-Jacques Rougets Vermögen zu verschlingen, Rougets, von dem seinerseits als von einem Dummkopf gesprochen wurde, und sie fragte sich, wie sie wohl durch ihre Anwesenheit in Issoudun die Erbschaft retten könne. Joseph, der arme, uneigennützige Künstler, verstand nicht viel vom Gesetzbuch, und der Ausruf seiner Mutter gab ihm zu denken.

»Bevor uns unser Freund Desroches auf Reisen geschickt hat, um die Erbschaft zu retten, hätte er uns sagen sollen, wie man das macht«, meinte er.

»Und ich bin noch ganz benommen von dem Gedanken, Philippe im Gefängnis zu wissen, vielleicht ohne Tabak, im Begriff, vor dem Pairsgericht zu erscheinen; aber ich glaube mich zu erinnern, daß der junge Desroches uns gesagt hat, wir sollten die Unterlagen für einen Prozeß wegen Erbschleicherei sammeln, für den Fall, daß mein Bruder ein Testament zugunsten dieser ... dieser ... Frau gemacht haben sollte.«

»Der ist ja gut, dieser Desroches ...«, rief der Maler. »Ach was! Wenn wir uns keinen Rat wissen, bitte ich ihn einfach, hinzufahren.«

»Zerbrechen wir uns nicht unnötigerweise den Kopf«, sagte Agathe. »Wenn wir in Issoudun sind, wird uns meine Patin schon raten.«

Dieses Gespräch, das geführt wurde, als Madame Bridau und Joseph in Sologne einfuhren, nachdem sie in Orléans in einen anderen Wagen umgestiegen waren, zeigt deutlich, wie ungeeignet der Maler und seine Mutter für die Rolle waren, die ihnen der unerbittliche Advokat Desroches zugedacht hatte. Als Agathe nach dreißigjähriger Abwesenheit wieder nach Issoudun kam, fand sie derartige Veränderungen in den Sitten und Gebräuchen vor, daß es unerläßlich ist, in kurzen Worten ein Bild dieser Stadt zu entwerfen. Ohne diese Schilderung würde es schwerfallen, den Wagemut zu würdigen, den Madame Hochon dadurch an den Tag legte, daß sie ihrem Mündel ihre Hilfe angedeihen ließ, sowie auch die seltsame Lage zu begreifen, in der sich Jean-Jacques Rouget befand.

Obwohl der Doktor seinen Sohn daran gewöhnt hatte, Agathe als eine Fremde anzusehen, war es immerhin recht seltsam von einem Bruder, daß er seiner Schwester dreißig Jahre lang kein Lebenszeichen gegeben hatte. Dieses Stillschweigen mußte seltsame Ursachen haben, und andere Verwandte als Agathe und Joseph hätten längst den Wunsch gehabt, sie zu erfahren. Es bestanden auch gewisse Zusammenhänge zwischen dem Zustand der Stadt und den Interessen der Bridaus, die man im Laufe der Erzählung durchschauen wird. Die Pariser mögen es mir verzeihen, aber Issoudun ist eine der ältesten Städte Frankreichs. Entgegen den historischen Vorurteilen, die in Kaiser Probus[67] den Noah Galliens erblicken wollen, hat schon Cäsar von dem vortrefflichen Wein von Champ-Fort (Campo Forti) gesprochen, einem der besten Weinberge von Issoudun. Rigord[68] spricht von dieser Stadt in einer Weise, die an ihrer großen Einwohnerzahl und an ihrem ausgedehnten Handel keinen Zweifel läßt. Aber auch diese beiden Zeugnisse würden das Alter der Stadt nur als ziemlich mittelmäßig erscheinen lassen, im Vergleich zu ihrem in die Urzeit reichenden Ursprung. Ausgrabungen, die unlängst von einem gelehrten Altertumsforscher der Stadt, Armand Pérémé[69], vorgenommen wurden, haben unter dem berühmten Turm von Issoudun eine Basilika aus dem fünften Jahrhundert zutage gefördert, wahrscheinlich die einzige in Frankreich. Nun findet sich aber im Baumaterial dieser Kirche sozusagen der Abdruck einer älteren Kultur, denn ihre Steine rühren von einem römischen Tempel her, an dessen Stelle sie getreten ist. Entsprechend den Forschungen jenes Gelehrten würde demnach der Name Issoudun, wie der aller Städte Frankreichs, deren alte oder moderne Endung die Silbe dun (dunum) enthält, auf einen uralten Ursprung hinweisen. Das Wort Dun, das immer eine dem Druidenkult geweihte Stätte bezeichnet, würde also auf eine militärische oder religiöse Anlage der Kelten schließen lassen. Die Römer sollen am Fuße des Dun der Gallier einen Isistempel erbaut haben. Daher der Name, meint Chaumeau[70]: Is-sous-Dun! Is sei die Abkürzung von Isis. Es steht fest, daß Richard Löwenherz[71] den berühmten Turm, wo er Münzen schlagen ließ, über einer Basilika aus dem fünften Jahrhundert erbaut hat, dem dritten Denkmal einer dritten Religion dieser alten Stadt. Er hat sich der alten Kirche als eines brauchbaren Stützpunktes für die Errichtung seines Walles bedient, hat sie stehenlassen und sie mit seinen mittelalterlichen Festungswerken wie mit einem Mantel bedeckt. Issoudun war damals vorübergehend Sitz der Macht der Wegelagerer und Plünderer, der Condottieri, die Heinrich II.[72] seinem Sohn Richard entgegenstellte, zur Zeit als dieser, damals Graf de Poitou, sich empörte. Die Geschichte Aquitaniens, die die Benediktiner zu schreiben unterlassen haben, wird voraussichtlich nie geschrieben werden, da es keine Benediktiner mehr gibt. Man sollte darum auch keine Gelegenheit außer acht lassen, dieses archäologische Dunkel in der Geschichte unserer Sitten aufzuhellen. Es besteht noch ein anderes Zeugnis für die Bedeutung von Issoudun in uralten Zeiten, und zwar in der Kanalisierung der Tournemine, eines Flüßchens, das über eine ganze Strecke hin um mehrere Meter über den Wasserspiegel der Théols, des Flusses, der die Stadt umspült, erhöht wurde. Das ist ohne jeden Zweifel ein Werk römischen Geistes. Obendrein heißt auch die Straße, von der die vom Schloß nach Norden zu sich erstreckende Vorstadt durchquert wird, seit mehr als zweitausend Jahren Rue de Rome, die Vorstadt selber aber heißt Faubourg de Rome. Die Bewohner dieser Vorstadt, die in ihrer Herkunft, ihrem Blut und ihren Gesichtszügen übrigens ihre besondere Eigenart haben, bezeichnen sich als Abkömmlinge der Römer. Sie sind fast sämtlich Weinbauern und von bemerkenswerter Sittenstrenge, die ohne Zweifel ihrer Abstammung zuzuschreiben ist, vielleicht auch ihrem Sieg über die Plünderer und Wegelagerer (›Routiers‹ und ›Cottereaux‹), die sie im zwölften Jahrhundert in der Ebene von Charost endgültig ausgerottet haben. Nach der Revolution von 1830 herrschte in Frankreich eine viel zu große Erregung, als daß man dem Aufstand der Weinbauern von Issoudun[73] Aufmerksamkeit geschenkt hätte, der indes fürchterlich war und dessen Einzelheiten aus guten Gründen nicht veröffentlicht wurden. Zunächst gestatteten die Bürger von Issoudun nicht, daß die Truppen in die Stadt einzogen. Sie wollten die Verantwortung für ihre Stadt selber tragen, wie es bei der Bürgerschaft im Mittelalter Brauch und Sitte war. Die Behörden sahen sich genötigt, Leuten nachzugeben, denen sechs- oder siebentausend Weinbauern Beistand leisteten, die sämtliche Archive und Steuerämter niedergebrannt hatten, einen Beamten des Stadtzolls durch die Straßen zerrten und bei jeder Laterne sagten: »Da soll er aufgehängt werden!« Die Nationalgarde befreite den armen Mann aus den Händen dieser Rasenden und rettete ihm das Leben dadurch, daß sie ihn unter dem Vorwand, ihm den Prozeß zu machen, ins Gefängnis brachte. Der General[74] konnte nur nach einer Verständigung mit den Weinbauern einziehen, und es gehörte auch dann noch Mut dazu, in ihre dichten Massen einzudringen, denn im Augenblick, da er im Rathaus erschien, legte ihm ein Bewohner des Faubourg de Rome eine an einer langen Stange befestigte Hippe um den Hals, wie man sie braucht, um die Bäume von wuchernden Reisern zu säubern, und rief ihm zu: »Hier kommt kein Beamter mehr her, oder es passiert was!« Dieser Weinbauer hätte dem, der sechzehn Jahre Krieg heil überstanden hatte, ohne weiteres den Kopf abgeschnitten, wenn nicht einer der Anführer des Aufruhrs eingeschritten wäre, dem man versprach, in der Kammer die Abschaffung der ›Kellerratten‹, der Schnüffler vom Steueramt, zu fordern ...

Im vierzehnten Jahrhundert hatte Issoudun noch sechzehn- bis siebzehntausend Einwohner, gegenüber einer doppelt so großen Bevölkerungszahl zu Rigords Zeiten. Karl VII. besaß daselbst ein Stadtpalais, das noch heute steht und bis ins achtzehnte Jahrhundert hinein unter dem Namen ›Haus des Königs‹ bekannt war. Die Stadt, damals der Mittelpunkt des Wollhandels, belieferte einen Teil Europas und erzeugte in großem Maßstabe Tuche, Hüte und sehr gute Handschuhe aus Ziegenleder. Unter Ludwig XIV. wurde von Issoudun, dem wir Baron[75] und Bourdaloue[76] zu verdanken haben, immer als von einer eleganten Stadt mit guter Gesellschaft und gepflegter Sprache gesprochen. In seiner ›Geschichte von Sancerre‹ sagt Pfarrer Poupart[77], die Einwohner von Issoudun seien unter allen Bewohnern des Berry durch ihre Klugheit und ihren Mutterwitz bemerkenswert. Heute spürt man nichts mehr von diesem Glanz und diesem Witz. Issoudun, dessen räumliche Ausdehnung für seine frühere Bedeutung zeugt, zählt im ganzen zwölftausend Seelen, die Weinbauern vier ungemein großer Vorstädte inbegriffen, der Faubourgs de Saint-Paterne, de Villatte, de Rome und des Alouettes, die an sich schon kleine Städte sind. Wie in Versailles hat die Bürgerschaft in den Straßen Raum in Hülle und Fülle. Issoudun beherrscht zur Zeit noch den Wollmarkt in Berry, doch ist diese Vorrherrschaft durch die allerwärts eingeführte und im

Berry nicht mitgemachte Veredlung der Schafrassen bedroht. Die Weinberge von Issoudun liefern einen Wein, der in zwei Départements getrunken wird und der, wenn man ihn wie in Burgund und in der Gascogne zubereiten würde, einer der besten Weine Frankreichs wäre. Leider gilt hierzulande der Grundsatz: so weitermachen, wie es unsere Vorfahren gemacht haben, nur keine Neuerungen! Die Weinbauern lassen also auch weiterhin den Weinkamm mitgären, wodurch ein Wein verdorben wird, der für das Land eine Quelle neuen Reichtums und regen Lebens sein könnte. Dank der Herbheit jedoch, die ihm der Weinkamm verleiht und die, wie man sagt, mit der Zeit nachläßt, überdauert dieser Wein ein Jahrhundert. Dieser Grund, den die Weinbauernzeitung angibt, ist in der Lehre vom Weinbau wichtig genug, um bekanntgegeben zu werden. Guillaume Le Breton[78] hat übrigens in seiner ›Philippide‹ diese Besonderheit in einigen Versen besungen.

Der Verfall von Issoudun erklärt sich also aus seinem bis zur Albernheit getriebenen Beharrungsgeist, wie es ein Einzelfall dartun wird. Als es sich darum handelte, die Straße von Paris nach Toulouse zu bauen, wäre es selbstverständlich gewesen, sie von Vierzon nach Châteauroux über Issoudun zu führen. Die Strecke wäre kürzer gewesen, als wenn man sie über Vatan führte, wie es tatsächlich geschehen ist. Aber die angesehenen Bürger und der Stadtrat von Issoudun, deren Beratungsprotokoll angeblich noch vorhanden ist, verlangten, daß man sie über Vatan leite. Wenn die Hauptstraße durch ihre Stadt gehe, wandten sie ein, so würden die Lebensmittel teurer werden, und man könne sich darauf gefaßt machen, dreißig Sous für ein Huhn zahlen zu müssen. Ein Gegenstück zu einem derartigen Verfahren findet man höchstens in den wildesten Gegenden Sardiniens, einem ehemals so bevölkerten, so reichen und heute so verödeten Land. Als König Karl-Albert[79] in der löblichen Absicht, das Land zu zivilisieren, Sassari, die zweite Hauptstadt der Insel, mit Cagliari durch eine prächtige Straße verbinden wollte, die einzige, die es in dieser Sardinien genannten Grassteppe gibt, hätte die gerade Linie erfordert, sie durch Bonorva zu führen, ein Gebiet, das von einem aufsässigen Menschenschlag bewohnt wird, den man um so eher mit unseren arabischen Stämmen vergleichen kann, als ihre Vorfahren Mauren waren. Als sich die Wilden von Bonorva von der Zivilisation bedroht sahen, berieten sie nicht erst lange, sondern gaben ihren Widerstand gegen den Straßenbau kund. Die Regierung kehrte sich nicht an diesen Widerstand. Der erste Ingenieur, der einen Vermessungspfahl aufstellte, bekam eine Kugel in den Kopf und starb bei seinem Pfahl. Man verzichtete auf alle diesbezüglichen Nachforschungen, und die Straße beschreibt nun einen Bogen, der sie um acht Meilen verlängert.

In Issoudun führt das stetige Sinken des Preises für den Wein, der im Ort getrunken wird, obzwar das dem Wunsche der Bürger, billig zu leben, entgegenkommt, den Untergang der Weinbauern herbei, die immer mehr unter dem Druck der Anbaukosten und der Steuern zu leiden haben, ebenso wie der Niedergang des Wollhandels und damit des ganzen Gebietes durch die Unmöglichkeit, die Schafrasse zu veredeln, herbeigeführt wird. Auf dem Lande haben die Menschen ein wahres Grauen vor allen Änderungen, sogar vor solchen, die ihnen für ihre Interessen nützlich scheinen. Ein Pariser traf auf dem Lande einen Arbeiter, der zu Mittag eine ungeheure Menge von Brot, Käse und Gemüse verzehrte. Der Pariser wies ihm nach, daß er sich besser und billiger nähren, mehr arbeiten und seine Existenzmittel besser ausnützen könnte, wenn er statt dessen ein Stück Fleisch essen würde. Der Mann aus dem Berry gab die Richtigkeit dieser Behauptung zu. »Aber das Gerede, Monsieur«, entgegnete er. – »Was denn für ein Gerede ...?« – »Ja, er hat recht, was würden die Leute sagen? Er wäre in aller Munde«, gab der Landwirt zu bedenken, auf dessen Grundstück sich diese Szene abspielte. »Man würde ihn für reich halten wie einen Bürger. Er hat Angst vor der öffentlichen Meinung und fürchtet, man würde mit Fingern auf ihn zeigen und ihn für schwach oder krank halten. So sind wir eben hierzulande.« Viele Bürger sagen diesen letzteren Satz mit einem Gefühl von heimlichem Stolz. Wenn Unwissenheit und Schlendrian auf dem Lande unausrottbar sind, wo der Bauer sich selbst überlassen bleibt, so ist die Stadt Issoudun ihrerseits wiederum bei einem vollständigen gesellschaftlichen Stillstand angelangt. Da man das Schwinden des Reichtums durch schmutzigen Geiz zu steuern sucht, lebt jede

Familie in ihrem Hause für sich. Übrigens besteht jene gesunde Gegensätzlichkeit nicht mehr, die den Sitten und Umgangsformen eine gewisse Note verleiht. Die Stadt kennt jenen Gegensatz zweier Kräfte nicht mehr, dem die italienischen Stände des Mittelalters ihr Dasein verdankten. Issoudun hat keinen Adel mehr. Die Wegelagerer, die Bauernaufstände, die Religionskriege und die Revolution haben damit gründlich aufgeräumt. Die Stadt ist sehr stolz auf diesen Triumph. Issoudun hat sich ständig geweigert, immer um die Lebensmittelpreise niedrig zu halten, eine Garnison aufzunehmen. So hat es den Anschluß an das Jahrhundert verpaßt, wie es sich auch um den Verdienst gebracht hat, den eine Truppe der Stadt einbringen würde. Bis zum Jahre 1756 war Issoudun eine der angenehmsten Garnisonstädte. Infolge eines gerichtlichen Dramas, das damals ganz Frankreich beschäftigte, und zwar der Sache des Generalamtsverwesers gegen den Marquis de Chapt, dessen Sohn, ein Dragoneroffizier, in einer galanten Angelegenheit hinterhältig, wenn auch vielleicht verdientermaßen, ermordet wurde, wurde der Stadt die Garnison entzogen. Der Aufenthalt der 44. Halbbrigade, den sich Issoudun während des Bürgerkrieges gefallen lassen mußte, war nicht dazu angetan, die Einwohner mit dem Kriegsvolk auszusöhnen. Bourges, dessen Einwohnerzahl ständig abnimmt, ist von demselben sozialen Übel befallen. Die Lebenskraft flieht aus diesen großen Gemeinwesen. Die Verwaltung ist sicherlich schuld an solchen unglücklichen Vorgängen; denn die Aufgabe einer Regierung ist es, diese Wunden am staatlichen Gemeinwesen zu erkennen und dadurch zu heilen, daß sie tatkräftige Männer in die erkrankten Gebiete sendet, die dann eine Änderung der Dinge herbeiführen. Statt dessen aber freut man sich leider dieser unheilvollen Totenstille auch noch. Wie sollte man auch neue Verwalter und fähige Beamte dahin senden? Wer hat heutzutage Lust, sich in Arrondissements zu vergraben, wo seine Leistungen im dunkeln bleiben würden? Schickt man aber zufällig doch einmal einen Ehrgeizigen hin, der die Gegend nicht kennt, so beginnt sich alsbald das Gesetz der Trägheit bei ihm auszuwirken; er wird von der allgemeinen Erstarrung angesteckt und paßt sich dem schauderhaften Provinzleben an. In Issoudun wäre sogar ein Napoleon verbauert. Infolge dieser besonderen Umstände wurde das Arrondissement im Jahre 1822 von Männern verwaltet, die sämtlich aus dem Berry stammten. Es gab also im Grunde keine staatliche Macht oder doch nur eine sehr schwache, ausgenommen die selbstverständlich sehr seltenen, besonders schweren Fälle, wo die Justiz zum Handeln gezwungen ist. Der Staatsanwalt, Monsieur Mouilleron, war mit aller Welt verschwägert, und sein Stellvertreter entstammte einer einheimischen Familie. Bevor der Gerichtspräsident zu seiner Würde gelangt war, hatte er sich bereits durch einen jener Aussprüche berühmt gemacht, die in der Provinz einen Menschen für sein ganzes ferneres Leben lächerlich machen. Nach beendigter Voruntersuchung sagte er in einem Kriminalprozeß zum Angeklagten: »Mein guter Pierre, deine Sache ist ganz klar, du wirst um einen Kopf kürzer gemacht. Laß dir das als Lehre dienen!« Der Polizeikommissar, der sein Amt seit der Restauration ausübte, hatte im ganzen Arrondissement Verwandte.

Nicht allein, daß die Religion keinerlei Einfluß besaß, auch der Pfarrer genoß nicht das geringste Ansehen. Die liberale, rechthaberische und unwissende Bürgerschaft erzählte sich mehr oder weniger komische Geschichten über die Beziehungen des armen Mannes zu seiner Wirtschafterin. Deshalb besuchten aber die Kinder nicht weniger den Religionsunterricht und gingen dennoch zur Erstkommunion. Es gab dennoch ein städtisches Gymnasium; es wurde dennoch die Messe gelesen, die Feste wurden gefeiert, man zahlte seine Steuern, das einzige, was Paris von der Provinz fordert, und der Bürgermeister traf natürlich Entscheidungen; alle diese Äußerungen des gesellschaftlichen Lebens vollzogen sich jedoch im althergebrachten Geleise. So stimmte die Schlaffheit der Verwaltung ganz wunderbar mit der geistigen und sittlichen Beschaffenheit von Land und Leuten überein· Übrigens schildern die Ereignisse, die in dieser Geschichte erzählt werden sollen, die Auswirkungen jenes Sachverhaltes, der gar nicht so vereinzelt ist, wie man glauben könnte. Viele Städte in Frankreich, und namentlich in Südfrankreich, gleichen hierin Issoudun. Der Zustand, in den der Triumph des Bürgertums diese Arrondissementshauptstadt versetzt hat, steht ganz Frankreich bevor, sogar Paris, falls die Bourgeoisie auch weiterhin die Außen- und Innenpolitik unseres Landes beherrscht.

Und nun eine kurze Ortsbeschreibung. Issoudun erstreckt sich von Norden nach Süden auf einer Hügellehne, die sich nach der Straße von Châteauroux zu abrundet. Am Fuß der Anhöhe hat man ehedem während der Blütezeit der Stadt für die Bedürfnisse der Fabriken oder um die Wassergräben der Stadtwälle zu füllen einen Kanal angelegt, den man heute La Rivière-Forcée nennt und dessen Wasser aus der Théols kommt. La Rivière-Forcée bildet einen künstlichen Arm, der sich jenseits der Faubourg de Rome in den wirklichen Fluß ergießt, und zwar an der Stelle, wo auch die Tournemine und einige andere Wasserläufe münden. Diese kleinen Wasserläufe und die beiden Flüsse bewässern ziemlich ausgedehnte Wiesen, die von allen Seiten von gelblichen oder weißen, mit schwarzen Punkten übersäten Hügeln umrahmt werden. Das ist der Anblick, den die Weinberge von Issoudun während sieben Monaten des Jahres bieten. Die Weinbauern schneiden die Weinstöcke alljährlich vollständig ab und lassen nur einen häßlichen Strunk ohne Pfahl in einem Erdtrichter stehen. Wenn man von Vierzon, Vatan oder Châteauroux kommt, ist darum das Auge, nachdem es überall nur traurige, eintönige Ebenen gesehen hat, angenehm überrascht beim Anblick der Wiesen von Issoudun, einer wahren Oase in diesem Teil des Berry; sie versorgt die Gegend auf zehn Meilen in der Runde mit Gemüse. Unterhalb des Faubourg de Rome erstreckt sich ein weites, schlammiges Gelände, das ganz und gar mit Gemüse bepflanzt ist und in zwei Abschnitte zerfällt, den sogenannten oberen und unteren Baltan. Eine breite, lange Allee, die zwei mit Pappeln bepflanzte Seitenalleen hat, führt aus der Stadt quer durch die Auen nach dem alten Kloster Frapesle, dessen englische Gartenanlagen, einzig in ihrer Art im ganzen Arrondissement, den anspruchsvollen Namen Tivoli erhalten haben. Sonntags flüstern sich dort die Liebespaare ihre Heimlichkeiten zu. Einem aufmerksamen Beobachter können die Spuren der ehemaligen Größe von Issoudun nicht entgehen, und die deutlichste Spur ist die Einteilung der Stadt. Das Schloß, das mit seinen Mauern und Gräben ehemals eine Stadt für sich bildete, stellt ein klar erkennbares Stadtviertel dar, das man auch heute nur durch die alten Tore und über drei die Arme der beiden Flüsse überspannende Brücken betreten und verlassen kann, und das für sich allein das Gepräge einer alten Stadt hat. Die Wälle weisen stellenweise noch ihre achtunggebietenden Grundmauern auf, auf denen jetzt Häuser stehen. Oberhalb des Schlosses erhebt sich der Turm, der diesem als Festung diente. Wer sich der Stadt bemächtigen wollte, die sich um diese zwei befestigten Punkte ausbreitete, mußte sowohl den Turm als auch das Schloß einnehmen. Wer das Schloß besaß, besaß deshalb noch nicht den Turm. Das Faubourg de Saint-Paterne, das sich in Form einer Palette jenseits des Turmes ausbreitet und dem Wiesengelände Boden abgerungen hat, ist viel zu ansehnlich, als daß es nicht in fernsten Zeiten die eigentliche Stadt gewesen sein sollte. Seit dem Mittelalter ist wahrscheinlich Issoudun ebenso wie Paris an seinem Hügel emporgeklettert und hat sich jenseits des Turms und des Schlosses hingelagert. Im Jahre 1822 konnte sich diese Ansicht noch mit einer gewissen Sicherheit auf das Dasein der entzückenden Kirche von Saint-Paterne berufen, die unlängst durch den Erben dessen, der sie als Nationalbesitz erworben hatte, zerstört worden ist. Diese Kirche, eines der schönsten Musterbeispiele einer romanischen Kirche, die Frankreich besaß, ist verschwunden, ohne daß jemand auch nur eine Zeichnung des vollkommen erhaltenen Portals angefertigt hätte. Die einzige Stimme, die sich erhob, um dieses Baudenkmal zu retten, fand nirgends Widerhall, weder in der Stadt noch im Département. Obwohl das Schloß von Issoudun den Charakter einer alten Stadt mit engen Straßen und altertümlichen Behausungen hat, macht doch die eigentliche Stadt, die mehrmals und zu verschiedenen Zeiten eingenommen und in Brand gesteckt wurde, zumal während der Fronde, als sie vollständig niederbrannte, einen modernen Eindruck. Breite Straßen und schöne Bürgerhäuser, im Vergleich zu anderen Städten, bieten zusammen mit dem Schloß einen kontrastreichen Anblick, dem es die Stadt zu verdanken hat, daß ihrer in einigen geographischen Büchern der Beiname ›die Schmucke‹ verliehen worden ist.

In einer so gearteten Stadt – ohne jede Regsamkeit, ohne Handel, ohne Sinn für die Künste, ohne wissenschaftliche Betätigung und wo sich jeder in sich selbst zurückzieht – mußte es natürlich geschehen und geschah es auch nach beendigtem Krieg unter der Restauration im Jahre 1816, daß unter den jungen

Leuten manche keinen eigentlichen Beruf ausübten und nichts mit sich anzufangen wußten, soweit sie noch unverheiratet waren und das Erbe ihrer Eltern noch nicht angetreten hatten. Zu Hause langweilten sie sich, und in der Stadt fanden sie ebenfalls keine Zerstreuung; da sich aber die Jugend bekanntlich austoben muß, trieben sie allerlei Unfug auf Kosten der Stadt. Am Tage hätten sie aber ihre Streiche schwerlich verüben können, da man sie erkannt hätte, und wenn das Maß ihrer Vergehen einmal voll gewesen wäre, hätten sie es schließlich beim ersten dummen Streich mit dem Polizeigericht zu tun bekommen. Sie wählten darum klugerweise die Nacht für ihren Schabernack. So blitzte in diesen alten Resten so vieler untergegangener Zivilisationen wie eine letzte Flamme noch einmal eine Spur jenes Schalknarrentums auf, das die Sitten von einst auszeichnete. Diese jungen Leute vergnügten sich, wie sich einst Karl IX.[80] und seine Höflinge, Heinrich IV. und seine Gefährten vergnügten und wie man sich ehedem in vielen Provinzstädten vergnügte. Nachdem sie nun einmal Verbündete waren infolge der Notwendigkeit, einander gegenseitig zu helfen, sich zu verteidigen und lustige Streiche zu ersinnen, entwickelte sich bei ihnen durch das Aufeinanderprallen der Einfälle jene Summe von Bosheit, die der Jugend eigen ist und die man sogar bei den Tieren beobachten kann. Das Bündnis gewährte ihnen überdies die kleinen Freuden, die die andauernde Heimlichkeit einer Verschwörung verschafft. Sie nannten sich die ›Ritter vom goldenen Leichtsinn‹. Bei Tag waren diese jungen Affen wahre Heilige und trugen alle ein außerordentlich stilles Wesen zur Schau. Nach den Nächten, in denen sie irgendeinen bösen Streich ausgeführt hatten, schliefen sie übrigens bis in den Tag hinein. Die Ritter vom goldenen Leichtsinn begannen mit den üblichen Possen, indem sie zum Beispiel Ladenschilder abnahmen und vertauschten, an den Türen klingelten, ein Faß, das jemand vor seiner Tür stehengelassen hatte, mit lautem Getöse in den Keller des Nachbarn stießen, der dann von dem Lärm erwachte und glaubte, es sei eine Mine explodiert. In Issoudun wie in vielen anderen Städten steigt man durch eine Falltür in den Keller hinab; sie befindet sich neben der Haustür und ist mit einem schweren Scharnierbrett versehen, das mit einem großen Vorhängeschloß abgesperrt wird. Diese modernen »bösen Buben« waren gegen Ende 1816 noch nicht über Späße hinausgekommen, wie sie Knaben und junge Leute überall in der Provinz treiben. Im Januar 1817 jedoch erhielt der Orden vom goldenen Leichtsinn einen Großmeister und zeichnete sich nun durch Streiche aus, die bis zum Jahre 1823 eine Art Schrecken in Issoudun verbreiteten oder doch wenigstens die Handwerker und Bürger in ständigem Alarmzustand hielten.

Dieser Anführer, ein gewisser Maxence Gilet, kurz Max genannt, war durch sein Vorleben und nicht minder durch seine Kraft und seine Jugend für diese Rolle wie geschaffen. Maxence Gilet galt als ein unehelicher Sohn jenes Subdelegierten Monsieur Lousteau, des Bruders der Madame Hochon, dessen Galanterie viele Andenken zurückgelassen hatte und der sich, wie man gesehen hat, anläßlich von Agathes Geburt den Haß des alten Doktors Rouget zugezogen hatte. Die Freundschaft, die diese beiden Männer vor ihrem Zerwürfnis verband, war jedoch so eng, daß sie, wie man damals und besonders in dieser Gegend zu sagen pflegte, gern die gleichen Wege gingen. Man behauptete daher, Maxence könne ebensogut der Sohn des Doktors wie der des Subdelegierten sein; in Wahrheit war weder das eine noch das andere der Fall, denn sein Vater war ein schneidiger Dragoneroffizier, der in Bourges in Garnison gelegen hatte. Nichtsdestoweniger stritten sich der Doktor und der Subdelegierte in ihrer Feindseligkeit – zum Glück für das Kind – andauernd um diese Vaterschaft. Die Mutter des Knaben, die Frau eines armen Flickschusters, war zum Verderben ihrer Seele von blendender Schönheit, von der Schönheit einer Frau aus Trastevere[81], und diese Schönheit war der einzige Besitz, den sie ihrem Sohne vererbte. Madame Gilet, die im Jahre 1788 mit Maxence schwanger ging, hatte diesen Segen des Himmels lange herbeigesehnt, den man nun die Bosheit hatte, der Galanterie der beiden Freunde zuzuschreiben, wahrscheinlich um sie gegeneinanderzuhetzen. Gilet, ein fürchterlicher alter Trunkenbold, begünstigte die Seitensprünge seiner Frau, und dieses geheime Einverständnis und Entgegenkommen ist durchaus nichts Seltenes in den niederen Volksschichten. Um ihrem Sohne Beschützer zu verschaffen, hütete sich die Gilet sehr wohl, die unechten Väter aufzuklären. In Paris wäre sie Millionärin geworden; in Issoudun lebte sie bald im Wohlstand, bald im Elend und wurde am Ende verachtet. Madame Hochon, die Schwester Lousteaus, zahlte alljährlich einige Taler, damit Maxence die Schule besuchen konnte. Diese Freigebigkeit, die sich Madame Hochon bei dem Geiz ihres Mannes nicht hätte leisten können, wurde natürlich ihrem Bruder zugeschrieben, der damals in Sancerre lebte. Als sich Doktor Rouget, der mit seinem Sohne kein Glück hatte, Maxences Schönheit bewußt geworden war, zahlte er bis zum Jahre 1805 die Pension im Internat für den ›kleinen Schlingel‹, wie er ihn nannte. Da der Subdelegierte im Jahre 1800 starb und da der Doktor aus einem Gefühl von Eigenliebe zu handeln schien, indem er fünf Jahre lang für Maxence die Pension zahlte, blieb die Frage dieser Vaterschaft immer unentschieden. Übrigens wurde Maxence Gilet, der Stoff zu unzähligen Witzen geliefert hatte, bald vergessen. Und das kam so. Im Jahre 1806, ein Jahr nach Doktor Rougets Tod, leistete sich dieser Jüngling, der für ein Abenteuerleben geschaffen schien und übrigens mit bemerkenswerter Kraft und Behendigkeit ausgestattet war, eine ganze Reihe von Missetaten, die für ihn mit mehr oder weniger Gefahr verbunden waren. Schon damals stand er mit den Enkeln Hochons im Einverständnis, wenn es galt, die Ladenbesitzer der Stadt in Wut zu versetzen, und er erntete das Obst noch bevor die Besitzer dazu kamen: er kletterte nämlich bedenkenlos über die Mauern. Bei den schwierigsten Turnübungen hatte dieser Dämon nicht seinesgleichen; im Barrenturnen war er unübertrefflich, und er hätte einen Hasen im Laufen gefangen. Mit einem Falkenblick begabt, der eines Lederstrumpf[82] würdig gewesen wäre, liebte er bereits leidenschaftlich die Jagd. Statt zu lernen, verbrachte er seine Zeit mit Scheibenschießen. Das Geld, das er dem alten Doktor entlockte, gebrauchte er dazu, Pulver und Kugeln zu kaufen und damit eine schlechte Pistole zu laden, die ihm Vater Gilet, der Flickschuster, gegeben hatte. Da beging der damals siebzehnjährige Maxence im Herbst 1806 unbeabsichtigterweise einen Mord, als er bei Einbruch der Dunkelheit eine schwangere junge Frau erschreckte, die er in ihrem Garten überraschte, als er Obst stehlen wollte. Sein Vater, der Flickschuster, der ihn vermutlich loswerden wollte, drohte ihm mit der Guillotine, und so rannte Maxence ohne Aufenthalt bis nach Bourges, schloß sich einem Regiment an, das eben nach Spanien abrückte, und ließ sich anwerben. Die Sache mit der vor Schreck gestorbenen jungen Frau hatte keinerlei Folgen für ihn.

Es konnte gar nicht ausbleiben, daß sich ein junger Bursche vom Schlage Maxences auszeichnete, und er zeichnete sich so sehr aus, daß er es nach drei Feldzügen zum Hauptmann brachte, denn seine wenn auch geringe Schulbildung kam ihm gut zustatten. Im Jahre 1809 wurde er in Portugal in einer englischen Batterie, in die seine Kompanie eingedrungen war, ohne sich dort halten zu können, für tot liegengelassen, geriet in englische Gefangenschaft und wurde auf die spanischen Gefangenenschiffe, die sogenannten Pontons von Cabrera, geschickt, die schrecklichsten von allen. Zwar wurde er für das Kreuz der Ehrenlegion und für die Beförderung zum Bataillonschef vorgeschlagen, aber der Kaiser weilte damals in Österreich und behielt seine Gunst und seine Auszeichnungen den Glanzleistungen vor, die unter seinen Augen vollbracht wurden. Auch schätzte er die nicht, die sich gefangennehmen ließen, und war im übrigen mit der Sache in Portugal recht unzufrieden. Max blieb von 1810 bis 1814 auf den Gefangenenschiffen, und diese vier Jahre demoralisierten ihn vollends, denn auf diesen Pontons ging es zu wie im Zuchthaus, es fehlte bloß das Verbrechen und die Entehrung. Um seinen freien Willen zu bewahren und sich gegen die Verderbtheit zu schützen, die in diesen schmachvollen, eines zivilisierten Volkes unwürdigen Gefängnissen verheerend um sich griff, tötete der schöne junge Hauptmann zunächst einmal im Duell – man duellierte sich dort in einem Raum von sechs Quadratfuß – sieben Raufbolde und Quälgeister und befreite so zur größten Freude ihrer Opfer den Ponton von ihnen. Dank der fabelhaften Geschicklichkeit im Gebrauch der Waffen, die er sich erworben hatte, dank seiner Körperkraft und seiner Gewandtheit herrschte Max auf dem Gefangenenschiff. Er beging jedoch seinerseits Willkürakte; er fand willige Werkzeuge, die seine Arbeit verrichteten und ihm schmeichelten. In dieser Schule der Leiden, wo die verbitterten Gemüter nur von Rache träumten, wo die in engem Raum zusammengepferchten Gehirne spitzfindige Sophismen ausbrüteten, um ihre bösen Gedanken zu rechtfertigen, verdarb Max ganz und gar. Er hörte die Ansichten derjenigen, die von Reichtum um jeden Preis träumten, ohne vor einem Verbrechen zurückzuschrecken, vorausgesetzt, daß es keine Beweise hinterließ. Bei Friedensschluß endlich wurde er aus der Gefangenschaft entlassen, verderbt, obgleich schuldlos, fähig, in einem höheren Wirkungskreis ein großer Politiker zu werden und ein Schurke im Privatleben, je nach den Umständen seines Schicksals. Nach Issoudun zurückgekehrt, erfuhr er vom jämmerlichen Ende seines Vaters und seiner Mutter. Wie alle Menschen, die sich ihren Leidenschaften überlassen und die, wie das Sprichwort sagt, das Leben kurz und gut sein lassen, waren die Gilets im Hospital in der fürchterlichsten Armut gestorben. Fast zu gleicher Zeit verbreitete sich die Nachricht von Napoleons Landung bei Cannes[83] über ganz Frankreich. Da hatte Max nichts Eiligeres zu tun, als nach Paris zu gehen und um seine Beförderung zum Bataillonschef und um sein Kreuz einzukommen. Der Marschall, der damals Kriegsminister war, erinnerte sich der ausgezeichneten Führung des Hauptmanns Gilet in Portugal; er brachte ihn als Hauptmann in der Garde unter, was ihm in einem Linienregiment den Rang eines Bataillonschefs verlieh, aber das Kreuz konnte er ihm nicht verschaffen. »Der Kaiser hat gesagt, Sie würden es sich ohnehin bei der ersten Gelegenheit verdienen.« Der Kaiser merkte tatsächlich den tapferen Hauptmann am Abend des Gefechts bei Fleurus, wo sich Gilet hervortat, zur Verleihung vor. Nach der Schlacht bei Waterloo zog sich Max an die Loire[84] zurück. Bei der Entlassung wollte der Marschall Herzog von Feltre[85] Gilet weder seinen Rang noch sein Kreuz zuerkennen. Der Soldat Napoleons kehrte in einem Zustand der Erbitterung nach Issoudun zurück, der leicht zu begreifen ist. Er wollte nur mit dem Kreuz und dem Rang eines Bataillonschefs dienen. Auf den Ämtern fand man diese Bedingungen übertrieben für einen namenlosen jungen Mann von siebenundzwanzig Jahren, der auf diese Weise mit dreißig Jahren Oberst werden konnte. Max nahm also seinen Abschied. Der Major – denn untereinander erkannten sich die Bonapartisten die im Jahre 1815 erworbenen Grade zu – verlor auf diese Weise das magere Gehalt, Halbsold genannt, das den Offizieren der Loire-Armee gewährt wurde. Als man in Issoudun diesen schönen jungen Mann sah, dessen ganzer Besitz aus zwanzig Napoleondors bestand, hatte man Mitleid mit ihm, und der Bürgermeister verschaffte ihm eine Stellung mit sechshundert Francs Gehalt auf der Bürgermeisterei. Max, der diesen Posten sechs Monate lang versah, gab ihn dann aus freiem Willen auf und wurde durch einen Hauptmann namens Carpentier ersetzt, der gleich ihm Napoleon treu ergeben war. Gilet, der bereits Großmeister des Ordens vom goldenen Leichtsinn war, begann nun ein Leben zu führen, das ihn bei den ersten Familien der Stadt um jedes Ansehen brachte, freilich ohne daß man es ihn merken ließ, denn er war gewalttätig und allgemein gefürchtet, sogar bei den Offizieren der alten Armee, die wie er es ablehnten, weiter zu dienen, und ins Berry zurückkehrten, um dort ihren Kohl zu bauen. Die geringe Neigung der einheimischen Bevölkerung von Issoudun für die Bourbonen ist nach der vorangegangenen Schilderung nicht weiter verwunderlich. Daher gab es auch in Issoudun im Verhältnis zu seiner geringen Bedeutung mehr Bonapartisten als sonstwo. Wie man weiß, bekannten sich die Bonapartisten fast ausschließlich zum Liberalismus. In Issoudun und Umgebung zählte man über ein Dutzend Offiziere in ähnlicher Lage wie Maxence, und da sie viel Gefallen an ihm fanden, machten sie ihn zu ihrem Oberhaupt, allerdings mit Ausnahme seines Nachfolgers, des erwähnten Carpentier, und eines gewissen Mignonnet, eines ehemaligen Hauptmanns der Gardeartillerie. Carpentier, ein emporgekommener Kavallerieoffizier, heiratete bald und gehörte dadurch einer der angesehensten Familien der Stadt an, den Borniche-Héreaus. Mignonnet, der seine Ausbildung an der Ecole Polytechnique[86] genossen hatte, hatte in einem Korps gedient, das sich eine gewisse Überlegenheit über die anderen anmaßte. In den kaiserlichen Armeen gab es zwei Richtungen unter den Soldaten. Ein großer Teil von ihnen empfand für den Bürger, den ›Zivilisten‹ eine Geringschätzung ähnlich der der Adeligen für die Nichtadeligen, des Eroberers für den Eroberten. Diese Gruppe beobachtete im Umgang mit der Zivilbevölkerung nicht immer die gebotenen Ehrengrundsätze oder mißbilligte es doch wenigstens nicht allzusehr, wenn einer von ihnen Bürger niedersäbelte. Die anderen, und namentlich die Angehörigen der Artillerie, vielleicht auf Grund ihrer republikanischen Gesinnung, schlossen sich dieser Auffassung nicht an, die auf nichts Geringeres hinauslief als darauf, das Land in ein militärisches und ein ziviles Frankreich zu teilen. Während demnach Major Potel und Hauptmann Renard, zwei Offiziere aus dem Faubourg de Rome, deren Meinungen über die Zivilisten unverändert blieben, sich trotz allem zu Maxence Gilet bekannten, stellten sich Major Mignonnet und Hauptmann Carpentier auf die Seite des Bürgertums, denn Max' ganze Lebensführung schien eines Ehrenmannes unwürdig. Major Mignonnet, ein kleiner, hagerer, würdevoller Mann, befaßte sich mit der Lösung von Problemen, die mit der Dampfmaschine zusammenhingen; er lebte bescheiden und begnügte sich mit der Gesellschaft des Ehepaars Carpentier. Sein sanftes Wesen und seine wissenschaftliche Betätigung erwarben ihm die Hochachtung der ganzen Stadt. Darum hieß es auch, die Herren Mignonnet und Carpentier seien doch ganz andere Leute als Major Potel und die Hauptleute Renard, Gilet und andere Stammgäste des Café Militaire, die ihre Soldatengewohnheiten und die ganze, oft so abwegige Geisteshaltung der Kaiserzeit beibehielten.

Zu dem Zeitpunkt, da Madame Bridau wieder nach Issoudun kam, war also Max aus der bürgerlichen Gesellschaft ausgeschlossen. Der junge Mann besaß übrigens Selbsterkenntnis genug und machte keinen Versuch, in den sogenannten Klub, eine geschlossene Gesellschaft, aufgenommen zu werden und beklagte sich nie über die bedauerliche Mißbilligung, mit der er bedacht wurde, obgleich er doch der eleganteste und bestgekleidete junge Mann von Issoudun war, viel Geld ausgab und sich, eine ganz besondere Ausnahme, ein Reitpferd hielt, was in Issoudun etwas ebenso Seltenes war wie das Pferd Lord Byrons in Venedig. Es wird sich noch zeigen, wodurch der mittellose Maxence imstande war, der Stutzer von Issoudun zu sein; denn die schmachvollen Mittel, die ihm die Verachtung der sittenstrengen oder frommen Leute eingetragen hatten, stehen im Zusammenhang mit den Interessen, die Agathe und Joseph nach Issoudun geführt hatten. Nach der Dreistigkeit seines Auftretens und nach seinem Gesichtsausdruck zu schließen, schien sich Max übrigens herzlich wenig um die öffentliche Meinung zu kümmern; er plante wohl, eines Tages Rache zu nehmen und diejenigen, die ihn jetzt verachteten, seinerseits zu beherrschen. Wenn ihn übrigens auch die Bürger verachteten, so bildete doch die Bewunderung, die sein Gehaben beim Volk fand, ein Gegengewicht zu dieser Meinung; sein Mut, seine stattliche Erscheinung und seine Schneidigkeit mußten der Masse gefallen, die übrigens von seiner Verderbtheit nichts wußte, da sie doch nicht einmal den Bürgern in ihrem vollen Ausmaß bekannt war. Max spielte in Issoudun ungefähr die gleiche Rolle wie der Schmied in ›Das schöne Mädchen von Perth‹[87]; er war der Verfechter des Bonapartismus und der Opposition. Man rechnete auf ihn, wie die Bürger von Perth bei besonderen Anlässen auf Smith rechneten. Eine Angelegenheit besonders stellte den Helden und das Opfer der Hundert Tage so recht ins Licht.

Im Jahre 1819 zog ein Bataillon durch Issoudun, das von royalistischen Offizieren befehligt wurde, jungen Leuten, die eben aus der Maison Rouge[88] hervorgegangen waren, und das sich auf dem Wege nach Bourges befand, um dort Garnison zu beziehen. Da die Offiziere in einer so konstitutionellen Stadt wie Issoudun nichts anzufangen wußten, verbrachten sie ihre Zeit im Café Militaire. In allen Provinzstädten gibt es ein Café Militaire. Dasjenige von Issoudun, in einem Winkel des Stadtwalles an der Place d'Armes erbaut und von der Witwe eines ehemaligen Offiziers geführt, war selbstverständlich die Hochburg der Bonapartisten der Stadt, der Offiziere im Halbsold oder derer, die Max' Ansichten teilten und denen die Gesinnung der Bevölkerung gestattete, ihrer abgöttischen Verehrung des Kaisers Ausdruck zu verleihen. Seit dem Jahre 1816 wurde in Issoudun alljährlich ein Festmahl abgehalten, um den Jahrestag der Krönung Napoleons zu feiern. Die ersten Royalisten, die eintraten, verlangten Zeitungen, unter anderen ›La Quotidienne‹[89] und ›Le Drapeau blanc‹[90]. Die in Issoudun und besonders im Café Militaire herrschende Gesinnung hatte jedoch für royalistische Zeitungen nichts übrig. Es gab nur ›Le Commerce‹ – das war der Name, den ›Le Constitutionnel‹, der durch Gerichtsbeschluß verboten worden war, einige Jahre lang führen mußte. Da er aber bei seinem Erscheinen unter diesem Namen seinen ersten Pariser Leitartikel mit den Worten begann: »›Le Commerce‹ ist im wesentlichen konstitutionell«, so nannte man ihn weiterhin ›Le

Constitutionnel‹[91]. Alle Abonnenten verstanden dieses boshafte und widerspruchsvolle Wortspiel, durch das man sie bat, das Aushängeschild nicht zu beachten, da der ausgeschenkte Wein immer der gleiche sein werde. Von ihrem Schanktisch her erklärte die dicke Dame den Royalisten, sie habe die verlangten Zeitungen nicht. – »Ja, was halten Sie denn für Zeitungen?« fragte einer der Offiziere, ein Hauptmann. Der Kellner, ein junges Bürschchen, mit einer Weste aus blauem Tuch und einer Schürze aus grober Leinwand angetan, brachte ›Le Commerce‹. »So, das ist also Ihre Zeitung? Haben Sie keine andere?« – »Nein«, antwortete der Kellner, »das ist die einzige.« Da zerriß der Hauptmann das Oppositionsblatt, warf die Papierfetzen weg und spuckte darauf. »Ein Dominospiel!« verlangte er. Innerhalb von zehn Minuten durchlief alle Straßen die Nachricht von dem Schimpf, der der konstitutionellen Opposition und dem Liberalismus angetan worden war, und zwar in Gestalt der hochheiligen Zeitung, die die Priester mit wohlbekanntem Mut und Geist anzugreifen pflegte; wie ein Lauffeuer verbreitete sich diese Nachricht in allen Häusern, überall erzählte man sie einander. Auf einmal war in aller Munde dasselbe Wort: »Wir müssen Max verständigen!« Bald erfuhr Max die Sache. Die Offiziere hatten ihre Partie Domino noch nicht beendet, als er in Begleitung von Major Potel und Hauptmann Renard das Café betrat. Hinter ihm her kamen dreißig junge Leute, die neugierig waren, den Ausgang dieses Unternehmens zu erleben, und die fast alle auf der Place d'Armes stehenblieben. Bald war das Café voll. – »Kellner, meine Zeitung«, sagte Max mit sanfter Stimme. Es wurde eine kleine Komödie gespielt. Die dicke Frau antwortete mit furchtsamer und versöhnlicher Miene: »Herr Hauptmann, ich habe sie verliehen.« – »Holen Sie sie«, rief einer von Max' Freunden. – »Geht es nicht ohne die Zeitung?« fragte der Kellner. »Wir haben sie nicht mehr.« Die jungen Offiziere lachten und warfen Seitenblicke nach den Bürgersleuten. – »Zerrissen worden ist sie ...!« rief ein junger Mann aus der Stadt und blickte vor die Füße des jungen royalistischen Hauptmanns. – »Wer hat sich erlaubt, die Zeitung zu zerreißen?« fragte Max mit Donnerstimme und flammenden Augen und erhob sich mit verschränkten Armen. – »Und wir haben sogar daraufgespuckt«, antworteten die drei jungen Offiziere, sich ebenfalls erhebend und Max musternd. Max war fahl geworden. – »Sie haben die ganze Stadt beschimpft«, sagte er. – »Na, und ...?« fragte der jüngste Offizier. Mit einer Geschicklichkeit, einer Kühnheit und einer Geschwindigkeit, die die jungen Leute nicht voraussehen konnten, versetzte Max dem ersten Offizier vor ihm zwei Ohrfeigen und schrie ihn an: »Verstehen Sie Französisch?« Man ging hinaus und duellierte sich in der Allée de Frapesle, drei gegen drei. Potel und Renard hatten keinesfalls zugeben wollen, daß Maxence Gilet allein gegen die Offiziere antrat. Max tötete seinen Mann. Potel verwundete den seinen so schwer, daß der Unglückliche, ein Sohn vornehmer Eltern, am nächsten Tag im Hospital starb, wohin er geschafft worden war. Was den dritten anbelangt, so kam er mit einem Säbelhieb davon und verwundete seinerseits Hauptmann Renard, seinen Gegner. Das Bataillon zog in der Nacht weiter nach Bourges. Diese Angelegenheit, die im Berry viel Staub aufwirbelte, stempelte Maxence Gilet ein für allemal zum Helden.

Die Ritter vom goldenen Leichtsinn, sämtlich jung – der älteste war keine fünfundzwanzig Jahre alt – bewunderten Maxence. Einige von ihnen, die die Zimperlichkeit und Sittenstrenge ihrer Angehörigen in bezug auf Max durchaus nicht teilten, beneideten ihn um seine Stellung und fanden, er sei gut dran. Unter einem solchen Anführer vollbrachte der Orden Wunder. Vom Januar 1817 an verging keine Woche, ohne daß die Stadt durch einen neuen Streich in Aufregung versetzt worden wäre. Aus Ehrgefühl forderte Max von den Rittern die Erfüllung gewisser Bedingungen. Es wurden Statuten herausgegeben. Diese Teufelsbraten wurden behende wie Zöglinge von Amorós[92], kühn wie Raubvögel, geschickt in allen Körperübungen, stark und gewandt, richtige Missetäter. Sie vervollkommneten sich in der Kunst, auf die Dächer zu steigen, Häuser zu erklettern, zu springen, lautlos zu gehen, Kalk anzurühren und Türen zu vermauern. Sie besaßen ein ganzes Lager von Stricken, Leitern, Werkzeugen, Verkleidungen. Die Ritter vom goldenen Leichtsinn brachten es daher zu einer idealen Vollkommenheit in der Bosheit, wenn man so sagen darf, nicht allein in der Ausführung, sondern auch im Ersinnen ihrer Streiche. Es entwickelte sich bei ihnen schließlich jenes Genie des Bösen, an dem sich Panurge[93] so erfreute, das das Lachen herausfordert und dabei zugleich das Opfer so lächerlich macht, daß es nicht wagt, sich zu beklagen. Diese Söhne aus guten Familien hatten übrigens Helfershelfer in den Häusern, was ihnen ermöglichte, sich die zur Verübung ihrer Anschläge erforderlichen Auskünfte zu verschaffen.

Bei großer Kälte schleppten diese fleischgewordenen Teufel etwa einen Ofen aus einem Zimmer in den Hof und stopften ihn so voll Holz, daß das Feuer noch am nächsten Morgen brannte. Da erfuhr man dann in der Stadt, Herr Soundso (ein Geizhals!) habe versucht, seinen Hof zu heizen.

Zuweilen legten sie sich alle auf die Lauer in der Grand' Rue oder in der Rue Basse, den beiden Hauptverkehrsadern der Stadt, in die viele kleine Querstraßen münden. Jeder in einen Mauerwinkel an der Ecke einer dieser kleinen Straßen gekauert, den Kopf witternd vorgestreckt, schrien sie, während alles im ersten Schlafe lag, mit anscheinend erschreckter Stimme von Tür zu Tür, von einem Ende der Stadt zum anderen: »He, was ist denn los? Was gibt's?« Diese wiederholten Rufe weckten die Bürger, die in Hemd und Nachtmütze, eine Kerze in der Hand, zum Vorschein kamen, die drolligsten Gespräche führten und die komischsten Gesichter schnitten.

Da war ein armer, sehr alter Buchbinder, der an böse Geister glaubte. Wie fast alle Handwerker in der Provinz arbeitete er in einem kleinen, niedrigen Laden. Die als Teufel verkleideten Ritter drangen des Nachts in seine Werkstatt ein, sperrten ihn in seinen Abfallkasten und ließen ihn, gräßlich schreiend, zurück. Der arme Mann weckte seine Nachbarn, denen er von den Erscheinungen Luzifers erzählte, und es gelang den Nachbarn nicht, ihn eines Besseren zu belehren. Dieser Buchbinder wäre beinahe irrsinnig geworden.

Mitten in einem strengen Winter rissen die Ritter den Kamin im Arbeitszimmer des Steuereinnehmers ab und bauten ihn in einer einzigen Nacht vollkommen genauso wieder auf, ohne ein Geräusch zu machen, ohne die geringste Spur ihrer Arbeit zu hinterlassen. Sie hatten bloß im Inneren des Kamins etwas geändert, und zwar so, daß er die ganze Wohnung verräuchern mußte. Der Steuereinnehmer quälte sich zwei Monate lang herum, bevor er daraufkam, weshalb ihm sein Kamin, der doch so einen guten Zug hatte, mit dem er so zufrieden gewesen war, solche Streiche spielte, und er mußte ihn umbauen lassen.

Einmal steckten sie drei schwefelgetränkte Strohbündel und ölgetränktes Papier in den Kamin einer alten Betschwester, einer Freundin der Madame Hochon. Als die arme Alte, eine ruhige und freundliche Frau, am Morgen Feuer anmachte, glaubte sie einen Vulkan entzündet zu haben. Die Feuerwehr rückte an, die ganze Stadt lief herbei, und da sich unter den Feuerwehrleuten einige Ritter vom goldenen Leichtsinn befanden, überschwemmten sie jetzt das Haus der alten Frau, der sie nun Furcht vor einer Noyade[94] einjagten, nachdem sie sie erst mit dem Feuer erschreckt hatten. Sie wurde krank vor Entsetzen.

Wenn sie wollten, daß einer die ganze Nacht mit der Waffe in der Hand in tödlichen Ängsten verbringen sollte, schrieben sie ihm einen anonymen Brief, um ihm anzukündigen, man wolle ihn bestehlen; dann gingen sie einzeln an seiner Mauer oder an seinen Fenstern entlang und gaben einander Pfeifsignale.

Einer ihrer drolligsten Streiche, über den lange gelacht wurde und den man sich noch heute erzählt, war es, allen Erben einer alten, sehr geizigen Dame, die eine schöne Erbschaft hinterlassen mußte, die Nachricht von ihrem Tode zu schicken mit der Aufforderung, sich pünktlich zu der Stunde einzufinden, da ihr Nachlaß versiegelt werden sollte. Ungefähr achtzig von diesen Erben kamen aus Vatan, aus Saint-Florent, aus Vierzon und aus der Umgebung, alle in tiefer Trauer, aber recht gut gelaunt, viele mit ihren Frauen, die Witwen mit ihren Söhnen, die Kinder mit ihren Vätern, die einen in einer Kutsche, die anderen in einem Korbwägelchen, wieder andere in einem armseligen Karren. Man stelle sich die Auftritte zwischen der Magd der alten Dame und denen vor, die als erste eintrafen! Und die Besuche beim Notar ...! Es war wie ein richtiger Aufruhr in Issoudun.

Eines Tages fiel es dem Unterpräfekten endlich ein, daß dieser Zustand unerträglich sei, und zwar um so mehr, da es unmöglich war, zu ermitteln, wer sich diese Scherze erlaubte. Wohl fiel der Verdacht auf die jungen Leute; da jedoch die Nationalgarde in Issoudun nur dem Namen nach bestand, da es keine Garnison gab, da der Gendarmerieleutnant über nicht mehr als acht Gendarmen verfügte, da keine nächtlichen Streifen gemacht wurden, war es unmöglich, Beweise zu erbringen. Der Unterpräfekt wurde von den Rittern sofort auf die schwarze Liste gesetzt und zum Sündenbock erklärt. Dieser Beamte hatte die Gewohnheit, zwei frische Eier zum Frühstück zu essen. Er hielt Hühner auf seinem Hof und hatte es sich in den Kopf gesetzt, nicht nur frische Eier zu essen, sondern sie auch selber zu kochen. Seiner Meinung nach verstand es weder seine Frau noch die Magd noch sonst jemand, ein Ei richtig zu kochen; er sah auf seine Uhr und rühmte sich, es besser zu machen als irgend jemand. Seit zwei Jahren kochte er seine Eier mit dem Enderfolg, daß schließlich tausend Witze über ihn im Umlauf waren. Während eines Monats wurden jede Nacht die Eier seiner Hühner weggenommen und durch hartgekochte ersetzt. Der Unterpräfekt war ratlos und verlor dabei sein Latein und seinen Ruf als ›Eierpräfekt‹. Schließlich änderte er sein Frühstück. Indessen kam er nicht auf den Gedanken, die Ritter vom goldenen Leichtsinn zu verdächtigen, da die Sache allzu gut durchgeführt wurde. Max verfiel darauf, ihm jede Nacht die Ofenrohre mit einem derart stinkenden Öl einzufetten, daß es in seiner Wohnung nicht mehr auszuhalten war. Auch das war noch nicht genug. Als seine Frau eines Tages in die Kirche gehen wollte, fand sie ihren Schal mit einer zähen Masse zusammengeklebt, so daß sie ihn nicht mehr tragen konnte. Der Unterpräfekt suchte um Versetzung nach. Die Feigheit und Nachgiebigkeit dieses Beamten befestigten endgültig die drollige, geheime Herrschaft der Ritter vom goldenen Leichtsinn.

Ein Teil des Geländes zwischen der Rue des Minimes und der Place Misère war damals nach unten zu von der Rivière-Forcée und nach oben hin von der Place d'Armes bis zum Marché à la Poterie vom Stadtwall umsäumt. Auf diesem unregelmäßigen Viereck standen einige Häuser von jammervollem Aussehen, so eng aneinandergedrängt und von so engen Gäßchen durchzogen, daß nicht zwei Menschen nebeneinander gehen konnten. Diese Gegend der Stadt, eine Art Cour des Miracles[95], wurde von armen Leuten bewohnt und von solchen, die ein wenig einträgliches Gewerbe betrieben, und all das hauste in diesen elenden Löchern, in Häusern, die der Volksmund so anschaulich einäugig nennt. Sicherlich war dies von jeher ein verrufenes Viertel gewesen, ein Schlupfwinkel für Leute, die ein schlimmes Leben führten; denn eine seiner Straßen heißt die Rue du Bourreau, die Schindergasse. Es steht fest, daß der Henker fünf Jahrhunderte lang dort sein Haus mit der roten Tür hatte. Der Gehilfe des Henkers von Châteauroux wohnt noch heute dort, wenn man dem Gerede der Leute Glauben schenken darf; denn die Bürger verkehren natürlich nicht mit ihm. Nur die Weinbauern unterhalten Beziehungen mit diesem geheimnisvollen Wesen, das von seinen Vorgängern die Gabe geerbt hat, Brüche und Wunden zu heilen. Ehemals, als sich die Stadt noch das Ansehen einer Großstadt gab, hatten die Freudenmädchen dort ihren Sitz. Es gab Trödler, die Dinge feilboten, von denen man nicht glauben sollte, daß sie noch Käufer fanden, Altwarenhändler mit Auslagen voll stinkendem Plunder, kurzum, die ganze zweifelhafte Bevölkerung, die man an ähnlichen Stätten in fast allen Städten findet und wo immer ein oder zwei gerissene Kerle die Führung haben. An der Ecke eines dieser düsteren Gäßchen, auf der belebteren Seite dieses Viertels, gab es von 1815 bis 1823, vielleicht auch länger, ein Wirtshaus, das von einer Frau, Mutter Cognette genannt, geführt wurde. Das Haus, in dem sich die Schenke befand, war ziemlich gut gebaut, nämlich aus querlaufenden Streifen weißer Steine, die Zwischenräume mit Bruchstein und Mörtel ausgefüllt; es hatte ein Stockwerk und einen Speicher. Oberhalb der Tür glänzte der übliche, an Florentiner Bronze erinnernde große Fichtenzweig. Als spreche dieses Symbol nicht deutlich genug, wurde der Blick noch von dem schreienden Blau eines am Türrahmen angebrachten Schildes gefesselt, wo unterhalb der Worte ›Gutes Märzenbier‹ ein Soldat zu sehen war, wie er einer sehr dekolletierten Frau einen Schaumstrahl, der dabei einen wahren Brückenbogen beschrieb, aus seinem Krug in das Glas goß, das sie ihm hinhielt; das Ganze in Farben, bei denen Delacroix[96] in Ohnmacht gefallen wäre. Das Erdgeschoß bestand aus einem sehr großen Raum, der zugleich als Küche und Gastzimmer diente und an dessen Deckenbalken an Nägeln die zur Ausübung dieses Gewerbes erforderlichen Vorräte aufgehängt waren. Hinter dieser Stube führte eine leiterartige Treppe ins Obergeschoß; am Fuß dieser Treppe aber befand sich eine Tür, die in einen kleinen, langen Raum führte. Dieser Raum empfing sein bißchen Licht von einem jener Provinzhöfe, die an einen Kaminschacht erinnern, so eng, schwarz und hoch sind sie. In diesem kleinen Raum, der durch einen Anbau verdeckt und durch Mauern allen Blicken entzogen war, hielten die bösen Buben von Issoudun ihre Vollversammlungen ab. Man wußte allgemein, daß Vater Cognet an Markttagen die Leute vom Lande beherbergte; im geheimen jedoch war er Gastfreund und Herbergsvater der Ritter vom goldenen Leichtsinn. Dieser Vater Cognet, einst Stallknecht in einem reichen Hause, hatte schließlich die Cognette, eine ehemalige Köchin in einem ebenfalls guten Hause, geheiratet. Im Faubourg de Rome bleibt man wie in Italien und in Polen dabei, dem Namen des Mannes nach lateinischer Art die weibliche Endung zu geben, wenn man von seiner Frau spricht. Vater Cognet und seine Frau hatten ihre Ersparnisse zusammengelegt, um dieses Haus zu kaufen und dort eine Gastwirtschaft einzurichten. Die Cognette, eine hochgewachsene, mollige Frau von ungefähr vierzig Jahren mit einer Nase wie Roxelane[97], bräunlicher Hautfarbe, rabenschwarzem Haar, braunen, runden und lebhaften Augen, kluger und lachender Miene, wurde von Maxence Gilet auf Grund ihres Charakters und ihrer Kochkünste zur Leonarde[98] des Ordens auserkoren. Vater Cognet mochte sechsundfünfzig Jahre alt sein; er war von untersetzter Gestalt, seiner Frau ergeben, und nach einem andauernd von ihr wiederholten Scherzwort konnte er die Dinge nur von ihrer guten Seite sehen; er war nämlich einäugig. Sieben Jahre lang, von 1816 bis 1823, verrieten weder der Mann noch die Frau das geringste von dem, was nächtlicherweise bei ihnen geschah oder verabredet wurde, und jederzeit bewiesen sie allen Rittern die lebhafteste Zuneigung; sie waren ihnen bedingungslos ergeben. Vielleicht aber wird man diese Ergebenheit weniger hoch einschätzen, wenn man bedenkt, daß ihr Schweigen und ihre Zuneigung ganz ihrem Interesse entsprachen. Zu welcher Stunde der Nacht sich auch die Ritter bei der Cognette einfinden mochten und auf eine vereinbarte Art klopften, erhob sich Vater Cognet, durch dieses Zeichen verständigt, machte Feuer, zündete Kerzen an, öffnete die Tür, holte aus dem Keller den eigens für den Orden angeschafften Wein, und die Cognette bereitete ihnen ein köstliches Nachtessen, sei es nun vor oder nach den Unternehmungen, die am Vorabend oder am selben Tage beschlossen worden waren.

Während Madame Bridau von Orléans nach Issoudun unterwegs war, bereiteten die Ritter vom goldenen Leichtsinn einen ihrer besten Streiche vor. Ein alter Spanier, ein ehemaliger Kriegsgefangener, der bei Friedensschluß im Lande geblieben war und einen kleinen Getreidehandel trieb, kam beizeiten auf den Markt und ließ seinen leeren Karren beim Turm von Issoudun stehen. Maxence, der sich als erster bei dem für diese Nacht vereinbarten Treffpunkt, dem Turm nämlich, einstellte, hörte die geflüsterte Frage: »Was machen wir heute nacht?«

»Der Karren des alten Fario steht da«, erwiderte er. »Ich bin schon beinahe darüber gefallen. Den wollen wir zunächst einmal da auf den Turmhügel hinaufschaffen. Dann werden wir schon weitersehen.«

Als Richard Löwenherz den Turm von Issoudun erbaute, ließ er ihn, wie bereits erwähnt, auf den Ruinen der Basilika errichten, also dort, wo sich einst der römische Tempel und der keltische Dun[99] befanden. Diese Ruinen, von denen jede eine lange Reihe von Jahrhunderten verkörperte, bildeten einen ganzen Berg aus jenen Denkmälern dreier Zeitalter. Der Turm des Richard Löwenherz steht also auf dem Gipfel eines Kegels, dessen Abhang nach allen Seiten hin gleich steil ist und den man nur mühsam erklimmen kann. Um die ganze Art, wie dieser Turm errichtet ist, in wenigen Worten zu veranschaulichen, kann man ihn mit dem Obelisken von Luxor[100] auf seinem Sockel vergleichen. Der Hügel des Turmes von Issoudun, der damals noch so viele unbekannte archäologische Schätze barg, ist auf der der Stadt zugekehrten Seite achtzig Fuß hoch. Innerhalb einer Stunde wurde der Karren auseinandergenommen und Stück um Stück auf den Hügel und bis an den Fuß des Turmes hinaufgeschleppt. Das war eine Arbeit ähnlich der, die seinerzeit die Soldaten beim Transport der Artillerie über den Großen Sankt-Bernhard[101] zu bewältigen hatten. Sie bauten den Karren wieder zusammen und beseitigten alle Spuren der Arbeit so gründlich, daß es den Anschein hatte, als habe ihn der Teufel oder der Zauberstab einer

Fee dort hinaufbefördert. Nach dieser Großtat begaben sich die Ritter hungrig und durstig zur Cognette und saßen bald in der kleinen, niedrigen Stube um den Tisch herum. Sie lachten schon jetzt über das Gesicht, das Fario machen würde, wenn er gegen zehn Uhr seinen Karren suchte.

Selbstverständlich trieben die Ritter ihren Schabernack nicht jede Nacht. Das vereinte Genie eines Sganarelle[102], eines Mascarillo[103] und eines Scapin[104] hätte nicht hingereicht, um jährlich dreihundertsechzig Bubenstücke auszudenken. Zunächst waren die Umstände nicht immer günstig: einmal schien der Mond gar zu hell, oder der letzte Streich hatte die gesetzten Leute allzusehr aufgebracht; oder der oder jener verweigerte seine Mithilfe, wenn es sich um einen Verwandten handelte. Wenn aber die Spaßvögel auch nicht jede Nacht bei der Cognette zusammenkamen, so trafen sie einander doch während des Tages und gaben sich gemeinschaftlich den erlaubten Freuden hin, der Jagd oder im Herbst der Weinlese und dem Schlittschuhlauf im Winter. In dieser Vereinigung von zwanzig jungen Leuten der Stadt, die auf solche Weise gegen die Verschlafenheit dieses Gemeinwesens protestierten, gab es einige, die mit Max engere Freundschaft geschlossen hatten als die anderen, oder die ihn geradezu zu ihrem Abgott machten. Ein Charakter wie der seinige vermag sehr wohl die Jugend hinzureißen. So waren die beiden Enkel der Madame Hochon, François Hochon und Baruch Borniche, seine treuesten Anhänger. Diese beiden jungen Leute sahen Max beinahe als ihren Vetter an, weil sie die im Ort herrschende Meinung über seine uneheliche Verwandtschaft mit den Lousteaus gelten ließen. Max lieh diesen beiden Burschen übrigens großmütig für ihre Vergnügungen das Geld, das ihnen ihr Großvater Hochon verweigerte. Er nahm sie mit auf die Jagd, er erzog sie; auf alle Fälle aber hatte er einen viel größeren Einfluß auf sie als ihre Familie. Da beide Waisen waren, unterstanden sie, obgleich volljährig, weiterhin der Vormundschaft ihres Großvaters Hochon und zwar infolge von Umständen, die wir erklären werden, sobald dieser vielbesprochene Monsieur Hochon in Erscheinung tritt.

Augenblicklich saßen François und Baruch (wir wollen sie der größeren Deutlichkeit halber bei ihren Vornamen nennen) einer zur Rechten, der andere zur Linken von Max, mitten an dem vom schwelenden Licht von vier Kerzen, deren acht auf ein Pfund gehen, ziemlich schlecht erleuchteten Tisch. Man hatte zwölf bis fünfzehn Flaschen verschiedener Weine getrunken, denn es waren nur elf Ritter anwesend. Baruch, dessen Vorname deutlich auf einen Rest von Calvinismus in Issoudun hinweist, sagte zu Max, als der Wein bereits allen die Zunge gelöst hatte: »Dir droht Gefahr an einer empfindlichen Stelle . . .«

»Was willst du damit sagen?« fragte Max.

»Nun, meine Großmutter hat von Madame Bridau, ihrem Patenkind, einen Brief erhalten, worin sie ihr ihre und ihres Sohnes Ankunft ankündigt. Meine Großmutter hat gestern zwei Zimmer für sie herrichten lassen.«

»Und was geht mich das an?« meinte Max, ergriff sein Glas, leerte es in einem Zuge und stellte es mit einer drolligen Geste wieder auf den Tisch.

Max war damals vierunddreißig Jahre alt. Eine der in seiner Nähe stehenden Kerzen warf ihren Schein auf sein kriegerisches Gesicht, beleuchtete seine Stirn und brachte seine Haut, seine Glutaugen, sein schwarzes, leicht gekräuseltes, glänzendes Haar wunderbar zur Geltung. Über die Stirn und an den Schläfen wölbte sich dieses Haar in fünf deutlich sich abzeichnenden schwarzen Zacken, die unsere Vorfahren als die fünfzackige Krone zu bezeichnen pflegten. Trotz dieses scharfen Gegensatzes von weiß und schwarz hatte Max ein sehr sanftes Gesicht, von einem Schnitt, ähnlich dem, wie ihn Raffael dem Antlitz seiner Madonnen gibt. Das alles verlieh ihm einen großen Reiz, ebenso wie der gutgeformte Mund, um dessen Lippen ein anmutiges Lächeln spielte, das Max schließlich zur Gewohnheit geworden war. Die gesunde Gesichtsfarbe, die die Bewohner des Berry auszeichnet, verstärkte bei ihm noch den Ausdruck guter Laune. Wenn er herzlich lachte, zeigte er zweiunddreißig Zähne, um die ihn jede Modedame hätte beneiden können. Bei einer Größe von fünf Fuß vier Zoll war Max außergewöhnlich gut gebaut, weder dick noch mager. Seine gepflegten Hände waren weiß und schön; seine Füße dagegen erinnerten an das Faubourg de Rome und an den Infanteristen der Kaiserzeit. Er hätte bestimmt einen prachtvollen Divisionsgeneral abgegeben; seine Schultern hätten die Marschallswürde sehr gut zu tragen gewußt, und seine Brust war breit genug für alle Auszeichnungen Europas. Seine Bewegungen zeugten von Intelligenz, und in seiner angeborenen Anmut, wie sie fast allen Kindern der Liebe eigen ist, kam der Adel seines wirklichen Vaters zum Vorschein.

»Ja, weißt du denn nicht, Max«, rief ihm der Sohn eines ehemaligen Stabsarztes namens Goddet, des besten Arztes der Stadt, vom anderen Ende des Tisches zu, »daß das Patenkind der Madame Hochon Rougets Schwester ist? Wenn sie mit ihrem Sohn, dem Maler, kommt, so tut sie das wohl, um die Erbschaft des Alten wiederzukriegen, und dann kannst du sehen, wo du bleibst!«

Max runzelte die Brauen, dann ließ er seinen Blick rund um den Tisch über alle Gesichter gleiten, um zu erforschen, welche Wirkung diese Worte auf die Gemüter hervorgebracht hatten und antwortete: »Was geht mich das an?«

»Aber«, nahm François das Wort, »es scheint mir doch, wenn der alte Rouget sein Testament widerrufen sollte, falls er eines zugunsten der Fischerin im Trüben gemacht haben sollte . . .«

Hier unterbrach Max seinen Spießgesellen mit den Worten: »Als ich hierhergekommen bin und gehört habe, was man mit eurem Namen seit dreißig Jahren für Witze macht[105], habe ich dem, der von dir so sprach, das Maul gestopft, und das so gründlich, daß seither niemand in Issoudun diesen Blödsinn mehr gesagt hat, wenigstens nicht in meiner Gegenwart. Das ist also dein Dank dafür; du gebrauchst einen verächtlichen Spitznamen, um eine Frau zu bezeichnen, von der man weiß, daß sie mir nahesteht!«

Noch nie hatte Max so viel über seine Beziehungen zu der Person gesprochen, der François soeben den Spitznamen gegeben hatte, unter dem sie in Issoudun bekannt war. Der ehemalige Gefangene von den Pontons hatte Erfahrung genug, der Major der Gardegrenadiere wußte gut genug, was Ehre ist, um zu erraten, woher die Geringschätzung der Stadt kam. Er hatte deshalb auch nie geduldet, daß irgend jemand auch nur ein Wort über Mademoiselle Flore Brazier zu ihm sagte, diese Magd und Geliebte von Jean-Jacques Rouget, die von der ehrenwerten Madame Hochon so energisch als »dies Geschmeiß« bezeichnet wurde. Übrigens wußte jedermann, daß Max äußerst empfindlich war, und man vermied es, mit ihm darüber zu sprechen, wenn er nicht selber davon anfing, und er hatte niemals angefangen. Kurz, es war zu gefährlich, seinen Zorn herauszufordern oder ihn zu ärgern, als daß seine besten Freunde über die Fischerin im Trüben ihre Witze gemacht hätten. Als man in Gegenwart von Major Potel und Hauptmann Renard, den beiden Offizieren, mit denen er auf kameradschaftlichem Fuß verkehrte, von seinem Verhältnis zu diesem Mädchen sprach, hatte Potel geantwortet: »Wenn er der natürliche Bruder von Jean-Jacques Rouget ist, warum sollte er da nicht bei ihm wohnen?« – »Übrigens«, hatte Hauptmann Renard hinzugefügt, »ist dies Mädchen ein verdammt leckerer Bissen, ein wahrer Königshappen; und wenn er sie liebte, was wäre da schon dabei ...? Liebt vielleicht der junge Goddet nicht Madame Fichet, um sich durch diese schwere Fron die Tochter zu verdienen?«

Nach dem eben erhaltenen, verdienten Verweis wurde François ganz verwirrt, und er wurde noch verwirrter, als Max sanft zu ihm sagte:

»Sprich weiter!«

»Ich werde mich hüten«, rief François.

»Du regst dich zu Unrecht auf, Max«, rief der junge Goddet. »Ist es nicht abgemacht, daß man bei der Cognette einander alles sagen darf? Waren wir nicht alle Todfeinde eines jeden, der sich außerhalb dieser vier Wände dessen erinnern wollte, was hier gesagt, gedacht und getan wird? Die ganze Stadt nennt Flore Brazier nicht anders als mit ihrem Spitznamen, also die Fischerin im Trüben. Wenn François dieser Name aus Versehen entschlüpft ist, ist das dann ein Verbrechen gegen den Orden?«

»Nein«, sagte Max, »aber gegen unsere persönliche Freundschaft. Ich habe es mir überlegt und mich erinnert, daß wir hier im Orden vom goldenen Leichtsinn sind, und darum habe ich gesagt: sprich weiter.«

Tiefes Schweigen trat ein. Diese Pause war so peinlich, daß Max ausrief: »Ich werde für ihn weitersprechen! *(Großes Aufsehen)* Für euch alle ... *(Staunen)*, und euch sagen, was ihr denkt! *(Gewaltiges Aufsehen)* Ihr denkt, daß Flore, die Fischerin im Trüben, die Brazier, die Haushälterin von Papa Rouget,

– denn man nennt ihn Papa Rouget, diesen alten Junggesellen, der niemals Kinder haben wird –, ihr denkt, sage ich, daß diese Frau seit meiner Rückkehr nach Issoudun für alle meine Bedürfnisse sorgt. Wenn ich jeden Monat dreihundert Francs aus dem Fenster werfen, euch wie heute abend bewirten und euch allen Geld borgen kann, nehme ich dann nicht etwa die Taler aus der Tasche der Mademoiselle Brazier? Ja, das stimmt! *(Ungeheures Aufsehen)* Donnerwetter noch mal; ja, tausendmal ja ... Ja, Mademoiselle Brazier hat es auf die Erbschaft abgesehen ...«

»Sie hat es sich wohl auch verdient; erst mit dem Vater, dann mit dem Sohn«, meinte der junge Goddet in seinem Winkel.

Max lächelte über diesen Ausspruch des jungen Goddet und fuhr dann fort: »Ihr glaubt, daß ich den Plan gefaßt habe, Flore nach Papa Rougets Tod zu heiraten, und daß demnach diese Schwester und ihr Sohn, von denen ich zum erstenmal etwas höre, meine Zukunft gefährden könnten?«

»Stimmt!« rief François.

»So denken alle, die hier um den Tisch herumsitzen«, bestätigte Baruch.

»Nun, ihr könnt beruhigt sein, Freunde«, antwortete Max. »Ein Mann, der gewarnt ist, paßt auf wie zwei! Und nun wende ich mich an die Ritter vom goldenen Leichtsinn. Falls ich den Orden brauchen sollte, um diese Pariser wieder heimzubefördern, wird man mir dann behilflich sein ...? – Oh, natürlich innerhalb der Grenzen, die wir uns für unsere Possen gesteckt haben«, setzte er rasch hinzu, da er eine allgemeine Unruhe bemerkte. »Glaubt ihr etwa, daß ich sie umbringen, vielleicht gar vergiften will ...? So dumm bin ich Gott sei Dank nicht. Und schließlich und endlich, wenn die Bridaus Erfolg haben sollten, wenn Flore nur das hätte, was sie eben hat, so würde ich mich damit begnügen, hört ihr? Ich habe sie lieb genug, um sie Mademoiselle Fichet vorzuziehen, falls Mademoiselle Fichet mich haben wollte.«

Mademoiselle Fichet war die reichste Erbin von Issoudun, und die Hoffnung auf die Hand der Tochter spielte eine große Rolle bei der Leidenschaft des jungen Goddet für die Mutter. Max' Offenheit fand solchen Anklang, daß sich die elf Ritter erhoben wie ein Mann.

»Du bist ein wackerer Kerl, Max!«

»Gut gesprochen, Max, wir wollen die Ritter vom goldenen Verscheuchsinn sein.«

»Hundekot auf die Bridaus!«

»Wir werden ihnen schon heimleuchten, diesen Bridaus!«[106]

»Schließlich ist es doch schon öfter vorgekommen, daß große Herren[107] Schäferinnen geheiratet haben!«

»Zum Teufel auch, Papa Lousteau hat ja auch Madame Rouget geliebt; ist es schließlich nicht weniger schlimm, eine Haushälterin zu lieben, die frei und ohne alle Bindungen ist?«

»Und wenn der selige Rouget so ein bißchen der Vater von Max ist, dann bleibt es ja in der Familie.«

»Die Meinungen sind frei.«

»Max soll leben!«

»Nieder mit den Scheinheiligen!«

»Trinken wir auf die Gesundheit der schönen Flore!«

Solcherart waren die elf Antworten, Zurufe und Trinksprüche der elf Ritter vom goldenen Leichtsinn, die im Sinne ihrer außerordentlich lockeren Moral, wie wir sagen wollen, auch dazu berechtigt schienen. Man sieht, welches Interesse Max daran hatte, sich zum Großmeister des Ordens vom goldenen Leichtsinn zu machen. Indem er Streiche ausheckte, indem er den jungen Leuten aus den besten Familien Gefälligkeiten erwies und ihnen Geld borgte, wollte er sich Stützen schaffen für den Tag, da er wieder zu Ehren zu kommen gedachte. Er stand mit liebenswürdiger Miene auf, erhob sein Glas Bordeaux, und alles wartete auf seine Ansprache:

»Aus lauter Bosheit wünsche ich euch allen eine Frau, die der schönen Flore gleichkommt! Was den Überfall der Verwandten betrifft, so habe ich vorläufig keinerlei Befürchtungen; später werden wir weitersehen ...«

»Vergessen wir Farios Karren nicht ...!«

»Nun, der ist in Sicherheit!« sagte Goddet.

»Oh, diesen Streich nehme ich auf mich«, rief Max. »Seid frühzeitig auf dem Markt, und kommt es mir melden, wenn der gute Mann seinen Karren sucht.«

Es schlug halb vier Uhr morgens, und die Ritter brachen leise auf, um sich nach Hause zu begeben, eng an die Mauern geschmiegt und völlig geräuschlos in ihren Filzpantoffeln. Max ging langsam der im oberen Teil der Stadt, zwischen der Porte Saint-Jean und der Porte Vilatte gelegenen Place Saint-Jean zu, dem Viertel der reichen Bürger. Major Gilet hatte sich nichts anmerken lassen; doch diese Nachricht hatte ihn ins Herz getroffen. Seit seinem Aufenthalt auf oder unter Deck der Gefangenenschiffe hatte er es in der Verstellungskunst nicht minder weit gebracht als in der Verderbtheit. Zunächst einmal gab es gar keinen Zweifel darüber, daß die vierzigtausend Francs Einkommen aus Grundstücken, die Papa Rouget besaß, Gilets große Leidenschaft für Flore Brazier ausmachten. Nach seinem ganzen Auftreten kann man sich leicht einen Begriff davon machen, wie die Fischerin im Trüben es verstanden hatte, ihm über die finanzielle Sicherheit, die sie der Zärtlichkeit des alten Junggesellen zu danken hatte, Zuversicht einzuflößen. Nichtsdestoweniger war die Ankunft der gesetzlichen Erben danach angetan, sein Vertrauen in Flores Macht zu erschüttern. Die seit siebzehn Jahren gemachten Ersparnisse waren noch auf den Namen Rouget angelegt. Wenn das Testament, von dem Flore behauptete, daß es seit langem zu ihren Gunsten abgefaßt worden sei, für ungültig erklärt wurde, konnten doch wenigstens die Ersparnisse gerettet werden, indem man sie auf den Namen der Mademoiselle Brazier überschreiben ließ.

»Dies dumme Ding hat mir die ganzen sieben Jahre lang kein Wort von den Neffen und von der Schwester gesagt!« rief Max in lautem Selbstgespräch, als er aus der Rue Marmouse in die Rue de l'Avenier einbog. »Siebenhundertfünfzigtausend Francs, die bei zehn oder zwölf verschiedenen Notaren in Bourges, Vierzon und Châteauroux angelegt sind, können im Laufe einer Woche weder flüssiggemacht noch in Staatspapiere umgewandelt werden, und schon gar nicht, ohne daß in solch einem Klatschnest jemand was davon erfährt. Vor allem muß die Verwandtschaft aus dem Wege geräumt werden; sobald wir die los sind, müssen wir schnellstens dies Vermögen flüssigmachen. Nun, ich werde mir die Sache durch den Kopf gehen lassen ...« Max war müde. Mit Hilfe seines Hauptschlüssels ging er in das Haus des Papa Rouget und legte sich zu Bett, ohne Geräusch zu machen. Morgen werde ich einen klaren Kopf haben, dachte er.

Es ist jetzt erforderlich, zu berichten, wie die Sultanin von der Place Saint-Jean zu dem Beinamen ›die Fischerin im Trüben‹ gekommen war und wie sie sich im Hause Rouget festgesetzt hatte.

Mit fortschreitendem Alter erkannte der alte Arzt, der Vater von Jean-Jacques und von Madame Bridau, welch unfähiger, nichtiger Mensch sein Sohn war. Also begann er ihn ziemlich streng zu halten, damit ihm eine gewisse eingepaukte Festigkeit die mangelnde Intelligenz ersetze. Ohne es zu ahnen, bereitete er ihn jedoch auf diese Weise auch darauf vor, der ersten besten Tyrannei zu erliegen, die es verstehen würde, ihn unter ihr Joch zu beugen. Als er eines Tages von seinen Krankenbesuchen heimkehrte, erblickte der boshafte und Lastern ergebene Greis in der Avenue de Tivoli am Rande der Wiesen ein entzückendes kleines Mädchen. Beim Geklapper der Pferdehufe richtete sich das Kind aus einem jener Wassergräben auf, die sich, von der oberen Stadt gesehen, ausnehmen wie silberne Bänder auf einem grünen Kleide. Die Kleine, die an eine Najade erinnerte, zeigte plötzlich dem Doktor einen der entzückendsten Madonnenköpfe, den nur je ein Maler hat erträumen können. Der alte Rouget, der doch die ganze Gegend kannte, kannte dieses Wunder an Schönheit nicht. Das beinahe nackte Mädchen trug einen armseligen, kurzen, löcherigen und ausgefransten, schwarzbraun und weiß gestreiften Rock aus billigem Wollstoff. Ein Blatt dicken Papiers, mit einem Weidenreis festgehalten, diente ihr als Kopfbedeckung. Unterhalb dieses Papiers, das mit Strichen und großen O vollgekritzelt war, wodurch es leicht als ein Blatt aus einem Schulheft zu erkennen war, sah man das schönste Blondhaar, das sich eine Evastochter nur wünschen kann und das festgebunden und mit einem Kamm aufgesteckt war, wie man ihn zum Kämmen der Pferdeschweife benützt. Ihre schöne, sonnverbrannte Brust und ihr notdürftig mit einem zerlumpten Halstuch, das vor Zeiten einmal Halbseide gewesen sein mochte, bedeckter Hals ließen unter der dunklen Tönung weiße Stellen hindurchschimmern. Der hochgeschürzte, zwischen den Beinen nach vorn gezogene und mit einer großen Sicherheitsnadel festgesteckte Rock sah aus wie eine Schwimmhose. Die zarten Füße und Beine, die man in dem klaren Wasser sehen konnte, wären ein würdiger Gegenstand für die mittelalterliche Bildhauerkunst gewesen. Dieser allerliebste, dem Sonnenbrand ausgesetzte Körper hatte eine rötliche Tönung, die nicht ohne Reiz war. Hals und Brust hätten verdient, in Samt und Seide gehüllt zu werden. Und diese Nymphe hatte langbewimperte, blaue Augen, vor deren Blick ein Maler oder ein Dichter in die Knie gesunken wäre. Als ziemlich guter Anatom erkannte der Arzt den wundervollen Wuchs und begriff, was alles der Kunst verlorenging, wenn dieses reizende Modell durch Feldarbeit zuschanden würde.

»Woher bist du, Kleines? Ich habe dich niemals gesehen«, begann der alte, damals siebzigjährige Arzt.

Diese Szene spielte sich im September des Jahres 1799 ab.

»Aus Vatan«, antwortete das Mädchen.

Ein Mann von wenig vertrauenerweckendem Aussehen, der zweihundert Schritte von da im Oberlauf des Wassergrabens stand, hob den Kopf, als er die fremde Männerstimme hörte.

»Na, was ist mit dir, Flore?« schrie er. »Du schwätzest, anstatt das Wasser aufzuwühlen, und die Ware läuft davon.«

»Und wozu kommst du aus Vatan hierher?« fragte der Arzt, ohne sich um den Zuruf zu bekümmern.

»Ich mache das Wasser trübe und fange Krebse für meinen Onkel Brazier da drüben.«

Im Berry pflegt man beim Krebsfang das Wasser der Bäche zu trüben, indem man es mittels eines dicken Astes, dessen Zweige so gewachsen sein müssen, daß er ungefähr wie ein Tennisschläger aussieht, aufrührt. Die durch diesen Vorgang, den sie nicht verstehen können, erschreckten Krebse, schwimmen nun eiligst stromauf, und in ihrer Aufregung stürzen sie sich in die Netze, die der Krebsfänger in entsprechender Entfernung ausgelegt hat. Flore Brazier hielt ihren Zweig mit der natürlichen Anmut der Unschuld in der Hand.

»Aber hat denn dein Onkel die Erlaubnis zum Krebsfang?«

»Leben wir etwa nicht mehr unter der einen und unteilbaren Republik?« schrie der Onkel Brazier von seinem Platz aus.

»Wir leben unter dem Direktorium«, erwiderte der Arzt, und mir ist kein Gesetz bekannt, das einem Manne aus Vatan gestattet, in Issoudun zu fischen. – Hast du noch deine Mutter, Kleine?«

»Nein, und mein Vater ist im Hospiz in Bourges; durch einen Sonnenstich, den er auf dem Felde bekommen hat, ist er wahnsinnig geworden ...«

»Wieviel verdienst du?«

»Fünf Sous täglich während der Fangzeit; ich gehe bis in die Gegend von Braisne, um Krebse zu fangen. Zur Erntezeit gehe ich Ähren lesen, und im Winter spinne ich.«

»Du mußt etwa zwölf Jahre alt sein?«

»Ja ...«

»Willst du mit mir kommen? Du sollst gut zu essen bekommen, gut gekleidet sein und schöne Schuhe haben.«

»Nein, nein, meine Nichte muß bei mir bleiben, ich bin vor Gott und den Menschen für sie verantwortlich«, widersprach Onkel Brazier, der näher gekommen war. »Ich bin nämlich ihr Vormund, müssen Sie wissen!«

Der Arzt unterdrückte ein Lächeln und bewahrte seine ernste Miene, was sicher jedem anderen bei Onkel Braziers Anblick schwergefallen wäre. Der Vormund hatte auf dem Kopf einen von Regen und Sonne verschlissenen Bauernhut, der ausgefranst war wie ein Kohlblatt, auf dem mehrere Schnecken gehaust haben, und mit weißem Zwirn notdürftig zusammengeflickt. Unter dem Hut zeichnete sich ein dunkles, hohlwangiges Gesicht ab, in dem Augen, Nase und Mund vier schwarze Punkte bildeten. Seine elende Jacke schien aus einem Teppichfetzen gemacht zu sein, und seine Hosen waren aus Scheuerlappenstoff.

»Ich bin der Doktor Rouget«, sagte der Arzt, »und da du der Vormund dieses Mädchens bist, bring sie getrost zu mir. Ich wohne an der Place Saint-Jean. Du wirst nicht schlecht dabei abschneiden und sie auch nicht.« Und ohne eine Antwort abzuwarten, überzeugt, daß Onkel Brazier mit der schönen Fischerin im Trüben bei ihm erscheinen werde, gab er seinem Pferd die Sporen und ritt eiligst nach Issoudun. Tatsächlich, als er sich eben zu Tisch setzen wollte, meldete ihm seine Köchin den Bürger und die Bürgerin Brazier.

»Setzt euch«, forderte der Arzt Onkel und Nichte auf.

Flore und ihr Vormund, auch jetzt noch beide barfuß, starrten mit stumpfem Blick das Zimmer des Doktors an, was nicht zu verwundern war.

Das Haus, das Rouget von den Descoings geerbt hatte, nimmt die Mitte der Place Saint-Jean ein, eines sehr schmalen und langen, mit einigen kümmerlichen Linden bepflanzten Rechtecks. An dieser Stelle sind die Häuser von schönerer Bauart als irgendwo sonst in der Stadt, und das der Descoings ist eines der schönsten. Dies Haus, das dem Hochons gegenüberliegt, hat im ersten Stockwerk drei Fenster auf der Frontseite und im Erdgeschoß ein Einfahrtstor, durch das man in einen Hof gelangt, an dessen anderer Seite sich ein Garten erstreckt. Unter dem Gewölbe der Einfahrt befindet sich die Tür eines großen Zimmers, das zwei Fenster nach der Straße hat. Die Küche liegt hinter diesem Raum, aber durch eine Treppe von ihm getrennt, die nach dem ersten Stock und den darüberliegenden Mansarden führt. Hinter der Küche liegen in einem zurückspringenden Winkel ein Holzschuppen, ein zweiter Schuppen, wo Wäsche gewaschen wurde, ein Stall für zwei Pferde und ein Wagenschuppen; darüber sind kleinere Speicherkammern für Hafer und Stroh, und auch der Diener des Doktors schlief damals dort. Das große, von dem kleinen Bauernmädchen und ihrem Onkel so sehr angestaunte Zimmer wies eine graugestrichene Holztäfelung mit kunstvoller Schnitzerei aus der Zeit Ludwigs XV. auf, sowie einen schönen Marmorkamin, über dem ein großer, bis an die Decke reichender Spiegel mit geschnitztem, vergoldetem Rahmen Flores Bild zurückwarf. Auf der Wandverkleidung sah man in entsprechenden Abständen einige Gemälde, Beutestücke aus den Abteien von Déols, Issoudun, Saint-Gildas, La Prée, Le Chézal-Bénoît, Saint-Sulpice und aus den Klöstern von Bourges und Issoudun, die die Freigebigkeit unserer Könige und der Gläubigen mit kostbaren Gaben und den schönsten Werken der Renaissance bereichert hatte. Unter den von den Descoings bewahrten und auf die Rougets übergegangenen Gemälden fand sich darum auch eine Heilige Familie von Albani[108], ein Heiliger Hieronymus von Domenichino[109], ein Christuskopf von Giovanni Bellini[110], eine Madonna von Leonardo da Vinci[111], eine Kreuztragung von Tizian[112], ein Geschenk des Marquis de Balabre, desselben, der einer Belagerung standgehalten hatte und unter Ludwig XIII. enthauptet wurde, ein Lazarus von Paolo Veronese[113], eine Hochzeit Marias von dem genuesischen Priester[114], zwei Kirchengemälde von Rubens[115] und eine Kopie eines Gemäldes von Perugino[116], von ihm selbst oder von Raffael gemalt, endlich zwei Correggios[117] und ein Andrea del Sarto[118]. Die Descoings hatten diese Schätze aus dreihundert Kirchenbildern herausgesucht, ohne deren Wert zu kennen und nur von dem Gesichtspunkt geleitet, die besterhaltenen auszuwählen. Mehrere hatten nicht nur prachtvolle Rahmen, sondern waren sogar verglast. Wenn die Descoings diese Bilder aufbewahrt hatten, so war es lediglich der Pracht der Rahmen wegen geschehen und des Wertes, auf den ihnen die ›Scheiben‹ hinzudeuten schienen. Die Einrichtung dieses Zimmers zeigte also deutlich den heute so geschätzten Luxus, der jedoch damals in Issoudun nicht gewürdigt wurde. Die Uhr, die auf dem Kamin zwischen zwei wundervollen sechsarmigen Silberleuchtern stand, ließ in ihrer an das Zimmer eines Abtes erinnernden Pracht auf Boule[119] schließen. Die Lehnstühle aus geschnitztem Eichenholz, ganz mit schweren Handstickereien bezogen, der Arbeit einiger frommer Frauen von hohem Rang, würden heute sehr hoch bewertet werden, denn sie waren alle mit Kronen und Wappen geziert. Zwischen den beiden Fenstern sah man ein reichgearbeitetes, zweifellos aus einem Schloß stammendes Pfeilertischchen, auf dessen Marmorplatten ein sehr großes chinesisches Porzellangefäß stand, worin der Doktor seinen Tabak verwahrte. Weder der Doktor noch sein Sohn, noch die Köchin, noch der Diener gingen sorgsam mit diesen Reichtümern um. Man spuckte auf die köstlichen Fliesen vor dem Kamin, dessen vergoldete Umrandung mit Grünspan befleckt war. Ein schöner Kronleuchter, halb aus Kristall, halb aus Porzellanblüten, war ebenso wie auch die Decke, von der er herabhing, mit schwarzen Punkten übersät, ein Zeichen, daß die Fliegen hier jede Freiheit genossen. An den Fenstern hingen in reichen Falten Vorhänge aus einem brokatähnlichen Stoff, die wohl vom Bett eines Abbés mit reicher Pfründe geraubt waren. Links neben der Tür stand eine Truhe im Werte von mehreren tausend Francs, die als Büfett diente.

»Los, Fanchette«, sagte der Arzt zu seiner Köchin, »zwei Gläser! Und bringen Sie uns einen guten Tropfen!«

Fanchette war eine beleibte Magd aus dem Berry, die vor der Cognette als beste Köchin von ganz Issoudun gegolten hatte. Sie kam mit einer Behendigkeit herbeigelaufen, die auf den Despotismus des Arztes, aber auch auf einige Neugier schließen ließ.

»Wieviel gilt ein Morgen Weinberg in deiner Gegend?« sagte der Arzt, während er dem Onkel Brazier einschenkte.

»Hundert Silbertaler.«

»Gut, laß mir deine Nichte als Hausmädchen hier, sie bekommt hundert Taler Lohn, und du in deiner Eigenschaft als Vormund bekommst das Geld ausgezahlt ...«

»Alle Jahr ...?« fragte Brazier und machte große Augen.

»Das überlasse ich deinem Gewissen«, erwiderte der Doktor. »Sie ist Waise, bis zu ihrem achtzehnten Jahr hat Flore mit dem Gelde nichts zu tun.«

»Sie geht ins zwölfte Jahr, das wären also sechs Morgen Weinland«, meinte der Onkel. »Aber sie ist sehr lieb, sanft wie ein Lamm, gesund und stark, flink und gehorsam ... Das arme Geschöpf! Sie war die Augenweide meines armen Bruders!«

»Und ich zahle ein Jahr voraus«, kam ihm der Arzt entgegen.

»Ach ja, wissen Sie was?« meinte darauf der Onkel. »Zahlen Sie zwei Jahre voraus, und ich lasse sie Ihnen; sie wird es bei Ihnen besser haben als bei uns, wo meine Frau sie schlägt; die kann sie nämlich nicht leiden. Ich allein beschütz dies liebe Geschöpf, das unschuldig ist wie 'n neugeborenes Kind.«

Als der Arzt diesen letzten Satz hörte, und da er von dem Worte ›unschuldig‹ sichtlich beeindruckt war, machte er dem Onkel Brazier ein Zeichen und ging mit ihm auf den Hof und von da in den Garten. Die Fischerin im Trüben blieb inzwischen vor dem gedeckten Tisch zurück, zwischen Fanchette und Jean-Jacques, die sie ausfragten und denen sie arglos ihre Begegnung mit dem Arzt erzählte.

»Na, mein kleiner Liebling, dann leb wohl!« sagte Onkel Brazier, als er zurückkam, und küßte Flore auf die Stirn. »Du kannst wohl sagen, daß ich dein Glück begründet hab', weil ich dich bei diesem wackeren, würdigen Vater der Armen untergebracht hab'. Du mußt ihm gehorchen wie mir. Sei recht brav, recht nett und tue alles, was er will!«

»Machen Sie das Zimmer über dem meinen zurecht«, wies der Arzt Fanchette an. »Die kleine Flore, die ihren Namen wohl verdient, wird von heute an dort schlafen. Morgen werden wir den Schuhmacher und die Schneiderin für sie kommen lassen. Decken Sie gleich für sie; sie wird mit uns essen.«

Am Abend war in ganz Issoudun von nichts anderem die Rede als von dem Einzug einer kleinen Fischerin im Trüben im Hause des Doktors Rouget, und diesen Beinamen behielt Mademoiselle Brazier, während und nach ihrer guten Zeit.

Der Arzt wollte wohl im kleinen für Flore Brazier das tun, was Ludwig XV. für Mademoiselle de Romans[120] im großen getan hatte, aber er fing zu spät damit an; Ludwig war damals noch ziemlich jung gewesen, der Doktor dagegen stand schon in der Blüte seines Alters. Von ihrem zwölften bis zu ihrem vierzehnten Jahre lernte die reizende Fischerin im Trüben ein ungetrübtes Glück kennen. Gut gekleidet und besser herausgeputzt als das reichste Mädchen von Issoudun, trug sie eine goldene Uhr und Schmuck, den ihr der Doktor schenkte, um sie zum Lernen anzuspornen; sie bekam nämlich einen Lehrer, dem es oblag, sie im Lesen, Schreiben und Rechnen zu unterweisen. Aber das fast tierische Leben der Bauern hatte Flore einen derartigen Abscheu vor dem bitteren Kelch der Wissenschaft eingeimpft, daß der Doktor es bei dieser Erziehung bewenden ließ. Seine Absichten in bezug auf dieses Mädchen, dem er Schliff und Bildung zu geben trachtete und das mit einer Sorgfalt, die um so rührender war, als man ihn doch jeder Zärtlichkeit für unfähig hielt, wurden von der klatschsüchtigen Bürgerschaft der Stadt verschieden ausgelegt, deren Geschwätz oft verhängnisvolle Irrtümer als unumstößliche Wahrheiten aufstellte, wie zum Beispiel betreffs der Geburt von Max und Agathe. In den kleinen Städten hat es die Öffentlichkeit nicht leicht, aus den tausend Vermutungen, den einander widersprechenden Kommentaren und allen den verschiedenen Auslegungen, die ein Ereignis dort hervorruft, die Wahrheit herauszufinden. Wie ehedem die Politiker der Petite-Provence in den Tuilerien[121], wollen die Leute in der Provinz alles erklären und kommen auch am Ende auf alles. Jeder sieht jedoch von der Angelegenheit nur die Seite, die ihm am besten zusagt; für ihn liegt darin die Wahrheit, er beweist sie und hält seine Auffassung für die einzig richtige. Obwohl in den kleinen Städten jeder das Leben des anderen genau kennt und ihm nachspioniert, wird also die Wahrheit oft verdunkelt, und um sie zu erkennen, bedarf es entweder der Zeit, womit diese Wahrheit bedeutungslos wird, oder der Unparteilichkeit des Historikers oder des überlegenen Menschen, die beide auf einer höheren Warte stehen.

»Was sollte wohl dieser alte Affe in seinem Alter mit einem kleinen fünfzehnjährigen Mädchen anfangen?« fragte man sich zwei Jahre nach der Ankunft der Krebsfängerin.

»Sie haben recht«, antwortete man, »die Zeit seiner galanten Abenteuer ist längst vorbei.«

»Mein Lieber, der Doktor ist empört über die Einfalt seines Sohnes, und er beharrt in seinem Zorn gegen seine Tochter Agathe. In dieser Verlegenheit hat er vielleicht zwei Jahre lang so anständig gelebt, nur um diese Kleine zu heiraten, in der Hoffnung, daß sie ihm einen hübschen Jungen schenkt, flink und kräftig und lebendig wie Maxence«, bemerkte ein ganz Gescheiter.

»Aber hören Sie doch auf! Wenn man ein Leben geführt hat wie Lousteau und Rouget von 1770 bis 1787, kann man da mit zweiundsiebzig Jahren noch Kinder in die Welt setzen? Wissen Sie was? Der alte Gauner hat das Alte Testament gelesen, wenn auch vielleicht nur vom ärztlichen Standpunkte aus, und dort hat er erfahren, wie sich König David im Alter wärmte. Das ist alles, Herr Nachbar!«

»Man sagt, daß sich Brazier, wenn er betrunken ist, in Vatan brüstet, ihn übers Ohr gehauen zu haben!« rief einer von jenen, die vor allem an das Böse glauben.

»Ach mein Gott, Herr Nachbar, was redet man nicht alles in Issoudun?«

Fünf Jahre lang, von 1800 bis 1805, genoß der Doktor das Vergnügen, Flore zu erziehen, ohne den Ärger zu haben, den der Ehrgeiz und die Ansprüche der Mademoiselle de Romans Ludwig dem Vielgeliebten bereitet haben sollen. Die kleine Krebsfängerin war so zufrieden, wenn sie ihre Lage bei dem Doktor mit dem Leben verglich, das sie bei ihrem Onkel geführt haben würde, daß sie sich höchstwahrscheinlich wie eine orientalische Sklavin jedem Begehren ihres Herrn fügte. Mögen es mir die Idyllenschreiber und die Philantropen verzeihen, aber ich bin der Ansicht, die Landleute haben für gewisse Tugenden wenig

Verständnis. Die Bedenken kommen bei ihnen immer aus einer eigennützigen Erwägung, nicht aber aus einem Gefühl für das Gute und Schöne. Da sie von Kindesbeinen an Armut, unaufhörliche Plackerei und Elend vor Augen haben, scheint ihnen alles erlaubt, was sie der Hölle des Hungers und der ewigen schweren Arbeit zu entreißen vermag, zumal wenn es nicht gegen das Gesetz verstößt. Wenn es Ausnahmen gibt, dann sind sie selten. Gesellschaftlich gesehen geht die Tugend mit dem Wohlstand einher und beginnt mit der Bildung. Darum war die Fischerin im Trüben für alle Mädchen auf zehn Meilen in der Runde ein Gegenstand des Neides, obwohl ihre Lebensführung in den Augen der Religion höchst tadelnswert war. Im Jahre 1787 geboren, war Flore mitten unter den wilden Ausschweifungen der Jahre 1793 und 1798 aufgewachsen, deren lockender Widerschein auf diese ländlichen Gefilde ausstrahlte, wo es keine Priester, keinen Gottesdienst, keine Altäre, keine religiösen Zeremonien mehr gab, wo die Ehe lediglich eine gesetzlich erlaubte Paarung war, und wo die revolutionären Grundsätze tiefe Spuren hinterlassen hatten, vor allem in Issoudun, wo der Aufruhr zur Tradition gehört. Im Jahre 1802 war der katholische Gottesdienst notdürftig wieder eingeführt. Es war schwer für den Kaiser, Priester zu finden. Im Jahre 1806 waren in Frankreich noch sehr viele Kirchengemeinden verwaist, so langsam ging nach einer so gewaltsamen Versprengung das Wiederauffinden einer vom Schafott dezimierten Geistlichkeit vor sich. Im Jahre 1802 konnte also niemand Flore tadeln, es sei denn ihr eigenes Gewissen. Mußte aber die Stimme des Gewissens bei dem Mündel des Onkels Brazier nicht von der des Eigennutzes übertönt werden? Wenn der schamlose Doktor, wie sehr zu vermuten ist, durch sein Alter gezwungen war, ein fünfzehnjähriges Kind zu schonen, galt die Krebsfängerin darum doch nicht minder für ein durchtriebenes Mädchen, wie es in der Stadt hieß. Nichtsdestoweniger wollten einige einen Beweis ihrer Unschuld darin erblicken, daß der Doktor in den zwei letzten Jahren seines Lebens alle Bemühungen und Aufmerksamkeiten, die er ihr entgegengebracht hatte, einstellte und sie kühl behandelte.

Der alte Rouget hatte genug Leute ins Grab gebracht, um sein eigenes Ende voraussehen zu können. Als ihn nun sein Notar auf seinem Sterbebette in den Mantel enzyklopädistischer Weisheit gehüllt fand, drang er in ihn, etwas zugunsten des jungen, damals siebzehnjährigen Mädchens zu tun.

»Gut, wir wollen sie als mündig erklären«, sagte er.

Dieser Ausspruch ist bezeichnend für den Greis, der es nie unterließ, seine beißenden Bemerkungen dem Berufe dessen zu entlehnen, mit dem er gerade sprach. Indem er seine schlechten Handlungen mit geistvollen Reden umhüllte, erlangte er in einem Land, wo der Geist immer recht behält, besonders wenn er sich auf wohlverstandenes, persönliches Interesse stützt, Verzeihung dafür. Der Notar erblickte in diesem Ausspruch den Aufschrei des angestauten Hasses eines Mannes, dem die Natur einen Strich durch seine lüsternen Berechnungen gemacht hat, eine Rache an dem unschuldigen Gegenstand eines unvermögenden Begehrens. Diese Meinung wurde gewissermaßen bestätigt durch den Eigensinn des Doktors, der der Fischerin im Trüben nichts hinterließ und, als ihm der Notar diesbezüglich abermals Vorstellungen machte, mit bitterem Lächeln sagte: »Sie ist reich genug durch ihre Schönheit!«

Jean-Jacques beweinte seinen Vater, den Flore beweinte, keineswegs. Der alte Arzt hatte seinen Sohn sehr unglücklich gemacht, zumal seit dessen Volljährigkeit, und Jean-Jacques war im Jahre 1791 volljährig geworden; dem kleinen Bauernmädchen hingegen hatte er das materielle Glück gegeben, das für die Landleute das ideale Glück ist. Als Fanchette nach der Beerdigung des Verstorbenen Flore fragte: »Na, was wird denn aus Ihnen werden, jetzt, wo der Herr nicht mehr da ist?«, da leuchteten Jean-Jacques' Augen auf, und zum erstenmal kam Leben in sein starres Gesicht; es schien erhellt von den Strahlen eines Gedankens und drückte ein Gefühl aus.

»Lassen Sie uns allein!« sagte er zu Fanchette, die gerade den Tisch abräumte.

Mit siebzehn Jahren besaß Flore noch jene Zartheit der Gestalt und der Züge, jene vornehme Schönheit, die den Doktor berückt hatten und die sich die Damen von Welt zu erhalten wissen, die aber bei Bäuerinnen ebenso rasch dahinwelken wie die Blumen des Feldes. Es zeigte sich indessen schon jene Neigung zur Fülle bei ihr, die allen schönen Landmädchen eigen ist, sobald sie nicht bei Sonnenglut auf dem Felde ihr arbeits- und entbehrungsreiches Leben führen. Ihr Busen war stark entwickelt. Ihre Schultern, mollig und weiß, zeigten üppige, harmonisch in den Hals übergehende Flächen; der Hals bekam bereits Falten, doch der Umriß des Gesichtes blieb rein, und das Kinn war noch zart.

»Flore«, begann Jean-Jacques erregt, »Sie sind doch an dieses Haus gewöhnt . . .?«

»Ja, Monsieur Jean . . .«

In dem Augenblick aber, da der Erbe seine Erklärung vorbringen wollte, fühlte er seine Zunge wie erstarrt bei dem Gedanken an den eben erst beerdigten Toten, und er fragte sich, wie weit die Wohltätigkeit seines Vaters gegangen sein mochte. Flore, die ihren neuen Herrn anschaute, ohne von seiner Einfältigkeit eine Ahnung zu haben, wartete einige Zeit, daß Jean-Jacques weiterspreche. Schließlich entfernte sie sich, ohne zu wissen, was sie von seinem beharrlichen Schweigen zu halten hatte. Trotz der Erziehung, die der Doktor der kleinen Fischerin im Trüben hatte angedeihen lassen, dauerte es mehrere Tage, bis sie den wirklichen Charakter von Jean-Jacques erkannte, dessen Geschichte wir hier in Kürze folgen lassen.

Beim Tode seines Vaters war der siebenunddreißigjährige Jean-Jacques noch genauso schüchtern und der väterlichen Zucht unterworfen wie ein zwölfjähriger Junge. Diejenigen, die einen solchen Charakter oder die hier erzählten Begebenheiten für unmöglich halten, obgleich dies alles leider nur zu oft vorkommt – und selbst in fürstlichen Familien, denn Sophie Dawes wurde von dem letzten Condé[122] unter weit schlimmeren Umständen genommen als die Fischerin im Trüben –, müssen sich diese Schüchternheit aus seiner Kindheit, seiner Jugend, seinem Leben überhaupt erklären. Es gibt zwei Arten von Furchtsamkeit: die Furchtsamkeit des Geistes und die Furchtsamkeit der Nerven, eine körperliche und eine seelische Furchtsamkeit. Die eine hat mit der anderen nichts zu tun. Der Körper kann sich fürchten und kann zittern, während der Geist seine Ruhe und seinen Mut bewahrt und umgekehrt. Das ist der Schlüssel vieler seelischer Absonderlichkeiten. Wenn bei einem Menschen beide Arten von Furchtsamkeit zusammentreffen, so wird er sein Leben lang unbedeutend sein. Diese uneingeschränkte Furchtsamkeit findet sich bei jenen Menschen, von denen man zu sagen pflegt: »Das ist ein Trottel.« Oft sind bei einem solchen Trottel wertvolle, unterdrückte Eigenschaften vorhanden. Manche Mönche, die in Verzückung gelebt haben, mögen durch dieses doppelte Gebrechen dahin gelangt sein. Jene unglückliche körperliche und seelische Veranlagung kann ebenso bei sonst vollkommener organischer und seelischer Gesundheit auftreten wie als Folge noch nicht erkannter Mängel. Jean-Jacques' Furchtsamkeit rührte von einer gewissen Erschlaffung seiner Fähigkeiten her, die ein bedeutender Erzieher oder ein Chirurg wie Desplein zu wecken verstanden hätten. Wie bei den Kretins hatte auch bei ihm das sinnliche Liebesverlangen die ganze Stärke und Lebhaftigkeit übernommen, die seiner Intelligenz fehlten, obgleich er doch genug Vernunft behielt, um sich im Leben zu behaupten. Die Heftigkeit seiner Liebesleidenschaft, der es an jedem Ideal gebrach, an dem sie sich sonst bei allen jungen Menschen berauscht, vermehrte seine Schüchternheit noch. Nie konnte er sich entschließen, irgendeiner Frau in Issoudun den Hof zu machen, wie man zu sagen pflegt. Nun war es aber weder von den jungen Mädchen noch von den Bürgersfrauen zu erwarten, daß sie ihrerseits einem jungen Manne Annäherungsversuche machen würden, der mittelgroß war, Scheu und Unliebenswürdigkeit an den Tag legte und ein gewöhnliches Gesicht hatte, das zwei blaßgrüne, vorquellende Augen schon häßlich genug gemacht hätten, wenn nicht die zusammengedrückten Züge und die fahle Hautfarbe es noch hätten vorzeitig alt erscheinen lassen. Tatsächlich löschte die Gegenwart einer Frau den armen Burschen gewissermaßen aus, der sich von seiner Leidenschaft im gleichen Maße gedrängt, wie er sich von den wenigen Ideen, die er seiner Erziehung zu verdanken hatte, zurückgehalten fühlte. Zwischen diesen beiden gleich starken Kräften wie erstarrt, wußte er nichts zu sagen und zitterte vor Angst, gefragt zu werden, so sehr fürchtete er sich davor, antworten zu müssen. Die Begierde, die sonst so rasch die Zunge löst, lähmte die seine. Jean-Jacques blieb also einsam und suchte die Einsamkeit, da er dort nicht gestört wurde. Als der Doktor die verheerenden Wirkungen dieser Veranlagung und dieses Charakters erkannte, war es zu spät, Abhilfe zu schaffen. Er hätte seinen Sohn wohl verheiraten wollen; da er ihn aber dadurch einer unbedingten Hörigkeit ausgeliefert hätte, mag er gezögert haben. Hätte er damit nicht die Verfügung über sein Vermögen einem unbekannten Mädchen, einer Fremden überlassen? Er wußte, wie schwer es ist, auch wenn man ein junges Mädchen noch so genau studiert und beobachtet, vorauszusehen, wie sie sich als verheiratete Frau verhalten wird. Während er also nach einer Person Ausschau hielt, deren Erziehung und Gesinnung ihm eine gewisse Gewähr zu bieten schien, versuchte er, seinen Sohn zum Geiz zu erziehen. Er hoffte, dem Trottel auf diese Weise anstatt der mangelnden Intelligenz eine Art Instinkt beizubringen. Zunächst gewöhnte er ihn an ein rein mechanisches Leben und überlieferte ihm feststehende Begriffe betreffs der Anlage seines Einkommens; ferner ersparte er ihm die Hauptschwierigkeiten eines im Grundbesitz angelegten Vermögens dadurch, daß er ihm seine Grundstücke in gutem Zustand und durch langfristige Verträge verpachtet hinterließ. Der wesentliche Punkt aber, der das Leben dieses armen Geschöpfes beherrschen sollte, entging dennoch dem Scharfsinn des schlauen Alten. Die Furchtsamkeit gleicht der Heuchelei; sie ist ebenso tiefgreifend. Jean-Jacques liebte die kleine Krebsfängerin leidenschaftlich. Das war übrigens nur natürlich. Flore war die einzige Frau, die in seiner Nähe lebte, die einzige, die er nach Herzenslust sehen konnte, indem er sie heimlich betrachtete und andauernd beobachtete. Flore brachte Licht in sein Vaterhaus und, ohne es zu wissen, gab sie ihm die einzigen Freuden, die ihm seine jungen Jahre verschönten. Weit entfernt, auf seinen Vater eifersüchtig zu sein, war er entzückt, daß er sie ihm erzog; brauchte er denn nicht eine willfährige Frau, die er nicht erst lange umwerben mußte? Die Leidenschaft, die ihren eigenen Geist hat, kann den Tröpfen, den Narren und Dummköpfen eine Art von Intelligenz verleihen, vor allem in der Jugend. Bei den rohesten Menschen findet sich immer noch der tierische Instinkt, der in seiner Beharrlichkeit einem Gedanken gleicht.

Am folgenden Tag war Flore, der das Schweigen ihres Herrn zu denken gab, auf eine wichtige Mitteilung gefaßt. Obwohl er um sie herumstrich und sie heimlich mit begehrlicher Miene betrachtete, wußte Jean-Jacques nichts zu sagen. Beim Nachtisch endlich begann er von neuem die abgebrochene Szene vom Vortag.

»Fühlen Sie sich wohl hier?« fragte er Flore.

»Ja, Monsieur Jean.«

»Nun, dann bleiben Sie hier.«

»Danke, Monsieur Jean.«

Dieser seltsame Zustand dauerte drei Wochen. Eines Nachts, als kein Geräusch die Stille unterbrach, hörte Flore, die zufällig aufwachte, die gleichmäßigen Atemzüge eines schlafenden Menschen vor ihrer Tür und erschrak beim Erblicken Jean-Jacques', der wie ein Hund auf dem Treppenflur lag. Durch ein Loch in der Türfüllung, das er wahrscheinlich selber gemacht hatte, konnte er in ihr Zimmer schauen.

Er liebt mich, dachte sie, aber wenn er sowas anstellt, wird er ja Rheuma bekommen.

Tags darauf sah Flore ihren Herrn auf eine gewisse Art an. Seine stumme, fast tierische Liebe hatte sie gerührt; sie fand diesen armen Tropf gar nicht mehr so häßlich, wenn auch seine Schläfen und seine Stirn mit geschwürähnlichen Pickeln, dem Merkmal schlechten Blutes, wie mit einer abscheulichen Krone bedeckt waren.

»Sie möchten nicht wieder zur Feldarbeit zurück, nicht wahr?« sagte Jean-Jacques zu ihr, als sie allein waren.

»Warum fragen Sie mich das?« entgegnete sie und sah ihn an.

»Damit ich es weiß«, antwortete Rouget kurz und wurde rot wie ein gesottener Hummer.

»Wollen Sie mich wieder dahin zurückschicken?« fragte sie.

»Nein.«

»Ja, was wollen Sie denn nun eigentlich wissen? Sie haben doch irgendeinen Grund ...«

»Ja, ich möchte wissen ...«

»Was?« fragte Flore.

»Sie würden es mir nicht sagen«, versetzte Rouget.

»Doch! Ich gebe Ihnen mein Ehrenwort als anständiges Mädchen ...«

»Ach, das ist es ja eben!« fuhr Rouget erschrocken fort. »Sie sind ein anständiges Mädchen.«

»Das will ich meinen!«

»Wirklich?«

»Wenn ich es Ihnen sage ...«

»Sind Sie wirklich noch genauso wie Sie waren, als Sie Ihr Onkel barfuß hierherbrachte?«

»Solch eine Frage! Meiner Treu!« erwiderte Flore und errötete.

Niedergeschmettert senkte der Erbe den Kopf und hob ihn nicht wieder. Flore war verblüfft, eine für einen Mann derart erfreuliche Antwort mit einer derartigen Bestürzung aufgenommen zu sehen, und zog sich zurück. Drei Tage darauf, zur gleichen Tageszeit, denn beide schienen den Nachtisch als Signal für ihre Scharmützel gewählt zu haben, ergriff Flore zuerst das Wort und fragte ihren Herrn: »Haben Sie etwas gegen mich?«

»Nein, nein ...«, erwiderte er und fügte nach einer Pause hinzu: »Im Gegenteil.«

»Neulich schien es Sie zu ärgern, daß ich ein anständiges Mädchen bin ...«

»Nein, ich wollte bloß wissen ...« Er verstummte wieder. »Aber Sie würden es mir nicht sagen.«

»Ich werde Ihnen die ganze Wahrheit sagen, wirklich.«

»Die ganze Wahrheit über meinen Vater?« fragte er mit erstickender Stimme.

»Ihr Vater«, erklärte sie und sah ihrem Herrn tief in die Augen, »Ihr Vater war ein braver Mann, er machte bloß gern einen Spaß, ein bißchen ... Aber, der arme, liebe Mann, am guten Willen hat es ihm nicht gefehlt ... Nun, ich weiß nicht, was er gegen Sie hatte, aber er hatte gewisse Absichten, oh, üble Absichten. Ich habe oft lachen müssen. Nun, und was ist schon dabei?«

»Also gut, Flore«, sagte der Erbe und ergriff die Hand der Fischerin im Trüben, »da Ihnen mein Vater nichts bedeutet hat ...«

»Und was hätte er mir denn bedeuten sollen?« rief sie, beleidigt über eine so schimpfliche Vermutung.

»Hören Sie also ...«

»Er war mein Wohltäter, das ist alles! Oh, er hätte es gern gesehen, daß ich seine ... seine Frau geworden wäre, aber ...«

»Aber«, sagte Rouget und ergriff Flores Hand, die sie ihm entzogen hatte, »da Sie nichts für ihn übrig hatten, könnten Sie hier bei mir bleiben ...?«

»Wenn Sie wollen«, erwiderte sie mit demütig gesenktem Blick.

»Nein, nein, wenn Sie selber es wollen«, fuhr Rouget fort. »Sie können ... die Herrin des Hauses sein. Ja, alles, was hier ist, soll für Sie sein, Sie können die Verwaltung meines Vermögens übernehmen. Es wird sozusagen das Ihre sein ... denn ich liebe Sie, und ich habe Sie immer geliebt, von dem Augenblick an, da Sie barfuß hierhergekommen sind.«

Flore antwortete nicht. Als das Schweigen peinlich wurde, verfiel Jean-Jacques auf folgendes unglückliche Argument.

»Ist das denn nicht besser, als auf die Felder zurückzukehren?« fragte er sie mit sichtlicher Wärme.

»Freilich, Monsieur Jean, ganz wie Sie wollen«, versetzte sie.

Trotz dieses »ganz wie Sie wollen« war der arme Rouget nicht viel weitergekommen. Männer von solchem Charakter brauchen Gewißheit. Die Anstrengung, die sie machen müssen, ihre Liebe zu bekennen, ist so groß und fällt ihnen so schwer, daß sie sich außerstande fühlen, von neuem zu beginnen. Daher auch ihre Anhänglichkeit an die erste beste Frau, die sie mag. Man kann jedoch die Ereignisse nur nach ihrer Auswirkung abschätzen. Zehn Monate nach dem Tod seines Vaters war Jean-Jacques vollständig verändert. Sein blasses, bleifarbenes Gesicht, das, wie schon erwähnt, durch Pickel auf Stirn und Schläfen verunstaltet war, wurde rein, hellte sich auf und bekam eine rosige Tönung. Seine Züge strahlten förmlich vor Glück. Flore verlangte, daß ihr Herr seinem Äußern eine sorgfältige Pflege angedeihen ließ. Es war ihr Ehrgeiz, daß er sich gut kleidete. Wenn er zu einem Spaziergang ausging, blieb sie auf der Türschwelle stehen und blickte ihm nach, bis sie ihn nicht mehr sah. Die ganze Stadt bemerkte diese Veränderungen, die aus Jean-Jacques einen ganz anderen Mann gemacht hatten.

»Wissen Sie das Neueste?« erzählte man sich in Issoudun.

»Was denn?«

»Jean-Jacques hat von seinem Vater alles geerbt, sogar die Fischerin im Trüben.«

»Glauben Sie nicht, daß der selige Doktor schlau genug war, seinem Sohne eine Haushälterin zu hinterlassen?«

»Das ist ja ein wahrer Schatz für Rouget, wirklich!« fand man.

»Die ist durchtrieben! Sie ist sehr schön, und sie wird ihn dazu bringen, sie zu heiraten.«

»Hat dies Mädchen ein Glück gehabt!«

»Solch ein Glück haben nur schöne Mädchen.«

»Ach was, glauben Sie das nicht! Da war zum Beispiel mein Onkel Borniche-Héreau. Na, sie haben ja wohl von Mademoiselle Ganivet gehört; sie war häßlich wie die sieben Todsünden, und sie hat trotzdem ein Vermögen, das tausend Taler Jahreszinsen abwirft, von ihm bekommen.«

»Ja, aber das war im Jahre 1778.«

»Es ist aber trotz alledem Unrecht von Rouget. Sein Vater hat ihm gute vierzigtausend Francs Jahreseinkommen hinterlassen, er hätte doch Mademoiselle Héreau heiraten können ...«

»Der Doktor hat es wohl versucht. Sie hat aber nichts von ihm wissen wollen; Rouget war ihr zu dumm.«

»Zu dumm? Mit Leuten von dieser Sorte sind doch die Frauen erst recht sehr glücklich.«

»Ist Ihre Frau glücklich?«

Das waren so ungefähr die Reden, die in Issoudun in Umlauf waren. Wenn man auch anfangs nach Brauch und Herkommen der Provinz über diese Art wilder Ehe lachte, so lobte man am Ende doch Flore, daß sie sich dieses armen Menschen angenommen hatte. Auf diese Weise gelangte Flore Brazier im Hause Rouget zur Herrschaft, erst mit dem Vater, dann mit dem Sohne, wie sich der junge Goddet ausdrückte. Es kann vielleicht nur von Nutzen sein, zur Belehrung der Junggesellen die Geschichte dieser Herrschaft in kurzen Worten zu skizzieren.

In Issoudun fand einzig die alte Fanchette es nicht in Ordnung, daß Flore Brazier in Jean-Jacques' Hause Herrscherin wurde; sie lehnte sich gegen die Unsittlichkeit dieses Verhältnisses auf und ergriff die Partei der beleidigten Moral. Es war in der Tat demütigend, daß sie in ihrem Alter eine Krebsfängerin, ein kleines Mädchen, das barfuß in dieses Haus gekommen war, als Herrin bekommen sollte. Fanchette verfügte im Jahr über dreihundert Francs Grundstückszinsen, denn der Doktor hatte ihr geholfen, ihre Ersparnisse auf diese Weise anzulegen, und überdies hatte ihr der selige Herr hundert Taler Leibrente testamentarisch hinterlassen. Sie konnte also bequem leben und verließ am 15. April 1806 das Haus, neun Monate nach der Beerdigung ihres alten Herrn. Für scharfsichtige Leute wird es nicht schwer sein, zu erraten, daß dieses Datum den Zeitpunkt bezeichnet, da Flore aufgehört hatte, ein anständiges Mädchen zu sein.

Die Fischerin im Trüben, die schlau genug war, Fanchettes Abfall vorauszusehen – denn nichts ist geeigneter, einem die Staatskunst beizubringen, als die Ausübung der Macht –, beschloß, ohne Dienstboten auszukommen. Seit sechs Monaten hatte sie, ohne sich etwas anmerken zu lassen, Fanchette die kulinarischen Kunstgriffe abgeguckt, die diese zu einer eines Arztes würdigen Köchin gemacht hatten. Was die Feinschmeckerei anbelangt, so kann man die Ärzte mit den Bischöfen auf eine Stufe stellen. Der Doktor hatte Fanchette vervollkommnet. In der Provinz findet der Geist aus Mangel an Beschäftigung und infolge der Eintönigkeit des Lebens eine Betätigung in der Kochkunst. Man speist in der Provinz zwar nicht so verschwenderisch wie in Paris, dafür aber speist man besser; die Gerichte sind wohldurchdacht und ausgeklügelt. In den entlegensten Provinzen gibt es weibliche Carêmes[123], unbekannte Genies, die ein einfaches Bohnengericht so zuzubereiten verstehen, daß es der gleichen anerkennenden Miene würdig ist, mit der der Kenner das Haupt wiegt, wie Rossini[124] zu tun pflegt, wenn er etwas für besonders gelungen hält. Während seiner Pariser Studienzeit hatte der Doktor bei Rouelle[125] Chemie gehört, und es waren ihm davon Kenntnisse verblieben, die nun der kulinarischen Chemie zugute kamen. In Issoudun ist er geradezu berühmt wegen mehrerer Verbesserungen, die außerhalb des Berry kaum bekannt sind. So hat er unter anderem entdeckt, daß die Omelette viel feiner schmeckt, wenn man das Eiweiß und das Eigelb nicht zusammen schlägt, und noch dazu mit der Heftigkeit, die die Köchinnen auf diese Tätigkeit zu verwenden pflegen. Seiner Meinung nach muß man das Eiweiß zu Schaum rühren, das Eigelb ganz allmählich beigeben und keine Eisenpfanne benützen, sondern einen sogenannten Cagnard aus Porzellan oder Steingut. Mit Cagnard bezeichnet man dort eine Art dickwandige, flache Schüssel mit vier Füßen, damit, wenn sie auf dem Feuer steht, die Luft um sie herumstreicht und sie nicht zerspringt. In der Touraine nennt man eine solche Schüssel Coquemar. Bei Rabelais ist, glaube ich, die Rede von diesem Cauquemarre zum Kochen der Coquesigrues, was für das hohe Alter dieses Küchengeräts zeugt. Der Doktor hatte auch ein Mittel gefunden, den scharf-bitteren Geschmack der Einbrenne zu beseitigen, doch dieses Geheimnis, das auf seine eigene Küche beschränkt blieb, ist leider verlorengegangen. Flore, der die Kunst des Schmorens und Bratens im Blute lag, eine Eigenschaft, die sich weder durch aufmerksamste Beobachtung noch durch Fleiß erwerben läßt, übertraf nach kurzer Zeit sogar Fanchette. Während sie sich zu einer ausgezeichneten Köchin entwickelte, hatte sie Jean-Jacques' Wohlbefinden im Auge. Es muß jedoch gesagt werden, daß sie selber auch nicht wenig naschhaft war. Wie alle ungebildeten Menschen außerstande, sich geistig zu betätigen, ging sie restlos im Haushalt auf. Sie polierte die Möbel, so daß sie wieder in ihrem früheren Glanz erstrahlten, und pflegte die Wohnung mit wahrhaft holländischer Sauberkeit. Sie überwachte jene Lawinen schmutziger Wäsche und jene Sintflut, große Wäsche genannt, die in der Provinz nach altem Brauch nur dreimal im Jahr veranstaltet wird. Mit dem Auge der Hausfrau sah sie die Wäsche durch und besserte sie aus. Sie war auch darauf bedacht, allmählich in die Geheimnisse der Vermögensverwaltung einzudringen, und machte sich das wenige, was Rouget an Geschäftskenntnissen besaß, zu eigen, das sie dann durch Gespräche mit dem Notar des seligen Doktors, Monsieur Héron, vermehrte. Daher vermochte sie auch ihrem kleinen Jean-Jacques vortreffliche Ratschläge zu geben. Da sie sicher zu sein glaubte, immer in diesem Hause Herrin zu bleiben, nahm sie sich seiner Interessen mit ebensoviel zärtlicher Sorge und auch Habgier an, als handele es sich dabei um ihre eigenen. Ansprüche ihres Onkels hatte sie nicht zu befürchten. Zwei Monate vor dem Tode des Doktors war Brazier beim Verlassen der Kneipe, in der er, seit er sein Glück gemacht, sein ganzes Leben verbrachte, so unglücklich gestürzt, daß er starb. Ihren Vater hatte Flore ebenfalls verloren. Sie diente also ihrem Herrn mit der ganzen Zuneigung einer Waise, die glücklich ist, sich wieder eine Familie zu schaffen und einen Lebensinhalt zu haben. In dieser Zeit glaubte sich der arme Jean-Jacques im Paradies. Er nahm die ruhigen Gewohnheiten eines durch eine gewisse klösterliche Regelmäßigkeit verschönten animalischen Daseins an und schlief in den hellen Tag hinein. Flore, die frühmorgens einkaufen ging oder den Haushalt besorgte, weckte ihren Herrn so, daß er, sobald er angekleidet war, sein Essen bereit fand. Nach dem Essen, gegen elf Uhr, machte er seinen Spaziergang, plauderte mit den Bekannten, die er traf, und kam um drei Uhr wieder nach Hause, um die Zeitungen zu lesen, die des Départements und eine aus Paris, die er beide drei Tage nach ihrem Erscheinen erhielt, fettig von den dreißig Händen, durch die sie gegangen waren, beschmutzt von den Nasen der Tabakschnupfer, die sich darüber vergessen hatten, schmierig von all den Tischen, auf denen sie herumgelegen hatten. So kam die Stunde des Abendessens heran, auf das der Junggeselle möglichst viel Zeit verwandte. Flore erzählte ihm, was in der Stadt vorging, die Klatschgeschichten, die in Umlauf waren und die sie aufgelesen hatte. Gegen acht Uhr wurde das Licht gelöscht. Frühzeitiges Zubettgehen ist in der Provinz allgemein üblich, denn man spart Licht und Heizung dabei; aber es trägt auch dazu bei, die Menschen durch ein Übermaß an Bettruhe stumpfsinnig zu machen. Allzuviel Schlaf macht Körper und Geist träge und schwerfällig.

Neun Jahre hindurch verlief das Leben dieser beiden Menschen auf diese Weise. Die größten Ereignisse waren einige Reisen nach Bourges, Vierzon, Châteauroux oder auch weiter, wenn weder die Notare dieser Städte noch Monsieur Héron Geld auf Hypotheken brauchten. Rouget verlieh nämlich sein Geld auf erste Hypothek zu fünf Prozent und unter Mithaftung der Frau, wenn der Schuldner verheiratet war. Nie gab er mehr als ein Drittel des wirklichen Wertes der Grundstücke, und er ließ sich Wechsel ausstellen, die noch zweieinhalb Prozent zusätzliche Zinsen brachten, gestaffelt für die Dauer des Darlehens. Das waren die Vorschriften, die ihm sein Vater eingeschärft hatte und die er stets beachtete. Der Wucher, dieser Hemmschuh für die Strebsamkeit der Bauern, ist ein Krebsschaden für das flache Land. Der Zinsfuß von siebeneinhalb Prozent erschien daher so angemessen, daß sich Jean-Jacques seine Geschäfte aussuchen konnte; denn die Notare, die sich von den Leuten, denen sie so billig Geld verschafften, ansehnliche Provisionen zahlen ließen, benachrichtigten den alten Junggesellen. Unmerklich und ohne ihr Zutun erlangte Flore schließlich im Lauf dieser neun Jahre eine unumschränkte Gewalt über ihren Herrn. Zunächst behandelte sie Jean-Jacques sehr vertraulich; dann aber, ohne es an der nötigen Achtung fehlen zu lassen, bezeigte sie bald so viel Überlegenheit, Verstand und Willensstärke, daß er der Diener seiner Dienerin wurde. Indem er sich so umsorgen ließ, daß Flore schließlich mit ihm umging wie eine Mutter mit ihrem Sohn, tat dies große Kind alles, was Flore das Heft in die Hand geben mußte. So brachte er schließlich Flore das Gefühl eines Kindes entgegen, das des mütterlichen Schutzes bedarf. Es gab indes noch viel engere Bande zwischen ihnen. Erstens besorgte Flore die Geschäfte und führte das Haus. Jean-Jacques verließ sich in allen Fragen der Vermögensverwaltung so weitgehend auf sie, daß ihm das Leben ohne sie nicht nur schwierig, sondern geradezu unmöglich erschienen wäre. Außerdem war ihm diese Frau ein Lebensbedürfnis geworden; sie schmeichelte allen seinen Launen, die sie ja so gut kannte. Er liebte es, dieses glückliche Gesicht zu sehen, das ihm immer zulächelte, das einzige, das ihm je zugelächelt hatte, das einzige, das für ihn ein Lächeln fand. Dieses rein materielle Glück, für das sie in ihren Gesprächen nur dieselben, sehr gewöhnlichen Ausdrücke gebrauchten, mit denen man im Berry bei allen Gesprächen innerhalb der Familie auskommt, und das sich auf diesem bildschönen Gesicht malte, war gleichsam der Widerschein seines eigenen Glücks. Der Zustand, in den Jean-Jacques geriet, wenn er Flore irgendeines Ärgernisses wegen verstimmt sah, enthüllte diesem Mädchen den ganzen Umfang ihrer Macht über ihn, und um sich dessen zu vergewissern, wollte sie davon Gebrauch machen. Bei dieser Art Frauen ist jedoch Gebrauch immer gleichbedeutend mit Mißbrauch. Es ist gar nicht daran zu zweifeln, daß die Fischerin im Trüben ihren Herrn zu ähnlichen Szenen veranlaßte, wie sie so oft in den tiefsten Verborgenheiten des Privatlebens als ewige Geheimnisse begraben liegen und von denen Otway[126] in seiner Tragödie ›Das gerettete Venedig‹ eine vorführt, und zwar zwischen dem Senator und Aquilina, eine Szene, die das großartig Schöne im Grauenhaften zeigt. Flore war sich also ihrer Herrschaft so sicher, daß sie es zu ihrem eigenen Schaden und zum Schaden des Junggesellen unterließ, auf eine Heirat zu drängen.

Gegen Ende des Jahres 1815, als Flore siebenundzwanzig

Jahre zählte, war ihre Schönheit zur höchsten Entfaltung gelangt. Mollig und frisch, hellhäutig wie eine Bäuerin aus dem Bessin[127], war sie die ideale Verkörperung dessen, was unsere Vorfahren ein schönes Weib nannten. Ihre Schönheit, die an jene prachtvollen Erscheinungen gemahnte, wenn auch in höherem Sinne, wie man sie zuweilen in Dorfwirtshäusern als Schenkmädchen findet, erinnerte zugleich auch an Mademoiselle Georges[128] in ihrer Glanzzeit, abgesehen von der gebieterischen Vornehmheit dieser Künstlerin. Flore hatte die gleichen schönen, runden, leuchtendweißen Arme, die gleichen vollen Formen, das gleiche seidige Fleisch, die gleichen reizenden Umrisse, nur daß diese weniger streng erschienen als die der Schauspielerin. Ihr Gesicht drückte Zärtlichkeit und Sanftmut aus. Ihr Blick gebot nicht Ehrerbietung wie der der schönsten Agrippina, die seit Racines Agrippina auf den Brettern des Théâtre-Français gestanden hat, sondern er forderte zu derber Sinnenfreude auf. Im Jahre 1816 sah die Fischerin im Trüben Maxence Gilet und verliebte sich auf den ersten Blick in ihn. Ihr Herz durchbohrte jener mythologische Pfeil, ein wunderbarer Ausdruck für eine natürliche Wirkung, die die Griechen gar nicht anders darstellen konnten, da sie ja von der ritterlichen, idealen und melancholischen Liebe, die das Christentum mit sich gebracht hat, nichts wußten. Flore war damals viel zu schön, als daß Max eine solche Eroberung hätte verschmähen können. Die Fischerin im Trüben lernte also mit achtundzwanzig Jahren die wirkliche Liebe kennen, die abgöttische, unendliche Liebe, jene Liebe, die alle Arten von Liebe einschließt, die einer Gulnare und die einer Medora[129]. Sobald jedoch der mittellose Offizier erfuhr, wie Flore und Jean-Jacques Rouget zueinander standen, erblickte er in einem Verhältnis mit der Fischerin im Trüben mehr als eine Liebschaft. Daher war er auch nur allzugern bereit, um seine Zukunft zu sichern, in Rougets Hause zu wohnen, als er den armseligen Charakter dieses Menschen erkannt hatte. Flores Leidenschaft blieb selbstverständlich nicht ohne Einfluß auf Jean-Jacques' Leben und sein Heim. Einen ganzen Monat lang sah der Junggeselle, der über die Maßen ängstlich geworden war, Flores sonst so lachendes und freundliches Gesicht drohend verdüstert und verdrossen. Er hatte die wohlberechneten Ausbrüche ihrer schlechten Laune zu ertragen, nicht anders als ein Ehemann, dessen Gattin eine Untreue plant. Als der arme Mensch, nachdem sie ihn wieder einmal grausam und barsch zurückgewiesen hatte, es wagte, Flore nach dem Grund dieser Veränderung zu fragen, schossen ihre Augen Flammen des Hasses und in ihrer Stimme lag so viel Angriffslust und Verachtung, wie es der arme Jean-Jacques noch nie an ihr bemerkt hatte.

»Bei Gott, Sie haben weder Herz noch Seele«, sagte sie. »Seit sechzehn Jahren opfere ich hier meine Jugend, und erst jetzt bin ich daraufgekommen, daß Sie einen Stein da drinnen haben ...!« rief sie und schlug sich auf die Brust. »Seit zwei Monaten sehen Sie diesen tapferen Major hier ein und aus gehen, ein Opfer der Bourbonen, dabei war er dazu geschaffen, General zu werden; und jetzt lebt er im Elend, in dieses Nest verschlagen, wo die Füchse einander gute Nacht sagen. Den ganzen Tag muß er auf dem Gemeindeamt auf einem Stuhl hocken. Und was verdient er dabei? Armselige sechshundert Francs. Ein großartiges Einkommen! Und Sie dagegen haben sechshundertneunundfünfzigtausend Francs Kapital, die Ihnen sechzigtausend Francs Zinsen einbringen, und dabei geben Sie dank meiner Sorgfalt nicht mehr als tausend Taler jährlich aus, alles inbegriffen, auch meine Kleider, kurz alles, und es fällt Ihnen gar nicht einmal ein, ihm hier ein Zimmer anzubieten, wo doch das ganze obere Stockwerk leer steht. Sie lassen lieber die Ratten und Mäuse dort hausen statt eines menschlichen Wesens, eines jungen Mannes, den Ihr Vater immer als seinen Sohn angesehen hat ... Wollen Sie wissen, was Sie sind? Ich will es Ihnen sagen: Ein Brudermörder sind Sie! Übrigens weiß ich sehr wohl, warum. Sie haben gesehen, daß er mich interessiert, und das verdrießt Sie. Obgleich Sie den Eindruck machen, als seien Sie dumm, sind Sie gerissener als der Gerissensten einer, wenn es sich um Ihre Angelegenheiten handelt ... Freilich, ich habe Interesse an ihm, und sogar ein sehr lebhaftes ...«

»Aber Flore ...«

»Da hilft kein ›aber Flore!‹ Oh, Sie können sich eine andere Flore suchen, wenn Sie eine finden! Dieses Glas Wein soll sich für mich in Gift verwandeln, wenn ich nicht Ihre verdammte Baracke von Haus verlasse. Gott sei Dank habe ich Sie während der zwölf Jahre, die ich bei Ihnen bin, nichts gekostet, und Sie haben Ihr Späßchen sehr billig gehabt. Überall sonst hätte ich mir meinen Lebensunterhalt gut und gern verdient mit all der Arbeit, die ich hier leiste: waschen, plätten, die große Wäsche beaufsichtigen, einkaufen gehen, kochen, in allen Dingen Ihre Interessen wahren, mich von früh bis abends abrackern ... und das ist nun mein Lohn ...« – »Aber Flore ...«

»Ja, Flore! Was Sie schon noch für andre Flores kriegen werden mit Ihren einundfünfzig Jahren und Ihrer schlechten Gesundheit, und wo es doch mit Ihnen ganz erschreckend bergab geht, das kann ich mir vorstellen! Und obendrein sind Sie auch nicht gerade amüsant ...«

»Aber Flore ...«

»Lassen Sie mich in Ruhe!« Sie ging hinaus und schlug die Tür mit einer Heftigkeit zu, daß es im ganzen Hause widerhallte, das in seinen Grundfesten zu erbeben schien. Jean-Jacques Rouget öffnete ganz leise die Tür und ging noch leiser in die Küche, wo Flore noch immer vor sich hin brummte.

»Aber Flore«, begann dieses geduldige Schaf, »es ist doch das erstemal, daß ich von deinem Wunsch höre. Wie kannst du da wissen, ob ich will oder ob ich nicht will?«

»Zunächst einmal brauchen wir einen Mann im Haus. Die Leute wissen, daß Sie zehn-, fünfzehn-, ja zwanzigtausend Francs bar hier liegen haben, und wenn man Sie bestehlen wollte, würde man uns umbringen. Ich habe aber keine Lust, eines schönen Morgens gevierteilt zu erwachen, wie es der armen Magd geschehen ist, die dumm genug war ihren Herrn zu verteidigen! Wenn man dagegen einen Mann bei uns weiß, der tapfer wie Cäsar ist und etwas darstellt ... Max würde im Handumdrehen mit drei Einbrechern fertig; kurzum, ich würde ruhiger schlafen. Man wird Ihnen vielleicht dummes Zeug zutragen ... daß ich ihn liebe, daß ich ihn anbete, und was weiß ich alles ...! Wissen Sie, was Sie darauf erwidern sollen ...? Erwidern Sie, daß Sie das wissen, aber daß Ihr Vater auf seinem Totenbett den armen Max Ihrer Fürsorge empfohlen hat. Da werden sie alle schweigen, denn jeder Pflasterstein in Issoudun weiß, daß er ihm am Gymnasium seinen Unterhalt bezahlt hat. Seit neun Jahren esse ich Ihr Brot ...«

»Flore, Flore . . .«

»Mehr als einer in der Stadt hat mir den Hof gemacht, das können Sie mir glauben! Bald hat man mir goldene Ketten angeboten, bald Uhren und Gott weiß was alles. ›Meine kleine Flore‹, hieß es, ›wenn du von diesem Trottel, diesem Papa Rouget weggehen wolltest!‹ Denn so haben sie von Ihnen gesprochen. – ›Ich von ihm weggehen? Kommt gar nicht in Frage! Einfältig wie er ist, was sollte denn aus ihm werden?‹ Das war immer meine Antwort. ›Nein, nein, die Ziege muß dort weiden, wo sie angebunden ist . . .‹«

»Ja, Flore, ich habe nur dich auf der Welt, und ich bin sehr glücklich . . . Wenn es dir Freude macht, naja, nehmen wir eben Maxence Gilet zu uns ins Haus, und er kann auch mit uns essen.«

»Das will ich hoffen . . .«

»Nur nicht böse sein . . .«

»Wenn es für einen reicht, reicht es auch für zwei«, erwiderte sie lachend. »Wenn Sie aber recht nett sein wollen, wissen Sie, was Sie dann machen, mein Schäfchen? Gehen Sie so gegen vier Uhr in der Nähe des Gemeindeamtes spazieren und richten Sie es so ein, daß Sie dem Herrn Major Gilet begegnen. Laden Sie ihn zum Abendessen ein, und wenn er Geschichten macht, sagen Sie ihm, daß es mich freuen würde. Er ist viel zu galant, um abzulehnen. Dann, beim Nachtisch, zwischen Obst und Käse, wenn er von seinen Leiden erzählt, von den Gefangenenschiffen – Sie müssen eben so gescheit sein, das Gespräch darauf zu bringen –, dann schlagen Sie ihm vor, hier zu wohnen. Wenn er etwas einzuwenden hat, seien Sie unbesorgt, ich werde ihn schon zu überreden wissen . . .«

Während der Junggeselle langsam auf dem Boulevard Baron spazierenging, dachte er über dieses Ereignis nach, soweit er dazu imstande war. ›Wenn er sich von Flore trennte – bei dem bloßen Gedanken daran wurde es ihm schwarz vor den Augen –, welche andere Frau würde er finden? Heiraten? In seinem Alter würde man ihn nur seines Geldes wegen nehmen, und er würde von seiner angetrauten Frau noch grausamer ausgebeutet werden als von Flore. Übrigens verursachte ihm der Gedanke, ihrer Zärtlichkeit beraubt zu werden, wenn sie auch bloß eingebildet war, eine grauenhafte Angst. Er bezeigte sich also dem Major Gilet gegenüber so nett, wie er es nur vermochte. Nach Flores Wunsch wurde die Einladung vor Zeugen ausgesprochen, um Maxences Ehrgefühl zu schonen.

Zwischen Flore und ihrem Herrn kam es zur Versöhnung; doch seit diesem Tage bemerkte Jean-Jacques gewisse feine Unterschiede gegen früher, die der Beweis dafür waren, daß sich in der Zuneigung der Fischerin im Trüben eine tiefgreifende Wandlung vollzogen hatte. Vierzehn Tage lang klagte Flore Brazier in den Kaufläden, auf dem Markt und bei den Klatschbasen, mit denen sie sich unterhielt, über die Tyrannei Monsieur Rougets, der es sich ganz plötzlich einfallen lasse, seinen angeblichen Halbbruder ins Haus zu nehmen. Niemand fiel ihr jedoch auf diese Komödie herein, und Flore wurde für eine außerordentlich schlaue und geriebene Person gehalten. Papa Rouget war übrigens sehr glücklich über Max' Einzug in sein Haus, denn nun hatte er doch jemanden, der ihm alle erdenklichen kleinen Aufmerksamkeiten erwies, ohne dabei unterwürfig zu sein. Gilet plauderte und politisierte mit Papa Rouget und ging auch zuweilen mit ihm spazieren. Sobald der Offizier eingezogen war, wollte Flore nicht mehr selber die Küche besorgen. Das Kochen verderbe ihre Hände, sagte sie. Auf Wunsch des Großmeisters des Ordens nannte ihm also die Cognette eine ihrer Verwandten, eine ledige Person, deren Herr, ein Pfarrer, soeben gestorben war, ohne ihr etwas zu hinterlassen, eine ausgezeichnete Köchin, die Flore und Max blind ergeben sein werde. Die Cognette versprach übrigens ihrer Verwandten im Namen dieser beiden Mächtigen eine Rente von dreihundert Francs nach zehnjährigen guten, treuen, verschwiegenen und ehrlichen Diensten. Die sechzigjährige Védie fiel durch ein häßliches, von Blatternarben zerfressenes Gesicht auf. Nach dem Dienstantritt der Védie wurde aus der Fischerin im Trüben Madame Brazier. Sie trug ein Korsett und hatte Kleider aus Seide und aus schönen Woll- und Baumwollstoffen an, je nach der Jahreszeit. Sie hatte auch sehr teure Kragen und Halstücher, gestickte Hauben, Halskrausen aus Spitze und Schnürstiefel und befleißigte sich überhaupt einer Eleganz, einer kostbaren Gewandung, die sie verjüngte. Sie war wie ein roher Diamant, den der Edelsteinhändler nun geschliffen und gefaßt hat, um ihm erst seinen vollen Wert zu geben. Sie wollte Max Ehre machen. Nach Ablauf des ersten Jahres, also im Jahre 1817, ließ sie für den armen Major, den es verdroß, zu Fuß herumzulaufen, aus Bourges ein angeblich englisches Pferd kommen. Max hatte in der Umgebung einen ehemaligen Ulanen der kaiserlichen Garde aufgestöbert, einen Polen namens Kuski, der im Elend lebte und es zufrieden war, bei Monsieur Rouget in der Eigenschaft als Bursche des Majors einzutreten. Max wurde Kuskis Abgott, zumal nach dem Duell mit den drei royalistischen Offizieren. Vom Jahre 1817 an zählte also Rougets Hausstand fünf Personen, davon drei Gebieter, und die Ausgaben betrugen ungefähr achttausend Francs jährlich.

Zu dem Zeitpunkt, da Madame Bridau wieder nach Issoudun kam, um eine ernsthaft gefährdete Erbschaft zu retten, wie sich der Anwalt Desroches ausdrückte, war Papa Rouget gleichsam zu einem vegetativen Dasein herabgesunken. Zunächst sorgte Mademoiselle Brazier dafür, daß seit dem Einzug des Majors gespeist wurde wie bei einem Bischof. Rouget, der sich ganz den Tafelfreuden hingab, aß immer mehr und mehr, verführt von den vortrefflichen Gerichten, die die Védie bereitete. Trotz dieser erlesenen, reichlichen Ernährung wurde er jedoch kaum dikker. Von Tag zu Tag sank er mehr in sich zusammen und wirkte ermüdet, vielleicht durch die Verdauung, und seine Augen bekamen dunkle Ränder. Wenn ihn jedoch auf seinen Spaziergängen jemand nach seinem Befinden fragte, beteuerte er, er habe sich noch nie so wohl gefühlt. Da er schon von je für ungewöhnlich beschränkt gegolten hatte, bemerkte man das ständige Nachlassen seiner Geisteskräfte nicht. Seine Liebe zu Flore war das einzige Gefühl, das ihn am Leben erhielt; er lebte nur durch sie, und so kannte seine Schwäche ihr gegenüber keine Grenzen. Er gehorchte einem Blick, belauerte jede Bewegung dieses Geschöpfs, wie ein Hund die geringsten Gebärden seines Herrn belauert. Kurz, wie Madame Hochon sich ausdrückte, Papa Rouget wirkte mit seinen siebenundfünfzig Jahren älter als der damals achtzigjährige Hochon.

Jeder erwartet mit Recht, daß Max' Wohnung dieses reizenden jungen Mannes würdig war. In der Tat hatte sich der Major im Laufe von sechs Jahren immer mehr Behaglichkeit geschaffen und die kleinsten Einzelheiten seiner Wohnung schöner gestaltet, sowohl um seiner selbst als auch um Flores willen. Dabei war es nur die in Issoudun übliche Behaglichkeit. Verschiedenfarbige Fliesen, ziemlich geschmackvolle Tapeten, Mahagonimöbel, Spiegel mit vergoldeten Umrahmungen, Musselinvorhänge mit aufgenähten roten Streifen, ein Himmelbett mit Vorhängen, die so angeordnet waren, wie das die Provinztapezierer für eine reiche Braut machen, und die dann als Inbegriff aller Prachtentfaltung gelten, was man aber auf den gewöhnlichsten Modebildern sehen kann, und so alltäglich, daß es der geringste Pariser Ladeninhaber als Brautbett ablehnen würde. Etwas ganz Unerhörtes jedoch gab es, wovon in ganz Issoudun gesprochen wurde, und zwar Bastmatten auf der Treppe, sicherlich um das Geräusch der Schritte zu dämpfen. Niemand erwachte daher, wenn Max bei Morgengrauen heimkehrte, und Rouget hatte keine Ahnung, daß sein Gast an den Taten der Ritter vom goldenen Leichtsinn beteiligt war.

In einem Morgenrock aus schönem Baumwollstoff mit dichten rosa Streifen, ein Spitzenhäubchen auf dem Kopf, die Füße in pelzgefütterten Pantoffeln, öffnete Flore eines Morgens gegen acht Uhr leise die Tür zu Max' Zimmer. Da sie ihn jedoch schlafend fand, blieb sie vor seinem Bett stehen.

»Er ist so spät nach Hause gekommen«, sagte sie sich, »halb vier war es. Dazu gehört eine eiserne Natur, um diese Späße mitzumachen. Wie stark er ist, dieser liebenswerteste aller Männer . . .! Was sie wohl heute nacht wieder angestellt haben?«

»Ah, da bist du ja, kleine Flore«, sagte Max, der nach Soldatenart erwachte, das heißt, der durch die Kriegserlebnisse daran gewöhnt war, bei einem noch so plötzlichen Aufwachen sofort alle seine Gedanken beisammen und seine Kaltblütigkeit zur Verfügung zu haben.

»Du willst schlafen, ich gehe . . .«

»Nein, bleib! Es gibt schlimme Neuigkeiten . . .«

»Habt ihr heute nacht eine Dummheit begangen?«

»Ach was . . .! Es handelt sich um uns und um diesen alten Esel. Du hast mir nie etwas von seiner Familie gesagt . . . Also, sie kommt her, diese Familie, sicher doch, um uns Schwierigkeiten zu machen.«

»Na warte, dem werde ich es beibringen!« sagte Flore.

»Mademoiselle Brazier«, erklärte Max ernst, »es geht um allzu wichtige Dinge, als daß wir leichtfertig handeln dürften. Schick mir meinen Kaffee herauf, ich will ihn im Bett trinken und dabei nachdenken, wie wir uns zu verhalten haben. Komm um neun Uhr wieder, da wollen wir darüber sprechen. Inzwischen stell dich so, als ob du von nichts wüßtest.«

Von dieser Nachricht betroffen, ließ Flore Max allein und ging, um ihm seinen Kaffee zu bereiten. Eine Viertelstunde später aber stürzte Baruch herein und sagte zu dem Großmeister: »Fario sucht seinen Karren . . .!«

Innerhalb von fünf Minuten war Max angezogen, ging hinunter und aus dem Hause. Er gab sich den Anschein, herumzubummeln und gelangte so an den Fuß des Turmes, wo er eine beträchtliche Menschenansammlung vorfand. »Was gibt's denn?« fragte er, zwängte sich durch die Menge und drang bis zu dem Spanier vor.

Fario war ein kleiner, hagerer Mann von einer Häßlichkeit, die der eines spanischen Granden nicht nachstand. Seiner Glutaugen wegen, die wie mit einem Bohrer eingetrieben schienen und sehr nahe der Nase standen, hätte man ihn in Neapel sicher für mit dem bösen Blick behaftet gehalten. Der kleine Mann machte den Eindruck eines sanftmütigen Menschen, weil er ernste, ruhige, langsame Bewegungen hatte. Man nannte ihn deswegen auch den guten Fario; aber seine pfefferkuchenfarbene Haut und seine Sanftmut verbargen dem Unwissenden und enthüllten dem Beobachter den halb maurischen Charakter eines Bauern aus Granada, den bisher noch nichts aus seinem Phlegma und aus seiner Faulheit aufgestört hatte.

»Sind Sie sicher«, fragte ihn Max, nachdem er sich das Gejammer des Getreidehändlers angehört hatte, »daß Sie Ihren Karren auch mitgebracht haben? Denn in Issoudun gibt es ja Gott sei Dank keine Diebe.«

»Da hat er gestanden . . .«

»Wenn das Pferd angespannt geblieben ist, kann es dann nicht den Wagen weitergezogen haben?«

»Da ist mein Pferd«, sagte Fario und wies auf das angeschirrte Tier, das dreißig Schritt weit von ihnen entfernt stand.

Max ging mit gewichtiger Miene zu der Stelle hin, wo das Pferd stand, damit er den Fuß des Turmes sehen konnte, wenn er den Blick hob; denn die Menschenansammlung befand sich unten am Hügel. Alle folgten ihm, und gerade das wollte er.

»Hat vielleicht jemand aus purer Zerstreutheit einen Wagen in die Tasche gesteckt?« rief François.

»Sehen Sie doch mal in Ihren Taschen nach«, meinte Baruch.

Alles lachte. Fario fluchte. Bei einem Spanier zeigen Flüche den höchsten Grad des Zornes an.

»Ist dein Wagen leicht?« fragte Max.

»Leicht . . .?« versetzte Fario. »Wenn die, die mich auslachen, ihn auf die Füße bekämen, würden ihnen ihre Hühneraugen nicht mehr weh tun.«

»Er muß aber doch verflucht leicht sein«, erwiderte Max, nach dem Turme deutend, »denn er ist auf den Hügel hinaufgeflogen!«

Bei diesen Worten erhoben alle die Augen, und es gab beinahe einen Aufruhr auf dem Markte. Jeder zeigte dem anderen den Zauberwagen. Alles redete durcheinander.

»Der Teufel beschützt die Schankwirte, die ja alle seine Kunden sind«, belehrte der junge Goddet den verdutzten Händler. »Er hat dich lehren wollen, Karren nicht auf der Straße herumstehen zu lassen, anstatt sie im Wirtshaus unterzustellen.«

Bei dieser Rede brach die Menge in Hohngelächter aus, denn Fario galt für geizig.

»Na, mein wackerer Mann«, sagte Max, »nur nicht den Mut verlieren. Wir wollen zum Turm hinaufsteigen, um zu sehen, wie dein Karren da hinaufgekommen ist. Schockschwerenot, wir wollen dir behilflich sein. Kommst du mit, Baruch? Und du«, flüsterte er François zu, »mach, daß sich die Leute verdrücken und niemand hier unten am Hügel ist, wenn du uns oben siehst.«

Fario, Maxence, Baruch und drei andere Ritter stiegen zum Turm hinauf. Während dieses ziemlich gefährlichen Aufstiegs stellte Max mit Fario übereinstimmend fest, daß sich keinerlei Spuren fanden, die auf ein Hinaufschaffen des Karrens hingewiesen hätten. Fario glaubte deswegen an irgendeine Hexerei und war ganz wirr im Kopf. Als sie oben angelangt waren und die Sache untersuchten, schien es allen Ernstes unmöglich.

»Wie soll ich ihn hinunterschaffen . . .?« meinte der Spanier, dessen kleine schwarze Augen zum erstenmal Entsetzen ausdrückten, und dessen gelbes, hohlwangiges Gesicht blaß wurde, was man nicht für möglich gehalten hätte.

»Wie?« meinte Max. »Das scheint mir gar nicht schwierig . . .« Und die Verblüffung und das Erstaunen des Getreidehändlers ausnützend, faßte er mit starken Armen den Karren an der Deichsel, um ihn hinunterzuschleudern; dann, im Augenblick des Loslassens, rief er mit Donnerstimme: »Aufgepaßt, da unten . . .!«

Es konnte aber gar kein Unglück geschehen, denn die von Baruch gewarnte und von Neugier gepackte Menge hatte sich in die erforderliche Entfernung auf den Platz zurückgezogen, um zu sehen, was auf dem Hügel vorging. Der Karren zerschellte in geradezu malerischer Weise in eine Unzahl von Stücken.

»Jetzt ist er unten!« sagte Baruch.

»Oh, ihr Schurken! Oh, ihr Lumpen!« rief Fario. »Da wart ihr es wohl auch, die ihn heraufgeschafft haben . . .«

Max, Baruch und ihre drei Gefährten lachten über die Schimpferei des Spaniers.

»Wir hatten dir gefällig sein wollen«, erklärte Max kalt. »Dein verfluchter Karren hätte mich beinahe im Schwung mitgerissen, und so dankst du uns . . .? Ja, aus was für einem Lande stammst denn du eigentlich . . .?«

»Ich bin aus einem Lande, wo man nicht verzeiht«, versetzte Fario, bebend vor Zorn. »Ihr werdet auf meinem Karren zum Teufel fahren . . . Es sei denn«, setzte er hinzu und wurde sanft wie ein Lamm, »daß ihr mir einen neuen dafür gebt?«

»Darüber ließe sich reden«, meinte Max beim Abstieg.

Als sie unten waren und zu den ersten lachenden Gruppen stießen, faßte Max Fario an einem Westenknopf und sagte zu ihm: »Ja, mein wackerer Papa Fario, ich schenke dir einen prächtigen Karren, wenn du mir zweihundertfünfzig Francs gibst; aber ich kann nicht dafür bürgen, daß er nicht ebenfalls auf Türme fliegen wird, wie dieser da.«

Bei diesem letzten Scherz blieb Fario kalt, als handele es sich darum, ein Geschäft abzuschließen.

»Oh«, erwiderte er, »Sie könnten wirklich keine bessere Verwendung für Papa Rougets Geld finden, als wenn Sie mir zu einem neuen Karren verhelfen wollten!«

Max wurde blaß; er hob seine gefürchtete Faust gegen Fario, aber Baruch, der wohl wußte, daß ein solcher Hieb den Spanier nicht allein treffen würde, hob Fario auf wie eine Feder und sagte leise zu Max:

»Mach keine Dummheiten!«

Der zur Ordnung gerufene Major lachte und gab Fario zur Antwort: »Wenn ich dir aus Versehen deinen Karren zerschmettert habe, so hast du dafür versucht, mich zu verleumden; wir sind also quitt.«

»Noch nicht«, knurrte Fario, »aber es ist mir lieb, zu wissen, was mein Karren wert war.«

»Haha, Max, da bist du an einen geraten, der dir zu antworten weiß!« sagte ein Zeuge dieser Szene, der nicht zum Orden vom goldenen Leichtsinn gehörte.

»Auf Wiedersehen, Monsieur Gilet! Ich danke Ihnen heute noch nicht für Ihre Hilfe«, sagte der Getreidehändler beiläufig, bestieg sein Pferd und verschwand unter den Hurrarufen der Zuschauer.

»Wir wollen Ihnen die Eisenreifen aufheben«, rief ihm ein Wagenbauer nach, der herbeigekommen war, um die Wirkung des Sturzes in Augenschein zu nehmen.

Ein Deichselarm hatte sich kerzengerade aufgepflanzt wie ein Baum. Max stand blaß und nachdenklich da, ins Herz getroffen von den Worten des Spaniers. Fünf Tage lang wurde in Issoudun von nichts als Farios Karren geredet. Es war ein Reisewagen, wie der junge Goddet sagte, denn er machte die Runde im Berry, wo man sich die Späße erzählte, die Max und Baruch vollführt hatten. So war der Spanier noch acht Tage nach dem Vorfall in drei Départements in aller Munde und der Gegenstand des allgemeinen Klatsches, was ihn am meisten verdroß. Aber auch über Max und die Fischerin im Trüben tuschelte man einander im Zusammenhang mit den schrecklichen Antworten des rachsüchtigen Spaniers in Issoudun tausenderlei Vermutungen ins Ohr, und in Bourges, Vatan, Vierzon und Châteauroux sagte man es schon ganz laut. Maxence Gilet kannte die Gegend zur Genüge und konnte sich denken, wie boshaft diese Redereien sein mochten. – Man kann sie nicht am Schwatzen hindern, dachte er bei sich. Da habe ich einmal einen sehr albernen Streich gemacht.

»Augen auf, Max«, sagte François und ergriff ihn beim Arm. »Heute abend kommen sie.«

»Wer?«

»Die Bridaus! Meine Großmutter hat gerade eben von ihrem Patenkind einen Brief erhalten.«

»Hör mal zu, mein Junge!« flüsterte ihm Max ins Ohr. »Ich habe über diese Angelegenheit ernstlich nachgedacht. Weder Flore noch ich dürfen den Eindruck erwecken, den Bridaus feindlich gesinnt zu sein. Wenn die Erben Issoudun verlassen sollen, so müßt ihr, die Hochons, sie vertreiben. Schau dir diese Pariser mal genau an, und wenn ich sie ebenfalls abgeschätzt habe, dann wollen wir morgen bei der Cognette besprechen, was wir mit ihnen anstellen und wie wir ein Zerwürfnis zwischen ihnen und deinem Großvater herbeiführen können . . .«

»Der Spanier hat Max' verwundbare Stelle herausgefunden«, sagte Baruch zu seinem Vetter François, als sie in Hochons Haus zurückkehrten und ihrem Freunde nachsahen, der heimging.

Während Max seinen Streich vollführte, hatte Flore, ungeachtet der Ermahnungen ihres Gefährten, ihren Zorn nicht im Zaum halten können, und ohne zu wissen, ob es dessen Pläne förderte oder ihnen schaden, fiel sie über den armen alten Junggesellen her. Wenn sich Jean-Jacques den Zorn seiner Magd zugezogen hatte, wurden ihm sofort alle die gewohnten Freundlichkeiten entzogen, die doch sein ganzes Glück ausmachten. Kurzum: Flore ließ ihren Herrn Buße tun. Dann gab es keines der liebevollen Worte mehr, die sie in den verschiedensten Tonarten und von mehr oder weniger zärtlichen Blicken begleitet in die Rede einzuflechten pflegte: mein Katerchen, mein Schäfchen, mein Zuckerschnutchen, mein Liebling, mein Mausi und so weiter. Ein trockenes, kaltes, ironisch ehrerbietiges Sie drang dann dem Unglücklichen wie eine Dolchspitze ins Herz. Dieses Sie war eine Kriegserklärung. Hierauf, anstatt dem Biedermann beim Aufstehen behilflich zu sein, ihm seine Kleider zu reichen, seinen Wünschen zuvorzukommen, ihn mit jener Bewunderung zu betrachten, die alle Frauen auszudrücken verstehen und die, je plumper sie ist, nur um so mehr gefällt, wenn sie zum Beispiel sagte: »Sie sind frisch wie eine Rose! – Sie sehen ja glänzend aus! – Wie schön du bist, mein alter Jean!« – kurz, anstatt ihn beim Ankleiden mit ihren drolligen Einfällen und gepfefferten Witzen zu unterhalten, ließ Flore ihn sich ganz allein ankleiden. Wenn er dann die Fischerin im Trüben rief, antwortete sie unten von der Treppe her: »Ich kann doch nicht alles auf einmal tun, auf Ihr Frühstück aufpassen und Ihnen in Ihrem Zimmer aufwarten! Sie sind doch wirklich alt genug, Sie können sich doch allein anziehen!«

Mein Gott, was habe ich ihr bloß getan? fragte sich der alte Mann, der gerade wieder barsch abgewiesen worden war, als er warmes Wasser zum Rasieren verlangte.

»Védie, bringen Sie dem Herrn warmes Wasser«, rief Flore.

»Nanu, Védie . . .?« fragte der arme Mann, ganz stumpfsinnig in der Befürchtung des Zorns, den er auf sich lasten fühlte. »Védie, was hat denn Madame heute morgen?«

Flore Brazier ließ sich nämlich von ihrem Herrn, von Védie, von Kuski und von Max Madame nennen.

»Wie es scheint, hat sie etwas über Sie erfahren, das gar nicht schön ist«, antwortete Védie mit erheuchelter, tief bekümmerter Miene. »Sie tun unrecht, Monsieur. Wissen Sie, ich bin ja nur eine arme Magd, und Sie können mir sagen, daß ich kein Recht hätte, meine Nase in Ihre Angelegenheiten zu stecken; aber wenn Sie auch wie jener König aus der Heiligen Schrift unter allen Frauen der Erde nach einer suchten, die so ist wie Madame, so würden sie keine finden. Sie sollten ihre Fußspuren küssen, wohin sie auch geht . . . Oh, wenn Sie ihr Kummer bereiten, so wird er auf Sie selber zurückfallen. Sie hatte sogar Tränen in den Augen.«

Védie ließ den armen Mann niedergeschmettert stehen. Er sank in einen Lehnstuhl, starrte vor sich hin wie ein trübsinniger Irrer und vergaß, sich zu rasieren. Dieser Wechsel zwischen Zärtlichkeit und Kälte brachte bei diesem schwachen Menschen, der einzig durch die Liebesempfindung existierte, die gleichen krankhaften Erscheinungen hervor, wie sie sich bei plötzlichem Übergang von tropischer Hitze zu Polarkälte am Körper zeigen. Es war jedesmal wie eine schwere seelische Erkältung, die ebenso an ihm zehrte wie eine richtige Krankheit. Einzig Flore konnte diese Wirkungen bei ihm auslösen, denn nur zu ihr war er ebenso gut wie er dumm war.

»Nanu, Sie haben sich ja noch nicht rasiert?« herrschte sie ihn von der Schwelle aus an.

Papa Rouget fuhr erschreckt hoch, und so blaß und verstört er auch eben noch gewesen war, jetzt wurde er mit einemmal dunkelrot, ohne daß er es gewagt hätte, sich über diesen Überfall zu beschweren.

»Ihr Frühstück wartet auf Sie. Sie können ja in Schlafrock und Pantoffeln herunterkommen, Sie müssen ohnehin allein frühstücken.«

Und ohne eine Antwort abzuwarten, verschwand sie. Ihn allein frühstücken zu lassen, das war die Strafe, die ihn am meisten kränkte, da er gern beim Essen plauderte. Als er die Treppe hinuntergegangen war, bekam er einen Hustenanfall; die Aufregung hatte seinen alten Katarrh wieder aufleben lassen.

»Huste du nur immerzu«, sagte Flore in der Küche, ohne sich darum zu bekümmern, ob ihr Herr es hörte oder nicht. »Zum Teufel auch, der alte Spitzbube kann was vertragen; um den braucht man sich keinerlei Sorge zu machen. Wenn der jemals seine Seele aushustet, dann werden wir anderen schon längst tot sein . . .«

Solcher Art waren die Liebenswürdigkeiten, mit denen die Fischerin im Trüben ihren Herrn bedachte, wenn sie im Zorn war. Der arme Mann setzte sich tieftraurig im Eßzimmer an eine Ecke des Tisches und betrachtete mit trostloser Miene seine alten Möbel, seine alten Gemälde.

»Sie hätten sich recht gut eine Krawatte umbinden können«, tadelte ihn Flore, als sie hereinkam. »Oder glauben Sie, daß es angenehm ist, Ihren Hals zu sehen, der röter und faltiger ist als der eines Truthahnes?«

»Aber was habe ich Ihnen denn nur getan?« fragte er und hob seine hellgrünen, vorquellenden Augen, die voll Tränen standen, zu ihr auf, wobei er es wagte, ihrer kalten Miene zu trotzen.

»Was Sie getan haben . . .« fragte sie. »Das wissen Sie nicht? Solch ein Heuchler . . .! Ihre Schwester Agathe, die Ihre Schwester ist, wie ich die Schwester des Turmes von Issoudun bin, nach dem, was Ihr Vater behauptet hat und die Sie gar nichts angeht, kommt aus Paris mit ihrem Sohn, diesem armseligen Zweisousmaler. Sie kommen Sie besuchen ...«

»Meine Schwester und meine Neffen kommen nach Issoudun ...?« fragte er ganz verblüfft.

»Ja, spielen Sie nur den Erstaunten, damit ich glauben soll, daß Sie Ihnen nicht geschrieben haben, sie möchten herkommen. Das sieht ja ein Blinder. Haben Sie nur keine Angst, wir werden Ihre Pariser nicht stören, denn noch bevor die ihre Füße hier hereingesetzt haben werden, haben wir das Feld geräumt. Max und ich, wir verschwinden auf Nimmerwiedersehen. Was Ihr Testament betrifft, so werde ich es Ihnen vor der Nase in vier Stücke zerreißen, haben Sie verstanden ...? Lassen Sie Ihr Vermögen Ihrer Familie; wir sind ja nicht Ihre Familie. Sie werden ja sehen, ob Sie geliebt werden von Leuten, die Sie seit dreißig Jahren nicht gesehen haben, die Sie überhaupt nie gesehen haben. Ihre Schwester wird mich kaum ersetzen! So eine überspannte Frömmlerin!«

»Ist das alles, kleine Flore?« fragte der alte Mann. »Ich werde weder meine Schwester noch meine Neffen empfangen. Ich schwöre dir, es ist das erstemal, daß ich von ihrer Ankunft höre. Aber das hat mir Madame Hochon eingebrockt, die alte Betschwester ...«

Da erschien plötzlich Max, der Papa Rougets Antwort noch gehört hatte, und fragte in herrischem Ton:

»Was geht hier vor ...?«

»Mein guter Max«, antwortete der Alte, der glücklich war, den Soldaten für sich zu gewinnen, denn nach einem mit Flore getroffenen Übereinkommen ergriff dieser immer Rougets Partei, »ich schwöre bei allem, was mir heilig ist, daß ich die Nachricht eben erst erfahren habe; ich habe meiner Schwester nie geschrieben. Mein Vater hat mir das Versprechen abgenommen, ihr nichts von meinem Vermögen zu hinterlassen, sondern es lieber der Kirche zu schenken ... Mit einem Wort, ich werde weder meine Schwester noch ihre Söhne empfangen.«

»Ihr Vater hatte unrecht, mein lieber Jean-Jacques, und Madame hat noch mehr unrecht«, erwiderte Max. »Ihr Vater hatte seine Gründe; er ist tot, und sein Haß muß auch tot sein. Ihre

Schwester ist schließlich Ihre Schwester, Ihre Neffen sind Ihre Neffen. Sie sind es sich selbst und auch uns schuldig, sie gut aufzunehmen. Was würde sonst in Issoudun für ein Gerede entstehen ...? Verdammt noch mal, ich habe genug Sorgen auf dem Buckel; das fehlte mir gerade noch, daß es hieße, wir ließen niemanden zu Ihnen, Sie wären nicht frei, wir hätten Sie gegen Ihre Erben aufgehetzt, wir hätten es auf Ihre Erbschaft abgesehen. Hol' mich der Teufel, wenn ich nicht bei der zweiten Verleumdung auf und davon gehe! Ich habe genug an einer. Jetzt wollen wir frühstücken.«

Flore, die wieder sanft geworden war wie ein Täubchen, half Védie beim Tischdecken. Papa Rouget, voll Bewunderung für Max, ergriff dessen Hände, zog ihn in eine Fensternische und sagte leise zu ihm: »Ach Max, wenn ich einen Sohn hätte, könnte ich ihn nicht lieber haben als dich. Und Flore hatte recht: ihr zwei, ihr seid meine Familie ... Du bist ein Ehrenmann, Max, und alles, was du gesagt hast, ist richtig.«

»Sie müssen Ihre Schwester und Ihren Neffen sehr gut aufnehmen, aber nichts an Ihren Verfügungen ändern«, unterbrach ihn Max. »So werden Sie Ihrem Vater und den Leuten Genüge tun.«

»Kommt, ihr Lieben«, rief Flore heiter, »das Essen wird kalt. Da, hast du eine Hühnerkeule, mein altes Mausi«, sagte sie zu Jean-Jacques und lächelte ihm zu.

Bei diesem Wort verlor das Pferdegesicht des Biedermanns seine leichenhafte Blässe, und auf seinen hängenden Lippen zeigte sich ein Lächeln, als habe er Theriak geschluckt[130]. Er mußte auch jetzt wieder husten, denn das Glücksgefühl, wieder in Gnaden aufgenommen zu sein, verursachte ihm eine Erregung ähnlich der, die er empfand, wenn er in Ungnade gefallen war. Flore stand auf, nahm von ihren Schultern einen kleinen Kaschmirschal und band ihn dem alten Mann um den Hals. »Es ist doch zu dumm«, sagte sie, »sich um solcher Kleinigkeiten willen so zu erbosen. Da, alter Tolpatsch, das wird Ihnen gut tun, es hat an meinem Herzen gelegen ...«

»Was für ein gutes Geschöpf!« sagte Rouget zu Max, während Flore eine schwarze Samtkappe holen ging und den beinahe kahlen Kopf des Junggesellen damit bedeckte.

»Sie ist so gut wie schön«, erwiderte Max, »aber sie ist hitzig, wie alle, die das Herz auf der Zunge haben.«

Vielleicht wird man die Kraßheit dieser Schilderung tadeln und finden, daß die Ausbrüche des wahren Wesens der Fischerin im Trüben etwas von jener rohen Wirklichkeit haben, die der Maler im Dunkel lassen sollte. Diese Szene, die sich hundertmal mit schauderhaften Abwandlungen wiederholte, ist jedoch in ihrer groben Form und ihrer grauenvollen Echtheit ein Musterbeispiel aller derer, die von sämtlichen Frauen gespielt werden, auf welcher Stufe der gesellschaftlichen Leiter sie auch stehen mögen, sobald irgendein eigennütziges Ziel, das sie verfolgen, sie von der geraden Linie des Gehorsams abgelenkt hat und sobald sie die Macht ergriffen haben. Wie bei den großen Politikern heiligt auch für sie der Zweck die Mittel. Zwischen Flore Brazier und einer Herzogin, zwischen einer Herzogin und der reichsten Bürgersfrau, zwischen der Bürgersfrau und einer großartig ausgehaltenen Frau bestehen keine Unterschiede als die, die sich aus der Erziehung ergeben, die sie genossen haben, und aus der Umgebung, in der sie leben. Das Schmollen der großen Dame entspricht dem Ungestüm der Fischerin im Trüben. In allen Gesellschaftsschichten haben bittere Scherze, geistreicher Spott, kalte Geringschätzung, scheinheilige Klagen, absichtlich herbeigeführte Streitigkeiten den gleichen Erfolg wie die pöbelhaften Reden dieser Madame Everard[131] von Issoudun.

Max begann so humorvoll die Geschichte mit Fario zu erzählen, daß er den Alten zum Lachen brachte. Védie und Kuski, die gekommen waren, um der Erzählung zu lauschen, brachen im Flur in Gelächter aus. Flore ihrerseits wurde von einer ganz närrischen Lachlust befallen. Nach dem Frühstück, während Jean-Jacques die Zeitungen las, denn es wurden jetzt der ›Constitutionnel‹ und die ›Pandore‹ gehalten, nahm Max Flore mit zu sich hinauf.

»Bist du sicher, daß er kein anderes Testament gemacht hat, seit er dich zur Erbin eingesetzt hat?«

»Er hat ja gar kein Schreibzeug«, antwortete sie.

»Er kann es einem Notar diktiert haben«, meinte Max. »Wenn er es nicht getan hat, muß man diese Möglichkeit immerhin ins Auge fassen. Bereiten wir also den Bridaus einen glänzenden

Empfang, aber versuchen wir, schnellstens alle Hypothekendarlehen flüssigzumachen. Unsere Notare werden gern bereit sein, Übertragungen vorzunehmen, denn dabei fällt genug für sie ab. Die Staatsanleihen steigen von Tag zu Tag; wir werden Spanien erobern und Ferdinand VII. von seinen Cortes[132] befreien. Nächstes Jahr werden daher die Staatsanleihen wahrscheinlich den Nennwert übersteigen. Es ist demnach ein gutes Geschäft, die siebenhundertfünfzigtausend Francs des Alten in Staatsanleihen anzulegen, die jetzt auf neunundachtzig stehen. Du mußt aber versuchen, daß es auf deinen Namen geschieht.«

»Eine glänzende Idee!« bestätigte Flore.

»Und da es für achthundertneunzigtausend Francs fünfzigtausend Francs Zinsen geben wird, müssen wir ihn dazu bewegen, sich die fehlenden hundertvierzigtausend Francs auf zwei Jahre zu leihen, in zwei Raten rückzahlbar. In zwei Jahren können wir in Paris hunderttausend Francs bekommen, und hier kriegen wir dann neunzigtausend. Wir riskieren also nichts.«

»Was wäre aus mir geworden ohne dich, mein schöner Max«, sagte sie.

»Und morgen abend, nachdem ich mir die Pariser angesehen habe, wollen wir bei der Cognette auf Mittel und Wege sinnen, wie man es anstellen muß, daß die Hochons sie von sich aus fortschicken.«

»Du hast Geist, mein Engel! Du bist wirklich der entzückendste Mann.«

Über die Place Saint-Jean führt eine Straße, die in ihrem oberen Teil Grande-Narette und im unteren Petite-Narette heißt. Im Berry drückt das Wort Narette die gleiche Geländebeschaffenheit aus wie das genuesische Wort Salita, nämlich eine Straße mit schroffem Gefälle. Von der Place Saint-Jean bis zur Porte Vilatte fällt diese Straße steil ab. Das Haus des alten Monsieur Hochon liegt dem gegenüber, in dem Jean-Jacques Rouget wohnte. Oft konnte man, wenn die Vorhänge weggezogen waren oder wenn die Türen offenstanden, aus einem Fenster des Zimmers, in dem sich Madame Hochon aufhielt, sehen, was bei Papa Rouget vorging, und umgekehrt. Das Haus des alten Hochon ist dem Rougets so ähnlich, daß die beiden Gebäude wohl von ein und demselben Baumeister erbaut worden sind. Hochon, ein ehemaliger Einnehmer der ›Tailles‹[133] in Selles im Berry, aber in Issoudun geboren, war nach seiner Vaterstadt zurückgekehrt, um dort die Schwester des Subdelegierten, des galanten Lousteau, zu heiraten, und hatte seinen Posten in Selles mit dem gleichen Amt in Issoudun vertauscht. Im Jahre 1786 war er bereits im Ruhestand und entging so den Stürmen der Revolution, mit deren Grundsätzen er übrigens völlig einverstanden war, wie alle ehrbaren Leute, die mit den Wölfen heulen. Monsieur Hochon machte seinem Ruf als ein großer Geizhals alle Ehre. Aber wäre es nicht eine überflüssige Wiederholung von schon so oft Gesagtem, ihn zu schildern? Einer unter vielen Einzelfällen, die von seinem Geiz zeugten und die ihn berühmt gemacht hatten, möge genügen, um den ganzen Hochon zu erklären.

Bei der Hochzeit seiner inzwischen verstorbenen Tochter, die einen Borniche heiratete, mußte er die Familie Borniche zum Essen einladen. Der junge Ehemann, der ein großes Vermögen erben sollte, starb vor Kummer, weil er schlechte Geschäfte gemacht hatte, und vor allem, weil ihm seine Eltern jede Hilfe verweigerten. Diese alten Borniches lebten damals noch und waren froh, daß Monsieur Hochon die Vormundschaft über die Kinder übernahm, was er tat, weil er auf diese Weise die Mitgift seiner Tochter zu retten gedachte. Am Tag der Unterzeichnung des Ehevertrags war die ganze Verwandtschaft der beiden Familien im Zimmer versammelt, die Hochons auf einer Seite, die Borniches auf der anderen. Während der junge Notar Héron feierlich den Vertrag vorlas, trat die Köchin ein und bat Monsieur Hochon um ein Stück Bindfaden, um den Truthahn zu umwikkeln, der den Höhepunkt des Festmahls bilden sollte. Der ehemalige Steuereinnehmer zog aus der Tasche seines Gehrocks ein Stück Bindfaden, das bestimmt schon zur Verschnürung eines Paketes gedient hatte, und gab es ihr. Bevor jedoch die Köchin bei der Tür angelangt war, rief er ihr nach: »Daß du ihn mir aber ja wiedergibst, Gritte!« Gritte ist im Berry die übliche Kurzform für Marguerite. Das dürfte genügen, um sowohl Monsieur Hochon zu kennzeichnen als auch um zu begreifen, daß in der Stadt über diese Familie, die aus Vater, Mutter und drei Kindern bestand, Witze gemacht wurden.

Von Jahr zu Jahr war Monsieur Hochon knickriger geworden, besorgter um seinen Besitz, und nun war er fünfundachtzig Jahre alt. Er gehörte zu der Art von Leuten, die mitten auf der Straße, während eines angeregten Gespräches, sich bücken, um eine Stecknadel aufzuheben, und dabei sagen: »Da sieht man, was eine Frau so den ganzen Tag über macht!« und die dann die Stecknadel in ihren Ärmelaufschlag stecken. Er beschwerte sich allen Ernstes über die schlechte Qualität der modernen Tuche, weil sein Rock nur zehn Jahre lang gehalten habe. Er war groß, hager, dürr und von gelber Hautfarbe, sprach wenig, las wenig, strengte sich nicht die Spur an und beobachtete wie ein Orientale peinlich die Formen des Anstands. Im Haus hielt er alle zu großer Mäßigkeit an und teilte seiner übrigens ziemlich zahlreichen Familie Speise und Trank genau zu. Jene Familie bestand aus seiner Frau, der geborenen Lousteau, seinem Enkel Baruch und dessen Schwester Adolphine, den Erben der alten Borniches, und aus seinem anderen Enkel François Hochon.

Der ältere Sohn Hochons, der im Jahre 1813 von dem Aufgebot der Söhne aus guter Familie, die der Rekrutenaushebung entgangen waren, für die sogenannten Ehrengarden erfaßt wurde, war im Gefecht bei Hanau gefallen. Dieser Anwärter auf das Erbe hatte sehr frühzeitig eine reiche Frau geheiratet, um nicht irgendeiner neuen Aushebung zum Opfer zu fallen; nun aber vertat er sein ganzes Vermögen, da er sein Ende ahnte. Seine Frau, die dem französischen Heer von ferne folgte, starb im Jahre 1814 in Straßburg, wo sie Schulden hinterließ, deren Bezahlung der alte Hochon ablehnte, indem er den Gläubigern den Grundsatz der alten Rechtsprechung entgegenhielt: »Frauen gelten als Minderjährige.«

Man konnte also auch weiterhin seine Witze über die fünf Hochons machen, denn der Haushalt bestand nach wie vor aus fünf Personen, nämlich aus drei Enkeln und den Großeltern. Die Witzeleien dauerten an, weil in der Provinz ein Witz nicht so leicht veraltet. Die damals sechzigjährige Gritte verrichtete die ganze Arbeit.

Das Haus war zwar geräumig, enthielt aber nur wenig Möbel. Immerhin konnten Madame Bridau und Joseph in zwei Zimmern des zweiten Stockwerks bequem untergebracht werden. Wie bereute es der alte Hochon jetzt, zwei Betten dort oben gelassen zu haben, zwei alte, mit besticktem Stoff bezogene Lehnstühle aus ungestrichenem Holz und einen Nußbaumtisch, auf dem ein Wasserkrug in seinem blaugeränderten Becken stand. Der Greis pflegte seinen Vorrat an Winteräpfeln und -birnen, an Mispeln und Quitten in diesen beiden Zimmern, wo sich die Ratten und Mäuse tummelten, auf Stroh auszubreiten. So roch es denn dort auch immer nach Obst und Mäusen. Madame Hochon ließ alles säubern. Die stellenweise abgelösten Tapeten wurden mittels Klebleisten wieder befestigt. Die Fenster schmückte sie mit kleinen Gardinen, die sie aus ihren alten Musselinkleidern zurechtschnitt. Da ihr Mann es ihr nicht gestattete, kleine, aus Tuchstreifen geflochtene Läufer zu kaufen, gab sie ihren eigenen Bettvorleger ihrer ›kleinen Agathe‹, die sie trotz der vollen siebenundvierzig Jahre immer nur die »arme Kleine« nannte. Von den Borniches lieh sich Madame Hochon zwei Nachttischchen aus, und sie war sogar so kühn, bei einem Trödler, einem Nachbarn der Cognette, zwei alte Kommoden mit Messinggriffen zu mieten. Sie besaß ferner zwei Doppelleuchter aus kostbarem Holz, die ihr Vater, dessen Steckenpferd die Drechslerei war, selber gedreht hatte. In den Jahren von 1770 bis 1780 gehörte es bei den reichen Leuten zum guten Ton, ein Handwerk zu erlernen, und Monsieur Lousteau der Ältere, ein ehemaliger Oberschreiber beim Steueramt, war Drechsler, wie Ludwig XVI. Schlosser war. Die Leuchter waren mit Ringen aus Rosen-, Pfirsich- und Aprikosenwurzeln verziert. Diese kostbaren Reliquien stellte Madame Hochon großzügig zur Verfügung ... Alle diese Vorbereitungen stimmten Monsieur Hochon, der noch nicht recht an die Ankunft der Bridaus glaubte, immer bedenklicher.

Am Morgen des Tages, da Fario der bewußte Streich gespielt worden war, sagte Madame Hochon nach dem Frühstück zu ihrem Mann: »Ich hoffe, Hochon, daß du Madame Bridau, mein Patenkind, gut aufnehmen wirst.« Dann, als sie sich vergewissert hatte, daß ihre Enkel fort waren, fügte sie hinzu: »Ich habe über mein Vermögen zu verfügen, also zwinge mich nicht, Agathe durch mein Testament für einen schlechten Empfang zu entschädigen.«

»Ja glaubst du denn«, erwiderte Hochon sanft, »daß ich in meinem Alter nicht weiß, was sich gehört?«

»Du weißt genau, was ich meine, du alter Heimtücker. Sei also nett zu unseren Gästen und vergiß nicht, wie lieb ich Agathe habe.«

»Du hattest auch einmal Maxence Gilet lieb, der jetzt im Begriff ist, eine Erbschaft durchzubringen, die von rechtswegen deiner geliebten Agathe zukommt . . .! Da hast du aber eine Schlange an deinem Busen genährt. Na, schließlich und endlich mußte ja das Geld der Rougets einmal an irgendeinen Lousteau fallen.«

Nach dieser Anspielung auf Agathes und Max' vermeintliche Abstammung wollte Hochon verschwinden, aber die alte Madame Hochon, eine hagere, gepuderte Frau, die sich noch kerzengerade hielt und ein mit Bändern geschmücktes rundes Häubchen und ein taubengraues Kleid mit engen Ärmeln trug und deren Füße in Hausschuhen steckten, stellte ihre Tabaksdose auf ihr Tischchen und sagte: »Wirklich, wie kann nur ein gebildeter, intelligenter Mann wie du dergleichen dummes Zeug nachreden, das leider meine arme Freundin um ihre Ruhe gebracht hat und nun mein armes Patenkind um das Vermögen ihres Vaters bringen wird. Max Gilet ist nicht der Sohn meines Bruders, dem ich doch seinerzeit geraten habe, sein Geld zu sparen, und du weißt so gut wie ich, daß Madame Rouget die Tugend in Person war . . .«

»Und die Tochter ist der Mutter würdig, sie scheint mir nämlich ziemlich dumm zu sein. Nachdem sie ihr ganzes Vermögen verloren hat, hat sie ihre Kinder so wohl erzogen, daß der eine im Gefängnis sitzt und in einen Strafprozeß vor dem Pairsgericht verwickelt ist, unter der Anklage einer Verschwörung à la Berton[134], und was den andern betrifft, mit dem ist es noch schlimmer, der ist Maler . . .! Wenn deine Schützlinge hierbleiben, bis sie diesen Trottel, diesen Rouget aus den Fängen der Fischerin im Trüben und Gilets befreit haben, werden wir wohl noch mehr als einen Scheffel Salz mit ihnen zusammen verzehren.«

»Genug, Hochon! Wir wollen hoffen, daß sie wenigstens etwas herausschlagen.«

Monsieur Hochon nahm seinen Hut, seinen Spazierstock mit dem Elfenbeinknopf und ging fort, ganz versteinert über diese unerhörten Worte; denn niemals hätte er bei seiner Frau so viel

Entschlossenheit vermutet. Madame Hochon ihrerseits nahm ihr Gebetbuch zur Hand, um die üblichen Meßgebete zu lesen, da ihr hohes Alter sie daran hinderte, täglich in die Kirche zu gehen; fiel es ihr doch schon schwer, an Sonn- und Feiertagen regelmäßig die Messe zu besuchen. Seitdem sie Agathes Antwort erhalten hatte, fügte sie ihren täglichen Gebeten noch eines hinzu: Gott möge Jean-Jacques Rouget die Augen öffnen, Agathe segnen und das Unternehmen gelingen lassen, zu dem sie selber sie veranlaßt hatte. Vor ihren beiden Enkelsöhnen, denen sie Gottlosigkeit vorwarf, hielt sie es geheim, daß sie auch den Pfarrer gebeten hatte, zu diesem Zwecke Messen zu lesen, und zwar während einer neuntägigen, von ihrer Enkelin Adolphine Borniche verrichteten Andacht. Das junge Mädchen mußte als ihre Stellvertreterin die Gebete in der Kirche sprechen.

Adolphine, die damals achtzehn Jahre alt war und seit sieben Jahren neben ihrer Großmutter in diesem kalten Haus mit seiner abgezirkelten, eintönigen Lebensweise arbeitete, unterzog sich um so bereitwilliger dieser Andachtsübung, als sie hoffte, bei Joseph Bridau, dem von Monsieur Hochon verkannten Künstler, vielleicht ein Gefühl für sich zu erwecken, denn gerade der Ungeheuerlichkeiten wegen, die ihr Großvater diesem jungen Pariser zuschrieb, brachte sie ihm ein lebhaftes Interesse entgegen.

Die alten Leute, die vernünftigen, gesetzten Leute, das Stadtoberhaupt und die Familienväter billigten übrigens das Vorgehen der Madame Hochon, und ihre Segenswünsche zugunsten Agathes und ihrer Söhne entsprangen zum Teil der geheimen Verachtung, die ihnen das Betragen eines Maxence Gilet schon seit langem einflößte. So verursachte die Nachricht von der Ankunft der Schwester und des Neffen von Jean-Jacques Rouget in Issoudun die Bildung zweier Parteien: die Partei des vornehmen, alten Bürgertums, die sich leider darauf beschränken mußte, das Beste zu wünschen und die Ereignisse herankommen zu lassen, ohne etwas dazu tun zu können, und die Partei der Ritter vom goldenen Leichtsinn und der Anhänger von Max, denen es sehr wohl zuzutrauen war, daß sie so manche Bosheit gegen die Pariser ins Werk setzen würden.

An jenem Tage also langten Agathe und Joseph um drei Uhr auf der Place Misère bei der Posthalterei an. Trotz ihrer Ermüdung fühlte sich Madame Bridau beim Anblick ihres Geburtsortes verjüngt, wo jeder Schritt Erinnerungen und Jugendeindrücke wachrief. Den damals in Issoudun herrschenden Verhältnissen entsprechend, war die Ankunft der Pariser binnen zehn Minuten in der ganzen Stadt bekannt. Madame Hochon trat unter die Haustür, um ihre Patentochter zu begrüßen, und küßte sie so herzlich, als sei sie ihr eigenes Kind. Nach zweiundsiebzig Jahren eines leeren, eintönigen Lebens, in dem sie stets und ständig die Särge ihrer drei Kinder vor Augen zu haben glaubte, die alle ein unglückliches Ende genommen hatten, hatte sie sich in eine Art künstlicher Mutterliebe für eine junge Person hineingesteigert, die, wie sie sich ausdrückte, sechzehn Jahre lang an ihrem Schürzenband gehangen hatte. In der Öde ihres Provinzdaseins hatte sie diese alte Freundschaft, diese Kindheit und ihre Erinnerungen gehegt, als sei Agathe zugegen gewesen. Sie hatte sich darum auch die Interessen der Bridaus leidenschaftlich zu eigen gemacht. Agathe wurde im Triumph ins Zimmer geführt, wo der würdige Monsieur Hochon kalt blieb wie ein ausgebrannter Backofen.

»Das ist mein Mann, wie findest du ihn?« fragte die Patin Agathe.

»Noch genauso wie damals, als ich ihn zum letztenmal gesehen habe«, antwortete die Pariserin.

»Aha«, meinte der Greis, »man sieht, daß Sie aus Paris kommen; Sie machen Komplimente.«

Die andern wurden ihr vorgestellt: der kleine Baruch Borniche, ein langaufgeschossener junger Mann von zweiundzwanzig Jahren; der kleine François Hochon, vierundzwanzig Jahre alt, und die kleine Adolphine, die errötete und nicht wußte, was sie mit ihren Armen und zumal mit ihren Augen anfangen sollte, denn sie wollte doch nicht den Anschein erwecken, Joseph Bridau anzusehen, den die beiden jungen Leute und der alte Hochon neugierig musterten, allerdings von verschiedenen Gesichtspunkten aus. Der Geizhals sagte sich: Der scheint ja aus dem Spital zu kommen; der wird schön ausgehungert sein! – Die beiden jungen Leute dachten: So ein Räuber! Dieses Gesicht! Na, der wird uns zu schaffen machen!

»Dies ist mein Sohn, der Maler«, erklärte Agathe endlich, auf den Künstler deutend, »mein guter Joseph.« Etwas wie Anstrengung klang in dem Tonfall mit, wie sie das Wort ›guter‹ aussprach, und darin enthüllte sich ihr ganzes Herz, da sie an das Gefängnis im Palais du Luxembourg dachte.

»Er sieht kränklich aus«, rief Madame Hochon, »und er sieht dir nicht ähnlich . . .«

»Nein, Madame«, erwiderte Joseph mit der rücksichtslosen Naivität des Künstlers, »ich sehe meinem Vater ähnlich, und auch das noch im schlechten Sinne!«

Madame Hochon drückte Agathes Hand, die sie in der ihren hielt, und warf ihr einen vielsagenden Blick zu. Diese Geste und dieser Blick sagten: Oh, ich begreife sehr gut, mein Kind, daß du ihm diesen Taugenichts Philippe vorziehst. – Laut aber sagte sie:

»Ich habe Ihren Vater nie gesehen, lieber Junge, aber um Sie gern zu haben, genügt es mir, daß Sie der Sohn Ihrer Mutter sind. Im übrigen haben Sie ja Talent, wie mir die selige Madame Descoings schrieb, die einzige aus der ganzen Familie, die mir in der letzten Zeit Nachricht über euch hat zukommen lassen.«

»Oh, ich bin noch ein Anfänger, aber wenn ich Zeit und Geduld habe, kann ich es vielleicht einmal zu Ruhm und Vermögen bringen.«

»Durch die Malerei . . .?« fragte Hochon mit deutlicher Ironie.

»Adolphine, geh, sieh doch nach dem Essen«, sagte Madame Hochon.

»Mutter«, meinte Joseph, »ich will unsere Koffer hereinschaffen lassen, die eben gebracht werden.«

»Hochon, zeig Monsieur Bridau die Zimmer«, bat die Großmutter François.

Da um vier Uhr gegessen wurde und es erst halb vier Uhr war, ging Baruch in die Stadt, um über die Familie Bridau zu berichten, Agathes Toilette zu beschreiben und vor allem von Joseph zu erzählen, dessen zerfurchtes, kränkliches und eigenartiges Gesicht dem Idealbild entsprach, das man sich von einem Räuber zu machen pflegt. An diesem Tage bildete Joseph den Gesprächsgegenstand in allen Familien.

»Die Schwester von Papa Rouget muß sich anscheinend während ihrer Schwangerschaft an einem Affen versehen haben«, hieß es. »Ihr Sohn sieht aus wie eine Meerkatze.« – »Er hat ein Räubergesicht und einen Basiliskenblick!« – »Ja, er soll sonderbar aussehen; ganz entsetzlich!« – »Alle Pariser Künstler sehen so aus.« – »Sie sind bösartig wie störrische Esel und tückisch wie Affen.« – »Das bringt ihr Beruf mit sich.« – »Ich habe eben mit Monsieur Beaussier gesprochen. Er sagt, er möchte ihm nicht nachts in einem Hohlweg begegnen. Er hat ihn beim Postwagen gesehen.« – »Er hat Augenhöhlen wie ein Pferd und gebärdet sich wie ein Verrückter.« – »Dieser Bursche scheint zu allem fähig; vielleicht ist er gar schuld daran, daß sein Bruder, der ein großer, schöner Mann war, auf Abwege geraten ist.« – »Die arme Madame Bridau sieht nicht aus, als ob sie viel Freude an ihm erlebt.« – »Wie wär's, wenn wir es ausnützten, daß er gerade da ist, um uns abmalen zu lassen?«

Die Folge dieser Meinungen, die der Wind in der Stadt ausgestreut zu haben schien, war eine maßlose Neugier. Alle, die irgendeinen Grund hatten, die Hochons zu besuchen, nahmen sich vor, noch am selben Abend hinzugehen, um die Pariser in Augenschein zu nehmen. Die Ankunft dieser beiden Persönlichkeiten brachte in einer verschlafenen Stadt wie Issoudun ungefähr die gleiche Wirkung hervor wie ein in einen Froschteich gefallener Balken.

Nachdem Joseph sein und seiner Mutter Gepäck in den beiden Mansardenstuben untergebracht hatte, besah er sich dies schweigsame Haus, in dem die Mauern, die Treppe, die Wandverkleidungen ohne jeden Zierat waren und Kälte auszuströmen schienen, und in dem von allem nur das unbedingt Notwendigste vorhanden war. Da kam ihm der plötzliche Übergang von dem phantastischen Paris zu der klang- und farblosen, trockenen Provinz auf einmal deutlich zum Bewußtsein. Als er aber gar beim Hinuntergehen sah, wie Monsieur Hochon eigenhändig für jeden die Brotscheiben abschnitt, da verstand er zum erstenmal in seinem Leben Molières Harpagon[135]. Wir hätten besser daran getan, ins Wirtshaus zu gehen, sagte er sich.

Der Anblick des Mittagessens bestätigte seine Befürchtungen. Nach einer dünnen Fleischbrühe, die erkennen ließ, daß hier auf Menge mehr Wert gelegt wurde als auf Güte, wurde das ausgekochte, festlich mit Petersilie umrahmte Suppenfleisch aufgetragen. Das gesondert auf eine Schüssel gelegte Gemüse galt für sich allein als ein Gang in der Speisenfolge. In der Mitte des Tisches thronte also das Suppenfleisch, umringt von drei anderen Schüsseln: hartgekochte Eier auf Sauerampferblättern gegenüber dem Gemüse, ferner ein mit Nußöl schon zubereiteter Salat und gegenüber kleine Näpfchen mit einer Creme, bei der die Vanille durch gerösteten Hafer ersetzt worden war, der ebenso nach Vanille schmeckt wie Zichorienkaffee nach Mokka. An den beiden Tischenden standen Platten mit Radieschen und Butter; schwarze Rettiche und Gurken vervollständigten dieses Mahl, das Madame Hochons volle Billigung fand. Die gute Alte nickte und war glücklich, zu sehen, daß ihr Mann wenigstens an diesem ersten Tag alles tadellos gemacht hatte. Der Greis antwortete mit einem verstohlenen Blick und einem Achselzucken: Zu solchen Verrücktheiten hast du mich verleitet ...!

Gleich nachdem Monsieur Hochon das Suppenfleisch in Scheiben so dünn wie Schuhsohlen geschnitten hatte, folgten noch drei Tauben. Dazu gab es Landwein, Jahrgang 1811. Auf den Rat ihrer Großmutter hatte Adolphine die beiden Tischenden mit je einem Blumenstrauß geziert.

Mitgegangen, mitgefangen, dachte der Künstler und begann zu essen wie jemand, der um sechs Uhr morgens eine Tasse elenden Kaffee als ganzes Frühstück genossen hat. Als er sein Brot aufgegessen hatte und um ein zweites Stück bat, erhob sich Hochon, suchte langsam einen Schlüssel in seiner Rocktasche, schloß einen Schrank hinter seinem Platz auf, schwang den Kanten eines Zwölfpfundbrotes, schnitt umständlich eine weitere Scheibe ab, brach sie in zwei Teile, legte sie auf einen Teller und reichte sie dem jungen Maler über den Tisch hin, schweigend und kaltblütig wie ein alter Soldat, der bei Beginn der Schlacht denkt: Wer weiß, ich kann ja heute fallen. Joseph nahm die halbe Scheibe und begriff, daß er kein Brot mehr verlangen dürfe. Diese für Joseph ungeheuerliche Szene setzte keines der Familienmitglieder in Erstaunen. Die Unterhaltung plätscherte dahin. Agathe erfuhr, daß das Haus, in dem sie geboren, das Haus ihres Vaters also, bevor er das der Descoings geerbt hatte, von den Borniches angekauft worden war, und sie äußerte den Wunsch, es wiederzusehen.

»Höchstwahrscheinlich werden die Borniches heute abend kommen«, sagte ihre Patin zu ihr, »sicher wird die ganze Stadt uns besuchen, um Sie zu sehen«, wandte sie sich an Joseph, »und Sie werden Einladungen bekommen.«

Zum Nachtisch brachte die Magd den bekannten Weichkäse, der in der Touraine und im Berry aus Ziegenmilch hergestellt und auf Weinblättern serviert wird. Diesem Käse werden so haargenaue Nachbildungen des Weinblattes aufgeprägt, daß man glauben könnte, die Kupferstecherei sei in der Touraine erfunden worden. Zu beiden Seiten der kleinen Käse baute Gritte mit einer gewissen Feierlichkeit Nüsse und den unvermeidlichen Zwieback auf.

»Los doch, Gritte, bringen Sie uns Obst«, sagte Madame Hochon.

»Aber, Madame«, antwortete Gritte, »es ist doch kein angefaultes mehr da.«

Joseph brach in schallendes Gelächter aus, als sei er mit seinen Freunden in seinem Atelier; es wurde ihm nämlich mit einemmal klar, daß hier die Vorsichtsmaßnahme, das nicht mehr ganz einwandfreie Obst zuerst zu verbrauchen, zur Gewohnheit entartet war.

»Ach was, wir wollen es trotzdem essen«, versetzte er launig wie jemand, der sich mit allem abzufinden weiß.

»So geh doch, Mann«, rief die alte Dame.

Monsieur Hochon, empört über die Bemerkung des Künstlers, brachte Pfirsiche, Birnen und Pflaumen.

»Adolphine, geh, pflück ein paar Trauben«, sagte Madame Hochon zu ihrer Enkelin.

Joseph betrachtete die beiden jungen Männer, und seine Miene schien zu besagen: Verdankt ihr euer gutes Aussehen wirklich dieser Kost? Baruch verstand diesen prüfenden Blick und lächelte, denn er und sein Vetter hatten sich Zurückhaltung auferlegt. Da sie dreimal wöchentlich bei der Cognette soupierten, lag ihnen wenig daran, wie es zu Hause zuging. Übrigens hatte Baruch vor dem Mittagessen die Nachricht erhalten, daß der Großmeister den Orden vollzählig für Mitternacht einberief, um ihn mit Glanz und Üppigkeit zu bewirten, da er den Beistand der Ritter brauchte. Dieses Begrüßungsmahl, das der alte Hochon seinen Gästen bot, läßt verstehen, wie sehr die beiden großen Burschen, die immer bei Appetit waren, die nächtlichen Schwelgereien bei der Cognette nötig hatten, und sie fehlten dabei auch nicht ein einziges Mal.

»Den Likör trinken wir im Wohnzimmer«, sagte Madame Hochon, stand auf und bat Joseph um seinen Arm.

Da sie als erste das Zimmer verließ, konnte sie leise zu dem Maler sagen: »Na, du armer Junge, dies Mahl wird dir keine Magenschmerzen bereiten, aber es hat mich noch große Mühe gekostet, es dir zu bieten. Hier wirst du fasten; du wirst nur gerade das zu essen bekommen, was unbedingt zum Leben nötig ist, sonst nichts. Fasse dich also in Geduld, was das Essen betrifft . . .«

Die Gutmütigkeit dieser vortrefflichen Frau, die sich damit selber anklagte, gefiel dem Künstler.

»Fünfzig Jahre habe ich nun mit diesem Manne gelebt, ohne daß jemals zwanzig Taler in meiner Tasche geklimpert hätten. Oh, wenn es sich nicht darum handelte, euch ein Vermögen zu retten, hätte ich euch, deine Mutter und dich, niemals in mein Gefängnis gelockt.«

»Ja, aber wie kommt es denn, daß Sie überhaupt noch am Leben sind?« fragte der Maler naiv mit jener Heiterkeit, die den französischen Künstler nie verläßt.

»Oh, ich bete«, entgegnete sie.

Joseph verspürte einen leisen Schauer, als er dies Wort hörte; es verlieh der alten Frau in seinen Augen eine solche Größe, daß er drei Schritte zurücktrat, um ihr Gesicht zu betrachten; es erschien ihm strahlend und von so zarter Abgeklärtheit überhaucht, daß er zu ihr sagte:

»Ich möchte Sie malen!«

»Nein, nein«, wehrte sie ab. »Mein Leben auf dieser Welt war allzu öde, als daß ich im Bilde hier zurückbleiben möchte.«

Sie sprach diese traurigen Worte frohgemut aus und nahm dabei aus einem Schrank eine kleine Flasche mit Johannisbeerlikör, einem Hauslikör, den sie selber bereitet hatte; das Rezept dazu hatte sie von jenen berühmten Nonnen bekommen, denen man auch den Kuchen von Issoudun verdankt, eine der großartigsten Schöpfungen der französischen Zuckerbäckerkunst; noch kein

Küchenchef, kein Koch, kein Bäcker und kein Konditor hat ihn nachmachen können. Monsieur de Rivière[136], Gesandter in Konstantinopel, bestellte alle Jahre große Mengen davon für Mahmuds Harem. Adolphine hielt in der Hand ein Lacktablett voll kleiner, alter, vieleckiger Gläser mit eingravierten Verzierungen und vergoldetem Rand. Jedesmal, wenn ihre Großmutter eines gefüllt hatte, bot sie es dem Gast an.

»Immer der Reihe nach! Mein Vater kommt auch noch dran!« rief Agathe fröhlich, die diese unwandelbare Sitte an ihre Jugend erinnerte.

»Hochon geht nachher in seine Tischgesellschaft Zeitungen lesen, so werden wir eine Weile für uns haben«, sagte die alte Dame leise zu ihr.

Wirklich fanden sich die drei Frauen und Joseph zehn Minuten später allein in jenem Wohnzimmer, dessen Parkett nie gebohnert, sondern nur gefegt wurde, dessen in Eichenholzrahmen mit Hohlleisten und Schnitzwerk gefaßte Tapeten und dessen einfache und beinahe düstere Einrichtung Madame Bridau in dem Zustand wiederfand, in dem sie das alles damals verlassen hatte. Die Monarchie, die Revolution, das Kaiserreich, die Restauration, die nicht viel Schonung walten ließen, hatten dies Zimmer übergangen; ihr Glanz und ihr Untergang hatten nicht die geringste Spur hinterlassen.

»Ach, liebe Patin, im Vergleich zu Ihrem Leben ist meins ganz grauenvoll bewegt gewesen«, rief Madame Bridau, erstaunt, sogar einen Kanarienvogel, den sie lebend in Einnerung hatte, ausgestopft auf dem Kaminsims zwischen der alten Standuhr, den alten Messingleuchtern und den silbernen Armleuchtern wiederzufinden.

»Mein Kind«, antwortete die alte Frau, »die Stürme sind in unserem Herzen. Je notwendiger und größer die Entsagung war, um so schwerer war auch der Kampf, den wir mit uns selbst zu bestehen hatten. Aber sprechen wir nicht von mir, sprechen wir von deinen Angelegenheiten. Ihr habt übrigens den Feind unmittelbar vor Augen«, fuhr sie fort, vom Fenster zum Eßzimmer Rougets hinüberdeutend.

»Sie setzen sich gerade zu Tisch«, meinte Adolphine.

Dies junge Mädchen, das in nonnenhafter Abgeschlossenheit

lebte, schaute andauernd aus dem Fenster, da sie hoffte, etwas von den Ungeheuerlichkeiten zu erspähen, die Maxence Gilet, der Fischerin im Trüben und Jean-Jacques nachgesagt wurden, und über die sie hin und wieder ein Wort erhaschte, wenn man sie aus dem Zimmer schickte, um in ihrer Abwesenheit von diesen Dingen zu sprechen. Die alte Dame bat ihre Enkelin, sie mit Monsieur und Madame Bridau allein zu lassen, solange noch kein Besuch da sei. »Denn«, erklärte sie mit einem Blick auf die beiden Pariser, »ich kenne doch mein Issoudun! Schubweise werden die Neugierigen heute abend kommen.«

Madame Hochon hatte kaum Zeit, den beiden Parisern einige Begebenheiten und Einzelheiten zu erzählen, um ihnen die erstaunliche Macht vor Augen zu führen, die die Fischerin im Trüben und Maxence Gilet über Jean-Jacques Rouget erlangt hatten, und wenn sie dabei auch nicht die synthetische Methode anwandte, mit der wir diese Personen vorgestellt haben, so fügte sie doch dafür die tausend Kommentare, die Beschreibungen und Vermutungen hinzu, mit denen gute und böse Zungen der Stadt diese Begebenheiten auszuschmücken pflegten. Da meldete Adolphine auch schon die Borniches, die Beaussiers, die Lousteau-Prangins, die Fichets und die Goddet-Héreaus, im ganzen vierzehn Personen, die in der Ferne anrückten.

»Sie sehen, Liebste«, meinte die alte Dame abschließend, »daß es keine Kleinigkeit ist, dies Vermögen dem Rachen des Wolfes zu entreißen . . .«

»Mit einem Schurken, wie Sie ihn uns soeben geschildert haben, und einer Person wie dieses Frauenzimmer erscheint es mir so schwer, daß es wohl unmöglich sein wird«, entgegnete Joseph. »Da müßten wir ja ein ganzes Jahr in Issoudun bleiben, um ihrem Einfluß entgegenzuarbeiten und die Herrschaft zu brechen, die sie über meinen Onkel erlangt haben . . . Das Vermögen ist diese Scherereien nicht wert, abgesehen davon, daß man sich zu tausenderlei niedrigen Machenschaften bereitfinden müßte. Meine Mutter hat nur vierzehn Tage Urlaub, und sie darf ihre sichere Stellung nicht aufs Spiel setzen. Ich selber habe im Oktober wichtige Arbeiten, die mir Schinner bei einem Pair von Frankreich verschafft hat, und Sie müssen wissen, Madame, mein Vermögen liegt in meinen Pinseln!«

Diese Rede versetzte Madame Hochon in tiefes Erstaunen. Obwohl sie der Umgebung, in der sie lebte, geistig überlegen war, besaß sie kein Vertrauen zur Malerei. Sie sah ihr Patenkind, Madame Bridau, an und drückte ihr nochmals die Hand.

»Dieser Maxence ist eine zweite Auflage von unserem Philippe«, flüsterte Joseph seiner Mutter zu, »aber mit mehr Berechnung, mehr Haltung als Philippe. – Ich glaube, Madame, wir werden Ihrem Mann hier nicht lange im Wege sein!«

»Oh, Sie sind jung, Sie kennen die Welt nicht«, sagte die alte Dame. »Mit ein bißchen Schlauheit kann man auch in vierzehn Tagen einige Erfolge erzielen. Hören Sie auf meine Ratschläge, und tun Sie, was ich Ihnen sage.«

»Oh, sehr gern«, antwortete Joseph, »ich bin von einer phantastischen Unfähigkeit, was häusliche Politik betrifft, und ich weiß zum Beispiel nicht, was Desroches uns raten würde, falls mein Onkel es morgen ablehnt, uns zu empfangen.«

Die Damen Borniche, Goddet-Héreau, Beaussier, Lousteau-Prangin und Fichet, jede ihr Ehegespons am Arm, traten ein. Nach den üblichen einleitenden Höflichkeiten und nachdem diese vierzehn Personen Platz genommen hatten, konnte Madame Hochon nicht umhin, ihnen Agathe und Joseph vorzustellen. Joseph rührte sich nicht von seinem Sessel und war damit beschäftigt, insgeheim die Gesichter zu studieren, die ihm von halb sechs bis neun Uhr unentgeltlich Modell standen, wie er zu seiner Mutter sagte. Josephs Haltung an diesem Abend den Patriziern von Issoudun gegenüber änderte nichts an der Meinung, die die kleine Stadt über ihn gefaßt hatte. Sie gingen weg, von seinen spöttischen Blicken tief beeindruckt, beunruhigt von seinem Lächeln, erschreckt über dies Gesicht, das Menschen, die die Eigenart des Genies nicht zu erkennen vermochten, unheimlich erscheinen mußte.

Um zehn Uhr, als alle zu Bett gegangen waren, nahm die Patin Madame Bridau mit in ihr Zimmer und behielt sie dort bis Mitternacht. Als sie endlich allein waren, vertrauten die beiden Frauen einander die Kümmernisse ihres Lebens an und tauschten ihre Schmerzen aus. Als Agathe die unermeßliche Öde wahrnahm, in der die Kraft einer unbekannt gebliebenen schönen Seele sinnlos verlorengegangen war, als sie die letzten Nachklänge eines Geistes vernahm, der seine Bestimmung nicht hatte erfüllen können, als sie von den Leiden dieses seinem ganzen Wesen nach großmütigen und mitfühlenden Herzens erfuhr, dessen Großmut und dessen Mitgefühl sich nie hatten betätigen können, da betrachtete sie sich nicht mehr als die Unglücklichere, weil sie bedachte, wieviel Zerstreuungen und kleine Freuden das Pariser Leben den von Gott gesandten Bitternissen beigemischt hatte.

»Sie sind so fromm, liebe Patin; erklären Sie mir, worin meine Schuld liegt, und sagen Sie mir, wofür mich Gott so straft.«

»Er bereitet uns vor, mein Kind«, erwiderte die alte Dame, als es Mitternacht schlug.

Um Mitternacht glitten die Ritter vom goldenen Leichtsinn einer nach dem andern wie Schatten unter die Bäume des Boulevard Baron, gingen dort auf und ab und unterhielten sich leise.

»Was wir wohl heute anstellen?« war das erste Wort, wenn einer den andern anredete.

»Ich glaube«, meinte François, »daß Max ganz einfach die Absicht hat, uns zu bewirten.«

»Nein, die Sache steht schlimm für ihn und die Fischerin im Trüben. Er hat sich sicher einen Streich gegen die Pariser ausgedacht ...«

»Das wäre gar nicht so übel, wenn man sie fortekeln könnte.«

»Mein Großvater«, sagte Baruch, »den es ohnehin schon sehr verdrießt, zwei Esser mehr an seinem Tische zu haben, würde mit Freuden jeden Vorwand ergreifen ...«

»Na, ihr Ritter«, ließ sich der eben eintreffende Max leise vernehmen, »was starrt ihr die Sterne an? Die werden euch keinen Kirschschnaps herunterträufeln lassen. Auf zur Cognette, zur Cognette!«

»Auf zur Cognette!«

Dieser einstimmig ausgestoßene Ruf hallte über die Stadt hin wie das Hurrageschrei stürmender Truppen. Hierauf folgte wieder tiefste Stille. So manche Frau mag wohl am nächsten Tage zu ihrer Nachbarin gesagt haben: »Haben Sie heute nacht gegen ein Uhr dieses schreckliche Geschrei gehört? Ich hatte geglaubt, es brenne irgendwo.«

Ein der Cognette würdiges Nachtmahl erheiterte die Blicke

der zweiundzwanzig Tischgenossen, denn der Orden war vollzählig erschienen. Um zwei Uhr, als man gerade anfing, den Wein zu schlürfen, ein Ausdruck aus dem Wörterbuch der Ritter vom goldenen Leichtsinn, der vortrefflich die Gepflogenheit bezeichnet, in ganz kleinen Schlucken zu trinken, ergriff Max das Wort:

»Liebe Kinder, anläßlich des denkwürdigen Streichs, den wir mit Farios Karren vollführt haben, ist euer Großmeister von diesem gemeinen Getreidehändler, der noch obendrein ein Spanier ist, (pfui, die Gefangenenschiffe), heute morgen so schwer in seiner Ehre getroffen worden, daß ich beschlossen habe, diesen Kerl das ganze Gewicht meiner Rache spüren zu lassen, natürlich innerhalb der Bedingungen, die wir uns für unsere Belustigungen gestellt haben. Nachdem ich den ganzen Tag darüber nachgedacht habe, ist mir ein Mittel eingefallen, ihm einen köstlichen Streich zu spielen, einen Streich, der imstande ist, ihn geradezu verrückt zu machen. Wir werden die Ehre des Ordens retten, die in meiner Person angegriffen worden ist, und zugleich werden wir kleinen Tierchen Nahrung geben, die von den Ägyptern verehrt wurden, kleinen Tierchen, die schließlich doch ebenfalls Geschöpfe Gottes sind, und die von den Menschen zu Unrecht verfolgt werden. Das Gute ist das Kind des Bösen, und das Böse ist das Kind des Guten, das ist das oberste Gesetz! Ich befehle euch also allen bei Strafe der Ungnade eures sehr ergebenen Großmeisters, euch so heimlich wie möglich jeder zwanzig Ratten oder, wenn Gott will, zwanzig trächtige Rattenweibchen zu verschaffen. Binnen drei Tagen müßt ihr euren Beitrag gesammelt haben. Was ihr etwa mehr fangt, wird nur willkommen sein. Verwahrt diese interessanten Nagetiere, ohne ihnen etwas zu fressen zu geben, denn das Wichtigste dabei ist, daß diese süßen Tierchen einen Wolfshunger haben. Ich will noch bemerken, daß ich auch Haus- und Feldmäuse als Ratten anerkenne. Zweiundzwanzig mal zwanzig, das gibt weit über vierhundert Mitverschworene. Wenn wir die in der alten Kapuzinerkirche losgelassen haben, wo Fario sein kürzlich erstandenes Getreide untergebracht hat, werden sie eine ganz schöne Portion davon vertilgen. Wir müssen aber geschickt zu Werke gehen! Fario soll in acht Tagen eine große Menge Getreide liefern. Nun will ich, daß mein Spanier, der in Geschäften in der Umgebung herumreist, eine entsetzliche Verwüstung vorfindet. Meine Herren, das Verdienst dieser Erfindung kommt nicht mir zu«, sagte er, als er Anzeichen einer allgemeinen Bewunderung gewahrte. »Gebt dem Kaiser, was des Kaisers ist, und Gott, was Gottes ist. Es handelt sich hier um die Nachahmung der Geschichte mit den Füchsen des Samson aus der Bibel. Aber Samson war ein Brandstifter und infolgedessen kein großer Menschenfreund, während wir, den Brahmanen gleich, die Beschützer der verfolgten Geschöpfe sind. Mademoiselle Flore Brazier hat bereits sämtliche Mausefallen aufgestellt, und Kuski, meine rechte Hand, macht Jagd auf Feldmäuse. Ich habe gesprochen.«

»Ich wüßte, wo ich ein Tier finden könnte, das allein soviel frißt wie vierzig Ratten«, sagte der junge Goddet.

»Was denn für eins?«

»Ein Eichhörnchen!«

»Und ich könnte einen kleinen Affen bringen, der sich am Getreide vollfressen würde«, sagte ein Neuling.

»Das geht nicht«, rief Max, »da würde man gleich wissen, wo diese Tiere herkommen.«

»Man kann während der Nacht Tauben hineinlassen«, schlug der junge Beaussier vor. »Wenn man aus jedem Taubenschlag der umliegenden Bauernhöfe eine nimmt und durch ein Loch im Kirchendach hineinsteckt, werden bald Tausende von Tauben darin sein.«

»Farios Getreidelager steht also eine Woche lang auf unserer nächtlichen Tagesordnung«, rief Gilet dem jungen Beaussier lächelnd zu. »Ihr wißt, daß man in Saint-Paterne früh aufsteht. Keiner darf hingehen, ohne die Sohlen seiner Filzpantoffeln umgedreht zu haben. Ritter Beaussier, der Erfinder der Geschichte mit den Tauben, hat die Leitung der Angelegenheit. Was mich betrifft, so werde ich mich bemühen, in dem Getreidehaufen meine Unterschrift zurückzulassen. Ihr seid also die Quartiermacher der Herren Ratten. Falls der Lagerbursche in der Kapuzinerkirche übernachtet, muß dafür gesorgt werden, daß ihn seine Feunde betrunken machen, und zwar muß das geschickt bewerkstelligt werden, um ihn weit weg zu bekommen vom Schauplatz dieser Orgie, die wir den Nagern veranstalten.«

»Und von den Parisern sagst du nichts?« fragte der jüngere Goddet.

»Ach«, sagte Max beiläufig, »die muß ich mir erst genauer ansehen. Nichtsdestoweniger biete ich mein schönes Jagdgewehr, das ich vom Kaiser habe, ein Meisterwerk der Versailler Büchsenmacherei, zweitausend Francs wert, dem, der ein Mittel findet, diesen Parisern einen Streich zu spielen, daß sie sich mit dem Ehepaar Hochon gründlich verkrachen und von den beiden alten Leuten aus dem Hause gewiesen werden, oder daß sie von sich aus gehen. Natürlich dürfen die Großeltern meiner beiden Freunde Baruch und François nicht allzusehr in Mitleidenschaft gezogen werden.«

»Schon gut! Ich will darüber nachdenken«, sagte der junge Goddet, der ein leidenschaftlicher Jäger war.

»Falls der Urheber des Streiches meine Flinte nicht haben will, bekommt er mein Pferd«, bemerkte Maxence.

Seit diesem nächtlichen Mahl zermarterten sich zwanzig Hirne, um gegen Agathe und ihren Sohn etwas anzuzetteln, das in das abgesprochene Programm paßte. Aber nur dem Teufel oder dem Zufall konnte es gelingen, so schwer machten es die auferlegten Bedingungen.

Am nächsten Morgen wollte Agathe mit Joseph vor dem zweiten Frühstück, das um zehn Uhr eingenommen wurde, ein wenig ausgehen. Erstes Frühstück nannte man eine Tasse Milch mit einem Butterbrot; es wurde gewöhnlich im Bett oder gleich nach dem Aufstehen verzehrt. Während sie auf Madame Hochon warteten, die ungeachtet ihres hohen Alters genau das Zeremoniell beobachtete, das die Herzoginnen zur Zeit Ludwigs XIV. auf ihre Toilette verwandten, sah Joseph in der Tür des gegenüberliegenden Hauses Jean-Jacques Rouget stehen. Er zeigte ihn natürlich seiner Mutter, die ihren Bruder nicht erkennen konnte, so wenig sah er dem ähnlich, den sie damals verlassen hatte.

»Da ist Ihr Bruder«, sagte Adolphine, die ihrer Großmutter den Arm gab. – »Solch ein Kretin!« rief Joseph.

Agathe schlug die Hände zusammen und blickte zum Himmel: »Was sie aus ihm gemacht haben! Mein Gott, ist das ein Mann von siebenundfünfzig Jahren?«

Als sie ihren Bruder so aufmerksam musterte, sah sie hinter ihm Flore Brazier. Sie war ohne Hut und ließ unter einem Spitzentuch ihren schneeweißen Rücken und ihre blendende Büste sehen. Sie war gepflegt wie eine reiche Kurtisane und trug ein hochgeschnürtes Kleid aus Grenadine, einem damals modernen Seidenstoff, mit Puffärmeln, die am Handgelenk von prachtvollen Armbändern abgeschlossen wurden. Eine goldene Kette rieselte über die Brust der Fischerin im Trüben herab; sie brachte Jean-Jacques sein schwarzes Seidenkäppchen, damit er sich nicht erkälte; eine offenbar berechnete Szene.

»Ist das eine schöne Frau« rief Joseph. »Und so etwas ist selten. Die ist ja zum Malen, wie man zu sagen pflegt. Diese schöne Hautfarbe! Diese Übergänge, diese Rundungen und diese Schultern! Eine herrliche Karyatide. Die würde ein Prachtmodell abgeben für eine Venus à la Tizian.«

Adolphine und Madame Hochon glaubten Griechisch zu hören, aber Agathe gab ihnen hinter dem Rücken ihres Sohnes durch Zeichen zu verstehen, daß sie an diese Sprache gewöhnt sei.

»Sie finden ein Frauenzimmer schön, das Ihnen ein Vermögen wegnimmt?« fragte Madame Hochon.

»Das hindert nicht, daß sie ein schönes Modell ist! Gerade füllig genug, ohne daß die Hüften und die anderen Formen schon verdorben sind ...«

»Lieber Junge, du bist nicht in deinem Atelier, und Adolphine steht bei uns«, bemerkte Agathe.

»Das stimmt, es ist nicht recht von mir, aber ich habe ja auch auf der Reise bis hierher nur lauter Schlampen gesehen ...«

»Aber, liebe Patin«, fragte Agathe, »wie soll ich nur mit meinem Bruder zusammenkommen? Denn wenn er diese Kreatur bei sich hat ...«

»Ach was«, meinte Joseph, »ich gehe zu ihm hinüber ...! Ich finde ihn gar nicht mehr so blöd, wenn er Geist genug hat, sich eine Tiziansche Venus als Augenweide zu halten.«

»Wenn er nicht blöd wäre«, schaltete sich der hinzugetretene Hochon ein, »hätte er ruhig geheiratet, hätte Kinder gehabt, und Sie hätten keine Aussicht, ihn zu beerben. Jedes Unglück ist zu etwas gut.«

»Ihr Sohn hat da eine gute Idee gehabt. Er soll als erster hingehen und seinen Onkel besuchen«, riet Madame Hochon. »Er soll ihm zu verstehen geben, daß er allein sein muß, wenn Sie zu ihm kommen.«

»Und auf diese Weise werden Sie Mademoiselle Brazier beleidigen«, warf Hochon ein. »Nein, nein, Madame, nehmen Sie dies alles mit in Kauf ... Wenn Sie nicht die ganze Erbschaft bekommen, trachten Sie wenigstens, ein kleines Vermächtnis herauszuschlagen.«

Einem Kampf mit Maxence Gilet waren die Hochons nicht gewachsen. Während des Frühstücks brachte der Pole von Rouget, seinem Herrn, einen an dessen Schwester, Madame Bridau, gerichteten Brief. Das Schreiben, das Madame Hochon ihrem Mann zum Vorlesen gab, lautete folgendermaßen:

Liebe Schwester!
Durch Fremde erfahre ich von Deiner Ankunft in Issoudun. Ich kann mir denken, was Dich bewogen hat, das Haus von Monsieur und Madame Hochon dem meinen vorzuziehen. Wenn Du mich jedoch besuchen willst, wirst Du empfangen werden, wie es Dir gebührt. Ich wäre als erster gekommen, Dir meine Aufwartung zu machen, wenn mich mein Gesundheitszustand augenblicklich nicht ans Haus fesseln würde. Ich bedaure es unendlich. Ich werde mich auch freuen, meinen Neffen bei mir zu sehen, den ich hiermit für heute zum Mittagessen einlade, denn die jungen Leute nehmen es mit der Gesellschaft nicht so genau wie die Frauen. Es wird mir daher ein Vergnügen sein, wenn er auch die Herren Baruch Borniche und François Hochon mitbringt.

Dein sehr ergebener Bruder Jean-Jacques Rouget.

»Sagen Sie, daß wir beim Frühstück sitzen; Madame Bridau werde gleich Antwort schicken, und die Einladungen seien angenommen«, sagte Madame Hochon zu ihrer Magd.

Der Alte aber legte einen Finger auf die Lippen, zum Zeichen, daß alle schweigen sollten. Als die Haustür ins Schloß gefallen war, warf Hochon auf seine Frau und auf Agathe einen seiner schlauesten Blicke; er konnte ja nicht ahnen, welch enge Freundschaft seine beiden Enkel mit Maxence verband.

»Das hat er sowenig geschrieben wie ich imstande bin, fünfundzwanzig Louisdors zu verschenken ... Wir werden also mit dem Soldaten in Briefwechsel kommen.«

»Was hat das zu bedeuten?« fragte Madame Hochon. »Aber gleichviel, wir werden antworten. Was Sie betrifft, Monsieur«, fügte sie hinzu und schaute den Maler an, »so gehen Sie nur hin zum Mittagessen. Aber wenn ...« Die alte Dame brach auf einen Blick Ihres Gatten hin ab.

Da der alte Hochon erkannt hatte, welch innige Freundschaft seine Frau für Agathe empfand, fürchtete er, sie könne ihrem Patenkind irgendein Vermächtnis hinterlassen, falls diesem der ganze Nachlaß Rougets verlorengehen sollte. Obgleich er fünfzehn Jahre älter war als seine Frau, hoffte dieser Geizhals, sie zu beerben und eines Tages alleiniger Besitzer des Gesamtvermögens zu sein. Diese Hoffnung war seine fixe Idee, und darum war auch seine Frau auf das Mittel verfallen, von ihrem Manne dadurch einige Zugeständnisse zu erlangen, daß sie ihm drohte, ein Testament zu machen. Hochon ergriff also die Partei seiner Gäste. Es handelte sich übrigens um eine ungeheure Erbschaft, und aus einem Gefühl sozialer Gerechtigkeit wollte er sie lieber an die natürlichen Erben fallen sehen, als daß Wildfremde sie raubten, die obendrein keinerlei Achtung verdienten. Je eher diese Frage erledigt sein würde, desto eher würden seine Gäste abreisen. Als nun der Kampf zwischen den Erbschleichern und den rechtmäßigen Erben, der bisher nur als Plan im Geiste seiner Frau existiert hatte, Gestalt annahm, erwachte Hochons vom Provinzleben eingeschläferte geistige Regsamkeit. Seine Frau war recht angenehm überrascht, als sie noch am gleichen Morgen an den wohlmeinenden Worten des alten Hochon über ihr Patenkind erkannte, daß dieser urteilsfähige und spitzfindige Kopf als Helfer für die Bridaus gewonnen war.

Gegen Mittag hatten die vereinten Geistesanstrengungen des Ehepaars Hochon, Agathes und Josephs, welch letztere sehr erstaunt waren, zu sehen, wie peinlich genau die beiden Alten es mit der Wahl ihrer Ausdrücke nahmen, nachstehende Antwort ausgebrütet, die einzig und allein für Flore und Maxence bestimmt war:

Lieber Bruder:
Wenn ich dreißig Jahre habe verstreichen lassen, ohne hierher zurückzukehren, ohne mit irgend jemandem Beziehungen zu unterhalten, nicht einmal mit Dir, so sind daran nicht allein die absonderlichen und falschen Vorstellungen schuld, die mein Vater gegen mich hegte, sondern ebenso das Unglück und auch das Glück meines Lebens in Paris; denn wenn mich Gott als Frau glücklich gemacht hat, so hat er mich als Mutter schwer heimgesucht. Es wird Dir sicher bekannt sein, daß mein Sohn, Dein Neffe Philippe, um seiner Treue zum Kaiser willen unter einer schweren Anklage steht. Du wirst Dich also nicht wundern, zu erfahren, daß eine Witwe, die, um leben zu können, genötigt ist, einen bescheidenen Posten in einer Lotterieannahmestelle zu versehen, nun kommt, um bei denen Trost und Beistand zu suchen, die sie seit ihrer Geburt kennen.

Der Beruf, den derjenige meiner Söhne erwählt hat, der mit mir hierhergekommen ist, erfordert ein Höchstmaß an Talent, an Opfern, an Studien, bevor er Erfolge zeitigt. Zuerst bringt er Ruhm, viel später erst Reichtum. Das bedeutet also, daß Joseph noch arm sein wird, wenn er bereits die Ehre und der Stolz der Familie ist. Als Deine Schwester, mein lieber Jean-Jacques, hätte ich schweigend die Auswirkungen der väterlichen Ungerechtigkeit ertragen; der Mutter jedoch wirst du verzeihen, Dich daran zu erinnern, daß Du zwei Neffen hast, einen, der die Befehle des Kaisers in der Schlacht bei Montereau überbrachte, der in der kaiserlichen Garde bei Waterloo diente und jetzt im Gefängnis schmachtet, und einen anderen, der seit seinem dreizehnten Jahr zu einer schweren, aber ruhmvollen Laufbahn berufen ist. Darum danke ich Dir auch von ganzem Herzen für Deinen Brief, lieber Bruder, sowohl in meinem eigenen als auch im Namen Josephs, der selbstverständlich Deiner freundlichen Einladung Folge leisten wird, Krankheit entschuldigt alles, mein lieber Jean-Jacques; ich werde also zu Dir kommen. Einer Schwester ist immer wohl bei ihrem Bruder, welche Lebensweise er auch gewählt haben möge.

Agathe Rouget

»So, da hätten wir die Sache eingefädelt«, sagte Hochon zu

der Pariserin. »Wenn Sie hingehen, können Sie ohne Umschweife mit ihm von seinen Neffen sprechen.«

Der Brief wurde durch Gritte hinübergebracht, die zehn Minuten später ihrer Herrschaft Bericht erstattete, was sie alles gesehen und gehört hatte, wie das in der Provinz so Sitte ist.

»Madame«, begann sie, »seit gestern abend haben sie das ganze Haus in Ordnung gebracht. Madame ließ es ...«

»Was für eine Madame?« fragte der alte Hochon.

»So nennen sie doch drüben im Hause die Fischerin im Trüben«, fuhr Gritte fort. »Sie hat das Eßzimmer und alles, was besonders für Monsieur Rougets Gebrauch war, stets in einem jammervollen Zustande gelassen; aber seit gestern ist das Haus wieder so, wie es vor dem Einzug von Monsieur Maxence war. Alles spiegelblank. Die Védie hat mir erzählt, daß Kuski heute früh um fünf Uhr ausgeritten ist. Um neun ist er zurückgekommen und hat Lebensmittel mitgebracht. Das gibt ein Essen wie für den Erzbischof von Bourges. Große Töpfe, kleine Töpfe, kurz, in der Küche geht alles drunter und drüber. – ›Ich will meinen Neffen festlich empfangen‹, hat der Alte gesagt, und er läßt sich über alles Rechenschaft geben. Bei Rouget hat man sich anscheinend sehr geschmeichelt gefühlt durch den Brief. Madame selber hat es mir gesagt. Und angezogen hat sie sich, angezogen! Nie habe ich was Schöneres gesehen. Madame hat zwei Diamanten an den Ohren, jeder seine tausend Taler wert! Hat mir die Védie gesagt. – Und Spitzen! – Und Ringe an den Fingern! Und Armbänder! Der reinste Reliquienschrein. Und ein Seidenkleid, schön wie eine Altardecke! Und dann hat sie mir noch gesagt: ›Der Herr ist sehr erfreut, seine Schwester so gut gesinnt zu sehen, und ich hoffe, daß sie uns gestattet, sie so festlich zu empfangen, wie es ihr gebührt. Wir rechnen auf den guten Eindruck, den der Empfang ihres Sohnes auf sie machen wird. Der Herr kann es gar nicht erwarten, seinen Neffen zu sehen.‹ – Madame hatte niedrige Atlasschuhe an und Strümpfe! Nein, wahre Wunder! So was wie Blumen ist da in der Seide, und durchbrochen ist sie. Es sieht aus wie Spitzen, und man kann ihre rosa Haut durchschimmern sehen. Kurz, sie läßt alle Minen springen. Ein Schürzchen hat sie um, von dem mir die Védie gesagt hat, daß es allein zwei Jahre von unserem Lohn wert ist ...«

»Na, da muß man sich ja auch fein machen«, meinte der Künstler lächelnd.

»Worüber grübelst denn du, Mann?« fragte die alte Dame, als Gritte gegangen war. Sie machte ihr Patenkind auf Hochon aufmerksam, der in Gedanken versunken dasaß, den Kopf zwischen den Händen, den Ellbogen auf die Sessellehne gestützt.

»Sie haben es mit einem Meister Gonin[137] zu tun!« sagte der Greis. »Mit Ihren Ideen, junger Mann«, fügte er für Joseph hinzu, »sind Sie einer Auseinandersetzung mit einem Burschen vom Schlage eines Maxence nicht gewachsen. Was ich Ihnen auch sage, Sie werden dennoch Dummheiten begehen. Erzählen Sie mir aber wenigstens heute abend, was Sie gesehen, gehört und getan haben. Und nun gehen Sie. Gott befohlen! Trachten Sie, Ihren Onkel allein zu sprechen. Wenn es Ihnen trotz all Ihrer Klugheit aber nicht gelingen sollte, so ließe das schon ein wenig den Plan dieser Leute erkennen. Wenn Sie eine Weile mit ihm allein sind, selbstverständlich ohne daß jemand Sie belauschen kann, müssen Sie ihm die Würmer aus der Nase ziehen und erfahren, wie es eigentlich mit ihm steht, und die Sache Ihrer Mutter vertreten ...«

Um vier Uhr überquerte Joseph die enge Straße zwischen den Häusern Hochons und Rougets, eine Art von kränklichen Linden bestandener Allee, zweihundert Fuß lang und so breit wie die Grande-Narette. Als der Neffe drüben erschien, ging ihm Kuski in gewichsten Stiefeln, schwarzen Tuchhosen, weißer Weste und schwarzem Frack voraus, um ihn anzumelden. Im Eßzimmer war bereits der Tisch gedeckt, und Joseph, der unschwer seinen Onkel herausfand, trat auf diesen zu, umarmte ihn und begrüßte dann Flore und Maxence.

»Wir haben uns noch nicht gesehen, seit ich auf der Welt bin, lieber Onkel«, begann der Maler aufgeräumt, »aber besser spät als nie.«

»Du bist willkommen, mein Freund«, entgegnete der Alte mit einem stumpfsinnigen Blick auf seinen Neffen.

»Madame«, wandte sich Joseph mit dem ganzen Feuer eines Künstlers an Flore, »ich habe meinen Onkel heute morgen schon um das Vergnügen beneidet, Sie alle Tage bewundern zu dürfen!«

»Nicht wahr, sie ist schön?« meinte der alte Mann, dessen trübe Augen beinahe zu glänzen begannen.

»So schön, daß sie einem Maler als Modell dienen könnte.«

»Lieber Neffe«, sagte Rouget, den Flore mit dem Ellenbogen angestoßen hatte, »hier ist noch Monsieur Maxence Gilet, ein Mann, der wie dein Bruder in der Garde des Kaisers gedient hat.«

Joseph stand auf und verneigte sich.

»Ihr Bruder war bei den Dragonern, glaube ich, und ich bei den Stoppelhopsern«, sagte Maxence.

»Ob zu Pferde oder zu Fuß«, ergänzte Flore, »einer wie der andere hat sein Leben gewagt.«

Joseph beobachtete Max ebenso aufmerksam wie Max ihn. Max war nach der damaligen Mode der eleganten jungen Leute gekleidet; er ließ seine Anzüge in Paris arbeiten. Eine himmelblaue Hose mit sehr weiten Falten verbarg seine Füße und ließ nur die mit Sporen versehenen Stiefelabsätze sehen. Seine Taille war in eine weiße Weste mit goldenen, gepreßten Knöpfen eingezwängt, die hinten geschnürt war und ihm so zugleich als Gürtel diente. Diese bis zum Hals zugeknöpfte Weste hob vorteilhaft seine breite Brust hervor, und sein Halskragen aus schwarzem Atlas zwang ihn, den Kopf nach militärischer Art hochzutragen. Sein schwarzer Leibrock war tadellos geschnitten. Eine schöne goldene Kette hing aus der Tasche seiner Weste, in der sich eine flache Uhr schwach abzeichnete. Er spielte mit seinem neuartigen Uhrenschlüssel, einem sogenannten Krickettschlüssel, den Bréguet[138] vor kurzem erfunden hatte.

Dieser junge Mann sieht glänzend aus! war Josephs Eindruck, und sein Malerauge bewunderte das lebensvolle Gesicht, den Ausdruck von Kraft und die geistvollen grauen Augen, die Max von seinem Vater, dem Edelmann, geerbt hatte. – Mein Onkel muß recht langweilig sein. Dies schöne Frauenzimmer hat eben Entschädigung gesucht, und sie führen eine Ehe zu dritt; das sieht man ja!

In diesem Augenblick erschienen Baruch und François.

»Haben Sie den Turm von Issoudun schon besichtigt?« fragte Flore den Maler. »Wenn Sie vor dem Essen, das erst in einer Stunde aufgetragen wird, einen kleinen Spaziergang machen wollen, zeigen wir Ihnen die große Sehenswürdigkeit der Stadt . . .«

»Sehr gern«, antwortete der Künstler, der dagegen nichts einzuwenden fand.

Während Flore ging, um ihren Hut, ihre Handschuhe und ihren Kaschmirschal zu holen, sprang Joseph plötzlich auf wie vom Stab eines Zauberers berührt; er hatte die Gemälde erblickt.

»Oh! Sie haben Gemälde, Onkel!« rief er und vertiefte sich in den Anblick desjenigen, das ihm besonders aufgefallen war.

»Ja«, entgegnete der Alte, »das alles haben uns die Descoings hinterlassen, die während der Revolution den Plunder hier aus den Ordenshäusern und Kirchen im Berry zusammengekauft haben.«

Joseph hörte nicht mehr hin; er bewunderte jedes einzelne Bild.

»Herrlich!« begeisterte er sich. »Oh, und das da! Der verstand zu malen! Oh, immer schöner, immer besser – wie bei Nicolet[139].«

»Sieben oder acht ganz große sind noch auf dem Boden; sie sind der Rahmen wegen aufgehoben worden«, sagte Gilet.

»Die möchte ich mir noch ansehen!« bat der Künstler, und Maxence führte ihn auf den Boden. Joseph kam ganz hingerissen zurück. Max flüsterte der Fischerin im Trüben etwas zu, worauf diese den guten Rouget in die Fensternische zog. Joseph hörte, wie sie leise aber doch für ihn vernehmlich zu ihm sagte:

»Ihr Neffe ist Maler, Sie haben keine Verwendung für die Bilder, machen Sie ihm doch eine Freude und schenken Sie sie ihm.«

»Wie ich höre«, begann der Biedermann und kam, auf Flores Arm gestützt, auf Joseph zu, der verzückt vor einem Albani[140] stand, »wie ich höre, bist du Maler . . .«

»Ich bin vorerst nur ein Stümper und Farbenkleckser«, antwortete Joseph.

»Was ist denn das?« fragte Flore.

»Ein Anfänger«, entgegnete Joseph.

»Na«, meinte Jean-Jacques, »wenn dir diese Bilder für deinen Beruf irgendwie von Nutzen sein können, dann schenke ich sie dir . . . aber ohne die Rahmen. Die Rahmen sind vergoldet, und sie sind auch hübsch. Ich tue was anderes hinein . . .«

»Sie können die Kopien hineintun, die ich Ihnen schicken werde, lieber Onkel, und die genauso groß sind«, rief Joseph voll Entzücken.

»Das wird Sie aber Zeit kosten, Sie werden Leinwand brauchen, Farben«, sagte Flore. »Das kostet Geld ... Wissen Sie was, Papa Rouget? Geben Sie Ihrem Neffen hundert Francs für jedes Bild. Siebenundzwanzig hängen hier, auf dem Boden sind, glaube ich, elf. Die sind aber sehr groß, die müssen doppelt bezahlt werden. Rechnen Sie im ganzen viertausend Francs. – Ihr Onkel kann Ihnen sehr gut viertausend Francs für die Kopien geben, da ihm doch die Rahmen bleiben. Rahmen werden Sie ja auch brauchen, und die Rahmen sind angeblich teurer als die Bilder; da ist doch Gold dran ... – Hören Sie, Monsieur Rouget«, fuhr Flore fort und schüttelte dem Biedermann den Arm. »Was meinen Sie? Das ist nicht teuer, Sie geben Ihrem Neffen viertausend Francs, und dafür bekommen Sie ganz nagelneue Bilder statt Ihrer alten,« fügte sie hinzu: »So können Sie ihm auf anständige Weise viertausend Francs geben, er scheint mir nicht sehr bei Kasse.«

»Also gut, Neffe, ich will dir viertausend Francs für die Kopien geben.«

»Nein, nein«, rief der ehrliche Joseph, »viertausend Francs und die Bilder, das ist zuviel; die Bilder sind nämlich wertvoll, müssen Sie wissen.«

»Seien Sie doch kein Einfaltspinsel, nehmen Sie doch an!« redete ihm Flore zu. »Es ist doch Ihr Onkel.«

»Also gut, ich nehme an«, sagte Joseph, ganz benommen von dem Handel, den er soeben abgeschlossen hatte, denn er erkannte gerade einen Perugino[141].

Der Künstler strahlte deshalb auch, als er aus dem Hause trat und der Fischerin im Trüben den Arm bot, und das kam wiederum Maxences Plänen wunderbar zustatten. Weder Flore noch Max, noch Rouget, noch sonst jemand in Issoudun hatte eine Ahnung von dem Wert der Bilder, und so glaubte der durchtriebene Max, er habe Flores Triumph, zur höchsten Verblüffung der ganzen Stadt stolz am Arme des Neffen ihres Herrn und offenbar im besten Einvernehmen mit ihm einherzugehen, sehr billig erkauft. Die Leute standen in den Türen, um den Sieg der

Fischerin im Trüben über die Familie mit anzusehen. Diese unerhörte Tatsache rief ein ungemeines Aufsehen hervor, und damit hatte Max gerechnet. Als daher Onkel und Neffe gegen fünf Uhr heimkamen, wurde in allen Familien von nichts anderem als von der vollkommenen Eintracht zwischen Flore und Max einerseits und dem Neffen von Papa Rouget andererseits gesprochen. Auch die Geschichte von den Bildern und den viertausend Francs machte bereits die Runde. Das Abendessen, an dem auch Lousteau, einer der Herren vom Gericht, und der Bürgermeister von Issoudun teilnahmen, war ganz vorzüglich. Es war ein richtiges Provinzgastmahl, und die dauern immer fünf Stunden lang. Die köstlichsten Weine beschwingten die Unterhaltung. Als um neun Uhr abends der Nachtisch gereicht wurde, hatte der Maler, der zwischen Flore und Max seinem Onkel gegenüber saß, schon beinahe Freundschaft mit dem Offizier geschlossen, der ihm als der netteste Mensch von der Welt erschien. Um elf Uhr nachts kam Joseph mit einem leichten Rausch nach Hause. Was den alten Rouget betrifft, so war er sternhagelvoll, und Kuski mußte ihn in sein Bett tragen. Er hatte gefuttert wie ein Scheunendrescher und getrunken wie der Sand der Wüste.

»Naja«, sagte Max, als er um Mitternacht mit Flore allein war, »ist es nicht besser so, als ihnen verdrießliche Gesichter zu zeigen? Die Bridaus werden gut aufgenommen; man macht ihnen kleine Geschenke und überhäuft sie so mit Gunstbezeigungen, daß sie überall unser Lob singen. Sie werden ruhig wieder abreisen und uns in Frieden lassen. Morgen früh, Kuski, nehmen wir sämtliche Bilder aus den Rahmen und schicken sie zu dem Maler hinüber, damit er sie beim Erwachen schon hat. Die Rahmen schaffen wir wieder auf den Boden, und das Eßzimmer lassen wir neu tapezieren mit solchem Glanzpapier, auf dem Szenen aus ›Télémaque‹[142] abgebildet sind, wie ich es bei Monsieur Mouilleron gesehen habe.«

»Ja, ja, das wird viel hübscher aussehen«, rief Flore.

Am nächsten Tage erwachte Joseph nicht vor Mittag. Von seinem Bett aus erblickte er die übereinanderliegenden Bilder, die hereingebracht worden waren, ohne daß er etwas gemerkt hatte. Während er die Gemälde von neuem durchsah und Meisterwerke darunter fand, während er die Malweise der Künstler prüfte und nach den Signaturen suchte, war seine Mutter zu ihrem Bruder gegangen, um ihm zu danken, und zwar auf Veranlassung des alten Hochon, der schon über alle von Joseph am Vortag begangenen Dummheiten Bescheid wußte und die Sache der Bridaus so gut wie verloren gab.

»Sie haben es mit außerordentlich durchtriebenen Gegnern zu tun. In meinem ganzen Leben habe ich kein solches Verhalten gesehen, wie dieser Soldat es an den Tag legt. Es scheint, die jungen Leute lernen im Kriege mancherlei. Joseph hat sich einwikkeln lassen. Er ist Arm in Arm mit der Fischerin im Trüben spazierengegangen! Wahrscheinlich ist ihm mit Wein, ein paar albernen Bildern und viertausend Francs der Mund gestopft worden. Ihr Künstler ist dem Maxence nicht teuer zu stehen gekommen!«

Der scharfsinnige Alte hatte dem Patenkind seiner Frau genau vorgeschrieben, wie sie sich zu verhalten habe. Er hatte ihr geraten, in allem auf Maxences Ideen einzugehen und Flore zu schmeicheln, um eine Art Vertraulichkeit mit ihr herzustellen und dadurch vielleicht einige Augenblicke für ein Gespräch unter vier Augen mit Jean-Jacques zu gewinnen. Madame Bridau wurde von ihrem Bruder, den Flore abgerichtet hatte, aufs beste empfangen. Der alte Mann lag zu Bett, krank von der gestrigen Völlerei. Da Agathe nicht gleich im ersten Augenblick wichtige Fragen anschneiden konnte, hatte es Max für richtig und großmütig befunden, Bruder und Schwester allein zu lassen. Er hatte wieder einmal richtig gerechnet. Die arme Agathe fand ihren Bruder so krank, daß sie ihn nicht der Fürsorge der Madame Brazier berauben wollte. »Übrigens möchte ich die Frau kennenlernen«, sagte sie zu dem alten Junggesellen, »der ich es zu verdanken habe, daß mein Bruder glücklich ist.«

Diese Worte bereiteten dem guten Manne sichtliches Vergnügen, und er klingelte, um Madame Brazier kommen zu lassen. Man kann sich denken, daß Flore nicht weit war. Die beiden Gegnerinnen begrüßten einander. Die Fischerin im Trüben legte die ergebenste Fürsorge und die aufmerksamste Zärtlichkeit an den Tag. Sie fand, der Herr liege mit dem Kopf zu tief. Sie rückte die Kissen zurecht und benahm sich wie eine Neuvermählte. Der alte Junggeselle verging fast vor Rührung.

»Wir sind Ihnen Dank schuldig, Mademoiselle«, begann Agathe, »für die Anhänglichkeit, die Sie meinem Bruder schon so lange beweisen, und für die Art, wie Sie über sein Wohlbefinden wachen.«

»So ist es, meine liebe Agathe«, pflichtete ihr der gute Mann bei, »durch sie habe ich das Glück kennengelernt. Sie ist überhaupt eine Frau von vortrefflichen Eigenschaften.«

»Darum, lieber Bruder, kannst du sie nicht genug belohnen, und du hättest sie heiraten sollen. Ja, ich bin zu fromm, um nicht zu wünschen, du hättest die Vorschriften der Kirche befolgt. Ihr würdet beide ruhiger sein, wenn ihr nicht mit den Gesetzen und mit der Moral in Konflikt stündet. Ich bin gekommen, lieber Bruder, um dich in einer schweren Betrübnis um Hilfe zu bitten. Du darfst aber keinesfalls glauben, daß wir hier sind, um dir irgendwelche Vorhaltungen zu machen, über die Art, wie du über dein Vermögen zu verfügen gedenkst.«

»Madame«, sagte Flore, »wir wissen, daß Ihr Herr Vater ungerecht gegen Sie war. Ihr Herr Bruder kann es bezeugen«, fuhr sie fort, ihr armes Opfer unverwandt scharf ansehend, »die einzigen Streitigkeiten, die es zwischen uns je gegeben hat, entstanden Ihretwegen. Ich behaupte Monsieur gegenüber, daß Ihnen der Anteil am Vermögen zukommt, den Ihnen mein armer Wohltäter entzogen hat, denn er war mein Wohltäter, Ihr Herr Vater.« Sie schlug einen weinerlichen Ton an. »Ich werde es nie vergessen. Aber Ihr Bruder, Madame, hat es eingesehen . . .«

»Ja«, meinte der biedere Rouget, »wenn ich mein Testament mache, sollt ihr nicht vergessen werden.«

»Sprechen wir nicht von diesen Dingen, lieber Bruder, du kennst ja noch nicht einmal meinen Charakter.«

Nach dieser Einleitung kann man sich den Verlauf dieses ersten Besuches leicht vorstellen. Rouget lud seine Schwester für den übernächsten Tag zum Essen ein.

Während dieser drei Tage fingen die Ritter vom Orden des goldenen Leichtsinns eine ungeheure Menge von Ratten, Haus- und Feldmäusen, die eines Nachts, vierhundertsechsunddreißig an der Zahl, darunter einige trächtige Weibchen, ausgehungert auf die Getreidevorräte losgelassen wurden. Aber nicht genug damit, daß die Ritter Fario diese Kostgänger verschafft hatten, machten sie auch noch ein Loch in das Dach der Kapuzinerkirche und steckten zehn Tauben hinein, die sie in zehn verschiedenen Gehöften gefangen hatten. Diese Tiere konnten sich um so ruhiger ihrer Schwelgerei hingeben, als Farios Lagerbursche von einem bestochenen Kerl verleitet wurde, von früh bis abends mit ihm zu trinken, ohne sich im geringsten um das Getreide des Herrn zu kümmern.

Im Gegensatz zu Hochon glaubte Madame Bridau, daß ihr Bruder noch kein Testament gemacht habe. Sie gedachte ihn nach seinen Absichten in bezug auf Mademoiselle Brazier zu fragen, sobald sie mit ihm allein würde ausgehen können; denn Flore und Maxence hielten sie mit dieser Hoffnung hin, die aber immer wieder enttäuscht wurde.

Obgleich die Ritter alle eifrig über eine Möglichkeit nachsannen, die beiden Pariser in die Flucht zu schlagen, fielen ihnen nur ganz unsinnige Verrücktheiten ein. Eine Woche später – die Hälfte der Zeit, die die Pariser in Issoudun verbringen sollten, war bereits verstrichen –, waren sie also noch nicht weiter als am ersten Tage.

»Ihr Advokat kennt die Provinz nicht«, sagte der alte Hochon zu Madame Bridau. »Was Sie da vorhaben, das läßt sich nicht in vierzehn Tagen und nicht in vierzehn Monaten durchführen. Sie dürften Ihrem Bruder nicht von der Seite weichen und müßten es zuwege bringen, ihm religiöse Ideen einzuflößen. Sie werden die von Flore und Maxence errichtete Festung nur mit priesterlicher Hilfe unterminieren können. Das ist meine Ansicht, und es wird Zeit, die Sache in Angriff zu nehmen.«

»Du hast ja recht sonderbare Meinungen von der Geistlichkeit«, meinte Madame Hochon zu ihrem Mann.

»Aha«, rief der Greis, »da haben wir die Betschwestern.«

»Gott würde ein Unternehmen, das auf einem Frevel beruht, nicht segnen«, sagte Madame Bridau. »Die Religion in so was hineinzuziehen ... da wären wir ja schlimmer als Flore.«

Dieses Gespräch fand während des Frühstücks statt, und François und Baruch ließen sich kein Wort entgehen.

»Ein Frevel!« rief der alte Hochon. »Wenn aber irgendein braver, geistvoller Abbé, wie ich welche gekannt habe, wüßte, in was für einer Verlegenheit Sie sind, so würde er keinerlei Frevel darin erblicken, die verirrte Seele Ihres Bruders zu Gott zurückzuführen, ihn seine Fehler aufrichtig bereuen zu lassen und ihn zu bewegen, die Frau, die an all dem Ärgernis schuld ist, aus dem Hause zu weisen – wobei er natürlich für sie sorgt –, und ihm zu beweisen, daß er ein ruhiges Gewissen hätte, wenn er dem erzbischöflichen Seminar eine Stiftung von ein paar tausend Francs machen und sein Vermögen seinen natürlichen Erben hinterlassen würde.«

Der passive Gehorsam, den der alte Geizkragen in der Familie bei seinen Kinder durchgesetzt hatte und der auf die Enkel übergegangen war, die übrigens unter seiner Vormundschaft standen und für die er ein schönes Vermögen zusammenscharrte, indem er sie, nach seinen eigenen Worten, so hielt wie sich selber, gestattete Baruch und François nicht die geringste Äußerung von Staunen oder Mißbilligung. Sie wechselten nur einen bedeutungsvollen Blick, der ausdrückte, wie schädlich und verhängnisvoll sie diese Idee für die Interessen ihres Max fanden.

»Wenn Sie die Erbschaft Ihres Bruders haben wollen, Madame, so ist das in der Tat das einzige Mittel«, erklärte Baruch. »Dann müßten Sie aber die ganze Zeit in Issoudun bleiben, die nun mal erforderlich ist, dieses Mittel anzuwenden.«

»Du würdest gut daran tun, liebe Mutter«, sagte Joseph, »all dieses Desroches zu berichten. Was mich betrifft, so verlange ich weiter nichts als das, was mein Onkel mir bereits freiwillig gegeben hat.«

Nachdem Joseph den großen Wert der neununddreißig Bilder erkannt, hatte er sorgfältig die Nägel herausgezogen, Papier darübergelegt und es mit gewöhnlichem Kleister festgeklebt. Hierauf hatte er sie, übereinandergeschichtet, in eine riesige Kiste verpackt und durch den Frachtdienst an Desroches gesandt, den er gerade davon hatte benachrichtigen wollen. Die kostbare Ladung war am Vortage abgegangen.

»Sie sind leicht zufriedenzustellen«, sagte Hochon.

»Es würde mir nicht schwerfallen, hundertfünfzigtausend Francs für die Bilder zu bekommen.«

»Eine Maleridee!« meinte Hochon und sah Joseph mit sonderbarem Ausdruck an.

»Hör mal«, wandte sich Joseph an seine Mutter, »ich werde

an Desroches schreiben und ihm den hiesigen Sachverhalt auseinandersetzen. Falls Desroches dir rät, hier zu bleiben, dann bleibst du. Was deine Stellung betrifft, so finden wir schon etwas Gleichwertiges ...«

»Mein Lieber«, gab Madame Hochon Joseph zu bedenken, als von Tische aufgestanden wurde, »ich weiß nicht, was das für Bilder sind, die Ihnen Ihr Onkel gegeben hat, aber danach zu urteilen, wo sie herstammen, müssen sie gut sein, und wenn sie nur vierzigtausend Francs wert sind, jedes Bild tausend Francs, dann sagen Sie niemandem etwas davon. Obgleich meine Enkel verschwiegen und wohlerzogen sind, könnten sie doch, ohne sich etwas dabei zu denken, von diesem angeblich wertvollen Fund sprechen; ganz Issoudun würde es erfahren, und unsere Gegner sollen doch nichts davon wissen. Sie benehmen sich unvorsichtig wie ein kleiner Junge ...!«

Tatsächlich wußten gegen Mittag schon viele Leute in Issoudun und vor allem Maxence Gilet von dieser Einschätzung, was zur Folge hatte, daß alle alten Bilder, an die niemand mehr dachte, hervorgeholt wurden und scheußlicher Kitsch zur Schau gestellt wurde. Jetzt bereute es Max, den Alten gedrängt zu haben, die Bilder wegzugeben, und da er sich selber der Eselei anklagte, steigerte sich seine Wut gegen die Erben noch, als er von dem Plan des alten Hochon erfuhr. Der religiöse Einfluß auf einen schwachen Menschen war tatsächlich das einzige, was zu befürchten war. Daher bestärkte ihn auch der Bericht seiner beiden Freunde in seinem Entschluß, alle Hypotheken und sonstigen Darlehensverträge zu Geld zu machen und auf den Grundbesitz Geld aufzunehmen, um alles so schnell wie möglich in Staatspapieren anzulegen. Noch dringlicher aber erschien es ihm, die Pariser loszuwerden. Dieses Problem jedoch hätte der vereinte Genius eines Scapin[143] und eines Mascarillo[144] nur schwer lösen können. Flore, von Max angestiftet, behauptete, den Herrn ermüde es viel zu sehr, spazierenzugehen, in seinem Alter müsse er ausfahren. Dieser Vorwand war nötig, da man ohne Wissen der Leute nach Bourges, nach Vierzon, nach Châteauroux und nach Vatan fahren mußte, kurz überall dorthin, wo Rouget, Flore und Max persönlich erscheinen mußten, um das Geld des alten Trottels flüssigzumachen. Ganz Issoudun war also nach Verlauf dieser Woche erstaunt, zu erfahren, daß Papa Rouget in Bourges einen Wagen gekauft habe. Die Ritter vom goldenen Leichtsinn waren bestrebt, diese Maßnahme in einem für die Fischerin im Trüben günstigen Sinne auszulegen. Flore und Rouget kauften eine jämmerliche Halbberline mit wackligen Scheiben und rissigen Ledervorhängen, die gut und gerne zweiundzwanzig Jahre alt war und neun Feldzüge hinter sich hatte; sie stammte nämlich aus dem Nachlaß eines Freundes des großen Marschalls Bertrand[145], eines verstorbenen Obersts, der es übernommen hatte, während der Abwesenheit dieses treuen Gefährten des Kaisers seinen Besitz im Berry zu verwalten. Diese in schreiendem Grün gestrichene Halbberline erinnerte an eine offene Kalesche, doch hatte man die Deichsel so zurechtgemacht, daß ein einzelnes Pferd vorgespannt werden konnte. Sie gehörte also zu jener Art von Wagen, die infolge des allgemeinen Zusammenschrumpfens der Vermögen in Mode gekommen sind und die man damals ganz ehrlich ›Halbreiche‹ nannte; denn ursprünglich hießen sie ›Kanarienvögel‹. Das Tuch dieser als Kalesche verkauften Halbreichen war von Motten zerfressen. Die Borten sahen aus wie die Ärmeltressen eines Invaliden, und das Ganze rasselte wie ein Haufen altes Eisen. Sie kostete aber nur vierhundertfünfzig Francs, und Max erwarb von dem Regiment, das damals in Bourges in Garnison lag, eine brave, dicke, aus dem Militärdienst entlassene Stute, um das Ding zu ziehen. Er ließ den Wagen dunkelbraun streichen, kaufte gebrauchtes, aber noch ziemlich gut erhaltenes Geschirr, und so stand die ganze Stadt Issoudun Kopf in Erwartung von Papa Rougets Kutsche! Als der gute Alte das erstemal damit ausfuhr, kamen bei dem Lärm ganze Familien vor die Türen, und es gab kein Fenster, an dem sich nicht Köpfe Neugieriger gezeigt hätten. Das zweitemal fuhr der Junggeselle bis nach Bourges. Um sich die Mühe der ihm von Flore geratenen oder besser gesagt befohlenen Transaktionen zu ersparen, unterzeichnete er dort bei einem Notar eine Vollmacht für Maxence Gilet, damit dieser alle in der Vollmacht angeführten Hypothekengelder in Staatspapieren anlegen konnte. Flore behielt sich vor, mit ihrem Herrn die in Issoudun und den umliegenden Kreisen angelegten Gelder flüssigzumachen. Der erste Notar von Bourges empfing den Besuch Rougets, der ihn bat, ihm ein Darlehen von hundertvierzigtausend Francs auf seinen Grundbesitz zu verschaffen. In Issoudun wußte kein Mensch etwas von diesen geschickt und heimlich durchgeführten Maßnahmen. Maxence konnte als guter Reiter in der Zeit von fünf Uhr morgens bis fünf Uhr abends den Weg von Issoudun nach Bourges und zurück bewältigen, und Flore ging dem alten Junggesellen nicht mehr von der Seite. Papa Rouget hatte keinerlei Schwierigkeiten gemacht und sich mit der ihm von Flore vorgeschlagenen Transaktion einverstanden erklärt. Er wollte indessen die Anlage in Staatspapieren so vornehmen lassen, daß die Zinsen im Betrage von fünfzigtausend Francs zwar an Mademoiselle Brazier als Nutznießerin ausgezahlt werden, die Staatspapiere selber jedoch auf seinen eigenen Namen lauten sollten. Die Zähigkeit, die der alte Mann beim häuslichen Kampf in dieser Angelegenheit bezeigte, beunruhigte Max, der darin Erwägungen zu erkennen glaubte, die auf die Anwesenheit der natürlichen Erben zurückzuführen sein mochten.

Über all dieser Aufregung, die Maxence vor den Augen der Leute verbergen wollte, vergaß er den Getreidehändler. Nach verschiedenen Unternehmungen und Reisen, die den Zweck hatten, den Getreidepreis hinaufzutreiben, schickte sich Fario an, seine Lieferungen zu leisten. Da sah er am Tag nach seiner Ankunft das Dach der Kapuzinerkirche schwarz von Tauben, denn er wohnte im Hause gegenüber. Er war wütend über sich, weil er das Dach nicht hatte nachsehen lassen, und begab sich schleunigst in sein Lager, wo er feststellen mußte, daß die Hälfte seines Getreides aufgefressen war. Eine Unmenge von Ratten- und Mäusekot enthüllte ihm eine weitere Ursache seines Ruins. Die Kirche glich einer Arche Noah. Als der Spanier aber den ganzen Umfang seines Verlustes und des Schadens nachprüfen wollte und erkannte, daß die unteren Schichten des Getreides zu keimen anfingen, denn Maxence war auf den Gedanken gekommen, mit Hilfe eines Blechrohres mehrere Kannen Wasser in die Haufen zu spritzen, wurde er weiß wie die Wand. Das Vorhandensein der Tauben und der Ratten war durch den tierischen Instinkt zu erklären; aber in diesem Schurkenstreich war die Hand eines Menschen zu erkennen. Fario ließ sich in einer Seitenkapelle auf eine Altarstufe sinken, und den Kopf in die Hände gestützt, blieb er sitzen. Nach einer halben Stunde starren spanischen Grübelns gewahrte er das Eichhörnchen, das ihm der jüngere Goddet als Kostgänger überlassen hatte, wie es auf dem Querbalken unter dem Dach mit seinem Schwanz spielte. Der Spanier erhob sich gelassen und wandte seinem Lagerburschen ein Gesicht zu, das ruhig war wie das eines Arabers. Er jammerte nicht, sondern ging nach Hause und mietete einige Arbeiter, die das noch einwandfreie Getreide in Säcke füllten und das feuchte in der Sonne ausbreiteten, um soviel als möglich zu retten. Nachdem er seinen Verlust auf drei Fünftel abgeschätzt hatte, befaßte er sich mit seinen Lieferungen. Da er jedoch selber den Preis in die Höhe getrieben hatte, setzte er noch zu, als er die fehlenden drei Fünftel dazukaufen mußte. Er hatte also weit mehr als die Hälfte verloren. Der Spanier, der keine Feinde hatte, war sich keinen Augenblick darüber im unklaren, daß es sich hier um einen Racheakt Gilets handelte. Für ihn stand es fest, daß Max und einige andere, die einzigen Urheber der nächtlichen Streiche, seinen Karren zum Turme hinaufgeschafft und sich einen Spaß daraus gemacht hatten, ihn zugrunde zu richten. In der Tat belief sich sein Verlust auf tausend Taler, beinahe das ganze, seit Friedensschluß mühsam erworbene Kapital Farios. Der Wunsch nach Rache verlieh diesem Manne die Ausdauer und die Schlauheit eines Spions, dem man eine hohe Belohnung in Aussicht gestellt hat. In der Nacht legte er sich in der Stadt auf die Lauer und erlangte schließlich den Beweis für die Missetaten der Ritter vom goldenen Leichtsinn. Er sah sie, er zählte sie, er belauschte ihre Zusammenkünfte und ihre Gastereien bei der Cognette. Hierauf verbarg er sich, um Zeuge eines ihrer nächtlichen Streiche zu sein, und beobachtete genau ihr Treiben.

Trotz seiner Ritte und seiner Sorgen wollte Maxence seine nächtlichen Angelegenheiten nicht vernachlässigen; zunächst einmal, um das Geheimnis von der großen Transaktion, die mit Papa Rougets Vermögen im Gange war, nicht ruchbar werden zu lassen; dann aber auch, um seine Freunde ständig in Atem zu halten. Die Ritter waren also übereingekommen, einen jener Streiche auszuführen, von denen man noch nach Jahren sprach. In einer einzigen Nacht wollten sie alle Wachhunde der Stadt und der Vorstädte vergiften. Fario hörte, wie sie sich, als sie das Wirtshaus der Cognette verließen, schon im voraus zu dem Gelingen dieses Streichs beglückwünschten und sich über die allgemeine Trauer freuten, die dieser ›Mord der unschuldigen Hündlein‹ hervorrufen mußte. Und welche Befürchtungen würde diese Massenhinrichtung erwecken, denn sie würde unheimliche Pläne in bezug auf die ihrer Wächter beraubten Häuser vermuten lassen.

»Vielleicht wird man darüber Farios Karren vergessen«, sagte der jüngere Goddet.

Fario bedurfte dieser Bestätigung seines Verdachtes nicht mehr; sein Entschluß war übrigens gefaßt.

Nach einem Aufenthalt von drei Wochen erkannten Agathe und auch Madame Hochon, daß der alte Geizhals mit seinen Ansichten recht hatte. Mehrere Jahre wären nötig gewesen, um den Einfluß zu brechen, den die Fischerin im Trüben und Max auf Agathes Bruder erlangt hatten. Sie hatte nicht den geringsten Fortschritt gemacht, um das Vertrauen ihres Bruders zu gewinnen, mit dem sie niemals allein gelassen wurde. Im Gegenteil, Mademoiselle Brazier triumphierte über die Erben, indem sie Agathe spazierenfuhr, im Fond des Wagens neben ihr sitzend, Rouget und sein Neffe ihnen gegenüber. Mutter und Sohn erwarteten voll Ungeduld eine Antwort auf den vertraulichen Brief, den sie an Desroches geschrieben hatten. Am Vorabend des Tages, an dem die Hunde vergiftet werden sollten, erhielt Joseph, der sich in Issoudun tödlich langweilte, zwei Briefe, den einen von dem großen Maler Schinner, der ihm an Jahren näherstand, was eine engere Freundschaft gestattete als mit Gros, ihrem Lehrer, und den zweiten von Desroches. Der erste, der den Poststempel Beaumont-sur-Oise trug, lautete:

Mein lieber Joseph!
Ich habe für den Grafen de Sérisy die wichtigsten Malereien im Schloß Presles beendet. Die Umrahmungen und die Ziermalereien habe ich gelassen, und ich habe Dich dem Grafen und dem Architekten Grindot so warm empfohlen, daß Du nur Deine Pinsel einzupacken und herzukommen brauchst. Die Preise sind so vereinbart, daß Du zufrieden sein kannst. Ich reise mit meiner

Frau nach Italien, Du kannst also Treffbube zu Hilfe nehmen. Der Bengel hat Talent, und ich stelle ihn Dir zur Verfügung. Er zappelt schon wie ein Hampelmann, soviel Vergnügen verspricht er sich von einem Aufenthalt auf Schloß Presles. Leb wohl, lieber Joseph! Falls ich noch abwesend bin und nichts auf die nächste Ausstellung bringe, kannst Du mich vertreten! Jawohl, mein lieber Jojo, Dein Bild ist ein Meisterwerk, das weiß ich ganz genau, aber ein Meisterwerk, das Dich der romantischen Richtung verdächtig machen wird, und Du kannst Dich darauf gefaßt machen, daß es Dir ergehen wird wie dem Teufel im Weihwasserbecken. Schließlich und endlich ist das Leben ein Dampf, wie dieser Possenreißer, der Treffbube, sagt, der alle Sprichwörter verdreht. Was treibst du denn in Issoudun? Leb wohl!

Dein Freund Schinner

Der Brief von Desroches hatte folgenden Inhalt:

Mein lieber Joseph!
Dieser Monsieur Hochon scheint mir ein sehr gescheiter alter Herr zu sein. Nach Deinem Schreiben habe ich eine sehr hohe Meinung von seinen Fähigkeiten; er hat vollkommen recht. Darum ist es auch meine Meinung, da Du mich danach fragst, daß Deine Mutter in Issoudun bei Madame Hochon bleibt, und zwar gegen eine mäßige Pension von etwa vierhundert Francs jährlich, um ihre Gastgeber für ihre Verpflegung zu entschädigen. Meiner Ansicht nach soll Deine Mutter Monsieur Hochons Ratschläge befolgen. Allerdings wird sie in ihrer Ehrbarkeit manche Bedenken haben Leuten gegenüber, die ihrerseits gar keine haben und deren Verhalten eine diplomatische Meisterleistung ist. Dieser Maxence ist gefährlich, da hast Du vollkommen recht. Ich sehe in ihm einen verdammt verschlagenen Burschen von noch ganz anderem Format als Philippe. Dieser Lump schlägt Kapital aus seinen Lastern, und sein Vergnügen bringt ihm etwas ein, nicht wie Dein Bruder, dessen Narrheiten ihm überhaupt nichts eingebracht haben.

Alles, was Du mir schreibst, erschreckt mich; ich würde nicht viel ausrichten, wenn ich nach Issoudun käme. Wenn sich Monsieur Hochon hinter Deine Mutter stellt, wird er Euch mehr nützen als ich. Was Dich betrifft, so kannst Du zurückkommen; Du taugst nichts in einer Sache, die andauernde Aufmerksamkeit erfordert, genaue Beobachtung, unterwürfiges Entgegenkommen, eine Verschwiegenheit und Verstellung, die Euch Künstlern ganz und gar zuwider ist. Wenn man Euch gesagt hat, daß noch kein Testament gemacht worden sei, so könnt Ihr sicher sein, daß schon seit langem eins vorliegt. Aber Testamente können umgestoßen werden, und solange Dein Dummkopf von einem Onkel lebt, ist es noch möglich, daß ihm Gewissensbisse und religiöse Bedenken kommen. Eine Fehde zwischen der Kirche und der Fischerin im Trüben kann Euer Glück herbeiführen. Bestimmt wird der Augenblick kommen, da diese Frau keine Gewalt mehr über den alten Mann hat und da die Religion alles vermag. Solange Dein Onkel keine Schenkungen bei Lebzeiten gemacht und keine Veränderungen in der jetzigen Anlage seines Vermögens vorgenommen hat, ist noch alles möglich, sobald die Kirche die Oberhand gewinnt.

Du mußt daher auch Monsieur Hochon bitten, das Vermögen Deines Onkels nach Möglichkeit zu überwachen. Wir müssen erfahren, ob der Grundbesitz mit Hypotheken belastet und wie und auf welche Namen das Geld angelegt ist. Es ist so leicht, einem alten Manne Befürchtungen für sein Leben einzuflößen, falls er sich seines Besitzes zugunsten Fremder entäußert, daß ein nur halbwegs schlauer Erbe einer derartigen Erbschleicherei schon von Anfang an Einhalt gebieten kann. Wird aber Deine Mutter bei ihrer Unkenntnis der Welt, ihrer Uneigennützigkeit, ihren religiösen Vorstellungen imstande sein, eine solche Sache auszufechten? Nun, ich kann nichts weiter tun als Euch aufklären. Alles, was Ihr bisher unternommen habt, war danach angetan, Eure Gegner stutzig zu machen, und vielleicht treffen sie bereits ihre Maßnahmen ...

»Das nenne ich eine Rechtsberatung, so wie sie sein soll«, rief Hochon, der stolz war auf die Anerkennung, die ihm ein Pariser Advokat zollte.

»Ja, Desroches ist ein tüchtiger Kerl«, bestätigte Joseph.

»Es könnte nicht schaden, diesen Brief den beiden Frauen zu lesen zu geben«, meinte der alte Geizhals.

»Bitte, hier ist er«, sagte der Künstler und übergab Hochon das Schreiben. »Was mich betrifft, so werde ich schon morgen abreisen und mich jetzt von meinem Onkel verabschieden.«

»Ach«, fuhr Hochon fort, »Monsieur Desroches bittet Sie in einem Nachsatz, den Brief zu verbrennen.«

»Verbrennen Sie ihn, nachdem Sie ihn meiner Mutter gezeigt haben«, war die Ansicht des Malers.

Joseph Bridau kleidete sich an, überquerte den kleinen Platz und begab sich zu seinem Onkel, der gerade sein Frühstück beendete. Max und Flore saßen mit am Tisch.

»Lassen Sie sich nicht stören, lieber Onkel. Ich komme, um mich zu verabschieden.«

»Sie reisen ab?« fragte Max und blickte Flore an.

»Ja, ich habe Arbeit im Schloß des Grafen de Sérisy. Ich habe es um so eiliger, hinzukommen, als der Graf weitreichende Verbindungen hat und meinem armen Bruder bei der Pairskammer nützlich sein kann.«

»Na gut, dann arbeite«, sagte der alte Rouget, den Joseph ungewöhnlich verändert fand, mit alberner Miene. »Der Mensch muß arbeiten. Es tut mir leid, daß ihr fortgeht . . .«

»Meine Mutter bleibt noch einige Zeit«, entgegnete Joseph.

Max verzog die Lippen, was die Haushälterin bemerkte und was bedeuten sollte: Sie verfolgen den Plan, von dem mir Baruch erzählt hat.

»Ich bin froh, hergekommen zu sein«, meinte Joseph, »denn ich habe das Vergnügen gehabt, Sie kennenzulernen, und Sie haben mein Atelier bereichert . . .«

»Ja«, fiel die Fischerin im Trüben ein, »anstatt Ihren Onkel über den Wert der Bilder aufzuklären, die auf mehr als hunderttausend Francs geschätzt werden, haben Sie sie kurzerhand nach Paris geschickt. Der arme, gute Mann! Er ist wie ein Kind! In Bourges hat man uns neulich gesagt, daß ein gewisser Puttputt, oder wie heißt doch der Mann, ein Poussin[146] dabei war, der vor der Revolution im Chor der Kathedrale hing und allein dreißigtausend Francs wert ist.«

»Ja, das ist wirklich nicht nett von dir, lieber Neffe«, bestätigte der Alte auf ein Zeichen hin, das ihm Max gemacht hatte, ohne daß Joseph es sehen konnte.

»Nun, ganz aufrichtig«, mischte sich der Soldat lachend ins Gespräch, »sagen Sie auf Ehre, was glauben Sie, daß Ihre Bilder wert sind? Zum Teufel auch, Sie haben Ihren Onkel ganz gehörig übers Ohr gehauen, und das ist Ihr gutes Recht, Onkels sind schließlich dazu da, ausgeplündert zu werden. Mir hat die Natur keinen Onkel geschenkt. Wenn ich aber welche gehabt hätte – Donnerwetter noch mal! –, die hätte ich nicht geschont.«

»Haben Sie gewußt«, fragte ihn jetzt Flore, »was Ihre Bilder wert waren ...? Wieviel haben Sie gesagt, Monsieur Joseph?«

»Ja, die Bilder haben schon einigen Wert«, gab der Maler zu, der rot geworden war wie eine Mohrrübe.

»Es heißt, daß Sie sie Hochon gegenüber auf hundertfünfzigtausend Francs geschätzt haben!« sagte Flore. »Ist das wahr?«

»Ja«, erwiderte der Maler in seiner kindlichen Ehrlichkeit.

»Und hatten Sie die Absicht«, fragte Flore den alten Rouget, »Ihrem Neffen hundertfünfzigtausend Francs zu schenken?«

»Niemals, niemals«, antwortete der gute Mann, den Flore unverwandt ansah.

»Es gibt ein Mittel, die Sache zu regeln: ich gebe sie zurück!«

»Nein, nein, behalt sie nur«, versetzte der alte Mann.

»Ich schicke sie Ihnen zurück, Onkel«, entgegnete Joseph, verletzt durch das Schweigen von Maxence Gilet und Flore Brazier. »Mein Vermögen liegt in meinem Pinsel. Ich brauche von niemandem etwas, auch nicht von meinem Onkel. Leben Sie wohl, Mademoiselle. Guten Tag, Monsieur ...«

Und Joseph überquerte den Platz in einem Zustand von Gereiztheit, den ihm jeder Künstler leicht nachfühlen wird. Die ganze Familie Hochon war gerade im Wohnzimmer versammelt. Als sie ihn kommen sahen, wie er so gestikulierend vor sich hin redete, fragten sie ihn, was denn geschehen sei. In Gegenwart von Baruch und François erzählte der Maler mit seiner ganzen Freimütigkeit die Szene, die er soeben erlebt hatte und die nach zwei Stunden Gesprächsstoff der ganzen Stadt war, wo sie jeder mit mehr oder minder komischen Einzelheiten ausschmückte. Einige behaupteten, der Maler sei von Max übel zugerichtet worden, andere wiederum wollten wissen, er habe sich gegen Mademoiselle Brazier schlecht benommen und Max habe ihm die Tür gewiesen.

»Was für ein Kind ist doch Ihr Sohn ...!« sagte Hochon zu Madame Bridau. »Der arglose Junge ist auf einen Auftritt hereingefallen, den sie ihm für den Abschiedstag aufgespart hatten. Max und die Fischerin im Trüben wußten schon seit vierzehn Tagen von dem Wert der Bilder, als er die Dummheit begangen hatte, ihn hier vor meinen Enkeln zu erwähnen, die natürlich nichts Eiligeres zu tun hatten, als es allen Leuten zu sagen. Ihr Künstler hätte schleunigst abreisen sollen.«

»Mein Sohn tut recht daran, die Bilder zurückzugeben, wenn sie einen so hohen Wert haben«, war Agathes Ansicht.

»Wenn sie, wie er sagt, zweihunderttausend Francs wert sind«, meinte der alte Hochon, »so ist es eine Dummheit, daß er versprochen hat, sie zurückzugeben, denn dann hätten Sie doch wenigstens einen Teil der Erbschaft gehabt, während Sie jetzt, wie die Dinge liegen, gar nichts bekommen werden ...! Obendrein hat Ihr Bruder jetzt beinahe einen Grund, Sie nicht mehr zu empfangen.«

Zwischen Mitternacht und ein Uhr begannen die Ritter vom goldenen Leichtsinn mit der kostenlosen Verteilung von Futter an die Hunde der Stadt. Dieses denkwürdige Unternehmen war erst um drei Uhr morgens beendet, worauf sich die Halunken zur Cognette zum Nachtessen begaben. Um halb fünf gingen sie bei Tagesanbruch nach Hause. Als Max von der Rue de l'Avenier in die Grand'Rue einbiegen wollte, stieß ihm Fario, der sich hinter einem Mauervorsprung versteckt gehalten hatte, sein Messer in die Brust, zog die Klinge heraus und lief querfeldein durch die Gräben von Vilatte davon, wo er das Messer an seinem Taschentuch abwischte. Hierauf wusch der Spanier sein Taschentuch in der Rivière-Forcée und kehrte seelenruhig nach Saint-Paterne zurück, wo er durch ein halb offengelassenes Fenster in sein Haus gelangte und sich zu Bett legte. Als ihn sein neuer Lagerbursche wecken kam, fand er ihn in tiefem Schlaf.

Im Fallen hatte Max einen gräßlichen Schrei ausgestoßen, den niemand mißdeuten konnte. Lousteau-Prangin, der Sohn eines Richters, eines entfernten Verwandten des ehemaligen Subdelegierten, und der jüngere Goddet, der in der unteren Hälfte der Grand'Rue wohnte, dachten sich sofort: Maxence wird umgebracht ...! Wir müssen ihm helfen! Sie kamen im Laufschritt zurück. Aber kein Hund bellte, und niemand von denen, die um das Treiben dieser Nachtvögel wußten, stand auf. Als die beiden Ritter anlangten, war Max bewußtlos. Sie mußten Goddets Vater, den Arzt, wecken. Max hatte Fario sehr wohl erkannt; als er jedoch um fünf Uhr morgens seine Besinnung wiedererlangte und sich von mehreren Leuten umringt sah, als er fühlte, daß seine Verwundung nicht tödlich sei, kam ihm plötzlich der Gedanke, aus diesem Mordanschlag Vorteil zu ziehen, und er rief mit kläglicher Stimme: »Ich glaube die Augen und das Gesicht dieses verfluchten Malers erkannt zu haben . . .!«

Daraufhin lief Lousteau-Prangin zu seinem Vater, dem Untersuchungsrichter. Max wurde vom alten Cognet, dem jüngeren Goddet und zwei anderen, die man geweckt hatte, nach Hause geschafft. Die Cognette und der alte Goddet gingen neben Max her, der auf einer über zwei Stöcke gelegten Matratze getragen wurde. Doktor Goddet wollte nichts unternehmen, solange Max nicht im Bett war. Die Blicke derer, die den Verwundeten trugen, wandten sich unwillkürlich Hochons Haustür zu, während sie warteten, daß Kuski aufstand und öffnete. Da sahen sie Hochons Magd kehren. Bei Hochon wie in den meisten Häusern der Provinz wird die Haustür sehr frühzeitig aufgemacht. Max' Andeutung hatte Verdacht erregt, und der alte Goddet rief:

»Gritte, ist Joseph Bridau in seinem Bett?«

»Was glauben Sie!« sagte sie. »Der ist schon um halb fünf ausgegangen, er ist die ganze Nacht in seinem Zimmer hin und hergelaufen; ich weiß nicht, was er eigentlich hatte.«

Diese naive Antwort hatte ein Gemurmel des Entsetzens und Ausrufe zur Folge, die die Magd veranlaßten, näher zu kommen, da sie ohnehin neugierig war, was man da zu Papa Rouget trug.

»Na, das ist ja ein sauberer Patron, euer Maler!« wurde zu ihr gesagt.

Darauf verschwand der Zug im Haus, die verblüffte Magd zurücklassend. Sie hatte Max mit blutigem Hemd auf der Matratze ausgestreckt gesehen und glaubte, er liege im Sterben.

Was Joseph hatte, das wird jeder Künstler erraten. Er sah sich als Gegenstand des Geschwätzes der Spießer von Issoudun. Man hielt ihn für eine Art Paletotmarder, für alles andere als er sein wollte, nämlich ein rechtschaffener Mensch, ein tüchtiger Künstler! Oh, er hätte sein Bild hingegeben, um wie eine Schwalbe nach Paris fliegen und seines Onkels Bilder Max ins Gesicht schleudern zu können. Der Betrogene zu sein und als der Betrüger zu gelten! Welch ein Hohn! Darum war er auch schon in aller Morgenfrühe nach der Pappelallee gelaufen, die nach Tivoli führt, um seine Erregung sich austoben zu lassen. Während sich der schuldlose junge Mann zum Trost vornahm, nie wieder in diese Gegend zu kommen, brütete Max eine Schandtat gegen ihn aus, die für empfindsame Gemüter etwas Entsetzliches hat. Als Doktor Goddet die Wunde untersucht und erkannt hatte, daß das Messer an einer kleinen Brieftasche abgeglitten und dadurch glücklicherweise von seiner Richtung abgewichen war, obschon es eine sehr schwere Verwundung zurückgelassen hatte, tat er, was alle Ärzte und besonders die Provinzchirurgen zu tun pflegen: er machte sich wichtig und behauptete, noch nicht für Max' Leben einstehen zu können; hierauf ging er, nachdem er den arglistigen Haudegen verbunden hatte. Der Urteilsspruch der Wissenschaft war von Doktor Goddet der Fischerin im Trüben, Jean-Jacques Rouget, Kuski und der Védie mitgeteilt worden. Die Fischerin im Trüben kam, in Tränen aufgelöst, zu ihrem geliebten Max, während Kuski und die Védie den vor der Tür versammelten Leuten verkündeten, der Major sei so gut wie aufgegeben. Diese Nachricht hatte zur Folge, daß ungefähr zweihundert Personen herbeigelaufen kamen und auf der Place Saint-Jean und den beiden Narettes herumstanden.

»Ich werde nicht einmal einen Monat bettlägerig sein, und ich weiß, wer mir diesen Streich gespielt hat«, sagte Max zur Fischerin im Trüben. »Wir wollen uns aber die Sache zunutze machen, um die Pariser loszuwerden. Ich habe schon gesagt, daß ich den Maler erkannt zu haben glaube; tut also so als ob ich sterben müßte, und trachtet, daß Joseph Bridau verhaftet wird; dann wird er wenigstens auf zwei Tage ins Kittchen gesteckt. Ich glaube die Mutter gut genug zu kennen, um sicher zu sein, daß sie daraufhin schleunigst mit ihrem Maler nach Paris verduften wird. So haben wir die Priester nicht mehr zu fürchten, die sie auf unseren Trottel loslassen wollten.«

Als Flore Brazier vor das Haus trat, fand sie die Menge gerade in der richtigen Verfassung für den Eindruck, den sie hervorrufen wollte. Die Augen voller Tränen, zeigte sie sich den Leuten und erzählte schluchzend, daß der Maler, der ja übrigens schon das Gesicht danach habe, am Tage vorher mit Max der Bilder wegen, die er dem Papa Rouget abgeschwatzt habe, in einen heftigen Streit geraten sei.

»Dieser Schurke – man braucht ihn ja nur anzusehen, um es zu wissen –, dieser Schurke glaubt, daß ihm sein Onkel sein Vermögen hinterlassen würde, wenn Max nicht mehr da wäre. Als ob einem ein Bruder nicht näher verwandt ist«, sagte sie, »als ein Neffe! Max ist Doktor Rougets Sohn. Der Alte hat es mir vor seinem Tode gesagt.«

»Da hat er also diesen Streich noch vor seiner Abreise vollführen wollen. Das hat er sich ja gut ausgerechnet, denn er wollte doch heute abreisen«, meinte einer der Ritter vom goldenen Leichtsinn.

»Max hat keinen einzigen Feind in Issoudun«, ließ sich ein anderer vernehmen.

»Max hat übrigens den Maler erkannt«, erklärte die Fischerin im Trüben.

»Wo ist er denn, dieser verfluchte Pariser . . .? Wir müssen ihn suchen!« wurde geschrien.

»Ihn suchen?« riefen andere. »Er hat bei Tagesanbruch Hochons Haus verlassen.«

Ein Ritter vom goldenen Leichtsinn lief sogleich zu Monsieur Mouilleron. Die Menge nahm ständig zu, und das Stimmengewirr wurde bedrohlich. Aufgeregte Gruppen hielten die ganze Grande-Narette besetzt. Andere standen vor der Kirche Saint-Jean. Bei der Porte Vilatte, wo die Petite-Narette endet, gab es eine Ansammlung. Auf der Place Saint-Jean war nicht mehr durchzukommen. Man hätte glauben können, es ziehe eine Prozession vorbei. Die Herren Lousteau-Prangin, Mouilleron, der Polizeikommissar, der Gendarmerieleutnant mit seinem Unteroffizier und zwei Gendarmen hatten daher auch einige Mühe, auf die Place Saint-Jean zu gelangen, wo sie sich zwischen einem Spalier von Menschen sahen, deren Ausrufe und Schreie sie gegen den so unschuldig angeklagten Pariser, der alle Umstände gegen sich hatte, einnehmen konnten, ja mußten.

Nach einer Unterredung zwischen Max und den Herren vom Gericht schickte Mouilleron den Polizeikommissar und den Unteroffizier mit einem Gendarmen weg, den Schauplatz des Verbrechens zu untersuchen. Hierauf begaben sich Mouilleron und Lousteau-Prangin in Begleitung des Gendarmerieleutnants aus Papa Rougets Haus in das Hochons, das am Gartenausgang von zwei Gendarmen und von zwei anderen bei der Haustür bewacht wurde. Die Menge wuchs noch immer an. Die ganze Stadt hatte sich in der Grand'Rue angesammelt, und alles war in Aufregung.

Die völlig verstörte Gritte war schon zu ihrem Herrn gestürzt und hatte ihm gesagt: »Gleich wird bei Ihnen geplündert; die ganze Stadt ist in Aufruhr. Monsieur Maxence Gilet ist überfallen worden, er muß sterben, und es heißt, daß Monsieur Joseph es getan hat.«

Hochon kleidete sich schleunigst an und ging hinunter, aber angesichts der rasenden Menge zog er sich schnell wieder zurück und verriegelte seine Haustür. Er horchte Gritte aus und erfuhr, daß sein Gast schon bei Morgengrauen ausgegangen sei, daß er die ganze Nacht auf und ab gelaufen sei und nun nicht heimkam. Da ging er voll Schrecken zu seiner Frau, die der Lärm soeben geweckt hatte, und überbrachte ihr die entsetzliche Nachricht, die, ob nun wahr oder falsch, ganz Issoudun auf die Beine gebracht hatte, das sich auf der Place Saint-Jean zusammenrottete.

»Er ist bestimmt unschuldig«, sagte Madame Hochon.

»Ja, bevor aber seine Unschuld erwiesen ist, kann hier eingedrungen und bei uns geplündert werden«, befürchtete Hochon, der fahl geworden war. Er hatte nämlich Gold in seinem Keller.

»Und Agathe?«

»Die schläft wie ein Murmeltier!«

»Um so besser«, sagte Madame Hochon, »ich wollte, sie verschliefe die ganze Zeit, die es erfordern wird, diese Sache aufzuklären. Eine solche Erschütterung würde die arme Kleine umbringen!«

Agathe war jedoch erwacht und kam notdürftig angekleidet und ganz verstört herunter, denn Grittes halbe Andeutungen hatten sie völlig außer Fassung gebracht. Sie fand Madame Hochon in Tränen, wie sie mit ihrem Mann an einem der Fenster des Speisezimmers stand.

»Nur Mut, Kleine! Gott sucht uns heim«, sagte die alte Frau. »Joseph wird beschuldigt . . .«

»Wessen?«

»Einer bösen Tat, die er nicht begangen haben kann«, entgegnete Madame Hochon.

Als Agathe diese Worte hörte und zugleich den Gendarmerieleutnant sowie die Herren Mouilleron und Lousteau-Prangin eintreten sah, sank sie ohnmächtig nieder.

»Kommt«, sagte Madame Hochon zu seiner Frau und zu Gritte, »führt Madame Bridau hinaus. Frauen sind unter solchen Umständen nur im Wege. Ziehen Sie sich beide mit ihr in ihr Zimmer zurück. – Nehmen Sie Platz, meine Herren«, wandte er sich an die eben Eintretenden. »Der Irrtum, dem wir Ihren Besuch verdanken, wird sich hoffentlich bald aufklären lassen.«

»Und wenn es auch ein Irrtum sein sollte«, erklärte Mouilleron, »so ist doch die Erbitterung der Menge so groß und die Leute sind dermaßen aufgebracht, daß ich für den Beschuldigten fürchte. Ich möchte ihn lieber ins Gerichtsgefängnis bringen und so die Gemüter beruhigen.«

»Wer hätte je gedacht, daß sich Maxence Gilet so großer Beliebtheit erfreut . . .?« meinte Lousteau-Prangin.

»In diesem Augenblick kommen zwölfhundert Personen aus dem Faubourg de Rome, wie mir eben einer meiner Männer gesagt hat«, gab der Gendarmerieleutnant zu bedenken, »und schreien nach dem Mörder!«

»Wo ist denn Ihr Gast?« fragte Mouilleron Hochon.

»Ich glaube, er ist spazierengegangen. Draußen auf den Feldern . . .«

»Rufen Sie Gritte herein«, sagte der Untersuchungsrichter ernst. »Ich hoffte, Herr Bridau habe das Haus nicht verlassen. Es ist Ihnen doch sicherlich bekannt, daß das Verbrechen einige Schritt von hier bei Tagesanbruch begangen worden ist?«

Während Hochon ging, um Gritte zu holen, wechselten die drei Beamten vielsagende Blicke.

»Das Gesicht dieses Malers hat mir nie recht gefallen wollen«, sagte der Leutnant zu Mouilleron.

»Meine Gute«, fragte der Richter die eintretende Gritte, »es heißt, daß Sie gesehen haben, wie Monsieur Joseph Bridau heute früh das Haus verließ!«

»Ja«, antwortete sie und zitterte dabei wie Espenlaub.

»Wann war das?«

»Gleich nachdem ich aufgestanden war. Er ist in der Nacht in seinem Zimmer auf und ab gerannt, und er war angezogen, als ich heruntergekommen bin.«

»War es schon hell?«

»Dämmerig.«

»Sah er aufgeregt aus?«

»Das will ich meinen! Er ist mir ganz sonderbar vorgekommen.«

»Lassen Sie durch einen Ihrer Männer meinen Schreiber holen«, befahl Lousteau-Prangin dem Leutnant, »und er soll Formulare von Verhaft . . .«

»Mein Gott, überstürzen Sie doch nichts«, unterbrach ihn Hochon. »Die Aufregung des jungen Mannes ist anders zu erklären als durch den Vorsatz, ein Verbrechen zu begehen. Er fährt heute nach Paris einer Angelegenheit wegen, bei der Gilet und Mademoiselle Flore Brazier seine Ehrenhaftigkeit in Zweifel gezogen hatten.«

»Ja, die Sache mit den Gemälden«, bestätigte Mouilleron. »Das hat gestern Veranlassung gegeben zu einem heftigen Wortwechsel, und Künstler sind Hitzköpfe, wie es heißt.«

»Wer in ganz Issoudun hatte ein Interesse daran, Maxence umzubringen?« fragte Lousteau-Prangin. »Niemand. Weder ein eifersüchtiger Ehemann noch sonst jemand; der junge Mann hat niemals jemandem unrecht getan.«

»Aber was hatte denn Monsieur Gilet um halb fünf Uhr morgens auf den Straßen von Issoudun zu tun?« meinte Hochon.

»Lassen Sie uns unseres Amtes walten, Monsieur Hochon«, erwiderte Mouilleron. »Sie wissen nicht alles: Maxence hat Ihren Maler erkannt.«

In diesem Augenblick vernahm man vom Ende der Stadt her ein Geschrei, das sich durch die Grande-Narette näherte und immer mehr anschwoll wie Donnergrollen.

»Da ist er . . .! Da ist er! Er ist verhaftet . . .!«

Diese Worte hoben sich deutlich von dem unheimlichen Baß des Volksgemurmels ab. Der arme Joseph Bridau, der über die Mühle von Landrôle ruhig seinen Heimweg angetreten hatte, um zur Frühstücksstunde zu Hause zu sein, wurde in der Tat von allen Gruppen zu gleicher Zeit erblickt, als er die Place Misère erreichte. Zu seinem Glück kamen zwei Gendarmen im Laufschritt herbei, um ihn den Leuten aus dem Faubourg de Rome zu entreißen, die ihn bereits schonungslos bei den Armen gepackt hatten und schreiend seinen Tod forderten.

»Platz da! Platz da!» riefen die Gendarmen und winkten zwei ihrer Gefährten herbei, von denen einer vor und der andere hinter Bridau hergehen mußte.

»Sehen Sie, Monsieur«, sagte einer von denen, die ihn hielten, »in diesem Augenblick geht es ebenso um unsere Haut wie um die ihre. Unschuldig oder schuldig, wir müssen Sie jedenfalls gegen das zusammengerottete Volk schützen, das der Mordüberfall auf den Major Gilet in Aufruhr versetzt hat; und diesen Leuten genügt es nicht, Sie zu beschuldigen, sie sind auch felsenfest davon überzeugt, daß Sie der Mörder sind. Monsieur Gilet wurde von ihnen vergöttert, und sie sehen ganz danach aus, als ob sie sich selber Gerechtigkeit verschaffen wollten. Wir haben schon bei anderer Gelegenheit gesehen, wie sie da gewissen Leuten an den Kragen gegangen sind. Die hatten nichts zu lachen, das können Sie mir glauben!«

Joseph Bridau wurde leichenblaß und mußte alle seine Kräfte zusammennehmen, um sich auf den Beinen zu halten.

»Schließlich und endlich«, erklärte er, »ich bin unschuldig. Also weiter ...!«

Und so erlebte der Künstler seine Kreuztragung! Auf dem grauenvollen Wege von der Place Misère zur Place Saint-Jean mußte er Hohngeschrei, Beschimpfungen und Todesdrohungen über sich ergehen lassen. Die Gendarmen sahen sich genötigt, gegen die wütende Menge, die sie mit Steinen bewarf, blank zu ziehen. Sie wären beinahe verwundet worden, und einige Wurfgeschosse trafen Josephs Beine, seine Schultern und seinen Hut.

»Da sind wir«, sagte einer der Gendarmen, als sie bei Hochon ins Zimmer traten. »Es war aber keine Kleinigkeit, Herr Leutnant.«

»Jetzt handelt es sich darum, die Menschenansammlung zu zerstreuen, und ich sehe keine andere Möglichkeit, meine Herren«, meinte der Offizier zu den Herren vom Gericht, »als Monsieur Bridau ins Gerichtsgebäude zu überführen, und Sie müssen ihn in Ihre Mitte nehmen. Ich und alle meine Gendarmen, wir werden einen Schutzwall um Sie bilden. Man kann für nichts einstehen, wenn man sechstausend Rasende gegen sich hat . . .«

»Sie haben recht«, pflichtete ihm Hochon bei, der immer noch um sein Gold bangte.

»Wenn das die beste Art ist, in Issoudun Unschuldige zu beschützen, so kann ich Ihnen nur mein Kompliment machen!« versetzte Joseph. »Ich wäre schon beinahe gesteinigt worden . . .«

»Wäre es Ihnen lieber, daß man das Haus Ihres Gastgebers stürmt und plündert?« hielt ihm der Leutnant entgegen. »Können wir mit unsern Säbeln einer Flut von Menschen entgegentreten, die von einem nachdrängenden Haufen aufgeregter Leute vorwärtsgestoßen werden und von den Formen eines Rechtsverfahrens keine blasse Ahnung haben?«

»Ja, ja, lassen Sie uns gehen, meine Herren, wir werden uns später aussprechen«, sagte Joseph, der seine ganze Gelassenheit wiedergewonnen hatte.

»Macht Platz, Freunde«, forderte der Leutnant die Menge auf. »Er ist verhaftet, wir bringen ihn ins Gerichtsgebäude!«

»Achtung vor der Justiz, Freunde!« rief Mouilleron.

»Wäre es euch nicht lieber, zu sehen, wie er guillotiniert wird?« sagte einer der Gendarmen zu einer drohenden Gruppe.

»Ja, ja«, schrie ein Wüterich, »er soll guillotiniert werden.«

»Er soll guillotiniert werden!« wiederholten einige Frauen.

Am andern Ende der Grande-Narette erzählte man sich: »Sie führen ihn ab, um ihn zu guillotinieren. Man hat das Messer bei ihm gefunden!« – »Oh, der Schuft! – So sind nun mal die Pariser! – Dem stand doch das Verbrechen auf der Stirn geschrieben!«

Obgleich Joseph alles Blut zu Kopf gestiegen war, bewahrte er auf dem Wege von der Place Saint-Jean zum Gerichtsgebäude eine bemerkenswerte Ruhe und Festigkeit. Nichtsdestoweniger war er froh, als er in Lousteau-Prangins Arbeitszimmer angelangt war.

»Ich glaube, meine Herren, ich brauche Ihnen nicht erst zu sagen, daß ich unschuldig bin«, wandte er sich an die Mouilleron und Lousteau-Prangin und auch an den Schreiber. »Es bleibt mir nichts weiter übrig, als Sie um Hilfe zu bitten, damit ich meine Unschuld beweisen kann. Ich weiß überhaupt nichts von der ganzen Sache.«

Nachdem ihm aber der Richter ausführlich auseinandergesetzt hatte, welcher Verdacht auf ihm laste, und ihm zum Schlusse Max' Aussage mitgeteilt hatte, war Joseph niedergeschmettert.

»Aber ich habe doch erst nach fünf Uhr das Haus verlassen«, sagte er, »ich bin durch die Grand'Rue gegangen, und um halb sechs habe ich die Fassade Ihrer Pfarrkirche Saint-Cyr betrachtet. Dort habe ich mit dem Glöckner gesprochen, der eben zum Angelus läuten wollte, und habe ihn über Einzelheiten des Gebäudes ausgefragt, das mir seltsam und unvollendet scheint. Hierauf bin ich über den Gemüsemarkt gegangen, wo schon ein paar Frauen waren. Von da bin ich über die Place Misère und den Pont aux Anes nach der Mühle von Landrôle gegangen, wo ich fünf bis sechs Minuten lang ruhig den Enten zugeschaut habe. Die Müllerburschen dort müssen mich gesehen haben. Ich habe auch Frauen gesehen, die nach dem Waschplatz gingen und wohl jetzt noch dort sein werden. Sie haben über mich gelacht und gesagt, ich sei nicht gerade schön. Worauf ich ihnen erwiderte, daß die häßlichen Austern mitunter herrliche Perlen bergen. Von dort bin ich durch die große Allee nach Tivoli gegangen, wo ich mit dem Gärtner geplaudert habe. Lassen Sie alle diese Tatsachen nachprüfen und verhaften Sie mich erst gar nicht, denn ich gebe Ihnen mein Wort darauf, mich nicht aus Ihrem Zimmer zu rühren, bis Sie von meiner Unschuld überzeugt sind.«

Diese vernünftige Rede, die ohne alles Zögern und mit der Ungezwungenheit eines Menschen, der seiner Sache sicher ist, vorgebracht worden war, verfehlte nicht ihren Eindruck auf die Beamten.

»Alle diese Leute müssen ausfindig gemacht und vorgeladen werden, aber das ist nicht an einem Tage geschehen. Finden Sie sich also in Ihrem eigenen Interesse damit ab, hier im Gerichtsgebäude in Einzelhaft zu bleiben.«

»Vorausgesetzt, daß ich meiner Mutter schreiben darf, um die arme Frau zu beruhigen ... Oh, Sie können selbstverständlich den Brief lesen.«

Diese Bitte war nur allzu berechtigt, als daß sie nicht bewilligt worden wäre, und Joseph schrieb die folgenden, wenigen Zeilen:

Meine liebe Mutter!
Sei ganz unbesorgt, der Irrtum, dem ich zum Opfer gefallen bin, wird leicht aufgeklärt werden, denn ich habe die nötigen Angaben gemacht. Morgen oder vielleicht noch heute abend werde ich frei sein.

Ich umarme Dich und bitte Dich, Monsieur und Madame Hochon zu sagen, wie leid es mir tut, ihnen diese Aufregung zu bereiten, an der ich keine Schuld trage, denn sie ist das Werk eines Zufalls, den ich noch nicht durchschaue.

Als der Brief ankam, lag Madame Bridau unter einem schweren Nervenanfall darnieder, und die Tränklein, die ihr Doktor Goddet schluckweise einzuflößen suchte, blieben wirkungslos. Der Brief wirkte daher wie Balsam. Nach einigen Zuckungen verfiel Agathe in jene Erschlaffung, die auf dergleichen Krisen zu folgen pflegt. Als Goddet wiederkam, um nach seiner Patientin zu sehen, bedauerte sie, Paris je verlassen zu haben.

»Gott hat mich bestraft«, sagte sie unter Tränen. »Hätte ich nicht auf ihn vertrauen und die Erbschaft meines Bruders von seiner Güte erwarten sollen ...?«

»Madame, wenn Ihr Sohn unschuldig ist, dann ist dieser Maxence ein ganz verruchter Schurke«, flüsterte ihr Hochon zu, »dem wir nicht gewachsen sind. Kehren Sie also lieber nach Paris zurück.«

»Nun, und wie geht's, Monsieur Gilet?« fragte Madame Hochon den Arzt.

»Oh, die Verwundung ist zwar schwer, aber nicht tödlich. Einen Monat Pflege, und alles ist überstanden. Als ich wegging, war er eben im Begriff, an Mouilleron zu schreiben, um die Freilassung Ihres Sohnes zu verlangen, Madame«, erzählte er seiner Patientin. »Max ist ein guter Kerl! Ich habe ihm gesagt, in welchem Zustand Sie sich befinden, und da hat er sich an einen Umstand in der Gewandung seines Angreifers erinnert, der ihm bewiesen hat, daß es nicht Ihr Herr Sohn gewesen sein kann: der

Mordbube trug Filzpantoffeln, während es jedoch feststeht, daß Ihr Herr Sohn in Stiefeln ausgegangen ist.«

»Möge Gott ihm verzeihen, was er mir angetan hat!«

Am späten Abend hatte ein Mann für Gilet einen Brief gebracht, der in Druckbuchstaben geschrieben war:

Hauptmann Gilet sollte einen Unschuldigen nicht in den Händen der Justiz lassen. Derjenige, der den Anschlag verübt hat, verspricht, es kein zweites Mal zu tun, wenn Monsieur Gilet Monsieur Joseph Bridau befreit, ohne jedoch den Schuldigen anzugeben.

Als Max diesen Brief gelesen und verbrannt hatte, schrieb er seinerseits an Mouilleron einen Brief, der die von Goddet erwähnte Beobachtung enthielt und auch die Bitte, Joseph freizulassen, ihn, Gilet, aber aufzusuchen, damit er ihm den ganzen Sachverhalt erklären könne. Als Mouilleron diesen Brief erhielt, hatte Lousteau-Prangin schon aus den Aussagen des Glöckners, einer Gemüsehändlerin, der Waschfrauen, der Müllerburschen aus der Mühle von Landrôle und des Gärtners von Frapesle die Wahrheit der von Joseph abgegebenen Erklärungen erkannt. Max' Brief bewies nun vollends die Unschuld des Verdächtigen, den Mouilleron hierauf selber zu Hochon begleitete. Joseph wurde von seiner Mutter mit überströmender Zärtlichkeit empfangen und, wie der Ehemann in der Fabel von Lafontaine den Dieb segnet, so segnete dieser arme, verkannte Junge den Zufall, der ihm dieses Mißgeschick beschert hatte, das ihm solche Zärtlichkeitsbeweise eintrug.

»An der Art, wie Sie die gereizte Menge angesehen haben, habe ich gleich erkannt, daß Sie unschuldig waren«, sagte Mouilleron mit selbstgefälliger Miene. »Aber wissen Sie, wenn man Issoudun kennt, so war es trotz meiner Überzeugung doch das beste Mittel, Sie abzuführen, wie wir es getan haben, um Sie zu schützen. Oh, Sie haben sich verdammt gut gehalten!«

»Ich dachte an ganz etwas anderes«, entgegnete der Künstler schlicht. »Ich kenne einen Offizier, der mir erzählt hat, daß er einmal in Dalmatien[147] unter ähnlichen Umständen von einer erregten Menge angehalten wurde, als er vom Spaziergang heimkehrte. Dieser Vergleich ging mir durch den Kopf, ich betrachtete alle diese Gesichter und nahm mir vor, einen Aufruhr von 1793 zu malen. Schließlich sagte ich mir: Du Lump, du hast nichts Besseres verdient. Was läufst du einer Erbschaft nach, anstatt in deinem Atelier fleißig zu malen . . .«

»Wenn Sie mir gestatten wollen, Ihnen einen Rat zu geben«, meinte der Staatsanwalt, »so nehmen Sie heute abend um elf Uhr einen Wagen, den Ihnen der Postmeister zur Verfügung stellen wird; und in Bourges nehmen Sie die Postkutsche nach Paris.«

»Das ist auch meine Ansicht«, stimmte Hochon zu, der darauf brannte, seinen Gast abreisen zu sehen.

»Auch mein lebhaftester Wunsch ist es, Issoudun zu verlassen, wo ich allerdings meine einzige Freundin zurücklasse«, meinte Agathe, wobei sie Madame Hochons Hand ergriff und an die Lippen führte. »Und wann werde ich Sie wiedersehen . . .?«

»Oh, mein Kind, wir werden uns erst dort oben wiedersehen! Wir haben auf Erden genug gelitten«, flüsterte sie ihr dann zu, »daß sich der liebe Gott schon unser erbarmen wird.«

Kurz nachdem Mouilleron mit Maxence gesprochen hatte, setzte Gritte Monsieur und Madame Hochon, Agathe, Joseph und Adolphine in großes Erstaunen, als sie Papa Rougets Besuch anmeldete. Jean-Jacques kam, um sich von seiner Schwester zu verabschieden und ihr seinen Wagen zur Fahrt nach Bourges anzubieten.

»Deine Bilder haben uns sehr viel Kummer bereitet!« sagte Agathe zu ihm.

»Behalte sie nur, liebe Schwester«, erwiderte Jean-Jacques, der noch nicht an den großen Wert der Bilder glaubte.

»Herr Nachbar«, wandte sich nun Hochon an ihn, »unsere besten Freunde, unsere treuesten Beschützer sind unsere Verwandten, besonders wenn sie Ihrer Schwester Agathe und Ihrem Neffen Joseph gleichen.«

»Das ist möglich«, meinte der Alte stumpfsinnig.

»Man muß daran denken, sein Leben als Christ zu beenden«, sagte Madame Hochon.

»Ach, Jean-Jacques, was war das für ein Tag!« rief Agathe.

»Nimmst du meinen Wagen an?« fragte Rouget.

»Nein, Bruder«, antwortete Madame Bridau. »Ich danke dir und wünsche dir gute Gesundheit!«

Rouget ließ sich von seiner Schwester und von seinem Neffen umarmen und ging, nachdem er ihnen ohne Zärtlichkeit Lebewohl gesagt hatte. Auf die Weisung seines Großvaters hin war Baruch zur Poststation geeilt. Um elf Uhr abends verließen die beiden Pariser Issoudun in einem Korbwägelchen, das mit einem Pferde bespannt war und von einem Postillon gelenkt wurde. Adolphine und Madame Hochon hatten Tränen in den Augen. Sie waren die einzigen, die Agathes und Josephs Abreise bedauerten.

»Sie sind fort«, sagte François Hochon, als er mit der Fischerin im Trüben zu Max ins Zimmer trat.

»Gut, das Kunststück ist also vollbracht«, erwiderte der vom Fieber geschwächte Max.

»Aber was hast du denn dem alten Mouilleron gesagt?« wollte François wissen.

»Ich habe ihm gesagt, daß ich meinem Angreifer beinahe ein Recht gegeben hatte, mir an der Straßenecke aufzulauern und daß der Mann ganz danach sei, mich wie einen Hund umzubringen, bevor man ihn noch verhaften könnte, falls man die Sache vor Gericht bringen sollte. Infolgedessen habe ich Mouilleron und Prangin gebeten, ganz offenkundig die eifrigsten Nachforschungen zu betreiben, den Mordbuben jedoch unbehelligt zu lassen, wenn sie nicht wollen, daß er mich doch noch umbringt.«

»Ich hoffe, Max«, sagte Flore, »daß ihr euch jetzt eine Zeitlang in der Nacht ruhig verhalten werdet.«

»Endlich sind wir die Pariser los!« rief Max. »Der mich überfallen hat, wußte gar nicht, was für einen großen Dienst er mir damit erwiesen hat.«

Mit Ausnahme von einigen sehr zurückgezogenen und ruhigen Leuten, die die Ansichten des Ehepaars Hochon teilten, feierte am nächsten Tage die ganze Stadt die Abreise der Pariser, die durch einen so bedauerlichen Irrtum veranlaßt worden war, wie einen Sieg der Provinz über Paris. Einige von Max' Freunden äußerten harte Worte über die Bridaus.

»Diese Pariser haben sich eingebildet, daß wir Einfaltspinsel sind und sie nur den Hut hinzuhalten brauchten, damit es Erbschaften hineinregnet.«

»Die waren hergekommen, um sich in die Wolle zu setzen; statt dessen ziehen sie geschoren wieder ab, denn der Neffe paßt dem Onkel nicht.«

»Und dazu hatten sie einen Pariser Advokaten als Berater . . .«

»So? Hatten sie denn einen Plan?«

»Natürlich, nämlich den Plan, Papa Rouget in ihre Gewalt zu bekommen. Aber es hat sich gezeigt, daß die Pariser dieser Aufgabe nicht gewachsen waren, und der Advokat wird keine Gelegenheit haben, sich über die Leute aus dem Berry lustig zu machen.«

»Aber das ist ja ganz abscheulich!«

»So sind nun mal die Pariser.«

»Die Fischerin im Trüben ist angegriffen worden, da hat sie sich eben zur Wehr gesetzt.«

»Das hat sie ganz richtig gemacht!«

Für die ganze Stadt waren die Bridaus Pariser und Fremde. Flore und Max wurden ihnen vorgezogen.

Man kann sich vorstellen, mit welcher Genugtuung Agathe und Joseph nach diesem Feldzug wieder in ihr kleines Heim in der Rue Mazarine einzogen. Der Künstler hatte während der Reise seine ganze Heiterkeit wiedererlangt, die durch seine Verhaftung und die zwanzigstündige Gefangenschaft ein wenig getrübt worden war. Es wollte ihm jedoch nicht gelingen, seine Mutter aufzuheitern. Agathe erholte sich um so schwerer von ihren Aufregungen, als vor dem Pairsgericht der Prozeß wegen der Militärverschwörung beginnen sollte. Trotz der Geschicklichkeit seines Verteidigers, der von Desroches beraten wurde, erregte Philippes Lebensführung einen Argwohn, der nicht zugunsten seines Charakters sprach. Sobald daher Joseph von allem, was in Issoudun vorging, Desroches Bericht erstattet hatte, reiste er unverzüglich mit Treffbube zum Schloß des Grafen de Sérisy, um nichts von diesem Prozeß zu hören, der zwanzig Tage dauerte.

Es wäre überflüssig, hier Tatsachen zu wiederholen, die der Geschichte unserer Zeit angehören. Sei es nun, daß Philippe eine ihm zugewiesene Rolle gespielt hat, sei es, daß er ein Denunziant war, kurz, er wurde laut Urteilsspruch für fünf Jahre unter staatspolizeiliche Überwachung gestellt und sollte noch am Tage seiner Freilassung nach Autun reisen, in die Stadt, die ihm der Generalpolizeidirektor des Königsreichs als Aufenthalt zugewiesen hatte. Diese Strafe entsprach der Haft der Gefangenen, denen man auf Ehrenwort zur Strafverbüßung den Aufenthalt in einer bestimmten Stadt auferlegt. Als Desroches erfuhr, daß Joseph beim Grafen de Sérisy, einem der Paris, die von der Kammer für die Untersuchung des Prozesses ausersehen waren, an der Ausschmückung von dessen Schloß in Presles arbeitete, suchte er bei diesem Staatsminister um eine Audienz nach und fand den Grafen voll Wohlwollen für Joseph, den er durch einen Zufall kennengelernt hatte. Desroches setzte ihm die finanzielle Lage der beiden Brüder auseinander und erinnerte an die von ihrem Vater geleisteten Dienste, deren man sich unter der Restauration nicht mehr erinnern wollte.

»Dergleichen Ungerechtigkeiten, Monseigneur«, sagte der Anwalt, »sind ständig die Ursachen von Gereiztheit und Unzufriedenheit. Sie haben den Vater gekannt. Geben Sie den Söhnen wenigstens die Möglichkeit, sich durchzusetzen!«

Hierauf schilderte er kurz den Stand der Familienangelegenheiten in Issoudun und bat den allmächtigen Vizepräsidenten des Staatsrates, sich beim Generalpolizeidirektor dafür zu verwenden, daß Philippe statt Autun Issoudun als Aufenthalt zugewiesen werde. Schließlich erwähnte er auch noch die entsetzliche Notlage Philippes und ersuchte um eine Unterstützung von sechzig Francs monatlich, die das Kriegsministerium einem ehemaligen Oberstleutnant doch anstandshalber gewähren könne.

»Alles, um was Sie mich da ersuchen, werde ich durchsetzen, denn das alles scheint mir recht und billig«, versicherte der Staatsminister.

Drei Tage später holte Desroches, mit den nötigen Vollmachten versehen, Philippe im Gefängnis des Pairsgerichtshofes ab und nahm ihn mit zu sich in die Rue de Béthisy[148]. Dort hielt der junge Advokat dem schrecklichen Eisenfresser eine jener Predigten, auf die es keine Erwiderung gibt und in denen die Advokaten die Dinge rücksichtslos beim Namen nennen und sich harter Worte bedienen, um denjenigen ihrer Klienten, für die sie sich genügend interessieren, um sie abzukanzeln, ihr Betragen vorzuhalten, ihre Gesinnung und ihre Gefühle zu analysieren und diese mit dem kürzesten und treffendsten Ausdruck zu belegen. Nachdem er den Ordonnanzoffizier des Kaisers heruntergemacht, indem er ihm seine unsinnige Verschwendung vorwarf, das Unglück, das er über seine Mutter gebracht hatte und den Tod der alten Descoings, klärte er ihn über den Stand der Dinge in Issoudun auf, die er auf seine Art erläuterte, und wobei er die Absichten und die Charaktere von Maxence und der Fischerin im Trüben genau in Betracht zog. Diesen Teil des Verweises hörte der politisch Verurteilte, der mit einem lebhaften Verständnis für solche Dinge begabt war, viel aufmerksamer an als den ersten.

»Unter diesen Umständen«, sagte der Anwalt, »können Sie gutmachen, was noch gutzumachen ist an dem Unrecht, das Sie Ihrer vortrefflichen Familie zugefügt haben, denn die arme Frau, der Sie den Todesstoß versetzt haben, können Sie nicht mehr lebendig machen; aber Sie allein können ...«

»Und wie soll ich das machen?« fragte Philippe.

»Ich habe es erreicht, daß man Ihnen Issoudun anstatt Autun zum Aufenthalt zuweist.«

Da erhellte plötzlich ein Freudenschein Philippes Gesicht, das so abgemagert, fast unheimlich geworden und von Krankheit, Leiden und Entbehrungen zerwühlt war.

»Sie allein können, betone ich, den Nachlaß Ihres Onkels noch retten, der vielleicht schon zur Hälfte im Rachen dieses Wolfes namens Gilet verschwunden ist«, fuhr Desroches fort. »Sie kennen alle Einzelheiten. Jetzt ist es an Ihnen, entsprechend zu handeln. Ich kann Ihnen keinen Feldzugsplan vorschreiben. Ich habe selber keine rechte Vorstellung davon, und außerdem ist an Ort und Stelle immer alles anders. Sie haben es mit einem gewiegten Gegenspieler zu tun. Der Kerl steckt voll Arglist, und die Art, wie er die Bilder zurückhaben wollte, die Ihr Onkel Joseph geschenkt hat, die Verwegenheit, mit der er Ihrem armen Bruder ein Verbrechen aufladen wollte, lassen einen Gegner vermuten, der zu allem fähig ist. Seien Sie also vorsichtig und trachten Sie, besonnen zu sein; wenn Sie es Ihrem Temperament nach auch nicht können, so seien Sie es wenigstens aus Berechnung. Ohne

Joseph etwas zu sagen, dessen Künstlerstolz sich aller Wahrscheinlichkeit nach dagegen aufgelehnt hätte, habe ich die Bilder an Monsieur Hochon geschickt und ihm geschrieben, sie nur Ihnen zu übergeben. Dieser Maxence Gilet ist tapfer ...«

»Um so besser«, meinte Philippe. »Ich rechne mit dem Mut dieses Burschen, um etwas zu erreichen, denn ein Feigling würde aus Issoudun verschwinden.«

»Na, schön, denken Sie an Ihre Mutter, die mit so unendlicher Zärtlichkeit an Ihnen hängt, an Ihren Bruder, den Sie zu Ihrer Milchkuh gemacht haben.«

»Ach, er hat Ihnen also von diesen Dummheiten erzählt?«

»Ja, bin ich denn nicht der Freund der Familie und weiß ich nicht mehr über Sie als die Familie selber?«

»Was wissen Sie?« fragte Philippe.

»Sie haben Ihre Kameraden verraten ...«

»Ich?« rief Philippe. »Ich, der Ordonnanzoffizier des Kaisers? Wer hat Ihnen denn das weisgemacht? Wir haben die Pairskammer, die Justiz, die Regierung und den ganzen verfluchten Laden 'reingelegt. Die Leute des Königs haben überhaupt nichts davon begriffen ...«

»Gut, sehr gut, wenn dem so ist«, entgegnete der Advokat; »Sie müssen aber bedenken, daß man die Bourbonen nicht stürzen kann. Sie haben ganz Europa für sich, und Sie sollten daran denken, sich mit dem Kriegsminister auszusöhnen ... Oh, Sie können das tun, wenn Sie reich sind. Um nun aber samt Ihrem Bruder reich zu werden, machen Sie sich über Ihren Onkel her. Wenn Sie eine Angelegenheit, die soviel Geschicklichkeit, Verschwiegenheit und Geduld erfordert, zu einem guten Ende führen wollen, haben Sie reichlich Beschäftigung für Ihre fünf Jahre.«

»Nein, nein, die Sache muß schnell erledigt werden«, sagte Philippe. »Dieser Gilet könnte mit dem Vermögen meines Onkels irgendwie herummanipulieren, es vielleicht auf den Namen dieses Frauenzimmers übertragen lassen, und dann wäre alles verloren.«

»Nun, in Monsieur Hochon haben Sie einen guten Berater; er sieht die Dinge richtig. Ziehen Sie ihn also zu Rate. Sie haben Ihren Marschbefehl. Ihr Platz im Postwagen nach Orléans ist für ein halb acht Uhr bestellt. Ihre Koffer sind gepackt. Also kommen Sie essen!«

»Ich besitze nur das, was ich auf dem Leibe trage«, erklärte Philippe und knöpfte seinen schrecklichen blauen Gehrock auf. »Aber drei Sachen fehlen mir besonders: mein Säbel, mein Degen und meine Pistolen. Wollen Sie Monsieur Giroudeau, meinen Freund, den Onkel Finots, bitten, mir diese Dinge zukommen zu lassen?«

»Es fehlt Ihnen auch noch manches andere«, meinte der Anwalt, den es schauderte, als er seinen Klienten betrachtete. »Sie bekommen einen Vorschuß für drei Monate, um sich anständig anziehen zu können.«

»Sieh mal an, da bist du ja, Godeschal«, rief Philippe, der in Desroches' Bürovorsteher Mariettes Bruder erkannte.

»Ja, ich bin seit zwei Monaten bei Monsieur Desroches.«

»Ich hoffe, daß er hier bleibt, bis er sich selbständig macht!« warf Desroches ein.

»Und Mariette?« fragte Philippe, von seinen Erinnerungen übermannt.

»Sie wartet auf die Eröffnung des neuen Theaters.«

»Es wäre ein leichtes für sie, zu erreichen, daß meine Verurteilung aufgehoben wird ... Nun, wie sie will!«

Nach dem kargen Mahl, das Desroches, der auch seinen Bürovorsteher mit in Verpflegung hatte, Philippe bot, begleiteten die beiden Rechtskundigen den politisch Verurteilten zum Wagen und wünschten ihm viel Glück.

Am 2. November, zu Allerseelen, meldete sich Philippe Bridau beim Polizeikommissar von Issoudun, um auf seinem Schein den Tag seiner Ankunft beglaubigen zu lassen. Hernach ging er auf Weisung dieses Beamten in die Rue de L'Avenier, wo er wohnen sollte. In Issoudun verbreitete sich sofort die Kunde, daß einer der in die letzte Verschwörung verwickelten Offiziere hierher verbannt worden sei, und erregte daselbst um so mehr Aufsehen, als man erfuhr, daß dieser Offizier der Bruder des so ungerechterweise beschuldigten Malers sei. Maxence Gilet, dessen Wunde wieder vollkommen verheilt war, hatte die schwierige Transaktion beendet, den Hypothekenbesitz Papa Rougets flüssigzumachen und in Staatspapiere umzuwandeln. Die Nachricht, daß

Rouget ein Darlehen von hundertvierzigtausend Francs auf seinen Grundbesitz aufgenommen hatte, wurde viel besprochen, denn in der Provinz erfährt man alles. Hochon, den dieses Unheil aufregte, fragte im Interesse der Bridaus den alten Advokaten Héron, Rougets Notar, was diese Transaktionen zu bedeuten hätten.

»Falls Papa Rouget noch anderen Sinnes werden sollte, können mir seine Erben die Hände küssen!« rief Héron. »Ohne mich hätte der gute Mann die hundertfünfzigtausend Francs Zinsen auf den Namen von Maxence Gilet übertragen lassen ... Ich habe Mademoiselle Brazier nahegelegt, es bei dem Testament bewenden zu lassen, wenn sie sich nicht einen Prozeß wegen Erbschleicherei auf den Hals laden wolle in Anbetracht der zahlreichen Beweise, die ihre allerorten vorgenommenen Überschreibungen von ihren Machenschaften liefern würden. Um Zeit zu gewinnen, habe ich Maxence und seiner Geliebten geraten, diesen auffallenden plötzlichen Umschwung in den Gepflogenheiten Rougets erst in Vergessenheit geraten zu lassen.«

»Seien Sie der Anwalt und Beschützer der Bridaus, denn sie besitzen wirklich nichts«, sagte Hochon, der es Gilet nicht verzeihen konnte, welche Angst er ausgestanden hatte, als er die Plünderung seines Hauses befürchtete.

Maxence Gilet und Flore Brazier, die nichts zu fürchten hatten, lachten sich also ins Fäustchen, als sie erfuhren, Papa Rougets zweiter Neffe sei eingetroffen. Sie wußten, daß sie bei der ersten Beunruhigung, die ihnen Philippe etwa verursachen würde, die Staatspapiere auf Maxence oder Flore übertragen lassen konnten, indem sie Papa Rouget einfach eine Vollmacht unterzeichnen ließen. Wenn das Testament widerrufen werden sollte, waren fünfzigtausend Francs Jahreszinsen ein ganz schöner Trostpreis, zumal nachdem der Grundbesitz mit einer Hypothek von hundertvierzigtausend Francs belastet war.

Am Tage nach seiner Ankunft stattete Philippe gegen zehn Uhr vormittags seinem Onkel einen Besuch ab. Er zeigte sich absichtlich in seinem schauderhaften Aufzug. Deshalb empfand Flore Brazier, als der aus dem Hôpital du Midi Entlassene, der Gefangene aus dem Palais du Luxembourg, ins Zimmer trat, bei diesem widerwärtigen Anblick deutlich, wie ihr ein Schauer durchs Herz fuhr. Ebenso verspürte Gilet im Innersten jene Erschütterung, die gleicherweise Verstand und Herz befällt und durch die die Natur uns eine geheime Feindschaft oder eine kommende Gefahr wittern läßt. Wenn das geradezu Unheimliche in Philippes Physiognomie auf seine letzten schweren Erlebnisse zurückzuführen war, so tat seine Kleidung noch das ihrige dazu. Sein jämmerlicher blauer Gehrock blieb aus traurigen Ursachen bis zum Hals militärisch zugeknöpft, ließ aber dadurch wiederum nur allzusehr erkennen, was er verbergen sollte. Der ausgefranste Rand der Hosen, die abgetragen waren wie der Anzug eines Invaliden, erzählte von tiefstem Elend. Die Stiefel hinterließen feuchte Spuren, denn aus ihren klaffenden Sohlen quoll schlammiges Wasser. Der graue Hut, den der Oberst in der Hand hielt, ließ ein schauderhaftes, schmierigfettiges Futter sehen. Der Rohrstock, dessen Lack längst abgeblättert war, mochte wohl in allen Winkeln der Pariser Cafés herumgestanden und mit seinem verbogenen Ende in so manchem Schmutzpfuhl gewühlt haben. Über einem Samtkragen, dessen Pappeinlage zu sehen war, ragte ein Kopf, ähnlich der Maske, die sich Frédérick Lemaître für den letzten Akt von ›Das Leben eines Spielers‹[149] zurechtmacht und in der sich die Erschöpfung eines noch kräftigen Mannes in einer kupfernen, stellenweise grünlich schimmernden Hautfarbe verrät. Man findet diese Tönungen im Gesicht von Wüstlingen, die viele Nächte am Spieltisch zugebracht haben. Um die Augen ziehen sich tiefe, dunkle Ränder. Die Lider sind eher gerötet als rot, und die vielen Verluste stehen ihnen auf der Stirn geschrieben, die drohend und unheilverkündend wirkt. Bei Philippe, der sich kaum von der schweren Kur erholt hatte, kamen noch tief eingefallene und runzlige Wangen hinzu. Er ließ einen kahlen Schädel sehen, und nur vom Hinterkopf zogen sich zu den Ohren einige Haarsträhnen. Das einstmals so reine Blau seiner glänzenden Augen hatte die kalte Tönung von Stahl angenommen.

»Guten Tag, Onkel«, begann er mit heiserer Stimme, »ich bin Ihr Neffe Philippe Bridau. So behandeln die Bourbonen einen Oberstleutnant, einen alten Haudegen von der alten Garde, der die Befehle des Kaisers in der Schlacht bei Montereau überbracht hat. Ich würde mich Mademoiselles wegen schämen, meinen Rock aufzuknöpfen. Schließlich und endlich, das ist eben das Gesetz des Spiels: Wir wollten die Partie von neuem anfangen und haben verloren! Ich wohne in Ihrer Stadt, auf polizeilichen Befehl und mit der glänzenden Besoldung von sechzig Francs monatlich. Die Bürger von Issoudun haben also nicht zu befürchten, daß meinetwegen die Preise steigen. Wie ich sehe, befinden Sie sich in guter und schöner Gesellschaft.«

»So! Du bist mein Neffe!« sagte Jean-Jacques.

»Aber laden Sie doch den Herrn Oberst zum Essen ein«, sagte Flore.

»Nein, Madame, danke«, antwortete Philippe. »Ich habe bereits gespeist. Übrigens würde ich mir lieber die Hand abhacken, als von meinem Onkel ein Stück Brot anzunehmen oder einen Centime zu erbitten nach allem, was meine Mutter und mein Bruder in dieser Stadt erlebt haben. Es dünkt mich lediglich unpassend, in Issoudun zu wohnen, ohne ihm von Zeit zu Zeit meine Aufwartung zu machen. Übrigens können Sie alles tun, was Ihnen beliebt«, fuhr er fort, seinem Onkel die Hand reichend, die dieser ergriff. »Ich werde niemals etwas daran auszusetzen finden«, sprach er weiter und schüttelte seinem Onkel die Hand, »vorausgesetzt, daß die Ehre der Bridaus gewahrt bleibt.«

Gilet konnte den Oberstleutnant in aller Ruhe betrachten, denn Philippe vermied es geflissentlich, ihn anzusehen. Obgleich Max nahe daran war, aufzubrausen, lag es doch allzusehr in seinem Interesse, die Klugheit der großen Politiker in seinem Benehmen zu wahren, die zuweilen anmutet wie Feigheit, als daß er in Harnisch geraten wäre wie ein beliebiger anderer junger Mensch; er blieb also ruhig und kalt.

»Das sollten Sie nicht tun, Monsieur, unter den Augen Ihres Onkels mit sechzig Francs leben«, sagte Flore, »wo er doch vierzigtausend Francs Zinsen im Jahr hat und sich schon dem Herrn Major Gilet gegenüber, den ich Ihnen hiermit vorstelle und der sein natürlicher Verwandter ist, so großherzig gezeigt hat . . .«

»Ja, Philippe«, warf Rouget ein, »darüber werden wir noch reden . . .«

Nachdem Flore den Major vorgestellt hatte, wechselte Philippe einen beinahe ängstlichen Gruß mit Gilet.

»Onkel, ich habe Ihnen übrigens noch Bilder zurückzugeben; sie sind bei Monsieur Hochon. Machen Sie mir eines Tages das Vergnügen, nachsehen zu kommen, ob alles stimmt.«

Nach diesen letzten, in kaltem Tone hingeworfenen Worten ging Oberstleutnant Philippe Bridau. Dieser Besuch hinterließ bei Flore wie auch bei Gilet eine Gemütsbewegung, die noch heftiger war als der Schauer, der sie beim ersten Anblick dieses entsetzlichen Haudegens gepackt hatte. Sobald Philippe mit dem Ungestüm eines geprellten Erben die Tür hinter sich zugeschlagen hatte, verbargen sich Flore und Gilet hinter den Vorhängen und sahen ihm nach, wie er aus dem Hause seines Onkels trat und zu dem Hochons auf der anderen Seite hinüberging.

»Solch ein Schnapphahn!« sagte Flore mit einem fragenden Blick auf Gilet.

»Ja, leider gab es mehrere dieser Art in den Armeen des Kaisers; auf den Gefangenenschiffen habe ich ihrer sieben erledigt«, entgegnete Gilet.

»Ich hoffe sehr, Max, daß du mit dem da keine Händel suchst«, bat Mademoiselle Brazier.

»Ach, der da«, versetzte Max, »der ist ein räudiger Hund, der einen Knochen haben will.« Dabei wandte er sich an Rouget. »Wenn sein Onkel mir glauben will, wird er ihn sich durch irgendeine Schenkung vom Halse schaffen, denn der wird Ihnen keine Ruhe lassen, Papa Rouget.«

»Er roch sehr nach Tabak!« sagte der Alte.

»Und er wiederum hat Ihre Taler gerochen«, stellte Flore in entschiedenem Ton fest. »Ich bin der Ansicht, daß Sie ihn gar nicht empfangen sollten.«

»Nichts wäre mir lieber als das«, erwiderte Rouget.

»Monsieur«, sagte Gritte, in das Zimmer tretend, wo sich die ganze Familie Hochon nach dem Frühstück aufhielt, »Monsieur Bridau, von dem Sie gesprochen haben, ist da.«

Inmitten eines tiefen, von der allgemeinen Spannung hervorgerufenen Schweigens trat Philippe in ehrerbietiger Haltung ein. Madame Hochon erbebte bis ins Innerste beim Anblick des Mannes, der Agathe soviel Kummer bereitet und die gute Madame Descoings umgebracht hatte. Adolphine erschrak nicht minder. Baruch und François wechselten einen Blick der Überraschung.

Der alte Hochon bewahrte seine Kaltblütigkeit und bot Madame Bridaus Sohn einen Stuhl an.

»Ich bin gekommen, Monsieur«, begann Philippe, »mich Ihrem Wohlwollen zu empfehlen; denn ich muß mich darauf einstellen, fünf Jahre hier zu leben, mit sechzig Francs monatlich, die mir Frankreich gibt.«

»Das kann man«, erwiderte der Fünfundachtzigjährige.

Philippe sprach von gleichgültigen Dingen und hielt sich tadellos. Den Journalisten Lousteau, den Neffen der alten Dame, pries er als eine Leuchte und gewann sich ihr Wohlwollen dadurch, daß er verkündete, der Name Lousteau würde durch ihn noch berühmt werden. Hierauf gab er ohne Zögern zu, in seinem Leben viele Fehler begangen zu haben. Auf einen freundschaftlichen Vorwurf, den ihm Madame Hochon leise machte, erwiderte er, er habe im Gefängnis sehr viel nachgedacht, und versprach ihr, in Zukunft ein ganz anderer Mensch werden zu wollen.

Auf eine Andeutung Philippes hin verließ Hochon mit ihm das Zimmer. Als der Geizhals und der Soldat auf dem Boulevard Baron waren, an einer Stelle, wo niemand sie hören konnte, sagte der Oberst zu dem alten Mann:

»Glauben Sie mir, Monsieur, es wird besser sein, wir sprechen von Geschäften und Personen nur auf einem Spaziergang durch die Felder oder doch an Orten, wo wir uns unterhalten können, ohne belauscht zu werden. Advokat Desroches hat mir klargemacht, was der Klatsch in einer kleinen Stadt für einen Einfluß hat. Ich möchte also nicht, daß man Sie verdächtigt, mir mit Ihren Ratschlägen behilflich zu sein, obgleich mir Desroches empfohlen hat, Sie um Ihren Rat zu ersuchen, und obgleich ich selber Sie bitte, ihn mir nicht vorzuenthalten. Wir sehen uns einem mächtigen Feind gegenüber, und keine Vorsichtsmaßregel darf außer acht gelassen werden, damit es uns gelingt, uns seiner zu entledigen. Zunächst bitte ich zu entschuldigen, wenn ich Sie nicht mehr besuche. Ein etwas kühles Verhältnis zwischen uns wird Sie von jedem Verdacht einer Einflußnahme auf mein Verhalten befreien. Wenn ich Ihren Rat brauche, werde ich um halb zehn Uhr, also zur Stunde, da Sie Ihr Frühstück beendet haben, über den Platz gehen. Wenn Sie sehen, daß ich meinen

Stock geschultert trage wie ein Gewehr, bedeutet das, daß eine Zufallsbegegnung auf dem Spaziergang an einem von Ihnen zu bestimmenden Orte wünschenswert ist.«

»Das alles erscheint mir vernünftig und ist die Rede eines Mannes, der sein Ziel erreichen will«, antwortete der Greis.

»Und ich werde es erreichen. Vor allem bitte ich Sie, mir die hier lebenden Mitglieder der ehemaligen Armee zu nennen, die nicht auf der Seite dieses Maxence Gilet stehen und mit denen ich mich bekannt machen könnte.«

»Da wäre zunächst einmal ein Gardeartilleriehauptmann Mignonnet, ein vierzigjähriger Mann, der die Ecole polytechnique besucht hat und bescheiden lebt. Er ist ein ehrenhafter Mann, und er hat sich über Maxence abfällig geäußert, dessen Betragen ihm eines Soldaten unwürdig zu sein scheint.«

»Gut«, meinte der Oberstleutnant.

»Es gibt nicht viele Offiziere dieses Schlages«, fuhr Hochon fort, »und mir fällt nur noch ein ehemaliger Rittmeister ein.«

»Auch ich war Kavallerist«, sagte Philippe. »War er bei der Garde?«

»Ja«, erwiderte Hochon. »Carpentier war im Jahre 1810 Wachtmeister bei den Dragonern. Von dort ist er als Unterleutnant in ein Linienregiment versetzt worden, wo er es zum Rittmeister gebracht hat.«

Giroudeau wird ihn vielleicht kennen, dachte Philippe bei sich.

»Dieser Monsieur Carpentier hat den Posten auf dem Gemeindeamt angenommen, der Maxence nicht gut genug war, und er ist mit dem Major Mignonnet befreundet.«

»Was könnte ich hier tun, um mir meinen Lebensunterhalt zu verdienen?«

»Es wird, glaube ich, eine Zweigstelle der Versicherungsgesellschaft des Departements Cher errichtet, und dort könnten Sie eine Anstellung finden; aber Sie werden höchstens fünfzig Francs monatlich bekommen.«

»Das genügt mir.«

Nach Verlauf einer Woche hatte Philippe einen neuen Gehrock, eine neue Hose und eine neue Weste, alles von gutem, blauem Tuch aus Elbeuf, sowie neue Stiefel, Wildlederhandschuhe und einen Hut, alles auf Kredit gekauft und in Monatsraten zu bezahlen. Aus Paris erhielt er durch Giroudeaus Vermittlung Wäsche und seine Waffen sowie einen Brief für Carpentier, der unter dem ehemaligen Dragonerrittmeister gedient hatte. Dieser Brief verschaffte Philippe Carpentiers ganze Ergebenheit, der den Oberst dem Major Mignonnet als einen höchst verdienstvollen Mann von ausgezeichnetem Charakter vorstellte. Philippe erwarb sich die Bewunderung dieser beiden würdigen Offiziere durch einige vertrauliche Mitteilungen über die eben abgeurteilte Verschwörung, die bekanntlich den letzten Anschlag der alten Armee gegen die Bourbonen darstellte; denn der Prozeß gegen die Unteroffiziere von La Rochelle gehört in einen ganz anderen Zusammenhang[150]. Belehrt durch den Ausgang der Verschwörung vom 19. August 1820 und der Prozesse gegen Berton und Caron[151], beschränkten sich die Offiziere seit dem Jahre 1822 darauf, die Ereignisse abzuwarten. Die letzte Verschwörung kann man als jüngere Schwester der Verschwörung vom 19. August ansehen – sie verfolgte den gleichen Zweck, aber mit besseren Mitteln und besseren Leuten. Wie die vorhergegangene blieb sie der königlichen Regierung völlig unbekannt. Als sie trotz alledem entdeckt wurde, waren die Verschwörer klug genug, ihrer ausgedehnten Unternehmung die kümmerlichen Ausmaße eines Kasernenkomplotts zu geben. Der Herd dieser Verschwörung, an der mehrere Kavallerie-, Infanterie- und Artillerieregimenter beteiligt waren, war Nordfrankreich. Alle befestigten Plätze an der Grenze sollten mit einem Schlag genommen werden. Im Falle des Gelingens wären die Verträge von 1815 zerschlagen worden, und zwar durch einen sofortigen Anschluß Belgiens, das durch ein zwischen Soldaten abgeschlossenes Militärbündnis der Heiligen Allianz entrissen worden wäre. Dieser Wirbelsturm hätte zwei Throne zugleich gestürzt. Anstatt dieses ungeheuerlichen, von den fähigsten Köpfen ersonnenen Planes, an dem hohe Persönlichkeiten beteiligt waren, gab man dem Pairsgerichtshof nur eine Einzelzeit preis. Philippe Bridau fand sich bereit, seine Vorgesetzten zu decken, die in dem Augenblick verschwinden sollten, da die Komplotte, sei es durch Verrat, sei es durch Zufall, entdeckt würden. Weil nun aber diese Vorgesetzten ihren Sitz in den Kammern hatten, versprachen sie ihre Mitarbeit nur insoweit, als es galt, das Errungene innerhalb der Regierung zu vollenden und zu festigen. Es wäre ein Eingriff in das Gebiet der Historie, hier den Plan zu erörtern, den seit dem Jahre 1830 die Geständnisse der Liberalen ohnehin in seinem ganzen Umfang und seinen unermeßlichen, den Eingeweihten niederen Grades unbekannten Verästelungen aufgerollt haben, und es würde außerdem zu Weitschweifigkeiten führen. Diese kurze Übersicht genügt, um die Doppelrolle zu erklären, die Philippe Bridau übernommen hatte. Der ehemalige Ordonnanzoffizier des Kaisers sollte eine Bewegung leiten, die in Paris einzig zu dem Zwecke geplant worden war, die wirkliche Verschwörung zu verheimlichen und die Regierung im Zentrum zu beschäftigen, wenn im Norden der Aufruhr ausbrechen würde. Philippe hatte also den Auftrag, jeden Zusammenhang zwischen beiden Komplotten abzustreiten und nur belanglosere Geheimnisse preiszugeben. Daher war auch die entsetzliche Heruntergekommenheit, von der sein Anzug und sein Gesundheitszustand zeugten, vortrefflich geeignet, das Unternehmen in den Augen der Machthaber herabzusetzen, es um jedes Ansehen zu bringen und als geringfügig erscheinen zu lassen. Diese Rolle paßte gut zu der unsicheren Lage des grundsatzlosen Spielers. Da er sich in beiden Sätteln gerecht fühlte, spielte der schlaue Philippe der königlichen Regierung gegenüber den Biedermann und bewahrte sich die Achtung der hochgestellten Leute seiner Partei, nahm sich jedoch vor, später denjenigen der beiden Wege zu beschreiten, auf dem ihm die meisten Vorteile winkten. Die Enthüllungen über die ungeheure Tragweite des wirklichen Komplotts und über die Beteiligung einiger Richter machten Philippe in den Augen von Carpentier und Mignonnet zu einem Mann von hervorragenden Verdiensten, denn seine Aufopferung ließ auf einen jener Politiker schließen, wie deren die schönen Tage des Konvents hervorgebracht haben. Daher wurde denn der geriebene Bonapartist innerhalb weniger Tage zum Freund der beiden Offiziere, und das Ansehen, dessen sie sich erfreuten, übertrug sich auch auf ihn. Durch die Empfehlung der Herren Mignonnet und Carpentier erhielt er sofort die von dem alten Hochon erwähnte Anstellung bei der Versicherungsgesellschaft des Departements Cher. Er hatte Register zu führen wie bei einem Steuereinnehmer, in vorgedruckte Formulare Namen und Zahlen einzutragen, sie abzusenden und Versicherungspolicen zu schreiben, was alles zusammen nicht mehr als drei Stunden täglich in Anspruch nahm. Mignonnet und Carpentier führten den Gast von Issoudun in ihren Klub ein. Seine Haltung und seine Manieren rechtfertigten übrigens durchaus die hohe Meinung, die Mignonnet und Carpentier von diesem Oberhaupt einer Verschwörung verbreiteten, und trugen ihm die Achtung ein, die ein trügerischer Anschein so oft erweckt. Philippe, dessen Verhalten genau berechnet war, hatte während seiner Gefangenschaft über die Nachteile eines zügellosen Lebens nachgedacht. Es hätte demnach der Ermahnungen Desroches' gar nicht erst bedurft, um ihn zu der Einsicht zu bringen, daß er die Achtung der Bürgerschaft nur durch ein ehrenhaftes, anständiges und geregeltes Leben erwerben könne. Es machte ihm Vergnügen, Max auszustechen, indem er selber sich nach dem Vorbild eines Mignonnet betrug, denn er wollte Maxence über seinen Charakter täuschen und ihn dadurch in Sicherheit wiegen. Es lag ihm daran, für einen Tölpel gehalten zu werden, und deshalb zeigte er sich uneigennützig und großzügig, während er in Wirklichkeit seinen Gegner in die Hand zu bekommen suchte und nach der Erbschaft seines Onkels trachtete. Seiner Mutter und seinem Bruder hingegen, die beide wirklich uneigennützig, großmütig und großzügig waren, hatte man Berechnung vorgeworfen, weil sie mit naiver Einfachheit vorgegangen waren. Philippes Begehrlichkeit hatte sich entzündet, als er von Hochon alle Einzelheiten über die Vermögensverhältnisse seines Onkels erfuhr. Beim ersten heimlichen Gespräch, das er mit dem alten Mann führte, waren sie sich darüber einig geworden, daß Philippe alles vermeiden mußte, was Max' Mißtrauen wecken konnte; denn alles wäre verloren gewesen, wenn Flore und Max ihr Opfer fortgeschafft hätten, und sei es auch nur bis Bourges. Einmal wöchentlich war der Oberst zu Gast bei Hauptmann Mignonnet, einmal bei Carpentier und jeden Donnerstag bei Hochon. Da er bald in zwei oder drei Häusern eingeladen wurde, hatte er nach drei Wochen Aufenthalt nicht viel mehr als sein Frühstück zu bezahlen. Nirgends sprach er von seinem Onkel, von der Fischerin im Trüben oder von Gilet, es sei denn, daß es galt, etwas zu erfahren, was mit dem Aufenthalt seiner Mutter und seines Bruders in Issoudun zusammenhing. Die drei Offiziere, die einzigen Ordensinhaber, unter denen sich Philippe noch durch die Rosette der Ehrenlegion auszeichnete, was ihm in aller Augen eine in der Provinz ganz entschiedene Überlegenheit verlieh, machten täglich zur gleichen Stunde vor dem Mittagessen gemeinsam einen Spaziergang und bildeten eine Bande für sich, wie man sich wenig gewählt ausdrückte. Dieses Benehmen, diese Zurückhaltung und diese Ruhe machten in Issoudun einen vortrefflichen Eindruck. Alle Anhänger Max' dagegen sahen in Philippe nichts als einen Säbelhelden, ein Ausdruck, wodurch man beim Militär den höheren Offizieren zwar die niedrigste Art von Mut zuerkennt, ihnen jedoch die für die Befehlsgewalt erforderlichen Fähigkeiten abspricht. – Das ist ein durch und durch ehrenwerter Mensch, sagte der alte Goddet zu Max. »Ach was!« antwortete Major Gilet, »nach seinem Betragen vor dem Pairsgericht ist er entweder ein betrogener Narr oder ein Spitzel, und wie Sie selber sagen, ist er einfältig genug, so daß er sich wahrscheinlich von den großen Drahtziehern hat an der Nase herumführen lassen.« Als Philippe seine Anstellung erhalten hatte, wollte er gewisse Dinge der Kenntnis der Leute entziehen, da er über die Klatschsucht der Stadt bereits Bescheid wußte. Er mietete sich also in einem Hause ein, das am äußersten Ende des Fauborg Saint-Paterne gelegen war und zu dem ein sehr großer Garten gehörte, wo er sich in aller Heimlichkeit mit Carpentier im Fechten üben konnte. Dieser war in einem Linienregiment Fechtmeister gewesen, bevor er zur Garde versetzt worden war. Nachdem Philippe auf diese Weise heimlich seine alte Überlegenheit wiedererlangt hatte, lernte er von Carpentier noch verschiedene Kunstgriffe, die es ihm ermöglichten, auch einen erstklassigen Gegner nicht fürchten zu brauchen. Dann begann er, sich mit Mignonnet und Carpentier im Pistolenschießen zu üben, angeblich zum Vergnügen, in Wahrheit aber, um Maxence glauben zu machen, er rechne im Fall eines Duells mit dieser Waffe. Wenn Philippe Gilet begegnete, wartete er auf dessen Gruß, den er dann nachlässig dadurch erwiderte, daß er ein wenig an seinem Hutrand rückte wie ein Oberst, der die Ehrenbezeigung eines gemeinen Soldaten erwidert. Maxence Gilet zeigte keinerlei Zeichen von Verdruß und

Unzufriedenheit; nie war ihm bei der Cognette, wo die nächtlichen Gastereien wieder abgehalten wurden, das geringste Wort darüber entschlüpft. Seit Farios Messerstich hatten die bösen Streiche nämlich eine vorübergehende Unterbrechung erfahren. Nach Verlauf einiger Zeit war die Verachtung des Oberstleutnants Bridau für den Bataillonschef Gilet eine überall bekannte Tatsache, über die sich einige der Ritter vom goldenen Leichtsinn, die mit Maxence nicht so eng befreundet waren wie Baruch und François, sowie drei oder vier andere im vertraulichen Kreis unterhielten. Man war allgemein erstaunt, zu sehen, wie zurückhaltend sich der heftige, jähzornige Max betrug. Kein Mensch in Issoudun, nicht einmal Potel und Renard, wagte es, mit Gilet über diesen heiklen Punkt zu sprechen. Potel, der das öffentlich bekannte schlechte Verhältnis zwischen zwei Haudegen von der kaiserlichen Garde schmerzlich empfand, meinte, es sei Max durchaus zuzutrauen, daß er im stillen seine Ränke spinne, um den Oberst hereinzulegen. Nach Potels Ansicht konnte man auf etwas Neues gefaßt sein, nach dem zu schließen, was Max getan hatte, um den Bruder und die Mutter zu vertreiben; denn die Sache mit Fario war längst kein Geheimnis mehr. Hochon hatte es nicht unterlassen, den besonnenen alten Leuten in der Stadt Gilets niederträchtige List zu offenbaren. Übrigens hatte auch Mouilleron, der selber der Held einer Klatschgeschichte war, im Vertrauen den Namen von Gilets Angreifer genannt, wenn auch vielleicht nur in der Absicht, die Ursache von Farios Feindseligkeit gegen Max zu erforschen und so die Aufmerksamkeit der Justiz im Hinblick auf eventuelle künftige Begebenheiten wachzuhalten. Wenn also in der Stadt über die Stellung des Oberstleutnants gegenüber Max gesprochen wurde, wenn man zu erraten suchte, was sich aus dieser Feindschaft wohl ergeben würde, war man von vornherein überzeugt, daß sie einander als Gegner gegenüberstanden. Durch seine sorgfältigen Nachforschungen nach den Einzelheiten der Verhaftung seines Bruders und nach dem Vorleben Gilets und dem der Fischerin im Trüben kam Philippe schließlich in ziemlich vertrauliche Beziehungen zu Fario, seinem Nachbarn. Nachdem er den Spanier genau beobachtet hatte, glaubte Philippe, sich einem Manne dieses Schlages anvertrauen zu dürfen. Sie waren in ihrem Haß so einig, daß sich Fario Philippe zur Verfügung stellte und ihm alles erzählte, was er über die Ritter vom goldenen Leichtsinn wußte. Philippe versprach, falls es ihm gelingen sollte, über seinen Onkel die gleiche Macht zu erlangen, die jetzt Gilet ausübte, Fario für seine Verluste zu entschädigen, und gewann ihn dadurch zu seinem Helfershelfer. Maxence sah sich also einem furchtbaren Feind gegenüber. Da war einer, der es mit ihm aufnehmen würde, wie es in der Stadt hieß. Von allen diesen Gerüchten in Aufregung versetzt, sah Issoudun einem Kampf zwischen diesen beiden Männern entgegen, die sich – und darauf muß hingewiesen werden –, gegenseitig verachteten.

Als Philippe eines Tages gegen Ende November um die Mittagszeit in der großen Allee nach Frapesle Monsieur Hochon begegnete, sagte er zu ihm: »Ich habe herausbekommen, daß Ihre beiden Enkel Baruch und François die vertrauten Freunde von Maxence Gilet sind. Die Burschen sind nachts bei allen Streichen dabei, die in der Stadt begangen werden. Daher hat auch Maxence durch sie alles erfahren, was bei Ihnen gesprochen worden ist, als meine Mutter und mein Bruder bei Ihnen wohnten.«

»Und wie sind Sie zu den Beweisen dieser Scheußlichkeiten gekommen . . .?»

»Ich habe sie belauscht, als sie nachts aus einem Wirtshaus kamen. Ihre beiden Enkel schulden Maxence jeder tausend Taler. Der Schuft hat den armen Jungen gesagt, sie sollten versuchen, dahinterzukommen, welches unsere Absichten seien. Er hat sie daran erinnert, daß Sie den Einfall gehabt hätten, meinen Onkel durch die Pfaffen bearbeiten zu lassen, und er hat ihnen gesagt, Sie allein seien imstande, mich zu lenken, denn glücklicherweise hält er mich für nichts als einen Säbelhelden.«

»Was? Meine Enkel sollten . . .«

»Passen Sie auf sie auf«, fuhr Philippe fort, »und Sie werden sie um zwei oder drei Uhr morgens in Begleitung von Maxence über die Place Saint-Jean heimkommen sehen, weinselig wie Champagnerpfropfen . . .«

»Darum also sind die Bengel sonst so mäßig!« sagte Hochon.

»Fario hat mir viel über ihr nächtliches Treiben erzählt«, fuhr Philippe fort, »denn ohne ihn hätte ich es niemals erraten. Mein Onkel steht unter einem fürchterlichen Druck, nach den wenigen

Worten zu urteilen, die mein Spanier gehört hat, als Max mit Ihren Enkeln sprach. Ich habe Max und die Fischerin im Trüben im Verdacht, daß sie den Plan gefaßt haben, die fünfzigtausend Francs Zinsen der Staatspapiere an sich zu bringen und dann irgendwohin zu reisen, um zu heiraten, nachdem sie ihr Schäfchen ins trockne gebracht haben. Es ist allerhöchste Zeit, zu erfahren, was im Haus meines Onkels eigentlich vorgeht. Ich weiß aber nicht, wie ich das bewerkstelligen soll.«

»Ich will es mir durch den Kopf gehen lassen«, sagte der alte Mann.

Als einige Leute in Sicht kamen, verabschiedeten sich Philippe und Hochon.

In seinem ganzen Leben hatte Jean-Jacques Rouget noch nie so viel zu leiden gehabt wie seit dem ersten Besuch seines Neffen Philippe. Die entsetzte Flore hatte das Vorgefühl, daß Maxence eine Gefahr drohe. Sie war ihres Herrn überdrüssig, und da sie befürchtete, er könne noch sehr alt werden, wo er doch ihren verbrecherischen Machenschaften schon so lange standhielt, ersann sie den sehr einfachen Plan, aus der Gegend fortzuziehen und in Paris Maxence zu heiraten, wenn sie es erst einmal durchgesetzt haben würde, die fünfzigtausend Francs Zinsen der Staatspapiere auf ihren Namen überschreiben zu lassen. Der alte Junggeselle wurde lediglich von seiner Leidenschaft geleitet, und keineswegs von irgendwelchem Interesse für seine natürlichen Erben oder von seinem persönlichen Geiz; er weigerte sich hartnäckig, Flores Wunsch zu erfüllen und hielt ihr vor Augen, daß sie doch seine alleinige Erbin sei. Der Unglückliche wußte, wie sehr Flore Maxence liebte, und daß sie das Haus verlassen würde, sobald sie reich genug wäre, um zu heiraten. Als Flore, auch nachdem sie die zärtlichsten Schmeicheleien aufgeboten hatte, immer wieder auf eine Weigerung stieß, zog sie andere Register. Sie sprach nicht mehr mit ihrem Herrn, sie ließ ihn von der Védie bedienen, die eines Morgens sah, daß sich der alte Mann die Augen rotgeweint hatte. Seit einer Woche frühstückte Papa Rouget allein, und Gott weiß wie! Auch Philippe fand seinen Onkel sehr verändert, als er ihm nach seinem Gespräch mit Hochon einen zweiten Besuch abstattete. Flore blieb bei dem Alten, sah ihn liebevoll an, sprach zärtlich zu ihm und spielte ihre Komödie so gut, daß Philippe in Anbetracht dieser in seiner Gegenwart bekundeten Fürsorge die gefährliche Lage durchschaute. Gilet, dessen Taktik darin bestand, jedem Zusammenstoß mit Philippe auszuweichen, ließ sich nicht blicken. Nachdem der Oberst Papa Rouget und Flore mit scharfem Blick beobachtet hatte, hielt er es für geboten, einen entscheidenden Schlag zu führen.

»Leben Sie wohl, lieber Onkel«, sagte er und erhob sich, als ob er die Absicht habe, wegzugehen.

»Oh, geh noch nicht«, rief der alte Mann, dem Flores falsche Zärtlichkeit wohl tat. »Iß mit uns zu Mittag, Philippe.«

»Ja, wenn Sie eine Stunde mit mir spazierengehen wollen.«

»Der Herr ist recht leidend«, wandte Mademoiselle Brazier ein. »Noch vorhin hat er nicht einmal ausfahren wollen«, fügte sie hinzu und wandte sich dem armen Mann zu, den sie mit jenem unverwandten starren Blick ansah, mit dem man Irrsinnige bändigt.

Da packte Philippe Flore am Arm, zwang sie, ihn anzusehen und fixierte sie genauso unverwandt, wie sie es soeben mit ihrem armen Opfer getan hatte.

»Sagen Sie mal, Mademoiselle«, fragte er sie, »steht es meinem Onkel etwa nicht frei, mit mir allein spazierenzugehen?«

»Aber ja doch«, erwiderte Flore, die wirklich nicht gut anders antworten konnte.

»Also gut, kommen Sie, Onkel. – Los, Mademoiselle, geben Sie ihm seinen Stock und seinen Hut ...»

»Aber gewöhnlich geht er nicht ohne mich aus, nicht wahr, Monsieur Rouget?«

»Ja, Philippe, ja, ich brauche sie immer um mich ...«

»Es wäre besser, auszufahren«, sagte Flore.

»Ja, fahren wir«, rief der alte Mann in dem lebhaften Wunsche, seine beiden Tyrannen in Übereinstimmung zu bringen.

»Lieber Onkel, Sie werden zu Fuß gehen, und zwar mit mir, oder ich komme nie mehr wieder, denn dann hätten ja die Leute in Issoudun recht mit ihrer Behauptung, daß Sie Mademoiselle Brazier hörig seien. – Mein Onkel liebt Sie!« fuhr er fort und heftete seinen fürchterlichen Blick auf Flore. »Daß Sie meinen Onkel nicht lieben, das ist auch noch zu verstehen. Daß Sie aber den armen Menschen unglücklich machen, das geht zu weit! Wenn man eine Erbschaft haben will, muß man sie verdienen. Kommen Sie mit, Onkel . . .?«

Da sah Philippe, wie sich auf dem Gesicht des armen Schwachkopfes ein qualvolles Zögern malte und seine Augen von Flore zu seinem Neffen hin und her wanderten.

»Aha, so stehen die Dinge also!« fuhr der Oberstleutnant fort. »Also gut; leben Sie wohl, Onkel. – Und Ihnen, Mademoiselle, küsse ich die Hände.«

Als er bei der Tür angelangt war, wandte er sich plötzlich um und ertappte Flore auch diesmal wieder dabei, daß sie seinem Onkel mit einer Gebärde drohte.

»Onkel«, sagte er, »wenn Sie ein bißchen mit mir spazierengehen wollen, will ich Sie vor Ihrer Tür erwarten. Ich möchte Monsieur Hochon einen ganz kurzen Besuch machen, nicht länger als zehn Minuten. Falls wir aber nicht zusammen ein bißchen frische Luft schnappen, werde ich dafür sorgen, daß ein paar andere an die Luft gesetzt werden.« Und Philippe überquerte die Place Saint-Jean und ging zu den Hochons.

Jeder kann sich wohl den Auftritt ausmalen, den Philippes Enthüllung in dieser Familie zur Folge hatte. Um neun Uhr morgens stellte sich der alte Héron ein, mit Akten und Dokumenten ausgerüstet, und fand ein warmes Zimmer vor, da Hochon gegen seine Gewohnheit hatte heizen lassen. Madame Hochon saß zu dieser ungewohnten Stunde bereits angekleidet in ihrem Lehnstuhl am Kamin. Die beiden Enkel, denen Adolphine das Ungewitter angekündigt hatte, das sich seit dem Vortage über ihren Köpfen zusammenbraute, hatten Ausgehverbot. Als sie durch Gritte hereingerufen wurden, stutzten sie beim Anblick der von ihren Großeltern getroffenen feierlichen Vorbereitungen. Bereits seit vierundzwanzig Stunden fühlten sie den Zorn und die eisige Kälte der beiden Alten auf sich lasten.

»Oh, stehen Sie doch ihretwegen nicht auf«, sagte der Greis zu Héron. »Es sind doch nur zwei elende Lumpen, die jeder Verzeihung unwürdig sind.«

»Aber Großpapa!« sagte François.

»Schweig!« fuhr der alte Mann feierlich fort. »Ich kenne euer nächtliches Treiben und eure Verbindungen zu Maxence Gilet.

Ihr werdet euch fortan nicht mehr um ein Uhr nachts bei der Cognette mit ihm treffen, weil ihr beide dieses Haus nur verlassen werdet, um euch an eure beiderseitigen Bestimmungsorte zu begeben. Ihr habt also Fario zugrunde gerichtet? Ihr seid mehrmals um ein Haar dem Schwurgericht entgangen ...? – Schweig!« gebot er, als er sah, daß Baruch den Mund auftat. »Ihr schuldet beide Maxence Geld, das er euch seit sechs Jahren für eure Gaunereien und Ausschweifungen gibt. Nun hört euch beide meine Vormundschaftsabrechnung an; dann werden wir weiterreden. Aus diesen Akten werdet ihr ersehen, ob ihr euer Spiel mit mir, mit der Familie und ihren Gesetzen dadurch treiben könnt, daß ihr die Geheimnisse meines Hauses verratet und einem Maxence Gilet zutragt, was hier getan und gesprochen wird ... Für tausend Taler macht ihr euch zu Spitzeln! Für zehntausend Taler würdet ihr wahrscheinlich einen Mord begehen ...? Habt ihr etwa nicht Madame Bridau schon beinahe umgebracht? Denn Monsieur Gilet wußte, als er den Mordversuch auf meinen Gast, Joseph Bridau, schob, ganz genau, daß ihm Fario den Messerstich versetzt hatte. Wenn der Galgenvogel dies Verbrechen begangen hat, dann nur, weil er durch euch von Madame Agathes Absicht, hier zu bleiben, erfahren hatte. Ihr, meine Enkel, die Spitzel eines solchen Menschen! Ihr, solche Schufte! Wußtet ihr denn nicht, daß euer sauberer Anführer schon zu Beginn seiner Laufbahn im Jahre 1806 ein armes junges Geschöpf getötet hat? Ich will in meiner Familie keine Mörder und Diebe haben! Packt eure Sachen und laßt euch woanders hängen!«

Die beiden jungen Leute wurden kreidebleich und schienen zu Gipsfiguren zu erstarren.

»Fangen Sie an, Monsieur Héron«, sagte der Geizhals zu dem Notar.

Dieser las eine Vormundschaftsabrechnung vor, aus der sich ergab, daß das flüssige Reinvermögen der beiden Borniche-Söhne siebzigtausend Francs betrug, welche Summe die Mitgift ihrer verstorbenen Mutter darstellte. Hochon hatte jedoch seiner Tochter ziemlich beträchtliche Summen als Darlehen überschreiben lassen, und so kam ihm als Gläubiger ein Anteil am Vermögen seiner Enkel Borniche zu. Die auf Baruch entfallende Hälfte betrug zwanzigtausend Francs.

»Jetzt bist du also reich«, sagte der Greis. »Nimm dein Vermögen und sieh zu, wie du allein weiterkommst! Ich meinerseits habe das Recht, mein Vermögen und das meiner Frau, die in diesem Falle vollauf mit mir eines Sinnes ist, zu geben, wem ich will, zum Beispiel unserer lieben Adolphine. Ja, wir werden ihr den Sohn eines Pairs von Frankreich zum Manne geben, wenn wir wollen; sie soll nämlich unser gesamtes Vermögen erben.«

»Ein sehr schönes Vermögen«, warf Héron ein.

»Monsieur Maxence Gilet wird euch entschädigen«, meinte Madame Hochon.

»Da soll nun einer Franc auf Franc zusammensparen für solche Taugenichtse!« empörte sich Hochon.

»Verzeih!« stammelte Baruch.

»Verzeih! Ich will's nicht wieder tun!« äffte ihn der Greis spöttisch nach und bemühte sich, mit kindlicher Stimme zu sprechen. »Wenn ich euch verzeihe, habt ihr natürlich nichts Eiligeres zu tun, als zu Monsieur Maxence zu gehen, um ihm zu erzählen, was euch zugestoßen ist, damit er auf der Hut ist. Nein, nein, ihr Jüngelchen, ich habe die Möglichkeit, zu erfahren, wie ihr euch betragen werdet. Wie ihr handeln werdet, werde auch ich handeln. Nicht danach, ob ihr euch einen Tag oder auch einen Monat lang gut aufführt, werde ich euch beurteilen; o nein, dazu bedarf es mehrerer Jahre! Ich bin noch gut auf den Beinen, ich sehe noch gut, ich bin gesund. Ich hoffe, noch lange genug zu leben, um zu erfahren, welche Wege ihr beschritten habt. – Zunächst einmal du, mein Herr Kapitalist, du gehst nach Paris, um bei Mongenod das Bankfach zu erlernen. Wehe dir, wenn du nicht auf dem geraden Wege bleibst! Ich werde dich im Auge behalten. Dein Geld ist bei der Firma Mongenod und Söhne hinterlegt. Hier ist ein Gutschein über diesen Betrag. Unterzeichne also deine Vormundschaftsabrechnung. Diese Quittung ist der letzte Akt, fortan will ich mit der Sache nichts mehr zu tun haben«, sagte er, nahm Héron die Abrechnung aus der Hand und reichte sie Baruch.

»Was dich betrifft, François Hochon, so schuldest du mir Geld, anstatt welches zu bekommen«, fuhr der Greis fort, seinen anderen Enkel ansehend. »Monsieur Héron, lesen Sie ihm seine Abrechnung vor. Sie ist deutlich, sogar sehr deutlich.«

Schweigend hörten die Anwesenden, was Monsieur Héron vorlas.

»Du gehst mit sechshundert Francs jährlich nach Poitiers und studierst die Rechte«, sagte der Großvater, nachdem der Notar geendet hatte. »Ich hatte für dich eine schöne Zukunft im Auge. Jetzt mußt du Advokat werden, um deinen Lebensunterhalt zu verdienen. Oh, ihr Gauner! Ihr seid mir sechs Jahre durchgegangen, ich aber habe bloß eine Stunde gebraucht, um euch einzuholen; ich habe nämlich Siebenmeilenstiefel.«

Gerade als der alte Héron fortging und die unterzeichneten Akten mit sich nahm, meldete Gritte den Oberst Philippe Bridau. Madame Hochon ging hinaus und nahm ihre beiden Enkel mit in ihr Zimmer, um ihnen die Beichte abzuhören, wie sich Hochon ausdrückte, und um zu erfahren, wie diese Szene auf sie gewirkt habe.

Philippe und der alte Herr zogen sich in eine Fensternische zurück und sprachen leise miteinander.

»Ich habe ausgiebig nachgedacht über den Stand Ihrer Angelegenheiten«, begann Hochon, auf das Haus Rougets deutend. »Ich habe eben mit Monsieur Héron darüber gesprochen. Das Anrecht auf die fünfzigtausend Francs Jahreszinsen kann nur durch den Inhaber der Staatspapiere selber oder durch seinen Bevollmächtigten verkauft werden. Nun hat aber Ihr Onkel seit Ihrem Aufenthalt hier in keiner Kanzlei eine Vollmacht unterzeichnet, und da er Issoudun nicht verlassen hat, kann er auch anderswo keine unterzeichnet haben. Wenn er hier eine Vollmacht erteilt, werden wir es sofort erfahren. Wenn er aber irgendwo anders eine erteilt, werden wir es gleichfalls erfahren, weil sie registriert werden muß, und der gute Monsieur Héron hat die Möglichkeit, darüber Auskünfte einzuholen. Wenn also der liebe Mann Issoudun verlassen sollte, sorgen Sie dafür, daß ihm jemand nachfährt, damit Sie wissen, wohin er gefahren ist, und dann werden wir auch Mittel und Wege finden, herauszubekommen, was er gemacht hat.«

»Die Vollmacht ist noch nicht erteilt worden«, sagte Philippe. »Man will sie haben, aber ich hoffe es verhindern zu können, daß sie erteilt wird; und – sie – wird – nicht – erteilt – werden!« rief der Haudegen, als er seinen Onkel auf dessen Türschwelle erscheinen sah. Er wies Hochon auf ihn hin und erzählte diesem kurz die geringfügigen und doch zugleich bedeutsamen Vorgänge während seines Besuchs. »Maxence hat Angst vor mir, aber er kann mir nicht ausweichen. Mignonnet hat mir gesagt, daß alle Offiziere der alten Armee jedes Jahr in Issoudun den Tag der Kaiserkrönung feiern; in zwei Tagen werden wir also zusammentreffen, Maxence und ich.«

»Wenn er die Vollmacht am Morgen des 3. Dezember hat, fährt er nach Paris und läßt die Krönungsfeier schwimmen.«

»Stimmt! Es gilt also, meinen Onkel zu Hause festzuhalten; ich habe den richtigen Blick, um Schwachköpfe einzuschüchtern«, meinte Philippe und sah dabei Hochon mit einem so entsetzlichen Blick an, daß diesen schauderte.

»Wenn die beiden ihm erlaubt haben, mit Ihnen spazierenzugehen, dann hat Maxence wahrscheinlich ein Mittel gefunden, das Spiel zu gewinnen«, gab der alte Geizhals zu bedenken.

»Oh, Fario wacht!« versetzte Philippe. »Und er ist nicht der einzige, der wacht. Dieser Spanier hat mir in der Umgebung von Vatan einen meiner ehemaligen Soldaten ausfindig gemacht, für den ich einmal etwas habe tun können. Ohne daß jemand eine Ahnung davon hat, steht Benjamin Bourdet meinem Spanier zu Diensten, und der hat Benjamin sogar eines seiner eigenen Pferde zur Verfügung gestellt.«

»Wenn Sie dieses Ungeheuer töten, das mir meine Enkel verdorben hat, dann vollbringen Sie bestimmt ein gutes Werk.«

»Heute weiß man dank meiner Bemühungen in ganz Issoudun, was Monsieur Maxence seit sechs Jahren in den Nächten getrieben hat«, entgegnete Philippe, »und er ist in aller Leute Mund. Moralisch ist er bereits erledigt!«

Sowie Philippe das Haus seines Onkels verlassen hatte, war Flore zu Maxence ins Zimmer gegangen und hatte ihm in allen Einzelheiten über den Besuch des verwegenen Neffen berichtet.

»Was ist jetzt zu tun?« fragte sie.

»Der letzte Ausweg wird natürlich sein, mich mit diesem langen Aas zu schlagen«, antwortete Maxence. »Vorher aber müssen wir noch unsere letzte Karte ausspielen und versuchen, einen großen Schlag zu führen. Laß unsern Trottel ruhig mit seinem Neffen ausgehen.«

»Aber dieser Kerl macht wenig Umstände«, gab Flore zu bedenken. »Der wird ihm die Dinge beim Namen nennen.«

»Hör mich doch an!« sagte Maxence mit schneidender Stimme. »Glaubst du vielleicht, ich hätte nicht an den Türen gehorcht und über unsere Lage nachgedacht? Bestell beim alten Cognet Pferd und Wagen, und zwar sofort. In fünf Minuten muß alles bereit sein. Pack alle deine Sachen hinein, nimm die Védie mit, fahr schnell nach Vatan und miete dir dort ein Zimmer, als ob du dort bleiben wolltest; nimm die zwanzigtausend Francs mit, die in seinem Schreibtisch liegen. Wenn ich dir den Alten nach Vatan bringe, so willige erst nach Unterzeichnung der Vollmacht ein, wieder zurückzukommen. Ich werde schleunigst nach Paris fahren, während ihr nach Issoudun zurückkehrt. Wenn dich Jean-Jacques bei seiner Heimkehr vom Spaziergang nicht mehr vorfindet, wird er den Kopf verlieren und dir nachlaufen wollen. Dann überlaß es mir, mit ihm zu reden.«

Während dieses Komplott geschmiedet wurde, ging Philippe mit seinem Onkel Arm in Arm auf dem Boulevard spazieren.

»Da stehen zwei große Politiker einander feindlich gegenüber«, sagte der alte Hochon sich, während er dem Oberst nachsah, der seinen Onkel führte. »Ich bin neugierig auf den Ausgang dieser Partie, bei der es um einen Einsatz von neunzigtausend Francs Jahreszinsen geht.«

»Mein lieber Onkel«, sagte Philippe, auf dessen ganze Ausdrucksweise sein Umgang in Paris stark abgefärbt hatte, zu Papa Rouget, »Sie lieben dieses Mädchen, und Sie haben recht, zum Teufel auch, sie ist verdammt süß! Statt nun aber mit Ihnen Süßholz zu raspeln, behandelt sie Sie wie ihren Diener, und der Grund ist ganz einfach der, daß sie Sie sechs Fuß tief unter der Erde wissen möchte, um Maxence zu heiraten, den sie vergöttert ...«

»Ja, ich weiß es, Philippe, aber ich liebe sie trotzdem.«

»Meinetwegen! Beim Eingeweide meiner Mutter, die doch Ihre Schwester ist, habe ich mir geschworen, Ihnen Ihre Fischerin im Trüben wieder so fügsam zu machen wie einen Handschuh, so, wie sie wahrscheinlich war, bevor sich dieser Kerl, der nicht würdig ist, in der kaiserlichen Garde gedient zu haben, in Ihrem Hause eingenistet hat.«

»Ach, wenn du das tun wolltest ...«, sagte der alte Mann.

»Das ist ganz einfach«, fiel Philipp seinem Onkel ins Wort. »Ich werde Ihnen den Maxence erschlagen wie einen Hund ... Aber unter einer Bedingung«, setzte der Haudegen hinzu.

»Und die wäre?« fragte Rouget und sah seinen Neffen stumpfsinnig an.

»Unterzeichnen Sie die Vollmacht, die man von Ihnen verlangt, nicht vor dem 3. Dezember. Zögern Sie es so lange hin. Die beiden Gauner wollen die Erlaubnis, Ihre fünfzigtausend Francs Jahreszinsen zu veräußern, einzig und allein, um nach Paris zu fahren, sich dort trauen zu lassen und Ihre Million zu verjubeln.«

»Das fürchte ich auch«, antwortete Rouget.

»Also verschieben Sie die Vollmacht auf nächste Woche, wie sehr man Ihnen auch zusetzen mag.«

»Ja, aber wenn Flore mit mir spricht, werde ich so aufgewühlt, daß ich den Kopf verliere. Wenn sie mich auf eine gewisse Art ansieht, sehe ich in ihren blauen Augen das Paradies und bin nicht mehr Herr meiner selbst, vor allem, wenn sie vorher einige Tage lang streng zu mir war.«

»Naja, wenn sie mit Ihnen schön tut, begnügen Sie sich damit, ihr die Vollmacht zu versprechen, und verständigen Sie mich am Vorabend der Unterzeichnung. Das wird mir genügen: Maxence wird nicht Ihr Bevollmächtigter, es sei denn, daß er mich tötet. Wenn aber ich ihn töte, dann nehmen Sie mich an seiner Stelle ins Haus, und dann mache ich Ihnen dieses hübsche Mädchen so gefügig, wie Sie es nur wünschen können. Ja, Flore wird Ihnen ihre Liebe schenken, Himmelkreuzdonnerwetter nochmal! Oder, wenn Sie nicht zufrieden sind, sie bekommt die Peitsche von mir.«

»Oh, das würde ich niemals dulden. Jeder Schlag würde mich ins Herz treffen.«

»Das ist aber dennoch die einzige Art, sich die Frauen und die Pferde gefügig zu machen. Nur so erreicht es ein Mann, daß man ihn fürchtet, liebt und achtet. Das wollte ich Ihnen im Vertrauen sagen. – Guten Morgen, meine Herren«, sagte er zu Mignonnet und Carpentier, »ich führe meinen Onkel spazieren, wie Sie sehen, und versuche, ihn zu erziehen, da wir in einem Jahrhundert leben, in dem die Kinder die Erziehung ihrer Großeltern in die Hand nehmen müssen.«

Man begrüßte einander.

»Sie ersehen an meinem lieben Onkel, was eine unglückliche Leidenschaft anzurichten vermag«, fuhr der Oberst fort. »Man will ihn um sein Vermögen bringen und ihn dann sitzenlassen wie einen begossenen Pudel; Sie wissen, von wem ich spreche. Der gute Mann weiß sehr wohl von dem Komplott, aber er hat nicht die Kraft, für ein paar Tage das Naschen zu lassen, um eben dieses Komplott zu vereiteln.« Philippe setzte ausführlich auseinander, in welcher Lage sich sein Onkel befand. »Meine Herren«, sagte er abschließend, »Sie sehen, daß es nur eine Möglichkeit gibt, meinen Onkel zu befreien: entweder muß Oberst Bridau den Major Gilet töten, oder der Major Gilet muß den Oberst Bridau töten. Übermorgen feiern wir den Jahrestag der Kaiserkrönung; ich rechne auf Sie, daß Sie beim Bankett die Plätze so verteilen, daß ich dem Major Gilet gegenüber zu sitzen komme. Sie werden mir hoffentlich die Ehre erweisen, meine Sekundanten zu sein.«

»Wir wollen Sie zum Tischältesten ernennen und neben Ihnen sitzen. Maxence als Vizevorsitzender wird Ihr Gegenüber sein«, versicherte Mignonnet.

»Der Kerl wird den Major Potel und den Hauptmann Renard für sich haben«, meinte Carpentier. »Was man sich auch in der Stadt über seine nächtlichen Streiche erzählen mag, so sind diese beiden wackeren Männer dennoch bereits seine Sekundanten gewesen und werden ihm treu bleiben.«

»Sie sehen, lieber Onkel«, sagte Philippe, »wie sich nach und nach alles fügt. Unterzeichnen Sie also nichts vor dem 3. Dezember, denn am Tag danach werden Sie im Besitz von Flores Liebe frei und glücklich sein, und Ihr Obersteuergericht[152] sind Sie los.«

»Du kennst ihn nicht, lieber Neffe«, stammelte der Greis voller Entsetzen. »Maxence hat schon neun Menschen im Duell getötet.«

»Ja, aber da galt es nicht, hunderttausend Francs Jahreszinsen zu stehlen«, entgegnete Philippe.

»Ein böses Gewissen macht einem die Hand unsicher«, sagte Mignonnet salbungsvoll.

»In einigen Tagen werden Sie mit der Fischerin im Trüben leben wie zwei Turteltauben, wenn sie ausgetrauert hat; sie wird sich nämlich winden wie ein Wurm, sie wird schreien, sie wird in Tränen zerfließen; aber – lassen Sie dem Wasser ruhig freien Lauf!«

Die beiden Soldaten unterstützten Philippes Beweisführung und bemühten sich, Papa Rouget, mit dem sie nahezu zwei Stunden spazierengingen, Mut einzuflößen. Endlich führte Philippe seinen Onkel wieder heim; zum Schluß schärfte er ihm noch ein: »Treffen Sie keine Entscheidung ohne mich! Ich kenne die Weiber! Ich habe mir eine ausgehalten, die mich mehr gekostet hat, als Flore Sie jemals kosten wird. Dafür hat sie mich aber auch für den Rest meiner Tage gelehrt, wie man mit dem schönen Geschlecht umzugehen hat. Die Frauen sind unartige Kinder; Tiere sind sie, dem Mann nicht ebenbürtig, und man muß sie zwingen, uns zu fürchten; der schlimmste Zustand für uns ist es, von diesen Bestien beherrscht zu werden!«

Es war ungefähr zwei Uhr nachmittags, als der alte Mann nach Hause kam. Kuski öffnete ihm weinend die Tür, oder er stellte sich doch zumindest so, als ob er weine, gemäß dem von Maxence erhaltenen Auftrag.

»Was gibt's?« fragte Jean-Jacques.

»Ach, Monsieur, Madame ist mit Védie abgereist!«

»Ab-ge-reist?« stotterte der Greis mit erstickter Stimme. Dieser Schlag traf ihn so heftig, daß er sich auf eine der Treppenstufen setzen mußte. Kurz darauf erhob er sich, sah sich in der Wohnung um, in der Küche, ging in sein Zimmer hinauf, trat in alle Räume, kam ins Wohnzimmer zurück, warf sich in einen Lehnstuhl und brach in Tränen aus. »Wo ist sie?« schrie er schluchzend. »Wo ist sie? Wo ist Max?«

»Ich weiß es nicht«, antwortete Kuski. »Der Major ist fortgegangen, ohne mir etwas zu sagen.«

Als sehr geschickter Politiker hatte es Gilet für richtig gehalten, in der Stadt herumzubummeln. Dadurch, daß er den Alten mit seiner Verzweiflung allein und ihn dadurch seine ganze Verlassenheit fühlen ließ, machte er sich ihn für seine Ratschläge gefügig. Um zu verhindern, daß Philippe seinem Onkel in dieser Krise etwa Beistand leiste, hatte er zuvor Kuski eingeschärft, niemandem die Tür zu öffnen. Ohne Flore war der Alte vollkommen haltlos, und die Lage wurde dadurch außerordentlich kritisch. Während seines Rundgangs durch die Stadt sah sich Maxence von vielen Leuten gemieden, die noch tags zuvor mit größter Beflissenheit gekommen wären, ihm die Hand zu drücken. Ein allgemeiner Gesinnungsumschwung ihm gegenüber hatte sich vollzogen. Alles sprach über die Streiche der Ritter vom goldenen Leichtsinn. Die Geschichte von der Verhaftung Joseph Bridaus, die jetzt aufgeklärt war, nahm Max, dessen Leben und Treiben nun an einem einzigen Tage ihren ganzen Lohn empfingen, jedes Ansehen. Gilet begegnete dem Major Potel, der ihn suchte und der ganz außer sich war.

»Was hast du denn, Potel?«

»Mein Lieber, man spricht in der ganzen Stadt von der kaiserlichen Garde als von einem Haufen von Herumtreibern und Gassenjungen. Du pfeifst freilich auf die Zivilisten; mich dagegen trifft das ins Herz.«

»Worüber beschweren sie sich denn?« fragte Maxence.

»Daß du ihnen in der Nacht solche Streiche gespielt hast.«

»Als ob man sich nicht ein bißchen Spaß machen könnte.«

»Das ist noch gar nichts«, sagte Potel. Er gehörte zu jener Art von Offizieren, die einem Bürgermeister zu antworten pflegten: »Aber man wird sie Ihnen ja bezahlen, Ihre Stadt, wenn sie niedergebrannt wird!« Daher konnten ihn auch die Possen der Ritter vom goldenen Leichtsinn nur sehr wenig aufregen.

»Was denn noch?« wollte Gilet wissen.

»Die Garde steht gegen die Garde! Das ist es, was mir das Herz zerreißt. Bridau hat alle diese Spießbürger auf dich losgelassen. Die Garde gegen die Garde! Nein, das ist nicht in Ordnung. Du kannst nicht zurückweichen, Max, du mußt dich mit Bridau schlagen. Weißt du, ich dachte schon daran, selber mit diesem verdammten Hundsfott anzubinden und ihn zur Strecke zu bringen. Dann hätten die Spießer wenigstens nicht die Garde gegen die Garde kämpfen sehen. Im Kriege, da will ich nichts sagen. Zwei tapfere Kerle von der Garde haben einen Streit miteinander, man schlägt sich, es sind ja keine Zivilisten dabei, die sich darüber lustig machen könnten. Nein, dieser lange Lümmel kann nie in der Garde gedient haben. Ein Mann von der

Garde darf sich vor den Zivilisten gegen einen andern Mann von der Garde nicht so benehmen! Oh, die Garde wird beschimpft, und noch dazu in Issoudun, wo sie in so hohem Ansehen stand!«

»Nun, nun, Potel, mach dir keine Sorgen«, entgegnete Maxence. »Auch wenn du mich beim Festessen am Krönungstag nicht sehen solltest.«

»Was? Du bist übermorgen nicht bei Lacroix?« rief Potel, seinen Freund unterbrechend. »Ja, willst du denn für einen Feigling gelten? Willst du den Anschein erwecken, daß du vor Bridau davonläufst? Nein, nein! Die Gardegrenadiere zu Fuß dürfen nicht vor den Gardedragonern zurückweichen. Richte dir deine Geschäfte anders ein und komm hin!«

»Wieder einer, den ich umlegen muß«, sagte Max. »Aber ich denke, daß ich dabeisein und dennoch meine Geschäfte erledigen kann!« – Denn, dachte er, die Vollmacht darf nicht auf meinen Namen lauten. Wie der alte Héron ganz richtig gesagt hat, würde das allzusehr nach Diebstahl aussehen.

Dieser Löwe, der sich in den von Philippe Bridau gesponnenen Netzen verfangen hatte, knirschte mit den Zähnen. Er vermied es, den ihm Begegnenden ins Gesicht zu sehen, und auf dem Heimweg über den Boulevard Vilatte führte er Selbstgespräche. »Bevor ich mich schlage, muß ich das Geld haben«, sagte er sich. »Wenn ich sterbe, wird es dann wenigstens dieser Philippe nicht kriegen. Ich werde es auf Flores Namen überschreiben lassen. Das gute Kind wird, meinen Weisungen entsprechend, nach Paris fahren, wo sie, wenn sie will, den Sohn irgendeines abgesetzten Marschalls des Kaiserreichs heiraten kann. Ich werde die Vollmacht auf Baruchs Namen ausstellen lassen; der wird ohne meinen Wunsch keine Überweisungen vornehmen.» Gerechterweise muß zugegeben werden, daß Max nach außen am ruhigsten wirkte, wenn sein Blut und seine Gedanken in Aufruhr waren. Deshalb sah man auch niemals die Eigenschaften, die einen großen Heerführer ausmachen, in so hohem Maße in der Person eines Offiziers vereinigt. Wäre er in seiner Laufbahn nicht durch seine Gefangenschaft behindert worden, so hätte der Kaiser an diesem jungen Menschen bestimmt einen jener Männer gehabt, deren er für seine weitreichenden Unternehmungen so sehr bedurfte. Als Max das Zimmer betrat, wo das Opfer all dieser komischen und zugleich tragischen Szenen noch immer weinte, erkundigte er sich nach dem Grund dieser Verzweiflung. Er tat erstaunt, er wußte von nichts und erfuhr mit gut gespielter Überraschung von Flores Abreise. Er fragte Kuski, um über diese unbegreifliche Reise irgendeine Aufklärung zu erhalten.

»Madame hat mir aufgetragen«, antwortete Kuski, »Monsieur Rouget zu bestellen, daß sie die zwanzigtausend Francs in Gold, die im Schreibtisch waren, an sich genommen habe, in der Meinung, Monsieur Rouget werde ihr diesen Betrag als Arbeitslohn für zweiundzwanzigjährige Dienste nicht verweigern.«

»Als Arbeitslohn?« fragte Rouget.

»Ja«, entgegnete Kuski. »›Oh, ich komme nicht mehr wieder‹, hat sie beim Fortgehen zu Védie gesagt; die arme Védie, die sehr an Monsieur hängt, hat nämlich Madame Vorhaltungen gemacht. ›Nein, nein‹, hat sie gesagt, ›er hat nicht die geringste Zuneigung zu mir, weil er geduldet hat, daß mich sein Neffe wie das schlechteste Weibsstück behandelt.‹ Und dabei hat sie bitterlich geweint.«

»Aber ich pfeife doch auf Philippe!« rief der alte Mann, den Maxence beobachtete. »Wo ist Flore? Wie kann man erfahren, wo sie ist?«

»Philippe, dessen Ratschläge Sie befolgen, kann Ihnen ja dabei helfen«, versetzte Maxence kalt.

»Philippe!« entgegnete der Greis, »was hat denn der mit dem armen Kind zu schaffen? Nur du, mein guter Max, kannst Flore finden. Sie wird dir folgen, bring sie mir wieder zurück!«

»Ich will nichts gegen Monsieur Bridau unternehmen«, sagte Max wegwerfend.

»Bei Gott, wenn es nur das ist, was dich hindert!« rief Rouget. »Er hat mir versprochen, dich umzubringen.«

»So?« rief Gilet lachend. »Das werden wir ja sehen!«

»Liebster Freund«, sagte der alte Mann, »suche Flore und sag ihr, daß ich alles tun werde, was sie will.«

»Man muß sie doch irgendwo in der Stadt haben vorüberfahren sehen«, wandte sich Maxence an Kuski. »Trag das Mittagessen auf, stell alles auf den Tisch und geh dann überall herumfragen, damit du uns beim Nachtisch sagen kannst, welchen Weg Mademoiselle Brazier eingeschlagen hat.«

Für eine Weile beruhigte diese Anordnung den armen Mann, der jammerte wie ein Kind, dem man seine Amme weggenommen hat. Maxence, den Rouget als die Ursache aller seiner Leiden haßte, erschien ihm in diesem Augenblick wie ein Engel. Ein Mensch, der von einer Leidenschaft besessen ist, wie Rouget sie für Flore empfand, ist wie ein Kind. Um sechs Uhr kam der Pole zurück, der ganz einfach spazierengegangen war, und berichtete, daß die Fischerin im Trüben die Straße nach Vatan eingeschlagen habe.

»Madame kehrt in ihre Heimat zurück, das ist ganz klar«, meinte Kuski.

»Wollen Sie heute abend nach Vatan fahren?« fragte Max den Alten. »Der Weg ist zwar schlecht, aber Kuski fährt gut, und es ist besser, wenn Sie sich noch heute abend um acht Uhr mit ihr aussprechen als erst morgen früh.«

»Fahren wir!« rief Rouget.

»Spann in aller Stille an und sorg dafür, daß die Leute nichts von diesen Dummheiten erfahren; es geht dabei um Monsieur Rougets Ehre.« Leise aber sagte er zu Kuski: »Sattle mein Pferd, ich reite voraus.«

Hochon hatte Philippe Bridau bereits von Mademoiselle Braziers Abreise benachrichtigt. Philippe, der bei Mignonnet zu Tisch war, erhob sich sofort, um zur Place Saint-Jean zu eilen; er erriet nur zu gut den Zweck dieses geschickten Schachzugs. Als aber Philippe das Haus seines Onkels betreten wollte, antwortete ihm Kuski aus einem Fenster des ersten Stockwerkes, Monsieur Rouget könne niemanden empfangen.

»Fario«, sagte Philippe zu dem Spanier, der in der Grande-Narette herumbummelte, »geh und sag Benjamin, er soll sich fertigmachen zum Ausreiten; ich muß unbedingt erfahren, was mein Onkel und Maxence vorhaben.«

»Sie spannen das Pferd an den Wagen«, erwiderte Fario, der Rougets Haus überwachte.

»Wenn sie nach Vatan fahren«, entgegnete Philippe, »dann verschaff mir ein zweites Pferd und komm mit Benjamin zu Monsieur Mignonnet.«

»Was gedenken Sie zu tun?« fragte Hochon, der aus seinem Hause trat, als er Philippe mit Fario auf dem Platz stehen sah.

»Die Begabung eines Heerführers, lieber Monsieur Hochon, besteht nicht allein darin, die Bewegungen des Feindes genau zu beobachten, sondern auch darin, aus seinen Bewegungen auf seine Absichten zu schließen und den eigenen Plan unablässig zu ändern, im gleichen Maße, wie der Feind ihn durch ein unvorhergesehenes Vorgehen über den Haufen wirft. Sehen Sie, wenn mein Onkel und Maxence zusammen weggefahren, dann fahren sie nach Vatan. Maxence hat ihm versprochen, ihn mit Flore auszusöhnen, die fugit ad salices[153], denn dieses Manöver erinnert an den General Vergil. Wenn sie es so anstellen, weiß ich noch nicht, was ich machen werde, aber ich habe die ganze Nacht vor mir, weil mein Onkel nicht um zehn Uhr abends eine Vollmacht unterzeichnen kann; um diese Zeit schlafen die Notare. Wenn Max meinem Onkel vorausreitet, um Flore Verhaltungsmaßregeln zu geben, was nötig und wahrscheinlich ist und was das Gestampfe des zweiten Pferdes vermuten läßt, dann ist der Kerl verloren! Sie werden sehen, wie wir alten Soldaten beim Spiel um die Erbschaft Revanche nehmen. Und da ich für diesen letzten Schachzug Sekundanten brauche, gehe ich jetzt wieder zu Mignonnet, um mich mit meinem Freunde Carpentier darüber zu verständigen.«

Nachdem er mit Hochon einen Händedruck gewechselt hatte, ging er die Petite-Narette hinunter, um sich zu Major Mignonnet zu begeben. Zehn Minuten später sah Hochon Maxence in schlankem Trab davonreiten, wodurch seine greisenhafte Neugier so mächtig angeregt wurde, daß er am Fenster seines Zimmers stehenblieb und auf das Gerassel der alten Halbberline lauerte, das auch nicht lange auf sich warten ließ. Von Ungeduld getrieben, folgte Jean-Jacques Maxence in einem Abstand von zwanzig Minuten. Kuski fuhr im Schritt, wenigstens innerhalb der Stadt, wahrscheinlich auf Befehl seines wirklichen Herrn.

Wenn sie nach Paris fahren, ist alles verloren, dachte Hochon.

In diesem Augenblick kam ein kleiner Junge aus dem Faubourg de Rome zu Hochon und brachte einen Brief für Baruch. Die beiden Enkel des alten Mannes, beschämt und kleinlaut seit dem Auftritt am Morgen, hatten von sich aus das Haus ihres Großvaters nicht mehr verlassen. Sie hatten über ihre Zukunft nachgedacht und eingesehen, wie vorsichtig sie ihre Großeltern behandeln mußten. Baruch wußte sehr wohl, welchen Einfluß sein Großvater Hochon auf seine Großeltern Borniche ausübte. Hochon würde diesen Einfluß geltend machen, um Adolphine das gesamte Vermögen der Borniches zukommen zu lassen, falls Baruchs Betragen sie dazu ermächtigen sollte, alle ihre Hoffnungen auf die vornehme Heirat zu setzen, mit der sie ihm am Morgen gedroht hatten. Baruch war reicher als François; er hatte also auch weit mehr zu verlieren und war darum für völlige Unterwerfung unter der einzigen Bedingung, daß seine Max gegenüber eingegangenen geldlichen Verpflichtungen eingelöst würden. Was François betraf, so lag seine ganze Zukunft in der Hand seines Großvaters. Nur von ihm hatte er Geld zu erhoffen, und nun war er laut Vormundschaftsabrechnung sogar dessen Schuldner. So machten denn die beiden jungen Leute feierliche Versprechungen, und ihre gefährdeten Interessen bewogen sie dazu, sich sehr reumütig zu zeigen. Madame Hochon beruhigte sie ihrer Schulden bei Maxence wegen.

»Ihr habt Dummheiten gemacht«, sagte sie, »macht sie jetzt durch ein anständiges Betragen wieder gut; dann wird Hochon mit sich reden lassen.«

Darum flüsterte auch François, der über Baruchs Schulter hinweg den Brief mitgelesen hatte, seinem Vetter zu:

»Frag Großpapa um Rat.«

»Hier, bitte«, sagte Baruch, der dem alten Mann den Brief überbracht hatte.

»Lies ihn mir vor, ich habe meine Brille nicht bei mir.«

Lieber Freund!
Ich hoffe, daß Du unter den schwierigen Umständen, in denen ich mich befinde, nicht zögern wirst, mir einen Gefallen zu tun und die Rolle eines Bevollmächtigten des alten Rouget zu übernehmen. Sei also morgen um neun Uhr vormittags in Vatan. Höchstwahrscheinlich werde ich Dich nach Paris schicken. Du brauchst aber keine Angst zu haben, ich gebe Dir das Reisegeld, und ich werde Dir schnellstens nachkommen; ich bin so ziemlich sicher, Issoudun am 3. Dezember verlassen zu müssen.
Leb wohl! Ich rechne auf Deine Freundschaft, rechne Du auf die Deines Freundes Maxence

»Gott sei gelobt!« rief Hochon. »Die Erbschaft dieses alten Schwachkopfes wird den Klauen dieser Teufel entrissen!«

»Wenn du es sagst, dann wird es wohl so sein«, bestätigte Madame Hochon, »und ich danke Gott dafür, der sicher meine Gebete erhört hat. Der Triumph der Bösen ist nie von Dauer.«

»Du wirst nach Vatan fahren und Rougets Vollmacht annehmen«, sagte der alte Mann zu Baruch. »Es handelt sich darum, fünfzigtausend Francs Jahreszinsen auf Mademoiselle Braziers Namen übertragen zu lassen. Du wirst auch die Reise nach Paris antreten, aber du wirst in Orléans bleiben und dort auf Nachricht von mir warten. Sage keinem Menschen, wo du wohnst, logier dich im letzten Wirtshaus im Faubourg Bannier ein, und wenn es auch eine Kutscherkneipe sein sollte.«

»Ah, da haben wir's ja!« rief François, der von der Grande-Narette her Wagengerassel vernommen hatte und daraufhin ans Fenster gestürzt war. »Es gibt was Neues. Papa Rouget und Monsieur Philippe Bridau kommen zusammen in der Kutsche zurück, Benjamin und Monsieur Carpentier reiten hinterher!«

»Da muß ich hinuntergehen«, entschied sich Hochon rasch; bei ihm siegte die Neugier über alle anderen Gefühle.

Er fand den alten Rouget in seinem Zimmer und damit beschäftigt, den nachstehenden Brief zu schreiben, den ihm sein Neffe diktierte:

Mademoiselle,

Wenn Sie nach Empfang dieses Briefes nicht sofort aufbrechen und zu mir zurückkommen, dann zeugt Ihr Verhalten von so viel Undankbarkeit für meine Güte, daß ich das zu Ihren Gunsten gemachte Testament widerrufe und mein Vermögen meinem Neffen Philippe Bridau hinterlasse. Sie werden auch einsehen, daß Monsieur Gilet meine Gastfreundschaft verwirkt hat, wenn er sich bei Ihnen befindet. Ich beauftrage Herrn Hauptmann Carpentier, Ihnen diesen Brief zu überbringen und hoffe, daß Sie seine Ratschläge befolgen werden; er wird so zu Ihnen sprechen, wie ich es tun würde.

Ihr Ihnen wohlgeneiger
Jean-Jacques Rouget

»Hauptmann Carpentier und ich, wir sind meinem Onkel begegnet, der die Dummheit begehen wollte, nach Vatan zu fahren, um Mademoiselle Brazier und den Major Gilet zurückzuholen«, berichtete Philippe dem alten Hochon mit beißender Ironie. »Ich habe meinem Onkel klargemacht, daß er im Begriff stehe, blindlings in eine Falle zu rennen. Wird ihn dieses Mädchen etwa nicht im Stich lassen, sobald er die Vollmacht unterzeichnet hat, die sie verlangt, um an sich selbst eine Überschreibung von fünfzigtausend Francs Jahreszinsen zu verkaufen? Wenn er aber diesen Brief schreibt, glauben Sie nicht, daß er da die schöne Ausreißerin noch heute nacht unter sein Dach zurückkehren sieht ...? Ich verspreche ihm, Mademoiselle Brazier für den Rest seiner Tage biegsam zu machen wie eine Gerte, wenn mein Onkel mich an die Stelle des Majors Gilet treten lassen will, den ich hier ganz und gar fehl am Platze finde. Habe ich recht? Und mein Onkel jammert noch!«

»Lieber Nachbar«, begann nun Hochon, »Sie haben das beste Mittel ergriffen, um Frieden in Ihrem Hause zu stiften. Glauben Sie mir, vernichten Sie Ihr Testament, und Sie werden sehen, daß Flore wieder so zu Ihnen sein wird, wie sie es in den ersten Tagen war.«

»Nein, sie wird mir den Kummer nicht verzeihen, den ich ihr bereite«, entgegnete der alte Mann weinend, »Sie wird mich nicht mehr lieb haben.«

»Und ob sie Sie lieb haben wird! Und wie lieb! Dafür lassen Sie mich sorgen«, versicherte Philippe.

»Aber machen Sie doch die Augen auf!« wandte sich Hochon an Rouget. »Man will Sie ausplündern und dann im Stich lassen.«

»Oh, wenn ich das sicher wüßte!« jammerte der Trottel.

»Da ist ein Brief, den Maxence an meinen Enkel Borniche geschrieben hat«, sagte der alte Hochon. »Lesen Sie!«

»Das ist ja entsetzlich!« rief Carpentier, als er den Inhalt des Briefes erfuhr, den Rouget weinend vorlas.

»Nun, ist das deutlich genug, Onkel?« fragte Philippe. »Ja, dieses Mädchen müssen Sie bei seiner Geldgier packen, und sie wird Sie vergöttern, soweit Sie überhaupt vergöttert werden können, ob sie nun will oder nicht.«

»Sie liebt Maxence allzusehr, sie wird mich verlassen«, meinte Rouget ganz verängstigt.

»Aber, Onkel, von übermorgen an wird einer von uns beiden, Maxence oder ich, in den Straßen von Issoudun keine Fußspuren mehr hinterlassen.«

»Also fahren Sie, Monsieur Carpentier«, erwiderte Rouget. »Wenn Sie mir versprechen, daß sie zurückkommt, dann fahren Sie! Sie sind ein rechtschaffener Mann; sagen Sie ihr in meinem Namen alles, was Sie für gut befinden.«

»Hauptmann Carpentier wird ihr einflüstern, daß ich aus Paris eine Frau kommen lasse, deren Jugend und Schönheit verdammt verlockend und durchaus nicht zu verachten sind«, sagte Philippe Bridau, »dann kommt das Frauenzimmer per Eilpost zu Ihnen zurück!«

Der Hauptmann fuhr davon und lenkte selber die alte Kalesche. Benjamin begleitete ihn zu Pferde; denn Kuski war nicht mehr aufzufinden. Obgleich ihm die beiden Offiziere mit einem Prozeß und mit dem Verlust seiner Stellung gedroht hatten, war der Pole auf einem Mietgaul nach Vatan davongeritten, um Maxence und Flore vom Handstreich ihres Gegners zu unterrichten. Carpentier, der nicht mit der Fischerin im Trüben fahren wollte, sollte nach durchgeführtem Auftrag Benjamins Pferd benützen.

Als Philippe von Kuskis Flucht erfuhr, sagte er zu Benjamin: »Von heute abend an ersetzt du hier den Polen. Versuche also, ohne daß Flore es merkt, hinten auf die Kutsche zu klettern, damit du zugleich mit ihr hier eintriffst. – Die Sache beginnt Gestalt anzunehmen, Papa Hochon«, wandte sich der Oberstleutnant an den Greis. »Das wird ein lustiges Festessen übermorgen!«

»Sie wollen sich hier häuslich niederlassen?« fragte Hochon.

»Ich habe vorhin Fario angewiesen, mir alle meine Sachen herzuschicken. Ich werde in dem Zimmer schlafen, dessen Tür auf den Flur von Gilets Wohnung führt. Mein Onkel ist einverstanden.«

»Was soll aus alledem werden?« jammerte Jean-Jacques.

»Daß Mademoiselle Brazier innerhalb von vier Stunden sanft wie ein Osterlamm zurückkommt«, entgegnete Hochon.

»Geb's Gott!« seufzte der gute Mann, seine Tränen trocknend.

»Jetzt ist es sieben Uhr«, bemerkte Philippe, »die Königin Ihres Herzens wird so gegen halb zwölf Uhr hier sein. Gilet bekommen Sie hier nicht mehr zu sehen. Werden Sie nicht glücklich sein wie ein Papst? – Wenn Sie wollen, daß ich die Oberhand behalte«, sagte er leise zu Hochon, »dann bleiben Sie bis zur Ankunft dieses Frauenzimmers bei uns und helfen mir, daß der gute Mann bei seinem Entschluß bleibt. Gemeinsam werden wir dann dem Fräulein Fischerin im Trüben begreiflich machen, wo ihre wirklichen Interessen liegen.«

Da Hochon die Berechtigung dieser Bitte einsah, leistete er Philippe Gesellschaft. Sie hatten indessen alle beide vollauf zu tun, da Papa Rouget sich in einem kindischen Gejammer erging, das nur auf Philippes zehnmal wiederholten Einwand nachließ:

»Lieber Onkel, wenn Flore zurückkommt und wieder zärtlich zu Ihnen ist, dann werden Sie erkennen, daß ich recht gehabt habe. Sie werden gehegt und gepflegt werden und behalten Ihre Staatspapiere. Wenn Sie von nun ab nur noch meine Ratschläge befolgen, wird es hier zugehen wie im Paradies.«

Als um halb zwölf Uhr das Gerassel der Halbberline in der Grande-Narette zu hören war, stand es noch immer nicht fest, ob der Wagen besetzt oder leer zurückkam. Auf dem Gesicht des armen Rouget malte sich daher eine grauenvolle Angst, die alsbald in maßlose Freude überging, als er in dem Augenblick, da der Wagen in die Einfahrt einbog, die beiden Frauen gewahrte.

»Kuski«, erklärte Philippe, während er Flore die Hand reichte, um ihr beim Aussteigen behilflich zu sein, »Sie stehen von nun an nicht mehr bei Monsieur Rouget in Dienst. Sie werden heute abend nicht mehr hier schlafen; packen Sie also Ihre Sachen. Benjamin, den Sie hier sehen, wird an Ihre Stelle treten.«

»Sie sind wohl der Herr im Hause?« fragte Flore ironisch.

»Mit Ihrer gütigen Erlaubnis«, entgegnete Philippe und preßte Flores Hand wie in einem Schraubstock. »Kommen Sie, wir müssen uns gegenseitig ein bißchen die Herzen aufwühlen und im Trüben fischen.« Philippe führte die verblüffte Frau einige Schritte beiseite auf die Place Saint-Jean.

»Meine Allerschönste, übermorgen wird Gilet von diesem Arm

ins Jenseits befördert«, erklärte ihr der Haudegen, seinen rechten Arm ausstreckend, »oder der seine befördert mich hinein. Wenn ich sterbe, sind Sie Herrin bei diesem armen Dummkopf, meinem Onkel: bene sit![154] Wenn ich aber auf meinen beiden Stelzen stehenbleibe, dann halten Sie die Ohren steif und servieren meinem Onkel ein Liebesglück erster Güte! Sonst ... ich kenne nämlich in Paris Fischerinnen im Trüben, die, ohne daß ich Ihnen zu nahetreten will, schöner sind als Sie, weil sie nämlich erst siebzehn sind. Die werden meinen Onkel außerordentlich glücklich machen und obendrein meine Interessen vertreten. Beginnen Sie noch heute abend mit Ihrem Dienst, denn wenn der gute Mann morgen nicht lustig wie ein Fink ist, dann sage ich Ihnen bloß das eine; hören Sie gut zu: Es gibt nur eine Art, einen Mann umzubringen, ohne daß das Gericht ein Recht hat, sich einzumischen, und zwar die, sich mit ihm zu duellieren; aber ich kenne drei Arten, eine Frau loszuwerden. So, mein Täubchen!«

Während dieser Ansprache zitterte Flore wie im Fieber.

»Sie wollen Max töten ...?« stammelte sie und sah dabei Philippe beim Schein des Mondes angstvoll an.

»Still! Da kommt mein Onkel ...«

Papa Rouget kam in der Tat, ungeachtet aller Einwände Hochons, auf die Straße und legte die Hand auf Flore wie ein Geizhals auf seinen wiedergefundenen Schatz. Er ging mit ihr ins Haus, führte sie in sein Zimmer und schloß sich dort mit ihr ein.

»Wer von seinem Posten wegläuft, verliert ihn«, sagte Benjamin zu dem Polen. »Du weißt, heute ist Sankt-Lambertus-Tag, und am Lamberts-Tag den Platz verlassen ist soviel wie schon entlassen!«

»Mein Herr wird euch allen das Maul stopfen«, erwiderte Kuski und begab sich zu Max, der sich im Hotel de la Poste eingemietet hatte.

Tags darauf schwatzten die Frauen von neun bis elf Uhr vor den Haustüren miteinander. In der ganzen Stadt war von nichts anderem die Rede als von der seltsamen Umwälzung, die sich am Vorabend in Papa Rougets Haus vollzogen hatte. Alle diese Gespräche gipfelten in der einen Frage: Was wird sich morgen beim Festessen anläßlich des Krönungstags zwischen Max und Oberst Bridau ereignen?

Philippe sagte zur Védie nur die wenigen Worte: »Sechshundert Francs Leibrente oder davongejagt!«, worauf sie sich zwischen zwei so ungeheuren Mächten wie Philippe und Flore bis auf weiteres neutral verhielt.

Da Flore Max' Leben bedroht wußte, wurde sie zu dem alten Rouget noch liebenswürdiger als in den ersten Tagen ihres Zusammenlebens. In der Liebe vermag leider ein eigennütziger Betrug mehr als die Wahrheit; darum verschwenden auch so viele Männer ihr Geld an geschickte Betrügerinnen. Die Fischerin im Trüben zeigte sich erst beim Frühstück und kam Arm in Arm mit Rouget herunter. Tränen traten ihr in die Augen, als sie auf dem Platz ihres Max den schrecklichen Haudegen mit den düsteren Augen und dem kalten, unheimlichen Gesicht sitzen sah.

»Was fehlt Ihnen eigentlich?« fragte er, nachdem er seinem Onkel einen guten Morgen gewünscht hatte.

»Sie kann den Gedanken nicht ertragen, mein lieber Neffe, daß du dich mit dem Major Gilet duellieren willst ...«

»Mich verlangt keineswegs danach, diesen Gilet umzubringen«, antwortete Philippe. »Er braucht ja nur Issoudun den Rücken zu kehren, sich mit Sack und Pack nach Amerika einzuschiffen, und ich bin der erste, der Ihnen rät, ihn mit dem Notwendigen zu versehen, und der ihm glückliche Reise wünscht. Er wird schon sein Glück machen, und das ist bestimmt viel ehrenhafter, als nachts in Issoudun tolle Streiche zu verüben und Ihnen in Ihrem Heim die Hölle zu bereiten.«

»Na? Ist das nicht nett?« fragte Rouget und sah dabei Flore an.

»Nach A ... me ... ri ... ka!« antwortete sie schluchzend.

»Es ist besser, sich in New York die Beine abzulaufen, als in Frankreich in einer Kiste aus Tannenbrettern zu verfaulen ... Sie werden mir vielleicht sagen, er verstehe seine Sache ebenfalls. Kann sein, daß er mich tötet«, gab der Oberst zu.

»Wollen Sie mir erlauben, mit ihm zu sprechen?« flehte ihn Flore in demütigem, unterwürfigem Tone an.

»Gewiß, er kann ja seine Sachen abholen. Ich werde jedoch bei meinem Onkel bleiben; ich weiche nämlich dem guten Mann nicht mehr von der Seite«, antwortete Philippe.

»Védie«, rief Flore, »lauf schnell ins Hôtel de la Poste, Mädchen, und sag dem Major Gilet, daß ich ihn bitte ...«

»... herzukommen und seine sämtlichen Sachen abzuholen«, fiel Philippe Flore ins Wort.

»Ja, ja, Védie, das ist der beste Vorwand, mich aufzusuchen. Ich will ihn sprechen.«

Das Entsetzen ließ ihren Haß dermaßen zurücktreten, und die Bestürzung, die sie empfand, plötzlich auf einen unerbittlichen, starken Charakter gestoßen zu sein, sie, die bisher so Umschmeichelte, war so gewaltig, daß sie sich schnell daran gewöhnte, sich in allem Philippes Wünschen zu fügen, genau wie sich der arme Rouget daran gewöhnt hatte, sich in die ihren zu schicken. In tausend Ängsten erwartete sie Védies Rückkehr, aber Védie überbrachte Max' ausdrückliche Weigerung; er ließ vielmehr Mademoiselle Brazier bitten, ihm seine Sachen ins Hôtel de la Poste zu schicken.

»Gestatten Sie mir, sie ihm hinzubringen?« fragte sie Jean-Jacques Rouget.

»Ja, aber wirst du auch zurückkommen?« meinte der alte Mann unsicher.

»Wenn sie bis Mittag nicht zurück ist, geben Sie mir um ein Uhr Vollmacht, Ihre Staatspapiere zu verkaufen«, sagte Philippe und sah Flore fest an. »Gehen Sie anstandshalber mit Védie, Mademoiselle, denn von nun ab heißt es, auf die Ehre meines Onkels Rücksicht nehmen.«

Flore konnte bei Max nichts erreichen. Der Major war verzweifelt darüber, daß die ganze Stadt hinter seine Schliche gekommen war, und nun war er zu stolz, vor Philippe zu fliehen. Die Fischerin im Trüben trat diesem Einwand entgegen; sie schlug ihrem Freunde vor, mit ihm zusammen nach Amerika durchzubrennen. Gilet jedoch, der Flore ohne Papa Rougets Vermögen nicht haben wollte und der doch dem armen Mädchen seine geheimsten Gedanken nicht offenbaren mochte, beharrte auf seiner Absicht, Philippe zu töten.

»Wir haben eine ungeheure Dummheit begangen«, sagte er. »Wir hätten alle drei nach Paris fahren und dort den Winter verleben sollen. Aber wer hätte auch beim Anblick dieses langen Gespenstes gedacht, daß die Dinge eine solche Wendung nehmen würden? Es geht ja alles Schlag auf Schlag, daß man es kaum noch fassen kann. Ich habe den Oberst für einen jener Säbelhelden gehalten, die keine zwei Gedanken im Kopfe haben, und das war mein Fehler. Da ich es versäumt habe, der Gefahr von Anfang an aus dem Wege zu gehen, wäre es jetzt Feigheit von mir, auch nur einen Fußbreit vor dem Oberst zu weichen. Er hat mich in den Augen der ganzen Stadt unmöglich gemacht. Ich kann also nur durch seinen Tod meine Ehre wiedererlangen ...«

»Fahr mit vierzigtausend Francs nach Amerika. Ich werde mir diesen Rohling schon irgendwie vom Halse schaffen, und dann komme ich dir nach; das ist viel vernünftiger ...«

»Was würde man dann von mir denken?« rief er in seiner Angst vor dem allgemeinen Klatsch. »Nein! Übrigens habe ich ihrer schon neun ins Gras beißen lassen. Fechten scheint mir nicht gerade die besondere Stärke dieses Burschen zu sein. Er ist von der Schule gleich zur Armee gegangen. Er hat sich immer herumgeschlagen bis zum Jahre 1815. Dann ist er nach Amerika gegangen. Der Kerl hat also noch keinen Fuß in einen Fechtsaal gesetzt, wogegen ich im Säbelfechten nicht meinesgleichen habe. Der Säbel ist die Waffe seiner Truppe, und ich wirke noch großmütig, wenn ich sie ihm vorschlage, denn ich werde es darauf anlegen, der Beleidigte zu sein, und werde ihn erledigen. Das ist entschieden besser. Beruhige dich, übermorgen sind wir die Herren.«

So trug der unsinnige Ehrenstandpunkt bei Max den Sieg über die gesunde Überlegung davon. Als Flore um ein Uhr nach Hause kam, schloß sie sich in ihr Zimmer ein, um sich auszuweinen. Den ganzen Tag über nahm das Gerede in Issoudun kein Ende. Ein Duell zwischen Philippe und Maxence wurde allenthalben für unvermeidlich gehalten.

»Ach, Monsieur Hochon«, sagte Mignonnet, der mit seinem Freunde Carpentier auf dem Boulevard Baron spazierenging, wo sie dem alten Mann begegneten, »wir sind sehr besorgt, weil Gilet ausgezeichnet mit allen Waffen umzugehen versteht.«

»Immerhin«, erwiderte der alte Provinzdiplomat, »Philippe hat diese Sache glänzend eingefädelt. Ich hätte gar nicht geglaubt, daß dieser verdammte Draufgänger so schnell zum Ziel kommen würde. Wie zwei Ungewitter sind die beiden Burschen aufeinander losgerollt ...«

»Oh«, meinte Carpentier, »Philippe ist ein außerordentlich gescheiter Mensch. Sein Verhalten vor dem Pairsgericht ist ein Meisterstück an Diplomatie.«

»Na, Herr Hauptmann Renard«, bemerkte ein Bürger, »man sagt, eine Krähe hackt der andern kein Auge aus, aber wie es den Anschein hat, werden Max und Oberst Bridau aneinandergeraten. Das ist kein Spaß bei Leuten von der alten Garde.«

»Ihr lacht darüber! Weil der arme Junge sich nachts manchmal einen Spaß erlaubt hat, seid ihr schlecht auf ihn zu sprechen«, sagte Major Potel. »Aber ein Mann wie Gilet konnte es doch in einem Nest wie Issoudun nicht aushalten, ohne sich irgendeine Unterhaltung zu suchen.«

»Schließlich und endlich, meine Herren«, meinte ein vierter, »mußten Max und der Oberst einmal miteinander abrechnen. Mußte der Oberst etwa nicht seinen Bruder Joseph rächen? Bedenken Sie doch, wie hinterhältig sich Max diesem armen Kerl gegenüber benommen hat.«

»Bah!« machte Renard. »Ein Künstler!«

»Aber es handelt sich doch um die Erbschaft Papa Rougets. Es heißt, daß Gilet gerade fünfzigtausend Francs Jahreszinsen an sich bringen wollte, als der Oberst bei seinem Onkel einzog.«

»Gilet, und jemandem sein Geld stehlen? Ich rate Ihnen, Monsieur Ganivet, sagen Sie das nicht anderswo als hier«, rief Potel, »oder wir würden Ihnen Ihr Lügenmaul stopfen!«

In allen Bürgerhäusern betete man für den Sieg des würdigen Obersts Bridau.

Am darauffolgenden Tage gingen die in Issoudun oder in der Umgebung lebenden Offiziere der alten Armee gegen vier Uhr nachmittags auf dem Marktplatz vor dem Gasthaus, das einem gewissen Lacroix gehörte, auf und ab und warteten auf Philippe Bridau. Das Festessen, mit dem der Krönungstag feierlich begangen werden sollte, war auf Punkt fünf Uhr festgesetzt worden. In allen Gruppen sprach man von Gilet und seiner Verbannung aus dem Hause Rougets. Auch die einfachen Soldaten hatten beschlossen, in einer Weinstube am Platz eine Zusammenkunft zu veranstalten. Unter den Offizieren waren Potel und Renard die einzigen, die ihren Freund in Schutz nahmen.

»Geht es uns etwas an, was sich zwischen zwei Erben abspielt?« fragte Renard.

»Max ist eben den Frauen gegenüber schwach«, bemerkte der zynische Potel.

»Sie werden bald blankziehen«, sagte ein ehemaliger Unterleutnant, der im oberen Baltan Gemüse baute. »Wenn Maxence Gilet die Dummheit begangen hat, in Rougets Haus zu ziehen, so wäre er ein Feigling, sich davonjagen zu lassen wie ein Hausknecht, ohne Genugtuung zu fordern.«

»Gewiß«, entgegnete Mignonnet trocken, »aber eine Dummheit, die sich schlecht auswirkt, wird zum Verbrechen.«

Max, der sich jetzt den alten Soldaten Napoleons zugesellte, wurde mit einem vielsagenden Schweigen empfangen. Potel und Renard nahmen ihren Freund jeder bei einem Arm und gingen ein wenig abseits, um mit ihm zu sprechen. In diesem Augenblick sah man von ferne Philippe Bridau herankommen, in Paradeuniform, seinen Stock mit gelassener Miene nachschleppend, die sehr im Gegensatz stand zu der gespannten Aufmerksamkeit, die Max den Worten seiner beiden letzten Freunde widmen mußte. Mignonnet, Carpentier und einige andere drückten Philippe die Hand. Bei diesem Empfang, so verschieden von dem, der soeben Maxence bereitet worden war, schwanden die letzten Regungen von Feigheit, die man vielleicht auch Vernunft nennen könnte und die Flores flehentliche Bitten und besonderes ihre Zärtlichkeit in ihm hatte aufsteigen lassen, sobald er mit sich allein war, aus dem Gemüt des jungen Mannes.

»Wir werden uns schlagen«, sagte er zu Hauptmann Renard, »und zwar auf Tod und Leben! Sagen Sie also gar nichts mehr, und lassen Sie mich meine Rolle zu Ende spielen.«

Nach diesen letzten, in fieberhaftem Ton hervorgestoßenen Worten, traten die drei Bonapartisten wieder zu der Gruppe der Offiziere. Max grüßte Philippe Bridau als erster, der seinen Gruß erwiderte, wobei sie einen eisigen Blick tauschten.

»Vorwärts, meine Herren, zu Tisch!« rief Major Potel.

»Trinken wir auf den unvergänglichen Ruhm des kleinen Korporals, der jetzt im Paradies der Helden weilt«, rief Renard.

Man spürte, daß es bei Tisch leichter war, Haltung zu wahren, und so verstand jeder die Absicht des kleinen Füsilierhauptmanns. Man drängte in den langen, niedrigen Saal des Gasthauses Lacroix, dessen Fenster auf den Markt blickten. Jeder Teilnehmer nahm alsbald seinen Platz am Tisch ein; die beiden Gegner saßen einander gegenüber, wie Philippe es gewünscht hatte. Mehrere junge Leute aus der Stadt und vor allem ehemalige Ritter vom goldenen Leichtsinn, die ziemlich besorgt waren, was sich bei diesem Festessen wohl zutragen werde, gingen vor dem Hause auf und ab und besprachen die kritische Lage, in die Philippe Maxence Gilet zu versetzen gewußt hatte. Man bedauerte diesen Zusammenstoß und betrachtete doch wiederum den Zweikampf als unerläßlich. Bis zum Nachtisch ging alles gut, obwohl die beiden Kämpen, trotz der anscheinend beschwingten Stimmung während des Festmahls, in einer gewissen Spannung verharrten, die wie Besorgnis anmutete. In Erwartung des Streites, den sie wahrscheinlich beide vom Zaun zu brechen gedachten, zeigte Philippe eine bewundernswerte Kaltblütigkeit und Max eine verblüffende Heiterkeit; die Kenner aber wußten: beide spielten ein Rolle.

Als der Nachtisch aufgetragen war, sagte Philippe: »Füllen Sie Ihre Gläser, meine Freunde. Ich bitte um die Erlaubnis, den ersten Trinkspruch auszubringen.«

»Er hat gesagt« ›meine Freunde‹; füll also dein Glas nicht«, flüsterte Renard Max zu.

Max goß sich dennoch Wein ein.

»Auf die Große Armee!« rief Philippe mit echter Begeisterung.

»Auf die Große Armee!« wiederholten alle wie aus einem Munde.

In diesem Augenblick erschienen auf der Schwelle der Gaststube elf einfache Soldaten, darunter Benjamin und Kuski, und wiederholten ebenfalls:

»Auf die Große Armee.«

»Kommt herein, Kinder! Wir wollen dieses Glas *ihm* zu Ehren leeren«, sagte Major Potel.

Die alten Soldaten traten ein und stellten sich hinter den Offizieren auf.

»Da siehst du doch, daß *er* nicht tot ist«, meinte Kuski zu einem ehemaligen Sergeanten, der wahrscheinlich den Kaiser bedauert hatte, dessen Todeskampf nun endlich beendet war.

»Ich bitte den zweiten Trinkspruch ausbringen zu dürfen«, ließ sich Major Mignonnet vernehmen.

Da es sich so gehörte, sprachen alle dem Nachtisch eifrig zu.

Mignonnet stand auf.

»Auf das Wohl derer, die versucht haben, *seinen* Sohn wieder einzusetzen!« sagte er.

Alle, ausgenommen Maxence Gilet, tranken Philippe Bridau zu.

»Nun ist die Reihe an mir«, meldete sich Max und stand auf.

»Max ist dran! Max ist dran!« rief man draußen auf dem Platz einander zu.

Im Saal und auf dem Platz draußen herrschte tiefe Stille, denn wie man Gilet kannte, würde jetzt sicher eine Herausforderung erfolgen.

»Mögen wir *alle* uns übers Jahr am gleichen Tage wieder zusammenfinden!« Und er verneigte sich ironisch gegen Philippe.

»Es spitzt sich zu!« meinte Kuski zu seinem Nachbarn.

»In Paris gestattet die Polizei nicht, solche Bankette abzuhalten«, sagte Major Potel zu Philippe.

»Warum zum Teufel mußt du zu Oberst Bridau von der Polizei sprechen?« fragte Maxence Gilet frech.

»Major Potel hat es nicht böse gemeint . . ., er bestimmt nicht!« entgegnete Philippe mit bitterem Lächeln. Es folgte ein so tiefes Schweigen, daß man eine Stecknadel hätte fallen hören. »Die Polizei traut mir wohl nicht. Deshalb hat sie mich ja nach Issoudun verbannt, wo ich das Vergnügen gehabt habe, alte Kameraden anzutreffen. Man muß allerdings zugeben, es gibt hier nicht viel Zerstreuung. Ein Mann wie ich, der gegen ein galantes Abenteuer niemals etwas einzuwenden hatte, ist hier ziemlich schlecht dran. Nun, ich werde für diese kleinen Damen Ersparnisse machen, denn ich gehöre nicht zu denen, die aus Federbetten Zinsen beziehen, und Mariette von der Großen Oper hat mich wahnsinnige Summen gekostet.«

»Sagen Sie das für mich, verehrter Herr Oberst?« fragte Max und sah Philippe dabei mit einem Blick an, der elektrisch geladen zu sein schien.

»Fassen Sie es auf, wie Sie wollen, Major Gilet«, entgegnete Philippe.

»Oberst, meine beiden Freunde hier, Renard und Potel, werden sich morgen mit . . .«

»...mit Mignonnet und Carpentier verabreden«, schnitt ihm Philippe das Wort ab, auf seine beiden Tischgenossen deutend.

»Und nun«, schloß Max, »fahren wir mit den Trinksprüchen fort.«

Beide Gegner hatten den gewöhnlichen Gesprächston beibehalten. Feierlich war lediglich das Schweigen, mit dem man sie anhörte.

»Hört mal, Herrschaften«, sagte Philippe mit einem Blick auf die einfachen Soldaten, »denkt daran, daß unsere Angelegenheiten andere Leute nichts angehen. Kein Wort also von dem, was hier soeben vorgefallen ist! Das muß unter der alten Garde bleiben!«

»Die Soldaten werden das Verbot befolgen, Herr Oberst«, erwiderte Renard, »ich übernehme die Verantwortung.«

»Auf das Wohl *seines* Sohnes! Möge er über Frankreich herrschen!« rief Potel.

»Tod den Engländern!« fiel Carpentier ein.

Dieser Trinkspruch hatte gewaltigen Erfolg.

»Schmach über Hudson Lowe[155]!« sagte Hauptmann Renard.

Das Beisammensein nach Tisch nahm einen ruhigen Verlauf, und es wurde tüchtig gezecht. Die beiden Gegner samt ihren vier Zeugen machten es sich zur Ehrenpflicht, daß dieses Duell, bei dem es um ein Riesenvermögen ging und das zwischen Männern von so hervorragender Tapferkeit ausgefochten werden würde, nichts mit irgendwelchen gewöhnlichen Streitigkeiten gemein haben sollte. Zwei Gentlemen hätten sich nicht besser betragen können als Max und Philippe. Darum sahen sich auch die jungen Leute und die Bürger, die draußen auf dem Platz herumstanden, in ihrer Erwartung getäuscht. Als echte Soldaten bewahrten alle Tischgenossen tiefstes Stillschweigen über den Vorfall beim Nachtisch. Um zehn Uhr wurde jedem der beiden Gegner mitgeteilt, daß man sich auf Säbel geeinigt habe. Der Waffengang sollte um acht Uhr morgens auf dem Platz an der Chorseite der Kapuzinerkirche stattfinden. Goddet, der in seiner Eigenschaft als ehemaliger Regimentsarzt an dem Festessen teilnahm, wurde gebeten, dem Duell beizuwohnen. Die Zeugen bestimmten, der Kampf dürfe unter keinen Umständen länger als zehn Minuten dauern. Um elf Uhr abends, als Philippe im Begriff war, zu Bett zu gehen, erschien zu seiner großen Überraschung Hochon mit seiner Frau bei ihm.

»Wir wissen, was vorgeht«, sagte die alte Dame mit Tränen in den Augen, »und ich komme, Sie zu bitten, morgen früh das Haus nicht zu verlassen, ohne gebetet zu haben. Erheben Sie Ihre Seele zu Gott!«

»Ja, Madame«, antwortete Philippe, dem der alte Hochon hinter dem Rücken seiner Frau ein Zeichen machte.

»Das ist aber noch nicht alles«, fuhr Agathes Patin fort. »Ich versetze mich an die Stelle Ihrer armen Mutter und trenne mich von dem, was mir am teuersten war. Da!« Sie hielt Philippe einen auf schwarzem, goldbesticktem Samt befestigten Zahn hin. An dem Samt hatte sie zwei grüne Bänder angenäht. Nachdem sie Philippe den Zahn gezeigt hatte, steckte sie ihn wieder in ein Beutelchen.

»Das ist eine Reliquie von der heiligen Solange, der Schutzpatronin des Berry. Ich habe sie aus der Revolution gerettet. Tragen Sie das morgen früh auf der Brust!«

»Kann das vor Säbelhieben schützen?« fragte Philippe.

»Ja«, antwortete die alte Dame.

»Aber ich kann doch solches Zeug ebensowenig auf mir haben wie einen Panzer!« rief Agathes Sohn.

»Was sagt er?« fragte Madame Hochon ihren Mann.

»Er sagt, daß das gegen die Kampfregeln verstößt«, entgegnete der alte Hochon.

»Gut, sprechen wir nicht mehr darüber«, meinte die alte Dame. »Ich will für Sie beten.«

»Ja, Madame, ein Gebet und ein tüchtiger Degenstoß, das kann nicht schaden«, antwortete der Oberst und machte dabei eine Geste, als wolle er dem alten Hochon das Herz durchbohren.

Die alte Dame küßte Philippe auf die Stirn. Hierauf gab sie beim Hinuntergehen Benjamin zehn Taler, alles, was sie an Geld besaß, um ihn zu überreden, die Reliquie in die seitliche kleine Hosentasche seines Herrn einzunähen, was Benjamin auch wirklich tat, nicht etwa weil er an die Wunderwirkung des Zahns glaubte, denn er war der Ansicht, daß sein Herr andere und viel bessere Zähne habe, um Gilet damit zu beißen, sondern weil er meinte, einen so teuer bezahlten Auftrag auch ausführen zu müssen. Madame Hochon ging nach Hause, voll Vertrauen auf die heilige Solange.

Am nächsten Morgen, am 4. Dezember, stellte sich Max um acht Uhr bei trübem Wetter mit seinen zwei Zeugen und dem Polen auf der kleinen Wiese ein, die sich damals an der Chorseite der ehemaligen Kapuzinerkirche hinzog. Sie fanden Philippe mit seinen Sekundanten und Benjamin bereits vor. Potel und Mignonnet maßen einen Raum von vierundzwanzig Fuß aus. An jedem Ende dieser Distanz zogen die Soldaten mit einem Spaten je eine Linie. Die Gegner durften nicht über ihre Linie hinaus zurückweichen, wenn sie nicht als Feiglinge angesehen werden wollten. Jeder von ihnen mußte auf seiner Linie stehenbleiben und dann auf das Kommando der Sekundanten hin vorgehen, so weit er wollte.

»Ziehen wir den Rock aus?« fragte Philippe kaltblütig.

»Gern, Herr Oberst«, antwortete Maxence mit der Sicherheit des gewohnheitsmäßigen Raufbolds.

Die beiden Gegner entledigten sich ihrer Oberbekleidung bis auf die Hose, und durch das Perkal des Hemdes sah man ihre Haut rosig schimmern. Jeder mit einem Offizierssäbel – sie hatten das gleiche Gewicht, ungefähr drei Pfund, und die gleiche Länge, drei Fuß –, bewaffnet, nahmen sie Aufstellung, die Säbelspitze zur Erde gesenkt, und warteten auf das Zeichen. Beide waren so ruhig, daß ihre Muskeln, als seien sie aus Bronze, trotz der Kälte nicht im geringsten bebten. Goddet, die vier Sekundanten und die beiden Soldaten konnten sich eines Gefühls der Bewunderung nicht erwehren.

»Verflucht tapfere Kerle!« entfuhr es dem Major Potel.

In dem Augenblick, da das Kommando ertönte, erblickte Maxence den unheilverkündenden Kopf Farios, der ihnen zusah, und zwar durch das Loch, das die Ritter in das Dach der Kirche gemacht hatten, um die Tauben in den Speicher zu setzen. Diese beiden Augen, aus denen zwei feurige Strahlen Haß und Rachgier sprühten, blendeten Max. Der Oberst ging geradewegs auf seinen Gegner los und suchte sich dabei möglichst günstig zu dekken. Die Fachleute in der Kunst des Tötens wissen, daß der geschicktere von zwei Gegnern die Oberhand erlangen kann – um einen Ausdruck zu gebrauchen, der bildhaft die Wirkung der oberen Deckung veranschaulicht. Diese Stellung, die es gewissermaßen gestattet abzuwarten, läßt so deutlich einen Duellanten ersten Ranges erkennen, daß ein Gefühl der Unterlegenheit in Max' Seele drang und dort jene Verwirrung aller Fähigkeiten hervorrief, die einen Spieler befällt, der sich einem meisterhaften Könner oder einem Glückspilz gegenübersieht, so daß er versagt und schlechter spielt als sonst.

Oh, dieser Schuft, schoß es Max durch den Kopf. Der ist ja erstklassig! Ich bin erledigt!

Max versuchte es mit einem Moulinet, wobei er seinen Säbel mit der Gewandtheit eines Stockfechters handhabte. Er wollte Philippe verwirren und ihm den Säbel aus der Hand schlagen, mußte jedoch beim ersten Aufprall merken, daß der Oberst ein Handgelenk wie aus Eisen hatte, das obendrein noch biegsam wie eine stählerne Sprungfeder war. Maxence mußte jetzt also auf etwas anderes sinnen, und der Unglückliche wollte noch überlegen, während Philippe, dessen Augen heftigere Blitze schossen als die Säbel der beiden, alle Angriffe kaltblütig parierte wie ein mit seinem Brustleder versehener Fechtlehrer im Saal.

Bei so hervorragenden Kämpfern wie diesen beobachtet man eine Erscheinung, wie man sie in ungefähr gleicher Weise bei dem entsetzlichen Zweikampf, der sogenannten Savate[156], beobachten kann, mit der Leute aus dem Volke ihre Streitigkeiten auszutragen pflegen. Der Sieg hängt von einer falschen Bewegung ab oder von einem Irrtum in der Berechnung, die instinktiv und blitzartig erfolgen muß. Während einer kleinen Zeitspanne, die den Zuschauern ebenso kurz vorkommt, wie sie den Kämpfern lang erscheint, besteht der Kampf in gegenseitigem Beobachten, das alle Kräfte der Seele und des Körpers in Anspruch nimmt und das sich hinter Finten verbirgt, deren Langsamkeit und anscheinend vorsichtige Führung den Glauben erwecken könnten, daß keiner der beiden Gegner wirklich kämpfen will. Dieser Augenblick, auf den ein rascher Entscheidungskampf folgt, ist für den Kenner entsetzlich. Als Max einmal schlecht parierte, schlug ihm der Oberst den Säbel aus der Hand. »Heben Sie ihn auf«, sagte er, den Kampf unterbrechend. »Ich bin nicht der Mann, einen entwaffneten Feind zu töten.«

Es lag darin die Erhabenheit des Grauenvollen. Diese Größe ließ so viel Überlegenheit erkennen, daß die Zuschauer darin die geschickteste aller Berechnungen erblickten. Und in der Tat, als Max wieder in Deckung ging, war es um seine Kaltblütigkeit geschehen. Er sah sich selbstverständlich von neuem jener oberen Deckung gegenüber, die für ihn eine Drohung bedeutete und die zugleich seinen Gegner schützte. Da wollte er seine beschämende Niederlage durch Kühnheit wettmachen. Er dachte nicht mehr daran, sich zu decken, packte seinen Säbel mit beiden Händen und stürzte wütend auf den Oberst los, um ihn tödlich zu verwunden, und mochte es sein eigenes Leben kosten. Wenn Philippe auch einen Säbelhieb davontrug, der ihm die Stirn und einen Teil des Gesichtes aufriß, so spaltete er dafür Max schräg den Kopf, als er mit einem schrecklichen verkehrten Moulinet den tödlichen Stoß parierte, den Max ihm zugedacht hatte. Diese beiden wütenden Hiebe beendeten den Kampf in der neunten Minute. Fario kam herunter, um sich an den Todeszuckungen seines Feindes zu weiden, denn bei einem so starken Mann wie Max kamen die Muskeln noch lange nicht zur Ruhe. Philippe wurde zu seinem Onkel gebracht.

So starb einer jener Männer, die dazu ausersehen sind, Großes zu vollbringen, wenn sie in der ihnen günstigen Umgebung bleiben; ein Mann, den die Natur zu ihrem Liebling erkoren hatte, da er von ihr mit der Unerschrockenheit, der Kaltblütigkeit und dem politischen Sinn eines Cesare Borgia[157] ausgestattet worden war. Aber seine Erziehung hatte ihm leider nicht jenen Adel der Gesinnung und des Auftretens vermittelt, ohne die in keiner Laufbahn etwas zu erreichen ist. Sein Ende wurde nicht bedauert, weil sein Gegner, der ihm nicht einmal das Wasser reichen konnte, es verstanden hatte, ihn auf die hinterlistigste Weise in Verruf zu bringen. Sein Tod setzte auch den Taten der Ritter vom goldenen Leichtsinn ein Ende, zur großen Befriedigung der Stadt Issoudun. Philippe hatte darum auch keinerlei Unannehmlichkeiten dieses Duells wegen, in dem man übrigens ein Zeichen göttlicher Rache zu erblicken glaubte und dessen Einzelheiten unter einmütigem Lob für beide Gegner in der ganzen Gegend besprochen wurden.

»Sie hätten einander gegenseitig umbringen sollen«, meinte

Monsieur Mouilleron, »das wäre für die Regierung eine angenehme Entlastung gewesen.«

Flore Braziers Lage wäre außerordentlich peinlich gewesen, wenn ihr Max' Tod nicht eine schwere Nervenkrise eingetragen hätte. Sie lag im Fieberwahn, und dazu kam eine gefährliche Gehirnentzündung als Folge der Aufregungen dieser drei letzten Tage. Bei voller Gesundheit wäre sie vielleicht aus diesem Hause geflohen, wo über ihr in der Wohnung ihres Geliebten und im Bett ihres Geliebten der Mörder ihres Geliebten lag. Drei Monate lang schwebte sie zwischen Tod und Leben und wurde von Goddet behandelt, der auch Philippe betreute.

Sobald Philippe wieder eine Feder halten konnte, schrieb er folgende Briefe:

An Monsieur Desroches, Rechtsanwalt

Die giftigere der beiden Bestien habe ich bereits zur Strecke gebracht; es ist natürlich nicht abgegangen, ohne daß dabei auch mein Kopf etwas abgekriegt hätte, aber der Kerl hat glücklicherweise schlappgemacht. Jetzt bleibt noch eine andere Viper übrig, mit der ich versuchen werde, irgendwie auszukommen, denn mein Onkel hängt an ihr wie an seinem eigenen Magen. Ich hatte Angst, diese Fischerin im Trüben, die, nebenbei gesagt, verteufelt schön ist, würde auskratzen, denn dann würde mein Onkel ihr nachlaufen; aber die Erschütterung, die sich ihrer im schwersten Augenblick bemächtigte, hält sie ans Bett gefesselt. Wenn Gott es mit mir gut meinte, würde er diese Seele zu sich rufen, während sie noch ihre Verirrungen bereut. Vorläufig habe ich dank Monsieur Hochon (dem Alten geht's gut!) den Arzt, einen gewissen Goddet, auf meiner Seite. Das ist ein braver Kerl, und er findet, daß die Erbschaften der Onkels bei den Neffen besser aufgehoben sind als bei solchen Weibsbildern. Hochon hat übrigens einigen Einfluß auf einen gewissen Papa Fichet, dessen Tochter viel Geld mitbekommt, und die Goddet als Frau für seinen Sohn haben möchte, so daß nicht nur der Tausendfrancschein, den man ihm in Aussicht gestellt hat, wenn er meine Rübe wieder zusammenflickt, die Ursache seiner Ergebenheit ist. Dieser Goddet, ein ehemaliger Regimentsarzt im 3. Linienregiment, ist außerdem von meinen Freunden, zwei braven Offizieren, Mignonnet und Carpentier, bearbeitet worden, so daß er jetzt seine Patientin ins Gebet nimmt.

»Schließlich und endlich gibt es doch einen Gott, mein Kind, das müssen Sie bedenken!« sagt er, wenn er ihr den Puls fühlt. »Sie haben großes Unheil angerichtet und müssen es wiedergutmachen. Darin zeigt sich der Finger Gottes.« (Kaum zu glauben, wozu alles man den Finger Gottes gebrauchen kann!) »Religion bleibt Religion; unterwerfen Sie sich also und ergeben Sie sich in ihr Schicksal, das wird Sie beruhigen und fast ebensoviel zu Ihrer Genesung beitragen wie meine Arzneien. Bleiben Sie vor allem hier und pflegen Sie Ihren Herrn. Vergessen Sie, vergeben Sie, das ist Christenpflicht.«

Dieser Goddet hat mir versprochen, die Fischerin im Trüben drei Monate lang im Bett festzuhalten. Vielleicht wird sich das Frauenzimmer allmählich daran gewöhnen, daß wir unter demselben Dach leben. Die Köchin habe ich auf meine Seite gebracht. Diese scheußliche Alte hat ihrer Herrin gesagt, Max würde ihr das Leben sehr schwer gemacht haben, und sie habe den Verstorbenen sagen hören, er würde sich niemals von einem Weib in irgendeiner Weise behindern lassen, auch wenn er beim Tode des Alten gezwungen sein sollte, Flore zu heiraten. Dieser Köchin ist es sogar gelungen, ihrer Herrin einzureden, Max würde sich seiner Geliebten entledigt haben. Alles ist also in bester Ordnung. Auf Hochons Rat hat mein Onkel sein Testament zerrissen.

»An Monsieur Giroudeau p. A. Mademoiselle Florentine,
Rue de Vendôme, Marais

Lieber alter Kamerad!
Erkundige Dich, ob die kleine Ballettratte Césarine besetzt ist, und tue Dein möglichstes, daß sie sich darauf einrichtet, nach Issoudun zu kommen, sobald ich sie rufe. Das Frauenzimmerchen müßte dann postwendend hier eintreffen. Sie muß sich anständig benehmen und alles beiseite lassen, was nach Kulissen riecht; sie soll hier nämlich als die Tochter eines tapferen Offiziers auftreten, der auf dem Felde der Ehre gefallen ist. Also sehr sitt-

sam, gekleidet wie aus dem Mädchenpensionat, und vor allem Tugend erster Klasse! Das ist Vorschrift. Wenn ich Césarine brauche und wenn sie Erfolg hat, fallen beim Tode meines Onkels fünfzigtausend Francs für sie ab. Wenn sie aber besetzt ist, so besprich meine Angelegenheit mit Florentine und sucht mir beide zusammen eine Statistin aus, die imstande ist, die Rolle zu spielen. Mein Schädel ist ein bißchen verbeult worden in meinem Duell mit dem Kerl, der mir die Erbschaft klauen wollte. Er hat dabei ins Gras gebissen. Ich werde Dir die Sache erzählen. Ah, mein Alter, wir werden wieder schöne Tage verleben und uns amüsieren, oder Napoleon müßte nicht Napoleon sein. Wenn Du mir fünfhundert Patronen schicken kannst, werden wir sie verknallen. Leb wohl, altes Haus. Zünde Dir mit meinem Brief Deine Zigarre an. Selbstverständlich muß die Offizierstochter aus Châteauroux kommen und den Eindruck machen, daß sie Unterstützung sucht. Ich hoffe jedoch, daß es nicht nötig sein wird, zu diesem gefährlichen Mittel zu greifen.

Grüß Mariette und alle unsere Freunde von mir.

Durch einen Brief der Madame Hochon benachrichtigt, kam Agathe eiligst nach Issoudun und wurde von ihrem Bruder empfangen, der ihr Philippes früheres Zimmer zur Verfügung stellte. Die arme Mutter, die für ihren verworfenen Sohn ihre ganze mütterliche Zärtlichkeit wiederfand, verlebte einige glückliche Tage, als sie hörte, wie die Bürger des Städtchens das Lob des Obersts sangen.

»Schließlich und endlich, Kleines«, sagte Madame Hochon am Tag ihrer Ankunft zu ihr, »muß sich die Jugend austoben. Es ist selbstverständlich, daß sich der Leichtsinn der Offiziere aus der Kaiserzeit anders äußert als der der Söhne aus guter Familie, die unter der Obhut ihres Vaters stehen. Oh, wenn du wüßtest, was sich dieser elende Max nachts hier geleistet hat ...! Dank deinem Sohn kann Issoudun wieder aufatmen und ruhig schlafen. Philippe ist ein bißchen spät zu Verstand gekommen, aber besser spät als nie. Er hat uns ganz richtig gesagt: drei Monate Gefangenschaft im Luxembourg bringen einen zum Nachdenken. Mein Mann ist entzückt, wie er sich hier benimmt, und er genießt allgemeines Ansehen. Wenn dein Sohn einige Zeit den Verlockungen von Paris fernbleiben kann, wird er dir noch viel Freude bereiten.«

Als Agathe diese tröstlichen Worte hörte, traten ihr, wie ihre Patentante sah, Tränen des Glücks in die Augen.

Philippe spielte seiner Mutter gegenüber den Biedermann, denn er brauchte sie. Dieser gerissene Politiker wollte nur dann seine Zuflucht zu Césarine nehmen, falls er für Mademoiselle Brazier ein Gegenstand des Abscheus sein sollte. Da er in Flore ein wunderbares, von Maxence zurechtgebogenes Werkzeug erkannte und sein Onkel an sie gewöhnt war, hielt er es für besser, sich lieber ihrer zu bedienen als einer Pariserin, die imstande gewesen wäre, sich von Rouget heiraten zu lassen. So wie Fouché Ludwig XVIII. riet, sich in Napoleons Bett zu legen anstatt eine Verfassung zu erlassen, wünschte auch Philippe, weiterhin in Gilets Bett zu schlafen. Es war ihm jedoch andererseits unangenehm, dem Ruf zu schaden, den er sich im Berry erworben hatte. Wenn er bei der Fischerin im Trüben die Rolle Max' übernahm, dann wäre das von seiner Seite genauso abscheulich gewesen wie von seiten des Mädchens. Es hätte ihn zwar nicht entehrt, bei seinem Onkel und auf Kosten seines Onkels zu leben, dafür war er ja eben der Neffe. Mit Flore konnte er jedoch nur dann im selben Hause leben, wenn ihr Ruf wiederhergestellt war. Inmitten so vieler Schwierigkeiten faßte er, von der Hoffnung beseelt, sich der Erbschaft zu bemächtigen, den großartigen Plan, die Fischerin im Trüben zu seiner Tante zu machen. In dieser geheimen Absicht bat er daher seine Mutter, Flore zu besuchen, recht nett zu ihr zu sein und sie wie eine Schwägerin zu behandeln.

»Ich muß gestehen, liebe Mutter«, meinte er mit scheinheiliger Miene und mit einem Blick auf das Ehepaar Hochon, das gekommen war, ihrer lieben Agathe Gesellschaft zu leisten, »daß ich die Art, wie mein Onkel sein Leben eingerichtet hat, recht unpassend finde. Es würde genügen, die Geschichte gesetzlich zu regeln, um Mademoiselle Brazier die Achtung der Leute zu verschaffen. Wäre es nicht besser für sie, Madame Rouget zu sein als die Magd und Geliebte eines alten Junggesellen? Ist es nicht einfacher, durch einen Ehevertrag bestimmte Rechte zu erwerben, als eine Familie mit Enterbung zu bedrohen? Wenn du, wenn Monsieur Hochon oder irgendein würdiger Priester diese Sache in die

Hand nehmen wollte, würde man einen Skandal aus der Welt schaffen, der bei anständigen Leuten Ärgernis erregt. Dann wäre Mademoiselle Brazier glücklich, sich von dir als Schwester und von mir als Tante willkommen geheißen zu sehen.«

Am nächsten Tag saßen Agathe und Madame Hochon an Flores Bett und enthüllten der Kranken und Rouget Philippes wunderbare Gesinnung. In ganz Issoudun sprach man von dem Oberst als von einem vortrefflichen Menschen mit edlem Charakter, zumal um seines Verhaltens zu Flore willen. Einen Monat lang hörte die Fischerin im Trüben zu, wie der alte Goddet, der in seiner Eigenschaft als Arzt auf das Gemüt seiner Kranken einen so bedeutenden Einfluß ausübte, wie die ehrenwerte Madame Hochon, von ihrer religiösen Gesinnung getrieben, und die fromme sanfte Agathe ihr alle die Vorteile einer Heirat mit Rouget klarzumachen suchten. Verlockt von dem Gedanken, Madame Rouget zu sein, eine würdige, geachtete Bürgersfrau, äußerte sie jetzt den lebhaften Wunsch, bald wieder gesund zu werden, um die Hochzeit feiern zu können, und da war es nicht schwer, ihr begreiflich zu machen, daß es nicht angehe, in die alte Familie der Rougets einzutreten und zugleich Philippe die Tür zu weisen.

»Übrigens«, sagte eines Tages der alte Goddet zu ihr, »verdanken Sie dieses große Glück nicht ihm? Max hätte Sie nie den Papa Rouget heiraten lassen. Und außerdem«, flüsterte er ihr zu, »wenn Sie Kinder haben, werden Sie dann nicht Max rächen? In diesem Falle würden doch die Bridaus enterbt.«

Zwei Monate nach dem verhängnisvollen Ereignis, im Februar 1823, empfing also die Fischerin im Trüben auf Rougets Bitten und auf den Rat aller derer, die sie umgaben, Philippe. Beim Anblick von Philippes Narbe brach sie in Tränen aus, aber seine sanfte und beinahe zärtliche Art beruhigte sie. Auf Philippes Wunsch ließ man ihn mit seiner zukünftigen Tante allein.

»Mein liebes Kind«, erklärte ihr der Soldat, »ich war es, der von allem Anfang an zu einer Heirat mit meinem Onkel geraten hat, und wenn Sie einverstanden sind, kann die Hochzeit stattfinden, sobald Sie wiederhergestellt sind.«

»Es ist mir gesagt worden«, antwortete sie.

»Wenn die Umstände mich gezwungen haben, Ihnen weh zu

tun, so ist es selbstverständlich, daß ich bestrebt sein werde, Ihnen soviel Gutes wie möglich zu erweisen. Vermögen, Ansehen und eine Familie sind mehr wert als das, was Sie verloren haben. Nach dem Tod meines Onkels wären Sie nicht lange die Frau dieses Burschen gewesen; ich habe von seinen Freunden erfahren, daß er nichts Gutes mit Ihnen im Sinne hatte. Also, liebe Kleine, lassen Sie uns Frieden schließen, und dann wollen wir allesamt glücklich sein. Sie sollen meine Tante sein, nichts als meine Tante. Sorgen Sie dafür, daß mich mein Onkel in seinem Testament nicht vergißt, und Sie werden sehen, was für einen Ehekontrakt ich Ihnen aufsetzen lasse. Beruhigen Sie sich erst und denken Sie darüber nach; wir werden wieder darauf zurückkommen. Wie Sie sehen, raten Ihnen die vernünftigsten Leute, rät Ihnen die ganze Stadt, Schluß zu machen mit einem illegitimen Verhältnis, und kein Mensch findet etwas dabei, daß Sie mich empfangen. Man sieht ein, daß der materielle Vorteil im Leben dem Gefühl vorangeht. Sie werden am Tag Ihrer Hochzeit schöner sein denn je; Sie sind durch Ihre Krankheit blasser und dadurch vornehmer geworden. Wenn Sie mein Onkel nicht so wahnsinnig liebte, mein Ehrenwort, dann würden Sie die Frau Oberst Bridau«, schloß er und erhob sich, um ihr die Hand zu küssen.

Als Philippe das Zimmer verlassen hatte, blieben diese letzten Worte noch in Flores Gemüt haften und weckten darin eine leise Regung von Rache, was dieses Mädchen als angenehm empfand, so daß sie beinahe glücklich war, gesehen zu haben, wie dieser entsetzliche Mensch ihr huldigte. Philippe hatte im kleinen die Szene gespielt, die Richard III. mit der Königin aufführt, die er kurz vorher zur Witwe gemacht hat.[158] Diese Szene läßt deutlich erkennen, daß die unter einem Gefühl verborgene Berechnung tief im Herzen sitzt und die echteste Trauer daraus zu verdrängen vermag. So erlaubt sich die Natur im Privatleben das, was in genialen Meisterwerken der Gipfel aller Kunst ist; ihr Mittel aber ist der Eigennutz, der Genius des Geldes.

Zu Beginn des April 1823 bot also Jean-Jacques Rougets Speisezimmer eines schönen Tages das Schauspiel eines glänzenden Mahles aus Anlaß der Unterzeichnung des Ehekontraktes zwischen Mademoiselle Flore Brazier und dem alten Junggesellen. Niemand wunderte sich darüber. Die Geladenen waren Héron, die vier Trauzeugen – die Herren Mignonnet, Carpentier, Hochon und der alte Goddet –, außerdem der Bürgermeister und der Pfarrer, ferner Agathe Bridau, Madame Hochon und ihre Freundin, Madame Borniche, das heißt also die beiden angesehensten alten Frauen von Issoudun. Die Braut war empfänglich für dieses Zugeständnis, das Philippe bei den Damen erwirkt hatte, die ihrerseits dadurch der reuigen Sünderin ein Zeichen ihrer Gunst und ihres Schutzes zu geben gedachten. Flore war von blendender Schönheit. Der Pfarrer, der der ungebildeten Fischerin im Trüben seit vierzehn Tagen Religionsunterricht erteilt hatte, sollte ihr am nächsten Tag zum erstenmal die Kommunion reichen. Die Heirat war der Gegenstand des nachstehenden frommen Artikels, der im ›Journal du Cher‹ in Bourges und im ›Journal de l'Indre‹ in Châteauroux veröffentlicht wurde:

> Issoudun:
> Die religiöse Bewegung macht Fortschritte im Berry. Alle Freunde der Kirche und alle ehrenhaften Bürger dieser Stadt sind gestern Zeugen einer Feier gewesen, durch die einer der größten Grundbesitzer der Umgebung einem skandalösen Zustand ein Ende bereitete, der noch in die Zeit zurückreichte, da die Religion in unseren Gegenden machtlos darniederlag. Dieser Erfolg, der den klugen Bemühungen der Geistlichkeit unserer Stadt zu danken ist, wird hoffentlich zur Nachahmung anregen und dazu beitragen, daß der Mißbrauch der nichtkirchlichen Eheschließungen aufhört, die in den unheilvollen Zeiten des revolutionären Regimes eingegangen worden sind.
> Besonders bemerkenswert an der eben berichteten Begebenheit ist es, daß sie auf das Drängen eines Obersts, eines Angehörigen der ehemaligen Armee, erfolgte, der durch ein Urteil des Pairsgerichts in unsere Stadt geschickt worden ist und den eben diese Heirat möglicherweise um das Erbe seines Onkels bringen kann. Eine solche Uneigennützigkeit ist heutzutage selten genug und verdient, hervorgehoben zu werden.

Durch den Vertrag erhielt Flore von Rouget hunderttausend Francs als Morgengabe und ein Witwenleibgedinge von dreißigtausend Francs. Nach der prunkvollen Hochzeit kehrte Agathe als überglückliche Mutter nach Paris zurück, wo sie Joseph und Desroches das überbrachte, was sie gute Nachrichten nannte.

»Ihr Sohn ist viel zu schlau, als daß er sich diese Erbschaft entgehen ließe. Sie und der arme Joseph werden darum auch von dem Vermögen Ihres Bruders nie einen Liard zu sehen bekommen.«

»Werden Sie denn genau wie Joseph immer ungerecht gegen diesen armen Jungen sein?« sagte die Mutter. »Sein Verhalten vor dem Pairsgericht war das eines großen Politikers; es ist ihm gelungen, vielen Leuten den Kopf zu retten. Philippes Verirrungen rühren davon her, daß er für seine großen Fähigkeiten bisher keine Verwendung gefunden hat. Er hat jedoch eingesehen, wie sehr der Mangel an guter Führung einem Mann schadet, der es zu etwas bringen will; und er hat Ehrgeiz, dessen bin ich sicher. Ich bin übrigens nicht die einzige, die ihm eine glänzende Zukunft voraussagt. Monsieur Hochon ist fest davon überzeugt, daß Philippe die besten Aussichten hat.«

»Ja, wenn er seinen in Grund und Boden verderbten Verstand dazu gebraucht, zu Vermögen und Ansehen zu gelangen, wird es ihm gelingen, weil er zu allem fähig ist, und solche Leute machen schnell ihren Weg.«

»Aber warum sollte es ihm denn nicht mit ehrlichen Mitteln gelingen?« fragte Madame Bridau.

»Sie werden ja sehen!« sagte Desroches. »Ob es ihm gut oder schlecht geht, Philippe wird immer der Mann bleiben, der er in der Rue Mazarine war, der Mörder der Descoings, der Dieb in der eigenen Familie. Seien Sie aber unbesorgt, alle Welt wird ihn für höchst ehrenhaft halten!«

Am Tag nach der Hochzeit nahm Philippe Madame Rouget nach dem Frühstück am Arm, als sich sein Onkel erhoben hatte, um sich ankleiden zu gehen, denn die Neuvermählten waren beide noch nicht fertig angezogen heruntergekommen, Flore in ihrem Morgenkleid und Rouget im Schlafrock.

»Meine schöne Tante«, begann Philippe und führte sie in eine Fensternische, »Sie gehören jetzt zur Familie. Mir haben Sie diese unumstößliche Tatsache zu verdanken. Also, keine Geschichten gemacht! Ich hoffe, wir werden mit offenen Karten spielen. Ich kenne die Streiche, die Sie gegen mich aushecken könnten, und ich werde schärfer als eine Dueña auf Sie aufpassen. Sie werden also nur an meinem Arm ausgehen und mir nie von der Seite weichen. Was zu Hause vorkommen könnte, werde ich überwachen wie die Spinne ihr Netz. Hier haben Sie den Beweis dafür, daß es in meiner Macht stand, während Sie bettlägerig waren und weder Hand noch Fuß rühren konnten, Sie ohne einen Sou hinauswerfen zu lassen. Lesen Sie!« Und er reichte der verdutzten Flore nachstehenden Brief:

Mein lieber Junge!
Florentine, die endlich im neuen Opernhaus aufgetreten ist, und zwar mit Mariette und Tullia in einem Tanz zu dritt, hat nicht aufgehört an Dich zu denken, ebenso wie Florine, die, um Nathan zu nehmen, Lousteau endlich den Laufpaß gegeben hat. Diese beiden, die sich auskennen, haben für Dich das entzückendste Geschöpf der Welt ausfindig gemacht, eine Kleine von siebzehn Jahren, schön wie eine Engländerin, von hochanständigem Aussehen wie eine Lady, die mal über die Stränge haut, schlau wie Desroches, treu wie Godeschal. Mariette hat sie in die Lehre genommen und wünscht Dir viel Glück. Keine Frau kann es mit diesem kleinen Engel aufnehmen, hinter dem sich ein Teufel verbirgt. Sie wird alle Rollen übernehmen, wird Deinen Onkel bald ganz und gar beherrschen und ihn verrückt machen vor Verliebtheit. Sie sieht himmlisch aus wie die arme Coralie. Sie kann weinen, und eine Stimme hat sie, daß auch ein Herz von Stein mit einem Tausendfrancschein herausrückt, und ein Glas Champagner kippt Dir der Fratz schneller als wir. Sie ist ein Prachtexemplar; sie hat Verpflichtungen gegenüber Mariette und möchte ihre Schuld begleichen. Nachdem Mademoiselle Esther das Vermögen von zwei Engländern, einem Russen und einem römischen Fürsten verpulvert hat, sitzt sie in einer fürchterlichen Klemme. Gib ihr zehntausend Francs, und sie wird zufrieden sein. Eben hat sie noch lachend gesagt: »Oh, einen Spießbürger habe ich noch nie unter den Fingern gehabt; da werde ich wieder was Neues lernen.« Finot, Bixiou, des Lupeaulx, kurz, unserer ganzen Gesellschaft ist sie bestens bekannt. Wenn es in Frankreich große Vermögen gäbe, dann wäre sie bestimmt die größte

Kurtisane der Neuzeit! Meinem Briefe ist anzumerken, daß Nathan, Bixiou und Finot eben da sind und mit der erwähnten Esther ihre Dummheiten treiben, und zwar im prachtvollsten Appartement, das man sich nur vorstellen kann. Der alte Lord Dudley hat es eben für Florine eingerichtet, Dudley, der wirkliche Vater de Marsays, den sich diese gescheite Schauspielerin gekapert hat dank dem Kostüm, das sie in ihrer neuen Rolle trägt. Tullia hat immer noch den Herzog von Rhétoré, Mariette hat immer noch den Herzog von Maufrigneuse; die beiden werden es also am Namenstag des Königs bestimmt erreichen, daß die Polizeiaufsicht für Dich aufgehoben wird. Trachte daher, daß Du am Sankt-Ludwigs-Tag bereits Rosen auf dem Grabe Deines Onkels pflanzen kannst. Komm mit der Erbschaft zurück; dann kannst Du einen Teil davon draufgehen lassen mit Esther und mit Deinen alten Freunden, die alle unterzeichnen, damit Du sie nicht vergißt.

Nathan, Florine, Bixiou, Finot, Mariette,
Florentine, Giroudeau, Tullia.

Der Brief zitterte in Madame Rougets Händen, was erkennen ließ, wie sehr sie seelisch und körperlich erschüttert war. Die Tante wagte nicht, den Neffen anzusehen, dessen Augen mit einem fürchterlichen Ausdruck auf ihr ruhten.

»Sie sehen, ich habe Vertrauen zu Ihnen«, sagte er, »aber ich verlange das gleiche von Ihnen. Ich habe Sie zu meiner Tante gemacht, um Sie eines Tages selber heiraten zu können. Bei meinem Onkel können Sie sehr wohl eine Esther vertreten. In einem Jahre müssen wir in Paris sein, dem einzigen Ort, wo die Schönheit leben kann. Sie werden sich dort ein bißchen besser amüsieren als hier, denn dort ist das ganze Jahr Karneval. Ich trete wieder in die Armee ein und werde General, und Sie sind dann eine große Dame. Das ist Ihre Zukunft; tun Sie das Ihre dazu. Ich verlange jedoch ein Unterpfand für unser Bündnis. Sie werden mir also binnen Monatsfrist von meinem Onkel eine Generalvollmacht verschaffen, und zwar unter dem Vorwand, daß Sie und er die Sorgen um die Vermögensverwaltung los sein wollen. Ferner will ich einen Monat später eine Sondervollmacht, um seine Staatspapiere übertragen zu können. Sobald diese

Staatspapiere auf meinen Namen lauten, liegt es in unser beider Interesse, daß wir eines Tages heiraten. Das alles, meine schöne Tante, ist klar und deutlich. Zwischen uns darf es keine Zweideutigkeiten geben. Ich kann meine Tante nach einem Jahr Witwenschaft heiraten, wogegen ich ein entehrtes Mädchen nicht heiraten konnte.«

Er verließ das Zimmer, ohne eine Antwort abzuwarten. Als die Védie eine Viertelstunde später eintrat, um den Frühstückstisch abzuräumen, fand sie ihre Herrin blaß und trotz der Jahreszeit mit Schweißperlen auf der Stirn. Flore hatte die Empfindung, in die Tiefe eines Abgrundes gesunken zu sein; sie sah ihre Zukunft düster umwölkt, und wie in weiter Ferne schienen sich von dieser Düsternis grauenvolle, schattenhaft wahrgenommene Ungeheuerlichkeiten abzuheben, die ihr Entsetzen einflößten. Ihr war, als spüre sie die feuchte Kälte von Kellergewölben. Sie empfand eine unbestimmte Furcht vor diesem Mann, und dennoch schien ihr eine innere Stimme zuzurufen, daß sie es wohl verdient habe, ihn zum Herrn zu haben. Gegen ihr Schicksal vermochte sie nicht anzukämpfen. Flore Brazier hatte anstandshalber ein eigenes Zimmer bei Papa Rouget gehabt, aber als Madame Rouget gehörte sie zu ihrem Gatten, und so sah sie sich jenes kostbaren Rechtes, frei über sich zu entscheiden, beraubt, das eine Magd, wenn sie zugleich Geliebte ist, sich bewahrt. In der schrecklichen Lage, in der sie sich befand, faßte sie Hoffnung, ein Kind zu bekommen. Sie hatte jedoch in den letzten fünf Jahren aus Jean-Jacques den hinfälligsten aller Greise gemacht. Diese Ehe mußte für den armen Mann ungefähr die gleiche Wirkung haben wie die zweite Ehe für Ludwig XII.[159] Die Überwachung durch einen Mann wie Philippe, der nichts zu tun hatte, denn er hatte seine Stellung aufgegeben, machte übrigens jede Rache unmöglich. Benjamin war ein unschuldiger und ergebener Spitzel. Die Védie zitterte vor Philippe. Flore sah sich ganz allein und ohne Hilfe! Schließlich fürchtete sie, sie müsse sterben. Ohne zu wissen, wie Philippe es bewerkstelligen sollte, sie umzubringen, erriet sie dennoch, daß ein Schwangerschaftsverdacht für sie das Todesurteil bedeuten würde. Der Klang seiner Stimme, der verschleierte Glanz seines Spielerblickes, die geringsten Bewegungen dieses Soldaten, der sie mit der höflichsten Brutalität behandelte, ließen sie erschauern. Was die Vollmacht betraf, die der grausame Oberst verlangte, den ganz Issoudun für einen Helden ansah, so erhielt er sie, sobald er sie haben wollte; denn Flore geriet unter die Herrschaft dieses Mannes, wie Frankreich unter die Herrschaft Napoleons geraten war. Gleich dem Schmetterling, der mit seinen Füßen im schmelzenden Wachs einer Kerze klebenbleibt und zugrunde geht, verschwendete Rouget schnell seine letzten Kräfte.

Angesichts dieses Hinsterbens blieb der Neffe kalt und gleichgültig, wie die Diplomaten im Jahre 1814 gleichgültig blieben, als sich das kaiserliche Frankreich in Todeszuckungen wand. Philippe, der nicht an Napoleon II.[160] glaubte, schrieb damals an den Kriegsminister nachstehenden Brief, den Mariette durch den Herzog von Maufrigneuse überreichen ließ:

Monseigneur!
Napoleon ist nicht mehr. Ich habe ihm treu bleiben wollen, da ich ihm Treue gelobt habe. Jetzt steht es mir frei, Seiner Majestät meine Dienste anzubieten. Wenn Euer Exzellenz geruhen wollen, Seiner Majestät mein Verhalten zu erklären, wird der König finden, daß es den Gesetzen der Ehre, wenn auch nicht denen des Königreichs entspricht. Der König, der es für selbstverständlich angesehen hat, daß sein Adjutant, General Rapp[161], seinen ehemaligen Herrn beweint hat, wird sicherlich Nachsicht mit mir haben: Napoleon war mein Wohltäter.

Ich bitte also Euer Exzellenz inständigst, mein Gesuch um Verwendung in meinem Dienstgrad berücksichtigen zu wollen, und versichere Sie hiermit meiner vollständigen Ergebenheit. Das genügt wohl, um Euer Exzellenz zu sagen, daß der König in mir den treuesten Untertanen finden wird. Geruhen Sie den Ausdruck meiner tiefsten Ehrfurcht entgegenzunehmen, mit der ich verbleibe

Euer Exzellenz untertänigster und ergebenster Diener
Philippe Bridau,
Schwadronschef a. D. der Gardedragoner,
Offizier der Ehrenlegion
zur Zeit unter Aufsicht der Hohen Polizei in Issoudun.

Diesem Briefe lag eine Bitte um Aufenthaltsgenehmigung in Paris zur Regelung von Familienangelegenheiten bei. Mouilleron fügte außerdem noch Schreiben des Bürgermeisters, des Unterpräfekten und des Polizeikommissars hinzu, die sämtlich Philippe unter Berufung auf den Zeitungsartikel, der anläßlich der Heirat seines Onkels erschienen war, das größte Lob zollten.

Vierzehn Tage später, zur Zeit der Ausstellung, erhielt Philippe die erbetene Genehmigung und einen Brief, worin ihm der Kriegsminister ankündigte, daß er auf Befehl des Königs als erste Vergünstigung mit seinem Rang als Oberstleutnant wieder in die Rangliste des Heers eingetragen worden sei.

Philippe reiste mit seiner Tante und dem alten Rouget nach Paris; drei Tage nach seiner Ankunft führte er ihn auf das Schatzamt, um dort die Überschreibung der Staatspapiere vorzunehmen, die nun in Philippes Eigentum übergingen. Der todkranke Rouget wie auch die Fischerin im Trüben wurden von ihrem Neffen in den Strudel der stürmischen Lustbarkeiten gezogen, dem sich die gefährliche Gesellschaft von unermüdlichen Schauspielerinnen, Zeitungsleuten, Künstlern und Frauen von zweifelhaftem Ruf hingab, in der Philippe bereits seine Jugend verausgabt hatte und wo der alte Rouget mehr Fischerinnen im Trüben fand, als für ihn gut waren. Giroudeau übernahm es, Papa Rouget den angenehmen Tod zu verschaffen, den später ein Marschall von Frankreich, wie es heißt, berühmt machte. Lolotte, eine der schönsten Choristinnen des Opernballetts, war die liebenswürdige Mörderin des alten Mannes. Rouget starb nach einem glänzenden Souper, zu dem Florentine geladen hatte. Es war also ziemlich schwer festzustellen, wer dem Alten aus dem Berry den Rest gegeben hatte, das Souper oder Mademoiselle Lolotte. Lolotte schob den Tod auf eine Scheibe Gänseleberpastete, und da das Straßburger kulinarische Meisterwerk nicht antworten konnte, so galt es als ausgemacht, daß der Alte an einer Verdauungsstörung gestorben sei. Madame Rouget fühlte sich in dieser über alle Maßen ungezwungenen Gesellschaft recht in ihrem Element, aber Philippe gab ihr Mariette als Aufpasserin, die der Witwe, deren Trauer immerhin von einigen galanten Erlebnissen aufgehellt wurde, keinerlei Dummheiten durchgehen ließ.

Im Oktober 1823 kehrte Philippe, mit der Vollmacht seiner Tante ausgestattet, nach Issoudun zurück, um den Nachlaß seines Onkels zu liquidieren, eine Angelegenheit, die sehr rasch erledigt wurde; denn im März 1824 war er bereits wieder mit einer Million und sechshunderttausend Francs in Paris, dem beim Verkauf des Gesamtbesitzes seines Onkels erzielten Reinerlös, und die wertvollen Gemälde nicht mitgerechnet, die niemals das Haus des alten Hochon verlassen hatten. Philippe legte seine Gelder beim Bankhaus Mongenod und Sohn an, wo der junge Baruch Borniche angestellt war und über dessen Zahlungsfähigkeit und Ehrlichkeit ihm der alte Hochon eine befriedigende Auskunft gegeben hatte. Dieses Bankhaus übernahm die sechzehnhunderttausend Francs bei sechsprozentiger Verzinsung und unter der Bedingung, drei Monate vorher verständigt zu werden, falls Geld abgehoben werden sollte.

Eines schönen Tages kam Philippe zu seiner Mutter, um sie zu seiner Hochzeit einzuladen. Trauzeugen waren Giroudeau, Finot, Nathan und Bixiou. Im Ehekontrakt wurde festgelegt, daß die Witwe Rouget, die eine Million Francs in die Ehe brachte, ihrem künftigen Gatten ihr Vermögen durch Schenkung übertragen müsse, falls sie kinderlos sterben sollte. Es gab weder Trauungsanzeigen noch eine Festlichkeit, noch irgendwelchen Prunk, denn Philippe hatte seine Absichten. Er brachte seine Frau in der Rue Saint-Georges in einer Wohnung unter, die ihm Lolotte mit allen Möbeln überließ und die die junge Madame Bridau entzückend fand, die jedoch der Ehemann nur selten betrat. Ohne daß irgend jemand davon wußte, kaufte Philippe in der Rue de Clichy für zweihundertfünfzigtausend Francs zu einem Zeitpunkt, da noch niemand ahnte, welch teures Stadtviertel dort einmal sein würde, ein prächtiges Stadtpalais. Er leistete eine Anzahlung von fünfzigtausend Francs aus seinen Einkünften mit der Verpflichtung, den Rest innerhalb von zwei Jahren zu bezahlen. Für Inneneinrichtung und Möbel gab er ungeheure Summen aus; zwei Jahre verwendete er darauf seine gesamten Einkünfte. Die herrlichen Gemälde, die auf dreihunderttausend Francs geschätzt wurden und die restauriert worden waren, prangten dort in ihrer ganzen Herrlichkeit.

Durch die Thronbesteigung Karls X. war das Ansehen der Familie des Herzogs von Chaulieu, dessen ältester Sohn, der Herzog von Rhétoré, Philippe oft bei Tullia begegnet war, gegen früher noch gestiegen. Unter Karl X. glaubte sich die ältere Linie des Hauses Bourbon endgültig im Besitz des Thrones und befolgte den Rat, den Marschall Gouvion Saint-Cyr[162] schon lange vorher gegeben hatte, die Offiziere des Kaiserreiches für sich zu gewinnen. Philippe, der zweifellos wertvolle Enthüllungen über die Verschwörungen von 1820 und 1822 machte, wurde zum Oberstleutnant im Regiment des Herzogs von Maufrigneuse ernannt. Dieser charmante Grandseigneur fühlte sich verpflichtet, einen Mann zu fördern, dem er Mariette ausgespannt hatte. Das Ballettkorps war also nicht ganz unbeteiligt an dieser Ernennung. Im geheimen Rat Karls X. war übrigens der weise Beschluß gefaßt worden, der Dauphin[163] solle sich einen leisen Anstrich von Liberalismus geben. Philippe, der eine Art Mitspieler des Herzogs von Maufrigneuse war, wurde also nicht allein dem Dauphin vorgestellt, sondern auch dessen Gemahlin, der Dauphine[164], der die rauhen Charaktere und die für ihre Treue bekannten Militärs durchaus nicht mißfielen. Philippe durchschaute sehr wohl die Rolle des Dauphins und nützte das erste öffentliche Zurschautragen dieses geheuchelten Liberalismus aus, um sich zum Adjutanten eines Marschalls ernennen zu lassen, der bei Hofe in hohem Ansehen stand. Philippe trat als Oberstleutnant in das königliche Garderegiment ein, das der Herzog von Maufrigneuse damals befehligte, und bewarb sich im Januar 1827 um die Gunst, geadelt zu werden. Unter der Restauration wurde die Erhebung in den Adelsstand gewissermaßen zu einem Recht der Bürgerlichen, die in der Garde dienten. Oberst Bridau, der soeben das Gut Brambourg gekauft hatte, bat um die Vergünstigung, es zum Majorat mit dem Grafentitel zu erheben. Er erlangte diese Gunst durch geschickte Ausnützung seiner Beziehungen zu den allerhöchsten Kreisen, wo er mit einem Luxus von Wagen und Livreen, kurz, mit der ganzen Prachtentfaltung eines richtigen Grandseigneurs auftrat. Sobald sich Philippe, der Oberstleutnant im schönsten Gardekavallerieregiment war, im königlichen Almanach als Graf de Brambourg verzeichnet sah, begann er, viel im Hause des Generalleutnants der Artillerie Graf de Soulanges zu verkehren, wo er der jüngsten Tochter,

Mademoiselle Amélie de Soulanges, den Hof machte. In seiner Unersättlichkeit, unterstützt von den Mätressen aller einflußreichen Leute, bewarb er sich um die Ehre, einer der Adjutanten von Monseigneur, dem Dauphin, zu werden. Er besaß die Kühnheit, zu der Gemahlin des Dauphins zu sagen, daß ein alter, auf mehreren Schlachtfeldern verwundeter Offizier, der den großen Krieg mitgemacht habe, Monseigneur gelegentlich noch sehr nützlich werden könne. Philippe, der es verstand, sich den Ton der speichelleckerischen Höflinge zu eigen zu machen, war in diesen hohen Kreisen der, der er dort eben sein mußte, genauso wie er es verstanden hatte, sich in Issoudun Mignonnet anzupassen. Er führte übrigens ein glänzendes Haus, gab prunkvolle Feste und Diners und empfing in seinem Stadtpalais keinen seiner ehemaligen Freunde, dessen gesellschaftliche Stellung seiner Zukunft hätte schaden können. Deswegen war er auch unerbittlich gegenüber den Gefährten seiner Ausschweifungen. Als Bixiou ihn bat, für Giroudeau ein Wort einzulegen, der, als ihm Florentine den Laufpaß gab, wieder ins Heer eintreten wollte, lehnte er entschieden ab.

»Das ist ein Mensch ohne Moral!« sagte Philippe.

»Oh, das hat er also von mir gesagt!« rief Giroudeau, »und dabei habe ich ihn von seinem Onkel befreit.«

»Wir werden es ihm schon heimzahlen«, meinte Bixiou.

Philippe wollte Mademoiselle Amélie de Soulanges heiraten, General und Kommandeur eines der königlichen Garderegimenter werden. Er verlangte so viel, daß er schließlich zum Kommandeur der Ehrenlegion und zum Ritter des Sankt-Ludwigs-Ordens[165] ernannt wurde, um ihn zum Schweigen zu bringen. Als Agathe und Joseph eines Abends bei Regenwetter zu Fuß nach Hause gingen, sahen sie Philippe, der, bequem in seinem schönen, mit gelber Seide ausgeschlagenen Wagen zurückgelehnt, in reich verbrämter Uniform, zu einer Festlichkeit im Elysée-Bourbon fuhr. Über dem Wappen prangte eine Grafenkrone. Seine Mutter und sein Bruder wurden mit Straßenschmutz bespritzt, während Philippe sie mit gönnerhafter Geste grüßte.

»Der versteht's, der Kerl!« sagte Joseph zu seiner Mutter. »Immerhin sollte er uns endlich einmal etwas anderes schicken als Dreckspritzer ins Gesicht!«

»Er ist in so schöner, hoher Stellung, daß man ihm nicht böse sein darf, wenn er uns vergißt«, entgegnete Madame Bridau. »Bei einem so raschen Aufstieg hat er so viele Verpflichtungen zu erfüllen, so viele Opfer zu bringen, daß er wohl nicht zu uns kommen kann, wenn er auch an uns denkt.«

»Mein Lieber«, sagte eines Abends der Herzog von Maufrigneuse zu dem neugebackenen Grafen de Brambourg, »ich bin überzeugt, daß Ihr Antrag mit Wohlwollen aufgenommen werden wird; um aber Amélie de Soulanges zu heiraten, müßten Sie doch frei sein. Was haben Sie denn mit Ihrer Frau gemacht . . .?«

»Meiner Frau . . .?« erwiderte Philippe mit einer Geste, einem Blick und einem Ton, wie sie sich später Frédérick Lemaître[166] für eine seiner schrecklichsten Rollen ausdachte. »Ich habe leider die traurige Gewißheit, daß sie mir nicht erhalten bleibt. Sie hat keine acht Tage mehr zu leben. Ach, lieber Herr Herzog, Sie wissen nicht, was eine Mesalliance bedeutet! Eine Frau, die Köchin war, die den Geschmack und die Neigungen einer Köchin hat und mir Schande macht – ich bin wirklich zu bedauern. Aber ich habe die Ehre gehabt, Ihrer Hoheit der Frau Dauphine meine Lage zu erklären. Es hat sich damals darum gehandelt, eine Million zu retten, die mein Onkel diesem Geschöpf testamentarisch hinterlassen hatte. Glücklicherweise hat sich meine Frau dem Trunk ergeben; bei ihrem Tode fällt mir eine Million zu, die das Bankhaus Mongenod verwaltet. Außerdem beziehe ich dreißigtausend Francs Zinsen aus fünfprozentigen Staatspapieren, und mein Majorat wirft vierzigtausend Francs ab. Wenn Monsieur de Soulanges den Marschallsstab erhält, wie es zu erwarten steht, kann ich mit meinem Titel eines Grafen de Brambourg General und Pair von Frankreich werden. Das wäre dann der Ruhestand eines Adjutanten des Dauphins.«

Nach dem Salon von 1823 hatte der erste Maler des Königs, einer der vortrefflichsten Männer jener Zeit, Josephs Mutter eine Lotterieannahmestelle in der Nähe der Markthalle verschafft. Später konnte Agathe sehr vorteilhaft und ohne Ausgleichszahlung mit dem Inhaber einer Lotterieannahmestelle in der Rue de Seine tauschen; sie lag in einem Haus, in dem Joseph sich sein Atelier einrichtete. Die Witwe hatte nun ihrerseits einen Geschäftsführer und kostete ihren Sohn nichts mehr. Im Jahre 1828 glaubte Madame Bridau, obgleich sie nun Leiterin einer ertragreichen Lotterieannahmestelle war, die sie Josephs Ruhm zu verdanken hatte, noch immer nicht an diesen Ruhm, der freilich wie jeder echte Ruhm sehr umstritten war. Der große Maler, der stets mit seinen Leidenschaften rang, stellte riesige Ansprüche. Er verdiente nicht genug, um den Luxus zu bestreiten, zu dem ihn sowohl seine gesellschaftlichen Beziehungen als auch seine hervorragende Stellung innerhalb der neuen Schule nötigten. Obgleich er von seinen Freunden und von Mademoiselle des Touches aufs tatkräftigste unterstützt wurde, gefiel er den Spießbürgern nicht. Diese letztere Menschengattung, von der heute alles Geld kommt, öffnet ihre Börse niemals umstrittenen Talenten, und Joseph hatte die Anhänger des Klassizismus und die Akademie gegen sich, und ferner jene Kritiker, die im Kielwasser dieser beiden Großmächte segelten. Der Graf de Brambourg nun gar tat sehr erstaunt, wenn man zu ihm von Joseph sprach. Obgleich der mutige Künstler von Gros[167] und Gérard[168] gefördert wurde, die ihm im Salon von 1827 die Auszeichnung verschafften, bekam er doch nur wenige Aufträge. Wenn schon das Innenministerium und das königliche Hausministerium[169] nur zögernd seine großen Bilder kauften, so wollten die Kunsthändler und die reichen Ausländer noch weniger davon wissen. Übrigens überließ sich Joseph ein wenig zu sehr seinen Launen, und das hatte Unausgeglichenheiten zur Folge, die seine Feinde zum Vorwand nahmen, ihm jedes Talent abzusprechen.

»Die große Malerei liegt schwer darnieder«, sagte sein Freund Pierre Grassou, der seinerseits Kitsch malte, um dem Geschmack des Bürgertums gerecht zu werden, das seine Wohnungen den großen Gemälden verschließt.

»Du müßtest eine ganze Kathedrale zum Ausschmücken haben«, wiederholte ihm Schinner immer wieder, »dann würdest du die Kritik mit einem großen Werk zum Schweigen bringen.«

Diese Reden, die die gute Agathe erschreckten, bestärkten sie in dem Urteil, das sie sich von jeher über Joseph und Philippe gebildet hatte. Die Tatsachen schienen dieser Frau recht zu geben, die eine Provinzlerin war und blieb. War nicht Philippe, ihr Lieblingssohn, endlich der große Mann der Familie? In seinen früheren Verfehlungen erblickte sie lediglich die Abirrungen und Auswüchse des Genies. Joseph, für dessen Werke sie kein Verständnis hatte, weil sie sie allzuoft in unfertigem Zustande sah und nach ihrer Vollendung nicht mehr zu bewundern vermochte, schien ihr 1828 nicht weiter zu sein als 1816. Der arme Joseph schuldete Geld, ja, er brach fast zusammen unter der Last seiner Schulden; er hatte einen undankbaren Beruf gewählt, der nichts einbrachte; kurz, Agathe begriff nicht, warum Joseph die Auszeichnung erhalten hatte. Philippe, der Graf geworden war, Philippe, der die Charakterstärke besessen hatte, nicht mehr zu spielen, der zu den Festen bei Madame[170] geladen wurde, dieser glänzende Oberst, der bei Paraden oder Umzügen in prächtiger, mit zwei roten Ordensbändern geschmückten Uniform vorbeidefilierte, verwirklichte so recht Agathes mütterliche Träume. Am Tag einer öffentlichen Feierlichkeit hatte Philippe das schauderhafte Bild des Elends, das er damals auf dem Quai de l'Ecole geboten hatte, dadurch ausgelöscht, daß er nun in einem von Gold und Pelzbesatz strotzenden Dolman, einen Federbusch am Tschako, an derselben Stelle an seiner Mutter vorüberzog, vor dem Dauphin einherreitend. Für den Künstler war Agathe so etwas wie eine aufopferungsvolle graue Schwester geworden, aber Mutter fühlte sie sich nur für den verwegenen Adjutanten Seiner Königlichen Hoheit des Dauphins! In ihrem Stolz auf Philippe, dem sie ihren künftigen Wohlstand zu danken haben würde, vergaß sie ganz, daß Joseph es war, der ihr die Lotterieannahmestelle verschafft hatte, die ihr doch ihren Lebensunterhalt gewährte. Eines Tages sah Agathe ihren armen Künstler so verzweifelt über den Rechnungsbetrag seines Farbenlieferanten, daß sie ihn von seinen Schulden zu befreien beschloß, obwohl sie im stillen die Künste verfluchte. Die arme Frau, die den Haushalt mit dem Einkommen aus ihrer Lotterieannahmestelle bestritt, hütete sich, von Joseph je auch nur einen Centime zu verlangen. Deswegen hatte sie auch kein Geld; sie rechnete jedoch auf Philippes gutes Herz und auf seine Börse. Seit Jahren wartete sie von Tag zu Tag auf den Besuch ihres Sohnes. Im Geiste sah sie ihn schon, wie er ihr eine Riesensumme brachte, und kostete bereits im voraus die Freude aus, die sie empfinden würde, diese Summe Joseph zu übergeben, dessen Meinung über Philippe ebenso unabänderlich feststand, wie es auch bei Desroches der Fall war. Ohne Wissen Josephs schrieb sie also an Philippe nachstehenden Brief:

An den Herrn Grafen de Brambourg

Mein lieber Philippe!
Fünf Jahre lang hast Du Deiner Mutter nicht das geringste Lebenszeichen zukommen lassen. Das ist nicht recht. Du solltest doch ein wenig an die Vergangenheit denken, und wenn es auch nur Deines vortrefflichen Bruders wegen wäre. Heute ist Joseph in Bedrängnis, während Du im Überfluß schwimmst. Er arbeitet, während Du von Festlichkeit zu Festlichkeit flatterst. Du bist im alleinigen Besitz von meines Bruders Vermögen, und wie der kleine Borniche sagt, hast Du zweihunderttausend Francs Jahreszinsen. Komm also Deinen Bruder besuchen! Leg während Deines Besuches ungefähr zwanzig Tausendfrancscheine in den Totenkopf! Du schuldest es uns, Philippe! Nichtsdestoweniger wird sich Dein Bruder für Deinen Schuldner halten, und dazu kommt noch die Freude, die Du Deiner Mutter damit bereitest.
Agathe Bridau, geb. Rouget

Zwei Tage später brachte das Dienstmädchen nachfolgenden fürchterlichen Brief ins Atelier, wo die arme Agathe soeben ihr Frühstück mit Joseph beendet hatte:

Meine liebe Mutter!

Um Mademoiselle Amélie de Soulanges zu heiraten, muß man ihr schon etwas anderes zu bieten haben als Nußschalen, wenn sich unter dem Namen eines Grafen de Brambourg leider der Deines Sohnes verbirgt, nämlich der Name
Philippe Bridau.

Halb ohnmächtig sank Agathe auf den Diwan und ließ den Brief fallen. Das leise Geräusch des zu Boden gleitenden Papiers und der dumpfe, grauenvolle Aufschrei Agathes ließen Joseph auffahren, der in diesem Augenblick seine Mutter ganz vergessen hatte, da er wie besessen an einem Entwurf malte. Er neigte den Kopf über die Leinwand, um zu sehen, was da geschehen sei.

Beim Anblick seiner hingesunkenen Mutter entfielen dem Maler Palette und Pinsel, und er stürzte herzu, um die Halbtote aufzuheben. Er nahm sie in seine Arme, trug sie auf ihr Bett in ihr Zimmer und ließ durch das Dienstmädchen seinen Freund Doktor Bianchon holen. Sobald Joseph seine Mutter fragen konnte, gestand sie ihm, daß sie an Philippe geschrieben und welche Antwort sie soeben darauf erhalten habe. Der Künstler holte den Brief, dessen kurze Brutalität das empfindsame Herz der armen Mutter gebrochen, da dadurch mit einem Schlag das prunkvolle Gebäude niedergerissen worden war, das die mütterliche Vorliebe in eben jenem Herzen errichtet hatte. Joseph, der wieder ans Bett der Mutter getreten war, war klug genug, zu schweigen. Während der ganzen drei Wochen, die der Todeskampf der armen Frau dauerte – denn ihre Krankheit war ein einziger Todeskampf –, sprach er kein einziges Mal von seinem Bruder. Bianchon, der täglich kam und die Kanke mit der Hingebung eines wirklichen Freundes behandelte, hatte Joseph gleich am ersten Tage reinen Wein eingeschenkt.

»In diesem Alter und unter den obwaltenden Umständen bleibt uns nichts zu tun übrig, als deiner Mutter die Bitterkeit des Todes nach Möglichkeit zu lindern.«

Agathe hatte übrigens so deutlich den Ruf Gottes vernommen, daß sie schon am nächsten Tage danach verlangte, von dem alten Abbé Loraux, der seit zweiundzwanzig Jahren ihr Beichtvater war, die Tröstungen der Religion zu empfangen. Sobald sie mit ihm allein war und all ihren Kummer in sein Herz ausgegossen hatte, sagte sie wieder, was sie zu ihrer Patin gesagt hatte und was sie so oft sagte:

»Wodurch habe ich Gott so sehr mißfallen? Habe ich ihn nicht aus ganzer Seele geliebt? Bin ich nicht den Weg des Heils gegangen? Worin besteht meine Schuld? Und wenn ich einen Fehler begangen habe, von dem ich selber nichts weiß, habe ich noch Zeit, ihn wiedergutzumachen?«

»Nein«, antwortete der Greis mit sanfter Stimme. »Leider! Ihr Leben scheint rein zu sein und Ihre Seele fleckenlos; aber, o armes, betrübtes Geschöpf, Gottes Auge sieht tiefer als das seiner Diener! Jetzt, beinahe zu spät, sehe ich klar, denn Sie haben auch mich getäuscht.«

Als Agathe diese Sätze aus einem Munde hörte, der bisher nichts als friedliche, honigsüße Worte für sie gehabt hatte, richtete sie sich in ihrem Bett auf, und ihre Augen weiteten sich vor Entsetzen und Angst.

»Oh, sagen Sie es mir, sagen Sie es mir!« rief sie.

»Trösten Sie sich«, fuhr der alte Priester fort. »Nach der Art, wie Sie gestraft werden, kann man auf Vergebung hoffen. Gott züchtigt nur seine Auserwählten auf Erden. Wehe denen, deren Missetaten durch günstige Zufälle straflos hingehen! Sie werden so lange unter der Menschheit wandeln müssen, bis sie ihrerseits für geringe Verirrungen hart gestraft werden, wenn einst die himmlischen Früchte auch für sie herangereift sind. Ihr Leben, liebe Tochter, ist nichts als eine lange Schuld gewesen. Sie fallen in die Grube, die Sie sich selber gegraben haben, denn wir werden nur in jenen Regionen unserer Seele sündig, die wir in uns haben verkümmern lassen. Sie haben Ihr Herz einem Ungeheuer zugewandt, das Ihr ganzer Stolz war, und Sie haben dasjenige Ihrer Kinder verkannt, auf das stolz zu sein Sie allen Grund haben. Sie sind so tief ungerecht gewesen, daß Sie diesen auffallenden Gegensatz nicht bemerkt haben. Ihre ganze Existenz haben Sie Joseph zu verdanken, während Ihr anderer Sohn Sie beständig ausgeplündert hat. Der arme Sohn, der Sie liebt, ohne durch die gleiche Zärtlichkeit belohnt zu werden, bringt Ihnen Ihr täglich Brot, während der reiche, der nie an Sie gedacht hat und der Sie verachtet, Ihren Tod wünscht.«

»Oh, was das angeht . . .« sagte sie.

»Doch!« fuhr der Priester fort. »Sie sind ihm durch Ihren bescheidenen Stand ein Hindernis für die Hoffnungen, die sein Hochmut hegt. Mutter, das sind Ihre Vergehen! Weib, Ihre Leiden und Ihre Qualen verheißen Ihnen den Frieden des Herrn! Ihr Sohn Joseph ist so groß, daß seine Zärtlichkeit durch die Ungerechtigkeiten Ihrer müttlichen Bevorzugung nicht vermindert worden ist. Schenken Sie ihm also Ihre ganze Liebe! Schenken Sie ihm Ihr ganzes Herz in diesen letzten Tagen! Beten Sie für ihn! Ich gehe, um für Sie zu beten.«

Da überschauten die Augen dieser Mutter, von Händen geöffnet, die mit solcher Macht ausgestattet waren, mit einemmal rückblickend ihr ganzes Leben. Von diesem Lichtschein plötzlich erleuchtet, erkannte sie ihr unfreiwilliges Unrecht und brach in Tränen aus. Der alte Priester fühlte sich so ergriffen von dem Schauspiel dieser Reue eines Geschöpfes, das einzig und allein aus Unwissenheit gefehlt hatte, daß er das Zimmer verließ, um sein Mitleid nicht zu zeigen. Ungefähr zwei Stunden, nachdem der Beichtvater gegangen war, trat Joseph wieder ins Zimmer seiner Mutter. Er war bei einem seiner Freunde gewesen, um sich von ihm das Geld zur Bezahlung seiner dringendsten Schulden zu leihen, und er trat auf den Fußspitzen ein, weil er glaubte, Agathe schlafe. Er konnte sich also in den Lehnstuhl setzen, ohne von der Kranken gesehen zu werden.

Ein von den Worten: »Wird er mir verzeihen?« unterbrochenes Schluchzen veranlaßte Joseph, aufzustehen. Ein Schauer rann ihm über den Rücken, denn er glaubte, seine Mutter liege bereits in dem Delirium, das dem Tode vorangeht.

»Was fehlt dir, liebe Mutter?« fragte er sie, erschreckt über die vom Weinen geröteten Augen und das gequälte Gesicht der Kranken.

»Ach, Joseph, mein Kind, kannst du mir vergeben?« rief sie.

»Was denn?« fragte der Künstler.

»Ich habe dich nicht so geliebt, wie du es verdientest, geliebt zu werden.«

»Ist das deine ganze Sorge?« sprach er. »Du hast mich nicht geliebt? Leben wir nicht seit sieben Jahren zusammen? Führst du mir nicht seit sieben Jahren den Haushalt? Höre ich denn nicht deine Stimme? Bist du nicht die sanfte und nachsichtige Gefährtin meines armseligen Lebens? Du verstehst nichts von der Malerei ...? Ja, das läßt sich doch nicht erzwingen! Noch gestern habe ich zu Grassou gesagt: ›Was mich in all meinen Kämpfen tröstet, das ist, eine so gute Mutter zu haben. Sie ist so, wie die Frau eines Künstlers sein soll; sie sorgt für alles, sie überwacht meine materiellen Bedürfnisse, ohne doch jemals im geringsten zu stören!‹«

»Nein, nein, Joseph! Du hast mich geliebt, du ja! Ich aber habe dir nicht Gleiches mit Gleichem vergolten. Ach, ich möchte so gern noch leben ...! Gib mir deine Hand ...«

Agathe ergriff die Hand des Sohnes, küßte sie, drückte sie an ihr Herz und betrachtete ihn lange mit ihren azurblauen Augen, aus denen nun die ganze, bisher Philippe vorbehaltene Zärtlichkeit strahlte. Der Maler, der sich auf den Ausdruck von Gesichtern wohl verstand, war von diesem Wandel so betroffen, er erkannte so deutlich, daß sich ihm das Herz seiner Mutter endlich öffnete, daß er sie in seine Arme schloß, sie lange an sich gedrückt hielt und wie von Sinnen rief: »Oh, meine Mutter, meine Mutter!«

»Ach, ich fühle, daß du mir vergibst! Gott wird es gelten lassen, wenn ein Kind seiner Mutter vergibt.«

»Du brauchst Ruhe, quäl dich nicht. Nun ist ja alles gut. In diesem Augenblick fühle ich mich für die ganze Vergangenheit geliebt«, rief Joseph und legte seine Mutter wieder in ihre Kissen zurück.

Während der beiden Wochen, die der Kampf des Lebens mit dem Tode bei diesem frommen Geschöpf noch dauerte, hatte sie für Joseph Blicke, seelische Regungen und Gesten, aus denen so viel Liebe sprach, daß in allen diesen überströmenden Zeichen ein ganzes Leben enthalten zu sein schien. Die Mutter dachte nur an ihren Sohn, sich selber erachtete sie für nichts, und von ihrer Liebe getragen, fühlte sie ihre Leiden nicht mehr. Zuweilen fand sie rührend naive, kindliche Worte. D'Arthez, Michel Chrestien, Fulgence Ridal, Pierre Grassou und Bianchon kamen, um Joseph Gesellschaft zu leisten und diskutierten oft leise im Zimmer der Kranken.

»Ach, ich möchte so gern wissen, was die Farbe eigentlich ist!« rief sie eines Abends, als sie hörte, wie sie über ein Bild sprachen.

Joseph seinerseits war von ergreifender Fürsorge für seine Mutter. Er verließ ihr Zimmer nicht, verhätschelte sie und erwiderte ihre Zärtlichkeit mit gleicher Zärtlichkeit. Für die Freunde dieses großen Malers war dies eines jener schönen Schauspiele, die man nie vergißt. Wie nicht anders zu erwarten, waren alle diese Männer, bei denen sich echtes, wirkliches Talent mit einem großen Charakter verband, für Joseph und seine Mutter Engel, die mit ihm beteten und mit ihm weinten, wenn sie auch keine Gebete sprachen und keine Tränen vergossen; aber im Denken und Handeln waren sie mit ihm vereint. Joseph, der als Künstler im Fühlen ebenso groß war wie im Können, erriet aus einigen Blicken seiner Mutter einen Wunsch, der sich in der Tiefe dieses Herzens verbarg, und sagte eines Tages zu d'Arthez: »Sie hat diesen Schuft, diesen Philippe, allzusehr geliebt, um ihn nicht vor ihrem Tode noch einmal sehen zu wollen ...«

Joseph bat Bixiou, der in der Welt der Bohème, wo Philippe noch zuweilen verkehrte, begonnen hatte, er möge diesen niederträchtigen Emporkömmling zu bewegen suchen, daß er aus Erbarmen eine Komödie der Zärtlichkeit aufführe, um das Herz dieser armen Mutter in ein Leichentuch schöner Täuschungen zu hüllen. Bixiou, der feine Beobachter und menschenverachtende Spötter, fand sich sehr gern bereit, eine derartige Aufgabe zu übernehmen. Als er dem Grafen de Brambourg, der ihn in einem mit gelben Seidendamast ausgeschlagenen Schlafzimmer empfing, Agathes Zustand dargelegt hatte, fing der Oberst an zu lachen.

»Ja, was zum Teufel soll ich denn dort?« rief er. »Der einzige Dienst, den mir die gute Frau erweisen kann, ist, so bald als möglich zu krepieren; sie würde bei meiner Heirat mit Mademoiselle de Soulanges doch nur eine traurige Figur machen. Je weniger Familie ich habe, desto besser wird meine Stellung sein. Du kannst dir denken, daß ich den Namen Bridau unter allen Grabmälern des Père-Lachaise begraben möchte ...! Mein Bruder schadet mir schrecklich dadurch, daß er meinen Namen an die Öffentlichkeit zerrt. Du bist viel zu gescheit, um dich nicht in meine Lage versetzen zu können. Stell dir vor, wenn du Abgeordneter würdest, schließlich hast du doch ein verdammt gutes Mundwerk, du wärest gefürchtet wie Chauvelin[171], und aus dir könnte ein Graf Bixiou werden, Leiter der Kunstakademie, und wenn du es so weit gebracht hättest, wäre es dir da recht, wenn deine Großmutter Descoings noch lebte und du diese biedere Frau neben dir hättest, die aussah wie eine Madame Saint-Léon[172]? Würdest du ihr in den Tuilerien den Arm reichen? Würdest du sie der adeligen Familie vorstellen, in die du trachten würdest aufgenommen zu werden? Bei allen Teufeln, nein! Du würdest wünschen, sie wäre sechs Fuß unter der Erde, in einem bleiernen Hemd und sorgfältig verpackt. Komm, frühstücke mit mir, und reden wir von was anderm. Ich bin ein Emporkömmling, mein Lieber, ich weiß es. Ich will aber die Windeln nicht zeigen, aus denen ich gekrochen bin ... Mein Sohn wird es besser haben als ich, er wird ein Grandseigneur sein. Der Spaßvogel wird meinen Tod wünschen, darauf bin ich gefaßt, oder er wäre nicht mein Sohn.«

Er klingelte. Zu dem eintretenden Diener sagte er: »Mein Freund frühstückt mit mir. Tragen Sie uns ein Frühstück auf, das sich sehen lassen kann.

»Die vornehme Gesellschaft würde dich aber doch im Zimmer deiner Mutter nicht sehen«, begann Bixiou von neuem. »Was würde es dir schon ausmachen, ein paar Stunden lang so zu tun, als ob du die arme Frau liebtest?«

»Aha!« sagte Philippe und zwinkerte verständnisinnig. »Du kommst in ihrem Auftrag. Ich bin wie ein altes Kamel, ich kenne mich aus in Kniebeugen. Meine Mutter will mir gelegentlich ihres letzten Seufzers noch schnell für Joseph was aus der Tasche ziehen ...! Ich danke sehr.«

Als Bixiou Joseph diese Szene erzählte, fühlte der arme Maler, wie ihm ein eisiger Schauer bis in die tiefste Seele drang.

»Weiß Philippe, daß ich krank bin?« fragte Agathe mit klagender Stimme am Abend desselben Tages, da Bixiou über das Mißlingen seines Auftrages berichtet hatte.

Joseph verließ das Zimmer; er konnte seine Tränen nicht zurückhalten. Abbé Loraux, der am Bett seines Beichtkindes saß, ergriff Agathes Hand und drückte sie, dann sagte er: »Mein Kind, Sie haben leider immer nur *einen* Sohn gehabt!«

Als Agathe diese Worte hörte, deren Sinn sie verstand, erlitt sie einen Anfall, der ihren eigentlichen Todeskampf einleitete. Zwanzig Stunden später starb sie. Im Delirium, das ihrem Tode voranging, entschlüpften ihr die Worte: »Nach wem ist Philippe eigentlich geraten ...?«

Joseph schritt allein hinter dem Sarg seiner Mutter her. Philippe war dienstlich nach Orléans gereist. Nachstehender Brief, den Joseph in dem Augenblick geschrieben hatte, da ihrer beider Mutter ihr Leben aushauchte, hatte ihn aus Paris verscheucht.

Du Scheusal,
Meine Mutter ist an der furchtbaren Erschütterung gestorben, die ihr Dein Brief verursacht hat. Leg Trauer an, aber stell dich

krank; ich will ihren Mörder nicht an ihrem Sarg neben mir sehen.

Joseph Bridau

Der Maler, der nicht mehr den Mut aufbrachte zu malen, obgleich sein tiefer Schmerz vielleicht gerade diese Art Ablenkung gebraucht hätte, die die Arbeit ganz mechanisch gewährt, sah sich von seinen Freunden umringt. Sie waren übereingekommen, ihn um keinen Preis allein zu lassen. So war auch Bixiou, der Joseph so liebte, wie eben ein Spötter jemanden lieben kann, vierzehn Tage nach der Beerdigung mit unter den Freunden im Atelier. Da trat unvermittelt das Hausmädchen ein und übergab Joseph einen Brief, den eine alte Frau gebracht hatte, die beim Portier auf Antwort wartete.

Monsieur,
An Sie, dem ich den Namen eines Bruders nicht zu geben wage, an Sie muß ich mich wenden, und wäre es auch nur des Namens wegen, den ich trage ...

Joseph wandte das Blatt um und betrachtete die Unterschrift auf der letzten Seite. Die Worte ›Gräfin Flore de Brambourg‹ ließen ihn erschauern, denn er ahnte irgendeine neue, von seinem Bruder ausgebrütete Scheußlichkeit.

»Dieser Bösewicht ist ja ärger als der leibhaftige Teufel!« sagte er. »Und so etwas läuft als Ehrenmann herum! Und das hängt sich einen Haufen Flitterkram um den Hals! Und das schlägt Rad bei Hofe wie ein Pfau, anstatt selber aufs Rad geflochten zu werden! Und dieser Wüstling nennt sich Herr Graf!«

»Und es gibt viele von dieser Art!« meinte Bixiou.

»Im übrigen hat es die Fischerin im Trüben wohl verdient, ihrerseits eins aufs Dach zu kriegen«, fuhr Joseph fort. »Die ist nämlich schlimmer als die Räude. Sie hätte mich damals seelenruhig einen Kopf kürzer machen lassen, ohne zu sagen: Er ist unschuldig!«

Joseph warf den Brief fort, aber Bixiou fing ihn auf und las ihn vor:

Schickt es sich, daß die Frau Gräfin Bridau de Brambourg, wie groß auch ihre Verfehlungen sein mögen, im Spital sterben muß? Wenn das mein Los ist, wenn das der Wille des Herrn Grafen und auch der Ihre ist, so möge er sich erfüllen. Dann aber verschaffen Sie mir die Fürsprache des Doktors Bianchon, dessen Freund Sie doch sind, damit ich in ein Hospital aufgenommen werde. Die Frau, die Ihnen diesen Brief bringt, ist elf Tage nacheinander ins Palais Brambourg in der Rue de Clichy gegangen, ohne daß es ihr gelungen ist, von meinem Mann Unterstützung für mich zu erlangen. Mein gegenwärtiger Zustand gestattet mir nicht, einen Anwalt kommen zu lassen, um zu versuchen, auf gerichtlichem Wege das zu erreichen, was mir gebührt, um in Frieden sterben zu können. Übrigens gibt es für mich keine Rettung mehr, das weiß ich. Falls Sie nicht die Absicht haben, sich um Ihre unglückliche Schwägerin zu kümmern, geben Sie mir wenigstens das Geld, das ich dazu brauche, um meinem Leben ein Ende zu machen; ich sehe ja, Ihr Herr Bruder will meinen Tod, er hat ihn immer gewollt. Obgleich er mir einmal gesagt hat, er kenne drei sichere Mittel, eine Frau zu töten, war ich nicht klug genug, dasjenige vorherzusehen, dessen er sich bedient hat.

Für den Fall, daß Sie mir die Ehre irgendeiner Hilfe erweisen und sich von dem Elend überzeugen wollen, in dem ich mich befinde: ich wohne Rue du Houssay[173], an der Ecke der Rue Chantereine, im fünften Stock. Wenn ich morgen nicht meine rückständige Miete zahlen kann, muß ich ausziehen, und wohin soll ich gehen ... Darf ich mich nennen

Ihre Schwägerin
Gräfin Flore de Brambourg?

»Was für ein Abgrund von Niedertracht!« sagte Joseph. »Was steckt da wohl wieder dahinter?«

»Lassen wir erst einmal die Frau kommen, das dürfte eine ausgezeichnete Einleitung zu dieser ganzen Geschichte sein«, war Bixious Ansicht.

Einen Augenblick später erschien eine Frau, die Bixiou als einen ›wandelnden Lumpensack‹ bezeichnete. In der Tat erblickte man einen Haufen Wäsche und alter Kleider, immer eines über das andere gezogen, mit einem breiten Saum von Straßenschmutz, der Jahreszeit entsprechend, das Ganze auf dicken Beinen und Füßen stehend, die von schlecht geflickten Strümpfen und von Schuhen, aus deren klaffenden Spalten das Wasser hervorquoll, nur mangelhaft verhüllt wurden. Dieser Lumpenhaufen war von einem jener Köpfe überragt, wie man sie auf den Stichen Charlets[174] an seinen Straßenkehrerinnen sieht, und jener Kopf war in einen scheußlichen, bis in seine Falten hinein zerschlissenen Schal gehüllt.

»Wie heißen Sie?« fragte Joseph, während Bixiou die Frau skizzierte, die sich auf einen Regenschirm aus dem Jahre II der Republik stützte.

»Madame Gruget, zu dienen. Auch ich habe mal Geld gehabt, junger Herr«, sagte sie zu Bixiou, dessen verstohlenes Lachen sie beleidigte. »Wenn meine Tochter nicht das Unglück gehabt hätte, jemanden allzusehr zu lieben, stünde ich anders da, als Sie mich hier sehen. Sie ist ins Wasser gegangen, mit Verlaub zu sagen, meine arme Ida! Da hab' ich die Dummheit begangen, in der Lotterie zu spielen. Darum, mein lieber Herr, muß ich mit siebenundsiebzig Jahren Kranke pflegen, für zehn Sous täglich. Zu essen hab' ich ja dabei ...«

»Aber nichts anzuziehen!« unterbrach sie Bixiou. »Meine Großmutter, die wußte sich anzuziehen! Und die spielte auch ihre Lieblingsterne immer weiter.«

»Aber von den zehn Sous muß ich eine möblierte Stube bezahlen ...«

»Was hat sie denn, die Dame, die Sie pflegen?«

»Nichts hat sie, mein Herr, kein Geld, mein' ich, denn sie hat eine Krankheit, vor der selbst die Ärzte schaudern. Sie schuldet mir sechzig Tage den Lohn; deshalb pflege ich sie weiter. Ihr Mann, der ein Graf ist, denn sie ist Gräfin, wird mir sicher meine Rechnung bezahlen, wenn sie tot ist. Darum habe ich ihr auch geborgt, was ich hatte. Aber jetzt habe ich nichts mehr. Ich habe alle meine Sachen versetzt. Sie schuldet mir siebenundvierzig Francs und zwölf Sous, außer den dreißig Francs für die Pflege. Und weil sie sich mit Kohlengas vergiften will, hab' ich gesagt: ›Das ist nicht recht!‹ Und ich hab' sogar der Concierge gesagt, sie soll auf sie aufpassen, während ich fort bin, sie wäre womöglich imstande, aus dem Fenster zu springen.«

»Ja, aber was hat sie denn eigentlich?« fragte Joseph.

»Ach, Monsieur, der Arzt von den barmherzigen Schwestern ist gekommen, aber was die Krankheit betrifft«, antwortete Madame Gruget, und man merkte es ihr an, daß es ihr unangenehm war, Näheres zu sagen, »da hat er gesagt, sie muß ins Hospital geschafft werden. Der Fall ist tödlich.«

»Wir gehen hin«, entschied Bixiou.

»Da haben Sie zehn Francs«, sagte Joseph.

Nach einem Griff in den bekannten Totenkopf, dem er sein ganzes Geld entnahm, ging der Maler in die Rue Mazarine, stieg in eine Droschke und fuhr zu Bianchon, den er glücklicherweise daheim antraf. Bixiou seinerseits eilte inzwischen in die Rue de Busy, um ihren Freund Desroches zu holen. Eine Stunde später trafen sich die vier Freunde wieder in der Rue du Houssay.

»Dieser Mephistopheles zu Pferd namens Philippe Bridau«, erzählte Bixiou seinen drei Freunden, während sie die Treppe hinaufstiegen, »hat es kurios angestellt, sich seiner Frau zu entledigen. Ihr wißt, daß unser Freund Lousteau, der sehr glücklich darüber ist, daß er von Philippe monatlich einen Tausendfrancsschein bekommt, Madame in der Gesellschaft von Florine, Mariette, Tullia und der Val-Noble festgehalten hat. Als nun Philippe sah, daß sich seine Fischerin im Trüben an Toiletten und kostspielige Lustbarkeiten gewöhnt hatte, hat er ihr kein Geld mehr gegeben und sie es sich selber verdienen lassen . . . auf welche Weise, das könnt ihr euch wohl denken. So hat Philippe im Laufe von anderthalb Jahren seine Frau von Vierteljahr zu Vierteljahr immer tiefer sinken lassen; schließlich hat er ihr mit Hilfe eines jungen strammen Unteroffiziers das Trinken beigebracht. Im gleichen Maß wie er stieg, ist seine Frau gesunken, und nun befindet sich die Gräfin in der Gosse. Dies Weib, das auf dem Lande geboren ist, hat ein zähes Leben, und ich weiß nicht, wie Philippe es angefangen hat, sie loszuwerden. Ich studiere dieses kleine Drama mit großem Interesse; ich habe nämlich mit dem Kerl noch eine kleine Rechnung zu begleichen. Ja, ihr Freunde«, fuhr Bixiou in einem Ton fort, der seine drei Gefährten im Zweifel ließ, ob er scherze oder ob es ihm ernst sei, »es genügt, einen Menschen einem Laster in die Arme zu treiben, um ihn loszuwerden. ›Sie tanzte gar zu gern, und das hat sie getötet‹, hat Hugo[175] gesagt. Das ist es eben! Meine Großmutter kam von der Lotterie nicht los, und durch die Lotterie hat Philippe sie umgebracht. Der Papa Rouget hatte eine Schwäche für saftige Genüsse, und Lolotte hat ihn umgebracht. Die arme Madame Bridau liebte Philippe, und durch ihn ist sie ums Leben gekommen. Das Laster, das Laster, ihr Freunde ...! Wißt ihr, was das Laster eigentlich ist? Es ist der Bonneau[176] des Todes!«

»Du wirst noch einmal an einem Witz ersticken!« sagte Desroches lächelnd zu Bixiou.

Vom vierten Stockwerk an stiegen die jungen Leute eine jener steilen, leiterähnlichen Treppen hinauf, auf denen man in manchen Pariser Häusern zu den Mansarden gelangt. Obgleich Joseph, der Flore in ihrer ganzen Schönheit gekannt hatte, auf einen fürchterlichen Gegensatz gefaßt war, hätte er sich doch den gräßlichen Anblick nicht ausmalen können, der sich seinem Künstlerauge bot. Unter dem spitzen Winkel einer Mansarde mit kahlen, untapezierten Wänden, auf einer Pritsche aus Gurten, auf einer dürftigen Matratze, die wahrscheinlich mit Wollabfällen ausgestopft war, erblickten die vier jungen Leute eine Frau, grün wie eine Wasserleiche, die erst nach zwei Tagen geborgen worden ist, und abgezehrt wie eine Schwindsüchtige zwei Stunden vor dem Tode. Dieser stinkende Kadaver hatte ein armseliges, kariertes Baumwolltuch auf dem kahlen Kopfe. Die tief eingesunkenen Augen waren rot umrandet und die Augenlider dünn wie Eihäutchen. Von dem dereinst so bezaubernd schönen Körper war nichts mehr übrig als ein elender Haufen Knochen. Beim Erblicken der Besucher verhüllte sich Flore die Brust mit einem Musselinfetzen, der ein kleiner Fenstervorhang gewesen sein mochte; denn er hatte Roststreifen, die von dem Gardinenstäbchen herrührten. An Einrichtungsgegenständen sahen die jungen Leute zwei Sessel, eine schäbige Kommode, auf der eine Kerze in einer Kartoffel steckte, einige auf dem Fußboden herumstehende Teller und ein irdenes Kohlebecken in der Ecke des Kamins, in dem kein Feuer brannte. Bixiou erblickte den Rest des beim Krämer für den Brief gekauften Papiers, den die beiden Frauen wahrscheinlich gemeinsam verfaßt hatten. Das Wort ekelhaft wäre nur ein positiver Ausdruck für etwas, das keiner Steigerung mehr fähig ist und mit dem man den Eindruck wiedergeben müßte, den dieses Elend hervorrief. Als die Todgeweihte Joseph erblickte, rollten zwei große Tränen über ihre Wangen.

»Sie kann noch weinen!« stellte Bixiou fest. »Was für ein sonderbarer Anblick: Tränen, die aus einem Dominostein herauskommen! Da wird einem das Wunder des Mose klar.«

»Wie ausgedörrt sie ist . . .!« rief Joseph.

»Von der brennenden Qual der Reue«, ergänzte Flore. »Und ich kann keinen Priester kommen lassen, ich habe nichts, nicht einmal ein Kruzifix, um das Bild Gottes zu sehen . . . Ach, Monsieur«, rief sie, die Arme hebend, die wie zwei Stöcke aus geschnitztem Holz aussahen. »Ich habe schwer gesündigt, aber nie hat Gott einen Menschen so gestraft wie mich! Philippe hat Max getötet, der mir abscheuliche Dinge geraten hatte, und er tötet auch mich. Gott bedient sich seiner wie einer Geißel . . . Bleiben Sie gut, denn wir haben alle unsern Philippe.«

»Laßt mich allein mit ihr«, bat Bianchon die Freunde, »damit ich sehe, ob die Krankheit heilbar ist.«

»Wenn man sie heilen kann, würde Philippe Bridau vor Wut zerplatzen«, meinte Desroches. »Ich werde darum auch den Zustand, in dem sich seine Frau befindet, zu Protokoll nehmen. Sie ist nicht wegen Ehebruch verurteilt worden und genießt alle Rechte einer Ehegattin; er wird den Skandal eines Prozesses erleben. Zunächst werden wir die Gräfin ins Sanatorium des Doktor Dubois[177] schaffen lassen, in die Rue du Faubourg Saint-Denis; dort wird sie die allersorgfältigste Pflege genießen. Hierauf werde ich den Grafen wegen Wiederaufnahme der ehelichen Gemeinschaft vorladen lassen.«

»Bravo, Desroches!« rief Bixiou. »Ist es nicht ein Vergnügen, etwas Gutes zu ersinnen, das zugleich auf der andern Seite soviel Böses anrichten wird?«

Zehn Minuten später kam Bianchon herunter und sagte zu seinen Freunden: »Ich laufe zu Desplein; er kann die Frau durch eine Operation retten. Oh, der wird schon dafür sorgen, daß sie gut gepflegt wird! Der übermäßige Alkoholgenuß hat bei ihr zu einer Krankheit geführt, die es gar nicht mehr zu geben schien.«

»Du Quacksalber! Als ob die bloß eine einzige Krankheit hätte!« sagte Bixiou.

Aber Bianchon war bereits unten auf dem Hof, so eilig hatte er es, Desplein die große Neuigkeit mitzuteilen. Zwei Stunden später wurde Josephs unglückliche Schwägerin in das vornehme, von Doktor Dubois gegründete Sanatorium gebracht, das später von der Stadt Paris angekauft wurde. Drei Wochen danach brachte die ›Gazette des Hôpitaux‹ den Bericht über einen der kühnsten Versuche der modernen Chirurgie an einer mit den Initialen F. B. bezeichneten Kranken. Die Patientin starb, aber mehr des außerordentlichen Schwächezustandes wegen, in den ihr Elend sie versetzt hatte, als an den Folgen der Operation. Bald darauf suchte Oberst Graf de Brambourg in tiefer Trauer den Grafen de Soulanges auf und benachrichtigte ihn von dem schmerzlichen Verlust, den er eben erlitten habe. In der vornehmen Gesellschaft flüsterte man sich zu, Graf de Soulanges verheirate seine Tochter an einen verdienstvollen Emporkömmling, der zum Brigadekommandeur und zum Oberst eines königlichen Garderegimentes ernannt werde. De Marsay erzählte diese Neuigkeit Rastignac, der sie bei einem Souper im ›Rocher de Cancale‹, an dem Bixiou teilnahm, zum besten gab.

»Daraus wird nichts!« sagte sich der geistvolle Künstler.

Wenn auch einige von den ehemaligen Freunden, von denen Philippe nichts mehr wissen wollte, nicht imstande waren, sich zu rächen, so hatte er doch die Ungeschicklichkeit begangen, Bixiou zu verletzen, der um seines Geistes und seines Witzes willen überall empfangen wurde – und der verzieh nicht! Im ›Rocher du Cancale‹ hatte Philippe in Gegenwart ernsthafter Leute, die dort zu Abend aßen, zu Bixiou gesagt, der die Absicht geäußert hatte, ihn im Palais Brambourg zu besuchen:

»Du kannst zu mir kommen, wenn du Minister bist.«

»Muß ich vielleicht auch zum Protestantismus übertreten, um zu dir kommen zu dürfen?« erwiderte Bixiou scherzhaft. Im stillen aber dachte er: Wenn du ein Goliath bist, habe ich meine Schleuder, und an Kieselsteinen fehlt es mir auch nicht.

Am nächsten Tage verkleidete sich der Spaßvogel bei einem seiner Freunde, einem Schauspieler, und verwandelte sich durch die Allgewalt des Kostüms in einen entlaufenen Priester mit grüner Brille; hierauf nahm er einen Mietwagen und ließ sich in das Palais Soulanges fahren. Bixiou, den Philippe einen Possenreißer genannt hatte, wollte ihm also einen Possen spielen. Nachdem er von Monsieur de Soulanges vorgelassen worden war, da er vorgab, in einer sehr dringenden Angelegenheit mit ihm sprechen zu müssen, spielte Bixiou die Rolle eines ehrwürdigen Mannes, der im Besitz wichtiger Geheimnisse ist. Er erzählte mit verstellter Stimme die Geschichte von der Krankheit der verstorbenen Gräfin, deren grauenvolles Geheimnis ihm Bianchon anvertraut hatte, die Geschichte vom Tod Agathes, die Geschichte vom Tod des alten Papa Rouget, dessen sich der Graf de Brambourg ganz offen gerühmt hatte, die Geschichte vom Tod der Descoings, die Geschichte von der Unterschlagung in der Zeitungskasse und endlich auch die Geschichte von Philippes Lebenswandel zur Zeit, da es ihm noch schlecht ging.

»Herr Graf, geben Sie ihm Ihre Tochter erst, nachdem Sie genaue Erkundigungen eingezogen haben. Fragen Sie seine früheren Freunde: Bixiou, Rittmeister Giroudeau und die anderen alle.«

Drei Monate später gab Oberst Graf de Brambourg ein Souper, zu dem du Tillet, Nucingen, Rastignac, Maxime de Trailles und de Marsay geladen waren. Die gewissermaßen tröstlichen Reden, mit denen sich seine Gäste anläßlich seines Bruches mit der Familie Soulanges an ihn wandten, wurden von dem Gastgeber sehr sorglos aufgenommen.

»Du wirst schon was Besseres finden«, sagte Maxime zu ihm.

»Wieviel Vermögen müßte man wohl haben, um eine Mademoiselle de Grandlieu zu heiraten?« fragte Philippe de Marsay.

»Ihnen würde man die häßlichste von allen sechs nicht unter zehn Millionen geben«, antwortete de Marsay frech.

»Ach was!« meinte Rastignac, »mit zweihunderttausend Francs Jahreszinsen könnten Sie Mademoiselle de Langeais bekommen, die Tochter des Marquis. Sie ist häßlich, dreißig Jahre alt und bekommt nicht einen Sou Mitgift; das wäre doch etwas für Sie.«

»In zwei Jahren habe ich zehn Millionen beisammen«, erwiderte Philippe Bridau.

»Wir schreiben den 16. Januar 1829!« rief du Tillet lächelnd. »Ich arbeite seit zehn Jahren, und ich habe sie nicht.«

»Wir werden uns gegenseitig beraten, und Sie werden sehen,

wie ich mich auf Finanzangelegenheiten verstehe«, entgegnete Bridau.

»Wieviel besitzen Sie eigentlich im ganzen?« fragte Nucingen.

»Wenn ich meine Staatspapiere verkaufe, könnten wohl drei Millionen zusammenkommen, dieses Palais und mein Landgut nicht inbegriffen, die ich beide nicht aufs Spiel setzen kann noch will, da sie zu meinem Majorat gehören.«

Nucingen und du Tillet sahen einander an; dann, nach diesem Blick des gegenseitigen Einverständnisses sagte du Tillet zu Philippe: »Mein lieber Graf, wenn Sie wollen, können wir zusammenarbeiten.«

De Marsay erhaschte den Blick, den du Tillet Nucingen zugeworfen hatte, und der bedeutete: Her mit den Millionen! Diese beiden Persönlichkeiten aus der Hochfinanz waren in der Tat mit den politischen Ereignissen so eng vertraut, ja verbunden, daß sie zu jeder beliebigen Zeit mit größter Sicherheit gegen Philippe an der Börse spielen konnten, und zwar wenn alle Aussichten dem Anschein nach für ihn günstig standen, während sie in Wirklichkeit für seine Gegenspieler günstig waren. Und dieser Fall trat ein. Im Juli 1830 hatten du Tillet und Nucingen dem Grafen de Brambourg schon zu einem Gewinn von eineinhalb Millionen Francs verholfen, so daß er ihnen nicht mehr mißtraute und ehrliche, aufrichtige Berater in ihnen zu haben glaubte. Philippe, den die Gunst der Restauration emporgetragen hatte und den besonders seine tiefe Verachtung für die Zivilisten irreführte, glaubte an den Erfolg der drei Ordonnanzen[178] des Königs und spekulierte auf Hausse, während Nucingen und du Tillet, die an die Revolution glaubten, gegen ihn auf Baisse spekulierten. Die beiden durchtriebenen Kerle pflichteten Oberst Graf de Brambourg bei und gaben sich den Anschein, seine Überzeugung zu teilen. Sie machten ihm also Hoffnung, seine Millionen zu verdoppeln, während sie sich anschickten, sie ihm abzugewinnen. Philippe kämpfte mit dem Mut eines Mannes, dem der Sieg des Königtums vier Millionen einbringen sollte. Seine Ergegebenheit fiel dermaßen auf, daß er den Befehl erhielt, mit dem Herzog von Maufrigneuse wieder nach Saint-Cloud[179] zu kommen, um dort zu den Beratungen zugezogen zu werden. Diese Gunstbezeigung rettete Philippe; er hatte nämlich am 28. Juli einen Angriff unternehmen wollen, um die Boulevards zu säubern, und bei dieser Gelegenheit hätte ihm sein Freund Giroudeau, der eine Abteilung der Angreifer befehligte, wahrscheinlich eine Kugel in den Kopf gejagt.

Einen Monat später besaß Oberst Bridau von seinem ungeheuren Vermögen nur noch sein Palais, sein Landgut, seine Bilder und seine Einrichtung. Er beging außerdem, wie er selber sagte, die Dummheit, an die Wiedereinsetzung der älteren Linie der Bourbonen zu glauben, der er bis zum Jahre 1834 treu blieb. Als er sah, daß Giroudeau Oberst geworden war, veranlaßte ihn eine begreifliche Eifersucht, wieder in Kriegsdienste zu treten. Zu seinem Unglück erhielt er im Jahre 1835 ein Regiment in Algerien, wo er drei Jahre auf dem gefährlichen Posten aushielt, in der Hoffnung, die Generalsepauletten zu bekommen. Jedoch ein übelwollender Einfluß, der Einfluß des inzwischen zum General beförderten Giroudeau, ließ ihn dort sitzen. Philippe, der immer härter wurde, verschärfte noch den ohnehin schon strengen Dienst und war verhaßt trotz seiner Tapferkeit, die an Murat erinnerte. Zu Anfang des verhängnisvollen Jahres 1839 unternahm er während eines Rückzuges vor überlegenen feindlichen Kräften einen Gegenstoß gegen die Araber und stürzte sich auf den Feind, nur von einer Schwadron gefolgt, die in einen dichten Schwarm von Arabern geriet. Es war ein blutiger, entsetzlicher Nahkampf, und nur eine kleine Anzahl der französischen Reiter konnte entkommen. Als diejenigen, die weiter entfernt waren, bemerkten, daß ihr Oberst umzingelt war, hielten sie es nicht für geboten, bei einem Versuch, ihn herauszuhauen, unnötigerweise umzukommen. Wohl hörten sie die Worte: »Euer Oberst! Her zu mir! Ein Oberst des Kaiserreiches!« und darauf ein gräßliches Geheul, aber sie zogen sich lieber zu ihrem Regiment zurück. Philippe fand einen fürchterlichen Tod; es wurde ihm der Kopf abgeschlagen, nachdem er, geradezu zerhackt von Krummsäbeln, hingesunken war.

Joseph, der zu dieser Zeit durch Vermittlung des Grafen de Sérisy die Tochter eines millionenschweren ehemaligen Pächters geheiratet hatte, erbte das Palais und das Landgut, über die sein Bruder, da sie Majorat waren, nicht hatte verfügen können, obwohl er seinem Bruder den Nachlaß nicht hatte zukommen lassen wollen. Was den Maler am meisten freute, war die schöne Gemäldesammlung. Joseph, für den sein Schwiegervater, eine Art bäuerlicher Hochon, Tag für Tag Taler anhäuft, bezieht bereits sechzigtausend Francs Zinsen im Jahr. Obwohl er herrliche Bilder malt und den Künstlern große Gefälligkeiten erweist, ist er noch nicht Mitglied der Akademie. Infolge einer Klausel der Majoratsurkunde ist er Graf de Brambourg geworden, worüber er zuweilen in seinem Atelier, im Kreise seiner Freunde, vor Lachen zu bersten glaubt.

»Kleider machen leider heute Leute«, pflegt dann sein Freund Léon de Lora zu sagen, der trotz seiner Berühmtheit als Landschaftsmaler nicht von seiner alten Gewohnheit lassen kann, Sprichwörter zu verdrehen[180], und der um der Bescheidenheit willen, mit der Joseph die Gunst des Schicksals aufnahm, einmal zu ihm sagte:

»Du gewöhnst dich schon daran: Hummer ist der beste Koch!«

Anmerkungen

Die ›Fischerin im Trüben‹

1 Von der Regierung während der Revolution beschlagnahmte und weiterverkaufte Güter von Emigranten; auch beschlagnahmter kirchlicher Besitz.

2 Die Subdelegierten waren den Provinz-Intendanten unterstellte Beamte.

3 Antoine-Quentin Fouquier-Tinville (1746–1795), öffentlicher Ankläger des Revolutions-Tribunals, unermüdlicher Belieferer der Guillotine, durch die er selber endete.

4 Robespierres (Balzac schreibt übrigens stets: Roberspierre).

5 Bezahlte Frauen, die während der Revolution den Sitzungen strickend beiwohnten und für die gewünschte »Stimmung« sorgten. Sie wurden auch »Furien der Guillotine« genannt.

6 Jean-Marie Roland de La Platière (1734–1793), Politiker, 1792 Innenminister, Freund der Girondisten. Er beging Selbstmord, als er von der Hinrichtung seiner Frau, der berühmten Manon Roland erfuhr. Sie bestieg das Schafott mit den Worten: »O Freiheit, welche Verbrechen werden in deinem Namen begangen!«

7 André Chénier (1762–1794), Lyriker, am Vorbild griechischer Dichtung geschult; anfangs für die Revolution begeistert, dann beredter Gegner der Schreckensherrschaft, Mitverfasser der Verteidigungsrede Ludwigs XVI. Er starb als eins der letzten Opfer Robespierres.

8 Alte französische Provinz, die heutigen Départements Cher und Indre umfassend.

9 Bei der Zahlenlotterie drei gesetzte Nummern, die nur gewinnen, wenn sie alle drei gezogen werden.

10 Als die Restauration die im Kloster der Petits-Augustins angehäuften religiösen Kunstwerke zurückerstattete, wurde beschlossen, die Ecole des Beaux-Arts in jenes Kloster zu verlegen. Der mit dem Umbau beauftragte Architekt Debret ließ 1820 die Gebäude abbrechen, bis auf die Kapelle, die erhalten blieb, und errichtete an ihrer Stelle das heutige Gebäude, das 1832 von Duban weitergeführt und erst 1861 am Quai Malaquais vollendet wurde.

11 François-Honoré-Georges, genannt Jacob, Desmalters (1770–1841), Schöpfer des Empire-Möbelstils.

12 Lateinisch: Gerechter und standhafter Mann, Anfang einer Ode (III, 3) des Horaz.

13 Horace Vernet (1789–1863), einer berühmten Malerfamilie entstammend, vor allem Schlachtenmaler, von Diderot bewundert, heute weniger geschätzt.

14 Antoine-Denis Chaudet (1763–1810), Bildhauer, Schüler Staufs, schuf u. a. die Statue Napoleons als römischer Kaiser, die bis 1814 die Vendôme-Säule krönte. Sie wurde damals entfernt, und ihre Bronze diente zum Guß des Denkmals Heinrichs IV. auf dem Pont-Neuf, dessen Original in der Revolution zerstört worden war. Während der Restauration erhob sich auf der Säule eine kolossale Lilie. 1833 ließ Louis-Philippe sie durch eine Statue des Kaisers in Überrock und dreieckigem Hut ersetzen; sie befindet sich jetzt im Hôtel des Invalides. 1863 ließ Napoleon III. an ihre Stelle eine Kopie von Chaudets Werk stellen.

15 Siehe Anmerkung 14.

16 Titel des Sohns Napoleons und der Marie-Louise.

17 Jean-Baptiste Regnault (1754–1829), Historienmaler.

18 Antoine-Jean Baron Gros (1771–1835), berühmter Schlachtenmaler; bei ihm verkehrte der junge Balzac.

19 Tag der Rückkehr Napoleons von Elba.

20 Louis-Nicolas Davout (1770–1823), Herzog von Auerstädt, Fürst von Eckmühl, Marschall von Frankreich, einer der fähigsten Generale Napoleons.

21 Jenes Café war 1805 von einem ehemaligen Kellner des Cafés de la Rotonde im Palais-Royal, Galerie de Chartres, gegründet worden. 1814 war es seiner Schokolade wegen berühmt. Vormittags verkehrten dort nur Künstler und Gelehrte, abends nur Offiziere »der alten Armee«. Es kam oft zu Streitigkeiten zwischen bonapartistischen und royalistischen Offizieren.

22 Jene Feierlichkeit fand auf dem Marsfeld am 1. Juni 1815 statt; es wurde dabei das Ergebnis der Volksabstimmung über Napoleons Zusatzakte zur Verfassung des Kaiserreichs bekanntgegeben. Napoleon erschien in kaiserlicher Gewandung. Napoleon leistete nach einer Feldmesse und einem Tedeum den Eid auf die Verfassung, hielt eine Rede, verteilte Adler an die an die Nordgrenze rückende Armee und nahm abschließend eine Parade ab.

23 Das »Champ-d'Asile« (»Zufluchtslager«) war eine am Golf von Mexiko von französischen Flüchtlingen, Liberalen und vor allem

Bonapartisten, gegründete Kolonie. Aber das zuerteilte Gebiet wurde von Spanien zurückverlangt, und die französischen Siedler erhielten von den Vereinigten Staaten ein Gelände in Alabama, das sie den »Staat Marengo« mit der Hauptstadt Aigleville nannten. Da das Unternehmen nicht gedieh, kehrten die meisten der Exilierten unter dem liberalen Ministerium Decazes nach Frankreich zurück. – Henri-Dominique, Baron Lallemand (1777–1823), General des Kaiserreichs, in contumaciam zum Tode verurteilt, ist nie im Champ-d'Asile gewesen; er blieb in Philadelphia und heiratete die Tochter eines reichen französischen Kaufherrn.

24 François Baron Gérard (1770–1837), Schlachtenmaler von Rang.

25 Die Gonins sind eine Familie von Taschenspielern und Zauberkünstlern des 16. Jahrhunderts; der erste erschien damals am Hof Franz' I.

26 Der Staat Texas, Teil der Republik Mexiko, trennte sich 1835/36 von dieser, blieb bis 1845 unabhängig und wurde dann den Vereinigten Staaten einverleibt.

27 »Wacht über das Heil des Reiches!« Lied der Bonapartisten.

28 Jenes Theater wurde 1759 am Boulevard von dem berühmten Jean-Baptiste Nicolet (1710–1796) gegründet, nahm aber erst 1792 den Namen »de la Gaieté« an. Nach Nicolets Tod wurden indessen nicht heitere Stücke, sondern Dramen und Märchenstücke gespielt. 1808 erwies das Theater sich als zu klein und wurde neu gebaut, 1835 nach einem Brand abermals, wobei in stärkerem Maß Eisenkonstruktionen angewandt wurden. 1862, beim Durchbruch des Boulevard du Prince-Eugène, wurde das Theater niedergerissen und erstand neu am Boulevard de Sébastopol.

29 Die Vestris sind eine Tänzerfamilie Florentiner Ursprungs; die über ein Jahrhundert auf der Bühne der französischen Oper geglänzt hat. Auguste Vestris, auf den Balzac anspielt, genannt »der Gott des Tanzes«, übte seinen Beruf noch im 66. Lebensjahr aus.

30 Gegründet 1821 am Boulevard du Temple für Dramen und Vaudevilles, mußte bereits 1823 seine Pforten schließen und wurde gleich danach abgebrochen.

31 Dieser Gedanke wurde zumal durch ein Vaudeville von Brazier, Dumersan und Francis populär, das 1821 in Les Variétés gespielt wurde, durch ein im »Cirque« aufgeführtes Mimodrama und durch ein Bild von Horace Vernet, das in unzähligen Kupferstichen verbreitet wurde.

32 Der General Maximilien-Sébastien Foy (1775–1825) hatte wäh-

rend der Republik unter Masséna und Moreau gekämpft, während des Kaiserreichs an den Feldzügen in Spanien und Portugal teilgenommen, und schließlich an der Schlacht bei Waterloo. Während der Schreckensherrschaft war er als Girondist gefangengesetzt worden; in der Armee hatte er 1801 gegen den Ersten Konsul opponiert. Mit der Restauration schied er aus dem Heeresdienst aus und ließ sich 1819 als Abgeordneter des Départements Aisne wählen. Er war der geborene Parlamentarier und ein glänzender Redner der liberalen Opposition, der hartnäckigste Gegner der Minister Ludwigs XVIII. Seine Redekunst machte ihn volkstümlich. Die liberale Presse bezeichnete seinen Tod als ein nationales Unglück. Eine sogleich für seine Kinder veranstaltete öffentliche Sammlung ergab schnell mehr als eine Million.

33 Jacques-Antoine Manuel (1775–1827), während der Revolution Offizier, dann Anwalt in Aix; war während der Hundert Tage Abgeordneter von Barcelonnette. 1818 schickte ihn die Vendée abermals in die Kammer; er gehörte als Republikaner der radikalsten Gruppe der Liberalen an. Unter dem Ministerium Villèle bekämpfte er ungestüm den Plan einer Expedition nach Spanien und wurde am 3. März 1823 aus der Kammer ausgestoßen. Fortan hielt er sich dem politischen Leben fern.

34 Jacques Laffitte (1767–1844), Sohn eines Zimmermanns, trat als Lehrling bei dem Bankier Perregaux ein, der ihn 1800 zu seinem Teilhaber machte. 1814 war er Leiter der Bank von Frankreich; 1816 wurde er zum Abgeordneten gewählt und gehörte stets der Linken an. Er stimmte gegen alle Ministerien der Restauration und war der eifrigste Gegner der »Juli-Ordonnanzen«. Bei ihm versammelten sich die Häupter der orleanistischen Bewegung; er bot dem Herzog Louis-Philippe von Orléans am 29. Juli zunächst die Regentschaft, dann den Thron an. Er wurde in das erste Ministerium des Bürgerkönigs berufen und übernahm am 3. November dessen Präsidium. Aber da er den »Fortschrittlern« angehörte, erregte er das Mißfallen des Königs und mußte am 13. März 1831 zurücktreten. Er widmete sich fortan ohne völliges Gelingen der Reorganisation seines Bankhauses und seines Vermögens; denn beides war zum guten Teil durch die Revolution ruiniert worden, zu deren Vorkämpfern er gehört hatte.

35 Alte Kupfermünze im Wert von 1/4 Sou.

36 Der Herzog von Berry, der zweite Sohn Karls X. und Thronfolger, war am Sonntag, den 13. Februar 1820, abends gegen elf Uhr beim Verlassen der Oper durch den Sattler Louvel erstochen

worden. Dies Verbrechen stärkte die Reaktion, das Ministerium Decazes mußte zurücktreten, da es nach der Meinung der Rechten durch seine liberale Haltung den Mord hatte begünstigen helfen.

37 Nicht Decazes, der ja zurückgetreten war, sondern sein Nachfolger, der Herzog Armand-Emmanuel de Richelieu (1766–1822), der die Pressefreiheit arg einschränkte und die Zensur wieder einführte.

38 Léon Gozlan (1803–1866), Romancier und Dramatiker, vor allem aber Kritiker, mit Balzac befreundet, über den er die aufschlußreichen, amüsanten Bücher ›Balzac en Pantoufles‹ und ›Balzac aux Jardies‹ schrieb. Ihm wurde die ›Zweite Frauenstudie‹ gewidmet.

39 Dieses Theater wurde 1781 gegründet, 1807 geschlossen, 1814 wieder eröffnet; es wurden dort Schauspiele und Märchenstücke gegeben. Zur Zeit der Romantik wurde es die Bühne der neuen Schule: es wurden dort u. a. ›La Tour de Nesles‹, ›Lucrèce Borge‹, ›Marie Tudor‹ und Balzacs ›Vautrin‹ gespielt. 1871 brannte das Theater nieder; es wurde 1873 neu errichtet.

40 Tänzerin, die sogar noch im hohen Alter Erfolge auf Boulevardbühnen hatte.

41 Als der Herzog von Berry (siehe Anmerkung 36) sterbend im Foyer der Oper lag, die sich damals an der Place Louvois befand, weigerte sich der rasch herbeigerufene Erzbischof von Paris, der die Sterbesakramente spenden sollte, jene allzu profane Stätte zu betreten; er machte zur Bedingung, das Theater müsse abgerissen werden. Das geschah auch, und die Oper spielte bis 1873 provisorisch in der Rue La Peletier, bis zur Einweihung der heutigen Großen Oper, des Werks des Architekten Charles Garnier.

42 J.-L.-A.-Théodore Géricault (1791–1824), Maler, Vorläufer der Romantik. Hauptwerk: »Das Floß der Medusa«, im Louvre.

43 Held einer Komödie von Benjamin Antier und Frédérick Lemaître, Uraufführung in den Folies Dramatiques 1834. Daraus wurde die in Deutschland um die Jahrhundertwende beliebte Gaunerposse ›Robert und Bertram‹.

44 Nach der medisch-persischen Sage letzter König von Assyrien aus dem Geschlecht des Ninus; soll sich 606 v. Chr., von Mediern und Babyloniern angegriffen, in seiner Hauptstadt Ninive mit seinen Frauen, Dienern und Schätzen verbrannt haben. Drama von Byron (1821); Delacroix malte 1828 »Der Tod des Sardanapal«.

45 Pierre du Terrail, Seigneur de Bayard (um 1473–1524), ruhmreicher Heerführer, genannt »der Ritter ohne Furcht und Tadel«.

46 Wohltätigkeitsunternehmen durch Arbeitsbeschaffung.

47 Spöttische Bezeichnung der bourbonischen Lilien.

48 Anspielung auf den napoleonischen Adler.

49 Von Balzac häufig erwähntes Luxusrestaurant in der Rue Montorgueil 65; es wurde von Borrel geleitet.

50 Das Théâtre des Italiens; es stand an der Stelle der heutigen Filiale der Bank von Frankreich.

51 Siehe Anmerkung 49.

52 Jean-Frédéric-Auguste Ponchard (1789–1866) debütierte 1812 an der Opéra-Comique als Tenor. Seine Darstellung der Rolle des Georges Brown in Boieldieus Oper ›Die weiße Dame‹ setzte ihn endgültig durch. 1837 nahm er von der Bühne Abschied und wirkte als Gesangslehrer.

53 Dieser Zirkus wurde unter dem Kaiserreich von Sohn und Tochter des berühmten Stallmeisters und Kunstreiters Adolfo Franconi gegründet. Laurent und Minette Franconi arbeiteten als die ersten auf ungesattelten Pferden und bereicherten das Programm durch mimische Darstellungen wie »Die Post« und »Fra Diavolo«, die viele Nachahmungen fanden. Bald kamen weitere Pantomimen und dialogisierte »Mimodramen« hinzu; es wurden »kluge Tiere« vorgeführt, der Affe »Jocko«, und schließlich große »militärische« Vorführungen geboten. Während der Restauration lag der Cirque-Olympique am Boulevard du Temple. Unter Louis-Philippe kam er ein wenig aus der Mode, und Adam richtete in dem Haus das dritte Pariser Operntheater ein. 1840 wurde der Cirque-Olympique an den Champs-Elysées unter der Leitung von Dejean neu eröffnet.

54 So hieß, der Tradition entsprechend, noch unter der Restauration das Hôpital du Midi, das am Faubourg Saint-Jacques an der Ecke der Rue des Capucins gelegen war – sie ist heute mit dem Boulevard de Port-Royal verschmolzen. Seit 1792 wurden dort Geschlechtskranke behandelt. Das Hôpital du Midi führt heute den Namen Hôpital Ricord.

55 Antoine Dubois (1756–1837) hatte an dem ägyptischen Feldzug als Militärarzt teilgenommen und sich alsdann der Geburtshilfe gewidmet, deren wissenschaftliche Prinzipien er als erster festlegte. Er entband die Kaiserin Marie-Louise. Seine Laufbahn beendete er als Dekan der medizinischen Fakultät.

56 Siehe Anmerkung 54.

57 Heute der Teil des Quai du Louvre zwischen dem Pont-Neuf und der Rue du Louvre.

58 Im ehemaligen Kloster Sainte-Périne an der Rue de Chaillot untergebrachtes, unter dem Patronat des Kaisers 1806 gegründetes Wohlfahrtsunternehmen, in dem alte Männer und Frauen Unterkunft fanden, die infolge der politischen Umschwünge in Not geraten waren. Später wurde es der Verwaltung der Pariser Altersheime unterstellt und nach Auteuil verlegt.

59 Jacques Callot (1592–1635), hauptsächlich als Radierer tätig.

60 William Hogarth (1697–1764), Maler und Kupferstecher, berühmter Sittenschilderer.

61 Bartolomé-Esteban Murillo (1617–1682), Maler realistischer Bilder aus dem Volksleben, aber auch mystisch-religiöser Bilder.

62 Nicolas Charlet (1792–1845), Zeichner und Lithograph, Schöpfer von Typen alter, rauhbeiniger Gardisten.

63 Denis-Auguste-Marie Raffet (1804–1860), Maler und Zeichner, als Lithograph Schilderer der Soldatentypen der Revolution und des Kaiserreichs.

64 Sulpice-Guillaume Chevalier, genannt Gavarni (1804–1866), Zeichner und Lithograph, regelmäßiger Mitarbeiter des ›Artiste‹ und des ›Charivari‹, für die er Illustrationen und geistvoll-bissige Darstellungen der Gesellschaft der Zeit Louis-Philippes schuf.

65 Ernest Meissonier (1815–1891), Genremaler von minutiöser Technik.

66 Siehe Anmerkung 8.

67 Römischer Kaiser (276–282), vortrefflicher Herrscher, wurde von seinen Soldaten ermordet, die die ihnen von ihm auferlegte harte Disziplin nicht länger dulden wollten. Er ließ in Gallien die Reben wieder anpflanzen, die auf Befehl Domitians hatten ausgerissen werden müssen.

68 Mönch in Saint-Denis, schrieb um 1207 eine ›Geschichte Philipps I.‹.

69 Armand Pérémé (nicht Pèremet, wie Balzac schreibt), Advokat, Literat und Lokalarchäologe, mit Balzac befreundet.

70 Jean Chaumeau, französischer Archäologe des 16. Jahrhunderts, Advokat, Verfasser einer ›Geschichte des Berry‹ (1566).

71 König von England (1157–1199), nahm ruhmreich am 3. Kreuzzug teil und wurde auf der Heimfahrt durch Herzog Leopold

von Österreich gefangengesetzt. Held einer Oper von Grétry (1784).

72 König von England (1133–1189), Anstifter der Ermordung Thomas Becketts.

73 Jene Weinbauern nennen sich »Makkabäer« und werden auch in jener Gegend so genannt.

74 Es handelt sich um den Generalleutnant Petit, eine proteische Gestalt; denn obwohl Napoleon ihn 1814 bei dem berühmten »Abschied« umarmte, diente er mit gleichem Eifer und gleichem Glück sämtlichen französischen Regierungen vom Directoire bis zum Zweiten Kaiserreich. – Was nun den Mann betrifft, der dem General die Hippe an den Hals hielt, so war er ein «Makkabäer» namens Jusserand; er wurde später Gastwirt in Issoudun und vertrank sein Vermögen. An die »Tat« seiner jungen Jahre mochte er nicht erinnert werden; erst nach zahlreichen Schnäpsen rückte er damit heraus.

75 Michel Boyron, genannt Baron (1653–1729), Schauspieler, der Molières Truppe angehörte; gleichermaßen talentvoll in komischen wie in tragischen Rollen.

76 Louis Bourdaloue (1632–1704), berühmter Prediger.

77 Vincent Poupart (1729–1796), Pfarrer von Sancerre, Abgeordneter des Klerus in den Generalständen, veröffentlichte seine ›Histoire de Sancerre‹ 1777.

78 Guillaume Le Breton (1150–1226), mittelalterlicher lateinischer Dichter und Chronist, Kaplan des Königs Philippe-Auguste, der ihn mehrmals nach Rom zu Verhandlungen über seine Ehescheidung schickte und ihm die Erziehung seines natürlichen Sohns Charlot anvertraute. Die ›Philippade‹ ist ein lateinisches Gedicht von 9000 Versen.

79 Sohn des Prinzen Karl-Emanuel von Savoyen-Carignan, geboren 1798, folgte 1800 unter Vormundschaft seiner Mutter als Prinz von Carignan seinem Vater in dessen piemontesischen und französischen Besitzungen nach, wurde 1821 beim Aufstand in Piemont von Victor-Emanuel I. von Sardinien bis zur Ankunft des Thronfolgers Karl-Felix zum Regenten ernannt, verließ aber heimlich Turin und verzichtete auf die Regentschaft. 1829 wurde er zum Vizekönig von Sardinien ernannt und folgte 1831 Karl-Felix auf dem Thron. 1848 gab er dem Land eine Verfassung, erklärte, als die Lombardei und Venetien sich erhoben, Österreich den Krieg, wurde bei Custozza geschlagen, 1849 bei Novara

abermals, dankte ab und ging nach Portugal, wo er im Juli 1849 starb.

80 Zweiter Sohn Heinrichs II. und der Katharina von Medici (1550 bis 1574). Er gab das Zeichen zur Bartholomäusnacht.

81 Römischer Stadtteil, berühmt durch die Schönheit seiner Einwohner.

82 Alter Trapper, Held mehrerer Romane Coopers.

83 Nach der Rückkehr von Elba.

84 Nach Waterloo und der zweiten Besetzung von Paris wurden die französischen Truppen an die Loire zurückgenommen und dort am 1. August 1815 aufgelöst.

85 Henri-Jacques-Guillaume Clarke, Herzog von Feltre (1765 bis 1818), seit Anfang 1814 Kriegsminister, geriet beim Vorrücken der Alliierten auf Paris in größte Verlegenheit. Er brachte zunächst die Kaiserin Marie-Louise in Blois in Sicherheit und schloß sich dann Ludwig XVIII. an, den er 1815 nach Gent begleitete. Als Kriegsminister stand er bei der Zweiten Revolution den Prevotalgerichten vor und leitete überdies die Entlassung der auf Halbsold gesetzten bonapartistischen Offiziere. Mitte September 1816 schied er aus dem Ministerium aus.

86 Höhere Bildungsanstalt für Artillerieoffiziere und Ingenieure.

87 Roman von Walter Scott, 1828. Oper von Bizet, 1867.

88 Rot uniformierte königliche Haustruppen.

89 ›La Quotidienne‹, gegründet 1792 zur Bekämpfung der Revolution, mußte sich häufig tarnen und zwischen 1793 und 1815 wiederholt ihr Erscheinen einstellen. Unter der Restauration wurde die Zeitung von Fiévée (dem Autor von ›Susannes Mitgift‹) und Michaud (dem Autor der ›Geschichte der Kreuzzüge‹ und Herausgeber der ›Biographie Michaud‹ geleitet und vertrat ultra-royalistische Auffassungen. Ab 1822 bekämpfte sie Villèle. Ihre geistvollen Artikel fanden viel Beifall. Unter der Juli-Monarchie forderten ihre Mitarbeiter, darunter Fontanes, La Harpe, Nodier und Rabou, die Wiederherstellung der Legitimität durch einen Gewaltakt.

90 ›Die weiße Fahne‹ (der Bourbonen) wurde 1819 gegründet und trug als Devise das bekannte Wort: »Vive le Roi! Quand même!« (»Es lebe der König! Dennoch!«) war also das Organ der Ultras, die noch royalistischer als der König waren. Unter dem Ministerium Polignac, das sie schützte, erschien sie eine Zeitlang unter

dem Titel ›Démocrite‹; am 26. Juli 1830 stellte sie ihr Erscheinen ein.

91 Am 1. Mai 1819 erlaubte das neue Pressegesetz dem ›Constitutionnel‹, seinen alten Titel aufs neue zu führen.

92 François Amoros (1796–1848), ein Schüler Pestalozzis, war unter König Joseph Oberst und Minister in Spanien. Er ließ sich 1814 in Frankreich naturalisieren und organisierte unter der Restauration die zivile und militärische gymnastische Ausbildung.

93 Gestalt in Rabelais' ›Pantagruel‹.

94 Jean-Baptiste Carrier (1756–1794), Konventsmitglied, verübte während der Revolution furchtbare Grausamkeiten in Nantes, vor allem durch »Noyaden«, Massenertränkungen in der Loire. Er wurde enthauptet.

95 Stadtgegend im mittelalterlichen Paris, wo sich Gauner, Taschendiebe und Gaukler zusammenfanden. Vgl. das erste Kapitel von Victor Hugos Roman ›Notre-Dame de Paris‹.

96 Eugène Delacroix (1798–1863), der große Maler der Romantik. Hauptwerke: ›Die Dante-Barke‹; ›Das Gemetzel von Chios‹; ›Die Freiheit auf den Barrikaden‹; ›Die Frauen von Algier‹; ›Die Eroberung von Konstantinopel‹.

97 Sklavin Solimans II., Mutter Selims II. (1505–1561).

98 Gestalt aus dem Roman ›Gil-Blas‹ von Lesage.

99 Siehe Seite 561.

100 Ägyptischer Obelisk aus dem 13. Jahrhundert v. Chr., auf der Place de la Concorde in Paris, 1836 aufgerichtet.

101 1800.

102 Gestalt aus Molières ›Le Médecin malgré lui‹.

103 Typus des durchtriebenen Dieners in der Komödie des 17. und 18. Jahrhunderts.

104 Gestalt aus Molières ›Les Fourberies de Scapin‹.

105 Hochon-Cochon (Schwein).

106 Unübersetzbares Wortspiel mit dem Namen »Bridau« und dem Verbum »brider« = fesseln.

107 Die Textstelle heißt: »On s'est vu trois épouser des bergères!« »Trois«, drei, steht hier anstelle von »rois«, Könige, im Sprichwort; es wird auf diese Weise darauf angespielt, daß Flore mit dem alten Doktor Rouget, dessen Sohn und Max in Beziehungen gestanden hat.

108 Francesco Albani (1578–1660), Carracci-Schüler.

109 Domenico Zampieri, genannt Domenichino (1581–1641).

110 Giovanni Bellini (um 1430–1510), jüngerer Bruder des Gentile Bellini.

111 Leonardo da Vinci (1452–1519).

112 Tiziano Vecelli (um 1487–1576).

113 Paolo Caliari, genannt Veronese (1528–1588).

114 Bernardo Strozzi (1581–1644), Caravaggio-Schüler, wurde früher »der genuesische Priester« genannt.

115 Peter-Paul Rubens (1577–1640).

116 Pietro Vanucci, genannt Perugino (1446–1524), Lehrer des Raffael.

117 Antonio Allegri da Correggio (1489–1534).

118 Andrea del Sarto (1486–1531). Held eines Dramas von Alfred de Musset.

119 André-Charles Boulle oder Boule (1642–1732), Architekt, Maler, Bildhauer und zumal Kunstschreiner: er fertigte seine Möbel aus Ebenholz, inkrustierte sie mit Schildpatt, Messing und Zinn und versah sie mit ziselierten Bronzebeschlägen.

120 Mademoiselle Romans (ohne das ihr von Balzac zuerteilte »de«) war eins der »Schmaltiere« in dem Haus im Hirschpark, in dem Ludwig XV. sich mit seinen jungen Geliebten traf, die er dann später gut verheiratete.

121 So wurde die Esplanade bezeichnet, die sich am Tuilerien-Schloß vor der halbkreisförmigen Stützmauer im Süden der Terrasse des Feuillants hinzog.

122 Sophie Dawes alias Clarke, mittelmäßige Schauspielerin am Londoner Covent-Garden-Theater, hatte bereits zahlreiche Abenteuer hinter sich, als der Herzog von Bourbon-Condé, der Vater des erschossenen Herzogs von Enghien, auf sie aufmerksam wurde. Er verheiratete sie mit seinem Adjutanten, dem Baron Feuchères, behielt sie aber als Geliebte bei. Sie ließ sich von ihm Saint-Leu, Boissy und Enghien schenken und bestimmte ihn, den Rest seines Vermögens dem jungen Herzog von Aumale, dem Sohn des Herzogs Louis-Philippe von Orléans, testamentarisch zuzusagen. Als 1830 Louis-Philippe den Thron bestiegen hatte, wollte der Herzog von Bourbon-Condé Karl X. ins Exil folgen; aber vor der Abreise wurde er am Riegel seines Fensters erhängt aufgefunden. Die Feuchères geriet in Verdacht, diesen »Selbstmord« in Szene gesetzt zu haben, konnte sich indessen rechtfertigen und wurde

in den Tuilerien empfangen. Danach ging sie zurück nach England, wo sie starb.

123 Marie-Antoine Carême (1784–1833) war nacheinander Küchenchef Talleyrands, des Regenten von England, des Königs von Württemberg, der Kaiser von Rußland und Österreich.

124 Rossini hatte nach dem triumphalen Erfolg seiner Oper ›Guillaume Tell‹ für lange Jahre auf das Komponieren verzichtet, und, ein schwerreicher Mann, sich zu einem der besten Köche und raffiniertesten Feinschmecker seiner Zeit entwickelt. Ihm ist u. a. die Erfindung des Tournedos à la Rossini zu danken.

125 Die Brüder Guillaume-François (1703–1770) und Hilaire-Marin (1718–1779) Rouelle waren nacheinander Chemie-Lehrer am Jardin du Roi und arbeiteten gemeinsam an der Herstellung reinen Salpeters, und zwar im Auftrag des Kriegsministeriums.

126 Thomas Otway (1652–1685), jung im Unglück zugrunde gegangener englischer Dramatiker. Sein Hauptwerk ›Venice preserved‹, das Balzac besonders hoch schätzte, wurde von Hofmannsthal nachgedichtet.

127 Landschaft im Calvados, Basse-Normandie.

128 Mlle Georges (1787–1867), berühmte Tragödin der Comédie-Française. Gerüchte behaupten, sie sei die Geliebte Napoleons I. gewesen.

129 Zwei weibliche Gestalten in Byrons ›Korsar‹.

130 Altes Universalheilmittel.

131 Die Haushälterin, die in der Komödie ›Le Vieux Célibataire‹ von Colin d'Harleville (Erstaufführung im Théâtre de la Nation am 24. Februar 1792) ihren Herrn heiraten möchte.

132 Die Revolution in Spanien begann am 5. Januar 1820 durch die Revolte Riegos und breitete sich bald über ganz Spanien aus. Ferdinand VII. mußte dem Zusammentritt der Cortes, der Ständeversammlung, zustimmen, die ihm 1821 eine liberale Verfassung aufnötigte. Diese neue Régime dauerte drei Jahre und wurde 1823, nach dem Beschluß des Laibacher Kongresses, durch den Einmarsch einer französischen Armee unter dem Befehl des Herzogs von Angoulême beseitigt, der Ferdinand VII. wieder als Rey nato einsetzte.

133 Die verhaßte »Taille« war unter dem Ancien Régime eine die Person und den Grundbesitz betreffende Steuer, die bei Bürgerlichen auf deren Grundbesitz und Einkünften lastete.

134 Der General Jean-Baptiste Berton (1769–1822) hatte sich in den Kriegen des Kaiserreichs ausgezeichnet und war durch die Restauration auf Halbsold gesetzt worden. Er schloß sich den Karbonari an. Im Wissen, daß sich in den Westprovinzen eine große Volkserhebung vorbereite, an der auch das Militär beteiligt war, ging er Ende 1821 nach Saumur, um die Leitung zu übernehmen. Nach mancherlei Verzögerungen und Gegenbefehlen brach die Bewegung am 24. Februar 1822 nicht in Saumur, sondern in Thouars aus. Man hatte mit der gleichzeitigen Erhebung von acht Départements gerechnet; aber im letzten Augenblick lief alles auseinander, und Berton mußte mit nur 130 Mann auf Saumur marschieren, das ihn nicht einließ. Alles war fehlgeschlagen. Zwei Monate lang hielt Berton sich in La Rochelle verborgen; dann wagte er einen abermaligen Handstreich gegen Saumur, der ebenfalls scheiterte. Am 17. Juni wurde er in einen Hinterhalt gelockt und verhaftet. Das Schwurgericht zu Poitiers verurteilte ihn zum Tode; am 5. Oktober 1822 wurde er hingerichtet.

135 Hauptgestalt von Molières ›L'Avare‹.

136 Charles-François de Riffardeau, Marquis, später Herzog von Rivière (1763–1828), nahm unter dem Kaiserreich an Cadoudels Verschwörung teil und versuchte nach der Rückkehr Napoleons von Elba, den Süden gegen ihn aufzuwiegeln. 1816 wurde er zum Botschafter in Konstantinopel ernannt, aber 1820 abberufen, weil die französischen Kaufleute ihm vorwarfen, er nehme ihre Interessen nicht genügend wahr.

137 Siehe Anmerkung 25.

138 Abraham-Louis Bréguet (1747–1823), Schweizer Uhrmacher französischer Abkunft.

139 Jean-Baptiste Nicolet (1710–1796) war zunächst Direktor eines kleinen Marionetten- und Seiltänzer-Theaters, dessen Darbietungen er immerfort verbesserte. 1764 erhielt er die Erlaubnis, am Boulevard ein kleines Theater einzurichten, wo Harlekinaden und schlüpfrige Stücke gespielt wurden; es hatte großen Erfolg und nahm 1792 den Namen »de la Gaieté« an, den es seither beibehalten hat.

140 Siehe Anmerkung 108.

141 Siehe Anmerkung 116.

142 ›Les Aventures de Télémaque‹, berühmter Erziehungsroman, den Fénélon 1699 für seinen Zögling, den Herzog von Bourbon, schrieb.

143 Siehe Anmerkung 102.

144 Siehe Anmerkung 103.

145 René-Gatien, Graf Bertrand (1773–1844), folgte Napoleon nach Elba und St. Helena und geleitete von dort 1840 des Kaisers Überreste nach Frankreich.

146 Nicolas Poussin (1594–1666), Meister der klassischen französischen Malerei. – Der Name Poussin bedeutet »Küken«.

147 Siehe Balzac, ›Ein Lebensbeginn‹, wo Joseph Bridau dies ganze Abenteuer ausführlich erzählt.

148 Diese kleine Straße, die von der Rue des Bourdonnais nach der Rue de la Monnaie führte, ist beim Durchbruch der Rue de Rivoli verschwunden.

149 ›Trente Ans ou la Vie d'un Joueur‹, eins der berühmtesten, dramatischsten und unsinnigsten Melodramen der Restauration, ein Werk von Ducange und Dinaux, Uraufführung an der Porte-Saint-Martin am 19. Juni 1827, erzählt vom Elend und den Verbrechen eines Spielers, den das Schicksal in blinder Gerechtigkeit dahin bringt, den eigenen Sohn zu töten, um ihn zu bestehlen. Die Rolle des Spielers, Georges de Germany, war einer der größten Erfolge Frédérick Lemaîtres.

150 Jean-François-Louis Bories (1795–1822), Feldwebel im 45. Linienregiment, das 1821 in Paris in Garnison lag, hatte in seinem Regiment eine Venta (Loge) der Karbonari organisiert, der sich seine Kameraden Goubin, Pommier und Goupillon angeschlossen hatten. Als im Januar 1822 das Regiment von Paris nach La Rochelle verlegt wurde, erhielt Bories Nachricht, er werde dort Befehle der Ober-Venta erhalten. Aber auf einen Verdacht hin wurde er gleich nach der Ankunft in La Rochelle verhaftet. Es war zu der Zeit, da Bertons Verschwörung (siehe Anmerkung 134) in Thouars ausbrach und in Saumur scheiterte. Unvorsichtige Äußerungen und Indiskretionen führten zur Verhaftung von Bories' Komplizen, ehe sie sich mit Berton, der sich in La Rochelle verborgen hielt, ins Einvernehmen setzen konnten. Sie gestanden schließlich, und Goupillon deckte die Fäden der Verschwörung auf. Vor dem Seine-Tribunal wurde Goupillon als Denunziant freigesprochen, aber Goubin, Pommier und Bories zum Tode verurteilt und, trotz aller Bemühungen ihrer Karbonari-Freunde für ihre Befreiung, am 21. September 1822 hingerichtet.

151 Auguste-Joseph Caron (1774–1822), Oberst des Kaiserreichs, war 1820 in ein bonapartistisches Komplott verwickelt, aber von der

Pairskammer freigesprochen worden. Als er wieder in Colmar war, knüpfte er mit den Unteroffizieren der Garnison geheime Einverständnisse an, mit dem Ziel, die Gefangenen jener Verschwörung aus der Festung Belfort zu befreien. Er wurde denunziert, verhaftet, durch ein Kriegsgericht überführt und in Straßburg erschossen.

152 Cour des Aides: unter dem Ancien Régime Behörden mit Gerichtsgewalt, die in letzter Instanz alle Zivil- und Kriminalprozesse entschieden, bei denen es sich um gewisse, »Aides« genannte Steuern handelte.

153 Fugit ad salices (lateinisch: Er flieht zu den Weiden).

154 Bene sit (lateinisch: Es sei gut).

155 Englischer General (1769–1844), der als Gouverneur von St. Helena Napoleon mit kleinlichen Schikanen quälte.

156 Beinstoßen, eine Art Boxkampf mit den Füßen.

157 Cesare Borgia, Sohn des Papstes Alexanders VI. und Bruder der Lukrezia Borgia, Herzog von Valentinois, geschickter, aber skrupelloser Politiker, besudelte sich mit zahlreichen Verbrechen und starb 1507. Machiavelli nahm ihn in seinem Werk ›Il Principe‹ (›Der Fürst‹) als Musterbild.

158 Shakespeare, ›Richard III.‹, I, 2.

159 Ludwig XII. heiratete 1514 Maria von England, deren Jugend und Liebesglut ihren sechzigjährigen Mann bald ins Grab brachten.

160 Den Sohn Napoleons und der Marie-Louise, zu dessen Gunsten der Kaiser 1815 abgedankt hatte, der in Wien unter dem Namen Herzog von Reichstadt lebte und 1832 in Schönbrunn starb.

161 Jean Graf Rapp (1772–1821) zeichnete sich in der Armee des Kaisers durch glänzende Waffentaten aus, deren Krönung seine Verteidigung von Danzig (1813) ist. 1814 stellte ihn Ludwig XVIII., dem er sich angeschlossen hatte, an die Spitze eines Armeekorps gegen den von Elba zurückgekehrten Kaiser; zu dem Rapp auf das Drängen seiner Truppen und vom wieder aufsteigenden Stern Napoleons geblendet überging. Nach der Katastrophe von Waterloo zog er sich in die Schweiz zurück; 1819 erschien er wieder bei Hofe, wurde zum Pair von Frankreich ernannt und erhielt sein Kommando wieder. Denkmal in seiner Vaterstadt Colmar von Bartholdy, dem Schöpfer der »Freiheitsstatue« in New York.

162 Laurent Gouvion-Saint-Cyr (1764–1830) hatte dem Kaiser als Offizier und Diplomat gedient, schloß sich Ludwig XVIII. an

und wurde nach Waterloo dessen erster Kriegsminister bis November 1815. Nachdem er 1817 von neuem Minister geworden war, führte er die Neugestaltung der französischen Armee durch, führte die Aushebung wieder ein und setzte die Bestimmungen für die Beförderung der Offiziere fest. Diese Reformen führten zum Widerstand der Ultras, denen Gouvion Ende 1819 weichen mußte. – Schon 1814 hatte er dem Grafen von Artois, dem späteren Karl X., den Rat gegeben, sich mit den Offizieren des Kaiserreichs auszusöhnen, was zu des Fürsten berühmter Äußerung beim Betreten der Tuilerien gegenüber den ihn begrüßenden napoleonischen Marschällen führte: ›Es ist köstlich, sich im Palais seiner Väter auszuruhen ... und auf Ihren Lorbeeren, meine Herren!‹

163 Der Herzog von Angoulême, der älteste Sohn Karls X.

164 Tochter Ludwigs XVI.

165 Dieser Orden wurde 1693 von Ludwig XIV. ausschließlich für katholische Offiziere gegründet. Die Revolution schaffte ihn ab, Napoleon stiftete an seinerstatt die Ehrenlegion; die Restauration stellte ihn am 18. September 1814 wieder her; die Juli-Monarchie schaffte ihn 1831 endgültig ab. Die alten Ritter behielten indessen das Recht, das Kreuz zu tragen, und zwar am roten Band.

166 Frédérick Lemaître (1800–1876), der große Schauspieler der Romantik, mit Balzac befreundet und häufig von ihm erwähnt.

167 Siehe Anmerkung 18.

168 Siehe Anmerkung 24.

169 Dieses Ministerium verwaltete nicht nur die Hofhaltung im eigentlichen Sinn, sondern zugleich die königlichen Schlösser und Krongüter, mithin die Staatsdomänen. An seiner Spitze stand 1820–1824 Graf de Lauriston, 1824–1827 der Herzog von Doudeauville. 1827 wurde das Ministerium in eine einfache Intendantur umgewandelt.

170 Caroline von Neapel, Herzogin von Berry (1798–1870), die die Eleganz, den Geist und Geschmack der Restaurationszeit verkörperte, hatte bis zur Ermordung ihres Mannes 1820 im Elysée üppige Feste gegeben; bis 1830 fuhr sie damit auf ihrem Witwensitz Rosny fort.

171 François-Bernard, Marquis de Chauvelin (1766–1832) bekleidete zwar 1789 ein hohes Hofamt, schloß sich aber der Revolution an, der er als Gesandter diente. Er wurde Tribun, unter dem Kaiser-

reich Präfekt, unter der Restauration mehrmals kampffreudiger liberaler Abgeordneter.

172 Wahrscheinlich eine Gestalt aus einem Roman von L. A. Moerys.

173 Teil der heutigen Rue Taitbout zwischen der Rue de Provence und der Rue de la Victoire.

174 Nicolas-Toussaint Charlet (1792–1845) lernte im Atelier Gros' Zeichnen; aber obwohl ihm Géricault freundschaftlich half, gelang es ihm nie, sich die Technik der Malerei vollkommen anzueignen. Daher widmete er sich der Lithographie, deren Meister er alsbald wurde; er verdiente damit zwar Geld, aber seine Arbeiten wurden zunächst nicht als künstlerische Leistungen anerkannt, da ihr Stil dem durch die David-Schule herrschenden klassisch-akademischen Geschmack nicht entsprach. Ihr Wert wurde erst später erkannt. Zu seinen Lebzeiten galt er als volkstümlicher Gestalter patriotischer und bonapartistischer Bilderfolgen, die beliebt waren wie die Lieder Bérangers.

175 Victor Hugo.

176 Von Voltaire geschaffene Gestalt eines Höflings und Kupplers.

177 Siehe Anmerkung 55.

178 Die berüchtigten, von Karl X. auf den Rat des Ministers Fürsten Polignac hin erlassenen Ordonnanzen, durch die die Pressefreiheit abgeschafft, die Kammer aufgelöst und die Zahl der Abgeordneten auf 258 beschränkt wurde. Jene Verfügungen lösten die Juli-Revolution aus, die Karl X. den Thron kostete.

179 Karl X. war am Abend des 26. Juli von Rambouillet aus nach Saint-Cloud zurückgekehrt, wo er bis zum 30. blieb, um dann auf die dringlichen Vorhaltungen der Herzogin von Berry hin wieder nach Rambouillet zu gehen.

180 Siehe Balzacs Novelle ›Ein Lebensbeginn‹.

Biographische Notizen über die Romangestalten

Die ›Fischerin im Trüben‹

BIXIOU, Jean-Jacques, Beamter am Schatzamt, wo er 1824 die von Rabourdin vorgeschlagenen Reformen vereitelte (›Die Beamten‹). Er war eng mit Blondet, Lousteau, Nathan und Rubempré befreundet (›Glanz und Elend der Kurtisanen‹); seine Fähigkeit zur Beobachtung und zur Satire machten ihn zum Kenner und Kritiker der Gesellschaft (›Die Muse des Départements‹), der Halbwelt (›Tante Bette‹; ›Béatrix‹; ›Vetter Pons‹) und der Geschäftswelt (›Das Bankhaus Nucingen‹; ›Ein Geschäftsmann‹; ›Gaudissart II.‹). Kurzum: unter Louis-Philippe ist er der beste Cicerone für Provinzler, die sich in Paris nicht auskennen (›Die Komödianten wider ihr Wissen‹).

BRIDAU, Joseph, hatte unter dem Kaiserreich in Gros' Atelier Schinner kennengelernt (›Die Börse‹), war mit ihm in Verbindung geblieben und erhielt durch seine Empfehlung 1822 den Auftrag, in dem dem Grafen de Sérisy gehörenden Schloß Presles große, dekorative Malereien auszuführen. Auf der Hinfahrt legte er sich im Scherz Schinners Namen zu (›Ein Lebensbeginn‹). Bridau war ein verläßlicher, treuer Freund: Während der Restauration verkehrte er eifrig in dem ›Kreis‹ der Rue des Quatre-Vents, wo er Daniel d'Arthez und Lucien de Rubempré begegnete (›Verlorene Illusionen‹, II. Teil); 1832 riet er Pierre Grassou (in der Novelle dieses Titels), die Malerei aufzugeben; 1833 war er Trauzeuge bei der Eheschließung Marie Gastons mit Louise de Chaulieu, der Witwe des Barons Macumer (›Memoiren zweier Jungvermählter‹); 1838 schloß er sich mit Léon de Lora und Stidmann zusammen, um den Bildhauer Steinbock aus dem Schuldgefängnis zu befreien (›Tante Bette‹).

CABIROLLE, Agathe-Florentine, gab 1825 eine große Abendgesellschaft, bei der Oscar Husson beim Spiel das Geld verlor, das sein Chef, der Rechtsanwalt Desroches, ihm anvertraut hatte (›Ein Lebensbeginn‹).

DESROCHES, geboren um 1795, wurde ein höchst ehrenhafter Anwalt, war jedoch ebenso hart gegen sich selber wie gegen andere. Der Anfang seiner Karriere war schwierig (›Ein Lebensbeginn‹). Zu seinen Klienten zählten Mme d'Espard, die gegen ihren Gatten klagte (›Die Entmündigung‹); Charles de Vandenesse, der gegen seinen Bruder Félix prozessierte (›Ein Lebensbeginn‹); Chardin des Lupeaulx (›Die Beamten‹); Lucien de Rubempré (›Glanz und Elend der Kurtisanen‹) und Cérizet (›Ein Geschäftsmann‹; ›Die Kleinbürger‹). Es wurden ihm hauptsächlich zweifelhafte Fälle anvertraut.

FINOT, Andoche, begann 1818 seine publizistische Laufbahn mit der Abfassung des Prospekts für das von César Birotteau (im Roman dieses Titels) erfundene Haaröl. Als Chefredakteur von Zeitungen und Zeitschriften spielte er unter der Juli-Monarchie in der Pariser Bohème eine beachtliche Rolle (›Verlorene Illusionen‹; ›Die

Beamten‹; ›Glanz und Elend der Kurtisanen‹; ›Der berühmte Gaudissart‹, usw.).

FLORENTINE, siehe unter Cabirolle.

GIRODEAU, General, hatte 1825 an der berüchtigten Abendgesellschaft teilgenommen, bei der Oscar Husson das ihm anvertraute Geld verlor (›Ein Lebensbeginn‹).

GODESCHAL, Marie, Tänzerin, half 1825 Oscar Husson, indem sie ihm Geld lieh, damit er seinem Chef das verspielte Geld zurückerstatten konnte. Bis zur Juli-Monarchie hatte sie Erfolge auf der Bühne und in der Liebe (›Glanz und Elend der Kurtisanen‹; ›Vetter Pons‹).

GRASSOU, Pierre, geboren 1795 in Fougères, glaubte sich zum Maler berufen und fuhr, den Ratschlägen Bridaus und Léons de Lora zum Trotz, mit der Malerei fort, obwohl er nur Porträts für die Kleinbürger zustandebrachte. Dennoch wurde er schließlich ins Institut gewählt (›Pierre Grassou‹; ›Tante Bette‹; ›Die Kleinbürger‹; ›Vetter Pons‹).

LORAUX, Abbé, Beichtvater César Birotteaus (im Roman dieses Titels), der 1823 in seinen Armen starb. Er brachte seinen Neffen Maurice de l'Hostal beim Grafen de Bauvan unter und setzte es durch, die Gräfin zu ihrem Mann, den sie verlassen hatte, zurückzuführen; er wurde ihr Beichtvater und 1830 von ihr während seiner letzten Krankheit gepflegt (›Honorine‹).

SOULANGES, Marschall Graf Léon de, geboren 1777, nahm an den Feldzügen des Kaiserreichs teil, vernachlässigte zunächst seine Frau ein wenig (›Ehefrieden‹), kämpfte ruhmreich 1823 in Spanien und war gegen Ende der Restauration der Gutsnachbar seines alten Kameraden, des Generals de Montcornet (›Die Bauern‹).

Die Pariser in der Provinz

1. Der berühmte Gaudissart

2. Die Muse des Départements

Der berühmte Gaudissart

Übertragung von Ernst Sander

Die Novelle ›L'illustre Gaudissart‹, die erste Geschichte der Gruppe ›Die Pariser in der Provinz‹, ist von Balzac im November 1833 niedergeschrieben worden, damit der zweite Band der ›Szenen aus dem Provinzleben‹, der im Dezember 1833, vordatiert auf 1834, erschien, den erforderlichen Umfang erhielt. In einem Brief an Mme Hanska vom 1. Dezember 1833 behauptet Balzac, er habe das immerhin über achtzig Seiten lange kleine Werk in einer einzigen Nacht improvisiert, was wenig wahrscheinlich ist, auch wenn man des Autors unglaubliche Produktionskraft voraussetzt. 1839 erfolgte ein Neudruck; die dritte Ausgabe erschien 1843 im zweiten Band der ›Szenen aus dem Provinzleben‹ der ›Menschlichen Komödie‹, diesmal mit der Widmung an die Herzogin von Castries.

Die Herzogin (1795–1861), Tochter des Herzogs von Maillé und dessen Gemahlin, einer geborenen Fitz-James, hatte 1816 den Marquis de Castries geheiratet; die Ehe war unglücklich. Die junge Marquise war eine der glänzendsten Erscheinungen der Restaurationszeit. 1822 begegnete sie Victor Metternich, dem ältesten Sohn des Staatskanzlers, der Attaché an der österreichischen Botschaft in Paris war. Es entspann sich eine leidenschaftliche, nur allzu offenkundige Liebschaft, die zur Trennung der Ehe der Marquise und zur Geburt eines Sohnes führte, der den Namen Baron von Aldenburg trug. Victor Metternich erlag 1829 der Schwindsucht. Die Marquise erlitt durch einen Sturz vom Pferd einen Wirbelsäulenbruch und war fortan nahezu gelähmt. Da der Faubourg Saint-Germain sie ihrer Liaison wegen mied, umgab sie sich mit Schriftstellern. 1831 lernte sie Balzac kennen, der sogleich für sie entbrannte, sich im August 1832 mit ihr in Aix-les-Bains traf, aber von ihr um den Liebeslohn geprellt wurde; daß die Marquise sich im Hotel als ›Mme de Balzac‹ eintrug, darf nicht unerwähnt bleiben. Balzac hatte seine bitterste Liebesenttäuschung erlitten und floh nach La Bouleaunière zu Mme de Berny. Gewissermaßen um sich zu rächen, schrieb er ›Die Herzogin von Langeais‹ und die ›Beichte‹ im ›Landarzt‹, die, da allzu autobiographisch, erst später dem Roman eingefügt wurde. Zu einem endgültigen Bruch zwischen Balzac und der Marquise, die 1842 nach dem Tode ihres Schwiegervaters den Herzoginnentitel erbte, ist es nie gekommen, auch nicht, als sie sich mit Sainte-Beuve befreundete, den Balzac verabscheute, sowie mit Janin und Musset. Daß Balzac zum Dandy wurde und sich zum Legitimismus bekehrte, ist sicherlich auf den Einfluß der Mme de Castries zurückzuführen.

Ist nicht der Geschäftsreisende, eine im klassischen Altertum unbekannte Persönlichkeit, eine der merkwürdigsten Gestalten unter den vom gegenwärtigen Zeitalter geschaffenen? Ist er nicht innerhalb einer bestimmten Ordnung der Dinge dazu auserkoren, den großen Übergang zu bezeichnen, der für die Beobachter die Zeit der materiellen Nutzungen mit der Zeit der intellektuellen Nutzungen verbindet? Unser Jahrhundert dürfte die Herrschaft der isolierten Kraft, die so überreich an originalen Schöpfungen war, mit der Herrschaft der uniformen, der nivellierenden Kraft verbinden, die die Erzeugnisse gleichmacht, sie in Massen auf den Markt wirft und einem einheitlichen Gedanken gehorcht, dem letzten Ausdruck der Gemeinschaft. Tritt nach den Saturnalien[1] des generalisierten Geistes, nach den letzten Anstrengungen von Kulturen, die die Schätze der Erde auf einem Punkt aufhäufen, nicht stets die Finsternis der Barbarei ein? Ist der Geschäftsreisende für die Ideen nicht, was unsere Postwagen für die Dinge und die Menschen sind? Er führt sie im Wagen mit sich, setzt sie in Bewegung, läßt sie aneinanderstoßen und sich reiben; er entnimmt dem leuchtenden Mittelpunkt seine Ladung an Strahlen und sät sie unter eingeschlafene Bevölkerungen aus. Dieser menschliche Pyraphor[2] ist ein unwissender Gelehrter, ein mystifizierter Mystifikator, ein ungläubiger Priester, der eben deswegen nur desto besser von seinen Mysterien und seinen Dogmen spricht.

Eigenartige Gestalt! Dieser Mann hat alles gesehen, weiß alles, kennt jedermann. Er ist von den Pariser Lastern übersättigt und kann die Biederkeit der Provinz simulieren. Ist er nicht der Ring, der das Dorf mit der Hauptstadt verbindet, obgleich er seinem Wesen nach weder Pariser noch Provinzler ist? Er ist ja doch Reisender! Nichts sieht er gründlich; von Menschen und Stätten erfährt er lediglich die Namen; die Dinge wertet er nach ihrer Oberfläche; er hat seinen besonderen Maßstab, mit dem er alles auf seine Weise bemißt; kurzum: sein Blick gleitet über die Gegenstände hin und durchdringt sie nicht. Er interessiert sich für alles, und nichts interessiert ihn. Da er ein Spötter und Schlagersänger ist, liebt er dem Augenschein nach alle Parteien, ist jedoch für gewöhnlich im tiefsten Herzensgrund Patriot. Als vortrefflicher Mime weiß er abwechselnd das Lächeln der Zuneigung, der Zufriedenheit, der Dienstbeflissenheit aufzusetzen und es fallenzulassen, um wieder zu seinem wahren Charakter, in einen Normalzustand zurückzukehren, in dem er sich ausruht. Er muß die Augen offenhalten oder aber auf seinen Beruf verzichten. Ist er nicht unaufhörlich gezwungen, die Menschen mit einem einzigen Blick zu sondieren, ihre Handlungen, ihre Gepflogenheiten und vor allem ihre Zahlungsfähigkeit zu erwittern und, um seine Zeit nicht zu verlieren, im Handumdrehen die Aussichten auf Erfolg abzuschätzen? Daher macht die Gewohnheit, sich bei jedem Geschäft rasch zu entscheiden, ihn wesensmäßig zum Beurteiler: er entscheidet, er spricht als Kenner über die Pariser Theater, über ihre Schauspieler und die der Provinz. Ferner kennt er die guten und die schlechten Örtlichkeiten Frankreichs de actu et visu[3]. Er würde einen notfalls mit der gleichen Sicherheit auf das Laster oder auf die Tugend zusteuern. Da er mit einer Beredsamkeit wie ein Warmwasserhahn begabt ist, den man nach Belieben auf- und zudrehen kann, vermag er ohne fehlzugreifen seine Kollektion vorbereiteter Phrasen, die ohne Unterlaß fließen und auf sein Opfer die Wirkung einer moralischen Dusche ausüben, jederzeit abzustoppen und wieder aufzunehmen. Er ist ein Erzähler, ein Zotenreißer, er raucht, er zecht. An seiner Uhrkette trägt er Anhänger, kleinen Leuten imponiert er, auf dem Dorf gilt er als ein Mylord, nie läßt er sich ›einwickeln‹, was ein Ausdruck aus seinem Rotwelsch ist, und er weiß rechtzeitig auf seine Tasche zu klopfen, damit sein Geld klimpert und er von den überaus mißtrauischen Dienstmädchen der Bürgerhäuser, in die er eindringt, nicht für einen Dieb gehalten wird. Seine Aktivität nun aber: ist sie etwa die geringste Qualität dieser menschlichen Maschine? Weder der Milan, der sich auf seine Beute stürzt, noch der Hirsch, der immer neue Umwege erfindet, um den Hunden zu entkommen und die Jäger auf die falsche Fährte zu führen, noch die Hunde, die das Wild wittern, können mit der Schnelligkeit seines Flugs verglichen werden, wenn er ›einen Auftrag‹ wittert, mit der Geschicklichkeit, wenn er einem Nebenbuhler ein Bein stellt, um ihn zu überholen, mit der Kunst, mit der er eine Absatzmöglichkeit seiner Waren spürt, wittert und entdeckt. Wieviel überlegene Eigenschaften muß ein solcher Mensch besitzen! Ob man in einem Lande viele dieser Diplomaten niederen Ranges, dieser hintergründigen Unterhändler findet, die im Namen von Kalikos, von Schmucksachen, Draperien, Weinen sprechen und oftmals geschickter als die Gesandten sind, die in der Mehrzahl über nichts als gute Formen verfügen? Niemand in Frankreich ahnt etwas von der unglaublichen Macht, die unausgesetzt von den Reisenden entfaltet wird, diesen unerschrockenen Überspielern von Verneinungen, die im letzten Nest den Genius der Kultur und die Pariser Erfindungen im Kampf mit dem gesunden Menschenverstand, der Dummheit oder dem eingefahrenen Trott der Provinz verkörpern. Wie kann man hier die bewundernswerten Manöver vergessen, die die Intelligenz der Bevölkerung zurechtkneteten, indem sie durch das Wort die widerspenstigsten Massen behandeln, und die den unermüdlichen Polierern ähneln, deren Raspeln auch den härtesten Porphyr glättet! Will man die Macht der Sprache und den Hochdruck kennenlernen, den die Phrase auf die rebellischsten Taler ausübt, nämlich auf die des in seinem Drecknest auf dem Lande vergrabenen Grundbesitzers . . .? Dann lausche man der Rede eines der Großwürdenträger der Pariser Industrie, zu deren Nutzen die intelligenten Kolben der ›Spekulation‹ genannten Dampfmaschine stampfen, puffen und funktionieren.

»Monsieur«, sagte zu einem gelehrten Volkswirtschaftler der Direktor-Kassierer-Geschäftsführer-Generalsekretär und Leiter einer der berühmtesten Feuerversicherungsgesellschaften, »Monsieur, in der Provinz werden von fünfhunderttausend Francs zu erneuernder Prämie nicht mehr als fünfzigtausend Francs aus freien Stücken gezahlt; die verbleibenden vierhundertfünfzigtausend werden uns durch die intensive Arbeit unserer Agenten eingetrieben, die zu den säumigen Versicherten ins Haus gehen und sie ›einwickeln‹, bis sie ihre Versicherungsverträge von neuem unterschrieben haben: sie jagen sie nämlich ins Bockshorn und machen ihnen die Hölle heiß durch haarsträubende Berichte von Feuersbrünsten usw. Auf diese Weise bildet also die ›Mundgewandtheit, der Redefluß neun Zehntel der Mittel und Wege unserer geschäftlichen Praxis.«

Sprechen! Sich zuhören lassen! Heißt das nicht verführen? Eine Nation, die ihre beiden Kammern hat, eine Frau, die mit beiden Ohren lauscht, sind gleichermaßen verloren. Eva und ihre

Schlange bilden den ewigen Mythos einer täglich sich ereignenden Tatsache, die mit der Welt begonnen hat und die vielleicht mit der Welt enden wird.

»Nach einer zwei Stunden langen Unterhaltung muß ein Mensch Ihnen gehören«, pflegte ein Advokat zu sagen, der sich zur Ruhe gesetzt hatte.

Wir wollen den Geschäftsreisenden umkreisen! Man betrachte diese Gestalt! Und vergesse dabei nicht den olivgrünen Gehrock, den Mantel, den Maroquinkragen, die Pfeife, das blaugestreifte Kalikohemd. Wie viele verschiedene Naturen ließen sich nicht in dieser Gestalt entdecken, die so originell ist, daß sie allen Reibungen standhält? Seht ihn nur an, diesen Athleten, diesen Zirkus, diese Waffen: ihn, die Welt und sein Mundwerk. Als unerschrockener Seemann schifft er sich ein, mit ein paar Phrasen ausgerüstet, und fischt fünf- bis sechshunderttausend Francs in eisigen Meeren, im Land der Irokesen[4], in Frankreich! Geht es nicht darum, mittels rein intellektueller Operationen das Geld auszugraben, das in den Verstecken der Provinz verborgen liegt, und noch dazu: es schmerzlos auszugraben? Der Départementsfisch duldet weder die Harpune noch den Fackelschein; er läßt sich nur in der Reuse fangen, im Schleppnetz, mit den gelindesten Fischereigeräten. Kann man jetzt, ohne zu erbeben, an die Phrasenflut denken, deren Kaskaden in Frankreich bei Tagesanbruch stets von neuem einsetzen? So viel über die Gattung; jetzt möge das Individuum folgen.

Es gibt in Paris einen unvergleichlichen Geschäftsreisenden, das Musterbeispiel seiner Art, einen Mann, der im höchsten Maße alle Vorbedingungen besitzt, die mit der Natur seiner Erfolge untrennbar verbunden sind. In seiner Redeweise finden sich gleichzeitig Vitriol und Vogelleim: Vogelleim, um das Opfer festzuhalten, zu umstricken und es gefügig zu machen; Vitriol, um darin die härtesten Berechnungen aufzulösen. Seine Geschäftssparte waren Hüte; aber sein Talent und die Kunst, mit der er die Leute zu ›leimen‹ verstand, hatten ihm im Geschäftsleben eine solche Berühmtheit eingetragen, daß die Händler in ›Pariser Artikeln‹ ihm sämtlich den Hof machten, um durchzusetzen, daß er geruhte, sich ihrer Produkte anzunehmen. Wenn er sich daher nach der Rückkehr von seinen Triumphzügen in Paris aufhielt, gab es für ihn in einem fort Schwelgereien und Feste; in der Provinz wurde er von den Geschäftsfreunden verhätschelt; in Paris umschmeichelten ihn die großen Firmen. Überall wurde er willkommen geheißen, gefeiert und gefüttert; eine Mittagsmahlzeit oder ein Abendessen, das er allein einnahm, war für ihn eine Ausschweifung, eine Lust. Er führte das Leben eines Herrschers, oder besser: das eines Journalisten. Aber war er denn nicht auch das Gestalt gewordene Feuilleton des Pariser Geschäftslebens? Er hieß Gaudissart, und sein Ruf, sein Ansehen, die Lobreden, mit denen er überschüttet wurde, hatten ihm den Beinamen ›der berühmte‹ eingetragen. Wo dieser heitere Knabe sich auch zeigte, in einem Büro oder einer Gastwirtschaft, in einem Salon oder in einer Postkutsche, in einer Dachstube oder bei einem Bankier, jeder, der ihn erblickte, sagte: »Siehe da, dort kommt ja der berühmte Gaudissart.« Nie hat ein Name mit der Haltung, den Umgangsformen, der Physiognomie, der Stimme, der Redeweise eines Menschen besser harmoniert. Alle lächelten den Reisenden an, und der Reisende seinerseits lächelte alle an. Similia similibus[5], er war für die Homöopathie[6]. Wortspiele, schallendes Lachen, ein Mönchsgesicht, die Gesichtsfarbe eines Schusters, die äußere Hülle rabelaisisch; Kleidung, Körper, Geist, Gesichtszüge hatten sich vereinigt, um seiner Gesamtpersönlichkeit etwas Spaßiges, etwas gewagt Schwankhaftes zu leihen[7]. Er war ein tüchtiger Geschäftsmann, ein guter Kerl, ein Spaßvogel; man hätte in ihm den liebenswürdigen Freund der Grisette erkannt, der elegant auf das Verdeck eines Wagens[8] klettert, der der zaghaften Dame die Hand reicht, wenn sie aus dem Wagenschlag steigen will, der beim Erblicken des Tuchs, das der Postillion sich um den Hals gewickelt hat, einen Witz reißt und ihm einen Hut verkauft; der das Dienstmädchen anlächelt, es um die Taille faßt oder beim Gefühl packt; der bei Tisch das Gluckern einer Flasche dadurch nachahmt, daß er mit dem Fingerknöchel auf die aufgeblasene Wange klopft, und das Heraussprudeln des Biers durch das zischende Geräusch zwischen den Lippen entweichender Luft; der kräftig mit dem Messer gegen Champagnergläser schlägt, ohne sie zu zerbrechen, und dann zu den anderen sagt: »Macht mir das mal nach!«; der die schüchternen Mitreisenden zum besten hat, die Gebildeten widerlegt, bei Tisch das große Wort führt und die besten Bissen verspeist. Da er überdies sehr beschlagen war, konnte er im rechten Augenblick mit allen Scherzreden aufhören, und er wirkte hintergründig, wenn er seinen Zigarrenstummel wegwarf, auf eine Stadt blickte und sagte: »Jetzt will ich mal sehen, was mit den Leuten da los ist!« Dann wurde Gaudissart zum durchtriebensten, zum geschicktesten aller Gesandten. Er verstand sich darauf, beim Unterpräfekten als Verwaltungsfachmann, beim Bankier als Kapitalist, beim Royalisten als ein frommer, monarchistisch gesonnener Mann und beim Bürger als Bürgersmann aufzutreten; kurzum, er war überall das, was es zu sein galt; er ließ Gaudissart vor der Tür stehen und schlüpfte beim Fortgehen wieder in ihn hinein.

Bis 1830 war der berühmte Gaudissart den ›Pariser Artikeln‹ treu geblieben. Da er sich an den größeren Teil der menschlichen Wünsche wandte, hatten die unterschiedlichen Zweige dieses Geschäftsgebietes ihm also die Möglichkeit verschafft, sich in den Falten und Winkeln der Herzen auszukennen; sie hatten ihn die Geheimnisse seiner verlockenden Beredsamkeit gelehrt, die Art, die Schnüre auch der am festesten zugebundenen Geldbeutel aufzuknüpfen, die Begehrlichkeit der Frauen zu erwecken, der Ehemänner, der Kinder, der Dienstboten und sie dahinzubringen, daß sie sie stillten. Keiner verstand sich besser als er auf die Kunst, die Käufer durch das Bestrickende eines Geschäfts zu ködern und in dem Augenblick wegzugehen, da die Begehrlichkeit auf den Höhepunkt gelangt war. Er war voller Dankbarkeit gegen das Hutmachergewerbe, und so pflegte er zu sagen, dadurch, daß er sich mit dem Äußeren des Kopfes beschäftige, habe er das Innere begriffen; er habe es sich angewöhnt, die Leute zu ›behüten‹, ihnen eins auf den Kopf zu geben, usw. In Witzen über Hüte war er unerschöpflich. Nichtsdestoweniger wurde er nach dem August und dem Oktober 1830 dem Hutmachergewerbe und den Pariser Artikeln untreu und kehrte dem Kommissionshandel mit mechanischen und sichtbaren Dingen den Rücken, um sich in die höchsten Sphären der Pariser Spekulation aufzuschwingen. Er verließ, so sagte er, die Materie um des Gedankens, die handgefertigten Produkte um der unendlich viel reineren Hervorbringungen der Intelligenz willen. Das bedarf einer Erklärung.

Der Umschwung von 1830[9] förderte, wie jedermann weiß, viele alte Ideen zutage, die geschickte Spekulanten zu verjüngen trachteten. Seit 1830, um es genauer zu sagen, wurden die Ideen zu Werten; und wie ein Schriftsteller, der geistvoll genug war, nichts zu veröffentlichen, gesagt hat: heute werden mehr Ideen als Taschentücher gestohlen. Vielleicht wird es eines Tages eine Börse für Ideen geben; aber auch jetzt schon haben Ideen, gute oder schlechte, ihren Kurswert, sind ertragreich, werden importiert, werden getragen, verkauft, werden Wirklichkeit und bringen etwas ein. Gibt es keine Ideen zu verkaufen, so versucht die Spekulation, Redensarten in Umlauf zu bringen, sie leiht ihnen die Konsistenz einer Idee und lebt von ihren Redensarten wie der Vogel von Hirsekörnern. Bitte nicht lachen! In einem Lande, wo man mehr durch den Aufklebezettel des Geldbeutels als durch dessen Inhalt verlockt wird, wiegt ein Schlagwort eine Idee auf. Haben wir es nicht erlebt, daß der Buchhandel das Wort ›pittoresk‹ ausbeutete, als die Literatur dem Wort ›phantastisch‹ den Garaus gemacht hatte? Daher ist ja auch der Staat auf den Gedanken einer Besteuerung der Intelligenz gekommen; er hat es auf das vollkommenste verstanden, das Gefilde der Annoncen abzumessen, die Prospekte zu katastrieren und das Denken abzuwägen, und zwar in der Rue de la Paix, im Hôtel du Timbre[10]. Als die Intelligenz und ihre Erzeugnisse zu einem zur Ausbeutung geeigneten Gewerbe wurden, mußten sie natürlich den Methoden gehorchen, deren sich die industriellen Erwerbszweige bedienten. Wenn also, nach einem Glas oder mehreren, im Gehirn einiger der Pariser, die dem Anschein nach müßig sind, die indessen Geistesschlachten liefern, wenn sie eine Flasche leeren oder einen Fasanenschenkel zum Munde führen, Ideen aufgetaucht sind, so wurden diese am Tag nach ihrer Gehirngeburt an die Geschäftsreisenden geliefert, die beauftragt waren, geschickt, urbi et orbi, in Paris und in der Provinz, den gebratenen Speck der Annoncen und der Prospekte anzubieten, mittels dessen man in der Mausefalle des Geschäftsunternehmens die Départementsmaus fängt, die in der Umgangssprache bald der Abonnent, bald der Aktionär, bald das korrespondierende Mitglied, bisweilen der Subskribent oder Gönner genannt wird, aber stets und überall ein Einfaltspinsel ist.

»Ich bin ein Einfaltspinsel«, hat mehr als ein armer Grundbesitzer gesagt, den die Aussicht, der ›Gründer‹ von irgend etwas zu werden, verlockte und der dann am Ende merkt, daß er tausend oder zwölfhundert Francs zum Fenster hinausgeworfen hat.

»Die Abonnenten sind Einfaltspinsel, die nicht begreifen wollen, daß man, um im Reich des Geistes voranzukommen, mehr Geld braucht als zu einer Reise durch Europa usw.«, sagt der Spekulant.

Es besteht demnach ein ewiger Kampf zwischen dem zurückhaltenden Publikum, das sich weigert, die Pariser Kontributionen zu bezahlen, und den Einkassierern, die, da sie von ihren Erträgen leben, das Publikum mit neuen Ideen spicken, es mit Unternehmungen einwickeln, es mit Prospekten rösten, es mit Schmeicheleien an den Bratspieß stecken und es schließlich mit einer neuen Soße verspeisen, in der es herumzappelt und an der es sich berauscht wie eine Fliege am Fliegenleim. Was ist daher nicht seit 1830 in Frankreich unternommen worden, um den Eifer, den Ehrgeiz der ›intelligenten und fortschrittlichen Massen‹ anzustacheln! Titel, Medaillen, Diplome, eine Art für die Gemeinschaft der Märtyrer erfundener Ehrenlegion sind rasch aufeinandergefolgt. Schließlich haben alle Fabriken intellektueller Erzeugnisse ein Piment entdeckt, einen besonderen Ingwer, daran sie sich erfreuen. Daher stammen die Prämien, die vorweggenommenen Dividenden; daher das Aufgebot berühmter Namen, das ohne Wissen der unglücklichen Künstler erfolgt ist, die sie tragen; sie sind auf diese Weise aktiv an mehr Unternehmungen beteiligt, als das Jahr Tage zählt, denn das Gesetz hat den Diebstahl von Namen nicht einkalkuliert. Daher auch der Raub der Ideen, die die Unternehmer des öffentlichen Geistes gleich den Sklavenhändlern Asiens kaum erblüht dem väterlichen Gehirn entreißen, sie entkleiden und sie ihrem stumpfsinnigen Sultan, ihrem Shahabaham[11], vor die Augen zerren, diesem fürchterlichen Publikum, das, wenn es sich nicht amüsiert, ihnen den goldenen Futtertrog wegnimmt und ihnen den Kopf abhackt.

Dieser Wahnsinn unserer Epoche hatte sich also auf den berühmten Gaudissart ausgewirkt, und zwar folgendermaßen. Eine Lebens- und Kapitalversicherung hörte von seiner unwiderstehlichen Redegewandtheit und versprach ihm ungeheure Vorteile; er ging darauf ein. Als der Handel geschlossen, der Vertrag unterzeichnet war, wurde der Reisende zwecks Entwöhnung dem Generalsekretär des Verwaltungsrates zugeteilt, der Gaudissarts Geist schulte, ihm die Abgründigkeiten des Geschäfts kommentierte, ihn dessen Rotwelsch lehrte, ihm Stück für Stück dessen Mechanismus erklärte, ihm das spezielle Publikum zergliederte, das er auszubeuten hatte, ihn mit Phrasen vollstopfte, ihn mit zu improvisierenden Antworten nährte, ihn mit peremptorischen Argumenten verproviantierte und ihm, um alles zu sagen, die Schneide der Zunge wetzte, mit der er das Leben in Frankreich bearbeiten sollte. Nun aber reagierte das Pflegekind bewundernswert auf die Fürsorge, die der Herr Generalsekretär ihm zuteilwerden ließ. Die Chefs der Lebens- und Kapitalversicherung lobten den berühmten Gaudissart so glühend, bezeigten ihm so viel Aufmerksamkeiten, setzten in der Sphäre der Hochfinanz und der hohen intellektuellen Diplomatie die Talente dieses lebenden Reklameprospekts so sehr ins rechte Licht, daß die finanziellen Leiter zweier zu jener Zeit berühmter, seither eingegangener Zeitungen auf den Gedanken kamen, ihn beim Einheimsen von Abonnements einzusetzen. ›Le Globe‹[12], das Organ der saint-simonistischen Doktrin[13], und ›Le Mouvement‹[14], die republikanische Zeitung, holten den berühmten Gaudissart in ihre Büros und schlugen ihm zehn Francs für jeden Abonnenten vor, wenn er deren tausend zusammenbringe, aber nur fünf Francs, wenn er bloß fünfhundert zusammenbekomme. Da der Verkaufsartikel ›Politische Zeitung‹ dem Verkaufsartikel ›Kapitalversicherung‹ nicht schadete, wurde der Handel geschlossen. Dennoch verlangte Gaudissart eine Entschädigung von fünfhundert Francs für die Woche, in der er sich mit der Lehre Saint-Simons hatte vertraut machen müssen, wobei er die gewaltigen Anstrengungen des Gedächtnisses und der Intelligenz ins Feld führte, die erforderlich gewesen seien, um sich mit diesem ›Verkaufsartikel‹ gründlich vertraut zu machen und darüber auf angemessene Weise sprechen zu können, »ohne daß ich«, wie er sagte, »mich damit identifiziere«. Von den Republikanern verlangte er nichts. Erstens war er republikanischen Ideen geneigt, den einzigen, die nach der gaudissartischen Philosophie eine rationale Gleichheit herbeiführen konnten; und überdies war Gaudissart früher in die Verschwörungen der französischen Carbonari[15] verstrickt gewesen; er war verhaftet, aber aus Mangel an Beweisen wieder freigelassen worden; kurzum, er gab den Geldgebern der Zeitung zu verstehen, daß er seit dem Juli seinen Schnurrbart habe wachsen lassen und daß ihm nur noch eine gewisse Mütze und lange Sporen fehlten, um die Republik zu repräsentieren. Eine Woche lang ließ er sich also morgens im ›Globe‹ saint-simonisieren, und abends eilte er in die Büros der Versicherungsgesellschaft, um die Finessen der Finanzsprache zu erlernen. Seine Gewandtheit und sein Gedächtnis waren so erstaunlich, daß er um den 15. April seine Reise antreten konnte: das war die Zeit, da er jedes Jahr seinen ersten Feldzug unternahm. Zwei große, durch die Baisse im Geschäftsleben beunruhigte Handelshäuser hatten, wie es hieß, den berühmten Gaudissart an sich gelockt und ihn überredet, überdies noch ihre Vertretung zu übernehmen. Der König der Geschäftsreisenden bezeigte sich milde, weil es sich um alte Freunde handelte und weil ihm eine riesengroße Prämie zugestanden wurde.

»Paß mal auf, kleine Jenny«, sagte er in der Droschke zu einer hübschen Blumenarbeiterin.

Alle wahrhaft großen Männer lassen sich von einem schwachen Wesen tyrannisieren, und Gaudissart besaß in Jenny seine Tyrannin; er brachte sie vom Gymnase[16], wohin er sie, die prächtig Geputzte, in eine Proszeniumsloge geführt hatte, abends um elf nach Hause.

»Wenn ich wieder da bin, Jenny, möbliere ich dir dein Zimmer, und zwar höchst gepflegt. Die lange Mathilde, die dich mit ihren Vergleichen anödet, ihren echt indischen Schals[17], die ihr durch Kuriere der russischen Botschaft überbracht werden, mit ihrem feuervergoldeten Silber und ihrem russischen Fürsten, der mir ganz nach einem eingebildeten Spaßvogel aussieht, soll nichts daran auszusetzen haben. Ich weihe der Ausschmückung deines Zimmers alle ›Kinder‹, die ich in der Provinz mache.«

»Na, das ist ja reizend!« rief die Blumenarbeiterin. »Wie, du Scheusal von einem Mann, du sprichst seelenruhig davon, daß du Kinder machen willst? Glaubst du etwa, daß ich so etwas dulde?«

»Aber Jenny, wirst du neuerdings blöd ...? Das ist doch ein Ausdruck aus unserer Geschäftssprache.«

»Feines Geschäft!«

»Hör doch mal zu; wenn du immerzu redest, hast du schließlich recht.«

»Ich will auch immer recht haben! Du brauchst dich schon jetzt nicht zu genieren.«

»Ob du mich wohl ausreden lassen wirst? Ich habe mich einer glänzenden Idee angenommen, nämlich einer Zeitung, die für die Kinder gedruckt werden soll. Bei unserem Handelszweig sagen die Reisenden, wenn sie in einer Stadt, nehmen wir einmal an, zehn Abonnements auf die ›Kinderzeitung‹ abgeschlossen haben, sie hätten zehn Kinder gemacht; gerade wie ich, wenn ich zehn Abonnements auf die Zeitung ›Die Bewegung‹ abgeschlossen habe, immer sage: ›Ich habe heute abend zehn Bewegungen gemacht ...‹ Hast du es jetzt kapiert?«

»Das ist mir das Rechte! Du mischst dich also in die Politik? Ich sehe dich schon in Sainte-Pélagie[18], und da muß ich dann jeden Tag hintrotten. Ach, wenn man wüßte, worauf man sich einläßt, wenn man einen Mann liebt, mein Ehrenwort, dann ließe man euch Männer sehen, wie ihr allein fertig werdet! Also, du reist morgen ab, da wollen wir nicht trüben Gedanken nachhängen; das wäre dumm.«

Die Droschke hielt vor einem hübschen, neu erbauten Haus in der Rue d'Artois; Gaudissart und Jenny stiegen zum vierten Stock hinauf. Dort nämlich wohnte Mademoiselle Jenny Courand, die ganz allgemein als heimlich mit Gaudissart verheiratet galt, ein Gerücht, das der Geschäftsreisende nicht in Abrede stellte. Um ihren Despotismus aufrechtzuerhalten, zwang Jenny Courand den berühmten Gaudissart zu tausend kleinen Aufmerksamkeiten und drohte ihm in einem fort, sie werde ihn sitzenlassen, wenn er es an deren geringster fehlen lasse. Von jeder Stadt aus, wo Gaudissart sich aufhielt, mußte er ihr schreiben und Rechenschaft über sein Tun und Lassen ablegen.

»Und wieviel ›Kinder‹ sind nötig, damit mein Zimmer möbliert werden kann?« fragte sie, warf ihren Schal ab und setzte sich an das gute Kaminfeuer.

»Ich bekomme fünf Sous für jedes Abonnement.«

»Köstlich! Und du tust, als könntest du mich mit fünf Sous reich machen! Da müßtest du schon wie der Ewige Jude sein und gut zugeknöpfte Taschen haben.«

»Aber, Jenny, ich mache doch Tausende von ›Kindern‹. Bedenk doch, daß die Kinder noch nie eine Zeitung gehabt haben. Übrigens wäre es schön dumm von mir, wenn ich dir das Vorgehen bei Geschäften erklären würde; davon verstehst du nämlich nichts.«

»Na, dann sag doch mal, Gaudissart, sag doch mal, wenn ich so dumm bin, warum liebst du mich dann?«

»Weil du auf eine ... entzückende Weise dumm bist! Also, paß mal auf, Jenny. Siehst du, wenn ich ›Globe‹, ›Mouvement‹, die Versicherungen und meine Pariser Artikel an den Mann bringe, dann kann ich jetzt mit jeder Reise, anstatt mir den Bukkel zu zerschinden wie ein wahrer Mayeux[19] und dabei lumpige acht- bis zehntausend Francs jährlich zu verdienen, zwanzig- bis dreißigtausend Francs heimbringen.«

»Schnür mir das Korsett auf[20], Gaudissart, aber ohne alles Nebenher, du darfst nicht zerren.«

»Dann«, sagte der Reisende und schaute sich den glatten Rükken der Blumenarbeiterin an, »werde ich Aktionär der Zeitungen, wie Finot; das ist einer meiner Freunde, der Sohn eines Hutmachers; jetzt hat er ein Einkommen von dreißigtausend Francs und wird zum Pair von Frankreich ernannt werden! Wenn man bedenkt, daß der kleine Popinot[21] ... Mein Gott, ich habe ja ganz vergessen zu sagen, daß Popinot gestern zum Handelsminister ernannt worden ist ...[22] Warum sollte nicht auch ich Ehrgeiz haben? Haha, das Mundwerk für die Rednertribüne würde ich mir schon aneignen, und ich könnte Minister werden, und zwar ein hellköpfiger! Komm, hör mal zu:

Meine Herren«, sagte er und stellte sich hinter einen Lehnsessel, »die Presse ist weder ein Instrument noch ein Geschäftsunternehmen. Unter politischem Gesichtswinkel betrachtet, ist die Presse eine Institution. Nun aber sind wir hier geradezu wütend darauf bedacht, die Dinge politisch zu betrachten ...« (Er schöpfte Atem) – »Also haben wir zu prüfen, ob sie nützlich oder schädlich ist, ob sie ermutigt oder unterdrückt werden muß, ob sie mit Steuern belastet oder davon frei sein soll: das sind wichtige Fragen! Ich glaube die stets kostbare Zeit der Kammer nicht zu mißbrauchen, wenn ich diesen Gegenstand einer Prüfung unterwerfe und Ihnen die Augen über die gegenwärtige Lage öffne. Wir schreiten einem Abgrund entgegen. Freilich, die Gesetze sind nicht so mit Filz gefüttert, wie sie sein sollten ...

Na?« fragte er und schaute Jenny an. »Alle Redner lassen Frankreich einem Abgrund entgegenschreiten; entweder sagen sie das oder sie reden vom Staatskarren, von Sturmzeichen und politischen Horizonten. Kenne ich etwa nicht alle Schattierungen? Ich verfüge über den ›Kniff‹ jeder Branche. Weißt du auch, warum? Ich bin mit einer Glückshaube geboren worden. Meine Mutter hat sie aufbewahrt, ich will sie dir schenken! Also komme ich bald an die Macht!«

»Du?«

»Warum sollte ich nicht Baron Gaudissart werden und Pair von Frankreich? Ist Monsieur Popinot nicht schon zweimal zum Abgeordneten des vierten Arrondissements ernannt worden, und speist er nicht mit Louis-Philippe? Finot, so heißt es, ist im Begriff, Staatsrat zu werden. Ach, wenn ich nach London geschickt würde, als Botschafter, dann würde ich, der ich hier vor dir stehe, den Engländern schon den Mund stopfen. Gaudissart, den berühmten Gaudissart, hat noch nie jemand übers Ohr gehauen. Ja, mich hat noch nie jemand hineingelegt, und es wird mich auch nie jemand hineinlegen, welcher Partei er auch angehören möge und ob er politisch oder unpolitisch ist, hier oder sonstwo. Aber für den Augenblick muß ich mich ganz und gar dem Kapital, dem ›Globe‹, dem ›Mouvement‹, den Kindern und den Pariser Artikeln widmen.«

»Mit deinen Zeitungen fällst du 'rein. Jede Wette, du kommst nicht mal bis Poitiers und sitzest schon in der Klemme.«

»Die Wette gilt, mein Herzchen.«

»Um einen Schal!«

»Gemacht! Wenn ich den Schal verliere, kehre ich zu meinen Pariser Artikeln und dem Verkauf von Hüten zurück. Aber: Gaudissart hineinlegen? Nie im Leben, nie im Leben!«

Und der berühmte Gaudissart pflanzte sich vor Jenny auf, blickte sie stolz an, die Hand in der Weste, den Kopf im Dreiviertelprofil, in napoleonischer Haltung.

»Nein, wie bist du komisch! Was hast du nur heute zu Abend gegessen?«

Gaudissart war ein Mann von achtunddreißig Jahren, mittelgroß, dick und fett, wie einer, der es gewohnt ist, immerfort in der Postkutsche einherzurollen; sein Gesicht war rund wie ein Kürbis, lebhaft gefärbt, regelmäßig und wie die typischen Gesichter, die die Bildhauer aller Länder übernehmen, wenn sie Statuen des Überflusses, des Gesetzes, der Kraft, des Handels usw. fertigen. Sein vorgewölbter Bauch hatte die Form einer Birne; er hatte kurze Beine, war aber behaart und kräftig. Er nahm die halb ausgezogene Jenny und trug sie auf ihr Bett.

»Halt den Mund, du emanzipiertes Frauenzimmer!« sagte er. »Dabei weißt du nicht mal, was ein emanzipiertes Frauenzimmer ist, oder der Saint-Simonismus, der Antagonismus, der Fourierismus[23], der Kritizismus und die leidenschaftliche Ausbeutung, na ja, das ist ... kurz und gut, das bedeutet zehn Francs pro Abonnent, Madame Gaudissart.«

»Mein Ehrenwort, du wirst verrückt, Gaudissart.«

»Jeden Tag verrückter nach dir«, sagte er und warf seinen Hut auf das Sofa der Blumenarbeiterin.

Am anderen Morgen frühstückte Gaudissart mit Jenny bemerkenswert gut; dann brach er zu Pferde auf, um sich in die Hauptorte des Bezirks zu begeben, deren Ausbeutung ihm von den unterschiedlichen Unternehmen, denen er seine Talente geweiht hatte, im besonderen Maße nahegelegt worden war. Er brauchte fünfundvierzig Tage dazu, die Gegenden zwischen Paris und Blois zu durchstöbern; in der letzteren Stadt blieb er zwei Wochen und befaßte sich mit der Erledigung seiner Korrespondenz und mit Besuchen der Marktflecken des Départements. Am Abend vor seiner Abreise nach Tours schrieb er an Mademoiselle Jenny Courand den nachstehenden Brief, dessen Genauigkeit und Zauber durch keinen Bericht darüber wiedergegeben werden könnte und der überdies die ganz besondere Legitimität der Bande beweist, durch die diese beiden Persönlichkeiten miteinander verknüpft waren.

»Meine liebe Jenny, ich glaube, Du wirst die Wette verlieren. Wie Napoleon hat Gaudissart seinen Stern und wird kein Waterloo erleben. Entsprechend den Gegebenheiten habe ich überall triumphiert. Mit der Kapitalversicherung klappt es sehr gut. Ich habe von Paris bis Blois über fast zwei Millionen abgeschlossen; aber je weiter ich zum Zentrum Frankreichs vordringe, desto härter werden seltsamerweise die Köpfe, und infolgedessen die Millionen unendlich viel seltener. Die Pariser Artikel gehen ihren freundlichen kleinen Weg. Die lassen sich leicht an den Mann bringen. Mit meinem alten Kniff angele ich sie mir trefflich, die guten Kleinhändler. In Orléans habe ich zweiundsechzig Ternaux-Kaschmirschals[24] abgesetzt. Mein Ehrenwort: ich weiß nicht, was die Leute damit anfangen wollen, sofern sie sie nicht ihren Hammeln auf den Rücken legen. Was nun aber den Artikel ›Zeitungen‹ betrifft, zum Teufel!, so ist das ganz etwas anderes. Du lieber Himmel, wie lange muß man den Leuten da etwas vorpfeifen, um ihnen eine neue Melodie beizubringen! Noch nicht zweiundachtzig ›Mouvements‹ habe ich untergebracht! Das sind auf meiner ganzen Reise hundert weniger als Ternaux-Schals in einer einzigen Stadt. Diese Witzbolde von Republikanern wollen mit aller Gewalt nicht abonnieren: man plaudert mit ihnen, sie plaudern ebenfalls, sie pflichten einem bei, und bald ist man mit ihnen darin einig, daß alles, was existiert, umgestürzt werden müsse. Aber glaubst Du, daß der Mann dann abonniert? Hat sich was! Besitzt er auch nur drei Handbreit Erde, wo er ein Dutzend Kohlköpfe ziehen, oder gerade genug Wald, um sich einen Zahnstocher schnitzen zu können, dann fängt er an, vom Schutz des Privateigentums zu reden, von Steuern, Ernten, Reparaturen, einen Haufen Dummheiten, und ich vergeude Zeit und Spucke an den Patriotismus. Schlechtes Geschäft! ›Mouvement‹ ist im allgemeinen flau. Ich schreibe das den Herren. Tut mir leid, meiner Einstellung wegen. Mit ›Globe‹ ist das wieder eine andere Schweinerei. Wenn man von neuen Doktrinen zu Leuten spricht, von denen man glaubt, sie seien für dergleichen Schwindeleien empfänglich, dann ist es, als rede man davon, man wolle ihnen die Häuser in Brand stekken. Ich mag ihnen vorreden, soviel ich will, daß das die Zukunft ist, das wohlverstandene Interesse, die Wirtschaftsform, bei der nichts verlorengeht; daß seit langem schon der Mensch den Menschen ausbeutet und daß die Frau Sklavin ist, daß man dahin gelangen muß, den großen Gedanken der Vorsehung triumphieren zu lassen und eine rationellere Koordinierung der sozialen Ordnung durchzuführen, kurzum, den ganzen Trommelwirbel meiner Phrasen ... Hat sich was! Sobald ich mit solchen Ideen herausrücke, machen die Leute in der Provinz ihre Schränke zu, als wenn ich ihnen etwas stehlen wollte, und bitten mich, meines Weges zu gehen. Was sind sie blöd, diese Hornochsen! ›Le Globe‹ ist ’reingefallen. Ich habe den Leuten geschrieben: ›Ihr seid zu fortschrittlich; ihr geht zu weit, das ist gut und schön; aber es muß zu Resultaten kommen, die Provinz mag nun mal Resultate.‹ Immerhin habe ich hundert ›Globes‹ an den Mann gebracht, und in Anbetracht der Dickköpfigkeit dieser Landleute ist das ein wahres Wunder. Aber ich verspreche ihnen so viele schöne Dinge, daß ich, mein Ehrenwort, nicht weiß, was die Globulen[25], die Globisten, die Globarden oder Globetrottel anstellen sollen, um sie zu verwirklichen; aber da sie mir gesagt haben, sie würden die Welt unendlich viel besser ordnen, als sie ist, schreite ich ihnen voran und verlege mich aufs Prophezeien, nämlich wegen der zehn Francs pro Abonnement. Da war ein Pächter, der hat geglaubt, es handele sich dabei um Grund und Boden, des Namens wegen, dem habe ich ›Le Globe‹ angedreht. Pah, er wird schon anbeißen, er hat eine gewölbte Stirn, und alle Menschen mit gewölbten Stirnen sind Ideologen. Na, und dann die ›Kinder‹! Von Paris bis Blois habe ich zweitausend ›Kinder‹ gemacht. Hübsches Geschäftchen! Da braucht man nicht große Worte zu machen. Man zeigt der Mutter die kleine Titelkopfleiste, und zwar heimlich, wenngleich in Gegenwart des Kindes, damit das Kind sie ebenfalls sehen will; natürlich bekommt das Kind sie zu sehen, dann zupft es Mama am Rockzipfel, bis es seine Zeitung hat, weil Papa ja auch ›seine‹ Zeitung hat. Mama hat ein Kleid zu zwanzig Francs an und will nicht, daß das Gör es ihr zerreißt; die Zeitung kostet nur sechs Francs, da ist etwas zu sparen, schleunigst wird abonniert. Feine Sache, tatsächlich ein Bedürfnis, steht zwischen Leckerzeug und Bilderbogen, den beiden ewigen Bedürfnissen der Kindheit. Sie lesen ja schon, diese wild auf so etwas erpichten Kinder! Gestern ist es an der Table d'hôte zu einem Streit über die Zeitungen und meine Anschauungen gekommen. Ich aß seelenruhig neben einem Herrn mit grauem Hut, der ›Les Débats‹[26] las. Ich sagte mir: ›Jetzt muß ich meine Kammerberedsamkeit erproben. Dieser Triumph wäre eine famose Bestätigung meiner Ministertalente.‹ Und ich mache mich ans Werk und fange damit an, daß ich seine Zeitung lobe. Na, und das zog sich in die Länge. Nach und nach gewinne ich über meinen Mann die Oberhand und lasse Phrasen vom Stapel, die sich gewaschen haben, die albernsten Begründungen und den ganzen verdammten Apparat. Alle hören mir zu, und ich sehe einen Kerl, dessen Schnurrbart ganz nach Juli-Revolution aussah, schon im Begriff, auf ›Mouvement‹ anzubeißen. Wie es gekommen ist, weiß ich nicht, aber ich lasse mir zur Unzeit das Wort ›Schwachkopf‹ entschlüpfen. Na, und da gerät mein dynastischer Hut, mein grauer Hut, übrigens ein schäbiger Hut, Lyoner Fabrikat, halb Seide, halb Baumwolle, mein Hut also gerät in Harnisch und wird böse. Ich setze meine vornehme Miene auf, Du kennst sie ja, und sage: ›Das ist denn doch! Sie sind ein sonderbarer Heiliger, Monsieur. Wenn Sie sich auf den Fuß getreten fühlen, gebe ich Ihnen Genugtuung. Ich habe im Juli ebenfalls gekämpft.‹ – ›Obgleich ich Familienvater bin‹, sagt er, ›bin ich bereit, zu ...‹ – ›Sie sind Familienvater, mein Bester?‹ antworte ich ihm. ›Haben Sie etwa Kinder?‹ – ›Freilich.‹ – ›Elfjährige?‹ – ›So ungefähr.‹ – ›Dann hören Sie mal zu: demnächst erscheint die ‚Kinderzeitung', sechs Francs jährlich, jeden Monat eine Nummer, zweispaltig, von literarischen Kanonen redigiert, eine gut hergestellte Zeitung, solides Papier, Illustrationen von den geistreichen Zeichenstiften unserer besten Künstler, wirklichkeitsgetreue Bilder aus Indien, deren Farben nicht verblassen.‹ Dann schieße ich meine Breitseite ab. Ein Vater sperrt Mund und Nase auf! Der Streit endet mit einem Abonnement. – ›So etwas bringt bloß Gaudissart fertig!‹ hat der kleine Schwachmatikus von Lamard zu dem großen Rindvieh Bulot gesagt, als er ihm die Szene aus dem Café erzählte.

Morgen geht's nach Amboise. Amboise mache ich in zwei Tagen und schreibe Dir dann von Tours aus, wo ich versuchen will, mich mit den in bezug auf Intelligenz und Geschäftssinn farblosesten Landbewohnern zu messen. Aber bei Gaudissart! Sie werden übers Ohr gehauen! Übers Ohr sollen sie gehauen werden, übers Ohr gehauen! Adieu, Kleines, behalt mich immer lieb und sei treu. Die Treue *dennoch* ist eine der guten Eigenschaften der Emanzipierten. Wer küßt Dich auf die Augen?

Dein Félix, für immer und ewig.«

Fünf Tage später brach Gaudissart eines Morgens vom Hotel ›Zum Fasan‹ auf, wo er in Tours immer wohnte, und begab sich nach Vouvray[27], einem reichen, dicht bevölkerten Kreis, dessen allgemeine Geisteshaltung ihm als geeignet erschien, ausgebeutet zu werden. Auf seinem Pferde trabte er auf dem Uferdamm entlang und dachte an seine Phrasen nicht mehr, als ein Schauspieler an eine Rolle denkt, die er hundertmal gespielt hat. Der berühmte Gaudissart ritt seines Weges, freute sich an der Landschaft, sorglos und heiter, und ahnte nicht, daß in den fröhlichen Tälern von Vouvray seine geschäftliche Unfehlbarkeit vernichtet werden sollte.

An dieser Stelle werden ein paar Angaben über den Geist der Bevölkerung der Touraine notwendig. Der erzählerische, durchtriebene, spottsüchtige, boshafte Geist, mit dem das Werk des Rabelais[28] auf jeder Seite durchtränkt ist, drückt getreulich den Geist der Touraine aus, einen feinen, geschliffenen, höflichen Geist, wie er in einem Lande herrschen muß, wo die Könige Frankreichs lange Zeit hindurch Hof gehalten haben; einen feurigen, künstlerischen, poetischen, wollüstigen Geist, dessen ursprüngliche Anlagen jedoch rasch abnehmen. Die Weichheit der Luft, die Schönheit des Klimas, eine gewisse Leichtigkeit des Daseins und die Biederkeit der Sitten ersticken dort bald den Sinn für die Künste, engen das weiteste Herz ein und zernagen die zäheste Willenskraft. Wird der Tourangeau[29] verpflanzt, so entwickeln sich seine guten Eigenschaften und bringen große Dinge hervor, wie es in unterschiedlichen Tätigkeitsbereichen Rabelais und Semblançay[30], der Drucker Plantin[31] und Descartes[32], Boucicault[33], der Napoleon seiner Zeit, und Pinaigrier[34], der den überwiegenden Teil der Glasfenster der Kathedralen schuf, und schließlich Verville[35] und Courier[36] bewiesen haben. Auf diese

Weise bleibt der in der Fremde so bemerkenswerte Tourangeau daheim wie ein Indianer auf seiner Matte, wie der Türke auf seinem Diwan sitzen. Er gebraucht seinen Geist dazu, sich über seine Nachbarn lustig zu machen, sich des Lebens zu freuen, und so gelangt er glücklich an sein Lebensende. Die Touraine ist wahrhaftig die Abtei Thélême[37], die in dem Buch Gargantua so gepriesen wird; es finden sich dort, wie im Werk des Dichters, willfährige Nonnen, und die von Rabelais so gefeierten üppigen Tafelfreuden herrschen dort. Was nun die Trägheit betrifft, so ist sie geradezu etwas Erhabenes und wird wunderbar durch die volkstümliche, sprichwörtliche Redensart ausgedrückt: »Tourangeau, willst du Suppe? – Ja. – Dann bring deine Schüssel her. – Jetzt hab' ich keinen Hunger mehr.« Ist die weiche Lässigkeit von solcherlei schwerelosen, liebenswerten Gepflogenheiten auf die Freude am Wein, auf die harmonische Sanftheit der schönsten französischen Landschaft, auf die Ruhe eines Landes zurückzuführen, in das nie die Waffen von Ausländern eindringen? Es gibt keine Antwort auf diese Fragen. Man begebe sich in diese französische Türkei; dann wird man dort faul, träge und glücklich werden. Auch wenn man ehrgeizig wie Napoleon oder ein Dichter wie Byron wäre, würde eine unerhörte, unbezwingliche Kraft einen zwingen, seine Dichtungen für sich zu behalten und alle ehrgeizigen Pläne in Träume zu verwandeln.

Dort, in Vouvray, sollte der berühmte Gaudissart einem der einheimischen Spötter begegnen, deren Spöttereien nur durch die Vollendung der Spötterei beleidigend sind; mit ihm sollte er einen grausamen Kampf auszufechten haben. Zu Recht oder zu Unrecht haben die Tourangeaux eine Schwäche dafür, ihre Verwandten zu beerben. Deswegen war die Lehre Saint-Simons[38] dort ganz besonders verhaßt und geringgeschätzt; aber so, wie man in der Touraine haßt und geringschätzt, mit einer Verachtung und scherzenden Überlegenheit, wie sie des Landes der guten Erzählungen und der den Nachbarn gespielten Streiche würdig ist; das ist eine geistige Haltung, die von Tag zu Tag mehr vor dem zurückweicht, was Lord Byron den englischen cant[39] genannt hat.

Zu seinem Pech begab sich Gaudissart, der in der ›Goldenen Sonne‹ abgestiegen war, einem von Mitouflet, einem ehemaligen

Grenadier der Kaiserlichen Garde, der eine reiche Winzerin geheiratet hatte, geführten Gasthaus, dem der Reisende feierlich sein Pferd anvertraut hatte, zu dem Witzbold von Vouvray, dem Spaßmacher des Marktfleckens, dem Bruder Lustig, der durch seine Rolle und sein Naturell verpflichtet war, sein Dorf bei guter Laune zu erhalten. Dieser ländliche Figaro, ein ehemaliger Färber, genoß sieben- bis achttausend Francs Zinsen und besaß ein hübsches, auf einem Hügel gelegenes Haus, eine mollige kleine Frau und eine robuste Gesundheit. Seit zehn Jahren hatte er nichts zu tun gehabt, als für seinen Garten und seine Frau zu sorgen, seine Tochter zu verheiraten, abends eine Partie Karten zu spielen, allen boshaften Klatsch zu kennen, der in seinem Gerichtssprengel vorkam, bei den Wahlen Hindernisse zu schaffen, sich mit den Großgrundbesitzern zu streiten und gute Abendessen zu organisieren; auf dem Flußdamm einherzutrotten, nachzuschauen, was in Tours passierte, und den Pfarrer zu schikanieren; und endlich, als einziger dramatischer Umstand, auf den Verkauf eines Landstücks zu warten, das eingeschlossen zwischen seinen Weinbergen lag. Kurz und gut, er führte das Tourainer Leben, das ländliche Kleinstadtleben. Übrigens war er die wichtigste Person der Bürgerschaft, das Haupt der eifersüchtigen, neidischen Kleinbesitzer, die gegen die Aristokratie erfolgreich üble Nachrede und Verleumdungen wiederkäuten und weitertratschten, alles auf ihr eigenes Niveau herabdrückten, der Feinde jedweder Überlegenheit, die sie mit der bewundernswerten Ruhe der Ahnungslosigkeit verachteten. Monsieur Vernier, so hieß diese kleine große Persönlichkeit, war gerade mit dem Mittagessen fertig und saß zwischen Frau und Tochter, als Gaudissart in dem Zimmer erschien, durch dessen Fenster die Loire und der Cher zu sehen waren: es war eins der heitersten Eßzimmer des Dorfes.

»Spreche ich mit Monsieur Vernier selbst . . .?« fragte der Reisende und bog seine Wirbelsäule so anmutig zusammen, als wenn sie aus Kautschuk bestände.

»Ja«, fiel ihm der boshafte Färber ins Wort und warf ihm einen forschenden Blick zu, durch den er sogleich erkannte, mit was für einer Art von Mensch er es zu tun hatte.

»Ich komme, Monsieur«, fuhr Gaudissart fort, »um die Mitwirkung Ihrer Geisteskräfte als Führer durch diesen Kreis zu erbitten, in dem Sie, wie Mitouflet mir gesagt hat, den allergrößten Einfluß besitzen. Monsieur, ich bin für ein Unternehmen von höchster Wichtigkeit in die Départements gesandt worden; es ist von Bankiers gegründet worden, und die wollen ...«

»... uns etwas abschwindeln«, sagte Vernier lachend; er war den Umgang mit Geschäftsreisenden und deren Kommen und Gehen von früher her gewohnt.

»Tatsächlich!« antwortete der berühmte Gaudissart dreist. »Aber da Sie über ein so feines Tastgefühl verfügen, müssen Sie wissen, Monsieur, daß man den Leuten nur so viel abschwindeln kann, wie sie Interesse daran haben, es sich abschwindeln zu lassen. Bitte verwechseln Sie mich also nicht mit den durchschnittlichen Reisenden, die ihre Erfolge auf List oder auf Aufdringlichkeit gründen. Ich bin kein Reisender mehr, Monsieur, ich war es, und ich bin stolz darauf. Heute jedoch liegt mir eine Mission von höchster Wichtigkeit ob, eine Mission, die mich überlegenen Geistern als einen Mann erscheinen lassen muß, der sich der Aufklärung seines Landes widmet. Haben Sie die Güte, mich anzuhören, Monsieur; dann werden Sie sehen, daß Sie durch die halbe Stunde der Unterhaltung, die mir zu gewähren ich Sie zu bitten die Ehre habe, viel gewinnen können. Die berühmtesten Pariser Bankiers haben sich nicht nur fiktiv an diesem Geschäft beteiligt wie bei einigen der schmählichen Spekulationen, die ich meinerseits als ›Rattenfallen‹ bezeichne; nein, nein, um so etwas handelt es sich jetzt nicht mehr; ich würde es nicht auf mich nehmen, solche Bauernfängereien zu vertreiben. Nein, Monsieur, die besten und angesehensten Bankhäuser von Paris sind beteiligt, und zwar als Teilhaber wie als Garantie ...«

Und jetzt entfaltete Gaudissart die Bandwirkerei seiner Phrasen, und Vernier ließ ihn reden und lauschte ihm mit augenscheinlichem Interesse, was Gaudissart hinters Licht führte. Doch schon bei dem bloßen Wort ›Garantie‹ hatte Vernier aufgehört, dem Redefluß des Reisenden Aufmerksamkeit zu schenken; er gedachte, ihm irgendeinen schönen Streich zu spielen, um eine Gegend, die von den Spekulanten, die dort nicht anbeißen können, gerechtermaßen als barbarisch bezeichnet wird, von solcherlei lästigen Parisern zu befreien.

Oben in einem köstlichen Tal, das seiner Ausbuchtungen und Windungen wegen, die bei jedem Schritt aufs neue erstehen und desto schöner wirken, je weiter man sich hineinbegibt, sei es, daß man seinen fröhlichen Verlauf aufwärts oder abwärts durchmißt, ›La Vallée Coquette‹, das kokette Tal heißt, wohnte in einem kleinen, von einem Rebgehege umgebenen Haus ein Mann, der ein bißchen geistesgestört war; er hieß Margaritis. Er war italienischer Abkunft, war verheiratet, hatte keine Kinder und wurde von seiner Frau mit allgemein geachtetem Mut betreut. Madame Margaritis lief sicherlich Gefahr in der unmittelbaren Nähe eines Mannes, der, abgesehen von anderen Wahnideen, mit aller Gewalt zwei Messer mit langen Klingen bei sich tragen wollte; damit bedrohte er sie häufig. Wer nun aber kennt nicht die bewundernswerte Opferwilligkeit, mit der die Menschen in der Provinz sich den Geisteskranken widmen, vielleicht des Verrufs wegen, der einer Bürgersfrau wartet, wenn sie ihren Sohn oder ihren Mann der öffentlichen Fürsorge im Spital überläßt? Wer kennt ferner nicht den Widerwillen der Menschen in der Provinz, die Unterbringungskosten von hundert Louis oder tausend Talern zu zahlen, die in Charenton[40] oder von den Heilanstalten verlangt werden? Wenn jemand zu Madame Margaritis von Ärzten wie Dubuisson[41], Esquirol[42], Blanche[43] oder anderen sprach, zog sie es mit nobler Entrüstung vor, ihre dreitausend Francs und ihren ›Alten‹ zu behalten. Von den unbegreiflichen Willensäußerungen, die der Wahnsinn dem Alten eingab und die mit der Lösung dieses Abenteuers zusammenhängen, müssen hier die am meisten hervorstechenden angeführt werden. Sobald es in Strömen regnete, ging Margaritis ins Freie und lief barhäuptig in seinen Weinbergen umher. Daheim verlangte er in einem fort die Zeitung; um ihn zufriedenzustellen, gaben seine Frau oder seine Magd ihm eine alte Zeitung aus dem Département Indre-et-Loire; und seit sieben Jahren hatte er immer noch nicht gemerkt, daß er stets dieselbe Nummer las. Vielleicht hätte ein Arzt voller Interesse die Beziehungen beobachtet, die zwischen dem Schlimmerwerden seines Verlangens nach der Zeitung und den atmosphärischen Veränderungen bestanden. Die ausdauerndste Beschäftigung dieses Irren bestand im Überprüfen der Beschaffenheit des Himmels im Zusammenhang mit seinen Reben. Wenn seine Frau Besuch hatte, was fast allabendlich geschah, da die Nachbarn Mitleid mit ihrer Lage hatten und zu ihr kamen, um Boston zu spielen, verhielt Margaritis sich für gewöhnlich schweigsam, saß in einem Winkel und rührte sich nicht, aber wenn seine in einem großen, rechteckigen Gehäuse eingeschlossene Wanduhr zehn schlug, stand er mit der mechanischen Präzision der Figuren, die durch eine Feder aus dem Kästchen deutscher Spielzeuge hochgeschnellt werden, auf, schritt langsam auf die Kartenspieler zu, warf ihnen einen Blick zu, der so ziemlich dem automatischen Blick der Griechen und Türken ähnelte, die am Boulevard du Temple in Paris ausgestellt sind, und sagte zu ihnen: »Haut jetzt ab!« Zu gewissen Zeiten erlangte der Mann seinen alten Verstand wieder, und dann gab er seiner Frau vortreffliche Ratschläge über den Verkauf seiner Weine; aber dann wurde er wieder überaus lästig; er stahl aus den Vorratsschränken Leckerbissen und verschlang sie heimlich. Bisweilen, wenn die Stammgäste des Hauses eintraten, beantwortete er höflich deren Fragen, aber meist sagte er ihnen gänzlich zusammenhanglose Dinge. So antwortete er etwa einer Dame, die ihn fragte: »Wie geht's Ihnen heute, Monsieur Margaritis?« – »Ich habe mich rasiert; Sie sich auch ...?« – »Geht's Ihnen besser?« fragte ihn eine andere. Er antwortete: »Jerusalem! Jerusalem!« Die meiste Zeit indessen sah er seine Gäste mit blöder Miene an und sprach kein Wort; seine Frau pflegte dann zu ihnen zu sagen: »Heute hört der Alte nichts.« Zwei- oder dreimal im Verlauf von fünf Jahren war es ihm geschehen, und zwar stets um die Tag- und Nachtgleiche, daß er ob dieser Bemerkung in Wut geriet, sein Messer zog und schrie: »Diese Hure entehrt mich.« Übrigens trank und aß er und ging spazieren wie ein völlig gesunder Mensch. So kam es, daß ihm schließlich niemand mehr an Achtung und Aufmerksamkeit bezeigte, als man sie für ein ungefüges Möbelstück aufbringt. Unter all seinen Absonderlichkeiten war eine, deren Sinn niemand hatte ergründen können; denn auf die Dauer waren die hellen Köpfe des Dorfes dahingelangt, auch die unvernünftigsten Handlungen des Irren zu kommentieren und zu erklären. Er wollte stets einen Sack Mehl im Hause haben und zwei Stückfässer des Weins seiner Ernte zurückbehalten, ohne zu erlauben, daß das Mehl oder der Wein angerührt wurden. Wenn dann jedoch der Juni herannahte, beunruhigte er sich um den Verkauf des Sacks und der beiden Stückfässer Wein mit der ganzen Besessenheit eines Irren. Fast immer sagte seine Frau ihm dann, sie habe die beiden Fässer zu einem exorbitanten Preis losgeschlagen, und händigte ihm das Geld ein; das versteckte er dann, ohne daß die Frau oder die Magd, auch wenn sie ihm nachspürten, je herausbekamen, wo das Versteck sich befand.

Am Tag vor Gaudissarts Ankunft in Vouvray hatte Madame Margaritis mehr Mühe denn je, ihrem Mann, der wieder zur Vernunft gekommen zu sein schien, etwas vorzumachen.

»Ich weiß wirklich nicht, was mir am morgigen Tag zustoßen wird«, hatte sie zu Madame Vernier gesagt. »Stellen Sie sich vor, der Alte hat seine beiden Stückfässer Wein sehen wollen. Den ganzen Tag über hat er mir dermaßen in den Ohren gelegen (ein Lokalausdruck), daß ich ihm zwei volle Fässer habe zeigen müssen. Zum Glück hatte unser Nachbar Pierre Champlain zwei liegen, die er nicht hat verkaufen können; und auf meine Bitte hin hat er sie in unseren Keller gerollt. Na, und jetzt, nun er sie gesehen hat, da besteht der Alte darauf, er wolle sie selber verhökern!«

Madame Vernier hatte ihrem Mann anvertraut, in welcher Verlegenheit Madame Margaritis sich befand, und zwar kurz vor Gaudissarts Ankunft. Beim ersten Wort des Geschäftsreisenden hatte Vernier sich vorgenommen, ihn dem alten Margaritis zu überantworten.

»Monsieur«, sagte der ehemalige Färber, als der berühmte Gaudissart seine erste Breitseite abgefeuert hatte, »ich kann Ihnen die Schwierigkeiten nicht verhehlen, auf die Ihr Unternehmen hier stoßen muß. Unser Dorf ist ein Dorf, das im großen ganzen suo modo[44] geht, ein Dorf, in dem nie eine neue Idee Fuß fassen wird. Wir leben, wie unsere Väter gelebt haben; wir haben unsere Freude daran, täglich vier Mahlzeiten zu uns zu nehmen, wir befassen uns mit der Pflege unserer Reben und damit, unsere Weine gut zu verkaufen. Bei jedem Handel versuchen wir gutgläubig, die Dinge teurer loszuschlagen, als sie wert sind. In diesem ausgefahrenen Gleis bleiben wir, und weder Gott noch der Teufel können uns davon abbringen. Aber ich will

Ihnen einen guten Rat geben, und ein guter Rat ist kein Pappenstiel. Wir haben hier im Dorf einen ehemaligen Bankier, zu dessen Geistesgaben ich, und zwar ich in ganz besonderem Maße, das allergrößte Vertrauen habe. Wenn Sie seine Stimme erlangen, füge ich ihr die meine hinzu. Bieten Ihre Vorschläge wirkliche Vorteile, sind wir davon überzeugt, so finden sich, wenn Monsieur Margaritis Ihnen seine Stimme gibt, die die meine im Gefolge hat, in Vouvray zwanzig reiche Häuser, deren sämtliche Geldsäcke sich auftun und Ihren Wundbalsam entgegennehmen werden.«

Als Madame Vernier den Namen des Irren hörte, hob sie den Kopf und schaute ihren Mann an.

»Ja, richtig, ich glaube, meine Frau beabsichtigt gerade, Madame Margaritis zu besuchen; sie muß mit einer unserer Nachbarinnen zu ihr gehen. Warten Sie einen Augenblick, die Damen bringen Sie hin. – Du holst Madame Fontanieu ab«, sagte der alte Färber und blinzelte seiner Frau zu.

Wenn Vernier auf die lachlustigste, zungenfertigste, spottsüchtigste Klatschbase des Dorfes hinwies, bedeutete das nicht, daß er seine Frau hieß, Zeugen mitzunehmen, damit die Szene, die sich zwischen dem Geschäftsreisenden und dem Irren abspielen würde, gut beobachtet werden und das Dorf einen Monat lang amüsieren konnte? Das Ehepaar Vernier spielte seine Rolle so gut, daß Gaudissart keinen Verdacht schöpfte und ohne weiteres in die Falle ging; galant bot er Madame Vernier den Arm, und unterwegs glaubte er, die beiden Damen erobert zu haben; er wirkte auf sie geradezu betäubend vor Geist, Pointen und Wortspielen, die sie nicht verstanden.

Das Haus des angeblichen Bankiers lag dort, wo die ›Vallée Coquette‹ beginnt. Es hieß ›La Fuye‹ und war ziemlich unauffällig. Im Erdgeschoß lag ein großes, holzgetäfeltes Wohnzimmer, an dessen beiden Seiten je ein Schlafzimmer gelegen war, das des Alten und das seiner Frau. Man betrat das Wohnzimmer durch einen Vorsaal, der als Eßzimmer diente und an den die Küche grenzte. Dieses Erdgeschoß, das der äußeren Eleganz bar war, die in der Touraine auch die schlichtesten Häuser auszeichnet, war von Mansarden gekrönt, zu denen man auf einer außen an das Haus angebauten Treppe hinaufstieg; sie fand an einem der Giebel Halt und hatte ein Wetterdach. Ein Gärtchen mit Ringelblumen, Pfeifenstrauch und Holunder lag zwischen dem Haus und den Weinbergen. Rings um den Hof standen die für die Weinbereitung erforderlichen Gebäude.

Margaritis saß in seinem Wohnzimmer an einem der Fenster in einem mit gelbem Utrechter Plüsch bezogenen Lehnstuhl und stand nicht etwa auf, als er die beiden Damen und Gaudissart hereinkommen sah; er hatte nichts im Kopf als den Verkauf seiner beiden Stückfässer Wein. Er war hager; sein vorn kahler, hinten mit spärlichem Haar versehener Schädel war birnenförmig. Seine eingesunkenen Augen waren von dichten schwarzen Brauen überwölbt und hatten kräftige Schatten; seine messerscharfe Nase, seine vorspringenden Backenknochen, seine hohlen Wangen, sein länglicher Gesichtsschnitt, alles bis auf sein über die Maßen langes, plattes Kinn trug dazu bei, seiner Physiognomie ein befremdliches Aussehen zu leihen, nämlich das eines alten Lehrers der Rhetorik oder eines Lumpensammlers.

»Monsieur Margaritis«, sagte Madame Vernier zu ihm, »los, raffen Sie sich mal auf! Hier ist ein Herr, den mein Mann Ihnen schickt; den müssen Sie aufmerksam anhören. Hören Sie auf mit Ihren mathematischen Berechnungen, und plaudern Sie mit ihm.«

Als er diese Worte vernahm, stand der Irre auf, blickte Gaudissart an, bedeutete ihm, Platz zu nehmen, und sagte zu ihm: »Dann wollen wir also plaudern, Monsieur.«

Die drei Frauen gingen in das Zimmer der Madame Margaritis, ließen aber die Tür offen, damit sie alles hören und im Notfall eingreifen konnten. Kaum hatten sie sich gesetzt, als Monsieur Vernier behutsam durch den Weinberg herankam, sich ein Fenster aufmachen ließ und geräuschlos hindurchstieg.

»Sie haben im Geschäftsleben gestanden …«, sagte Gaudissart.

»Im öffentlichen Leben«, unterbrach ihn Margaritis. »Ich habe in Kalabrien unter der Regierung König Murats[45] die Ruhe wiederhergestellt.«

»Da, jetzt ist er in Kalabrien!« sagte Vernier leise.

»Oh«, fuhr Gaudissart fort, »dann werden wir uns trefflich verstehen.«

»Sprechen Sie«, antwortete Margaritis und nahm die Haltung jemandes an, der einem Maler für sein Porträt sitzt.

»Monsieur«, sagte Gaudissart und ließ den Schlüssel seiner Taschenuhr kreisen, den er aus Zerstreutheit in regelmäßiger Wiederkehr in eine Drehbewegung versetzte; sie fesselte den Irren und trug vielleicht dazu bei, daß er sich ruhig verhielt, »Monsieur, wenn Sie kein höhergearteter Mensch wären ... (hier verneigte der Irre sich), würde ich mich damit begnügen, Ihnen materiell die Vorteile des Geschäfts zu beziffern, dessen psychologische Motive es der Mühe wert sind, Ihnen auseinandergesetzt zu werden. Hören Sie zu! Ist von allen sozialen Reichtümern die Zeit nicht der kostbarste, und heißt Zeit sparen nicht sich bereichern? Gibt es nun aber im Leben etwas, das mehr Zeit verzehrte als die Besorgnis um das, was ich ›den Suppentopf‹ nenne, was zwar ein vulgärer Ausdruck ist, aber einer, der die Frage unumwunden aufwirft? Und gibt es überdies etwas, das mehr Zeit fräße als der Mangel an einer Garantie, die man denen bietet, von denen man Geld verlangt, wenn man zwar für den Augenblick arm, aber reich an Hoffnung ist?«

»Geld, wir sind mitten drin«, sagte Margaritis.

»Also, Monsieur, ich bin von einem Konsortium von Bankiers und Kapitalisten in die Départements geschickt worden, denen der enorme Verlust aufgefallen ist, den auf solcherlei Weise, in bezug auf die Zeit und folglich auch in bezug auf die Intelligenz oder die produktive Tätigkeit, die Menschen der Zukunft erleiden. Nun aber sind wir auf den Gedanken gekommen, eben jene Zukunft für diese Menschen zu kapitalisieren, ihnen ihre Talente zu diskontieren, indem wir ihnen *was* diskontieren ...? Die besagte Zeit und deren Wert ihren Erben sicherstellen. Es handelt sich dabei nicht mehr darum, Zeit zu sparen, sondern ihr einen Preis zuzumessen, sie zu beziffern, von ihr pekuniär die Produkte darzustellen, die man von ihr in diesem intellektuellen Zeitraum zu erlangen vermutet, indem man die moralischen Qualitäten darstellt, mit denen man begabt ist und die, Monsieur, lebendige Kräfte sind wie ein Wasserfall, wie eine Dampfmaschine zu dreizehn, zwanzig, fünfzig Pferdekräften. Ach, das ist ein Fortschritt, eine Bewegung auf eine bessere Ordnung der Dinge zu, eine Bewegung, die der Aktivität unserer Epoche zu verdanken ist, unserer ihrem Wesen nach progressiven Epoche, wie ich es Ihnen beweisen werde, wenn wir auf eine logischere Koordination der sozialen Interessen zu sprechen kommen. Ich will mich durch Beispiele erklären, die mit Händen zu greifen sind. Ich verzichte auf rein abstrakte Argumente, auf das, was wir unter uns als die Mathematik der Ideen bezeichnen. Anstatt ein Grundbesitzer zu sein, der von seinen Zinsen lebt, stellen Sie sich vor, Sie seien ein Maler, ein Musiker, ein Künstler, ein Dichter ...«

»Ich bin Maler«, sagte der Irre gleichsam in Klammern.

»Gut, meinetwegen, wenn Sie meine Metapher so gut verstehen, dann sind Sie Maler und haben eine schöne Zukunft, eine reiche Zukunft. Aber ich will noch weitergehen.«

Als der Irre diese Worte vernahm, musterte er Gaudissart mit beunruhigter Miene; er wollte sehen, ob der Besucher tatsächlich hinausgehen wolle, und beruhigte sich erst wieder, als er wahrnahm, daß der andere nach wie vor dasaß.

»Sie selber sind nichts von alledem«, fuhr Gaudissart fort, »aber wenn Sie sich fühlen ...«

»Ich fühle mich«, sagte der Irre.

»Dann sagen Sie sich: ›Ich werde Minister.‹ Na schön, Sie, als Maler, als Künstler, als Literat, als künftiger Minister, Sie beziffern Ihre Hoffnungen, Sie taxieren sie, Sie schätzen sie, will ich mal annehmen, auf hunderttausend Taler ...«

»Dann bringen Sie mir also hunderttausend Taler?« fragte der Irre.

»Ja, Monsieur, Sie werden schon sehen. Entweder Ihre Erben säckeln sie notwendigerweise ein, wenn Sie gestorben sind, da das Unternehmen sich verpflichtet, sie ihnen auszuzahlen, oder Sie bekommen sie zu Ihren Lebzeiten durch Ihre künstlerischen Arbeiten oder Ihre glücklichen Spekulationen. Wenn Sie sich geirrt haben, können Sie sogar von vorn anfangen. Wenn Sie indessen, wie ich die Ehre hatte, Ihnen zu sagen, die Ziffer Ihres intellektuellen Kapitals festgesetzt haben, denn es geht hier um ein intellektuelles Kapital, beachten Sie das bitte genau, ein intellektuelles ...«

»Ich verstehe«, sagte der Irre.

»Sie unterzeichnen einen Versicherungsvertrag mit der Direktion, die Ihnen, dem Maler, einen Wert von hunderttausend Taler gutschreibt ...«

»Ich bin Maler«, sagte der Irre.

»Nein«, fuhr Gaudissart fort, »Ihnen, dem Musiker, Ihnen, dem Minister, und sich verpflichtet, sie Ihrer Familie, Ihren Erben auszuzahlen, wenn durch Ihren Tod die Hoffnungen, der auf das intellektuelle Kapital gegründete Suppentopf umgestürzt werden sollte. Auf diese Weise genügt die Zahlung der Prämie für die Konsolidierung Ihrer ...«

»Ihrer Kasse«, unterbrach ihn der Irre.

»Ja, freilich, Monsieur. Ich merke, Sie kennen sich in Geschäftsdingen aus.«

»Ja«, sagte der Irre, »ich habe 1798 die Banque Territoriale in der Rue des Fossés-Montmartre[46] in Paris gegründet.«

»Denn«, fuhr Gaudissart fort, »wenn die intellektuellen Kapitalien gezahlt werden sollen, die jeder sich zuerkennt und zuschreibt, muß dann nicht die Allgemeinheit der Versicherten eine gewisse Prämie geben, drei Prozent, eine jährliche Abschlagszahlung von drei Prozent? Auf diese Weise bewahren Sie Ihre Familie durch Zahlung einer geringen Summe, einer Kleinigkeit, vor den ärgerlichen Folgen Ihres Todes.«

»Aber ich bin doch am Leben«, sagte der Irre.

»Ach, wenn Sie lange leben! Dieser Einwand wird am häufigsten erhoben, es ist ein vulgärer Einwand, und Sie verstehen wohl, daß, wenn wir ihn nicht vorausgesehen, ihn nicht zu Boden geschmettert hätten, wir nicht würdig wären ... *was* zu sein? ... Ja, was sind wir denn schließlich? Die Buchhalter im großen Büro der Intelligenzen. Monsieur, ich sage das nicht für Sie, aber ich stoße überall auf Leute, die sich anmaßen, etwas Neues zu lehren, irgendeine Vernunfterwägung Leuten zu enthüllen, die bei einem Geschäft erbleicht sind ...! Mein Ehrenwort, das stimmt mich mitleidig. Aber die Welt ist nun mal so, ich bin nicht arrogant genug, sie verbessern zu wollen. Ihr Einwand, Monsieur, ist ein Unsinn ...«

»Qu'es-aco?«[47] fragte Margaritis.

»Aus folgendem Grunde. Wenn Sie am Leben sind und in Ihrem Versicherungsvertrag die Mittel gegen die Möglichkeit Ihres Todes veranschlagt haben, folgen Sie mir gut ...«

»Ich folge.«

»Gut! Sie haben also bei Ihren Unternehmungen Erfolg gehabt, Sie haben gerade um besagten Versicherungsvertrages willen Erfolg haben müssen; denn Sie haben Ihre Erfolgsmöglichkeiten verdoppelt, indem Sie sich von allen Sorgen befreiten, unter denen man leidet, wenn man eine Frau und Kinder auf dem Hals hat, die unser Tod in das gräßlichste Elend stürzen könnte. Wenn Sie ans Ziel gelangt sind, dann haben Sie also das intellektuelle Kapital eingeheimst, verglichen mit dem die Versicherung eine Bagatelle gewesen ist, eine wahre Bagatelle, die reinste Bagatelle.«

»Ausgezeichnete Idee!«

»Nicht wahr?« entgegnete Gaudissart. »Ich selber nenne diese Wohltätigkeitskasse die ›gegenseitige Versicherung gegen das Elend‹ . . .! Oder, wenn Sie wollen, die Diskontierung des Talents. Denn das Talent, Monsieur, das Talent ist ein Wechsel, den die Natur dem Menschen von Genie schenkt und der oft eine sehr lange Laufzeit hat . . . haha!«

»Oh, ist das ein Wucher!« rief Margaritis aus.

»Zum Teufel, der ist schlau, der Alte. Ich habe mich getäuscht«, dachte Gaudissart. »Ich muß den Kerl durch die höchsten Achtungsbezeigungen in meine Gewalt bringen, durch meine Schaumschlägerei Nummer 1. – Durchaus nicht«, rief Gaudissart laut, »für Sie, der Sie . . .«

»Trinken Sie ein Glas Wein?« fragte Margaritis.

»Gern«, antwortete Gaudissart.

»Frau, bring uns doch eine Flasche von dem Wein, von dem wir noch zwei Stückfässer haben. – Hier wachsen die Spitzengewächse von Vouvray«, sagte der Alte und wies Gaudissart auf seine Weinberge hin. »Wachstum Margaritis!«

Die Magd brachte Gläser und eine Flasche Wein, Jahrgang 1819. Der alte Margaritis füllte behutsam ein Glas und reichte es feierlich Gaudissart, der trank.

»Aber Sie wollen mich ja anführen«, sagte der Geschäftsreisende, »dies ist doch Madeira, echter Madeira.«

»Das könnte sein«, sagte der Irre. »Der Nachteil des Vouvray-Weins, Monsieur, besteht darin, daß er weder als gewöhnlicher Wein noch als Tischwein gereicht werden kann; dazu ist er zu feurig, zu stark; daher versetzen wir ihn mit Kognak und verkaufen ihn in Paris als Madeira. Unser Wein ist so schnapsig, daß, wenn unsere Ernte für Holland und Belgien nicht gut genug ist, viele Pariser Händler uns unsere Weine abkaufen; sie verschneiden sie dann mit Weinen aus der Umgebung von Paris und machen daraus Bordeauxweine. Aber was Sie da augenblicklich trinken, mein lieber und so sehr liebenswürdiger Herr, das ist ein Königswein, ein Spitzengewächs von Vouvray. Ich habe davon zwei Stückfässer, nur zwei. Leute, die was für große Weine übrig haben, für Spitzengewächse, und die bei Tisch mit Weinen aufwarten wollen, die nicht im Handel sind, wie mehrere Pariser Häuser, die sich auf ihre Weine etwas einbilden, solche Leute lassen sich von uns direkt beliefern. Kennen Sie ein paar Leute, die ...«

»Lassen Sie uns wieder auf unser Geschäft zurückkommen«, sagte Gaudissart.

»Aber wir sind ja mitten drin«, entgegnete der Irre. »Mein Wein steigt zu Kopf, caput, der Kopf, die Spitze von Vouvray, caput, Kapital, etymologisch stimmt die Sache, alles paßt zusammen ...«

»Also weiter«, sagte Gaudissart, »entweder haben Sie Ihr intellektuelles Kapital realisiert ...«

»Ich habe realisiert, Monsieur. Wollen Sie meine beiden Fässer haben? Bei den Zahlungsbedingungen käme ich Ihnen entgegen.«

»Nein«, sagte der berühmte Gaudissart, »ich spreche doch von der Versicherung der intellektuellen Kapitalien und von das Leben betreffenden Maßnahmen. Ich fahre mit meinen Darlegungen fort.«

Der Irre beruhigte sich, nahm seine Pose wieder ein und schaute Gaudissart an.

»Ich habe gesagt, Monsieur, wenn Sie sterben, wird das Kapital ohne jedwede Schwierigkeit an Ihre Familie ausgezahlt.«

»Ohne jedwede Schwierigkeit.«

»Ja, vorausgesetzt, daß es sich nicht um Selbstmord handelt ...«

»Das ist eine Schikane.«

»Nein. Sie wissen ja, der Selbstmord ist eine der Handlungen, die stets leicht festzustellen sind.«

»In Frankreich«, sagte der Irre. »Aber ...«

»Aber im Ausland«, sagte Gaudissart. »Gut und schön; um mit diesem Punkt zu Ende zu kommen, möchte ich Ihnen sagen, daß der gewöhnliche Tod im Ausland und der Tod auf dem Schlachtfeld ausscheiden ...«

»Was versichern Sie dann eigentlich ...? Überhaupt nichts!« rief Margaritis. »Meine Banque Territoriale beruhte auf ...«

»Überhaupt nichts ...?« unterbrach Gaudissart den Alten heftig. »Überhaupt nichts ...? Und die Krankheit und die Kümmernisse und die Not und die Leidenschaften? Aber wir lassen uns besser nicht auf Ausnahmefälle ein.«

»Nein, mit solchen Fällen wollen wir uns lieber nicht befassen.«

»Was ergibt sich aus dieser Sache?« rief Gaudissart. »Ihnen als Bankier will ich das Ergebnis unumwunden beziffern. Ein Mann existiert, hat eine Zukunft, ist gut gekleidet, lebt von seiner Kunst, braucht Geld, fordert welches ... Fehlanzeige! Die ganze Kulturwelt verweigert diesem Menschen Geld, der doch in Gedanken die Kulturwelt beherrscht und sie eines Tages durch den Pinsel, den Meißel, das Wort, einen Gedanken, ein System beherrschen *muß*. Eine schauerliche Kulturwelt! Sie hat kein Brot für ihre großen Männer, die ihr doch ihren Luxus zuteil werden lassen; sie nährt sie nur mit Schmähungen und Spott, diese vergoldete Schlampe ...! Der Ausdruck ist stark, aber ich widerrufe ihn auf keinen Fall. Jener große, unverstandene Mann kommt also zu uns, wir halten ihn für einen großen Mann, wir begrüßen ihn respektvoll, wir hören ihn an, und er sagt uns: ›Meine Herren von der Kapital-Versicherung, mein Leben ist soundsoviel wert; ich will Ihnen von dem, was ich hervorbringe, soundsoviel Prozent geben ...!‹ Na, schön, was tun wir ...? Auf der Stelle, neidlos, lassen wir ihn zum herrlichen Festschmaus der Kultur als einen mächtigen Gast zu ...«

»Dazu braucht man Wein ...«, sagte der Irre.

»Als einen mächtigen Festgast. Er unterzeichnet seine Versicherungspolice, er nimmt unsere Papierfetzen, unsere elenden Papierfetzen, die, obwohl sie nur feile Fetzen sind, dennoch mehr Kraft besitzen, als sein Genie sie besaß. Tatsächlich, wenn er jetzt Geld braucht, leiht ihm jedermann welches, er braucht bloß seinen Vertrag vorzuzeigen. An der Börse, bei den Bankiers, überall, und sogar bei den Wucherern, findet er Geld, weil er Garantien bietet. Na, war das etwa keine Lücke im sozialen Gefüge, die ausgefüllt werden mußte? Aber, Monsieur, das ist nur ein Teilgebiet der Betätigungen, die unsere Lebens-Versicherungs-Gesellschaft unternimmt. Wir versichern die Schuldner durch Anwendung eines anderen Prämiensystems. Wir bieten Leibrenten zu einem nach dem Lebensalter abgestuften Zinsfuß, bei einer unendlich viel vorteilhafteren Abstufung, als sie bis jetzt die Tontinen[48] darboten; denn diese basierten auf anerkannt falschen Sterblichkeitstabellen. Da unsere Gesellschaft mit den Massen operiert, brauchen die Leibrentner keine Gedanken zu fürchten, die sie in ihren an sich schon so traurigen alten Tagen traurig stimmen; Gedanken, die notwendigerweise ihrer warten, wenn ein Privatmann ihnen Geld auf Leibrenten abgenommen hat. Sie sehen: bei uns ist das Leben in jedem Sinne beziffert worden ...«

»An allen Enden ausgelutscht«, sagte der Alte; »aber trinken Sie ein Glas Wein, Sie haben es sich wohl verdient. Sie müssen sich Plüsch auf den Magen legen, wenn Sie Ihr Maulwerk anständig instand halten wollen. Monsieur, gut gepflegter Vouvray-Wein ist der reinste Plüsch.«

»Was halten Sie davon?« fragte Gaudissart und leerte sein Glas.

»Sehr schön, sehr neuartig, sehr nützlich; aber mir sind Diskontierungen von Grundwerten lieber, wie sie bei meiner Bank in der Rue des Fossés-Montmartre getätigt wurden.«

»Da haben Sie vollkommen recht«, antwortete Gaudissart, »aber das hat es schon immer gegeben. Jetzt haben wir die Hypothekenkasse, die leiht auf Grundbesitz und betreibt das Wiederverkaufsrecht im großen. Aber das ist doch nur ein kleiner Einfall im Vergleich zu der Idee, die Hoffnungen zu solidifizieren, die Hoffnungen zu verdichten, die Glückswünsche jedes einzelnen zum Gerinnen zu bringen, finanztechnisch gesprochen, ihm ihre Verwirklichung zuzusichern! Dazu bedurfte es unseres Zeitalters, Monsieur, der Zeit des Übergangs, des Übergangs und des Fortschritts zugleich!«

»Ja, des Fortschritts«, sagte der Irre. »Ich habe etwas für den Fortschritt übrig, vor allem für den, der es fertigbringt, für die Reben gutes Wetter[49] zu machen ...«

»Die Zeit«, fuhr Gaudissart fort, der Margaritis' Satz gar nicht gehört hatte, »›Le Temps‹, Monsieur, schlechte Zeitung. Wenn Sie die lesen, tun Sie mir leid ...«

»Zeitung!« sagte Margaritis, »ich glaube, ich bin reinweg vernarrt in Zeitungen. – Frau! Frau! Wo ist die Zeitung?« rief er und drehte sich dabei nach dem Schlafzimmer um.

»Tadellos, Monsieur, wenn Sie sich für Zeitungen interessieren, werden wir schon einig werden.«

»Ja; aber ehe wir uns auf die Zeitung einigen, müssen Sie mir gestehen, wie Sie diesen Wein finden ...«

»Köstlich«, sagte Gaudissart.

»Los, dann trinken wir beide erst einmal die Flasche aus.« Der Irre goß zwei Fingerbreit Wein in sein Glas und füllte das Gaudissarts bis zum Rand. – »Also, Monsieur, von diesem Wein hier habe ich zwei Stückfässer. Wenn Sie ihn gut finden und sich mit mir darüber einigen wollen ...«

»Ganz recht«, sagte Gaudissart, »die Väter des saint-simonistischen Glaubens haben mich gebeten, Ihnen die Waren zu schikken, die ich ... Aber wollen wir nicht lieber erst einmal von Ihrer großen, schönen Zeitung sprechen? Sie, der Sie sich so gut auf die Kapitalsangelegenheit verstehen und der Sie mir behilflich sein wollen, ihr in diesem Kreis zum Erfolg zu verhelfen ...«

»Gern«, sagte Margaritis, »wenn ...«

»Ich verstehe: wenn ich Ihren Wein nehme. Er ist wirklich sehr gut, Ihr Wein, er hat es in sich.«

»Es wird daraus Champagner gemacht; da ist ein Pariser, der macht ihn neuerdings, in Tours.«

»Das will ich gern glauben. ›Le Globe‹, von dem Sie sicher schon gehört haben ...«

»Ich habe ihn oft durchstöbert«, sagte Margaritis.

»Dessen war ich sicher«, sagte Gaudissart. »Sie haben einen mächtigen Kopf, Monsieur, einen Schädel, den gewisse Herren einen Pferdeschädel nennen: im Kopf aller großen Männer ist etwas Pferdehaftes. Nun aber kann man ein schönes Genie sein und als ein völlig Unbekannter leben. Das ist ein Schabernack, der ziemlich allgemein denen zustößt, die ungeachtet ihrer Mittel im Dunkel bleiben, wie es fast bei dem großen Saint-Simon und bei Monsieur Vico[50] der Fall gewesen wäre, einem sehr intelligenten Menschen, der sich durchzusetzen beginnt. Dem geht's gut, dem Vico! Ich bin mit ihm zufrieden. Jetzt kommen wir zur Theorie und zur neuen Formel für die Menschheit. Aufgepaßt, Monsieur . . .«

»Vorsicht«, sagte der Irre.

»Die Ausbeutung des Menschen durch den Menschen hätte mit dem Tag aufhören müssen, da Christus, ich sage nicht ›Jesus Christus‹, ich sage Christus, gekommen ist und die Gleichheit der Menschen vor Gott proklamiert hat. Aber ist diese Gleichheit bislang nicht lediglich eine klägliche Chimäre gewesen? Nun aber ist Saint-Simon die vervollständigende Ergänzung Christi. Christus hat seine Zeit hinter sich.«

»Dann ist er also aus dem Gefängnis 'raus?«

»Er hat seine Zeit hinter sich wie der Liberalismus. Jetzt steht uns etwas Stärkeres bevor, nämlich der neue Glaube, die freie, individuelle Produktion, eine soziale Koordination, die bewirkt, daß jeder sein soziales Salär entsprechend seiner Leistung erhält und nicht mehr von Individuen ausgebeutet wird, die ohne eigene Fähigkeiten *alle* zum Profit eines einzelnen arbeiten lassen; daraus leitet sich die Lehre ab . . .«

»Was machen Sie mit den Dienstboten?« fragte Margaritis.

»Die bleiben Dienstboten, wenn sie nichts als die Fähigkeit besitzen, Dienstboten zu sein.«

»So? Und wozu ist dann die Lehre nütze?«

»Oh, um sich darüber ein Urteil zu bilden, müssen Sie einen sehr hohen Standpunkt einnehmen, von dem aus Sie klar einen allgemeinen Überblick über die Menschheit haben. Jetzt sind wir schon mitten in Ballanche[51]! Kennen Sie Ballanche?«

»Wir tun ja doch nichts anderes!« sagte der Irre, der ›Pantschen‹[52] verstanden hatte.

»Gut«, entgegnete Gaudissart. »Wenn also das palingenetische[53] Schauspiel der sukzessiven Transformation des vergeistigten Globus Ihnen nahegeht, Sie begeistert, Sie erschüttert, dann, na ja, dann ist die Zeitung ›Le Globe‹, guter Titel, der unumwunden die Mission des Blattes ausdrückt, dann also ist ›Le Globe‹ der Cicerone[54], der Ihnen allmorgendlich die neuen Bedingungen erklären wird, unter denen sich binnen kurzem die politische und moralische Wandlung der Welt vollziehen dürfte.«

»Qu'es-aco!« sagte der Alte.

»Ich will Ihnen diesen Gedankengang durch ein Bild verständlich machen«, fuhr Gaudissart fort. »Wenn, als wir klein waren, unsere Kindermädchen uns zu Séraphin[55] geführt haben, brauchen wir dann als alte Herren nicht Zukunftsbilder? Jene Herren Direktoren . . .«

»Trinken die Wein?«

»Ja. Ihr Haus wird, wie ich sagen kann, auf einem vortrefflichen Fuß geführt, einem prophetischen Fuß: schöne Salons, sämtliche berühmten Persönlichkeiten, große Empfänge.«

»Gut«, sagte der Irre, »die Arbeiter, die niederreißen, haben den Wein ebenso nötig wie die, die aufbauen.«

»Und noch viel mehr, Monsieur, wenn man mit der einen Hand niederreißt und mit der anderen wieder aufbaut, wie es die Apostel des ›Globe‹ tun.«

»Dann brauchen sie also Wein, Vouvray-Wein, die beiden Stückfässer, die mir geblieben sind, dreihundert Flaschen, für hundert Francs, Bagatelle.«

»Wieviel macht das pro Flasche?« fragte Gaudissart und rechnete es sich aus. »Wollen mal sehen. Also: die Fracht, der Einfuhrzoll, macht noch keine sieben Sous; aber das wäre ja ein wirklich gutes Geschäft. Alle anderen Weine werden weit teurer bezahlt. (Gut, den Mann habe ich, sagte sich Gaudissart; du willst mir Wein verkaufen, den ich brauche, ich bekomme dich doch noch in die Hand.) – Also«, fuhr er fort, »Leute, die streiten, stehen kurz vor der Einigung. Lassen Sie uns offen miteinander reden: haben Sie großen Einfluß hier im Kreise?«

»Ich glaube«, sagte der Irre. »Wir sind ›das Spitzengewächs‹ von Vouvray.«

»Gut, gut; haben Sie das Unternehmen mit dem intellektuellen Kapital vollkommen verstanden?«

»Vollkommen.«

»Haben Sie die ganze Tragweite des ›Globe‹ ermessen?«

»Zweimal . . . zu Fuß.«

Gaudissart hörte nicht zu, weil er in seine Gedanken versunken war und als ein seines Triumphes sicherer Mann sich selbst lauschte.

»Also: unter Berücksichtigung der Situation, in der Sie sich befinden, verstehe ich, daß Sie in Ihrem Alter nichts zu versichern haben. Aber Sie können die Leute versichern lassen, die hier im Kreis, sei es durch ihren persönlichen Wert, sei es durch die prekäre Lage ihrer Familien, sich ein besseres Los schaffen möchten. Wenn Sie also ein Abonnement auf den ›Globe‹ nehmen und mich mit Ihrer Autorität hier im Kreis bei der Anlage von Kapitalien in Leibrenten unterstützen, denn in der Provinz hat man viel für Leibrenten übrig, nun, könnten wir über die beiden Stückfässer Wein einig werden. Nehmen Sie den ›Globe‹?«

»Ich gehe ja auf dem Globus herum.«

»Unterstützen Sie mich bei einflußreichen Leuten des Kreises?«

»Ich unterstütze . . .«

»Und . . .«

»Und . . .«

»Und ich . . . Aber Sie nehmen doch ein Abonnement auf den ›Globe‹?«

»›Le Globe‹, gute Zeitung«, sagte der Irre. »Leibrenten-Zeitung, lebenslänglich.«

»Lebenslänglich . . .? Ja, doch, Sie haben recht, sie ist voller Leben, Kraft, Wissen, geradezu vollgepfropft mit Wissen, gut gemacht, gut gedruckt, sieht gut aus, hat es in sich. Wahrhaftig, sie ist kein Schund, keine Spielerei, kein Blendwerk, keine Seide, die zerreißt, wenn man sie bloß ansieht; sie ist gut beschlagen, sie bringt Gedankengänge, über die man, wenn man will, nachgrübeln kann und die einem draußen auf dem Lande sehr angenehm die Zeit vertreiben.«

»Ist mir recht«, antwortete der Irre.

»›Le Globe‹ kostet eine Bagatelle, achtzig Francs.«

»Ist mir nicht mehr recht«, sagte der Alte.

»Monsieur«, sagte Gaudissart, »Sie haben doch sicher Enkelkinder?«

»Sehr«, antwortete Margaritis; er hatte statt ›haben‹ ›mögen‹ verstanden, und statt ›Enkelkinder‹ ›kleine Kinder‹.

»Na also! Die ›Kinderzeitung‹, jährlich sieben Francs.«

»Nehmen Sie meine beiden Fässer Wein, dann nehme ich Ihnen ein Kinderabonnement ab, ist mir recht, schöne Idee. Intellektuelle Ausbeutung, das Kind . . .? Nicht wahr: der Mensch durch den Menschen, was?«

»Sie haben es erfaßt«, sagte Gaudissart.

»Hab' ich.«

»Sie sind also einverstanden, mich durch den Kreis zu lotsen?«

»Durch den Kreis.«

»Ich habe Ihre Zustimmung?«

»Haben Sie.«

»In Ordnung, ich nehme also Ihre beiden Fässer Wein zu hundert Francs ...«

»Nein, nein, hundertzehn.«

»Also meinetwegen, hundertzehn Francs, aber hundertzehn für die Kapazitäten des Saint-Simonismus und hundert Francs für mich. Ich vermittele Ihnen einen Verkauf, Sie schulden mir eine Provision.«

»Knöpfen Sie ihnen hundertzwanzig ab[56].«

»Reizender Witz. Nicht nur sehr kräftig, sondern auch sehr geistvoll.«

»Nein: weingeistvoll.«

»Immer besser, wie bei Nicolet[57].«

»So bin ich nun mal«, sagte der Irre. »Wollen Sie sich mal meine Weinberge ansehen?«

»Gern«, sagte Gaudissart, »dieser Wein steigt einem merkwürdig zu Kopf.«

Und der berühmte Gaudissart ging mit Monsieur Margaritis ins Freie und wurde von ihm von Absenker zu Absenker, von Rebstock zu Rebstock geführt. Die drei Frauen und Monsieur Vernier konnten jetzt nach Herzenslust lachen, als sie in der Ferne den Reisenden und den Irren diskutieren, gestikulieren, stehenbleiben, weitergehen und feurig aufeinander einreden sahen.

»Warum hat der Alte ihn uns bloß entführt?« fragte Vernier.

Endlich kam Margaritis mit dem Geschäftsreisenden wieder; beide gingen beschleunigten Schrittes wie Leute, die es eilig haben, mit einem Geschäft fertig zu werden.

»Der Alte hat, Donnerwetter noch mal, den Pariser tüchtig übers Ohr gehauen ...!« sagte Vernier.

Und tatsächlich schrieb der berühmte Gaudissart an der Kante eines Spieltischs zur größten Freude des Alten einen Lieferungsauftrag auf zwei Stückfässer Wein. Als dann Margaritis die feste Bestellung des Reisenden gelesen hatte, drückte er ihm sieben Francs für ein Abonnement der ›Kinderzeitung‹ in die Hand.

»Also morgen, Monsieur«, sagte der berühmte Gaudissart und ließ seinen Uhrschlüssel kreisen, »ich habe die Ehre, Sie morgen abzuholen. Sie können den Wein direkt nach Paris an die angegebene Adresse schicken, per Nachnahme.«

Gaudissart war Normanne; er war nie eine Verpflichtung eingegangen, die nicht wechselseitig gewesen wäre: er verlangte von Margaritis ebenfalls eine Verpflichtung, und dieser, froh wie ein Geisteskranker, dessen Lieblingswunsch befriedigt worden ist, unterschrieb, nicht ohne sie vorher gelesen zu haben, eine Erklärung, daß er zwei Stückfässer Wein aus dem Weingut Margaritis liefern wolle. Gaudissart verabschiedete sich und ging hüpfend und das ›Roi des mers, prends plus bas!‹[58] vor sich hinträllernd zum Gasthaus ›Zur goldenen Sonne‹, wo er natürlich während des Wartens auf das Abendessen mit dem Wirt plauderte. Mitouflet war ein alter Soldat, auf naive Weise abgefeimt wie die Bauern, aber als ein Mann, der an Kanonendonner gewöhnt ist und unter Waffen Scherz treibt, lachte er nie über einen Witz.

»Sie haben hier Leute, die nicht auf den Kopf gefallen sind«, sagte Gaudissart zu ihm; er lehnte sich dabei an den Türrahmen und steckte sich an Mitouflets Pfeife seine Zigarre an.

»Wie meinen Sie das?« fragte Mitouflet.

»Nun, Leute, die in politischen und finanziellen Ideen gut beschlagen sind.«

»Von wem kommen Sie eigentlich, wenn die Frage gestattet ist?« fragte der Gastwirt harmlos und spuckte gewandt den Speichel aus, wie es die Raucher dann und wann tun.

»Von einem ganz geriebenen Burschen namens Margaritis.«

Mitouflet bedachte seinen Gast nacheinander mit zwei Blicken voll kalter Ironie.

»Stimmt, der Alte weiß mancherlei; für die anderen weiß er sogar zuviel, sie können ihn nicht immer verstehen ...«

»Das will ich glauben; er kennt sich in den hohen Fragen der Finanz gründlich aus.«

»Ja«, sagte der Gastwirt. »Deswegen habe ich für mein Teil auch immer bedauert, daß er geistesgestört ist.«

»Wieso: geistesgestört?«

»Verrückt, wie man eben verrückt ist, wenn man verrückt ist«, entgegnete Mitouflet; »aber er ist nicht gefährlich, und seine Frau paßt auf ihn auf. Sie haben sich also gut mit ihm verstanden?« fragte der unbarmherzige Mitouflet mit der größten Kaltblütigkeit. »Komisch.«

»Komisch!« rief Gaudissart, »komisch! Dann hat Ihr Monsieur Vernier sich also über mich lustig gemacht?«

»Hat der Sie hingeschickt?« fragte Mitouflet.

»Ja.«

»Frau!« rief der Gastwirt, »hör doch nur! Monsieur Vernier hat sich einfallen lassen, den Herrn hier zum alten Margaritis zu schicken ...!«

»Und was haben Sie beide denn einander sagen können, mein lieber, netter Herr«, fragte die Frau, »wo er doch total verrückt ist?«

»Er hat mir zwei Stückfässer Wein verkauft.«

»Und Sie haben sie gekauft?«

»Ja.«

»Aber darin besteht ja gerade sein Wahnsinn, daß er immer Wein verkaufen will; er hat nämlich keinen.«

»Gut«, sagte der Reisende. »Erst mal will ich mich jetzt bei Monsieur Vernier bedanken.«

Und kochend vor Zorn begab Gaudissart sich zu dem ehemaligen Färber; er traf ihn in seinem Wohnzimmer an, wo er mit Nachbarn lachte, denen er die Geschichte bereits erzählt hatte.

»Monsieur«, sagte der Fürst der Reisenden und schleuderte lodernde Blicke auf ihn, »Sie sind ein Schelm und ein Schlingel, und wenn Sie nicht der schäbigste der Polizeiagenten sind, Leute, die für mich noch tiefer als Sträflinge stehen, müssen Sie mir Genugtuung über die Beleidigung geben, die Sie mir angetan haben, indem Sie mich mit einem Mann in Verbindung brachten, von dem Sie wußten, daß er verrückt ist. Haben Sie mich verstanden, Herr Schönfärber Vernier?«

Das war die Ansprache, die Gaudissart vorbereitet hatte wie ein Tragöde seinen großen Auftritt.

»Was?« antwortete Vernier, dem die Anwesenheit seiner Nachbarn Mut machte, »glauben Sie vielleicht, wir hätten nicht das Recht, uns über jemanden lustig zu machen, der hier in Vouvray großspurig aufkreuzt und uns unsere Kapitalien abverlangt, unter dem Vorwand, wir seien große Männer, Maler, Dichterlinge, und der uns damit ohne weiteres Leuten gleichstellt, die keinen roten Heller haben, dunklen Existenzen ohne Haus und Herd? Wie kommen wir Familienväter zu solcher Ehre? Sie komischer Kerl, der uns Abonnements auf den ›Globe‹ vorschlägt, eine Zeitung, die eine Religion predigt, deren erstes Gottesgebot befiehlt, jawohl, seine Eltern nicht zu beerben! Mein heiligstes Ehrenwort, der Papa Margaritis redet viel vernünftigere Dinge! Worüber beschweren Sie sich übrigens? Ihr beide seid doch glänzend miteinander zurechtgekommen! Die Herren hier können Ihnen bestätigen, daß Sie, auch wenn Sie mit allen Leuten des Kreises gesprochen hätten, von keinem so gut verstanden worden wären.«

»Das alles kommt Ihnen vielleicht großartig vor, aber ich halte mich für beleidigt, und Sie müssen mir Genugtuung geben.«

»Gut! Ich halte Sie also für beleidigt, wenn Ihnen das Spaß macht, aber ich gebe Ihnen keine Genugtuung, weil bei dieser ganzen Sache so wenig Genugtuung[59] ist, daß ich Ihnen keine geben kann. Das ist mir ein Witzbold!«

Auf diesen Ausspruch hin stürzte sich Gaudissart auf den Färber, um ihm eine 'runterzuhauen; aber die achtsamen Vouvrillons[60] warfen sich zwischen die beiden, und der berühmte Gaudissart ohrfeigte bloß die Perücke des Färbers, die Mademoiselle Claire Vernier auf den Kopf flog.

»Falls Ihnen das noch nicht genügt«, sagte er, »ich bleibe bis morgen früh im Hotel ›Zur goldenen Sonne‹, da können Sie mich bereit finden, Ihnen zu erklären, was es heißt, für eine Beleidigung Genugtuung zu geben! Ich bin Juli-Kämpfer, Monsieur.«

»Meinetwegen«, sagte der Färber; »dann werden Sie eben auch Vouvray-Kämpfer, und Sie sollen länger hierbleiben, als Sie glauben.«

Gaudissart ging und dachte über diese Antwort nach; er fand, daß sie eine schlimme Voraussage sei. Zum erstenmal in seinem Leben aß der Reisende mißmutig zu Abend. Der ganze Flecken Vouvray geriet in Aufregung über das Abenteuer Gaudissarts und Verniers. In diesem langmütigen Ort war noch nie von einem Duell die Rede gewesen.

»Monsieur Mitouflet, ich muß mich morgen mit Monsieur Vernier duellieren, ich kenne hier niemanden, wollen Sie mein Zeuge sein?« fragte Gaudissart seinen Hotelier.

»Gern«, antwortete der Gastwirt.

Kaum war Gaudissart mit seinem Abendessen fertig, als Madame Fontanieu und der Gemeindeschreiber von Vouvray in die ›Goldene Sonne‹ kamen, Mitouflet beiseite nahmen und ihm klarmachten, wie betrüblich es für den ganzen Kreis sein würde, wenn es zu einem gewaltsamen Todesfall käme; sie malten ihm die schreckliche Lage der guten Madame Vernier aus und beschworen ihn, die Angelegenheit so zu regeln, daß die Ehre des Dorfes gewahrt blieb.

»Mach' ich«, sagte der durchtriebene Wirt.

Abends spät brachte Mitouflet dem Reisenden Federn, Tinte und Papier aufs Zimmer.

»Was bringen Sie mir denn da?« fragte Gaudissart.

»Aber Sie duellieren sich doch morgen«, sagte Mitouflet; »da habe ich gemeint, es sei Ihnen vielleicht nicht unlieb, ein paar kleine Verfügungen zu treffen; kurz und gut: Sie könnten doch etwas zu schreiben haben, man hat doch immer Wesen, die einem teuer sind. Oh, davon stirbt man nicht! Verstehen Sie sich gut auf den Umgang mit Waffen? Wollen Sie sich die Hand geschmeidig machen? Ich habe Florette.«

»Nur zu gern.«

Mitouflet kam mit Floretten und zwei Masken wieder.

»Also los!«

Der Wirt und der Reisende gingen beide in Ausfallstellung; Mitouflet als ehemaliger Grenadier-Fechtmeister versetzte Gaudissart achtundsechzig Stöße, stieß ihn herum und drängte ihn gegen die Wand.

»Den Teufel noch mal! Sie haben den Bogen 'raus«, sagte Gaudissart atemlos.

»Monsieur Vernier ist ein viel besserer Fechter als ich.«

»Teufel, Teufel! Dann nehmen wir Pistolen.«

»Das ist auch mein Rat, denn, sehen Sie, wenn man schwere Sattelpistolen nimmt und sie bis zur Mündung lädt, dann riskiert man nichts, die Pistolen ›streuen‹, und jeder zieht sich als Ehrenmann aus der Affäre. Soll ich es so machen? Sapristi, nicht wahr, zwei wackere Leute werden doch nicht so töricht sein, sich einer Handbewegung wegen umzubringen.«

»Sind Sie sicher, daß die Pistolen auch genügend ›streuen‹? Denn schließlich und endlich würde es mir leid tun, wenn ich den Mann umlegte«, sagte Gaudissart.

»Sie können ruhig schlafen.«

Am anderen Morgen traten die beiden Gegner einander ein bißchen blaß unterhalb der Cise-Brücke gegenüber. Der tapfere Vernier hätte fast eine Kuh erschossen, die zehn Schritt von ihm entfernt am Wegsaum vorübertrottete.

»Ah! Sie haben in die Luft geschossen«, rief Gaudissart.

Daraufhin sanken die beiden Feinde einander in die Arme.

»Monsieur«, sagte Gaudissart, »Ihr Scherz war ein bißchen heftig, aber er war komisch. Ich bedaure, daß ich Ihnen grob gekommen bin, aber ich war außer mir; ich halte Sie für einen Ehrenmann.«

»Monsieur, wir verschaffen Ihnen zwanzig Abonnements auf die ›Kinderzeitung‹«, entgegnete der Färber; er war noch immer blaß.

»Wenn dem so ist«, sagte Gaudissart, »warum sollten wir dann nicht gemeinsam zu Mittag essen? Sind Männer, die sich duellieren, nicht stets nahe daran, sich zu vertragen?«

»Monsieur Mitouflet«, sagte Gaudissart bei seiner Rückkehr ins Gasthaus, »es gibt hier doch sicher einen Gerichtsvollzieher . . .?«

»Warum denn?«

»Na, weil ich meinem lieben kleinen Margaritis eine Aufforderung schicken lassen möchte, daß er mir zwei Stückfässer von seinem Eigengewächs zu liefern hat . . .«

»Aber die hat er doch nicht«, sagte Vernier.

»Na, die Sache könnte durch eine Entschädigung in Höhe von zwanzig Francs aus der Welt geschafft werden. Ich will nicht, daß es heißt, euer Dorf habe den berühmten Gaudissart über die Löffel balbiert.«

Madame Margaritis, die Angst vor einem Prozeß hatte, bei dem der Kläger recht bekommen mußte, brachte dem gütigen

Reisenden die zwanzig Francs; es wurde ihm übrigens die Mühe erspart, sich in einer der fröhlichsten, aber neuen Ideen am wenigsten zugänglichen Gegenden Frankreichs anzulegen.

Bei der Rückfahrt von seiner Reise in die Bereiche des Südens hatte der berühmte Gaudissart den ersten Platz im Sonderabteil der Postkutsche Laffitte-Caillard inne; neben ihm saß ein junger Mann, dem er von Angoulême ab die Mysterien des Lebens zu erklären geruhte; offenbar hielt er ihn für ein Kind.

Als sie in Vouvray anlangten, rief der junge Mann: »Das ist aber schön gelegen!«

»Ja«, sagte Gaudissart, »aber der Ort ist unerträglich, der Einwohner wegen. Tagtäglich bekäme man da ein Duell auf den Hals. Sehen Sie, vor drei Monaten habe ich mich da geschlagen«, sagte er und zeigte nach der Cise-Brücke hin, »und zwar auf Pistolen, mit einem verdammten Färber; aber ... dem hab' ich's gegeben!«

Anmerkungen

Der berühmte Gaudissart

1 Im antiken Rom ein drei Tage (17.–19. Dezember) dauerndes, üppiges Fest zu Ehren des Saturnus, zum Andenken an die glückliche Zeit der Herrschaft jenes Gottes. Ursprünglich Fest der Sonnenwende.

2 Selbstzünder.

3 Lateinisch: aus eigener Anschauung.

4 Nordamerikanischer Indianerstamm.

5 Lateinisch: Gleiches (wird) durch Gleiches (geheilt) – der Grundsatz der Homöopathie, im Gegensatz zu ›Contraria contrariis curantur‹ (Gegenteiliges wird durch Gegenteiliges geheilt), dem Grundsatz der klassischen Medizin.

6 Von dem sächsischen Arzt Samuel Hahnemann (1755–1843) erfundene therapeutische Methode: er verabreichte Medikamente nur in winzig kleinen Dosen. Hahnemann wurde in Deutschland heftig bekämpft, heiratete 1835 eine Französin, die ihn zur Übersiedelung nach Paris bewog, wo er endlich Erfolg hatte.

7 Balzac leitet den Namen seines Helden von dem Verbum ›se gaudir‹ (sich freuen, sich lustig machen) ab und kennzeichnet ihn durch die Ausdrücke ›gaudisserie‹ (Scherz, Spaß) und ›gaudriole‹ (leichter, etwas freier Scherz, Schwank).

8 Dort befanden sich die billigeren Sitzplätze.

9 Die Juli-Revolution.

10 Stempelamt, die Verkaufsstelle von Stempelmarken.

11 Oder Schach-baham, sagenhafter Sultan aus ›Tausendundeiner Nacht‹, kommt auch in der französischen Romanliteratur des 18. Jahrhunderts häufig vor.

12 ›Le Globe‹ (›Der Globus‹), 1824 gegründet, war zunächst eine Zeitschrift mit philosophischen und literarischen Beiträgen; im Politischen war sie ›doktrinär‹, im Literarischen vertrat sie die Romantik. Zu den Mitarbeitern gehörten später Thiers als Politiker und Sainte-Beuve als Literaturkritiker. Mit der Einsetzung des Ministeriums Martignac, das der Presse eine gewisse Freiheit einräumte, wurde ›Le Globe‹ in eine politische Zeitung umgewandelt und verfocht eine entschlossene Opposition. Nach der Juli-Revolution schied die bisherige Redaktion aus; Leroux, einer der Gründer des Blattes, verständigte sich mit den Saint-Simonisten

(siehe Anmerkung 13), deren Ideen er teilte, und ›Le Globe‹ wurde das Organ des Saint-Simonismus, jedoch nur achtzehn Monate lang: es fehlte an Geld, an Abonnenten, zumal da aus Propagandagründen die Zeitung eine Zeitlang gratis verteilt wurde; eine Spaltung innerhalb der Partei vollendete den Ruin des Blattes, das am 30. April 1832 sein Erscheinen einstellte.

13 Claude-Henri Graf de Saint-Simon (1760–1825), ein Verwandter des durch seine ›Memoiren‹ berühmten Herzogs von Saint-Simon (1675–1755), kämpfte unter Washington im nordamerikanischen Unabhängigkeitskrieg, schloß sich 1790 mit einem Grafen Redern zu Spekulationen in Nationalgütern zusammen, studierte Geschichte und Philosophie, arbeitete an einer Radikalreform der Gesellschaft mittels einer physiko-politischen Wissenschaft, verbrauchte bei der Erwerbung von Wissen sein Vermögen und lebte in Armut und Verborgenheit. Er veröffentlichte mehrere sozialreformerische Werke. Das von seinen Schülern nach seinem Tode weiter ausgebaute System (Saint-Simonismus) bezweckte die moralische, intellektuelle und physische Verbesserung des Loses der Armen durch Einführung des rein individuellen Besitzes, Aufhebung des Erbrechts der Familie und Übergabe des hinterlassenen Vermögens an den Staat, der es nach dem Grundsatz: jedem nach seiner Fähigkeit, jeder Fähigkeit nach ihrer Arbeit, verteilt. Enfantin, der Herausgeber von Saint-Simons Schriften, fügte die saint-simonistische Religion hinzu: Heiligung und Gottesdienst durch Arbeit und Vergnügen. Seine ausschweifenden Lehren von der Emanzipation des Fleisches und der Gemeinschaft der Frauen führten im Sommer 1832 zum Eingreifen der Polizei und zur Auflösung der Sekte, als deren ›Messias‹ Enfantin sich bezeichnet hatte.

14 ›Le Mouvement, Journal politique des Besoins nouveaux‹ (›Die Bewegung, politische Zeitung der neuen Erfordernisse‹) war die erste der drei unter der Juli-Monarchie erscheinenden Zeitungen dieses Titels; sie wurde 1831 gegründet. Den Namen übernahm sie von der Partei des ›Mouvement‹, der fortschrittlichsten Fraktion der konstitutionellen Royalisten, die mit Laffitte nach der Revolution zur Macht gelangte und fortan gegen die Regierung der ›Resistance‹ (des Widerstrebens) eine Opposition mit demokratischen und republikanischen Tendenzen bildete.

15 Die Carbonari (italienisch: Köhler), politische Geheimverbindung in Italien, ursprünglich gegen die französische Herrschaft unter Napoleon gerichtet, verfolgte nach 1814 demokratische und antimonarchische Tendenzen mit dem Ziel der Vertreibung der

Österreicher aus Italien. Manche ihrer Formen waren der Freimaurerei entlehnt, ihr Ritual dem der Köhler. Nach Unterdrükkung der Revolutionen in Neapel und Piemont 1823 wurde Paris der Mittelpunkt der ›Charbonnerie‹. Nach der Juli-Revolution bildete sich eine neue ›Charbonnerie démocratique‹, die die Republik anstrebte. Die Italiener sagten sich daraufhin von ihr los und gründeten das ›Junge Italien‹. – 1816 existierte die ›Charbonnerie‹ in Frankreich noch nicht: sie wurde erst 1821 durch Bazard und Buchez, zwei Saint-Simonisten, eingeführt. Wahrscheinlich ist Gaudissart also lediglich in die militärischen Verschwörungen jener Zeit verstrickt gewesen. Übrigens hat Balzac sich weder in ›César Birotteau‹ noch in ›Glanz und Elend der Kurtisanen‹ genauer über die wahre Natur jener Verschwörung geäußert.

16 Das ›Gymnase dramatique‹, gegründet 1820, nahm bald unter der Schirmherrschaft der Herzogin von Berry (der Schwiegertochter des Grafen von Artois, des späteren Karls X.) die Bezeichnung ›Théâtre de Madame‹ an und pflegte das Vaudeville und die Komödie mit Gesangseinlagen.

17 Der Schal wurde aus dem Orient während der Blütezeit des Kaiserreichs eingeführt, machte in allen Gesellschaftsklassen Furore und blieb bis zum Ende des Zweiten Kaiserreichs Mode. Der echte Schal bestand aus der Wolle der Kaschmir-Ziege und kam aus Indien; er war sehr teuer; eine Frau ›comme il faut‹ gab für echten Kaschmir ohne weiteres mehrere tausend Francs aus. Deshalb wurde versucht, ›französischen Kaschmir‹ herzustellen, teils aus der Wolle importierter Kaschmir-Ziegen, teils aus der einheimischer Ziegenlämmer. Aber die erzielte Wolle war weder so fein noch so seidig wie die echte. Noch in den ersten Jahren der Dritten Republik gehörte ein Kaschmirschal zur Aussteuer der Braut.

18 Das Pariser Schuldgefängnis, früher in dem gleichnamigen Kloster in der Rue de la Clef, 1827 in die Rue de Clichy verlegt.

19 Mayeux, eine groteske Gestalt, geschaffen von dem Zeichner Charles Traviès, war eine der immer wiederkehrenden Karikaturentypen unter der Juli-Monarchie. Die Gestalt wurde so populär, daß alle humoristischen Zeichner und Schriftsteller sie benutzten. Mayeux war ein guter Bürger und guter Nationalgardist, dazu Voltairianer, irreligiös und lasterhaft; er hatte einen schrecklichen Buckel. Zwanzig Jahre lang galt er als *die* Karikatur des Bourgeois.

20 Während der ersten Hälfte des 19. Jahrhunderts bestand das gängige Korsett aus einem Stück und mußte hinten geschnürt werden, weshalb die Damen der Restauration und der Juli-Monarchie un-

bedingt der Hilfe einer Zofe oder wenigstens der des Ehemannes bedurften, wenn sie es an- oder ablegen wollten. Eine Lithographie von Gavarni illustriert amüsant diesen Ehemannsdienst: als ein Mann eines Abends das Korsett seiner Frau aufschnüren will, macht er eine schlimme Entdeckung: »Nanu? Das ist aber seltsam! Ich weiß genau, daß ich heute morgen eine einfache Schleife gemacht habe, und heute abend ist es eine Rosette!« Deswegen trugen elegante Damen Korsetts, die vorn mit Haken und Ösen geschlossen wurden, so die Herzogin von Maufrigneuse in ›Glanz und Elend der Kurtisanen‹.

21 Es gibt in der ›Menschlichen Komödie‹ nicht weniger als 21 Gestalten, die der von Balzac erfundenen Familie Popinot angehören. Hier handelt es sich um den Grafen Anselme Popinot, der, wie Byron, Walter Scott und Talleyrand, einen Klumpfuß hatte. Er tritt auch in ›César Birotteau‹, ›Das Bankhaus Nucingen‹, ›Glanz und Elend der Kurtisanen‹, ›Die Kleinbürger‹ und anderen Werken auf.

22 In Wirklichkeit war am 23. März 1831 der General d'Argout zum Handelsminister im Kabinett Périer ernannt worden, eine Funktion, die er bis zum 31. Dezember 1832 ausübte.

23 Charles Fourier (1772–1837), Philosoph und Soziologe, Begründer eines Sozial-Systems, das Arbeitsgemeinschaften (Phalansterien) in gemeinsamen Wohnungen schaffen wollte; eine Phalanx sollte aus 400 Familien bestehen.

24 Guillaume Louis Ternaux (1765–1833), ein Tuchfabrikant und unter dem Kaiserreich Präsident des Generalrats der industriellen Unternehmen, versuchte 1819, die Tibet-Ziegen in Frankreich zu akklimatisieren, um von ihrer Wolle Schals herzustellen, die weniger teuer kamen als die indischen Kaschmirschals (siehe Anmerkung 17). Der Versuch mißlang insofern, als die Ziegen zwar am Leben blieben und sich fortpflanzten, aber nicht mehr die feine Wolle trugen, die dem indischen Kaschmir dessen seidige Weichheit lieh. Dennoch fuhr Ternaux mit seiner Fabrikation fort und schuf einen relativ billigen französischen Kaschmir, der freilich Kenner nicht täuschen konnte.

25 Eine Reihe unübersetzbarer Wortspiele, abgeleitet von ›Globe‹.

26 1789 wurde das ›Journal des Débats et Décrets‹ gegründet, eine kleine, einflußlose Zeitung, die nur dokumentarisches Interesse hat: sie enthält wohl die besten Berichte über die Sitzungen der revolutionären Versammlungen. Als das Blatt 1799 in andere Hände überging, wurde es als ›Journal des Débats‹ zu einer der

wichtigsten politischen und literarischen Zeitungen Frankreichs. 1805 brachte Napoleon das Blatt, dessen satirischer Ton es ihm verdächtig gemacht hatte, unter seinen Einfluß und wandelte es in eine offizielle Zeitung um; 1811 beschlagnahmte er es gänzlich. Erst 1814 kam es wieder in den Besitz seiner Eigentümer, der Gebrüder Bertin, die durch vorzügliche Mitarbeiter und Ausgestaltung des Feuilletons seinen Aufstieg herbeigeführt hatten. Getreu ihren alten liberalen Neigungen schlugen die Bertins sich zur konstitutionellen Opposition, wurden aber bald unter dem Einfluß Chateaubriands der Gruppe der Ultras zugeführt, die sie unterstützten; nach dem Sturz des Ministeriums Villèle gingen sie zur liberalen Opposition über und stützten die linke Mitte. Obwohl die ›Débats‹ die Politik Martignacs gefördert und Polignac bekämpft hatten, zollten sie der Juli-Revolution keinen Beifall, sondern nahmen sie lediglich in Kauf, schlossen sich indessen Louis-Philippe an. Sie wurden jetzt das bevorzugte Organ der Regierungstreuen; die Redakteure waren die Vertrauten der königlichen Prinzen, einer wurde der Lehrer des Herzogs von Aumale. Einer der Gründer, Bertin de Vaux, wurde zum Pair von Frankreich ernannt. Von 1848 an entsagten die ›Débats‹ der aktiven Politik und bewahrten Zurückhaltung, die sie auch unter dem Zweiten Kaiserreich beibehielten.

27 Kleinstadt im Arrondissement Tours, an der Loire; in ihrer Umgebung wird ein schätzenswerter Weißwein gebaut.

28 François Rabelais (um 1494–1555), Benediktiner, Arzt, Professor der Anatomie, zuletzt Pfarrer in Meudon, Dichter des Romans ›Gargantua und Pantagruel‹ (1532–36); von Balzac geliebt und bewundert und Vorbild seiner ›Tolldreisten Geschichten‹.

29 Bewohner der Stadt Tours und der Touraine.

30 Jacques de Semblançay (um 1457–1527), Bankier, Minister Ludwigs XII. und Franz' I. Fälschlich der Unterschlagung beschuldigt und gehängt.

31 Christophe Plantin (1520–1589), siedelte nach Antwerpen über, wo er seine berühmte Druckerei an seinen Schwiegersohn Moretus vererbte, in dessen Familie sie drei Jahrhunderte lang blieb. 1875 wurde sie mit allen handschriftlichen und typographischen Schätzen von der Stadt Antwerpen erworben und in ein Plantin-Museum umgewandelt.

32 René Descartes (1596–1650), Philosoph und Mathematiker, Begründer der modernen Philosophie (›Discours de la Méthode‹ und ›Meditationes de prima philosophia‹). Er starb, dem dortigen

Klima nicht gewachsen, in Stockholm, wohin die Königin Christine ihn berufen hatte.

33 Jean Le Maingre, Sire de Boucicault (1365—1421), Marschall von Frankreich, bei Nicopolis und Azincourt gefangengenommen, starb in England.

34 Robert Pinaigrier (1500?–1549?), berühmter Glasmaler.

35 François Béroalde de Verville (1558–1612), berühmter Autor von ›Le Moyen de parvenir‹, einer Sammlung von Erzählungen und Anekdoten, gut erzählt, derb und erotisch.

36 Paul-Louis Courier de Méré (1772–1835), Gräzist und politischer Schriftsteller, Gegner der Restauration, war mehrmals im Gefängnis; Autor bissiger, glänzender Pamphlete und geistvoller Briefe, ein Schriftsteller von klassischem Rang. Er wurde von seinem Jagdhüter aus Eifersucht ermordet.

37 Utopische Gründung in Rabelais' Gargantua-Roman; dort gilt die Devise: ›Tu, was dir gefällt!‹

38 Siehe Anmerkung 13.

39 Sprache einer bestimmten Klasse; im besonderen: scheinheilige Redeweise, heuchlerisches Benehmen.

40 Charenton-le-Pont im Arrondissement Sceaux, am Zusammenfluß von Seine und Marne, berühmt durch die Heilanstalt für Geisteskranke, obwohl diese sich jetzt in Saint-Maurice befindet, einer von Charenton unabhängigen Gemeinde.

41 Jean-Baptiste-René-Jacquelin Dubuisson, Irrenarzt, Verfasser einer ›Dissertation sur la Manie‹ (1812) und eines ›Traité des Vésanies‹ (1816).

42 Jean-Etienne-Dominique Esquirol (1772–1840), Psychiater, Schüler Pinels, trug beträchtlich zur Kenntnis der Geisteskrankheiten und zur Reform von deren Behandlung in den Krankenhäusern bei. Die Güte seines Charakters entsprach der Höhe seines Wissens. Er starb als Chefarzt der Heilanstalt Charenton, nachdem er zuvor derjenige der Salpêtrière in Paris gewesen war.

43 Esprit Blanche (1796–1852), Schüler Pinels, widmete sich dem Studium der Geisteskrankheiten und schuf für deren Behandlung 1821 eine Heilanstalt, die 1847 vom Montmartre nach Passy verlegt und von seinem Sohn weitergeführt wurde. Er lebte mit den Seinen unter den Kranken. Zu seinen Patienten gehörte Gérard de Nerval; zu denen des Sohns Guy de Maupassant. Sein Enkel war der Schriftsteller und Maler Jacques-Emile Blanche, dem wir das schönste Porträt Marcel Prousts verdanken.

44 Italienisch: seine eigenen Wege.

45 Joachim Murat (1767–1815), Gatte von Napoleons jüngster Schwester Caroline, Marschall von Frankreich, prunkliebend, sagenhaft tapfer, aber nicht eben intelligent, Großherzog von Berg (Hauptstadt Düsseldorf), dann, als Nachfolger von Napoleons Bruder Joseph, 1808 König von Neapel. Versuchte mit wenigen Getreuen, sein Königreich zurückzuerobern, wurde bei Pizzo gefangengenommen und erschossen: der Gastwirtssohn starb stolz wie ein Stuart.

46 Die heutige Rue d'Aboukir.

47 Provenzalisch: Was ist das? Wieso?

48 Leibrentengesellschaften, bei denen die länger lebenden Mitglieder Zinsen oder Kapital der früher sterbenden erben.

49 Unübersetzbares Wortspiel mit temps = Zeit, temps = Wetter und dem Zeitungstitel ›Le Temps‹.

50 Die Art, wie Gaudissart von ›Monsieur Vico‹ spricht, läßt zur Genüge erkennen, daß er die Schriften der Saint-Simonisten nur recht flüchtig durchstöbert haben muß; denn sonst hätte er schwerlich Giovanni Battista Vico (1668–1744), den Begründer der Geschichtsphilosophie, für einen Zeitgenossen gehalten! Vicos großes Werk über die Gesetze der Kultur und die Entwicklung der Nationen (›Principi di una scienza nuova d'intorno alla commune natura delle nazioni‹, 1725–1744) ist für Frankreich erst 1827 von Michelet wiederentdeckt worden, der es unter dem Titel ›Prinzipien der Geschichtsphilosophie‹ übersetzte. Vico stellte darin ein neues System der Geschichtsphilosophie auf, einen mystisch-platonischen Kreislauf von Aufstieg, Fortschritt, Verharren, Verfall und Wiederkehr. Die Saint-Simonisten beeilten sich, Vicos Lehren auszunützen; Ballanche lieh ihnen den Zauber einer poetischen Allegorie.

51 Pierre-Simon Ballanche (1776–1847), Sozialphilosoph und Dichter, zunächst Buchdrucker und Buchhändler, seit 1842 Mitglied der Akademie, schrieb u. a. eine symbolisch-epische Dichtung ›Antigone‹. Er war der bevorzugte Freund der Mme Récamier, mit der er von 1812 bis zu seinem Tode zusammenwohnte und in deren Grab er bestattet worden ist. Er war einer der mystisch-christlichen Doktrinäre, die in dem konstitutionellen Regime der Restauration den endgültigen Gipfel der Evolution der Kulturwelt sahen. Die Juli-Revolution versetzte den Illusionen dieses Träumers von einem tausendjährigen Reich einen schmerzlichen Schlag.

52 Das Wortspiel zwischen dem Namen Ballanche und ›faire de la planche‹ (sein Beet, seinen Weinberg bestellen) konnte nur in dieser Form wenigstens andeutungsweise phonetisch wiedergegeben werden.

53 Anspielung auf Ballanches unvollendet gebliebenes Werk ›Essai de Palingénésie sociale‹ (Palingenesie = Wiedergeburt).

54 Italienisch: Fremdenführer.

55 Leiter eines Marionetten-Theaters. Er richtete 1784 sein Theater in den neuen Galerien des Palais-Royal ein und zeigte chinesische Schattenspiele und Marionetten. Seine Erfolgsstücke waren ›Der Zauberer Rothomajo‹ und ›Die Entenjagd‹.

56 Wortspiel zwischen ›cent vingt‹ (hundertzwanzig) und ›sans vin‹ (ohne Wein).

57 Jean-Baptiste Nicolet (1710–1796), errichtete 1759 am Boulevard du Temple ein Jahrmarktstheater, das 1792 den Namen ›Théâtre de la Gaieté‹ annahm. Nach Nicolets Tod wurden dort Melodramen und Märchenstücke gespielt. 1808 erwies sich das Theater als zu klein und wurde neu erbaut, 1835 brannte es ab; beim Neubau wurden zum erstenmal weitgehend Eisenkonstruktionen angewandt. Als 1862 der Durchbruch des Boulevard du Prince-Eugène erfolgte, wurde das Theater abgerissen und am Boulevard Sébastopol als ›Théâtre de la Gaîté‹ (neue Schreibweise) wiedererrichtet.

58 Entstelltes Zitat des Refrains der Barkarole aus Aubers Oper ›Die Stumme von Portici‹ (Uraufführung 29. Februar 1828).

59 Wortspiel zwischen raison = Genugtuung und raison = Vernunft.

60 Bürger von Vouvray

Biographische Notizen über die Romangestalten

Der berühmte Gaudissart

GAUDISSART, Felix, etwa 1792 geboren, 1816 beinahe in eine Verschwörung bonapartistischer Offiziere verwickelt (›Glanz und Elend der Kurtisanen‹), konnte sich mit der Hilfe von Richter Popinot aus der Affäre ziehen und nahm es, aus Freundschaft für Anselme, des letzteren Neffen, 1818 auf sich, für den Vertrieb des Kopföls (›Cephalus-Öl‹) von César Birotteau ›auf Reise‹ zu gehen; dieser lud ihn 1818 zu seinem denkwürdigen Dezember-Ball ein (›César Birotteau‹). Später, immer noch während der Restauration, kaufte er als angeblicher Blumenhändler die von Honorine, geflüchteter Gattin des Grafen Octave de Bauvan, angefertigten künstlichen Blumen (›Honorine‹). Zu Beginn der Juli-Monarchie erhielt Gaudissart durch die Protektion von Anselme Popinot, inzwischen Minister geworden, die Lizenz für ein Boulevardtheater (›Vetter Pons‹).

Die Muse des Départements

Übertragung von Ernst Sander

Balzac gibt als Entstehungszeit des Romans ›La Muse du Département‹ Juni 1843 - August 1844 an. Erschienen ist das Werk unter dem Titel ›Dinah Piédefer‹ bereits vom 20. März bis zum 29. April 1843 in ›Le Messager‹, sodaß die Niederschrift also früher erfolgt sein muß; die erste Buchausgabe erschien unter dem heutigen Titel im gleichen Jahr, und zwar innerhalb einer ›Les Mystères de Province‹ betitelten Reihe, die auch Arbeiten anderer Autoren enthielt. Gleichfalls 1843 erhielt der Roman, jetzt ohne die ursprüngliche Kapiteleinteilung, seinen Platz in der ›Menschlichen Komödie‹, im zweiten Band der ›Szenen aus dem Provinzleben‹.

Im Frühjahr 1843 war der von seinen Verlegern gedrängte Balzac in Verlegenheit um ein Romanmanuskript; um seine Vertragsverpflichtungen zu erfüllen, griff er auf eine alte Skizze zurück, nämlich die Urform von ›La Grande Bretèche ou les trois Vengeances‹ (›Die Große Zinne oder die drei Racheakte‹), die 1837 als dritter Band der Reihe ›Scènes de la Vie de Province‹ erschienen war; in endgültiger Gestalt wurde ›La Grande Bretèche‹ der ›Zweiten Frauenstudie‹ eingefügt (siehe den Band ›Der Ehekontrakt‹ unserer Ausgabe). Balzac gestaltete jene Skizze aus, vertiefte sie und fügte ihr eine Anzahl bereits früher veröffentlichter Fragmente ein, zumal Teile von ›La Femme de Province‹, 1840 in dem Sammelwerk ›Les Français peints par eux-mêmes‹ erschienen; ›L'Histoire du Chevalier de Beauvoir‹, die, ehe sie in die ›Grande Bretèche‹ von 1837 aufgenommen wurde, 1832 in den ›Contes bruns‹ (›Une Conversation entre onze Heures et Minuit‹) erschienen war; ferner ›Le Grand d'Espagne‹ (unter diesem Titel 1832 in den ›Contes bruns‹ erschienen und 1837 der ›Grande Bretèche‹ eingefügt) und schließlich ›Olympia ou les Vengeances romaines‹, bereits am 26. September 1833 unter dem Titel ›Fragments d'un Roman publié sous l'Empire, par un Auteur inconnu‹ in der von Sophie Gay herausgegebenen Sammlung ›Les Causeries du Monde‹ erschienen.

Balzacs künstlerisches Vermögen, aus diesen heterogenen Bestandteilen und noch dazu in höchster Eile, gehetzt von seinen Verlegern, ein überzeugendes Ganzes zu gestalten, erheischt Bewunderung.

Nicht unerwähnt bleibe, daß zu der Gestalt des Literaten Etienne Lousteau Jules Sandeau Modell gestanden hat (in der Ausgabe von 1837 führte er den Vornamen Emile, wurde indessen einige Male versehentlich mit Sandeaus Vornamen ›Jules‹ genannt); Madame de La Baudraye hat einige Züge mit Mme Caroline Marbouty gemeinsam, die Balzac 1836 in Pagenkleidung nach Italien begleitete (siehe im ersten Band dieser Ausgabe ›Balzac. Sein Leben und Werk‹).

Der Roman wurde dem Grafen Ferdinand de Gramont (1811–1897) zugeeignet. Balzac hatte den Grafen 1835 kennengelernt und zur Mitarbeit herangezogen. M. de Gramont entwarf ihm die Wappen und Wappensprüche der Adelsgeschlechter der ›Komödie‹, half jedoch außerdem bei der Herausgabe der ›Oeuvres complètes d'Horace de Saint-Aubin‹, unter welchem Pseudonym Balzac seine Jugendwerke publiziert hatte: um seinen Geldnöten abzuhelfen, gab er sie 1836 neu heraus. Gramont hat dabei zusammen mit dem Marquis de Belloy den nur als Fragment vorhandenen Roman ›L'Excommunié‹ zu Ende geführt und den Roman ›Dom Gigadas‹, von dem nur der Titel bestand, allein geschrieben, ohne daß Balzac eingegriffen hat; nur für den Schluß des Buches, der dem Verleger Souverain mißfiel, machte er Änderungsvorschläge. Übrigens hat sich Gramont in seinen eigenen, heute vergessenen Werken als ein achtenswerter Prosaist erwiesen.

An der Grenze des Berry[1] liegt am Ufer der Loire eine Stadt, an der, ihrer Lage wegen, das Auge des Reisenden unfehlbar haften bleibt. Sancerre nimmt den höchsten Punkt einer Kette kleiner Berge ein; diese ist der letzte Ausläufer der Bodenwellen des Nivernais[2]. Die Loire überschwemmt die Äcker am Fuß der Hügel und läßt dabei dort einen gelben, lehmigen Schlamm zurück, der sie fruchtbar macht, sofern er sie nicht für alle Zeit durch die furchtbaren Hochwasser versandet, wie sie auch der Weichsel eigentümlich sind, dieser Loire des Nordens. Der Berg, auf dessen Gipfel die Häuser von Sancerre sich zusammenscharen, erhebt sich in so geringer Entfernung vom Fluß, daß der kleine Hafen Saint-Thibault das Leben von Sancerre mitzuleben vermag. Dort werden die Weine verladen, dort wird das Daubenholz ausgeladen, kurzum: alles, was die obere und die untere Loire hervorbringt.

Zu der Zeit, da diese Geschichte sich ereignete, waren die Brücken von Cosne und Saint-Thibault, zwei Hängebrücken, schon gebaut. Die Reisenden, die auf der nach Italien führenden Straße von Paris nach Sancerre kamen, brauchten sich nicht mehr mit einer Fähre von Cosne nach Saint-Thibault übersetzen zu lassen: genügt das nicht zu der Andeutung, daß der ›Stellenwechsel‹ von 1830 bereits stattgefunden hatte? Denn das Haus Orléans hat überall die materiellen Belange gehätschelt, freilich ungefähr wie die Ehemänner, die ihren Frauen von dem Geld der Mitgift Geschenke machen.

Den Teil von Sancerre ausgenommen, der das Plateau einnimmt, sind die Straßen mehr oder weniger steil, und die Stadt ist von Erdaufschüttungen umgeben; sie werden ›die großen Wälle‹ genannt, eine Bezeichnung, die zur Genüge die Rundwege um die Stadt andeutet. Jenseits der Wälle erstreckt sich ein Gürtel von Rebpflanzungen. Der Weinbau bildet das wichtigste Gewerbe und den ansehnlichsten Handelszweig der Stadt, die mehrere Hochgewächse von üppigem Bukett besitzt; sie sind den Erzeugnissen Burgunds so ähnlich, daß sich in Paris die vulgären Gaumen dadurch täuschen lassen. Sancerre findet demgemäß in den Pariser Schenken raschen Absatz, was übrigens für Weine, die sich nicht länger als sieben oder acht Jahre halten, sehr nötig ist. Unterhalb der Stadt liegen ein paar Dörfer, Fontenay, Saint-Satur, die Vorstädten ähneln und deren Lage an die heiteren Weindörfer um Neuchâtel in der Schweiz erinnert. Die Stadt hat ein paar Züge ihrer ehemaligen Physiognomie bewahrt; ihre Straßen sind eng und mit Kieselsteinen gepflastert, die dem Bett der Loire entnommen worden sind. Es gibt dort noch alte Häuser. Der Turm, dieser Überrest der Befestigungen und der Feudalzeit, erinnert an eine der schrecklichsten Belagerungen[3] unserer Religionskriege; bei dieser Gelegenheit haben unsere Calvinisten die wilden Cameroner Walter Scotts[4] beträchtlich übertroffen. Die Stadt Sancerre, reich an rühmlicher Vergangenheit, aber ihrer militärischen Macht beraubt, ist gewissermaßen einer unfruchtbaren Zukunft überantwortet, denn das kommerzielle Leben und Treiben vollzieht sich auf dem rechten Ufer der Loire. Die rasche Schilderung, die man soeben gelesen hat, beweist, daß Sancerres Isolierung auch weiterhin noch zunehmen wird, trotz der beiden Brücken, die es mit Cosne verbinden. Sancerre, der Stolz des linken Ufers, hat höchstens dreitausendfünfhundert[5] Seelen, während man heute in Cosne deren mehr als sechstausend zählt. Seit einem halben Jahrhundert haben die beiden einander gegenüberliegenden Städte ihre Rollen völlig getauscht. Den Vorteil der Lage genießt freilich die historische Stadt, wo man sich von überall aus bezaubernder Ausblicke erfreut, wo die Luft von wundervoller Reinheit ist, der Pflanzenwuchs prächtig und wo die Bewohner im Einklang mit dieser lachenden Natur umgängliche, gute, von Puritanismus freie Gefährten sind, obgleich zwei Drittel der Stadt Calvinisten geblieben sind. Bei einem solchen Stand der Dinge ist man allen Mißlichkeiten des Lebens in kleinen Städten unterworfen, befindet man sich unter dem Druck jener offiziösen Überwachung, die aus dem Privatleben ein quasi öffentliches Leben macht; aber dafür entfaltet sich in hohem Maße der Lokalpatriotismus, der freilich den Familiengeist nie zu ersetzen vermag. Deswegen ist die Stadt Sancerre sehr stolz darauf, daß eine der Berühmtheiten der modernen Medizin, nämlich Horace Bianchon, und ein Schriftsteller zweiten Ranges, Etienne Lousteau, einer der vortrefflichsten Journalisten, zu ihren Söhnen zählen. Das Arrondissement Sancerre in seiner Betroffenheit darüber, sieben oder acht Großgrundbesitzern unterworfen zu sein, den hochmögenden Baronen der Wahl, hat versucht, das Wahljoch der ›Doktrinäre‹[6] abzuschütteln, die aus ihm ihr ›Bourg-pourri‹[7] gemacht haben. Diese Verschwörung einiger gekränkter Ehrgeizlinge scheiterte an der Eifersucht, die die künftige Rangerhöhung eines der Verschwörer in den Verbündeten auslöste. Als das Ergebnis den Grundfehler des Unternehmens aufgezeigt hatte, wollte man es dadurch wieder gutmachen, daß man bei den nächsten Wahlen als Vertreter der Stadt einen der beiden Männer nahm, die Sancerre in Paris glorreich vertreten.

Dieser Gedanke war äußerst fortschrittlich für die Provinz, wo seit 1830 die Nomination von Lokalgrößen solche Fortschritte gemacht hat, daß in der gewählten Kammer Staatsmänner immer seltener werden. Jener Plan, dessen Verwirklichung recht hypothetisch war, wurde daher von der überragenden Frau des Arrondissements ausgeheckt, dux femina facti[8], aber mit einem Hintergedanken persönlichen Interesses. Der Einfall hatte so viele Wurzeln in der Vergangenheit jener Frau und schloß ihre Zukunft so sehr ein, daß man ihn ohne einen kurzen, auf das Wesentliche beschränkten Bericht über ihr Vorleben nur schwer verstehen würde. Sancerre brüstete sich damals mit einer überragenden, lange unverstandenen Frau, die sich indessen um 1836 im Département eines recht hübschen Rufes erfreute. Jener Zeitpunkt war zugleich der Augenblick, da die Namen der beiden Sancerroiser in Paris, jeder in seiner Sphäre, ein Höchstmaß an Glanz erreicht hatten: der eine im Ruhm, der andere in der modischen Geltung. Etienne Lousteau, Mitarbeiter von Zeitschriften, zeichnete jetzt verantwortlich für das Feuilleton einer Zeitung mit achttausend Abonnenten; und Bianchon, der bereits Chefarzt eines Krankenhauses, Offizier der Ehrenlegion und Mitglied der Akademie der Wissenschaften war, hatte gerade einen Lehrstuhl erhalten. Schlösse dieser Ausdruck für viele Menschen nicht eine Art Tadel ein, so könnte man sagen, George Sand[9] habe den ›Sandismus‹ geschaffen, so sehr stimmt es, daß, moralisch gesprochen, das Gute immer mit einem Übel gefüttert ist. Diese Lepra des Gefühls hat viele Frauen verdorben, die ohne die Anmaßung, sie seien Genies, ganz reizend gewesen wären. Der Sandismus hat indessen das Gute, daß die davon befallene Frau, indem sie ihre vorgebliche Überlegenheit auf mißverstandene Gefühle überträgt, irgendwie der Blaustrumpf des Herzens ist: daraus ergibt sich dann weniger Langweiligkeit, weil die Liebe die Literatur ein wenig neutralisiert. Nun aber hat die Berühmtheit der George Sand als Hauptwirkung die Erkenntnis gehabt, daß Frankreich eine exorbitante Anzahl überragender Frauen besitzt, die großherzig genug waren, bis jetzt der Enkelin des Marschalls von Sachsen[10] freie Bahn zu lassen. Die überragende Frau von Sancerre wohnte auf La Baudraye; das war zugleich Stadt- und Landhaus und lag zehn Minuten von der Stadt entfernt in dem Dorf, oder, wenn man will, der Vorstadt Saint-Satur. Die La Baudrayes unserer Zeit sind, wie es vielen Adelsgeschlechtern widerfahren ist, an die Stelle der La Baudrayes getreten, deren Name in den Kreuzzügen glänzt und mit so vielen historischen Ereignissen des Berry verknüpft ist. Das bedarf einer Erklärung.

Unter Ludwig XIV. konvertierte ein gewisser Schöffe namens Milaud, dessen Vorfahren fanatische Calvinisten gewesen waren, nach der Aufhebung des Edikts von Nantes[11]. Um eine solche Regung in einem der Sanktuarien des Calvinismus zu ermutigen, berief der König besagten Milaud auf einen hohen Posten in der Wasser- und Forstverwaltung und verlieh ihm Wappen und

Titel eines Sire de La Baudraye; zugleich schenkte er ihm das Lehen der echten, alten La Baudrayes. Die Erben des berühmten Feldhauptmanns La Baudraye gerieten leider in eine der Fallen, die den Ketzern durch die königlichen Verfügungen gestellt worden waren, und wurden gehängt, was eine des großen Königs unwürdige Handlung war. Unter Ludwig XV. wurde aus dem Edlen Milaud de La Baudraye ein Chevalier, und er genoß so viel Ansehen, daß er seinen Sohn als Kornett in einer der berittenen Kompanien der königlichen Haustruppen unterbringen konnte. Der Kornett fiel bei Fontenoy[12] und hinterließ einen Sohn, dem König Ludwig XVI. später eine Bestallung als Generalsteuerpächter gewährte, im Gedenken an den auf dem Schlachtfeld gefallenen Kornett. Dieser Finanzmann, ein Schöngeist, der sich mit Scharaden, Gedichten nach gegebenen Endreimen und galanten Verschen befaßte, lebte in der großen Welt, suchte die Nähe des Herzogs von Nivernois[13] und glaubte sich verpflichtet, dem Adel ins Exil zu folgen; aber er war klug genug, sein Kapital mitzunehmen. So konnte der reiche Emigrant damals mehr als ein großes Adelshaus unterstützen. Müde des Hoffens und vielleicht auch des Leihens kam er 1800 wieder nach Sancerre und kaufte aus einer Regung des Ehrgeizes und des Adelsstolzes heraus, der bei einem Schöffenenkel erklärlich ist, La Baudraye zurück; aber unter dem Konsulat hatte er wenig Zukunftsaussichten, und der ehemalige Generalsteuerpächter hatte wenig Zutrauen zu seinem Erben, daß dieser die neuen La Baudrayes fortpflanzen könne. Jean-Athanase-Polydore Milaud de La Baudraye, der einzige Sohn des Finanzmannes, war mehr als kränklich zur Welt gekommen; er war wohl die Frucht eines durch übertriebene Liebesfreuden frühzeitig erschöpften Blutes, Freuden, denen sich alle reichen Leute hingeben; sie heiraten erst, wenn ihnen ein verfrühtes Alter dämmert, und verderben schließlich auf diese Weise die Spitzen der Gesellschaft. Während der Emigration hatte Madame de La Baudraye, ein vermögensloses Mädchen, das nur ihres Adels wegen geheiratet worden war, die Geduld aufgebracht, dieses gelbe, schwächliche Kind aufzuziehen, dem sie die übertriebene Liebe entgegenbrachte, die alle Mütter für kranke, unansehnliche Kinder im Herzen tragen. Der Tod dieser Frau, einer geborenen de Castéran-La-Tour, trug viel zur Heimkehr Monsieur de La Baudrayes nach Frankreich bei. Dieser Lucullus[14] unter den Milauds starb und hinterließ seinem Sohn ein Lehen ohne alle Lasten, aber geschmückt mit Wetterfahnen und Wappen[15], tausend Louis in Gold, was 1802 eine recht ansehnliche Summe darstellte, und seine Schuldforderungen an die erlauchtesten Emigranten, die in der Mappe, in der er seine Dichtungen aufbewahrte, unter dem Titel: ›Vanitas vanitatum et omnia vanitas!‹[16] enthalten waren. Wenn der junge La Baudraye überhaupt am Leben geblieben war, so dankte er es Lebensgewohnheiten von mönchischer Regelmäßigkeit, der Sparsamkeit im Sichbewegen, die Fontenelle[17] als die Religion der Kränkelnden gepredigt hat, und vor allem der Luft von Sancerre sowie den Einflüssen der wunderbaren Lage, von der aus sich ein Ausblick von vierzig Meilen ins Tal der Loire darbietet. Von 1802 bis 1815 vergrößerte der kleine La Baudraye sein Ex-Lehen um mehrere Weinberge und gab sich viel mit der Kultur seiner Reben ab. Die Restauration schien ihm anfangs auf so schwachen Füßen zu stehen, daß er sich nicht allzusehr geneigt fühlte, nach Paris zu reisen und dort mit seinen Forderungen aufzuwarten; aber nach dem Tod Napoleons versuchte er, die Dichtungen seines Vaters in Geld umzusetzen, denn er verstand die tiefe Philosophie nicht, die aus dieser Mischung von Schuldscheinen und Scharaden sprach. Der Weingutsbesitzer vertrödelte soviel Zeit damit, sich den Herren Herzögen von Navarreins und anderen (wie er sich ausdrückte) zu erkennen zu geben, daß er nach Sancerre, wohin seine geliebten Weinberge ihn riefen, zurückkehrte, ohne anderes erlangt zu haben als das Angebot von Gefälligkeitsleistungen. Die Restauration hatte dem Adel aufs neue so viel Glanz verliehen, daß es La Baudraye danach verlangte, seinem Ehrgeiz dadurch einen Sinn zu geben, daß er sich einen Erben zulegte. Dieser Gewinn aus einer Ehe dünkte ihn recht problematisch; denn sonst hätte er gegen Ende des Jahres 1823 nicht so lange gezögert, als er sich mit dreiundvierzig Jahren noch immer auf den Beinen sah; in einem Alter, das kein Arzt, kein Astrologe und keine Hebamme ihm zu prophezeien gewagt hätte, hoffte er den Lohn für seine erzwungene Tugend zu finden. Dennoch bewies seine Wahl in Anbetracht seiner schwächlichen Konstitution einen so großen Mangel an Vorsicht, daß es der Provinzbosheit unmöglich war, darin nicht eine tiefsinnige Berechnung zu erblicken.

Zu jener Zeit hatte Seine Eminenz Monseigneur der Erzbischof von Bourges gerade eine junge Dame zum Katholizismus bekehrt, die einer jener Bürgerfamilien angehörte, die die besten Stützen des Calvinismus gebildet hatten und die dank der Unauffälligkeit ihres Daseins oder auf Grund eines Abkommens mit dem Himmel den Verfolgungen durch Ludwig XIV. entgangen waren. Die Piédefers[18], deren Name einen der absonderlichen Spitznamen darstellt, die sich die Soldaten der Reformation beilegten, waren zu Beginn des sechzehnten Jahrhunderts Handwerker gewesen; inzwischen waren sie zu ehrenwerten Tuchhändlern geworden. Unter der Regierung Ludwigs XVI. machte Abraham Piédefer so schlechte Geschäfte, daß er um 1786, dem Zeitpunkt seines Todes, seine beiden Söhne in einer Lage zurückließ, die der Not sehr nahekam. Der eine, Silas Piédefer, ging nach Indien und überließ die bescheidene Erbschaft seinem jüngeren Bruder. Während der Revolution kaufte Moïse Piédefer Nationalgüter auf, ließ, dem Beispiel seiner Vorfahren folgend, Abteien und Kirchen niederreißen und heiratete seltsamerweise eine Katholikin, die einzige Tochter eines auf dem Schafott gestorbenen Mitglieds des Konvents. Dieser ehrgeizige Piédefer starb 1819 und hinterließ seiner Frau ein Vermögen, das durch Bodenspekulationen gefährdet war, sowie eine kleine zwölfjährige Tochter von überraschender Schönheit. Dieses in der calvinistischen Religion aufgezogene Kind war Dinah genannt worden, entsprechend dem Brauch, nach dem die frommen Gläubigen ihre Namen der Bibel entnahmen, um nichts mit den Heiligen der römischen Kirche gemein zu haben. Mademoiselle Dinah Piédefer, die von ihrer Mutter einem der besten Alumnate von Bourges anvertraut worden war, dem der Damen de Chamarolles, wurde dort ebenso berühmt durch die Qualitäten ihres Geistes wie durch ihre Schönheit; aber sie wurde dort beiseite gedrängt durch adlige, reiche junge Mädchen, die später in Welt und Gesellschaft eine weit glänzendere Rolle spielen würden als diese Bürgerliche, deren Mutter auf das Ergebnis der Liquidation des Besitzes Piédefer wartete. Dinah hatte es verstanden, sich für den Augenblick über ihre Gefährtinnen zu erheben; jetzt wollte sie auch im Leben mit ihnen auf gleicher Ebene stehen. So kam sie auf den Gedanken, dem Calvinismus abzuschwören, in der Hoffnung, der Kardinal werde seine geistliche Eroberung protegieren und sich ihrer Zukunft annehmen. Allein daraus schon kann auf die Überlegenheit der Mademoiselle Dinah geschlossen werden, die einzig aus Ehrgeiz mit siebzehn Jahren konvertierte. Erfüllt von dem Gedanken, daß Dinah Piédefer eine Zierde von Welt und Gesellschaft werden müsse, versuchte der Erzbischof, sie zu verheiraten. Alle Familien, an die der Prälat sich wandte, schreckten vor einem Mädchen zurück, das wie eine Prinzessin aussah und als die geistvollste der jungen Damen galt, die von den Demoiselles de Chamarolles erzogen worden waren, und das bei den etwas theatralischen Feierlichkeiten der Preisverteilungen immer die erste Rolle gespielt hatte. Sicherlich bedeuteten die tausend Taler Einkünfte, die das Gut La Hautoy, das ungeteilte Eigentum von Mutter und Tochter, erbrachte, wenig im Vergleich zu den Ausgaben, zu denen die persönlichen Vorzüge eines so geistvollen Geschöpfes einen Ehemann zwingen mußten.

Als der kleine Polydore de La Baudraye von all diesen Einzelheiten hörte, von denen alle Gesellschaftsschichten des Départements Cher sprachen, begab er sich nach Bourges, und zwar in dem Augenblick, da Madame Piédefer, die, wenn es um Wichtiges ging, sehr gottergeben war, gerade wie ihre Tochter so gut wie entschlossen war, den erstbesten Hund mit leidlichem Behang, wie man im Berry sagt, zu nehmen. Wenn der Kardinal sehr beglückt war, Monsieur de La Baudraye zu begegnen, so war Monsieur de La Baudraye noch weit beglückter, eine Frau aus der Hand des Kardinals entgegenzunehmen. Der kleine Mann forderte von Seiner Eminenz das feierliche Versprechen seiner Fürsprache beim Präsidenten des Staatsrats mit dem Ziel, die Schuldverschreibungen der Herzöge von Navarreins und anderer durch Pfändung von deren Entschädigungen einzutreiben. Dieses Mittel kam dem geschickten Minister des Pavillons Marsan[19] ein wenig kraß vor; er ließ den Weingutsbesitzer wissen, daß man sich zur gegebenen Zeit und am gegebenen Ort seiner annehmen werde. Man kann sich den Lärm vorstellen, den

Monsieur de La Baudrayes unsinnige Heirat in Sancerre und Umgebung hervorrief.

»Die Sache ist erklärlich«, sagte Präsident Boirouge, »der kleine Mann würde, wie mir gesagt worden ist, sehr erbost gewesen sein, wenn er gehört hätte, wie auf der Promenade der schöne Monsieur Milaud, der Staatsanwaltsstellvertreter von Nevers, Monsieur de Clagny die Türmchen von La Baudraye gezeigt und zu ihm gesagt hat: ›Das alles wird wieder an mich zurückfallen!‹ – ›Aber‹, hat unser Staatsanwalt ihm geantwortet, ›er kann doch heiraten und Kinder bekommen.‹ – ›Das ist bei ihm ausgeschlossen!‹ Sie können sich den Haß vorstellen, den ein von der Natur so benachteiligter Mensch wie der kleine La Baudraye gegen den Koloß Milaud hegen muß.«

Es gab nämlich in Nevers einen bürgerlichen Zweig der Milauds, der im Handel mit Messerschmiedewaren so reich geworden war, daß der Repräsentant jenes Zweigs die Staatsanwaltslaufbahn hatte einschlagen können, auf der er von dem verstorbenen Marchangy[20] protegiert worden war.

Vielleicht ist es angebracht, diese Geschichte, in der die Moral eine große Rolle spielt, von den niedrigen materiellen Interessen, mit denen Monsieur de La Baudraye sich ausschließlich befaßte, dadurch zu säubern, daß kurz von den Ergebnissen seiner Unterhandlungen in Paris erzählt wird. Überdies wird das mehrere mysteriöse Gebiete der Zeitgeschichte erklären sowie die untergründigen Schwierigkeiten, denen die Minister während der Restauration auf dem Gelände der Politik begegneten. Den ministeriellen Versprechungen wohnte so wenig Wirklichkeit inne, daß Monsieur de La Baudraye sich zu dem Zeitpunkt nach Paris begab, da der Kardinal durch die Sitzung der Kammern ebenfalls nach dort gerufen wurde. Folgendermaßen zog der Herzog von Navarreins, der erste von Monsieur de La Baudraye bedrohte Schuldner, sich aus der Affäre. Eines Morgens sah der Sancerrer im Hotel de Mayence in der Rue Saint-Honoré[21], nahe der Place Vendôme, wo er abgestiegen war, einen Vertrauensmann der Minister erscheinen, der sich in Liquidationen auskannte. Diese elegante Persönlichkeit entstieg einem eleganten Kabriolett, war auf das eleganteste gekleidet und mußte zur Zimmernummer 37 hinaufsteigen, das heißt bis zum dritten

Stock, und gelangte in ein kleines Zimmer, wo er den Provinzler dabei überraschte, wie dieser sich auf seinem Kaminfeuer eine Tasse Kaffee kochte.

»Habe ich die Ehre, mit Monsieur Milaud·de La Baudraye...«

»Ja«, antwortete der kleine Mann und hüllte sich in seinen Schlafrock.

Nachdem der Unterhändler das inzestuöse Produkt eines alten, buntgewebten Mantels der Madame Piédefer und eines Kleides der verstorbenen Madame de La Baudraye durch sein Lorgnon betrachtet hatte, fand er den Mann, den Schlafrock und den kleinen Backsteinherd, auf dem die Milch in einer Blechkasserolle kochte, so bezeichnend, daß er alle Kniffe und Pfiffe für überflüssig hielt.

»Ich wette«, sagte er dreist, »daß Sie bei Hurbain[22] im Palais-Royal für vierzig Sous zu Abend essen.«

»Und warum...«

»Oh, ich erkenne Sie wieder, weil ich Sie dort gesehen habe«, entgegnete der Pariser und behielt seinen ernsthaften Tonfall bei. »Alle Gläubiger der Fürsten speisen dort. Sie wissen ja, daß man für Schuldscheine auf die größten Herren kaum zehn Prozent bekommt... Auf einen Schuldschein des verstorbenen Herzogs von Orléans[23] würde ich Ihnen keine fünf Prozent geben... und sogar auf (er senkte die Stimme)... auf Monsieur[24]...«

»Sie wollen mir also meine Ansprüche abkaufen...«, sagte der Weingutsbesitzer, der sich für geistreich hielt.

»Abkaufen...?« rief der Unterhändler. »Für wen halten Sie mich...? Ich bin Monsieur des Lupeaulx, Bearbeiter der Bittschriften, Generalsekretär des Ministeriums, und ich möchte Ihnen einen Vergleich vorschlagen.«

»Welchen?«

»Sie kennen die Lage Ihres Schuldners nur zu gut...«

»Meiner Schuldner...«

»Gut, gut, Monsieur, Sie kennen also die Lage Ihrer Schuldner; sie stehen beim König in hoher Gunst, sind aber mittellos und haben große Repräsentationspflichten... Sie wissen um die politischen Schwierigkeiten: die Aristokratie ist wieder zu errichten, und zwar angesichts eines bedrohlichen Dritten Standes. Der von Frankreich sehr schlecht beurteilte Gedanke des

Königs ist es, in der Pairschaft eine nationale Institution ähnlich der in England zu schaffen. Zur Verwirklichung dieses großen Gedankens bedürfen wir der Jahre und der Millionen ... Noblesse oblige[25]. Der Herzog von Navarreins, der, wie Sie wissen, der Erste Edelmann der Kammer ist, leugnet seine Schuld nicht ab, aber er kann nicht ... (seien Sie doch vernünftig! Bedenken Sie die Politik! Wir entsteigen gerade dem Abgrund der Revolution! Sie sind doch ebenfalls adlig!) ... also: er kann Sie nicht bezahlen ...«

»Monsieur ...«

»Sie sind nicht auf den Kopf gefallen«, sagte Des Lupeaulx, »also hören Sie zu! ... Er kann Sie nicht in barem Geld bezahlen; na ja, als geistvoller Mann, der Sie sind, machen Sie sich dann einfach durch Gunsterweise bezahlt ... königliche oder ministerielle.«

»Wie bitte? Mein Vater hat 1793 hunderttausend ...«

»Mein lieber Herr, kommen Sie nicht mit Beschuldigungen! Hören Sie sich einen arithmetisch-politischen Vorschlag an: die Steuerpächterstelle in Sancerre ist frei, ein alter Armeezahlmeister hat ein Anrecht darauf, aber keine Aussichten; Sie haben Aussichten, aber kein Anrecht darauf; Sie sollen die Steuerpächterstelle bekommen. Sie üben sie ein Vierteljahr lang aus, dann reichen Sie Ihren Abschied ein, und Monsieur Gravier gibt Ihnen zwanzigtausend Francs. Außerdem werden Sie mit dem Königlichen Orden der Ehrenlegion[26] ausgezeichnet.«

»Wenigstens etwas«, sagte der Weingutsbesitzer, den die Summe weit mehr lockte als das Bändchen.

»Aber«, fuhr Des Lupeaulx fort, »Sie müssen die Güte Seiner Exzellenz dadurch anerkennen, daß Sie Seiner Herrlichkeit dem Herzog von Navarreins alle Ihre Schuldverschreibungen zurückgeben ...«

Der Weingutsbesitzer kehrte als wohlbestallter Steuereinnehmer nach Sancerre zurück. Ein halbes Jahr später wurde er durch Monsieur Gravier ersetzt, der während des Kaiserreichs als einer der liebenswürdigsten Finanzmänner gegolten hatte und natürlich durch Monsieur de La Baudraye dessen Frau vorgestellt wurde. Nun La Baudraye nicht mehr Steuereinnehmer war, fuhr er nach Paris, um sich mit seinen übrigen Schuldnern auseinanderzusetzen. Diesmal wurde er zum Referendar im Justizministerium, Baron und Offizier der Ehrenlegion ernannt. Nachdem der Baron de La Baudraye sein Referendarsamt verkauft hatte, machte er seinen letzten Schuldnern einige Besuche und erschien wieder in Sancerre mit dem Titel eines Bearbeiters der Bittschriften, mit der Stellung eines Königlichen Kommissars bei einer im Nivernais ansässigen Aktiengesellschaft mit einem Gehalt von sechstausend Francs, einer wahren Sinekure. Der wakkere La Baudraye, von dem es hieß, er habe, finanziell gesprochen, eine Dummheit begangen, hatte also dadurch, daß er seine Frau heiratete, ein vortreffliches Geschäft gemacht. Dank seiner schmutzigen Sparsamkeit und der Entschädigung[27], die er für die 1793 als Nationalgut verkauften Besitzungen seines Vaters erhielt, verwirklichte der kleine Mann um 1827 den Traum seines ganzen Lebens! Gegen vierhunderttausend Francs in bar und durch die Übernahme von Verpflichtungen, die ihn dazu verurteilten, wie er sagte, sechs Jahre lang von der Luft zu leben, konnte er das an der Loire zwei Meilen oberhalb von Sancerre gelegene Gut Anzy kaufen, dessen prächtiges, von Philibert Delorme[28] erbautes Schloß Gegenstand gerechtfertigter Bewunderung der Kenner ist und seit fünfhundert Jahren der Familie d'Uxelles gehört hatte. Endlich gehörte er zu den Großgrundbesitzern der Gegend! Es ist nicht sicher, ob die Freude über die Errichtung eines Majorats, das aus dem Gut Anzy, dem Lehen La Baudraye und dem Gut La Hautoy bestand, entsprechend den Patentbriefen vom Dezember 1829, die Kümmernisse Dinahs aufgewogen hat, die sich damals, bis 1835, einer heimlichen Armut überantwortet sah. Der kluge La Baudraye erlaubte seiner Frau nicht, auf Anzy zu wohnen oder dort die geringsten Veränderungen vorzunehmen, ehe die letzte Rate des Kaufpreises bezahlt worden war. Dieser Streifblick auf das Verhalten des Barons de La Baudraye erklärt den ganzen Menschen. Diejenigen, denen die fixen Ideen der Provinzler vertraut sind, werden in ihm den ›Landhunger‹ wahrnehmen, der eine verzehrende, eine ausschließliche Leidenschaft ist, eine Art offen unter der Sonne zur Schau getragener Habsucht, die oftmals durch das mangelnde Gleichgewicht zwischen Hypothekenzinsen und Erträgnissen von Grund und Boden zum Ruin führt. Die Leute, die sich von 1802 bis 1827 über den kleinen La Baudraye lustig gemacht hatten, wenn sie ihn nach Saint-Thibault trotten und sich dort mit der Verbissenheit eines von seinem Weinberg lebenden Bürgers mit seinen Geschäften abgeben sahen; diejenigen, die seine Verachtung der Gunst nicht verstanden hatten, der er seine ebenso schnell aufgegebenen wie erlangten Ämter verdankte, bekamen endlich die Lösung des Rätsels, als dieser Ameisenlöwe auf seine Beute stürzte, nachdem er den Augenblick abgewartet hatte, da die Verschwendungssucht der Herzogin von Maufrigneuse zum Verkauf dieses herrlichen Gutes führte.

Madame Piédefer zog zu ihrer Tochter. Die zusammengelegten Vermögen La Baudrayes und seiner Schwiegermutter, die sich mit einer Leibrente von zwölfhundert Francs begnügt hatte, als sie dem Schwiegersohn das Gut La Hautoy überließ, stellten ein Einkommen von etwa fünfzehntausend Francs dar. Während der ersten Zeit ihrer Ehe setzte Dinah Veränderungen durch, die La Baudraye zu einem sehr angenehmen Wohnsitz machten. Sie machte aus einer riesigen Hoffläche durch das Abreißen von Vorratsschuppen, Weinpressen und unansehnlichen Nebengebäuden einen Garten im englischen Stil. Sie legte hinter dem Herrenhaus, einem kleinen Bau mit Türmchen und Giebeln, dem es nicht an Charakter gebrach, einen zweiten Garten mit Strauchgruppen, Blumen und Rasenflächen an und schied ihn von den Weinbergen durch eine Mauer, die sie unter Kletterpflanzen verbarg. Und schließlich führte sie in das häusliche Leben so viel Komfort ein, wie die Knappheit der Einkünfte es gestattete. Um sich von einer so überlegenen jungen Dame, wie Dinah es zu sein schien, nicht zugrunde richten zu lassen, brachte Monsieur de La Baudraye die Klugheit auf, über seine Pariser Eintreibungen zu schweigen. Das tiefe Geheimnis, das er über alles ihn Betreffende wahrte, lieh seinem Charakter etwas unbestimmt Geheimnisvolles und vergrößerte ihn in den Augen seiner Frau während der ersten Ehejahre, eine solche Majestät wohnt dem Schweigen inne . . .! Die auf La Baudraye durchgeführten Veränderungen erweckten ein um so lebhafteres Verlangen, die junge Frau kennenzulernen, als Dinah weder in Erscheinung treten noch Besuche empfangen wollte, ehe sie nicht alles nach ihrem Behagen eingerichtet und sich nicht eingehend mit Stadt und Land und vor allem mit dem schweigsamen La Baudraye beschäftigt hatte. Als an einem Frühlingsmorgen des Jahres 1825 die schöne Madame de La Baudraye in blauem Samtkleid zusammen mit ihrer Mutter, die ein schwarzes Samtkleid trug, auf der Promenade erschien, erhob sich in Sancerre große Aufregung. Jene Toilette bestätigte die Überlegenheit jener jungen Frau, die in der Hauptstadt des Berry erzogen worden war. Man hatte Angst, man werde, wenn man diesen Berry-Phönix bei sich empfing, Dinge sagen, die nicht geistreich genug waren, und natürlich nahm man gegenüber Madame de La Baudraye, die eine Art Schrecken unter dem weiblichen Geschlecht verbreitete, ein steifes Wesen an. Als man auf La Baudraye im Salon einen Teppich bewunderte, der wie ein Kaschmirgespinst gearbeitet worden war, ein Schränkchen im Pompadour-Stil aus vergoldetem Holz, Brokatell-Vorhänge an den Fenstern und auf einem runden Tisch eine japanische Vase voller Blumen inmitten einiger neuerschienener Bücher; als man die schöne Dinah sich ohne die mindeste Ziererei ans Klavier setzen und vom Blatt spielen sah, nahm die Vorstellung, die man sich von ihrer Überlegenheit gemacht hatte, große Ausmaße an. Um nie der Nachlässigkeit oder dem schlechten Geschmack zu verfallen, hatte Dinah beschlossen, sich über die Mode und die geringsten Umwälzungen auf dem Gebiet des Luxus auf dem laufenden zu halten, und zwar dadurch, daß sie eine lebhafte Korrespondenz mit Anne Grossetête führte, ihrer Herzensfreundin aus dem Pensionat Chamarolles. Anne war die einzige Tochter des Generalsteuereinnehmers in Bourges; dank ihres Reichtums hatte sie den dritten Sohn des Grafen de Fontaine geheiratet. Die nach La Baudraye kommenden Frauen wurden dort ständig durch den Vorrang verletzt, den Dinah bezüglich der Mode zu bewahren wußte; was sie auch tun mochten, sie befanden sich stets im Hintertreffen, oder, wie die Liebhaber von Pferderennen sagen, sie waren ›überholt‹. Alle diese kleinen Dinge entfachten bei den Damen von Sancerre einen üblen Neid; aber Dinahs Unterhaltungsgabe und Geist erzeugten eine wirkliche Abneigung. Im Bestreben, ihre Intelligenz auf dem Pariser Niveau zu erhalten, duldete Madame de La Baudraye bei niemandem weder leere Redensarten noch altväterische Galanterie noch wertlose Phrasen; sie lehnte rundheraus das Geplausch über kleine Neuigkeiten und jenen niedrigen Klatsch ab, der die Grundlage aller Provinzunterhaltungen bildet. Da sie sich gern über Entdeckungen in den Bereichen der Wissenschaft oder der Künste unterhielt, über neuaufgeführte Bühnenwerke oder über Dichtungen, schien sie sich in Gedanken zu ergehen; dabei erging sie sich nur in modischen Redensarten.

Der Abbé Duret, der Pfarrer von Sancerre, ein alter Herr aus der ehemaligen französischen Geistlichkeit, ein guter Gesellschafter, dem das Spiel nicht mißfiel, hatte es nicht gewagt, in einem so liberalen Ort wie Sancerre seiner Neigung zu frönen; somit war er nur zu froh über das Auftauchen der Madame de La Baudraye, mit der er sich wunderbar verstand. Der Unterpräfekt, ein Vicomte de Chargeboeuf, war entzückt, im Salon der Madame de La Baudraye eine Art Oase zu finden, in der man Waffenstillstand mit dem Provinzleben schließen konnte. Was nun Monsieur de Clagny betraf, den Staatsanwalt, so hielt seine Bewunderung für die schöne Dinah ihn in Sancerre fest. Dieser passionierte Justizbeamte lehnte jede Beförderung ab und begann diesen Engel an Anmut und Schönheit ehrfurchtsvoll zu lieben. Er war ein großer, hagerer Mann mit einem Galgengesicht mit zwei furchtbaren Augen in schwarzen Höhlen, die von gewaltigen Brauen überwölbt waren; seiner Beredsamkeit mangelte es im Unterschied zu seiner Liebe nicht an Bissigkeit. Monsieur Gravier war ein dickes, fettes Männlein, das während des Kaiserreichs herrlich Romanzen gesungen und diesem Talent den wichtigen Posten eines Generalheereszahlmeisters verdankt hatte. Er steckte um großer Interessen in Spanien willen mit gewissen Kommandierenden Generalen unter einer Decke, die damals der Opposition angehörten, und hatte diese parlamentarischen Beziehungen beim Minister auszunützen, der ihm, unter Berücksichtigung seiner verlorenen Dienststellung, den Posten als Steuereinnehmer in Sancerre versprochen und ihn diesen schließlich hatte kaufen lassen. Die leichtfertige Geistigkeit, der Ton zur Zeit des Kaiserreichs, war bei Monsieur schwerfälliger geworden; er verstand den riesigen Unterschied nicht, der die Sitten der Restauration von denen des Kaiserreichs unterschied, oder wollte ihn nicht verstehen; aber er hielt sich als Monsieur de Clagny beträchtlich überlegen; seine Haltung war vom besten

Geschmack, er ging mit der Mode, erschien in gelber Weste, grauer Hose und kurzem, eng anliegendem Gehrock, er wand sich, der Mode entsprechend, seidene Krawatten um den Hals, die mit Diamantringen geschmückt waren, während der Staatsanwalt nur in Frack, schwarzer Hose und schwarzer Weste ausging, die häufig verschlissen waren.

Diese vier Persönlichkeiten begeisterten sich als die ersten für Dinahs Bildung, guten Geschmack und feine Klugheit und erklärten sie für eine Frau von höchster Intelligenz. Die Damen sagten damals untereinander: »Madame de La Baudraye muß sich schön über uns lustig machen ...« Diese mehr oder weniger richtige Auffassung zeitigte das Ergebnis, daß sie die Damen hinderte, nach La Baudraye zu gehen. Dinah, die der Pedanterie geziehen wurde, weil sie korrekt sprach, erhielt den Spitznamen ›die Sappho[29] von Saint-Satur‹. Schließlich spottete jeder dreist über die vorgeblich glänzende Begabung derjenigen, die auf diese Weise die Feindin der weiblichen Bewohnerschaft von Sancerre geworden war. Kurzum, man ging sogar so weit, daß man eine, übrigens rein relative, Überlegenheit leugnete, durch die die Dummheit offenbar wurde und die sie den anderen nicht verzieh. Wenn alle Welt bucklig ist, wird eine schöne Gestalt zur Mißgeburt; Dinah wurde also als etwas Scheusäliges und Gefährliches betrachtet, und es bildete sich um sie eine Wüste. Sie wunderte sich, daß trotz ihres Entgegenkommens die Damen nur in großen Zeitabständen und dann nur für Besuche von wenigen Minuten zu ihr kamen, und sie fragte Monsieur de Clagny nach der Ursache dieses Phänomens.

»Sie sind eine viel zu überlegene Frau, als daß die anderen Frauen Sie mögen könnten«, antwortete der Staatsanwalt.

Gravier, den die arme Verschmähte befragte, ließ sich enorm lange bitten, bis er ihr endlich sagte: »Aber, schöne Dame, Sie begnügen sich nicht damit, bezaubernd zu sein, Sie haben überdies noch Geist, Sie sind gebildet, Sie sind über alles, was geschrieben wird, auf dem laufenden, Sie haben eine Schwäche für Lyrik, Sie sind musikalisch, Sie haben eine hinreißende Unterhaltungsgabe: soviel Überlegenheit verzeihen die Frauen nicht ...!«

Die Männer sagten zu Monsieur de La Baudraye: »Sie, der Sie eine überlegene Frau haben, sind glücklich dran ...« Und schließlich sagte er selber: »Ich, der ich eine überlegene Frau habe, ich habe es gut, usw. . . .«

Madame Piédefer fühlte sich in ihrer Tochter geschmeichelt und erlaubte sich ebenfalls, solcherlei Dinge zu sagen: »Meine Tochter, eine sehr überlegene Frau, hat gestern an Madame de Fontaine dies und das geschrieben.«

Steht für jemanden, der die Welt, Frankreich, Paris kennt, nicht fest, daß viele Berühmtheiten sich auf diese Weise durchgesetzt haben?

Nach zwei Jahren, gegen Ende 1825, wurde Dinah de La Baudraye vorgeworfen, sie wolle nur Männer empfangen; dann wurde ihr ein Verbrechen daraus gemacht, daß sie sich den Frauen fernhielt. Keiner ihrer Schritte, nicht einmal der gleichgültigste, blieb von der Kritik verschont oder unentstellt. Nachdem Madame de La Baudraye alle Opfer gebracht hatte, die eine wohlerzogene Frau bringen konnte, und nachdem sie ihrerseits es nicht an gutem Benehmen hatte fehlen lassen, beging sie die Unvorsichtigkeit, einer falschen Freundin, die sie um ihrer Vereinsamung willen bedauert hatte, zu antworten: »Mir ist meine Schüssel leer lieber, als wenn Nichtigkeiten darin sind!« Dieser Satz rief in Sancerre furchtbare Wirkungen hervor und wurde später grausam gegen die Sappho von Saint-Satur gekehrt, als man sich, da sie nach fünfjähriger Ehe noch immer kinderlos war, über den kleinen La Baudraye lustig machte. Um diesen Provinzwitz zu verstehen, muß man denen, die ihn gekannt haben, den Amtmann von Pfirt[30] ins Gedächtnis zurückrufen, von dem es hieß, er sei der tapferste Mann Europas, weil er auf seinen beiden Beinen zu gehen wage, und dem auch nachgesagt wurde, er lege Blei in seine Schuhe, damit der Wind ihn nicht wegwehe. Monsieur de La Baudraye, ein kleiner, gelber, gewissermaßen durchsichtiger Herr, hätte vom Herzog von Hérouville[31] zum Ersten Kammerherrn ernannt werden können, wenn der Großstallmeister Frankreichs etwa der Großherzog von Baden gewesen wäre. Monsieur de La Baudraye, dessen Beine so dünn waren, daß er aus Gründen der Schicklichkeit falsche Waden anlegte, dessen Schenkel den Armen eines gut gebauten Mannes ähnelten, dessen Rumpf ebensogut der Körper eines Maikäfers hätte sein können, wäre für den Herzog von

Hérouville eine beständige Schmeichelei gewesen. Beim Gehen schob der kleine Weingutsbesitzer oftmals seine Waden nach vorn aufs Schienbein, so wenig machte er daraus ein Hehl, und bedankte sich dann bei denen, die ihn auf diesen leichten Widersinn hinwiesen. Bis 1824 behielt er Kniehosen, schwarze Seidenstrümpfe und weiße Weste bei. Nach seiner Eheschließung trug er blaue Hosen und Stiefel mit Absätzen, was ganz Sancerre behaupten ließ, er habe sich um zwei Zoll erhöht, um seiner Frau ans Kinn zu reichen. Zehn Jahre lang sah man ihn in demselben flaschengrünen, kleinen Überrock mit großen Weißmetallknöpfen und schwarzer Halsbinde, von dem sein kaltes, winziges und schlaues Gesicht sich abhob; es wurde durch zwei graublaue Augen erhellt, die klug und ruhig waren wie die eines Katers. Wie alle Menschen, die einen Plan verfolgen, war er freundlich und schien seine Frau sehr glücklich zu machen, weil es aussah, als sei er ihr nie entgegen; er ließ ihr das Wort und beschied sich, mit der Langsamkeit, aber auch mit der Zähigkeit eines Insekts zu handeln. Dinah wurde ihrer unvergleichlichen Schönheit wegen von den elegantesten Männern der Stadt Sancerre angebetet und um ihres Geistes willen bewundert; sie hielt jene Bewunderung durch Unterhaltungen aufrecht, von denen es später hieß, sie bereite sich darauf vor. Da sie merkte, daß ihr ekstatisch zugehört wurde, gewöhnte sie sich nach und nach daran, sich selbst ebenfalls zuzuhören, sie gewann Freude an hochtrabenden Redensarten und betrachtete schließlich ihre Freunde als ›Vertraute‹ in der Tragödie, die dazu da waren, ihr das Stichwort zu geben. Übrigens eignete sie sich eine schöne Sammlung von Phrasen und Ideen an, entweder durch ihre Lektüre oder durch Assimilierung der Gedanken ihrer Stammgäste, und so wurde sie zu einer Spieluhr, deren Weisen erklangen, sobald ein Zufall der Unterhaltung den Drücker löste. Aber wir müssen ihr Gerechtigkeit widerfahren lassen: Dinah las in ihrem Wissensdurst alles bis auf Bücher über medizinische, statistische, naturwissenschaftliche und juristische Fragen; sie wußte nämlich nicht, womit sie ihre Vormittage hinbringen sollte, nachdem sie ihre sämtlichen Blumen angeschaut und dem Gärtner Weisungen gegeben hatte. Sie besaß ein gutes Gedächtnis und die Begabung mancher Frauen, sich des richtigen Worts zu bedienen, und so konnte sie über alles mit der Klarheit eines etwas gesuchten Stils sprechen. Daher kam man von Cosne, von La Charité, von Nevers am rechten Ufer, um Madame de La Baudraye vorgestellt zu werden, wie man sich in der Schweiz Madame de Staël[32] vorstellen ließ. Alle, die nur ein einziges Mal die Weisen dieser Schweizer Spieldose vernahmen, gingen benommen weg und erzählten von Dinah wunderbare Dinge, die die Frauen auf zehn Meilen in der Runde neidisch und eifersüchtig machten. Es liegt in der Bewunderung, die jemand einflößt, oder in der Durchführung einer gespielten Rolle irgendein leichter, geistiger Rausch, der es der Kritik verbietet, sich an das Idol heranzumachen. Eine vielleicht durch eine beständige nervöse Ausstrahlung hervorgerufene Atmosphäre schafft etwas wie einen Nimbus, durch den hindurch man die Welt tief unter sich sieht. Wie ließe sich auf andere Weise die anhaltende Gutgläubigkeit erklären, die so vielen neuen Darbietungen derselben Effekte zuteil wird, und das beständige Verkennen der Ratschläge, die entweder die für ihre Eltern zu vorlauten Kinder oder die mit den harmlosen Listigkeiten ihrer Frauen vertrauten Ehemänner geben! Monsieur de La Baudraye besaß die Treuherzigkeit eines Mannes, der bei den ersten fallenden Tropfen den Regenschirm aufspannt. Wenn seine Frau die Frage des Handels mit Negern oder die der Verbesserung des Loses der Zuchthäusler anschnitt, nahm er seine kleine blaue Mütze und entfernte sich lautlos in der Gewißheit, daß er ja nach Saint-Thibault gehen, dort eine Lieferung von Ohmfässern kontrollieren und eine Stunde danach heimkehren könne, wenn die Diskussion nahezu ausgereift sei. Hatte er nichts zu tun, so lustwandelte er auf der Wallpromenade, von wo aus man den wundervollen Ausblick auf das Loiretal hat, und atmete die frische Luft, während seine Frau eine Wortsonate spielte oder dialektische Duette sang. Nun Dinah einmal als überlegene Frau hingestellt worden war, wollte sie sichtbare Bürgschaften ihrer Liebe für die bemerkenswertesten Kunstschöpfungen geben; sie schloß sich energisch der romantischen Schule an und verstand unter Kunst Lyrik und Malerei, eine Druckseite und eine Plastik, Möbel und die Oper. Auf diese Weise wurde sie zu einer Verehrerin des Mittelalters. Sie stöberte auch nach Antiquitäten, die aus der Renaissance stammen konnten, und machte aus ihren

Getreuen ebenso viele mit Nachforschungen Beauftragte. So erwarb sie in der ersten Zeit ihrer Ehe das Mobiliar der Rougets in Issoudun[33] bei der zu Beginn des Jahres 1824 stattgefundenen Versteigerung. Sie kaufte sehr schöne Dinge im Nivernais und im Gebiet der oberen Loire. Zu Weihnachten oder an ihrem Namenstag versäumten ihre Freunde nie, sie mit irgendwelchen Seltenheiten zu bedenken. Diese Liebhabereien hatten vor Monsieur de La Baudrayes Augen Gnade gefunden; er tat, als wolle er den Neigungen seiner Frau ein paar Taler opfern, aber in Wirklichkeit dachte der Mann mit dem Landhunger an sein Schloß Anzy. Diese ›Antiquitäten‹ kosteten damals weit weniger als moderne Möbel. Im Verlauf von fünf oder sechs Jahren strotzten der Vorsaal, das Eßzimmer, die beiden Wohnräume und das Boudoir, das Dinah sich im Erdgeschoß von La Baudraye eingerichtet hatte, alles, sogar das Treppenhaus, von Meisterwerken, die in den vier benachbarten Départements aufgetrieben worden waren. Diese Umwelt, die in der Stadt für etwas Befremdliches gehalten wurde, harmonierte mit Dinah. Jene Wunderdinge, die kurz davor standen, wieder in Mode zu kommen, regten die Phantasie der vorgestellten Leute an; sie waren auf Absonderlichkeiten gefaßt gewesen und fanden ihre Erwartungen übertroffen, wenn sie durch eine Welt von Blumen hindurch diese Katakomben voller Altertümer gewahrten, die aufgestellt waren wie im Haus des verstorbenen Du Sommerard[34], dieses Old Mortality[35] der Möbel! Jene Funde bildeten übrigens ebenso viele Sprungfedern, die auf eine Frage hin Tiraden aufschnellen ließen: über Jean Goujon[36], Michel Columb[37], Germain Pilon[38], über Boulle[39], van Huysum[40], Boucher, den großen Maler aus dem Berry[41]; über den Holzschnitzer Clodion[42], über venezianische Einlegearbeiten, über Brustolini[43], den italienischen Tenor, den Michelangelo des Steineichenholzes; über das dreizehnte, vierzehnte, fünfzehnte, sechzehnte und siebzehnte Jahrhundert, über die Schmelzarbeiten des Bernard de Palissy[44], über diejenigen Petitots[45], über die Kupferstiche Albrecht Dürers[46] (sie sprach ihn ›Dürr‹ aus), über Miniaturen auf Pergament, über die dekorative Gotik, die Flamboyant-Gotik, die freie Gotik, die strenge Gotik, daß die alten Leute ganz bestürzt und die jungen hell begeistert waren.

Angefeuert von dem Wunsch, Sancerre zu beleben, versuchte Madame de La Baudraye, dort eine sogenannte ›Literarische Gesellschaft‹ zu begründen. Der Gerichtspräsident Monsieur Boirouge, der damals ein der Erbschaft Popinot-Chandier entstammendes Haus mit Garten auf dem Hals hatte, befürwortete die Gründung dieser Gesellschaft. Dieser durchtriebene Justizbeamte setzte sich mit Madame de La Baudraye über die Statuten ins Einvernehmen; er wollte einer der Gründer sein und vermietete sein Haus auf fünfzehn Jahre an die ›Literarische Gesellschaft‹. Schon im zweiten Jahr wurden dort Domino, Billard und Bouillotte[47] gespielt sowie gezuckerter Glühwein, Punsch und Likör getrunken. Es wurden ein paar erlesene kleine Soupers veranstaltet, und zum Karneval gab es Maskenbälle. Was nun die Literatur betraf, so wurden Zeitungen gelesen, und es wurde über Politik und Geschäftliches gesprochen. Monsieur de La Baudraye ging fleißig hin, seiner Frau wegen, wie er scherzend sagte.

Diese Ergebnisse betrübten die überlegene Frau tief; sie verzweifelte an Sancerre und konzentrierte fortan die Geistigkeit der Stadt auf ihren Salon. Nichtsdestoweniger gab es trotz der Gutwilligkeit der Herren de Chargeboeuf, Gravier, de Clagny, des Abbés Duret, des ersten und zweiten Staatsanwaltsvertreters, eines jungen Arztes und eines jungen Richterstellvertreters, blinden Bewunderern Dinahs, Augenblicke, da man sich, des Krieges müde, Ausflüge in die Bereiche der angenehmen Nichtigkeiten erlaubte, die den allgemeinen Grundbestand gesellschaftlicher Gespräche bilden. Monsieur Gravier nannte das: vom Ernst zum Gefälligen überwechseln. Der Whist des Abbés Duret war eine nützliche Ablenkung von den Quasi-Monologen der Gottheit. Die drei Nebenbuhler, die es satt hatten, ihren Geist bei ›Diskussionen erhabenster und höchster Art‹ fortwährend anzuspannen – denn so bezeichneten sie ihre Gespräche, die indessen nicht wagten, auch nur die geringste Übersättigung zu bekunden –, wandten sich bisweilen mit liebedienerischen Mienen dem alten Priester zu. – »Der Herr Pfarrer stirbt fast vor Verlangen, sein Spielchen zu machen«, sagten sie. Der geistreiche Pfarrer ging nur zu gern auf die Heuchelei seiner Mitverschworenen ein, er sträubte sich, er rief: »Wir würden allzu viel verlieren, wenn wir nicht unserer schönen Inspirierten zuhörten!« Und er fachte die

Großmut Dinahs an, die schließlich Mitleid mit ihrem lieben Pfarrer bekam. Dieses kecke, vom Unterpräfekten erfundene Manöver wurde mit so viel Verschlagenheit durchgeführt, daß Dinah niemals Argwohn schöpfte, wenn ihre Sklaven in den Tummelplatz des Spieltischs entwischten: man ließ sie dann den jungen Staatsanwaltsstellvertreter oder den Arzt weiterquälen. Ein jugendlicher Gutsbesitzer, der Dandy von Sancerre, verscherzte sich Dinahs Gunst durch einige unvorsichtige Äußerungen. Nachdem er sich um die Ehre beworben hatte, in diesem Kreis zugelassen zu werden, weil er sich schmeichelte, den alteingesessenen Autoritäten die Blume zu rauben, die sie pflegten, hatte er das Pech, während einer Deutung der Kantschen Philosophie, die Dinah ihm, freilich zum viertenmal, zu geben geruhte, zu gähnen. Monsieur de la Thaumassière[48], der Enkel des Historiographen des Berry, wurde als ein völlig der Intelligenz und der Seele barer Mensch betrachtet.

Die drei anerkannten Verliebten unterwarfen sich diesen ungeheuren Verausgabungen an Geist und Aufmerksamkeit in der Hoffnung auf den süßesten aller Triumphe in dem Augenblick, da Dinah sich vermenschlichen würde, denn keiner von ihnen brachte die Kühnheit auf, zu glauben, sie werde ihre eheliche Unschuld verlieren, ehe sie ihre Illusionen verloren habe. 1826, zu der Zeit, da Dinah sich von Huldigungen umgeben sah, hatte sie ihr zwanzigstes Lebensjahr vollendet, und der Abbé Duret hatte sie in einer Art katholischer Glaubensglut erhalten; deshalb mußten Dinahs Anbeter sich damit begnügen, sie mit kleinen Liebenswürdigkeiten zu überhäufen, sie mit Dienstfertigkeiten und Aufmerksamkeiten zu überschütten und glücklich zu sein, von den Leuten, die einen oder zwei Abende auf La Baudraye verbrachten, für die Ehrenkavaliere dieser Königin gehalten zu werden.

»Madame de La Baudraye ist eine Frucht, die man reif werden lassen muß«, das war die Meinung Graviers; er wartete ab.

Was nun den Justizbeamten betraf, so schrieb er vier Seiten lange Briefe, auf die Dinah durch beschwichtigende Worte antwortete, wenn sie nach dem Abendessen auf ihrem Grasplatz wandelte und sich dabei auf den Arm ihres Anbeters stützte. Von diesen drei Leidenschaften gestützt, entging Madame de La

Baudraye, die übrigens stets von ihrer frommen Mutter begleitet wurde, allen üblen Zwischenfällen des Klatsches. Es war in Sancerre ein offenes Geheimnis, daß keiner dieser drei Herren einen von ihnen allein mit Madame de La Baudraye beisammen bleiben ließ und daß ihre Eifersucht dabei Komödie spielte. Zwischen der Porte-César und Saint-Thibault gab es einen Weg, der sehr viel kürzer war als der über die Wälle; im Gebirgsland wäre er als ›Richtweg‹ bezeichnet worden, aber in Sancerre heißt er ›Halsbrecherweg‹. Dieser Name kennzeichnet zur Genüge einen auf der steilsten Seite des Berges gebahnten Fußpfad voller Steine und eingeengt durch die Böschungen der Weinberge. Wenn man den Halsbrecherweg einschlägt, erspart man sich die Landstraße von Sancerre nach La Baudraye. Die auf die Sappho von Saint-Satur eifersüchtigen Damen promenierten auf dem Wall und schauten diesem Longchamps der Autoritäten zu; oft hemmten sie es, indem sie bald den Unterpräfekten, bald den Staatsanwalt in eine Unterhaltung verstrickten, die dann sichtliche Ungeduld oder eine impertinente Zerstreutheit bekundeten. Da man von der Wallpromenade aus die Türmchen von La Baudraye sehen kann, kam mehr als nur ein junger Herr dorthin, schaute sich Dinahs Wohnstätte an und beneidete die zehn oder zwölf Stammgäste um das Vorrecht, den Abend bei der Königin des Sancerrois verbringen zu dürfen. Monsieur de La Baudraye war sich bald der Überlegenheit bewußt geworden, die seine Eigenschaft als Ehemann ihm über die Galane seiner Frau verlieh, und er bediente sich ihrer mit der größten Harmlosigkeit, er erhielt Steuererleichterungen und gewann zwei kleine Prozesse. In allen seinen Rechtsstreitigkeiten ließ er die Autorität des Staatsanwalts durchblicken, so daß niemand mehr gegen ihn vorging; dabei war er umständlich und händelsüchtig wie alle Zwerge, aber stets in aller Sanftmut.

Nichtsdestoweniger wurde, je mehr die Unschuld der Madame de La Baudraye leuchtete, die Situation in den neugierigen Augen der Frauen immer unmöglicher. Oft diskutierten bei der Präsidentin Boirouge Damen in fortgeschrittenem Alter ganze Abende lang, unter sich wohlverstanden, über die Ehe La Baudraye. Alle ahnten eins der Mysterien, deren Geheimnis lebhaft alle Frauen interessiert, die das Leben kennen. Tatsächlich spielte sich nämlich auf La Baudraye eine jener langen, eintönigen Ehetragödien ab, die ewig im Dunkel bleiben würden, wenn nicht das gierige Skalpell des neunzehnten Jahrhunderts, geführt von der Notwendigkeit, Neues zu entdecken, in den dunkelsten Winkeln des Herzens stöberte oder, wenn man will, in denjenigen, die die Schamhaftigkeit der vorhergegangenen Jahrhunderte respektiert hat. Und dieses häusliche Drama erklärt recht gut Dinahs Tugend während ihrer ersten Ehejahre.

Ein junges Mädchen, dessen Erfolge im Pensionat Chamarolles den Ehrgeiz als Triebfeder gehabt hatten, dessen erste Berechnung durch einen ersten Sieg belohnt worden war, durfte auf einem so schönen Weg nicht innehalten. Wie schwächlich Monsieur de La Baudraye auch zu sein schien, für Mademoiselle Dinah Piédefer war er wirklich eine unverhoffte Partie. Welches mochte der Hintergedanke dieses Weingutsbesitzers gewesen sein, als er mit vierundvierzig Jahren ein siebzehnjähriges Mädchen heiratete, und welchen Nutzen konnte seine Frau aus ihm ziehen? Das nämlich war das erste, was Dinah sich überlegte. Der kleine Mann führte die Beobachtungen seiner Frau fortwährend irre. So stellte er gleich zu Beginn die beiden kostbaren Hektare um La Baudraye ihrem Belieben anheim und schenkte ihr beinahe großzügig die sieben- oder achttausend Francs, die die von Dinah geleitete Inneneinrichtung erforderte; sie konnte in Issoudun Rougets Möbel kaufen und daheim die Dekorationen im Stil des Mittelalters, Ludwigs XIV. und der Pompadour durchführen. Es fiel der Jungvermählten damals schwer, zu glauben, daß Monsieur de La Baudraye geizig sei, wie man ihr gesagt hatte, oder aber sie konnte meinen, sie habe ein wenig Übergewicht über ihn erlangt. Dieser Irrtum dauerte anderthalb Jahre. Nach Monsieur de La Baudrayes zweiter Pariser Reise nahm Dinah in ihm die Polarkälte der Provinzgeizhälse in allem wahr, was mit Geld zusammenhing. Bei der ersten Bitte um Geld spielte sie die anmutigste jener Komödien, deren Geheimnis von Eva herrührt; der kleine Mann jedoch erklärte seiner Frau rundheraus, er gebe ihr monatlich zweihundert Francs für ihre persönlichen Ausgaben, er zahle Madame Piédefer eine lebenslängliche Rente von zwölfhundert Francs für das Gut La Hautoy, so daß die tausend Taler der Mitgift jährlich um die Summe von zweihundert Francs übertroffen würden. – »Ich lasse die Ausgaben für unseren Haushalt unerwähnt«, sagte er abschließend, »du darfst getrost abends deinen Freunden Gebäck und Tee anbieten, denn natürlich mußt du Unterhaltung haben; ich indessen, der ich vor meiner Heirat im Jahr keine fünfzehnhundert Francs ausgegeben habe, ich gebe heute sechstausend aus, die Steuern und die Reparaturen eingeschlossen, und das ist in Anbetracht der Beschaffenheit unserer Güter ein bißchen zuviel. Ein Winzer weiß immer nur, was er ausgeben muß: für die Bodenbearbeitung, an Steuern, für Fässer; während seine Einkünfte von einem Sonnenstrahl oder einem Frost abhängen. Kleine Grundherren wie wir mit Einnahmen, die alles andere als fest sind, müssen sich an ihr Mindesteinkommen halten, weil sie keine Mittel haben, eine Sonderausgabe oder einen Verlust auszugleichen. Was soll aus uns werden, wenn ein Weinhändler Pleite macht? Daher wird bei mir Geld, das ich erst noch zu bekommen habe, gar nicht einkalkuliert. Um zu leben, wie wir leben, müssen wir also stets die Einkünfte eines Jahres vor uns haben und dürfen nur mit zwei Dritteln unserer Zinsen rechnen.«

Es braucht sich nur irgendein Widerstand zu erheben, dann verlangt die Frau danach, seiner Herr zu werden, und Dinah rannte gegen einen ehernen Charakter an, der mit den liebenswürdigsten Umgangsformen wattiert war. Sie versuchte, dem kleinen Mann Ängste und Eifersucht einzuflößen; aber sie merkte stets, daß er sich hinter der hochmütigsten Ruhe verschanzte. Er ließ Dinah allein, fuhr nach Paris und war sich der Treue seiner Frau so gewiß wie Medor derjenigen der Angelica[49]. Wenn sie kalt und geringschätzig tat, um den von der Natur Benachteiligten bis aufs Blut durch die Verachtung zu reizen, die die Kurtisanen gegen ihre Gönner anwenden und die sich auf diese mit der Präzision einer Kelterschraube auswirkt, dann heftete Monsieur de La Baudraye auf seine Frau Augen, die starr wie die eines Katers waren, der, wenn er im Begriff steht, im Haus etwas anzurichten, erst auf die Drohung eines Hiebes wartet, ehe er sich von der Stelle rührt. Die unerklärliche Unruhe, die diese stumme Gleichgültigkeit durchschimmerte, machte der jungen, zwanzigjährigen Frau beinahe Angst; zunächst begriff sie die egoistische Ruhe dieses Mannes nicht; er war einem zersprungenen Topf vergleichbar: um am Leben zu bleiben, hatte er alle seine Bewegungen und Regungen mit der peinlichen Präzision geregelt, die Uhrmacher ihren Uhren zuteil werden lassen. So entschlüpfte der kleine Mann seiner Frau unaufhörlich; sie führte ihre Hiebe immer zehn Fuß oberhalb seines Kopfes. Es ist leichter, die Wutanfälle zu verstehen, in denen Dinah sich erging, als sie sich dazu verurteilt sah, weder aus La Baudraye noch aus Sancerre je herauszukommen, als sie zu schildern; denn sie hatte ja doch davon geträumt, die Vermögensverwaltung und die Leitung dieses Zwerges in die Hand zu bekommen, dem sie, die Riesin, anfangs gehorcht hatte, um später kommandieren zu können. In der Hoffnung, eines Tages auf der großen Bühne ›Paris‹ aufzutreten, hatte sie die vulgären Beweihräucherungen ihrer Ehrenkavaliere hingenommen; sie hatte gewollt, daß der Name Monsieur de La Baudrayes aus der Wahlurne hervorgehe, da sie ihn für ehrgeizig hielt, nachdem sie es erlebt hatte, daß er aus Paris heimgekehrt und jedesmal um eine neue Sprosse auf der sozialen Leiter höhergestiegen war. Aber jedesmal, wenn sie sich an das Herz dieses Mannes gewandt hatte, war sie auf Marmor gestoßen ...! Der ehemalige Steuereinnehmer, der ehemalige Referendar, der Bearbeiter der Bittschriften, der Offizier der Ehrenlegion, der königliche Bevollmächtigte war ein Maulwurf und damit beschäftigt, seine unterirdischen Gänge rings um ein Stück Rebland zu wühlen! Welche Elegien ergossen sich jetzt in die Herzen des Staatsanwalts, des Unterpräfekten und sogar Monsieur Graviers, die dadurch alle nur um so innigeren Anteil an diesem erhabenen Opferlamm nahmen; denn sie war, wie übrigens alle Frauen, sorglich darauf bedacht, nicht über berechnende Pläne zu sprechen, und da sie, auch darin allen anderen Frauen gleich, sich außerstande sah zu spekulieren, tat sie die Spekulation in Acht und Bann. So gelangte die von solcherlei inneren Stürmen heftig bedrängte Dinah unentschlossen in das Jahr 1827, in dem gegen Herbstende die Nachricht vom Ankauf des Guts Anzy durch den Baron de La Baudraye laut wurde. Der kleine Alte durchlebte jetzt eine Aufwallung stolzer Freude, und diese wandelte für ein paar Monate die Gedanken seiner Frau; sie glaubte, es wohne ihm etwas Großes inne, als sie sah, daß er um die Errichtung eines Majorats einkam. In seinem

Triumph rief der kleine Baron aus: »Dinah, eines Tages bist du Gräfin!« Es kam zwischen den beiden Gatten jetzt zu den Scheinversöhnungen, die nicht von Dauer sind, und die eine Frau ebenso ermüden wie demütigen mußten, deren zur Schau getragene Überlegenheit falsch und deren verborgene Überlegenheit echt war. Dieser bizarre Widersinn ist häufiger, als man meint. Dinah, die sich durch die Wunderlichkeiten ihres Geistes lächerlich machte, war groß durch die Qualitäten ihrer Seele; aber die Umstände brachten diese seltenen Kräfte nicht ans Licht, während das Provinzleben das Kleingeld ihres Geistes von Tag zu Tag mehr verfälschte. Durch ein entgegengesetztes Phänomen mußte Monsieur de La Baudraye, der kraftlos, seelenlos und geistlos war, eines Tages als ein großer Charakter erscheinen, weil er ruhig eine Verhaltensweise befolgte, von der abzuweichen seine Hinfälligkeit ihm nicht gestattete.

Das war die erste Phase dieses Lebens; sie dauerte sechs Jahre, und in ihr wurde Dinah leider zu einer Provinzlerin. In Paris gibt es mehrere Arten von Frauen; da sind die Herzogin und die Frau des Finanzmanns, die Botschaftersgattin und die Gemahlin des Konsuls, die Frau des Ministers und die Frau dessen, der es nicht mehr ist; es gibt die vornehme Frau des rechten und die des linken Seineufers; in der Provinz jedoch gibt es nur *eine* Frau, und diese arme Frau ist die Provinzlerin. Diese Bemerkung deutet auf eine der großen Wunden unserer modernen Gesellschaft. Beachten wir dieses ganz genau: das Frankreich des neunzehnten Jahrhunderts zerfällt in zwei große Zonen: Paris und die Provinz; die Provinz ist eifersüchtig auf Paris, und Paris gedenkt der Provinz einzig, um von ihr Geld zu verlangen. Ehedem war Paris die erste Provinzstadt, der Hof stand der Stadt vor; jetzt ist Paris ganz und gar der Hof, und die Provinz ist ganz und gar die Stadt. So groß, so schön, so stark ein in irgendeinem Département geborenes junges Mädchen bei ihrem Debüt auch sein möge: wenn es sich wie Dinah Piédefer in der Provinz verheiratet und dort bleibt, so wird es bald zur Provinzlerin. Ihren gehemmten Plänen zum Trotz verheeren die Gemeinplätze, die Durchschnittsideen, die Gleichgültigkeit gegenüber der Kleidung, die Kleingärtnerei der Banalitäten das sublime Wesen, das in dieser unerfahrenen Seele verborgen liegt, und damit ist alles gesagt, die schöne Pflanze verkümmert. Wie könnte es auch anders sein? Die jungen Provinzmädchen sehen von frühester Jugend an rings um sich nur Provinzler; sie haben nur zwischen Mittelmäßigkeiten die Wahl; die Provinzväter verheiraten ihre Töchter nur mit jungen Männern aus der Provinz; niemand kommt auf den Gedanken, die Rassen zu kreuzen, dadurch entartet notwendigerweise der Geist; daher ist in vielen Städten die Intelligenz so selten geworden, wie der Menschenschlag dort häßlich ist. Der Mensch verkrüppelt dort in beiden Geschlechtern; denn der unheilvolle Gedanke, die Vermögen müßten übereinstimmen, beherrscht dort alle Eheschließungen. Die Talentierten, die Künstler, die überragenden Männer, jeder buntgefiederte Hahn entflattert nach Paris. Wenn eine Provinzlerin als Frau schon inferior ist, so wird sie durch ihren Mann noch inferiorer. Lebe einer glücklich mit diesen beiden zermalmenden Gedanken! Aber die eheliche Inferiorität und die Inferiorität von Grund auf der Provinzlerin werden durch eine dritte, schreckliche Inferiorität verschlimmert, die dazu beiträgt, jenes Gesicht dürr und düster zu machen, es einzuengen, es zu mindern, es auf fatale Weise alt zu schminken. Ist nicht eine der angenehmsten Schmeicheleien, mit denen die Frauen sich selber bedenken, die Gewißheit, im Leben eines überlegenen Mannes, den sie sich aus guten Gründen erwählt haben, als wollten sie sich für eine Heirat rächen, bei der ihre Neigungen nicht zu Rate gezogen wurden, etwas darzustellen? Wenn sich nun aber in der Provinz bei den Ehemännern kaum je Überlegenheit findet, so ist sie bei den Junggesellen noch seltener. Begeht daher die Provinzlerin ihren kleinen Fehltritt, so verliebt sie sich stets in einen sogenannten schönen Mann oder einen einheimischen Dandy, einen Junggesellen, der Handschuhe trägt, von dem es heißt, er sei ein guter Reiter; aber im tiefsten Herzensgrund weiß sie, daß ihr Verlangen einem mehr oder weniger gut gekleideten Gemeinplatz gilt. Vor dieser Gefahr wurde Dinah durch die Vorstellung bewahrt, die ihr von ihrer Überlegenheit beigebracht worden war. Sie war während der ersten Zeit ihrer Ehe nicht so gut behütet worden wie bisher durch ihre Mutter, deren Nähe ihr erst lästig wurde, als sie ein Interesse daran hatte, ihr aus dem Wege zu gehen; sie würde auch durch ihren

Stolz behütet worden sein, und durch die Höhe, die sie ihrem Schicksal einräumte. Daß sie von Bewunderern umgeben war, schmeichelte ihr halbwegs; aber sie gewahrte unter ihnen keinen Liebhaber. Kein Mann verwirklichte das poetische Ideal, das sie ehedem gemeinsam mit Anne Grossetête entworfen hatte. Wenn sie sich im Bann der unwillkürlichen Versuchungen, die die Huldigungen in ihr erweckten, fragte: »Wen würde ich wählen, wenn ich mich unbedingt hingeben müßte?«, verspürte sie eine Vorliebe für Monsieur de Chargeboeuf, einen Edelmann aus gutem Hause, dessen Person und Umgangsformen ihr gefielen, aber dessen intellektuelle Kälte, dessen Egoismus, dessen auf eine Präfektur und eine gute Partie beschränkter Ehegeiz sie empörten. Beim ersten Einspruch seiner Familie, die befürchtete, der Vicomte werde sich sein Leben durch ein Liebesabenteuer ruinieren, hatte er gewissenlos in seiner ersten Unterpräfektur bereits eine angebetete Frau sitzenlassen. Anderseits mißfiel ihr die Person Monsieur de Clagnys höchlichst, obwohl er der einzige war, dessen Geist zu dem Dinahs sprach, dessen Ehrgeiz als Grundzug die Liebe hatte und der zu lieben wußte. Als sie dazu verurteilt wurde, noch weitere sechs Jahre auf La Baudraye zu verbleiben, war sie nahe daran gewesen, die Aufmerksamkeiten des Herrn Vicomte de Chargeboeuf entgegenzunehmen; aber er wurde zum Präfekten ernannt und verließ die Stadt. Zur großen Genugtuung des Staatsanwalts war der neue Unterpräfekt ein verheirateter Mann, dessen Frau sich intim mit Dinah befreundete. Monsieur de Clagny hatte nur noch gegen die Nebenbuhlerschaft des Monsieur Gravier anzukämpfen. Monsieur Gravier nun aber war der Typus des Vierzigers, den die Frauen ausnützen und über den sie spotten, dessen Hoffnungen sie klüglich und gewissenlos am Leben erhalten, wie man für einen Packesel sorgt. Im Verlauf von sechs Jahren war unter all den Leuten, die Dinah aus einem Umkreis von zwanzig Meilen vorgestellt wurden, kein einziger, bei dessen Anblick sie die Erregung verspürt hätte, die die Schönheit auslöst, der Glaube an das Glück, die Erschütterung durch eine höhergeartete Seele oder die Vorahnung einer Liebe, auch einer unglücklichen. Auf diese Weise konnte keine der kostbaren Fähigkeiten Dinahs sich entwickeln; sie nahm die Wunden hin, die ihrem beständig durch ihren Mann unterdrückten Stolz geschlagen wurden, der geruhsam und als Statist auf der Bühne ihres Lebens einherstolzierte. Sie war gezwungen, die Schätze ihrer Liebe zu begraben, und so gab sie an die, die um sie waren, nur Äußerlichkeiten ab. Dann und wann raffte sie sich zusammen, wollte sie einen männlichen Entschluß fassen; aber sie wurde durch die Geldfrage am Gängelband gehalten. So unterlag sie denn langsam und trotz der ehrgeizigen Proteste, trotz der elegischen Anklagen ihres Geistes den geschilderten provinziellen Umwandlungen. Jeder Tag entwand ihr einen Fetzen ihrer ursprünglichen Entschlüsse. Sie hatte sich ein Programm für die Pflege ihrer Toilette aufgestellt; schrittweise verzichtete sie darauf. Wenn sie anfänglich der Mode gefolgt war, wenn sie sich über die kleinen Neuheiten des Luxus auf dem laufenden gehalten hatte, so war sie jetzt genötigt, ihre Käufe dem Betrag ihres Taschengeldes anzupassen. Anstatt mit vier Hüten, sechs Hauben und sechs Kleidern begnügte sie sich mit einem Kleid für jede Jahreszeit. Man fand Dinah mit einem bestimmten Hut so hübsch, daß sie eber jenen Hut auch das nächste Jahr über beibehielt. So war es mit allem. Oft opferte ihr Kunstsinn die Forderungen der Toilette dem Verlangen, ein gotisches Möbelstück zu besitzen. Vom siebten Jahre an gelangte sie dazu, es bequem zu finden, daß ihre Morgenkleider von der geschicktesten Schneiderin der Stadt unter ihren Augen angefertigt wurden, und ihre Mutter, ihr Mann und ihre Freunde fanden sie in diesen billigen Kleidern, in denen, wie ihre Stammgäste sagten, sich ihr Geschmack bekundete, ganz reizend. Man kopierte ihre Ideen ... Da Dinah keinerlei Vergleichsmöglichkeiten hatte, ging sie in die den Provinzlerinnen gestellten Fallen. Hat eine Pariserin keine gut gebauten Hüften, so lassen ihr erfinderischer Kopf und das Verlangen zu gefallen sie irgendein heroisches Mittel zur Abhilfe finden; hat sie irgendein Gebrechen, ein Muttermal, einen Makel, so ist sie imstande, daraus etwas Reizvolles zu machen, das geschieht häufig: aber bei der Provinzlerin nie! Ist ihre Taille zu kurz, wirkt ihr Bäuchlein unvorteilhaft, nun, dann findet sie sich damit ab, und ihre Anbeter, denn sonst liebten sie sie nicht, müssen sie nehmen, wie sie ist, während die Pariserin immer als das genommen werden will, was sie nicht ist. Daher die grotesken Tournüren, die frechen Magerkeiten, die lächerliche Stoffülle, die anmutlosen Linien, die unbefangen dargeboten werden, an die eine ganze Stadt sich gewöhnt hat und die staunen machen, wenn eine Provinzlerin sich in Paris oder vor Parisern sehen läßt. Dinah, die eine schlanke Taille hatte, brachte sie im Übermaß zur Geltung und wurde sich des Augenblicks nicht bewußt, da sie lächerlich wurde, da sie, die vor Verdruß abgemagert war, wie ein angekleidetes Skelett wirkte; ihre Freunde sahen sie tagtäglich, und so bemerkten sie die kaum spürbaren Veränderungen ihres Äußeren nicht. Dieses Phänomen ist eins der natürlichen Ergebnisse des Provinzlebens. Der Eheschließung zum Trotz bleibt ein Mädchen noch eine Zeit lang schön, die Stadt ist auf sie stolz; aber jeder sieht sie tagtäglich, und wenn man einander tagtäglich sieht, stumpft die Beobachtungskraft ab. Wenn jenes Mädchen, wie Madame de La Baudraye, ein wenig von seinem Glanz einbüßt, so fällt das kaum auf. Es gibt anderes und Besseres, eine kleine Rötung, man versteht das, man interessiert sich dafür. Eine kleine Vernachlässigung wird angebetet. Außerdem sind die Gesichtszüge so gut studiert, so gut verstanden worden, daß die leichten Veränderungen kaum bemerkt werden; und vielleicht betrachtet man sie schließlich gar als Schönheitsmerkmale. Als Dinah nicht mehr in jeder Jahreszeit ein neues Kleid trug, schien sie eine Konzession an die Weisheit der Stadt gemacht zu haben. Es ist mit dem Reden, der Sprechweise, den Ideen genauso wie mit dem Gefühl: der Geist setzt Rost an wie der Körper, wenn er sich nicht im Pariser Milieu erneuert; aber das, worin das Provinzleben sich am deutlichsten ausdrückt, sind die Gesten, der Gang, die Bewegungen; all das büßt die Geschmeidigkeit ein, die Paris unausgesetzt vermittelt. Die Provinzlerin ist es gewohnt, in einer Sphäre ohne Zwischenfälle und Übergänge zu wandeln und sich zu bewegen; sie braucht nicht auszuweichen, sie geht wie in Paris die Neulinge und ahnt nicht, was für Hindernisse es gibt; denn in der Provinz, wo sie bekannt ist, wo sie immer an ihrem Platz ist und wo jedermann ihr Platz macht, gibt es für sie keine. Die Frau verliert also den Zauber des Unvorhergesehenen. Kurzum: ist einem jemals das sonderbare Phänomen der Reaktion aufgefallen, die das Leben in der Gemeinschaft auf den Menschen ausübt? Die Menschen neigen infolge des unauslöschlichen äffischen Nachahmungstriebes dazu, sich aneinander zu formen. Ohne sich dessen bewußt zu werden, übernimmt man die Gesten, die Redensarten, die Haltungen, das Gehaben, den Gesichtsausdruck der anderen. Innerhalb von sechs Jahren hatte Dinah sich auf ihren Gesellschaftsbereich abgestimmt. Indem sie die Ideen Monsieur de Clagnys übernahm, übernahm sie auch seinen Stimmklang; ohne es zu merken, imitierte sie die männlichen Gepflogenheiten, da sie ja nur Männer bei sich sah: sie glaubte sich vor deren Lächerlichkeiten zu schützen, indem sie darüber spottete; aber wie es gewissen Spöttern ergeht: es blieben einige Abschattungen jenes Spottes an ihr haften. Eine Pariserin hat zu viele Beispiele guten Geschmacks, und so kommt es bei ihr nicht zu dem entsprechenden Phänomen. Deswegen warten die Pariserinnen ja auch die Stunde und den Augenblick ab, um sich zur Geltung zu bringen; wogegen Madame de La Baudraye, die es gewohnt war, sich in Szene zu setzen, etwas Theatralisches und Herrisches annahm, das Gehaben einer Primadonna, die die Bühne betritt; all das wäre in Paris spöttisch belächelt und bald abgeändert worden. Als sie sich einen gehörigen Fundus an Lächerlichkeiten zugelegt hatte und durch ihre ergebenen Anbeter getäuscht worden war, glaubte sie neue Reize erlangt zu haben; doch da kam ein Augenblick schrecklichen Erwachens, und der war wie eine vom Berg herniederrollende Lawine. Dinah wurde von einem Tag zum anderen durch einen furchtbaren Vergleich niedergeschmettert. Im Jahre 1828, nach dem Verschwinden Monsieur de Chargeboeufs, wogte in ihr die Erwartung eines kleinen Glücks: sie sollte die Baronin de Fontaine wiedersehen. Beim Tod ihres Vaters nahm Annes Gatte, der Generaldirektor im Finanzministerium geworden war, einen Urlaub wahr, um mit seiner Frau während der Trauerzeit nach Italien zu reisen. Anne wollte einen Tag bei ihrer Kindheitsfreundin in Sancerre verleben. Dieses kurze Beisammensein hatte etwas Verhängnisvolles. Anne, die im Pensionat Chamarolles bei weitem nicht so hübsch wie Dinah gewesen war, wirkte als Baronin de Fontaine tausendmal schöner als die Baronin de La Baudraye, trotz ihrer Erschöpfung und ihrer Reisegewandung. Anne entstieg einem reizenden Reisewagen, der mit den Kartons der Pariserin beladen war: sie hatte eine Zofe bei sich, deren Eleganz Dinah erschreckte. All die Unterschiede, die die Pariserin von der Provinzlerin abheben, sprangen Dinah in die intelligenten Augen; sie sah sich jetzt so, wie sie der Freundin erschien, die sie kaum wiedererkannte. Anne gab jährlich sechstausend Francs für sich persönlich aus, also die gesamte Summe, die Monsieur de La Baudrayes Haushalt kostete. Innerhalb von vierundzwanzig Stunden tauschten die Freundinnen mancherlei vertrauliche Geständnisse aus, und die Pariserin, die merkte, daß sie den Phönix des Pensionats Chamarolles jetzt überflügelt habe, bezeigte ihrer Provinzfreundin jene Güte, jene Liebenswürdigkeiten beim Erklären gewisser Dinge, die Dinah genauso viele Wunden schlugen: denn die Provinzlerin nahm wahr, daß die Überlegenheit der Pariserin deutlich hervortrat, während die ihrige für alle Zeit verschüttet war.

Nach Annes Abreise fiel die damals zweiundzwanzigjährige Madame de La Baudraye in grenzenlose Verzweiflung.

»Was ist Ihnen?« fragte Monsieur de Clagny sie, als er sie so niedergeschlagen sah.

»Anne«, sagte sie, »hat leben gelernt, während ich leiden gelernt habe . . .«

Tatsächlich spielte sich im Haus der Madame de La Baudraye eine Tragikomödie ab, und diese harmonierte mit ihren Kämpfen um das Vermögen, mit ihren allmählichen Wandlungen, und nächst dem Abbé Duret erfuhr davon einzig Monsieur de Clagny, als Dinah, weil sie nichts Besseres zu tun hatte, vielleicht aber auch aus Eitelkeit, ihm das Geheimnis ihres anonymen Ruhmes preisgab.

Obwohl die Vereinigung von Vers und Prosa in der französischen Literatur als etwas wahrhaft Ungeheuerliches gilt, gibt es nichtsdestoweniger Ausnahmen von dieser Regel. Diese Geschichte wird also eine der beiden Vergewaltigungen darbieten, die in diesen Studien gegen den Kanon der ›Erzählung‹ begangen werden; denn um einen Einblick in die inneren Kämpfe zu geben, die Dinah zu entschuldigen vermögen, ohne sie freizusprechen, muß ein Gedicht, die Frucht ihrer tiefen Verzweiflung, analysiert werden.

Als Dinah durch das Fortgehen des Vicomte de Chargeboeuf am Ende ihrer Geduld und ihrer Resignation angelangt war, folgte sie dem Rat des guten Abbés Duret, der ihr gesagt hatte, sie solle ihre schlimmen Gedanken in Verse umschmelzen; was vielleicht eine Erklärung für das Tun gewisser Dichter bildet.

»Es wird Ihnen gehen wie denen, die Grabschriften oder Elegien auf Menschen reimen, die sie verloren haben: der Herzensschmerz beschwichtigt sich in dem Maße, wie die Alexandriner im Kopf brodeln.«

Dies seltsame Gedicht brachte die Départements Allier, Nièvre und Cher in Aufruhr; sie waren glücklich, einen Dichter ihr eigen zu nennen, der befähigt war, den Kampf mit den Pariser Berühmtheiten aufzunehmen. ›Paquita, die Sevillanerin‹ von ›Jan Diaz‹ wurde im ›Echo du Morvan‹[50] veröffentlicht, einer Art Zeitschrift, die seit anderthalb Jahren gegen die Gleichgültigkeit der Provinz ankämpfte. Ein paar geistvolle Leute in Nevers behaupteten, Jan Diaz habe sich über die junge Schule lustig machen wollen, die damals ihre exzentrischen Dichtungen voller Schwung und Bilder produzierte, in denen man große Effekte dadurch erzielte, daß die Muse unter Vorspiegelung deutscher, englischer und romanischer Phantasien vergewaltigt wurde. Die Dichtung begann mit folgendem Lied:

O könntet ihr doch Spanien schauen
Und seine dufterfüllten Auen
Mit heißen Tagen, Nächten kühl,
Dann würdet ihr, Neustriens[51] Töchter,
Ihr traurigen, nur mit Gelächter
Von Himmel reden, von Gefühl!

Denn dorten andre Männer leben
Als in der Kälte, drin wir beben!
Ach, dorten tanzt in seidnem Schuh
Von früh bis spät auf weichem Rasen
In hingerissenen Ekstasen
Die Andalusierin ohn' Ruh.

Erröten würdet ihr, ihr Gänschen,
Schon ob der Plumpheit eurer Tänzchen,
Ob eurem Karnevalsgetu;

Denn nur mit blauen Wangen hüpft ihr,
Und mühsam nur dem Schmutz entlüpft ihr
Den derben, schweren Lederschuh.

In lichtloser Spelunk', vor Mädchen, armen, blassen,
Da sang Paquita dieses Lied;
Und es war zu Rouen, dess' spitze Türm' erfassen
Die Wolke, die vorüberzieht;
Und es war zu Rouen, der häßlich-grauen Stadt ...

Eine prächtige Schilderung von Rouen, wo Dinah niemals hingekommen war, eine mit der unechten Brutalität, die später so viele juvenalische Dichtungen diktiert hat, gemachte Schilderung stellte dem Leben in den Industriestädten das lässige Leben in Spanien gegenüber, der himmlischen Liebe und der menschlichen Schönheit den Kult der Maschinen, kurzum: die Poesie der Spekulation. Und Jan Diaz erklärte Paquitas Abscheu vor der Normandie durch die Verse:

Wißt: in Sevilla ward Paquita einst geboren,
Wo blau der Himmel, niemals trübe;
Kaum dreizehn, war sie schon zur Königin erkoren,
Und alle wollten ihre Liebe.

Ja, drei Toreros gingen für sie in den Tod,
Denn für den Sieger war der Preis
Ein Kuß der Schönen mit den Lippen purpurrot,
Die jeder Mann begehrte heiß.

Das Klischeeporträt der jungen Spanierin hat seither für dasjenige so vieler Kurtisanen in so vielen vorgeblichen Dichtungen herhalten müssen, daß es langweilig wäre, hier die hundert Verse wiederzugeben, aus denen es besteht. Aber zur Beurteilung der Kühnheiten, in denen Dinah sich ergangen hatte, genügt es, den Schluß zu zitieren. Nach Ansicht der glühenden Madame de La Baudraye war Paquita so sehr für die Liebe geschaffen, daß sie schwerlich ihrer würdige Kavaliere finden konnte; denn

... um ihrer Wollust willen
Wär' jeder vor ihr hingesunken,
Wenn bei der Liebe Fest, in Dürsten, nie zu stillen,
Sie schweigend dasaß, sinnentrunken.

Und dennoch mußte sie die frohe Stadt verlassen,
Orangenhaine, Tanz und Lied;
Ein Sohn der Normandie tat liebend sie umfassen
Und nahm sie in die Heimat mit.

Der Abschied fiel ihr leicht, ein tränenloses Fliehen,
Ihr ganzes Glück war jener Krieger!
Doch mußte er ins Feld, ins ferne Rußland ziehen,
Denn so gebot's der kaiserliche Sieger.

Es gibt nichts Zarteres als die Abschiedsszene zwischen der Spanierin und dem normannischen Artilleriehauptmann, der im Delirium einer Leidenschaft, die mit einem Byrons würdigen Gefühlsüberschwang geschildert war, von Paquita das Gelöbnis absoluter Treue in der Kathedrale von Rouen am Altar der Jungfrau forderte, die

Zwar Jungfrau ist, doch Weib, und niemals sie verzeiht
Dem, der der Liebe Schwüre brach.

Ein großer Teil des Gedichts war der Ausmalung der Leiden Paquitas gewidmet, die allein in Rouen blieb und das Ende des Feldzugs abwartete; sie wand und krümmte sich hinter den Gittern ihrer Fenster, wenn sie fröhliche Liebespaare vorbeigehen sah; sie dämmte die Liebe in ihrem Herzen mit einer Energie zurück, die sie verzehrte; sie lebte von Betäubungsmitteln, sie verschwendete sich in Träumen!

Gestorben wär' sie fast, allein sie blieb getreu.
Und als ihr Krieger heimgekehrt,
Da fand die Schöne er, die ihm geschenkt aufs neu',
Noch seiner ganzen Liebe wert.

Doch er, der bleich und schwach aus Rußlands Eiseswüste
Zurück, ein bis ins Mark Versehrter,
Bekümmert nur und matt die Schmachtende begrüßte . . .

Um dieser Situation willen war das Gedicht konzipiert worden, und Dinah hatte sie mit einem Schwung und einer Kühnheit ausgebeutet, die dem Abbé Duret ein wenig allzusehr recht gaben. Als Paquita die Grenzen erkannte, an denen es mit der

Liebe aus war, stürzte sie sich nicht, wie Héloïse[52] und Julie[53], ins Unendliche, ins Ideale; nein, sie ging, was vielleicht schauderhaft natürlich ist, den Weg des Lasters, aber ohne jede Großartigkeit, aus Mangel an Substanz, denn es ist schwierig, in Rouen Menschen zu finden, die leidenschaftlich genug sind, Paquita das ihr gemäße Milieu von Luxus und Eleganz zu verschaffen. Diese abscheuliche Wirklichkeit, die durch eine düstere Poesie verklärt wurde, hatte ein paar der Druckseiten entstehen lassen, auf denen die moderne Literatur ihre Mißbräuche treibt; sie ähnelten allzusehr dem, was die Maler ›Muskelfiguren‹ nennen. Nachdem der Dichter das berüchtigte Haus geschildert hatte, in dem die Andalusierin ihre Tage beschloß, kam es zu einem philosophisch gefärbten Rückblick, wonach das einleitende Lied wieder angestimmt wurde:

Jetzt ist Paquita alt, ihr Antlitz furchen Falten,
Und sie, sie war es, die da sang:

O könntet ihr doch Spanien schauen
Und seine dufterfüllten Auen usw.

Die düstere Energie, die sich in dieser etwa sechshundert Verse langen Dichtung bekundete und die, wenn es erlaubt ist, diesen Ausdruck der Malerei zu entlehnen, ein kräftiges Repoussoir[54] aus zwei Seguidillen[55] wie die bildete, die das Werk einleitet und abschließt; der männliche Ausdruck eines unaussprechlichen Schmerzes erschreckten die Frau, die drei Départements im schwarzen Frack der Anonymität bewunderten. Zwar genoß Dinah die berauschenden Seligkeiten des Erfolgs, fürchtete jedoch die bösen Zungen der Provinz, wo mehr als eine Frau für den Fall einer Indiskretion Beziehungen zwischen der Verfasserin und Paquita würde wahrnehmen wollen. Dann kam die Überlegung. Dinah zitterte vor Scham bei dem Gedanken, sie hätte einiges von dem, was sie litt, ausgenutzt.

»Schreiben Sie nichts mehr«, sagte der Abbé Duret zu ihr, »Sie wären keine Frau mehr, Sie würden ein Dichter werden.«

Es wurde in Moulins, in Nevers, in Bourges nach Jan Diaz gefahndet; aber Dinah war undurchdringlich. Um für den Fall, daß irgendein fataler Zufall ihren Namen enthüllen würde, nicht schlechte Gedanken gegen sich aufkommen zu lassen, schrieb sie eine bezaubernde Dichtung in zwei Gesängen über die ›Messeeiche‹; dabei handelte es sich um die folgende, im Nivernais umgehende Überlieferung. Eines Tages, als die von Nevers und die von Saint-Saulge einander bekriegten, wollten sie sich um die Morgenröte eine Schlacht liefern, die für eine der beiden Parteien der Untergang sein sollte; im Wald von Faye stießen sie aufeinander. Da reckte sich zwischen den beiden Heerhaufen unter einer Eiche ein Priester auf, dessen Haltung im Schein der aufgehenden Sonne etwas so Überraschendes hatte, daß die beiden Parteien seinem Befehl gehorchten und die Messe hörten, die unter der Eiche gelesen wurde, und auf die Stimme des Evangeliums hin versöhnten sie sich. Noch heute wird im Wald von Faye eine Eiche als die betreffende gezeigt. Diese Dichtung, die unendlich viel höher stand als ›Paquita, die Sevillanerin‹, hatte sehr viel weniger Erfolg. Seit diesem zweifachen Versuch hatte Madame de La Baudraye, nun sie wußte, daß sie eine Dichterin war, ein jähes, blitzendes Aufleuchten auf der Stirn und in den Augen, das sie schöner denn je machte. Sie richtete die Blicke auf Paris, sie strebte nach Ruhm und fiel zurück in ihr Loch La Baudraye, in die täglichen Streitereien um Nichtigkeiten mit ihrem Mann, in ihren Kreis, wo Charaktere, Absichten, Redereien allzu bekannt waren, um nicht auf die Dauer zu langweilen. Wenn ihre literarischen Arbeiten ihr Ablenkung von ihrem Unglück geboten hatten, wenn in der Leere ihres Lebens die Poesie großen Widerhall gefunden, wenn sie ihre Kräfte beschäftigt hatte, wurde die Literatur die Ursache, daß sie die graue, schwere Atmosphäre der Provinz zu hassen begann.

Als nach der Revolution von 1830 der Ruhm George Sands seinen Strahlenglanz auf das Berry warf, beneideten viele Städte La Châtre[56] um das Privileg, eine Rivalin der Madame de Staël, der Camille Maupin[57] hervorgebracht zu haben, und waren nur zu geneigt, die geringsten weiblichen Talente zu ehren. Daher sah man damals in Frankreich viele Zehnte Musen, junge Mädchen oder junge Frauen, die ein Trugbild des Ruhms von einem geruhsamen Leben abgewendet hatte! Es wurden damals seltsame Lehren über die Rolle verbreitet, die die Frauen im gesellschaftlichen Gefüge spielen sollten. Ohne daß der gesunde Menschenverstand, der in Frankreich die geistige Grundlage bildet, dadurch pervertiert worden wäre, ließ man es den Frauen durchgehen, daß sie Gedanken ausdrückten und Gefühle bekannten, die sie ein paar Jahre zuvor nicht eingestanden hätten. Monsieur de Clagny nutzte diesen Zeitpunkt der Freiheit aus und vereinigte in einem Duodez-Bändchen, das bei Desrosiers[58] in Moulins gedruckt wurde, Jan Diaz' Werke. Er schrieb über diesen jungen Schriftsteller, der der Literatur viel zu früh entrissen worden sei, eine Notiz, die geistvoll für alle war, die des Rätsels Lösung kannten, aber damals in der Literatur nicht das Verdienst der Neuheit besaß. Solche Scherze, die vortrefflich sind, wenn das Inkognito gewahrt bleibt, werden ein wenig matt, wenn der Autor später die Maske lüftet. In diesem Zusammenhang jedoch hat die Notiz über Jan Diaz, den Sohn eines spanischen Kriegsgefangenen und um 1807 in Bourges geboren, alle Aussicht, die Verfasser von ›Allgemeinen Biographien‹ hinters Licht zu führen. Nichts fehlt darin, weder die Namen der Lehrer am Gymnasium zu Bourges noch die der Mitschüler des toten Dichters, etwa Lousteau, Bianchon und andere berühmte Söhne des Berry, von denen behauptet wurde, sie hätten ihn als einen Träumer und Melancholiker mit frühreifen Anlagen für die Dichtkunst gekannt. Eine ›Traurigkeit‹ betitelte Elegie, während der Gymnasialzeit entstanden, die beiden Dichtungen ›Paquita, die Sevillanerin‹ und ›Die Messeeiche‹, drei Sonette, eine Beschreibung der Kathedrale von Bourges und des Stadtpalais des Jacques Cœur[59] und schließlich eine Novelle ›Carola‹, die als das Werk hingestellt wurde, bei dessen Niederschrift er vom Tod überrascht worden sei, bildeten das literarische Gepäck des Verstorbenen, dessen letzte Augenblicke in Elend und Verzweiflung die Herzen empfindsamer Menschen in der Nièvre, dem Bourbonnais, dem Cher und dem Morvan sich zusammenkrampfen lassen mußten, dem Morvan, wo er, in der Nähe von Château-Chinon, gestorben war, ungekannt von allen, sogar von der, die er geliebt hatte...! Der kleine gelbe Band wurde in zweihundert Exemplaren abgezogen, von denen hundertfünfzig verkauft wurden, etwa fünfzig in jedem Département. Diese Durchschnittszahl empfindsamer, poetischer Seelen in drei französischen Départements ist geeignet, die Begeisterung der Autoren für die ›furia francese[60] neu zu beleben, die sich in unseren Tagen weit mehr auf materielle Interessen als auf Bücher erstreckt. Abzüglich der Freiexemplare Monsieur de Clagnys, der ja die kurze Vorrede mit seinem Namen gezeichnet hatte, behielt Dinah sieben oder acht Exemplare; sie wurden in die auswärtigen Zeitungen gewickelt, die über diese Publikation berichtet hatten. Zwanzig an Pariser Zeitungen geschickte Exemplare gingen in den Abgründen der Redaktionszimmer verloren. Nathan, der sich hatte düpieren lassen wie mehrere andere Berrichons, schrieb über den großen Mann einen Artikel, in dem er ihm alle guten Eigenschaften zuerkannte, die man Begrabenen gewährt. Lousteau war durch seine Schulkameraden, die sich nicht die Spur an Jan Diaz erinnerten, vorsichtig gemacht worden; er wartete Nachrichten aus Sancerre ab und erfuhr, daß Jan Diaz das Pseudonym einer Dame sei. Im Arrondissement Sancerre begeisterte man sich für Madame de La Baudraye; man wollte in ihr die künftige Rivalin der George Sand erblicken. Von Sancerre bis Bourges geriet man außer sich und rühmte die Dichtung, die in einem anderen Zeitalter ganz bestimmt verrissen worden wäre. Das Provinzpublikum wie vielleicht das französische Publikum in seiner Gesamtheit macht sich wenig aus der Leidenschaft des Königs der Franzosen[61] für das ›Juste-Milieu‹[62]: es hebt einen in den Himmel oder stößt einen in den Kot.

Zu jener Zeit war der gute, alte Abbé Duret, der Berater der Madame de La Baudraye, schon tot; denn sonst hätte er sie daran gehindert, sich der Öffentlichkeit preiszugeben. Aber drei Jahre der Arbeit und des Inkognitos lasteten auf Dinahs Herz; sie hatte den Lärm des Ruhms an die Stelle ihrer enttäuschten ehrgeizigen Bestrebungen gerückt. Die Dichtkunst und die Träume von Berühmtheit, die seit ihrem kurzen Beisammensein mit Anne Grossetête ihre Schmerzen eingeschläfert hatten, genügten nach 1830 dem Tätigkeitsdrang dieses kranken Herzens nicht mehr. Der Abbé Duret, der von Welt und Gesellschaft gesprochen hatte, als die Stimme der Religion ohnmächtig war, der Abbé Duret, der Dinah verstanden, der ihr eine schöne Zukunft ausgemalt, als er ihr gesagt hatte, Gott werde alle nobel ertragenen Leiden belohnen, dieser liebenswürdige alte Herr konnte sich nicht mehr zwischen einen zu begehenden Fehler und sein schönes Beichtkind stellen, das er seine Tochter nannte. Der alte, kundige Priester hatte mehr als einmal versucht, Dinah über den Charakter Monsieur de La Baudrayes aufzuklären; er hatte ihr gesagt, dieser Mann verstehe sich darauf zu hassen; aber die Frauen sind nun einmal nicht geneigt, schwächlichen Menschen Kraft zuzuerkennen, und der Haß ist eine viel zu dauerhafte Betätigung, als daß er nicht eine lebendige Kraft wäre. Da Dinah ihren Mann in Liebesdingen zutiefst gleichgültig fand, gestand sie ihm auch nicht die Fähigkeit zum Hassen zu. – »Verwechseln Sie nicht Haß mit Rachsucht«, hatte der Abbé zu ihr gesagt, »das sind zwei völlig verschieden geartete Gefühle; das eine ist dasjenige kleiner Geister, das andere die Auswirkung eines Gesetzes, dem große Seelen gehorchen. Gott rächt sich und haßt nicht. Der Haß ist das Laster enger Seelen; sie nähren ihn mit all ihren Kleinlichkeiten, sie machen daraus den Vorwand zu ihren niedrigen Tyranneien. Daher hüten Sie sich davor, Ihren Mann zu verletzen; einen Fehltritt könnte er Ihnen verzeihen, denn daraus würde er Nutzen ziehen, aber er würde auf eine sanfte Weise unversöhnlich sein, wenn Sie ihn an der Stelle träfen, an der ihn Monsieur Milaud aus Nevers so grausam getroffen hat, und dann würde für Sie das Leben unerträglich werden.«

Nun aber empfing der kleine La Baudraye in dem Augenblick, da das Nivernais, da Sancerre und Umgegend, da das Morvan und das Berry auf Madame de La Baudraye stolz waren und sie unter dem Namen Jan Diaz feierten, durch eben diesen Ruhm einen tödlichen Stoß. Einzig er wußte um die geheimen Hintergründe der Dichtung ›Paquita, die Sevillanerin‹. Wenn von diesem schrecklichen Werk gesprochen wurde, sagte jedermann von Dinah: »Die arme Frau! Die arme Frau!« Die Frauen waren nur zu froh, diejenige bedauern zu können, die sie so sehr unterdrückt hatte, und nie erschien Dinah in den Augen der Stadt größer als damals. Der kleine alte Herr, der noch gelber, noch faltiger, noch gebrechlicher denn je zuvor geworden war, ließ sich nichts anmerken; aber Dinah spürte manchmal, daß er Blicke von einer giftigen Kälte auf sie richtete, die seine verdoppelte Höflichkeit und Sanftmut ihr gegenüber Lügen straften. Schließlich durchschaute sie das, was sie für einen simplen Ehestreit gehalten hatte; aber als sie sich mit ihrem Insekt, wie Gravier ihn nannte, auseinandersetzte, verspürte sie die Kälte, die Härte, die Fühllosigkeit des Stahls: da ließ sie sich hinreißen, sie warf ihm das Leben vor, das sie seit elf Jahren führe; sie machte in voller Absicht das, was die Frauen ›eine Szene‹ nennen; aber der kleine La Baudraye blieb mit geschlossenen Augen in einem Lehnstuhl sitzen und hörte zu, ohne die Ruhe zu verlieren. Und der Zwerg hatte, wie stets, seiner Frau gegenüber recht. Dinah sah ein, daß es falsch von ihr gewesen war zu schreiben: sie gelobte sich, nie wieder einen Vers zu machen, und hielt sich Wort. Ganz Sancerre geriet in Verzweiflung. – »Warum schreibt Madame de La Baudraye keine Verse mehr?« hieß es überall. Zu jener Zeit hatte Madame de La Baudraye keine Feindinnen mehr, man strömte zu ihr, keine Woche verging, ohne daß nicht neue Leute sich ihr vorstellen ließen. Die Frau des Gerichtspräsidenten, eine majestätische Bourgeoise, geborene Popinot-Chandier, hatte zu ihrem Sohn, einem zweiundzwanzigjährigen jungen Menschen, gesagt, er solle nach La Baudraye gehen und dort seine Aufwartung machen, und fühlte sich geschmeichelt, zu sehen, daß ihr Gatien bei der überlegenen Frau in Gunst stand. Die Bezeichnung ›überlegene Frau‹ war an die Stelle des grotesken Spitznamens ›die Sappho von Saint-Satur‹ getreten. Die Präsidentin, die neun Jahre lang die Opposition gegen Dinah geleitet hatte, war so glücklich, ihren Sohn gütig aufgenommen zu sehen, daß sie der Muse von Sancerre nur unendlich viel Gutes nachsagte. – »Schließlich und endlich«, rief sie als Entgegnung auf eine Tirade der Madame de Clagny, die die vermeintliche Maîtresse ihres Mannes auf den Tod haßte, »ist sie die schönste und geistvollste Frau im ganzen Berry.« Nachdem Dinah so vielen Netzen entronnen war, nachdem sie tausend verschiedene Wege eingeschlagen, von der Liebe in ihrem Glanz geträumt, die Leiden der finstersten Tragödien begehrt und darin düstere, billig erkaufte Freuden gefunden hatte, so ermüdend war die Einförmigkeit ihres Lebens, fiel sie eines Tages in die Grube, der aus dem Wege zu gehen sie geschworen hatte. Als sie sah, daß Monsieur de Clagny sich nach wie vor aufopferte, daß er es ablehnte, General-Advokat in Paris zu werden, wohin seine Familie ihn rief, sagte sie sich: »Er liebt mich!«, rang ihr Widerstreben nieder und schien soviel Beständigkeit krönen zu wollen. Dieser Regung der Großherzigkeit bei ihr dankte Sancerre die Koalition, die bei den Wahlen zu Monsieur de Clagnys Gunsten zustande kam. Madame de La Baudraye hatte davon geträumt, dem Abgeordneten von Sancerre nach Paris zu folgen. Aber trotz der feierlichen Versprechungen verwandelten sich die hundertfünfzig Stimmen, die dem Anbeter der schönen Dinah gegeben werden sollten – sie wollte diesen Verteidiger der Witwen und Waisen mit dem Talar des Justizministers bekleiden –, in eine ›imposante Minderheit‹ von fünfzig Stimmen. Die Eifersucht des Präsidenten Boirouge, der Haß Monsieur Graviers, der an das Übergewicht des Kandidaten in Dinahs Herzen glaubte, wurde von einem jungen Unterpräfekten ausgebeutet, den um dieser Tatsache willen die Doktrinäre[63] zum Präfekten ernennen ließen. – »Ich werde nie darüber hinwegkommen«, sagte er zu einem seiner Freunde, als er Sancerre verließ, »daß ich es nicht fertiggebracht habe, Madame de La Baudraye zu gefallen; dann nämlich wäre mein Triumph vollkommen gewesen ...« Dies innerlich so gequälte Leben wirkte nach außen hin wie eine ruhige Ehe; zwei schlecht zusammenpassende Menschen schienen resigniert zu haben; alles wirkte geordnet, dezent; die Gesellschaft will eine solche Lüge, aber für Dinah bildete sie einen unerträglichen Harnisch. Warum wollte sie ihre Maske ablegen, nachdem sie sie zwölf Jahre lang getragen hatte? Woher rührte dieser Überdruß, da doch jeder Tag ihre Hoffnung vergrößerte, Witwe zu werden? Wenn man alle Phasen dieser Existenz verfolgt hat, wird man nur zu gut die verschiedenen Enttäuschungen verstehen, von denen Dinah, wie übrigens viele Frauen, sich hatte einfangen lassen. Von dem Wunsch, ihren Mann zu beherrschen, war sie zu der Hoffnung übergewechselt, Mutter zu werden. Zwischen den ehelichen Diskussionen und der traurigen Erkenntnis ihres Loses war geraume Zeit verflossen. Als sie sich dann hatte trösten wollen, war der Tröster, Monsieur de Chargebœuf, verschwunden. Die Leidenschaft, die Ursache der Fehltritte der meisten Frauen, war ihr bislang versagt geblieben. Wenn es schließlich Frauen gibt, die geradewegs auf einen Fehltritt zueilen, so gibt es auch viele, die sich an mancherlei Hoffnungen klammern und die erst zum Fehltritt gelangen, nachdem sie ein

Labyrinth von geheimem Unglück durchirrt haben. So war es auch mit Dinah. Sie war so wenig geneigt, gegen ihre Pflichten zu verstoßen, daß sie Monsieur de Clagny nicht genug liebte, um ihm seinen Mißerfolg zu verzeihen. Ihre Übersiedelung nach Schloß Anzy, die Aufstellung ihrer Sammlungen, ihrer Antiquitäten, die durch den prächtigen, grandiosen Rahmen neuen Wert bekamen, den Philibert Delorme eigens für dieses Museum gebaut zu haben schien, beschäftigten sie ein paar Monate lang und erlaubten ihr, über einen der Entschlüsse nachzugrübeln, die die Öffentlichkeit überraschen, weil ihr die Motive verborgen sind, obwohl sie sie oftmals durch Plaudereien und Vermutungen aufdeckt.

Der Ruf Lousteaus, der seiner Liebschaften mit Schauspielerinnen wegen als ein Frauenheld galt, machte auf Madame de La Baudraye Eindruck; sie wollte ihn kennenlernen, sie las seine Werke und begeisterte sich für ihn, vielleicht weniger um seines Talents als um seiner Erfolge bei den Frauen willen; um ihn in die Stadt zu ziehen, klügelte sie für Sancerre die Verpflichtung aus, bei den nächsten Wahlen eine der beiden einheimischen Berühmtheiten zu wählen. An den berühmten Arzt ließ sie durch Gatien Boirouge schreiben, der von sich behauptete, er sei durch die Popinots mit Bianchon vervettert; danach setzte sie es bei einem alten Freund der verstorbenen Madame Lousteau durch, daß er den Ehrgeiz des Feuilletonisten anstachelte, indem er ihn die Absichten wissen ließ, die einige Leute in Sancerre hegten: nämlich ihren Abgeordneten unter den berühmten Leuten in Paris auszuwählen. Madame de La Baudraye war ihres mittelmäßigen Umgangs müde; sie wollte endlich wahrhaft überlegene Männer kennenlernen; sie glaubte ihren Fehltritt mit dem vollen Glanz des Ruhms adeln zu können. Weder Lousteau noch Bianchon antworteten; vielleicht wollten sie die Ferien abwarten. Bianchon, der im vorhergegangenen Jahr nach einem glänzenden Wettbewerb seinen Lehrstuhl erhalten hatte, konnte seine Vorlesungen nicht unterbrechen.

Im September, mitten in der Weinlese, langten die beiden Pariser in ihrer Vaterstadt an und fanden sie in die tyrannischen Betätigungen der Ernte von 1836 verstrickt; es kam also zu keiner Kundgebung der öffentlichen Meinung zu ihren Gunsten. –

»Wir erleben einen Durchfall«, sagte Lousteau in der Kulissensprache zu seinem Landsmann.

Lousteau wirkte im Jahre 1836 wie ein Achtundvierzigjähriger, obgleich er erst siebenunddreißig war; sechzehn Jahre der Kämpfe in Paris hatten ihn erschöpft, und durch den Liebesgenuß war er genauso verbraucht wie durch die Not, durch Arbeit und Fehlschläge. Er war bereits kahl und hatte deswegen ein byronisches Gehaben angenommen, das mit seinen Alterserscheinungen vor der Zeit, mit den Furchen harmonierte, die der Champagnermißbrauch in sein Gesicht eingegraben hatte. Er schrieb die Merkmale der Ausschweifung auf das Konto des literarischen Lebens und beschuldigte die Presse, seine Mörderin zu sein, er verkündete, sie verschlinge große Talente, um seine Trägheit positiv zu werten. Er hielt es für nötig, in seiner Heimat seine falsche Lebensverachtung und seine unechte Menschenfeindschaft zu übertreiben. Dennoch schleuderten seine Augen bisweilen noch immer Flammen wie jene Vulkane, die man für erloschen hält; und er versuchte, durch Eleganz der Kleidung alles zu ersetzen, was ihm in den Augen einer Frau vielleicht an Jugend fehlte.

Horace Bianchon, im Knopfloch die Ehrenlegion, dick und fett wie ein Arzt, der große Mode ist, hatte ein patriarchalisches Aussehen, dichtes, langes Haar, eine gewölbte Stirn, Schultern wie ein Arbeiter und besaß die Ruhe eines Denkers. Seine wenig poetische Physiognomie diente seinem leichtfertigen Landsmann auf bewundernswerte Weise als Folie.

Die beiden Berühmtheiten blieben einen ganzen Vormittag lang unbemerkt in dem Gasthaus, wo sie abgestiegen waren, und nur durch Zufall erfuhr Monsieur de Clagny von ihrer Ankunft. Madame de La Baudraye war ganz verzweifelt und schickte Gatien Boirouge, der keine Weinberge hatte, zu den beiden Parisern, um sie für ein paar Tage auf Schloß Anzy einzuladen. Seit einem Jahr spielte Dinah die Schloßherrin und verbrachte nur noch die Winter auf La Baudraye. Monsieur Gravier, der Staatsanwalt, der Präsident und Gatien Boirouge gaben den beiden berühmten Männern ein Bankett, an dem die literarisch gebildetsten Persönlichkeiten der Stadt teilnahmen. Als die beiden Pariser hörten, die schöne Madame de

La Baudraye sei Jan Diaz, ließen sie sich in einem leichten Wagen mit Bänken, den Gatien selber kutschierte, für drei Tage nach Schloß Anzy fahren. Der junge Herr steckte voller Illusionen; er stellte Madame de La Baudraye den beiden Parisern nicht nur als die schönste Frau von Sancerre und Umgebung hin, als eine überlegene Frau, die durchaus befähigt sei, George Sand in Unruhe zu versetzen, sondern überdies noch als eine Frau, die in Paris den tiefsten Eindruck machen würde. Daher war das Erstaunen des Doktors Bianchon und des spöttelnden Witzbolds von Journalisten befremdlich, wenngleich sie es unterdrückten, als sie auf der Freitreppe von Anzy die Schloßherrin gewahrten, die ein Kleid aus leichtem, schwarzem Kaschmir mit Brustschleier trug, gewissermaßen ein Reitkleid ohne Schleppe; sie erkannten nämlich in dieser übertriebenen Schlichtheit eine ungeheure Anmaßung. Dinah trug ein schwarzes Samtbarett à la Raffael, unter dem ihr Haar in schweren Wellen hervorquoll. Diese Kleidung brachte eine recht hübsche Taille, schöne Augen und schöne Lider, die durch die Mißlichkeiten des bereits skizzierten Lebens fast welk wirkten, zur vollen Geltung. Im Berry verhüllte die Seltsamkeit dieser ›künstlerischen‹ Aufmachung die romantischen Eitelkeiten der überlegenen Frau. Als die beiden Freunde diese Schöntuerei ihrer allzu liebenswürdigen Gastgeberin sahen, die irgendwie Zierereien der Seele und des Denkens waren, wechselten sie einen Blick und nahmen eine tiefernste Haltung an, um Madame de La Baudraye zuzuhören, die ihnen eine einstudierte Ansprache hielt; sie dankte ihnen, daß sie gekommen seien, die Monotonie ihres Lebens zu unterbrechen. Dinah promenierte mit ihren Gästen um den Rasenplatz herum, der sich vor der Fassade von Anzy erstreckte und mit Urnen voller Blumen geschmückt war.

»Wie hat nur«, fragte der Spaßvogel Lousteau, »eine so schöne Frau wie Sie, die außerdem noch so überlegen zu sein scheint, in der Provinz bleiben können? Wie bringen Sie es fertig, diesem Leben Widerstand zu leisten?«

»Ach, folgendermaßen«, sagte die Schloßherrin. »Man leistet ihm keinen Widerstand. Tiefe Verzweiflung oder stumpfsinnige Resignation, das eine oder das andere, man hat keine Wahl, das ist der trügerische Tuffstein, auf dem unsere Existenz ruht, und darauf bleiben tausende stagnierende Gedanken stehen, ohne den Boden zu befruchten, und nähren die bleichsüchtigen Blumen unserer verödeten Seelen. Glauben Sie nicht an Sorglosigkeit! Die Sorglosigkeit tendiert nach der Verzweiflung oder der Resignation. Jede Frau gibt sich dann dem hin, was ihr, ihrem Charakter entsprechend, als eine Freude erscheint. Manche stürzen sich aufs Einmachen oder auf die große Wäsche, auf Sparsamkeit im Haushalt, auf die ländlichen Freuden der Weinlese oder der Ernte, auf das Dörren von Obst, auf das Sticken von Halstüchern, auf die Mutterpflichten, auf die Kleinstadtintrigen. Andere marterten ein nicht abschaffbares Klavier, das gegen Ende des siebten Jahres wie ein Hackbrett klingt und seine Tage asthmatisch auf Schloß Anzy beendet. Ein paar Frömmlerinnen unterhalten sich über die verschiedenen Wachstümer des Wortes Gottes: man vergleicht den Abbé Fritaud mit dem Abbé Guinard. Abends spielt man Karten, man tanzt zwölf Jahre lang mit denselben Leuten, in denselben Salons, zur selben Zeit. In dies schöne Leben flechten sich feierliche Spaziergänge auf der Wallpromenade hinein und formelle Besuche bei Damen, die einen fragen, wo man seine Stoffe bezieht. Die Unterhaltung wird im Süden von der Intelligenz begrenzt durch Bemerkungen über Liebesverhältnisse, die sich heimlich auf dem Grund des schlafenden Wassers des Provinzlebens vollziehen; im Norden durch die Heiraten, die auf dem Tapet sind; im Westen durch Eifersüchteleien, im Osten durch kleine Sticheleien. Sehen Sie, was daraus entsteht?« fragte sie und setzte eine wichtigtuerische Miene auf. »Eine Frau hat mit neunundzwanzig Jahren Falten, zehn Jahre vor der durch die Verordnungen des Doktors Bianchon festgesetzten Zeit; sie wird auch sehr rasch finnig und gelb wie eine Quitte, wenn sie reifen soll, wir kennen aber auch welche, die Grünspan ansetzen. Wenn wir soweit sind, wollen wir unseren Normalzustand rechtfertigen. Dann greifen wir mit unseren Zähnen, die scharf sind wie Waldmauszähne, die furchtbaren Pariser Leidenschaften an. Wir haben hier widerwillige Puritanerinnen, die das Spitzenwerk der Koketterie zerfetzen und das Poetische Ihrer Pariser Schönheiten zernagen, die das Glück anderer dadurch antasten, daß sie ihre ranzigen Nüsse, ihren ranzigen Speck anpreisen, daß sie ihr Loch, in dem sie als sparsame Maus sitzen, daß sie die grauen Farben und den Klostergeruch unseres schönen Lebens in Sancerre lobpreisen.«

»Ich habe für diesen Mut viel übrig, Madame«, sagte Bianchon. »Wenn man unter solcherlei Nöten zu leiden hat, muß man Geist haben, um daraus Tugenden zu machen.«

Gatien Boirouge war verblüfft über das brillante Manöver, durch das Dinah die Provinz ihren Gästen preisgab, deren Sarkasmen auf diese Weise zuvorgekommen war; er stieß Lousteau mit dem Ellbogen an und warf ihm einen Blick und ein Lächeln zu, die besagten: »Na? Habe ich Ihnen was Falsches vorgeredet?«

»Aber, Madame«, sagte Lousteau, »Sie beweisen uns, daß wir noch in Paris sind; ich werde Ihnen diese Epistel stehlen, sie ist in meinem Feuilleton zehn Francs wert . . .«

»Ach«, entgegnete sie, »seien Sie vor den Provinzlerinnen auf der Hut!«

»Warum denn?« fragte Lousteau.

Und Madame de La Baudraye beging den, übrigens ziemlich harmlosen, Gaunerstreich, diese beiden Pariser, unter denen sie sich einen Besieger auswählen wollte, auf die Falle hinzuweisen, in der jener Sieger sich fangen würde, wobei sie meinte, in dem Augenblicke, da er die Falle nicht mehr sähe, werde sie selber die Stärkere sein

»Man macht sich über die Provinzlerinnen lustig, wenn man ankommt; aber wenn man dann die Erinnerung an den Pariser Glanz verloren hat und eine Provinzlerin in ihrer Sphäre erblickt, dann umwirbt man sie, und geschehe es nur zum Zeitvertreib. Sie, die Sie durch Ihre Liebesleidenschaften berühmt geworden sind, Sie werden zum Gegenstand einer Aufmerksamkeit, die Ihnen schmeicheln muß . . . Seien Sie auf der Hut!« rief Dinah, vollführte eine kokette Geste und erhob sich durch diese sarkastischen Bemerkungen über die Lächerlichkeiten der Provinz und das Spotten Lousteaus. »Wenn eine arme kleine Provinzlerin in eine exzentrische Leidenschaft für einen überlegenen Mann fällt, für einen Pariser, der sich in die Provinz verirrt hat, dann macht sie daraus mehr als ein bloßes Gefühl, sie findet darin eine Beschäftigung und dehnt sie über ihr ganzes Leben aus. Es gibt nichts Gefährlicheres als die Zuneigung einer Provinzlerin: sie vergleicht, sie stellt genaue Beobachtungen an, sie grübelt nach, sie träumt, sie geht nie aus ihrem Traum hervor, sie denkt an den, den sie liebt, wenn der, den sie liebt, schon längst nicht mehr an sie denkt. Nun aber ist eins der Verhängnisse, die auf der Provinzlerin lasten, die jähe Lösung ihrer Liebesleidenschaften, wie sie häufig in England wahrzunehmen ist. In der Provinz zwingt das Leben, das scharfäugig wie ein Indianer-Kundschafter ist, die Frau, geradeaus auf ihrem Gleis weiterzufahren oder mit einem Ruck herauszuspringen wie eine Lokomotive, die auf ein Hindernis stößt. Die strategischen Kämpfe der Liebe, die Koketterien, die die halbe Pariserin ausmachen, all das gibt es hier nicht.«

»Das stimmt«, sagte Lousteau, »im Herzen einer Pariserin gibt es Überraschungen wie in einer Vexierschachtel.«

»Ach, mein Gott«, fuhr Dinah fort, »während eines Winters hat eine Frau dreimal mit Ihnen gesprochen, sie hat Sie, ohne daß Sie es wissen, ins Herz geschlossen; dann kommt eine Landpartie, ein Spaziergang, und damit ist alles gesagt, oder, wenn Sie wollen, es ist alles getan. Dieses Verhalten ist bizarr für alle, die nicht zu beobachten wissen; aber es hat etwas recht Natürliches. Anstatt die Provinzlerin dadurch zu verleumden, daß er sie für verderbt hält, sollte ein Dichter wie Sie, oder ein Philosoph, ein Beobachter wie der Doktor Bianchon sich darauf verstehen, die wunderbaren unveröffentlichten Poesien zu erraten, mit einem Wort: alle Seiten des schönen Romans, dessen Ausgang einem glücklichen Leutnant, irgendeinem großen Mann der Provinz zugute kommt.«

»Die Provinzlerinnen, die ich in Paris kennengelernt habe«, sagte Lousteau, »waren in der Tat ziemlich tüchtige Entführerinnen ...«

»Ja, ja, sie sind neugierig«, sagte die Schloßherrin und ergänzte ihre Bemerkung durch ein leichtes Achselzucken.

»Sie ähneln den Theaterfreunden, die in die zweite Vorstellung gehen, da sie sich dann sicher sind, daß das Stück nicht durchfällt«, entgegnete der Journalist.

»Welches ist nun eigentlich die Ursache Ihrer Leiden?« fragte Bianchon.

»Paris ist das Ungeheuer, das an unseren Kümmernissen schuld hat«, antwortete die überlegene Frau. »Das Übel hat einen Umfang von sieben Meilen und steckt das ganze Land an. Die Provinz existiert nicht durch sich selber. Einzig dort, wo die Nation in fünfzig Kleinstaaten eingeteilt ist, einzig dort kann jedermann eine Physiognomie haben, und eine Frau strahlt den Glanz der Sphäre wider, wo sie herrscht. Dieses soziale Phänomen findet sich überdies noch, wie mir gesagt worden ist, in Italien, der Schweiz und Deutschland; aber in Frankreich wie in allen Ländern mit einer einzigen Hauptstadt muß zwangsläufig die Verflachung der Sitten die Folge der Zentralisation sein.«

»Die Sitten würden also Ihrer Meinung nach nur durch eine Föderation der französischen Staaten, die ein Reich bilden, Antrieb und Originalität bekommen«, sagte Lousteau.

»Das wäre vielleicht nicht wünschenswert, denn dann müßte Frankreich noch allzu viele Länder erobern«, sagte Bianchon.

»England kennt dieses Unglück nicht«, rief Dinah. »London übt nicht die Tyrannei aus, wie Paris sie auf Frankreich lasten läßt und für die der französische Genius schließlich Heilung schaffen wird; aber es hat etwas weit Schrecklicheres in seiner gräßlichen Heuchelei, und die ist ein ganz anderes Übel!«

»Die englische Aristokratie«, entgegnete der Journalist, der eine byroneske Tirade voraussah und schleunigst das Wort ergriff, »besitzt vor der unseren den Vorzug, daß sie sich alles, was überlegen ist, einverleibt; sie lebt in ihren herrlichen Parks, sie kommt nur für zwei Monate nach London, nicht mehr und nicht weniger; sie lebt in der Provinz, dort blüht sie und bringt sie zum Blühen.«

»Ja«, sagte Madame de La Baudraye, »London ist die Hauptstadt der Ladengeschäfte und der Spekulationen, dort wird die Regierung gemacht. Die Aristokratie bespricht sich dort nur sechzig Tage lang, sie ruft dort zur Ordnung, wirft einen Blick in die Regierungsküche, nimmt die Parade ihrer heiratsfähigen Töchter und der zu verkaufenden Equipagen ab, sagt einander guten Tag und geht dann sogleich wieder auseinander: sie ist so wenig amüsant, daß sie sich lediglich die paar Tage lang erträgt, die als ›die Saison‹ bezeichnet werden.«

»Daher hat man im ›perfiden Albion‹ des ›Constitutionnel‹[64]«, rief Lousteau, um durch eine witzige Bemerkung diese Zungenfertigkeit zu hemmen, »die Möglichkeit, an allen Punkten des Königreichs bezaubernden Frauen zu begegnen.«

»Aber nur bezaubernden englischen Frauen!« entgegnete Madame de La Baudraye lächelnd. »Da kommt meine Mutter, ich will Sie ihr vorstellen«, sagte sie, als sie Madame Piédefer kommen sah.

Nachdem die beiden ›Löwen‹ diesem ehrgeizigen weiblichen Skelett, das den Namen Madame Piédefer führte, groß und mager war, ein finniges Gesicht, verdächtige Zähne und gefärbtes Haar hatte, vorgestellt worden waren, überließ Dinah die beiden Pariser für eine Weile sich selbst.

»Na?« fragte Gatien Lousteau, »was halten Sie von ihr?«

»Ich meine, daß die geistreichste Frau von Sancerre ganz einfach die schwatzhafteste ist«, erwiderte der Feuilletonist.

»Eine Frau, die Sie zum Abgeordneten machen will . . .!« rief Gatien, »ein Engel!«

»Pardon, ich vergaß, daß Sie sie lieben«, entgegnete Lousteau. »Entschuldigen Sie bitte den Zynismus eines alten Kauzes, wie ich einer bin. Fragen Sie Bianchon, ich habe keine Illusion mehr, ich nenne die Dinge beim Namen. Diese Frau hat ganz bestimmt ihre Mutter zum Einschrumpfen gebracht wie ein Rebhuhn bei zu starkem Feuer . . .«

Gatien Boirouge hatte Mittel und Wege gefunden, Madame de La Baudraye den Ausspruch des Feuilletonisten zu berichten; während des Abendessens, das üppig, wenn nicht gar glänzend war, bemühte sich die Schloßherrin, wenig zu sprechen. Diese Mattheit der Unterhaltung enthüllte Gatiens Indiskretion. Etienne versuchte, wieder zu Gnaden zu kommen, aber alle Zuvorkommenheiten Dinahs galten Bianchon. Dennoch wurde die Baronin im Lauf des Abends wieder nett zu Lousteau. Hat man noch nicht gemerkt, wieviele große Feigheiten um kleiner Dinge willen begangen werden? So geschah es, daß die noble Dinah, die sich keinem Dummkopf schenken wollte, die in der tiefsten Provinz ein furchtbares Leben der Kämpfe, der unterdrückten Auflehnungen, der unveröffentlichten Dichtungen führte und die soeben, um sich von Lousteau zu entfernen, den höchsten und schroffsten Felsen ihrer Verachtung erklommen hatte und die schwerlich herabgestiegen wäre, wenn sie diesen falschen Byron zu ihren Füßen um Gnade hätte bitten sehen; so geschah es, daß sie plötzlich von dieser Höhe herabpurzelte, weil sie an ihr Album dachte. Madame de La Baudraye war der Manie des Autographen-Sammelns verfallen: sie besaß einen oblongen Band, der seinen Namen um so eher verdiente, als zwei Drittel der Blätter leer waren. Die Baronin de Fontaine, der sie es für drei Monate geschickt, hatte mit Mühe und Not eine Zeile von Rossini[65] ergattert, sechs Takte von Meyerbeer[66], die vier Verszeilen von Victor Hugo[67], die er in alle Albums schreibt, eine Strophe von Lamartine[68], einen Ausspruch Bérangers[69], ›Kalypso konnte sich über Odysseus' Scheiden nicht trösten‹, von George Sand[70] geschrieben, die berühmten Verse über den Regenschirm von Scribe[71], einen Satz von Charles Nodier[72], eine Querzeile von Jules Dupré[73], die Unterschrift von David d'Angers[74] und drei Noten Hector Berlioz'[75]. Monsieur de Clagny hatte während eines Pariser Aufenthalts ein Lied von Lacenaire[76] geerntet, ein sehr gesuchtes Autogramm, zwei Zeilen von Fieschi[77] und einen über die Maßen kurzen Brief Napoleons; die drei letzteren waren auf das Velin des Albums geklebt worden. Monsieur Gravier hatte auf einer Reise die Damen Mars[78], Taglioni[79] und Grisi[80] etwas in das Album schreiben lassen und ferner die ersten Künstler, Frédérick-Lemaître[81], Monrose[82], Bouffé[83], Rubini[84], Lablache[85], Nourrit[86] und Arnal[87]; er kannte nämlich einen Kreis von alten Junggesellen, die, ihrem Ausdruck nach, ›im Serail genährt worden waren‹ und die ihm diese Gunst verschafften. Diese in den Anfängen begriffene Sammlung war für Dinah um so kostbarer, als sie auf zehn Meilen in der Runde die einzige war, die ein Album besaß. Seit zwei Jahren besaßen viele junge Damen ›Poesie-Alben‹, in die sie von ihren Freunden und Bekannten mehr oder weniger groteske Phrasen schreiben ließen. Ihr, die ihr euer Leben damit hinbringt, Autographen zu sammeln, ihr glücklichen, primitiven Leute, ihr Tulpen-Holländer, ihr werdet es Dinah verzeihen, wenn sie aus Angst, ihre Gäste nicht länger als zwei Tage bei sich zu behalten, Bianchon bat, ihren Schatz, den sie ihm hinhielt, um ein paar Zeilen zu bereichern.

Der Arzt brachte Lousteau zum Lächeln, als er ihm auf der ersten Seite folgenden Gedanken zeigte:

»Was das Volk so gefährlich macht, ist, daß es für alle seine Verbrechen eine Absolution in der Tasche hat.

J.-B. de Clagny.«

»Wir wollen diesem Mann beispringen, der tapfer genug ist, für die Sache der Monarchie einzutreten«, flüsterte Despleins gelehrter Schüler Lousteau zu. Und Bianchon schrieb darunter:

»Was Napoleon von einem Wasserträger unterscheidet, ist nur für die Gesellschaft spürbar, der Natur hat es nichts an. Daher schreit die Demokratie, die sich der Ungleichheit der Lebensbedingungen widersetzt, ständig nach der Natur.

H. Bianchon.«

»Da haben wir die Reichen«, rief die verblüffte Dinah, »sie ziehen aus ihrer Börse ein Goldstück, wie die Armen ihr einen Liard entnehmen . . . Ich weiß nicht«, sagte sie zu Lousteau, »ob es nicht ein Mißbrauch der Gastfreundschaft ist, wenn ich Sie um ein paar Strophen bitte . . .«

»Oh, Madame, Sie schmeicheln mir; Bianchon ist ein großer Mann, aber ich bin doch viel zu unbekannt . . .! Heute in zwanzig Jahren würde mein Name schwieriger zu kommentieren sein als der des Herrn Staatsanwalts, dessen in Ihr Album eingetragener Gedanke sicherlich auf einen verkannten Montesquieu[88] hinweisen wird. Übrigens brauche ich mindestens vierundzwanzig Stunden zum Improvisieren irgendeiner bitteren Meditation; ich kann nämlich nur schildern, was ich empfinde . . .«

»Ich wollte, Sie bäten mich um vierzehn Tage«, sagte Madame de La Baudraye voller Anmut und reichte ihm ihr Album, »weil ich Sie dann länger hier behielte.«

Am anderen Tag waren die Gäste des Schlosses Anzy schon morgens um fünf auf den Beinen. Der kleine La Baudraye hatte für die Pariser eine Jagd organisiert, weniger, um ihnen eine Freude zu machen, als um der Eitelkeit des Gutsbesitzers willen; es behagte ihm, sie seine Wälder durchmessen und die zwölfhundert Hektar Heideland durchqueren zu lassen, die er unter den Pflug zu nehmen träumte, welches Unternehmen zwar ein paar hunderttausend Francs kosten, aber die Einkünfte des

Gutes Anzy um dreißig- bis sechzigtausend Francs erhöhen konnte.

»Wissen Sie, warum der Staatsanwalt nicht mit uns auf die Jagd hat gehen wollen?« fragte Gatien Boirouge Monsieur Gravier.

»Aber das hat er uns doch gesagt, er muß heute aufs Gericht, es handelt sich um eine Strafkammersitzung«, antwortete der Steuereinnehmer.

»Und das glauben Sie?« rief Gatien. »Na, mein Papa hat mir gesagt: ›Monsieur Lebas wird wohl zu spät zu euch stoßen; Monsieur de Clagny hat nämlich seinen Stellvertreter gebeten, heute für ihn einzuspringen.‹«

»So, so!« sagte Gravier, und sein Gesichtsausdruck änderte sich, »und Monsieur de La Baudraye ist nach La Charité gefahren!«

»Aber warum stecken Sie die Nase in all diese Dinge?« fragte Horace Bianchon Gatien.

»Horace hat recht«, sagte Lousteau. »Ich begreife nicht, wie Sie sich so miteinander beschäftigen können; Sie vertun Ihre Zeit mit Nichtigkeiten.«

Horace Bianchon sah Etienne Lousteau an, als wolle er ihm sagen, daß seine Feuilleton-Bosheiten, seine Skandalblatt-Wortspiele in Sancerre kein Verständnis finden würden. Als sie an ein Dickicht kamen, ließ Gravier die beiden berühmten Männer und Gatien unter der Führung eines Jagdhüters in eine Geländefalte hineingehen.

»Lassen Sie uns doch auf den Finanzmann warten«, sagte Bianchon, als die Jäger auf eine Lichtung gelangten.

»Na, hören Sie mal, Sie mögen zwar ein großer Mediziner sein«, entgegnete Gatien, »aber vom Provinzleben haben Sie keine Ahnung. Sie wollen auf Monsieur Gravier warten . . .? Aber der läuft doch wie ein Hase, trotz seines rundlichen Bäuchleins; jetzt ist er noch zwanzig Minuten von Anzy entfernt . . . (Gatien zog seine Taschenuhr.) Gut! Er kommt rechtzeitig hin.«

»Wohin denn?«

»Zum Schloß, zum Frühstück«, antwortete Gatien. »Glauben Sie etwa, mir wäre wohl in meiner Haut, wenn Madame de La Baudraye allein mit Monsieur de Clagny bliebe? Wenn sie zu zweit sind, passen sie aufeinander auf; dann ist Dinah in guter Hut.«

»Ach so! Madame de La Baudraye ist also noch dabei, ihre Wahl zu treffen?« fragte Lousteau.

»Mama glaubt es, aber ich habe Angst, daß Monsieur de Clagny es fertiggebracht hat, Madame de La Baudraye zu faszinieren; wenn er ihr hat zeigen können, daß er, wenn er Abgeordneter wäre, einige Aussichten hätte, den Talar des Justizministers zu tragen, dann hat er auch seine Maulwurfshaut, seine schrecklichen Augen, seine struppige Mähne, seine eingerostete Gerichtsvollzieherstimme und seine zerlumpte Dichtermagerkeit in die Schönheit des Adonis wandeln können. Wenn Dinah Monsieur de Clagny als Generalstaatsanwalt sieht, dann kann sie ihn auch für einen schönen Mann halten. Beredsamkeit schafft große Vorrechte. Übrigens steckt Madame de La Baudraye voller Ehrgeiz, Sancerre mißfällt ihr, sie träumt von einem Dasein großen Stils in Paris.«

»Aber was für ein Interesse haben *Sie* daran?« fragte Lousteau. »Sie liebt doch den Staatsanwalt ... Ach so, Sie glauben, daß sie ihn nicht lange lieben wird, und Sie hoffen, sein Nachfolger zu werden.«

»Sie beide«, sagte Gatien, »begegnen in Paris soviel verschiedenen Frauen, wie das Jahr Tage hat. Aber in Sancerre, wo es keine sechs gibt und wo von diesen sechs Frauen fünf zügellose Neigungen für die Tugend haben, wo die schönste einen durch verächtliche Blicke in einem riesigen Abstand hält, als sei sie eine Prinzessin von königlichem Geblüt, ist es einem jungen Mann von zweiundzwanzig Jahren wohl erlaubt, daß er versucht, den Geheimnissen eben jener Frau auf die Spur zu kommen; dann nämlich ist sie gezwungen, ihn zu berücksichtigen.«

»Nennt man das hier ›berücksichtigen‹?« fragte der Journalist lächelnd.

»Ich gestehe Madame de La Baudraye zuviel guten Geschmack zu, um zu glauben, sie beschäftige sich mit diesem garstigen Affen«, sagte Horace Bianchon.

»Horace«, sagte der Journalist, »paß mal auf, du gelehrter Interpret der menschlichen Natur, wir wollen dem Staatsanwalt eine Wolfsfalle stellen: damit tun wir unserem Freund Gatien einen Gefallen und haben was zu lachen. Ich mag keine Staatsanwälte.«

»Du hast eine richtige Vorahnung deines Schicksals«, sagte Horace. »Aber was tun?«

»Folgendes: laß uns nach dem Abendessen ein paar Geschichten von Frauen erzählen, die von ihren Männern ertappt und die unter entsetzlichen Umständen umgebracht, ermordet wurden. Dann werden wir ja sehen, was für Gesichter Madame de La Baudraye und Monsieur de Clagny machen werden.«

»Nicht übel«, sagte Bianchon, »schwerlich werden der eine oder die andere sich nicht durch eine Geste oder eine Reflexbewegung verraten.«

»Ich kenne«, fuhr der Journalist, diesmal zu Gatien gewendet, fort, »einen Zeitungsredakteur, der in der Absicht, einem traurigen Los zu entgehen, nur Geschichten veröffentlicht, in denen die Liebhaber verbrannt, zerhackt, gepfählt, in Stücke geschnitten, in denen die Frauen gekocht, gebraten und heiß überbrüht werden; diese schrecklichen Erzählungen bringt er dann seiner Frau, in der Hoffnung, sie werde ihm aus Angst treu bleiben; er läßt es mit diesem schlimmsten Fall genug sein, der bescheidene Ehemann: ›Da siehst du, Liebling, wohin der kleinste Fehltritt führt!‹ sagt er ihr und übersetzt dabei die Rede Arnolphes an Agnès[89].«

»Madame de La Baudraye ist vollkommen unschuldig; der junge Herr hier ist mit Blindheit geschlagen«, sagte Bianchon. »Madame Piédefer scheint mir viel zu frömmlerisch zu sein, um den Liebhaber ihrer Tochter nach Schloß Anzy einzuladen. Madame de La Baudraye müßte ihre Mutter, ihren Mann, ihre Zofe und die ihrer Mutter hinters Licht führen; das ist zu schwierig, ich spreche sie frei.«

»Um so mehr, als ihr Mann frei zu ihr spricht«, sagte Gatien und lachte über seinen Kalauer.

»Es fallen uns sicher ein paar Geschichten ein, bei denen es Dinah eiskalt über den Rücken läuft«, sagte Lousteau. »Sie, junger Mann, und dich, Bianchon, bitte ich um strenge Haltung, bezeigt euch als Diplomaten, benehmt euch ganz ungezwungen, späht, ohne es euch anmerken zu lassen, nach den Gesichtern der beiden Übeltäter, versteht ihr ...? Unter der Hand, im Spiegel, ganz verstohlen. Heute vormittag bringen wir Hasen zur Strecke, heute abend den Staatsanwalt.«

Der Abend begann mit einem Triumph für Lousteau; er gab der Schloßherrin ihr Album zurück, in dem sie nachstehende Elegie fand:

Spleen

Verse von mir, der ich kränklich und in der Menge verloren,
In dieser selbstsüchtigen Welt, in der ich traurig umhergetrieben [werde,
Ohne irgendwo Halt zu finden;
Der ich nie eine Hoffnung sich erfüllen sehe,
Und dessen von stumpfem Leid geschwächtes Auge
Das Böse ohne das Gute erblickt!

Dieses von den Fingern einer Frau durchblätterte Album
Darf durch den Widerschein meiner Seele nicht verdüstert werden.
Jedes Ding hat seine Stätte;
Zu einer Frau muß man von Liebe, von Freude sprechen,
Von glänzenden Bällen, von Seidenkleidern,
Und sogar ein wenig von Gott.

Es hieße blutigen Spott treiben,
Wenn man mir, dem Lebensmüden, sagte:
»Schildere nur das Glück!«
Preist man dem armen Blinden das Licht,
Spricht man zu dem weinenden Waisenkind von einer Mutter,
Ohne ihnen das Herz zu brechen?

Wenn einen in dieser Welt, obwohl man jung ist, kalte Verzweiflung packt,
Wenn man darin kein Herz zu finden vermag, das einem antwortet,
Dann gibt es keine Zukunft mehr.
Wenn niemand mit einem weint, wenn man weint,
Wenn ein ungeliebter Mann sterben muß,
Dann muß ich bald sterben.

Bedauert mich! Bedauert mich! Denn oftmals lästere ich
Sogar den heiligen Namen Gottes, indem ich nur sage:
Er hat für mich nichts getan.
Warum sollte ich ihn segnen, und was schulde ich ihm schließlich?
Er hätte mich doch schön, reich und als Edelmann erschaffen
Und dabei bin ich arm und häßlich! [können,

Etienne Lousteau.

Schloß Anzy, September 1836

»Und diese Verse haben Sie seit gestern gemacht ...?« rief der Staatsanwalt mißtrauisch.

»Ach, mein Gott, ja, auf der Jagd, aber das merkt man ihnen auch an! Ich hätte für Madame gern bessere gemacht.«

»Die Verse sind entzückend«, sagte Dinah und hob die Augen zum Himmel auf.

»Sie drücken ein leider nur allzu wahres Gefühl aus«, antwortete Lousteau mit tief trauriger Miene.

Jeder errät, daß der Journalist diese Verse seit mindestens zehn Jahren im Kopf getragen hat, sie waren ihm nämlich während der Restauration durch die Schwierigkeit weiterzukommen inspiriert worden. Madame de La Baudraye schaute den Journalisten mit dem Mitleid an, das das Unglück des Genies einflößt, und Monsieur de Clagny, der diesen Blick erhaschte, empfand Haß gegen diesen vorgeblich ›Jungen Kranken‹. Er setzte sich mit dem Pfarrer von Sancerre zum Trick-track-Spiel. Der Sohn des Präsidenten brachte die übertriebene Liebenswürdigkeit auf, den beiden Spielern die Lampe hinzustellen, so daß deren Licht voll auf Madame de La Baudraye fiel, die ihre Handarbeit vornahm; sie schmückte das Weidengeflecht eines Papierkorbs mit Wollfäden. Die drei Verschwörer gruppierten sich um diese Persönlichkeiten.

»Für wen machen Sie eigentlich diesen hübschen Korb, Madame?« fragte der Journalist. »Für eine Wohlfahrtslotterie?«

»Nein«, sagte sie, »ich finde in der austrompeteten Wohltätigkeit zu viel ›Affektiertheit‹.«

»Sie sind recht indiskret«, sagte Gravier.

»Ist es indiskret«, sagte Lousteau, »wenn man fragt, wer der glückliche Sterbliche ist, dem Madame den Korb zugedacht hat?«

»Er ist für keinen glücklichen Sterblichen«, entgegnete Dinah, »sondern für meinen Mann.«

Der Staatsanwalt schaute Madame de La Baudraye und den Korb heimlich an, als sage er sich: »Jetzt ist es um meinen Papierkorb geschehen!«

»Wie, Madame? Sollten wir ihn etwa nicht glücklich preisen, daß er eine hübsche Frau hat, glücklich, daß sie für ihn so reizende Dinge auf seinen Papierkörben anbringt? Das Muster ist rot und schwarz, à la ›Freischütz‹. Wenn ich einmal heirate, wünsche ich mir, daß nach zwölfjähriger Ehe alle Körbe, die meine Frau bestickt, für mich bestimmt sind.«

»Warum sollten sie denn nicht für Sie bestimmt sein?« sagte Madame de La Baudraye und blickte mit ihren schönen grauen Augen kokett zu Etienne auf.

»Die Pariser glauben an nichts«, sagte der Staatsanwalt bitter. »Vor allem wird die Tugend der Frauen mit erschreckender Kühnheit in Frage gestellt. Ja, seit einiger Zeit beruhen die Bücher, die ihr schreibt, ihr Herren Schriftsteller, beruhen eure Zeitschriften, eure Theaterstücke, eure ganze infame Literatur auf dem Ehebruch ...«

»Aber Herr Staatsanwalt«, entgegnete Etienne lachend, »ich habe Sie ruhig spielen lassen, ich habe Sie nicht angegriffen, und jetzt halten Sie eine Anklagerede gegen mich. Bei meiner Journalistenehre, ich habe mehr als hundert Artikel gegen die Autoren geschrieben, von denen Sie sprechen; und ich gestehe: wenn ich sie angegriffen habe, dann geschah es, um etwas an ihnen zu üben, das der Kritik recht ähnlich sah. Wir wollen gerecht sein: wenn Sie sie verurteilen, dann müssen Sie auch Homer und seine ›Ilias‹ verurteilen, in der es sich um die schöne Helena handelt; Sie müssen Miltons ›Verlorenes Paradies‹ verurteilen, denn Eva und die Schlange scheinen mir ein netter kleiner symbolischer Ehebruch zu sein. Die Psalmen Davids müßten verboten werden, da sie durch die über die Maßen ehebrecherischen Liebschaften dieses hebräischen Ludwigs XIV. inspiriert worden sind. ›Mithridate‹[90], der ›Tartuffe‹, die ›Schule der Frauen‹[91], ›Phèdre‹, ›Andromaque‹[92], ›Le Mariage de Figaro‹[93], Dantes ›Inferno‹, die Sonette des Petrarca, der ganze Jean-Jacques Rousseau, die Romane des Mittelalters, die französische Geschichte, die römische Geschichte usw. müßten dann ins Feuer geworfen werden. Ich glaube nicht, daß außer der ›Histoire des Variations‹ von Bossuet[94] und den ›Provinciales‹ von Pascal[95] viele Bücher zum Lesen übrigblieben, wenn Sie alle diejenigen ausmerzen wollen, in denen von Frauen die Rede ist, die wider die Gesetze geliebt worden sind.«

»Das wäre kein Unglück!« sagte Monsieur de Clagny.

Etienne reizte die Amtsmiene, die Monsieur de Clagny aufsetzte; er wollte ihn durch eine der kalten Mystifikationen in Wut bringen, die darin bestehen, daß man Ansichten verteidigt, die man nicht hegt, mit dem Ziel, einen armen, vertrauensseligen Menschen aus der Haut fahren zu lassen; ein echter Journalistenscherz.

»Wenn wir den politischen Standpunkt einnehmen, auf den sich zu stellen Sie gezwungen sind«, fuhr er fort, ohne den Einwurf des Justizbeamten aufzugreifen, »indem Sie die Robe des Generalstaatsanwalts allen Zeitaltern anlegen, denn alle Regierungen haben ihren öffentlichen Ankläger, nun, dann ist die katholische Religion bereits an ihrer Quelle durch eine heftige eheliche Ungesetzlichkeit vergiftet. In den Augen des Königs Herodes, in denen des Pilatus, der die römische Regierung verteidigte, konnte Josephs Frau als Ehebrecherin gelten, da nach ihrem eigenen Geständnis Joseph nicht der Vater Christi war. Der heidnische Richter hat die Unbefleckte Empfängnis ebensowenig zugelassen, wie Sie ein ähnliches Wunder zuließen, wenn heutzutage eine Religion aufträte, die sich auf ein Mysterium dieser Art stützte. Glauben Sie, daß ein Sittenpolizeigericht eine neue Betätigung des Heiligen Geistes anerkennen würde? Wer aber könnte zu sagen wagen, daß Gott die Menschheit nicht abermals loskaufen wolle? Ist sie heute besser als unter Tiberius?«

»Ihre Beweisführung ist Gotteslästerung«, antwortete der Staatsanwalt.

»Zugegeben«, sagte der Journalist, »aber ich führe sie nicht in schlechter Absicht durch. Sie können die historischen Tatsachen nicht aus der Welt schaffen. Meiner Meinung nach stellten Pilatus, der Jesus Christus verurteilte, und Anytos, das Werkzeug der aristokratischen Partei in Athen, der den Tod des Sokrates forderte, zwei Gesellschaftsinstitutionen dar, die sich für legitim hielten, die mit bewilligten Machtbefugnissen bekleidet waren und verpflichtet, sich zu verteidigen. Pilatus und Anytos handelten damals genauso logisch wie die Generalstaatsanwälte, die die Köpfe der Sergeanten von La Rochelle[96] forderten und die heute die Köpfe der Republikaner fallen lassen, die sich bewaffnet gegen den Juli-Thron erheben, und die der Neuerer, deren Ziel es ist, zu ihrem Nutzen die Gesellschaft unter dem Vorwand umzustoßen, sie wollten sie besser organisieren. Gegenüber den großen Familien Athens und des Römischen Reichs waren Sokrates und Jesus Verbrecher; für jene alten Aristokratien ähnelten die Anschauungen der beiden denen der Berg-Partei[97]: nehmen Sie einmal an, ihre Sektierer hätten triumphiert, dann hätten sie im Römischen Reich oder in Attika ein kleines 93[98] zustande gebracht.«

»Worauf wollen Sie hinaus, Monsieur?« fragte der Staatsanwalt.

»Auf den Ehebruch! Denn so kann ein seine Pfeife rauchender Buddhist vollauf sagen, die Religion der Christen gründe sich auf einen Ehebruch; gerade wie wir glauben, daß Mohammed ein Betrüger, daß sein Koran eine Neuauflage der Bibel und des Evangeliums ist und daß Gott niemals die Absicht gehabt hat, aus diesem Kameltreiber seinen Propheten zu machen.«

»Wenn es in Frankreich viele Männer wie Sie gäbe, und es gibt ja deren leider viel zuviele, wäre dort jede Regierung unmöglich.«

»Und es würde auch keine Religion geben«, sagte Madame Piédefer, deren Gesicht während dieser Diskussion die seltsamsten Verrenkungen vollführt hatte.

»Du bereitest ihnen Höllenqualen«, flüsterte Bianchon Etienne zu, »sprich nicht über Religion, du sagst Dinge, die ihnen den Verstand verwirren.«

»Wäre ich Schriftsteller oder Romanautor«, sagte Gravier, »so würde ich die Partei der unglücklichen Ehemänner ergreifen. Ich, der ich vielerlei und vielerlei Seltsames gesehen habe, ich weiß, daß sich unter den betrogenen Ehemännern viele finden, deren Haltung nicht der Energie ermangelt und die in der Krise hochdramatisch sind, um einen Ihrer Fachausdrücke zu gebrauchen, Monsieur«, sagte er und schaute Etienne an.

»Sie haben recht, lieber Monsieur Gravier«, sagte Lousteau, »ich habe betrogene Ehemänner nie lächerlich gefunden; im Gegenteil, ich habe eine Schwäche für sie ...«

»Finden Sie nicht, daß ein Ehemann in seiner Vertrauensseligkeit etwas Erhabenes hat?« fragte jetzt Bianchon; »er glaubt an seine Frau, er beargwöhnt sie nicht, er hat einen Köhlerglauben. Wenn er die Schwäche hat, sich seiner Frau anzuvertrauen, macht man sich über ihn lustig; wenn er mißtrauisch und eifersüchtig ist, wird er gehaßt: sagen Sie mir doch, was für einen Mann von Geist der Mittelweg ist?«

»Wenn der Herr Staatsanwalt sich vorhin nicht so offen gegen die Unmoral der Erzählungen ausgesprochen hätte, in denen das Eherecht vergewaltigt wird, würde ich Ihnen eine von der Rache eines Ehemanns erzählen«, sagte Lousteau.

Monsieur de Clagny würfelte geradezu krampfhaft weiter und würdigte den Journalisten keines Blickes.

»Wirklich? Eine Erzählung von Ihnen?« rief Madame de La Baudraye; »ich hätte es kaum gewagt, Sie darum zu bitten ...«

»Sie ist nicht von mir, Madame, soviel Talent habe ich nicht; sie ist mir, und auf welch bezaubernde Weise!, von einem unserer berühmtesten Schriftsteller erzählt worden, von dem größten literarischen Musiker, den wir haben, von Charles Nodier[99].«

»Ja, dann erzählen Sie doch«, entgegnete Dinah; »ich habe Monsieur Nodier nie zugehört, Sie haben also keinen Vergleich zu befürchten.«

»Bald nach dem 18. Brumaire[100]«, sagte Lousteau, »kam es, wie Sie wissen, zu einem bewaffneten Aufstand in der Bretagne und in der Vendée. Der Erste Konsul, der es eilig hatte, Frankreich zu befrieden, knüpfte Verhandlungen mit den wichtigsten Führern an und griff zu den energischsten militärischen Maßnahmen; aber indem er Feldzugspläne mit den Verführungskünsten seiner italienischen Diplomatie kombinierte, brachte er die machiavellistischen Mittel der Polizei ins Spiel, die damals Fouché[101] anvertraut war. Das alles war zum Ersticken des im Westen aufflackernden Krieges erforderlich. Zu jener Zeit wurde ein junger, der Familie de Maillé angehörender Herr von den

Chouans, den Königstreuen, aus der Bretagne nach Saumur geschickt, um Verbindungen zwischen gewissen Persönlichkeiten der Stadt oder deren Umgebung mit den Häuptern der royalistischen Erhebung anzubahnen. Die Pariser Polizei war über diese Reise unterrichtet und hatte Agenten ausgesandt, die damit beauftragt waren, sich des jungen Emissärs bei seinem Eintreffen in Saumur zu bemächtigen. Tatsächlich wurde der Sendbote am gleichen Tag festgenommen, da er an Land stieg; er war nämlich per Schiff gekommen, in der Verkleidung eines Schiffers. Aber als tatkräftiger Mensch hatte er alle Erfolgsaussichten seines Unternehmens genau berechnet: sein Paß, seine Papiere waren so gut gefälscht, daß die Leute, die ausgesandt worden waren, sich seiner zu bemächtigen, fürchteten, sich geirrt zu haben. Der Chevalier de Beauvoir – jetzt erinnere ich mich seines Namens – hatte seine Rolle gut durchdacht: er berief sich auf die Familie, die er sich zugelegt hatte, gab seinen falschen Wohnort an und hielt sein Verhör so trefflich durch, daß er in Freiheit gesetzt worden wäre, wenn die Spitzel nicht blind an ihre Instruktionen geglaubt hätten, die unglücklicherweise allzu genau waren. Im Zweifelsfall wollten diese Alguazile[102] lieber einen Willkürakt begehen als einen Mann entschlüpfen lassen, dessen Gefangennahme der Minister große Bedeutung beizumessen schien. In jenen Tagen der Freiheit kümmerten die Agenten der Staatsgewalt sich sehr wenig um das, was wir Heutigen als die ›Legalität‹ bezeichnen. Der Chevalier wurde also vorläufig verhaftet, bis die höheren Behörden über ihn zu einer Entscheidung gekommen sein würden. Dieser bürokratische Urteilsspruch ließ nicht auf sich warten. Die Polizei befahl, den Gefangenen trotz seines Leugnens in strenger Haft zu halten. Also wurde der Chevalier de Beauvoir, den neuen Befehlen gemäß, nach der Festung Escarpe gebracht, deren Name zur Genüge ihre Lage kennzeichnet. Die Burg liegt auf sehr hohen Felsen; als Gräben dienen ihr Abgründe; man gelangt von allen Seiten her nur über steile, gefährliche Abhänge hinauf; wie bei allen alten Burgen hat das Haupttor eine Zugbrücke und ist durch einen breiten Wassergraben geschützt. Der Kommandant dieses Gefängnisses war nur zu froh, daß er einen vornehmen Mann zu bewachen hatte, dessen Umgangsformen höchst angenehm waren, der sich wunderbar ausdrückte und gebildet schien, Eigenschaften, die zu jener Zeit selten waren; er empfing den Chevalier wie eine Wohltat der Vorsehung; er schlug ihm vor, sich gegen Ehrenwort auf Escarpe frei zu bewegen und mit ihm gemeinsam die Langeweile zu bekämpfen. Der Gefangene verlangte nichts Besseres. Beauvoir war ein loyaler Edelmann, aber zu seinem Unglück war er auch ein außerordentlich hübscher Kerl. Sein Gesicht war anziehend, seine Miene entschlossen, seine Redeweise einnehmend, und überdies besaß er eine ungewöhnliche Körperkraft. Er war wendig, schlank, unternehmungslustig und liebte die Gefahr; er hätte einen vortrefflichen Partisanenführer abgegeben; die müssen so sein. Der Kommandant wies seinem Gefangenen das behaglichste unter allen Zimmern an, zog ihn zur Tafel heran und konnte über den Vendéer zunächst nur Löbliches äußern. Jener Kommandant war Korse und verheiratet: seine Frau war hübsch und liebenswürdig, und es schien ihm vielleicht schwierig, sie zu hüten; kurzum, er war eifersüchtig als Korse und als Offizier, der es nicht allzu weit gebracht hatte. Beauvoir gefiel der Dame, er fand sie sehr nach seinem Geschmack; vielleicht haben sie sich geliebt! Im Gefängnis geht es so schnell mit der Liebe! Ob sie irgendeine Unvorsichtigkeit begangen haben? Überschritt das, was sie füreinander empfanden, die Grenzen der oberflächlichen Galanterie, die den Damen zu bezeigen beinahe eine unserer Pflichten ist? Beauvoir hat sich über diesen ziemlich dunklen Punkt seiner Geschichte nie offen ausgesprochen: jedenfalls aber steht fest, daß der Kommandant sich berechtigt glaubte, gegen seinen Gefangenen außerordentliche Strenge walten zu lassen. Beauvoir wurde in den Hauptturm verbannt, bekam Schwarzbrot zu essen, klares Wasser zu trinken und wurde, gemäß dem ewigen Programm der den Gefangenen gewährten Ablenkungen dann und wann in Ketten gelegt. Die unter der Plattform gelegene Zelle hatte eine Wölbung aus hartem Stein, die Mauern waren von trostloser Dicke, der Turm lag unmittelbar am Abgrund. Als der arme Beauvoir sich über die Unmöglichkeit des Entweichens klargeworden war, verfiel er in die Grübeleien, deren Gesamt die Verzweiflung und den Trost der Gefangenen bildet. Er beschäftigte sich mit den Nichtigkeiten, die zu etwas Großem werden: er zählte die Stunden und die Tage, er machte die Lehrzeit des traurigen ›Gefangenenberufs‹ durch, er zog sich in sich selbst zurück und erwog den Wert von Sonne und Luft; dann jedoch, nach vierzehn Tagen, überkam ihn jene schreckliche Krankheit, das Fiebern nach Freiheit, das die Gefangenen zu erhabenen Unternehmungen treibt, Unternehmungen, deren wundersame Ergebnisse, obwohl sie wirklich sind, uns als unerklärlich anmuten und die mein Freund, der Doktor (hier wandte er sich Bianchon zu), wohl unbekannten Kräften zuschreiben würde, solchen, die die Verzweiflung seiner physiologischen Analyse bilden, solchen, die Geheimnisse der menschlichen Willenskraft darstellen, deren Tiefe die Wissenschaft erschreckt (Bianchon schüttelte den Kopf). Beauvoir zermarterte sich das Herz, denn einzig der Tod konnte ihm die Freiheit wiedergeben. Eines Morgens blieb der Schließer, der beauftragt war, dem Gefangenen das Essen zu bringen, anstatt wegzugehen, nachdem er ihm seine kärgliche Kost verabreicht hatte, mit gekreuzten Armen vor ihm stehen und blickte ihn sonderbar an. Für gewöhnlich beschränkte sich die Unterhaltung zwischen ihnen auf ein paar Worte, und nie hatte der Wärter sie begonnen. Daher war der Chevalier sehr erstaunt, als jener Mann zu ihm sagte: ›Monsieur, Sie haben wahrscheinlich Ihre Gründe, daß Sie sich Monsieur Lebrun oder Bürger Lebrun nennen lassen. Das geht mich nichts an, es liegt mir nicht ob, Ihren Namen festzustellen. Ob Sie sich Pierre oder Paul nennen, ist mir vollkommen gleichgültig. Jeder soll tun, was er gelernt hat, dann geht alles gut. Dabei weiß ich‹, sagte er und kniff ein Auge ein, ›daß Sie Monsieur Charles-Félix-Théodore Chevalier de Beauvoir und ein Vetter der Frau Herzogin von Maillé sind ... Na, und?‹ fügte er nach einer kleinen Pause mit triumphierender Miene hinzu und sah seinen Gefangenen an. Beauvoir wußte, daß er unentrinnbar eingekerkert war; er glaubte nicht, seine Lage verschlimmern zu können, wenn er seinen wahren Namen eingestand. – ›Und wenn ich nun tatsächlich der Chevalier de Beauvoir wäre, was könnte für dich dabei herausspringen?‹ fragte er ihn. – ›Oh, die Sache klappt‹, antwortete der Schließer leise. ›Hören Sie zu. Ich habe Geld bekommen, damit ich Ihnen Ihre Flucht erleichtere; aber Augenblick mal! Wenn auch nur der leiseste Verdacht auf mich fiele, würde ich ohne weiteres erschossen. Ich habe also gesagt, ich werde bei der Sache bloß mitmachen, um mir mein Geld zu verdienen. Da haben Sie einen Schlüssel‹, sagte er und zog eine kleine Feile aus der Tasche, ›damit sägen Sie einen Ihrer Gitterstäbe durch. Na ja, bequem ist das nicht‹, fuhr er fort und zeigte auf die enge Öffnung, durch die das Tageslicht in den Kerker fiel. Es war eine Art Fenster oberhalb des Simses, der die Außenseite des Turms krönte, zwischen den dicken, vorspringenden Steinen, deren Zweck es ist, die Stützen der Schießscharten zu bilden. – ›Monsieur‹, sagte der Kerkermeister, ›Sie müssen das Eisen so tief absägen, daß Sie hindurchkönnen.‹ – ›Keine Sorge, ich komme schon durch‹, sagte der Gefangene. – ›Und hoch genug, damit soviel übrigbleibt, daß Sie Ihr Seil daran befestigen können‹, sagte der Schließer. – ›Wo ist es?‹ fragte Beauvoir. – ›Hier‹, antwortete der Schließer und warf ihm ein Knotenseil zu. ›Es ist aus Wäschestücken gemacht worden, damit vermutet werden kann, Sie selber hätten es sich gedreht, und es ist lang genug. Wenn Sie am letzten Knoten angelangt sind, dann lassen Sie sich in aller Gemütsruhe fallen, der Rest ist Ihre Sache. Möglicherweise finden Sie in der Nähe einen angespannten Wagen und Freunde, die auf Sie warten. Aber ich weiß von nichts! Ich brauche Ihnen wohl nicht zu sagen, daß oben auf dem Turm eine Schildwache steht. Sie täten gut daran, sich eine dunkle Nacht auszusuchen und den Augenblick abzupassen, wo der Soldat, der Wache hat, schläft. Vielleicht riskieren Sie es, einen Schuß abzubekommen; aber ...‹ – ›Schon gut, schon gut! Dann werde ich wenigstens hier drinnen nicht vermodern‹, rief der Chevalier. – ›Ach, das könnte trotzdem der Fall sein‹, erwiderte der Kerkermeister mit stupider Miene. Beauvoir hielt das für eine der albernen Bemerkungen, wie dergleichen Leute sie machen. Die Hoffnung, bald frei zu sein, stimmte ihn so fröhlich, daß er sich kaum noch durch die Reden dieses Menschen, der eine Art verkommener Bauer zu sein schien, aufhalten lassen konnte. Er machte sich sogleich ans Werk, und der Tag reichte zum Durchsägen der Gitterstäbe hin. Da er einen Besuch des Kommandanten fürchtete, tarnte er seine Arbeit, indem er die Spalten mit Brotkrumen verklebte, die er in Rost gewälzt hatte, damit sie aussahen wie Eisen. Er versteckte sein Seil und hielt mit der konzentrierten Ungeduld und der tiefen seelischen Erregung, die das Leben der Gefangenen zu etwas so Dramatischem machen, nach einer günstigen Nacht Ausschau. Endlich durchsägte er in einer grauen Nacht, einer Herbstnacht, die Gitterstäbe vollends, befestigte sein Seil verläßlich, kauerte sich draußen auf dem Steinvorsprung nieder und umkrampfte mit der einen Hand den Eisenstumpf, der in der Fensteröffnung verblieben war. Dann wartete er den dunkelsten Augenblick der Nacht und die Stunde ab, zu der die Schildwachen sicherlich schliefen. Das ist meist gegen Morgen der Fall. Er kannte die Dauer jeder Wache, den Zeitpunkt der Runden; denn mit diesen Dingen beschäftigen sich die Gefangenen, ob sie wollen oder nicht. Er wartete den Augenblick ab, da einer der Posten zwei Drittel seiner Zeit hinter sich hatte und des Nebels wegen in sein Schilderhaus getreten war. Als er dann sicher war, daß alle für sein Entweichen günstigen Umstände zusammenwirkten, begann er, hinabzusteigen, Knoten für Knoten; er schwebte zwischen Himmel und Erde und hielt sich mit Riesenkräften an seinem Seil fest. Alles ging gut. Am vorletzten Knoten, als er sich gerade fallenlassen wollte, mahnte ihn ein Gedanke zur Vorsicht, und er machte sich daran, mit den Füßen nach dem Boden zu tasten, aber er fand keinen Boden. Das war eine recht ärgerliche Lage für einen schweißgebadeten, erschöpften, ratlosen Menschen, und noch dazu in einer Situation, wo es sich um Tod und Leben handelte. Er wollte loslassen. Ein nichtiger Grund hinderte ihn daran: sein Hut war ihm vom Kopf gefallen, zum Glück lauschte er auf den Laut, den das Aufschlagen verursachen mußte, und er hörte nichts! Der Gefangene schöpfte einen vagen Argwohn über seine Lage; er überlegte, ob der Kommandant ihm nicht etwa eine Falle gestellt habe: aber aus welchem Grunde? Im Bann seiner Ungewißheit dachte er beinahe daran, sein Unternehmen auf eine andere Nacht zu verschieben. Vorerst beschloß er, die verschwommene Helle der Morgendämmerung abzuwarten, eine Stunde, die vielleicht für seine Flucht nicht allzu ungünstig sein würde. Seine an ein Wunder grenzende Kraft ermöglichte es ihm, wieder bis zum Turm hinaufzuklettern; doch als er sich wieder auf dem äußeren Vorsprung niederkauerte, war er fast erschöpft; er hielt Ausschau wie eine Katze am Rand einer Regenrinne. Bald gewahrte er im schwachen Morgenlicht, als er sein Seil hin und her schwingen ließ, daß zwischen dem letzten Knoten und den spitzigen Felsen des Abgrunds eine kleine Entfernung von hundert Fuß klaffte! – ›Danke, Herr Major!‹ sagte er mit der für ihn charakteristischen Kaltblütigkeit. Als er dann eine Weile über diese geschickte Rache nachgesonnen hatte, hielt er es für das Richtigste, in seinen Kerker zurückzukehren. Er legte seine Kleider sichtbar auf sein Bett, ließ das Seil draußen hängen, damit geglaubt werden sollte, er sei abgestürzt; dann stellte er sich ruhig hinter die Tür und wartete auf das Kommen des perfiden Schließers; in der Hand hielt er einen der Eisenstäbe, die er abgesägt hatte. Der Kerkermeister, der natürlich früher als sonst kam, um die Erbschaft des Toten anzutreten, öffnete pfeifend die Tür; aber als er sich im geeigneten Abstand befand, versetzte Beauvoir ihm mit der Eisenstange einen so furchtbaren Schlag auf den Schädel, daß der Verräter, ohne einen Schrei auszustoßen, wie ein Klotz zu Boden fiel: die Stange hatte ihm die Hirnschale zerschmettert. Sofort zog der Chevalier den Toten aus, legte dessen Kleider an, ahmte seinen Gang nach, und dank der frühen Morgenstunde und der Vertrauensseligkeit der Schildwachen am Tor konnte er entweichen.«

Weder der Staatsanwalt noch Madame de La Baudraye schienen zu glauben, daß diese Geschichte auch nur die leiseste, sie betreffende Anspielung enthalten habe. Die Beteiligten warfen einander fragende Blicke zu; die völlige Gleichgültigkeit des vorgeblichen Liebespaares überraschte sie.

»Pah! Ich kann Ihnen etwas Besseres erzählen«, sagte Bianchon.

»Das wollen wir erst einmal abwarten«, sagten die Zuhörer auf ein Zeichen hin, das Lousteau machte, um anzudeuten, Bianchon habe einen gewissen Ruf als Erzähler.

Unter den Geschichten, aus denen sich sein Fundus zusammensetzte, denn alle geistvollen Leute verfügen über eine bestimmte Menge von Anekdoten, wie Madame de La Baudraye ihre Sammlung von Redensarten hatte, suchte der berühmte Doktor die aus, die unter dem Namen ›La Grande Bretèche‹ (›Die Große Zinne‹) bekannt und so berühmt geworden ist, daß man daraus für das ›Gymnase dramatique‹[103] ein Vaudeville mit dem Titel ›Valentine‹[104] gemacht hat (siehe ›Zweite Frauenstudie‹). Daher erübrigt es sich völlig, hier jenes Abenteuer zu wiederholen, obwohl es für die Bewohner von Schloß Anzy etwas ganz Neues war. Der Doktor trug übrigens die Geschichte mit der gleichen Vollkommenheit der Gestik und des Tonfalls vor, die ihm soviel Lob eingetragen hatte, als er sie bei Mademoiselle des Touches zum erstenmal erzählt hatte. Das Schlußbild des ›Spanischen Granden‹, der stehend in dem Wandschrank verhungert, in dem der Mann der Madame de Merret ihn hat einmauern lassen, und das letzte Wort dieses Ehemanns, der auf die letzte Bitte seiner Frau antwortet: »Du hast auf dies Kreuz geschworen, es sei niemand drin«, gelangten zur vollen Wirkung. Es trat eine für Bianchon recht schmeichelhafte Schweigepause ein.

»Wissen Sie eigentlich«, sagte danach Madame de La Baudraye, »daß die Liebe etwas Ungeheures sein muß, wenn sie eine Frau dahinbringt, sich in solcherlei Situationen zu begeben?«

»Ich, der ich gewiß in meinem Leben seltsame Dinge gesehen habe«, sagte Monsieur Gravier, »ich bin in Spanien gewissermaßen Zeuge eines Abenteuers dieser Art gewesen.«

»Sie kommen nach großen Vortragskünstlern an die Reihe«, sagte Madame de La Baudraye zu ihm und feierte die beiden Pariser durch einen koketten Blick, »aber das macht nichts, nur zu.«

»Einige Zeit nach dem Einrücken des Großherzogs von Berg[105] in Madrid«, erzählte der Steuereinnehmer, »lud er die wichtigsten Persönlichkeiten jener Stadt zu einem Fest ein, das die französische Armee der jüngst eroberten Hauptstadt gab. Trotz des dabei entfalteten Galaglanzes waren die Spanier nicht eben froh gestimmt; ihre Frauen tanzten wenig; die meisten Gäste setzten sich an die Spieltische. Die Gärten des Schlosses waren ausgiebig illuminiert, damit die Damen sich darin mit der gleichen Sicherheit ergehen konnten wie am hellen Tage. Das Fest war von kaiserlicher Schönheit. Nichts war in der Absicht, den Spaniern eine hohe Meinung vom Kaiser beizubringen, gespart worden, sofern sie ihn nach seinen Stellvertretern beurteilen wollten. In einem Boskett nahe dem Schloß unterhielten sich mehrere französische Offiziere zwischen ein und zwei Uhr morgens über die Aussichten des Krieges und die wenig Vertrauen erweckende Zukunft, die die Haltung der bei diesem pompösen Fest anwesenden Spanier prophezeite. –›Wahrhaftig‹, sagte der Chefchirurg des Armeekorps, bei dem ich Generalzahlmeister war, ›ich habe gestern formell beim Fürsten Murat um meine Abberufung nachgesucht. Ohne daß ich geradezu Angst hätte, meine Knochen auf der Halbinsel zu lassen, möchte ich doch lieber die Wunden verbinden, die unsere lieben Nachbarn, die Deutschen, schlagen; deren Waffen dringen nicht so tief in den Körper ein wie die kastilischen Dolche. Bei mir ist übrigens die Furcht vor Spanien etwas wie ein Aberglaube. Von Kind auf habe ich spanische Bücher gelesen, einen Haufen düsterer Abenteuer und tausend Geschichten aus diesem Lande, die mich lebhaft gegen dessen Sitten und Bräuche eingenommen haben. Kurzum, seit unserem Einzug in Madrid bin ich nun schon, wenn auch nicht der Held, so doch der Komplize einer gefährlichen Intrige geworden, die so düster ist wie ein Roman der Lady Radcliffe[106]. Ich höre gern auf meine Ahnungen, und morgen beeile ich mich, wegzukommen. Murat wird mein Abschiedsgesuch schwerlich ablehnen, denn dank unseren Dienstleistungen haben wir stets wirksame Fürsprache.‹ – ›Wenn du schon abhaust, dann erzähl uns doch wenigstens, was dir über den Weg gelaufen ist‹, antwortete ein Oberst, ein alter Republikaner, der sich um die gepflegte Ausdrucksweise und den Höflingston, wie sie zur Zeit des Kaiserreichs angestrebt wurden, nicht kümmerte. Der Chefchirurg blickte sorgsam um sich, als wolle er sich über die Gesichter derer vergewissern, die ihn umstanden, und als er sicher war, daß kein Spanier in der Nähe war, sagte er: ›Wir sind hier nur Franzosen, also gern, Herr Oberst Hulot. Vor sechs Tagen ging ich gegen elf Uhr abends seelenruhig in meine Unterkunft zurück, nachdem ich mich von General Montcornet verabschiedet hatte; sein Quartier liegt nur ein paar Schritte von dem meinen entfernt. Wir kamen beide vom Generalzahlmeister, bei dem wir sehr angeregt Bouillotte[107] gespielt hatten. Plötzlich stürzten sich an der Ecke einer kleinen Straße zwei Unbekannte oder vielmehr zwei Teufel auf mich und warfen mir einen großen Mantel über Kopf und Arme. Ich habe geschrien, das müssen Sie mir glauben, wie ein geprügelter Hund; aber der Stoff erstickte meine Stimme, und ich wurde mit äußerster Gewandtheit in einen Wagen befördert. Als meine beiden Gefährten mich von dem Mantel befreiten, hörte ich von einer Frauenstimme in schlechtem Französisch folgende entmutigenden Worte: ‚Wenn Sie rufen oder wenn Sie versuchen zu fliehen oder die geringste verdächtige Bewegung machen, ist der Herr, der vor uns sitzt, durchaus fähig, Sie skrupellos zu erdolchen. Verhalten Sie sich also ruhig. Jetzt will ich Ihnen die Ursache Ihrer Entführung sagen. Wenn Sie sich die Mühe machen wollen, Ihre Hand zu mir hinzustrecken, dann finden Sie zwischen uns beiden Ihre chirurgischen Instrumente; wir haben sie in Ihrem Auftrag aus Ihrer Unterkunft holen lassen; Sie brauchen sie, wir bringen Sie in ein Haus, damit Sie die Ehre einer Dame retten, die jeden Augenblick ein Kind zur Welt bringen wird, das sie dem Herrn da schenken will, ohne daß ihr Mann es erfährt. Obwohl Monsieur Madame kaum je allein läßt, weil er nach wie vor leidenschaftlich in sie verliebt ist, und obwohl er sie mit aller Achtsamkeit der spanischen Eifersucht überwacht, hat sie ihm ihre Schwangerschaft verhehlen können; er glaubt sie krank. Sie müssen also die Entbindung vornehmen. Die Gefährlichkeit dieses Unterfangens geht Sie nichts an: Sie müssen uns lediglich gehorchen; andernfalls wird der Liebhaber, der hier im Wagen Ihnen gegenübersitzt und der kein Wort Französisch kann, Sie bei der geringsten Unvorsichtigkeit erdolchen.' – ‚Und wer sind Sie?' fragte ich und tastete nach der Hand der Sprechenden, deren Arm der Ärmel eines Uniformrocks umhüllte. – ‚Ich bin Madames Zofe, ihre Vertraute, und vollauf bereit, Sie mit mir selbst zu belohnen, wenn Sie sich als galanter Mann den Erfordernissen unserer Lage zur Verfügung stellen.' – ‚Gern', sagte ich, da ich mich gewaltsam in ein gefährliches Abenteuer verstrickt sah. Vom Halbdunkel begünstigt, überzeugte ich mich, ob Gesicht und Gestalt jenes Mädchens mit den Gedanken harmonierten, die der Wohlklang ihrer Stimme in mir ausgelöst hatte. Das gute Geschöpf hatte sich wohl schon im voraus allen Zufällen dieser sonderbaren Entführung unterworfen; sie bewahrte das tiefste Schweigen, und der Wagen war noch nicht zehn Minuten lang durch Madrid gerollt, als sie auch schon einen erfreulichen Kuß bekommen und erwidert hatte. Der mir gegenübersitzende Liebhaber fühlte sich durch ein paar Fußtritte, mit denen ich ihn unwillentlich bedachte, nicht verletzt; aber da er nicht Französisch konnte, nehme ich an, daß er gar nicht Obacht gegeben hat. – ›Nur unter einer Bedingung kann ich Ihre Geliebte werden‹, sagte die Zofe als Antwort auf die Dummheiten, mit denen ich sie, hingerissen von der Glut einer improvisierten Leidenschaft, der alles entgegenstand, überschüttete. – ›Und unter welcher?‹ – ›Sie dürfen nie herauszubekommen suchen, zu wem ich gehöre. Wenn ich zu Ihnen komme, dann nur nachts, und Sie müssen mich ohne Licht empfangen.‹ – ›Gut‹, sagte ich zu ihr. So weit war unsere Unterhaltung gediehen, als der Wagen an eine Parkmauer gelangte. – ›Lassen Sie mich Ihnen die Augen verbinden‹, sagte die Zofe, ›Sie können sich auf meinen Arm stützen; ich selber führe Sie hinein.‹ Sie band mir ein Taschentuch vor die Augen und verknotete es fest hinter meinem Kopf. Ich hörte das Geräusch eines Schlüssels, der von dem schweigsamen Liebhaber, den ich als Gegenüber gehabt hatte, vorsichtig in das Schloß einer kleinen Pforte gesteckt wurde. Bald hatte die Zofe mit dem rundlichen Körper, deren Gang ›meneo‹[108] hatte . . .‹ – Das ist«, sagte der Steuereinnehmer und schlug dabei einen leicht überlegenen Ton an, »ein Wort aus dem Spanischen, eine Spracheigenheit, und bezeichnet das Drehen und Winden, das die Frauen einem gewissen Teil ihres Kleides, Sie wissen schon, welchem, zuteilwerden lassen . . . – ›Die Zofe (ich nehme die Erzählung des Chefchirurgen wieder auf) führte mich über die sandbestreuten Wege eines großen Parks, bis zu einer bestimmten Stelle, wo sie stehenblieb. Aus dem Geräusch, das unsere Schritte verursachten, folgerte ich, daß wir vor dem Haus angelangt waren. – ›Jetzt still‹, flüsterte sie mir zu, ›und nehmen Sie sich gut in acht! Verlieren Sie kein einziges meiner Zeichen aus den Augen, ich kann jetzt nicht mehr ohne Gefahr für uns beide sprechen, und es geht jetzt darum, Ihnen das Leben zu retten.‹ Dann sagte sie noch, aber mit lauter Stimme: ›Madame liegt in einem Zimmer des Erdgeschosses; um hineinzugelangen, müssen wir durch das Zimmer ihres Mannes und an seinem Bett vorbeigehen; husten Sie nicht, gehen Sie vorsichtig und gehen Sie dicht hinter mir her, damit Sie nicht an ein Möbelstück stoßen oder mit dem Fuß über den Teppich hinausgeraten, den ich hingelegt habe.‹ Hier grollte der Liebhaber dumpf wie jemand, den so viele Umschweife ungeduldig machen. Die Zofe verstummte, ich hörte, wie eine Tür geöffnet wurde, spürte die warme Luft eines bewohnten Zimmers, und wir schlichen weiter wie Diebe auf einem Raubzug. Endlich nahm die weiche Hand des Mädchens mir die Binde ab. Ich befand mich in einem großen, hohen Schlafzimmer, das von einer qualmenden Lampe schlecht beleuchtet war. Das Fenster war offen, aber der eifersüchtige Ehemann hatte es mit dicken Eisenstangen verbarren lassen. Ich befand mich darin wie in einem Sack. Am Boden lag auf einer Matte eine Frau, deren Kopf mit einem Musselinschleier bedeckt war, durch den hindurch indessen ihre tränengefüllten Augen mit dem vollen Glanz der Sterne schimmerten; sie preßte sich mit aller Kraft ein Taschentuch an den Mund und biß so heftig darauf, daß ihre Zähne hineindrangen; nie zuvor habe ich einen so schönen Körper gesehen, aber dieser Körper wand sich vor Schmerzen wie eine ins Feuer geworfene Harfensaite. Die Unglückliche hatte aus ihren Beinen zwei Schwibbögen gemacht, indem sie sie gegen eine Art Kommode stemmte; mit ihren beiden Händen hielt sie sich an den Stäben eines Stuhles fest, mit angespannten Armen, deren sämtliche Adern grauenhaft geschwollen waren. Auf diese Weise sah sie aus wie ein Verbrecher beim Kreuzverhör. Übrigens war kein Schrei zu hören, kein Laut als das dumpfe Knacken ihrer Knochen. Alle drei waren wir stumm und reglos. Das Schnarchen des Ehemanns ertönte mit tröstlicher Regelmäßigkeit. Ich wollte mir die Zofe anschauen; aber sie hatte die Maske, deren sie sich wohl unterwegs entledigt hatte, wieder aufgesetzt, und ich konnte nur zwei schwarze Augen und angenehm sich wölbende Körperformen sehen. Der Liebhaber warf sofort Tücher über die Beine seiner Geliebten und breitete ihr einen doppelt gefalteten Musselinschleier über das Gesicht. Als ich jene Frau sorgfältig untersucht hatte, erkannte ich an gewissen Symptomen, die ich schon einmal in meinem Leben bei einer sehr traurigen Gelegenheit festgestellt hatte, daß das Kind tot war. Ich neigte mich zu dem Mädchen hin, um ihr diesen Umstand mitzuteilen. Da zog der mißtrauische Unbekannte seinen Dolch; aber ich fand Zeit, der Zofe alles zu sagen, und sie rief ihm leise zwei Worte zu. Als der Liebhaber mein Urteil vernahm, durchzuckte ihn vom Kopf bis zu den Füßen ein Erschauern wie ein Blitz; mir war, als sähe ich sein Antlitz unter der schwarzen Samtmaske erbleichen.

Die Zofe nahm einen Augenblick wahr, da jener Verzweifelte die dem Tode Nahe, die violett wurde, ansah, und zeigte mit einer verneinenden Geste auf Gläser mit zubereiteter Limonade. Ich verstand, daß ich nicht trinken durfte, trotz der schrecklichen Hitze, die mir den Schlund ausdörrte. Der Liebhaber hatte Durst; er nahm ein leeres Glas, füllte es mit Limonade und trank. In diesem Augenblick bekam die Dame einen heftigen Krampf, der mir den für die Operation günstigen Moment anzeigte. Ich raffte all meinen Mut zusammen, und nach einstündiger Arbeit konnte ich das Kind stückweise holen. Der Spanier dachte nicht mehr daran, mich zu vergiften, da er begriff, daß ich mich bemühte, seine Geliebte zu retten. Dann und wann rollten dicke Tränen auf seinen Mantel. Die Frau stieß keinen Schrei aus, aber sie zitterte wie ein überraschtes wildes Tier und schwitzte dicke Tropfen. In einem äußerst kritischen Augenblick machte sie eine Bewegung und zeigte auf das Zimmer ihres Gatten; der Mann hatte sich gerade umgedreht; von uns vieren hatte nur sie das Knistern der Laken gehört, das Rascheln des Bettes oder der Vorhänge. Wir hielten inne, und die Zofe und der Liebhaber warfen einander durch die Löcher ihrer Masken flammende Blicke zu, die zu besagen schienen: ›Wollen wir ihn umbringen, wenn er aufwacht?‹ Da streckte ich die Hand aus, um das Glas Limonade zu nehmen, aus dem der Unbekannte einen Schluck getrunken hatte. Der Spanier glaubte, ich wolle aus einem der vollen Gläser trinken: er vollführte einen Satz wie ein Kater, legte seinen langen Dolch auf die beiden vergifteten Gläser und überließ mir das seine, wobei er mir ein Zeichen machte, ich solle es austrinken. Es lag soviel Überlegung, soviel Gefühl in dieser Geste und in seiner jähen Bewegung, daß ich ihm die abscheulichen Vorkehrungen verzieh, die er getroffen hatte, um mich umzubringen und auf diese Weise jede Erinnerung an jenes Geschehnis zu begraben. Nach zwei Stunden der ärztlichen Behandlung und der Ängste brachten die Zofe und ich seine Geliebte wieder ins Bett. Jener in ein so abenteuerliches Unterfangen verstrickte Mann hatte in der Voraussicht einer Flucht Diamanten in Papier gewickelt: ohne daß ich es bemerkte, schob er sie mir in die Tasche. Nebenbei gesagt: da ich von dem großzügigen Geschenk des Spaniers nichts wußte, konnte mein

Diener mir diesen Schatz am übernächsten Tag stehlen und, damit im Besitz eines wahren Vermögens, durchbrennen. Ich flüsterte der Zofe zu, welche Vorsichtsmaßnahmen noch zu treffen seien, und wollte gehen. Die Zofe blieb bei ihrer Herrin, ein Umstand, der mich nicht sonderlich beruhigte; aber ich beschloß, auf der Hut zu sein. Der Liebhaber machte aus dem toten Kind und den Tüchern, mit denen die Zofe das Blut ihrer Herrin aufgefangen hatte, ein Bündel; er schnürte es fest zusammen, verbarg es unter seinem Mantel, fuhr mir mit der Hand über die Augen, um mir zu bedeuten, ich solle sie schließen, und ging als erster hinaus, wobei er mich durch eine Geste aufforderte, seinen Frackschoß anzufassen. Ich gehorchte, nicht ohne meiner durch einen Zufall gewonnenen Geliebten noch einen Blick zuzuwerfen. Als die Zofe sah, daß der Spanier draußen war, nahm sie die Maske ab und ließ mich das köstlichste Antlitz der Welt erblicken. Als ich mich wieder im Park befand, an der frischen Luft, atmete ich auf, das gebe ich zu, als sei mir eine ungeheure Last von der Brust genommen worden. In respektvoller Entfernung ging ich hinter meinem Führer her und gab mit der größten Aufmerksamkeit auf seine geringsten Bewegungen acht. An der kleinen Pforte nahm er mich bei der Hand, drückte mir einen Siegelring auf die Lippen, den ich an einem Finger seiner linken Hand gesehen hatte, und ich gab ihm zu verstehen, daß ich dies beredte Zeichen begriffen hätte. Wir befanden uns auf der Straße, wo zwei Pferde unserer warteten; jeder bestieg das seine, mein Spanier ergriff meine Zügel, hielt sie in der linken Hand, nahm die Zügel seines Reittiers zwischen die Zähne, da er ja sein blutiges Bündel in der rechten Hand trug, und wir ritten mit Blitzesschnelle davon. Es war mir unmöglich, mir auch nur den geringsten Anhaltspunkt zu merken, der mir dazu hätte dienen können, die Wegstrecke wiederzuerkennen, die wir entlangritten. Im Morgengrauen befand ich mich nahe meiner Haustür, und der Spanier hetzte davon, in Richtung auf das Atocha-Tor.‹ – ›Und es ist Ihnen nichts aufgefallen, was Sie vermuten lassen könnte, mit welcher Frau Sie es zu tun gehabt haben?‹ fragte der Oberst den Chirurgen. – ›Doch, etwas‹, entgegnete er. ›Als ich die Unbekannte bettete, fiel mir auf ihrem Arm, etwa in der Mitte, ein kleines Muttermal auf, von der Größe einer

Linse und von braunen Härchen umgeben.‹ In diesem Augenblick erbleichte der indiskrete Chirurg; alle auf die seinen gerichteten Augen folgten deren Richtung: da gewahrten wir einen Spanier, dessen Blick in einer Gruppe von Orangenbäumen funkelte. Als er sah, daß unsere Aufmerksamkeit ihm galt, verschwand der Mann mit der Behendigkeit einer Sylphe[109]. Ein Hauptmann machte sich hastig an seine Verfolgung. - ›Verdammt nochmal, ihr Freunde!‹ rief der Chirurg, ›dieser Basiliskenblick hat mich zu Eis erstarren lassen. In meinen Ohren höre ich Glocken läuten! Nehmt meine Abschiedsgrüße, ihr werdet mich hier begraben!‹ – ›Bist du verrückt?‹ fragte Oberst Hulot. ›Falcon ist hinter dem Spanier her, der uns belauscht hat; er wird uns bald sagen, was es mit ihm auf sich hat.‹ –›Na, und?‹ riefen die Offiziere, als sie den Hauptmann außer Atem zurückkommen sahen. – ›Hol' ihn der Teufel!‹ antwortete Falcon, ›ich glaube, er ist durch die Mauern geschlüpft. Da ich nicht meine, daß er zaubern kann, muß er zum Hause gehören! Er kennt die Gänge, die Umwege, und so hat er es leicht gehabt, mir zu entkommen.‹ – ›Ich bin erledigt!‹ sagte der Chirurg mit düsterer Stimme. – ›Unsinn, Béga (er hieß Béga), beruhige dich‹, habe ich ihm geantwortet, ›wir quartieren uns abwechselnd der Reihe nach bis zu deiner Abreise bei dir ein. Heute abend wirst du heimgeleitet.‹ Tatsächlich brachten drei junge Offiziere, die ihr Geld beim Spiel verloren hatten, den Chirurgen in seine Unterkunft, und einer davon erbot sich, bei ihm zu bleiben. Am übernächsten Tage bekam Béga seine Versetzung nach Frankreich; er traf alle Vorbereitungen, um mit einer Dame abreisen zu können, der Murat eine starke Eskorte mitgab; er saß in Gesellschaft seiner Freunde beim Abendessen, als sein Bursche ihm meldete, daß eine junge Dame ihn sprechen wolle. Der Chirurg und die drei Offiziere, die eine Falle befürchteten, gingen sogleich hinunter. Die Unbekannte konnte zu ihrem Liebhaber nur noch sagen: ›Vorsicht!‹, dann fiel sie tot zu Boden. Jene Frau war die Zofe, die, als sie spürte, daß sie vergiftet worden war, gehofft hatte, noch rechtzeitig zu kommen, um den Chirurgen zu retten. – ›Teufel! Teufel!‹ rief Hauptmann Falcon, ›das nenne ich Liebe! Spanierinnen sind die einzigen Frauen, die mit tödlichem Gift im Magen noch laufen können.‹ Béga stand seltsam nachdenklich da. Um die düsteren Vorahnungen zu ertränken, die ihn quälten, setzte er sich wieder zu Tisch und trank maßlos, genau wie seine Kameraden. Alle waren halb betrunken und legten sich beizeiten schlafen. Mitten in der Nacht wurde der arme Béga durch das scharfe Scharren aufgeweckt, das die Ringe seiner heftig aufgerissenen Bettvorhänge an den Stangen verursachten. Er richtete sich auf, im Bann des mechanischen Zitterns, das uns bei einem solchen Erwachen packt. Da sah er einen in seinen Mantel gehüllten Spanier vor sich stehen, der ihm den gleichen brennenden Blick entgegenschleuderte, der während des Festes aus dem Busch zu ihm gedrungen war. Béga schrie: ›Hilfe, Hilfe, ihr Freunde!‹ Auf diesen verzweifelten Schrei hin antwortete der Spanier mit einem bitteren Auflachen. ›Opium wächst für jedermann‹, entgegnete er. Als er diese sentenziöse Äußerung getan hatte, zeigte der Unbekannte auf die drei tief schlafenden Freunde, zog unter seinem Mantel einen erst vor kurzem abgeschnittenen Frauenarm hervor, hielt ihn mit einem Ruck Béga hin und zeigte ihm ein Mal, das genauso aussah wie das so unbedacht von ihm beschriebene. – ›Ist es das gleiche?‹ fragte er. Beim Schein seiner auf das Bett gestellten Laterne erkannte Béga den Arm; er war bestürzt. Ohne weitere Erklärungen stieß ihm der Gatte der Unbekannten den Dolch ins Herz.«

»So etwas muß man Köhlern erzählen«, sagte der Journalist, »denn man muß einen handfesten Glauben haben, um es zu glauben. Könnten Sie mir wohl erklären, wer es ausgeplaudert hat: der Tote oder der Spanier?«

»Monsieur«, antwortete der Steuereinnehmer, »ich habe den armen Béga gepflegt; fünf Tage danach ist er unter furchtbaren Schmerzen gestorben. Aber das ist noch nicht alles. Bei der Expedition zur Wiedereinsetzung Ferdinands VII. wurde ich auf einen Posten nach Spanien berufen, aber glücklicherweise bin ich nur bis Tours gekommen, denn man machte mir um jene Zeit Hoffnungen auf die Steuereinnehmerstelle in Sancerre. Am Abend vor meiner Abreise war ich auf einem Ball bei Madame de Listomère, bei dem mehrere vornehme Spanier anwesend sein sollten. Als ich vom Ecarté-Tisch aufstand, gewahrte ich einen spanischen Granden, einen Afrancesado[110] im Exil, der vor vierzehn Tagen in der Touraine angelangt war. Er war sehr spät zu diesem Ball gekommen, der ersten gesellschaftlichen Veranstaltung, zu der er erschien, und er durchschritt die Salons in Begleitung seiner Frau; deren rechter Arm war vollkommen unbeweglich. Wir traten schweigend beiseite, um dieses Paar vorübergehen zu lassen; sein Anblick erschütterte uns. Können Sie sich ein lebendes Bild von Murillo[111] vorstellen? Der Mann hatte in tiefen, schwärzlichen Höhlen starre, feurige Augen; sein Antlitz war ausgedörrt, sein kahler Schädel hatte kräftige Farbtöne, und sein Körper wirkte erschreckend, so mager war er. Die Frau! Können Sie sie sich vorstellen? Nein, Sie träfen nicht das Richtige. Sie besaß die wundervolle Taille, die im Spanischen zur Bildung des Wortes ›meneo‹ geführt hat; obgleich blaß, war sie nach wie vor schön; ihr Teint, ein unerhörter Vorzug bei einer Spanierin, schimmerte vor Weiße; aber ihr von der Sonne Spaniens erfüllter Blick fiel auf einen wie ein Strahl geschmolzenes Blei. – ›Madame‹, fragte ich die Marquise gegen Ende der Abendgesellschaft, ›durch welchen Unglücksfall haben Sie den Arm verloren?‹ – ›Im Unabhängigkeitskrieg‹, hat sie mir geantwortet.«

»Spanien ist ein sonderbares Land«, sagte Madame de La Baudraye, »es verharrt dort etwas von arabischen Sitten.«

»Oh!« sagte der Journalist lachend, »diese Sucht, die Arme abzuschneiden, ist dort etwas sehr Altes; sie taucht zu gewissen Zeiten immer wieder auf wie ein paar von unseren ›Zeitungsenten‹, denn das Thema ist bereits um 1570 in spanischen Theaterstücken behandelt worden ...«

»Halten Sie mich etwa für befähigt, eine Geschichte zu erfinden?« fragte Gravier, den Lousteaus impertinente Miene gereizt machte.

»Dazu sind Sie unfähig«, antwortete der Journalist doppelsinnig.

»Pah!« sagte Bianchon, »die Erfindungen der Romanautoren und Dramatiker springen ebenso häufig aus ihren Büchern und Stücken in das wirkliche Leben über, wie die Geschehnisse des wirklichen Lebens auf die Bühne steigen und sich in Büchern niederschlagen. Ich habe es erlebt, wie vor meinen Augen die Komödie ›Tartuffe‹ Wirklichkeit wurde, bis auf die Lösung: Orgon haben nie die Augen geöffnet werden können.«

»Und die Tragikomödie des ›Adolphe‹ von Benjamin Constant[112] spielt sich täglich und stündlich ab«, rief Lousteau.

»Glauben Sie, daß in Frankreich auch heute noch Abenteuer wie das geschehen können, das Monsieur Gravier uns eben erzählt hat?« fragte Madame de La Baudraye.

»Ja, mein Gott«, rief der Staatsanwalt, »unter den zehn oder zwölf Kapitalverbrechen, die alljährlich in Frankreich begangen werden, weist die Hälfte mindestens ebenso außergewöhnliche Begleitumstände auf wie die von Ihnen erzählten Abenteuer, und sie übertreffen sie sogar häufig an Romanhaftem. Wird diese Tatsache nicht auch durch die Veröffentlichung der ›Gazette des Tribunaux‹, der ›Gerichtszeitung‹, unter Beweis gestellt, die meiner Meinung nach einen der größten Mißbräuche der Presse bildet? Diese Zeitung, die es erst seit 1826 oder 1827 gibt, existierte also noch nicht, als ich meine Laufbahn als Staatsanwalt begann, und die Einzelheiten des Verbrechens, das ich Ihnen erzählen möchte, sind nicht über die Grenzen des Départements hinaus bekanntgeworden, in dem es verübt wurde. In der Vorstadt Saint-Pierre-des-Corps bei Tours zeichnete sich eine Frau, deren Mann seit der Entlassung der Loire-Armee im Jahre 1816[113] vermißt und natürlich ausgiebig beweint worden war, durch übermäßige Frömmigkeit aus. Als die Missionare die Provinzstädte durchzogen, um dort die umgestürzten Kreuze wieder aufzurichten und die Spuren der gottlosen Revolutionäre zu beseitigen, war jene Witwe eine der eifrigsten Proselyten, sie trug das Kreuz, sie nagelte ihr silbernes, von einem Pfeil durchbohrtes Herz daran und verrichtete nach der Mission allabendlich ihr Gebet zu Füßen des Kreuzes, das hinter dem Chor der Kathedrale errichtet worden war. Schließlich aber wurde sie von ihren Gewissensbissen überwältigt, und sie beichtete ein furchtbares Verbrechen. Sie hatte ihren Mann abgestochen, wie Fualdès[114] abgestochen worden ist, sie hatte ihn eingepökelt, in Stücke zerteilt in zwei alte Ohmfässer gelegt, ganz und gar, als hätte es sich um ein Schwein gehandelt. Und sehr lange Zeit hindurch hat sie jeden Morgen ein Stück abgeschnitten und es in die Loire geworfen. Der Beichtvater befragte seine Vorgesetzten und gab seinem Beichtkind bekannt, daß er die Staatsanwaltschaft benachrichtigen müsse. Die Frau sah einer Haussuchung entgegen.

Der Staatsanwalt und der Untersuchungsrichter durchsuchten den Keller und fanden in einem der Fässer noch den eingesalzenen Kopf des Mannes. – ›Aber, Sie Unglücksweib‹, sagte der Untersuchungsrichter zu der ›Angeschuldigten‹, ›wenn Sie denn schon so barbarisch gewesen sind, die Leiche Ihres Mannes in den Fluß zu werfen, warum haben Sie dann nicht auch den Kopf verschwinden lassen? Dann wären doch keine Beweise mehr vorhanden gewesen . . .‹ – ›Ich habe es mehrfach versucht, Monsieur; aber er war mir immer zu schwer.‹«

»Ja, und was ist mit der Frau gemacht worden . . .?« riefen die beiden Pariser.

»Sie ist in Tours verurteilt und hingerichtet worden«, antwortete der Justizbeamte; »aber ihre Reue und ihre Frömmigkeit hatten ihr schließlich Anteilnahme zugewandt, trotz der Ungeheuerlichkeit des Verbrechens.«

»Na ja«, sagte Bianchon, »wenn man alle Tragödien kennen würde, die sich hinter dem Vorhang der Ehe abspielen, den die Öffentlichkeit nie lüftet . . . Ich halte die menschliche Gerechtigkeit für ungeeignet, über Verbrechen zwischen Ehegatten zu richten; sie hat dazu das Recht wie die Polizei, aber in ihrem anmaßenden Streben nach Recht und Billigkeit versteht sie nichts davon.«

»Sehr häufig ist das Opfer so lange der Henker gewesen«, äußerte Madame de La Baudraye naiv, »daß das Verbrechen manchmal als entschuldbar anmuten würde, wenn die Angeklagten alles zu sagen wagten.«

Dieser von Bianchon herausgeforderte Einwurf und die vom Staatsanwalt erzählte Geschichte machten die beiden Pariser in bezug auf Dinahs Situation recht ratlos! Als daher die Stunde des Schlafengehens gekommen war, gab es eins der Winkelkonzile, wie sie in den Fluren alter Schlösser abgehalten werden, wo die Junggesellen, ihre Leuchter in der Hand, samt und sonders stehenbleiben und geheimnisvoll miteinander tuscheln. Jetzt erfuhr Monsieur Gravier, welches Ziel dieser unterhaltsame Abend gehabt habe, an dem die Unschuld der Madame de La Baudraye ans Licht gekommen war.

»Letzlich«, sagte Lousteau, »könnte die Kaltblütigkeit unserer Schloßherrin ebensogut auf eine tiefe Verderbnis wie auf die kindlichste Arglosigkeit schließen lassen ... Der Staatsanwalt ist mir vorgekommen, als wolle er vorschlagen, aus der kleinen La Baudraye Fleischsalat zu machen ...«

»Er kommt erst morgen wieder; wer weiß, was diese Nacht geschieht?« fragte Gatien.

»Das werden wir schon noch erfahren«, rief Monsieur Gravier.

Das Schloßleben schließt eine unendliche Fülle schlechter Witze in sich ein, und manche darunter sind von einer schauerlichen Perfidie. Gravier, der so vielerlei Dinge erlebt und gesehen hatte, schlug vor, an der Tür der Madame de La Baudraye und derjenigen des Staatsanwalts Siegel anzubringen. Die anklagenden Kraniche des Dichters Ibykus sind nichts im Vergleich mit dem Haar, das die Bespitzeler des Schloßlebens mittels zweier kleiner, plattgedrückter Wachskugeln vor dem Spalt einer Tür anbringen, und zwar so tief oder so hoch, daß diese Falle unmöglich bemerkt werden kann. Geht der Liebeserpichte hinaus und öffnet er die andere verdächtige Tür, so sagt die Koinzidenz der zerrissenen Haare alles. Als angenommen werden konnte, alles schlafe, kamen der Arzt, der Journalist, der Steuereinnehmer und Gatien barfuß, wie echte Diebe, versiegelten geheimnisvoll die beiden Türen und versprachen einander, um fünf Uhr morgens zur Stelle zu sein und den Zustand der Siegel zu kontrollieren. Man kann sich ihr Erstaunen und Gatiens Freunde vorstellen, als sie alle vier, einen Leuchter in der Hand, kaum bekleidet, ankamen, sich die Haare ansahen und das an der Tür des Staatsanwalts wie das an der Tür der Madame de La Baudraye in einem zufriedenstellenden Zustand der Unversehrtheit vorfanden.

»Ist es auch noch dasselbe Wachs?« fragte Gravier.

»Und sind es dieselben Haare?« fragte Lousteau.

»Ja«, sagte Gatien.

»Das gibt allem ein anderes Aussehen«, rief Lousteau, »ihr habt für nichts und wieder nichts auf den Busch geklopft.«

Der Steuereinnehmer und der Sohn des Präsidenten warfen einander einen fragenden Blick zu, der besagen sollte: enthält dieser Ausspruch nicht eine Stichelei gegen uns? Sollen wir lachen oder uns ärgern?

»Wenn«, flüsterte der Journalist Bianchon zu, »Dinah tugendhaft ist, dann ist es der Mühe wert, daß ich die Frucht ihrer ersten Liebe pflücke.«

Der Gedanke, im Handumdrehen eine Festung einzunehmen, die den Sancerrern seit neun Jahren Widerstand geleistet hatte, dünkte also Lousteau jetzt verlockend. In diesem Gedanken ging er als erster in den Park hinunter; er hoffte, dort der Schloßherrin zu begegnen. Dieser Zufall vollzog sich desto leichter, als Madame de La Baudraye ebenfalls den Wunsch verspürt hatte, sich mit ihrem Kritiker zu unterhalten. Die Hälfte aller Zufälle geschieht absichtlich.

»Gestern sind Sie auf der Jagd gewesen«, sagte Madame de La Baudraye. »Heute morgen bin ich recht in Verlegenheit, welches neue Amüsement ich Ihnen bereiten soll, sofern Sie nicht mit nach La Baudraye kommen wollen, wo Sie das Provinzleben etwas besser als hier beobachten können, denn bislang haben Sie nur einen Teelöffel voll von meinen Lächerlichkeiten zu kosten bekommen; aber ›das schönste Mädchen der Welt‹ betrifft auch die arme Provinzlerin.«

»Der kleine Dummkopf von Gatien«, antwortete Lousteau, »hat Ihnen wohl einen Satz wiedererzählt, den ich geäußert habe, um ihn zu dem Geständnis zu veranlassen, er vergöttere Sie. Ihr Schweigen gestern während des Essens und des ganzen Abends hat mir zur Genüge eine der Indiskretionen enthüllt, die in Paris niemals begangen werden. Es hilft nun mal nichts! Ich schmeichle mir nicht, ohne weiteres durchschaubar zu sein. So habe ich ein Komplott geschmiedet und gestern alle diese Geschichten einzig und allein erzählen lassen, um herauszubekommen, ob wir Ihnen und Monsieur de Clagny irgendwelche Gewissensbisse verursachen ... Oh, beruhigen Sie sich, wir sind uns Ihrer Unschuld gewiß. Hätten Sie für diesen tugendhaften Juristen die geringste Schwäche gehabt, so würden Sie in meinen Augen allen Wert eingebüßt haben ... Ich liebe das Vollkommene. Sie lieben ihn nicht und können ihn nicht lieben, diesen kalten, kleinen, dürren, stummen Wucherer in Weinfässern und Grundstücken, der uns hier allein läßt, um fünfundzwanzig Centimes am Grummet zu verdienen! Oh, ich habe nur zu gut durchschaut, daß Ihr Mann genau dasselbe wie unsere Wucherer in Paris ist: genau der gleiche Charakter. Achtundzwanzig Jahre, schön, sittenstreng, kinderlos ... wirklich, Madame, besser hat sich mir das Problem der Tugend nie gestellt ... Die Autorin von ›Paquita, die Sevillanerin‹ muß viele Träume geträumt haben ...! Ich kann zu Ihnen von all diesen Dingen ohne die Heuchelei der Worte, die die jungen Leute darein legen, sprechen, ich bin vor der Zeit alt geworden. Ich habe keine Illusionen mehr; bewahrt man sie sich denn in dem Beruf, den ich ausgeübt habe ...?«

Dadurch, daß Lousteau so begann, ließ er die ganze Landkarte des Reichs der Liebe[115] unbeachtet, in dem die wahren Leidenschaften so lange Erkundungsritte unternehmen; er ging geradewegs aufs Ziel los und nahm die Haltung ein, um sich das anbieten zu lassen, worum die Frauen sich jahrelang bitten lassen, wofür der arme Staatsanwalt ein Beweis ist, für den die höchste Gunst darin bestand, daß er beim Gehen Dinahs Arm ein wenig fester als sonst an sein Herz drücken durfte, der Glückliche! Daher versuchte Madame de La Baudraye, um ihren Ruf als überlegene Frau nicht zu gefährden, den Manfred[116] des Feuilletons dadurch zu trösten, daß sie ihm eine Liebeszukunft prophezeite, die er sich nicht hatte träumen lassen.

»Sie haben die Lust gesucht, aber Sie haben noch nicht geliebt«, sagte sie. »Glauben Sie mir, die wahre Liebe kommt oft im Widersinn zum Leben. Sehen Sie doch Gentz[117] an, der sich im Alter in Fanny Ellser verliebte und die Juli-Revolution um der Proben dieser Tänzerin willen versäumte!«

»Das kommt mir schwierig vor«, antwortete Lousteau. »Ich glaube zwar an die Liebe, aber ich glaube nicht mehr an die Frau ... Ich habe wohl Fehler, die es verhindern, daß ich geliebt werde; ich bin nämlich oftmals verlassen worden. Vielleicht verlangt mich zu sehr nach dem Idealen ... wie alle, die die Wirklichkeit erforscht haben ...«

Endlich hörte Madame de La Baudraye einen Mann sprechen, der in das geistvolle Pariser Milieu hineingeraten war und von dort die kühnsten Axiome, die beinahe naiven Verderbtheiten, die fortschrittlichen Ansichten mitgebracht hatte und der, sofern er nicht tatsächlich überlegen war, zumindest die Überlegenheit sehr gut spielte. Etienne hatte bei Dinah den vollen Erfolg einer Première. Paquita, die Sancerrerin, sehnte sich nach den Ungewittern von Paris, der Pariser Luft. Sie verbrachte zwischen Etienne und Bianchon einen der angenehmsten Tage ihres Lebens; beide erzählten ihr kuriose Anekdoten über die Tagesgrößen und von den Geisteszügen, die eines Tages das Kennzeichen unseres Jahrhunderts sein werden, von Aussprüchen und Tatsachen, die in Paris als etwas ganz Gewöhnliches gelten, für Dinah jedoch etwas völlig Neues waren. Natürlich sagte Lousteau sehr viel Schlechtes über die große weibliche Berühmtheit des Berry[118], aber offenbar in der Absicht, Madame de La Baudraye zu schmeicheln und sie auf das Gelände der literarischen Vertraulichkeiten hinüberzugeleiten, indem er sie dazu brachte, jene Schriftstellerin als ihre Nebenbuhlerin zu betrachten. Dieses Lob berauschte Madame de La Baudraye; Monsieur de Clagny, der Steuereinnehmer und Gatien meinten, sie sei zu Etienne viel herzlicher als am Abend zuvor. Dinahs Verehrer bedauerten sehr, sämtlich nach Sancerre gefahren zu sein und den Abend auf Anzy ausposaunt zu haben. Niemals zuvor, so hatten sie erzählt, war so geistvoll geredet worden. Die Stunden seien hingeeilt, ohne daß man es habe wahrnehmen können. Die beiden Pariser wurden von ihnen gefeiert wie zwei Weltwunder. Diese auf der Promenade austrompeteten Übertreibungen bewirkten, daß am Abend sechzehn Leute auf Schloß Anzy eintrafen, die einen im Familienkabriolett, die anderen in Breakwagen und ein paar Junggesellen auf Mietpferden. Gegen sieben Uhr hielten diese Provinzler in mehr oder weniger guter Haltung ihren Einzug in den riesigen Salon von Anzy, den die von dieser Invasion verständigte Dinah verschwenderisch hatte erleuchten lassen; sie ließ ihn in vollem Glanz erscheinen, weil sie die grauen Überzüge von ihren schönen Möbeln entfernt hatte; sie betrachtete nämlich diese abendliche Veranstaltung als einen ihrer großen Tage. Lousteau, Bianchon und Dinah tauschten listige Blicke aus, als sie das Verhalten dieser von der Neugier hergelockten Besucher beobachteten und deren Reden lauschten. Wieviel schadhafte Seidenbänder, vererbte Spitzen, alte Blumen, die mehr gekünstelte Produkte als Naturnachahmungen waren, wurden auf zwei Jahre alten Hauben kühn vorgeführt! Die Präsidentin Boirouge, eine Kusine Bianchons, wechselte ein paar Worte mit dem Doktor; sie erhielt von ihm eine Gratis-Konsultation, weil er ihr nämlich erklärte, ihre angeblich nervösen Magenschmerzen seien lediglich periodische Verdauungsstörungen.

»Trinken Sie ganz einfach jeden Abend eine Stunde nach dem Essen eine Tasse Tee wie die Engländer, dann haben Sie keine Schmerzen mehr; was Sie verspüren, ist eine englische Krankheit«, antwortete Bianchon mit ernster Miene.

»Er ist ganz entschieden ein sehr großer Arzt«, sagte die Präsidentin, als sie wieder zu Madame de Clagny, Madame Popinot-Chandier und Madame Gorju trat, der Frau des Bürgermeisters.

»Es heißt«, entgegnete Madame de Clagny hinter ihrem Fächer, »Dinah habe ihn weit weniger der Wahlen wegen herkommen lassen, als um zu erfahren, woher ihre Unfruchtbarkeit rühre ...«

Im ersten Augenblick von ihrer beider Erfolg hatte Lousteau den gelehrten Mediziner als den einzig möglichen Kandidaten bei den nächsten Wahlen hingestellt. Aber zur größten Zufriedenheit des neuen Unterpräfekten hatte Bianchon zu verstehen gegeben, daß es ihn beinahe unmöglich dünke, der Wissenschaft um der Politik willen den Rücken zu kehren.

»Nur Ärzte ohne Patienten«, hatte er gesagt, »können sich zu Abgeordneten wählen lassen. Wählt doch Staatsmänner, Denker, Menschen mit umfassender Allgemeinbildung, die sich zu der Höhe aufschwingen können, auf der ein Gesetzgeber stehen muß: eben das fehlt unseren Kammern, eben das fehlt unserem Lande!«

Zwei oder drei junge Damen, ein paar junge Herren und die Frauen musterten Lousteau, als sei er ein Taschenspieler.

»Monsieur Gatien Boirouge behauptet, Monsieur Lousteau verdiene jährlich zwanzigtausend Francs durch sein Geschreibsel«, sagte die Frau des Bürgermeisters zu Madame de Clagny, »glauben Sie das?«

»Ist es die Möglichkeit? Wo doch ein Staatsanwalt nur tausend Taler bekommt ...«

»Monsieur Gatien«, sagte Madame Chandier, »bitten Sie doch Monsieur Lousteau, lauter zu sprechen, ich habe ihn noch nicht gehört ...«

»Was für hübsche Stiefel er trägt«, sagte Mademoiselle Chandier, »und wie sie glänzen!«

»Pah! Ist doch Lackleder.«

»Warum hast du nicht auch solche?«

Lousteau merkte schließlich, daß er ein bißchen gar zu sehr ›angab‹, und nahm an der Haltung der Sancerrer die Indizien des Verlangens wahr, das sie hergeführt hatte. – »Was für einen Streich könnte man ihnen wohl spielen?« dachte er. In diesem Augenblick brachte der sogenannte Kammerdiener Monsieur de La Baudrayes, ein in eine Livree gesteckter Gutsknecht, die Briefpost, die Zeitungen und übergab ein Paket mit Korrekturbogen, das der Journalist Bianchon übernehmen ließ, denn Madame de La Baudraye hatte zu ihnen beim Erblicken des Pakets, dessen Form und Verschnürung sehr nach Druckerei aussahen, gesagt: »Nanu? Verfolgt die Literatur Sie bis hierher?«

»Nicht die Literatur«, antwortete er, »sondern die Zeitschrift, in der eine Novelle von mir zu Ende geht und die in zehn Tagen erscheint. Ich bin unter dem Druck des ›Schluß folgt in der nächsten Nummer‹ hergekommen, und ich habe dem Drucker meine Adresse geben müssen. Ach, wir essen ein Brot, das uns von den Spekulanten mit bedrucktem Papier sehr teuer verkauft wird! Ich will Ihnen einmal den kuriosen Typ des Zeitschriftenverlegers schildern.«

»Wann fängt es nun eigentlich an, unterhaltsam zu werden?« wurde jetzt Dinah von Madame de Clagny gefragt, als wenn man sich erkundigt: »Um wieviel Uhr ist eigentlich das Feuerwerk?«

»Ich habe gemeint«, sagte Madame Popinot-Chandier zu ihrer Kusine, der Präsidentin Boirouge, »es sollten uns Geschichten erzählt werden?«

In diesem Augenblick, als die Sancerrer ein Gemurr vernehmen ließen wie ein ungeduldiges Theaterparterre, sah Lousteau, daß Bianchon in ein Nachdenken versunken war, in das der Anblick der Umhüllung der Korrekturbogen ihn versetzt hatte.

»Was hast du?« fragte ihn Etienne.

»Aber da steht ja der reizendste Roman der Welt auf dem Makulaturbogen, in die deine Korrekturen eingewickelt sind. Sieh doch, lies: ›Olympia oder Römische Rache.‹[119]«

»Paß mal auf«, sagte Lousteau, nahm das Makulaturfragment, das der Doktor in der Hand hielt, und las mit lauter Stimme vor:

> 204 OLYMPIA
>
> Höhle. Rinaldo war unwillig über die Feigheit seiner Gefährten, die nur auf freiem Felde Mut hatten und sich nicht nach Rom hineinwagten; er warf ihnen einen verächtlichen Blick zu.
>
> ›Also bin ich allein . . .!‹ sagte er zu ihnen.
>
> Er schien zu überlegen, dann fuhr er fort: ›Ihr seid Feiglinge, ich gehe allein, und nur ich bekomme diese reiche Beute . . . Ihr versteht mich . . .! Lebt wohl!‹
>
> ›Aber Hauptmann . . .!‹ sagte Lamberti, ›und wenn es Euch mißlingt und Ihr gefangengenommen werdet . . .?‹
>
> ›Gott schützt mich . . .!‹ entgegnete Rinaldo und zeigte gen Himmel.
>
> Mit diesen Worten ging er hinaus und traf auf der Landstraße den Verwalter von Bracciano.

Die Seite ist zu Ende«, sagte Lousteau, dem alle andächtig zugehört hatten.

»Er liest uns sein Werk vor«, sagte Gatien zu dem Sohn der Madame Popinot-Chandier.

»Nach den ersten Worten, meine Damen, ist es offensichtlich«, fuhr der Journalist fort und ergriff die Gelegenheit beim Schopf, die Sancerrer aufzuziehen, »daß die Räuber in einer Höhle sind. Wie nachlässig doch damals die Romanautoren mit den Einzelheiten umgesprungen sind, die heutzutage so sorgsam, so lang und breit geschildert werden, unter dem Vorwand, das gebe Lokalkolorit! Wenn die Räuber in einer Höhle sind, müßte es statt ›und zeigte gen Himmel‹ heißen: ›und zeigte auf die Wölbung‹. Aber trotz dieses Versehens scheint Rinaldo mir ein Mann der Tat zu sein, und seine Anrufung Gottes schmeckt nach Italien. Es war in diesem Roman eine Prise Lokalkolorit. Donnerwetter, ja! Räuber, eine Höhle, ein gewisser Lamberti, der Erwägungen anstellen kann . . . Ich sehe in dieser einen Seite ein ganzes Vaudeville vor mir. Wenn man diesen ersten Gegebenheiten den Ansatz einer Liebesgeschichte hinzufügt, eine junge Bäuerin mit hochgekämmtem Haar und kurzen Röcken und an die hundert schauderhafte Tiraden . . . o mein Gott, dann strömt das Publikum herbei. Und dann Rinaldo ... wie gut paßt dieser Name zu Lafont[120]! Wenn man ihm einen schwarzen Backenbart zugesteht, eine eng anliegende Hose, Mantel, Schnurrbart, eine Pistole und einen spitzen Hut und wenn dann der Direktor des ›Vaudeville‹[121] den Mut hat, ein paar Zeitungsartikel zu bezahlen, dann bedeutet das fünfzig Aufführungen im ›Vaudeville‹ und sechstausend Francs Tantièmen für den Autor, wenn ich in meinem Feuilleton Gutes über das Stück berichte. Aber weiter.

ODER RÖMISCHE RACHE 197

Die Herzogin von Bracciano fand ihren Handschuh wieder. Freilich, Adolphe, der sie nach dem Orangenboskett zurückgeleitet hatte, konnte meinen, in diesem Vergessen habe Koketterie gelegen; denn im Boskett war niemand sonst. Der Lärm des Festes schwoll verschwommen aus der Ferne her. Die angekündigten Marionettenspiele hatten alle in die Galerie gelockt. Nie zuvor war Olympia ihrem Liebhaber schöner erschienen. Ihre vom gleichen Feuer belebten Blicke verstanden einander. Es gab für ihre Seelen eine Minute köstlichen Schweigens, das sich unmöglich schildern läßt. Sie setzten sich auf die Bank, auf der sie in Gegenwart des Cavaliere de Paluzzi und der Lacher gesessen hatte.

Verdammt nochmal, wo ist denn unser Rinaldo geblieben?« rief Lousteau. »Aber welche Fortschritte im Begreifen der Intrige kann doch ein literarisch gebildeter Mensch auf dieser Seite im Fluge machen! Die Herzogin Olympia ist eine Frau, die absichtlich ihre Handschuhe in einem Boskett, wo niemand sonst ist, vergessen konnte!«

»Wenn man nicht zwischen die Austern und die zweiten Bürovorsteher eingereiht werden will, die beiden dem Marmor nächstverwandten Geschöpfe im Bereich der Zoologie«, sagte Bianchon, »kann man schwerlich umhin, in Olympia ...«

»Eine ›Frau von dreißig Jahren‹ zu erkennen!« sagte Madame de La Baudraye lebhaft; sie hatte eine allzu medizinische Kennzeichnung befürchtet.

»Dann ist Adolphe etwa zweiundzwanzig«, fuhr der Doktor fort, »denn eine Italienerin von dreißig ist wie eine Pariserin von vierzig.«

»Mit diesen beiden Annahmen läßt der Roman sich rekonstruieren«, entgegnete Lousteau. »Und dieser Cavaliere de Paluzzi! Ha . . . welch ein Mann! Der Stil ist auf diesen beiden Seiten schwach; der Verfasser war vielleicht Beamter im Amt für indirekte Steuern und hat seinen Roman wohl geschrieben, um seinen Schneider bezahlen zu können . . .«

»Es gab zu jener Zeit«, sagte Bianchon, »eine Zensur, und man muß gegenüber einem Mann, der 1805 unter die Schere geriet, genauso nachsichtig sein wie gegenüber denen, die 1793[122] zum Schafott gingen.«

»Verstehen Sie etwas von alledem?« fragte Madame Gorju, die Frau des Bürgermeisters, schüchtern Madame de Clagny.

Die Frau des Staatsanwalts, die, wie Gravier zu sagen pflegte, einen jungen Kosaken von 1814 hätte in die Flucht schlagen können, reckte sich in den Hüften auf wie ein Reiter in den Steigbügeln, verzog zu ihrer Nachbarin hin den Mund, was bedeuten sollte: »Wir werden beobachtet! Wir müssen lächeln, als ob wir daraus klug würden.«

»Reizend ist es«, sagte die Bürgermeisterin zu Gatien. »Bitte, Monsieur Lousteau, lesen Sie doch weiter!«

Lousteau musterte die beiden Frauen, zwei wahre indische Pagoden, und brachte es fertig, ernst zu bleiben. Er hielt es für erforderlich, »Ich bitte um Gehör!« zu rufen; dann fuhr er folgendermaßen fort:

ODER RÖMISCHE RACHE 209

Kleid raschelte in der Stille. Plötzlich tauchte vor den Augen der Herzogin der Kardinal Borborigano auf. Sein Gesicht war düster; seine Stirn schien wolkenbeladen, und ein bitteres Lächeln zeichnete sich in seinen Runzeln ab.

›Madame‹, sagte er, ›Sie werden beargwöhnt. Wenn Sie schuldig sind, dann fliehen Sie; wenn Sie es nicht sind, dann fliehen Sie ebenfalls: denn ob tugendhaft oder verbrecherisch, in der Ferne sind Sie besser befähigt, sich zu verteidigen . . .‹

›Ich danke Eurer Eminenz für die liebevolle Fürsorge‹, sagte sie, ›der Herzog von Bracciano wird wiedererscheinen, wenn ich es für erforderlich halte, zu beweisen, daß er noch am Leben ist

»Der Kardinal Borborigano!« rief Bianchon. »Bei den Schlüsseln des Papstes, wenn Sie mir nicht zugeben, daß allein schon der Name eine prächtige Wortschöpfung ist, wenn Sie nicht in der Wendung: ›Kleid raschelte in der Stille‹ die ganze Poesie der Rolle Schedonis[123] erblicken, den Madame Radcliffe[124] im ›Beichtstuhl der schwarzen Büßer‹ auftreten läßt, dann sind Sie unwürdig, Romane zu lesen . . .«

»Meiner Meinung nach«, entgegnete Dinah, die Mitleid mit den achtzehn Gesichtern hatte, die die beiden Pariser anstarrten, »geht die Fabel gut voran. Ich kenne alles: Ich bin in Rom, ich sehe die Leiche eines ermordeten Ehemanns, dessen wagemutige, verderbte Frau ihr Bett auf einem Krater aufgeschlagen hat. In jeder Nacht, bei jeder Lust sagt sie sich: ›Es kommt alles heraus . . .!‹«

»Sehen Sie sie vor sich«, rief Lousteau, »wie sie diesen Monsieur Adolphe umarmt, ihn an sich drückt, ihr ganzes Leben in einen Kuß legen möchte . . .? Adolphe macht mir den Eindruck eines vollkommen gut aussehenden, aber hirnlosen jungen Menschen, eines von denen, wie die Italienerinnen ihn brauchen. Rinaldo schwebt über der Intrige, die wir nicht kennen, die aber stark und kräftig sein muß wie die eines Melodrams von Pixérécourt[125]. Übrigens können wir uns vorstellen, daß Rinaldo im Hintergrund der Bühne vorübergeht, wie eine Gestalt in den Dramen Victor Hugos.«

»Und vielleicht ist er der Ehemann«, rief Madame de La Baudraye.

»Verstehen Sie etwas von alledem?« fragte Madame Piédefer die Präsidentin.

»Es ist entzückend«, sagte Madame de La Baudraye zu ihrer Mutter.

Alle Sancerrer machten Augen so groß wie Hundertsousstücke.

»Bitte weiter«, sagte Madame de La Baudraye.

Lousteau fuhr fort:

216 OLYMPIA

›Ihr Schlüssel . . .!‹

›Sollten Sie ihn verloren haben?‹

›Er ist im Boskett . . .‹

›Wir wollen hineilen . . .‹

›Sollte der Kardinal ihn mitgenommen haben . . .‹

›Nein . . . Da ist er . . .‹

›Welcher Gefahr sind wir entronnen!‹

Olympia schaute den Schlüssel an, sie glaubte, den ihrigen wiederzuerkennen; aber Rinaldo hatte ihn ausgetauscht: seine List war gelungen, er besaß den richtigen Schlüssel. Als moderner Cartouche[126] war er ebenso gewandt wie beherzt, und da er vermutete, daß einzig Schätze eine Herzogin veranlassen könnten, ihn im Gürtel zu tragen

Such . . .!« rief Lousteau. »Die gegenüberstehende Seite fehlt, es bleibt uns nichts, als uns mittels der Seite 212 aus der Ungewißheit zu lösen.

212 OLYMPIA

›Wenn der Schlüssel verloren gewesen wäre!‹

›Dann würde er tot sein . . .‹

›Tot! Sollten Sie ihm nicht die letzte Bitte gewähren, die er an Sie gerichtet hat, und ihm die Freiheit geben, unter der Bedingung, daß er . . .‹

›Sie kennen ihn nicht . . .‹

›Aber . . .‹

›Schweig! Ich habe dich zum Liebhaber erkoren, nicht zum Beichtvater.‹

Adolphe bewahrte Schweigen.

Dann kommt ein Amor auf einer galoppierenden Ziege, eine Vignette, gezeichnet von Normand[127], gestochen von Duplat[128]. Ja, die Namen stehen darunter«, sagte Lousteau.

»Na, und wie geht's weiter?« fragten diejenigen Zuhörer, die verstanden hatten.

»Aber das Kapitel ist doch zu Ende«, antwortete Lousteau. »Die Sache mit der Vignette hat meine Meinung über den Autor völlig umgestoßen. Um unter dem Kaiserreich holzgestochene Vignetten zu bekommen, muß der Autor ein Staatsrat gewesen sein, oder Madame Barthélemy-Hadot[129], der verstorbene Desforges[130] oder Sewrin[131].«

»›Adolphe bewahrte Schweigen . . .!‹ – Ach«, sagte Bianchon, »die Herzogin ist mindestens dreißig.«

»Wenn weiter nichts vorhanden ist, dann erfinden Sie doch einen Schluß!« sagte Madame de La Baudraye.

»Der Bogen ist nur auf einer Seite richtig abgezogen worden«, sagte Lousteau. »In der Ausdrucksweise der Drucker ist die Seite zwei, oder, um mich für Sie verständlicher auszudrücken, die Rückseite, die ebenfalls hätte richtig bedruckt sein müssen, mit einer Unzahl verschiedener Abdrucke bedeckt; sie gehört in die Klasse der sogenannten Zurichtebogen. Da es schrecklich lange dauern würde, wenn ich Ihnen auseinandersetzte, worin die Unregelmäßigkeiten eines Zurichtebogens bestehen, will ich Ihnen sagen, daß nicht mehr und nicht weniger als die Spuren der zwölf ersten Seiten von den Druckern darauf abgezogen worden sind, so daß Sie ebensowenig, wie das Schriftbild zu erkennen, eine Erinnerung an den ersten Stockschlag bewahren könnten, der Ihnen verabreicht worden wäre, wenn ein Pascha Sie dazu verurteilt hätte, hundertfünfzig auf die Fußsohlen zu bekommen.«

»Ich komme mir wie durchgedreht vor«, sagte Madame Popinot-Chandier zu Monsieur Gravier; »ich versuche, mir über den Staatsrat klar zu werden, über den Kardinal, den Schlüssel und diese Makulat . . .«

»Sie haben den Schlüssel zu diesem Scherz nicht«, sagte Gravier. »Nun, ich habe ihn ebenfalls nicht, schöne Dame, beruhigen Sie sich also.«

»Aber hier ist doch noch ein anderes Blatt«, sagte Bianchon, der auf dem Tisch nachgesehen hatte, auf dem die Korrekturbogen lagen.

»Gut«, sagte Lousteau, »es ist sogar heil und ganz! Gezeichnet ist es IV; J, 2. Auflage. Meine Damen, die IV bedeutet: vierter Band. Das J, der zehnte Buchstabe des Alphabets, den zehnten Bogen. Es erscheint mir also als bewiesen, daß dieser Roman in vier Duodez-Bänden, sofern es sich nicht um einen Geschäftskniff des Verlegers handelte, ein großer Erfolg war, da er es auf zwei

Auflagen gebracht hat. Wollen wir weiterlesen und das Rätsel zu lösen versuchen?

> ODER RÖMISCHE RACHE 217
>
> Korridor; aber da Rinaldo merkt, daß er von den vielen Bedienten der Herzogin verfolgt wird

»Lies doch weiter!«

»Oh!« sagte Madame de La Baudraye, »es haben zwischen Ihrem Makulatur-Fragment und dieser Seite wichtige Ereignisse stattgefunden.«

»Sagen Sie lieber, Madame: diesem kostbaren Aushängebogen! Aber gehört denn der Makulaturbogen, auf dem die Herzogin ihre Handschuhe in dem Boskett vergessen hat, überhaupt zum vierten Band? Ach, hol's der Teufel! Wir fahren fort:

> findet er kein sichereres Asyl als schleunigst in das Kellergeschoß zu gehen, wo die Schätze der Familie Bracciano sich befinden mußten. Leichtfüßig wie die Camilla[132] des lateinischen Dichters lief er nach dem geheimnisvollen Eingang der Vespasianischen Bäder. Schon erhellten Fackeln die Mauern, als der gewandte Rinaldo mit dem Scharfblick, mit dem ihn die Natur begabte, die in der Mauer verborgene Tür entdeckte und sogleich verschwand. Ein schrecklicher Gedanke durchfuhr Rinaldos Seele wie der Blitz, wenn er die Wolken zerreißt. Er war gefangen ... Gefangen! Er betastete die

Siehe da, dieser Aushängebogen und das Makulaturfragment folgen aufeinander! Die letzte Seite des Fragments ist die Seite 212, und hier haben wir Seite 217! Und wenn nun tatsächlich Rinaldo, der der Herzogin Olympia den Schlüssel zu den Schätzen gestohlen und ihn gegen einen anderen, ähnlich aussehenden ausgetauscht hat, sich auf dem Aushängebogen im Palast der Herzöge von Bracciano befindet, so scheint mir der Roman jetzt auf irgendeinen Schluß zuzueilen. Ich wollte, Ihnen wäre das ebenso klar, wie es mir wird ... Für mich ist das Fest jetzt zu Ende, die beiden Liebenden sind in den Palast Bracciano zurückgekehrt, es ist dunkel, es ist ein Uhr morgens. Rinaldo macht jetzt sicher gute Beute!«

»Und Adolphe . . .?« fragte die Präsidentin Boirouge, die immer ein bißchen leichtfertig in ihrer Ausdrucksweise war.

»Und dieser Stil!« sagte Bianchon: ›Rinaldo, der kein sichereres Asyl findet als zu gehen . . .‹!«

»Augenscheinlich haben weder Maradan[133] noch Treuttel und Wurtz[134] noch Doguerreau[135] diesen Roman gedruckt«, sagte Lousteau; »denn die hatten Korrektoren eingestellt, die die Korrekturbogen durchsahen, ein Luxus, den die heutigen Verleger sich leisten sollten, die modernen Autoren würden sich dabei gutstehen . . . Irgendeine Winkeldruckerei am Quai hat ihn wohl gedruckt . . .«

»An welchem Quai?« fragte eine Dame ihre Nachbarin. »Es war doch von Büchern die Rede . . .«

»Bitte fahren Sie fort«, sagte Madame de La Baudraye.

»Von einem Staatsrat ist er keinesfalls«, sagte Bianchon.

»Vielleicht aber von Madame Hadot«, sagte Lousteau.

»Warum bringen sie jetzt Madame Hadot aus La Charité da hinein?« fragte die Präsidentin ihren Sohn.

»Diese Madame Hadot, liebe Präsidentin«, antwortete die Schloßherrin, »war eine Schriftstellerin unter dem Konsulat . . .«

»Haben unter dem Kaiser die Frauen denn geschrieben?« fragte Madame Popinot-Chandier.

»Und Madame de Genlis[136] und Madame de Staël?« fragte der Staatsanwalt, den um Dinahs willen diese Frage kränkte.

»Bitte weiter«, sagte Madame de La Baudraye zu Lousteau.

Lousteau nahm die Lektüre wieder auf und sagte: »Seite 218!

218 OLYMPIA

Mauer mit unruhiger Hast und stieß einen Schrei der Verzweiflung aus, als er vergebens nach den Spuren des Geheimschlosses gesucht hatte. Es war ihm unmöglich, sich der Erkenntnis der furchtbaren Wahrheit zu verschließen. Die Tür, die geschickt konstruiert war, um der Rache der Herzogin zu dienen, konnte von innen nicht geöffnet werden. Rinaldo preßte die Wange an verschiedene Stel-

> len und verspürte nirgendwo die warme Luft der Galerie. Er hoffte, einen Spalt zu entdecken, der ihm die Stelle wies, wo die Mauer endete, aber nichts, nichts ...! Die Wand schien ein einziger Marmorblock zu sein ...
>
> Da entrang sich ihm dumpfes Hyänengebrüll...

Schau, schau, glaubten wir nicht kürzlich, den Hyänenschrei entdeckt zu haben?« fragte Lousteau. »Dabei hat ihn die Literatur des Kaiserreichs schon gekannt und ihn sogar mit einem gewissen naturwissenschaftlichen Talent in Szene gesetzt, was das Wort ›dumpf‹ beweist.«

»Bitte stellen Sie keine weiteren Betrachtungen an«, sagte Madame de La Baudraye.

»Da haben wir's«, rief Bianchon aus, »das ›Interessante‹, dieses Scheusal der Romanliteratur, hat Sie bei der Gurgel gepackt wie vorhin mich.«

»Lesen Sie doch weiter!« rief der Staatsanwalt, »ich verstehe alles!«

»Dieser Geck!« sagte der Präsident leise zu dem Unterpräfekten, der neben ihm saß.

»Er will Madame de La Baudraye schmeicheln«, antwortete der neue Unterpräfekt.

»Gut, ich unterbreche jetzt nicht mehr«, sagte Lousteau feierlich.

In tiefem Schweigen wurde dem Journalisten zugehört.

> ODER RÖMISCHE RACHE 219
>
> Ein tiefes Stöhnen beantwortete den Schrei Rinaldos; aber in seiner Verwirrung hielt er es für ein Echo, so schwach und hohl klang jenes Stöhnen! Es konnte aus keiner Menschenbrust kommen ...
>
> ›Santa Maria!‹ sagte der Unbekannte.
>
> ›Wenn ich von dieser Stelle weggehe, kann ich sie womöglich nicht wiederfinden!‹ dachte Rinaldo, als er seine gewohnte Kaltblütigkeit wiedergewonnen hatte. ›Wenn ich klopfe, werde ich entdeckt: was tun?‹

›Wer ist denn da?‹ fragte die Stimme.

›Nanu?‹ fragte der Räuber, ›sollten hier etwa die Kröten sprechen?‹

›Ich bin der Herzog von Bracciano! Wer Ihr

220 OLYMPIA

auch immer sein möget, wenn Ihr nicht der Herzogin angehört, dann kommt im Namen aller Heiligen, kommt zu mir ...‹

›Da müßt ich erst wissen, wo du bist, Herr Herzog‹, antwortete Rinaldo mit der Keckheit eines Mannes, der merkt, daß er gebraucht wird.

›Ich kann dich sehen, Freund, denn meine Augen sind an die Dunkelheit gewöhnt. Hör, geh geradeaus ... gut ... nun nach links ... komm ... hier ... Jetzt sind wir vereint.‹

Rinaldo streckte aus Vorsicht die Hände aus und stieß an Eisenstangen.

›Ich werde getäuscht!‹ schrie der Räuber.

›Nein, du hast meinen Käfig angerührt ...

ODER RÖMISCHE RACHE 221

Setz dich auf den Marmorblock, der da liegt.‹

›Wie kommt es, daß der Herzog von Bracciano in einem Käfig sitzt?‹ fragte der Räuber.

›Mein Freund, seit dreißig Monden bin ich darin, stehend, ohne daß ich mich hinsetzen könnte ... Aber wer bist du?‹

›Ich bin Rinaldo, der Fürst der Campagna, der Hauptmann von achtzig Wackeren, die die Gesetze zu Unrecht Missetäter nennen, die von allen Damen bewundert werden und die die Richter aus alter Gewohnheit aufhängen.‹

›Gott sei gelobt ...! Ich bin gerettet ... Ein Ehrenmann hätte Angst gehabt, während ich sicher

222 OLYMPIA

bin, daß ich mich mit dir gut verständigen werde‹, rief der Herzog. ›O mein lieber Befreier, du mußt bis an die Zähne bewaffnet sein.‹

›E verissimo!‹[137]

›Hättest du etwa ...‹

›Ja, Feilen, Zangen ... Corpo di Bacco[138]! Ich war dabei, mir auf unbestimmte Zeit die Schätze der Bracciani zu leihen.‹

›Du sollst auf rechtmäßige Weise ein gut Teil davon bekommen, mein lieber Rinaldo, und vielleicht gehe ich in deiner Gesellschaft auf Menschenjagd ...‹

›Sie erstaunen mich, Exzellenz ...!‹

›Hör zu, Rinaldo! Ich will dir nichts von dem Verlangen nach Rache vorreden, das mir das Herz zernagt: ich bin seit dreißig Monaten hier – du bist Italiener – du wirst mich verstehen! Ach, mein

ODER RÖMISCHE RACHE 223

Freund, meine Erschöpfung und furchtbare Gefangenschaft sind nichts im Vergleich zu dem Leiden, das mir am Herzen nagt. Die Herzogin von Bracciano ist noch immer eine der schönsten Frauen Roms, ich habe sie genugsam geliebt, um eifersüchtig zu sein ...‹

›Sie, ihr Gatte ...?‹

›Ja, vielleicht war das falsch!‹

›Freilich, so etwas tut man nicht‹, sagte Rinaldo.

›Meine Eifersucht wurde durch das Verhalten der Herzogin angestachelt‹, fuhr der Herzog fort. ›Was geschehen ist, hat bewiesen, daß ich recht hatte. Ein junger Franzose liebte Olympia, auch sie hat ihn geliebt, ich habe Beweise für ihre gegenseitige Liebe ...‹

Ich bitte tausendmal um Verzeihung, meine Damen«, sagte Lousteau, »aber, sehen Sie, es ist unmöglich, Sie nicht darauf hinzuweisen, in welchem Maß die Literatur des Kaiserreichs stracks auf die Tatsachen losging, ohne sich auf Einzelheiten einzulassen, was mir ein Merkmal primitiver Zeiten zu sein scheint. Die Literatur jener Epoche hielt die Mitte zwischen der summarischen Inhaltsangabe über jedem Kapitel des ›Télémaque‹[139] und den Plädoyers des Staatsanwalts. Sie hatte Ideen, aber sie gab ihnen nicht Ausdruck, diese Verächterin! Sie beobachtete, aber sie teilte ihre Beobachtungen niemandem mit, diese Geizige! Nur Fouché[140] hat seine Beobachtungen mitgeteilt. ›Die Literatur begnügte sich also‹, wie einer der dümmsten Kritiker der ›Revue des Deux Mondes‹[141] gesagt hat, ›mit einer ziemlich sauberen Skizze und einer recht klaren Kontur der Gestalten nach antikem Muster; sie tanzte nicht auf langen Satzgebilden herum.‹ Das will ich gern glauben, sie hatte keine langen Satzgebilde, sie hatte keine Worte, die sie schillern lassen konnte; sie sagte einfach: Lubin liebte Toinette, Toinette liebte Lubin nicht, da brachte Lubin Toinette um, und die Gendarmen packten Lubin, der ins Gefängnis kam, dann vors Schwurgericht und guillotiniert wurde[142]. Kräftige Skizze, klarer Kontur! Welch schönes Drama! Na, und heute lassen die Barbaren die Worte schillern!«

»Und manchmal auch die Toten[143]«, sagte Monsieur de Clagny.

»Ach nein?« entgegnete Lousteau, »beziehen Sie das auf sich selber?«

»Was soll das nur heißen?« fragte Madame de Clagny, die das Wortspiel beunruhigte.

»Mir ist, als würde ich in einen Backofen geschoben«, sagte die Bürgermeisterin.

»Sein Wortwitz würde verlieren, wenn man ihn erklärte«, gab Gatien zu bedenken.

»Heute«, fuhr Lousteau fort, »zeichnen die Romanautoren Charaktere; und anstatt einer klaren Kontur enthüllen sie das menschliche Herz, sie nehmen einen entweder für Lubin oder für Toinette ein.«

»Mich erschreckt die literarische Bildung des Publikums«, sagte Bianchon. »Wie die Russen, die anfangs von Karl XII. geschlagen wurden[144] und schließlich das Kriegführen lernten, hat der Leser schließlich Kunstverständnis gelernt. Früher wollte man vom Roman nichts als gefesselt werden; auf den Stil legte niemand Wert, nicht einmal der Autor; was den gedanklichen Inhalt betrifft: nicht die Spur davon, was das Lokalkolorit betrifft, das gab es nicht. Unmerklich ist der Leser dahingelangt, Stil zu verlangen, Interessantes, Pathetisches, positive Kenntnisse; er hat die fünf literarischen Sinne gefordert: Erfindungskraft, Stil, Gedankenreichtum, Wissen, Gefühl; dann ist die

Kritik gekommen und ist über alles hinweggeeilt. Der Kritiker, der außerstande ist, sich anderes auszudenken als Verleumdungen, hat behauptet, daß jedes Werk, das nicht einem vollkommenen Gehirn entspringe, eine lahme Angelegenheit sei. Als dann ein paar Scharlatane wie Walter Scott aufgetreten sind, die die fünf literarischen Sinne zu vereinigen vermochten, haben diejenigen, die nichts hatten als Geist, als Wissen, als Stil oder Gefühl, diese krüppelhaften Nachzügler, diese kopflosen Weichtiere, diese tölpelhaften Einarmigen, diese literarischen Einäugigen, zu schreien angefangen, jetzt sei alles verloren, sie haben zum Kreuzzug gegen die aufgerufen, die das Handwerk verdürben, oder sie haben deren Werke verleugnet.«

»Das ist die Geschichte Ihrer letzten literarischen Fehden«, gab Dinah zu bedenken.

»Ich bitte Sie!« rief Monsieur de Clagny, »lassen Sie uns doch zum Herzog von Bracciano zurückkehren!«

Zur tiefen Verzweiflung der Anwesenden nahm Lousteau die Vorlesung des Aushängebogens wieder auf.

224 OLYMPIA

›Da wollte ich meines Unglücks gewiß sein, um mich unter den Fittichen der Vorsehung und des Gesetzes rächen zu können. Die Herzogin hatte meine Pläne erraten. Wir bekämpften einander durch Gedanken, ehe wir mit dem Gift in der Hand kämpften. Wir wollten uns gegenseitig ein Vertrauen einflößen, das wir nicht hatten; ich, um sie einen Trank trinken zu lassen; sie, um sich meiner zu bemächtigen. Sie war ein Weib, sie trug den Sieg davon; denn die Frauen verfügen über eine Falle mehr als wir Männer, und ich ging hinein: ich wurde beglückt; aber am nächsten Morgen erwachte ich in diesem Eisenkäfig. Den ganzen Tag habe ich geröhrt und gestöhnt in der Dunkelheit

ODER RÖMISCHE RACHE 225

dieses Käfigs, der unter dem Schlafzimmer der Herzogin liegt. Abends wurde ich durch ein geschickt angebrachtes Gegengewicht durch die Fußböden hindurch hochgehoben und erblickte die

Herzogin in den Armen ihres Liebhabers; sie warf mir ein Stück Brot zu, meine allabendliche Nahrung. So lebe ich seit dreißig Monaten! In diesem marmornen Gefängnis können meine Schreie an kein Ohr dringen. Für mich schied jeder Glückszufall aus. Ich erhoffte mir nichts mehr. Denn das Schlafzimmer der Herzogin liegt ganz hinten im Palast, und wenn ich hinaufgewunden werde, kann meine Stimme von niemandem gehört werden. Jedesmal, wenn ich meine Frau sehe, zeigt sie mir das Gift, das ich für sie bereitet hatte und für ihren

Liebhaber; ich erbitte es für mich, sie aber verweigert mir den Tod, sie gibt mir Brot, und ich esse es! Wie gut, daß ich gegessen, daß ich weitergelebt habe, ich habe ja nicht an die Räuber gedacht . . .!‹

›Ja, Exzellenz, wenn die Schwachköpfe von anständigen Leuten schlafen, dann wachen wir, wir . . .‹

›Ach, Rinaldo, alle meine Schätze sind dein, wir teilen sie brüderlich, ich möchte dir alles schenken . . . sogar mein Herzogtum . . .‹

›Exzellenz, setzen Sie für mich beim Papst eine Absolution in articulo mortis durch, das käme mir besser zustatten.‹

›Alles, was du willst; aber feile die Stäbe meines Käfigs durch und leih mir deinen Dolch . . . Wir haben kaum noch Zeit, mach schnell . . . Ach, wenn meine Zähne Feilen wären . . . Ich habe versucht, das Eisen durchzubeißen . . .!‹

›Exzellenz‹, sagte Rinaldo, als er die letzten Worte des Herzogs vernahm, ›ich habe bereits eine Stange durchgesägt.‹

›Du bist ein Gott!‹

›Eure Frau war auf dem Fest der Fürstin Villaviciosa; sie ist mit ihrem kleinen Franzosen heimgekommen, sie ist trunken vor Liebe, wir haben also Zeit.‹ – ›Bist du fertig?‹ – ›Ja . . .‹

228 OLYMPIA

›Dein Dolch?‹ fragte der Herzog lebhaft den Räuber.

›Hier.‹

›Gut.‹

›Ich höre das Geräusch des Triebwerks.‹

›Vergeßt mich nicht!‹ sagte der Räuber, der sich in der Dankbarkeit auskannte.

›So wenig wie meinen Vater‹, sagte der Herzog.

›Lebt wohl!‹ sagte Rinaldo zu ihm. ›Da! Wie er emporschwebt!‹ fügte der Räuber hinzu, als er den Herzog verschwinden sah. ›‚So wenig wie meinen Vater‘‹, sagte er sich, ›wenn er auf diese Weise meiner gedenken will . . . Ach, und dabei habe ich geschworen, niemals einer Frau ein Leid anzutun . . .‹

Aber überlassen wir für eine Weile den Räuber

ODER RÖMISCHE RACHE 229

seinen Gedanken und steigen wir, wie der Herzog, hinauf in die Wohnräume des Palastes.

Schon wieder eine Vignette, ein Amor auf einer Schnecke! Dann kommt 230 als Vakatseite«, sagte der Journalist. »Darauf zwei weitere weiße Seiten für das Wort, das so köstlich niederzuschreiben ist, wenn man das Glück im Unglück hat, Romane zu dichten: SCHLUSS!

SCHLUSS

Niemals war die Herzogin so schön gewesen; wie eine Göttin gekleidet entstieg sie dem Bad, und als sie Adolphe sah, wie er wollüstig in den Kissen-

234 OLYMPIA

stapeln ruhte, da sagte sie:

›Du bist sehr schön.‹

›Und du, Olympia . . .?‹

›Liebst du mich noch immer?‹

›Immer mehr‹, sagte er . . .

›Ach, nur Franzosen verstehen zu lieben!‹ rief

die Herzogin ... ›Willst du mich heute abend wonnig lieben?‹

›Ja.‹

›Dann komm doch!‹

Und mit einer Geste des Hasses und der Liebe, sei es, daß der Kardinal Borborigano ihr den Gatten wieder inständiger ins Herz gesenkt hatte, sei es, daß sie sich gedrängt fühlte, ihm mehr Liebe zu bezeigen, setzte sie das Triebwerk in Tätigkeit und breitete die Arme aus, um

Damit ist Schluß«, rief Lousteau, »weil nämlich der Faktor den Rest abgerissen hat, als er meine Korrekturen einwickelte; aber es ist ja genug, um zu beweisen, daß der Autor Hoffnungen erweckte.«

»Ich verstehe nichts davon«, sagte Gatien Boirouge; er brach als erster das Schweigen, das die Sancerrer bewahrten.

»Ich auch nicht«, sagte Monsieur Gravier aufgebracht.

»Dabei ist es ein unter dem Kaiserreich geschriebener Roman«, sagte Lousteau zu ihm.

»Ach was!« sagte Gravier. »Aus der Art, wie der Autor den Räuber sprechen läßt, sieht man, daß er Italien nicht gekannt hat. Dergleichen concetti[145] erlauben sich Räuber nicht.«

Madame Gorju trat zu Bianchon hin, den sie nachdenklich dasitzen sah, deutete auf ihre Tochter Euphémie Gorju, die eine recht schöne Mitgift bekam, und sagte zu ihm: »Solch ein Gallimathias! Die Rezepte, die Sie schreiben, sind mehr wert als dieser ganze Kram.«

Die Bürgermeisterin hatte sich diesen Satz genau überlegt; sie meinte, es spreche daraus sehr viel Geist.

»Ach, Madame, wir müssen nachsichtig sein, wir haben ja nur zwanzig Seiten von tausend zu hören bekommen«, antwortete Bianchon und musterte Mademoiselle Gorju, deren Taille einen Umfang wie bei der ersten Schwangerschaft anzunehmen drohte.

»Gut und schön, Monsieur de Clagny«, sagte Lousteau, »wir haben gestern von Racheakten gesprochen, die die Ehemänner erfanden; was halten Sie von denen, die die Frauen aushecken?«

»Meiner Meinung nach«, antwortete der Staatsanwalt, »stammt der Roman von keinem Staatsrat, sondern von einer Frau. Was bizarre Einfälle betrifft, so geht die Phantasie der Frauen sehr viel weiter als die der Männer, siehe den ›Franckenstein‹ der Mrs. Shelley[146], ›Leone Leoni‹[147], die Werke der Anne Radcliffe[148] und den ›Neuen Prometheus‹ von Camille Maupin[149].«

Dinah sah Monsieur de Clagny starr an und gab ihm durch einen Gesichtsausdruck, der ihn zu Eis erstarren ließ, zu verstehen, daß sie, ungeachtet der berühmten Beispiele, diesen Ausspruch auf ›Paquita, die Sevillanerin‹ beziehe.

»Unsinn!« sagte der kleine La Baudraye. »Der Herzog von Bracciano, den seine Frau in einen Käfig gesteckt hat und dem sie sich jeden Abend in den Armen ihres Liebhabers zeigt, wird sie natürlich umbringen ... Nennen Sie das Rache ...? Unsere Gerichte und die Gesellschaft sind weit grausamer ...«

»Inwiefern?« fragte Lousteau.

»Sieh mal einer an, der kleine La Baudraye sagt etwas«, sagte Präsident Boirouge zu seiner Frau.

»Ja, man läßt eben seine Frau mit einem mageren Kostgeld am Leben, dann kehrt die Gesellschaft ihr den Rücken; sie hat weder Toiletten mehr noch wird sie geachtet, und das sind meiner Meinung nach zwei Dinge, die die ganze Frau ausmachen«, sagte der kleine alte Herr.

»Aber sie hat doch das Glück«, antwortete Madame de La Baudraye hochtrabend.

»Nein«, antwortete der von der Natur Benachteiligte und steckte seine Kerze an, weil er schlafen gehen wollte, »sie hat bloß einen Liebhaber ...«

»Für einen Mann, der an nichts denkt als an seine Reben und an seine Obstbäume, hat er Geistesblitze«, sagte Lousteau.

»Etwas muß schon an ihm dran sein«, sagte Bianchon.

Madame de La Baudraye, die einzige, die Bianchons Äußerung hatte hören können, fing so durchtrieben und so bitter zu lachen an, daß der Arzt das Geheimnis des ehelichen Lebens der Schloßherrin erriet, deren vorzeitige Falten ihn seit dem Morgen beschäftigt hatten. Dinah indessen erriet nichts von den düsteren Prophezeiungen, die ihr Mann ihr gerade eben durch einen einzigen Satz entgegengeschleudert hatte und die ihr der selige, gute Abbé Duret sicherlich erklärt hätte. Der kleine La Baudraye hatte nämlich in Dinahs Augen, als sie den Journalisten angeschaut und ihm den Ball des Scherzes zurückgeschlagen hatte, die rasche, aufleuchtende Zärtlichkeit wahrgenommen, die den Blick einer Frau in der Stunde vergoldet, da die Vorsicht aufhört und die Leidenschaft beginnt. Dinah schenkte der Aufforderung ihres Mannes, die Konventionen zu wahren, genausowenig Beachtung, wie Lousteau Dinahs boshaften Rat am Tag seiner Ankunft wichtiggenommen hatte. Jeder andere als Bianchon hätte sich über Lousteaus schnellen Erfolg gewundert; er jedoch fühlte sich nicht einmal verletzt, daß Dinah dem Feuilleton den Vorzug gegenüber der medizinischen Fakultät einräumte, so sehr war er Arzt! Wirklich, da Dinah selber groß war, mußte sie empfänglicher für den Geist als für Seelengröße sein. Für gewöhnlich zieht die Liebe das Gegensätzliche dem Gleichgearteten vor. Der Freimut und die Gutherzigkeit des Doktors, sein Beruf, all das erwies ihm schlechte Dienste. Und zwar aus folgendem Grunde: Frauen, die lieben wollen, und Dinah wollte ebensosehr lieben wie geliebt werden, haben einen instinktiven Abscheu vor Männern, die sich tyrannischen Betätigungen gewidmet haben; sie sind und bleiben, trotz ihrer Überlegenheit, stets Frauen und wollen ganz und gar genommen werden. Der Lebemann Lousteau war Dichter und Feuilletonist, kokettierte mit seiner Menschenfeindschaft und bot den Flitterglanz seiner Seele und das halb müßige Leben dar, das den Frauen gefällt. Der rechtschaffene, gesunde Menschenverstand, die scharfsichtigen Blicke des wahrhaft überlegenen Mannes waren Dinah lästig; sie gestand sich ihre Kleinheit nicht ein und sagte sich: »Vielleicht ist der Doktor wertvoller als der Journalist, aber er gefällt mir weniger.« Dann dachte sie an die Berufspflichten und fragte sich, ob eine Frau in den Augen eines Arztes jemals etwas anderes sein könne als ein ›Fall‹; er bekam ja doch im Verlauf seines Tages so viele ›Fälle‹ zu sehen! Der erste Teil des Gedankens, den Bianchon in das Album geschrieben hatte, war das Ergebnis einer medizinischen Beobachtung, die zu bleischwer auf die Frau herabfiel, als daß Dinah darüber nicht hätte betroffen gewesen sein müssen. Und überdies fuhr Bianchon, dem seine Praxis ein längeres Verweilen verbot, am nächsten Tage ab. Welche Frau, sofern nicht Cupidos mythologischer Pfeil ihr Herz durchbohrt hat, kann sich in so kurzer Zeit entscheiden?

Als Bianchon diese kleinen Dinge, die die großen Katastrophen hervorrufen, in ihrer Gesamtheit wahrgenommen hatte, teilte er Lousteau mit ein paar Worten das sonderbare Urteil mit, zu dem er über Madame de La Baudraye gelangt war, und überraschte dadurch den Journalisten aufs lebhafteste. Während die beiden Pariser miteinander tuschelten, erhob sich unter den Sancerrern, die nichts von Lousteaus Vorlesung und seinen Kommentaren verstanden hatten, ein Sturm gegen die Schloßherrin. Weit davon entfernt, den Roman zu gewahren, den der Staatsanwalt, der Unterpräfekt, der Präsident, der erste Staatsanwaltsstellvertreter Lebas, Monsieur de La Baudraye und Dinah all dem entnommen hatten, sahen sämtliche um den Teetisch gruppierten Damen darin nichts als eine Fopperei und beschuldigten die Muse von Sancerre, dabei die Hand im Spiel gehabt zu haben. Alle waren darauf gefaßt gewesen, einen reizenden Abend zu verleben, alle hatten ihre geistigen Fähigkeiten vergebens angespannt. Nichts empört die Provinzler mehr als der Gedanke, Parisern als Spielzeug gedient zu haben.

Madame Piédefer erhob sich vom Teetisch, ging zu ihrer Tochter und sagte zu ihr: »Sprich doch ein paar Worte mit den Damen; sie sind sehr betroffen durch dein Verhalten.«

Lousteau konnte nicht umhin, jetzt die unleugbare Überlegenheit Dinahs über die Elite der Damen aus Sancerre festzustellen; sie war die am besten gekleidete, sie bewegte sich voller Anmut, ihr Teint nahm im künstlichen Licht eine köstliche Weiße an, und schließlich hob sie sich auf diesem Gobelin alter Gesichter und schlechtangezogener junger Mädchen mit befangenem Gehaben ab wie eine Königin inmitten ihres Hofstaats. Die Pariser Bilder loschen aus, Lousteau paßte sich dem Provinzleben an; er hatte zuviel Phantasie, um nicht von der königlichen Pracht dieses Schlosses beeindruckt zu sein, von den erlesenen Plastiken, den schönen, antiken Stücken der Inneneinrichtung; auch besaß er zuviel Sachkenntnis, um sich über den Wert des Mobiliars dieses Kleinods aus den Zeiten der Renaissance im unklaren zu sein. Als daher die Sancerrer sich einer nach dem anderen, von Dinah hinausgeleitet, zurückgezogen hatten, da sie alle eine gute Stunde Weges zurücklegen mußten, als im Salon nur noch der Staatsanwalt, Monsieur Lebas, Gatien und Monsieur Gravier waren, die auf Anzy übernachteten, war der Journalist bereits anderer Meinung über Dinah geworden. Sein Denken hatte die Entwicklung vollzogen, die Madame de La Baudraye ihm bei ihrer beider ersten Begegnung vorauszusagen die Kühnheit besessen hatte.

»Ach, was sie wohl gegen uns unterwegs vorzubringen haben«, rief die Schloßherrin, als sie wieder in den Salon kam, nachdem sie den Präsidenten und die Präsidentin sowie Madame und Mademoiselle Popinot-Chandier zum Wagen begleitet hatte.

Der Rest des Abends hatte seine erfreulichen Seiten. Nun man im kleinen Kreis war, steuerte jeder zur Unterhaltung sein Kontingent an boshaften Bemerkungen über die unterschiedlichen Gesichter bei, die die Sancerrer geschnitten hatten, als Lousteau Kommentare über das Einwickelpapier seiner Korrekturbogen machte.

»Mein Lieber«, sagte Bianchon beim Schlafengehen zu Lousteau (sie waren zusammen in einem riesigen, zweibettigen Zimmer untergebracht worden), »du wirst der glückliche Sterbliche sein, den diese Frau, geborene Piédefer, sich erwählt!«

»Glaubst du?«

»Na, das ist doch klar: du giltst hier für jemanden, der in Paris sehr viele Abenteuer gehabt hat, und für die Frauen wohnt einem Mann mit Glück in der Liebe irgend etwas Aufreizendes inne, das sie verlockt und jenen Mann ihnen angenehm macht; beruht das vielleicht auf der Eitelkeit, die Erinnerung an sich über alle anderen triumphieren zu lassen? Wenden sie sich an seine Erfahrung, wie ein Kranker, der einen berühmten Arzt zu hoch honoriert? Oder schmeichelt es ihnen, ein abgestumpftes Herz zu erwecken?«

»Die Sinne und die Eitelkeiten haben eine so große Bedeutung in der Liebe, daß alle diese Unterstellungen wahr sein können«, antwortete Lousteau. »Aber wenn ich hier bleibe, dann geschieht es um des Zeugnisses der Unberührtheit willen, das du Dinah ausstellst. Sie ist schön, meinst du nicht auch?«

»Sie wird bezaubernd werden, wenn sie erst richtig liebt«, sagte der Arzt. »Und außerdem ist sie eines schönen Tages eine reiche Witwe! Und durch ein Kind würde sie in den Genuß des Vermögens des Sire de La Baudraye gelangen ...«

»Aber dann ist es ja eine gute Tat, sie zu lieben, diese Frau!« rief Lousteau.

»Ist sie erst Mutter, dann wird sie wieder voller werden, die Falten werden hinschwinden, sie wird aussehen, als sei sie erst zwanzig . . .«

»Also«, sagte Lousteau und wickelte sich in seine Decke, »wenn du mir helfen willst, morgen, ja, morgen, dann . . . Also Schluß damit: gute Nacht.«

Am anderen Morgen fiel Madame de La Baudraye ein – ihr Mann hatte ihr vor einem halben Jahr Pferde zur Verfügung gestellt, deren er sich für die Feldarbeit bediente, sowie eine alte Kalesche, die wie alter Eisenkram ratterte –, daß sie eigentlich Bianchon nach Cosne fahren, von wo aus er den von Lyon kommenden und dort durchfahrenden Postwagen benutzen könne. Sie nahm ihre Mutter und Lousteau mit, nahm sich indessen vor, die Mutter auf La Baudraye zu lassen, mit den beiden Parisern nach Cosne zu fahren und dann mit Etienne allein zurückzukehren. Sie legte eine bezaubernde Toilette an, die der Journalist beäugte: bronzierte Brodequins[150], graue Seidenstrümpfe, ein Organdy-Kleid[151], eine grüne Schärpe mit langen, abgetönten Fransen und eine reizende, mit Blumen garnierte Kapotte aus schwarzer Gaze. Was nun Lousteau betraf, so hatte der durchtriebene Kerl ›volle Kriegsbemalung‹ angelegt: Lackstiefel, eine Hose aus englischem Stoff, die Bügelfalte vorn, eine sehr weit ausgeschnittene Weste, die ein extrafeines Hemd sehen ließ und die Kaskaden seiner schönsten Krawatte aus schwarzer, durchwirkter Seide, dazu einen schwarzen, sehr kurzen und sehr leichten Gehrock. Der Staatsanwalt und Monsieur Gravier schauten einander recht seltsam an, als sie die beiden Pariser in der Kalesche erblickten, während sie selber wie zwei Tröpfe unten an der Freitreppe standen. Monsieur de La Baudraye, der oben von der letzten Stufe dem Doktor mit seiner kleinen Hand einen kleinen Abschiedsgruß zuwinkte, konnte nicht umhin zu lächeln, als er Monsieur de Clagny zu Monsieur Gravier sagen hörte: »Sie hätten sie zu Pferde begleiten sollen.« In diesem Augenblick kam Gatien auf Monsieur de La Baudrayes lammfrommer Stute aus der Allee heraus, die zu den Ställen führte, und schloß sich der Kalesche an.

»Na schön«, sagte der Steuereinnehmer, »der Junge spielt Ordonnanz.«

»Wie ärgerlich!« rief Dinah, als sie Gatien erblickte. »Seit dreizehn Jahren, denn ich bin jetzt bald dreizehn Jahre verheiratet, habe ich noch keine drei Stunden der Freiheit gehabt...«

»Verheiratet, Madame?« fragte der Journalist lächelnd. »Sie erinnern mich an den Ausspruch des seligen Michaud[152]; er hat ja so viele kluge getan. Er brach nach Palästina auf, und seine Freunde machten ihm Vorhaltungen über sein Alter und über die Gefahren eines solchen Unternehmens. ›Schließlich‹, sagte einer von ihnen, ›sind Sie doch verheiratet!‹ – ›Oh‹, antwortete er, ›nur ganz wenig!‹«

Die gestrenge Madame Piédefer konnte ein Lächeln nicht unterdrücken.

»Es würde mich nicht wundern, wenn jetzt Monsieur de Clagny auf meinem Pony die Eskorte vervollständigte«, rief Dinah.

»Na, wenn der Staatsanwalt uns nicht einholt«, sagte Lousteau, »dann können Sie sich dieses Jüngelchens da bei der Ankunft in Sancerre entledigen. Bianchon könnte doch etwas Wichtiges auf seinem Tisch haben liegen lassen, etwa das Manuskript seiner ersten Vorlesung; dann bitten Sie Gatien, es aus Anzy zu holen.«

Diese List, obwohl sie einfach war, versetzte Madame de La Baudraye in gute Stimmung. Die Landstraße von Anzy nach Sancerre, von der aus sich dann und wann herrliche Landschaften auftun, von der aus häufig die wundervolle Fläche der Loire wie ein See wirkt, wurde heiter zurückgelegt, denn Dinah war nur zu froh, so gut verstanden worden zu sein. Man sprach theoretisch von der Liebe, was dem heimlichen Liebespaar gestattete, irgendwie an ihre Herzen Maßstäbe anzulegen. Der Journalist schlug einen Ton eleganter Verderbtheit an, um zu beweisen, daß die Liebe keinem Gesetz gehorche, daß sie durch den Charakter der Liebenden alle ihre zufälligen Begleitumstände bis ins Unendliche variiere, daß die Geschehnisse des gesellschaftlichen Lebens die Mannigfaltigkeit der Phänomene noch steigere, daß bei diesem Gefühl alles möglich und alles wahr sei, daß gewisse

Frauen, die lange Zeit allen Verführungen und sogar echten Leidenschaften widerstanden haben, innerhalb weniger Stunden einem Gedanken unterliegen könnten, einem inneren Orkan, in dessen Geheimnis nur Gott eingeweiht sei!

»Ja, ist das denn nicht das Schlüsselwort all der Abenteuer, die wir einander während der drei letzten Tage erzählt haben?« sagte er.

Seit drei Tagen hatte Dinahs lebhafte Phantasie sich mit den verfänglichsten Romanen beschäftigt, und was die beiden Pariser vorgebracht, hatte auf diese Frau gewirkt wie die gefährlichsten Bücher. Lousteau verfolgte mit den Blicken die Wirkungen dieses geschickten Manövers; er wollte den Augenblick wahrnehmen, da dieses Beutestück, dessen Bereitwilligkeit sich hinter dem träumerischen Sinnen verbarg, das die Unentschlossenheit auslöst, völlig betäubt sein würde. Dinah wollte den beiden Parisern das Gutshaus La Baudraye zeigen, und dort wurde die verabredete Komödie von dem Manuskript gespielt, das Bianchon in seinem Zimmer auf Anzy vergessen haben sollte. Auf den Befehl seiner Herrscherin sprengte Gatien in gestrecktem Galopp davon, Madame Piédefer machte Besorgungen in Sancerre, und Dinah machte sich allein mit den beiden Freunden auf den Weg nach Cosne. Lousteau nahm neben der Schloßherrin Platz, und Bianchon setzte sich auf den Rücksitz des Wagens. Die Unterhaltung der beiden Freunde war herzlich und voller Mitleid für das Los dieser so sehr unverstandenen und vor allem in unzulänglicher Umgebung lebenden Ausnahmeseele. Bianchon kam dem Journalisten bewundernswert zu Hilfe; er machte sich über den Staatsanwalt, den Steuereinnehmer und Gatien lustig; es war in seinen Bemerkungen irgendwie etwas so Verächtliches, daß Madame de La Baudraye nicht wagte, ihre Anbeter zu verteidigen.

»Ich bin mir völlig im klaren«, sagte der Arzt, als sie die Loire überquerten, »über den Zustand, in dem Sie sich befinden. Sie könnten nur für die geistige Liebe empfänglich sein, die bisweilen zur Herzensliebe führt, und sicherlich ist keiner der Männer dort befähigt, zu verbergen, was den Sinnen in den ersten Tagen des wahren Lebens für die Augen einer zartfühlenden Frau an Abstoßendem innewohnt. Heute wird das Lieben für Sie eine Notwendigkeit.«

»Eine Notwendigkeit?« rief Dinah und blickte den Arzt voller Neugier an. »So soll ich also auf Rezept lieben?«

»Wenn Sie weiterleben wie bisher, werden Sie innerhalb von drei Jahren abschreckend häßlich sein«, antwortete Bianchon mit professoraler Würde.

»Was ...?« fragte Madame de La Baudraye beinahe entsetzt.

»Entschuldigen Sie meinen Freund«, sagte Lousteau mit scherzhafter Miene zur Baronin, »er ist und bleibt nun einmal Arzt, und die Liebe ist für ihn bloß eine Frage der Hygiene. Aber er ist kein Egoist, er beschäftigt sich offenbar nur deswegen so eingehend mit Ihnen, weil er in einer Stunde wegfährt ...«

In Cosne sammelten sich viele Leute um die alte, neu angestrichene Kalesche, auf deren beiden Wagenschlägen das Wappen zu sehen war, das Ludwig XIV. den ›neuen‹ La Baudrayes verliehen hatte: auf rotem Grund eine goldene Waage, oben in der Mitte drei sich kreuzende kleine silberne Kreuze; als Schildhalter zwei silberne Windhunde mit blauen Halsbändern und goldenen Ketten. Die ironische Devise: Deo sic patet fides et hominibus[153] war den bekehrten Calvinisten von dem satirischen Hozier[154] auferlegt worden.

»Lassen Sie uns aussteigen; es wird uns schon Bescheid gesagt werden«, sagte die Baronin und bedeutete dem Kutscher, als Wache zurückzubleiben.

Dinah nahm Bianchons Arm, und der Arzt schlug bei dem Spaziergang am Loireufer ein so rasches Tempo an, daß der Journalist zurückbleiben mußte. Durch ein einziges Augenzwinkern hatte der Arzt Lousteau zu verstehen gegeben, er wolle sich für ihn einsetzen.

»Etienne hat Ihnen gefallen«, sagte Bianchon zu Dinah, »er hat stark auf Ihre Phantasie eingewirkt; wir haben uns gestern abend über Sie unterhalten, und er liebt Sie ... Aber er ist ein Leichtfuß, ihn festzuhalten ist schwierig, seine Armut verdammt ihn dazu, in Paris zu leben, während Sie alles zwingt, in Sancerre zu wohnen ... Betrachten Sie das Leben einmal von einem etwas höheren Standpunkt aus . . . machen Sie Lousteau zu Ihrem Freund, seien Sie nicht anspruchsvoll, lassen Sie ihn dreimal im Jahr ein paar schöne Tage in Ihrer Nähe verleben; dann werden Sie ihm Schönheit, Glück und Vermögen verdanken. Ihr

Mann kann hundert Jahre alt werden, aber er kann auch innerhalb von neun Tagen sterben, weil er das flanellene Schweißtuch vergessen hat, in das er sich immer einwickelt. Begehen Sie also keine Unklugheiten! Seien Sie beide vernünftig! Erwidern Sie mir kein Wort ... Ich habe in Ihrem Herzen gelesen.«

Madame de La Baudraye war wehrlos gegenüber solcherlei präzisen Versicherungen und angesichts eines Mannes, der gleichzeitig als Arzt, Beichtvater und Vertrauensmann auftrat.

»Ja, wieso denn?« fragte sie. »Können Sie sich vorstellen, daß eine Ehefrau in Wettbewerb mit den Mätressen eines Journalisten treten könnte ...? Monsieur Lousteau dünkt mich angenehm und geistvoll, aber er ist blasiert, usw. usw. ...«

Dinah machte kehrt und war genötigt, den Wortschwall abzustoppen, hinter dem sie ihre wahren Absichten verbergen wollte; denn Etienne, der mit den fortschrittlichen Einrichtungen von Cosne beschäftigt schien, kam auf sie zu.

»Glauben Sie mir«, sagte Bianchon zu ihr, »er hat es nötig, ernsthaft geliebt zu werden; und wenn er ein anderes Leben anfängt, wird sein Talent dabei gewinnen.«

Dinahs Kutscher kam atemlos herbeigelaufen und meldete die Ankunft der Postkutsche; man beschleunigte den Schritt. Madame de La Baudraye ging zwischen den beiden Parisern.

»Lebt wohl, Kinder«, sagte Bianchon, ehe sie nach Cosne hineinkamen, »ich segne euch ...«

Er ließ den Arm der Madame de La Baudraye los, damit Lousteau ihn nehme, der ihn mit einem Ausdruck der Zärtlichkeit ans Herz drückte. Wie anders war es Dinah jetzt zumute! Etiennes Arm erregte in ihr die lebhafteste Aufwallung, wogegen der Bianchons sie nichts hatte empfinden lassen. Es kam jetzt zwischen ihr und dem Journalisten zu einem der heißen Blicke, die mehr als Geständnisse sind. – »Nur noch Provinzlerinnen tragen Organdy-Kleider, den einzigen Stoff, dessen Zerknitterungen sich nicht glätten lassen«, sagte sich Lousteau. »Diese Frau, die mich als Liebhaber erkoren hat, wird ihres Kleides wegen Geschichten machen. Wie glücklich wäre ich, wenn sie ein Seidenkleid angezogen hätte ... Was sollen diese Mätzchen ...?« Während Lousteau darüber nachgrübelte, ob Madame de La Baudraye in der Absicht ein Organdy-Kleid gewählt habe, um vor sich eine unübersteigbare Mauer zu errichten, ließ Bianchon, dem der Kutscher dabei half, sein Gepäck auf der Postkutsche verstauen. Dann verabschiedete er sich von Dinah, die sich ihm gegenüber über die Maßen herzlich gab.

»Fahren Sie heim, Baronin, lassen Sie mich ... Gatien muß gleich kommen«, flüsterte er ihr zu. »Es ist schon spät«, fügte er laut hinzu ... »Leben Sie wohl!«

»Adieu, großer Mann!« rief Lousteau und drückte Bianchon kräftig die Hand.

Als der Journalist und Madame de La Baudraye nebeneinander auf dem Rücksitz der alten Kalesche saßen und wieder über die Loire fuhren, empfanden sie beide Hemmungen, etwas zu sagen. In dieser Lage hat das Wort, mit dem man das Schweigen bricht, eine schreckliche Tragweite.

»Wissen Sie eigentlich, wie sehr ich Sie liebe?« fragte da rundheraus der Journalist.

Der Sieg konnte Lousteau schmeicheln, aber Niederlagen bereiteten ihm keinen Kummer. Diese Gleichgültigkeit war das Geheimnis seiner Kühnheit. Er hatte die Hand der Madame de La Baudraye genommen, als er ihr diese unumwundenen Worte sagte, und sie mit seinen beiden Händen umschlossen; aber Dinah machte ihre Hand behutsam frei.

»Ja, ich wiege wohl eine Grisette oder eine Schauspielerin auf«, sagte sie mit bewegter Stimme und dennoch scherzend; »aber glauben Sie, daß eine Frau, die trotz ihrer Lächerlichkeiten einige Intelligenz besitzt, die schönsten Schätze ihres Herzens für einen Mann aufbewahrt hat, der in ihr nur ein flüchtiges Lustobjekt sehen kann ...? Es überrascht mich nicht, aus Ihrem Munde ein Wort zu vernehmen, das mir schon so viele Leute gesagt haben ... aber ...«

Der Kutscher drehte sich um. »Da kommt Monsieur Gatien ...«, sagte er.

»Ich liebe Sie, ich will Sie, und Sie werden mein sein, denn nie habe ich für eine Frau empfunden, was Sie mir einflößen!« flüsterte Lousteau Dinah zu.

»Vielleicht gegen meinen Willen?« entgegnete sie lächelnd.

»Zumindest müssen Sie um meiner Ehre willen tun, als seien Sie heftig bedrängt worden«, sagte der Pariser, den die fatale

Eigenschaft des Organdy-Stoffes auf einen grotesken Einfall gebracht hatte.

Noch bevor Gatien das Ende der Brücke erreicht hatte, zerknitterte der wagemutige Journalist das Organdy-Kleid so hurtig, daß Madame de La Baudraye sich in einem unvorzeigbaren Zustand befand.

»Aber hören Sie mal . . .!« rief Dinah majestätisch.

»Sie haben mich herausgefordert«, antwortete der Pariser.

Doch jetzt kam Gatien mit der Schnelligkeit eines geprellten Liebhabers heran. Um die Achtung der Madame de La Baudraye halbwegs zurückzugewinnen, war Lousteau bemüht, das zerknitterte Kleid Gatiens Blicken zu entziehen, indem er, um mit ihm zu sprechen, aus dem Wagen sprang und draußen vor Dinah hintrat.

»Eilen Sie nach unserem Gasthaus«, sagte er, »es ist dazu noch Zeit genug, die Postkutsche fährt erst in einer halben Stunde, das Manuskript liegt auf dem Tisch des Zimmers, in dem Bianchon übernachtet hat, er legt großen Wert darauf, denn sonst weiß er nicht, wie er seine Vorlesung halten soll.«

»Reiten Sie doch los, Gatien«, sagte Madame de La Baudraye und blickte ihren jungen Anbeter mit geradezu despotischem Ausdruck an.

Unter dem Zwang dieser Hartnäckigkeit warf der junge Mensch sein Pferd herum und sprengte mit verhängtem Zügel davon.

»Schnell nach La Baudraye«, rief Lousteau dem Kutscher zu, »der Frau Baronin ist nicht wohl . . . Einzig Ihre Mutter wird in das Geheimnis meiner List eingeweiht«, sagte er und setzte sich wieder neben Dinah.

»Sie nennen diese Infamie eine List?« fragte Madame de La Baudraye und unterdrückte ein paar Tränen, die in der Glut gereizten Stolzes trockneten.

Sie lehnte sich in die Ecke der Kalesche zurück, kreuzte die Arme über der Brust und schaute auf die Loire hinaus, in die Landschaft, auf alles, nur nicht auf Lousteau. Da schlug der Journalist einen zärtlichen Ton an und redete bis La Baudraye, wo Dinah aus dem Wagen sprang, ins Haus lief und darauf bedacht war, von niemandem gesehen zu werden. In ihrer Verwirrung warf sie sich auf ein Sofa, um sich dort auszuweinen.

»Wenn ich für Sie ein Gegenstand des Abscheus, des Hasses und der Verachtung bin, na schön, dann reise ich ab«, sagte da Lousteau, der ihr nachgegangen war.

Und der durchtriebene Mensch warf sich Dinah zu Füßen. Ausgerechnet in diesem kritischen Augenblick erschien Madame Piédefer und fragte ihre Tochter: »Nanu? Was hast du denn? Was geht hier vor?«

»Geben Sie Ihrer Tochter schleunigst ein anderes Kleid«, flüsterte der kecke Pariser der Betschwester zu.

Als sie den wütenden Galopp von Gatiens Pferd vernahm, stürzte Madame de La Baudraye in ihr Schlafzimmer, wohin ihre Mutter ihr folgte.

»Im Gasthaus ist nichts«, sagte Gatien zu Lousteau, der ihm entgegengegangen war.

»Und im Schloß Anzy haben Sie ebenfalls nichts gefunden«, antwortete Lousteau.

»Sie haben mich zum besten gehalten«, entgegnete Gatien leicht eingeschnappt.

»Aber tüchtig«, antwortete Lousteau. »Madame de La Baudraye hat es sehr ungehörig gefunden, daß Sie ihr gefolgt sind, ohne darum gebeten worden zu sein. Glauben Sie mir: es ist ein schlechtes Mittel, die Frauen zu verstimmen, die man erobern möchte. Dinah hat Sie hinters Licht geführt. Sie haben sie zum Lachen gebracht, das ist ein Erfolg, den seit dreizehn Jahren keiner bei ihr erzielt hat; Sie danken ihn Bianchon, denn Ihr Vetter ist der Autor des Schabernacks mit dem Manuskript ...! Ob das Pferd sich davon erholen wird?« fragte Lousteau im Scherz; Gatien überlegte, ob er aufbrausen solle oder nicht.

»Das Pferd ...!« wiederholte Gatien.

In diesem Augenblick kam Madame de La Baudraye; sie trug ein Samtkleid; ihre Mutter war bei ihr und warf Lousteau erbitterte Blicke zu. In Gatiens Gegenwart wäre es von Dinah unklug gewesen, mit Lousteau kalt oder streng zu tun, und Lousteau nahm diesen Umstand wahr, indem er der falschen Lukrezia den Arm bot; aber sie nahm ihn nicht.

»Wollen Sie einen Mann von sich weisen, der Ihnen sein Leben geweiht hat?« fragte er sie, als er dicht neben ihr einherschritt. »Ich werde in Sancerre bleiben und morgen abreisen.«

»Kommst du, Mutter?« fragte Madame de La Baudraye Madame Piédefer; auf diese Weise wich sie einer Antwort auf die unverhohlene Forderung aus, durch die Lousteau sie gezwungen hatte, einen Entschluß zu fassen.

Der Pariser half der Mutter beim Einsteigen; er half auch Madame de La Baudraye in den Wagen, faßte sie dabei behutsam am Arm und nahm mit Gatien, der das Pferd auf La Baudraye ließ, auf dem Rücksitz Platz.

»Sie haben ja ein anderes Kleid angezogen«, sagte Gatien ungeschickterweise zu Dinah.

»Die Baronin hat in der kühlen Luft an der Loire gefröstelt«, antwortete Lousteau, »Bianchon hat ihr geraten, sich warm anzuziehen.«

Dinah wurde rot wie eine Mohnblume, und Madame Piédefer schnitt ein strenges Gesicht.

»Der arme Bianchon, jetzt ist er unterwegs nach Paris, welch ein edles Herz!« sagte Lousteau.

»Ach ja«, sagte Madame de La Baudraye, *»der* ist groß und zartfühlend ...«

»Auf der Hinfahrt waren wir so fröhlich«, sagte Lousteau; »jetzt ist Ihnen nicht wohl, und Sie sprechen voller Bitterkeit zu mir, und warum ...? Sind Sie es etwa nicht gewohnt, daß Ihnen gesagt wird, Sie seien schön und geistvoll? Ich, das erkläre ich hier vor Gatien, ich verzichte auf Paris; ich will in Sancerre bleiben und die Zahl ihrer Edelleute vom Dienst vergrößern. Ich habe mich in meiner Heimatstadt so jung gefühlt, daß ich Paris und seine Verderbtheiten, seine Langweiligkeit und seine anstrengenden Vergnügungen bereits vergessen habe ... Ja, es kommt mir vor, als sei mein Leben reiner geworden ...«

Dinah ließ Lousteau reden; sie würdigte ihn keines Blickes; aber es kam ein Augenblick, da die Improvisationen dieser Schlange so geistreich wurden im Bestreben, Leidenschaft durch Sätze und Gedanken zu mimen, deren Sinn Gatien verborgen blieb, aber in Dinahs Herzen sich voll entfaltete, daß sie die Augen zu ihm aufhob. Dieser Blick schien Lousteau mit Freude zu überschütten; er verdoppelte seinen Schwung und brachte schließlich Madame de La Baudraye zum Lachen. Wenn eine Frau in einer Lage, in der ihr Stolz so grausam verletzt worden ist, gelacht hat, dann ist es um sie geschehen. Bei der Einfahrt in den riesigen, sandbestreuten Hof mit seiner Rasenfläche und den Blumenkübeln, durch die die Fassade von Anzy so gut zur Geltung kommt, sagte der Journalist: »Wenn die Frauen uns lieben, verzeihen sie uns alles, sogar unsere Vergehen; wenn sie uns nicht lieben, verzeihen sie uns nichts, nicht einmal unsere Tugenden! Verzeihen Sie mir?« fragte er ganz leise Madame de La Baudraye und drückte mit einer äußerst zärtlichen Geste ihren Arm an sein Herz. Dinah mußte lächeln.

Während des Essens und den ganzen Rest des Abends über war Lousteau heiter und bezaubernd beschwingt; doch wenngleich er auf diese Weise seine Trunkenheit kundtat, gab er sich für Augenblicke einem träumerischen Sinnen hin, als ein Mann, der gänzlich in sein Glück versunken schien. Nach dem Kaffee ließen Madame de La Baudraye und ihre Mutter die Herren sich im Park ergehen. Da sagte Gravier zum Staatsanwalt: »Ist Ihnen aufgefallen, daß Madame de La Baudraye, die doch in einem Organdy-Kleid weggefahren ist, in einem Samtkleid wiedergekommen ist?«

»Als sie in Cosne in den Wagen stieg, ist ihr Kleid an einem Messingknopf der Kalesche hängengeblieben und von oben bis unten zerrissen«, antwortete Lousteau.

»Oh!« entfuhr es Gatien; der grausame Unterschied zwischen den beiden Erklärungen des Journalisten hatte ihn mitten ins Herz getroffen.

Lousteau, der mit dieser Überraschung Gatiens gerechnet hatte, nahm ihn beim Arm und drückte diesen, um ihm Stillschweigen anzubefehlen. Kurze Zeit danach ließ Lousteau die drei Anbeter Dinahs allein und bemächtigte sich des kleinen La Baudraye. Nun wurde Gatien ausgefragt, was während der Fahrt geschehen sei. Monsieur Gravier und Monsieur de Clagny waren wie vor den Kopf geschlagen, als sie vernahmen, Dinah sei auf der Rückfahrt von Cosne mit Lousteau allein gewesen; aber noch betroffener waren sie über die beiden Versionen des Parisers hinsichtlich des Kleiderwechsels. Daher war die Haltung der drei aus der Fassung geratenen Herren während des ganzen Abends recht beklommen. Am anderen Morgen schützte jeder von ihnen geschäftliche Angelegenheiten vor, die sie zwängen, Anzy zu verlassen, wo nun Dinah mit ihrer Mutter, ihrem Mann und Lousteau alleinblieb. Der Verdruß der drei Sancerrer erregte in der Stadt großen Lärm. Der Sturz der Muse des Berry, des Nivernais und des Morvan wurde von einer wahren Katzenmusik von übler Nachrede, Verleumdungen und unterschiedlichen Mutmaßungen begleitet, unter denen in erster Linie die Geschichte mit dem Organdy-Kleid figurierte. Nie zuvor hatte eine Toilette Dinahs einen solchen Erfolg gehabt und hatte mehr Aufmerksamkeit bei den jungen Damen erregt, die sich die Beziehungen zwischen Liebe und Organdy, über die alle verheirateten Frauen lachten, nicht zu erklären vermochten. Die Präsidentin Boirouge war wütend über das Mißgeschick ihres Gatien und vergaß die Lobreden, die sie an das Gedicht ›Paquita, die Sevillanerin‹ verschwendet hatte; sie schleuderte Blitz und Donner an schrecklichen Rügen wider eine Frau, die imstande gewesen sei, eine solche Infamie zu veröffentlichen. – »Die Unselige tut alles, was sie geschrieben hat!« sagte sie. »Vielleicht endet sie wie ihre Heldin . . .!« Es wurde mit Dinah in Sancerre verfahren wie mit dem Marschall Soult[155] in den Zeitungen der Opposition: solange er Minister ist, hat er die Schlacht bei Toulouse verloren; sobald er wieder in den Ruhestand tritt, hat er sie gewonnen! Solange Dinah tugendhaft gewesen war, hatte sie als eine Rivalin von Schriftstellerinnen wie Camille Maupin, als Rivalin der berühmtesten Frauen gegolten; aber nun sie glücklich war, wurde sie als eine ›Unglückliche‹, eine ›Verlorene‹ bezeichnet. Monsieur de Clagny verteidigte Dinah tapfer, er kam mehrfach nach Schloß Anzy, um das Recht zu haben, das Gerücht Lügen zu strafen, das über die im Umlauf war, die er nach wie vor anbetete, auch als Gefallene, und er beharrte dabei, daß es sich zwischen ihr und Lousteau um die Zusammenarbeit an einem großen Werk handele. Man machte sich über den Staatsanwalt lustig.

Der Oktober war bezaubernd, in den Tälern der Loire ist der Herbst die schönste Jahreszeit; aber im Jahre 1836 war er ganz besonders prächtig. Die Natur schien mit Dinahs Glück im Bunde zu sein; wie Bianchon es vorausgesagt hatte, gelangte sie stufenweise zu einer heftigen Liebe des Herzens. Innerhalb eines Monats wandelte die Schloßherrin sich völlig. Es wunderte sie, so viele reglose, eingeschlafene, bislang unnütze Fähigkeiten wieder zu entdecken. Lousteau wurde für sie zu einem Engel, denn die Liebe des Herzens, dies wahre Bedürfnis großer Seelen, hatte sie zu einer völlig neuen Frau gemacht. Dinah lebte! Sie hatte Verwendung für ihre Kräfte gefunden, sie entdeckte in ihrer Zukunft unerwartete Aussichten, sie war endlich glücklich, glücklich ohne Sorgen, ohne Fesseln. Das riesige Schloß, die Gärten, der Park, der Wald, all das war der Liebe so günstig! Lousteau begegnete bei Madame de La Baudraye einer Naivität der Empfindung, einer Unschuld, wenn man will, die sie zu etwas Einzigartigem machten: es war in ihr weit mehr Pikantes und Unvorhergesehenes als bei einem jungen Mädchen. Lousteau war empfänglich für ein Schmeichelwesen, das bei fast allen Frauen nur Komödie ist, das aber bei Dinah echt war: sie lernte von ihm die Liebe, er war ja in diesem Herzen der erste. Kurzum: er bemühte sich, über die Maßen liebenswürdig zu sein. Die Männer verfügen, wie die Frauen übrigens auch, über ein Repertoire an Rezitativen, an Kantilenen, an Nokturnen, an Motiven, an Reprisen (darf man sagen: Rezepten, obgleich es sich um die Liebe handelt?), die sie für ihr ausschließliches Eigentum halten. Menschen, die in Lousteaus Alter gelangt sind, versuchen geschickt, die einzelnen Nummern dieses schätzenswerten Vorrats über die Oper einer Leidenschaft zu verteilen; aber da der Pariser in seinem Abenteuer mit Dinah nur eine Zufallsliaison sah, wollte er die Erinnerung an sich mit unauslöschlichen Lettern in dieses Herz graben, und er verschwendete während dieses schönen Oktobers seine kokettesten Melodien und seine raffiniertesten Barkarolen. Mit einem Wort: er erschöpfte die Hilfsmittel der Inszenierung der Liebe, um einen der Ausdrücke des Theaterrotwelschs zu gebrauchen, der dieses Verhalten wunderbar wiedergibt. – »Wenn diese Frau mich je vergißt . . .!« sagte er sich manchmal, wenn er mit ihr nach einem langen Gang durch die Wälder zum Schloß zurückkehrte, »dann bin ich ihr deswegen nicht böse, weil sie dann etwas Besseres gefunden haben dürfte . . .!« Haben zwei Wesen beiderseits mit vertauschten Rollen die Duette dieser köstlichen Partitur gesungen und finden noch immer aneinander Gefallen, dann kann man sagen, daß sie einander wahrhaft lieben. Aber Lousteau hatte ja nicht die Zeit zu Wiederholungen, er gedachte, Anzy in den ersten Novembertagen zu verlassen, sein Feuilleton rief ihn nach Paris zurück. Nach dem Mittagessen am Tag vor der geplanten Abreise sahen der Journalist und Dinah den kleinen La Baudraye mit einem Künstler aus Nevers kommen, einem Restaurator von Skulpturen.

»Worum handelt es sich denn?« fragte Lousteau ,»was wollen Sie an Ihrem Schloß machen lassen?«

»Folgendes«, antwortete der kleine alte Herr und führte den Journalisten, seine Frau und den Provinzkünstler auf die Terrasse.

Er zeigte auf die Fassade, auf eine über der Eingangstür angebrachte, kostbare Kartusche, die von zwei Sirenen gehalten wurde; sie ähnelte derjenigen, die die jetzt zugemauerte Arkade schmückt, durch die man früher vom Quai des Tuileries aus in den Hof des alten Louvre gelangte und auf der zu lesen steht: ›Bibliothek des königlichen Kabinetts‹. Jene Kartusche zeigte das alte Wappen der d'Uxelles; sie trugen Gold und Rot, durch Balken geteilt, mit zwei roten Löwen rechts und zwei goldenen Löwen links als Schildhaltern; über dem Schild ein Ritterhelm, die Helmdecke in den Farben des Wappens und darüber die Herzogskrone. Alsdann die Devise: ›Cy paroist!‹, ein stolzer, klingender Spruch.

»Ich will das Wappen der Familie d'Uxelles durch das meine ersetzen lassen; und da jenes Wappen sich an den beiden Fassaden und den beiden Flügeln sechsmal wiederholt, ist das keine Kleinigkeit.«

»Dein Wappen ist von gestern«, rief Dinah, »und noch dazu nach 1830 . . .!«

»Habe ich nicht ein Majorat gegründet?«

»Ich würde es verstehen, wenn Sie Kinder hätten«, sagte der Journalist.

»Ach«, sagte der kleine alte Herr, »meine Frau ist noch jung, noch ist nicht aller Tage Abend.«

Diese Albernheit ließ Lousteau lächeln; er verstand Monsieur de La Baudraye nicht.

»Also, Didine«, flüsterte er Madame de La Baudraye zu, »wozu deine Gewissensbisse?«

Dinah bettelte um einen weiteren Tag, und die beiden Liebenden nahmen voneinander Abschied nach Art jener Theater, die zehnmal hintereinander die letzte Aufführung eines kassenfüllenden Stückes veranstalten. Aber wie viele Versprechungen wurden ausgetauscht! Wieviel feierliche Gelübde von Dinah gefordert und ohne weiteres von dem schamlosen Journalisten abgelegt! Mit der Überlegenheit einer überlegenen Frau brachte Dinah vor den Augen und mit Wissen der ganzen Gegend in Begleitung ihrer Mutter und des kleinen La Baudraye den Journalisten bis Cosne. Als zehn Tage danach Madame de La Baudraye die Herren de Clagny, Gatien und Gravier bei sich im Salon empfing, fand sie Mittel und Wege, kühn jedem der drei zu sagen: »Ich danke Monsieur Lousteau das Wissen, daß ich nicht um meinetwillen geliebt worden bin.« Und was für schöne Sermone ließ sie über die Männer vom Stapel, über die Natur ihrer Gefühle, über das Ziel ihrer verächtlichen Liebe, usw. Von Dinahs drei Liebhabern sagte Monsieur de Clagny als einziger zu ihr: »Ich liebe Sie *dennoch . . .!*« Deswegen erkor Dinah ihn zum Vertrauten und verschwendete an ihn alle Annehmlichkeiten der Freundschaft, wie die Frauen sie für Männer à la Gurth[156] überzuckern, die auf diese Weise das Halsband einer leidenschaftlich geliebten Sklaverei tragen.

Als Lousteau wieder in Paris war, verblaßte innerhalb weniger Wochen die Erinnerung an die schönen Tage auf Schloß Anzy. Und zwar aus folgendem Grunde. Lousteau lebte von seiner Feder. In diesem Jahrhundert, und zumal seit dem Triumph einer Bourgeoisie, die sich sorglich hütet, Franz I. und Ludwig XIV. nachzuahmen[157], ist das Leben von der Feder eine Arbeit, der sich zu unterziehen die Galeerensträflinge sich weigern würden; sie würden den Tod vorziehen. Von der Feder leben, heißt das nicht: schaffen müssen? Schaffen heute, morgen, immer . . . oder tun, als schaffe man; nun aber kommt der Schein ebenso teuer zu stehen wie die Wirklichkeit! Etienne arbeitete außer seinem Feuilleton für eine Tageszeitung, das wie ein Sisyphus-Felsblock war und jeden Montag auf die Fiedern seiner Feder niederfiel, noch an drei oder vier literarischen Blättern mit. Aber man beruhige sich! Er wandte an solcherlei Produktion kein künstlerisches Gewissen. Der Sancerrer gehörte durch seine

Leichtigkeit, seine Sorglosigkeit, wenn man will, zu der Gruppe von Schriftstellern, die als ›Schnellschreiber‹ oder als ›Leute vom Bau‹ bezeichnet werden. Für die Literatur bedeutet ›vom Bau sein‹ im Paris unserer Tage die Verweisung allen Ehrgeizes an eine beliebige Stelle. Wenn ein Schriftsteller nichts anderes mehr sein kann oder will, wird er Journalist und gibt klein bei. Man führt dann ein recht angenehmes Leben. Die Anfänger, die Blaustrümpfe, die Schauspielerinnen, die am Beginn oder am Ende ihrer Laufbahn stehen, die Autoren und Verleger liebkosen oder pflegen sorgsam diese Federn, die sich zu allem hergeben. Als Lousteau ein Lebemann geworden war, brauchte er als einzige Ausgabe gerade noch seine Miete zu bezahlen. Er hatte Logenplätze in allen Theatern. Der Verkauf der Bücher, die er besprach oder nicht besprach, ergab das Geld für seinen Handschuhmacher; deshalb pflegte er zu Autoren, die den Druck ihrer Bücher selber bezahlten, zu sagen: »Ich habe eure Bücher stets in der Hand.« Er erhob von der Eitelkeit einen Zoll in Gestalt von Zeichnungen und Bildern. Alle seine Tage waren mit Einladungen zum Essen ausgefüllt, seine Abende mit dem Theater, die Vormittage durch Freunde, durch Besuche, durch Schlendergänge. Sein Feuilleton, seine Artikel und die beiden Novellen, die er jährlich für Wochenblätter schrieb, waren die Steuer, die diesem glücklichen Leben auferlegt war. Dabei hatte Etienne zehn Jahre lang kämpfen müssen, bis er dahingelangt war. Jetzt endlich kannte ihn die ganze literarische Welt, er war beliebt um des Guten und des Schlechten willen, das er mit einwandfreier Gutartigkeit verbrach; er ließ sich einfach treiben und kümmerte sich nicht um die Zukunft. Er herrschte in einer Clique von Neulingen, er hatte Freundschaften, das heißt Gewohnheiten, die seit fünfzehn Jahren andauerten, Leute, mit denen er soupierte, dinierte und an denen er seinen Spaß hatte. Er verdiente monatlich etwa sieben- bis achthundert Francs, eine Summe, die bei der armen Leuten eigentümlichen Verschwendungssucht nicht ausreichte. Daher befand Lousteau sich zu jener Zeit in der gleichen Klemme wie in seinen Pariser Anfängen, als er sich gesagt hatte: »Wenn ich im Monat fünfhundert Francs hätte, wäre ich reich!« Dieses Phänomen hatte folgenden Grund. Lousteau wohnte in der Rue des Martyrs in einer hübschen Erdgeschoßwohnung mit

Garten, die prächtig möbliert war. Bei seinem Einzug im Jahre 1833 hatte er mit einem Tapezierer ein Abkommen getroffen, das lange Zeit hindurch seinem Wohlbefinden schadete. Deshalb waren die Monate Januar, April, Juli und Oktober, wie er sagte, dürftige Monate. Die Miete und die Rechnungen des Portiers rafften alles weg. Nichtsdestoweniger fuhr Lousteau in Kabrioletts, gab trotzdem an die hundert Francs für Mittagessen aus, rauchte für dreißig Francs Zigarren und brachte es nicht fertig, seinen jeweiligen Geliebten ein Abendessen oder ein Kleid zu verweigern. Er nahm so hohe Vorschüsse auf die stets ungewissen Einnahmen der nächsten Monate, daß er, als er monatlich sieben- bis achthundert Francs verdiente, genausowenig hundert Francs auf der hohen Kante hatte wie im Jahre 1822, als er kaum zweihundert Francs verdiente. Manchmal war Lousteau von den Wirbeln des literarischen Lebens erschöpft und der Lust überdrüssig wie eine Kurtisane; dann stieg er aus der Strömung heraus, setzte sich an die Uferböschung und sagte zu diesem oder jenem seiner Intimen, zu Nathan, zu Bixiou, während er hinten in seinem Gärtchen vor dem immer grünen, tischplatten großen Rasenstück eine Zigarette rauchte: »Wie werden wir enden? Die weißen Haare bringen uns noch ins Grab ...!« – »Pah! Wir heiraten, wenn wir uns mit unserer Eheschließung erst einmal befassen wie mit einem Drama oder einem Buch«, sagte Nathan. – »Und Florine?« entgegnete Bixiou. – »Wir haben alle eine Florine«, sagte Etienne, warf seinen Zigarrenstummel auf den Rasen und dachte an Madame Schontz. Madame Schontz war eine so hübsche Frau, daß sie die Nutznießung ihrer Schönheit sehr teuer verkaufen konnte, wobei das Eigentumsrecht Lousteau, ihrem Herzensfreund, vorbehalten blieb. Wie alle jene Frauen, die nach dem Namen der Kirche, um die herum sie sich angesiedelt haben, ›Loretten‹ genannt werden, wohnte sie in der Rue Fléchier, zwei Schritte von Lousteau entfernt. Jene Lorette fand einen eitlen Genuß darin, ihre Freundinnen durch die Behauptung zu verhöhnen, sie werde von einem Mann von Geist geliebt. Diese Einzelangaben über Lousteaus Leben und finanzielle Lage sind unumgänglich; denn sein Geldmangel und sein Bohème-Dasein, dem der Pariser Luxus unentbehrlich war, sollten auf grausame Weise Dinahs Zukunft beeinflussen. Diejenigen, die sich in der Pariser Bohème auskennen, werden jetzt verstehen, wie der wieder in sein literarisches Milieu eingetauchte Journalist unter Freunden und sogar mit Madame Schontz nach vierzehn Tagen über seine Baronin lachen konnte. Was nun aber diejenigen betrifft, die ein solches Verhalten infam finden könnten, so ist es nahezu überflüssig, ihnen mit unzulässigen Entschuldigungen aufzuwarten.

»Was hast du in Sancerre getrieben?« fragte Bixiou Lousteau, als sie einander wieder begegneten.

»Ich habe drei wackeren Provinzlern einen Gefallen getan, einem Steuereinnehmer, einem kleinen Vetter und einem Staatsanwalt«, antwortete er, »die um eine der hundertundein ›Zehnten Musen‹ herumstrichen, die die Départements zieren, ohne sie mehr anzurühren, als man eine hochgetürmte Nachspeise anrührt, bis ein Entschlossener ihr mit dem Messer zu Leibe geht . .«

»Armer Kerl!« sagte Bixiou. »Ich habe ja gleich gesagt, du gingest nach Sancerre, um da deinen Geist auf Grünfutter zu setzen.«

»Dein Witz ist ebenso abscheulich, wie meine Muse schön ist, mein Lieber«, entgegnete Lousteau. »Frag Bianchon.«

»Eine Muse und ein Dichter«, antwortete Bixiou, »dann ist dein Abenteuer also eine homöopathische Kur.«

Am zehnten Tag bekam Lousteau einen Brief mit dem Poststempel Sancerre.

»Gut! Gut!« dachte Lousteau. »›Geliebter Freund, Idol meines Herzens und meiner Seele . . .‹ Zwanzig handgeschriebene Seiten, täglich eine, und datiert ›um Mitternacht‹! Sie schreibt mir, wenn sie allein ist . . . Arme Frau. Haha! Ein Postskriptum: ›Ich wage nicht, Dich zu bitten, daß Du mir schreibst, wie ich es tue, nämlich alle Tage; aber ich hoffe doch, daß ich von meinem Vielgeliebten jede Woche ein paar Zeilen bekomme, um mich zu beruhigen . . .‹ – Schade, so etwas zu verbrennen! Es ist blendend geschrieben«, sagte sich Lousteau, als er die zehn Briefblätter gelesen hatte, und warf sie ins Kaminfeuer. »Diese Frau ist dazu geboren, ›Manuskript zu machen‹.«

Vor Madame Schontz hatte Lousteau nur wenig Angst; sie liebte ihn ja ›um seiner selbst willen‹; aber er hatte einen seiner Freunde aus dem Herzen einer Marquise verdrängt. Die Marquise, die ziemlich frei über sich verfügen konnte, kam manchmal unvermutet zu ihm, abends, per Droschke, verschleiert, und in ihrer Eigenschaft als Literatin erlaubte sie sich, in allen Schubfächern zu stöbern. Acht Tage später wurde Lousteau, der sich Dinahs kaum noch erinnerte, durch eine neue, umfängliche Sendung aus Sancerre aus der Fassung gebracht: acht Blätter! Sechzehn Seiten! Er hörte den Schritt einer Frau, meinte, die Marquise wolle wieder einmal eine Haussuchung veranstalten, und warf die entzückenden, köstlichen Liebesbeweise ins Feuer ... ungelesen!

»Das war ein Frauenbrief!« rief die eintretende Madame Schontz. »Papier und Wachs duften viel zu gut ...«

»Monsieur, da«, sagte ein Postbote und stellte im Flur zwei ungeheuer große Körbe ab. »Alles bezahlt. Wollen Sie bitte unterschreiben, hier ist meine Liste ...«

»Alles bezahlt?« rief Madame Schontz. »Das kann nur aus Sancerre kommen.«

»Stimmt, Madame«, sagte der Postbote.

»Deine Zehnte Muse ist eine hochintelligente Frau«, sagte die Lorette; sie hatte, während Lousteau unterschrieb, einen der Körbe ausgepackt. »Ich mag nun einmal Musen, die etwas vom Haushalt verstehen und die gleichzeitig Tintenkleckse und Wildpasteten machen. – Oh, die schönen Blumen ...!« rief sie, als sie den Deckel des zweiten Korbs abhob. »In ganz Paris gibt es keine schöneren ...! Was? Was? Ein Hase, Rebhühner, ein Rehrücken! Wir laden deine Freunde ein und veranstalten ein großartiges Abendessen; Athalie versteht sich besonders gut auf Rehbraten.«

Lousteau antwortete Dinah; aber anstatt mit dem Herzen zu antworten, erging er sich in Geistreicheleien. Der Brief wurde dadurch noch gefährlicher; er ähnelte einem Brief Mirabeaus an Sophie[158]. Der Stil wahrer Liebender ist durchsichtig. Er ist wie klares Wasser, das den Grund des Herzens zwischen zwei mit den Nichtigkeiten des Lebens geschmückten Ufern sehen läßt, Ufern, die die Blumen der Seele zieren, die jeden Tag geboren werden und deren Zauber berauschend ist, aber einzig für zwei Menschen. Wenn also ein Liebesbrief einem Dritten, der ihn liest, Freude macht, dann ist er ganz sicher dem Kopf und nicht dem

Herzen entsprungen. Aber Frauen lassen sich stets davon hinreißen, weil sie dann glauben, sie allein seien die Quelle einer solchen Fülle an Geist.

Gegen Ende Dezember las Lousteau Dinahs Briefe überhaupt nicht mehr; sie häuften sich in einem stets offenen Schubfach seiner Kommode auf seinen Hemden und parfümierten sie. Da nun aber bot sich Lousteau einer der Zufälle, bei denen die Bohémiens mit beiden Händen zugreifen müssen. Um die Mitte jenes Monats hatte Madame Schontz, die großen Anteil an Lousteau nahm, ihn bitten lassen, er möge doch eines Morgens aus geschäftlichen Gründen bei ihr vorsprechen.

»Mein Lieber, du kannst heiraten«, sagte sie zu ihm.

»Oft, Beste, glücklicherweise!«

»Wenn ich sage: heiraten, dann handelt es sich um eine gute Partie. Du bist frei von Vorurteilen, ich brauche dir nichts zu verschleiern: also hör zu. Eine junge Person hat einen Fehltritt begangen, und die Mutter weiß nicht einmal etwas vom ersten Kuß. Der Vater ist ein anständiger, ehrbarer Notar; er ist so klug gewesen, nichts bekannt werden zu lassen. Er will seine Tochter innerhalb von vierzehn Tagen verheiraten, er gibt eine Mitgift von hundertfünfzigtausend Francs, er hat nämlich noch drei andere Kinder; aber ... gar nicht dumm! ... er gibt unter der Hand noch zusätzlich hunderttausend, um den ›kleinen Fehler‹ auszugleichen. Es handelt sich um eine alteingesessene Pariser Bürgerfamilie aus der Gegend um die Rue des Lombards ...«

»Na, und warum heiratet der Liebhaber sie nicht?«

»Tot.«

»Was für ein Roman! Nur noch in der Rue des Lombards vollzieht sich so etwas auf diese Weise ...«

»Du glaubst doch nicht etwa, ein eifersüchtiger Bruder hätte den Verführer umgebracht ...? Der junge Mann ist ganz einfach an einer Brustfellentzündung gestorben; er hat sie sich auf dem Heimweg vom Theater zugezogen. Er war Bürovorsteher, war vollkommen mittellos und hat die Tochter verführt, um die Praxis zu bekommen. Eine Rache des Himmels!«

»Woher weißt du das alles?«

»Von Malaga[159]. Der Notar ist ihr Freund.«

»Was? Dann handelt es sich also um Cardot, den Sohn des

bezopften und gepuderten kleinen alten Herrn, um Florentines ersten Liebhaber . . .?«

»Um eben jenen. Malaga hat als Liebhaber einen kleinen, achtzehnjährigen Grashüpfer von Musiker, und den kann sie bei diesem Alter mit dem besten Willen nicht verheiraten; sie hat überdies noch keinen Grund, ihm zu zürnen. Außerdem will Monsieur Cardot jemanden von mindestens dreißig Jahren haben. Ich meine, der Notar würde sich sehr geschmeichelt fühlen, wenn er eine Berühmtheit als Schwiegersohn bekäme. Also überleg dir die Sache einmal, mein Junge. Du bezahlst deine Schulden, bekommst zwölftausend Francs Zinsen und brauchst dich nicht anzustrengen, Vater zu werden: das sind doch Vorteile! Alles in allem heiratest du eine ›tröstliche‹ Witwe. Das Haus bringt fünfzigtausend Francs ein, ganz abgesehen von der Praxis; du könntest also eines Tages mindestens weitere fünfzehntausend Francs Zinsen haben, und du gehörst dann einer Familie an, die, was das Politische betrifft, sehr gut dasteht. Cardot ist der Schwager des alten Camusot, des Abgeordneten, der so lange ein Verhältnis mit Fanny Beaupré gehabt hat.«

»Ja«, sagte Lousteau, »Camusot senior hat die älteste Tochter des verstorbenen Väterchens Cardot geheiratet; die beiden haben ihre Lustfahrten gemeinsam unternommen.«

»Na also!« sprach Madame Schontz weiter, »Madame Cardot, die Notarin, ist eine geborene Chiffreville; die Chiffrevilles sind Fabrikanten chemischer Produkte, und das ist doch die heutige Aristokratie, der Pottaschenadel! Das nämlich ist die Kehrseite: du bekommst eine scheußliche Schwiegermutter . . . ja, ja, eine Frau, die es fertigbrächte, ihre Tochter umzubringen, wenn sie wüßte, in welchem Zustand sie ist . . . Diese Cardot ist eine Betschwester, sie hat Lippen wie zwei verschossene rosa Seidenbänder . . Ein Lebemann wie du würde von dieser Frau niemals gutgeheißen werden; in der besten Absicht würde sie deinen Junggesellenhaushalt durchstöbern und deine ganze Vergangenheit herausbekommen; aber Cardot will, wie er gesagt hat, Gebrauch von seiner väterlichen Gewalt machen. Der arme Mann ist gezwungen, ein paar Tage lang nett zu seiner Frau zu sein, einer Frau, die aus Holz ist, mein Lieber; Malaga hat sie einmal kennengelernt und sagt, sie sei ein Bußstriegel. Cardot ist vierzig, er wird in seinem Arrondissement Bürgermeister und vielleicht gar Abgeordneter. Er erbietet sich, anstelle der hunderttausend Francs ein hübsches Haus mit Hof und Garten in der Rue Saint-Lazare zu geben, das ihn während der Wirren im Juli bloß sechzigtausend Francs gekostet hat; er tut, als wolle er es dir verkaufen, um dir Gelegenheit zu geben, bei ihm aus und ein zu gehen, die Tochter kennenzulernen und das Wohlgefallen der Mutter zu erregen ... Damit bekämst du in den Augen der Madame Cardot ein Plus. Kurzum, du würdest in jenem kleinen, noblen Haus leben wie ein Fürst. Auf die Fürsprache Camusots hin läßt du dich zum Bibliothekar eines Ministeriums ernennen, wo es keine Bücher gibt. Wenn du dann dein Geld als Kaution in einer Zeitung anlegst, bekommst du zehntausend Francs Zinsen, du verdienst ohnehin sechs, deine Bibliothekarsstelle bringt dir vier ein ... Finde einmal etwas Besseres! Heiratest du ein makelloses Lamm, so könnte es sich innerhalb von zwei Jahren in eine leichtfertige Frau verwandeln ... Was bekommst du denn? Eine vorausgezahlte Dividende. Das ist jetzt Mode! Wenn du auf mich hören willst, dann komm morgen zum Abendessen zu Malaga. Da lernst du dann deinen Schwiegervater kennen, er erfährt von der Indiskretion, die natürlich Malaga begangen hat; der kann er nicht böse sein, und dann kannst du mit ihm machen, was du willst. Was nun deine künftige Frau betrifft ... Na: ihr Fehltritt gestattet dir, auch weiterhin als Junggeselle zu leben ...«

»Du redest so unverfroren einher wie eine Kanonenkugel.«

»Ich habe dich um deinetwillen lieb, damit du's weißt, und ich kann nachdenken. Warum sitzt du da wie ein Abd-el-Kader[160] aus Wachs? Da gibt es nichts zu überlegen. Bei der Ehe geht es nun einmal um Kopf oder Schrift. Soll es bei dir Schrift sein?«

»Du sollst meine Antwort morgen haben«, sagte Lousteau.

»Ich hätte sie lieber auf der Stelle; dann könnte Malaga heute abend die Sache für dich ins reine bringen.«

»Na, dann gut: ja ...«

Lousteau verbrachte den Abend damit, der Marquise einen langen Brief zu schreiben, in dem er ihr die Gründe auseinandersetzte, die ihn zwängen zu heiraten: seine beständige Notlage, die Trägheit seiner Phantasie, sein weißes Haar, seine geistige und körperliche Erschöpfung, kurz und gut: vier Seiten Begründungen. – »Und Dinah, der schicke ich die Verlobungsanzeige«, sagte er sich. »Wie Bixiou sagt: ich habe nicht meinesgleichen, wenn es gilt, einer Leidenschaft den Schwanz abzuschneiden ...« Lousteau, der anfangs sich selbst gegenüber Umstände gemacht hatte, war am folgenden Tag dahingelangt, daß er ein Fehlschlagen dieser Eheschließung befürchtete. Daher war er zu dem Notar ganz reizend.

»Ich habe«, sagte er zu ihm, »Ihren Herrn Vater bei Florine kennengelernt, und Sie lerne ich nun bei Mademoiselle Turquet kennen. Väterchen Cardot, denn (entschuldigen Sie) so nannten wir ihn, war ein guter Kerl und ein Philosoph. Zu jener Zeit waren Florine, Florentine, Tullia, Coralie und Mariette wie die fünf Finger einer Hand ... Das ist jetzt fünfzehn Jahre her. Sie verstehen wohl, daß ich jetzt keine Dummheiten mehr zu machen brauche ... Zu jener Zeit gingen die Liebesfreuden mit mir durch; heute jedoch habe ich Ehrgeiz; aber wir leben in einer Zeit, da man, um es zu etwas zu bringen, schuldenfrei sein und ein Vermögen und Frau und Kinder haben muß. Wenn ich den Census bezahle, wenn ich der Besitzer meiner Zeitung bin, anstatt nur ihr Redakteur zu sein, dann werde ich Abgeordneter wie so viele andere!«

Dem Notar Cardot gefiel dieses Glaubensbekenntnis. Lousteau hatte alle seine Trümpfe ausgespielt; er gefiel dem Notar, der sich, was unschwer zu begreifen ist, einem Mann gegenüber, der Einblick in die Geheimnisse des Lebenswandels seines Vaters gehabt hatte, ungezwungener benehmen konnte als gegenüber jedem anderen. Am nächsten Tage wurde Lousteau als der Käufer des Hauses in der Rue Saint-Lazare der Familie Cardot vorgestellt, und drei Tage danach aß er dort zu Abend.

Cardot wohnte in einem alten Haus in der Nähe der Place du Châtelet. Alles bei ihm war protzig. Aus Sparsamkeit jedoch waren die geringsten Vergoldungen mit grüner Gaze verhüllt. Die Möbel waren mit Überzügen bedeckt. Wenn man auch keinerlei Besorgnisse über das Vermögen der Familie empfand, so empfand man doch nach der ersten halben Stunde den Drang zu gähnen. Auf allen Möbeln hockte die Langeweile. Die Draperien hingen traurig herab. Das Eßzimmer ähnelte dem Harpagons[161]. Auch wenn Lousteau nicht schon vorher mit Malaga bekannt gewesen wäre, hätte er beim bloßen Anblick dieser Wohnung erraten, daß sich das eigentliche Leben des Notars auf einer anderen Bühne abspielte. Der Journalist erblickte eine große, blonde junge Dame mit blauen Augen, die zugleich schüchtern und schmachtend war. Er gefiel dem ältesten Bruder; dieser war vierter Schreiber im Notariatsbüro; der literarische Ruhm lockte ihn in seine Fallstricke; er sollte der Nachfolger Cardots werden. Die jüngere Schwester war zwölf Jahre alt. Lousteau setzte eine leicht jesuitische Miene auf, spielte der Mutter gegenüber den Frommen und monarchistisch Eingestellten, war nüchtern, zukkersüß, gesetzt und geflissentlich.

Drei Wochen nach der Vorstellung, beim vierten Abendessen, reichte Félicie Cardot, die Lousteau während der ganzen Zeit aus dem Augenwinkel eingehend beobachtet hatte, ihm in einer Fensternische seine Tasse Kaffee und sagte leise, Tränen in den Augen, zu ihm: »Mein ganzes Leben, Monsieur, soll dazu dienen, Ihnen zu danken, daß Sie sich eines armen Mädchens annehmen . . .«

Lousteau war gerührt; es hatte so vielerlei in Blick, Betonung und Haltung gelegen. – »Einen anständigen Menschen würde sie glücklich machen«, dachte er und drückte ihr statt aller Antwort die Hand.

Madame Cardot erblickte in ihrem Schwiegersohn einen Mann von großer Zukunft; unter allen schönen Eigenschaften jedoch, die sie bei ihm vermutete, war sie von seiner Moral begeistert. Auf eine Einflüsterung des mit allen Wassern gewaschenen Notars hin hatte Etienne sein Wort gegeben, weder ein uneheliches Kind noch eine Liebschaft zu haben, die die Zukunft der lieben Félicie hätte gefährden können.

»Sie mögen es meinetwegen etwas übertrieben von mir finden«, sagte die Betschwester zu dem Journalisten, »aber wenn man eine Perle wie meine Félicie einem Manne schenkt, muß man über ihre Zukunft wachen. Ich gehöre nicht zu den Müttern, die selig sind, wenn sie ihre Töchter loswerden. Mein Mann ist moderner eingestellt, er drängt auf die Heirat seiner Tochter, am liebsten sähe er sie schon unter der Haube. Nur in bezug darauf sind wir verschiedener Meinung ... Obgleich man bei einem Mann wie Ihnen, einem Literaten, dessen Jugend vor dem heutigen Sittenverfall durch Arbeit bewahrt worden ist, sicher sein kann, würden Sie dennoch über mich hohnlachen, wenn ich meine Tochter mit geschlossenen Augen verheiratete. Ich weiß zwar, daß Sie kein Unschuldslamm sind, und das würde ich um meiner Félicie willen auch sehr bedauern (das wurde ihm ganz leise gesagt), aber wenn Sie Verhältnisse hätten ... Hören Sie, Sie haben doch sicher von Madame Roguin gehört, der Frau eines Notars, der leider zum Schaden unseres Berufsstandes eine so traurige Berühmtheit erlangt hat. Madame Roguin ist, und zwar schon seit 1820, mit einem Bankier liiert ...«

»Ja, mit Du Tillet«, antwortete Etienne; er biß sich auf die Zunge, als er die Unvorsichtigkeit bedachte, mit der er zugestanden hatte, Du Tillet zu kennen.

»Würden Sie, Monsieur, wenn Sie Mutter wären, nicht zittern bei dem Gedanken, ihre Tochter könne das Schicksal der Madame du Tillet erleiden? In ihrem Alter und als eine geborene de Granville als Nebenbuhlerin eine Frau von über fünfzig zu haben ...! Lieber sähe ich meine Tochter tot als sie einem Manne zu geben, der Beziehungen mit einer verheirateten Frau unterhielte ... Eine Grisette, eine Frau vom Theater, die kann man nehmen und dann wieder abschieben! Solche Frauen sind meiner Meinung nach nicht gefährlich, für sie ist die Liebe ein Gewerbe, sie klammern sich an niemanden an, einer verloren, zwei neue gefunden ...! Aber eine Frau, die gegen ihre Pflicht verstoßen hat, muß an ihrer Sünde festhalten, sie ist lediglich durch ihre Beständigkeit entschuldbar, sofern ein solches Verbrechen überhaupt entschuldbar ist! So wenigstens fasse ich den Fehltritt einer Dame von Rang auf, und eben das macht ihn so furchtbar ...«

Anstatt dem Sinn dieser Worte auf den Grund zu gehen, scherzte Etienne bei Malaga darüber, zu der er sich mit seinem künftigen Schwiegervater begeben hatte; denn der Notar und der Journalist standen auf bestem Fuß miteinander. Lousteau hatte sich bereits vor seinen intimen Freunden als ein wichtiger Mann aufgespielt: endlich werde sein Leben einen Sinn bekommen, der Zufall habe ihn gehätschelt, in wenigen Tagen werde er der Eigentümer eines reizenden kleinen Hauses in der Rue Saint-Lazare sein; er werde heiraten, und zwar eine entzükkende Frau, er bekomme rund zwanzigtausend Francs Zinsen; er könne seinem Ehrgeiz freie Bahn schaffen; die junge Dame liebe ihn, er sei künftig mit mehreren hochangesehenen Familien verwandt ... Kurzum, er schwamm mit vollen Segeln auf dem blauen See der Hoffnung. Madame Cardot hatte den Wunsch geäußert, die Stiche zu ›Gil Blas‹[162] zu sehen, einem der illustrierten Bücher, die der französische Buchhandel damals herausbrachte, und Lousteau hatte am Abend zuvor die ersten Lieferungen Madame Cardot übergeben. Die Notarin hatte dabei einen bestimmten Plan im Sinn; sie hatte sich das Buch nur geliehen, um es zurückzubringen; sie hatte einen Vorwand haben wollen, unvermutet bei ihrem künftigen Schwiegersohn ins Haus zu fallen. Beim Anblick jenes Junggesellenhaushalts, den ihr Mann ihr als ganz reizend geschildert hatte, würde sie mehr erfahren, wie sie sagte, als ihr über Lousteaus Lebensführung erzählt worden sei. Ihre Schwägerin, Madame Camusot, die von dem fatalen Geheimnis nichts wußte, hegte dieser Heirat wegen Befürchtungen für ihre Nichte. Monsieur Camusot, Rat am königlichen Gericht, ein Sohn aus erster Ehe, hatte seiner Schwiegermutter Madame Camusot, der Schwester des Notars Cardot, wenig schmeichelhafte Dinge über den Journalisten mitgeteilt. Lousteau, dieser geistvolle Mensch, fand nichts Ungewöhnliches dabei, daß die Frau eines reichen Notars sich einen Band, der fünfzehn Francs kostete, erst einmal ansehen wollte, ehe sie ihn kaufte. Nie läßt ein Geistiger sich dazu herab, sich die Bürgersleute genau anzuschauen, die ihm durch diese Unachtsamkeit entschlüpfen; und während er sich über sie lustig macht, finden sie Zeit, ihm den Hals umzudrehen. So nahmen denn also in den ersten Januartagen 1837 Madame Cardot und ihre Tochter eine Stadtdroschke und fuhren nach der Rue des Martyrs, um Félicies Zukünftigem die Lieferungen des ›Gil Blas‹ zurückzugeben; beide waren hell begeistert, daß sie Lousteaus Wohnung zu sehen bekämen. Dergleichen Haussuchungen sind bei den alten, bürgerlichen Familien durchaus üblich. Etiennes Portier war nicht da; aber als seine Tochter von der würdigen Bourgeoise hörte, sie spreche mit der Schwiegermutter und der Verlobten Monsieur

Lousteaus, lieferte sie den beiden den Wohnungsschlüssel um so bereitwilliger aus, als Madame Cardot ihr ein Goldstück in die Hand drückte. Es war fast Mittag, die Stunde, zu der der Journalist vom Essen im Café Anglais nach Hause kam. Als Lousteau das Wegstück zwischen Notre-Dame-de-Lorette und der Rue des Martyrs durchschritt, sah er zufällig eine Droschke die Rue du Faubourg-Montmartre hinaufkommen und vermeinte eine Vision zu haben, als er darin Dinahs Gesicht gewahrte! Er blieb, zu Eis erstarrt, stehen, als er tatsächlich seine Dinah am Wagenfenster vorfand.

»Was hast du denn hier zu suchen?« rief er.

Bei einer Frau, die man abschieben will, war das ›Sie‹ nicht angebracht.

»Ja, mein Geliebter«, rief sie, »hast du denn meine Briefe nicht gelesen ...?«

»Doch«, antwortete Lousteau.

»Na und?«

»Na und?«

»Du bist Vater«, sagte die Provinzlerin.

»Quatsch!« rief er, ohne das Barbarische dieses Ausrufs zu bedenken. »Na ja«, dachte er, »jetzt muß sie auf die Katastrophe vorbereitet werden ...«

Er bedeutete dem Kutscher zu halten, reichte Madame de La Baudraye die Hand und ließ den Kutscher mit dem Wagen voller Koffer zurück, wobei er sich gelobte, die Frau mitsamt ihrem Gepäck schleunigst wieder dahin zu schicken, woher sie gekommen war.

»Monsieur! Monsieur!« rief die kleine Paméla.

Das Kind war intelligent und wußte, daß drei Frauen einander in einer Junggesellenwohnung nicht begegnen dürfen.

»Schon gut! Schon gut!« sagte der Journalist und zog Dinah mit sich fort.

Da glaubte Paméla, diese unbekannte Frau sei eine Verwandte, fügte aber trotzdem hinzu: »Der Schlüssel steckt in der Tür, Ihre Schwiegermutter ist drin!«

In seiner Verwirrung und die Myriaden von Phrasen im Ohr, mit denen Madame de La Baudraye ihn überschüttete, verstand Etienne: »Meine Mutter ist drin«, das einzige, was für ihn möglich war, und er ging hinein. Seine Verlobte und die Schwiegermutter, die gerade im Schlafzimmer waren, versteckten sich in einem Winkel, als sie Etienne mit einer Frau erblickten.

»Endlich, mein Etienne, mein Engel, bin ich dein fürs Leben«, rief Dinah, fiel ihm um den Hals und erdrückte ihn fast, während er den Schlüssel von innen ins Schloß steckte. »Das Leben auf Schloß Anzy ohne dich war eine beständige Todesqual, ich konnte es nicht länger aushalten, und an dem Tag, da ich habe aussprechen müssen, was mich glücklich macht, ja, da habe ich nicht mehr die Kraft dazu gehabt. Ich bringe dir deine Frau und dein Kind! Ach, daß du mir nicht geschrieben, daß du mich zwei Monate lang ohne Nachricht gelassen hast . . .!«

»Aber Dinah, du bringst mich in eine Verlegenheit . . .«

»Liebst du mich . . .?«

»Wie sollte ich dich nicht lieben . . .? Aber wäre es nicht besser gewesen, wenn du in Sancerre geblieben wärst . . .? Ich lebe hier im größten Elend, und ich habe Angst, es dich teilen zu lassen . . .«

»Dein Elend soll ein Paradies für mich sein. Ich will hier leben, und zwar für alle Zeit . . .«

»Mein Gott, so etwas klingt sehr schön, aber . . .« Dinah setzte sich und brach in Tränen aus, als sie diese brutal hingesprochene Redensart hörte. Diesem Ausbruch konnte Lousteau nicht widerstehen, er schloß die Baronin in die Arme und küßte sie. – »Weine nicht, Didine!« rief er. Als er das hervorstieß, gewahrte der Feuilletonist im Spiegel das Phantom der Madame Cardot, die vom Schlafzimmer her zu ihm hinsah. – »Komm, Didine, geh selber mit Paméla und laß deine Koffer abladen«, sagte er leise zu ihr. »Weine doch nicht, wir werden glücklich.« Er brachte sie zur Tür und trat dann vor die Notarsgattin, um den Sturm zu beschwören.

»Monsieur«, sagte Madame Cardot zu ihm, »ich beglückwünsche mich dazu, daß ich selber die Wohnung dessen habe sehen wollen, der mein Schwiegersohn hat werden sollen. Und sollte meine Félicie darüber sterben, sie wird niemals die Frau eines Mannes wie Sie. Sie müssen ja für das Glück Ihrer Didine sorgen, Monsieur.«

Und damit rauschte die Betschwester hinaus und nahm Félicie

mit, die ebenfalls weinte, da sie sich an Lousteau gewöhnt hatte. Die fürchterliche Madame Cardot stieg wieder in ihre Stadtdroschke und blickte mit herausfordernder Starrheit auf die arme Dinah, die noch immer den Dolchstich des »So etwas klingt sehr schön« spürte, die aber dennoch, wie alle liebenden Frauen, an das »Weine nicht, Didine!« glaubte. Lousteau, dem es durchaus nicht an jener Entschlußkraft fehlte, die die Wechselfälle eines bewegten Lebens einem zuteil werden lassen, sagte sich: »Didine ist von Natur edelmütig; hat sie erst einmal von meiner Heirat erfahren, dann opfert sie sich für meine Zukunft, und ich weiß schon, wie ich es anfangen muß, sie darüber in Kenntnis zu setzen.« Begeistert, eine List gefunden zu haben, deren Erfolg ihm gewiß zu sein schien, fing er nach einer bekannten Melodie an, umherzutanzen: »Larifla, fla, fla! – Wenn dann Dinah erst wieder verladen ist«, fuhr er im Selbstgespräch fort, »mache ich bei Mama Cardot einen Besuch und warte ihr mit einem Roman auf: ich hätte ihre Félicie in Saint-Eustache verführt . . . Félicie, die sich aus Liebe vergangen habe, trage im Schoß das Unterpfand eines Glücks, und . . . larifla, fla, fla . . .! Der Vater kann mich nicht Lügen strafen, fla, fla . . . die Tochter auch nicht . . . larifla! Ergo sind der Notar, seine Frau und seine Tochter über den Löffel barbiert, larifla, fla, fla! . . .« Zu ihrem größten Erstaunen überraschte Dinah Etienne bei seinem unzeitigen Tanz.

»Dein Kommen und unser Glück machen mich trunken vor Freude«, sagte er zu ihr und erklärte auf diese Weise diese plötzliche Aufwallung.

»Und ich habe geglaubt, du liebtest mich nicht mehr«, rief die arme Frau, ließ die Reisetasche fallen, die sie mitgebracht hatte, warf sich in einen Sessel und weinte vor Freude.

»Laß dich häuslich nieder, mein Engel«, sagte Etienne und lachte sich heimlich ins Fäustchen, »ich habe ein paar Zeilen zu schreiben, um mich von einer Junggesellenieskapade freizumachen; ich will ganz dir gehören. Verfüg über alles, du bist hier zu Hause.«

Etienne schrieb an Bixiou.

»Mein Lieber, meine Baronin ist mir ins Haus gefallen und wird meine Heirat zunichte machen, wenn wir nicht eine der bekanntesten Listen aus den tausendundein Vaudevilles im ›Gymnase‹ inszenieren. Ich verlasse mich also auf Dich, daß Du als Molièrescher Greis herkommst und Deinen Neffen Léandre[163] seiner Dummheit wegen ausschimpfst, während die Zehnte Muse unsichtbar in meinem Schlafzimmer sitzt; es handelt sich darum, sie bei der Sentimentalität zu packen, leg dich gehörig ins Zeug, sei boshaft, kränke sie. Was mich betrifft, Du verstehst, so werde ich blinde Ergebenheit vorspiegeln; ich werde mich taub stellen und Dir also das Recht einräumen zu schreien[164]. Komm, wenn Du kannst, um sieben.

Ganz der Deine
E. Lousteau.«

Als Lousteau diesen Brief durch einen Dienstmann auf den Weg zu dem Mann in Paris geschickt hatte, der am meisten Spaß an den losen Streichen hatte, die die Künstler ›Chargen‹, improvisierte Zusätze, nennen, schien er es eilig zu haben, die Muse von Sancerre in seiner Behausung unterzubringen; er befaßte sich mit der Aufstellung aller Sachen, die sie mitgebracht hatte und informierte sie mit so vollkommener Biedermannsmiene, mit einer Freude, die in Worten und Zärtlichkeiten überschwenglich war, über die Menschen und Dinge in der Wohnung, daß Dinah glauben mußte, sie sei die meistgeliebte Frau der Welt. Diese Wohnung, in der auch die kleinsten Dinge den Stempel der Mode trugen, gefiel ihr weit besser als ihr Schloß Anzy. Paméla Migeon, das intelligente vierzehnjährige Mädchen, wurde von dem Journalisten befragt, ob sie die Zofe der imposanten Baronin werden wolle. Die entzückte Paméla trat ihren Dienst sofort an, und das erste war, daß sie bei einem Boulevard-Restaurateur das Abendessen bestellte. Dinah durchschaute jetzt, welcher Mangel unter dem rein äußerlichen Luxus dieser Junggesellenwohnung verborgen lag, da sie kein einziges von den zum Leben notwendigen Gerätschaften wahrnahm. Während sie Besitz von Schränken und Kommoden ergriff, schmiedete sie die reizendsten Pläne; sie wollte Lousteaus Gepflogenheiten ändern, sie wollte ihn daran gewöhnen, daheim zu bleiben, sie wollte ihm seine Häuslichkeit behaglicher gestalten. Das Neue ihrer Lage verbarg deren schlimme Seiten vor Dinah; sie erblickte in gegenseitiger Liebe die Absolution ihrer Sünde, und ihr Blick reichte noch nicht über diese Wohnung hinaus. Paméla, deren Intelligenz derjenigen einer Lorette gleichkam, ging stracks zu Madame Schontz, um sie um Tischsilber zu bitten, wobei sie ihr erzählte, was Lousteau zugestoßen war. Madame Schontz stellte Paméla alles zur Verfügung und eilte zu Malaga, ihrer besten Freundin, damit Cardot von dem Unglück erfahre, das seinem künftigen Schwiegersohn zugestoßen war. Der Journalist beunruhigte sich nicht über die Krise, die seiner Eheschließung drohte; er wurde immer liebenswürdiger zu der Provinzlerin. Das Abendessen bot Gelegenheit zu köstlichen Kindereien unter Liebenden, die frei geworden sind und glücklich, endlich sich selbst zu gehören. Nach dem Kaffee, als Lousteau seine Dinah auf dem Schoß hatte und am Kamin saß, kam Paméla ganz bestürzt herein.

»Monsieur Bixiou ist da! Was soll ihm gesagt werden?« fragte sie.

»Geh ins Schlafzimmer«, sagte der Journalist zu seiner Geliebten, »den bin ich bald wieder los, er ist einer meiner besten Freunde; übrigens muß ich ihm die Neugestaltung meines Lebens eingestehen.«

»Oh! Oh! Zwei Gedecke und ein dunkelblauer Samthut!« rief der Spießgeselle ... »da will ich lieber wieder gehen ... Das kommt eben dabei heraus, wenn man heiratet, man feiert Abschied. Wie reich kommt man sich vor, wenn man eine Ortsveränderung vornimmt, nicht wahr?«

»Heirate ich etwa?« fragte Lousteau.

»Wieso? Willst du jetzt vielleicht nicht mehr heiraten?« rief Bixiou.

»Nein!«

»Nein? Was fällt dir eigentlich ein? Du wirst doch nicht etwa Dummheiten machen? Was ...? Du, der du durch ein Geschenk des Himmels zwanzigtausend Francs Zinsen aufgetrieben hast, ein hochnobles Stadthaus, eine Frau, die einer der besten großbürgerlichen Familien angehört, kurz und gut: eine Frau aus der Rue des Lombards ...«

»Genug, genug, Bixiou, alles aus und vorbei, geh jetzt bitte!«

»Gehen soll ich? Ich habe Freundschaftsrechte, und die mißbrauche ich! Was ist passiert?«

»Folgendes: die Dame aus Sancerre fühlt sich Mutter, und wir wollen bis ans Ende unserer Tage zusammenleben und glücklich sein ... Du hättest es morgen ohnehin erfahren, also sage ich es dir lieber schon heute.«

»Da fällt mir ja eine ganze Anzahl von Schornsteinen auf den Kopf, wie Arnal[165] sagt. Wenn diese Frau dich um deiner selbst willen liebt, mein Lieber, dann muß sie wieder nach dahin zurück, wo sie herkommt. Hat je eine Provinzlerin in Paris seefest bleiben können? Deine sämtlichen Eitelkeiten werden durch sie bittere Schmerzen leiden. Hast du denn vergessen, was eine Provinzlerin ist? Durch sie wird das Glück zu etwas ebenso Ärgerlichem und Langweiligem wie das Unglück, sie wird mehr Talent zum Vermeiden aller Eleganz entwickeln, als die Pariserin daransetzt, sie zu erfinden. Hör einmal zu, Lousteau: ich begreife schließlich, daß die Leidenschaft dich vergessen läßt, in welcher Zeit wir leben; aber ich, dein Freund, trage keine mythologische Binde vor den Augen ... Na, also: mach dir deine Lage klar! Seit fünfzehn Jahren tummelst du dich in der literarischen Welt, du bist nicht mehr jung, du hast dir die Sohlen durchgelaufen, so sehr hast du laufen müssen ...! Ja, Mann Gottes, du machst es wie die Pariser Gassenbuben, die ihre Strümpfe umkrempeln, damit man die Löcher nicht sieht; was an der Wade sitzen sollte, trägst du über den Hacken. Kurzum: deine Witze haben einen Bart. Was du einherredest, ist bekannter als ein Geheimmittel ...«

Jetzt sage ich dir, wie der Regent zum Kardinal Dubois: ›Jetzt aber Schluß mit den Fußtritten!‹[166]« sagte Lousteau sehr leise.

»Haha, du alter Jüngling«, antwortete Bixiou, »jetzt spürst du das Messer des Operierenden in der Wunde. Du hast dich verausgabt, nicht wahr? Na, und was hast du im Feuer der Jugend und unter dem Druck der Not verdient? Du gehörst nicht zur Prominenz und nennst keine tausend Francs dein eigen. Soviel über deine materielle Lage. Könntest du bei abnehmenden Kräften mit deiner Feder einen Haushalt aufrechterhalten, wenn deine Frau, sofern sie anständig ist, nicht die Hilfsquellen einer Lorette hat, einen Tausendfrancsschein aus den Tiefen hervorzuziehen, in denen der Mann sie festhält? Du begibst dich in die unterste Versenkung der sozialen Bühne ... Das ist nur die finanzielle Seite. Wollen wir uns einmal die politische anschauen? Wir gondeln in einer ihrem Wesen nach bürgerlichen Epoche herum, wo Ehre, Tugend, Takt, Talent, Wissen, Genie mit einem Wort, darin bestehen, seine Rechnungen zu bezahlen, niemandem etwas zu schulden und seine Geschäftchen rechtschaffen durchzuführen. Lebt in geordneten Verhältnissen, seid dezent, habt Frau und Kind, zahlt pünktlich Miete und Steuern, zieht auf Wache, seid wie alle Füsiliere eurer Kompanie, dann könnt ihr nach allem streben, Minister werden, und du hast Möglichkeiten, weil du kein Montmorency[167] bist! Du könntest alle erforderlichen Bedingungen erfüllen, um Politiker zu werden, du könntest alle Schmutzereien begehen, die für die Erlangung eines Amts notwendig sind, und sogar den Durchschnittsmenschen spielen; dabei würdest du beinahe natürlich wirken. Und um einer Frau willen, die dich am Ende aller ewigen Leidenschaften, also nach drei, fünf oder sieben Jahren, sitzen ließe, nachdem sie deine letzten intellektuellen und physischen Kräfte verbraucht hat, kehrst du der heiligen Familie in der Rue des Lombards, einer ganzen politischen Zukunft, dreißigtausend Francs Zinsen, einer gesellschaftlichen Stellung den Rücken ...? Soll so ein Mann enden, der keine Illusionen mehr hatte ...? Du könntest schlecht und recht mit einer Schauspielerin zusammenleben, die dich glücklich machen würde, das wäre eine sogenannte Kabinettsfrage; aber mit einer verheirateten Frau leben ...? Das hieße doch: das Unglück herausfordern! Das hieße, alle Ärgerlichkeiten des Lasters hinunterschlucken, ohne seine Freuden zu genießen ...«

»Genug, sage ich dir; dies alles ist durch ein Wort erledigt: ich liebe Madame de La Baudraye und ziehe sie allen Vermögen der Welt und allen glänzenden Stellungen vor ... Ich habe mich von einem Ehrgeizanfall fortreißen lassen ... aber vor dem Glück, Vater zu sein, tritt alles andere zurück.«

»Aha! Du redest jetzt von Vaterliebe? Aber, du Unseliger, wir sind doch nur die Väter der Kinder unserer legitimen Frauen! Was ist denn schon ein Hosenmatz, der nicht unseren Namen trägt? Doch nichts als das letzte Kapitel eines Romans! Man nimmt es dir weg, dein Kind! Dies Thema haben wir doch seit zehn Jahren in zwanzig Vaudevilles abgehandelt gesehen ... Früher oder später, mein Lieber, wird die Gesellschaft auf euch lasten. Hast du ›Adolphe‹[168] einmal wieder gelesen? Oh, mein Gott, ich sehe euch vor mir, wenn ihr euch erst richtig kennt, ich sehe euch im Unglück, kriecherisch, ohne Geltung, ohne Vermögen, ich sehe euch, wie ihr euch herumschlagt wie die Aktionäre eines Unternehmens, die vom Geschäftsführer begaunert worden sind. Euer Geschäftsführer ist das Glück!«

»Jetzt kein Wort mehr, Bixiou.«

»Aber ich habe doch gerade erst angefangen. Hör zu, mein Lieber. Seit einiger Zeit wird gegen die Ehe kräftig Sturm gelaufen; aber abgesehen von ihrem Vorteil, die einzige Möglichkeit zur Regelung von Erbschaften zu sein, wodurch sie den gutaussehenden Junggesellen ohne Vermögen ein Mittel in die Hand gibt, innerhalb von zwei Monaten ihr Glück zu machen, widersteht sie allen Unzuträglichkeiten! Überdies gibt es keinen Junggesellen, der nicht früher oder später bereute, durch eigene Schuld eine Ehe mit dreißigtausend Francs Zinsen verpaßt zu haben ...«

»Du willst mich also nicht verstehen!« rief Lousteau mit verzweifelter Stimme. »Geh ... Sie ist dort drinnen ...«

»Pardon, das hättest du mir früher sagen müssen ... du bist volljährig ... sie auch ...«, fuhr er leiser fort, aber laut genug, daß Dinah es hören konnte. »Sie wird dich ihr Glück schön entgelten lassen ...«

»Wenn es eine Torheit ist, will ich sie begehen ... Adieu!«

»Mann über Bord!« rief Bixiou.

»Hol' der Teufel alle Freunde, die das Recht zu haben glauben, einem die Leviten zu lesen«, sagte Lousteau und öffnete die Tür seines Schlafzimmers, in dem er Madame de La Baudraye in einem Lehnstuhl sitzen und sich die Augen mit einem gestickten Taschentuch abtupfen sah.

»Warum bin ich nur hergekommen ...?« fragte sie. »O mein Gott, warum ...? Etienne, ich bin nicht so durch und durch Provinzlerin, wie Sie es glauben ... Sie haben Ihr Spiel mit mir getrieben.«

»Lieber Engel«, antwortete Lousteau und schloß Dinah in die

Arme, zog sie vom Sessel hoch und führte die Halbtote ins Wohnzimmer, »wir haben beide unsere Zukunft ausgetauscht, Opfer gegen Opfer. Während ich in Sancerre liebte, hat man mich hier verheiraten wollen; aber ich habe mich gesträubt ... ach ja, ich bin sehr unglücklich gewesen.«

»Oh! Ich verschwinde!« rief Dinah, bäumte sich wie eine Irre auf und tat zwei Schritte auf die Tür zu.

»Du bleibst hier, Didine, all das ist aus und vorbei! Bekäme ich jenes Vermögen denn leichten Kaufs? Müßte ich nicht eine lang aufgeschossene Blondine mit roter Nase heiraten, eine Notarstochter, und mir eine Schwiegermutter aufbürden, die in Sachen Frömmigkeit sogar noch Madame Piédefer aussticht ...«

Paméla kam ins Wohnzimmer gestürzt und flüsterte Lousteau zu: »Madame Schontz ...!«

Lousteau stand auf, ließ Dinah auf dem Sofa sitzen und ging hinaus.

»Alles ist aus, mein Schäfchen«, sagte die Lorette zu ihm. »Cardot will sich um eines Schwiegersohns willen nicht mit seiner Frau verkrachen. Die Betschwester hat eine Szene gemacht... eine Szene, die Goldes wert war! Kurz und gut: der jetzige Bürovorsteher, der zwei Jahre lang zweiter Schreiber war, übernimmt das Mädchen und die Praxis.«

»Der Feigling!« rief Lousteau. »Wie? Innerhalb von zwei Stunden hat er sich entscheiden können?«

»Mein Gott, die Sache ist ganz einfach. Der Witzbold, der in die Geheimnisse des verstorbenen Bürovorstehers eingeweiht war, hat die Lage des Chefs durchschaut, weil er ein paar Worte von dem Streit Cardots mit seiner Frau mitangehört hat. Der Notar verläßt sich auf deine Anständigkeit und deinen Takt; es ist nämlich alles fest beschlossen. Der Schreiber, der einen hochanständigen Lebenswandel führt, er geht sogar zur Messe, der abgefeimte kleine Heuchler, siehst du wohl!, na ja, er gefällt der Notarin. Cardot und du, ihr bleibt gute Freunde. Er wird Geschäftsführer einer Gesellschaft, hinter der ein riesiges Kapital steht, er kann dir Gefälligkeiten erweisen. Ja, ja, jetzt bist du aus einem schönen Traum erwacht!«

»Ich verliere ein Vermögen, eine Frau und ...«

»Eine Geliebte«, sagte Madame Schontz lächelnd, »denn fortan wirst du mehr als verheiratet sein, du wirst langweilig werden, immerfort heimgehen wollen, hast nichts Freies mehr, weder in deiner Kleidung noch in deinem Gehaben; überdies macht mein Arthur seine Sache gut, ich will ihm treu bleiben und mit Malaga brechen ... Darf ich sie mir einmal durchs Schlüsselloch anschauen ...?« fragte die Lorette. »Es gibt«, rief sie, »kein schöneres Tier in der Wüste! Du bist übers Ohr gehauen worden! Sie ist würdevoll, ist hager, ist verheult, es fehlt ihr nur noch der Turban der Lady Dudley.«

Und die Lorette beeilte sich wegzukommen.

»Was ist denn nun schon wieder los ...?« fragte Madame de La Baudraye, an deren Ohr das Rascheln eines Seidenkleids und das Flüstern einer Frauenstimme gedrungen waren.

»Dies eine, mein Engel«, rief Lousteau, »daß wir jetzt unlösbar vereint sind ... Mir ist eine mündliche Antwort auf den Brief überbracht worden, den du mich hast schreiben sehen und durch den ich meine Verlobung aufgehoben habe ...«

»Du hast also auf die gute Partie verzichtet?«

»Ja!«

»Oh, ich will mehr als deine Frau sein, ich gebe dir mein Leben, deine Sklavin will ich sein ...!« sagte das arme, mißbrauchte Geschöpf. »Ich hätte nicht geglaubt, daß ich imstande wäre, dich noch mehr zu lieben ...! Ich bin also keine Zufallsbegegnung in deinem Leben, ich werde dein ganzes Leben sein?«

»Ja, meine schöne, meine edle Didine ...«

»Schwöre mir«, entgegnete sie, »daß nur der Tod uns trennen kann ...!«

Lousteau wollte seinen Eid durch seine verführerischsten Schmeicheleien verschönen. Und zwar aus folgendem Grunde. Zwischen der Tür seiner Wohnung, wo er den Abschiedskuß der Lorette empfangen, und der des Wohnzimmers, in dem die von so vielen aufeinanderfolgenden Schocks ganz betäubte Muse ruhte, war ihm der prekäre Gesundheitszustand des kleinen La Baudraye eingefallen; er hatte an dessen Vermögen denken müssen und an Bianchons Ausspruch über Dinah: »Die wird einmal eine reiche Witwe!« Und da hatte er sich gesagt: »Ich hätte hundertmal lieber Madame de La Baudraye zur Frau als Félicie!« Daher hatte sein Entschluß sofort festgestanden. Er entschied sich dafür, von neuem mit wunderbarer Vollkommenheit Liebe zu spielen. Seine feige Berechnung und seine falsche heftige Leidenschaft hatten peinliche Ergebnisse. Im Grunde nämlich hatte Madame de La Baudraye auf ihrer Reise von Sancerre nach Paris geplant, in der Nähe derjenigen Lousteaus eine eigene Wohnung zu beziehen; aber die Liebesbeweise, die ihr Liebhaber ihr hatte zuteil werden lassen, indem er auf jene schöne Zukunft verzichtete, und vor allem das vollkommene Glück der ersten Tage dieser illegitimen Ehe hinderten sie daran, von jener Trennung zu sprechen. Jeder folgende Tag sollte ein Fest werden und wurde es, und hätte sie inmitten jenes Festes ›ihrem Engel‹ einen solchen Vorschlag gemacht, so hätte das die gräßlichste Mißstimmung hervorgerufen. Lousteau seinerseits wollte, daß Dinah von ihm abhängig sei; er hielt sie durch festliches Anstoßen in ständiger Trunkenheit. Das alles hinderte also diese beiden intelligenten Menschen daran, dem Sumpfloch auszuweichen, in das sie fielen, dem eines unsinnigen Zusammenwohnens nämlich, wofür es leider in der Pariser literarischen Welt soviel Beispiele gibt.

So wurde also das Programm der ›Liebe in der Provinz‹ in seinem vollen Umfang durchgeführt, jenes Programm, das Madame de La Baudraye Lousteau so spöttisch entworfen hatte, dessen sie sich jedoch beide nicht mehr erinnerten. Die Leidenschaft ist von Geburt an taub und stumm.

Jener Pariser Winter war also für Madame de La Baudraye alles, was in Sancerre für sie der Oktober gewesen war. Um ›seine Frau‹ in das Pariser Leben einzuführen, untermischte Etienne diese neuen Flitterwochen mit Gängen ins Theater, bei denen Dinah immer nur in einer Parterreloge sitzen wollte. Anfangs behielt Madame de La Baudraye noch ein paar Spuren ihrer Provinz-Prüderie bei; sie scheute sich, gesehen zu werden; sie verbarg ihr Glück. Sie sagte: »Monsieur de Clagny und Monsieur Gravier bringen es fertig, mir nachzureisen!« Sie hatte in Paris Angst vor Sancerre. Lousteau in seiner übertriebenen Eitelkeit nahm sich Dinahs Erziehung an, er führte sie zu den besten Modistinnen und zeigte ihr junge Frauen, die damals den Ton angaben, wobei er sie ihr als Vorbilder empfahl. So wandelte sich das provinzielle Äußere der Madame de La Baudraye rasch. Wenn Lousteau seinen Freunden begegnete, empfing er Komplimente seiner Eroberung wegen. Während dieser Saison produzierte Etienne wenig Literatur und geriet in beträchtliche Schulden, obgleich die stolze Dinah für ihre Toiletten ihre sämtlichen Ersparnisse aufgebraucht hatte und der Meinung war, sie habe ihrem Geliebten nicht die kleinste Ausgabe auferlegt. Dinah hatte sich nach drei Monaten eingelebt; sie hatte sich im Théâtre-des-Italiens an der Musik berauscht, sie kannte die Spielpläne aller Theater sowie deren Darsteller, die Zeitungen und die gerade im Schwange befindlichen Witze; sie hatte sich an dieses Leben der unaufhörlichen Erregungen gewöhnt, an diesen schnellfließenden Strom, in dem alles in Vergessenheit gerät. Sie reckte nicht mehr den Hals und steckte nicht mehr, wie eine plastische Darstellung des Erstaunens, die Nase in die Luft bei den beständigen Überraschungen, die Paris den Fremden darbietet. Sie hatte gelernt, die Luft dieses geistvollen, belebten, fruchtbaren Milieus zu atmen, in dem Leute von Geist sich in ihrem Element fühlen und aus dem sie nie mehr hinausfinden. Als sie eines Morgens die Zeitungen, die Lousteau alle bekam, durchblätterte, las sie ein paar Zeilen, die sie an Sancerre und ihre Vergangenheit erinnerten, Zeilen, die sie heimatlich berührten; sie lauteten folgendermaßen:

»Der Baron de Clagny, Staatsanwalt am Gericht zu Sancerre, ist zum stellvertretenden Generalstaatsanwalt am königlichen Gerichtshof zu Paris ernannt worden.«

»Wie er dich liebt, dieser tugendhafte Justizbeamte!« sagte der Journalist lächelnd.

»Der arme Mann!« antwortete sie. »Was habe ich dir gesagt? Er folgt mir.«

Zu dieser Zeit befanden sich Etienne und Dinah in der glänzendsten und vollkommensten Phase der Liebe, in jener Periode, da man sich völlig aneinander gewöhnt hat und da die Liebe dennoch ihre Würze bewahrt. Man kennt sich, aber man hat einander noch nicht gänzlich durchschaut, man ist nicht zum zweitenmal in dieselben Falten der Seele geschlüpft, man hat sich noch nicht so eingehend betrachtet, daß man, wie es später der Fall ist, schon im voraus den Gedanken, die Worte, die Geste gelegentlich der größten wie der kleinsten Geschehnisse kennt. Man ist in einem Zauberbann befangen, es hat noch kein Zusammenstoß stattgefunden, kein Widerstreit der Meinungen, keine Gleichgültigkeit der Blicke. Die Seelen streben bei jeder Gelegenheit in der gleichen Richtung. So geschah es, daß Dinah zu Lousteau die magischen Worte sagte, die von einem Gesichtsausdruck, von Blicken begleitet wurden, die noch viel magischer waren: »Bring mich um, wenn du mich nicht mehr liebst! – Wenn du mich nicht mehr liebst, dann könnte ich, wie ich glaube, erst dich umbringen und dann mich hinterher.« Auf diese köstlichen Übertreibungen antwortete Lousteau Dinah: »Alles, was ich von Gott erbitte, ist, dich meiner Treue bewußt zu machen. Du bist es, die mich verlassen wird ...« – »Meine Liebe ist absolut ...« – »Absolut«, wiederholte Lousteau. »Wirklich? Wir wollen einmal annehmen, ich geriete in eine Gesellschaft von Junggesellen, ich träfe eine meiner früheren Geliebten wieder, sie machte sich über mich lustig, ich spielte aus Eitelkeit den freien Mann und käme erst am anderen Morgen wieder heim ... Würdest du mich dann immer noch lieben?« – »Eine Frau ist sich nur dann gewiß, daß sie geliebt wird, wenn sie die Bevorzugte ist, und wenn du zu mir zurückkehrtest, wenn ... oh, du läßt mich das Glück verstehen, das darin liegt, dem, den man anbetet, ein Vergehen zu verzeihen ...« – »Dann werde ich also zum erstenmal in meinem Leben geliebt!« rief Lousteau. – »Endlich merkst du es!« antwortete sie. Lousteau schlug vor, sie sollten beide Briefe schreiben, in denen sie die Gründe darlegten, um derentwillen sie durch Selbstmord geendet hätten; und im Besitz dieses Briefes könne dann jeder von ihnen gefahrlos den Ungetreuen töten. Aber obwohl sie es einander fest versprochen hatten, schrieb keiner von ihnen diesen Brief. Der für den Augenblick glückliche Journalist nahm sich vor, Dinah zu hintergehen, ohne daß sie es merkte, wenn er ihrer überdrüssig sei, und den Erfordernissen dieser Täuschung alles zu opfern. Für ihn bedeutete Madame de La Baudraye ein ganzes Vermögen. Nichtsdestoweniger hatte er ein Joch auf sich genommen. Madame de La Baudraye bezeigte diesem Ehebündnis die Noblesse ihres Denkens und jene Macht, die die Selbstachtung verleiht. In jener vollkommenen Intimität, bei der jeder seine Maske ablegt, bewahrte die junge Frau ihr Schamgefühl, bezeigte sie ihre herzhafte Redlichkeit und die den Ehrgeizigen eigentümliche Kraft, die die Grundlage ihres Charakters bildete. Daher gelangte Lousteau unwillkürlich dazu, sie zu achten. Nun Dinah Pariserin geworden, war sie übrigens der liebreizendsten Lorette überlegen: sie konnte amüsant sein und Wortspiele machen wie Malaga; aber ihre Bildung, die Gewohnheit, ihren Geist zu betätigen, ihre ungeheure Belesenheit gestatteten es ihr, ihre Einfälle zu verallgemeinern, wogegen Frauen wie die Schontz oder Florine die ihren nur über ein sehr eng begrenztes Gebiet auszudehnen vermochten. – »In Dinah«, sagte Etienne zu Bixiou, »steckt der Stoff zu einer Ninon[169] oder einer Staël[170].« – »Eine Frau, in der man gleichzeitig eine Bibliothek und einen Harem vorfindet, ist recht gefährlich«, antwortete der Spötter.

Als ihre Schwangerschaft augenfällig wurde, beschloß Madame de La Baudraye, ihre Wohnung nicht mehr zu verlassen; aber bevor sie sich dort einschloß und nur noch draußen auf dem Lande spazierenging, wollte sie der Uraufführung eines Dramas von Nathan beiwohnen. Diese literarische Feierlichkeit beschäftigte die zweitausend Leute, die sich für ganz Paris halten. Dinah, die noch nie eine Uraufführung erlebte hatte, empfand eine nur zu verständliche Neugier. Sie war übrigens zu einem solchen Grad der Leidenschaft für Lousteau gelangt, daß sie sich ihres Fehltritts rühmte; sie setzte eine ungebärdige Kraft daran, die Gesellschaft vor den Kopf zu stoßen, sie wollte ihr ins Gesicht sehen, ohne den Kopf abzuwenden. Sie legte eine entzückende Toilette an, die zu ihrem leidenden Gesicht, der kränklichen Schlaffheit ihrer Züge paßte. Ihr blasser Teint lieh ihr ein vornehmes Aussehen, und ihr schwarzes, gescheiteltes, in breiten, glatten Streifen herabfallendes Haar hob jene Blässe noch mehr hervor. Ihre grauen, funkelnden Augen wirkten durch die Schatten der Erschöpfung noch schöner. Aber es wartete ihrer ein grausiger Schmerz. Durch einen nicht einmal ungewöhnlichen Zufall lag die dem Journalisten bei Premièren eingeräumte Loge neben der von Anne Grossetête gemieteten. Die beiden intimen Freundinnen grüßten einander nicht und wollten sich nicht kennen. Nach dem ersten Akt verließ Lousteau seine Loge und ließ Dinah, die dem Feuer aller Blicke, der Sehschärfe aller Lorgnons ausgesetzt war, allein, während die Baronin de Fontaine und die Gräfin Marie de Vandenesse, die mit Anne gekommen war, einige der vornehmsten Herren der großen Welt empfingen. Die Verlassenheit, in der Dinah verblieb, war eine um so größere Marter, als sie sich nicht darauf verstand, sich durch ihr Lorgnon, mit dem sie die Logen hätte mustern können, eine gewisse Haltung zu geben; sie mochte eine noble, nachdenkliche Pose einnehmen, soviel sie wollte, sie mochte ihren Blick ins Leere schweifen lassen: sie fühlte sich allzusehr als den Blickpunkt aller Augen; sie konnte ihre Befangenheit nicht verhehlen, sie wirkte ein wenig provinziell, sie entfaltete ihr Taschentuch, sie vollführte die krampfhaften Gesten, die sie sich schon abgewöhnt hatte. Endlich, in der Pause zwischen dem zweiten und dritten Akt, ließ ein Herr sich Dinahs Loge öffnen. Monsieur de Clagny bezeigte sich respektvoll, aber bekümmert.

»Wie froh bin ich, Sie zu sehen, weil ich jetzt der Freude Ausdruck geben kann, die Ihre Beförderung in mir ausgelöst hat«, sagte sie.

»Ja, Madame, um wessentwillen bin ich denn nach Paris gekommen . . .?«

»Wie?« fragte sie. »So hätte ich etwas mit Ihrer Ernennung zu tun?«

»Voll und ganz. Seit Sie nicht mehr in Sancerre wohnten, war es mir unerträglich; ich wäre dort umgekommen . . .«

»Ihre aufrichtige Freundschaft tut mir wohl«, sagte sie und bot dem Staatsanwaltsstellvertreter die Hand. »Ich befinde mich in einer Lage, in der ich meine wahren Freunde schonend behandeln muß; jetzt weiß ich nämlich, was sie wert sind . . . Ich glaubte, Ihre Achtung eingebüßt zu haben; aber daß Sie sie mir durch Ihren Besuch hier bezeigen, rührt mich mehr als Ihre zehn Jahre der Anhänglichkeit.«

»Sie sind der Gegenstand der Neugier des ganzen Zuschauerraums«, entgegnete der Staatsanwaltsstellvertreter. »Ach, Liebe, war das die Ihnen vorbestimmte Rolle? Hätten Sie nicht glücklich werden und dennoch geehrt bleiben können . . .? Ich habe vorhin sagen hören, Sie seien die Geliebte von Monsieur Etienne Lousteau, und Sie lebten ehelich zusammen . . .! Sie haben für alle Zeit mit der Gesellschaft gebrochen, sogar für die Zeit, da Sie, wenn Sie Ihren Geliebten heiraten, die Achtung brauchen werden, die Sie heute verachten . . . Hätten Sie nicht eine eigene

Wohnung nehmen können, zusammen mit Ihrer Mutter, die Sie so lieb hat, daß sie ohne weiteres ihre Ägide als Deckmantel geliehen hätte; dann wäre wenigstens der Schein gewahrt geblieben ...«

»Ich habe falsch gehandelt, indem ich hierhergekommen bin«, antwortete sie. »Daran liegt es. Ich habe ohne die Möglichkeit einer Rückkehr allen Vorteilen Lebewohl gesagt, die die Gesellschaft den Frauen einräumt, die ihr Glück auf die Konvenienzen abzustimmen wissen. Meine Entsagung ist so vollkommen, daß ich am liebsten alles um mich her gefällt hätte, um aus meiner Liebe eine weite Wüste zu machen, die erfüllt ist von Gott, von ›ihm‹ und von mir ... Wir haben einander zu viele Opfer gebracht, um nicht vereinigt zu sein, vereinigt durch die Schande, wenn Sie wollen, aber unlösbar vereinigt ... Ich bin glücklich, und zwar so glücklich, daß ich Sie jetzt freudig gern haben kann, als Freund, und Ihnen mehr Vertrauen zu schenken vermag als früher; denn jetzt bedarf ich eines Freundes ...!«

Der Justizbeamte benahm sich wahrhaft groß und sogar erhaben. Auf diese Erklärung hin, in der Dinahs Seele schwang, antwortete er mit herzzerreißendem Stimmklang: »Ich möchte Sie einmal besuchen, um zu sehen, ob Sie wirklich geliebt werden ... dann wäre ich beruhigt und brauchte für Ihre Zukunft nichts mehr zu befürchten ... Begreift Ihr Freund eigentlich die Größe Ihrer Opfer, und ist in seiner Liebe Dankbarkeit ...?«

»Kommen Sie in die Rue des Martyrs, dann werden Sie sehen!«

»Ja, ich komme«, sagte er. »Ich bin schon an Ihrer Tür vorübergegangen, habe aber nicht gewagt, nach Ihnen zu fragen. – Sie kennen die Schriftstellerwelt noch nicht«, fuhr er fort. »Freilich, es gibt darin rühmliche Ausnahmen; aber diese Literaten schleppen unerhörte Übel mit sich herum, und darunter verstehe ich in erster Linie die Offenkundigkeit, die alles entstellt! Eine Frau kann einen Fehltritt mit ...«

»... einem Staatsanwalt begehen«, sagte die Baronin lächelnd.

»Na ja, wenn es dann zu einem Bruch kommt, gibt es mancherlei Mittel und Wege; die Gesellschaft hat nichts davon erfahren; aber wenn es sich um einen mehr oder weniger berühmten Mann handelt, dann erfährt die Öffentlichkeit alles. Sehen Sie doch ... welch ein Beispiel Sie da vor Augen haben. Sie sitzen

Rücken an Rücken mit der Gräfin Marie de Vandenesse, die beinahe die letzten Torheiten für einen berühmteren Mann, als Lousteau es ist, begangen hätte, nämlich für Nathan, und jetzt haben sie sich getrennt und tun, als kennten sie sich nicht ... Die Gräfin war am Rand des Abgrunds angelangt; dann ist sie gerettet worden, ohne daß man wüßte, wie; sie hat weder ihren Mann noch ihr Haus verlassen; aber da es sich um einen berühmten Mann gehandelt hat, ist einen ganzen Winter lang über sie gesprochen worden. Ohne das große Vermögen, den großen Namen und die hohe Stellung ihres Gatten, ohne das geschickte Verhalten jenes Staatsmannes, der sich, wie es heißt, seiner Frau gegenüber vortrefflich bezeigt hat, wäre sie verloren gewesen: keine andere Frau an ihrer Stelle hätte in Ehren bestehen können wie sie ...«

»Wie standen die Dinge in Sancerre bei Ihrem Abschied von dort?« fragte Madame de La Baudraye, um dem Gespräch eine andere Wendung zu geben.

»Ihr Mann hat verbreitet, Ihre späte Schwangerschaft erfordere es, daß die Entbindung in Paris stattfinde; er habe verlangt, daß Sie sich nach dort begäben, um von den Fürsten der Medizin betreut zu werden«, antwortete der Staatsanwaltsstellvertreter, der sich denken konnte, was Dinah hatte wissen wollen. »Auf diese Weise sind Sie trotz allem Geschwätz, das Ihre Abreise entfesselt hat, auch heute abend noch in der ›Legalität‹.«

»Ach!« rief sie aus, »macht mein Mann sich denn noch immer Hoffnungen?«

»Ihr Mann, Madame, tut, was er von je getan hat: er rechnet.«

Der Justizbeamte verließ die Loge, als er den Journalisten eintreten sah; er grüßte ihn würdig.

»Du hast mehr Erfolg als das Stück«, sagte Etienne zu Dinah.

Dieser kurze Moment des Triumphes bereitete dieser Frau mehr Freude, als sie während ihres ganzen Lebens in der Provinz empfunden hatte; doch beim Verlassen des Theaters war sie nachdenklich.

»Was hast du, liebe Didine?« fragte Lousteau.

»Ich überlege, wie eine Frau Welt und Gesellschaft bändigen kann.«

»Dazu gibt es zwei Möglichkeiten: Madame de Staël sein oder zweihunderttausend Francs Zinsen haben.«

»Die Gesellschaft«, sagte sie, »packt uns bei der Eitelkeit, beim Verlangen zu scheinen ... Ach, Unsinn, wir wollen Philosophen sein!«

Dieser Abend war das letzte Aufschimmern des trügerischen Wohlstands, in dem Madame de La Baudraye seit ihrer Ankunft in Paris gelebt hatte. Drei Tage danach nahm sie auf Lousteaus Stirn Wolken wahr; er ging in seinem Gärtchen um das Rasenstück herum und rauchte eine Zigarre. Diese Frau, der die Gepflogenheiten des kleinen La Baudraye die Gewohnheit und die Freude vermittelt hatten, niemals Schulden zu haben, erfuhr, daß ihr Haushalt ohne Geld sei, und zwar angesichts zweier Mietraten und am Tag vor einer Zahlungsaufforderung! Die Wirklichkeit des Pariser Lebens drang in Dinahs Herz ein wie ein Dorn; sie bereute es, Lousteau zu Verschwendungen aus Liebe verleitet zu haben. Es ist so schwierig, von der Lust zur Arbeit überzuwechseln, daß das Glück mehr an dichterischen Werken zunichte gemacht hat, als das Unglück sie in lichten Strahlen hat hervorbrechen lassen. Da Dinah indessen glücklich war, als sie Etienne unbekümmert nach dem Essen eine Zigarre rauchen sah, mit fröhlichem Gesicht daliegend wie eine Eidechse in der Sonne, brachte sie nicht den Mut auf, sich zu einem Komödien-Gerichtsvollzieher aufzuwerfen. Sie kam auf den Gedanken, durch die Mittlerschaft des alten Migeon, Pamélas Vaters, die wenigen Schmuckstücke zu versetzen, die sie besaß; die ›Tante‹[171], denn Dinah begann die Sprache des Stadtteils zu sprechen, lieh ihr darauf neunhundert Francs. Sie behielt davon dreihundert Francs für das Babyzeug und für die Kosten ihrer Entbindung und gab fröhlich die geschuldete Summe an Lousteau, der Furche für Furche oder, wenn man so will, Zeile für Zeile an einer Novelle für eine Zeitschrift ackerte.

»Mein Katerchen«, sagte sie zu ihm, »schreib deine Novelle zu Ende, ohne irgend etwas der Notwendigkeit zu opfern, feile deinen Stil, versenke dich in dein Thema. Ich habe zu sehr die Dame gespielt, jetzt will ich eine Bürgersfrau sein und dir den Haushalt führen.«

Seit vier Monaten hatte Etienne Dinah ins Café Riche[172] geführt; sie aßen in einem Sonderzimmer zu Abend, das ihnen reserviert wurde. Die Provinzlerin war entsetzt, als sie erfuhr, daß Etienne dort für die letzten vierzehn Tage fünfhundert Francs schuldig war.

»Wie? Wir trinken Wein zu sechs Francs die Flasche? Eine normannische Seezunge kostet hundert Sous...! Ein Brötchen zwanzig Centimes...!« rief sie, als sie die Rechnung las, die der Journalist ihr hinhielt.

»Ob uns nun ein Restaurateur oder eine Köchin bestiehlt, das macht für uns wenig aus«, sagte Lousteau.

»In Zukunft wirst du von dem, was dein Abendessen kostet, wie ein Fürst leben.«

Madame de La Baudraye mietete vom Hausbesitzer eine Küche und zwei Dienstbotenkammern; dann schrieb sie ein paar Zeilen an ihre Mutter und bat sie um Wäsche und ein Darlehen von tausend Francs; sie erhielt zwei Koffer voll Wäsche, Tischsilber und zweitausend Francs, und zwar durch eine ehrliche, fromme Köchin, die die Mutter ihr schickte. Monsieur de Clagny suchte Madame de La Baudraye zehn Tage nach der Aufführung, wo sie einander begegnet waren, nachmittags um vier auf, als er aus dem Justizpalast kam, und betraf sie dabei, daß sie ein Häubchen stickte. Der Anblick dieser stolzen, ehrgeizigen Frau, die einen so kultivierten Geist besaß, die so trefflich auf Schloß Anzy gethront hatte und die jetzt zu Arbeiten für den Haushalt herabgestiegen war und für das erwartete Kind nähte, rührte den armen Beamten, der gerade aus einer Schwurgerichtssitzung kam. Als er Stichwunden an einem der zu Spindeln gewordenen Finger sah, die er geküßt hatte, wurde ihm klar, daß Madame de La Baudraye aus dieser Betätigung kein Spiel der Mutterliebe machte. Bei dieser ersten, kurzen Begegnung las der Justizbeamte in Dinahs Seele. Dieser Scharfblick bei einem verliebten Mann war eine übermenschliche Anstrengung. Er erriet, daß Didine sich zum guten Geist des Journalisten machen und ihn auf einen noblen Weg bringen wollte; sie hatte wohl aus den Schwierigkeiten des materiellen Lebens auf irgendeine geistig-seelische Unordnung geschlossen. Innerhalb von vier Monaten war zwischen zwei durch eine Liebe, die bei dem einen so wahr, bei dem anderen so gut gespielt war, verbundenen Wesen mehr als ein vertrauliches Geständnis ausgetauscht worden. Trotz der Sorgfalt, mit der Etienne sich drapierte, hatte mehr als ein Wort Dinah über das Vorleben dieses Junggesellen aufgeklärt, dessen Talent durch die Geldnot so niedergedrückt, durch schlechte Beispiele so verderbt, durch Schwierigkeiten, die größer waren als sein Mut, gehemmt worden war. Wenn es ihm gut geht, wird er innerlich wachsen, hatte sie sich gesagt. Und sie wollte ihm das Glück schaffen, die Sicherheit des Zuhause, und zwar durch die Sparsamkeit und die Ordnung, die den in der Provinz Geborenen etwas Vertrautes sind. Dinah wurde zur Hausfrau, wie sie zur Dichterin geworden war: durch ein Sichaufschwingen ihrer Seele den Gipfeln entgegen.

»Sein Glück soll meine Absolution sein.«

Dieser Ausspruch, den der Justizbeamte Madame de La Baudraye entlockt hatte, erklärte den gegenwärtigen Stand der Dinge. Die Publizität, die Etienne am Tag der Uraufführung ihrem Triumph hatte zuteil werden lassen, hatte den Augen des Justizbeamten die Absichten des Journalisten entblößt. Für Etienne war Madame de La Baudraye nach einer englischen Redensart ›eine recht schöne Feder an seiner Kappe‹. Er war weit davon entfernt, den Zauber einer geheimnisvollen, scheuen Liebe auszukosten und aller Welt ein so großes Glück zu verbergen; er empfand vielmehr einen Parvenügenuß, sich mit dieser ersten wahrhaft eleganten Dame zu brüsten, die ihn mit ihrer Liebe beehrt hatte. Dennoch wurde der Staatsanwaltsstellvertreter eine Weile durch die Fürsorge getäuscht, die jeder Mann an eine Frau verschwendet, die in dem Zustand ist, in dem Madame de La Baudraye sich befand, eine Fürsorge, die Lousteau zu etwas Reizendem durch Schmeicheleien machte, wie sie Männern mit von Natur aus angenehmen Umgangsformen eigen sind. Es gibt nämlich Männer, die halbwegs als Affen geboren werden, Männer, bei denen die Nachäffung der liebenswürdigsten Dinge des Gefühlslebens etwas so Natürliches ist, daß man den Komödianten nicht mehr spürt; und die natürlichen Anlagen des Sancerrers waren in dem Milieu, in dem er bislang gelebt hatte, sehr ausgebildet worden. Zwischen April und Juli, dem Monat, in dem Dinah niederkommen sollte, wurde sie sich klar, warum Lousteau nicht mit seinen Geldnöten fertiggeworden war: er war faul, und es fehlte ihm an Willenskraft. Freilich, das Gehirn gehorcht nur seinen eigenen Gesetzen, es erkennt weder die Notwendigkeiten des Lebens noch die Gebote der Ehre an; man bringt kein gutes Werk hervor, weil eine Frau stirbt oder um entehrende Schulden zu bezahlen oder um Kinder zu ernähren; aber dennoch gibt es kein großes Talent ohne einen großen Willen. Diese beiden Zwillingskräfte sind erforderlich zur Errichtung des riesigen Bauwerks eines Ruhmes. Die Elite-Menschen erhalten ihr Gehirn produktionsfähig, wie ehedem ein Held seine Waffen stets bereit hatte. Sie bändigen die Faulheit, sie versagen sich schwächende Freuden, oder sie geben ihnen nur in dem Maße nach, das die Größe ihrer Fähigkeiten ihnen vorschreibt. Das erklärt Männer wie Scribe, Rossini, Walter Scott, Cuvier, Voltaire, Newton, Buffon, Bayle, Bossuet, Leibniz, Lope de Vega, Calderon, Boccaccio, Aretino, Aristoteles, kurzum, alle Männer, die ihre Epoche beschäftigen, unterrichten oder führen. Der Wille kann und muß weit mehr Gegenstand des Stolzes sein als das Talent. Hat das Talent seinen Keim in einer kultivierten Prädisposition, so ist der Wille ein jeden Augenblick erfochtener Sieg über die Instinkte, über die gezähmten, zurückgedrängten Neigungen, über die niedergezwungenen Launen und Hemmungen, über die heroisch überwundenen Schwierigkeiten jeglicher Art. Das übertriebene Zigarrenrauchen steigerte Lousteaus Faulheit. Der Tabak schläfert zwar den Kummer ein, aber er betäubt unfehlbar auch die Energie. Alles, was die Zigarre im Physischen zum Erlöschen brachte, das vernichtete im Geistigen die Kritik bei diesem jungen Menschen, der so leicht für das Vergnügen zu haben war. Die Kritik ist für den Kritiker genauso verhängnisvoll wie das Schwanken zwischen Für und Wider für den Advokaten. Bei diesem Gewerbe wird der Geist verfälscht, die Intelligenz büßt ihre geradlinige Klarheit ein. Der Schriftsteller existiert nur durch Parteinahme. Deshalb muß man zwischen zwei Kritiken unterscheiden, gerade wie man in der Malerei von Kunst und Handwerk spricht. Kritisieren nach Art der meisten heutigen Feuilletonisten heißt irgendwelche mehr oder minder geistvolle Urteile aussprechen, wie ein Advokat im Justizpalast die entgegengesetztesten Fälle vertritt. Die Macher finden in dem Werk, das sie zergliedern, stets ein

Thema, das sie ausspinnen können. Wird dieses Handwerk so betrieben, so kommt es den trägen Geistern entgegen, den Leuten, die der erhabenen Fähigkeit der Phantasie bar sind oder die, wenn sie sie besitzen, nicht den Mut haben, sie zu kultivieren. Jedes Bühnenwerk, jedes Buch wird unter ihrer Feder zu etwas, das ihrer Phantasie keine Mühewaltung abverlangt; und der Rechenschaftsbericht darüber wird spöttisch oder ernsthaft je nach der augenblicklichen Stimmung hingeschrieben. Was nun das Urteil betrifft, gleichgültig, wie es ausfällt, so ist es stets zu rechtfertigen durch den französischen Geist, der sich wunderbar für das Für und Wider eignet. Das Gewissen wird so wenig befragt, diese Banditen legen so wenig Wert auf ihre eigene Meinung, daß sie im Theaterfoyer ein Werk rühmen, das sie in ihren Artikeln verreißen. Man hat es erlebt, daß im gegebenen Falle manche von einer Zeitung zur anderen überwechseln, ohne dabei zu bedenken, daß die Ansichten, die das neue Feuilleton vertritt, denen des vorhergegangenen diametral entgegengesetzt sind. Mehr noch: Madame de La Baudraye lächelte, wenn sie Lousteau einen Artikel im legitimistischen Sinn und einen im dynastischen Sinn über dasselbe Ereignis schreiben sah. Sie zollte der Maxime Beifall, die er einmal geäußert hatte: »Wir sind die Advokaten der öffentlichen Meinung ...!« Die andere Kritik ist ganz und gar eine Wissenschaft, sie erfordert ein völliges Verständnis der Werke, einen klaren Überblick über die Tendenzen einer Epoche, die Aneignung eines Systems, einen Glauben an gewisse Prinzipien; das heißt, sie ist eine Rechtfertigung, ein Bericht, ein Urteil. Ein sogearteter Kritiker wird dann zum Richter der Ideen, zum Zensor seiner Zeit, er übt ein Priesteramt aus; wogegen der andere ein Akrobat ist, der, solange er Beine hat, Kunststücke vollführt, um seinen Lebensunterhalt zu verdienen. Zwischen Claude Vignon und Lousteau klaffte der Abstand, der das Handwerk von der Kunst scheidet. Dinah, deren Geist rasch rege wurde und deren Intelligenz Weitsicht besaß, hatte ihr Idol literarisch bald richtig eingeschätzt. Sie erlebte es, daß Lousteau sich erst im letzten Augenblick an die Arbeit machte, und zwar unter den entehrendsten Bedingungen, er ›haute hin‹, wie die Maler von einem Werk sagen, dem es an ›Mache‹ gebricht; aber sie rechtfertigte ihn, indem sie sich sagte: »Er ist eben ein Dichter!«, so sehr bedurfte sie der Selbstrechtfertigung. Dadurch, daß sie das Geheimnis des literarischen Lebens sehr vieler Leute erriet, erriet sie zugleich, daß Lousteaus Feder niemals eine Hilfsquelle sein würde. Da ließ die Liebe sie Schritte unternehmen, zu denen sie sich für sich selber nie herabgelassen hätte. Sie knüpfte durch ihre Mutter Unterhandlungen mit ihrem Mann an, um eine Rente zu erhalten, aber ohne daß Lousteau davon wußte: sein Zartgefühl, so meinte sie, müsse geschont werden. Ein paar Tage vor Juliende zerknitterte Dinah vor Zorn den Brief, in dem die Mutter ihr die definitive Antwort des kleinen La Baudraye mitgeteilt hatte.

»Meine Frau braucht keine Rente in Paris, wenn sie auf ihrem Schloß Anzy das schönste Leben der Welt führen kann: soll sie doch dorthin kommen!« Lousteau hob den Brief auf und las ihn.

»Ich werde uns rächen«, sagte er zu Madame de La Baudraye in dem düsteren Ton, der den Frauen so gefällt, wenn dadurch ihre Antipathien gestreichelt werden.

Fünf Tage danach hatten Bianchon und Duriau, der berühmte Geburtshelfer, sich bei Lousteau eingefunden, der nach der Antwort des kleinen La Baudraye sein Glück offen zur Schau trug und anläßlich der Niederkunft Dinahs gewaltig prahlte. Monsieur de Clagny und die in aller Hast herbeigeeilte Madame Piédefer waren Pate und Patin des erwarteten Kindes; denn der vorausschauende Jurist befürchtete, Lousteau werde irgend etwas anstellen. Madame de La Baudraye hatte einen Jungen zur Welt gebracht, um den sie auf einen Thronerben erpichte Königinnen hätten beneiden können. Bianchon ließ zusammen mit Monsieur de Clagny das Kind beim Bürgermeisteramt als Sohn des Ehepaars de La Baudraye eintragen, und zwar ohne Wissen Etiennes, der seinerseits zu einer Druckerei lief und nachstehende Anzeige drucken ließ:

»Die Baronin de La Baudraye
ist glücklich eines Knaben entbunden worden.
Monsieur Etienne Lousteau hat die Freude,
Ihnen dies zu vermelden.
Mutter und Kind befinden sich wohl.«

Ein erster Schub von sechzig Anzeigen war von Lousteau bereits versandt worden, als Monsieur de Clagny, der sich nach der

Wöchnerin erkundigen wollte, die Liste der Leute in Sancerre liegen sah, denen Lousteau diese sonderbare Geburtsanzeige schicken wollte; die Namen waren unter denen der sechzig Pariser verzeichnet, die sie bereits erhalten hatten. Der Staatsanwaltsstellvertreter nahm die Liste und den Rest der Anzeigen an sich, zeigte sie zunächst Madame Piédefer und sagte ihr, er werde es nicht dulden, daß Lousteau diesen infamen Scherz fortsetze, und warf sich dann in ein Kabriolett. Der getreue Jurist bestellte bei demselben Drucker eine andere, folgendermaßen abgefaßte Anzeige:

»Die Baronin de La Baudraye
ist glücklich eines Knaben entbunden worden.
Baron Polydore de La Baudraye gibt sich die Ehre,
Ihnen dies anzuzeigen.
Mutter und Kind befinden sich wohl.«

Nachdem er Probeabzüge, Satz und alles, was das Bestehen der ersten Anzeige hätte bezeugen können, hatte vernichten lassen, machte Monsieur de Clagny sich eilends auf den Weg, um die bereits abgesandten Anzeigen wieder an sich zu bringen; viele fand er noch bei den Portiers vor; er erlangte die Rückerstattung von etwa dreißig; kurzum, nach einer drei Tage währenden Herumfahrerei existierte nur noch eine Anzeige, die an Nathan geschickte. Der Staatsanwaltsstellvertreter hatte fünfmal bei dem berühmten Mann vorgesprochen, ohne ihn anzutreffen. Als dann eine Zusammenkunft vereinbart worden war und Monsieur de Clagny empfangen wurde, hatte die Geschichte mit der Geburtsanzeige schon die Runde durch Paris gemacht. Die einen erblickten darin eine der geistreichen Verleumdungen, eine Art Plage, die alle Berühmten auf sich nehmen müssen, auch wenn es sich um Eintagsfliegen handelt. Die anderen behaupteten, sie hätten die Anzeige gelesen und sie an einen Freund der Familie de La Baudraye weitergegeben. Viele Leute schimpften über die Sittenlosigkeit der Journalisten, und so war die letzte noch vorhandene Anzeige zu etwas wie einer Kuriosität geworden. Florine, mit der Nathan zusammenlebte, hatte sie herumgezeigt, mit dem Poststempel versehen, mit dem Vermerk über das entrichtete Porto und der von Etienne geschriebenen Adresse.

Daher fing Nathan an zu lächeln, als der Staatsanwaltsstellvertreter auf die Anzeige zu sprechen kam.

»Dies Denkmal des Leichtsinns und der Kinderei soll ich Ihnen zurückgeben?« rief er. »Dies Autogramm ist eine der Waffen, deren sich ein Athlet in der Arena nicht berauben darf. Diese Anzeige beweist, daß Lousteau kein Herz, keinen Geschmack, keine Würde besitzt, daß er weder Welt und Gesellschaft noch die öffentliche Moral kennt; daß er sich selber beleidigt, wenn er nicht mehr weiß, wen er beleidigen soll ... Nur ein Bürgersöhnchen, das aus Sancerre gekommen ist, um als Dichter zu gelten, und das dann der ›bravo‹[173] der erstbesten Zeitschrift wird, kann eine solche Geburtsanzeige verschicken! Stimmen Sie mir zu? Diese Anzeige, Monsieur, ist ein Dokument, das das Archiv unserer Epoche unbedingt enthalten muß ... Heute streichelt Lousteau mich, morgen könnte er meinen Kopf verlangen ... Oh, verzeihen Sie diesen Scherz, ich habe nicht daran gedacht, daß Sie Staatsanwaltsstellvertreter sind. Ich habe eine Leidenschaft für eine große Dame im Herzen getragen, die der Madame de La Baudraye an Rang und Stand so überlegen war, wie Ihr Zartgefühl, Monsieur, über der Büberei Lousteaus steht; aber ich wäre eher gestorben, als daß ich ihren Namen ausgesprochen hätte ... Ein paar Monate ihrer kleinen Gunstbezeigungen und Schöntuereien haben mich hunderttausend Francs und meine Zukunft gekostet; aber ich finde nicht, daß sie damit zu teuer bezahlt worden sind ...! Und ich habe nie gestöhnt und gejammert ...! Daß Frauen das Geheimnis ihrer Liebe verraten, ist ihre letzte Opferspende an die Liebe; aber daß einer von uns es tut ... dazu muß man wohl ein Lousteau sein! Nein, nicht einmal um tausend Taler gäbe ich dies Kartonstück her.«

»Monsieur«, sagte schließlich der Jurist nach einem halbstündigen Wortgefecht, »ich habe um dieser Angelegenheit willen fünfzehn oder sechzehn Literaten aufgesucht; sollten Sie der einzige sein, der für das Ehrgefühl unzugänglich ist ...? Es handelt sich hier nicht um Etienne Lousteau, sondern um eine Frau und ein Kind, die beide ahnungslos sind, welcher Tort in bezug auf ihr Vermögen, ihre Zukunft und ihre Ehre ihnen angetan worden ist. Wer weiß denn, Monsieur, ob Sie nicht einmal genötigt sein werden, von der Justiz einiges Wohlwollen für einen

Freund zu erbitten, für jemanden, an dessen Ehre Ihnen mehr gelegen ist als an Ihrer eigenen? Dann nämlich könnte die Justiz sich erinnern, daß Sie einmal unerbittlich gewesen sind ... Kann ein Mann wie Sie da zögern?« fragte der Justizbeamte.

»Ich habe Ihnen lediglich zu Gemüte führen wollen, wie groß mein Opfer ist«, antwortete Nathan jetzt, und eingedenk der Stellung des Beamten ging er auf diese Art Handel ein und gab die Anzeige zurück.

Als die Dummheit des Journalisten aus der Welt geschafft worden war, hielt Monsieur de Clagny ihm in Gegenwart der Madame Piédefer eine Strafpredigt; aber Lousteau war sehr aufgebracht über diese Maßnahmen.

»Was ich getan habe, Monsieur«, antwortete Etienne, »ist in voller Absicht unternommen worden. Monsieur de La Baudraye verfügt über sechzigtausend Francs Einkünfte und lehnt es ab, seiner Frau eine Rente zu zahlen; ich habe ihm zu verstehen geben wollen, daß ich Herr über dieses Kind bin.«

»Das habe ich durchschaut, Monsieur«, antwortete der Beamte. »Daher habe ich es so eilig gehabt, die Patenstelle bei dem kleinen Polydore zu übernehmen; er ist standesamtlich als der Sohn des Barons und der Baronin de La Baudraye eingetragen worden, und wenn Sie väterliche Gefühle haben, dann müssen Sie sich freuen, daß dies Kind einmal der Erbe eines der schönsten französischen Majorate sein wird.«

»Ja, und soll die Mutter Hungers sterben?«

»Seien Sie unbesorgt, Monsieur«, sagte der Jurist bitter; er hatte dem Herzen Lousteaus die Bekundung des Gefühls entlockt, auf dessen Beweis er so lange gewartet hatte. »Ich nehme die Unterhandlung mit Monsieur de La Baudraye auf mich.«

Und damit ging Monsieur de Clagny, im Herzen den Tod. Dinah, sein Idol, wurde aus Geldinteressen geliebt! Ob ihr erst die Augen aufgehen würden, wenn es zu spät war? – »Die arme Frau«, sagte der Beamte sich beim Weggehen. Diese Gerechtigkeit wollen wir ihm widerfahren lassen; denn wem gebührte sie, wenn nicht einem Staatsanwaltsstellvertreter? Er liebte Dinah zu ehrlich, um in der Erniedrigung dieser Frau ein Mittel zu sehen, durch das er eines Tages über sie triumphieren könne; er war ganz Mitgefühl, ganz Opferwille: er liebte.

Die Fürsorglichkeit, die die Ernährung des Kindes erforderte, sein Geschrei, die Ruhe, deren die Mutter während der ersten Tage bedurfte, die Anwesenheit der Madame Piédefer, all das verschwor sich so nachdrücklich gegen die literarischen Arbeiten, daß Lousteau sich in den drei Zimmern niederließ, die im ersten Stock für die alte Betschwester gemietet worden waren. Nun der Journalist genötigt war, Erstaufführungen ohne Dinah zu besuchen, nun er die meiste Zeit nicht bei ihr sein konnte, fand er etwas Verlockendes im Wahrnehmen seiner Freiheit. Mehr als einmal ließ er sich beim Arm nehmen und zu einer Lustfahrt verleiten. Mehr als einmal geriet er bei der Lorette eines Freundes wieder in das Bohème-Milieu. Er kam wieder mit Frauen von strahlender Jugend zusammen, die köstlich gekleidet waren und die Sparsamkeit eine Verleugnung ihrer Jugend und ihrer Macht dünkte. Trotz der wunderbaren Schönheit, die Dinah vom dritten Monat des Nährens an schmückte, war sie dem Vergleich mit diesen so bald hingewelkten, aber in der kurzen Zeit, da sie mit beiden Beinen im Überfluß lebten, so schönen Blüten nicht gewachsen. Trotz alledem besaß das geregelte Leben in einem Hausstand großen Reiz für Etienne. Innerhalb eines Vierteljahrs hatten Mutter und Tochter, denen die aus Sancerre gekommene Köchin und die kleine Paméla dabei zur Hand gingen, der Wohnung ein völlig neues Aussehen zuteil werden lassen. Der Journalist bekam dort sein Mittagsmahl, sein Abendessen mit einer Art Luxus serviert. Die schöne, gut gekleidete Dinah war darauf bedacht, allem, was ihr geliebter Etienne gern mochte, entgegenzukommen; er fühlte sich als Herr und Gebieter des Heims, wo alles, bis auf das Kind, sozusagen seinem Egoismus untergeordnet wurde. Dinahs Liebe bekundete sich in den kleinsten Dingen, und so wurde es Lousteau unmöglich, ihr nicht auch weiterhin mit den reizenden Täuschungen seiner geheuchelten Leidenschaft aufzuwarten. Allein Dinah erblickte in dem Leben, zu dem Lousteau außerhalb des Hauses sich hatte verleiten lassen, eine Ursache für den Ruin ihrer Liebe und des Hausstands. Nach zehn Monaten des Nährens entwöhnte sie ihren Sohn, ließ ihre Mutter wieder in Etiennes Wohnung übersiedeln und stellte die Intimität der Beziehungen wieder her, die einen Mann unlösbar an eine Frau fesseln, wenn jene Frau eine Liebende und geistvoll ist. Einer der hervorstechendsten Züge in Benjamin Constants Roman und eine der Erklärungen dafür, daß Ellénore verlassen wird, ist das Aussetzen der täglichen oder nächtlichen, wenn man so will, Intimitäten zwischen ihr und Adolphe. Jeder der beiden Liebenden hat seine eigene Wohnung, beide gehorchen Welt und Gesellschaft, beide haben den Schein gewahrt. Die zeitweise verlassene Ellénore ist zu einem gewaltigen Aufwand an Zärtlichkeit genötigt, um die Gedanken an Freiheit zu verjagen, die Adolphe überkommen, wenn er außerhalb des Hauses ist. Der beständige Austausch von Blicken und Gedanken im gemeinsamen Leben verleiht den Frauen so viele Waffen, daß ein Mann, wenn er sich von ihr abwenden will, ihnen gewichtige Vernunftgründe entgegensetzen muß, mit denen die Frauen nicht aufwarten können, solange sie lieben. Es war für Etienne und für Dinah ein ganz neuer Lebensabschnitt. Dinah wollte notwendig sein, sie wollte dem Mann, dessen Schwäche ihr entgegenlächelte, wieder Energie zuteil werden lassen, denn darin erblickte sie eine Bürgschaft: sie erfand für ihn Themen, sie skizzierte die Entwürfe, und notfalls schrieb sie ganze Kapitel; sie verjüngte die Adern dieses in der Agonie liegenden Talentes durch frisches Blut, sie beschenkte ihn mit ihren Gedanken und ihren Urteilen. Kurzum: sie schrieb zwei Bücher, die Erfolg hatten. Mehr als einmal rettete sie Etiennes Selbstgefühl, wenn er verzweifelt darüber war, daß ihm nichts mehr einfiel: dann diktierte sie ihm, verbesserte seine Arbeiten oder schrieb seine Feuilletons zu Ende. Das Geheimnis dieser Zusammenarbeit wurde unverbrüchlich gewahrt: Madame Piédefer erfuhr nichts davon. Dieser geistige Galvanismus wurde durch ein Anwachsen der Einnahmen belohnt; bis zum Ende des Jahres 1838 hatte das Paar gut zu leben. Lousteau gewöhnte sich daran, daß seine Arbeit von Dinah geleistet wurde, und er vergalt es ihr, wie das Volk in seiner kräftigen Ausdrucksweise sagt, indem er sich die Hände rieb. Diese Verschwendung an Aufopferung kann zu einem Schatz werden, an den edelmütige Seelen sich anklammern, und je mehr Madame de La Baudraye gab, desto mehr liebte sie Lousteau; daher kam denn auch bald ein Zeitpunkt, da er Dinah zuviel gekostet hatte, als daß sie je auf ihn hätte verzichten können. Aber sie wurde abermals schwanger.

Es wurde ein fürchterliches Jahr. Trotz der Maßnahmen der beiden Frauen geriet Lousteau in Schulden; er überforderte seine Kräfte, als er sie durch seine Arbeit während Dinahs Wochenbett zu begleichen trachtete; sie fand ihn heroisch, so gut kannte sie ihn! Nach dieser Kraftanstrengung packte ihn Entsetzen, daß er für zwei Frauen, zwei Kinder und zwei Dienstboten aufzukommen hatte; er hielt sich für unfähig, mit seiner Feder für den Unterhalt einer Familie zu kämpfen, wo er doch allein kaum davon hätte leben können. Also ließ er den Dingen ihren Lauf. Dieser kühle Rechner übertrieb daheim die Komödie der Liebe, um draußen mehr Freiheit zu haben. Die stolze Dinah trug die Bürde dieses Daseins ganz allein. Der Gedanke: ›er‹ liebt mich, gab ihr übermenschliche Kräfte. Sie arbeitete, wie die kräftigsten Begabungen jener Zeit arbeiteten. Auf die Gefahr hin, ihre Frische und ihre Gesundheit einzubüßen, wurde Dinah für Lousteau das, was Mademoiselle Delachaux für Gardane in Diderots herrlicher wahrer Geschichte gewesen ist[174]. Aber indem sie sich selber aufopferte, beging sie den erhabenen Fehler, ihre Toilette zu opfern. Sie ließ ihre Kleider färben, sie ging nur noch in Schwarz. – »Sie roch abscheulich«[175], wie Malaga sagte, die sich weidlich über Lousteau lustig machte. Gegen Ende des Jahres 1839 war Etienne nach dem Beispiel Ludwigs XV., und nachdem sein Gewissen sich lautlos damit abgefunden hatte, dahin gelangt, einen Unterschied zwischen seiner Kasse und der des Haushalts einzuführen, gerade wie Ludwig XV. zwischen seinem Geheimfonds und seiner Schatulle unterschied. Er täuschte Dinah über die Höhe seiner Einnahmen. Als Madame de La Baudraye diese Niedrigkeiten merkte, erlitt sie heftige Eifersuchtsanfälle. Sie wollte gleichzeitig ein gesellschaftliches und ein literarisches Leben führen; sie begleitete den Journalisten zu allen Premieren und nahm bei ihm Regungen gekränkter Eitelkeit wahr, denn das Schwarz ihres Kleides färbte auf ihn ab, sein Gesicht verdüsterte sich, manchmal wurde er deswegen brutal. In seinem Haushalt spielte er die Rolle der Frau und stellte große Ansprüche: er warf Dinah ihre alten Kleider vor und nutzte das Opfer aus, das einer Geliebten so schwer fällt, völlig wie eine Frau, die, nachdem sie einem befohlen hat, zur Wahrung ihrer Ehre durch eine Kloake zu kriechen, einem, wenn man daraus hervorkriecht, sagt: »Ich finde Schmutz widerlich!« Dinah war also gezwungen, die bislang ziemlich schlaffen Zügel der Herrschaft, die alle geistreichen Frauen über willensschwache Männer ausüben, straffer anzuziehen. Aber bei diesem Verfahren verlor sie viel von ihrem moralischen Glanz. Ein Argwohn, den die Frauen sich anmerken lassen, führt zu Streitigkeiten, mit denen der Mangel an Achtung einsetzt, weil sie von der Höhe herabsteigen, auf die sie sich ursprünglich gestellt haben. Daraufhin machte sie Konzessionen. So durfte Lousteau mehrere seiner Freunde bei sich empfangen, Nathan, Bixiou, Blondet, Finot, Leute, deren Manieren, Reden und Umgang verderblich wirkten. Es wurde versucht, Madame de La Baudraye einzureden, ihre Grundsätze, ihre Abneigungen seien ein Überbleibsel provinzieller Prüderie. Schließlich wurde ihr das Gesetz der weiblichen Überlegenheit gepredigt. Bald lieferte ihre Eifersucht Waffen gegen sie. Im Karneval 1840 verkleidete sie sich, ging auf den Opernball[176], gab einige Soupers, bei denen sich zehn Loretten einfanden, damit sie Etienne auf allen seinen Amüsements folgen könne. Am Fastnachtsdienstag oder vielmehr am Aschermittwochmorgen kam Dinah, noch verkleidet, um acht Uhr heim und wollte schlafengehen. Sie hatte Lousteau nachspioniert, der, im Glauben, sie sei krank, seinen Fastnachtsabend Fanny Beaupré gewidmet hatte. Der von einem Freunde davon in Kenntnis gesetzte Journalist hatte sich so verhalten, daß die arme Frau getäuscht wurde, und dabei wünschte sie sich doch nichts Besseres, als getäuscht zu werden. Als Dinah aus ihrer Stadtdroschke stieg, stieß sie auf ihren Mann; sie wurde ihm vom Portier gezeigt. Der kleine alte Herr nahm seine Frau beim Arm und sagte kalt: »Sind Sie es tatsächlich, Madame ...?«

Dieses Auftauchen der ehelichen Gewalt, der gegenüber sie sich klein vorkam, und zumal dieser Ausspruch ließen das Herz des armen Geschöpfs fast zu Eis erstarren, denn Dinah war im Kostüm eines Holzausladers[177] überrascht worden. Um Etiennnes Blicken besser zu entschlüpfen, hatte Didine eine Verkleidung gewählt, in der er sie nicht vermutet hätte. Sie nahm wahr, daß sie noch im Kostüm war, lief ohne zu antworten davon, zog sich um und stieg zu ihrer Mutter hinauf, wo Monsieur de La Baudraye sie erwartete. Trotz ihrer gefaßten, würdigen Miene wurde sie angesichts des kleinen alten Herrn rot.

»Was wollen Sie von mir, Monsieur?« fragte sie. »Haben wir uns nicht für alle Zeit getrennt . . .?«

»Faktisch ja«, antwortete Monsieur de La Baudraye, »aber gesetzlich nicht . . .«

Madame Piédefer machte ihrer Tochter Zeichen, die Dinah schließlich wahrnahm und verstand.

»Lediglich Ihre Geldinteressen können Sie hierhergeführt haben«, sagte sie bitter.

»Unser beider Geldinteressen«, antwortete der kleine Mann kalt; »wir haben nämlich Kinder . . . Ihr Onkel Silas Piédefer in New York ist gestorben; er hat dort, nachdem er in verschiedenen Ländern mehrere Vermögen verloren hat, so an die sieben- bis achthunderttausend Francs hinterlassen; geredet wird von zwölfhunderttausend; aber es handelt sich dabei um die Realisierung von Waren . . . Ich bin das Haupt der Gemeinschaft; ich nehme Ihre Rechte wahr.«

»Oh!« rief Dinah, »in allem, was Geschäftliches angeht, habe ich nur zu Monsieur de Clagny Vertrauen; er kennt sich in den Gesetzen aus; verständigen Sie sich mit ihm; was er unternimmt, dürfte das Richtige sein.«

»Ich brauche Monsieur de Clagny nicht«, sagte Monsieur de La Baudraye, »um Ihnen meine Kinder wegzunehmen . . .«

»Ihre Kinder!« rief Dinah, »Ihre Kinder, denen Sie nie auch nur ein Scherflein haben zukommen lassen, Ihre Kinder . . .!«

Dem fügte sie nichts mehr hinzu als ein schallendes Gelächter; aber die Ungerührtheit des kleinen La Baudraye warf Eis über diesen Ausbruch.

»Ihre Frau Mutter hat sie mir vorhin gezeigt, sie sind ganz reizend, ich will mich nicht von ihnen trennen, ich nehme sie mit auf unser Schloß Anzy«, sagte Monsieur de La Baudraye, »und wenn es nur geschähe, um ihnen den Anblick ihrer Mutter zu ersparen, die sich verkleidet hat, wie sich die . . .«

»Genug!« sagte Madame de La Baudraye gebieterisch. »Was haben Sie von mir gewollt, als Sie hierherkamen . . .?«

»Eine Vollmacht, um die Erbschaft unseres Onkels Silas anzutreten . . .«

Dinah nahm eine Feder zur Hand, schrieb ein paar Zeilen an Monsieur de Clagny und sagte ihrem Mann, er solle am Abend wiederkommen. Um fünf Uhr klärte der Vertreter des Generalstaatsanwalts – denn Monsieur de Clagny war befördert worden – Madame de La Baudraye über ihre Lage auf; aber er erbot sich, alles durch einen Kompromiß mit dem kleinen alten Herrn zu regeln, den einzig die Habsucht hergeführt habe. Monsieur de La Baudraye, der die Vollmacht seiner Frau unbedingt brauche, um nach seinem Ermessen handeln zu können, wolle sie gegen folgende Zugeständnisse erkaufen: zunächst verpflichte er sich, seiner Frau eine Rente von zehntausend Francs zu zahlen, solange es ihr beliebe, wurde in dem Dokument gesagt, in Paris zu leben; aber sobald die Kinder das Alter von sechs Jahren erreicht hätten, müßten sie Monsieur de La Baudraye überlassen werden. Schließlich hatte der Jurist durchgesetzt, daß die Rente auf ein Jahr im voraus gezahlt werden solle. Der kleine La Baudraye, der sich höflich von seiner Frau und seinen Kindern verabschiedete, erschien in einem weißen Gummimantel. Er war so gut auf den Beinen und so vollauf der La Baudraye von 1836, daß Dinah die Hoffnung aufgab, je diesen schrecklichen Zwerg zu Grabe zu geleiten. Lousteau sah Monsieur de La Baudraye vom Garten aus, wo er eine Zigarre rauchte, als dies Insekt über den Hof schritt; aber das genügte ihm, es schien ihm offensichtlich, daß der kleine Mann alle Hoffnungen, die sein Tod seiner Frau vielleicht hätte einflößen können, hatte zunichte machen wollen. Diese rasche Szene änderte die heimlichen Pläne des Journalisten beträchtlich. Etienne rauchte eine zweite Zigarre und begann über seine Lage nachzudenken: sein Zusammenleben mit der Baronin de La Baudraye hatte ihn bislang genauso viel Geld gekostet wie sie. Um einen kaufmännischen Ausdruck zu gebrauchen: streng genommen glichen die Konten sich aus. In Anbetracht seines kümmerlichen Vermögens und der Mühsal, mit der er sein Geld verdiente, betrachtete Lousteau sich moralisch als den Gläubiger. Ganz sicher war die Stunde, sich von dieser Frau zu trennen, günstig. Er war es müde, seit etwa drei Jahren eine Komödie zu spielen, die nie zur Gewohnheit wird; er tarnte beständig seine Verdrossenheit. Dieser Junggeselle, der es gewohnt war, nichts zu verheimlichen, zwang sich daheim zu einem

Lächeln, das dem des Schuldners vor seinem Gläubiger glich. Diese Verpflichtung wurde ihm von Tag zu Tag peinlicher. Bis jetzt hatten die riesigen materiellen Interessen, die die Zukunft ihm in Aussicht stellte, ihm Kräfte geliehen; doch als er mit ansehen mußte, wie der kleine La Baudraye genauso gemächlich zu einer Reise nach den Vereinigten Staaten aufbrach, als wenn es sich um eine Dampferfahrt nach Marseille gehandelt hätte, glaubte er nicht mehr an die Zukunft. Er ging aus dem Garten wieder in das elegante Wohnzimmer, in dem Dinah gerade die Abschiedsworte ihres Mannes entgegengenommen hatte.

»Etienne«, sagte Madame de La Baudraye, »weißt du, was mein Herr und Meister mir soeben vorgeschlagen hat? Für den Fall, daß ich Lust haben sollte, während seiner Abwesenheit auf Anzy zu wohnen, habe er entsprechende Weisungen gegeben, und er hoffe, daß die guten Ratschläge meiner Mutter mich bewegen würden, mit den Kindern dorthin überzusiedeln . . .«

»Der Rat ist vortrefflich«, antwortete Lousteau trocken; er kannte Dinah zur Genüge, um zu wissen, welch eine leidenschaftliche Antwort sie gewollt hatte; überdies hatte sie durch einen Blick darum gebettelt.

Dieser Tonfall, dieser Stimmklang, dieser gleichgültige Blick: all das traf diese Frau, die einzig durch ihre Liebe gelebt hatte, so hart, daß sie, ohne zu antworten, aus ihren Augen über die Wangen zwei dicke Tränen rinnen ließ, und das merkte Lousteau erst, als sie ihr Taschentuch nahm, um diese zwei Perlen des Schmerzes wegzuwischen.

»Was hast du, Didine?« fragte er, durch diese Mimosenempfindlichkeit ins Herz getroffen.

»In dem Augenblick, da ich mir Beifall dafür klatschte, daß ich für alle Zeit unsere Freiheit errungen habe«, sagte sie, »um den Preis meines Vermögens! – Dadurch, daß ich verkaufte, was einer Mutter am kostbarsten ist, ihre Kinder . . .! – Denn er nimmt sie mir, wenn sie sechs Jahre alt sind – und wenn ich sie sehen will, muß ich zurück nach Sancerre! – Eine Marter! – O mein Gott! Was habe ich getan!«

Lousteau warf sich vor Dinah auf die Knie, küßte ihr die Hände und überhäufte sie mit seinen zärtlichsten Schmeichelworten.

»Du verstehst mich nicht«, sagte er. »Ich gehe mit mir ins Gericht, und ich bin alle diese Opfer nicht wert, lieber Engel. Ich bin, und ich meine das buchstäblich, ein sehr zweitrangiger Mensch. An dem Tag, da ich nicht mehr in einem Blatt unter dem Strich paradieren kann, behandeln die Zeitungsverleger mich wie einen alten Pantoffel, den man in die Ecke wirft. Bedenk doch: wir Seiltänzer, wir bekommen kein Ruhegehalt! Es wären zu viele talentvolle Leute zu pensionieren, wenn der Staat sich auf diesen Weg der Wohltätigkeit begäbe! Ich bin zweiundvierzig Jahre alt, ich bin faul geworden wie ein Murmeltier. Ich fühle es (er küßte ihr sehr zärtlich die Hand): meine Liebe kann dir nur verhängnisvoll werden. Ich habe, du weißt es, als Zweiundzwanzigjähriger mit Florine zusammengelebt; aber was in der Jugend zu entschuldigen ist, was dann als hübsch und reizend erscheint, ist mit vierzig Jahren entehrend. Bis jetzt haben wir die Bürde unseres Daseins geteilt, es ist seit achtzehn Monaten nicht mehr schön. Du opferst dich für mich auf, du gehst nur noch in Schwarz, und das macht mir keine Ehre ...« Dinah vollführte eine der herrlichen Schulterbewegungen, die alle Reden der Welt aufwiegen ... – »Ja«, fuhr Etienne fort, »ich weiß es, du opferst alles meinen Neigungen auf, sogar deine Schönheit. Und ich, dessen Herz in den Kämpfen abgenützt worden ist, dessen Seele von schlimmen Ahnungen für meine Zukunft erfüllt ist, ich lohne dir deine wonnige Liebe nicht durch die gleiche Liebe. Wir sind sehr glücklich gewesen, wolkenlos, lange Zeit hindurch ... Nun, ich möchte ein so schönes Gedicht nicht schlecht enden sehen; ist das falsch ...?«

Madame de La Baudraye liebte Etienne so sehr, daß diese Weisheit, die Monsieur de Clagnys würdig gewesen wäre, ihr Freude machte; sie trocknete ihre Tränen.

»Er liebt mich dennoch um meiner selbst willen!« sagte sie sich und blickte ihn mit lächelnden Augen an.

Nach vier Jahren des intimen Beisammenseins hatte die Liebe dieser Frau schließlich alles in sich vereinigt, was unser analytischer Geist an Nuancen entdeckt und was die moderne Gesellschaft geschaffen hat; einer der bedeutendsten Männer dieser Zeit, dessen unlängst erfolgtes Ableben die Literatur noch immer betrübt, Beyle (Stendhal)[178], hat sie als erster auf vollkommene

Weise charakterisiert. Lousteau hatte in Dinah jene heftige Erschütterung bewirkt, die durch den Magnetismus erklärbar ist, und die die Kräfte der Seele und des Körpers in Verwirrung bringt, die allen Antrieb zum Widerstand bei den Frauen zunichte macht. Ein Blick Lousteaus, ein Handauflegen machten Dinah völlig gefügig. Ein freundliches Wort, ein Lächeln dieses Mannes ließen die Seele dieser armen Frau erblühen, wenn sie durch seine Zärtlichkeit gerührt oder durch die Kälte seiner Augen traurig gestimmt war; wenn er ihr den Arm bot und im gleichen Schritt mit ihr über die Straße oder über den Boulevard ging, war sie so mit ihm verschmolzen, daß sie das Bewußtsein ihres Ichs verlor. Der Geist dieses jungen Menschen bezauberte, seine Manieren magnetisierten sie, und so sah sie in seinen Lastern nur leichte Fehler. Sie liebte den Zigarrenrauch, den der Wind ihr vom Garten her ins Schlafzimmer wehte, sie sog ihn ein, sie verzog darob nicht das Gesicht, sie versteckte sich, um ihn zu genießen. Sie haßte den Verleger oder den Chefredakteur der Zeitung, die Lousteau kein Geld geben wollten, unter Hinweis auf die riesigen Vorschüsse, die er schon erhalten hatte. Sie ging so weit, daß sie es verstand, daß dieser Bohémien eine Novelle schrieb, deren Honorar er einstrich, anstatt es gegen das schon seit langem gezahlte Geld verrechnen zu lassen. Das ist sicherlich die wahre Liebe; sie begreift alle Arten des Liebens in sich: die Liebe des Herzens, die Liebe des Verstandes, die Liebe aus Leidenschaft, die Liebe aus Laune, die Liebe aus Geschmacksgründen, nach Beyles Definition[179]. Didine liebte so sehr, daß in gewissen Augenblicken, wenn ihr so gerechter, so beständig, seit sie in Paris war, geübter kritischer Sinn sie klar in Lousteaus Seele lesen ließ, die sinnliche Empfindung den Sieg über die Vernunft davontrug und ihr Entschuldigungsgründe eingab.

»Und ich?« antwortete sie, »was bin ich? Eine Frau, die sich aus der Gesellschaft ausgeschlossen hat. Wenn ich gegen die Frauenehre gefehlt habe, warum könntest du mir dann nicht ein wenig von der Mannesehre opfern? Leben wir beide nicht außerhalb der gesellschaftlichen Konventionen? Warum nimmst du von mir nicht an, was Nathan von Florine annimmt? Wir können ja abrechnen, wenn wir auseinandergehen, und . . . du weißt es! . . . uns wird doch nur der Tod trennen. Deine Ehre, Etienne, ist meine Glückseligkeit, gerade wie die meine meine Treue und dein Glück ist. Wenn ich dich nicht glücklich mache, erübrigt sich jedes weitere Wort. Wenn ich dir ein Hindernis bin, dann verdamme mich. Unsere Schulden sind bezahlt, wir haben zehntausend Francs feste Einkünfte, wir können zu zweit ohne weiteres achttausend Francs jährlich verdienen ... Ich schreibe Bühnenstücke! Sind wir mit fünfzehnhundert Francs den Monat nicht ebenso reich wie Rothschild? Sei getrost. Jetzt will ich mir köstliche Toiletten anschaffen und dir alle Tage die Lust der Eitelkeit bereiten wie an dem Tag von Nathans Uraufführung ...«

»Und deine Mutter, die alle Tage zur Messe läuft, die dir einen Priester herschleppen und dich dazu bringen will, daß du auf deine jetzige Lebensführung verzichtest?«

»Jeder hat sein Laster. Du rauchst, sie hält mir Predigten, die arme Frau! Aber sie betreut die Kinder, sie führt sie spazieren, sie ist von unbedingter Opferwilligkeit, sie vergöttert mich; willst du es ihr verwehren zu weinen ...?«

»Was wird man von mir reden?«

»Aber wir leben doch nicht für Welt und Gesellschaft!« rief sie, hob Etienne auf und ließ ihn sich neben sie setzen. »Außerdem sind wir ja eines Tages verheiratet ... wir haben alles für uns, was bei einer Seefahrt geschehen kann ...«

»Daran habe ich nicht gedacht«, rief Lousteau naiv; zu sich selbst sagte er: »Es ist ja immer noch Zeit zum Bruch, wenn der kleine La Baudraye wiederkommt.«

Von diesem Tage an lebte Lousteau luxuriös; Dinah konnte bei Uraufführungen den Wettbewerb mit den bestgekleideten Pariser Frauen aufnehmen. Da sein häusliches Glück ihm schmeichelte, spielte Lousteau aus Geckenhaftigkeit vor seinen Freunden die Rolle eines von Madame de La Baudraye überforderten, gelangweilten, ruinierten Mannes. – »Ach, wie lieb wäre mir der Freund, der mich von Dinah befreite! Aber das bringt niemand fertig!« sagte er. »Sie liebt mich so sehr, daß sie sich aus dem Fenster stürzen würde, wenn ich es ihr sagte.« Der Journalist ließ sich bedauern; er traf Vorsichtsmaßnahmen gegen Dinahs Eifersucht, wenn er an einer Lustfahrt teilnahm. Wenn Monsieur de Clagny, der ehrlich verzweifelt war, Dinah in einer so entehrenden Situation zu sehen, während sie doch so reich, so hochgestellt sein konnte, nun ihr ursprüngliches Streben der Erfüllung nahe war, zu ihr kam und ihr sagte: »Sie werden betrogen!«, dann antwortete sie: »Ich weiß es!«

Der Jurist stand verdutzt und schier verblüfft da. Als er die Sprache wiederfand, wollte er eine Bemerkung machen.

»Lieben Sie mich noch immer?« unterbrach Madame de La Baudraye ihn beim ersten Wort.

»So, daß ich mich für Sie zugrunde richten könnte ...«, rief er und sprang auf.

Die Augen des armen Mannes wurden zu Fackeln, er zitterte wie ein Baumblatt, er fühlte, daß sein Kahlkopf unbeweglich war, seine Haare bebten in ihren Wurzeln, er glaubte an das Glück, von seinem Idol als Rächer auserkoren zu sein, und dieser schlimmste Fall machte ihn fast irr vor Freude.

»Worüber wundern Sie sich?« fragte sie ihn und ließ ihn sich wieder setzen. »Da sehen Sie, wie ich ihn liebe.«

Der Jurist begriff dieses Argument ad hominem[180]! Und es stiegen ihm Tränen in die Augen, ihm, der unlängst einen Mann hatte zum Tode verurteilen lassen! Lousteaus Überdruß, dieses furchtbare Ergebnis des Konkubinats, hatte sich in tausend kleinen Dingen verraten; sie sind wie Sandkörner, die gegen die Fenster des Zauberpavillons geworfen werden, in dem man träumt, wenn man liebt. Jene Sandkörner, die zu Kieseln werden, hatte Dinah erst gesehen, als sie die Dicke von Steinen angenommen hatten. Madame de La Baudraye hatte Lousteau schließlich richtig beurteilt. – »Er ist«, hatte sie zu ihrer Mutter gesagt, »ein Dichter, der gegen das Unglück wehrlos ist, feige aus Faulheit und nicht aus Mangel an Beherztheit, und ein wenig gar zu sehr der Wollust geneigt; kurzum, er ist ein guter Junge, den man nicht hassen kann. Was sollte ohne mich aus ihm werden? Ich habe seine Eheschließung durchkreuzt, er hat keine Zukunft mehr. Sein Talent würde im Elend zugrunde gehen.« – »O Dinah«, hatte Madame Piédefer aufgeschrien, »in welcher Hölle lebst du ...? Welches Gefühl könnte dir die Kräfte zum Durchhalten leihen ...?« – »Ich will seine Mutter sein!« hatte sie gesagt. »Es gibt schreckliche Situationen, in denen man erst in dem Augenblick zum Entschluß kommt, da unsere Freunde unsere Schande wahrnehmen.« Man schließt einen Vergleich mit sich selbst, wenn man einem Zensor entronnen ist, der sich zum Staatsanwalt aufwirft. Monsieur de Clagny, ungeschickt wie ein Patito[181], hatte sich zu Dinahs Henker gemacht! – »Ich werde um der Bewahrung meiner Liebe willen tun, was Madame de Pompadour um der Bewahrung der Macht willen getan hat[182]«, sagte sie sich, als Monsieur de Clagny gegangen war. Dieser Ausspruch sagt zur Genüge, daß sie an ihrer Liebe schwer zu tragen hatte, und daß sie eine Last sein würde, anstatt eine Lust zu sein ...

Die neue, von Dinah übernommene Rolle war entsetzlich schmerzhaft, und Lousteau machte sie ihr nicht leichter. Wenn er abends nach dem Essen ausgehen wollte, spielte er kleine, entzückende Freundschaftsszenen, sagte zu Dinah Worte voll wahrer Zärtlichkeit, zerrte seine Gefährtin an der Kette, und wenn er dadurch ihre alten Wunden aufs neue wundgerieben hatte, fragte der fürstlich Undankbare: »Habe ich dir wehgetan?« Diese lügnerischen Zärtlichkeiten, die Verstellungen hatten bisweilen für Dinah entehrende Folgen, weil sie an die Wiederkehr der Liebe glaubte. Leider, leider trat die ›Mutter‹ dann mit schmählicher Leichtigkeit Didine den Platz ab. Sie kam sich in den Händen dieses Mannes wie ein Spielzeug vor, und es lief darauf hinaus, daß sie sich sagte: »Gut, dann will ich eben sein Spielzeug sein!«, und sie fand darin heftige Lüste, die Genüsse einer Verdammten. Als diese Frau mit dem so männlichen Geist sich in der Einsamkeit aufs Denken verlegte, spürte sie, wie ihr Mut hinschwand. Die vorhergesehenen, unvermeidlichen Qualen dieser leidenschaftlichen Intimität zog sie der Entbehrung von Genüssen vor, die um so erlesener waren, als sie Gewissensbissen entsprangen, schrecklichen Kämpfen mit sich selbst, einem ›Nein‹, das sich in ein ›Ja‹ verwandelte! Es war in einem fort der Tropfen Brackwasser, der in der Wüste aufgefunden und von dem Wanderer mit größerem Entzücken getrunken wird als die besten Weine an der Tafel eines Fürsten. Wenn Dinah sich um Mitternacht fragte: »Kommt er heim, oder kommt er nicht heim?«, dann wurde sie erst durch den bekannten Hall von Etiennes Stiefeln neugeboren, erst dann, wenn sie seine Art zu schellen wahrnahm. Häufig versuchte sie die Wollüste als Zaum zu benutzen, sie gefiel sich darin, mit ihren Nebenbuhlerinnen zu kämpfen, ihnen nichts von diesem übersättigten Herzen zu lassen. Wie oft spielte sie die Tragödie vom ›Letzten Tag eines zum Tode Verurteilten‹[183] und sagte sich: »Morgen trennen wir uns!« Und wie oft ließen sie ein Wort, ein Blick, eine mit Naivität durchtränkte Zärtlichkeit in die Liebe zurücktaumeln! Das war bisweilen grausig! Mehr als einmal war sie dem Selbstmord nahe, wenn sie einen Pariser Rasenplatz umschritt, über dem blasse Blumen schwankten ...! Noch immer nicht hatte sie den ungeheuren Schatz an Opferwilligkeit und Liebe erschöpft, den liebende Frauen im Herzen tragen. Der Roman ›Adolphe‹ war ihre Bibel, sie las ihn eingehend; denn um nichts in der Welt wollte sie Ellénore sein. Sie wich den Tränen aus, sie hütete sich vor all den Bitterkeiten, die der Kritiker so klüglich schildert, dem wir die Analyse dieses erschütternden Werkes danken und dessen Referat[184] Dinah fast als dem Buch überlegen erschien. So geschah es, daß sie oftmals den prächtigen Artikel des einzigen Kritikers las, den die ›Revue des Deux Mondes‹ je besessen hat und der jetzt der neuen Auflage von ›Adolphe‹ vorangestellt worden ist. – »Nein«, sagte sie sich und wiederholte damit die verhängnisvollen Worte, »nein, ich kleide meine Bitten nicht in die Form eines Befehls, ich bemühe mich nicht um Tränen wie um eine Rache, ich richte nicht über ein Tun, das ich früher unbesehen guthieß, ich spähe nicht mit neugierigen Blicken seinen Schritten nach; wenn er seine eigenen Wege geht, soll er bei der Rückkehr keinen herrischen Mund vorfinden, dessen Kuß ein Befehl ohne Widerspruch wäre. Nein! Mein Schweigen soll keine Klage sein, und was ich sage, kein Zank ...!« – »Ich will nicht vulgär sein«, sagte sie sich und legte den kleinen gelben Band auf ihren Tisch, der ihr schon einmal eine Bemerkung Lousteaus eingetragen hatte: »Schau, schau, du liest ›Adolphe‹!« – »Erlebte ich nur den Tag, da er sich meines Wertes inne wird und sich sagt: ›Das Opfer hat nie geschrien!‹ Überdies haben die anderen nur Augenblicke, und ich habe sein ganzes Leben!«

Da Monsieur de La Baudraye sich durch das Verhalten seiner Frau berechtigt glaubte, sie durch das häusliche Tribunal zu bestrafen, brachte er das Zartgefühl auf, sie zu bestehlen, um sein großes Unternehmen vollenden zu können: die Urbarmachung der zwölfhundert Hektar Brachland, der er seit 1836 seine Einnahmen gewidmet und um deretwillen er gelebt hatte wie ein

Geizkragen. Er hatte so gut mit den von Silas Piédefer hinterlassenen Werten manipuliert, daß er die amtliche Liquidation auf achthunderttausend Francs herunterdrücken konnte und dennoch zwölfhunderttausend heimbrachte. Er kündigte seiner Frau seine Rückkehr nicht an; aber während sie unerhörtes Leid erlitt, baute er Pachthöfe, zog Gräben, pflanzte Bäume und vollzog so kühne Ameliorationen, daß er als einer der besten Agronomen des Berry betrachtet wurde. Die vierhunderttausend Francs, die er seiner Frau weggenommen hatte, wurden in drei Jahren bei diesen Arbeiten verbraucht, und das Gut Anzy mußte zur gegebenen Zeit Erträge von zweiundsiebzigtausend Francs abwerfen, die Steuern ungerechnet. Was die übrigen achthunderttausend Francs betraf, so legte er sie in viereinhalbprozentigen Staatspapieren an, die auf achtzig Francs standen, dank der Finanzkrise durch das sogenannte Ministerium vom ersten März[185]. Da er auf diese Weise seiner Frau Einkünfte in Höhe von achtundvierzigtausend Francs verschaffte, betrachtete er sich ihr gegenüber als quitt. Er konnte ihr ja die zwölfhunderttausend an dem Tage überreichen, da die Viereinhalbprozentigen auf über hundert stehen würden. Sein Ansehen in Sancerre wurde nur noch von dem des reichsten Grundbesitzers in Frankreich übertroffen, zu dessen Nebenbuhler er sich aufwarf. Er sah sich im Besitz von Einkünften in Höhe von hundertvierzigtausend Francs, von denen neunzigtausend aus dem Grund und Boden herrührten, die sein Majorat bildeten. Nachdem er berechnet hatte, daß er von seinen Einkünften zehntausend Francs Steuern, dreitausend Francs Betriebskosten, zehntausend Francs an seine Frau und zwölftausend an seine Schwiegermutter zahlte, konnte er vor der versammelten ›Literarischen Gesellschaft‹ sagen: »Es wird immer behauptet, ich sei ein Geizhals und gäbe nichts aus, dabei betragen meine jährlichen Ausgaben jetzt schon sechsundzwanzigtausendfünfhundert Francs. Und dabei muß ich noch die Erziehung meiner beiden Kinder bezahlen! Es macht vielleicht den Milauds in Nevers keine Freude, aber die zweite Familie de La Baudraye wird vielleicht einen ebenso schönen Aufstieg nehmen wie die erste. Ich werde wahrscheinlich nach Paris reisen und beim König der Franzosen[186] den Grafentitel beantragen (auch Monsieur Roy ist Graf[187]); es wird meine

Frau freuen, wenn sie mit Frau Gräfin angeredet wird.« Das wurde mit einer so begeisternden Kaltblütigkeit geäußert, daß niemand es wagte, den kleinen Mann auszulachen. Nur der Präsident Boirouge antwortete: »An Ihrer Stelle würde ich mich erst dann glücklich preisen, wenn ich eine Tochter hätte ...« – »Aber«, sagte der Baron, »ich fahre ja bald nach Paris ...«

Zu Beginn des Jahres 1842 war Madame de La Baudraye, die sich nach wie vor als ›letzten Ausweg‹ betrachtet fühlte, dahingelangt, daß sie sich abermals für Lousteaus Wohlergehen aufopferte: sie trug wieder schwarze Kleider; aber diesmal war es eine Bekundung der Trauer, denn ihre Liebeslüste hatten sich in Gewissensbisse verwandelt. Sie schämte sich ihrer selbst allzu oft, als daß sie nicht bisweilen das Gewicht ihrer Kette empfunden hätte, und ihre Mutter überraschte sie in jenen Minuten tiefen Nachgrübelns, in denen die Vision des Künftigen die Unglücklichen in eine Art Stumpfheit verfallen läßt. Die von ihrem Beichtvater beratene Madame Piédefer nahm den Augenblick der Erschöpfung wahr, von dem der Priester ihr gesagt hatte, daß er eintreten werde, und machte sich zur Fürsprecherin der Kinder. Sie begnügte sich damit, getrennte Wohnungen zu fordern, ohne eine Trennung der Herzen zu verlangen. Im wirklichen Leben enden dergleichen heikle Situationen nicht, wie in Büchern, durch den Tod oder durch geschickt herbeigeführte Katastrophen; sie enden sehr viel weniger poetisch in Ekel, im Welken aller Blüten der Seele, im Vulgärwerden aller Gewohnheiten, aber nur zu oft auch durch eine andere Leidenschaft, die eine Frau der Anteilnahme beraubt, mit der man die Frauen traditionsgemäß umgibt. Wenn nun aber der gesunde Menschenverstand, das Gesetz der gesellschaftlichen Konvention, das Familieninteresse, alle Elemente dessen, was man unter der Restauration aus Haß gegen die Benennung ›katholische Religion‹ als ›die öffentliche Moral‹ bezeichnete, durch das Verspüren allzu tiefer Wunden gestützt wurden; wenn das Erschlaffen des Opferwillens der Ohnmacht nahekommt und wenn dann in dieser Situation ein allzu heftiger Schlag, eine der Gemeinheiten, die die Männer nur Frauen gegenüber begehen, für deren Herrn und Meister sie sich noch immer halten, den Ekel und die Ernüchterung auf den Gipfel treiben, dann ist die Stunde für den

Freund gekommen, der die Heilung vollzieht. Madame Piédefer hatte also wenig zu tun, um der Tochter die Binde von den Augen zu nehmen. Sie ließ den stellvertretenden Generalstaatsanwalt holen. Monsieur de Clagny vollendete das Werk dadurch, daß er Madame de La Baudraye versicherte, daß ihr Mann, wenn sie auf das Zusammenleben mit Lousteau verzichte, ihr die Kinder lassen, ihr in Paris zu wohnen erlauben und ihr die Verfügung über ihr Eigentum übertragen werde.

»Was für ein Dasein!« sagte er. »Wenn Sie vorsichtig zu Werke gehen, könnten Sie mit der Unterstützung frommer, mildtätiger Leute einen Salon haben und sich eine Stellung zurückerobern. Paris ist nicht Sancerre!«

Dinah überließ es Monsieur de Clagny, mit dem kleinen alten Herrn über eine Versöhnung zu unterhandeln. Monsieur de La Baudraye hatte seine Weine gut verkauft, er hatte Wolle verkauft, er hatte Waldbestände abgeholzt und war, ohne seiner Frau etwas davon zu sagen, nach Paris gekommen, um dort zweihunderttausend Francs anzulegen, und zwar durch den Kauf eines reizenden Stadtpalais' in der Rue de l'Arcade, das aus der Liquidation eines großen, zugrunde gerichteten aristokratischen Vermögens stammte. Da er seit 1826 Mitglied des Generalrats seines Départements war und zehntausend Francs Steuern bezahlte, erfüllte er auf doppelte Weise die Bedingungen des neuen Gesetzes über die Pairschaft[188]. Einige Zeit vor der allgemeinen Wahl von 1842 erklärte er seine Kandidatur für den Fall, daß er nicht zum Pair von Frankreich gemacht werden würde. Gleichzeitig suchte er um die Verleihung des Grafentitels und um die Beförderung zum Kommandeur der Ehrenlegion nach. Was die Wahlen betraf, so war alles, was zur Festigung der dynastischen Ernennungen dienen konnte, in den Augen der Minister richtig; wenn nun aber Monsieur de La Baudraye in die Regierung käme, würde Sancerre mehr denn je zum ›bourgpourri‹[189] der Partei der Doktrinäre werden. Monsieur de Clagny, dessen Begabung und Bescheidenheit sich immer größerer Schätzung erfreuten, unterstützte Monsieur de La Baudraye; er legte dar, daß die Erhebung dieses beherzten Agronomen zur Pairswürde den materiellen Interessen die erforderlichen Garantien geben werde. Monsieur de La Baudraye war, nun er zum Grafen, Pair von Frankreich und Kommandeur der Ehrenlegion ernannt worden war, eitel genug, durch eine Frau und ein gut eingerichtetes Haus würdig vertreten sein zu wollen: er wollte, wie er sagte, das Leben genießen. Also bat er durch einen Brief, den der stellvertretende Generalstaatsanwalt diktierte, seine Frau, in sein Stadtpalais überzusiedeln, es sei zu möblieren und dabei all der Geschmack zu entfalten, dessen Beweise ihn, so schrieb er, im Schloß Anzy so entzückt hätten. Der neugebackene Graf gab seiner Frau zu bedenken, daß die Verwaltung von ihrer beider Landbesitz ihn nötige, Sancerre nicht zu verlassen, während die Erziehung ihrer Söhne es erfordere, daß sie in Paris bleibe. Der entgegenkommende Ehegemahl beauftragte also Monsieur de Clagny, der Frau Gräfin sechzigtausend Francs für die Inneneinrichtung des Palais La Baudraye zu überbringen, und empfahl ihr, über dem Einfahrtstor eine Marmortafel mit der Inschrift: ›Hôtel de La Baudraye‹ anbringen zu lassen. Ferner legte er seiner Frau Rechnung über die Ergebnisse der ›Liquidation Silas Piédefer‹ ab und vermeldete ihr die Anlage der in New York erhaltenen achthunderttausend Francs in viereinhalbprozentiger Staatsanleihe, die er ihr für ihre persönlichen Ausgaben, die für die Erziehung der Kinder erforderlichen inbegriffen, zur Verfügung stelle. Sollte er etwa genötigt sein, für einen Teil der Sitzungszeit der Pairskammer nach Paris zu kommen, so bitte er seine Frau, ihm eine kleine Wohnung in einem Zwischenstock über den Dienerschaftswohnungen zur Verfügung zu halten.

»Das ist denn doch! Er verjüngt sich, er wird ein Edelmann, er wird freigebig, was wird er noch alles werden? Man könnte es mit der Angst bekommen«, sagte Madame de La Baudraye.

»Er erfüllt alle Wünsche, die Sie mit zwanzig Jahren gehegt haben«, antwortete der Jurist.

Der Vergleich zwischen ihrem künftigen Los und ihrem gegenwärtigen war für Dinah unerträglich. Tags zuvor noch hatte Anne de Fontaine, ihre Herzensfreundin aus dem Pensionat Chamarolles, den Kopf abgewendet, um sie nicht grüßen zu müssen. Dinah sagte sich: »Ich bin Gräfin, ich werde auf meinem Wagenschlag den blauen Mantel der Pairswürde führen und in meinem Salon die Prominenz der Politik und der Literatur versammeln ... dann werde *ich* sie mit den Blicken messen ...!« Dieser kleine Genuß lastete mit seinem vollen Gewicht auf dem Augenblick der Bekehrung, wie ehedem die Verachtung durch die Gesellschaft auf ihrem Glück gelastet hatte.

Eines schönen Tages, im Mai 1842, beglich Madame de La Baudraye sämtliche Schulden ihres Haushalts und legte oben auf den Stapel von Quittungen tausend Taler. Dann schickte sie ihre Mutter und die Kinder ins Palais La Baudraye und wartete, zum Ausgehen angekleidet, auf Lousteau. Als der Exkönig ihres Herzens zum Abendessen heimkam, sagte sie zu ihm: »Hier gibt es nichts mehr zu essen, lieber Freund. Madame de La Baudraye lädt Sie zum Abendessen in den ›Rocher de Cancale‹[190] ein. Kommen Sie mit?«

Sie zog Lousteau mit sich; er war verblüfft über die gelöste Miene dieser Frau, die sich am Morgen noch seinen kleinsten Launen gefügt hatte; denn auch sie hatte seit zwei Monaten Komödie gespielt.

»Madame de La Baudraye ist aufgetakelt wie zu einer Premiere«, sagte er und bediente sich dabei der Abkürzung, die in der Ausdrucksweise der Zeitungsleute eine Uraufführung bedeutet.

»Vergessen Sie nicht den Respekt, den Sie Madame de La Baudraye schuldig sind«, sagte Dinah ernst. »Ich will schon nicht mehr wissen, was das Wort ›aufgetakelt‹ bedeutet ...«

»Wird Didine rebellisch?« fragte er und faßte sie um die Taille.

»Es gibt keine Didine mehr; die haben Sie umgebracht, mein Freund«, sagte sie und machte sich frei. »Und ich beschenke Sie mit der Uraufführung der Frau Gräfin de La Baudraye ...«

»Dann stimmt es also: unser Insekt ist Pair von Frankreich geworden?«

»Die Ernennung wird heute abend im ›Moniteur‹ veröffentlicht, hat Monsieur de Clagny mir gesagt; er selber ist ans Kassationsgericht versetzt worden.«

»Im Grunde«, sagte der Journalist, »muß ja auch die soziale Entomologie in der Kammer vertreten sein ...«

»Lieber Freund, wir trennen uns für immer«, sagte Madame de La Baudraye und unterdrückte das Beben ihrer Stimme. »Ich habe den beiden Dienstboten gekündigt. Beim Heimkommen finden Sie Ihren Haushalt geregelt und schuldenfrei. Ich werde für Sie stets, aber insgeheim, das Herz einer Mutter haben. Wir wollen jetzt ganz ruhig und geräuschlos, als Leute, die wissen, was sich schickt, auseinandergehen. Haben Sie mir über mein Verhalten während dieser sechs Jahre einen Vorwurf zu machen?«

»Keinen, wenn nicht den, daß Sie mein Leben zerbrochen und mir meine Zukunft zerstört haben«, sagte er trocken. »Sie haben viel in Benjamin Constants Buch gelesen und sich sogar eifrig mit dem letzten Artikel befaßt, der darüber geschrieben worden ist; aber Sie haben es nur mit den Augen einer Frau gelesen. Obwohl Sie eine so schöne Intelligenz besitzen, daß ein Dichter damit sein Glück machen könnte, haben Sie es nicht gewagt, sich in die Lage der Männer zu versetzen. Dieses Buch, meine Liebe, besitzt beide Geschlechter. Verstehen Sie mich ...? Es steht für uns fest, daß es männliche oder weibliche Bücher gibt, blonde oder schwarze ... In ›Adolphe‹ sehen die Frauen nur Ellénore, die jungen Leute Adolphe, die reifen Männer sehen darin Ellénore und Adolphe und die Politiker das soziale Leben! Sie haben es sich erspart, in Adolphes Seele einzudringen, wie übrigens auch Ihr Kritiker, der lediglich Ellénore gesehen hat. Was diesen armen Kerl umbringt, meine Liebe, ist das Wissen, sich um einer Frau willen seine Zukunft verscherzt zu haben, nichts von dem zu sein, was er hätte werden können, weder Gesandter noch Minister noch Kammerherr noch Dichter noch ein reicher Mann. In dem Augenblick des Lebens, da der Mann die Härten irgendwelcher Lehrjahre auf sich nehmen kann, hat er sechs Jahre lang seine Energie an einen Unterrock verschwendet, an eine Frau, der er auf dem Weg der Undankbarkeit vorangeht; denn eine Frau, die ihren ersten Liebhaber verlassen hat, mußte früher oder später auch den zweiten verlassen. Kurz und gut: Adolphe ist ein mattblonder Deutscher, der in sich nicht die Kraft verspürt, Ellénore zu täuschen. Es gibt Adolphe-Männer, die ihren Ellénore-Frauen entehrende Streitereien und Klagen verzeihen und sich sagen: Ich will nicht von dem sprechen, was ich verloren habe! Ich will nicht immer dem Egoismus zeigen, daß ich meine abgehackte Faust bekränzt habe, wie es Ramorny in ›Das schöne Mädchen von Perth‹[191] tut; denn solche Männer, meine Liebe, werden verlassen ... Adolphe ist ein Sohn aus guter Familie, ein aristokratisches Herz; er möchte zurück auf den Weg der Ehre und seine soziale Mitgift und sein verlorenes Ansehen wiedergewinnen. Sie spielen in diesem Augenblick diese beiden Gestalten gleichzeitig. Sie empfinden den Schmerz, den eine verlorene gesellschaftliche Stellung verursacht, und Sie glauben sich berechtigt, einem armen Liebhaber den Laufpaß zu geben, der das Pech gehabt hat, Sie für so überlegen zu halten, daß Sie einsehen, daß, wenn bei einem Mann das Herz treu ist, das Geschlecht sich ohne weiteres in mutwilligen Spielen ergehen kann ...«

»Und glauben Sie wirklich, daß ich mich nicht damit befassen werde, Ihnen wiederzuerstatten, was Sie durch mich verloren haben? Seien Sie unbesorgt«, antwortete Madame de La Baudraye, die dieser Ausgang niedergeschmettert hatte, »Ihre Ellénore stirbt nicht, und wenn Gott ihr das Leben läßt und wenn Sie Ihren Lebenswandel ändern, wenn Sie auf die Loretten und die Schauspielerinnen verzichten, dann finden wir für Sie etwas Besseres als eine Félicie Cardot.«

Jeder der beiden Liebenden wurde mißmutig: Lousteau mimte den Bekümmerten, er wollte trocken und kalt wirken; während Dinah, die wahrhaft bekümmert war, den Vorwürfen ihres Herzens lauschte.

»Warum«, fragte Lousteau, »wollen wir nicht enden, wie wir hätten anfangen sollen, unsere Liebe vor allen Augen verbergen und einander heimlich treffen?«

»Niemals!« sagte die neue Gräfin und setzte eine eisige Miene auf. »Sehen Sie denn nicht ein, daß wir schließlich endliche Wesen sind? Unsere Gefühle dünken uns unendlich der Vorahnung wegen, die wir vom Himmel haben; aber hienieden sind ihnen Grenzen durch die Kräfte unseres Organismus gesetzt. Es gibt schlaffe, feige Naturen, die eine Unzahl von Wunden empfangen und fortdauern können; aber es gibt auch stärker gehärtete, die schließlich unter den Schlägen zerbrechen. Sie haben mich ...«

»Ach, genug davon«, sagte er, »Schluß mit der Manuskriptmacherei ...! Ihr Sermon kommt mir überflüssig vor, weil Sie sich durch einen einzigen Satz rechtfertigen könnten: ›Ich liebe nicht mehr ...!‹«

»Also ich soll es sein, die nicht mehr liebt...?« rief sie bestürzt.

»Freilich. Sie haben sich ausgerechnet, daß ich Ihnen mehr Kummer und Verdruß als Liebeswonne bereite, und nun verlassen Sie Ihren Partner...«

»Ich verlasse ihn...!« rief sie und hob beide Hände.

»Haben Sie vorhin nicht gesagt: ›auf immer‹?«

»Ja, ja, auf immer«, antwortete sie mit Nachdruck.

Dieses letzte ›auf immer‹, das von der Furcht diktiert worden war, wieder unter Lousteaus Herrschaft zu geraten, wurde von ihm von dem Augenblick an, da Dinah seinen verächtlichen Sarkasmen gegenüber unempfänglich blieb, als das Ende seiner Macht gedeutet. Der Journalist konnte einer Träne nicht wehren: er verlor eine aufrichtige, grenzenlose Zuneigung. Er hatte in Dinah die süßeste La Vallière[192], die angenehmste Pompadour[193] gefunden, die ein Egoist, sofern er nicht König ist, sich nur wünschen konnte; und wie ein Knabe, der merkt, daß er seinen Maikäfer so lange gequält hat, bis er tot ist, weinte Lousteau. Da verließ Madame de La Baudraye das kleine Zimmer, wo zu Abend gegessen worden war, bezahlte das Essen und begab sich dann schleunigst in die Rue de l'Arcade; sie grollte sich und kam sich grausam vor.

Dinah hatte aus ihrem Stadtpalais ein Musterbild eleganter Behaglichkeit gemacht, und auch sie selber hatte sich gewandelt; aber diese doppelte Metamorphose kostete dreißigtausend Francs mehr, als der junge Pair von Frankreich geschätzt hatte. Das verhängnisvolle Ereignis, das der Familie Orléans den Thronerben entriß[194], machte im August 1842 den Zusammentritt der Kammern notwendig, und so konnte sich der kleine La Baudraye mit seinen Titeln und Würden dem Hohen Hause eher vorstellen, als er geglaubt hatte, und bei dieser Gelegenheit sah er das von seiner Frau Vollbrachte; er war davon so begeistert, daß er die dreißigtausend Francs ohne die geringste Einwendung gab, wie er ehedem achttausend für die Herrichtung von La Baudraye gegeben hatte. Als er vom Luxembourg-Palais heimfuhr, wo er, dem Brauche gemäß, von zwei Pairs, dem Baron de Nucingen und dem Marquis de Montriveau, vorgestellt worden war, begegnete der neugebackene Graf dem alten Herzog von Chaulieu, einem seiner alten Schuldner, zu Fuß, in der Hand einen Regenschirm, während er selber in einem kleinen, niedrigen Wagen lehnte, auf dessen Schlägen sein Wappen glänzte und wo zu lesen stand: ›Deo sic pactet fides et hominibus‹[195]. Dieser Vergleich träufelte in sein Herz eine Dosis des Balsams, an dem das Bürgertum sich seit 1830 berauscht. Madame de La Baudraye erschrak, als sie ihren Mann beim Wiedersehen besser aussehend fand als an ihrem Hochzeitstag. Im Übermaß seiner Freude triumphierte der von der Natur Benachteiligte mit vierundsechzig Jahren mit dem Leben, das ihm abgesprochen worden war, mit der Familie, die zu haben der schöne Milaud aus Nevers ihm untersagt hatte, mit seiner Frau, die in ihrem Hause Monsieur und Madame de Clagny, den Pfarrer der Himmelfahrtskirche[196] sowie die beiden Herren, die ihn in die Pairskammer eingeführt hatten, zum Abendessen empfing. Er liebkoste seine Kinder mit hinreißender Geckenhaftigkeit. Die Schönheit des Tafelschmucks fand seinen Beifall.

»Das sind die Vliese des Berry«, sagte er und zeigte Monsieur de Nucingen die Behänge hinter seiner neuen Krone, »sie sind aus Silber!«[197]

Obwohl Dinah von einer tiefen Melancholie verzehrt wurde, die sie mit der Kraft einer jetzt wirklich überlegenen Frau zurückdämmte, war sie bezaubernd, geistvoll und wirkte vor allem in ihrer Hoftrauerkleidung[198] wie verjüngt.

»Man könnte meinen«, rief der kleine La Baudraye und wies Monsieur de Nucingen auf seine Frau hin, »die Gräfin sei noch nicht dreißig.«

»Ach nein! Madame ist eine Frau von dreißig Jahren?«[199] entgegnete der Baron, der sich stets alter Witze bediente, weil er darin eine Art klingender Münze für die Unterhaltung erblickte.

»Im wahrsten Sinn des Wortes«, antwortete die Gräfin; »ich bin nämlich fünfunddreißig und hoffe sehr, daß ich eine kleine Leidenschaft im Herzen trage . . .«

»Ja, meine Frau hat mich durch chinesisches Porzellan und andere Chinoiserien ruiniert . . .«

»Madame hat dieser Geschmacksrichtung schon frühzeitig gehuldigt«, sagte der Marquis de Montriveau lächelnd.

»Ja«, versetzte der kleine La Baudraye und blickte den Marquis de Montriveau, den er in Bourges kennengelernt hatte, kalt an, »Sie wissen ja, daß sie in den Jahren 25, 26 und 27 für mehr als eine Million Antiquitäten gesammelt hat; Anzy ist dadurch zu einem Museum geworden ...«

»Welch eine Sicherheit der Haltung!« dachte Monsieur de Clagny; er meinte, der kleine Provinzgeizkragen zeige sich seiner neuen Stellung völlig gewachsen.

Geizige haben Ersparnisse jeder Art zu verausgaben. Am Tage nach der Abstimmung über das Regentschaftsgesetz[200] durch die Kammer fuhr der kleine Pair von Frankreich nach Sancerre, führte seine Weinlese durch und nahm seine Gewohnheiten wieder auf.

Während des Winters 1842 versuchte die Gräfin de La Baudraye, der der stellvertretende Staatsanwalt am Kassationsgericht dabei half, sich einen geselligen Kreis zu schaffen. Natürlich setzte sie einen Empfangstag fest und traf eine Auswahl unter den Berühmtheiten; sie wollte nur ernstzunehmende Leute reifen Alters bei sich sehen. Durch Besuche im Théâtre-des-Italiens und in der Oper versuchte sie, sich Ablenkungen zu verschaffen. Zweimal wöchentlich nahm sie ihre Mutter und Madame de Clagny nach dorthin mit, die der Jurist gezwungen hatte, mit Madame de La Baudraye zu verkehren. Aber ungeachtet ihres Geistes, ihrer liebenswürdigen Umgangsformen, ihres Auftretens als Frau, von der man spricht, war sie nur durch ihre Kinder glücklich, auf die sie all ihre enttäuschte Liebe übertrug. Der bewundernswerte Monsieur de Clagny warb Frauen für den Umgang der Gräfin, und es gelang ihm! Freilich hatte er mehr Erfolg bei frommen Frauen als bei mondänen Damen. – »Sie langweilen sie!« sagte er sich mit Schrecken, wenn er sein Idol betrachtete, das durch das Unglück gereift, durch Gewissensbisse blaß geworden war und das jetzt im vollen Glanz einer durch ihr Leben im Luxus und ihre Mutterschaft wiedergewonnenen Schönheit strahlte. Der getreue Justizbeamte, der bei seinem Tun durch die Mutter und den Gemeindepfarrer unterstützt wurde, war bewundernswürdig in seinen Auswegen. Jeden Mittwoch wartete er seiner geliebten Gräfin mit einer Berühmtheit aus Deutschland, England, Italien oder Preußen auf; er schilderte sie Leuten, mit denen sie keine zwei Worte sprach, als eine unvergleichliche Frau;

freilich hörte sie ihnen mit so tiefer Aufmerksamkeit zu, daß sie beim Weggehen von Dinahs Überlegenheit fest überzeugt waren. Dinah besiegte Paris durch ihr Schweigen, wie sie Sancerre durch ihre Beredsamkeit besiegt hatte. Von Zeit zu Zeit enthüllten eine boshafte Bemerkung über dieses und jenes oder ein Ausspruch über Lächerliches eine Frau, die sich Gedanken zu machen gewohnt war, und die vor vier Jahren Lousteaus Feuilleton verjüngt hatte. Diese Epoche war für die Liebe des armen Juristen wie die Spanne, die man in sonnenlosen Jahren als Altweibersommer bezeichnet. Er machte sich mehr zum alten Mann, als er es war, um das Recht zu haben, mit Dinah befreundet zu sein, ohne ihr zu schaden; aber als wenn er jung, schön und gefährlich gewesen wäre, hielt er Abstand wie ein Mann, der sein Glück verbergen muß. Er versuchte, seine kleinen Aufmerksamkeiten, seine harmlosen Geschenke, die Dinah offen zeigte, mit dem tiefsten Geheimnis zu bedecken. Er trachtete danach, seinen geringsten Gefälligkeiten gefährliche Bedeutung zu leihen. – »Er mimt Leidenschaft«, sagte die Gräfin lachend. Sie machte sich über Monsieur de Clagny lustig, wenn er dabei war, und der Beamte sagte sich: »Sie beschäftigt sich mit mir!« – »Ich mache so großen Eindruck auf diesen armen Menschen«, sagte sie lachend zu ihrer Mutter, »daß er, wenn ich es ihm sagte, mit ›Nein‹ antworten würde, glaube ich.« Eines Abends fuhr Monsieur de Clagny in Begleitung seiner Frau seine geliebte Gräfin heim; sie war tief bekümmert. Alle drei hatten der Uraufführung von ›Rechte Hand, linke Hand‹ beigewohnt, dem ersten Bühnenwerk von Léon Gozlan[201].

»Woran denken Sie?« fragte der über die Schwermut seines Idols erschrockene Jurist.

Das Fortdauern der verborgenen, aber tiefen Frömmigkeit, die die Gräfin verzehrte, war ein gefährliches Leiden, das der stellvertretende Generalstaatsanwalt nicht zu bekämpfen wußte, denn echte Liebe ist oft ungeschickt, zumal wenn sie nicht geteilt wird. Echte Liebe entlehnt ihre Form dem Charakter. Nun aber liebte der würdige Jurist nach Art des Alceste, während Madame de La Baudraye nach Art Philintes geliebt werden wollte. Die Feigheiten der Liebe passen sehr wenig zur Redlichkeit des Menschenfeinds[202]. Daher hütete Dinah sich sorglich, ihrem Patito[203] ihr Herz zu öffnen. Wie hätte sie es wagen können einzugestehen, daß sie sich manchmal nach ihrem alten Schlamm sehnte? Mitten im gesellschaftlichen Leben empfand sie eine riesige Leere; sie wußte nicht, wem sie über ihre Erfolge, ihre Triumphe, ihre Toiletten berichten sollte. Manchmal kehrten die Erinnerungen an ihre Elendszeit untermischt mit dem Rückdenken an verzehrende Wollüste wieder. Manchmal grollte sie Lousteau, weil er sich nicht um sie kümmerte; am liebsten hätte sie zärtliche oder wütende Briefe von ihm bekommen. Da Dinah nicht antwortete, wiederholte der Jurist seine Frage, wobei er die Hand der Gräfin nahm und sie mit beflissener Miene zwischen den seinen drückte.

»Wollen Sie die rechte oder die linke Hand?« fragte sie lächelnd.

»Die linke«, sagte er, »denn ich nehme an, daß Sie von der Lüge und der Wahrheit sprechen.«

»Also hören Sie: ich habe ihn gesehen«, entgegnete sie und sprach so, daß sie nur von dem Juristen gehört werden konnte. »Und als ich wahrnahm, daß er traurig und tief mutlos war, habe ich mich gefragt: ›Hat er wohl Zigarren? Hat er Geld?‹«

»Nun, wenn Sie die Wahrheit hören wollen, dann will ich sie Ihnen sagen«, rief Monsieur de Clagny. »Er lebt nämlich sozusagen ehelich mit Fanny Beaupré zusammen. Sie haben mir dies Geständnis entlockt, Sie hätten es niemals erfahren, denn sonst hätten Sie vielleicht an ein wenig großherziges Gefühl bei mir geglaubt.«

Madame de La Baudraye drückte dem stellvertretenden Generalstaatsanwalt die Hand.

»Sie haben«, sagte sie zu ihrer Tugendwächterin, »einen Mann, wie es sie nur selten gibt. Ach, warum nur ...«

Und sie schmiegte sich in ihre Ecke und schaute zum Wagenfenster hinaus; aber den Rest ihres Satzes behielt sie für sich; der Jurist ahnte, daß sie hatte sagen wollen: »Warum nur hat Lousteau nicht ein wenig von dem Herzensadel Ihres Mannes ...?«

Dennoch zerstreute diese Nachricht die Melancholie der Madame de La Baudraye; sie stürzte sich in das gesellschaftliche Leben, sie wollte Erfolge haben und erlangte sie auch; allein sie machte in Damenkreisen nur wenig Fortschritte, es fiel ihr schwer, dort Einlaß zu finden. Im März wagten die mit Madame Piédefer befreundeten Priester und der stellvertretende Generalstaatsanwalt einen großen Schlag: sie ließen die Gräfin de La Baudraye zur Almosensammlerin für das von Madame de Carcado begründete Wohltätigkeitswerk ernennen. Schließlich wurde sie auch vom Hof dazu bestimmt, die Gaben zugunsten der Opfer des Erdbebens von Guadeloupe zu sammeln. Die Marquise d'Espard, der Monsieur de Canalis die Namen jener Damen in der Oper vorlas, sagte, als sie den der Gräfin vernahm: »Ich lebe nun schon so lange in der Gesellschaft; ich kann mich aber an nichts Schöneres erinnern, als es die Anstrengungen sind, die zur Rettung der Ehre der Madame de La Baudraye unternommen werden.«

Während der Frühlingstage, die eine Laune unseres Planeten schon von der ersten Märzwoche des Jahres 1843 an über Paris leuchten ließ und die es mit sich brachten, daß die Champs-Elysées schon im Blätterschmuck prangten und der Rasen von Longchamp grün war, hatte der Liebhaber der Fanny Beaupré bei seinen Spaziergängen Madame de La Baudraye mehrmals erblickt, ohne von ihr gesehen worden zu sein. Somit war er mehr als einmal von einer der Regungen der Eifersucht und des Neides ergriffen worden, die in der Provinz geborenen und aufgewachsenen Menschen ziemlich vertraut sind, wenn er seine ehemalige Geliebte wiedersah, die behaglich in einem hübschen Wagen lehnte, gut gekleidet war, träumerisch vor sich hin sah und ihre beiden Kinder, jedes an einer Wagentür, neben sich sitzen hatte. Er beschimpfte sich innerlich um so mehr, als er sich in den Klauen der bittersten unter allen Formen des Elends befand, des verborgenen Elends. Wie alle ihrem Wesen nach eitlen und leichtfertigen Charaktere war er dem seltsamen Ehrenstandpunkt unterworfen, der darin besteht, daß man in den Augen seines Publikums nicht absinken darf, der die Börsenmänner zum Begehen legaler Verbrechen veranlaßt, damit sie nicht aus dem Tempel der Spekulation hinausgetrieben werden, der gewissen Kriminellen den Mut zu tugendhaften Taten gibt. Lousteau aß zu Abend und zu Mittag und rauchte, als ob er reich sei. Auch um einer Erbschaft willen hätte er nie darauf verzichtet, für sich wie für die Dramatiker oder Prosaautoren, mit denen er gerade eine Tabakverkaufsstelle betrat, die teuersten Zigarren zu kaufen. Der Journalist ging in Lackschuhen einher; aber er hatte Angst vor Pfändungen, die, nach dem Ausdruck der Gerichtsvollzieher, ›nicht von schlechten Eltern‹ gewesen wären. Fanny Beaupré besaß nichts Versetzbares mehr, und ihre Einkünfte waren von Gläubigern vorgepfändet worden! Nachdem Etienne sämtliche Vorschußmöglichkeiten bei Zeitungen, Zeitschriften und Buchverlegern erschöpft hatte, wußte er nicht mehr, aus welcher Tinte er Gold machen sollte. Die auf so ungeschickte Weise abgeschafften Spielsäle[204] konnten nicht mehr, wie ehedem, die Wechsel einlösen, die von allen, denen das Wasser bis zum Halse stand, auf das grüne Tuch gezogen worden waren. Mit einem Wort: der Journalist war in eine solche Geldverlegenheit geraten, daß er unlängst sogar den ärmsten seiner Freunde angepumpt hatte, nämlich Bixiou, den er bislang nie um etwas gebeten hatte, und zwar um ganze hundert Francs! Am meisten quälte es Lousteau, nicht daß er fünftausend Francs Schulden hatte, sondern daß er sich seiner Eleganz und seines unter soviel Entbehrungen erworbenen und durch Madame de La Baudraye bereicherten Mobiliars beraubt sah. Denn am 3. April kündigte ein gelber Zettel, den der Portier abriß, nachdem er eine Weile an der Hauswand geleuchtet hatte, die Versteigerung einer schönen Wohnungseinrichtung für den nächsten Samstag an, den Tag, den die Justizbehörden nun einmal für Zwangsversteigerungen festgesetzt haben. Lousteau ging spazieren, rauchte Zigarren und suchte nach Ideen; denn in Paris liegen die Ideen in der Luft, sie lächeln einem an einer Straßenecke zu, sie spritzen zusammen mit einem Schmutzstrahl unter einem Kutschwagenrad hervor! Der Lustwandler hatte schon einen ganzen Monat lang nach Ideen für Artikel und nach Stoffen für Novellen gesucht; aber er war immer nur auf Freunde gestoßen, die ihn zum Abendessen mitschleppten, oder ins Theater, und die seinen Kummer im Rausch ertränkten, wobei sie ihm sagten, der Champagner werde ihn inspirieren.

»Sei auf der Hut«, sagte ihm eines Abends der grausame Bixiou, der gleichzeitig einem Kameraden hundert Francs geben und ihm durch ein Wort das Herz durchbohren konnte. »Wenn du immer betrunken einschläfst, erwachst du noch einmal als Geisteskranker.«

Am Tag vor der Versteigerung, dem Freitag, war der Unglückliche, obwohl an seine Notlage gewöhnt, gereizt wie ein zum Tode Verurteilter. Früher würde er sich gesagt haben: »Pah, mein Mobiliar ist alt, ich kaufe mir ein neues.« Aber er fühlte sich außerstande, mit literarischen Gewaltstreichen von vorn zu beginnen. Der Buchhandel lag durch den unbefugten Nachdruck im Argen und zahlte wenig. Die Zeitungen geizten bei den abgehetzten Talenten wie die Theaterdirektoren bei Tenören, deren Höhenlage um einen Ton abgenommen hat. Und so ging er denn vor sich hin, den Blick auf die Menge gerichtet, ohne darin irgend etwas wahrzunehmen, die Zigarre im Mund, die Hände in den Hosentaschen, das Gesicht nach innen verkrampft, ein geheucheltes Lächeln auf den Lippen. Da sah er Madame de La Baudraye im Wagen vorbeifahren; sie fuhr durch die Rue de la Chaussée-d'Antin nach dem Boulevard, um sich zum Bois zu begeben. – »Weiter bleibt mir nichts übrig«, sagte er sich. Er ging heim und machte sich schön. Abends um sieben fuhr er in einer Stadtdroschke bei Madame de La Baudraye vor und bat den Pförtner, der Gräfin folgende Zeilen zu überbringen:

»Würde die Frau Gräfin wohl die Güte haben, Monsieur Lousteau für einen Augenblick zu empfangen, und zwar augenblicklich?«

Der kleine Brief war mit einem Petschaft versiegelt worden, dessen die beiden Liebenden sich ehedem bedient hatten. Madame de La Baudraye hatte in einen echten orientalischen Karneol gravieren lassen: »Weil!« Ein großes Wort, das Wort der Frauen, das Wort, das alles zu erklären vermag, sogar die Schöpfung. Die Gräfin hatte gerade ihre Toilette beendet; sie wollte in die Oper fahren, ihre Loge war für den Freitag gemietet. Sie erbleichte, als sie das Siegel sah.

»Er soll warten!« sagte sie und schob den Brief in ihren Ausschnitt.

Sie brachte die Kraft auf, ihre Erregung zu meistern, und bat ihre Mutter, sie möge die Kinder zu Bett bringen. Dann ließ sie Lousteau sagen, er möge kommen, und sie empfing ihn, bei offenen

Türen, in einem Boudoir, das neben ihrem großen Salon gelegen war. Nach dem Theater mußte sie zu einem Ball gehen, sie trug ein köstliches, durchwirktes, strohgelbes Seidenkleid mit abwechselnd matten und geblümten Streifen. Ihre bestickten, mit Quasten verzierten Handschuhe ließen ihre schönen, weißen Arme sehen. Sie schimmerte vor Spitzen und trug all die hübschen Kinkerlitzchen, die die Mode vorschrieb. Ihre Frisur à la Sévigné lieh ihr ein nobles Aussehen. Ihre Perlenkette lag auf ihrer Brust wie Schaumblasen auf Schnee.

»Was wünschen Sie, Monsieur?« fragte die Gräfin und schob ihren Fuß unter dem Kleid vor, um ihn in ein Samtkissen zu drücken, »ich glaubte, ich hoffte, völlig vergessen zu sein . . .«

»Ich möchte ›nie und nimmer‹ zu Ihnen sagen, aber Sie würden mir nicht glauben«, sagte Lousteau; er hatte sich nicht gesetzt, sondern ging auf und ab und zerzupfte Blumen, die er bei jedem Gang aus den Jardinieren nahm, deren Blütenpracht das Boudoir durchduftete.

Kurze Zeit herrschte Schweigen. Madame de La Baudraye musterte Lousteau; sie fand ihn gekleidet, wie es nur der skrupulöseste Dandy sein konnte.

»Nur Sie auf Erden können mir helfen und mir eine Stange hinhalten; ich bin nämlich am Ertrinken und habe schon mehr als einen Mundvoll geschluckt . . .«, sagte er, blieb vor Dinah stehen und schien mit äußerster Selbstüberwindung zu sprechen. »Wenn Sie mich hier vor sich sehen, so deshalb, weil es mit meinen Angelegenheiten verteufelt übel steht.«

»Genug«, sagte sie, »ich verstehe Sie . . .« Abermals entstand zwischen ihnen eine Pause; Lousteau wandte sich ab, nahm sein Taschentuch und tat, als wische er sich eine Träne ab. – »Was brauchen Sie, Etienne?« fuhr sie mit mütterlicher Stimme fort. »Wir sind in diesem Augenblick alte Kameraden; sprechen Sie, wie Sie mit . . . mit Bixiou sprechen würden . . .«

»Um zu verhindern, daß mein Mobiliar morgen den Auktionskommissaren in die Klauen fällt, achtzehnhundert Francs! Rückzahlungen an meine Freunde, die gleiche Summe! Drei Mietraten an den Hausbesitzer, Sie wissen Bescheid . . . Die ›Tante‹ fordert fünfhundert Francs . . .«

»Und für Sie, zum Leben . . .?«

»Oh, ich habe meine Feder . . .!«

»Die wird mit einer Schwerfälligkeit in Bewegung gesetzt, die einem unbegreiflich ist, wenn man Sie liest . . .«, sagte sie mit einem hintergründigen Lächeln. – »Ich habe die Summe, um die Sie mich bitten, nicht im Hause . . . Kommen Sie morgen früh um acht wieder, der Gerichtsvollzieher wird schon bis neun warten, vor allem, wenn Sie ihn mitnehmen, damit er sein Geld bekommt.« Sie verspürte die Notwendigkeit, Lousteau zu verabschieden; er tat, als habe er nicht die Kraft, sie anzusehen; sie jedoch empfand ein so tiefes Mitleid, daß sie sämtliche gordischen Knoten durchhauen hätte, die die Gesellschaft knüpft. – »Danke!« sagte sie, erhob sich und streckte Lousteau die Hand hin, »Ihr Vertrauen tut mir wohl . . .! Oh, es ist lange her, daß ich eine solche Freude im Herzen verspürt habe . . .«

Lousteau nahm die Hand, zog sie an sein Herz und drückte sie zärtlich.

»Ein Tropfen Wasser in der Wüste, und . . . von der Hand eines Engels . . .! Gott fügt stets alle Dinge zum Besten!«

Das wurde halb im Scherz, halb voller Rührung gesagt; aber, man muß es schon glauben: es war so schön wie ein Bühneneffekt, wie Talma[205] in seiner berühmten Rolle als Leicester[206], die von ihm gänzlich in Nuancen dieser Art gespielt wurde. Dinah fühlte durch den dicken Stoff hindurch, wie ihm das Herz pochte; es pochte freudig, denn der Journalist entging dem Raubvogel der Gerichtsbarkeit; aber es schlug auch in einem sehr natürlichen Begehren beim Anblick der verjüngten und durch das Leben im Reichtum neu erstandenen Dinah. Als Madame de La Baudraye Etienne verstohlen musterte, gewahrte sie, daß seine Züge im Einklang mit allen Blumen der Liebe standen, die für sie in diesem zitternden Herzen aufs neue erblühten; sie versuchte, ihre Blicke ein einziges Mal in die dessen zu tauchen, den sie so sehr geliebt hatte; aber das ungestüme Blut rann ihr schneller durch die Adern und verwirrte ihr den Kopf. So wechselten denn diese beiden Menschen denselben heißen Blick, der damals, auf dem Quai von Cosne, Lousteau die Kühnheit verliehen hatte, das Organdy-Kleid zu zerknittern. Der Bohémien umfaßte Dinahs Taille und zog sie an sich, sie ließ es geschehen, und ihrer beider Wangen berührten einander.

»Versteck dich, meine Mutter kommt!« rief Dinah entsetzt. Und sie lief Madame Piédefer entgegen. – »Mama«, sagte sie (dieses Wort war für die gestrenge Madame Piédefer eine Liebkosung, die nie ihre Wirkung verfehlte), »wenn du mir einen großen Gefallen tun willst, dann nimmst du den Wagen und fährst rasch zu unserem Bankier Mongenod; ich gebe dir ein paar Zeilen mit, damit du sechstausend Francs abholen kannst. Komm mit, komm mit, es handelt sich um eine gute Tat, komm mit in mein Schlafzimmer!«

Und sie zog die Mutter mit sich, die anscheinend hatte sehen wollen, mit wem die Tochter im Boudoir plauderte.

Zwei Tage danach hatte Madame Piédefer eine lange Unterredung mit dem Pfarrer des Kirchspiels. Nachdem der Pfarrer sich die Klagen der alten, verzweifelten Mutter angehört hatte, sagte er ernst zu ihr: »Jede moralische Erneuerung, die sich nicht auf ein tiefes religiöses Gefühl stützt und in den Schoß der Kirche führt, ist auf Sand gebaut ... All die winzig kleinen und so selten verstandenen Andachtsübungen, die der Katholizismus befiehlt, sind ebensoviele Deiche, die notwendig sind, um die Stürme des bösen Geistes einzudämmen. Setzen Sie es also bei Ihrer Frau Tochter durch, daß sie alle ihre religiösen Pflichten erfüllt, dann werden wir sie retten ...«

Zwei Tage nach dieser Besprechung war das Stadtpalais La Baudraye geschlossen. Die Gräfin und ihre Kinder, ihre Mutter, kurzum, der ganze Hausstand, den sie noch um einen Hauslehrer vermehrt hatte, war nach Sancerre übergesiedelt, wo Dinah den Sommer verleben wollte. Es wurde für den Grafen, so hieß es, eine schöne Zeit.[207] So war denn die Muse von Sancerre ganz einfach zur Familie und in die Ehe zurückgekehrt; aber einige Lästerzungen behaupteten, sie sei dazu gezwungen worden, da die Wünsche des kleinen Pairs von Frankreich sich wohl erfüllen würden, sie erwarte eine Tochter ...! Wie dem auch sei, Gatien und Monsieur Gravier umgaben die schöne Gräfin mit beflissener Fürsorge und Aufmerksamkeiten. Der Sohn des Präsidenten, der während der langen Abwesenheit der Madame de La Baudraye in Paris Unterricht im ›Salonlöwentum‹ genommen hatte, besaß, wie es in der ›Literarischen Gesellschaft‹ hieß, Aussichten, der enttäuschten überlegenen Frau zu gefallen. Andere wetteten auf den Hauslehrer, und Madame Piédefer plädierte für die Religion.

1844, um Mitte Juni, ging der Graf de La Baudraye mit seinen beiden schönen Söhnen auf dem Promenadenweg von Sancerre spazieren; da begegnete er dem Generalstaatsanwalt Monsieur Milaud, der in Sancerre geschäftlich zu tun hatte, und sagte zu ihm: »Herr Vetter, dies sind meine Kinder . . .!«

»Ah, das sind also *unsere* Kinder«, wiederholte der boshafte Generalstaatsanwalt.

Anmerkungen

Die Muse des Départements

1 Ehemalige französische Provinz, im Jahre 1100 von Philipp I. gekauft, Hauptstadt Bourges; es wurden daraus die Départements Cher und Indre gebildet. Die Einwohner werden ›Berrichons‹ genannt.

2 Ehemalige französische Provinz, 1669 von Ludwig XIV. besetzt, Hauptstadt Nevers. Sie bildet heute das Département Nièvre.

3 Die Stadt hatte während der Religionskriege drei Belagerungen auszuhalten: 1567, 1568 und 1573. Balzac meint wohl die letztere, die vom 3. Januar bis zum 8. Oktober dauerte. Nach energischem Widerstand mußte die Stadt aus Mangel an Lebensmitteln schließlich kapitulieren.

4 Sir Walter Scott (1771–1832), der von Balzac hochverehrte Begründer des historischen Romans. – Die ›Cameroner‹ sind Anhänger des protestantischen schottischen Theologen John Cameron (1580–1626), den Balzac für einen Franzosen gehalten hat.

5 Der Larousse von 1949 gibt etwas über 2000 Einwohner an.

6 ›Doktrinäre‹ wurden seit der Restauration die später als ›Juste-Milieu‹ bezeichneten konstitutionellen Royalisten genannt, die sich als Ziel gesetzt hatten, »das Königtum zu nationalisieren und Frankreich zu royalisieren«. Sie bekämpften die Folgen der revolutionären Ideen, nahmen jedoch die Revolution als eine ›Tatsache‹ in Kauf, die die ›historische Evolution‹ bedingt hatte. Obwohl sie sich auf die Überlegenheit der Vernunft und die Lehren der Geschichte beriefen, vermag in ihrer politischen Philosophie nichts als ein ziemlich plumper, verworrener, halbgebildeter evolutionistischer Fetischismus erblickt zu werden. Die Thronbesteigung des Hauses Orléans erfüllte die Wünsche der Doktrinäre, die während der ganzen Regierungszeit Louis-Philippes an der Macht blieben, zumal mit Guizot.

7 Ein aus dem politischen Vokabular Englands übernommener Ausdruck (rotten boroughs, ›verrottete Marktflecken‹), dessen Smollet sich 1771 bediente, um die Ortschaften zu bezeichnen, in denen eine sehr kleine Anzahl von Wählern mehrere Abgeordnete für das Unterhaus wählte.

8 Lateinisch: Die Frau ist die Anstifterin der Tat.

9 Aurore Dupin, Baronin Dudevant (1804–1876), nahm als Schriftstellerin das nach dem Namen ihres Freundes Jules Sandeau gebildete Pseudonym George Sand an und schrieb eine große Anzahl zu ihrer Zeit vielgelesener, romantisch-sentimentaler Romane. Balzac war mit ihr befreundet und schuf die Gestalt seiner Camille Maupin ihr nach.

10 Moritz Graf von Sachsen (1696–1750), genannt ›der Marschall von Sachsen‹, Sohn des Kurfürsten von Sachsen und Königs von Polen Augusts II. und der Gräfin Aurora von Königsmark, einer der größten französischen Feldherrn, der Sieger von Fontenay. Er war der Urgroßvater der George Sand.

11 Das 1598 von Heinrich IV. erlassene Edikt von Nantes gab die Ausübung des calvinistischen Kults frei, bis auf den Hof und auf Paris. Es wurde 1685 von Ludwig XIV. aufgehoben, wodurch eine große Zahl von Protestanten, darunter die fleißigsten und besten Arbeiter, zum Verlassen Frankreichs gezwungen wurde.

12 Am 11. Mai 1745, Sieg der Franzosen unter dem Marschall von Sachsen über die Engländer und Holländer.

13 Louis-Jules Mancini-Mazarin, Herzog von Nivernois (1716 bis 1798), Mitglied der Akademie, Botschafter in London und schließlich Minister im Kabinett Necker. Er emigrierte nicht während der Revolution. Er war der Typus des ›anständigen Menschen‹ des Ancien Régime: ein vollendeter Edelmann, hochgebildet, Verfasser von Fabeln und Gedichten nach griechischen und römischen Autoren.

14 Römischer Feldherr, der zusammen mit Pompeius den Krieg gegen Mithridates von Pontus führte und seines Luxus wegen berühmt war.

15 Die Form der Wetterfahne änderte sich je nach dem Rang des Edelherrn: für den Bannerherrn war sie quadratisch, für die Ritter minderen Ranges spitzig wie ein Panier. Trug sie ein aufgemaltes oder eingeschnittenes Wappen, so hieß sie ›Schild‹ (Panonceau).

16 Lateinisch: Eitelkeit der Eitelkeiten, alles ist eitel (Pred. Salom. I, 2).

17 Bernard Le Bovier de Fontenelle (1657–1757), Neffe der Brüder Corneille, Ständiger Sekretär der Académie des Sciences, über deren verstorbene Mitglieder er wertvolle Denkreden (Eloges) hielt. Er war auf nahezu allen Gebieten literarisch tätig, von umfassender Bildung, gelegentlich kühn in seinen Ideen. Noch als Hundert-

jähriger erging er sich auf seinem Sterbebett in witzigen Wortspielen.

18 Der Name bedeutet ›Eisenfüße‹.

19 Gemeint ist der von Balzac häufig erwähnte Villèle (1773–1854), der seit 1821 Minister war und es bis zum 3. Januar 1828 blieb. - Im Pavillon Marsan (an der Nordwestecke des Louvre) waren während der Revolution die Büros und Unterabteilungen des Konvents und des Wohlfahrtsausschusses untergebracht; während der ersten Jahre der Restauration war er dem Herzog von Angoulême als Wohnung eingeräumt worden.

20 Louis-Antoine-François de Marchangy (1782–1826), unter Napoleon stellvertretender Staatsanwalt, schloß sich der Restauration an und wurde dadurch belohnt, daß er zu den höchsten Justizämtern aufstieg. 1815 wurde er königlicher Staatsanwalt und bald danach Generalstaatsanwalt am Pariser Gericht, wo er die meisten politischen Prozesse jener Zeit zu führen hatte. 1822 setzte er die Verurteilung der vier Sergeanten von La Rochelle durch, bei welcher Gelegenheit er die Verzweigungen der Charbonnerie (siehe Anmerkung 15 zu ›Der berühmten Gaudissart‹) aufdeckte, was ihm das Amt eines Generalstaatsanwalts am Kassationsgericht eintrug, zugleich aber einen so heftigen Haß der Opposition, daß die Regierung es nicht wagte, sich seiner bei aufsehenerregenden Fällen zu bedienen. Seine Plädoyers waren leidenschaftlich und redegewandt. Er war übrigens ein kultivierter Geist und der Autor eines epischen Gedichts ›La Gaule poétique‹, das alle Ruhmestaten der französischen Geschichte feierte, damals (1813) großen Erfolg hatte und heute fast vergessen ist.

21 Das Hotel trägt die Hausnummer 352.

22 Hurbains Restaurant befand sich in der Galerie Montpensier.

23 Louis-Philipp-Joseph Herzog von Orléans (1747–1793), bekannt unter dem Namen Philippe-Egalité, Vater des Königs Louis-Philippe, endete auf dem Schafott.

24 Hoftitel des ältesten Bruders des Königs, damals des Grafen von Artois, des späteren Karls X., der stark verschuldet war.

25 Französisch: Adel verpflichtet.

26 Der Orden der Ehrenlegion wurde am 19. Mai 1802 von dem Ersten Konsul Napoleon Bonaparte gestiftet, um militärische und zivile Verdienste zu belohnen; Ludwig XVIII. und seine Nachfolger behielten ihn bei.

27 Das vom Ministerium Villèle nach der Thronbesteigung Karls X. eingebrachte Entschädigungsgesetz wurde 1825 trotz einer lebhaften Opposition von beiden Kammern angenommen. Es gewährte allen Grundeigentümern, deren Besitz während der Revolution beschlagnahmt worden war, eine Entschädigung in der zwanzigfachen Höhe der Einkünfte des Jahres 1790.

28 Philibert Delorme (1515–1570), französischer Baumeister.

29 Griechische Dichterin um 600 v. Chr.

30 Le bailli de Ferrette: außerordentlicher Gesandter und Bevollmächtigter des Großherzogs von Baden in Paris; ein kleiner, magerer Herr, Gönner der Künstler, Stammgast der Oper. 1828 war eine Mlle. Conté die Geliebte des Sechsundachtzigjährigen. Pfirt (frz. Ferrette) ist ein Dorf im Oberelsaß.

31 Der Großstallmeister Herzog von Hérouville, eine von Balzac erfundene Gestalt, ist einer der Bewerber um die Hand der Modeste Mignon in Balzacs Roman dieses Titels: ein edler, aber körperlich benachteiligter Herr.

32 Anne-Louise-Germaine Baronin de Staël-Holstein (1766–1817), Schriftstellerin, Tochter des Genfer Bankiers Necker, des nachmaligen Finanzministers Ludwigs XVI., heiratete 1789 den schwedischen Gesandten Baron von Staël, von dem sie sich 1798 wieder trennte. Sie nahm an der Revolution regen Anteil, lebte während des Kaiserreichs (Napoleon bezeichnete sie als ›die fürchterlichste Zunge Frankreichs‹) in einer Art Verbannung teils auf Reisen, teils in der Schweiz auf ihrem Schloß Coppet am Genfer See. Unter ihren zahlreichen Liebhabern sind A. W. Schlegel und vor allem Benjamin Constant zu nennen. Sie schrieb mehrere, stark autobiographisch gefärbte Romane und ein Werk ›De l'Allemagne‹, das für Jahrzehnte das Deutschland-Bild Frankreichs bestimmte. Ihm entstammt die Formel vom ›Volk der Dichter und Denker‹.

33 Siehe Balzacs Roman ›Die ‚Fischerin im Trüben'‹, 2. Teil.

34 Alexandre du Sommerard (1779–1842), Rat am Rechnungshof, hatte 1800 am Italien-Feldzug teilgenommen. Dieser kurze Aufenthalt jenseits der Alpen reichte hin, ihn für die Geschichte der Kunst zu interessieren. Ohne große Kenntnisse, aber mit einem gewissen Instinkt für alte Dinge begabt, trug er während der Restauration die schönste Sammlung von Möbeln und Kleinkunstwerken aus Mittelalter und Renaissance zusammen, die je in Frankreich vereinigt worden sind, und brachte sie im ehemaligen Stadtpalais der Äbte von Cluny unter, das er zu diesem Zweck

gemietet hatte. Bei seinem Tode kaufte der Staat das Gebäude und die Sammlung, das heutige Cluny-Museum an der Ecke des Boulevard St. Michel und des Boulevard Saint-Germain, dessen Bestände lange Jahre das seltsame Durcheinander bildeten, das ihnen die geringe Fachkenntnis und das mangelnde Unterscheidungsvermögen des Sammlers hatten zuteil werden lassen.

35 Roman von Walter Scott (1816).

36 Jean Goujon (1515–1568), Bildhauer und Architekt, Schöpfer der ›Fontaine des Innocents‹ und der Empore der Kirche Saint-Germain-l'Auxerrois in Paris (Fragmente im Louvre).

37 Michel Colombe (um 1430 – um 1512), Bildhauer, Schöpfer des Grabmals Herzog Franz' II. der Bretagne in der Kathedrale von Nantes.

38 Germain Pilon (1535–1590), Bildhauer, Schöpfer der Grabmäler Franz' I. und Heinrichs II. in Saint-Denis und der Gruppe der ›Drei Grazien‹.

39 André-Charles Boulle oder Boule (1642–1732), Bildhauer und Kunstschreiner; seine Möbel haben Einlegearbeiten aus Schildpatt und Messing oder Zinn.

40 Jan van Huysum (1682–1749), anfangs Landschafts-, dann Blumenmaler.

41 Irrtum Balzacs: François Boucher (1703–1770) war gebürtiger Pariser, und seine Kunst hat nichts mit dem Berry zu tun.

42 Claude Michel, genannt Clodion (1738–1814), war nicht Bildschnitzer, sondern Modelleur von Kleinplastiken in Wachs oder Ton; ob einige Teile des Orgelzierwerks in Saint-Sulpice zu Paris von seiner Hand stammen, ist ungewiß.

43 Andrea Brustolini (1662–1732), Bildhauer, kundiger Anatom, wandte sich in seinen religiösen Bildwerken heftig gegen den Manierismus Giovanni Lorenzo Berninis (1598–1680) und Alessandro Algardis (1602–1654). Lieber als in Marmor arbeitete er in Holz; er hat zahlreiche, virtuose Darstellungen des Gekreuzigten geschaffen.

44 Bernard Palissy (um 1510–1590), Keramiker, Schriftsteller und Gelehrter, schmückte seine Schalen und Vasen mit kunstvollen Gestalten, auch Reptilien; bei seinen Brennexperimenten verbrannte er, ehe er die Vollendung erreicht hatte, sein Mobiliar und sogar die Fußböden seines Hauses. 1589 wurde er als Hugenotte verhaftet und in die Bastille gebracht, wo er bald danach

starb. Er hat auch mineralogische und chemische Entdeckungen gemacht.

45 Jean Petitot (1607–1691), Email-Maler, Schöpfer zahlreicher Porträts in Email-Malerei.

46 Albrecht Dürer (1471–1528).

47 Hasard-Kartenspiel.

48 Gaspard Chaumas de la Thaumassière (1621–1702), ein Jurist, schrieb außer seiner ›Histoire du Berry‹ (1689) noch verschiedene Werke über Sitten und Bräuche seiner Heimatprovinz.

49 Medor und seine Gattin Angelica: Gestalten aus Ariostos 1516 veröffentlichtem Epos ›Orlando furioso‹ (›Der rasende Roland‹).

50 Morvan (›Mont Noir‹, schwarzer Berg), ein Gebirgsmassiv in Mittelfrankreich, in den Départements Nièvre, Yonne, Côte-d'Or und Saône-et-Loire gelegen.

51 Eins der drei fränkischen Königreiche, das Chilperich bei der Teilung im Jahre 567 gründete. Es umfaßte das Gebiet zwischen der Loire, der Bretagne, dem Ärmelkanal und der Maas.

52 Nichte des Domherrn Fulbert, berühmt durch ihre Liebe zu Abélard, gestorben als Äbtissin von Le Paraclet (1101–1164).

53 Heldin des Romans ›Julie ou la Nouvelle Héloïse‹ (1761) von Jean-Jacques Rousseau.

54 Kräftig betonte Partie im Vordergrund eines Gemäldes, um die anderen Dinge weiter entfernt erscheinen zu lassen, Hervorhebung durch Gegensatz.

55 Spanisches Tanzlied.

56 George Sand wurde nicht in La Châtre (im Département Indre) geboren, sondern am 1. Juli 1804 in Paris. Sie kam als Sechzehnjährige auf das bei La Châtre gelegene Gut Nohant, das ihrer Großmutter gehörte. Nach dem Fehlschlagen der Revolution von 1848 zog sie sich nach Nohant zurück, das der Treffpunkt eines Kreises von Schriftstellern und Künstlern wurde. Auch Balzac hat sie dort besucht.

57 Von Balzac erfundene, der George Sand nachgebildete Gestalt, die in vielen seiner Romane und Novellen erscheint, zumal in ›Béatrix‹.

58 Jener Drucker in Moulins, der Geburtsstadt Théodores de Banville, gab eine Zeitschrift ›L'Art en Province‹ heraus, an der Balzacs Freund Borget mitarbeitete.

59 Jacques Cœur (um 1395–1456), reicher Kaufherr in Bourges, Schatzmeister König Karls VII., dem er die Mittel für seinen

Krieg gegen die Engländer zur Verfügung stellte, der ihn aber auf Grund eines von den Feinden des Finanzmannes geschmiedeten Komplotts verbannte. Unter Ludwig XI. wurde er rehabilitiert. Sein schönes Stadtpalais in Bourges ist heute Museum.

60 Italienisch: französische Wut, leidenschaftliche Anteilnahme.

61 Louis-Philippe nannte sich nicht ›König von Frankreich‹, sondern ›König der Franzosen‹.

62 Der Ausdruck ›Juste-Milieu‹ (›Goldene Mitte‹) wurde im politischen Sinn zum erstenmal von Montesquieu gebraucht, der dabei offenbar an die Ausgeglichenheit der Parteienregierung in England dachte. Der Ausdruck wurde in Frankreich erst unter der Juli-Monarchie populär; er wurde einer Rede Louis-Philippes entnommen. Als ›Juste-Milieu‹ wurde die Partei der reichen, protzigen Bürger bezeichnet.

63 Siehe Anmerkung 6.

64 Pariser Zeitung, die während der ›Hundert Tage‹ von ehemaligen Revolutionären gegründet wurde und innerhalb weniger Monate mancherlei Namensänderungen und Gesinnungswandlungen durchmachte, ehe sie ihren endgültigen Titel erhielt. Die politische Richtung des ›Constitutionnel‹ war fortan eine schüchterne konstitutionelle Opposition, was zu seinem Erfolg während der Restauration führte. Die Juli-Revolution, die die vom ›Constitutionnel‹ erträumte Regierungsform herbeiführte, brachte ihm indessen kein Glück; zwischen 1830 und 1843 sank die Abonnentenzahl von 20 000 auf 3500. Ein neuer Besitzer, Dr. Véron, sicherte sich die Mitarbeit erster Autoren und publizierte im Feuilleton Romane von George Sand und Eugène Sue, wodurch die Zeitung einen neuen Aufschwung nahm. Dadurch, daß Sainte-Beuve seine ›Lundis‹ im ›Constitutionnel‹ erscheinen ließ, bleibt ihm literarhistorischer Ruhm; in der Geschichte des Journalismus sei ihm die Erfindung der ›Seeschlange‹ unvergessen.

65 Gioacchino Rossini (1792–1868), der Komponist des ›Barbiers von Sevilla‹.

66 Giacomo Meyerbeer (1791–1864), der Komponist der ›Afrikanerin‹.

67 Victor Hugo (1802–1885), der größte französische Dichter des 19. Jahrhunderts.

68 Alphonse de Lamartine (1790–1869), Dichter und Politiker.

69 Pierre-Jean de Béranger (1780–1857), Dichter volkstümlicher, patriotischer und politischer Lieder.

70 Siehe Anmerkung 9.

71 Eugène Scribe (1791–1861), Dramatiker, Autor vieler Operntexte.

72 Charles Nodier (1780–1844), Autor von Gedichten, Romanen und Novellen mit einem Hang zum Phantastischen, zu Traum und Geheimnis. Er wurde 1823 zum Direktor der Bibliothèque de l'Arsenal ernannt; um ihn sammelte sich der erste Romantikerkreis, darunter Hugo, Musset und Vigny. Nodier war mit Balzac befreundet und wünschte ihn als seinen Nachfolger in der Académie. Selbstverständlich stammt die eingeschaltete Novelle von Balzac und geht keineswegs auf Nodier zurück, wie er Lousteau behaupten läßt: es handelt sich dabei lediglich um ein literarisches Kompliment vor dem älteren Freunde.

73 Jules Dupré (1811–1889), einer der Begründer der modernen Landschaftsmalerei.

74 Pierre-Jean David d'Angers (1788–1856), Plastiker, mit Balzac befreundet, dessen Kolossalbüste (wie auch die Goethes) er schuf.

75 Hector Berlioz (1803–1869), der größte französische Komponist.

76 Pierre-François Lacenaire (1800–1836), wurde hingerichtet, weil er einen Kassenboten ermordet hatte. Er verstand sich nicht mit seinen Eltern und revoltierte schon als junger Mann gegen die Gesellschaft; er hielt sich, wie er sagte, für die Guillotine bestimmt. Er hatte bereits mehrere strafbare Handlungen begangen, als er sich nach der Lektüre der Memoiren Vidocqs (Bekannter Balzacs, Vorbild der Gestalt des Vautrin) kaltblütig entschloß, gänzlich von Raub und Mord zu leben. Er wollte ›die Geißel der Gesellschaft‹ werden. In seinem Prozeß half er dem Staatsanwalt geschickt und geistvoll, seine Spießgesellen zu belasten, was ihm riesige Popularität eintrug; dies steigerte seine Eitelkeit. Er wurde häufig im Gefängnis besucht; man gelangte nur auf Empfehlung mit Eintrittskarten zu ihm. Die Damen der Gesellschaft rissen sich um seine Autogramme in Vers und Prosa. Daraufhin beschloß er, seine Memoiren zu schreiben, die ein Jahr nach seiner Hinrichtung erschienen, begleitet von 22 seiner Gedichte, die nicht ohne Geist sind.

77 Joseph Fieschi (1790–1836), ein Korse, beging am 28. Juli 1835 mittels einer Höllenmaschine aus 24 gekoppelten Gewehrläufen ein Attentat auf Louis-Philippe, der unverletzt blieb; Fieschi wurde am 19. Februar 1836 hingerichtet.

78 Anne Boutet, genannt ›die Mars‹ (1779–1847), geistvolle Dar-

stellerin von Gestalten der klassischen Komödie, zumal solcher Molières und Marivaux'.

79 Marie Taglioni (1804–1884), Tänzerin an der Oper.

80 Giulia Grisi (1812–1869), Sängerin tragischer Partien, vor allem in großen Rossini-Rollen.

81 Frédérick Lemaître (1800–1876), Schauspieler, Darsteller großer Rollen im Drama der Romantik.

82 Charles Baritain, genannt Monrose (1783–1843), Darsteller komischer Rollen.

83 Marie Bouffé, alias Vignol (1800–1888), Darsteller komischer Rollen.

84 Giovanni-Battista Rubini (1795–1854), Tenor.

85 Louis Lablache (1794–1858), Bassist in tragischen und komischen Rollen.

86 Louis Nourrit (1780—1831), Sänger.

87 Etienne Arnal (1794—1872), Darsteller komischer Rollen im Vaudeville.

88 Charles de Secondat, Baron de La Brède et de Montesquieu (1689 bis 1755), berühmter Schriftsteller und Staatswissenschaftler, vor allem durch sein Werk ›L'Esprit des Lois‹.

89 Gestalten aus Molières Komödie ›L'Ecole des Femmes‹.

90 Tragödie von Racine, 1673.

91 Komödien von Molière, 1669 und 1662.

92 Tragödien von Racine, 1677 und 1667.

93 Komödie von Beaumarchais, 1785.

94 Bossuets ›Histoire des Variations des Eglises protestantes‹ erschien 1688.

95 Pascals ›Les Provinciales ou Lettres écrites par Louis de Montalte à un Provincial de ses Amis‹ erschienen erst nach seinem Tode 1756/57.

96 Jean-François-Louis Bories (1795–1822), Feldwebel im 45. Linienregiment, das 1821 in Paris in Garnison lag, hatte in seinem Regiment eine ›Venta‹ (Loge) der Charbonnerie (siehe Anmerkung 15 zu ›Der berühmte Gaudissart‹) organisiert, der auch seine Kameraden Goubin, Pommier und Goupillon beigetreten waren. Als im Januar 1822 das Regiment von Paris aus nach La Rochelle in Marsch gesetzt wurde, wurde Bories benachrichtigt, er werde unterwegs, unmittelbar vor der Ankunft, Instruktionen der Groß-Venta erhalten. Auf einige Verdachtsmomente hin wurde Bories

gleich nach dem Eintreffen in La Rochelle verhaftet. Es war der Augenblick, da Bertons Verschwörung in Thouars ausbrach und in Saumur scheiterte. Unvorsichtige Äußerungen und Indiskretionen führten zur Verhaftung der Komplizen Bories', ehe sie sich mit Berton ins Einvernehmen setzen konnten, der sich in La Rochelle versteckt hielt. Sie gestanden schließlich, und Goupillon deckte die Fäden der Verschwörung auf. Er wurde vom Seine-Tribunal als Denunziant freigesprochen; Goubin, Pommier und Bories wurden zum Tode verurteilt und trotz der Bemühungen ihrer Freunde von der Charbonnerie, sie zu befreien, alle drei am 21. September 1822 hingerichtet.

97 Bezeichnung der Gruppe von Mitgliedern des Konvents, die die obersten Bankreihen innehatten und für die radikalsten Maßnahmen stimmten.

98 1793 erfolgten die Verurteilung und Hinrichtung Ludwigs XVI., der Beginn der Schreckensherrschaft, die von Carnot organisierte ›Massenerhebung‹, die Einführung des republikanischen Kalenders und die Abschaffung des Christentums, die Einsetzung des Kultes der Vernunft.

99 Siehe Anmerkung 72.

100 9. November 1799: Der aus Ägypten zurückgekehrte Bonaparte stürzte das Direktorium und machte sich zum Ersten Konsul.

101 Joseph Fouché, als Konventsmitglied der ›Bergpartei‹ (siehe Anmerkung 97) angehörend, ging mit schonungslosen Erschießungen gegen das aufständische Lyon vor, war unter dem Kaiserreich Polizeiminister, wurde zum Herzog von Otranto ernannt, verriet Napoleon nach den Hundert Tagen, blieb unter der Restauration zunächst Minister, war dann Gesandter in Dresden, mußte diesen Posten aufgeben, ließ sich als Österreicher naturalisieren und starb in Triest. Er war ein ebenso geschickter wie gewissenloser Politiker. Seine Biographie schrieb Stefan Zweig.

102 Spanisch: Gerichtsdiener; hier im Sinn von Büttel, Scherge.

103 Über das ›Gymnase dramatique‹ siehe die Anmerkung 16 zu ›Der berühmte Gaudissart‹.

104 ›Die Große Zinne‹ ist von Balzac in die ›Zweite Frauenstudie‹ eingefügt worden. ›Valentine‹, ein Zweiakter von Scribe und Mélesville, Uraufführung am Gymnase am 4. Januar 1836, gibt dem schrecklichen Abenteuer der Mme de Merret eine glücklichere Lösung.

105 Murat, der Gatte von Napoleons jüngster Schwester Caroline, war,

ehe er König von Neapel wurde, vom 20. Februar 1806 bis zum 15. Juli 1808 Großherzog von Berg und Cleve, eines für ihn vom Kaiser geschaffenen Staates mit der Hauptstadt Düsseldorf.

106 Anne Radcliffe, geborene Ward (1764–1823), ist die Hauptvertreterin des englischen Schauerromans. Ihre auch heute noch durchaus lesenswerten Bücher zeichnen sich durch eine geschickte Verquickung des Grausamen mit dem Wunderbaren aus; am Schluß werden alle rätselhaften Geschehnisse auf natürliche Weise erklärt. Sie führte den Typus des düster leidenschaftlichen, dämonischen Mannes in die europäische Literatur ein. Die erste Gesamtausgabe ihrer Werke veranstaltete 1821 Walter Scott.

107 Hasardspiel.

108 Spanisch: subst. Bewegen, Schütteln (Balzac schreibt: meneho).

109 Griechisch: Luftgeist.

110 Spanisch: französisch Gesinnter.

111 Bartolomé Esteban Murillo (1618–1682) schuf teils religiöse Gemälde, teils humoristische Genrebilder und Porträts.

112 Benjamin Constants bedeutender analytischer Roman ›Adolphe‹, der stark autobiographisch gefärbt ist, erschien 1816.

113 Nach der Schlacht bei Waterloo und der zweiten Besetzung von Paris durch die Alliierten wurden die französischen Truppen an die Loire zurückgenommen und am 1. August 1815 entlassen, also nicht 1816, wie Balzac schreibt.

114 Antoine-Bernardin Fualdès, geboren 1761, ein ehemaliger kaiserlicher Staatsanwalt, den die Restauration entlassen hatte, wurde am 19. März 1817 in Rodez im Département Aveyron ermordet, und zwar von zweien seiner früheren Freunde, die bereits Verbrechen begangen hatten und seine Enthüllungen fürchteten. Die niedrigen, romanhaften Begleitumstände des Mordes, der in einem von der Witwe Bancal geleiteten Freudenhaus begangen wurde, machten den Fall berühmt. Der Prozeß dauerte sechsundzwanzig Verhandlungstage und mußte dann eines Formfehlers wegen nochmals von vorn verhandelt werden; er hielt ganz Europa in Atem.

115 Solcherlei symbolische Landkarten des Reichs der Liebe wurden im 17. Jahrhundert tatsächlich angefertigt; die Flüsse, Gebirge und Städte bezeichneten Art und Stärkegrad der Leidenschaft.

116 Held einer Tragödie von Byron (1817).

117 Friedrich von Gentz (1764–1832), berühmter Publizist, Verfechter der Kriegspolitik Englands und Österreichs gegen Napoleon, Ver-

fasser der österreichischen Kriegsmanifeste von 1809 und 1813, Vertrauter Metternichs, Bekämpfer jeder freiheitlichen Regung. Protokollführer bei den Kongressen der Heiligen Allianz; glänzender Stilist und Lebemann. Seine letzte Liebe war die 1810 in Wien geborene Tänzerin Fanny Elßler, die zusammen mit ihrer Schwester Therese (die 1850 den Prinzen Adalbert von Preußen heiratete) zwischen 1830 und 1840 in Europa Triumphe feierte.

118 George Sand.

119 Die ›Fragments d'un Roman publié sous l'Empire par un Auteur inconnu (Olympia ou les Vengeances romaines)‹ (›Fragmente des Romans eines unbekannten Autors, veröffentlicht zur Zeit des Kaiserreichs, Olympia oder Römische Rache‹) war bereits am 26. September 1833 in ›Les Causeries du Monde‹ erschienen, einer von Sophie Gay herausgegebenen Sammlung.

120 Pierre-Chéri Lafont (1801–1873), jugendlicher Liebhaber erst im ›Vaudeville‹, dann in den ›Nouveautés‹, schließlich in den ›Variétés‹; er beendete seine Laufbahn im ›Gymnase‹ mit seinem hohen Alter gemäßen Rollen.

121 Als die ›Comédie-Italienne‹ 1791 aufgelöst wurde, gründete ein Teil der Truppe mit den Vaudeville-Autoren Piis und Barré ein Theater, das den Namen ›Vaudeville‹ annahm und in der Nähe des Louvre, in der Rue de Chartres, am 12. Januar 1792 eröffnet wurde. Anfangs hatte es der politischen Zensur der Republik und danach des Kaiserreichs wegen mit Schwierigkeiten zu kämpfen. 1838 brannte es nieder, und die Truppe siedelte in den Theatersaal der ›Nouveautés‹ über, wo sie gleichfalls vom Pech verfolgt wurde. Erst 1868 fand das Theater am Boulevard des Capucines eine bleibende Stätte.

122 Siehe Anmerkung 98.

123 Hauptgestalt des Romans ›The Italian‹ (1797) der Anne Radcliffe: Pater Schedoni, ein verbrecherischer, heuchlerischer und ausschweifender Mönch, der nicht vor einem Mord zurückschreckt, um dem Stolz seines Beichtkinds genugzutun. Es wimmelt in dem Roman, dessen deutsche Ausgabe 1834 erschien, von Spionen und Mördern.

124 Siehe Anmerkung 106.

125 René-Charles Guilbert de Pixérécourt (1773–1844), während der Revolution nach Deutschland emigriert, eine Zeitlang Leiter der ›Opéra Comique‹, dann des ›Théâtre de la Gaieté‹, erfolgreicher

Verfasser von Lustspielen, Operettenlibretti und Melodramen; überdies dramatisierte er beliebte Unterhaltungsromane.

126 Louis-Dominique Bourguignon, genannt Cartouche (1693–1721), Räuberhauptmann, in Paris auf der Place de Grève gerädert.

127 Charles Normand (1765–1840), geschickter und geschätzter Architektur- und Zierstückzeichner.

128 Jean-Louis Duplat (1757–1833), Holzstecher; er stach vor allem die von Dugaury entworfenen Tapeten, verbesserte die Technik des Reliefstichs auf Metallplatten und erfand die Lithoglyphie (Steinschneidekunst).

129 Marie-Adélaïde Richard, verehelichte Barthélemy Hadot (1769 bis 1821), zeichnete ihre Romane mit dem Namen ihres Mannes und ebenso die Melodramen, die sie manchmal gemeinsam mit Guilbert de Pixérécourt schrieb.

130 Pierre Choudard, genannt Desforges (1746–1806), Schauspieler und Bühnendichter, schrieb zahlreiche Dramen, Komödien und Operntextbücher, die heute vergessen sind.

131 Charles-Augustin Sewrin (1771–1853), Autor zahlreicher Bühnenwerke.

132 Camilla, Königin der Volsker, Gestalt in Vergils ›Aeneis‹.

133 Drucker, Zeitgenosse Balzacs.

134 Druckerfirma aus Balzacs Zeit, die hauptsächlich Kunstbücher und Werke in fremden Sprachen druckte.

135 Von Balzac erfundene Gestalt: in ›Verlorene Illusionen‹ will er den Roman ›Der Bogenschütze Karls IX.‹ von Lucien de Rubempré lesen

136 Stéphanie-Félicité de Genlis (1746–1830), Erzieherin der Kinder des Herzogs Philippe-Egalité von Orléans, Verfasserin von Werken über das Erziehungswesen.

137 Italienisch: Das ist mehr als wahr.

138 Italienisch: Beim Leib des Bacchus! (Fluch)

139 Telemach ist der Sohn des Odysseus und der Penelope; während seine Mutter auf die Rückkehr des Odysseus aus dem Trojanischen Krieg wartete, machte Telemach, geleitet von Athene in Gestalt des Mentor, sich auf die Suche nach dem Vater. – Dies Motiv regte Fénelon zu seinem Erziehungsroman ›Les Aventures de Télémaque‹ (›Die Abenteuer des Telemach‹, 1699) an. Das Buch wurde für Fénelons Zögling, den Herzog von Bourbon, geschrieben

140 Siehe Anmerkung 101.

141 Die ›Revue des Deux Mondes‹ wurde 1831, nachdem sie bislang ein bescheidenes Dasein gefristet hatte, von Buloz, dem großen Zeitungsverleger, übernommen und nahm einen glänzenden Aufschwung, weil sie literarische Werke brachte und ihre Spalten alsbald auch der Philosophie und der Wissenschaft öffnete. 1833 traten Geschichte und Politik hinzu. Sainte-Beuve, Vigny, Musset und George Sand wurden Mitarbeiter und Buloz' Freunde. Balzac hat ebenfalls mitgearbeitet, wurde aber verdrängt und überwarf sich mit Buloz, mit dem sich übrigens auch Victor Hugo nie verstanden hat. Man hat der ›Revue‹ von je die dogmatische, langatmige Schwerfälligkeit ihrer Literaturkritiken vorgeworfen.

142 Das Liebespaar Lubin und Toinette ist in der Literatur jener Zeit nicht nachweisbar; es dürfte sich also um eine Erfindung Balzacs handeln.

143 Unübersetzbares Wortspiel mit ›mots‹ = Worte und ›morts‹ = Tote.

144 Im Nordischen Krieg, 1700–1721.

145 Italienisch: Begriffe, Gedanken.

146 Mary Wollstonecraft, geborene Godwin (1797–1851), die Gattin Percy Bysshe Shelleys, dem sie 1814 auf den Kontinent folgte und 1816 nach dem Tod seiner ersten Frau heiratete. Während eines regnerischen Sommers erzählten sie in Byrons Villa am Genfer See einander Geistergeschichten, von denen Mary die ihre, den Schauerroman ›Franckenstein‹, niederschrieb; er wurde 1818 veröffentlicht.

147 Roman von George Sand, 1834 erschienen.

148 Siehe Anmerkung 106.

149 Über dieses Werk der Camille Maupin, einer seiner Lieblingsgestalten, zu der George Sand Modell gestanden hat, berichtet Balzac im ersten Teil seines Romans ›Béatrix‹.

150 Brodequins gehörten damals zur Kleidung der wahrhaft eleganten Damen und der Grisetten, die ›etwas Besseres‹ zu sein beanspruchten. Es handelt sich um weit ausgeschnittene, absatzlose Schuhe, die wie die antiken Sandalen mit kreuzweise geknüpften, bis zur halben Wade hinaufreichenden Riemen befestigt wurden.

151 Organdy ist ein glattes, feines Baumwollgewebe, dichter als Musselin. Der Stoff bedarf, um Halt zu bekommen, einer besonderen Appretur.

152 Joseph-François Michaud (1767–1839), Publizist und Historiker,

einer der ersten und getreuesten Redakteure der royalistischen und sogar ultraroyalistischen Zeitung ›La Quotidienne‹, Autor einer ›Geschichte der Kreuzzüge‹ und Herausgeber der ›Allgemeinen Biographie‹, die seinen Namen trägt.

153 Lateinisch: So ist für Gott der Glaube ebenso offenbar wie für die Menschen.

154 La Garde d'Hozier: berühmte Genealogen-Familie. Balzac meint von den fünf Genealogen dieses Namens wahrscheinlich René (1640–1732).

155 Nicolas-Jean-de-Dieu Soult (1769–1851), Marschall von Frankreich, von Napoleon als ›der beste Taktiker Europas‹ bezeichnet, beendete seine militärische Laufbahn mit dem gut organisierten Rückzug, den er 1814 in der Gascogne vor den englischen Armeen durchführte. Soult hatte mit Napoleon den Feldzug von 1813 unternommen, als der Kaiser ihn nach Spanien schickte, wo die Franzosen bei Vitoria eine schwere Niederlage durch Wellington erlitten hatten und sich auf einem Rückmarsch befanden, der fast eine Flucht war. Soult sammelte die ungeordneten Truppenmassen vor Bayonne und führte dann, jeden Fußbreit Gelände gegen einen vierfach überlegenen Gegner verteidigend, langsam und in bester Ordnung seinen Rückzug durch, der mit der (gewonnenen) Schlacht bei Toulouse endete. Soult wandte sich danach der Politik zu: er schloß sich, bei unklarer Haltung, sämtlichen aufeinanderfolgenden Regierungen an. Unter Louis-Philippe war er dreimal Präsident des Staatsrats.

156 Gestalt aus Walter Scotts Roman ›Ivanhoe‹ (1819).

157 Als Schirmherren der Künste und Künstler.

158 Mirabeau floh 1776 mit seiner jungen Geliebten Sophie de Ruffey, der Gattin des achtzigjährigen Marquis Le Monnier, nach Holland. Die von Mirabeau an sie gerichteten Briefe gehören zu den wertvollsten und leidenschaftlichsten, die je geschrieben worden sind.

159 Die Kunstreiterin Malaga spielt in mehreren Werken Balzacs eine Rolle, vor allem in der Novelle ›Die falsche Geliebte‹.

160 Berühmter arabischer Emir (um 1807—1883). Er unterstützte 1832 bis 1847 den Krieg gegen die Franzosen, setzte bei General Bugeaud den vorteilhaften Vertrag von La Tafna durch und versuchte, ein Araberreich zu errichten. Aber nach der Einnahme seiner Smala (›fliegende Stadt‹) durch den Herzog von Aumale 1843 und nach der Niederlage seiner marokkanischen Verbündeten bei Isly 1844 mußte er sich 1847 unterwerfen und wurde erst in

Toulon, dann in Pau und schließlich in Amboise interniert; 1853 erhielt er die Freiheit wieder. Inzwischen war er ein getreuer Freund Frankreichs geworden. Er starb in Damaskus in Syrien.

161 Hauptgestalt in Molières Komödie ›L'Avare‹ (›Der Geizige‹).

162 Die Illustrationen zu Lesages Roman ›Gil Blas‹, die 1835 veröffentlicht wurden, stammten von dem Maler Jean Gigoux, der mit Balzac befreundet war. Er wurde bei Mme Balzac sein Nachfolger (siehe: Balzac: Sein Leben und Werk).

163 Gestalt aus Molières Komödie ›L'Etourdi‹, der italienischen Komödie entlehnt.

164 Der zweite Teil dieses Satzes fehlt in der Edition Conard der Werke Balzacs; die Edition de la Pléiade enthält ihn.

165 Siehe Anmerkung 87.

166 Es wird erzählt, daß der Regent (Herzog Philipp von Orléans, der während der Minderjährigkeit Ludwigs XV. die Regierungsgeschäfte führte) sich eines Tages verkleidet in eine Gesellschaft begab, in der er nicht erkannt zu werden wünschte. Er nahm den Kardinal Dubois mit, spielte dessen Diener und schärfte ihm ein, damit der Schein besser gewahrt bleibe, ihn ganz ungeniert zu behandeln. Das tat der Kardinal denn auch, und seine Fußtritte hätten beinahe dazu geführt, daß der Herzog sich verriet.

167 Berühmtes französisches Adelsgeschlecht. Vielleicht spielt Balzac auf Adrien de Montmorency-Laval an (1768–1837), der 1822, zur Zeit der spanischen Wirren, Außenminister war.

168 Berühmter Roman von Benjamin Constant.

169 Ninon de Lenclos (1620–1705), Kurtisane größten Stils, wegen ihres Geistes und ihrer Schönheit berühmt, bis ins hohe Alter umworben und begehrt; in ihrem Salon verkehrten die bedeutendsten Persönlichkeiten ihrer Zeit.

170 Siehe Anmerkung 32.

171 Bohème-Ausdruck für Leihhaus.

172 Dieses von Balzac häufig erwähnte Café lag in der Rue Lepelletier 1.

173 Italienisch: gedungener Bandit.

174 Wie oftmals, zitiert Balzac auch hier die Namen falsch. Es handelt sich in der zweiten Episode Diderots ›Ceci n'est pas un Conte‹, 1774 veröffentlicht, um Gardeil und Mlle. de La Chaux. Die Geschichte ist tatsächlich wahr; Diderot hat Mlle. de La Chaux gekannt; er hatte ihr 1751 seine ›Addition à la Lettre des Sourds-

muets‹ gewidmet. Gardeil starb 1808; ihm ist eine Übersetzung der Werke des Hippokrates zu verdanken.

175 Wortspiel mit ›noir‹ in den Bedeutungen ›schwarz‹ und ›abscheulich‹.

176 Die Maskenbälle in der Oper wurden 1715 durch den Chevalier de Bouillon eingeführt; sie fanden anfangs dreimal wöchentlich statt. Aber seit der Restauration wurden sie nur einmal in der Woche veranstaltet. In den ersten Jahren der Regierung Louis-Philippes herrschte dabei eine gewisse Haltung: nur die Frauen durften maskiert erscheinen, und niemand war kostümiert. Erst 1837 erhielt Mira, der Pächter der Kostümbälle, die Erlaubnis, in der Oper einen Kostümball zu veranstalten. Jenes Fest hatte einen sehr großen Erfolg. Es folgte eine Zeit der exzentrischen Kostüme, der zügellosen Tänze und der ausgelassenen Tänzer, wie Gavarni sie skizziert hat.

177 Jenes Kostüm war durch die Loretten von 1830 und der folgenden Jahre Mode geworden, und Gavarnis Lithographien hatten es volkstümlich gemacht. Es war ein eng anschließendes Kostüm, das nichts verheimlichte; es bestand im wesentlichen aus einer Jacke aus möglichst dünnem, mit Spitzen besetztem Stoff und aus einer an den Hüften sehr eng anliegenden, unten weiten Hose mit roter, wehender Schärpe; das Haar wurde mit einem Band aufgebunden; darauf saß eine Polizeikappe.

178 Stendhal war am 23. März 1842 gestorben.

179 Siehe Stendhal, ›De l'Amour‹ (1822).

180 Lateinisch, nur in Verbindung mit ›Argument‹ gebräuchlich: ein Argument, durch das man einen Gegner verwirrt, indem man ihm seine eigenen Worte oder sein eigenes Tun entgegenhält.

181 Italienisch: Schwerenöter.

182 Madame de Pompadour sorgte dafür, daß Ludwig XV. Gelegenheit zu kleinen, leicht wiegenden Liebesabenteuern hatte, die ihn ihr nicht entfremdeten.

183 Anspielung auf Victor Hugos Roman ›Le dernier Jour d'un Condamné‹ (1829).

184 Jene Rezension schrieb Gustave Planche (1808–1857), der einzige Journalist, mit dem Balzac befreundet war; Planche hat ihm als Modell für die Gestalt des Claude Vignon in dem Roman ›Béatrix‹ gedient.

185 Am 20. Februar 1840, als die Kammer es abgelehnt hatte, den Herzog von Nemours zu dotieren, mußte das Ministerium Soult

(siehe Anmerkung 155) zurücktreten. Am 1. März trat Thiers seine Nachfolge an, geriet aber sogleich in außenpolitische Schwierigkeiten und mußte schon im Oktober desselben Jahres ebenfalls zurücktreten.

186 Louis-Philippe, der sich ›König der Franzosen‹ und nicht ›König von Frankreich‹ nannte.

187 Antoine Roy (1764–1847), den Ludwig XVIII. zum Grafen erhob, war einer der besten Finanzminister der Restauration. Unter Louis-Philippe gehörte er der Pairskammer an, deren Mitglied er seit 1823 war.

188 Dieses am 29. Dezember 1831 angenommene Gesetz schaffte die Erblichkeit der Pairswürde ab und räumte dem König das Recht ein, auf Lebenszeit neue Pairs zu ernennen, die er unter gewissen, im Gesetz festgelegten Bedingungen auswählen durfte.

189 Siehe Anmerkung 7.

190 Berühmtes, von Balzac häufig erwähntes (und besuchtes) Luxusrestaurant, das, von Borel geleitet, damals in der Rue Montorgueil 65 lag.

191 Sir John Ramorny, Gestalt in Walter Scotts Roman ›The Fair Maid of Perth‹ (1828); Bizet schrieb nach diesem Roman eine Oper.

192 Louise de La Baume Le Blanc, Herzogin von La Vallière (1644 bis 1710), Geliebte Ludwigs XIV., dem sie vier Kinder gebar; beschloß ihr Leben als Karmeliterin.

193 Antoinette Poisson, Marquise, später Herzogin von Pompadour (1721–1764), Geliebte Ludwigs XV., Gönnerin der Dichter, Maler und Architekten ihrer Zeit, Freundin Voltaires, hochkultiviert; ihr politischer Einfluß wurde eine Zeitlang überschätzt.

194 Herzog Ferdinand von Orléans, der älteste Sohn Louis-Philippes, Vater des Grafen von Paris, kam am 13. Juli 1842 in der Nähe der Porte Maillot durch einen Wagenunfall ums Leben, als er nach Neuilly fahren wollte, um sich von seiner Mutter, der Königin Amélie, zu verabschieden.

195 Siehe Anmerkung 153.

196 Die Eglise de l'Assomption, 1670–1676 nach Plänen von Charles Evrard erbaut, war der Madeleine-Gemeinde für den Gottesdienst eingeräumt, bis die Madeleine geweiht war, was 1842 geschah.

197 Anspielung auf das Goldene Vlies der Argonautensage und sicherlich auch auf den nach diesem benannten hohen Orden.

198 Des verunglückten Thronfolgers wegen.

199 Anspielung auf Balzacs Roman, der vor allem seines Titels wegen Aufsehen erregt und Anlaß zu Karikaturen gegeben hatte, denn damals galt eine Frau von dreißig Jahren als alt.

200 Weder die Verfassung von 1815 noch die von 1830 hatten den Fall einer Regentschaft vorgesehen. Erst nach dem Tod des Herzogs von Orléans (siehe Anmerkung 194) wurde ein entsprechendes Gesetz erlassen; es übertrug die Regentschaft und die volle königliche Autorität bis zur Volljährigkeit des Königs dem ältesten Prinzen von Geblüt, der mindestens einundzwanzig Jahre alt war.

201 Die Uraufführung von Gozlans Komödie ›La Main droite et la Main gauche‹ fand am 2. Dezember 1843 im Odéon statt. – Léon Gozlan (1803–1866), Romanautor und Dramatiker, mit Balzac befreundet, der ihm die ›Zweite Frauenstudie‹ widmete. Er war ein beliebter, sehr fruchtbarer und amüsanter Schriftsteller zweiten oder dritten Ranges in der Zeit der Romantik. Er besaß Geist, Schwung und Phantasie. Seine Romane und Bühnenwerke sind heute vergessen; aber seine beiden Bücher ›Balzac chez lui‹ und ›Balzac en Pantoufles‹, zumal das letztere, werden noch heute gelesen. Er hat die meisten Anekdoten überliefert, die über den Autor der ›Menschlichen Komödie‹ im Umlauf sind.

202 Anspielungen auf Molières Komödie ›Le Misanthrope‹ (1667). Philinte ist der Freund des Menschenfeinds Alceste.

203 Italienisch: hier etwa im Sinne von ›leidender Verehrer‹.

204 Das Direktorium hatte die Spielsäle, es gab übrigens nur sieben in Paris, an Unternehmer verpachtet, die dem Staat jährlich mehr als fünfeinhalb Millionen Miete zahlten. Diese Pachtverträge wurden in den ersten Jahren der Regierung Louis-Philippes gekündigt, und am 31. Dezember 1837 schlossen sämtliche Spielsäle.

205 François-Joseph Talma (1763–1826), Lieblingsschauspieler Napoleons, der ihn beim Fürstentag in Erfurt ›vor einem Parkett von Königen‹ spielen ließ. Er führte, bei historisch echten Kostümen, sorgfältig Regie und vereinigte natürlichen Tonfall und tragische Emphase.

206 Es handelt sich um die freie Bearbeitung von Schillers Drama ›Maria Stuart‹ durch Pierre-Antoine Lebrun (1785–1873), den Wegbereiter des romantischen Dramas. Die Uraufführung fand am 6. März 1820 statt.

207 Hier endet der Text der Edition Conard. Die Edition de la Pléiade bringt noch einen ironischen Schluß, der etwas befremdlich anmutet, da Balzac nichts von irgendwelchen Beziehungen Dinahs zu dem schönen Vetter Milaud aus Nevers andeutet.

Biographische Notizen über die Romangestalten

Die Muse des Départements

BIANCHON, Horace, hatte sich 1819 in der Pension Vauquer mit Eugène de Rastignac und dem Vater Goriot angefreundet, den er bei seiner letzten Krankheit betreute (›Vater Goriot‹). 1821 war er im Hôtel-Dieu der Lieblingsschüler des Chirurgen Desplein gewesen (›Die Messe des Gottesleugners‹); er wurde dann einer der größten Ärzte seiner Zeit. Seine Intelligenz, sein Geist – er war ein glänzender Erzähler (›Zweite Frauenstudie‹) –, sein Charakter und seine Güte machten ihn volkstümlich und verschafften ihm Patienten in allen Gesellschaftsschichten. Die Kranken, die er behandelte, können unmöglich alle genannt werden: von Vautrin 1819 (›Vater Goriot‹) bis zu Mme. Graslin 1844 (›Der Dorfpfarrer‹). Er blieb stets mit Rastignac befreundet (›Eine Frauenstudie‹), der versuchte, zugunsten der Marquise d'Espard Bianchons Einfluß auf seinen Onkel, den Richter Popinot, auszunützen (›Die Entmündigung‹).

BIXIOU, Jean-Jacques, geboren 1797, Vetter von Philippe und Joseph Bridau durch seine Großmutter Descoings, bildete in Gros' Atelier sein Talent als Karikaturist aus, war jedoch im Brotberuf Beamter am Schatzamt. Nachdem er die Beschlagnahme der Erbschaft des alten Rouget durch Philippe Bridau begünstigt hatte, hintertrieb er die Heirat Philippes mit der Tochter des Grafen de Soulanges (›Die ‚Fischerin im Trüben'‹). Bixiou war eng befreundet mit Blondet, Lousteau, Nathan und Rubempré (›Glanz und Elend der Kurtisanen‹); dank seiner Fähigkeit zum Beobachten und zur Satire war er im Bilde über alle Liebesaffären in Welt und Halbwelt (›Das Bankhaus Nucingen‹; ›Ein Geschäftsmann‹; ›Gaudissart II‹) und der Welt der Behörden. Kurzum, unter Louis-Philippe war er der beste Cicerone für Provinzler, die sich in Paris nicht auskannten (›Die Komödianten wider ihr Wissen‹).

CARDOT, geboren 1794, Notar in Paris, Nachfolger Sorbiers (›Das Antiquitätenkabinett‹), war der Notar des Malers Pierre Grassou (in der Novelle dieses Titels) und während der Juli-Monarchie derjenige der Thuilliers, bei denen er empfangen wurde (›Die Kleinbürger‹). Bald danach wurde er Bürgermeister und Abgeordneter von Paris (›Vetter Pons‹) und hielt die Kunstreiterin Malaga aus (›Ein Geschäftsmann‹).

DES LUPEAULX, Clément Chardin, geboren um 1785, Verwaltungsbeamter und Politiker, Typus des streberischen, heuchlerischen

Intriganten. 1824 verkehrte er mit Lucien de Rubempré, seinem Nachfolger in der Gunst der Esther Gobseck (›Glanz und Elend der Kurtisanen‹), um 1829 mit Savinien de Portenduère (›Ursule Mirouët‹) und in den ersten Jahren Louis-Philippes mit Flavie Colleville, die viel für ihn übrig hatte (›Die Kleinbürger‹). Eine ernstere Leidenschaft hegte er 1824, als er Generalsekretär des Finanzministers war, für Mme Rabourdin, die ihn aber nicht erhörte und deren Mann er kaltblütig seinen Vermögensinteressen und seiner Laufbahn opferte (›Die Beamten‹).

HULOT, geboren 1766, Offizier der Republik und des Kaiserreichs, nahm zunächst aktiven Anteil an den Feldzügen gegen die Chouans von 1799; er übernahm es, sich des Marquis de Montauran zu bemächtigen, des Führers der Aufständischen (›Die Königstreuen‹). Unter dem Kaiserreich war er Marschall und Graf von Pforzheim geworden; seine letzten Lebenstage wurden 1841 durch die Ausschweifungen seines Bruders Hulot d'Ervy verbittert (›Tante Bette‹).

LA BAUDRAYE, Dinah Piédefer, Gräfin Milaud de, schrieb, wohl um ihrem Geliebten unter die Arme zu greifen, die Novelle ›Ein Fürst der Bohème‹, nach einer Anekdote, die sie Raoul Nathan verdankte (›Ein Fürst der Bohème‹).

LOUSTEAU, Étienne, geboren 1799, debütierte um 1820 in Paris an der Skandalzeitung, deren Besitzer Andoche Finot war; er seinerseits nahm sich Luciens de Rubempré an, den er mit dem Verleger Dauriat bekannt machte (›Verlorene Illusionen‹). Zur gleichen Zeit half er Philippe Bridau, sich seiner Frau zu entledigen (›Die ‚Fischerin im Trüben'‹). 1824 begegnete er abermals Rubempré am Arm der ›Torpille‹ beim Opernball (›Glanz und Elend der Kurtisanen‹). Nach seiner Trennung von Madame de La Baudraye sank Lousteau in die Bohème von Journalistik und Theater zurück (›Tante Bette‹; ›Ein Geschäftsmann‹; ›Die Kleinbürger‹; ›Die Komödianten wider ihr Wissen‹).

SCHONTZ, Joséphine Schiltz, genannt Schontz, geboren 1805. Tochter eines Obersten des Kaiserreichs, wuchs in der Erziehungsanstalt zu Saint-Denis auf, blieb dort zunächst als Hilfslehrerin und begann dann einen galanten Lebenswandel. Ihr Hauptgönner wurde unter Louis-Philippe Arthur de Rochefide, den seine Frau verlassen hatte, um mit dem Musiker Conti in die Welt zu ziehen. Sie trennte sich von ihm, als sie eine Möglichkeit gewahrte, Fabien de Ronceret zu heiraten (›Béatrix‹). Um die Mitte der Juli-Monarchie war sie noch die Geliebte des Goldschmieds Stidmann und verkehrte mit Josépha Mirah (›Tante Bette‹). Sie endete als ›die Frau Präsidentin du Ronceret‹.

HONORÉ DE BALZAC

Die Menschliche Komödie

Dünndruckausgabe in 12 Bänden

I

Balzac. Sein Leben und Werk

SITTENSTUDIEN

Das Haus ›Zum ballspielenden Kater‹

Der Ball zu Sceaux

Memoiren zweier Jungvermählter

Die Börse

Modeste Mignon

Ein Lebensbeginn

II

Szenen aus dem Privatleben

Albert Savarus · La Vendetta

Eine doppelte Familie · Ehefrieden

Madame Firmiani · Eine Frauenstudie

Die falsche Geliebte

Eine Evastochter

Die Botschaft · Die Grenadière

Die Verlassene · Honorine

Béatrix

III

Szenen aus dem Privatleben

Gobseck

Die Frau von dreißig Jahren

Vater Goriot

Oberst Chabert

Die Messe des Gottesleugners

Die Entmündigung

Der Ehekontrakt

Zweite Frauenstudie

Szenen aus dem Provinzleben

Ursule Mirouët

IV

Szenen aus dem Provinzleben

Eugénie Grandet

Die Ehelosen:

1. Pierrette

2. Der Pfarrer von Tours

3. Die ›Fischerin im Trüben‹

Die Pariser in der Provinz:

1. Der berühmte Gaudissart

2. Die Muse des Départements

V

Szenen aus dem Provinzleben

Die Nebenbuhler:
1. Die alte Jungfer
2. Das Antiquitätenkabinett

Verlorene Illusionen:
1. Die beiden Dichter
2. Ein großer Mann aus der Provinz in Paris
3. Die Leiden des Erfinders

VI

Szenen aus dem Pariser Leben

Geschichte der Dreizehn:
Vorrede
1. Ferragus
2. Die Herzogin von Langeais
3. Das Mädchen mit den Goldaugen

César Birotteau
Das Bankhaus Nucingen

Glanz und Elend der Kurtisanen:
1. Wie leichte Mädchen lieben

VII

Szenen aus dem Pariser Leben

Glanz und Elend der Kurtisanen:
2. Was alte Herren sich die Liebe kosten lassen
3. Wohin schlechte Wege führen
4. Vautrins letztes Abenteuer

Die Geheimnisse der Fürstin von Cadignan
Facino Cane
Sarrasine
Pierre Grassou

Die armen Verwandten:
1. Tante Bette

VIII

Szenen aus dem Pariser Leben

Die armen Verwandten:
2. Vetter Pons

Ein Geschäftsmann
Ein Fürst der Bohème
Gaudissart II
Die Beamten
Die Komödianten wider ihr Wissen
Die Kleinbürger

IX

Szenen aus dem Pariser Leben

Die Kehrseite der Zeitgeschichte:

1. Madame de la Chanterie

2. Der Aufgenommene

Szenen aus dem politischen Leben

Eine Episode aus der Zeit der Schreckensherrschaft

Eine dunkle Begebenheit

Der Abgeordnete von Arcis

Z. Marcas

Szenen aus dem Soldatenleben

Die Königstreuen

Eine Leidenschaft in der Wüste

X

Szenen aus dem Landleben

Die Bauern

Der Landarzt

Der Dorfpfarrer

Die Lilie im Tal

XI

PHILOSOPHISCHE STUDIEN

Das Chagrinleder
Jesus-Christus in Flandern
Melmoth
Massimilla Doni
Das unbekannte Meisterwerk
Gambara
Der Stein der Weisen
Das verstoßene Kind
Lebwohl
Die Marañas
Der Aufgebotene
El Verdugo
Ein Drama am Meeresufer
Meister Cornelius
Die rote Herberge

XII

PHILOSOPHISCHE STUDIEN

Katharina von Medici
Das Lebenselixier
Die Verbannten
Louis Lambert
Seraphita

ANALYTISCHE STUDIEN

Physiologie der Ehe
Die kleinen Nöte des Ehelebens